James A. Michene

brachte er im Hau

sylvania, ein Heim

zielle Engpässe

gehend auch das

Schon früh entwic

bereits 1925, als e

der USA. Der hervorragende Schüler erhielt ein Stipendium für das Swarthmore College, das er 1929 mit Auszeichnung abschloß. In den folgenden Jahren war er Lehrer, Schulbuchlektor, und er ging immer wieder auf Reisen. Während des Zweiten Weltkrieges diente Michener als Freiwilliger bei der US-Marine, die er als Korvettenkapitän verließ. Mit vierzig Jahren entschloß er sich, Berufsschriftsteller zu werden.
Für sein Erstlingswerk »Tales of the South Pacific« erhielt er 1948 den Pulitzer-Preis. Durch Richard Rogers und Oscar Hammerstein wurde es zu einem der erfolgreichsten Musicals am Broadway. Micheners Romane, Erzählungen und Reiseberichte wurden inzwischen in 52 Sprachen übersetzt. Einige davon wurden auch verfilmt.

Von James A. Michener sind außerdem
als Knaur-Taschenbücher erschienen:

»Karawanen der Nacht« (Band 147)
»Die Quelle« (Band 567)
»Die Südsee« (Band 817)
»Die Bucht« (Band 1027)
»Verheißene Erde« (Band 1177)
»Verdammt im Paradies« (Band 1263)
»Die Brücken von Toko-Ri« (Band 1264)
»Die Brücke von Andau« (Band 1265)
»Sternenjäger« (Band 1339)
»Iberia« (Band 3590)

Vollständige Taschenbuchausgabe 1987

Titel der Originalausgabe »Poland«

Umschlaggestaltung Adolf Bachmann
Druck und Bindung Ebner Ulm
Printed in Germany 5 4 3 2 1
ISBN 3-426-01513-7

James A. Michener: Mazurka

Roman

Aus dem Amerikanischen von Hans Erik Hausner und Hilde Linnert

Knaur

Inhalt

Die Schauplätze des Romans

Der polnische Staat
Größte Ausdehnung Polens zu verschiedenen Zeiten
Heutige polnische Grenze
200 km
SCHWEDEN
DÄNEMARK
OSTSEE
DEUTSCHE DEMOKRATISCHE REPUBLIK
Berlin
Peenemünde
Stettin
Oder
Neiße
A.D. 1018
Danzig
Marienburg
Grunwald
Posen
Weichsel
Warschau
POLEN
Liegnitz
Breslau
Tschenstochau
Nida
Krakau
Teschen
Dunajec
Wistoka
San
Bukowo
Lublin
Zamość
Brest-Litowsk
Bis 1939 polnisch
Lemberg
Polz
Riga
Lembok
1634
BERNSTEINSTRASSE
Dwina
Wilna
Minsk
Smolensk
Moskau
Wolga
Oka
Don
Donez
Pripet
SOWJETUNION
Kiew
Dnjepr
Bug
Dnjestr
Pruth
Odessa
ASOWSCHES MEER
SCHWARZES MEER
Prag
TSCHECHOSLOWAKEI
Brünn
Donau
Wien
Preßburg
ÖSTERREICH
Budapest
UNGARN
RUMÄNIEN
JUGOSLAWIEN

Dieses Buch ist ein Roman. Die im Mittelpunkt stehenden Familien – die Grafen Lubonski, die dem Kleinadel angehörenden Bukowskis und die Bauern Buk – sind fiktiv. Auch das Dorf Bukowo, seine Burg und sein Schloß, das Herrenhaus und die Hütten der Bauern sowie die meisten Figuren des Romans entsprangen der dichterischen Fantasie.

Angesichts der Tatsache, daß die polnische Geschichte dem Durchschnittsleser fremd ist, mag sich die Identifizierung einiger historischer Gestalten, Schauplätze und Episoden als hilfreich erweisen.

1. Kapitel: Gestalten, Schauplätze und Handlung sind fiktiv.

2. Kapitel: Die Mongolen Dschingis Chan, Batu Chan und Ögädäi sind historische Persönlichkeiten, ebenso Heinrich der Fromme, seine Mutter, die heilige Hedwig, und sein zögernder General, Mieszko der Fette. Die Belagerung von Krakau und die Schlacht bei Liegnitz sind ebenfalls historisch belegt.

3. Kapitel: Die deutschen Ritter Hermann von Salza, Ulrich von Jungingen und Kuno von Lichtenstein, die polnische Königin Jadwiga (Hedwig), König Jagiello und der Großfürst Witold von Litauen entstammen der Historie. Die Schlacht bei Grunwałd ist wahrheitsgetreu geschildert.

4. Kapitel: Geschichtlich verbürgt ist auch die Barbarei des Schwedenkönigs. Der polnische König Johann II. Kasimir, sein Adjutant Jerzy Lubomirski und der siebenbürgische Invasor Georg II. Fürst Rákóczi sind, wie auch die Belagerungen von Tschenstochau und

Zamość, der Geschichte entnommen. Die Burg Krzyztopor hat existiert und wurde zerstört, wie hier beschrieben; ihre Besitzer, die Ossolińskis, haben gelebt; nur die hier genannten Familienmitglieder sind fiktiv.

5. Kapitel: Alle hier beschriebenen führenden Militärs sind historische Persönlichkeiten: König Johann III. Sobieski von Polen, Herzog Karl V. von Lothringen, der deutsche Fürst Waldeck, Ernst Rüdiger Graf von Starhemberg, Hieronymus Lubomirski und der türkische Großwesir Kara Mustafa. Sultan Mehmed IV. ist nach historischen Berichten gezeichnet, wie auch der große Kampf um Wien.

6. Kapitel: Die Fürstin Lubomirska und ihr Palais in Łańcut sind historisch ebenso belegt wie die Czartoryskis auf Puławy, die Zamoyskis auf Zamość und die Mniszechs auf Dukla. Die Granickis und das Schloß Radzýn sind fiktiv; das gleiche gilt für den Familienzweig der Mniszechs auf Schloß Niedzica, das jedoch sehr real ist. Das Palais Princesse in Warschau existiert in Wirklichkeit nicht.

7. Kapitel: Kaiser Franz Joseph und seine Geliebte Katharina Schratt, die kurz erwähnt werden, sind historische Persönlichkeiten; alle anderen Personen sind fiktiv.

8. Kapitel: Der polnische Ministerpräsident Ignacy Jan Paderewski und der russische Marschall Semjon Budjonnyj sind historisch belegt, ebenso die entscheidende Schlacht bei Zamość, die in den meisten Geschichtsbüchern kaum erwähnt wird, weil es eine Schlacht zwischen Polen und Russen war, bei der die Polen siegten.

9. Kapitel: Die Beschreibung der drei Zentren des Naziterrors in Lublin – Unter der Uhr, das Schloß Lublin und Majdanek – entspricht, soweit die vorhandenen Informationen es ermöglichten, der historischen Wahrheit; allerdings änderten sich die diversen Lagerbestimmungen in Majdanek von Zeit zu Zeit. Generalgouverneur Hans Frank in Krakau und der »Ofen-Kommandant« Erich Muhsfeldt in Majdanek haben wirklich gelebt, aber alle anderen Figuren, Polen wie Deutsche, sind fiktiv. Als ich schon mitten in der Arbeit an diesem Kapitel steckte, erfuhr ich, daß das Raketenversuchsgelände von Peenemünde – das in einem früheren Buch von mir eine Rolle spielt – ganz in die Nähe jenes imaginären Dorfes verlegt worden war, das ich für diesen Roman erdichtet habe. Das polygonale Sperrgebiet gab es wirklich; auch die Vertreibungen aus Zamość und die Vergeltung der Polen entsprechen tatsächlichen Begebenheiten.

10. Kapitel: Mit Ausnahme von Präsident Reagan und Papst Johannes Paul II., die kurz erwähnt werden, sind alle Gestalten fiktiv; dies gilt auch für Schauplätze und Handlung.

Das polnische Volk

Für den größten Teil der vorliegenden Erzählung läßt sich das polnische Volk in die folgenden Kategorien einordnen:

Der Adel

Magnaten: Als Besitzer ausgedehnter Ländereien und mit vielen Vorrechten ausgestattet, beherrschten sie Polen, ohne daß eine übergeordnete Macht vorhanden gewesen wäre, die ihnen Vorschriften hätte machen können. Nach außen hin vergleichbar mit den großen Baronen Englands, waren sie in Wahrheit um vieles mächtiger, da sie es ablehnten, sich ihrem König gegenüber auf Dauer zu Gehorsam und Dienstbarkeit zu verpflichten. Polens geographische Lage brachte es mit sich, daß sie individuell oft mit fremden Mächten koalierten. So vertraten die mächtigen Radziwills des öfteren russische, die Leszczyńskis französische Interessen. Sie waren entweder äußerst konservativ (die Lubomirskis, die Mniszechs) oder überraschend liberal (die Czartoryskis, die Zamoyskis). Alle aber waren sie außerordentlich starrköpfig und zerstörten am Ende ihr Vaterland. Die verschiedenen Grafen Lubonski sind fiktiv.

Der König: Ursprünglich erblich, wurde der Königstitel später durch Wahl vergeben. Zur Ausführung dieser Wahl berechtigt waren die Magnaten und die Angehörigen des niederen Adels; sie zogen es vor, einem Ausländer die Krone aufs Haupt zu setzen, da sie befürchteten, ein Pole könnte in diesem Amt zu stark werden. Auf den Tod eines Königs folgte jedesmal ein zügelloser Wahlkampf, an dem sich meist auch ausländische Mächte mit Kandidaten beteiligten, die ihren Interessen günstig gesinnt waren. Dieses eigenartige System brachte hervor: einen ausgezeichneten Herrscher (Stephan Báthory aus Ungarn); einen erbärmlichen Versager (ein charakterschwacher französischer Fürst, der nach drei Monaten zurücktrat); zwei geistesarme Nullen (aus Sachsen); drei halbwegs gute Könige, die jedoch katastrophale Entwicklungen nach sich zogen (die Herrscher aus dem schwedischen Hause Wasa) und hin und wieder einen echten polnischen Adeligen, der mindestens ebenso gut regierte, wie die Ausländer es getan hatten (Leszczyński, Poniatowski). Gewählt wurde aber auch ein Pole von dynamischer Kraft, der sich als ein höchst bemerkenswerter Herrscher erwies (Johann III. Sobieski, der Held von Wien).

Fürsten, Grafen: Polen vergab keine Titel, wohl aber taten es der Papst, das Heilige Römische Reich und Nachbarländer – oft zu einem stolzen Preis. Es gab also Fürsten, Herzöge und Grafen, doch diese Titel verliehen keine Macht, die jene der Magnaten überstiegen hätte. Der Rang eines Fürst Lubomirski oder eines Graf Lubonski war um nichts höher als der des alten abgebrühten Mniszech auf Dukla, und oft waren diese Adeligen wesentlich ärmer an weltlichen Gütern als die Magnaten.

Der niedere Adel: Diese Kategorie ist schwer zu definieren. Der niedere Adel gliederte sich in zwei Gruppen: Die eine bestand aus Grundbesitzern, die über die auf ihrem Land ansässigen Bauern herrschten, die andere aus grundbesitzlosen Faktoten, die sich dem einen oder anderen Magnaten anschlossen. Die Angehörigen dieser zweiten Gruppe lassen sich mit der unteren Klasse japanischer Samurais vergleichen; es waren Männer edlen Geblüts ohne Burg oder größeren Landbesitz, die als Nachläufer oder Söldner ihre Existenz fristeten. Eine Verwandtschaft besteht auch mit dem spanischen Caballero, dem Mann, der nur ein Pferd, eine Lanze und seinen stolzen Namen besaß. Fünf Ämter, die ihren festen Platz in der polnischen Literatur haben, wurden von Mitgliedern des niederen Adels ausgeübt: das Amt des *Woiwoden* (mächtiger Landeshauptmann einer Provinz), des *Hetman* (Oberbefehlshaber des Heeres), des *Kastellan*

(Königlicher Statthalter eines Burgbezirks), des *Palatin* (Beamter in einer Burg) und des *Starost* (Statthalter des Königs in einem Bezirk mit eigener Gerichtsbarkeit). Zu dieser Kategorie gehörten Männer, die fast so reich und mächtig wie Magnaten waren, und alle dazwischenliegenden Stufen bis hinunter zu dem umherziehenden Halunken, der keine Burg, kein Geld, kein Dorf, keine Bauern und nur ein Pferd und grenzenlosen Stolz besaß. Die Familie Bukowski entstammt einer mittleren Schicht und ist erfunden.

Die Geistlichkeit

Kardinal, Bischof, Abt, Mönch: Eng mit Rom verbunden, besaßen die Angehörigen dieser Gruppe ausgedehnte Ländereien, ja ganze Dörfer und Städte einschließlich der dort ansässigen Bauern. In militanter Verteidigungsbereitschaft standen sie den orthodoxen Katholiken Rußlands, den Protestanten Schwedens und Deutschlands, den Juden im eigenen Land und den Heiden in den baltischen Gebieten ablehnend gegenüber. Eine zwiespältige Haltung nahmen sie zu den Anhängern der berühmten Unierten Orientalischen Kirche Polens ein, die von Rom gefördert wurden, um die Orthodoxen abtrünnig zu machen; so wie es den guten Katholiken Spaniens schwerfiel, konvertierte Juden uneingeschränkt zu akzeptieren, mißtrauten die polnischen Katholiken den unierten Renegaten. Zunächst waren die Geistlichen oft in weitem Umkreis die einzigen, die lesen und schreiben konnten, und übten daher starken politischen Einfluß aus; aber die Magnaten und die Angehörigen des höheren Adels erwarben rasch eine umfassende Bildung und stellten damit ein Gleichgewicht der Macht her.

Die Stadtbewohner

Kaufleute: Polnische Autoren verwenden für diese Kategorie die Bezeichnung »Bürger«. Mit der Zeit nahm ihre Macht zu; indem sie ihre eigenen Läden erwarben und kleine Manufakturen errichteten, glichen sie sich der europäischen Mittelschicht an.

Handwerker: Sie bewohnten die Städte, waren oft Besitzer ihrer Läden und mußten die Vorschriften ihrer Zünfte befolgen.

Die Juden

Geldverleiher: Da es der katholische Glaube seinen Bekennern nicht gestattete, Zinsen zu fordern, und weil die ritterliche Tradition ihren Angehörigen jede geschäftliche Tätigkeit (ausgenommen den Handel mit Holz und Getreide) untersagte, wurde der Geldverkehr die akzeptierte Domäne der Juden. Diese wurden gehalten, extreme Zinsen zu nehmen, um die Christen vom »schnöden Mammon« abzuschrecken. Was die Einstellung zu den Juden betrifft, so zeigte sich Polen weit liberaler als die Nachbarländer; darum fanden dort viele Juden Zuflucht und kamen gut vorwärts, aber hin und wieder flammte feindselige Gesinnung auf.

Die Landbevölkerung

Kleine Grundbesitzer: Obwohl das Land in Polen für gewöhnlich Eigentum der Magnaten oder der Krone war, gelang es geschickten Bauern durch gewandtes Benehmen, mutiges Verhalten im Krieg, oder indem sie den Magnaten oder dem König Dienste erwiesen, ein kleines Stück Land zu ergattern, auf dem sie genügend Gewinn erzielten, um weitere Grundstücke dazuzuerwerben – so lange, bis sie eigene Höfe, eigene Pferde und einfaches landwirtschaftliches Gerät besaßen, mit deren Hilfe sie sich selbst versorgen konnten; im Laufe der Zeit kamen sie auch zu Geld und konnten den Lebensstandard ihrer Familien heben. Oft fand das Geld auch als Mitgift Verwendung, wenn eine besonders attraktive Tochter einem mittellosen Angehörigen des niederen Adels vermählt wurde.

Bauern: Die große Mehrheit der Polen bestand aus Bauern, so wie die große Mehrheit aller Völker im Europa des Mittelalters – und bis in die heutige Zeit in osteuropäischen Ländern wie Rußland, Polen, Rumänien oder Ungarn. In anderen Ländern nannte man sie Leibeigene, Zinsbauern, Hintersassen, Hörige oder Knechte. Sie waren keine Sklaven im eigentlichen Sinn, aber sie gehörten zum Land, besaßen nur selten eine eigene Wohnstatt, mußten eine bestimmte Zahl von Tagen für ihren Herrn arbeiten, konnten ohne Erlaubnis nicht in ein anderes Dorf ziehen und hatten nicht die geringste Ausbildung und keinerlei Aussicht, ihre Lage zu verbessern. Dennoch erkämpften sich die polnischen Bauern – wenn auch erst viel später als die Bauern in Westeuropa – gewisse Freiheiten, das Ende althergebrachter Lasten und Pflichten und, in beschränktem Maß, das Recht, Land zu erwerben.

Trotz dieses starren Systems, in dem der Magnat alles besaß und alles beherrschte, gedieh eine Art primitiver Demokratie in Polen, das immer um vieles liberaler als seine Nachbarn war. In England konnte man nur drei Prozent der Bevölkerung dem Adel zurechnen, in Frankreich gar nur zwei Prozent, in Polen waren es dagegen volle zwölf, manche sagen sogar fünfzehn Prozent. In den Städten zählten sich weitere zehn oder zwölf Prozent zum Adel, was bedeutet, daß eine ganze Menge Bürger Interesse an der Regierung ihres Landes hatte.

Das unglaubliche *liberum veto*, durch das in einem Sejm (Reichstag) von Hunderten ein einziger mit dem Ruf »Ich erhebe Einspruch!« die Beschlüsse des Sejms ungültig machen und den Reichstag »zerreißen« konnte, war einer der Hauptgründe dafür, daß Polen von der Landkarte Europas verschwand, aber es wurde als letztes Mittel verteidigt, mit dem ein freier Mann (in diesem Fall der Magnat oder sein Gefolgsmann) für seine Freiheit eintreten konnte. Die Tatsache, daß Polen so viele schicksalhafte Rückschläge überleben konnte, zeugt von der Freiheitsliebe seiner Bewohner.

Mazurka

1. Kapitel

Buk gegen Bukowski

Im Herbst 1981 traten in einer kleinen polnischen Landgemeinde Ereignisse ein, die die Welt elektrisierten und ihren Widerhall in so unterschiedlichen Hauptstädten wie Washington, Peking und, ganz besonders, Moskau fanden.

Dieses Dorf, Bukowo, das 763 Seelen zählte, lag an der Stelle, wo die Weichsel auf ihrem majestätischen Lauf von der Quelle in den Karpaten im Süden zur Mündung in die Ostsee nach Norden abbiegt. In dem kleinen Dorf stand eine Burg aus Stein, die im Jahr des Herrn 914 zum Schutz gegen räuberische Banden aus dem Osten errichtet, aber schon bald durch eben diese plündernden Horden zerstört worden war. Jeder der nachfolgenden Herren des Dorfes hatte irgendwann einmal mit dem Gedanken gespielt, die Ruine abzureißen und eine neue Burg aufzubauen, aber keiner hatte sich dazu entschließen können, denn die alte Burg übte einen Zauber auf alle aus, die sie sahen, und unter den Dörflern ging die Sage, daß, solange ihr zerstörter Turm standhielt, auch sie standhalten würden. Es mußte etwas Wahres daran sein, denn in Bukowo hatte es schon so manche gefährliche Situation gegeben, aber gleich seinem Turm stand das Dorf immer noch.

Fast sechsunddreißig Millionen Polen, von denen achtzehn Millionen wahlberechtigt waren, wurden von einer kommunistischen Partei regiert, die nur drei Millionen Mitglieder zählte. Diese Minderheit hatte gleich zu Beginn der jetzt sich entwickelnden gefährlichen Situation ein symbolisches Zugeständnis gemacht: Sie hatte sich einverstanden erklärt, die Diskussion über die Landwirtschaftspolitik in dem Dorf abzuhalten, aus dem der lauteste Protestler kam, und dies wurde von allen Beteiligten als versöhnliche Geste des guten Willens gewertet. Aber Janko Buk, der Anführer, den sie zu beschwichtigen suchten, interpretierte diese Geste auf seine Art: »Wo ihnen jetzt die streikenden Werftarbeiter in Danzig solche Schwierigkeiten machen, können sie es sich nicht leisten, auch noch mit uns herumzustänkern.«

Die Kommunisten hatten sich auch noch aus einer Reihe von anderen Gründen für dieses Dorf entschieden. Es lag im Herzen eines großen landwirtschaftlichen Gebietes, war daher als repräsentativ einzustufen und befand sich weit entfernt von größeren Städten, deren geübte Agitatoren versuchen mochten, auf die Verhandlungen Einfluß zu nehmen oder sie gar zu stören. Der wichtigste Grund war aber vielleicht der, daß sich ganz in der Nähe das vor kurzem renovierte Schloß Bukowski befand, das mit seinen siebzig Räumen für Tagungen aller Größenordnungen bestens geeignet war.

Die drei Namen – Buk, der Bauer, der die gefährliche Situation heraufbeschworen hatte, Bukowo, das Dorf, und Bukowski, die Familie, der das Schloß einst gehört hatte – waren offensichtlich auf eine gemeinsame Wurzel zurückzuführen. Das Wort *buk* bedeutet Buche, und das paßte auch, denn seit undenklichen Zeiten befand sich auf dem ausgedehnten Gebiet östlich des Flusses ein großer Wald, der mit Eichen, Fichten, Eschen, vor allem aber mit Buchen bestanden war, jenen hochgewachsenen Bäumen mit den festen, schweren Stämmen. Über Jahrhunderte hin hatten Holzfäller diese Bäume geschlagen und die großen Stämme zur Ostsee geflößt, von wo sie nach Hamburg und Antwerpen verschifft wurden; aber ein ganz besonders edler Bestand von Buchen, der den östlichen Rand des Dorfes säumte, war stets liebevoll gepflegt worden.

Der große Wald, von dem diese Buchen ein Teil waren, hatte bis zum Jahre 888 keinen eigenen Namen getragen. Damals waren die äußerst primitiven Menschen, die zu jener Zeit zwischen Wald und Strom hausten, von einem halb Verrückten, der unter ihnen lebte, in Angst und Schrecken versetzt worden. Er hatte behauptet, ihm sei eines Abends, als er unter den Buchen Reisig gesammelt habe, der Teufel begegnet. Der Herr der Unterwelt, hatte er behauptet, habe lange Ketten um den Hals getragen, klirrende und rasselnde Ketten. Dem irren Menschen war es damals gelungen, seine Nachbarn, besonders die Kinder, davon zu überzeugen, daß sie die klirrenden Ketten hören könnten, wenn der Teufel unterwegs sei und sie die Ohren spitzten.

Szczęk wurde von da an der Wald genannt, und alle waren sich einig, daß der Name paßte, denn oft kam tatsächlich ein Klirren und Rasseln von den Bäumen her, und da im Polnischen der Buchstabe e, wenn man ihn mit einer Cedille versieht – also ę – nasal wie das französische »en« ausgesprochen wird, hieß der Wald *Schtschenk*, was im Klang tatsächlich an das Klirren einer Kette erinnert.
Die Dorfbewohner bewahrten die Ruine ihrer – wie sie meinten – glückbringenden Burg vor dem völligen Verfall und pflegten ihre geliebten Buchen, aber auf das Schloß waren sie besonders stolz. Es war von den armen Bukowskis, die sich dem niederen Adel zurechneten, obwohl es ihnen nicht viel besser ging als den Bauern ihres Dorfes, über die Jahrhunderte hin in unregelmäßiger Weitläufigkeit angelegt und erst 1896, als die Familie zu Vermögen gekommen war, großzügig ausgebaut worden.
Das Schloß stand auf einer kleinen Anhöhe, von der aus man die Burgruine und dahinter die Weichsel überblicken konnte, und war ein massiger zweistöckiger Bau in der Form eines U, den kleinen französischen Châteaux an der Loire durchaus ebenbürtig. Der offene Teil mit den zwei hervortretenden Flügeln lag nach Westen, die Rückseite nach Osten mit Blick auf das Dorf und den dahinterliegenden Wald. In den letzten Tagen des Zweiten Weltkriegs, während der deutschen Niederlage und des Sieges der Sowjetunion, war es schwer beschädigt, aber in den fünfziger Jahren wiederaufgebaut worden und diente jetzt als Museum, als Erholungsheim für verdiente Funktionäre der Kommunistischen Partei und als Ort der Begegnung für große Tagungen. Von Warschau nach Bukowo brauchte ein guter Fahrer knappe vier Stunden, von Krakau weniger als drei; die Regierungsbeamten, die sich für dieses Schloß als Austragungsort einer so wichtigen Konferenz entschieden hatten, wußten also, was sie taten.
Das Dorf am Waldrand verlieh dem großen Gebäude einen besonderen Reiz. Noch bevor das erste primitive Haus erbaut und dem Wald ein Name gegeben worden war, hatten sich hier ein paar Hütten angesammelt, und in den mehr als tausend Jahren, die folgten, war ihre Zahl langsam, aber stetig gewachsen – ein oder zwei Hütten alle fünfzig Jahre. Verbesserungen wurden nur allmählich erzielt, denn die Angehörigen des niederen Adels, die den stabileren Bau bewohn-

ten, der sich zu einem Schloß wandeln sollte, kümmerte es herzlich wenig, wie es ihren Bauern erging. Über einen Zeitraum von achthundert Jahren gab es in den Hütten nur Lehmböden; neunhundert Jahre lang existierten weder Kamine noch Fenster, und die Bewohner mancher Hütten mußten hundert Jahre lang ohne feste Türen auskommen.

Nur langsam wurden Fortschritte sichtbar, hier ersetzte man ein Strohdach durch ein hölzernes, dort wurde eine kostbare Glasscheibe in einen primitiven Fensterrahmen eingesetzt, und mit der Zeit entstand eine attraktive Vielfalt von einträchtig zusammenstehenden, niedrigen, in zarten Farben gestrichenen Häuschen, die sich harmonisch um drei Seiten eines rechteckigen Hauptplatzes gruppierten. Der offene Teil lag – wie der des Schlosses – nach der Weichsel, während die Rückseiten der Hütten an den Buchenwald grenzten. Das war Bukowo: Gegen Osten ein urzeitlicher Wald mit einem herrlichen Buchenbestand, ein schmuckes Dorf, ein schönes Schloß, eine alte Burgruine und, alles beherrschend, die majestätische Weichsel. Hier sollten die fortschrittlichsten Theorien der zeitgenössischen Welt aufeinanderprallen.

Man hatte einen der vielen mittelgroßen Räume des Obergeschosses zum Sitzungssaal bestimmt, und in diesem Raum gab es sechs jedem Polen bekannte Anzeichen, aus denen die Teilnehmer ersehen konnten, welche Wichtigkeit ihrem Zusammentreffen beigemessen wurde: Wenn nämlich im kommunistischen Polen zu einer Besprechung Leute geladen waren, die nur unbedeutende Positionen einnahmen, wurde ausschließlich Tee serviert, und zwar in einfachen Tassen und aus einer gewöhnlichen Kanne. Ein wenig höherstehende Gäste durften mit Befriedigung registrieren, daß die Tassen auf Spitzendeckchen gestellt wurden. Jene, die einen mittleren Rang einnahmen, seufzten vor Genugtuung, wenn Flaschen mit köstlichem Johannisbeersaft, *sok* (Saft) genannt, auf den Tisch kamen; aber nur wer zu den wirklich Mächtigen zählte, erreichte die vierte Stufe: All dies und dazu noch eine Flasche wirklich guten Cognacs.

Waren die Besucher hohe Amtsträger, kam noch ein Teller mit Plätzchen dazu, köstliches, hauchdünnes Gebäck mit Zuckerguß glasiert, und wenn der Gast gar Mitglied des Kabinetts war oder einen hohen militärischen oder kirchlichen Rang bekleidete, wenn es sich um einen Filmstar oder um einen führenden Verleger handelte, wurde ihm ein sechstes Ehrenzeichen zuerkannt: Zusätzlich zu den fünf Köstlichkeiten – vom Tee bis zu den Plätzchen – wurden Sandwiches aus bestem Brot angeboten, dick mit Butter bestrichen und mit Käse, Schinken oder Hühnerfleisch belegt. Gäste, denen all das serviert wurde, bedurften keiner mittelalterlichen Trompetenfanfaren und keiner Salutschüsse; sie wußten, daß sie mit allen Ehren empfangen wurden.

Für die Konferenz der Landwirtschaftsexperten waren Sandwiches und eine Schokoladentorte vorbereitet worden . . .

Die Vertreter der Partei trafen als erste ein und wurden von Hausmeistern auf ihre Zimmer gebracht; und weil es so viele Räume gab, war die Wahrscheinlichkeit groß, einen zu bekommen, von dem aus man den Blick auf die Burgruine im Süden und den Fluß im Westen genießen konnte. Die Sekretäre und Forschungsassistenten erhielten Zimmer, die nach den Buchen lagen; manche zogen diese Aussicht sogar vor, denn der *Szczęker* Wald war auf seine Art genauso schön wie der Strom.

Die Ankunft des Ministers hatte einen Heiterkeitsausbruch zur Folge, denn sein Name war Szymon Bukowski, und so mancher erlaubte es sich, ihm scherzhaft zu versichern: »Ich fühle mich so richtig wohl in Ihrem Schloß!« Gutgelaunt erklärte er, daß die einstigen Besitzer des Schlosses nicht *seine* Bukowskis gewesen seien, aber trotzdem sprachen alle auch weiterhin von *seinem* Schloß.

Er war ein prominentes Mitglied der polnischen Regierung, siebenundfünfzig Jahre alt, mit leicht eingezogenen Schultern, kurzgeschnittenem grauen Haar, hochangesetzten Koteletten und einem dunkelhäutigen, kantigen, freundlichen Gesicht. Die tief in ihren Höhlen liegenden Augen waren von einer Nickelbrille verdeckt. Trotz der sommerlichen Temperaturen trug er einen dunklen, konservativen Anzug aus dicker Wolle und eine sorgfältig geknotete dunkle Krawatte. Er hätte irgendein Apparatschik in irgendeinem Land hinter dem Eisernen Vorhang sein können; tatsächlich aber war er der Landwirtschaftsminister Polens, und seine Aufgabe bestand darin, den Unruhen auf dem Lande, die die Nahrungsmittelversorgung Polens in Gefahr brachten, ein Ende zu bereiten.

Er war der richtige Mann für diese Aufgabe, ein gläubiger Kommunist, der großes Verständnis für die Schwierigkeiten hatte, mit denen die Bauern kämpfen mußten. Bis zu seinem fünfzehnten Lebensjahr hatte er in diesem Dorf Bukowo gewohnt; sein Vater war Aufseher über eine Reihe von Höfen gewesen, auf denen er, Szymon, oft selbst gearbeitet und sich so mit den Problemen der Landwirtschaft vertraut gemacht hatte.

Nach dem Rückzug der Deutschen hatte er Architektur studiert und sich durch zwei Unternehmungen in Regierungskreisen einen Namen gemacht: Er half mit, unter seinen Kommilitonen starke kommunistische Bewegungen zu organisieren, und stürzte sich nach seiner Promotion in großangelegte Projekte für den Wiederaufbau seiner im Krieg zerstörten Heimat. Auf diesem Gebiet errang er beachtliche Erfolge. Er machte insbesondere von sich reden, als er ganze Bezirke der Stadt Lublin wiederherstellte und zusätzlich fast zwanzigtausend neue Wohnungen für Kriegsopfer errichtete, die sonst keine Bleibe gefunden hätten.

Aber nicht alle, die ihn kannten, schätzten ihn auch, denn er war ein so bornierter Kommunist, daß in seinem Herzen kein Platz für die Religion war, und während viele Regierungsmitglieder in der Öffentlichkeit über die katholische Kirche herzogen, um ihren Posten nicht zu verlieren, privat aber an den Gottesdiensten teilnahmen, um ihr Polentum zu bewahren, wollte Szymon Bukowski nichts mit der Kirche zu tun haben – weder in der Öffentlichkeit noch privat. Wie Lenin, Marx zitierend, so oft wiederholt hatte, glaubte auch er fest daran, daß Religion Opium für das Volk sei, und er empfand seine Arbeit, den Aufbau des neuen Polen, als so aufregend, daß er keines Opiats bedurfte. Allerdings behielt er solche Ansichten für sich; schließlich kämpfte er schon auf der Wohnungsbau- und Nahrungsmittelfront und brauchte sich nicht auch noch mit der Kirche anzulegen.

Aber er war entschlossen, diesem Janko Buk das Handwerk zu legen, dessen Bestreben, die ländliche Bevölkerung aufzuwiegeln, soviel Unruhe im ganzen Land hervorrief. Die Bauern sahen in Buk den Mann, der sie aus ihrer verzweifelten Lage herausführen würde; die Regierung sah in ihm eine auslösende Kraft, die die Grundlagen des Systems bedrohte. Wenn sich die Werftarbeiter in Danzig zu einer Gewerkschaft namens »Solidarität« zusammenschlossen, konnte man das gerade noch hinnehmen, denn es handelte sich dabei um eine Organisation in der großen Tradition der europäischen Arbeiterbewegung. In allen Ländern der Welt hatten Fabrikarbeiter Gewerkschaften gegründet, sogar im zaristischen Rußland, und der Kommunismus hatte Wege gefunden, um solche Gewerkschaften ohne große Mühe in sein System zu integrieren. Er hatte ihre guten Ideen übernommen, die schlechten ausgemerzt und abweichlerischen Tendenzen stets einen Riegel vorgeschoben. Die Bedürfnisse der Fabrikarbeiter ließen sich leicht mit den Anforderungen der industriellen Produktion in Einklang bringen.

Wenn aber nun die Bauern anfingen, von Gewerkschaften zu sprechen, die den Anbau und die Verteilung von Agrarprodukten kontrollieren sollten, von denen das ganze Land abhängig war, eröffneten sie eine neue Dimension, eine Dimension ohne Beispiel und eine, die höchst bedauerliche Abweichungen zur Folge haben konnte. Dieser Lech Wałęsa, dieser Werftarbeiter in Danzig, war in keiner Weise ein Staatsfeind; er war ein natürliches Produkt dieses Staates, und wenn es auch einiger Disziplin bedurfte, um ihn im Zaum zu halten, so waren seine Fähigkeiten doch bekannte Größen. Janko Buk aber, der soviel Unruhe unter den Bauern stiftete, war ein Unbekannter; es fand sich nichts in der Theorie des Staatssozialismus, was es den kommunistischen Führern Polens erlaubt hätte, einen Mann wie Buk zu akzeptieren, und seine Aktivitäten versetzten sie in große Sorge. Leitende Funktionäre der Partei hatten Szymon Bukowski beschworen, bevor er von Warschau zu der Konferenz aufgebrochen war: »Wenn Lech Wałęsa bewirkt, daß wir ein Schiff nicht rechtzeitig fertigstellen, ist das nicht so schlimm. Wir liefern es eben zu einem späteren Zeitpunkt. Wenn aber Janko Buk die Dinge so weit treibt, daß wir einen beträchtlichen Teil auch nur *einer* Ernte verlieren, bringt er unser Land damit in größte Schwierigkeiten. Lies ihm die Leviten und bring ihn auf Vordermann!«

Begleitet von drei Bauern aus umliegenden Bezirken erschien jetzt der junge Mann, dem diese scharfe Kritik galt. Er war sechsunddreißig Jahre alt, stämmig gebaut wie alle Männer in seiner Familie, mit kantigem Gesicht und blondem Haar. Die kleine Lücke zwischen seinen zwei großen Vorderzähnen wurde durch deren ungewöhnliche Weiße ausgeglichen, die seinem Gesicht einen gewinnenden Ausdruck verlieh, wenn sich ein freundliches Lächeln über seine Züge breitete. Wie viele Bauern hielt auch er seine Ellbogen vom Körper weg, so, als wäre er auf jeden Angriff vorbereitet, schien jedoch ansonsten eher starrköpfig als streitlustig zu sein.

Janko Buk hieß er, Janko von den Buchen, ein in diesem Dorf seit tausend Jahren vertrauter Name. Unter seinen Vorfahren hatte es einige simple Jans gegeben, während andere, Männer von lebhafterem Gemüt, mit der liebevollen Verkleinerungsform Janko bedacht worden waren. Er war ein verantwortungsbewußter Landwirt und fand jede Unterstützung bei seiner Frau, einer resoluten Bauerntochter, und seiner verwitweten Mutter, die von der Landwirtschaft nicht weniger verstand als er selbst.

Wie war dieser so durchschnittliche Mann, der nicht einmal Mittelschulbildung besaß, zum Sprecher für die Bauern des südöstlichen Polen und daraufhin, wie es schien, ganz Polens geworden?

Erstens war er intelligent genug, um zu begreifen, daß die Preise der Dinge, die die Bauern benötigten, etwa Düngemittel oder Maschinen, steigen mußten, wenn sich die Industriegewerkschaften innerhalb der »Solidarität« die höheren Löhne erkämpften, auf die sie ein Anrecht hatten. Und wenn die Regierung, um Tumulte in den Städten zu vermeiden, die Lebensmittelpreise drückte, versetzte sie damit die Bauern in eine ausweglose Lage: »Preissteigerungen bei allem, was wir kaufen müssen, die gleichen Preise für alles, was wir verkaufen. Das führt zu unserem Ruin.« Und in Wahrheit war es noch schlimmer: »Um unerwartete Ausgaben in den Städten bestreiten zu können, setzt die Regierung die Zahlungen an uns herunter. So können wir nicht leben.«

Weil es in seiner Familie Tradition war, kein Blatt vor den Mund zu nehmen – eine hitzige Urgroßmutter war 1939 gehängt worden, weil sie sich geweigert hatte, von den deutschen Nazis erlassenen sinnlosen Befehlen zu gehorchen; sein Vater war 1944 vermutlich von russischen Kommunisten exekutiert worden; seine Mutter hatte Freiheit und Ehrbarkeit stets mit einem Mut verteidigt, wie ihn nur wenige aufbrachten –, weil das so war, fand sich Janko Buk eher als seine Leidensgefährten bereit, über diese Dinge zu reden. So werden manchmal einfache Menschen von stummen Beobachtern eines Unrechts zu Entdeckern der Wahrheit, beginnen, über ihre Drangsal

Klage zu führen und schließlich Widerstand zu leisten. Fast zufällig hatte Buk sich an der Spitze einer gewaltigen, von der ländlichen Bevölkerung getragenen Protestbewegung gegen den Wahnwitz gesehen, mit dem das kommunistische System die Bauernschaft bedrängte, und je lauter seine Stimme wurde, desto klarer erkannten auch andere Bauern die Wahrheit seiner Worte.

So erklärt es sich, daß Janko Buk, der nun das Schloß betrat, über einen großen Anhang verfügte und die Vertreter der Regierung ihm mit Respekt begegnen mußten. Als er in den Sitzungssaal trat, sah er auf einen Blick die Tassen, die Spitzendeckchen, die Flaschen mit dem Johannisbeersaft, den Cognac, die Plätzchen und, in der Mitte des Tisches, eine Platte mit leckeren Sandwiches. Jetzt war er sicher, daß ernsthaft verhandelt werden würde.

Er nahm Szymon Bukowski gegenüber Platz und nickte freundlich. Er war diesem hohen Herrn noch nie begegnet, hatte aber schon viel von ihm gehört und fragte sich nun, wer als erster das Wort ergreifen sollte. Als Bukowski stumm blieb, zögerte Janko nicht, den Anfang zu machen. »Man hat mir oft, seitdem Ihr Name in aller Munde ist, gesagt, daß wir verwandt sind, Herr Minister.«

»Das könnte schon sein. Ich komme aus dieser Gegend.«

»Meine Frau glaubt, Ihre Großmutter und meine Urgroßmutter sind ein und dieselbe Person.«

»Meine Großmutter Jadwiga wurde 1939 gehängt, weil sie den Nazis Widerstand geleistet hatte.«

»Dann sind wir verwandt!« Sichtlich erfreut stand Buk auf, langte über den Tisch, ergriff Bukowskis Hand und schüttelte sie kräftig.

»Das ist ein guter Anfang!« sagte einer der Bauern, und einer aus Bukowskis Delegation stimmte ihm bei: »Und es deutet auf ein gutes Ende hin!«

»Sie müssen wissen«, sagte Bukowski, der eine Chance witterte, sich bei den Bauern gut einzuführen, »ich bin in diesem Dorf aufgewachsen. Ich habe auf Ihren Höfen gearbeitet. Und als die Nazis kamen, hielt ich mich in Ihrem Wald versteckt. Nach Kriegsende kam ich zurück und half mit, dieses Schloß wiederaufzubauen. Ich arbeitete in diesem Raum, in dem wir jetzt sitzen.«

»Meine Familie war zu der Zeit in Krakau«, entgegnete Buk. »Schade, daß wir uns damals nicht kennengelernt haben.«

»Ich kenne also Ihre Gegend recht gut, meine Herren. Ich kenne Ihre Probleme.«

»Das glaube ich nicht«, ließ sich eine ernste Stimme vom linken Ende des Tisches vernehmen.

Alle starrten den Zwischenrufer an, einen Bauern Ende fünfzig, dessen sorgenvoller Gesichtsausdruck eine noch deutlichere Sprache sprach, als es seine Worte getan hatten. »Wir sitzen in der Klemme, Herr Minister. Hohe Preise für alles, was wir kaufen, niedrige Preise für alles, was wir verkaufen.«

»Ich verstehe, und darum sind meine Experten hierhergekommen, um mit Ihnen zu reden.«

»Mit Reden ist es nicht getan, Herr Minister.« Der alte Bauer sprach mit einer Härte, die einige der Warschauer Gäste überraschte. Die alten Zeiten, als die Landleute ergeben nickten und sich mit allem einverstanden erklärten, was die hohen Herren verkündeten, waren vorüber. Ein fast erschreckender Widerspruchsgeist wurde in diesem Raum fühlbar. Vor zehn, ja noch vor zwei Jahren, wäre Szymon Bukowski hereinmarschiert gekommen und hätte mit lauter Stimme verkündet: »Das sind unsere Anforderungen, denen Sie sich zu fügen haben.« Und sie hätten sich gefügt. Wäre auch nur der leiseste Protest aufgekommen, Bukowski hätte es mit einer Geste angedeutet oder offen gesagt: »Der Große Bruder will es so haben!« Man sprach diese Worte immer mit einer Drehung des Kopfes oder der Schulter nach Osten aus. In jenen Tagen hatte Polen bekommen, was die Russen zu geben bereit gewesen waren. Jetzt war alles anders, und die Bauern und die Männer aus Warschau kämpften nicht so sehr gegeneinander wie gegen eine unbekannte Zukunft. Sie fühlten sich verpflichtet, darüber zu entscheiden, wie sich die Beziehungen zwischen Stadt und Land in Polen gestalten sollten; in Wahrheit aber, und das war noch viel wichtiger, bemühten sie sich zu entdecken, wie die Beziehung zwischen der polnischen und der russischen Nation nach außen hin beschaffen sein sollte. Es war eine Runde von Parteifunktionären und Bauern, Vorläufer der achtziger und neunziger Jahre, die sich an einem der brennendsten Probleme der Welt versuchten: Wie lockert eine kommunistische Diktatur die Kontrollen, vor allem dann, wenn der Zusammenbruch ihrer Wirtschaftspolitik eine solche Lockerung der Kontrollen erforderlich macht?

Als nun das Problem, wenn auch nur andeutungsweise, in Worte gefaßt war, begriffen die verbitterten Bauern, daß sie ihren Fall überzeugend darlegen mußten, um eine gute Verhandlungsgrundlage zu schaffen, und sie taten das mit einem Ingrimm, wie ihn die Männer aus Warschau in ländlichen Gegenden noch nie erlebt hatten.

Erster Bauer: Ich kann nicht hundert Zloty für alles zahlen, was ich in euren regierungseigenen Läden kaufen muß, und mich dann mit siebzig Zloty zufriedengeben, wenn ich meine Bodenprodukte an eure Großhandelszentren liefere. Das ist nicht fair.

Zweiter Bauer: Ich baue weder Weizen noch Gerste an. Ich baue Gemüse an, und das brauchen die Menschen in der Stadt gerade jetzt. Auf den Fotos in den Zeitungen sehen wir die Stadtleute stundenlang in Schlangen stehen, um meine Gurken, meine Möhren, meine Bohnen und Rettiche zu kaufen. Und ich muß mein Gemüse im Boden verfaulen lassen, weil euer Transportsystem zusammengebrochen ist. Die Leute haben Hunger, und meine Gemüse verrotten. Das ist ein Verbrechen!

Dritter Bauer: Vor drei Jahren haben wir uns zu sechst einen Traktor gekauft. Eine ausgezeichnete Idee war das! Wir haben ihn uns geteilt, und es gab nie irgendwelche Probleme. Janko Buk war einer von uns sechsen, er kann es bezeugen. Jetzt ist das Benzin teurer, kein Wunder bei all dem Mist, den die Amerikaner und die Araber machen. Wir könnten uns damit abfinden, wenn wir angemessenere Preise für unsere Bodenerzeugnisse bekämen.

Erster Bauer: Nicht so hastig! Selbst wenn ihr uns mehr bezahlen würdet, wir könnten den Traktor immer noch nicht in Betrieb nehmen. Und wissen Sie auch, warum, Herr Minister? Weil wir keine Ersatzteile bekommen.

Zweiter Bauer: Wissen Sie, was wir tun? Wir schlachten die Traktoren von anderen aus. Wir stehlen Ersatzteile. In der Nacht bewachen wir unseren Traktor, damit uns nichts gestohlen wird. Janko kann es Ihnen bestätigen.

Dritter Bauer: Wissen Sie, was ich letztes Mal gestohlen habe? Einen Bolzen, nicht länger als mein Finger. In ganz Polen ist so was nicht zu haben.

Erster Bauer: Ich glaube, Sie wissen, was gespielt wird, Herr Minister. Wir liefern unsere Bodenprodukte nicht an euren Einkaufsver-

band. Ich will keinen Namen nennen, aber allzu viele Schweine kommen nicht auf den offiziellen Markt. Es wird nachts geschlachtet und das Fleisch nach Krakau geschmuggelt und privat verkauft. Manche schicken ihre Frauen nach Rzeszów, damit die dort von Tür zu Tür gehen und Eier verkaufen.
Dritter Bauer: Mein Großvater sagt, es ist alles so wie vor hundert Jahren. Keiner nimmt noch Zloty. Sie sind nichts wert, und das wissen Sie ja auch, Herr Minister. Wir handeln und machen Tauschgeschäfte.
Zweiter Bauer: Wir pflanzen das Zeug. Wir halten Vieh. Unsere Familien brauchen nicht zu hungern. Aber in der Stadt werden die Leute bald hungern. Und wenn wir keine Düngemittel und Ersatzteile bekommen, wird es auch uns treffen.
Erster Bauer: Wir stecken in großen Schwierigkeiten, Herr Minister. Die Frauen in meiner Familie brauchen neue Kleider und neue Schuhe. Und wenn sie niemanden finden, der für unser Fleisch und unser Gemüse Verwendung hat, können sie sich nichts kaufen.
Dritter Bauer: Es sieht so aus, als würde alles zusammenbrechen, Herr Minister. Ich glaube, das ganze System bricht zusammen.
Alle Bauern: Ja! So ist es! Das ganze verdammte System!
Erster Bauer: Wir haben lange darüber gesprochen, und wir glauben, wir alle glauben, daß wir das Land bewirtschaften sollten, wie es früher bewirtschaftet wurde. Jeder ist für das verantwortlich, was er pflanzt und was er verkauft. Wenn er einen Fehler macht, ist es sein Schaden. Wenn er klug ist und hart arbeitet, kommt er gut voran. Erlaubt uns, daß wir es so machen, daß wir die Preise im Verhältnis zu dem festsetzen, was wir für unsere Einkäufe bezahlen müssen, und wir könnten ganz Polen und halb Rußland dazu ernähren.
Zweiter Bauer: Früher haben wir es auch so gemacht. Vor fünfzig Jahren. Vor zehn Jahren. Wir könnten es doch wieder so machen!
Über eine halbe Stunde dauerte das Trommelfeuer an, ein geduldiges, bedachtsames Aneinanderreihen von Beweisen dafür, daß die polnische Landwirtschaft zusammengebrochen war. Janko Buk sah keine Notwendigkeit, seine eigenen schmerzlichen Erfahrungen zu erwähnen. In den letzten Monaten hatte er begonnen, Überlegungen anzustellen, die auf einer höheren Ebene als der rein persönlicher Probleme lagen, aber wenn seine Erklärungen Wirkung zeigen sollten, mußten alle Übelstände zur Sprache gebracht worden sein, muß-

ten beide Seiten anerkannt haben, daß es sich um gravierende und anscheinend unmöglich abzuschaffende Mißstände handelte. Er konnte warten.

Auch Szymon Bukowski schwieg. In letzter Zeit war ihm klargeworden, daß es sich empfahl, den Menschen Gelegenheit zu geben, das neue Gefühl der Freiheit auszukosten, der Freiheit, sich beklagen zu dürfen, bevor der Regierungsbeauftragte auf jeden einzelnen Punkt einging. Er wußte, daß er, wenn er jetzt das Problem der Ersatzteile anspräche, sich in Details verlieren würde; die Debatte würde in Erbitterung und Feindseligkeit ausarten. Kam die ganze Erbitterung jedoch in einem großen Zug zum Ausbruch, konnte man ihr mit vernünftigen Argumenten den Boden entziehen. Darum ermutigte er die Bauern, ihre Beschwerden vorzubringen.

Erster Bauer: Ist sich die Regierung der Tatsache bewußt, daß bis zu vierzig Prozent unserer Produkte in Kanälen des Schwarzen Markts versickern?

Dritter Bauer: Versickern? Sie strömen hinein wie nach einem Dammbruch. Bald werden es siebzig Prozent sein. Und wie wird es dann in den Städten aussehen? Das möchte ich gerne wissen!

Zweiter Bauer: Und bei uns auf dem Hof? Meine Frau kann keine Seife bekommen. Ich bekomme weder Tabak noch Streichhölzer.

Erster Bauer: Ich muß auf die Frauen in meiner Familie zurückkommen. Ich muß ja schließlich mit ihnen leben. Sie können keine Kleider bekommen und keine Strümpfe. Und nichts in der Apotheke. Verdammt noch mal, sie kriegen überhaupt nichts!

Dritter Bauer: Ihr Leute in Warschau, die ihr das Sagen habt ... ist euch eigentlich klar, daß alle eure schönen Pläne gescheitert sind?

Jetzt konnte Bukowski nicht länger schweigen: »Polen«, begann er und legte den Zeigefinger ans Kinn, um den Eindruck tiefsten Nachdenkens zu vermitteln, »befindet sich in einer entsetzlichen Mangelsituation, die wir noch nicht überwunden haben, und ...« Einer der Bauern wollte ihn unterbrechen, aber Bukowski hob die Hand: »Sie haben gesprochen. Jetzt lassen Sie mich reden. Die Preispolitik der Ölländer hat uns zusätzlich geschadet. Und im Augenblick haben wir Schwierigkeiten mit den internationalen Banken, denen wir große Summen schulden – was sich bei unserem Ersatzteilprogramm empfindlich bemerkbar macht. Wir wissen das alles und sind fest ent-

schlossen, etwas zu unternehmen, um die Dinge wieder in den Griff zu bekommen.«
»Wann?« wollte einer der Bauern wissen.
»Aber wie Sie alle wissen, macht unser Land eine schwere Krise durch . . .«
»Polen macht seit tausend Jahren eine Krise durch«, wandte ein Bauer ein. »Aber es hat sich immer noch selbst ernähren können.«
»Es sind harte Belastungen einer neuen Art«, fuhr Bukowski fort, ohne auf die sich verstärkenden Angriffe einzugehen. »Wir bemühen uns, zwischen den Forderungen der Industriearbeiter und der Bauernschaft einen Ausgleich zu finden.«
»Die Fabrikarbeiter bekommen alles«, warf ihm ein Bauer vor.
»Im Moment sieht es so aus, das gebe ich zu. Lech Wałęsa und seine Leute haben enorm viel für sich herausgeholt.«
»Auf unsere Kosten.«
»Für den Augenblick sieht es so aus.«
»Es sieht nicht nur so aus, Herr Minister«, fuhr der erste Bauer ihn an. »Es ist so. Wenn man mit vier Frauen lebt, die Kleider und allerlei Hausrat brauchen und nichts bekommen können, dann sieht es nicht nur so aus, dann ist es so. Wir befinden uns in einer verzweifelten Lage.«
»Gewiß doch. Deswegen sind wir ja hier. Aber ich versichere Ihnen, daß die Regierung Pläne hat . . .«
Mit Gejohle reagierten die Bauern auf dieses unglücklich gewählte Wort. Seit die siegreichen Russen 1944 ins Land gekommen waren und eine kommunistische Regierung eingesetzt hatten, wie die Mehrheit des polnischen Volkes sie angeblich herbeisehnte, hörten die polnischen Bauern immer wieder von Plänen. Anfangs hatte es Gerüchte gegeben, wonach die gesamte Landwirtschaft Polens nach russischem Muster zwangsweise kollektiviert werden sollte, aber die klugen polnischen Führer, die ganz genau wußten, wie ihre Landsleute an ihrem eigenen Stück Grund und Boden hingen, hatten jede Kollektivierung abgelehnt. Statt dessen wurde viel davon hergemacht, daß »jeder Bauer sein eigenes Stück Land haben und uns helfen soll, die Felder der Großgrundbesitzer neu zu verteilen.« So ließ man also die alte Einteilung, wenn auch unter neuer Eigentümerschaft, weitgehend bestehen – eine unvorstellbar unrentable Eintei-

lung. Jeder Bauer hatte seine Kollektion von langen, handtuchschmalen, meist nicht aneinander angrenzenden Grundstücken, wie sie Zuteilungen entsprachen, die erstmals im Mittelalter vorgenommen worden waren. Zwischen dem Besitz des einen und eines anderen Bauern markierte ein breiter Streifen unbebauten Landes die Grenze; auf diese Weise wurden achtzehn Prozent allen kulturfähigen Landes vergeudet und der vernünftige Einsatz von Traktoren erschwert.

Natürlich waren auf den Gütern im Norden, die früher den preußischen Junkern gehört hatten, Kolchosen nach russischem Modell eingerichtet worden – teils aus politischen Gründen, teils weil dort nur wenige störrische Polen siedelten, die sich dagegen aufgelehnt hätten. So besaßen also Bauern wie Janko ihr eigenes Land, andere nicht, aber alles in allem befanden sich an die neunundsiebzig Prozent anbaufähigen Landes in Polen in privatem Besitz, und das war den Russen im Kreml ein Dorn im Auge.

Dieses zweiteilige System würde vielleicht funktioniert haben, wenn es einen vernünftigen Plan zur Beschaffung von Saatgut, Düngemitteln und Maschinen gegeben und man sich um Absatzmärkte bemüht hätte, aber kommunistische Planer mischten sich in alles ein, was entsetzliche Komplikationen zur Folge hatte. Entscheidungen wurden von wohlmeinenden Leuten wie Szymon Bukowski getroffen, die die ernsten Probleme der Landwirtschaft nicht in ihrer ganzen Tragweite abzuschätzen vermochten. Wie in der Sowjetunion nahm auch in Polen die Leistungsfähigkeit des Bodens Jahr für Jahr weiter ab, bis das Land, das man einst die Kornkammer Europas genannt hatte, ein Land wogender Weizenfelder, die hundert Millionen Menschen hatten ernähren können, zu einem Land geworden war, in dem Lebensmittelmangel herrschte.

Für einen verständigen Mann wie Janko Buk war es erschreckend zu sehen, wie sich die Planer in Warschau unweigerlich für jene Aktionsprogramme entschieden, die mit Sicherheit eine Verringerung des Ertrages zur Folge hatten. »Wollen die nicht, daß die Menschen genug zu essen haben?« fragte er oft seine Frau und seine Mutter. »Wollen die nicht selbst genug zu essen haben?« Er hatte zuerst geglaubt, die Fehlentscheidungen seien der Tatsache zuzuschreiben, daß es sowenig erfahrene Bauern in der Regierung gab; er war der

Überzeugung gewesen, daß die Regierungsbeamten, die für die Industrieproduktion zuständig waren (und die alle aus diesem Sektor gekommen zu sein schienen), vernünftige Entscheidungen trafen, und manchmal war er sogar geneigt, ihren Ansichten voll und ganz zuzustimmen: »Es stimmt schon, wenn es ihnen gelingt, die industrielle Produktion anzukurbeln und Waren auf den Markt zu bringen, wird es uns allen besser gehen. Dann können wir uns mit den Problemen der Landwirtschaft beschäftigen. Ich bin bereit, so lange zu warten.«

Doch jetzt enthüllten die Führer der »Solidarität«, daß die Zustände in den Fabriken genauso chaotisch waren wie die in der Landwirtschaft, und das war eine Schande. Und als Buk keine Ersatzteile mehr für den Traktor kaufen und dieser nur in Betrieb gehalten werden konnte, indem man andere Bauern bestahl, als Konsumgüter aus den Regalen zu verschwinden begannen, als er oder seine Frau sich stundenlang anstellen mußten, um auch nur das einfachste Produkt zu kaufen, da begann er zu vermuten, daß alles, nicht nur das Leben auf dem Hof, am Zusammenbrechen war.

Und nun war er bereit, das Wort zu ergreifen. Prägnante Sätze bildend, wählte er seine Worte mit fast quälender Langsamkeit. »Die Beweise liegen auf dem Tisch, Herr Minister. Es sind sprechende Beweise. Die Regierung tut alles für den Fabrikarbeiter und nichts für den Bauern.« Seine Gefährten nickten zustimmend. »Ich hätte nichts dagegen, daß die Fabrikarbeiter mehr bekommen, vorausgesetzt, daß sie mehr für uns produzieren.«

»Ja, damit wären wir einverstanden!« rief ein Bauer.

»Meine Frauen müssen alles bekommen, was sie brauchen«, beharrte der erste Bauer.

»Aber wie wir die Dinge sehen«, fuhr Buk fort, »bekommen die Fabrikarbeiter mehr und produzieren weniger. Damit bürden Sie uns eine schwere Last auf. Wir werden gleich doppelt zur Kasse gebeten. Wir bekommen nicht das Geld, das uns zusteht, und das wenige, was wir bekommen, ist wertlos.«

Buk bemühte sich, präzise zu formulieren, und gebrauchte Wörter, die er vor zwei Jahren noch nicht einmal gehört hatte; in letzter Zeit war er gezwungen gewesen, auf diesem Gebiet viel dazuzulernen. Weil nach der Nazi-Invasion alle Lehranstalten schließen mußten, war seiner Mutter eine akademische Bildung verwehrt worden; doch sie hatte nicht aufgegeben, und als die Deutschen in den finstersten Stunden der Besatzung versuchten, die polnische Kultur auszulöschen, hatte sie tapfer eine eigene geheime Schule eingerichtet. Entschlossen, die Kultur ihres Landes am Leben zu erhalten, hatte sie sich selbst weiterzubilden versucht. Sie wußte eine Menge und achtete darauf, daß auch ihre Schwiegertochter etwas lernte. In der Bukschen Küche gab es lebhafte Diskussionen, und oft verwickelten die beiden Frauen Janko in so anspruchsvolle Gespräche, daß er, wenn er mithalten wollte, gezwungen war, sich mit der Kunst des logischen Denkens und klaren sprachlichen Formulierens vertraut zu machen. Er hatte eine Ausbildung in des ländlichen Polens größter Universität mit ihren zwei Akademien, Bodenbewirtschaftung und Küchenkolleg, erhalten ...

»Es sieht ganz so aus«, fuhr er nun fort, »als ob Ihre Regierung, Herr Minister, in keiner Weise auf die Wahrung unserer Interessen bedacht wäre. Es wird kein melioriertes Saatgut mehr importiert. Es werden keine Anleitungen mehr gedruckt. Die Regierung kassiert Steuern von uns, unterläßt es aber, uns Ersatzteile zur Verfügung zu stellen. Und sie setzt Polizei und Armee ein, um uns daran zu hindern, unsere Produkte auf dem freien Markt zu verkaufen, wo wir die Möglichkeit hätten, unseren Interessen gemäß zu handeln. Vielleicht ist es wahr, was die Leute sagen. Vielleicht bricht Ihr ganzes System tatsächlich zusammen.«

Diese anhaltenden Angriffe erzürnten Bukowski, denn aus der Fülle schmerzlicher Erfahrungen, die er in den schlimmen Jahren von 1939 bis 1944 gemacht hatte, war in ihm die tiefe Überzeugung entstanden, daß der Kommunismus Polen unendlich mehr als jede andere Alternative zu bieten hatte. In den Jahren vor dem großen Krieg hatten die Bauern in diesem Dorf vor den Bukowskis, denen das Schloß gehörte, katzbuckeln müssen. Die Kinder hatten eine klägliche Erziehung erhalten. In der Stadt hatten die Menschen für die Kapitalisten geschuftet; Mitspracherecht war ihnen sowenig eingeräumt worden wie eine Gewinnbeteiligung. Die Regierung war korrupt gewesen und hatte nichts getan, um die Nation zu schützen; sie hatte sich geweigert, ein Bündnis mit der Sowjetunion zu schließen, dem einzigen Land, das Polen hätte schützen können. Für Szymon Bukowski war der Beginn des Kommunismus in Polen wie der Anbruch eines hellen neuen Tages, und er war stolz darauf, an diesem Anbruch beteiligt gewesen zu sein.

Anfangs war er nur ein Student in der neuen Universität von Lublin gewesen, dann das einfache Mitglied einer kommunistischen Zelle, dann ihr Leiter und schließlich ein anerkannter Sprecher für das neue System. Schon als die Mitgliedschaft in der Partei bei einer Gesamtbevölkerung von über dreißig Millionen noch weniger als zwei Millionen betragen hatte, war er davon überzeugt gewesen, daß diese kleine Zahl von Menschen jene Führung einschloß, die Polen retten würde. Diese aufopferungsfähigen sechs Prozent der Bevölkerung wußten, was die trägen vierundneunzig Prozent brauchten, und waren bereit, die nötigen Maßnahmen zu treffen.

Es dauerte viele Jahre, bis er auch nur eine untergeordnete Funktion in der Führung innehatte, aber in dieser Zeit vervollkommnete er sich als Kommunist, vertiefte seine Kenntnisse von Marx' und Engels' Lehre und machte sich sowohl mit den Schritten vertraut, die Lenin und Trotzki unternommen hatten, um an die Macht zu kommen, als auch mit Stalins Methoden, sie zu festigen. Mit vierzig Jahren war Szymon Bukowski ein mit fundiertem theoretischen Wissen ausgestatteter, hingebungsvoller Kommunist, dessen Denkungsart weniger gut ausgebildete Genossen stark beeindruckte. Schließlich hatte der Parteivorstand seine Qualitäten erkannt und ihn mit der gebotenen Vorsicht und nach immer neuen Eignungsprüfungen von einer Stufe zur nächsten befördert, bis Bukowski eines Tages zum Leiter des Ressorts für Wohnungswesen bestellt wurde – eine vernünftige Entscheidung, da er ja Architekt war.

Weniger glücklich war die Entscheidung, ihn zum Landwirtschaftsminister zu machen. Zwar war er auf einem Bauernhof aufgewachsen und besaß einige Kenntnisse der grundlegenden Probleme, aber er hatte noch nie eigenes Land bewirtschaftet oder auch nur den kleinsten landwirtschaftlichen Prozeß überwacht; Erfahrungen in der komplexen Materie des Einkaufs von Saatgut, der Herstellung von Düngemitteln oder der Vermarktung von Bodenprodukten fehlten ihm völlig.

Seiner Wissenslücken auf diesem Gebiet wohl bewußt, hatte er sich gegen das neue Amt zuerst gewehrt. »Mit fehlt es an Sachkenntnis!«

Aber für die Parteifunktionäre war das kein Grund gewesen: »Unsinn!« hatten sie gebrummt. »Ein guter Kommunist kann alles.« Für sie war nicht so sehr seine Kompetenz auf dem Gebiet der Landwirtschaft maßgebend als vielmehr seine Loyalität gegenüber der Partei.

Tatsächlich hatte sich Bukowski zu einem tüchtigen Minister gemausert, und da er von der Parteispitze angewiesen war, diese Bauern zu beschwichtigen und diesen ländlichen Aufstand zu unterdrükken, bemühte er sich, den Auftrag gut auszuführen. »Sie haben mir Ihre Sorgen mit allem Nachdruck dargelegt. Und ich habe Verständnis dafür. Mehr noch: Ich weiß Ihre Offenheit zu schätzen und muß zugeben, daß Sie echte Probleme haben. Sie aber müssen einsehen, daß mir bei der Erfüllung Ihrer Ansprüche derzeit Grenzen gesetzt sind. Polen hat viele Krisen zu bewältigen. Die Ihrige ist nur eine davon, wenn auch, da stimme ich Ihnen zu, eine von entscheidender Wichtigkeit ...«

In diesem versöhnlichen Ton sprach er weiter, bis einer der Bauern ihn barsch unterbrach: »Was können wir erwarten?«

»Nun ja«, antwortete er, »Sie können mit Sicherheit erwarten, daß die modernisierten Fabriken jetzt mit der Produktion von Konsumgütern beginnen werden, und ...«

»Wann?«

»Wie kann ich Ihnen ein genaues Datum angeben?«

»Wann können wir mit Ersatzteilen für unsere tschechischen Traktoren rechnen?«

»Sie können sicher sein, daß sich die Regierung auch um dieses Problem kümmern wird.«

»Wann?«

Die Spannung löste sich, als ein Delegierter aus Warschau mit fast jungenhafter Begeisterung rief: »Versuchen wir doch einmal diese leckeren Sandwiches!«

Es wurde Tee serviert, und man brachte Gläser für den Cognac. Buk griff nach dem dunklen Johannisbeersaft, dem er vor allen Getränken den Vorzug gab; doch als er die Hand danach ausstreckte, hatte schon Bukowski die Flasche gepackt und goß sich ein großes Glas voll.

»Sie mögen den auch am liebsten?« fragte er, während er die halbvolle Flasche über den Tisch reichte.

»Ja«, antwortete Buk. »Der Saft schmeckt wie die Felder. Wie der Wald.«
»Weil Sie gerade vom Wald sprechen«, sagte Bukowski. »Von hier aus kann man ihn gut sehen.«
»Das mag schon ein«, nickte Buk. »Ich war noch nie in diesem Raum. Unsereiner kommt nicht sehr oft ins Schloß.«
Ohne es auszusprechen, gab Bukowski ihm zu verstehen, daß es eine gute Idee wäre, wenn Buk ihn zum Fenster begleiten würde. Dort bedeutete er ihm mit einer kaum wahrnehmbaren Bewegung eines Fingers, Buk solle zum Wald hinausschauen. Aber Janko, der sehr genau wußte, was sich dort zwischen den Bäumen verbarg, sah nicht zum Wald hin, sondern richtete seinen fragenden Blick auf das Gesicht des Mannes neben ihm, der vielsagend nickte. Nun starrte der Bauer ins Dunkel hinaus und sah das, womit die Dorfbewohner seit langem vertraut waren: das Glitzern von Sonnenstrahlen auf Metall. »Sie sind immer noch da«, murmelte er, und Bukowski erwiderte mit fester Stimme: »Und da bleiben sie auch – für immer.«
Bukowo war einer der drei Dutzend über ganz Polen strategisch verstreuten Orte, in deren Umgebung starke Abteilungen russischer Panzer im Dauereinsatz standen. Sie bedrohten keines der nahen Dörfer, keine der Städte. Sie waren nur einfach da, stets bereit, stets in Erwartung jenes Signals aus dem Osten, das sie veranlassen würde, in Aktion zu treten, wie das 1956 in Ungarn und 1968 in der Tschechoslowakei geschehen war. Die Soldaten, die diese Kampffahrzeuge bemannten, waren äußerst diszipliniert und ließen sich nie auf den Straßen einer polnischen Ortschaft sehen; es gab keine Schlägereien zwischen Soldaten und Zivilbevölkerung und keine protzige Schaustellung militärischer Macht. Es war eine der friedlichsten Besetzungen, die Europa je gekannt hatte, aber die Panzer waren da, gewaltige Gefährte, starrend vor immens starken Waffen. Ein solches Kampffahrzeug konnte ganz Bukowo in zehn Minuten zerstören, alles zermalmen, was seine Geschütze nicht schon vernichtet hatten. Fünfzehn dieser Tanks konnten ein wehrloses Krakau in einem Tag nehmen. Aber sie stellten ihre zerstörerische Kraft nicht zur Schau. Sie warteten nur.
»Auch sie sind Teil unserer Verhandlungen«, sagte Bukowski, und Buk nickte: »Ich weiß.«

Als die Sitzung wiederaufgenommen wurde, tat Bukowski, als erwarte er, daß die gerade an Buk gerichtete Mahnung dessen Protest gegen die Regierung mildern würde, aber der Bauer sagte in seiner ruhigen Art: »Wir sind keine Naivlinge, Herr Minister. Wir wissen, daß der Regierung in ihren Handlungen ... ich meine, in dem, was sie zulassen kann ... Beschränkungen auferlegt sind.«
»Es wäre sehr klug von Ihnen, diese Beschränkungen nicht zu vergessen, *pan* Buk.«
»Wir vergessen sie nicht. Wir verstehen, daß Polen Teil einer viel größeren Einheit ist. Des großen Blocks sozialistischer Länder. Und wir kennen unsere Verpflichtungen innerhalb dieses Blocks. Aber jetzt reden wir von der Lenkung eines Nahrungsmittelprogramms für eine große Nation von sechsunddreißig Millionen Menschen. Dieses Programm ist völlig durcheinandergeraten. Unsere Produkte erreichen die Menschen nicht, die sie brauchen.«
»Wir tun Schritte ...« setzte Bukowski an, aber einer der Bauern unterbrach ihn: »Wenn wir sagen, daß unser Baby Schritte tut, nehmen wir an, daß es bald gehen und, wenn es kräftig ist, sogar laufen wird. Wir haben kein Vertrauen mehr, daß die Schritte, die Sie tun, jemals dazu führen werden, daß die Wirtschaft gehen oder gar laufen kann.«
»Die Neuordnung braucht Zeit«, entgegnete Bukowski, aber die Bauern blieben hart. »Seit 1944 hatten Sie Zeit. Und es ist alles nur noch schlimmer geworden.«
Bukowski wurde zornig. »Ihr wißt ja nicht, wovon ihr redet, ihr Simpel«, hätte er diesen Bauerntölpeln zurufen mögen. »Wart ihr schon einmal in Rumänien? Uns Polen geht es zehnmal besser. In der DDR? Polen ist den Ostdeutschen in jeder Beziehung überlegen. In der Tschechoslowakei? Wo die Leute Angst haben zu atmen? In Ungarn? In Jugoslawien? Und wie sieht es in Bulgarien aus? Welcher Mensch, der noch klar denken kann, würde mit Bulgarien tauschen wollen?« Aber als loyaler Kommunist konnte er die anderen Länder des Ostblocks nicht verunglimpfen, und so hörte er den Argumenten der Bauern verbittert zu.
»Wie ich höre, geht es den Tschechen in puncto Lebensmittelversorgung um vieles besser«, sagte einer, aber ein anderer meinte: »Was die Russen angeht, bin ich nicht so sicher. Warum hat man ihnen wohl

verboten, nach Polen zu kommen? Weil die Herren im Kreml nicht wollen, daß ihre Leute sehen, daß wir hier viel besser leben!«

Hier glaubte Bukowski einhaken zu müssen. »Polen ist ein Paradies. Das wissen alle, und Sie sollten es nicht vergessen!«

Jetzt schwiegen die Bauern, denn sie wußten, daß von allen Ländern hinter dem Eisernen Vorhang Polen das einzige war, in dem die Menschen relative Freiheit genossen – keine schwerbewaffnete Polizei, keine Soldaten in den Straßen und, bis vor kurzem, keine Rationierung von Lebensmitteln oder Kleidung. Polen, die in anderen Ländern des Ostblocks gewesen waren, hatten früher gern ein Spiel gespielt: »Wenn du nicht in Polen leben würdest, in welchem anderen sozialistischen Land möchtest du leben?« Alle waren sich einig: Bulgarien stand auf der untersten Stufe; das Leben dort war unerträglich. Als nächstes Land kam Rumänien und dann die DDR. Die Tschechoslowakei nahm einen mittleren Rang ein. Ungarn genoß große Wertschätzung, zum Teil deswegen, weil es eine Kraftprobe mit der Sowjetunion gewagt und sie überlebt hatte.

Wenn von Jugoslawien die Rede war, mußten die Spieler vorsichtig sein. Man durfte es nicht zu hoch einstufen, weil es ja eigentlich auch zum Ostblock gehörte, und zuzugeben, daß man dort besser lebte – was der Wahrheit entsprach –, hätte den polnischen Nationalstolz verletzt. Man sprach nur im Flüsterton von Jugoslawien. »Das ist ein wunderbares Land.« Und geflüstert wurde auch, wenn die Sowjetunion eingeschätzt wurde: »Möge Gott mich davor bewahren, dort jemals Urlaub machen zu müssen.«

Dieser Stoßseufzer war wohl begründet; die Polen wußten, wovon sie redeten. Vor 1980 waren russische Touristen in ganz Polen ein vertrauter Anblick gewesen; sie kamen in großen Bussen, standen unter der strengen Aufsicht eines Reiseleiters, staunten über die große Auswahl und den Überfluß an Konsumgütern und gafften die vielen Blumen in den Parks an. Sie sahen nicht viel anders aus als Bauern aus dem östlichen Polen, anständige, vitale Leute von kräftigem Körperbau, aber argwöhnischer Geisteshaltung, und es lag klar zutage, daß das ungebundene, abwechslungsreiche Leben in Polen sie überraschte und mit Neid erfüllte. Man erlaubte ihnen nur selten, sich mit Polen zu unterhalten, aber sie schienen ihren Gastgebern eher freundlich als feindselig gesinnt zu sein.

Vor einigen Jahren hatte ein gewitzter Pole dieses Verhältnis auf eine einfache Formel gebracht: »Einem Russen, der nach Polen kommt, geht es wie einem Polen, der Westdeutschland bereist. Er kann die Freiheit und den Überfluß an Lebensmitteln und Konsumgütern einfach nicht fassen.« Und daran dachten die jetzt schweigsamen Bauern, während sie ihre Heimat mit anderen Ländern verglichen.
»Unsere Aufgabe besteht darin«, sagte Bukowski schließlich, »das viele Gute, das wir in Polen haben, zu behalten und unsere Unabhängigkeit zu bewahren.«
Einer der Bauern brach in schallendes Gelächter aus. »Es ist doch verrückt, von unserer ›Unabhängigkeit‹ zu sprechen, wenn sie darin besteht, daß wir keine wichtigen Entscheidungen treffen dürfen.«
Damit kam er einem für tabu erklärten Thema gefährlich nahe, und Bukowski wollte den Bauern schon zur Ordnung rufen, als ein anderer meinte: »Du findest, wir hier in Polen haben Probleme? Du solltest einmal einen Winter in Bulgarien verbringen!« Auf diese Bemerkung hin mußte sich selbst Bukowski ein Lächeln verbeißen.
Weitere Beschwerden wurden laut, und Bukowski hielt es für günstig, diesen Bauern, die noch nie mit einem hohen Funktionär zusammengetroffen waren, vor dem Eintritt in die eigentlichen Verhandlungen Gelegenheit zu geben, sich ihre Sorgen von der Seele zu reden. Das war keine Taktik, die er sich für diese Konferenz zurechtgelegt hatte. In Polen, wo nie eine so scharfe Zensur ausgeübt worden war wie in der Sowjetunion, wurden Diskussionen im allgemeinen freimütig geführt. Die Polen neigten dazu, offen zu sagen, was sie dachten, und nur in den ersten harten Jahren russischer Vorherrschaft hatten sie dafür auch bezahlen müssen. Hier ging es nicht zu wie in der Tschechoslowakei oder gar wie in Bulgarien, wo die Menschen in Angst lebten und nicht wagten, den Mund aufzumachen.
In der Mittagspause zeigten sich alle, selbst der alte Fuchs Bukowski, überrascht von der großen Zahl von Korrespondenten, die der Pressebus in das kleine Dorf gebracht hatte. Sie waren gekommen, um über die Gespräche zu berichten – aus London, Paris, Berlin, Rom, Tokio, Washington und Moskau. Aus den meisten Ländern kamen auch Fernsehteams, aus Japan und Amerika sogar je zwei. Bukowski blickte zum *Szczęker* Wald hinüber und stellte erleichtert fest, daß sich die Panzer zurückgezogen hatten.

Buk beherrschte keine Fremdsprache, aber Bukowski kam mit Deutsch und Englisch zurecht und machte sich daher erbötig, den Herren ein kurzes Resümee zu geben. Damit waren die Korrespondenten jedoch nicht einverstanden. »Wir wollen es von diesem Vertreter der Bauern hören. Es ist *sein* Kampf.«
Dolmetscher aus der Regierungsdelegation boten ihre Dienste an, aber die Korrespondenten aus Berlin und Paris sprachen Polnisch und wünschten Janko Buk persönlich zu interviewen; die Dolmetscher wurden nur gebraucht, um Buks Antworten für die anderen zu übersetzen. Bald war klar, daß die Reporter die Gespräche als eine Auseinandersetzung zwischen Buk und Bukowski betrachteten – BUK GEGEN BUKOWSKI würde die Schlagzeile der *New York Times* lauten –, und sie hatten recht. Hier kämpfte ein David gegen einen Goliath.
Janko Buk, der noch nie interviewt worden war, zeigte in seinen Antworten beachtliches Selbstvertrauen und Zurückhaltung. Er präsentierte sich nicht als einer, der der Regierung vorgeschrieben hatte, was sie tun mußte.
»Könnte man sagen, daß Sie Meinungsverschiedenheiten ausgeleuchtet haben?« fragte ein französischer Journalist.
»Das könnte man sagen«, antwortete Buk.
»Und was für Meinungsverschiedenheiten sind das?« fragte eine junge Frau aus Berlin.
»Sie brauchen sich nur umzublicken, um die Probleme zu sehen«, erwiderte Buk.
»Geht es vor allem um die Versorgung mit Lebensmitteln?« erkundigte sich ein Reporter des japanischen Fernsehens.
»Wir sind Bauern. Bei uns geht es immer um Nahrungsmittel.«
»Und andere Mängel?« wollte die Berlinerin wissen.
Buk lächelte und ließ seine attraktive Zahnlücke sehen. »Wir Männer sorgen uns um die Nahrung. Unsere Frauen sorgen sich um die Mängel in den Läden.« Als seine Zuhörer schmunzelten, fügte er hinzu: »Aber am Abend erfahren auch wir, was es in den Läden nicht zu kaufen gibt.«
Jetzt begannen die Amerikaner bohrende Fragen zu stellen. »Ist es richtig, Mr. Buk, daß Sie und Minister Bukowski beide aus diesem Dorf kommen?«

Buk überließ Bukowski die Antwort, und der sagte: »Das stimmt.« Aber die Korrespondenten wollten das Gespräch mit Buk weiterführen, und so fragten sie ihn: »Könnte man sagen, daß er Ihr Cousin ist?«

Buk sah zu dem viel größeren Bukowski auf und lächelte abermals: »Ich bin diesem Herrn heute zum erstenmal begegnet, aber ich habe mein ganzes Leben von ihm gehört. Es wäre richtiger, ihn meinen Onkel zu nennen.«

»Macht er Ihnen auch Vorschriften, wie das der Große Onkel zu tun pflegt?« Diese Frage erwies sich als zu schwierig für die Dolmetscher, nicht in sprachlicher Hinsicht – sie kannten die Redensart und wußten genau, was gemeint war –, aber keiner wollte ein Wort in das Gespräch einfließen lassen, das sich auf die Sowjetunion beziehen könnte. Es mußte die Illusion aufrechterhalten werden, daß es sich hier um eine rein polnische Angelegenheit handelte, mit der die Russen nichts zu tun hatten.

»Wie sind Sie beide nun wirklich miteinander verwandt?« wollte der Amerikaner wissen, und wieder überließ Buk Bukowski die Antwort.

»Meine Großmutter«, sagte dieser sehr vorsichtig, »war *pan* Buks Urgroßmutter. Insofern hat er recht. Ich gehöre einer Generation an, die meiner Stellung als Onkel entsprechen würde.« Er unterbrach sich, verließ die Stufen der Schloßtreppe, wo er sich auf Ersuchen der Fernsehleute postiert hatte, und ging zu einer Stelle, von der aus er auf das Dorf hinunterzeigen konnte. »Die Frau, von der wir sprechen, wurde 1939 da drüben gehängt, weil sie ihren eigenen Weizen gemahlen hatte. Meine Mutter, das wäre etwa *pan* Buks Großtante, war einige Tage zuvor an diese Wand gestellt und erschossen worden.«

»Aus welchem Grund?« fragte eine Reporterin aus Paris auf polnisch.

»Weil sie da war, als die Nazis kamen«, erwiderte er auf englisch. Damit war dieses Thema beendet, und jetzt fragte ihn ein in Ökonomie bewanderter Korrespondent aus Berlin: »Welche Lösungen sehen Sie, um der Lebensmittelknappheit Herr zu werden, Herr Buk?« Janko antwortete: »Nun, wir leiden unter einer großen Knappheit an Düngemitteln und Ersatzteilen. Wenn wir die Lebensmittelproduktion erhöhen sollen, muß die Versorgung mit diesen Dingen besser klappen. Außerdem müssen wir die jetzt gängigen Methoden ändern.«

Das war eine kühne, scharfe Antwort, und die Kugelschreiber kritzelten eifrig. Sowohl die japanischen als auch die amerikanischen Fernsehleute baten Buk, das eben Gesagte vor ihren Kameras zu wiederholen. Er zeigte sich dazu bereit, bat aber, Bukowski in das Fernsehinterview miteinzubeziehen. »Sie müssen wissen, wir kämpfen nicht gegeneinander. Wir reden miteinander.«

Da standen die zwei Polen mit so ähnlichem Hintergrund und so gegensätzlichen Positionen nebeneinander vor den Kameras. Nachdem Buk seine letzte Antwort wiederholt hatte, lächelte Bukowski dünn und fügte seinen Kommentar hinzu: »Wir untersuchen alle Möglichkeiten, um die gegenwärtige Krise zu überwinden.«

»Einschließlich einer Landarbeitergewerkschaft?« wollte der Berliner wissen; die zwei Polen lächelten nur.

Doch als die Verhandlungen zum Nachmittag weitergeführt wurden, versuchten die Bauern vorsichtig, gerade dieses Thema anzuschneiden. Bukowski bemühte sich, schon die ersten zaghaften Anfragen abzuwürgen. »Gewerkschaften hat es immer nur für Arbeiter in den Städten gegeben. Es gibt auf der ganzen Welt kein Land von einiger Bedeutung, das Landarbeitergewerkschaften zuläßt.«

»Vielleicht sollten wir damit anfangen«, gab Buk zurück und entfesselte damit eine heftige Diskussion.

Bukowski war von seinen Vorgesetzten in Warschau gewarnt worden – so wie diese von ihren Oberen in Moskau: »Du kannst ihnen so gut wie jede vernünftige Konzession machen. Preise, Arbeitspläne, Ersatzteile, niedrigere Treibstoffpreise – aber unter keinen Umständen darfst du eine Landarbeitergewerkschaft auch nur in Erwägung ziehen. Das würde den Staat in Gefahr bringen.«

»Eine Landarbeitergewerkschaft«, erklärte er mit bemühter Endgültigkeit, »läßt sich nicht in den Griff bekommen. Unmöglich zu verwalten. Würde Unregelmäßigkeiten Tür und Tor öffnen. Wir brauchen sie einfach nicht.«

»Aber wenn wir Bauern alle vor den gleichen Problemen stehen, werden wir die gleichen Maßnahmen treffen, ob es nun eine Gewerkschaft gibt oder nicht.«

»Das ist der sozialistische Weg«, stimmte Bukowski eifrig zu, »aber ohne Gewerkschaft.«
»Aber wenn wir eine hätten, würden wir vernünftiger und produktiver reagieren.«
»Eine Gewerkschaft würde euch nichts einbringen«, brummte Bukowski fast verächtlich.
Ein Funktionär aus Warschau, der bisher geschwiegen hatte, ergriff jetzt das Wort: »Was Ihnen eine Gewerkschaft einbringen würde, Buk, das wäre die Macht, die Lebensmittelversorgung des ganzen Landes unter Ihre Kontrolle zu bringen, und das können wir nicht tolerieren.«
»Mit Gewerkschaft oder ohne, wir werden die Lebensmittelversorgung kontrollieren«, erklärte Buk mit Entschiedenheit. »Sie können uns nie dazu zwingen, soviel zu säen und zu ernten wie früher, als wir die Märkte frei beliefern konnten. Sie wissen, daß das der Grund ist, warum die Russen hungern. So mächtig das System auch ist, es kann die Bauern nicht dazu bringen, auch nur zwei Drittel dessen zu produzieren, was sie in den alten Tagen produziert haben. Und auch wir Polen produzieren heute im Jahre 1981 keine zwei Drittel dessen, was unsere Großväter produzierten. Und wenn Sie die Dinge weiter so treiben lassen, wird sich die Lage auf dem Lebensmittelsektor weiter verschlechtern.«
Die erbitterte Diskussion dauerte den ganzen Nachmittag an. Bauern mit dem Rücken zur Wand verteidigten sich gegen eine Bürokratie mit dem Rücken zu mehreren Wänden, aber allmählich kristallisierten sich gewisse grundsätzliche Positionen heraus: Die Regierung würde keine Gewerkschaft zulassen; die Bauern forderten eine, und sie sollte mit den gleichen Rechten ausgestattet sein, wie sie der Organisation der Fabrikarbeiter zugestanden worden waren. In diesem Punkt kam es zu einem Patt. Aber einige Konzessionen wurden erkämpft: Die Regierung würde alle Anstrengungen unternehmen, um Ersatzteile zu beschaffen; die Bauern verpflichteten sich, ihre normalen Zeitpläne für Aussaat und Ernte – soweit dies möglich war – einzuhalten.
Und dann ließ Janko Buk seine Mine hochgehen. Nachdem vereinbart worden war, daß er und Bukowski sich noch einmal den Kameras stellen und die Gemeinsamkeiten, nicht die unterschiedlichen

Auffassungen, betonen würden, und nachdem Bukowski sich mit den Worten »Wir setzen unsere Beratungen morgen fort« hatte verabschieden wollen, sagte Buk: »Wir würden gern den Bischof von Gorka dabeihaben.«

Bukowski blieb wie angewurzelt stehen, drehte sich ruckartig um und starrte die Bauern an. »Ja«, stimmten sie ein, »wir möchten den Bischof von Gorka dabeihaben.«

»Er hat nichts damit zu tun!« Bukowski explodierte fast vor Zorn. »Das ist eine wirtschaftliche Angelegenheit. Es dreht sich hier um Nahrungsmittel und Geld und Öl und Maschinen.«

»Es dreht sich hier um das Wohlergehen Polens«, hielt Buk ihm entgegen. »Und die Kirche ist die dritte Kraft in Polen. Wir wollen den Bischof dabeihaben.«

Der Auftritt vor den Fernsehkameras mußte verschoben werden, während Bukowski zum Telefon ging, um sich mit Warschau zu beraten. »Alles lief wie geschmiert, da warf uns der gerissene kleine Bastard einen Knüppel zwischen die Beine: Er will die Kirche einbeziehen.«

Ein krachendes Geräusch kam aus dem Apparat. »Genau das habe ich ihm auch gesagt«, antwortete Bukowski, »aber er besteht auf der Anwesenheit des Bischofs.«

Diese einfache Forderung rief in Warschau anscheinend ebensolche Aufregung hervor wie in Bukowo, denn in den folgenden fünf Minuten tat Bukowski nichts anderes, als zuzuhören. Dann sagte er unterwürfig: »Das ist ein ausgezeichneter Vorschlag. Ja. Ja. Drei Wochen. Ja.«

Als er vom Telefon zurückkam, rief er noch einmal alle zusammen und verkündete grimmig: »Die Gespräche werden für drei Wochen unterbrochen.« Die Bauern wollten den Grund für diese Entscheidung erfahren, aber er verweigerte jeden Kommentar. »Ich werde die Medien informieren. In drei Wochen machen wir hier weiter.« Diesmal trat er allein vor die Kamera und gab in kühlem, nüchternem, bürokratischem Ton eine Erklärung ab: »Wir sind bei unseren Gesprächen schon gut vorangekommen, aber beide Seiten haben den Eindruck gewonnen, daß weitere Untersuchungen nötig sind. In drei Wochen setzen wir unsere Beratungen fort.« Mehr sagte er nicht, und Buk erhielt keine Erlaubnis, etwas hinzuzufügen; damit stand es den Korrespondenten frei, das Zwischenergebnis nach ihren Vorstellungen zu interpretieren. Keiner hatte auch nur die leiseste Ahnung, durch was diese Unterbrechung hervorgerufen worden war.

Lange nachdem sich der Pressebus, gefolgt von den privaten Wagen der kommunistischen Funktionäre, rumpelnd auf den Rückweg nach Warschau gemacht hatte, begleitete der Minister Bukowski den Bauer Buk in aller Stille zu dessen Haus, wo er mit Buks junger Frau und mit einer älteren Dame zusammentreffen würde, der er schon einmal, vor vierzig Jahren, von heftigen Gefühlen bewegt, begegnet war – nicht in liebevoller Zuwendung, sondern in einem brutalen Kampf, bei dem es um Tod oder Leben ging. Im frühen Winter des Jahres 1941 war er in dieses Haus gekommen, zu dieser Frau und ihrem Mann, und hatte um Hilfe gefleht.

Als Buk die Tür aufstieß, um Bukowski eintreten zu lassen, bemerkte er, daß der Minister zitterte. Aber da sah ihn schon seine Frau und eilte dem Besucher entgegen. Buks Mutter blieb zurück. Die Hände über der Schürze gefaltet, stand sie sehr still und aufrecht; auch sie entsann sich jener längst vergangenen, schicksalhaften Nacht.

Bukowski ging auf sie zu. Er sah das harte Gesicht mit der entsetzlichen Schramme, die sich vom linken Auge zum Kinn herunterzog. Er streckte der alten Frau seine Hände entgegen und ergriff die ihren und drückte sie in einer langen Umarmung an sich.

»Viele Jahre sind vergangen, seitdem du damals um Mitternacht in dieser Küche gestanden bist«, sagte sie, tat einen Schritt zurück und sah ihn bewundernd an. »Du hast etwas aus deinem Leben gemacht, Herr Minister.«

»Mein Name ist Szymon«, erwiderte er. »Da hat sich nichts geändert.«

»Du warst ja noch ein Junge, als du damals zu uns kamst.«

»Denkt euch nur«, wandte er sich an die jungen Buks. »Mit siebzehn war ich da drüben im Wald Anführer einer Partisanengruppe. Hatte schon meinen ersten Nazi getötet ... den, der meine Großmutter gehängt hatte.«

Die junge *pani* Buk gefiel ihm. Kazimiera gehörte zu jenem rüstigen Menschenschlag, der die Bauernhöfe Polens, Litauens, Rußlands und der Ukraine schon immer in Schuß gehalten hatte. Sie arbeitete als Ehefrau und Mutter, als Köchin und Schneiderin, ging hinter dem

Pflug, wenn es nötig war, und scheute sich nicht, als scharfe Kritikerin ihre Stimme zu erheben. Wie um ihr, der Herrin des Hauses, Anerkennung zu zollen, wandte sich Bukowski jetzt an sie:
»Pani«, begann er, »als ich heute früh Warschau verließ, baten mich die Frauen in meinem Haus ...«
»Ich weiß«, unterbrach sie ihn, »sie baten Sie, etwas Fleisch mitzubringen.«
»Und Gemüse.« Er fügte rasch hinzu: »Ich bezahle natürlich dafür.«
Buks Mutter ergriff das Wort: »Zloty nützen uns nichts mehr. Wir können damit nichts kaufen.«
»Aber ich möchte euch trotzdem Geld geben. Um meinen guten Willen zu zeigen.«
»Wir wissen, daß du guten Willen hast, Szymon. Ich kannte deine Mutter und deine Großmutter. Und solche Frauen bringen keine schlechten Söhne hervor.«
Sie plauderten noch eine Weile über alte Zeiten, und Biruta begann zu weinen, als die Sprache wieder auf jene Nacht kam, in der Bukowski zu diesem Haus geeilt war, um sie und ihren Mann aufzufordern, sich seinen Partisanen im *Szczęker* Wald anzuschließen.
»Schicksalhafte Tage waren das«, meinte sie.
»Auch die jetzigen Tage sind schicksalhaft, Biruta.«
»Wie habt ihr es nur fertiggebracht, das Land so kaputtzumachen?«
»Auch wir in Warschau sind nicht frei.« Mehr wollte er nicht sagen.
»Könnt ihr mir Lebensmittel geben?«
»Selbstverständlich. Du warst schon einmal da und hast um Essen gebettelt, und wir haben es dir gegeben. Weißt du noch?«
»Wie kann ich es euch vergelten?«
»Nicht mit Geld, Szymon. Zloty sind nichts mehr wert. Aber wir hätten gern ein paar Bücher über Landwirtschaft ... für Janko und unsere Kleinen.«
»Ihr sollt die Bücher haben«, versprach er. Dann verließ er das Haus, pfiff seinem Fahrer und wies ihn an, mit dem Dienstwagen näher heranzufahren. Den ganzen Kofferraum stopfte er voll mit Lebensmitteln, die man in Warschau nicht mehr bekam.

2. Kapitel

Aus dem Osten

Im Jahre 1204 faßte Dschingis Chan, die »Geißel Asiens«, einen folgenreichen Entschluß. Seit mehr als zwanzig Jahren versuchte er die Tataren zu disziplinieren, ein kleines, eigenwilliges Reitervolk, das am Rand der Wüste siedelte und in unberechenbaren Abständen aus den Wäldern hervorbrach, um die Pläne des großen Chan zu stören. Meistens fielen sie in Weidegründe ein, die Feinde Dschingis Chans in Besitz genommen hatten. Aber wenn ein solcher Einfall sich als unergiebig erwies, suchten sie mit der gleichen Begeisterung seine Mongolei heim.

Klein an Zahl, waren sie auch klein an Wuchs; selbst ihre Pferde waren kleiner als die der Mongolen. Aber sie waren ein undisziplinierter, schwer zu bändigender Haufen, und was sie sich in harten Gefechten erkämpften, verloren sie oft in ausschweifenden Siegesfeiern. Kaskadenartig stürmten sie heran, der Flut gleich, die im Frühling von den schneebedeckten Gipfeln herabstürzt, trieben alles vor sich her, erschlugen jeden Schäfer und jeden Reiter, der ihnen in den Weg kam; Frauen und Kinder führten sie in die Sklaverei. Als Dschingis Chan dieser zerstörerischen Kraft zum erstenmal begegnet war, hatte er bei sich gedacht: »Das könnten meine besten Leute sein.«

Und das wären sie auch gewesen, hätten sie sich seiner Führung unterworfen. In diesen frühen Jahren des 13. Jahrhunderts war er unbestreitbar der größte Feldherr Asiens und vermutlich der Welt, ein grausames Genie, das sich eine einfache Regel als Motto gewählt hatte: »Laß nie einen besiegten Führer am Leben; er könnte seine Reiter von neuem um sich scharen.« Wenn er sich ein Gebiet unterwarf, ließ er alle feindlichen Anführer töten, verbannte die Überlebenden in entfernte Gegenden und ritt mit seiner Beute davon – einer neuen Herausforderung entgegen. Gleich den Tataren zerstörte er bestehende Ordnungen; im Gegensatz zu ihnen aber ersetzte er die alten durch neue, die Jahrhunderte überdauerten.

Er hatte damit begonnen, alle feindlichen Stämme in der Mongolei zu unterwerfen und zu zerstreuen. Er fand kaum ernst zu nehmende Gegner, als er Nordchina durchtobte, und um das Jahr 1220 war er der unangefochtene Herrscher über ein Gebiet, das vom Pazifischen Ozean bis zum Ural reichte. Dann stieß er auf die Tataren.

Seine erste Begegnung mit den wilden kleinen Reitern hatte mit einem Sieg für ihn geendet, aber ganz zum Schluß, als sie schon geschlagen waren, hatten sie es irgendwie geschafft, ihm zu entwischen. In der zweiten großen Schlacht waren sie von ihm gründlich verdroschen worden, aber am Ende war es ihnen gelungen, sich neu zu formieren. Dschingis Chan hatte begriffen, daß die Tataren ein besonderer Gegner waren, eine wüste Horde, die sich nicht beherrschen ließ, und er hatte sich bemüht, sie zu Verbündeten zu machen. In einer Reihe wilder und siegreicher Schlachten waren die mongolisch-tatarischen Horden nach Westen, der Türkei entgegen, gestürmt, hatten gemordet, alles niedergebrannt und selbst noch die Wüsten verwüstet.

Aber Dschingis Chan hatte sich nie auf seine Tataren verlassen können. Immer wieder passierte es, daß sie nach einem Sieg davonstürmten, um eine Stadt zu plündern, die für das Endziel ohne Bedeutung war, was dazu führte, daß der große Chan eine Position verlor, deren Wichtigkeit er begriff, die sie aber nicht verstanden. Er hatte mit ihnen gesprochen, ihnen gut zugeredet, ihnen Belohnungen in Aussicht gestellt, die alles übertrafen, was er anderen Verbündeten anbot, aber am Ende hatten sie sich gegen ihn gewendet – nicht einmal, dreimal. Die Tataren Zentralasiens waren eine Macht, die nicht einmal Dschingis Chan zu bändigen vermochte.

Im Jahre 1204 faßte er seinen Entschluß. Er berief die Tataren der ganzen Welt zu einer Versammlung westlich der Wüste Gobi und nördlich des Himalaja, ließ eine Reihe hochrädriger Wüstenkarren aufstellen und forderte seine Krieger auf, einem klaren Befehl Folge zu leisten: »Jeder Tatar, der über die Achse eines Karrens hinausragt, ist zu erschlagen.«

Die Anordnung wurde streng befolgt. Männer und Frauen, Jungen und Mädchen wurden an die Karren gestellt, und wenn ihr Kopf auch nur einen Zoll über die Radnabe herausragte, abgeschlachtet. Einige wenige mochten sich in Höhlen verborgen haben und so entkommen sein, aber die meisten erwachsenen Tataren wurden getötet; nie wieder sollten sie Dschingis Chan im Kampf entgegenstürmen, nie wieder ihn in Friedenszeiten enttäuschen.

Unter den Kleinen, die das Gemetzel mit ansahen und es überlebten, war auch ein zwergenhaftes Kerlchen namens Vuldai, dessen Alter, wäre es bekanntgeworden, automatisch seinen Tod bedeutet hätte. Die Umerziehung, die die Mongolen den Tatarenkindern aufzwangen, erfüllte sein wildes Herz mit großer Bitterkeit. »Es hat nie ein tatarisches Königreich gegeben«, redete man ihnen ein. »Es hat nie Tataren gegeben. Ihr seid Mongolen und schuldet dem großen Chan Gehorsam. Ihr werdet so kämpfen, wie er es will, und nur, wenn er es befiehlt; und wenn die Schlachten geschlagen sind, werdet ihr euch so verhalten, wie er es anordnet.«

Vuldai und die anderen Kleinen mußten neue Wörter lernen, an neue Götter glauben und neue Ordnungen befolgen; nach fünfzehn Jahren waren aus den Jungen die besten Reiter und aus den Mädchen die tüchtigsten Frauen der Steppe geworden. Sie lernten die neuen Gesetze und gehorchten Dschingis Chans Geboten, und immer wenn er diese jungen Bataillone in die Schlacht schickte, gelangen ihnen grandiose Eroberungen. Sie waren die leichte Kavallerie der mongolischen Horden; unerschrocken stürmten sie auf ihren kleinen Pferden voran, und nur ein paar Stück gedörrtes Fleisch und eine Handvoll getrockneter Bohnen dienten ihnen als Proviant für zwei- und dreiwöchige Feldzüge.

Vuldai und seine Männer beschwerten sich nicht mit den gewichtigen Kriegsmaschinen, die Dschingis Chan bei der Belagerung und Unterwerfung von Städten so wirksam einzusetzen gelernt hatte: Steinschleudermaschinen, bewegliche Türme, Mauerbohrer und die schweren Geräte, die dazu dienten, Tunnels unter Festungen zu graben. Die Tataren verzichteten sogar auf Armbrüste, mit denen sich Pfeile und Bolzen schleudern ließen; ihre Reiter begnügten sich mit Speer, Säbel und einem kurzen Dolch und waren damit schier unbesiegbar.

Es gab eine neue Waffe, Vuldai hatte sie schätzengelernt. Sie kam aus China, sagten die einen, aus der Türkei, die anderen, aber woher sie auch immer stammte, sie erwies sich als äußerst wirksam, wenn fünfzehnhundert Tataren siebentausend Feinde besiegen mußten. Sie bestand aus kleinen Holzfässern mit schwarzem Pulver – nicht Schießpulver –, das ein übelriechendes, giftiges Gas in die Luft abließ, das aber nur gezündet werden konnte, wenn der Wind in die Richtung der Feinde wehte und ihnen die Schwaden ins Gesicht trieb. Das Gas tötete nicht, aber es brachte selbst die besten Schlachtpläne zum Scheitern, und während das verwirrte Fußvolk nach Atem rang und sich übergab, hieb Vuldais Kavallerie die Flanken in Stücke und bereitete den Feinden eine vernichtende Niederlage.

Als Dschingis Chan 1227 starb, stellten seine »neuen« Tataren die gewaltigste Kampfmaschine der Welt dar. Ihre erstaunliche Bedürfnislosigkeit machte es ihnen möglich, vierzig oder fünfzig Meilen am Tag dahinzujagen. Sie überrannten alles, was sich ihnen entgegenstellte, hielten sich aber strikt an das ihnen eingeimpfte Gebot, ihre erbarmungslosen Beutezüge dem zuvor festgelegten Schlachtplan unterzuordnen. Auf besonderen Befehl des Chans wurden sie niemals im Zentrum eines Angriffs eingesetzt, sondern stets nur an den Flanken; gewohnheitsmäßig befanden sie sich an der rechten Flanke, und das bedeutete, daß die Tataren (da die Mongolen mit Vorliebe von Osten nach Westen vorstießen) instinktiv in nordwestlicher Richtung attackierten.

Als Dschingis Chan begraben wurde, spannte man Schaffelle über die Trommeln, um ihren trauervollen Schlag zu dämpfen. Sein immenses Reich von kontinentalen Ausmaßen fiel an seinen zweiundvierzigjährigen, wollüstigen, dem Trunk ergebenen, unfähigen Sohn Ögädäi, der das große Glück hatte, in seinem Neffen Batu Chan, einem Enkel Dschingis Chans, einen militärischen Führer von beachtlichen Fähigkeiten zu finden. Ögädäi hatte die wilden Visionen eines Trinkers, Batu die Fähigkeiten, sie Wirklichkeit werden zu lassen. Von Reisenden, die aus Europa kamen, und von Kundschaftern, die die Mongolen selbst nach Westen geschickt hatten, erfuhren Ögädäi und sein Neffe im Jahr 1239, daß Europa bis hinunter nach Italien wieder einmal reif war für eine dieser Explosionen, die von Zeit zu Zeit von Asien aus den ganzen Kontinent erschüttert hatten.

Ögädäi war ein schlauer Stratege. »Wir werden von zwei massiven Flanken her angreifen. Du und ich, Batu, werden in Ungarn einfallen

– ein wehrloses Land, wenn wir glauben dürfen, was man uns erzählt. Wir schicken die Tataren nach Norden, um Polen zu zerschlagen. Unsere zwei Feldheere vereinigen sich in Böhmen; dann ziehen wir weiter ans Meer.« Pläne, auch nicht ausgereifter als dieser, hatten sich schon vor achthundert Jahren bewährt, als Goten und Vandalen bis Rom vorgedrungen waren. Die Mongolen zweifelten nicht einen Augenblick daran, daß das geplante Unternehmen – dank ihrer überlegenen Strategie und Reitkunst – erfolgreich sein würde.

Auf seinem gewohnten Vorstoß nach Nordwesten würde das tatarische Kontingent enorme Entfernungen zu überwinden haben: Tausend Meilen bis zum ersten Lager am Kaspischen Meer, weitere tausend, um nach Überquerung von Wolga und Don jenes Hindernis zu erreichen, von dem stärkerer Widerstand zu erwarten war: die befestigte Stadt Kiew am Dnjepr. Wenn Kiew niedergerungen werden konnte – sieben Monate schwerer Angriffe sollten genügen –, war der Weg frei, um weitere vierhundert Meilen nach Lublin und Sandomierz in Polen zu galoppieren.

Dann würde ihnen ein Siegespreis winken, der die vielen Gefahren ihrer Invasion rechtfertigte: das goldene Krakau. Wenn es ihnen gelang, diese Stadt einzunehmen, würden sie Gelegenheit haben, die schönsten Frauen Europas zu schänden, die reichsten Kirchen zu plündern, die feinsten Läden auszuräumen und dann niederzubrennen. Der Magnet Krakau war stark genug, um Invasoren aus mehr als zweitausend Meilen Entfernung anzuziehen, und Vuldais dunkle Augen leuchteten, wenn er nur daran dachte.

Bei der letzten Lagebesprechung beauftragten Ögädäi und Batu Chan (da sie selbst ja in Ungarn eindringen würden) zwei Tatarengeneräle, die Brüder Pajdar und Kajdu, den Vorstoß nach Polen anzuführen. Die zwei jungen Männer verneigten sich. »Gott der großen Entfernungen«, riefen sie, als sie ihre Pferde bestiegen, »führ uns zum Sieg!« Und im Geklirre von Lanzen, Staubwolken aufwirbelnd, stoben sie davon, dem großen Abenteuer entgegen.

Die Tataren teilten ihre Männer zunächst in Zehnergruppen ein, die jeweils einem Leutnant unterstanden. Eine Kompanie (hundert Mann) wurde von einem Hauptmann, ein Bataillon (tausend Mann) von einem Oberst und ein Tumen (zehntausend Mann) von einem Brigadier angeführt. Als General befehligte jeder der zwei Brüder drei Tumen; insgesamt waren es also sechzigtausend Menschen. Aber nicht alle waren sie schlachterprobte Kämpfer, denn den tatarischen Kriegern folgte ein ungeheurer Troß. Da gab es Furiere und Knechte, die die Ersatzpferde betreuten, Marketenderinnen und Kinder, die unbedingt mitgenommen werden wollten. Nicht ein einziger Tatar in diesem gewaltigen Heerhaufen war zu Fuß. Es war dies zweifellos eine der beweglichsten Streitmächte der Welt, und eine der furchterregendsten.

Keiner der Krieger trug einen Harnisch, und auch die Pferde waren ohne jeden Schutz; ihre Verteidigung gründete sich auf listiges Ausweichen und Flinkheit. Die Tataren mochten nur für Angriffsbewegungen geeignet sein, aber sie kannten jeden bis dahin ersonnenen Trick, um sich und ihre Pferde zu schützen. Meistens teilten sie ihre Streitmacht für den Kampf in drei Abteilungen: Die erste griff in Einzelreihen an und geriet wie erwartet in Schwierigkeiten; beim Rückzug brachten sie den siegesgewissen Feind dazu, sich in rascher Verfolgung zu verdünnen, worauf eine zweite Einheit, die sich verborgen gehalten hatte, in seine Flanken einbrach; hatte die Verwirrung des Gegners ihren Höhepunkt erreicht, stürmte die dritte Abteilung heran, um den Feind völlig zu vernichten. Die Tataren nahmen nur wenige Gefangene.

Die zwei großen Flügel dieses Heerzugs – im Süden die Mongolen, die gegen Ungarn, im Norden die Tataren, die gegen Polen zogen – erzielten größere Erfolge als erwartet, und am Ende des Jahres 1240 war das südliche Feldheer in Position, die Karpaten zu überqueren, während das nördliche Kiew einschloß, die gut verteidigte Festungsstadt, die den Zugang nach Polen blockierte. Den Boten, die zwischen den beiden weit voneinander entfernten Heeren pendelten, schien es, als wäre die Invasion zum Stillstand gekommen, als wären ein oder zwei Jahre für die Neuformierung der Truppen und einen sorgfältig geplanten Angriff nötig.

»Aber wenn wir Kiew innerhalb dieses Jahres nehmen können«, berichteten die Führer des tatarischen Heeres, »haben wir gute Aussichten, im nächsten Jahr Polen zu erobern und im Jahr darauf das Herzland Europas.« Batu Chan, der an der ungarischen Grenze stand, versicherte den Tataren, daß auch seine Truppen diesen Zeitplan einhalten, vielleicht sogar noch unterschreiten könnten.

So begann der Angriff auf Groß Kiew, wie es damals hieß. An einem Novembertag sammelten sich die Tataren am linken Ufer des Dnjepr, etwa zehn Meilen von der Stadt entfernt, und von Kiew ausgesandte Kundschafter meldeten: „Es ist ein Heer, wie wir noch keines je gesehen haben. Keine Harnische, keine Kriegsmaschinen, kein prächtiges Rüstzeug. Nur ziemlich kleine Männer auf ziemlich kleinen Pferden.«

Es war bitter kalt, als die Tataren sich in Bewegung setzten: Sechzigtausend mit Lanzen und Dolchen bewaffnete, drahtige, kampflustige Reiter mit herabhängenden Schnurrbärten, die wie ein Feuerstrom aus der Steppe hervorbrachen. Jeder von ihnen hatte einen Beutel am Sattel hängen, der genügend Fleisch für drei Wochen enthielt. Aber in mancher Beziehung war die wirksamste Waffe der dahinjagenden Tataren ihr Hunger nach der Beute, die sie zu machen hofften, und ihr lustvolles Verlangen nach den Frauen, die sie bald besitzen würden.

Der Angriff auf Kiew erwies sich als eines der Wunder zeitgenössischer Kriegsführung. Die Tataren näherten sich in leichtem Galopp, gaben dann ihren Pferden die Sporen und ritten einfach über die Verteidiger hinweg. In zahllosen Wellen stürmten die schrecklichen Reiter heran, nicht schreiend, um Angst und Schrecken zu verbreiten, aber mit unaufhaltsamer Gewalt, struppige Fremdlinge aus dem Herzland Asiens, begierig, den europäischen Kontinent zu unterwerfen.

Die ihnen folgenden Kader mitreißend, stürmten die zwei jungen Generäle Pajdar und Kajdu in wildem Galopp voran, und noch vor Einbruch der Dämmerung begann das Plündern und Morden. Eine Stadt, die sich für unverwundbar gehalten hatte, war in einem einzigen Tag gefallen.

Das zerstörte Kiew bot einen traurigen Anblick. Prächtige Kirchen standen in Flammen, Hunderte von Leichen bedeckten die Straßen. Fast alle Häuser waren ausgeraubt oder ausgebrannt. Und drei Tage lang war des Vergewaltigens kein Ende, öffentlich, vor aller Augen, und oft setzten zahlreiche Dolchstiche den Schlußpunkt. Kiew war verwüstet, und das ermöglichte es den Tataren, ein volles Jahr früher als geplant über Polen herzufallen. Von den Karpaten her meldete Batu Chan einen ähnlich unerwarteten Erfolg, und nun verkündeten die Boten zwischen den zwei Heeren frohlockend, daß Europa wehrlos vor ihnen liege.

Ermutigt durch diesen Erfolg, nahm General Pajdar in den letzten kalten Tagen des Jahres 1240 ein sehr waghalsiges Unternehmen in Angriff. »Laßt uns die Krieger mit den schnellsten Pferden und den tapfersten Herzen aussuchen und zusammen mit ihnen in aller Eile vorausreiten!« schlug er seinem Bruder vor.

»Wie sollen die langsameren Reiter mit dem Proviant sie einholen?« fragte sein drahtiger kleiner Adjutant Vuldai, und der kühne General erwiderte: »Sie werden Kiew gar nicht verlassen. Sie bleiben hier und bauen die Stadt wieder so auf, wie wir sie brauchen. Wir reiten ohne Proviant voraus. Dann müssen unsere Männer kämpfen, wenn sie nicht verhungern wollen. Jeder Hof, an dem wir vorbeikommen, wird uns seine Schweine und Hühner abliefern.«

»Und was ist mit der Kriegsbeute?«

»Soviel unsere Männer tragen können.«

»Und Sklaven?«

»Auf vier Halteplätzen werden wir alle Gefangenen einsammeln und sie nach Kiew zurückschicken. Wir aber werden weiterreiten.«

In Vuldais Augen blitzte ein Licht auf, als er an die endlosen Beutezüge dachte. Das gefiel Pajdar, und er sagte: »Du wirst die Reiter im südlichen Abschnitt anführen. Nicht viele, aber sehr schnelle. Ihr sollt die Aufmerksamkeit auf euch lenken, während Kajdu und ich den größeren Teil des Heeres durch den Norden führen. Wir treffen uns in Krakau, und von dort geht es weiter in, wie man sie nennt, die deutschen Länder.«

»Meine Männer müssen gleich anfangen Fleisch zu trocknen«, sagte Vuldai, stolz auf sein neues Kommando. Sechs Wochen lang schnitten die Tataren alles Fleisch, das sie von den unterworfenen Bauern requirieren konnten, in Streifen und ließen es in dem rauhen Wind und dem wenigen Sonnenschein trocknen, nachdem sie es eingesalzen hatten, um es vor schnellem Verderben zu schützen. Aus Milch – Kuhmilch, Stutenmilch, Ziegenmilch, Schafsmilch – stellten sie Käse her und formten ihn zu kleinen Bällchen, die sie mit gedörrten Weizen- oder Gerstenkörnern mischten, um sie haltbarer zu machen – ein nahrhaftes Essen, das allerdings nur für Männer mit guten Zähnen taugte.

Mitte Dezember waren die zwei Abteilungen für den Angriff auf Polen bereit. Grob gezeichnete Karten ließen die einzuschlagende Route erkennen. Pajdars Männer würden in nördlicher Richtung nach Schitomir, Chełm und Lublin vorstoßen und bei Sandomierz über die Wolga setzen; Vuldais Abteilung würde nach Süden ziehen, Berditschew und Przemysl nehmen und die Weichsel unterhalb von Sandomierz überschreiten. Vor den Toren des goldenen Krakau würden sie zusammentreffen, und sobald die Stadt gefallen war, sollten die Männer sieben Tage lang plündern und vergewaltigen dürfen.

Es war ein kühner Plan, und sie wußten, daß sie den Rückzug würden antreten müssen, wenn es den Ruthenen (die man später Ukrainer nannte) oder den Polen gelingen sollte, irgendwo wirksamen Widerstand zu leisten; wenn sie jedoch von einem Dorf zum anderen galoppierten und den Städten (wo sie in Schwierigkeiten geraten konnten) auswichen, hatten sie Aussicht auf Erfolg. Schnelligkeit, Brutalität, Plünderung, Gefangene, die als Sklaven ostwärts in Marsch gesetzt werden konnten, das war ihre waghalsige Strategie, und von allen damals in der Welt operierenden Kampftruppen waren die tatarischen Reiter am besten geeignet, sie richtig anzuwenden.

Vuldai sollte, um die Aufmerksamkeit gegnerischer Kundschafter auf sich zu ziehen, seinen Ablenkungsvorstoß nach Süden eine Woche vor dem stärkeren Truppenteil unternehmen. Wie er jetzt seitlich im Sattel lehnte und das linke Bein herunterhängen ließ, war Vuldai fünf Fuß und ein Zoll groß und wog einhundertsechs Pfund. An den Seiten und im Nacken war sein Haar kurz geschnitten; der große Schnurrbart hing schlaff herunter. Seine Kleidung bestand aus einer dicken Filzhose, einem Leinenhemd, einem Kaftan aus Tierfell und einer kegelförmigen Pelzmütze. An seinen Sattel gebunden war eine Art Umhang, den er benützte, um sich vor Regen oder Schnee zu schützen, oder gegen die Kälte, wenn er auf dem bloßen Erdboden schlief. Er trug nur vier Waffen bei sich, nur vier Pfund gedörrtes Fleisch, keine frische Wäsche, keine Arzneien, und doch hatte er die Absicht, mit seinem Pferd – und anderen, die er unterwegs stehlen würde – achthundert Meilen durch Länder zu reiten, deren Bewohner ihn mit Leichtigkeit würden zurückschlagen können, wenn zwei Dinge nicht wären: Die Schnelligkeit seiner Bewegungen verwirrte und blendete den Feind, und er zögerte nicht, jeden niederzuschlagen, der ihn auch nur einen Augenblick lang zu behindern drohte. Er und seine Männer stellten eine der entsetzlichsten Kräfte dar, die je auf eine zivilisierte Welt losgelassen worden waren, und er war willens, diese Welt zu zerstören.

»Es geht los!« rief er eines frostigen Morgens, und seine kleinen Reiter wandten sich nach Westen.

Achtzig Meilen waren es von Kiew nach Berditschew, eine Strekke, die von der galoppierenden Reiterschar in zwei Tagen zurückgelegt wurde; aber Vuldais Männer griffen die gut befestigte Stadt nicht an; sie zogen um sie herum, zerstörten alle umliegenden Siedlungen und sammelten Vorräte, die ihnen reichten, um die Entfernung bis zur nächsten Ortschaft zu bewältigen, wo sie die gleiche Methode anwendeten.

Wie diese Methode aussah, ließ sich besonders gut erkennen, als sie sich Polz näherten, einem Dorf mit etwa sechzig Häusern und annähernd der gleichen Zahl von Scheunen und Nebengebäuden. Zweihundertachtzig Menschen lebten in oder nahe Polz, rund um die kleine Burg, auf der der Sohn des Magnaten wohnte, dem noch sechzig weitere Dörfer der gleichen Größenordnung gehörten.

Als die sechstausend hungrigen, nervösen tatarischen Reiter Polz vor sich sahen, befahl Vuldai seinen Männern, langsam vorauszutraben; der Staub, den sie aufwirbelten, sollte im Dorf gut zu sehen sein und die Bewohner erkennen lassen, was ihnen bevorstand. Dann beauftragte er drei seiner Männer, die Dörfler aufzufordern, ihren gesamten Besitz unverzüglich herauszugeben; doch als diese in der Hoffnung, wenigstens einen Teil ihrer Habe retten zu können, eine Hinhaltetaktik anwandten, wurden die drei Tataren zornig und gaben ein Zeichen, worauf sechstausend Reiter donnernd in das Dorf hinuntergaloppiert kamen.

Alles wurde zerstört, alle Scheunen wurden niedergebrannt, Häuser und Hütten dem Erdboden gleichgemacht. Kein Tier entkam dem Massaker, nicht ein einziges Schwein, nicht ein einziges Huhn. Im ersten zügellosen Ansturm wurden alle Männer, die sich sehen ließen, getötet, einige mit Schwertern erschlagen, die meisten mit Lanzen durchbohrt, verloren auch viele Frauen ihr Leben, wurden in Stücke gehauen. Dann, als sich die anfängliche Wut gelegt hatte, dienten die Mädchen und jüngeren Frauen zwei Nächte lang der allgemeinen Belustigung; die wenigen, die überlebten, wurden nach Osten in die Sklaverei geführt. Etwa zwanzig junge Männer ließ man am Leben; sie sollten die Pferde der Tataren versorgen. Doch als sie ihre Arbeit beendet hatten, wurden sie einer nach dem anderen getötet. Nur einige wenige kräftige Burschen entgingen diesem Schicksal; sie mußten für ausgelassene, widerliche Spiele herhalten, um anschließend als Sklaven nach Osten geschickt zu werden. Als die zwei Tage um waren, herrschten nur mehr Tod und Verwüstung, wo bis vor kurzem das Dorf Polz gestanden war und zweihundertachtzig Menschen gelebt hatten.

Vuldai und seine Männer hatten genug Lebensmittel und frische Pferde für ihren Ritt ins nächste Dorf, dessen Schicksal bereits feststand. Städte mit ihren Mauern entgingen der Wut der tatarischen Horden, nicht aber die Dörfer.

Am 10. Januar 1241, weniger als drei Wochen nach ihrem Aufbruch aus Kiew, hatten Vuldais Männer die Steppe durchquert; ihr erstes Ziel, die Weichsel, lag nur mehr einen Tagesritt entfernt, das zweite Ziel, Krakau, nur um ein kurzes Stück weiter. Aber weil sich die Überquerung des Stroms als schwierig erweisen mochte, hielt Vuldai seine ungestümen Reiter an und sandte zwei Gruppen von Kundschaftern aus: die eine nach Norden – sie sollte in Erfahrung bringen, wie es Pajdars Feldheer erging –, die andere geradeaus, um mögliche Zugänge zum Fluß ausfindig zu machen.

Die Männer dieser zweiten Gruppe nahmen eine Bauernfamilie gefangen, von der sie erfuhren, daß der große *Szczęker* Wald unmittelbar vor ihnen lag und gleich dahinter der Strom. Nachdem die Kundschafter einige Meilen in den Wald hineingeritten waren, erkannten sie, daß er mit seinem dichten Eichen- und Buchenbestand ein hervorragendes Versteck für einen Sammelplatz abgab. Von hier aus würde der Angriff gegen alle am Fluß entlang liegenden Siedlungen unternommen und so ein gefahrloser Übergang gesichert werden.

Zwei Kundschafter durchquerten den Wald und gelangten schließlich zu einer Stelle mit hohen Buchen, von wo aus sie die Hindernisse ausmachen konnten, die beim Überqueren der Weichsel zu überwinden waren. »Ein Dorf wie die anderen auch«, meldeten sie Vuldai. »Die Häuser leicht niederzubrennen. Eine kleine Burg aus Holz und Stein, keine große Angelegenheit, leicht in Brand zu setzen. Gegen

Süden, am Flußufer, eine große Burg aus Stein, die wir schnell einschließen können. Wir brauchen sie nur auszuschalten und haben einen gefahrlosen Übergang zum anderen Ufer und genügend Zeit, um Boote zu bauen, wenn wir welche brauchen sollten.«

So sickerten die sechstausend Reiter des Tatarenführers Vuldai am Morgen des 11. Januar 1241 – ein Datum, das in alten Chroniken mit Ehrfurcht vermerkt ist – ohne Aufsehen zu erregen in den Ostteil des *Szczęker* Waldes ein und rückten langsam nach Westen vor, wo das kleine Dorf wartete.

Eine unbefugte Person hatte die Tataren beim Durchreiten des Waldes beobachtet. Es war ein zwölfjähriger Dorfjunge namens Jan, der Reisig für seinen Vater sammelte, der ebenfalls Jan hieß, aber mit der zusätzlichen Bezeichnung »der Waldhüter«. Der Junge hatte sich weit vom Dorf entfernt und war gerade an seiner Lieblingsstelle, einem schönen Hain inmitten der hohen Bäume, angelangt, als er im Osten ein klirrendes Geräusch vernahm. Sofort dachte er, daß wohl wieder einmal der Teufel seine Ketten in diesem Wald klirren ließ, dem er seinen Namen gegeben hatte. Doch als das Geräusch immer näher kam und nicht so sehr teuflischen als vielmehr menschlichen Ursprungs zu sein schien, verließ Jan den Hain und versteckte sich zwischen den Bäumen.

Was er sah, versetzte ihn in Erstaunen: Von Osten her kamen zwei Reiter – das konnten keine Polen sein, denn ihre Kleidung war fremdländisch, ihre Hautfarbe dunkel, ihr Blick sonderbar verschlagen, und sie hatten lange Schnurrbärte. Daß sie so etwas wie Soldaten waren, erkannte er an den Schwertern und Dolchen in ihren Gürteln; aber sie ritten gemächlich dahin, ließen die Zügel schleifen und sprachen miteinander leise in einer Sprache, die der Junge nicht verstand.

Eines stand fest: Diese Männer scheuten nicht davor zurück, auf alles einzuschlagen, was sie überraschte, und als sie außer Sicht waren, zog Jan sich noch weiter ins Dunkel zurück; andere Fremde ihrer Art konnten ihnen folgen.

Nun kamen einzelne Reiter, immer aus dem Osten, faszinierend anzusehen: klein, warm gekleidet, mit stechenden Augen, und bei jedem einzelnen von ihnen hatte es den Anschein, als bilde er eine untrennbare Einheit mit seinem Pferd. Manch einer blieb stehen, sah sich ruhig um und ritt dann langsam weiter, um abermals Stille einkehren zu lassen.

Elf der kleinen Männer trabten vorüber, ohne anzuhalten, aber eine Gruppe von sechs oder sieben stieg sogar ab, und Jan sah, daß sie einen polnischen Holzfäller gefangen hatten, der hin und wieder mit seinem Vater zusammenarbeitete. Sie warfen ihn zu Boden und schrien ihn in ihrer Sprache an, fragten ihn offensichtlich etwas. Als er ihnen nicht antworten konnte, durchbohrten sie ihn mehrmals mit ihren Dolchen, stiegen wieder auf und ritten weiter.

Jetzt erst, während er auf den leblosen Körper starrte und das Echo der seltsamen Worte hörte, begriff Jan, daß diese Eindringlinge die gefürchteten Fremden aus den Steppen sein mußten. Mongolen! Sie sind gekommen, um uns alle zu vernichten!

Er wollte nach Westen ins Dorf laufen, aber noch bevor er den ersten Schritt getan hatte, sah er, daß wieder mehrere Fremdlinge auf dem Hain angekommen waren. Einer stieg ab und kam geradewegs auf Jans Versteck zu, blieb jedoch kurz davor stehen und betrachtete neugierig die seltsamen Bäume, die er anscheinend noch nie gesehen hatte. Dann ließ er Wasser und kehrte zu seinem Pferd zurück. Keiner der Männer kümmerte sich um die Leiche; sie waren an den Tod von für sie Fremden gewöhnt.

Bei Einbruch der Nacht waren bereits mehr als tausend Krieger an Jan vorbeigezogen, und als die Sterne aufgingen, begriff er, daß es seine Pflicht war, sein Dorf schnell zu warnen. Überall um ihn herum lagerten Mongolen; er hatte Angst, von ihnen bemerkt zu werden, und bewegte sich deshalb sehr vorsichtig. Die Pfade meidend, die er sonst zu gehen pflegte, machte er einen großen Umweg und orientierte sich an den Sternen, die durch die Wipfel flimmerten. Aber wohin er den Fuß auch setzte, stets hörte er ein Klirren. Wahrhaftig, in dieser Nacht trieb der Teufel sein Unwesen im Wald.

In dem kleinen Dorf, das die Tataren zu zerstören gedachten und der junge Jan zu retten versuchte, nahmen drei polnische Familien eine dominierende Stellung ein. Auf der Burg Gorka, einem schäbigen Steinbau am Ufer der Weichsel, saß ein verarmter rothaariger Ritter, dessen Name, Krzysztof, in westlichen Ländern »Christoph« gelautet hätte (und das mit der gleichen tiefen Bedeutung: *Christo-phorus*, Christusträger), ein frommer Mann, der sein Leben dem Erlöser geweiht hatte. Die Ahnen des jetzigen Krzysztof waren vom Herzog persönlich auf diese Burg entsandt worden, um als Grenzwachen die östlichen Zugänge zur Herzogsstadt Krakau zu sichern. Über die Jahrhunderte hin hatten die verschiedenen Ritter ihrem Herrn brav gedient. Selbst Analphabeten und mit den Töchtern von Analphabeten verheiratet, war ihnen auf der armseligen Burg nur ein Mindestmaß an Annehmlichkeiten zur Verfügung gestanden: Es gab keine Gabeln, nur einen Teller für alles Gekochte, Glas nur in wenigen Fenstern, dünne Behänge für die feuchten Wände, nur ein paar rauchende Öllampen, um die langen Nächte zu erhellen, schwere altmodische Rüstungen statt leichter Kettenhemden, Schwerter von nur mäßiger Länge und Stärke und, am allerschlimmsten, nur vier Pferde statt des Minimums von dreißig, wie es einem bedeutenden Ritter zustand.

Dafür besaßen Krzysztof und seine Vorfahren drei Eigenschaften, die ihnen zur Ehre gereichten: Sie liebten Jesus und strebten danach, sein Reich in Polen zu errichten; sie waren tapfer; und sie waren dem Herzog treu ergeben, der ihren Stamm aus dem Bodensatz des Volkes zum Rittertum erhoben hatte. Als sich das Christentum im ersten Jahrtausend, einem zarten Pflänzchen gleich, in Polen bemerkbar machte, hatte Krzysztofs Familie als eine der ersten begriffen, was die Vision einer neuen Welt bedeutete. Freiwillig kämpften sie damals und auch in späteren Jahren für die Bischöfe, halfen mit, Kirchen und Klöster zu bauen, und unterstützten alle guten Werke der Kirche nach Kräften. Sie waren Christen im besten Sinn des Wortes und bereit, für ihren Glauben zu leben, zu kämpfen und auch zu sterben.

Ihre Burg, ein schmuckloser Bau, im Jahre 1060 errichtet, zeugte nicht von Macht, denn ihre Herren besaßen keine großen Ländereien; etwa fünftausend Morgen hatten sie, zum Großteil bewaldet, und sieben ziemlich kleine Dörfer, das war alles. Die Felder und die Dörfer waren der Familie als Belohnung für ihre Dienste übereignet worden, und selbstverständlich konnten diese Güter vergrößert werden, wenn sich der gegenwärtige Krzysztof von Gorka im Dienst seines Herzogs auszeichnete.

Die kleinere Burg im Norden war viel älter als die, auf der der Ritter von Gorka lebte; aus Chroniken geht hervor, daß sie schon im Jahre 914 existierte, ein fester, stämmiger Bau, der den Verteidigern des

Stromes als Versteck diente. Hier konnten sie Belagerern Widerstand leisten, bis Hilfe aus Krakau kam. Diesen Zweck hatte die Burg immer gut erfüllt. Zwar war sie sechs- oder siebenmal fast zerstört worden, aber sie hatte abschreckend gewirkt, und selbst wenn ihre Verteidiger umkamen, so starben sie doch in dem Bewußtsein, den Feind kostbare Wochen oder gar Monate aufzuhalten – so lange, bis sich die Entsatztruppe auf der anderen Seite des Flusses gesammelt hatte. Es war eine kleine Burg mit einem großen Ruf.

Jetzt wurde sie von einer Familie bewohnt, die die gleiche Beziehung zu Krzysztof auf der großen Burg hatte wie dieser zum Herzog in Krakau. Zygmunt war ein Lehensmann des Ritters, aber durchaus kein Diener: ein Mann aus historischem Geschlecht, der jedoch so gut wie nichts besaß. Ihm gehörten keine Ländereien, keine Dörfer, keine Bauern, und, was das Schlimmste war, er hatte nur ein einziges Pferd. Er mußte sich zum Kriegsdienst melden, wenn der Ritter ihn rief, aber er wurde in der ganzen Gegend als rechtmäßiges Mitglied des Landadels anerkannt, ein Mann von einiger Distinktion.

Was ihm an Gütern gebrach, glich er auf beispielhafte Weise mit einer persönlichen Eigenschaft aus: Er war stolz, stolz auf seine Familie, stolz auf seinen Mut in der Schlacht, stolz auf seine Frömmigkeit, stolz auf seine Bereitschaft, für Jesus Christus zu kämpfen. Der eher dumme Mann ging durch die Welt, als ob er ein Igel wäre, stets bereit, jeden mit seinen scharfen Stacheln zu durchbohren, der ihn auch nur schief ansah, und tatsächlich nannten ihn seine Freunde *jeż*, Igel. Da er außer seinem Ehrgefühl kaum etwas besaß, gürtete er sich damit wie mit einer Rüstung.

Das Dorf, zu dem seine Burg gehörte, hieß seit undenklichen Zeiten Bukowo, der Ort der Buchen, und daher lautete des Mannes offizieller Titel Zygmunt von Bukowo. Mit dem einen schäbigen Gaul, den er besaß, war er ja tatsächlich eine Art Ritter, aber ein verflixt armer, ohne Landbesitz und mit geringen Aussichten auf bessere Zeiten.

In dem Dorf selbst, das er und seine Burg eigentlich schützen sollten, lebten dreihundertvierzig Bauern in kleinen Hütten mit Lehmböden, ohne Fenster, ohne Schornsteine und ohne Möbel – bis auf ein Brett, das als Bett diente, einen Tisch und zwei, drei Hocker. Ein paar armselige Töpfe, einige Geräte für die Feldarbeit und nicht ein einziges überflüssiges Kleidungsstück machten den Besitz einer Familie aus.

Es konnten Monate oder zuweilen auch Jahre vergehen, ohne daß ein richtiges Stück Fleisch auf den Tisch kam. Ihr ganzes elendes Leben lang aßen diese Menschen Rüben und geschroteten Weizen, dünne Suppe und große Mengen Kohl.

Die Bauern arbeiteten für drei Herren: für Zygmunt auf der kleinen Burg, für Krzysztof auf der großen Burg und für den Herzog in Krakau, und in manchen Jahren arbeiteten sie dreihundertzwanzig Tage für diese Herren und zweiundvierzig Tage für sich selbst; an drei Tagen wurde gefeiert. Geld bekamen sie nur selten zu Gesicht; ihr Durchschnittsalter betrug vierundvierzig Jahre; hin und wieder im Wald des Ritters einen Hasen zu jagen oder in ihrer kleinen Kirche einem tröstlichen Gottesdienst beizuwohnen, wenn ein wandernder Priester vorbeikam, das waren ihre kleinen Freuden. Sie spannen Garn und webten Tuch; sie droschen Getreide; sie hüteten die Gänse, die dem Ritter gehörten; sie sangen viel; sie fielen bei Sonnenuntergang ins Bett, von dem sie sich eine Stunde vor Sonnenaufgang wieder erhoben; und sie starben, ohne sich je mehr als zehn Meilen vom Ort ihrer Geburt entfernt zu haben – außer ein marodierender Feind nahm sie gefangen, machte sie zu Sklaven und ließ sie später wieder frei, in welchem Fall sie unweigerlich nach Bukowo zurückkehrten, denn das war bekanntlich das feinste Dorf am Strom, das Dorf mit den zwei Burgen.

Unter den Dörflern gab es eine besonders zähe Familie; über die Jahrhunderte hin hatte sie alle erdenklichen Schicksalsschläge überlebt. Ihre ältesten Söhne hießen immer Jan und, weil sie als Waldhüter arbeiteten, manchmal auch Jan vom Walde. Sie waren schweigsame Leute, bewandert im überlieferten Wissen um den Wald und gehorsame Diener ihrer Herren. Aber hin und wieder brachten sie einen Jungen von ungebärdigem Temperament hervor, der zu Schelmenstreichen und Respektlosigkeiten neigte, und diese Jans bekamen dann den liebevollen Spitznamen Janko. Soweit sich die Dorfbewohner zurückerinnern konnten, hatte es sieben oder acht Jankos gegeben, und einige von ihnen waren waghalsige Burschen gewesen. Als ruthenische Räuber einmal bis fast zur Weichsel vorgedrungen waren, hatte ein Janko eine Schar von Bauern angeführt, die den Feind mit schweren Verlusten zurückschlugen.

In der jetzigen Generation gab es keinen Janko. Die bitterarme Familie, die ein klägliches Häuschen bewohnte, bestand aus Jan vom Walde, Danuta, seiner Frau, die zahnlos war, obwohl sie erst neunundzwanzig Jahre zählte; dem jungen Jan, der den Wald liebte und der gerade zum Dorf zurückeilte, um Alarm zu schlagen; und dem Mädchen Moniczka, einem lebhaften, hübschen Kind. Zusammen hatten die vier nur zwei Kleidungsstücke extra: eine Männerjacke, die einer der beiden Jans bei festlichen Gelegenheiten anziehen konnte, und ein Frauenkleid, dessen Saum sich herauslassen oder hochstecken ließ – je nachdem, ob Danuta oder ihre Tochter es tragen sollte.

Es war jetzt eine Stunde vor Tagesanbruch, und als Danuta aufstand, um die Morgensuppe zuzubereiten, bemerkte sie, daß ihr Sohn nicht an seinem gewohnten Platz auf dem Fußboden lag. Sie stieß Moniczka mit dem Fuß an. Das Mädchen glaubte zur Arbeit gerufen zu werden und sprang auf; aber ihre Mutter fragte sie bloß: »Wo ist Jan?«

»Ich dachte, er ist hier«, erwiderte das Kind.

»Nun, hier ist er nicht«, sagte die Mutter und dann, voller Angst: »Ist er denn überhaupt heimgekommen?«

Noch bevor die kleine Moniczka antworten konnte, war vom Waldrand her die verzweifelte Stimme ihres Bruders mit dem Schreckensruf »Mongolen!« zu vernehmen. Sofort war das ganze Dorf wach.

Fünfzig Jahre waren seit dem letzten Einfall dieser entsetzlichen Horden vergangen, aber die Legenden, die davon berichteten, waren so sehr ein Teil des täglichen Lebens, daß einige wenige vom Glück begünstigte Menschen blitzschnell reagierten und sich dadurch retteten. Andere, die angstvoll überlegten, was in den nächsten Augenblicken geschehen würde, die zögerten oder in Verwirrung gerieten – diese Menschen hatten keine Chance.

Mutter Danuta griff mit der einen Hand nach ihrem Tuch, mit der anderen nach ihrer Tochter, und ohne auf ihren Sohn zu warten oder ihrem Mann, der seine Pflichten kannte, Lebwohl zu sagen, lief sie einen geheimen Weg entlang, der ins Herz des Waldes führte; zufällig war es der gleiche, über den ihr Sohn den Wald gerade verließ. »Rette dich!« rief sie ihm zu, als sie an ihm vorbeihastete.

Jan, der Waldhüter, jagte wie ein gehetztes Wild auf die kleine Burg zu. »Mongolen! Mongolen!« brüllte er, und als seine von panischem Entsetzen gefärbte Stimme in die düsteren Gänge eindrang, wußte

Zygmunt sofort, was er zu tun hatte. Er sprang aus dem Bett, griff nach dem wenigen an Rüstung, was er besaß, rief seiner Frau zu: »Rette dich!« und eilte zu seinem Pferd. Er schwang sich in den Sattel, galoppierte zum Flußufer hinunter und ritt in die Fluten. Sobald das Wasser tief genug war, glitt er vom Sattel herunter, packte das Pferd am Schwanz und ließ sich ans andere Ufer ziehen, wo er, wie für solche Fälle abgemacht, mit anderen rangniedrigen Rittern zusammentreffen würde.

Überzeugt, daß er alles getan hatte, um die kleine Burg zu warnen, eilte Jan jetzt auf schmalen Pfaden zur größeren und brüllte beim Näherkommen abermals »Mongolen!«, worauf Krzysztof, der immer schon vor Morgengrauen wach war, am Burgtor erschien und ihn hereinwinkte. Jan war kaum eingetreten, da wurde das schwere Eisentor schon klirrend zugeschlagen und öffnete sich nur noch hin und wieder für kurze Zeit, um eine Gruppe verängstigter Bauern und zwei Ritter niedrigeren Ranges aus der Umgebung der Burg einzulassen, die flehentlich um Aufnahme gebeten hatten.

Jetzt ließ der rothaarige Krzysztof erkennen, daß seine Nachbarn ihn aus gutem Grund für einen Mann mit Charakter hielten. Er beruhigte seine erregten Besucher, hieß sie still sein und bedachte nüchtern die Lage. »Nur drei kampferfahrene Ritter. Wo ist Zygmunt?«

»Er ist über den Fluß entkommen«, berichtete Jan.

»Mit seinem Pferd?«

»Selbstverständlich.«

»Ausgezeichnet. Wir haben fünfundfünfzig Bauern hier. Viel zu viele, aber was können wir machen?«

Er studierte jedes einzelne Gesicht, als wollte er die Männer auf ihren Heldenmut hin untersuchen. Schließlich sagte er: »Wir haben wenig Wasser und verdammt wenig zu essen. Eine lange Belagerung können wir also nicht überleben.« Keiner muckste, aber Krzysztof sah, wie einige vor Schreck die Kinnladen fallen ließen, und er wußte, daß er mit dem, was er ihnen jetzt sagen mußte, einen kritischen Punkt erreichen würde. »Wir haben eine Chance, und zwar eine große Chance. Wir wissen nicht, ob es Mongolen sind – Mongolen mit Maschinen, die Burgen zerstören können. Nehmen wir an, es sind nur Tataren auf einem Raubzug ... nur Pferde. Sie werden heranjagen, in der Hoffnung, uns zu überwältigen, aber wenn wir das erste halbe

Dutzend umlegen, werden sie kehrtmachen und davongaloppieren.« Als einige Mienen sich aufhellten, rief er: »Für uns müssen es Tataren sein! Und wir müssen sie zurückschlagen!«

Rasch und gezielt postierte er seine besten Bogenschützen an die Schießscharten und wies sie an, ihre Pfeile erst von der Sehne schnellen zu lassen, wenn die Tataren schon fast vor den Toren waren, dann aber drei so rasch wie möglich hintereinander abzuschießen. »Bei den letzten beiden Pfeilen braucht ihr gar nicht zu zielen. Einfach nur schießen.«

»Und wenn die Mongolen stürmen?« fragte ein Bauer.

»Es sind keine Mongolen!« schrie Krzysztof. »Gott, der unsere verzweifelte Lage kennt, wird uns Tataren schicken!«

Den größten Teil der Bauern führte er zu den Zinnen hinauf, wo er die letzten Jahre hindurch große Mengen von Steinblöcken angesammelt hatte. Er wies die Männer an, den Tataren mit aller Kraft diese Steine auf den Kopf hinunterzuschleudern. »Ich hoffe, daß diese Art der Verteidigung sie zur Umkehr bewegen wird.«

Eine Frau, die oben im Turm Ausschau hielt, rief: »Das Dorf brennt!« Wenige Minuten später hieß es: »Die andere Burg brennt!« Und dann ertönte der Schreckensruf: »Sie kommen!«

Krzysztof sah zu der Lichtung hinunter, durch die der Feind aus dem Wald hervorbrechen würde, und die um ihn herumstanden, konnten sehen, daß er betete. Nun tauchten die ersten kleinen Reiter mit ihren flatternden Schnurrbärten und kegelförmigen Pelzmützen auf, und jetzt erkannte der Ritter, daß er und seine Mitstreiter Aussicht auf Erfolg hatten. Noch bevor der erste Pfeil abgeschossen, der erste Felsblock herabgeschleudert war, fiel er auf die Knie und rief so laut, daß alle um ihn herum ihn hören konnten: »Ich danke dir, lieber Herr Jesus, daß du uns Tataren ohne Belagerungsmaschinen geschickt hast!« Dann begann er mit der Verteidigung seiner Festung.

Als Vuldai seine Tataren aus dem *Szczęker* Wald herausführte, sah er auf den ersten Blick, daß das armselige Dörfchen Bukowo nicht viel Beute einbringen würde, und so befahl er den Männern mit einer knappen Geste: »Zerstört es!«

Wie aus einem Vulkan ausbrechende Lava strömten die Reiter über die Siedlung, steckten jede einzelne Hütte in Brand und erschlugen jedes menschliche Wesen, das sie fanden, töteten sogar das Vieh, wenn es zu alt war, um ohne Mühe ins Nachtlager gebracht zu werden. Die dreihundert Menschen, die den Fehler begangen hatten, im Dorf zu bleiben, wurden allesamt erschlagen, obwohl keiner von ihnen auch nur versuchsweise die Hand gegen die Tataren erhoben hatte.

Nachdem Vuldai festgestellt hatte, daß sich in der kleinen Burg so gut wie keine Verteidiger befanden, drangen seine Männer einfach ein und metzelten alles nieder, was sie darin fanden, einschließlich Zygmunts Frau und Kinder, die er bei seiner Flucht über die Weichsel zurückgelassen hatte. Enttäuscht von der Armseligkeit der Dinge, die sie in der Burg fanden, rächten sich die Tataren, indem sie sie in Brand steckten. Schadenfroh sahen sie zu, wie alles, auch die Leichen, den Flammen zum Opfer fiel. Als das Feuer nachließ, rissen die kräftigen kleinen Männer die Mauerreste nieder und urinierten schließlich auf die glühende Asche.

Von da ging es weiter zur Burg Gorka. Dort aber fanden die Invasoren eine ganz andere Situation vor; denn als die erste Welle von Reitern an die Mauern heranpreschte, wurde sie von einem mörderischen Pfeilhagel empfangen, der vier Männer tötete und sechs weitere verwundete. Als diese schon schmerzgekrümmt auf dem Boden lagen und sich die Pfeile herauszuziehen versuchten, donnerten von den Zinnen schwere Felsblöcke auf sie herunter und zermalmten drei von ihnen auf schreckliche Weise; als andere Reiter heranjagten, um die Überlebenden herauszuholen, wurden auch sie mit Pfeilen und Felsblöcken empfangen.

Während sich Vuldai im dritten Angriffsversuch der Burg näherte, erfaßte er sehr schnell die Lage. »Laßt es sein!« rief er. »Wir setzen über den Fluß!« Er riß sein Pferd herum, hielt auf das steile Weichselufer zu, rutschte mit seinem Tier die Böschung hinunter und ins Wasser. Bei Einbruch der Nacht hatte seine um einige Krieger verminderte Reiterschar das Westufer erreicht, und schon waren Kundschafter nach Norden unterwegs, um mit dem größeren Feldheer Kontakt aufzunehmen und zu entscheiden, wo sich die zwei Flügel für den gemeinsamen Angriff auf das goldene Krakau treffen sollten.

Als Krzysztof von Gorka festgestellt hatte, in welch kläglichem Zustand sich seine Domäne befand, würde man ihm verziehen haben, wenn er sich der Verzweiflung hingegeben hätte, denn allein seine

Burg war ihm geblieben. So wie Bukowo waren auch seine anderen sechs Dörfer zerstört, seine Bauern erschlagen worden. Die Häuser der niedrigeren Ritter waren verwüstet und ihre Frauen getötet worden; es schien keine vernünftige Strategie zu geben, mittels welcher diese Gottesgeißel, die Tataren, bestraft oder zurückgeschlagen werden konnten. Unvermeidbar würde das goldene Krakau ihnen zum Opfer fallen. Aber Krzysztof war nicht bereit, eine solche Unvermeidlichkeit zuzugestehen, und in den folgenden gefahrvollen Tagen wurde er zum beseelenden Geist Polens.

Er war achtundvierzig Jahre alt – fast schon ein Greis in jener Zeit des frühen Todes, ohne große eigene Mittel, außer der Überzeugung, daß Ritter ihre Herzöge unter allen Umständen zu verteidigen haben. »Wir werden nach Krakau marschieren und die Stadt vor den wilden Reitern beschützen!«

Als er seine Lage nüchtern überdachte, fand er wenig Tröstliches. »Nur neun Pferde in meinem ganzen Bezirk. Vierzehn Männer, die mit Waffen umgehen können. Keine überschüssigen Lebensmittel. Und von nirgendwo Hilfe zu erwarten. Gut! Wir wissen, daß wir uns nur auf uns selbst verlassen können.« Er fuhr mit den Fingern durch sein rotes Haar, lachte, spuckte auf den Boden und wiederholte sein Gelöbnis: »Wir marschieren nach Krakau, denn der Herzog wird uns brauchen!«

Er zog jeden Mann ein, der dem Gemetzel entkommen war. Unter ihnen fand er den jungen Jan. »Du marschierst mit und versorgst die Pferde.« Als er erfuhr, daß der Junge der Sohn jenes Jan war, der durch seine Warnrufe die Verteidigung der Burg erst möglich gemacht hatte, rief er: »Jan und Jan, das ist ein gutes Omen. In der Bibel gibt es viele Jans, und sie alle standen in gutem Ruf.«

Mit einer Begeisterung, als befehlige er ein Bataillon gut ausgerüsteter Kavalleristen, stellte er seine kleine Truppe zusammen und schickte dann den älteren Jan zum anderen Ufer hinüber, um Zygmunt und andere Edelleute zu suchen, denen die Flucht gelungen war. Sein Befehl lautete: »Sie sollen wieder zurückkommen und sich vor der Burg Gorka sammeln!«

Dort wurde die Expeditionsstreitkraft organisiert: ein kläglicher Haufen von Männern, deren Frauen und Kinder erschlagen worden waren, von Kavalleristen mit erbärmlichen Pferden oder gar keinen, von Lanzenreitern ohne Waffen. Die Truppe umfaßte etwa neunzig Männer, wenn man den kleinen Jan und die Fußsoldaten mitzählte, die hinterherzottelten. In der Hoffnung, noch vor den Tataren in Krakau einzutreffen, machten sie sich unverzüglich auf den Weg, und als der junge Jan zum erstenmal die goldene Stadt mit ihren prächtigen Türmen und Mauern sah, das imposante Schloß und die Läden mit ihren unglaublichen Schätzen, sagte er zu seinem Vater: »Nie können sie eine solche Stadt einnehmen!« Aber der alte Jan, der im Wald gelernt hatte, kleine Unterschiede wahrzunehmen, erkannte sehr schnell, daß die sogenannten Verteidigungsanlagen zwar gut aussahen, im Ernstfall jedoch nicht viel taugen würden. In seinem Heimatdorf Bukowo hätte er den Bau solcher Mauern nicht zugelassen.

Der junge Herzog, dem alle Männer aus Bukowo zu Gehorsam und Dienstbarkeit verpflichtet waren, setzte den Jungen, aber auch die Erwachsenen, in Erstaunen. Denn obwohl er Herr über diesen Teil Polens war, schien er nie genau zu wissen, was er tun sollte. Er schwankte zwischen Anwandlungen von heroischem Optimismus und quälender Verzweiflung. War er heute bereit, die Stadt bis zu seinem letzten Atemzug zu verteidigen, beriet er sich schon am nächsten Tag über die beste Art, sie dem Feind zu übergeben, bevor dieser beginnen würde, sie niederzubrennen. Als Jan einen Krakauer Soldaten bat, ihm die Unentschlossenheit des Herzogs zu erklären, erwiderte der Krakauer: »Du mußt den Herzog verstehen. Er weiß nicht, ob Krakau ihm gehört oder nicht. Er weiß nicht einmal, ob er zu Krakau gehört.«

Das klang sehr dumm, und als Jan wissen wollte, was es bedeuten sollte, sagte der Soldat: »Der arme Kerl. Seine Freunde haben ihn fünfmal auf den Thron gesetzt, aber seine Feinde haben ihn viermal gestürzt.«

»Wollen sie denn einen anderen?«

»Nein. Wir hier in Krakau wollen von niemandem regiert werden.«

Über diese Worte grübelte Jan fast einen ganzen Abend lang nach, während er mithalf, Baumstämme quer über die Hauptzufahrt der Stadt zu schichten. Es kam ihm sonderbar vor, daß eine große Stadt wie Krakau sich nicht vernünftig selbst regieren konnte, wenn ein kleines Dorf wie Bukowo dazu sehr wohl imstande war. »Unser Ritter sagt uns, was zu tun ist, und wir tun es. Wenn der Priester kommt, sagt er uns, wie wir es anstellen sollen, gut Freund mit Jesus zu sein, und wir tun, was er sagt. Hier haben sie einen Herzog und einen Erzbischof, aber keiner gehorcht ihnen!«

Als am nächsten Tag gegen Mittag gemeldet wurde, daß die Tataren die Vororte im Norden der Stadt erreicht hatten, geriet Jan völlig in Verwirrung, denn unter den Verteidigern verbreitete sich mit Windeseile die Nachricht, daß der Herzog verschwunden war. In großer Angst vor dem, was die nächsten Tage bringen würden, hatte er, in Gesellschaft zweier Frauen, deren Gesellschaft er schätzte, das Weite gesucht, um über die Karpaten nach Ungarn zu gelangen, ein Land, in dem Frieden herrschte, ein Land, in das die Tataren nie kommen würden. In der Stunde höchster Not wurde Krakau von seinem legitimen Herrscher im Stich gelassen.

Nach der Flucht des jungen Herzogs bestand die Strategie der Polen darin, die größten Kirchen mit den dicksten Mauern auszusuchen, so viele Bürger wie möglich darin unterzubringen und dann zu beten, daß die Mauern halten würden, bis den Tataren der Proviant ausging oder sie die Geduld verloren.

Viermal wandte sich Krzysztof an die zurückgebliebenen Krakauer Ritter und flehte sie an, die Initiative zu ergreifen, nach Norden zu reiten und, als vorbeugende Maßnahme, die Tataren in ein Gefecht zu verwickeln. Aber die Ritter hatten kein Gefühl für die Notwendigkeit, zusammenzuhalten, für starke Führung oder gemeinsames Vorgehen, um ein bestimmtes Ziel zu erreichen. Es waren von überheblichem Freiheitsdrang beseelte Männer, die jeden aus ihren eigenen Reihen bekämpften, von dem sie fürchteten, er könnte über ihren Kopf hinweg entscheiden. Die Polen verabscheuten eine starke Führung, und als Krzysztof von Gorka erkennen ließ, daß er nicht abgeneigt war, eine solche zu übernehmen, stellten sie ihn kalt.

»Wir haben dir die St.-Andreas-Kirche mit dem großen Kloster zugewiesen«, teilten sie ihm mit. »Laß so viele Bürger wie möglich hinein und bete.«

Am 21. März 1241 führte der rothaarige Krzysztof, dem seine schändliche Haltung wohl bewußt war, die Männer aus seinem Dorf Bukowo in das Mittelschiff der schönen alten Kirche mit den festesten Mauern von ganz Krakau; dort nahmen sie siebenhundert Bewohner der Stadt auf, einschließlich einer Gruppe von Priestern, die sofort dafür zu beten begannen, daß die Kirche verschont bleiben möge. Dort verbrachten sie drei schreckliche Tage und Nächte und zitterten vor Angst, als sie hörten, wie die Tataren in die Stadt geritten kamen, wie die Frauen kreischten und das Feuer zu wüten begann. Sie konnten hören, wie die Zerstörung methodisch von Straße zu Straße fortschritt, bis sie das Viertel erreichte, in dem die St.-Andreas-Kirche stand, und schließlich gegen deren mächtige Mauern schlug. Sie zuckten zusammen, als die großen Eichenstämme gegen die Türen donnerten, und mit Entsetzen sahen sie, wie sich die massiven Türen nach innen wölbten. Aber da ließ Krzysztof seine stärksten Männer kommen, ließ sie sich dagegenstemmen und die Türen halten. Als die Tataren versuchten, die Tore anzuzünden, schütteten Männer von oben kostbares Wasser hinunter. Wieder waren die Türen gerettet; aber die Schreie und das Galoppieren der Pferde waren drei Tage lang zu hören.

Um die neunte Stunde des vierten Morgens rief einer von Krzysztofs Männern, der auf dem Turm Wache hielt: »Sie ziehen ab!« Als aufgeregte Helfer heraufstürzten, um die Richtigkeit der Meldung zu überprüfen, sahen sie, daß die Tataren tatsächlich die Stadt verließen. Aber sie sahen auch, daß das goldene Krakau mit seinen schönen Türmen, dieses Zentrum des Handels und des Glaubens, ein Raub der Flammen geworden war. Als dann um die Mittagsstunde des 24. März das Tor von St. Andreas aufschwang, verließen die Überlebenden das Gotteshaus wie betäubt; sie sahen nur mehr die verkohlten Reste einer der glänzendsten Städte der Welt.

Krzysztof von Gorka verlor keine Zeit mit Klagen. Mehr als die meisten anderen konnte er den Verlust ermessen, der hier erlitten worden war, aber er wußte auch, daß nur eine gnadenlose Verfolgung der Tataren und unaufhörliche Störaktionen an ihren Flanken sie dazu bewegen konnten, ihrem grauenhaften Vernichtungszug, der das gesamte christliche Europa bedrohte, ein Ende zu setzen. Er war fest entschlossen, die Verfolgung aufzunehmen.

Er rief den kleinen Rest der wehrfähigen Männer zusammen, übergab das Kommando über die Stadt dem Adjutanten des durchgebrannten Herzogs – dessen Feinde nur vom Stürzen eines Herrschers, nicht aber vom Regieren etwas verstanden – und zog nach

Westen. Er hoffte, auch noch andere Truppenreste zu finden, die sich ihm anschließen würden, um gemeinsam den Tataren auf einem Schlachtfeld entgegenzutreten, das sich für die polnische Sache vorteilhafter erweisen würde.

Der Frühling des Jahres 1241 war eine der dunkelsten Perioden in der Geschichte Polens, denn die Tataren, die brennend und mordend durch das Land zogen, hatten die eben flügge gewordene Nation in Fetzen gerissen. Krakau war eine einzige Ruinenlandschaft. Die Weichsel war für den Schiffsverkehr gesperrt. Die Felder lagen brach, die Höfe waren ausgebrannt. Es schien keinen Zusammenhalt mehr zu geben, und tiefe Schatten verdunkelten das Land.

Krzysztof ging es ebenso schlecht wie seinem Land. Seine zwei besten Pferde waren tot, die beiden anderen nicht sehr kräftig; aber er hatte diesen Zygmunt aus Bukowo, der sich als ein recht verläßlicher Mann erwies: Wenn man ihm auftrug, eine schwierige Position zu halten, hielt er sie. Er war nicht sehr intelligent und konnte einer etwas verwickelten Beweisführung nicht folgen, aber wenn es darauf ankam, gab er einen gefährlichen Gegner ab. So führte Krzysztof seine Männer – mit der durch nichts zu erschütternden Überzeugung, daß die Polen am Ende triumphieren würden – in den Westen, gelegentlichen Gefechten entgegen, von denen er wußte, daß er sie nicht würde gewinnen können.

Bei Ratibor kam es zum ersten Kampf. Krzysztof wurde von der glänzenden Reitkunst General Pajdars und seiner Truppe fast vernichtet. Unverzagt formierte er sein Heer neu und trat entschlossen den Rückzug in die Stadt Oppeln an, wo er sich mit einem unglaublich dicken Herzog namens Mieszko – Mieszko der Fettleibige – verbündete, der sich als ziemlich geschickter Feldherr erwies. Mit Krzysztofs wagemutiger Hilfe gelang es dem Dicken, den Tataren eine Falle zu stellen, als sie versuchten, die Oder zu überqueren. Die polnische Streitkraft hätte ihren ersten richtigen Sieg feiern können – wenn nicht Mieszko der Fette auf dem Höhepunkt der Schlacht plötzlich vor der Größe des Geschehens Angst bekommen und den totalen Rückzug befohlen hätte. Vielleicht war er übervorsichtig gewesen; vielleicht schlicht und einfach feige; vielleicht hatte er aber auch nur seine brillante Taktik demonstriert, indem er den Tataren beträchtlichen Schaden zufügte und sich dann absetzte, bevor sie ihm eine Niederlage bereiten konnten. Was immer der Grund für seine Entscheidung gewesen sein mochte, er gewährte den Tataren freien Zugang zu den Ufern des Stroms, er brachte seine Truppen in einem überstürzten Rückzug in die feste Stadt Breslau, von den Polen Wrocław genannt, wo Krzysztof endlich einige beruhigende Neuigkeiten erwarteten.

Breslau ließ sich verteidigen, denn auch diese Stadt lag an der Oder; es hatte steile Flanken; schon eine große Zahl von Truppen stand in der Stadt; und das Beste: Es wurde von zwei bemerkenswerten Menschen regiert: von Hedwig, einer eigenwilligen deutschen Grafentochter, die vor Jahrzehnten hierhergekommen war, um einen schneidigen, mittlerweile verstorbenen schlesischen Herzog zu heiraten, und von ihrem tüchtigen Sohn, Henryk Pobożny – Heinrich der Fromme –, einem klugen, gerechten und tapferen Mann, dessen Ehrgeiz es war, die vielen zersplitterten Herzogtümer zu einer mächtigen Nation zu vereinen. Er hatte begriffen, daß er, um dieses Ziel zu erreichen, seine Eignung zum Führer mit einem strahlenden Sieg über die Tataren unter Beweis stellen mußte.

Krzysztof sah, daß hier endlich ein Mann war, der die Energie hatte, Ordnung zu machen unter den polnischen Streitkräften und ihren Hauptleuten gesunden Menschenverstand einzuimpfen. Doch als Krzysztof Hedwig kennenlernte (die in späteren Jahren heiliggesprochen wurde), fühlte er sich dreifach ermutigt. Sie war eine ungewöhnliche Frau; nachdem sie ihrem Mann sieben Kinder geschenkt hatte, rief sie: »Genug!« und zog sich in ein Kloster zurück, von wo aus sie auch weiterhin mit Rat zur Hand war und ab und zu sogar die Regierungsgeschäfte wahrnahm, wenn ihr Gatte verhindert war.

Die Kraft und die Frömmigkeit ihres Sohnes fanden eine ideale Ergänzung in Hedwigs deutschem Scharfsinn, und kein Teil Polens war besser verwaltet als das Land rund um Breslau. Aber noch mehr beeindruckte Krzysztof eine andere Gruppe von Deutschen: Sie waren von der Ostseeküste heruntergeritten, und er sah sie zum erstenmal, als sie sich dem Nordtor von Breslau näherten, eine Kompanie von etwa vierhundert Reitern, alle von hohem Wuchs, blond und kräftig, in Schwarz gekleidet. Sie trugen weite weiße Chorhemden über ihren Rüstungen und zeigten stolz das Zeichen ihrer Gemeinschaft: ein großes schwarzes Kreuz, das sich deutlich vom weißen Grund abhob.

Es waren Deutschritter, Angehörige eines heiligen Ordens, den der Papst selbst gesegnet und beauftragt hatte, die Heiden an der Ostsee zum Christentum zu bekehren. Jedes einzelne Element ihrer Erscheinung – die geschmeidigen Kettenpanzer, die Armbrüste, aber auch der grimmige Ausdruck auf ihren Gesichtern – ließ wissen, daß dies zum Kampf bereite Männer waren, und Krzysztof schloß sich anderen Zuschauern an, die die einreitenden Ritter jubelnd begrüßten.

Ihr Anführer war ein stattlicher Mann Mitte fünfzig, Wolfram von Eschl, der sich vor Hedwig und ihrem Sohn zu Boden warf. »Wir sind gekommen«, rief er, den Saum von Hedwigs Gewand ergreifend, »um in Eurem Namen Christus zu dienen.«

»Erhebt Euch«, erwiderte sie ruhig. »Wir bedürfen Eurer Hilfe sehr.«

Als in der Stadtversammlung über die Verteidigung von Breslau beraten wurde, fiel es Krzysztof auf, wie ähnlich er und Eschl die Lage einschätzten. Beide Männer waren der Ansicht, auf die Schnelligkeit der tatarischen Angriffe sei am besten mit weitausladenden Bewegungen der polnischen Truppen zu reagieren. Nach ihrer beider Meinung mußten die Tataren attackiert werden, sobald sie von neuem versuchten, die Oder zu überqueren. Und das Allerwichtigste: Beide waren überzeugt, daß die Polen gewinnen könnten, wenn sie den Flanken des tatarischen Heeres unaufhörlich zusetzten.

Auch dadurch gewann Eschl Krzysztofs Zuneigung, daß er offen erklärte: »Wir müssen diesen dicken Mieszko im Auge behalten. Ich mag ihn nicht, und ich fürchte, daß er, wenn es in der Schlacht heiß hergeht ...« Er zuckte die Achseln.

»Bei Oppeln ist er davongelaufen. Ihr solltet ihn also nicht in Eure Pläne einbeziehen«, sagte Krzysztof. »Ich bin ganz sicher: Die Tataren wissen, daß sie Breslau unterwerfen müssen, wenn sie nach Westen ziehen wollen. Sie können es sich nicht leisten, an uns vorbeizuschlüpfen. Und für eine lange Belagerung fehlt ihnen die Zeit. Darum müssen wir uns auf einen Frontalangriff vorbereiten.«

Heinrich der Fromme beschloß, den Tataren ein gutes Stück östlich der Stadt entgegenzutreten, und postierte dort auch einen größeren Teil seines Heeres mit Krzysztof und den Deutschen an seiner Flanke. Nachdem sie das Territorium studiert hatten, meinte Eschl jedoch: »Ich bin nicht sicher, ob wir sie hier aufhalten können. Möglicherweise müssen wir uns in die Stadt zurückziehen.«

»Aber wir werden ihnen soviel Schaden wie nur möglich zufügen«, wandte Krzysztof ein.

»Natürlich!« stimmte der Deutsche ihm zu. »Das erinnert mich an unsere ständigen Kämpfe mit den Litauern. Bekämpfe sie, wann immer du kannst. Schwäche sie, so gut es geht. Doch wenn sie dir an Zahl überlegen sind und bessere Reiter und mehr Speerbewaffnete haben, dann unternimm nichts, warte auf eine bessere Gelegenheit. Aber noch im Vorbeigehen wisch ihren Pferden eins aus, mach die Burschen mürbe.«

Eschls Vorahnung in bezug auf die einleitende Schlacht erwies sich als zutreffend. Die Tataren wußten, daß sie es sich nicht leisten konnten, diesen Achsnagel der europäischen Verteidigung zu umgehen; sie gelangten zu der Überzeugung, daß sie ihr Ziel am leichtesten erreichen konnten, wenn sie den Polen gleich im ersten Gefecht eine empfindliche Schlappe beibrachten – und genau das taten sie. Schon bei den ersten Pfeilen, die heranschwirrten wie ein Schwarm tödlicher Vögel, machte der dicke Mieszko kehrt, nahm seine so dringend benötigten Brigaden mit und hinterließ einen leeren Raum, in den die Tataren hineinstießen und von dem aus sie Zerstörung in alle Richtungen verbreiteten.

In weniger als einer Stunde war die Schlacht geschlagen. Die Polen erlitten eine schwere Niederlage. Aber als Krzysztof und Wolfram von Eschl das Resultat unter die Lupe nahmen, sahen sie doch einen Hoffnungsschimmer, wenn auch in großer Entfernung. »In dieser Schlacht«, sagte der Ordensritter, »sind die Tataren zum erstenmal auf einen richtigen Gegner gestoßen. Sicher, der Dicke hat sich davongemacht, aber Ihr und ich, wir haben sie für jedes gestohlene Pferd teuer zahlen lassen. Und das sage ich Euch: In der nächsten Schlacht, da kriegen wir sie!«

»Ihr sprecht immer von der nächsten Schlacht«, sagte Krzysztof, und Eschl, dessen Vorfahren im Heiligen Land, in Ungarn und Litauen gekämpft hatten, erwiderte: »Ein Soldat lebt immer für die nächste Schlacht, denn er weiß, daß Veränderungen zu seinen Gunsten eintreten können, die er zunächst für unmöglich gehalten hatte.« Als die ersten Sterne sich am Himmel zeigten, deutete er auf die Verteidigungsanlagen von Breslau: »Stellt Euch vor, was wir mit den Tataren machen, wenn sie versuchen sollten, die Stadt anzugreifen!«

Zur nicht geringen Überraschung der beiden kampferprobten Männer kam es jedoch nie zu einem Überfall auf Breslau. Denn schon früh am nächsten Morgen verkündete Heinrich der Fromme, daß alle Truppen vierzig Meilen nach Westen verlegt würden, wo sie die Tataren zu einer Entscheidungsschlacht rund um seine zweite Burg – bei Liegnitz – stellen sollten. So kamen die Tataren, ohne auch nur einen Pfeil abgeschossen zu haben, in den Besitz einer dritten Herzogsstadt, und während sie Frauen vergewaltigten und Häuser niederbrannten, prahlten sie laut, daß nun das ganze Land hilflos und wehrlos vor ihnen liege.

Aber da irrten sie sich. Die Herzoginwitwe Hedwig hatte von allen Nachbarländern Verbündete kommen lassen, die sich zu einem gewaltigen Heer zusammenschließen sollten: die erprobten Schlesier ihres Sohnes, Süddeutsche und Böhmen, eine kleine Schar Franzosen und, vor allem, die stämmigen Deutschritter in ihren strahlend weißen Waffenröcken mit den schwarzen Kreuzen.

Am 8. April 1241 schlenderten Krzysztof und Eschl mit dem Herzog über den Burghof und versicherten sich gegenseitig, daß sie am nächsten Tag tapfer kämpfen würden, als sich plötzlich ein massiger Steinbrocken aus einem Karnies löste und nur wenige Fuß vom Herzog entfernt auf dem Boden aufschlug. »Ein schlechtes Omen!« riefen seine Leute, und in Windeseile verbreitete sich die Nachricht, Gott habe Heinrich den Frommen davor gewarnt, am nächsten Tag in die Schlacht zu ziehen. Als auch Hedwig dafür stimmte, noch das angekündigte Eintreffen eines Kontingents ungarischer Söldner aus dem Süden abzuwarten, hatte Krzysztof Gelegenheit, die Seelengröße zu bewundern, die Heinrichs Beinamen »der Fromme« rechtfertigte. »Geliebte Mutter«, sagte der Herzog mit feierlichem Ernst, »ich kann auch nicht einen Tag länger warten und mitansehen, wie mein Volk unter der Geißel der Tataren leidet und stirbt. Darum muß ich morgen kämpfen und mein Leben einsetzen und darf auch den Tod nicht fürchten, wenn es mir bestimmt ist, in Verteidigung unseres christlichen Glaubens zu sterben.«

Einen großen Teil der Nacht verbrachte er im Gebet, und seine Männer, vor die er am Morgen hintrat, glaubten über seinem Kopf einen Glorienschein zu sehen. Als er sie in die Schlacht führte, war in ihren Herzen eine Begeisterung wie nie zuvor: zehntausend Polen gegen zwanzigtausend Tataren. Heinrich kam einem eindrucksvollen Sieg sehr nahe, denn Waffengefährten wie Krzysztof von Gorka und Wolfram von Eschl rissen die Flanken der Tataren auf und sprengten sie auseinander. Aber am Ende wirkte sich die göttliche Macht nicht, wie die Polen gehofft hatten, zu ihren, sondern zugunsten der Tataren aus.

Der Ausgang der Schlacht war noch ungewiß, da ritt eine Gruppe von sechs Tataren, den Wind im Rücken, mit einem mächtigen roten Banner, über das ein großes X gemalt war, auf die polnischen Linien zu. Auf einer der Stangen, an denen das Banner befestigt war, steckte ein aus dunklem Holz geschnitzter, häßlicher Kopf, das Kinn in schwarzen Haaren vergraben, dessen Augen feindselig funkelten. Als die Tataren nur mehr wenige Schritte entfernt waren, begannen sie das riesige Banner mit aller Kraft zu schütteln, und sofort stieß der schwarze Kopf große Wolken von Rauch aus, der so entsetzlich stank, daß die polnischen Reiter nach Luft rangen und sich erbrachen. Es herrschte große Verwirrung.

In diesem Augenblick kam ein Mann aus den Reihen der Tataren gelaufen, als ob er ein flüchtender Gefangener wäre; er stürmte mitten in die polnischen Truppen hinein und brüllte in gutem Polnisch: »Lauft! Lauft! Alles ist verloren!« Unglücklicherweise hörte ausgerechnet Mieszko der Fettleibige diese Worte. Der beißende Rauch und das wüste Geschrei versetzten ihn so in Panik, daß er – wie früher schon einmal – mit seiner Truppe kehrtmachte und das Schlachtfeld verließ.

Mit Bestürzung und Sorge sah Krzysztof das Chaos über die polnischen Linien hereinbrechen. Schon waren viele Hauptleute niedergemacht worden, aber noch schien es möglich, das Steuer herumzureißen. Er galoppierte zu Wolfram hinüber, der wild um sich hieb und den Invasoren große Verluste beibrachte. Während sie Seite an Seite kämpften, warf Krzysztof einen Blick über das Schlachtgetümmel hin und sah, daß die Tataren den Herzog umzingelt und von seinen Gefährten getrennt hatten. Mehrmals stachen sie auf ihn ein. Dann schlugen sie ihm den Kopf ab.

Wutentbrannt nahm er mit seinen Polen und Eschls Deutschen die Verfolgung der Tataren auf, die den Kopf davontrugen – eine Bemühung, die von Tausenden frischer Tatarenreiter vereitelt wurde. Als der Tag zu Ende ging, mußte er alle Hoffnung auf einen polnischen Sieg fahrenlassen. Eingedenk Eschls mahnender Worte, wonach man, solange es ging, auf den Feind einhauen mußte, kämpfte er zwar weiter, aber kurz darauf brach auch sein drittes Pferd unter ihm zusammen, und er mußte seinen Rachefeldzug zu Fuß weiterführen. Während Krzysztof mit kraftvollen Schwerthieben die Tataren in Schach zu halten versuchte, wurde Zygmunt von Bukowo auf die mißliche Lage seines Herrn aufmerksam, galoppierte heran, sprang von seinem Pferd und rief: »Herr Ritter, Ihr seid es, der reiten muß!« Ohne ein Wort des Dankes – denn Zygmunt hatte nur getan, was ein Lehensmann unter diesen Umständen zu tun verpflichtet war – schwang sich Krzysztof auf das frische Pferd, das er eben als Geschenk erhalten hatte, und galoppierte davon, um zu Eschls deutschen Rittern zu stoßen.

Bei Einbruch der Dämmerung bargen die Polen den kopflosen Leichnam ihres Herzogs, und nun verbreitete sich das Gerücht, dies sei nicht sein Rumpf, Heinrich weile an einer anderen Stelle des Schlachtfeldes noch unter den Lebenden. Aber Hedwig erkannte sein Halstuch. »Das ist mein Sohn«, sagte sie und wies einen der Umstehenden an: »Zieht ihm den linken Stiefel aus.« Als dies geschehen war, sahen alle, daß der Fuß sechs Zehen hatte.

So starb Henryk Pobożny, ein Mann von großer Frömmigkeit, ein Herzog, der vor der Gefahr nicht geflohen war, sondern wie ein Fels gestanden und für seine Burgen, sein Volk und seinen Gott gekämpft hatte.

Als die siegreichen Tatarengeneräle Pajdar und Kajdu das Schlachtfeld abschritten, gelangten sie zu der Überzeugung, einen fulminanten Sieg errungen zu haben. »Sieh dir die toten Polen an!« frohlockte Kajdu. »Und wir haben den Kopf des Herzogs! Wir spießen ihn auf eine Stange und nehmen ihn mit nach Ungarn. Dann kann Batu Chan sehen, was wir geleistet haben!«

Vuldai aber, der dem Kampfgeschehen näher gewesen war, sagte: »Noch nie waren unsere Verluste so groß, General. Dieser Rothaarige und der andere mit dem weißen Waffenrock, die kämpfen wie die Teufel.«

Darauf versetzte Pajdar: »Europa ruft uns! Wenn Batu Chan mit seinem Heer Ungarn erobert, können wir bis zum Meer vorstoßen.«

Vuldai sah die Dinge anders. »In Breslau hatten wir einen leichten Sieg, konnten aber nur wenig Beute machen, vor allem nur wenig Pferde. Heute haben wir viele Feinde getötet, aber auch jetzt wieder: Wo sind die Pferde, die wir so dringend brauchen? Wo ist der Proviant? Jede Schlacht wird schwieriger und bringt uns weniger ein.«
»Am Abend eines großen Sieges hören sich solche Reden sonderbar an«, konterte General Kajdu. »Rätst du uns zum Rückzug?«
Vuldai antwortete aufrichtig: »Wenn wir jetzt unsere Toten zählen, können wir da wirklich noch von einem Sieg sprechen? Wenn wir noch sechs Wochen so weiterreiten, werden wir auf immer größere feindliche Heere stoßen – und das unsere wird immer kleiner werden.«
»Sprich offen!« fuhr Pajdar ihn an. »Was rätst du?«
»Ich meine, wir sollten nach Kiew zurückkehren«, sagte Vuldai. »Das ist unser Land. Wir kennen es. Im Schutz der Steppen können wir dort für alle Zeiten herrschen.«
Doch nun fragte Pajdar, der sich des Versprechens entsann, das er Batu Chan gegeben hatte: »Und was ist mit Ungarn? Dort warten sie auf uns, um gemeinsam mit uns in Europa einzufallen!«
Vuldai antwortete ruhig: »Am Abend ihres großen Sieges in Ungarn werden sie sich die gleichen Fragen stellen. Glaubt mir.«
»Was sollen wir also deiner Meinung nach tun?« fragte Pajdar, ein wenig gereizt. Noch bevor der Untergebene etwas erwidern konnte, gab der General jedoch zu: »Kleiner Krieger, in deinen Worten liegt viel Wahres.« Er packte Vuldai an der Schulter. »Sag es offen: Was sollen wir tun?«
Der kleine Reiter, an dessen Mut keiner zweifelte, zögerte nicht mit der Antwort: »Eine Hälfte unseres Heeres schwenkt nach Süden, überquert das Gebirge und geht nach Ungarn, um Hilfe zu leisten, wenn Hilfe gebraucht wird – und sie wird gebraucht werden. Die andere Hälfte kehrt mit den Sklaven und der Beute nach Kiew zurück.«
Die beiden Brüder machten Vuldai klar, daß sie zusammenbleiben wollten. General Pajdar fragte: »Welche Hälfte möchtest du anführen?« Vuldai antwortete: »Mein Herz sehnt sich nach Kiew, nach den offenen Steppen.« Und der junge Pajdar sagte: »Mein Herz sehnt sich dahin, wo die nächste Schlacht geschlagen wird.«
So wurde an diesem Abend beschlossen, daß die Hälfte der tatari-

schen Streitkräfte unter den zwei feurigen Generälen nach Süden, über die Karpaten, ziehen sollte, während die andere Hälfte unter Vuldais Kommando die Siegesbeute und die Sklaven nach Kiew bringen würde, das von jetzt ab die Hauptstadt des tatarischen Volkes war.

Während die Tataren die Konsequenzen aus ihrem Sieg zogen, versuchten Krzysztof und sein deutscher Freund ihre Niederlage zu bewerten. Wolfram von Eschl brach beinahe in ein Freudengeschrei aus: »Wir haben ihren Vormarsch zum Stehen gebracht! Wir haben ihnen einen gewaltigen Schrecken eingejagt!«

»Wir haben alles verloren«, jammerte Krzysztof.

»Nein!« rief Eschl erregt. »Wir mögen diese Schlacht verloren haben, aber ...«

»Wir haben alle Schlachten verloren«, berichtigte Krzysztof. »Ich selbst habe sechsmal gegen sie gekämpft und wurde sechsmal geschlagen. Die heutige Niederlage war die schwerste.«

»Nein, nein!« widersprach Eschl beschwörend. »Mit jeder Niederlage haben wir ihnen größeren Schaden zugefügt. Ich hoffe, sie ziehen weiter nach Westen, auf die deutschen Städte zu. Wir werden sie massakrieren!« Er unterbrach sich, packte seinen polnischen Verbündeten am Handgelenk und prophezeite: »Es ist völlig unmöglich, daß diese Leute« – er deutete auf das Tatarenlager hinüber – »es wagen werden, ihren Feldzug fortzusetzen. Sie haben erlebt, zu was entschlossene Polen wie Ihr imstande sind, wenn sie in Wut kommen.« Er lachte leise in sich hinein. »Und sie haben gesehen, was eine Kompanie Deutscher Ritter mit ihren schweren Pferden und spitzen Lanzen anstellen können!«

Ein flüchtiger Gedanke ging Krzysztof durch den kampfesmüden Sinn; er überlegte eine kleine Weile, bevor er ihn aussprach, um auch alle möglichen Folgen bedacht zu haben. Dann sagte er: »Ich wollte, Wolfram, Ihr und ich, wir könnten ihnen auch weiterhin gemeinsam die Stirn bieten.«

Ohne lange zu überlegen, erwiderte Eschl: »Ich muß mit meiner Kompanie in den Norden zurückkehren, um die Christianisierung voranzutreiben. Wir werden da oben gebraucht.« Doch dann kam ihm die Bedeutung von Krzysztofs Worten zu Bewußtsein, und er fügte hinzu: »Deutsche und Polen sollten natürliche Verbündete sein.

Euer Landsmann, Konrad von Masowien, hat das erkannt, als er uns in sein Land rief, um es mit ihm zusammen zu zivilisieren.« Er geriet in Begeisterung. »Wir Deutsche könnten euch soviel geben: Das Christentum ... Bücher für eure Mönche, damit sie lesen lernen ... eine starke Regierung ... Musik ...«

»Das haben wir alles«, erwiderte Krzysztof. »Unsere Mönche können lesen. Wir sind seit dreihundert Jahren Christen. Und was die Musik angeht ...«

»Ich meine wirkliches Christentum«, sagte Wolfram. »Die direkte Linie vom Papst zum Großmeister unseres Ordens und von ihm zu Männern wie mir, die es an Männer wie Euch weitergeben.«

»Schon mein Ururgroßvater war Christ.«

»Nicht wirklich. Polen wurde nie richtig bekehrt. Das meinte ich, als ich sagte, wir Deutsche könnten euch soviel geben.«

Krzysztof hatte keine Lust, sich mit Eschl zu streiten; darum ließ er das Thema fallen und kam unmittelbar auf ein Problem zu sprechen, das ihn an diesem Abend nach der Schlacht besonders beschäftigte. »Ich dachte an eure Fertigkeit im Umgang mit Waffen und ...«

»Ja, die besitzen wir«, fiel Eschl ihm ins Wort. »Und wir stehen euch jederzeit zur Verfügung. Eines Tages werden Tausende und Abertausende unserer Ritter an der Ostseeküste stehen, bereit, euch zu Hilfe zu eilen, so wie wir es dieses Mal getan haben.«

»Das höre ich gern«, sagte Krzysztof und schüttelte Eschl herzlich die Hand, denn in diesem tapferen Deutschen Ritter hatte er einen Mann gefunden, auf den Verlaß war, und er konnte sich viele Gelegenheiten vorstellen, bei denen sie Seite an Seite kämpfen würden.

Auf seinem Rückzug durch das verwüstete Polen erließ Vuldai einen Befehl an das unterworfene Volk: »Wenn Tataren aus dem Osten kommen, seid ihr von heute an gehalten, eure Tore aufzuwerfen, eure Scheunen zu öffnen und eure Viehherden vorzuführen, damit wir uns die besten Tiere aussuchen können, und euch fernzuhalten, während wir eure Hütten durchsuchen. Wenn ihr auch nur einen Augenblick zögert, werden wir Feuer legen und plündern und eure Frauen mitnehmen.«

In den schrecklichen Jahren, die nun folgten, wurde das goldene Krakau in Erfüllung von Vuldais Anweisungen viele Male von den Tataren heimgesucht. Die Polen konnten nicht begreifen, warum es nicht gelang, sich gegen diese Plage zu behaupten. Aber Polen war nicht das einzige Land, das sich dieser unausgesetzten Angriffe aus dem Osten machtlos gegenübersah. Auch Ungarn zählte zu den Opfern. Böhmen wurde verwüstet; Siebenbürgen, ja ganz Rumänien war unfähig, die Raubzüge aufzuhalten, und selbst das zukünftige russische Reich lag da wie eine wunde Raupe, die von Myriaden Ameisen angegriffen wird. Erst als Europa seine Fertigkeiten in der Manufaktur und in der Kriegführung vervollkommnete und die Kunst des Regierens zu beherrschen lernte, errang es die Macht, dem ständigen Ausbruch aus Asien zu widerstehen.

Doch gerade bei der Entwicklung dieser Fertigkeiten, insbesondere der des Regierens, blieb Polen zurück. Im Jahre 1241 waren die meisten Völker ringsum ebenso desorganisiert. Nur Deutschland war unter Friedrich II. einigermaßen solide gefügt; Frankreich dagegen war in einander bekriegende Parteien aufgesplittert; es würde noch weitere sechshundert Jahre dauern, bis Italien seine Einheit fand; und England ließ noch keine zentralisierenden Tendenzen erkennen, die die verschiedenen Teile der Insel einer Einigung zugeführt hätten.

So stand also Polen in seinem Chaos durchaus nicht allein, aber ein verhängnisvoller Unterschied machte sich bemerkbar: Während andere europäische Länder eine Form zentraler Gewalt anstrebten und sich Herrschern unterordneten, die zänkischen Fürsten entschlossen ihren Willen aufzwangen, war Polen nicht davon abzubringen, jeden potentiellen Führer zu bekämpfen, der die Fähigkeit erkennen ließ, die zersplitterte Nation zu einen. Diese Abneigung gegen eine Zentralgewalt bestand noch nicht allzulang; im zehnten Jahrhundert war Polen geeint gewesen und stark genug, um Christianisierungsmissionen ins Baltikum zu entsenden, aber im Jahre 1138 hatte König Bolesław III. in der Hoffnung, die zu dieser Zeit so häufigen Bruderkämpfe um die Nachfolge zu vermeiden, das Land unter seine vier Söhne aufgeteilt. Später entwickelten sich die Fürstentümer auseinander, was zu außerordentlicher Uneinigkeit und Schwächung des Landes führte. Zu einer Zeit, als andere Völker ihre ersten unbeholfenen Schritte unternahmen, um politische Institutionen wie Räte und Parlamente zu schaffen, auf die sich ihre zukünftige Größe stützen würde, machte Polen alle Versuche seiner resoluten Mittelschicht, sich zu regieren, zunichte. Denn die Nation achtete jede Zentralgewalt gering und tat alles nur Mögliche, um dahingehenden Plänen entgegenzuarbeiten.

Aber es gab auf der ganzen Welt keine Nation, die ihre Freiheit höher schätzte. Persönliche Freiheit war das Herzblut der Polen, aber die tragische Ironie bestand darin, daß sie nicht imstande waren, jene Regierungsform zu entwickeln, durch die ihnen diese Freiheit bewahrt geblieben wäre.

Diesmal hatten sie Europa vor der Invasion der Barbaren aus dem Osten gerettet. Ähnliche polnische Opfertaten sollten sich in den kommenden Jahrhunderten wiederholen; zur Rettung seiner selbst war dieses Volk jedoch nicht fähig.

Als Vuldai Vorbereitungen traf, bei Sandomierz die Weichsel zu überqueren, um seinen Rückzug in Richtung Lublin anzutreten, erfuhr er von einem Gefangenen, daß der große rothaarige Reiter, der in der Schlacht bei Liegnitz so grausam unter den Tataren gewütet hatte, derselbe war, der seine, Vuldais, Truppen im Januar vor der Burg Gorka zurückgeworfen hatte, die nur wenige Meilen weiter südlich stand. Von Rachgier erfüllt, schwenkte Vuldai mit seinem Heer nach Süden ab, und es dauerte nicht lange, bis seine Horden über die Weichsel gesetzt und ihren Angriff auf die Burg begonnen hatten.

Mit roher, rasender Gewalt brachen die Zerstörer aus dem Osten die Tore nieder, die ihnen einst getrotzt hatten, und tobten mordend und vergewaltigend durch die Räume. Dann schichteten sie Holz aus dem Wald in der Burg auf, begossen es mit Öl und zündeten es an. Alles, was nicht Stein war in diesem jahrhundertealten Bau, wurde von den Flammen verzehrt: Dächer und Decken, Türen, die Körper von Krzysztofs Weibervolk, die Leichen seiner Enkelkinder und selbst die Jagdhunde, denen man die Kehle aufgeschlitzt hatte. Die Burg Gorka existierte nicht mehr.

Dann führte Vuldai seine Männer in den *Szczęker* Wald, damit sie ihn nach flüchtigen Dörflern durchkämmten, die als Sklaven nach Kiew gebracht werden sollten. Unter den Buchen fanden sie die zahnlose Danuta und ihre hübsche Tochter Moniczka und vergewaltigten beide mehrmals.

Doch diese Danuta war eine ganze Frau, und sie hatte keine Lust, mit neunundzwanzig Jahren den Rest ihres Lebens in einem primitiven

Tatarenlager zu verbringen. Als das ostwärts eilende Heer, nach seinen leichten Siegen über wehrlose Dörfer sorglos geworden, Schitomir erreicht hatte, wartete sie, bis die Männer, die sie und Moniczka mit sich führten, um sich mit ihnen zu vergnügen, betrunken waren, und schnitt ihnen die Kehlen durch. Sie holte zwei Pferde aus der Koppel, schlich mit ihrer Tochter an den schwelgenden Wachen vorbei und machte sich auf, die weiten und leeren Steppen zu durchqueren, die zwischen ihnen und der Weichsel lagen.

Als Vuldai Stunden später von ihrer Flucht erfuhr, erwog er in seiner Wut, ihnen einige seiner Männer nachzuschicken, um sie zurückzuholen. Doch nachdem er sich wieder etwas beruhigt hatte, meinte er: »Die eine ist jung und sehr gut, die andere alt und taugt nichts mehr. Laßt sie laufen.«

So kehrten die Tataren in ihre neue Hauptstadt zurück. Von Ende Dezember bis Mitte Juni waren sie unterwegs gewesen, etwa ein halbes Jahr lang; sechzigtausend zügellose Reiter waren aus den Steppen gekommen, um Völker zu bekriegen, die Städte und einigermaßen organisierte Lebensformen besaßen. Zusätzlich zu dem, was Batu Chan in Ungarn anrichtete, hatten die Tataren in diesem Zeitraum mehr als vierhundert polnische Dörfer zerstört, sechzehn größere und kleinere Städte verwüstet, an die hundert Burgen geplündert und niedergebrannt und mehr als hunderttausend Polen erschlagen und erstochen.

Sie brachten keine neuartigen Dinge aus den Steppen mit, keine Erfindungen, keine Begriffe, die das Leben in den von ihnen eroberten Ländern revolutioniert hätten, und sie nahmen keinerlei brauchbares Gerät mit, lernten auch nichts, was sie dazu hätten verwenden können, ihr eigenes Leben zu verbessern: keine Methode, um Tuch zu weben oder um Gedanken in geschriebene Worte zu fassen, oder um einen besseren Pflug zu bauen. Sie brachten nichts mit, und sie nahmen nichts fort.

Auf der anderen Seite kämpften in diesem selben Jahr Kreuzritter aus Europa um Jerusalem und erfuhren dort von Ideen und Geräten, die sie später dazu verwendeten, Europa zu revolutionieren, während die Sarazenen, unter denen sie lebten und kämpften, unzählige Denkbilder und Methoden von ihnen übernahmen. Es war Polens Unglück, daß seine ungebetenen Gäste Tataren waren und nicht Sarazenen, daß es nicht mit kultivierten Arabern Umgang hatte, sondern mit aggressiven Barbaren aus den weiten Steppen Asiens.

Gewiß, eines hatten die Tataren mitgebracht: jenes geheimnisvolle Giftgas, durch das der fette Mieszko so in Schrecken versetzt worden war. Aber sie gaben die Formel für seine Herstellung nicht preis, so daß die Polen selbst diese – möglicherweise bedeutende – Erfindung nicht verwerten konnten.

Sie nahmen nichts mit – und doch kehrten sie mit etwas für sie sehr Wichtigem zurück: mit dem Begriff einer Stadt, mit der Vorstellung einer geordneten Ansammlung menschlicher Wesen, die Leistungen vollbringen können, zu denen eine Horde nomadisierender Individuen niemals imstande ist. In der Erinnerung an Krakau errichteten sie Karakorum, eine Stadt von majestätischen Ausmaßen mit prächtigen Bauten. Von späteren Raubzügen brachten sie glitzernde Zierate mit, um sie zu verschönern, und ihrem Beispiel eiferten auch andere Städte Zentralasiens nach. Wilde Reiterscharen können erobern, aber nur eine Stadt kann zivilisieren.

Und auch sie ließen eine Vorstellung zurück: Von nun an wußten die Polen, daß jederzeit, grundlos und ohne Provokation, Feinde über ihre unmöglich zu verteidigende Ostgrenze kommen konnten und daß dieser gefährliche Zustand so lange andauern würde, wie es ein Polen gab.

Für die drei Familien aus Bukowo an der Weichsel zog Vuldais Rachefeldzug schwerwiegende Folgen nach sich. Die verschiedenen Herzöge, die jetzt versuchten, Polen zu regieren, erkannten, daß sie in Krzysztof von Gorka einen Mann hatten, auf den sie sich verlassen konnten; um ihm zu helfen, seine niedergebrannte Burg neu aufzubauen und ein zuverlässiges Bollwerk daraus zu machen, überließen sie ihm ausgedehnte Ländereien, für die sie kaum Verwendung hatten, die er jedoch gut gebrauchen konnte. Auf diese Weise kam er zu einer Stadt, neun Dörfern und mehr als siebentausend zusätzlichen Bauern; was sie erwirtschafteten, würde zum größten Teil ihm zufallen. In der Schenkungsurkunde hieß es:

Ich, Herzog Bolesław der Keusche, von neuem in die mir zustehenden Rechte eingesetzt, gebe meinem treuen Diener Krzysztof von Gorka in Anerkennung der zahlreichen mir während der letzten Invasion erwiesenen Dienste Ländereien, die meinem Herzogtum zugehören. Um sicherzustellen, daß keine andere Person sich versucht fühlen könnte, Anspruch auf diese Ländereien zu erheben oder sie auf irgendeine Weise in Besitz zu nehmen, habe ich in weiser Voraussicht neunzehn Grenzsteine an den folgenden, hier angeführten Orten einsetzen lassen. Jeder Stein trägt meine Initialen.

Den ersten Stein am Ufer der Weichsel, nahe den drei Eichen; den zweiten Stein, von mir persönlich eingesetzt, am anderen Ende des Dorfes Minice. Den dritten Stein, wo der Brochocin-Bach den Fußweg kreuzt, der zur Bischofsstadt Raszow führt ...

Alle Städte, Dörfer und Gehöfte innerhalb des durch meine Steine begrenzten Gebietes gehören von nun an besagtem Krzysztof, doch sind alle Personen, die in diesen Städten, Dörfern und Höfen leben, ausgenommen Weinbauern und Priester, gehalten, sechs Wochen im Jahr für mich zu arbeiten, und zwar: zwei Wochen nach der Osteroktav, zwei Wochen nach der Pfingstoktav und zwei Wochen vor dem St.-Martins-Tag.

Im Sommer muß jeder erwachsene Mann fünf Schober Getreide und drei Fuder Heu für meinen Gebrauch abliefern. Wann immer ich in genanntem Gebiet reise, hat mir jedes Dorf zwei Karren und zwei Wachen zur Verfügung zu stellen. Doch von nun an soll besagter Krzysztof für das ganze Gebiet das Richteramt ausüben. Nur in sehr wichtigen Fällen sollen Verhandlungen in meiner Gegenwart oder der eines Kastellans aus Krakau anberaumt werden.

Eines unter den neun Dörfern war Bukowo ziemlich ähnlich, da es ebenfalls eine kleine Burg besaß. Doch in diesem Dorf hatten die Tataren den Ritter erschlagen, während die Burgherrin am Leben geblieben war. Zu ihr ging Krzysztof und sagte: »Frau Benedykta, es kann nicht Gottes Wille sein, daß Ihr allein auf Eurer Burg lebt und ich allein auf meiner.« Sie stimmte ihm zu, und so wurde die Linie derer von Gorka wiederhergestellt.

Bei der Vermählungsfeier, die elf Tage dauerte, erinnerte sich Krzysztof dankbar der guten Dienste, die ihm sein Gefolgsmann Zygmunt in den zurückliegenden Schlachten geleistet hatte, und er schenkte ihm Bukowo mitsamt den wenigen Bauern, die dort noch ansässig waren. Dies schien keine sehr großartige Geste zu sein, denn Bukowo bestand zu diesem Zeitpunkt aus genau zwei neu aufgebau-

ten Hütten. Aber es würden weitere dazukommen, und auf dieser – nicht sehr breiten – Grundlage ruhte nun die Sicherheit der Familie des Zygmunt von Bukowo. Für den Augenblick blieb er ein unbedeutender Ritter, aber das würde sich bald ändern.
Und wie war es Jan vom Walde und seinem Sohn Jan ergangen, die soviel Tapferkeit vor den Tataren bewiesen hatten? Was bekamen sie als Lohn für ihre Dienste und für ihr Heldentum? Nichts. Sie waren Bauern. Früher hatten sie Krzysztof gehört, jetzt gehörten sie Zygmunt. Es war ihre Pflicht zu dienen, im Frieden wie im Krieg. Man half ihnen nicht einmal beim Wiederaufbau ihrer Hütten, denn wo sie schliefen, das war ihre Sache. Doch von einer unerwarteten Seite wurde ihnen Nutzen zuteil aus dem Krieg und den Schlachten, an denen sie teilgenommen hatten. Als sie sich eines Morgens auf Zygmunts Feldern abplackten – denn er war ein gestrenger Herr, eifrig darauf bedacht, seine Habe zu mehren –, hörte der junge Jan ein klirrendes Geräusch aus dem Wald. Einen entsetzlichen Augenblick lang glaubte er, die Tataren kämen wieder, um zu plündern. Doch dann sah er zu seiner großen Überraschung, daß es seine Mutter Danuta und seine hübsche Schwester Moniczka waren – zu Pferd!
Die beiden Jans sprangen vor Freude in die Luft und stießen Jubelrufe aus, aber die zwei Frauen näherten sich schweigend, ließen die Zügel ihrer Pferde schleifen und lehnten sich an die Hälse der Tiere. Sie waren am Ende ihrer Kräfte. Mancherlei Gefahren hatten sie überstehen müssen, und von Hunger geplagt waren sie dreihundert Meilen geritten in der ständigen Furcht, Bukowo und ihre Männer nie wiederzusehen. Sie lachten nicht und sie weinten nicht; stumm stiegen sie von den Pferden. Sie waren daheim, bereit, ihre Pflichten wiederaufzunehmen, und als erstes bemerkten sie, daß für die Hütte, die ihre Männer bauten, noch Dachstroh fehlte.
Als die Dorfbewohner erfuhren, daß beide von den Tataren geschwängert worden waren, zeigten sie sich zunächst bestürzt. Doch in jenen Jahren explosiver Umwälzung waren die Frauen nur zu oft die unschuldigen Opfer turbulenter Menschenströme, und ein kleines Dorf wie Bukowo konnte sich glücklich schätzen, wenn es auch nur eine der verschleppten Frauen zurückbekam. So wurden beide schließlich willkommen geheißen. Natürlich brachten sie im Februar 1242 Bastarde zur Welt, aber junge Menschen wurden so dringend

gebraucht, daß den Frauen kein Makel anhaftete. Solche Vorkommnisse – die sich über die Jahrhunderte hin wiederholten – hatten zur Folge, daß viele Polen entlang der Weichsel eine dunklere Hautfarbe und ein wenig schiefgeschnittene Augen aufwiesen – ein Echo ihrer asiatischen Herkunft.

Was schließlich doch zu Unstimmigkeiten führte, waren nicht die beiden Bastarde, sondern die zwei Pferde, denn Zygmunt, der seine Gewalt über die neuerworbenen Bauern ernst nahm, vertrat sehr energisch die Ansicht, daß die Tiere ihm gehörten. Wenn er sich des Besitzes von drei Pferden rühmen konnte, bedeutete das eine starke Verbesserung seiner bisherigen kläglichen Situation als Eigentümer nur eines Tieres. Danuta aber, die sich in Lebensgefahr begeben hatte, um die Pferde zu stehlen, weigerte sich, sie ihrem Herrn zu überlassen.

Die Sache wurde Krzysztof vorgetragen, und in einer feierlichen Versammlung auf Burg Gorka, die jetzt wieder ein Dach hatte, hörte er geduldig zu, als sein Lehensmann Zygmunt versuchte, seinen Anspruch geltend zu machen. Schließlich verkündete der rothaarige Ritter folgende Entscheidung:

Es ist undenkbar, daß ein Ritter, selbst einer von niedrigem Rang wie Zygmunt, nur ein Pferd besitzt. Aber es ist ebenso undenkbar, einer mutigen Frau wie Danuta, deren Männer so tapfer bemüht waren, dieses Dorf zu retten, und die eigenhändig die beiden Pferde erbeutet und sie unter solchen Schwierigkeiten in unser Dorf zurückgebracht hat, die Tiere wegzunehmen.

Mein Urteil lautet: Das große schwarze Pferd erhält Zygmunt, das kleinere braune Pferd Jan, der Waldhüter. (Es wäre ihm nicht in den Sinn gekommen, es Danuta zu geben ...)

So wurde Bukowo wiederaufgebaut. Wieder bewachten seine zwei Burgen die Weichsel, und die Zahl der Hütten und ihrer Bewohner nahm ständig zu. Unwiderstehlich aber war für die stets ruhelosen Tataren der lockende Reiz des goldenen Krakau; in den Jahren 1260 und, noch ungestümer, 1286 kehrten sie zu großen Beutezügen zurück, machten das Dorf auf dem Weg dahin dem Erdboden gleich und brannten seine Burgen nieder. Die langmütigen Polen machten sich jedesmal unbeirrt an den Wiederaufbau, denn die Liebe zu ihrem Land war tief in ihrem Herzen verwurzelt, auch wenn sie noch keinen Weg gefunden hatten, es zu schützen.

Es gelang ihnen sogar, die grausamen Invasionen zu einer der goldenen Legenden der europäischen Geschichte umzugestalten: Während eines Angriffs auf Krakau krochen die Tataren um Mitternacht nahe an die Mauern heran und würden die Stadt eingenommen haben, hätte nicht ein auf dem Wachtturm postierter Späher laut in seine Trompete gestoßen, um die Verteidiger zu wecken. Als er seine Warnung wiederholte, um alle Bewohner der Stadt zur Wachsamkeit aufzurufen, schoß ihn ein tatarischer Bogenschütze durch die Kehle und brachte ihn so zum Schweigen.
Seither bläst ein Trompeter auf dem Großen Platz in Krakau zu allen vollen Stunden das gleiche Signal; doch gerade dann, wenn eine Melodie erkennbar zu werden beginnt, verstummt er jedesmal. Der Pfeil hat sein Ziel erreicht.
Seit jener Nacht vor siebenhundert Jahren haben Millionen auf dem Platz gestanden und den Trompeter von Krakau gehört. Während sie der kurzen, mutigen Warnung lauschten, mögen einige sich geschworen haben: »Wenn die Tataren zurückkommen, muß ich bereit sein.«

3. Kapitel

Aus dem Westen

Im Jahre 1378 fand eine denkwürdige Hochzeitsfeier in Ungarn statt, eine Feier, die große Bedeutung für Polen haben sollte.

Der Brautvater war ein Mann französischer Herkunft, Ludwig von Anjou, der als König von Ungarn herrschte – und auch von Polen, ein Land, das er allerdings nur selten besuchte. Er war ein weiser König von sehr anziehendem Wesen, der als Ludwig der Große in die ungarische und als Ludwig der Ungar in die polnische Geschichte eingehen sollte. Er hatte drei reizende Töchter und verbrachte seine mittleren Jahre vornehmlich damit, Ehemänner mit eigenen Königreichen für sie zu finden.

Der Bräutigam war ein schmucker deutscher Fürst, Wilhelm von Habsburg. In Wien erzogen, ließ er früh erkennen, daß er einen ausgezeichneten König abgeben würde – in Österreich oder Ungarn oder, noch wahrscheinlicher, in Polen. Er war eine gute Partie für die Anjous, und König Ludwig betrachtete das Zustandekommen der Verbindung mit großer Befriedigung.

Doch der leuchtende Stern dieser Vermählungsfeier war die Braut, eine anbetungswürdige Prinzessin voller Anmut und mit einem einnehmenden Lächeln. Ihre Schönheit ließ sie zum Mittelpunkt jeder Gesellschaft werden. Sie hatte die sympathische Gewohnheit, jedem, mit dem sie sprach, in die Augen zu sehen, und auf diese Weise bezauberte sie Könige, Kardinäle, Generäle und reiche Kaufleute. Weithin war sie als eine der berückendsten Prinzessinnen Europas bekannt, und sie zählte ganze vier Jahre.

Die Vermählung war natürlich rein zeremonieller Natur, aber sie hatte Auswirkungen insofern, als es dem Ehemann – in Übereinstimmung mit einem königlichen Brauch, an dem viele Länder festhielten – ab dem zwölften Geburtstag der Braut erlaubt sein würde, seine ehelichen Rechte wahrzunehmen. In diesem besonderen Fall hoffte man, die Prinzessin werde frühe und zahlreiche Schwangerschaften erleben, denn ihre Pflicht würde es sein, Söhne zu gebären.

Sie hieß Jadwiga, Hedwig auf deutsch, und nachdem ihr illustrer Vater 1382 gestorben war, einigten sich die Nationen darauf, daß sie den polnischen Thron erben sollte. Als Zehnjährige überquerte sie 1384 die Karpaten, betrat zum erstenmal Polen und wurde gekrönt – zum König, nicht zur Königin, denn die polnischen Adeligen wünschten dynastische Verbindungen zu ihren eigenen Königen herzustellen. Sie wollten sie zu ihrem König haben – um die königliche Tradition hochzuhalten.

Kaum gekrönt, sah sie sich in dynastische Probleme verstrickt, die sie dank ihrer frühreifen Intelligenz ohne weiteres verstand. Als dann ihre Berater mit der traurigen Nachricht kamen, daß eine Verbindung mit Wilhelm von Habsburg nicht mehr wünschenswert sei, weinte sie ein wenig, schickte ihm ein Briefchen nach Wien, in dem sie ihm mitteilte, daß sie ihn ewig lieben würde, und hörte aufmerksam zu, als ihre Ratgeber ihr erklärten, warum sie einen außergewöhnlichen Fremden aus dem Norden heiraten müsse.

Als Sprecher ihrer Ratgeber fungierte ein rangniedriger Edelmann, der sich durch großen Scharfsinn auszeichnete. Kasimir von Gorka war, obwohl erst Anfang Dreißig, ein weiser Mann:

»Euer Hauptproblem, Majestät, wird darin bestehen, Polen vor der Macht der Deutschen Ritter zu beschützen, die uns vom Westen her bedrohen. Glaubt mir: Dies ist von größter Wichtigkeit, und Ihr müßt ständig daran denken.

Wie hält man die Deutschen in Schach? Wir müssen nach einem der weisesten Ratschläge handeln, der je einem König gegeben worden ist: ›Der Feind meines Feindes ist mein Freund.‹ Gegenwärtig ist Litauen der Hauptfeind der Deutschen Ritter, ein gutes und mächtiges Volk im Nordosten Polens. Wenn Ihr Euch mit Litauen verbünden könntet, wäret Ihr in der Lage, eine große Nation zusammenzuschließen, die mächtig genug ist, die Deutschen fernzuhalten. Wenn Ihr allein bleibt, könnte es sein, daß Ihr und Polen zusammen untergeht.

Glücklicherweise hat Litauen jetzt einen sehr tüchtigen Großfürsten

– der noch dazu sehr charmant ist. Er heißt Jagiello, und Eure Ratgeber raten Euch, bitten Euch, ihn zu heiraten.«

»Wie alt ist er?« fragte der zwölfjährige weibliche König, und die Antwort lautete: »Fünfunddreißig. Aber er ist eine vitale Persönlichkeit und sieht jung aus.«

»Wie ich höre, ist er kein Christ«, bemerkte Jadwiga, und Kasimir erwiderte: »Das ist richtig, aber er hat versprochen, sich taufen zu lassen und sein ganzes Volk zur Konversion aufzurufen – wenn Ihr ihn zum Mann nehmt.« Er hielt inne und fügte schließlich hinzu: »Es kommt nicht oft vor, daß ein junges Mädchen ein ganzes Volk allein dadurch zum wahren Glauben bekehren kann, daß es den richtigen Mann heiratet ...«

»Man hat mir erzählt, daß er am ganzen Körper mit verfilzten Haaren bedeckt ist wie ein Otter oder ein Bär.« Das junge Mädchen errötete.

Das war ein heikler Einwand; noch heikler jedoch war, was Jadwiga aus jungfräulichem Schamgefühl heraus nicht ausgesprochen hatte: Am Hof hielten sich hartnäckig Gerüchte, denen zufolge Jagiello nicht nur am ganzen Körper behaart war wie ein Elch, sondern enorm große Geschlechtsorgane besaß, die jede Frau, mit der er sich paarte, schwer verletzen oder gar töten konnten.

»Majestät«, erwiderte Kasimir mit einem gelassenen, ermutigenden Lächeln auf seinem breiten Gesicht, »ich kenne Eure Befürchtungen. Ihr hattet Euch darauf eingerichtet, einen hübschen jungen Habsburger zu heiraten, und jetzt planen wir, ihn durch einen haarigen Barbaren mit Gott weiß welchen Gemüts- und anderen Anlagen zu ersetzen. Majestät, ich selbst will, zusammen mit zwei Herren, die Ihr aus Eurem Kronrat auswählen mögt, nach Litauen reisen, wo wir diesen Jagiello bitten werden, vor unseren Augen ein Vollbad zu nehmen. Nach unserer Rückkehr werden wir Euch ehrlich berichten, was wir gesehen haben, als er nackt vor uns stand.«

Jadwiga gab zu, daß das eine sehr vernünftige Lösung für ihr Problem war, und so machte sich eine Delegation, bestehend aus drei Ratsherren, achtzig Reitern und sechzig Bediensteten, auf den Weg von Krakau nach Litauen. Keine drei Fuß von der marmornen Wanne entfernt, entdeckten die polnischen Diplomaten zu ihrem Entzükken, daß weder die Behaarung noch die Größe der Geschlechtsorgane des litauischen Großfürsten ein normales Maß überschritten. »Eher kleiner«, wie einer der Ratsherren bemerkte, »wenn man genau nachmessen wollte.«

Mit der frohen Botschaft, daß der Vermählung nichts im Wege stehe, eilten sie nach Krakau zurück, und nachdem man Jadwiga versichert hatte, Jagiello werde tatsächlich den christlichen Glauben annehmen und gemeinsam mit seinem heidnischen Volk ans Taufbecken treten, erklärte sie sich einverstanden, ihn zu heiraten. Sie zählte dreizehn, er sechsunddreißig Jahre, und sie wurden zu einem der edelsten Königspaare Europas.

Sie waren ihren Ländern, Polen und Litauen, gute Herrscher. Sie gründeten eine große Universität in Krakau, errichteten Spitäler und setzten sich für stabile Regierungsformen ein. Litauen, ein enorm großes Land, das vom Baltikum bis zum Schwarzen Meer reichte, trat offiziell zum Christentum über, und der polnische Einfluß erstreckte sich bis an die Schwelle des Fürstentums Moskau, des zukünftigen Rußlands.

Stets hatten Jagiello und Jadwiga die Gefahr eines Überfalls durch die Deutschen Ritter vor Augen, aber sie wußten instinktiv, daß sie noch nicht stark genug waren, um sich gegen sie zu wehren. Noch mußten sie die Schmähungen und Angriffe schweigend hinnehmen.

»Die Zeit wird kommen«, versprach Jagiello seiner Gemahlin, »da werden sich Polen und Litauen gegen diese Deutschen erheben«; aber wann genau das sein würde, sagte er nicht. Und während Polen mit kleinen, reiflich überlegten Schritten allmählich vorankam, beobachtete das Königspaar, wie die Deutschen Ritter an ihrer westlichen und nördlichen Grenze militärisch und wirtschaftlich immer stärker wurden.

In diesen Jahren war Jadwiga der beliebteste König, den Polen je besessen hatte. Sie war eine gütige, warmherzige, intelligente Frau, über ihre Jahre hinaus weise, geübt im Erkennen politischer Zusammenhänge, und eine Künstlerin, wenn es darum ging, andere von der Richtigkeit ihrer Pläne zu überzeugen. Aufmerksam vermerkten die ausländischen Botschafter am Hof von Krakau, daß sie eine ideale Partnerin für Jagiello war, und in Paris, Rom, London sprach man davon, daß, wenn es einmal soweit war, dieses erstaunliche polnisch-litauische Paar sehr wohl daran denken konnte, sich den Deutschrittern entgegenzustellen.

Im Jahre 1399 brach in ganz Polen ungeheurer Jubel aus, als Jadwiga bekanntgab, daß sie schwanger war. Seher prophezeiten, sich auf günstige Vorzeichen stützend, daß das Baby ein Junge sein würde. Aber es war eine Totgeburt, und kurz danach verschied, fünfundzwanzigjährig, diese große Fürstin, diese durch überragende Talente und Seelenstärke ausgezeichnete Herrscherin. Einige Jahre trauerte ihr verwitweter Mann um sie, doch etwa 1405, als sein ebenso fähiger Vetter Witold Bereitschaft erkennen ließ, zusammen mit ihm gegen die Deutschen vorzugehen, vertraute Jagiello seinen engsten Freunden an, daß es nicht mehr lange dauern werde, bis die durch einen Unionsvertrag miteinander verbundenen Polen und Litauer gegen die Deutschen Ritter die Waffen ergreifen würden. »Wir können die Herrschaft der Deutschen Ritter nicht länger hinnehmen«, sagte er zu Witold.

Aber Jagiello war ein vorsichtiger Mann, und bevor er einen Verteidigungskrieg begann, wollte er alles über seinen mächtigen Feind wissen. An einem Wintertag des Jahres 1409, als sich die Wolken des Krieges herabzusenken begannen und den nördlichen Himmel verdunkelten, fragte er seinen Berater, Kasimir von Gorka: »Gibt es jemanden am Hof, den wir in den Bernsteinhandel einschleusen könnten? Jemand, der, ohne Aufsehen zu erregen, an die Ostsee reisen und selbst feststellen könnte, was die Deutschen Ritter im Sinn führen?«

»Am Hof, nein«, antwortete Kasimir. »Aber ich habe einen Lehensmann mit einem ziemlich einfältigen Gesicht, der unseren Zweck erfüllen könnte. Kein Mensch würde ihn je für einen Spion halten. Kein sehr fixer Junge, aber zuverlässig.«

»Wer ist das?«

»Pawel aus Bukowo.«

»Ich habe noch nie etwas von ihm gehört. Aber wenn Ihr meint ...«

»Ich verspreche gar nichts! Ich habe es Euch ja gesagt – er ist ziemlich einfältig, aber ich versichere Euch, man kann ihm vertrauen.«

»Holt ihn her«, befahl der König. Kasimir verließ den Hof und ritt zu seiner Burg an der Weichsel, wo er Pawel aus Bukowo zu sich kommen ließ.

Dieser Pawel gehörte dem Kleinadel an; er besaß drei Pferde, eine Burg, die nicht viel mehr als eine Ruine war, und bewegte sich mit dem schwerfälligen Gang eines Bauern. Er hatte fast keinen Hals, abfallende Schultern und sehr lange Arme. Noch dazu trug er das Haar bis über die Augenbrauen gerade geschnitten, so daß seine Erscheinung keineswegs attraktiv war. Aber wenn man ihn aufmerksam betrachtete, fielen einem die listigen Äuglein auf, denen so gut wie nichts von dem entging, was sich um ihn herum abspielte.
»Pawel«, begann Kasimir, »wie würde es Euch gefallen, Bernstein für den König einzukaufen?«
»Warum kauft er es nicht selbst? In Krakau gibt es genug davon.«
Kasimir sah Pawel in die Augen. »Er ist an einer besseren Qualität interessiert. Zum Beispiel an der, die man in Lembok bekommt.«
Pawel faltete die Hände über den Bauch und lehnte sich zurück: »Er möchte also, daß ich bei den Deutschen Rittern spioniere.«
»Ich glaube nicht, daß er es so ausdrücken würde, Pawel.«
»Wo bekomme ich das Geld her?«
»Man wird es Euch zur Verfügung stellen.«
»Wißt Ihr, was die Leute sagen, Herr? Daß in ganz Lembok kein Kügelchen Bernstein mehr zu haben ist – außer bei den Rittern.«
»Dort sollt Ihr es ja am Ende auch kaufen. Am Ende. Zuerst sollt Ihr versuchen, es von Litauern zu kaufen. Um den Anschein zu erwekken, als wärt Ihr ein ehrlicher – Gauner.«
Pawel schaukelte vor und zurück, während er über die Gefährlichkeit dieses Auftrags nachdachte. »Und wenn ich das tue, verhaften mich die Ritter. Sie schleppen mich auf ihr Schloß in Marienburg und hängen mich.«
»Bis auf das Hängen entspricht das genau unseren Absichten. Wir wollen, daß sie Euch verhaften. Wir wollen, daß Ihr nach Marienburg kommt. Aber wir wollen auch, daß Ihr zurückkehrt und uns Eure Geschichte erzählt.«
Pawel ließ das Kinn auf seine Fingerspitzen fallen und musterte seinen Herrn. »Wie wollt Ihr das anstellen?«
»Ihr habt einen persönlichen Brief des Königs bei Euch, in dem er Euch beauftragt, Bernstein zu kaufen – wenn möglich bei Litauern.«
»Dafür hängen sie mich todsicher.«

»Nein. Die Ritter werden Euch dazu benützen, dem König eine Botschaft zurückzuschicken.«
Pawel erhob sich von seinem Stuhl und schritt durch den Raum. »So einen Unsinn durchschauen sie sofort. Die Deutschen sind doch nicht dumm.«
»Natürlich durchschauen sie uns. Aber sie sehen auch, daß König Jagiello Kontakt mit ihnen aufzunehmen wünscht.«
»Warum schickt er keinen Botschafter, wie er es schon früher getan hat?«
»Zu formal. Das Ganze würde im Protokoll ersticken. Wenn die Ritter einen Botschafter nur aus der Ferne sehen, erstarren sie. Mit Euch werden sie reden.«
»Wenn Ihr es wünscht, Herr, dann tue ich es.« Er ging auf die Tür zu. »Aber ich möchte, daß Janko mich begleitet. Er ist sehr findig, dieser Janko.«
So wurde es beschlossen, der Brief des Königs geschrieben. Man stellte zwei Wildledertaschen mit Goldmünzen bereit, und an einem Aprilmorgen des Jahres 1409 machte sich Pawel aus Bukowo auf den Weg nach Osten, zur Bernsteinstraße, die zu Wasser von Konstantinopel nach Odessa, zu Land über Kiew, Minsk und Wilna in die schöne Küstenstadt Lembok führte, wo kostbarer Bernstein für die Basare von Persien, Indien, China und Japan gesammelt wurde.
Schon am ersten Tag von Pawels und Jankos Reise eilten Spione nordwärts nach Marienburg mit der Nachricht, daß zwei geheimnisvolle Polen nach Lembok unterwegs seien. »Wir werden uns dicht hinter ihnen halten und Euch über ihr Tun und Treiben unterrichten.«
Doch bei einem Aufenthalt nahe der Stadt Mozyr informierte Pawel einen polnischen Spion, der ihn dort erwartet hatte: »Teilt dem Ratsherrn des Königs Kasimir von Gorka mit, daß die Ritter uns bemerkt haben und daß Boten nach Norden unterwegs sind, um Marienburg laufend Bericht zu erstatten.«
Hier ist anzumerken, daß die Deutschritter, die die von Polen beanspruchte Ostseeküste beherrschten, schriftlichen Instruktionen des Papstes folgten, der ihnen aufgetragen hatte, die heidnischen Länder in diesem Gebiet zu christianisieren. Sie waren also, wie immer sie im einzelnen vorgingen, mit päpstlicher Vollmacht ausgestattet, was dasselbe wie Gottes persönliche Billigung bedeutete.

Ihr Orden war 1190 als Krankenpflegerorden von Lübecker und Bremer Kreuzfahrern gegründet und 1198 in einen geistlichen Ritterorden mit Sitz in Akkon umgewandelt worden: Er sollte christliche Soldaten, die dafür kämpften, das Heilige Land seinen ungläubigen Besetzern wieder zu entreißen, ärztlich versorgen. Der pompöse Name bezeugte diese Absichten: Orden des Hospitals St. Marien vom Deutschen Hause zu Jerusalem.

Der Orden operierte mit geringem Erfolg, und um das Jahr 1210 zählte er weniger als zehn Mitglieder, die voll ausgerüstet und beritten in die Schlacht ziehen konnten. Noch negativer aber wirkte sich aus, daß die katholische Kirche anfing, gegen die Tempelritter und andere Orden Stellung zu beziehen, da diese sich immer schwerer disziplinieren ließen, und es sah ganz so aus, als würden die Deutschen Ritter von der Bühne der Weltgeschichte abtreten.

Doch in diesen kritischen Tagen bestimmte der Orden zu seinem Hochmeister einen der wahrhaft großen Männer des Mittelalters, Hermann von Salza, der Frömmigkeit und administrative Fähigkeiten auf das glücklichste in sich vereinte – wobei letztere das Übergewicht hatten. Einer brillanten Eingebung folgend, verlegte er den Orden aus dem Heiligen Land, wo er nichts zustande brachte (schon allein deshalb, weil den aus Deutschland kommenden Rittern die Reise zu lange dauerte), nach Ungarn, einem unzivilisierten Land, das nur darauf wartete, bekehrt zu werden. Nach fünfzehn Jahren wurde Salza dem ungarischen König Andreas II. zu eigenmächtig, worauf die Ritter praktisch ohne vorherige Warnung des Landes verwiesen wurden. Heimatlos geworden, aber immer noch durch großes organisatorisches Talent und militärisches Können ausgezeichnet, suchten sie in ganz Europa nach einem Land, in dem sie ihre Fähigkeiten entfalten konnten, und es war einem glücklichen Zufall zu verdanken, daß sie von einem polnischen Herzog erfuhren, der große Schwierigkeiten hatte, mit den heidnischen Völkern an seiner Nordgrenze fertig zu werden.

Schon 1226, ein Jahr nach ihrer Vertreibung aus Ungarn, bat König Konrad I. von Masowien die Ritter, für kurze Zeit in sein Land zu kommen und ihm zu helfen, die Heiden zu unterwerfen. Dankbar für ihren Beistand schrieb er einige unüberlegte Briefe, die sich als Einladung deuten ließen, für immer dazubleiben. Überdies schenkte

er ihnen ein Stück Land, auf dem sie eine zentrale Verwaltung aufbauen konnten, die es ihnen erlaubte, jene Gebiete zu christianisieren, die außerhalb seiner, Konrads, Grenzen lagen.
Angeblich mit der Absicht, ein oder zwei Jahre zu bleiben, hatte Hermann von Salza seine ersten Deutschritter 1226 nach Polen gebracht. Zweihundert Jahre später besaß der Orden den größten Teil des Baltikums, einschließlich der Länder der Letten und Esten, und die Ritter machten kein Hehl aus ihrer Absicht, sich bald auch Litauen, Polen und ein gutes Stück Rußlands einzuverleiben. Ihren Nachbarn an militärischer Macht, administrativer und wirtschaftlicher Erfahrung weit überlegen, unterhielten sie auch ausgezeichnete diplomatische Beziehungen zum Rest Europas – insbesondere zum Papst – und schienen dazu bestimmt, über ganz Osteuropa zu herrschen.
Ihre erste Bekehrungsmission galt den Pruzzen, einem Volk von Akkerbauern und Viehzüchtern, das den Bernsteinhandel an der Ostseeküste kontrollierte. Ganz Europa klatschte Beifall, als die Deutschen Ritter den Heiden Zivilisation und Glauben aufnötigten, und es war dieser löbliche Beginn, auf dem der Orden seine Machtstruktur errichtete.
Die Pruzzen wurden nach einer landläufigen Meinung von den Deutschrittern auf höchst wirksame Weise bekehrt: Sie wurden eliminiert. Indem der Orden die Stämme spaltete, erledigte er einen nach dem anderen: Die einen wurden ins Meer getrieben, die anderen in die Sklaverei, wieder andere in die Weite der russischen Steppen. Die auf dem Land blieben, nach dem es den Orden gelüstete – und das war etwa die Hälfte –, wurden zu Sklaven gemacht, denen es, um zu verhindern, daß weitere pruzzische Kinder in die Welt gesetzt würden, verboten war zu heiraten; sieben Tage in der Woche mußten sie fünfzehn Stunden am Tag arbeiten, bis sie starben.
Die Ritter verachteten die pruzzischen Barbaren, aber als diese vernichtet waren, nahmen die Ordensmitglieder ihren Namen und viele ihrer charakteristischen Merkmale an. In späteren Jahrhunderten, als »Preußen« ein in ganz Europa bekannter Begriff war, gab es kaum noch einen echten Pruzzen.
Von dieser nicht sehr großen, aber soliden Basis aus feierten die Deutschen Ritter glänzende Erfolge. Sie vermieden den Fehler, der dem frühen Polen zum Schicksal geworden war und seine politische

Entwicklung auch weiterhin vergiftete – die Weigerung, sich einem fähigen Führer anzuschließen und ihm zu folgen –, und entschieden sich dafür, einen tüchtigen Mann auf Lebenszeit zum Hochmeister zu wählen und sich – in guten wie schlechten Tagen – seiner Führung anzuvertrauen. Mit sehr viel Glück fanden sie eine Reihe von fähigen Männern, vielleicht nicht so brillant wie der große Hermann von Salza, aber ganz gewiß ebenso zielstrebig und dem Orden treu ergeben. So wurde das Gebiet der Deutschen Ritter eines der am besten verwalteten Europas.

Sobald die Deutschritter ihre Vormachtstellung in Preußen gefestigt hatten, erweiterte eine Reihe untadelig geführter Feldzüge die Grenzen der ursprünglichen kleinen Schenkung. Der Ordensstaat vergrößerte sich gewaltig, und die neu hinzugewonnenen Gebiete wurden ebenfalls von deutschen Bauern besiedelt. Pommern wurde besetzt, Guttentag, das Kulmerland, Schamaiten – nie ließ der Druck nach, der zivilisierte Westen unterwarf sich Stück für Stück den unzivilisierten Osten.

Diese Feldzüge verliefen fraglos sehr erfolgreich, aber es hatte manchmal den Anschein, als seien die diplomatischen Erfolge des Ordens noch ergiebiger, denn zu wiederholten Malen ließen die Ritter an den europäischen Höfen begeisterte Berichte zirkulieren, in denen von ihrer außerordentlichen Frömmigkeit die Rede war, von ihrem heldenhaften Mut im Angesicht barbarischer Feinde und von ihren Erfolgen bei der Bekehrung heidnischer Länder.

Die Folge dieses ständigen Herumhämmerns auf den Tugenden der Deutschen und der Unkultur aller anderen war, daß eine Flut von Rittern aus verschiedenen Ländern dem Orden beitreten wollte. Zwar blieb ihnen eine volle Mitgliedschaft versagt, wohl aber wurde ihnen eine ehrenhafte Aufnahme gewährt, so daß, wenn die Ritter gegen ein Land wie Litauen in die Schlacht zogen, in ihren Reihen auch junge Adelige aus Frankreich, England, Luxemburg, Österreich, Ungarn, Böhmen und den Niederlanden kämpften. Alle waren sie überzeugt, unter dem Banner Jesu Christi dafür zu streiten, eine minderwertige Zivilisation zu bezwingen und sie in den Schoß der glorreichen christlichen Kirche zurückzuführen.

Besonders feindselig gestaltete sich die Propaganda gegen Polen, das offiziell im Jahre 966 und inoffiziell vielleicht schon fünfzig Jahre früher zum christlichen Glauben bekehrt worden war. Es war den Polen einfach nicht möglich, sich in diesem Jahr 1409, als Krakau eine angesehene Universität, einen weltoffenen Hof und eine fest im Volk verankerte Kirche besaß, als Heiden zu betrachten. Genau das aber war die Darstellung, die in den adeligen Kreisen Europas zirkulierte, und um Polen aus der Finsternis der Gottverlassenheit zu erretten, erklärten sich viele ausländische Ritter bereit, den Deutschen zu helfen.

Wenn man hundert Höflinge in Europa fragte, was die Deutschen Ritter taten, war die Antwort fast überall die gleiche: »Sie bringen das Christentum in heidnische Länder. Sie sind der rechte Arm Gottes.« Und wenn man fragte: »Wer sind diese Ritter?«, hörte man die Antwort: »Sie sind geweihte Priester, die das Gelübde der Armut und der Keuschheit abgelegt haben und nur das tun, was ihr Oberhaupt, der Papst in Rom, ihnen befiehlt.«

Die Wahrheit sah ein wenig anders aus. Mit der Marienburg, nicht weit von Danzig, wo die Weichsel in die Ostsee mündet, hatten die Ritter einen Halbkreis von hohen Backsteinmauern errichtet – ein Fluß bildete die andere Hälfte –, die mächtigste Festung Europas, einen prächtigen roten Bau, der sich in gewaltiger Länge von Nordosten nach Südwesten erstreckte. Er bestand aus zwei großen, mehrgeschossigen, mit Zinnen versehenen Burgen; im Norden und Süden befanden sich, in zwei riesigen ummauerten Burghöfen, verschiedene Wirtschaftsgebäude. Zu Kriegszeiten konnte die Marienburg an die zehntausend Verteidiger aufnehmen und sie mit Proviant und Zisternenwasser versorgen, um einer monate- oder sogar jahrelangen Belagerung standzuhalten.

Dies war keine Klosterburg, wie man sie im französischen Cluny oder im englischen York sehen kann; dies war eine gewaltige Bastion, unendlich reich an Besitz und Macht, und sie wurde von nüchternen Männern befehligt, die entschlossen waren, sie zum Zentrum eines immensen weltlichen Königreiches zu machen.

Schon in der Entstehungszeit der Burg hatten die Ritter die Welt auf ihre Absichten unverblümt hingewiesen. Die nahe gelegene Stadt Danzig hatte 1308 Schwierigkeiten gemacht. Daraufhin waren die Ritter unter dem Absingen von *Jesu Christo Salvator Mundi* losgezogen, hatten die meisten Bewohner, etwa zehntausend Menschen, getötet und durch deutsche Emigranten ersetzt, die sie zu Gehorsam und Dienstbarkeit verpflichteten.

Den Polen fiel es schwer, Europa von solchen Vorgängen in Kenntnis zu setzen, denn die Deutschritter waren mit ihren Berichten immer als erste zur Hand. Es lag aber auch daran, daß jede deutsche Stadt zwei Namen hatte, den deutschen und den polnischen, und daran änderte sich auch später nichts; so gab ein polnischer Schreiber im Jahre 1409 zu Protokoll:

Eigentlich heißt der Ort Gdańsk, aber sie nennen ihn Danzig
Eigentlich heißt der Ort Malbork, aber sie nennen ihn Marienburg
Den Ort Pomorze nennen sie Pomerania
Den Ort Klaipėda nennen sie Memel
Der Ort Szczecin heißt bei ihnen Stettin, der Ort Krolewiec Königsberg
Unseren Fluß Wisła nennen sie Weichsel ...

(Die Liste umfaßte mehr als hundert zweisprachige Ortsnamen.)

In gewisser Hinsicht war die deutsche Bezeichnung der polnischen manchmal überlegen; *Marienburg* zum Beispiel bezog sich auf eine der Gottesmutter Maria gewidmete Festung, von der aus die Lehren ihres Sohnes verkündet werden sollten, während *Malbork* nichts von Mariens Sanftmut anhaftete. Dennoch mag es der passendere Name gewesen sein, denn die hundert Personen, die üblicherweise auf der Burg residierten, verteilten sich wie folgt: ein Hochmeister; seine sieben Ratsherren; zwanzig Deutsche Ritter; neun Ritter aus fremden Ländern; achtzehn Edelknaben, Schildknappen und sonstige Dienerschaft der Ritter; drei Priester; sechs Mönche; acht bezahlte Soldaten; achtundzwanzig Personen Hauspersonal. Und wenn man die Goldstücke in der Schatzkammer der Burg unter den neunundzwanzig Rittern verteilte, wären mehr als dreitausend Stück auf jeden gekommen. Aber selbst diese Angabe täuscht, weil der Orden in pruzzischen Städten wie Frauenburg (Frombork), Marienwerder (Kwidzyn) und Rastenburg (Kętrzyn) zahlreiche Komtureien, oft von beachtlichem Umfang, unterhielt, ganz zu schweigen von einem Dutzend kleinerer Burgen in früher polnischen, jetzt aber vom Orden regierten Städten. Das Vermögen des Ordens war gewaltig, aber gewaltig waren auch seine Ausgaben, und dank sorgfältiger Manipulation und ständiger Wachsamkeit des Hochmeisters konnten die

Zehntenzahlungen an Rom auf ein bescheidenes Maß beschränkt werden. So war der Orden also ein Staat für sich und gedachte es auch, in stetem Wachstum begriffen, zu bleiben.

»Wir sind«, bemerkte der brillante Hochmeister Ulrich von Jungingen, der den Orden in diesen Jahren leitete, »der kämpfende Arm des Allmächtigen und auch der kämpfende Arm der deutschen Besiedlung – eine unbesiegbare Kombination.« Und dieser mächtige Staat war es, den der seiner äußeren Erscheinung nach dumme Pawel aus Bukowo ausspionieren sollte ...

Er wurde sich der Macht der Deutschen Ritter bewußt, als er Wilna verließ und sich auf den Weg zu der kleinen Bernstein-Stadt Lembok nördlich von Königsberg machte. Von Wilna führte die Bernsteinstraße durch Dörfer, die erst kurz zuvor von den Rittern besetzt worden waren, und als er und Janko die Nacht bei litauischen Bauern verbrachten, erfuhr Pawel von dem harten Regiment, unter dem das Volk litt.

»Wir können euch kein gutes Brot geben«, jammerte die Bäuerin. »Sie haben uns unsere Getreidemühle zerbrochen.« Sie deutete auf die zertrümmerten Stücke dessen, was bis vor kurzem ihr wertvollster Besitz gewesen war: die Handmühle, bestehend aus zwei flachen Steinen, von denen der obere auf dem unteren rotierte und Weizen zu Mehl machte.

»Von nun an dürfen wir unseren Weizen nur mehr an die Ritter verkaufen«, fügte der Bauer erklärend hinzu. »Und sie bestimmen den Preis. Um dem Gesetz Nachdruck zu verleihen, haben sie unsere Mühle zerschlagen.«

Resignierend fügte seine Frau hinzu: »Bis auf weiteres dürfen wir wenigstens unsere Spinnräder behalten, weil sie keine Frauen finden können, die in Malbork für sie spinnen, aber unsere Webstühle haben sie kaputtgemacht, denn nur den Ihrigen soll das Tuchweben erlaubt sein.«

»Mit dem Vieh ist es genauso«, berichtete der Bauer. »Ich hatte neun Stück, aber sie haben mir nur vier gelassen.«

»Haben sie euch die fünf bezahlt?«

»Bezahlt?« Der Mann lachte höhnisch auf. Er starrte Pawel an, ein Bauer den anderen, und nach einer Weile fragte Pawel: »Was werdet ihr tun?«

Der Litauer antwortete: »Wenn ihr mich ruft, nehme ich meine Sense und helfe euch Polen bei der Jagd nach Deutschen.«
»Wer sagt denn, daß wir auf Jagd nach Deutschen gehen werden?« fragte Pawel. Bauer und Bäuerin wollten gleichzeitig antworten: Mit Witold in Litauen am Ruder und Jagiello als König in Polen müsse jetzt einfach etwas geschehen, meinten sie, und zwar bald. »Wir können doch nicht zulassen, daß die Ritter unser Land verschlingen, oder?«
»Davon verstehe ich nichts«, erwiderte Pawel, aber er fing an zu lernen.
Im nächsten Dorf sahen sie drei verbrannte Hütten und eine Frau, die an einem Baum hing. Als Pawel wissen wollte, welches Verbrechen sie begangen hatte, antworteten ihm die Litauer: »Sie hatte ihre Mühle versteckt, und die Ritter erwischten sie, als sie ihr Korn mahlte.«
An diesem Abend saßen drei Familien bis spät in die Nacht mit den Reisenden zusammen und erzählten ihnen von der schrecklichen Unterdrückung, die sie erdulden mußten, seitdem die Deutschen ihr Land besetzt hatten. »Das Vieh wurde beschlagnahmt. Unsere Mühlen haben sie niedergebrannt. Jetzt müssen wir Maut zahlen, wenn wir über unsere Brücke gehen wollen. Meine Söhne wurden nach Lidzbark gebracht; dort müssen sie als Diener auf der Burg arbeiten. Und der ganze Handel geht nur durch ihre Hände.«
»Hat man euch denn gar keine Rechte gelassen?« fragte Pawel.
»Nein. Sie sagen, wir sind Heiden, und sie tun das alles nur, um unsere Seelen zu retten. Aber wir sind doch seit vier Generationen Christen, und ...«
»Weit im Osten«, warf eine der Frauen ein und deutete in diese Richtung, »dort sind sie noch Heiden, und wegen dieser paar Leute, die sich geweigert haben, als Jagiello uns bekehrte, sagen die Deutschen, wir sind allesamt Heiden, und daß alles, was sie uns befehlen, richtig ist, weil sie damit unsere Seelen retten.«
Es war schon sehr spät, als einer der Bauern aussprach, was diese Menschen mehr als alles sonst bedrückte. »Was uns mehr schmerzt als der Verlust einer Kuh, ist die Tatsache, daß sie uns verachten. Sie behandeln uns wie Sklaven, weil wir keine Deutschen sind. Und sie geben uns keine Hoffnung, denn wir werden nie Deutsche sein, und

so müssen wir zusehen, wie sie sich das beste Land nehmen und ihre Bauern darauf ansiedeln. Bald wird es wirklich keinen Platz mehr für uns geben. Mein Hof wird der nächste sein, und dann kommt deiner an die Reihe und dann seiner ...«

Nach einer neuntägigen Reise durch diese kürzlich von den Deutschen erworbenen Gebiete erreichten Pawel und Janko die Küstenstriche, die schon seit vielen Jahren im Besitz der Ritter standen, diese Kette wunderschöner kleiner Seehäfen, wo die Deutschen ihr Bernsteinmonopol betrieben, und Pawel erkannte sofort den hohen Standard der von den Deutschen kontrollierten Siedlungen. Alles war blitzblank, überall herrschte Ordnung. Die Läden waren klein, aber sauber, und das Leben der Menschen schien bestens organisiert zu sein.

Während sie von einer Hafenstadt zur anderen zogen, wurde Pawel auf einen hünenhaften dunkelhaarigen Ritter aufmerksam, der ganz zufällig in die gleiche Richtung zu reisen schien, und er beauftragte Janko, Näheres über diesen Deutschen herauszufinden. Das war keine schwierige Aufgabe, denn schon der erste Bauer, den Janko in seiner barbarischen Mischung aus Polnisch, Deutsch, Litauisch und Pruzzisch fragte, sagte ihm, daß es Graf Rüdiger sei, Kommandant der baltischen Küste, und der Mann, dem es oblag, das Bernsteinmonopol durchzusetzen, wonach nur an Regierungsbeamte, nicht aber an Einzelpersonen verkauft werden durfte. Als Pawel das hörte, schmunzelte er, denn nun war augenfällig, daß Graf Rüdiger Pawel dabei erwischen wollte, wie dieser gegen die Bernsteingesetze verstieß – worauf Pawel es ja gerade anlegte, um als Gefangener in die legendäre Marienburg gebracht zu werden.

Nun begann ein ergötzliches Spiel: Die zwei Polen stellten durchsichtige Fragen an Personen, von denen zu erwarten war, daß sie Rüdiger umgehend davon berichten würden, und der große Ritter bemühte sich, Pawel unauffällig zu folgen. So erreichten die drei Lembok, ein reizendes Städtchen, wo es den schönsten Bernstein gab, und nachdem er sich zwei Tage ausgeruht hatte, begab Pawel sich in ein kleines Haus, in dem der Bernsteinhandel blühte. Dort begriff er zum erstenmal, warum man eine ganze Straße quer durch Asien und Europa eingerichtet hatte für den Handel mit dieser kostbaren Substanz, die schöner war als Silber und wertvoller als Gold.

Der Kaufmann, ein Deutscher, hielt auf seinem hölzernen Ladentisch einige Stücke feil, die ihm in den letzten Tagen von Fischern gebracht worden waren. Die Litauer suchten die Küste nach Bernstein ab, das die Wellen an den Strand schwemmten, oder räumten in großer Tiefe vor langer Zeit entstandene Lager ab. Pawel hatte keine klare Vorstellung von Bernstein; er wußte nur, daß polnische Damen die wenigen Stücke schätzten, die die Ritter in ihr Land gelangen ließen. Als es Pawel nun gestattet wurde, ein Stück in die Hand zu nehmen, staunte er über das geringe Gewicht, die weiche Oberfläche und die leuchtenden Farben.

Weder glitzerte es kalt, noch leuchtete es auf, wenn Sonnenlicht darauf fiel. Es war von golden brauner Farbe und sanftem Glanz, aber was immer seine physische Konsistenz, es verströmte einen Zauber von Wertbeständigkeit, immerwährender Schönheit und Kerzenlicht. Das erste Stück, das Pawel in die Hand bekam, war undurchsichtig und, so schien es, mit Tausenden von Luftbläschen gefüllt. Als Pawel danach fragte, nickte der Deutsche: »Ganz recht. Als es entstand, schloß es winzige Luftbläschen ein, und da bleiben sie jetzt für alle Zeiten.«

»Wie ist es denn entstanden?« fragte Pawel. Er sah wirklich aus wie ein großer Bauerntölpel, dem sein Herr ein paar Goldstücke mitgegeben hatte. Der Deutsche wurde gesprächig; es machte ihm Freude, die Frage zu beantworten, er war ja schließlich ein Fachmann.

»Habt Ihr schon einmal etwas mit Bäumen zu tun gehabt?« erkundigte er sich. »Gut. Auch mit Nadelbäumen? Die so ein klebriges Zeug absondern? Gut. Dieses Zeug heißt Harz, und wenn man es einsammelt, kann man allerlei damit anfangen.«

»Aber wie macht man Bernstein daraus?«

Der Deutsche lachte und stieß Pawel in die Rippen. »Das könnt Ihr nicht ›machen‹, und ich auch nicht; aber wenn man Harz in den Sand unter dem Meeresboden steckt und viele, viele Jahre dort liegen läßt, bindet und härtet es sich und wird zu Bernstein.«

»Ihr meint, dieses wunderschöne Ding war einmal das Zeug, mit dem ich mir die Finger klebrig mache, wenn ich einen Baum fälle?«

»Jawohl! Und um es Euch zu beweisen, will ich Euch etwas besonders Kostbares zeigen.« Aus einem kleinen Lederbeutel nahm er ein makelloses Stück Bernstein und legte es auf den Ladentisch. Es hatte

die Größe eines Taubeneis, war ganz durchsichtig und enthielt keinerlei Luftblasen. Aber in der Mitte verbarg es eine Fliege mit ausgebreiteten Flügeln, wunderbar erhalten.
»Darf ich es berühren?« bat Pawel, der die Einzigartigkeit des Stükkes sogleich zu schätzen wußte. Nachdem er es von allen Seiten betrachtet und das Sonnenlicht über die schwebende Fliege hatte tanzen lassen, fragte er: »Wie habt Ihr die Fliege da hineinbekommen?«
Der Deutsche lachte schallend. »Ihr glaubt, ich hätte sie mit meinen dicken, klobigen Fingern da hineingesteckt? Nein, mein Freund. Vor hundert Jahren landete die Fliege auf dem Harz, als es noch klebrig war, und konnte nicht mehr fort. Dann floß noch mehr Harz darüber, und das ganze Ding blieb hundert Jahre im Sand unter Wasser und wurde zu Bernstein.« Bewundernd betrachtete er das schöne Stück und fügte hinzu: »Die Fliege hält die Flügel ausgebreitet, um sofort davonfliegen zu können, wenn der Bernstein sie freigibt. Aber er wird sie nie freigeben.«
»Ist das ... na ja, ist es wertvoll?«
»So ein Stück? Das geht nach China, da weiß man solche Vollkommenheit zu schätzen.« Und aus einem anderen Beutelchen holte er neun herrliche zusammenpassende Kügelchen golden schimmernden Bernsteins hervor. In ihnen waren keine Fliegen eingeschlossen, aber die Steine leuchteten so schön, daß man glaubte, sie strahlten eine Art von Glorienschein aus. »Für den türkischen Sultan«, sagte der Deutsche und spuckte aus, denn er hatte den Namen eines Ungläubigen in den Mund genommen.
Schließlich legte er Pawel ein Stück vor, dem seiner Meinung nach auf der ganzen Welt nichts gleichkam. Er halte es vom Verkauf zurück, sagte er, bis der Papst selbst oder ein großer König käme, um es zu kaufen. Es war etwas kleiner als ein Hühnerei und auch so geformt, von strahlend goldener Farbe. Völlig durchsichtig, schien dieser wunderbare Bernstein gewöhnliches Tageslicht in die Farben der untergehenden Sonne zu brechen, und doch besaß er keinen eigenen Glanz. »Er sehnt sich danach«, meinte der Deutsche, »an einer goldenen Kette am Hals einer schönen Frau zu hängen.«
Pawel fand so großen Gefallen an diesem Mann, der offensichtlich seine Arbeit liebte, daß er ihn noch oft besuchte, und im Verlauf eines

solchen Besuches sagte der Deutsche: »Ich nehme an, Ihr seid ein Beamter Eurer Regierung. Ich nehme an, Ihr habt ein Papier, das Euch das Recht gibt, zu kaufen.«

»Oh, das habe ich!« log Pawel. Und mit Wissen von Graf Rüdiger, der nach jedem Besuch Pawels eifrig gelaufen kam, erklärte sich der Händler an diesem Abend bereit, Pawel sechs zusammengehörende Bernsteinperlen zu verkaufen, ganz besonders schöne Stücke. Als er sie zum letztenmal in der Hand hielt, sagte er: »Manchmal glaube ich, es muß viel länger als hundert Jahre gedauert haben, um aus Harz so etwas Schönes entstehen zu lassen.« Er hatte recht. Es hatte an die sechzig Millionen Jahre gebraucht, und das Insekt in dem anderen Stück war keine Fliege, wie Litauen sie jetzt kannte; es war ein unbekannter Stammvater, der vor diesen vielen Millionen Jahren durch einen Nadelwald geflogen war, und wenn das Stück Bernstein, das ihn einschloß, tatsächlich wertvoller war als Gold, gab es dafür einen guten Grund, denn Bernstein besaß eine zarte Schönheit, die Waldland und Sonnenuntergänge vor den Augen des Beschauers erstehen ließ, eine Schönheit, der nichts in der Welt gleichzusetzen war.

Nachdem Pawel die sechs Kügelchen in ein leinenes Tuch gewickelt hatte, sagte er zu dem Händler: »Mir wird ziemlich mulmig zumute sein auf dem Rückweg nach Krakau zu meinem König.« Der Deutsche empfand Sympathie für diesen schwerfälligen Polen, der sich so für Bernstein begeisterte, und erwiderte daher mit einer Art bedauerndem Zynismus: »In der Tat, Euch wird mulmig zumute sein.« Sobald Pawel das kleine Haus verlassen hatte, wurden er und Janko von Rüdigers Dienern ergriffen. Der Graf, jetzt in ritterlicher Kleidung mit dem schwarzen Kreuz auf seinem Waffenrock, trat hinter einer Tür hervor und sagte mit lauter Stimme: »Ihr seid verhaftet. Ihr habt gegen die Bernsteingesetze verstoßen.«

Mehr als hundert Meilen lagen zwischen der Hafenstadt Lembok und der Marienburg, und da Pawel offenbar kein hoher Adeliger war, schuldete man ihm nicht allzuviel Rücksicht. Er und Janko durften ihre Pferde behalten, wurden aber untergebracht, wo Rüdiger gerade ein Bett für sie finden konnte, und ihre Verpflegung ließ zu wünschen übrig. Nie während der sechs Tage, die sie brauchten, um die Strecke zurückzulegen, beschimpfte oder kränkte sie der große deutsche Graf, aber er sagte ihnen ganz offen, daß man sie zweifellos unmittelbar nach ihrer Ankunft hängen und ihre Leichen – oder auch nur ihre Köpfe – nach Polen zurückschicken würde, als Warnung für andere Polen, keinen Versuch zu unternehmen, das Bernsteinmonopol des Ordens zu brechen.

Am späten Nachmittag des sechsten Tages begann Graf Rüdiger seinem Pferd die Sporen zu geben und wies die anderen an, es ihm gleichzutun. Einer der Knappen erklärte den zwei Polen die plötzliche Eile: »Er möchte die Marienburg noch vor Einbruch der Nacht erreichen.« Und als die Sonne unterging, umrundete der kleine Reitertrupp einen Berghang und sah vor sich die gewaltigen, im Abendrot leuchtenden Mauern der Marienburg, einer Festung von solcher Größe und Macht, daß sie jedem Feind den Mut nehmen mußte, der es wagte, sich ihr zu nähern.

Überwältigend, uneinnehmbar stand die Burg seit nahezu zweihundert Jahren, ohne je von Belagerern genommen worden zu sein, Symbol und Wirklichkeit deutscher Macht in den baltischen Staaten. Bei ihrem Anblick dachte Pawel schaudernd an die Möglichkeit, den Rest seines Lebens gleich der in Bernstein eingeschlossenen Fliege innerhalb dieser massiven Mauern verbringen zu müssen oder gefoltert oder gar gehängt zu werden. Der weniger phantasiebegabte Janko verglich die gewaltige Festung mit den armseligen Burgen an der Weichsel, die in regelmäßigen Abständen von jeweils fünfzig Jahren zerstört worden waren, und meinte: »Also die wird nie einer auseinandernehmen.«

Sie kamen zum Osttor, und die Wächter sagten zu Rüdiger: »Da habt Ihr noch einmal Glück gehabt. Noch eine Viertelstunde, dann schließen wir.« Und noch bevor der kleine Troß die Vorburg verlassen hatte, schloß sich klirrend das Tor für die Nacht.

Mit Fackeln wurden sie durch gewundene Gänge geführt; nur schwer hätte sich ein Fremder hier zurechtgefunden, und unmöglich wäre es ihm gewesen, gegen den Willen der Verteidiger mit Gewalt einzudringen. Sie erreichten einen von Mauern umgebenen nördlichen Hof von gewaltigen Ausmaßen, wo sich die Werkstätten für die Herstellung von Schwertern und Rüstungen befanden. Von da brachte man sie über eine breite hölzerne Zugbrücke zu dem massiven Tor, das sieben Geschosse hoch war, jedes einzelne mit geschnitzten Figuren geschmückt, und in den prächtigen, von Mauern umgebenen Hof des ersten Schlosses, das allein alles an Größe übertraf, was Pawel in Polen je gesehen, wovon er in Polen je gehört hatte.

Das erste Schloß hinter sich lassend, gelangten sie durch einen niedrigen, leicht zu verteidigenden Bogengang in das Hauptschloß. Graf Rüdiger wies einen Herold an, mit einem Signal seine Ankunft anzukündigen. Trompetenstöße füllten die große Halle, brachen sich an Dutzenden von Wänden; da öffnete sich langsam eine schmale, mit Eisen beschlagene Tür in der Westwand und ließ die hochgewachsene, strenge Gestalt eines völlig weißgekleideten Ritters sichtbar werden; auf seiner Brust prangte das schwarze Kreuz.

Das war Ulrich von Jungingen, glänzender Führer, furchtloser Krieger und, auf Lebzeiten, Hochmeister des Deutschen Ordens. »Bruder Rüdiger, Ihr habt gute Arbeit geleistet. Ins Verlies mit ihnen.« Nur diese Worte sprach er, dann war er wieder verschwunden.

Das Verlies der Marienburg war eine geräumige Anlage, in der man viele Menschen unterbringen konnte. Es bestand nicht aus einzelnen Zellen – außer einigen wenigen für Gefangene, die sich schwerer Verbrechen schuldig gemacht hatten –, sondern aus großen, von Steinmauern umschlossenen Räumen; vier von ihnen dienten einem ganz besonderen Zweck: Sie waren vollgestopft mit großen Holzscheiten, mit denen die Gefangenen große Öfen fütterten, deren mit Ziegeln ausgelegte Röhren in wichtige Räume des Schlosses führten. Wenn also ein einziges großes Feuer im Keller loderte, konnte die Wärme in weit entfernte Räumlichkeiten geleitet werden, die hoch über dem Verlies lagen.

Pawel und Janko wurden in einen der weniger anspruchsvollen Räume geworfen. Pawel beklagte sich beim Wärter: Er, Pawel, sei ein Ritter und nicht gewohnt, zusammen mit Bauern zu schlafen. Die Deutschen nahmen die Beschwerde ernst und verlegten ihn in einen anderen Raum, wo es Stroh gab, auf dem er schlafen konnte.

Er verbrachte ruhelose Nächte, grübelte darüber nach, was wohl mit den sechs Bernsteinperlen geschehen würde, die Graf Rüdiger ihm bei seiner Verhaftung unsanft weggenommen hatte. Er konnte das seltsame Gefühl nicht loswerden, seine Sicherheit, ja sein weiteres Leben auf Erden hänge davon ab, ob er der Hüter dieser Bernsteinkugeln bleiben würde. Er dachte sich eine Reihe lächerlicher Pläne aus, wie er sie sich wiederholen und durch die deutschen Linien nach Krakau schmuggeln könnte, aber er wußte, daß es nur Hirngespinste waren, denn zunächst wäre es darauf angekommen, aus dieser furchtbaren Festung auszubrechen, und das war unmöglich.

Er wußte nicht, wie viele Tage er schon im Verlies verbracht hatte. Die meisten Männer, die das bittere Los der Gefangenschaft mit ihm teilten, hatten jedes Zeitgefühl verloren, weil sie schon seit Jahren hier schmachteten: litauische Bauern, die es versäumt hatten, den Rittern ihr Korn abzuliefern; Polen, die man auf Raubzügen nach dem Süden oder bei einem Besuch Danzigs erwischt hatte; dänische Seeleute, die versucht hatten, im Baltikum zu fischen, und ein paar heidnische Tataren, die den Deutschen bei Streifzügen in Rußland ins Netz gegangen waren. Das Verlies von Marienburg glich einer Landkarte deutscher Macht im Osten.

Am sechsten oder siebten Tag holte man ihn heraus, erlaubte ihm, sich zu waschen, gab ihm frische Kleider und führte ihn in einen Raum, wo zwei bemerkenswerte Männer ihn erwarteten: Der eine war Siegfried von Eschl, ein echter Ritter, vierzig Jahre alt, Sproß eines alten deutschen Geschlechts, das mehrere Burgen am Rhein besaß, ein Mann, bedacht auf das Wohlergehen des Ordens und einer seiner tüchtigsten Kommandeure. Der andere war etwas kleiner, seine Haltung nicht so stattlich. Das war Pater Anton Grabener aus Lübeck, der jüngere Bruder eines Großkaufmanns und Hanse-Mitglieds.

Siegfried von Eschl bedeutete Pawel, auf einem Stuhl am anderen Ende des Tisches Platz zu nehmen und ehrlich alle Fragen zu beantworten, die ihm von Pater Grabener gestellt würden, der nicht nur Deutsch, Latein, Französisch, Italienisch und Litauisch, sondern auch Polnisch sprach. Da Pawel auf Burg Gorka genaue Anweisungen bezüglich seiner Aussagen bei einer Vernehmung erhalten hatte, war er auf dieses Verhör vorbereitet – das jedoch, zu seiner großen Überraschung, zunächst in eine Richtung gehen sollte, mit der kein Mensch in Krakau gerechnet hatte.

Pater Grabener: Stimmt es, daß euer König Jagiello vom Hals bis zu den Zehen mit dichtem Haarwuchs bedeckt ist?

Pawel: Ich habe ihn nicht sehr oft zu Gesicht bekommen, aber als er sich einmal drei Tage lang auf Burg Gorka aufhielt, habe ich nichts von solchem Haarwuchs bemerkt.

Pater Grabener: Sind seine Geschlechtsteile von enormer Größe?

Pawel: Woher soll ich das wissen?

Pater Grabener: Ist es wahr, daß er seine Königin Jadwiga getötet hat, weil in ihrem Schoß ein riesiger Teufel heranwuchs?

Pawel: Davon habe ich noch nie etwas gehört. Soviel ich weiß, ist sie im Kindbett gestorben.

Pater Grabener: Wir wissen, daß sie im Kindbett gestorben ist. Aber warum? Aus welchem entsetzlichen Grund?

Pawel: Viele Frauen sterben im Kindbett. Meine Schwägerin ...

Pater Grabener: Warum durfte niemand die Totgeburt sehen? Nicht vielleicht darum, weil es ein Monster war?

Pawel: Das weiß ich nicht. Ich habe nie etwas von einem Monster gehört.

Pater Grabener: Ist euer König Jagiello im Volk als Heide bekannt?

Pawel: Als er sich auf Burg Gorka aufhielt und man mich beauftragte, ihm als Diener zur Hand zu sein, betete er gemeinsam mit uns.

Pater Grabener: Hat er gekniet? Hat er sich bekreuzigt?

Pawel (in gereiztem Ton): Jawohl!

Pater Grabener: Wenn Ihr weiterhin lügt, werden wir Euch foltern!

Pawel (bockig): Ich habe selbst gesehen, wie er sich bekreuzigt hat. An allen drei Tagen.

Pater Grabener: Sind die Litauer, die mit ihm nach Krakau kamen, nicht auch Heiden?

Pawel: Ich kenne keinen von ihnen.

Pater Grabener: Sind nicht auch die Bewohner Eures Dorfes Heiden?

Pawel (bricht in Lachen aus): Vater Bartosz würde sie sehr rasch eines Besseren belehren!

Pater Grabener: Und im nächsten Dorf? Sind das nicht Heiden?

Pawel: Auch das Nachbardorf gehört zu Vater Bartosz' Pfarrei, und auch das Dorf danach und die anderen ...

Siegfried von Eschl (unterbricht ihn): Gibt es viele Tataren im polnischen Heer?

Pawel: Wir kämpfen gegen die Tataren. Früher haben sie regelmäßig unsere Dörfer niedergebrannt, aber jetzt wehren wir uns gegen sie.
Siegfried: Aber es gibt viele von ihnen auch in eurem Heer, nicht wahr?
Pawel: Ich habe noch nie einen Tataren gesehen, und ich will auch keinen sehen.
Siegfried: Aber Ihr habt doch sicher davon gehört, daß Tataren in eurem Heer dienen?
Pawel: Ich habe nur gehört, daß es einen Polen den Kopf kosten kann, nach Kiew zu gehen.
Siegfried: Wart Ihr schon einmal in Kiew?
Pawel: Gott behüte!
Siegfried: Wie seid Ihr auf die Bernsteinstraße gekommen?
Pawel (erleichtert, denn jetzt würden Fragen gestellt werden, auf die er die Antworten auswendig gelernt hatte): Ich verließ Bukowo im Januar, ritt sechs Tage nach Osten, hielt mich südlich von Lublin und nördlich von Przemyśl ...«
Siegfried (ungeduldig): Seid Ihr nicht vorher nach Kiew gereist, um Euch mit den Tataren zu besprechen?
Pawel: Um Gottes willen, ich werde mich doch nicht mit diesen Teufeln einlassen!
Siegfried: Ja, ja, das glauben wir Euch. Aber warum heuert euer König Tataren an, um gegen die Kräfte des Christentums zu kämpfen?
Pawel: Davon weiß ich nichts ...
Pater Grabener: Habt Ihr je einen Litauer gekannt, der ein wahrer Christ gewesen wäre?
Pawel: Ich sagte es Euch doch schon – König Jagiello. Aber Ihr müßt verstehen, ich habe ihn nicht persönlich kennengelernt.
Pater Grabener: Halten die Leute in Eurem Dorf nicht alle Litauer für Heiden?
Pawel: Wir geben uns nicht mit Litauern ab.
Pater Grabener: Euer König ist Litauer.
Pawel: Für uns ist er Pole, und ein verdammt guter!
Pater Grabener: Wenn Ihr flucht, werdet Ihr auf die Folter gespannt! Weiter: Als Jagiello auf Burg Gorka war, hat er da frische Kiefernzweige verlangt, um darüber Zaubersprüche herzusagen?

Pawel: Davon habe ich nie etwas gehört.

An vier aufeinanderfolgenden Tagen wurde Pawel auf diese Weise verhört. Pater Grabener kam immer wieder auf die vermeintliche Gottlosigkeit König Jagiellos, aller Litauer und der meisten Polen zu sprechen, während es Siegfried von Eschl um die Anwesenheit von Tataren in den polnischen Verbänden ging. Logischerweise wußte Pawel zu keinem der beiden Themen etwas, aber seine scheinbare Unschuld verstärkte nur den Verdacht, daß er log, um die Mängel der polnisch-litauischen Föderation zu verheimlichen. Die Vernehmung wurde immer verwirrender und unproduktiver.

»Pawel«, sagte Siegfried von Eschl am fünften Tag mit betonter Zurschaustellung von Ungeduld und Autorität, »wir haben Euch befragt, um Tatsachen für ein wichtiges Dokument nachzuprüfen, das Pater Grabener gerade abfaßt und das den Königshöfen Europas zugeleitet werden soll. Es muß noch in dieser Woche fertiggestellt sein, damit unsere Kuriere sich auf den Weg machen können, um unsere Bündnisse zu stärken und Rekruten für unseren Kreuzzug anzuwerben. Der Pater wird Euch jetzt drei Abschnitte dieses Briefes vorlesen, und Ihr sollt angeben, was in Euren Ohren zweifelhaft oder gar falsch klingt. Pater, bitte lest vor.«

Eschl lehnte sich zurück, legte die Hände aneinander und stützte das Kinn auf seine Fingerspitzen, während Grabener, offensichtlich stolz auf sein Werk und dessen unwiderlegbare Logik, den ersten Teil der Anklageschrift verlas:

»Wisset, Herr, daß die Litauer nie christianisiert wurden, daß sie ein heidnisches Volk sind, daß sie wie Tiere ohne die Gnade Jesu Christi leben und daß sie eine Bedrohung für alle christlichen Länder darstellen. Sie müssen auf dem Schlachtfeld besiegt und dem wahren Christentum zugeführt werden.

Ihr König, Jagiello, ist bekanntermaßen ein Barbar mit verfilztem Haar, das seinen ganzen Körper bedeckt, und mit Geschlechtsteilen so unförmig groß, daß er die engelsgleiche Königin Hedwig, eine gottesfürchtige ungarische Christin, zerriß und tötete. Dieser Jagiello behauptet, getauft worden zu sein, stellte diese Behauptung aber nur auf, um den polnischen Thron zu besteigen, denn er bleibt derselbe Heide, der er immer schon war. Man weiß von ihm, daß er bei Besuchen in christlichen Häusern nach frisch geschnittenen Kieferzweigen verlangt hat, um weiterhin seine heidnischen Riten betreiben und seinen Göttern gegenüber jeden christlichen Einfluß abstreiten zu können.

Der Deutsche Ritterorden, der rechte Arm Gottes und persönlicher Vertreter des Papstes in Rom, erfleht Eure Hilfe – sowohl in Gold wie auch in Rittern, die auf unserer Seite kämpfen, denn wir sind entschlossen, Litauen zum Christentum zu bekehren und ihm die Wohltat der Zivilisation zu erweisen.«

Eschl ließ seine Hände sinken. »Findet Ihr darin etwas Unrichtiges?« fragte er. Pawel, der von litauischen Angelegenheiten keine Ahnung hatte, blieb stumm. »Lest weiter«, wurde der Pater aufgefordert.

»Wisset, Herr, daß König Jagiello besonders schwere Schuld auf sich lädt, indem er in den Heeren, die er gegen uns ins Feld führt, Tatarenregimenter kämpfen läßt, die nur aus Ungläubigen bestehen. Ein Teil der Tataren sind Heiden aus den Wüsten Asiens, andere Anhänger des Islams, jener verbrecherischen Religionsgemeinschaft, die die Herrschaft über Jerusalem ausübt und allen Christen den Zugang zu unseren heiligen Stätten verwehrt.

Es ist verdammenswert und kränket unseren Herrn, daß ein heidnisches Land wie Litauen heidnische Truppen einsetzt gegen die lobenswerten Bemühungen der Deutschen Ritter, an der baltischen Küste das Christentum zu verkünden. Wir beschwören Euch, uns zu helfen, diesen furchtbaren Lästerungen ein Ende zu bereiten, und wir tun allen wahren Rittern in Eurem Land kund: Wenn es sie danach verlangt, die Ungläubigen zu züchtigen – was sie auf Kreuzzügen im Heiligen Land nicht mehr tun können –, müssen sie nach Marienburg kommen, wo wir den Kampf gegen die Ungläubigen weiterführen und wo Christen noch einmal mit den Jüngern Mohammeds die Klingen kreuzen können.«

»Findet Ihr in diesem Teil etwas Unrichtiges?« fragte Eschl, und Pawel antwortete aufrichtig: »Ich verachte Mohammed und die Art, wie er Jerusalem in die Knechtschaft geführt hat. Wenn ich könnte, ich würde morgen ins Heilige Land ziehen, um gegen ihn zu kämpfen.« Eschl nickte und sagte: »Hört jetzt aufmerksam zu!«

»Wisset, Herr, daß der Hauptgrund dafür, daß der geheiligte Orden der Deutschen Ritter hier eine defensive Kriegsführung praktizieren muß, darin besteht, einem in der Dunkelheit des Unwissens schmachtenden Polen wahres Christentum zu bringen. Was seine Verteidiger auch vorbringen mögen: Dies ist kein christliches Land. Es wurde von keinem Heiligen, von keinem Bischof, ja nicht einmal von einem einfachen Priester in einer direkten Linie bekehrt, die von St. Peter in Rom über das Heilige Römische Reich Deutscher Nation nach Krakau geführt hätte. Polen ist ein Paria unter den Nationen, und es muß bekehrt werden: erst durch das Schwert, dann durch wahre Priester, die nicht nur das Wort Gottes, sondern auch europäische Gesetze und Bräuche in diese Wüstenei bringen werden. Nur der Deutschen Ritter seligmachende Gnade, ihr hoher Rang und ihre überragende Frömmigkeit können Polen retten, und es ist unsere vornehmste Pflicht, diese Gnade in die moralische Wildnis Polens zu tragen.

Als Beweis für unsere Behauptungen führen wir an, daß die Polen ganz bewußt den Heiden Jagiello zum König gekrönt haben, obwohl sie doch einen guten Christen, Sigismund von Luxemburg, hätten nehmen können; sie nötigten die fromme Hedwig, eine Tochter des französischen Ludwig und eine gute Christin, diesen Jagiello statt Wilhelm von Habsburg zu heiraten, einen wahren Christen, mit dem sie im Alter von vier Jahren verlobt worden war.

Die einzige Rettung für Polen besteht darin, unter deutsche Herrschaft zu kommen, und wir Deutschen Ritter stehen bereit, diesen Wechsel voranzutreiben, sofern die europäischen Königshöfe uns unterstützen und die Ritter Europas unsere Sache zu der ihren machen wollen.«

Als Pawel diese ungeheuerlichen Vorwürfe gegen ein Land hörte, das er in einem anderen Licht kennengelernt hatte, rötete sich sein Gesicht, und seine Hände begannen zu zittern. Als die Litauer geschmäht wurden, hatte er Ruhe bewahrt und keinen Grund gesehen, die Tataren zu verteidigen, die ihm schon als Kind angst gemacht und ihm Alpträume beschert hatten, wenn man ihm erzählte, wie sie immer wieder mordend und brennend durch die polnischen Dörfer und Städte gezogen waren. Aber dem, was er soeben über seine Heimat gehört hatte, konnte er auf keinen Fall zustimmen.

»Stimmt da etwas nicht?« fragte Eschl, und Pawel antwortete: »Es ist ein einziges Lügengespinst.«

»Seid vorsichtig«, warnte Pater Grabener, »Ihr wißt, daß Ihr auf die Folter gespannt werden könnt, wenn Ihr behauptet, daß die Kirche ...«

»Wir haben gute Bischöfe in Polen. Sie verkünden das Wort Gottes. Ich habe sie gehört. Und was Ihr da von ihnen und von uns sagt, ist falsch. Ihr verfolgt damit eine böse Absicht, und Ihr solltet Euch schämen.«

Sie konnten Pawel nicht dazu bewegen, die Schmähungen gegen Polen als begründet zu akzeptieren, und nachdem sie ihn in eine der Einzelzellen gesperrt hatten, saß er allein im Finstern und murmelte immer wieder: »Ich weigere mich zu bestätigen, daß das wahr ist, was er über Polen geschrieben hat.« Und er war bereit, für seine Überzeugung zu sterben.

Doch noch bevor er auf die Folterbank gespannt wurde – eine Maßnahme, die von dem Pater angeordnet worden war –, holte man ihn aus der Zelle, gab ihm Gelegenheit, sich zu waschen und frische Kleider anzuziehen, und brachte ihn vor den Hochmeister in Person, der Pawel dazu verwenden wollte, ein Projekt zu fördern, das ihm sehr am Herzen lag.

»Pawel«, begann der mächtige Hochmeister, nachdem sie sich zusammen mit Eschl zu einem geruhsamen Mittagessen gesetzt hatten, »wir lassen Euch gehen. Ihr sollt dem König in Krakau diese wunderschönen Bernsteinperlen mitbringen, die Ihr mit Eurem Geld gekauft habt, und auch einen Brief, der an ihn gerichtet ist. Aber zuvor möchte ich Euch einige Fragen stellen, die sich jedoch grundlegend von jenen unterscheiden, die Euch mein Freund hier und der Priester vorgelegt haben.«

Pawel verneigte sich, biß herzhaft in das gute Brot, das die Mönche zu backen verstanden, und wartete.

»Wenn es zwischen den Deutschen Rittern und Litauen zu einem Krieg kommt, was meint Ihr, Pawel: Würde Polen neutral bleiben?«

»Niemals. Litauen und Polen sind ein Volk, mit einem König.«

»Das wissen wir ja, aber Polen und Litauen sind zwei völlig verschiedene Völker. Meint Ihr wirklich, Ihr würdet zusammen mit den Litauern in den Krieg ziehen?«

In seiner dunklen Einzelzelle hatte Pawel aus Bukowo, dieser kleine Ritter mit nur drei Pferden, über jedes Wort gründlich nachgedacht, mit dem seine Heimat von den zwei Deutschen geschmäht worden war, und er hatte jede Beschuldigung im stillen noch einmal zurückgewiesen. Er blieb bei seinem Entschluß, lieber zu sterben, als sein Land oder dessen christliches Volk zu verunglimpfen. Und jetzt fragte man ihn, ob Polen seinen wichtigsten Verbündeten verraten würde.

»Herr Hochmeister«, erwiderte er mit geziemender Ehrerbietung, »wie ich sehe, wollt Ihr, Polen solle zur Seite treten, während Ihr Litauen niederschlagt, um auf diese Weise später freie Hand zu haben, um Polen zu vernichten.«

Ulrich von Jungingen, ein Meister in eben dieser Art von Strategie, wie Pawel sie gerade umrissen hatte, beugte sich ein wenig vor und sagte: »Ihr meint also, Polen würde kämpfen?«

»Ich weiß es.«

»Ihr habt offenherzig geantwortet, *pan* Pawel«, sagte Jungingen, und daß er freiwillig die polnische Anrede verwendete, bewies die Aufrichtigkeit seiner Einschätzung. »Wenn nun mein Orden«, setzte er fort, »einen Waffenstillstand zu erlangen suchte, das gegenseitige Einstellen aller Feindseligkeiten, überall ...« Er unterbrach sich, um Pawel die Bedeutung seines Vorschlags zu Bewußtsein kommen zu lassen, und führte den Satz erst zu Ende, als er glaubte, daß der kleine Ritter verstanden hatte: »Wenn wir einen auf ein Jahr befristeten Waffenstillstand anböten, würde Polen ihn akzeptieren?«

»Warum nicht einen Frieden für immer?« hielt Pawel ihm entgegen.

Jungingen blieb stumm. Er wandte sich Siegfried von Eschl zu, diesem scharfsinnigen Unterhändler, der steif und aufrecht auf seinem Stuhl saß und nun bedächtig zu einer Antwort ansetzte: »Weil ein dauernder Friede zwischen dem Orden und heidnischen Ländern wie Litauen oder Polen nie möglich ist. Es ist Gottes Wille, daß deutsche Christen den Glanz der Zivilisation in diese Gebiete tragen.«

»Wozu dann überhaupt einen Waffenstillstand, wie Ihr das nennt? Warum dann nicht gleich Krieg?«

Nun lehnte sich der Hochmeister in seinem großen, geschnitzten Sessel zurück und sagte: »Wir schlagen den Waffenstillstand jetzt vor, weil zu gewissen Zeiten beide Parteien wissen, daß es nicht angebracht ist, Krieg zu führen – keine Seite ist wirklich einsatzbereit, die

Streitpunkte sind noch nicht ausdiskutiert. Unter solchen Umständen wäre ein Krieg nur mit der linken Hand zu führen ...«
Er brach jäh ab, beugte sich vor, bis er beinahe Pawels Gesicht berührte, und fragte mit unverfälschtem Interesse: »Sagt mir: Setzt ihr Polen tatsächlich tatarische Kavallerie ein?«
»Das weiß ich nicht«, antwortete Pawel.
»Es wäre ein entsetzlicher Fehler, das zu tun«, erklärte Jungingen. »Diese an Erdgötter glaubenden Heiden gegen ein christliches Heer zu führen« – er ließ seine Stimme dramatisch sinken –, »gegen ein Heer, das nur dafür kämpft, die Zivilisation in zurückgebliebene Länder zu tragen.«
Damit beendete er abrupt das Gespräch und gab Befehl, Pawel die sechs Bernsteinperlen zurückzugeben und ihn mit frischer Kleidung und zwei guten Pferden zu versorgen – eines für ihn und eines für Janko.
So sehr aber liebte Pawel mittlerweile die Bernsteinkügelchen, daß er sie nicht König Jagiello in Krakau überreichte, sondern seinem Herrn, Kasimir von Gorka, gab. Fortan stellten sie das Glanzstück unter den Schätzen dieser Burg dar.
Es grenzt ans Unglaubliche, aber Jagiello und sein Vetter Witold nahmen den Waffenstillstand an, den Hochmeister Ulrich von Jungingen vorschlug, und zwar aufgrund genau der Erwägungen, die Jungingen angestellt hatte: Weder die eine noch die andere Seite war so recht für den Krieg gerüstet, und aufs Geratewohl einen Kampf zu beginnen, konnte unvorhersehbare Folgen haben. Die Waffenruhe sollte vom 8. Oktober 1409 bis zum Abend des 24. Juni 1410 dauern; dann würde die Entscheidungsschlacht, auf die sich die Gegner schon seit zehn Jahren vorbereiteten, den getroffenen Abmachungen entsprechend beginnen.
In diesem Jahr der Waffenruhe wurde kein ernsthafter Versuch unternommen, den Krieg abzuwenden, wohl aber, ihn zu verschieben, und das aus gutem Grund: Beide Seiten hatten interne Schwierigkeiten zu überwinden. Die Deutschen Ritter waren davon überzeugt, daß sie ihren propagandistisch hochgespielten Einsatz zum Zweck der Heidenbekehrung mit der moralischen Unterstützung der Europäer betreiben mußten, wenn sie nicht ihr eigentliches Ziel verfehlen wollten, nämlich einen großen deutschen Staat aufzubauen, der das

Baltikum, einen beträchtlichen Teil Rußlands und ganz Polen umfassen sollte. Ein Sieg, der Litauen und Polen für die nächsten fünfzig Jahre ausschalten würde, stellte eine unumgängliche Notwendigkeit für sie dar.

So stand es umgekehrt auch mit Jagiellos zwei Völkern, die die ständige Erosion ihrer Länder mitansehen mußten – als ob eine nicht aufzuhaltende Flutwelle gegen ihre Küsten brandete, hier Pommern wegriß, da Danzig und dort Schamaiten. Jagiello erklärte gegenüber seinen Hauptleuten, als er den Waffenstillstand unterzeichnete: »Nächstes Jahr schlagen wir die Ritter mit dem Kreuz auf der Brust, oder wir gehen unter – als Volk und als Einzelpersonen.«

Er nützte die Atempause vortrefflich, indem er Magnaten wie Kasimir von der Burg Gorka aufsuchte und ihnen klarmachte, daß es in ihrem eigenen Interesse liege, die polnische Sache mit Truppen zu unterstützen. Es war notwendig, so zu betteln, denn selbst ein so starker König wie Jagiello besaß nicht die Macht, die Magnaten zu etwas zu zwingen, was sie nicht aus freiem Willen zu tun bereit waren; sie herrschten, nicht er, und wenn es ihm nicht gelang, sie zu überzeugen, daß es zu ihrem Vorteil sein würde, ihm ein Heer zu geben, dann würde er eben keines haben.

Aber Jagiellos hervorragende geistige Fähigkeiten manifestierten sich vor allem in seiner Überredungskunst, und es gelang ihm allmählich, eine Streitmacht von unglaublicher Größe um sich zu scharen, eines der gewaltigsten Heere, die je in diesem Teil Europas operiert hatten. Er verfügte über eine große Zahl Litauer, zweimal so viele Polen, ein Freiwilligenbataillon aus Böhmen und ein Regiment von so sonderbarem Aussehen, daß Pawel von Bukowo, der ausgesandt worden war, es anzuwerben, seinen Augen nicht traute.

In Begleitung von zwei Litauern, die ihm sein Vetter Witold geschickt hatte, war der König selbst nach Bukowo gekommen und hatte seine Emissäre abgeordnet. »Ihr werdet nach Kiew reisen und sie auffordern, nein, bitten, sich uns anzuschließen, denn immerhin liegt es genauso in ihrem wie in unserem Interesse, den Orden zu besiegen.«

Natürlich fiel es Pawel schwer, sich mit den zwei Litauern zu unterhalten, denn die beiden Völker hatten keine gemeinsame Sprache; aber ein paar Wörter kannte jeder der Männer, und während des Ritts nach Kiew, den sie mit einer Eskorte von sechzehn Soldaten antraten, hatte er Gelegenheit, mehr über Großfürst Witold zu erfahren, der von so entscheidender Bedeutung für die kommende Schlacht sein sollte.

»Ein bemerkenswerter Mann«, sagten die Litauer, und einer versuchte, ihn näher zu beschreiben: »Wie ein Vulkan, so man sagt in Italien. Vor zehn Jahren starker Verbündeter von Deutsche Ritter. Kämpft tapfer an ihrer Seite. Vor acht Jahren großer Streit. Wir erklären Marienburg Krieg. Vor sechs Jahren wieder feste Freundschaft. Zusammen wir machen große Schlacht gegen Tataren. Viele Tote, könnt Ihr glauben. Witold ein Held, Hochmeister Witold auf Marienburg küssen. Nächstes Jahr Deutsche Ritter stehlen viel von unserem Land. Witold macht Bündnis mit Tataren gegen Marienburg. Aber Ritter sehr schlau. Schließen Frieden mit Witold und kämpfen wieder zusammen gegen die Tataren.«

»Und mit wem ist er jetzt gerade verbündet?« fragte Pawel.

»Hängt ab.« Einem der Litauer gefiel diese Frage nicht, und er fügte hinzu: »Ganz gleich, mit wem er kämpft, kämpft sehr tapfer. Er ist Witold, Bester von allen.«

Als sie sich Kiew näherten, stellte Pawel eine starke Bewegung unter den berittenen Truppen fest, die die Stadt bewachten, und einige Dutzend Meilen vor der Stadt wurden die Emissäre von einer Kavallerieabteilung angehalten. Man brachte sie auf verschlungenen Wegen in die Stadt, wo sie schon von einem der Tatarenführer erwartet wurden, mit dem Witold zweimal verbündet gewesen war und gegen den er dreimal gekämpft hatte. Das war Tughril, ein drahtiger, kleiner, unglaublich zäher Veteran der Steppen und Schlachtfelder vom Schwarzen Meer bis zur Ostsee. Sein offizieller Oberlehensherr war Timur gewesen, unter seinem Befehl war Litauen überfallen worden; doch nachdem Timur tot war, hatte es Tughril viel Spaß gemacht, sich auf eigene Faust kriegerisch zu betätigen, indem er in den Außenbezirken von Konstantinopel Lasttransporte des Sultans plünderte, Raubzüge auf die Bernsteinstraße unternahm oder Moskau belagerte. Er hatte zwar noch nie eine große Schlacht gewonnen, aber auch nie eine schwere Niederlage hinnehmen müssen.

Tughril fixierte die drei Sendboten des polnischen Königs. »Daß euer Jagiello den Deutschen den Krieg erklären möchte, dafür habe ich volles Verständnis. Aber warum sollte ich da mittun?«

Man hatte Pawel auf diese Frage vorbereitet: »Weil es viel Beute, viel zu plündern geben wird.«
»Gut!« sagte Tughril, lehnte sich zurück und strich sich den Schnurrbart. »Wieviel Männer soll ich mitbringen?«
»Zehntausend.«
»Unmöglich. Und soviel braucht ihr auch gar nicht.«
»Wie viele könnt Ihr mitbringen?«
»Wie viele? Wie viele? Die ganze Stadt Kiew, wenn es nötig ist. Aber ich werde mit fünfzehnhundert kommen.«
»Nur so wenig?«
»Jeder einzelne ein ganzer Krieger. Wir kommen mit den schnellsten Pferden, die ihr je gesehen habt.« Er zögerte, weil er das Abkommen unter Dach und Fach haben wollte. »Ihr garantiert, daß geplündert werden kann?«
»Das garantieren wir«, versicherte ihm Pawel, aber einer der Litauer warnte: »Frauen und Kinder dürfen nicht getötet werden.«
»Das geschieht nur, wenn unbedingt nötig«, antwortete Tughril leichthin und ging über die versteckt geäußerte Kritik an den tatarischen Methoden hinweg.
»Frauen und Kinder dürfen nicht getötet werden!« wiederholte der Litauer.
»Nicht einmal in den deutschen Städten, die wir erobern?«
»Nicht einmal dort.«
Die Einzelheiten des Vertrages wurden festgelegt. Tughril versprach, daß fünfzehnhundert tatarische Reiter Kiew am 1. Mai verlassen und eine Woche vor dem 24. Juni, dem Tag, da die Schlacht beginnen sollte, im Norden eintreffen würden. Die vier Männer umarmten sich, die Mission war beendet und erfüllt – sofern die Deutschen Ritter mittlerweile nicht Kiew einen Besuch abstatteten und die Tataren mit dem Versprechen, polnisches Land plündern zu dürfen, auf ihre Seite zogen.
Als die drei Reiter Schitomir erreichten, setzten die Litauer ihren Weg in nördlicher Richtung fort, um Witold Bericht zu erstatten. Pawel, der nach Westen ritt, um Jagiello zu informieren, wurde von Zweifeln geplagt. War es vertretbar, ein Heer von Ungläubigen zum Kampf gegen Christen heranzuziehen? Er glaubte die Stimme der Deutschritter zu hören, die auf der Marienburg diesen Punkt wieder-

holt berührt hatten. Sich mit einem Mohammedaner gegen Soldaten des Papstes zu verbünden – das war doch verrückt! Je länger er jedoch darüber nachdachte, desto mehr kam er zu der Überzeugung, daß es in einer Schlacht dieser Größenordnung um vieles besser war, Tataren als Verbündete statt als Feinde zu haben. Pawel war nicht unzufrieden mit dem Ergebnis seines Besuches in Kiew.
In diesem Winter stand ganz Polen im Zeichen der Kriegswirtschaft: Die Piken bekamen neue Griffe, Schwerter wurden geschliffen oder angelassen und ausgehärtet, Pferde neu beschlagen, Rüstungen angepaßt. »Zeit, die Esche zu fällen«, sagte Janko von Bukowo zu seiner Frau. So gingen sie zusammen in den *Szczęker* Wald, wo sie seit einigen Jahren eine junge Esche hegten, die jetzt etwa drei Meter hoch und deren Stamm etwa acht Zentimeter dick war. Über lange Zeit hin hatte Janko in verschiedenen Abständen tiefe Einschnitte in den Stamm gemacht und darin scharfe Steinsplitter eingefügt. Sie umschließend war der Baum so weitergewachsen, daß er die Splitter in sich aufnahm und die scharfen Kanten hervortreten ließ. Etwa zwei Dutzend dieser Implantate fand Janko, als er sie der Reihe nach mit Daumen und Zeigefinger prüfte, so fest mit der Esche verbunden, daß nichts sie herausbrechen konnte, nicht einmal der härteste Schlag gegen eine Rüstung.
Es war ein feierlicher Augenblick hier im *Szczęker* Wald: Ein Mann war im Begriff, die Waffe zu ernten, von der sein Leben abhängen würde, aber er konnte sich nicht dazu entschließen, den Baum zu zerstören, den er so lange gepflegt hatte. Er trat zurück und betrachtete noch einmal sein von der Natur hervorgebrachtes Kriegsbeil. Seine Frau nahm ihm die Axt aus der Hand, holte aus und schlug am unteren Ende eine tiefe Kerbe; dann gab sie ihm das Werkzeug zurück und versicherte: »So ist die Länge genau richtig.«
Aus seinen verschiedenen Dörfern rekrutierte Kasimir von Gorka eine aus insgesamt einhundertsiebenundachtzig Mann bestehende Truppe. Siebzehn mindere Angehörige des Landadels waren dabei, davon vier oder fünf Magnaten von eigenen Gnaden – ein Titel, den nur wenige Außenstehende anerkannten –, etwa zwei Dutzend Berufssoldaten, für deren Löhnung er aufkam, sowie Knappen, Hufschmiede, Waffenschmiede und Bauern. Ein Priester, Vater Franciszek, vervollständigte das Aufgebot. Frauen und Knaben durften

Kasimir nicht begleiten, wenngleich seine Definition der letzten Kategorie etwas vage war: Der jüngste Knappe zählte erst dreizehn Jahre.

Einem Bächlein gleich, das dem fernen Ozean zustrebt, machten sie sich im Mai nach Norden auf, nahmen aber auf ihrem Zug ständig neue Gruppen auf – sechzig von dieser Burg, zwanzig von jener, vierhundert aus Sandomierz –, bis sie um die Mitte des Monats ein mächtiger Heerhaufen waren, der langsam und entschlossen auf eine große Schlacht zumarschierte. Und als sie eines Nachts ein gutes Stück weiter im Norden ihr Lager aufschlugen, konnte Pawel sich gut vorstellen, wie die Deutschen Ritter jenseits der Grenze genau das gleiche taten, Truppen zusammenzogen aus den entlegensten Winkeln ihres Territoriums, aber auch aus Frankreich und England und Holland. Erst jetzt wurde ihm bewußt, welch titanische Schlacht das sein würde.

In der zweiten Juniwoche, nur elf Tage bevor die Waffenruhe zu Ende gehen sollte, wurde die polnische Streitmacht von der Ankunft dreier Deutscher Ritter in voller Rüstung und mit kostbarem Aufputz überrascht. Sie entrollten eine Parlamentärflagge und verlangten, König Jagiello zu sprechen. »Der Hochmeister schlägt vor, die Waffenruhe um drei Wochen zu verlängern.«

»Warum?« fragte Jagiello, der immer befürchtete, die Deutschen könnten seinen Cousin Witold dazu bewegen, zu ihnen überzulaufen.

»Weil Ritter aus anderen Nationen an der Schlacht teilzunehmen wünschen und wir meinen, daß ihnen diese Ehre nicht versagt werden sollte.«

Jagiello erklärte sich mit der Verlängerung einverstanden. Er tat dies nicht dem Orden zuliebe, sondern weil er glaubte, die zusätzlichen Tage gut dazu nützen zu können, seine heterogenen Einheiten in einer kompakteren Schlachtordnung aufzustellen. Besonders großen Wert legte er darauf, die tatarische Kavallerie wirksam einzusetzen.

Er sah seine Pläne gefährdet, als Turghils Männer eintrafen – nicht die versprochenen fünfzehnhundert, sondern bloß elfhundert – und sofort darangingen, ein Dorf zu plündern – kein deutsches, sondern ein litauisches Dorf. Witold geriet in große Wut. »Es darf erst nach

der Schlacht geplündert werden«, schrie er den Tatarenführer zornig an.
»In Ordnung. Ich verstehe«, antwortete dieser leichthin.
Am nächsten Tag ließ Witold Tughril zu einem Biwak der litauischen Truppen kommen; in der Mitte befand sich ein Stapel von Stämmen und Brettern. Zwei von Witolds Männern hatten von der Plünderung des Dorfes durch die Tataren gehört und sich berufen gefühlt, auf eigene Faust ein wenig zu plündern; es war ihr Pech, daß auch sie kein deutsches, sondern ein litauisches Dorf erwischt hatten.
»Habt ihr das Dorf geplündert?« brüllte Witold sie an.
»Ja.«
»Dann baut euren eigenen Galgen!« Und alle sahen schweigend zu, wie die zwei Männer Stämme in den Boden rammten und Querbalken anschlugen, die sie mit Streben diagonal festmachten. Als die Galgen fertiggestellt und von Witold persönlich geprüft worden waren, befahl er den Männern, sich die Stricke um den Hals zu legen; dann zog man sie hoch und ließ sie strampeln.
»Auf diese Weise erhalten wir die Disziplin unserer Truppen aufrecht«, fuhr Witold den tatarischen Kommandeur an. Der zuckte nur mit den Schultern und erwiderte: »Auf diese Weise habt Ihr zwei gute Soldaten verloren.«
Der verlängerte Waffenstillstand ging am Abend des 4. Juli 1410 zu Ende, aber die Schlacht begann nicht schon am nächsten Tag, denn die zwei riesigen Heere, zwei großen Raubtieren gleich, die sich in der Dunkelheit gegenüberstehen, rückten vor und zurück, um ihre Positionen zu verbessern, und der Hochmeister, der solche Situationen schon oft erlebt hatte, stellte listige Fallen auf, um Jagiello hereinzulegen: Er ließ tiefe Gräben graben und mit auf Planken gelegten Rasenstücken bedecken, um polnischen Pferden die Beine zu brechen. Aber der Tatarenführer Tughril brauchte sich das Gelände nur aus einiger Entfernung anzusehen, um die Täuschung sofort zu erkennen; er riet Jagiello: »Laßt Eure Kavallerie weit im Süden angreifen und zieht Euch zurück.«
Am 6. Juli kamen die beiden Heere ins Schwitzen, als jedes von ihnen versuchte, das andere zu umzingeln und ihm in die Flanke zu fallen. Am 7. behinderte ein anhaltender Regen beide Seiten, doch am 8. trocknete der Boden, und es sah eine Weile so aus, als ob die Deut-

schen Ritter angreifen würden. Jagiello aber zog sich geschickt so weit zurück, daß die Pferde der Deutschen dann, wenn sie die polnischen Linien erreicht hätten, erschöpft gewesen wären.
Am 9. Juli waren die zwei Armeen so nahe aneinander herangerückt, daß es am nächsten Tag zu Kampfhandlungen kommen mußte, und am Spätnachmittag brachte der Hochmeister seine gesamte Streitmacht auf offenes Terrain; so konnten seine überlegenen Reiter in der Morgendämmerung mit entfesselter Wut über das größere, aber nicht so gut ausgebildete polnisch-litauische Kontingent herfallen. Jagiello aber, der sich der Überlegenheit der Deutschen wohl bewußt war, postierte seine gewaltige Armee tief im Wald, wo die erste Angriffswelle der Deutschen sie nicht erreichen konnte, denn er beabsichtigte, seine Männer in die Schlacht zu schicken, wann und wo es ihm richtig erschien.
Als die Nacht hereinbrach, fragte Ulrich von Jungingen seine Späher: »Ist es wahr, daß die Tataren nicht gekommen sind?« Sie versicherten ihm: »Ein Hauptmann namens Tughril hätte kommen sollen, aber natürlich hat er im letzten Moment den Schwanz eingezogen.« Jungingen nickte zufrieden. »Ich bin froh. Ich möchte nichts mit diesen kleinen Heiden zu tun haben. Sie bringen Unordnung in eine Schlacht.«
Als Mitternacht näher rückte und der entscheidende Tag, der 10. Juli 1410, begann, errichteten die Deutschen Ritter ihr Hauptquartier nahe dem Dorf Grunwałd, während nicht ganz drei Meilen weiter die polnischen Kommandeure nicht in, aber nahe dem ebenso kleinen Dorf Stebark (Tannenberg) schliefen. Dennoch sprachen die Polen in der Folge nach dem deutschen Hauptquartier von der Schlacht von Grunwałd, die Deutschen jedoch, nach dem polnischen Hauptquartier, von der Schlacht von Tannenberg.

Da die zwei Dörfer weit nördlich lagen und weil es Hochsommer war, ging die Sonne gegen vier Uhr morgens auf. Pawel von Bukowo wurde um halb vier geweckt und angewiesen, zusammen mit seinem Leibeigenen Janko beim Aufbau des Zeltes mitzuhelfen, das als Kapelle dienen sollte und wo sich kurz nach Tagesanbruch König Jagiello, Witold von Litauen und die anderen Kommandeure zur Morgenandacht versammeln wollten.

Ein leichter Nieselregen verdunkelte das vorgesehene Schlachtfeld und war den Kriegern insofern willkommen, als er den Staub niederhielt; doch auf dem Weg zur »Kapelle« warfen die Hauptleute verstohlene Blicke auf das Gelände und überlegten, wo und wie ihre Truppen an diesem schicksalsschweren Tag operieren sollten.
Alle Kommandeure waren gekommen, ausgenommen Tughril, der Tatar; als Heide glaubte er des christlichen Rituals nicht zu bedürfen. Aber Jagiello wollte ihn dabeihaben und schickte Pawel nach ihm aus. Der zähe kleine Reiter zuckte die Achseln und meinte: »Warum nicht? An einem Tag wie diesem braucht der Mensch alles Glück, das er finden kann.« Er kam in die Kapelle marschiert, wo Jagiello ihn mit einer Umarmung begrüßte und ihn in die vorderste Reihe stellte.
Nachdem der Priester die Messe gelesen und den Segen Christi auf dieses große Abenteuer herabgefleht hatte, ergriff Jagiello das Wort: »Brüder, wir treten heute an, um die Tyrannei, die unsere Länder bedrückt, abzuschütteln. Die Deutschen Ritter werden mit dem Segen der Kirche auf uns zukommen und mit dem Kreuz Christi auf der Brust, aber auch in Lügen gewandet. Wir reiten voran mit der Wahrheit als unserem Banner und der starken Liebe Jesu Christi als unserem Schild. Es lebe die Freiheit! Auf in den Sieg!«
Kasimir von Gorka hatte angenommen, Jagiello werde nach der Messe seine Kavallerie aus dem Wald herausführen und in Schlachtordnung aufstellen, doch der König tat nichts dergleichen. Er plauderte und scherzte mit den anderen Hauptleuten, die nervös zu sein schienen. »Wann stellen wir uns in Schlachtordnung auf?« fragte Kasimir. Jagiello antwortete mit einem breiten Lächeln: »Wir bleiben, wo wir sind.«
König Jagiello war sechzig Jahre alt an diesem Tag, älter als alle seine Hauptleute und auch die des Feindes, und er hatte sich einen Plan zurechtgelegt, der ihm jeden möglichen Vorteil verschaffen würde; denn der Schwächen und Mängel gab es viele in seinem Heer; sie konnten ihn vernichten, wenn er Fehler machte oder seine Mittel vergeudete. Die Polen hatten 18000 Reiter, 12000 Gefolgsleute und 4000 Fußsoldaten bereitgestellt; dazu kamen 11000 Litauer und 1100 Tataren, insgesamt ein Heer von 46100 Kämpfern. Aber es gab erschreckend wenig schwere Kavallerie; die meisten Litauer waren

nur mit Knüppeln bewaffnet; er hatte nur sechzehn Kanonen zur Verfügung, und in so gut wie jeder Beziehung war die Ausrüstung der beiden Verbündeten der der Deutschen unterlegen.

Die Deutschen Ritter konnten an diesem Tag 21000 Mann schwere Kavallerie, 6000 Mann massiv ausgerüstete Infanterie und 5000 kampferprobte Knechte – besser bewaffnet als die meisten Litauer – in die Schlacht führen; dazu besaßen sie etwa hundert ausgezeichnete Kanonen, die imstande waren, mit unglaublicher Kraft Kugeln zu schleudern, die größer waren als der Kopf eines Menschen. Damit nicht genug: Die Deutschen verfügten über die besten Feldherren der Welt, in vielen Schlachten erprobte Männer: Ulrich von Jungingen als Hochmeister; Friedrich von Wallenrode als Feldmarschall, Kuno von Lichtenstein, einer der besten Schwertfechter des Jahrhunderts, als Großkomtur; und Albrecht von Schwarzenberg, ein Marschall, der für den Nachschub verantwortlich war. Jeder dieser Männer hatte einen Harnisch aus Kettengeflecht angelegt, nicht den massiven Schildpanzer, dem die Polen den Vorzug gaben; jeder ritt ein feuriges Roß, und jeder trug einen mächtigen Speer. Das Wichtigste aber war, daß jeder Deutsche Ritter mit dem Bewußtsein in die Schlacht zog, daß sein Orden, seitdem er in Preußen herrschte, einen fulminanten Sieg nach dem anderen erfochten hatte.

Zahlenmäßig in der Minderheit – 46000 Polen und Verbündete gegen 32000 Deutsche –, waren die Ritter ihren Feinden in bezug auf Bewaffnung, Pferde, Erfahrung und Führerschaft auf dem Schlachtfeld weit überlegen. Hier würde es jetzt zu einer der entscheidendsten Schlachten der Weltgeschichte kommen, zu einem gigantischen Aufeinanderprallen von Waffen, das die Zukunft des Baltikums und das Geschick zweier aufsteigender Nationen, Polens und Litauens, bestimmen sollte.

Und immer noch blieb König Jagiello untätig. Es wurde fünf Uhr, und schon konnte man die Masse der Ordensritter am Horizont warten sehen, aber kein Pole stellte sich ihr entgegen. Um sechs, als die Sonne durch den Dunst drang und drückende Hitze sich über den sommerlichen Feldern ausbreitete, kamen drei polnische Kämpen zu Kasimir von Gorka und forderten ihn auf, mit ihnen gemeinsam die Initiative zu ergreifen. Zusammen traten sie vor den König: Zawisza Czarny, der schwarze Zawisza, auf vielen Schlachtfeldern als erster

Ritter des Ostens bekannt; Jan Žižka, der stämmige Böhme, der das schwerste und tödlichste Schwert schwang; Firczyk von Płock mit der massiven Eisenkugel am Ende einer schweren Kette.

»Majestät«, sagte Žižka, »wir werden ungeduldig.«

»Aber ich nicht«, erwiderte der König und enthüllte ihnen seine Taktik. »Laßt sie nur in der heißen Sonne schmoren! Laßt sie den ganzen Morgen warten, während wir hier unter den schattigen Bäumen bleiben. Erst wenn sie ausgetrocknet sind von Hitze und Durst, stellen wir uns zum Kampf.«

Die drei Krieger waren von dieser Taktik zunächst nicht sehr angetan. Doch als es immer heißer wurde, begannen sie die weise Voraussicht ihres Königs zu schätzen: Sie konnten unter den Bäumen bleiben, wo eine kühle Brise wehte.

Um halb neun, als der Schweiß den Deutschen Rittern bereits aus allen Poren brach, ließ sich der Hochmeister von Jungingen ein brillantes Manöver einfallen: Er rief zwei seiner edelsten Ritter zu sich und übergab jedem von ihnen ein wallendes Banner und ein schönes, langes Schwert; so bewaffnet ritten die zwei Männer, der eine einen schwarzen Adler auf goldenem Grund, der andere einen roten Geier auf weißem Feld zeigend, in leichtem Galopp über das dazwischenliegende Gelände auf die Polen zu, die unter den Bäumen warteten.

Als die Pferde etwa zwanzig Meter vor den Polen zum Stehen kamen, rief einer der Herolde mit lauter Stimme: »Litauer und Polen! Großfürst Witold und König Jagiello! Da ihr offensichtlich Angst davor habt, euch zum Kampf zu stellen, schickt euch unser Hochmeister diese zusätzlichen Waffen!« Voller Verachtung rammten die Herolde ihre Schwerter mit der Spitze nach unten in den Boden, wo sie zitternd steckenblieben. »Und wenn ihr Feiglinge meint, ihr brauchtet mehr Raum für eure Manöver – unser Hochmeister läßt euch sagen, daß er unsere Truppen um eine Meile zurückverlegen wird, um euch zu helfen.« Auf ein Signal des anderen Herolds hin machten die Deutschen Ritter tatsächlich kehrt und zogen sich eine ganze Meile zurück.

Diese Beleidigung versetzte Krieger wie den schwarzen Zawisza und Jan Žižka in große Wut, aber Jagiello blieb gelassen und schickte einen seiner Adjutanten die zwei Schwerter holen. Er schwenkte eines und rief: »Ich nehme eure zwei Schwerter an und auch den von euch gewählten Kampfplatz, aber der Ausgang der Schlacht liegt in Gottes Hand!«

Nach dieser Herausforderung zogen sich die Herolde zurück, gaben durch ein Signal bekannt, daß sie mit ihrer Mission gescheitert waren, und ritten zu ihren Ordensbrüdern zurück, die sich nun auf einen Angriff vorbereiteten, dessen Zweck es war, die Polen und Litauer aus ihrem Wald zu jagen und zu vernichten.

Jetzt war auch Jagiello bereit. Die verschiedenen Abteilungen nahmen die ihnen zugewiesenen Positionen ein, wobei jede Gruppe nach vorn drängte, um als erste in den Kampf einzugreifen. Trompeten schmetterten, Hurrarufe ertönten, und die Verbündeten erwarteten den Angriff der Deutschen, die bannerschwingend und »Christus ist erstanden« singend über eine kleine Anhöhe kamen, um die »Heiden« niederzuschlagen.

In dieser ersten Phase der Schlacht erging es den verbündeten Truppen schlecht, denn mit seinem gewohnten Spürsinn hatte der Hochmeister entdeckt, wo Jagiellos Aufstellung aller Wahrscheinlichkeit nach ihre größte Schwachstelle haben würde. Dorthin dirigierte er die ersten Linien seiner Kavallerie unter Kuno von Lichtensteins Kommando auf die Stelle zu, wo die elfhundert Tataren mit ihren leichten, schnellen Pferden an den Litauern mit ihrer schwachen Bewaffnung anlagen.

Als Tughril den Hügel hinaufblickte und die Masse von riesenhaften Deutschen auf ebenso riesenhaften Rössern – auf jeden Tataren kamen vier Deutsche – heranbrausen sah, traf er die einzig vernünftige Entscheidung: Er suchte das Weite. Sein Pferd herumreißend, jagte er mit seinem ganzen Regiment in kopfloser, chaotischer Flucht davon. Fort von den schützenden Bäumen und auf die sanftgewellten Felder hinaus galoppierten die Tataren und hofften, ihre Schnelligkeit werde sie vor den anstürmenden Deutschen retten; jeder Tatar, der auch nur um zwei Pferdelängen zurückfiel, wurde niedergemäht.

Wilde Schlachtrufe ausstoßend, brausten die Deutschen Ritter dahin und brachten den Männern aus Kiew eine vernichtende Niederlage bei. Über mehr als fünf Meilen ging die wilde Jagd, und während fünfzig Tataren starben, erlitt auch nicht ein einziger Deutschritter eine ernste Verletzung. Es war der großartigste Sieg, den die Deutschen an diesem Tag erringen sollten, und, für diesen Teil der Schlacht, eine respekteinflößende Leistung.

Natürlich befanden sich die verschwitzten Ritter, als sie nach ihrem Triumph über die Tataren zurückkehrten – über das ganze Gelände zerstreut und zum Teil mit Beutestücken beladen, die sie den Getöteten abgenommen hatten –, in einer sehr nachlässigen Formation. So kamen sie an einer Stelle vorbei, wo Großfürst Witold mit einem Kontingent seiner besten litauischen Kavallerie wartete, und plötzlich sahen sie sich in einen Kampf gänzlich anderer Art verwickelt.

Jetzt kreuzten Männer von einigermaßen vergleichbaren Körperkräften die Klingen mit ihnen, und das unaufhörliche Klirren der Schwerter rollte wie Donner über das Schlachtfeld. Speer stieß auf Speer, wuchtige Zweihänder spalteten den Feind vom Hals bis zur Hüfte, Pferde wieherten und stürzten und begruben ihre Herren unter sich. Eine halbe Stunde lang wütete ein erbitterter, blutiger Nahkampf, aus dem kein Sieger hervorging. »Die Tataren haben sich als Feiglinge erwiesen«, stieß Kuno von Lichtenstein hervor, nachdem er sich freigekämpft hatte und zu seinen Hauptleuten zurückgekehrt war, »aber diese verdammten Litauer wissen zu kämpfen.« Vom Hochmeister befragt, sagte er in ernstem Ton: »Solche Fehler können wir uns heute nicht mehr leisten, Herr. Es wird bis zum Ende eine mörderische Schlacht sein.«

Nach drei Stunden erzielten die Deutschen einen beachtlichen Erfolg, der den Kampf um ein Haar zu ihren Gunsten entschieden hätte. Dem Krakauer Kämmerer Marcin war die Ehre zuteil geworden, im Herzen der Schlacht eine große polnische Fahne mit dem Zeichen des weißen Adlers tragen zu dürfen, und als die Deutschen das sahen, nahmen sie natürlich an, König Jagiello – der nach europäischer Art immer an der Spitze seiner Truppen kämpfte – sei in der Nähe; sie konnten nicht wissen, daß er sich, der Strategie Dschingis Chans und dessen Nachkommen folgend, auf einem kleinen Hügel weiter rückwärts postiert hatte.

Mit großem Mut und wilder Entschlossenheit stürzte sich ein deutsches Reitergeschwader auf Marcin, verwundete ihn und riß seine Fahne herunter. Üblicherweise bedeutete das die Niederlage des Heeres, dem diese Fahne gehörte, und so legten die Deutschen es auch aus: Hundert Ritter stürmten heran, um den zu töten, den sie für den gefallenen König hielten, und seine unmittelbare Gefolgschaft zu zerstreuen.

Doch dies war keine gewöhnliche Schlacht, und als die Fahne fiel, kamen der schwarze Zawisza und ein großer polnischer Krieger namens Florian von Korytnica herangesprengt, um sie zu verteidigen. Jeder polnische Edelmann hatte sein eigenes heraldisches Banner – Adler, Bär, Falke, Kasimir von Gorka seine Burg –, aber Florian, der den Kampf liebte wie andere Menschen den Wein, hatte als Insignie ein gewundenes Stück menschlichen Darms, das dem Feind zeigen sollte, daß er auch im Innersten seiner Eingeweide nie Furcht verspürte. Diese Männer retteten nicht nur ihre Fahne, sie trieben auch die Ritter zurück und sahen in dem Vorfall keinen Anlaß für eine Kapitulation, wie die Deutschen angenommen hatten, sondern für eine Neubelebung der Schlacht.

Es war jetzt zwei Uhr nachmittags, die heißeste Zeit dieses langen, mörderischen Tages, und Jagiellos Taktik begann Früchte zu tragen. Die Deutschen Ritter, die seit dem Morgengrauen im Sattel gesessen und geschwitzt hatten, begannen zu ermüden, insbesondere jene, die hinter den fliehenden Tataren hergejagt waren. Nun setzte Jagiello ein Kontingent seiner Ritter in Marsch, das bisher noch nicht eingegriffen hatte, und diesen ausgeruhten Kriegern gelang es, die Linien der Deutschen Ritter langsam zurückzudrängen.

Genau das aber hatte der Hochmeister erwartet. Sobald die Polen ausgeschwärmt waren, warf er seine eigenen großen Reserven in den Kampf; diese kräftigen Männer setzten nun alles daran, die Polen zu dezimieren.

Die Schlacht war jetzt zu einem allgemeinen Handgemenge geworden, Schwert gegen Schwert. Gleich dem Brausen eines gewaltigen Sturmes wogte der Schlachtenlärm über die Felder von Tannenberg/Grunwałd, und die Toten fielen wie durch sommerlichen Hagelschlag vernichtete Weizenhalme.

Beim Nahkampf waren die Deutschen im Vorteil, denn in dieser Kampfart hatten sie mehr Erfahrung als ihre Gegner, aber Siegfried von Eschl, dem vielleicht scharfsinnigsten unter den Deutschrittern, gefiel nicht alles, was er sah, und er meldete es dem Hochmeister: »Ich bin das ganze Schlachtfeld abgeritten, und ich versichere Euch,

Herr, die polnischen und litauischen Fußsoldaten sind noch nicht in Erscheinung getreten. Irgendwo lauern sie. Wir müssen sie aufspüren!«

»Mein guter Siegfried, seht Euch doch nur um! Wir gewinnen die Schlacht! Bei Sonnenuntergang werden wir das Pack davongejagt haben!«

»Ich mache mir Sorgen, Herr. Ich fürchte, diese Fußsoldaten werden uns aus einer Richtung angreifen, aus der wir sie am wenigsten erwarten.«

Eschl, ein ausgezeichneter Taktiker, hatte guten Grund, besorgt zu sein, denn zweitausend polnische Bauern, unter ihnen Janko aus Bukowo, waren während dieses ganzen dampfenden, explosiven Tages in den dichten Wäldern rund um Tannenberg gehockt; es war ihnen bei Todesstrafe verboten worden, auch nur ein einziges Wort laut werden zu lassen. Ihre Knüppel, Sensen und Piken in Bereitschaft, hielten sie sich zwischen den Bäumen verborgen, und dreimal schon hatte Janko die Zeit für gekommen gehalten, hervorzubrechen und vorbeikommende Ritter anzugreifen; aber immer wieder wurde ihnen zu bleiben befohlen. Es war nun schon fast fünf Uhr nachmittags; die Deutschen glaubten fest, daß der Ausgang dieser blutigen Schlacht vor Einbruch der Dunkelheit feststehen würde, und obwohl sie müde, viele von ihnen der Erschöpfung nahe waren, machte sich ihre Überlegenheit an Körperkraft, Bewaffnung und Stärke ihrer Pferde allmählich bemerkbar.

Während sich so das Kriegsglück merklich von den Polen abzuwenden begann, wurde Firczyk von Płock zu einem Mittelpunkt des Geschehens. Breitbeinig stand er da und wirbelte mit seinen bärenstarken Armen die schwere Eisenkugel über seinem Kopf. Immer wenn ein Deutscher in Reichweite kam, senkte er die Arme und zerschmetterte den Mann. Pferde, Reiter, Fußsoldaten, alle bekamen diese furchtbare Waffe zu spüren, und Firczyk begann gerade den Kampfgeist der unsicher gewordenen Polen mit lauten Rufen und dem Beispiel seines unbezähmbaren Mutes von neuem zu wecken, als Siegfried von Eschl den Schauplatz erreichte. Eine kleine Weile beobachtete er die Taktik des Polen. Dann ließ er sich dramatisch zu Boden fallen, rollte in vier Umdrehungen seines Körpers voran – auf welche Weise er dem Schwung der tödlichen Kugel entging – und

stand plötzlich unmittelbar vor Firczyk. »Knappe!« brüllte der hünenhafte Krieger, aber noch bevor ihm jemand zu Hilfe kommen oder er seine schwingende Kugel zum Stillstand bringen konnte, sprang Eschl an ihm hoch, bohrte ihm seinen Dolch oberhalb des Kettenpanzers in die Kehle und riß den Feind krachend vom Pferd. Sobald die entsetzliche Kugel kraftlos am Boden lag, stürzten sich auch andere Ritter auf den blutenden Polen und töteten ihn. Das Kriegsglück wendete sich definitiv zugunsten der Deutschen.
In diesem gefährlichen Augenblick gab König Jagiello auf seinem Hügel weit hinter den Linien das langerwartete Signal, und nun kamen die polnischen Bauern aus den Wäldern hervor: zögernd zuerst, dann schneller werdend, die armseligen hölzernen Waffen hochhaltend, bis sie endlich mit lauten Rufen, wie bei der Bärenjagd, voranstürmten. Sie stellten eine gewaltige Streitmacht dar, eine große Masse von Männern, entschlossen, diese Erde zu verteidigen. Immer mehr wurden es, immer lauter gellten ihre Schreie, bis sie schließlich ins Herz der Schlacht vorstießen.
Wie ein unübersehbares Heer von Ameisen bewegten sie sich auf die deutschen Flanken zu, weiter und weiter und weiter, fallend, sterbend, zermalmt von teutonischer Macht, aber nie innehaltend. Sie zerhackten, erstachen, durchbohrten den Feind; mit bloßen Händen packten sie die Hufe sich aufbäumender Rösser, umklammerten die schwankenden Ritter, und wenn sich ein Berittener auf einem großen Pferd mit einem langen Schwert gegen acht Bauern noch verteidigen konnte – gegen zwanzig, die über ihn und sein Pferd herfielen, kam er nicht an.
»Allmächtiger Gott«, brüllte Kuno von Lichtenstein, »befreit mich von diesen Schmeißfliegen!«
Erfrischt von seinem Sieg über Firczyk, beobachtete Siegfried von Eschl das Verhalten der Bauern und bemerkte etwas, das ihm Sorgen machte. Er galoppierte zum Hochmeister hinüber. »Herr«, rief er, »fällt Euch nicht auf, daß die Bauern zu ihrer Linken einen breiten Streifen freihalten?«
»Zufall«, meinte Ulrich von Jungingen. »Das Gelände ist abschüssig.«
»Vielleicht doch nicht, Herr. Ich schlage vor, unsere beste Reiterschwadron hinzuschicken.«

»Dazu sehe ich keinen Anlaß«, erwiderte der Hochmeister. Aber noch während er sprach, bot sich den zwei Kommandanten ein entsetzlicher Anblick: Aus den Wäldern, in denen sich die Bauern diesen ganzen langen Tag hindurch verborgen gehalten hatten, kam in scharfem Galopp das – jetzt neu formierte – Tatarenregiment, das die Deutschen am frühen Morgen vernichtet zu haben glaubten. An seiner Spitze ritt der kleine schnauzbärtige Tughril aus Kiew, nach Rache dürstend. Hinter ihm kamen die tausend Steppenreiter, die die Verfolgung durch die Deutschen überlebt hatten, und auch sie gelüstete es nach einer Schlacht, jetzt, da das Terrain für sie von Vorteil war. Sie brauchten etwa sechs Minuten, um das offene Gelände zwischen ihrem Teil des Tannenberger Waldes und der Kampflinie zu erreichen, die sich nahe an Grunwałd herangeschoben hatte, und in dieser Zeit erkannte Jungingen, sein Gesicht aschgrau und seine Kehle plötzlich ausgedörrt, daß es in dieser Schlacht bis zum Äußersten gehen würde – und daß seine Ritter sie doch noch verlieren konnten. Er packte Siegfried von Eschl am Arm und flüsterte ihm fast andächtig zu: »Jetzt kommt der Moment, wo wir unser Leben für die Sache Jesu Christi einsetzen müssen.« Ohne zu zaudern oder Hilfe herbeizurufen, gab er seinem Pferd die Sporen und sprengte auf die Stelle zu, wo die Tataren auf die Deutschen treffen würden.

Es war sechs Uhr nachmittags und die Sonne noch immer glühend heiß, als die Tataren in die schwankenden deutschen Linien einbrachen. In der folgenden halben Stunde spielten sich Szenen von so grausamer Wildheit ab, wie kein Deutscher Ritter sie je erlebt hatte. Wutentbrannt über die herablassende Art, mit der die Deutschen sie bei dem Gefecht am Morgen abgefertigt hatten, übten die Tataren keine Zurückhaltung – sei es beim Einsatz der eigenen Person, sei es beim Angriff auf den Feind. Auf ihren schnellen Pferden stürzten sie sich auf eine Gruppe ihrer Feinde, stachen zu, schlitzten auf, töteten und sprengten davon. Nachdem sie sich am Rand der wogenden Schlacht neu formiert hatten, erschienen sie plötzlich an einer anderen Stelle wieder, einem verheerenden Blitz gleich, der auf offener Steppe einschlägt.

Mit nicht erlahmenden Kräften hauten diese schnellen kleinen Krieger auf die Ritter ein, und wenn ein Deutscher vom Pferd gestoßen oder verletzt zurückgelassen wurde, stürzten polnische Bauern und sensenschwingende Litauer herbei, um die schwankende Gestalt zu zerfetzen. Dreimal schwang Janko von Bukowo seinen mörderischen, mit Steinsplittern besetzten Eschenstamm gegen einen deutschen Schädel und zerschmetterte ihn; der Eschenstamm blieb unversehrt.

Polnische Reiter, hart bedrängt bei dem vergeblichen Versuch, das Hauptquartier der Deutschen bei Grunwałd einzunehmen, faßten neuen Mut, als ein Herold ihnen die Nachricht überbrachte: »Die Tataren sind wieder da!« Unter heiserem Gebrüll griffen sie nun die Deutschen aus der entgegengesetzten Richtung an.

Gleich den gnadenlosen Greifarmen eines Riesenkraken umringten die verschiedenen Einheiten – Litauer, Polen, Böhmen, Russen, Tataren – die Ritter, von denen sie so beleidigt worden waren, und als der Kreis geschlossen war, begann das Gemetzel. Lanzen und Speere, Dolche und Piken, der Hufschlag der Pferde, die würgende Kraft wütiger Hände, alles vereinigte sich, um die Macht der Deutschen zu brechen, die noch tags zuvor unbezwingbar erschienen waren.

Auf dem Höhepunkt der Schlächterei führte Pawel von Bukowo ein Unternehmen durch, das im weiteren Verlauf die Entwicklung seines Dorfes, seiner eigenen und der Burg seines Herrn, Kasimir von Gorka, stark beeinflußte. Es begann mit einer Heldentat, die von allen, die sie mitansahen, bejubelt wurde: Der grimmige Graf Rüdiger, der zahlreiche deutsche Attacken angeführt hatte, wollte eben wieder vorstürmen, da sprang Pawel mit geradezu übermenschlicher Kraft hinter dem Deutschen auf dessen Pferd und stach mehrmals auf ihn ein; anfangs glitt der Dolch von dem Kettenpanzer ab, ein gezielter Stoß durchbohrte ihn jedoch und verletzte Rüdigers Wirbelsäule.

Einige schwankende, traumähnliche Augenblicke lang preschten der tote Rüdiger und der hinter ihm sitzende Pawel auf dem Rücken des in wilder Hast dahinstürmenden Pferdes durch das Schlachtgetümmel – Pawel, der nicht begriffen hatte, daß der Mann vor ihm bereits tot war, stach immer noch auf die Leiche ein –, bis sich das Roß vor einem Bauern aufbäumte, der ihm mit einer Pike entgegentrat, und den toten deutschen Ritter und seinen verwirrten polnischen Angreifer abwarf und zu Boden schleuderte.

In dieser uneleganten Lage – Rüdigers schwerer Körper auf ihm, er selbst voller Blut, das von Gott weiß wo auf ihn herunterspritzte – sah

Pawel auf und wurde Zeuge des Höhepunktes dieser Schlacht: Hochmeister Ulrich von Jungingen, unterstützt von den Rittern Lichtenstein und Wallenrode sowie sechs anderen seiner tapfersten Männer, bemühte sich, einen polnischen Angriff zurückzuschlagen, und mit ihren entsetzlichen langen Schwertern wäre dies den Deutschen beinahe gelungen; da stürmten eine Gruppe entschlossener Fußsoldaten und ein Haufen Bauern mit langen Piken ungestüm und in so großer Zahl auf den Hochmeister zu, daß er nicht alle abwehren konnte. Eine Lanzenspitze drang knapp oberhalb des Harnisches in seinen Hals, eine andere in sein Gesicht, ein Speer verletzte ihn am Hinterkopf, ein Dolch an der linken Schläfe. »Gott steh mir bei!« rief er trotz seiner schweren Verletzungen. Als er starb, wußte er, daß sein Kreuzzug zur Vernichtung Polens gescheitert war.

Pawel, immer noch von Graf Rüdigers Leiche festgeklemmt, versuchte sich zu befreien, als er einen Ritter, gegen den er einen ganz persönlichen Groll hegte, an die Seite des toten Hochmeisters eilen sah: Siegfried von Eschl, der auf der Marienburg so verächtlich auf ihn herabgesehen hatte. Mit einem jähen Ruck schob Pawel die schwergepanzerte Leiche zur Seite, sprang mit dem schon etwas stumpfen Dolch in der Rechten auf die Beine und stürmte dem Deutschen entgegen. »Ich bin es, Siegfried von Eschl!«

Er verfehlte ihn und stolperte an ihm vorbei, drehte sich aber rasch wieder um, sprang mit einem wilden Schrei auf ihn los, flog wie ein Pfeil durch die Luft, umfing Eschls Knie, riß ihn zu Boden und schlug ihm das Schwert aus der Hand.

Nach Rache dürstend holte Pawel mit der rechten Hand aus und wollte seinen Dolch gerade tief in die Kehle des überwältigten Ritters stoßen, als er spürte, wie sein Arm kraftvoll festgehalten wurde. Gleichzeitig hörte er die energische Stimme seines Herrn: »Nein, Pawel! Überlaßt ihn mir!« Kasimir von Gorka kniete neben den beiden nieder und sagte in leisem Ton, während rundum noch gekämpft wurde: »Siegfried von Eschl, Ihr seid mein Gefangener.«

Der Deutsche sah den unbekannten Polen an und fragte: »Euer Name, Herr Ritter?«

»Ich bin Kasimir von Gorka, und Ihr könnt wählen. Bekennt Euch als mein Gefangener oder sterbt.«

»Ich akzeptiere meine Gefangennahme.«

»Und ich akzeptiere Euer Ehrenwort.« Während er Pawel auf die Beine half, sagte Kasimir zu ihm: »Ihr seid für diesen Gefangenen verantwortlich. Mit Eurem Leben bürgt Ihr mir für ihn.« Und so bewachte der kleine Ritter Pawel den großen Ritter von Eschl, während die Schlacht von Grunwałd – oder, wenn man will, Tannenberg – zu Ende ging.

Kurz vor Sonnenuntergang ritt Jagiello den Hügel hinunter und umarmte seinen Vetter Witold, der einer der tüchtigsten der verbündeten Feldherren gewesen war, ein Mann von überragendem Mut, der es in all den Jahren zuerst mit den Deutschen, dann mit den Polen, dann mit den Russen und dann mit den Tataren gehalten und schließlich mit seinen eigenen Litauern gegen ihren Todfeind gekämpft hatte. Als Vytautas der Große, Retter des Vaterlandes, ging er in die litauische Geschichte ein.

Begleitet von ihren Hauptleuten schritten die zwei Führer gemeinsam über das sich rasch verdunkelnde Schlachtfeld, während Männer, die die Feinde kannten, laut die Namen der Gefallenen verlasen und die Schreiber eifrig Notizen machten:

»Dies ist die sterbliche Hülle des Hochmeisters Ulrich von Jungingen. Er ist tapfer gestorben, sein Leichnam soll mit Purpur bedeckt werden. Dies ist die sterbliche Hülle Wallenrodes; er ist an der Spitze seiner Männer gefallen, sein Leichnam soll mit Purpur bedeckt werden. Dies ist der große Kuno von Lichtenstein, gestorben im Kampf mit sieben Gegnern, Ehre seinem Angedenken. Dies ist Schwarzenberg und dies Graf Rüdiger, Ehre ihrem Angedenken.

Und hier liegen die fremden Ritter, die gegen uns gekämpft haben, weil sie glaubten, wir seien Heiden. Dies ist Jaromir von Prag, keiner war tapferer, und dies Gabor von Buda, der mit viel Geschick die Ungarn anführte, und dies ist Richard of York, der vier andere Engländer mitgebracht hatte; hier liegen die französischen Brüder Louis und François, Ritter ohne Tadel. Ehre ihrem Angedenken ...«

Nachdem in der Abenddämmerung Dank- und Siegesgebete gesprochen worden waren, vollzog König Jagiello zwei Handlungen, die ihm viel Lob einbrachten. Er rief etwa drei Dutzend Polen zusammen, die sich in der Schlacht ausgezeichnet hatten – Männer wie Pawel von Bukowo, der den berüchtigten deutschen Krieger Graf Rüdiger erdolcht hatte –, ließ sie niederknien und ernannte sie zu

Rittern. Dann begab er sich zu den überlebenden Deutschen Rittern, die in einem Kreis zusammengepfercht waren und von sensenbewehrten Bauern bewacht wurden. Er ließ alle Polen, die einen Deutschen gefangengenommen hatten, vortreten und ihre Gefangenen identifizieren. Janko schob Siegfried von Eschl vor, um es Kasimir von Gorka zu ermöglichen, sein Recht auf ihn geltend zu machen. Als dann jeder Gefangene neben dem Mann stand, der ihn bezwungen hatte, sagte der König: »Ihr Kreuzritter habt heute tapfer gekämpft, und ihr habt daheim viel zu tun. Ich lasse euch gehen, wenn ihr hier euer Wort als Ritter gebt, daß ihr euch heute in vier Monaten, am Tag des heiligen Martin, bei mir in Krakau meldet. Nehmt ihr diese Bedingung an?« Die Deutschen nickten und wurden freigelassen.

Als nächstes ließ Jagiello alle erbeuteten Weinfässer zerschlagen, damit keine Ausschreitungen unter seinen eigenen Truppen aufkämen. Janko, der zusehen mußte, wie das edle Getränk in der Erde versikkerte, jammerte: »Das einzige Schlachtfeld in der Geschichte, auf dem sich das Blut der Besiegten mit dem Wein der Sieger vermischt – ein Verlust so groß wie der andere!«

Achtzehntausend Deutsche Ritter und ihre Gefolgsleute hatten an diesem Tag den Tod gefunden. Von sechzig Führern des Ordens waren keine zehn am Leben geblieben. Von den litauischen Fußsoldaten, die ohne richtige Bewaffnung gekämpft hatten, waren mehr als zwei Drittel gestorben, während von den elfhundert Tataren einhundertsechsundzwanzig nicht mehr nach Kiew zurückkehrten.

Es war wegen der Tataren, daß aus der Schlacht von Tannenberg so etwas wie ein Skandal wurde. Denn Pater Anton Grabener aus Lübeck, der nicht mitgekämpft hatte, sandte in aller Eile einen Bericht an die gekrönten Häupter Europas, in dem es hieß, die Deutschritter seien nur deshalb geschlagen worden, weil der Heide Jagiello und sein heidnischer Verbündeter Witold hunderttausend Tataren ins Land gerufen hätten, von denen die Verteidiger des Christentums überwältigt worden seien. Spätere deutsche Historiker behaupteten, es seien »zweihunderttausend brüllende, rasende Anhänger des Islam« gewesen, »die alle gefangenen Christen entsetzlichen Foltern unterwarfen, bevor sie sie töteten.«

Einigermaßen in Verlegenheit gebracht durch die Tatsache, daß Jagiello volles Vertrauen in die Ungläubigen gesetzt hatte, beteuerten polnische Historiker, es seien nur zweihundert Tataren gewesen – eine beachtliche Diskrepanz zu den deutschen Zahlen. Ein tschechischer Kommentator meinte, man müsse den Deutschen ihre Übertreibungen verzeihen: Tughrils elfhundert kreischende kleine Teufel mochten ihnen wie zweihunderttausend erschienen sein.

In der Woche vor dem Martinstag kamen an die hundertdreißig deutsche Ritter nach Krakau gepilgert, wo sie sich getreu ihrem Gelöbnis den polnischen Siegern stellten. Kasimir brachte Siegfried von Eschl auf die Burg Gorka und schickte Pawel nach Deutschland, um ein Lösegeld auszuhandeln. Im Städtchen Esch am rechten Rheinufer fand Pawel Angehörige der wohlhabenden Familie, die bereit waren, ihren kühnen Verwandten durch Zahlung eines Lösegeldes aus den Händen der »Heiden« zu befreien.

Während sie auf Pawels Rückkehr mit dem Geld warteten, fanden Kasimir, der Pole, und Siegfried, der Deutsche, oftmals Gelegenheit, über die Schlacht zu diskutieren. Eschl hielt mit seiner Meinung nicht hinter dem Berg, wonach die Niederlage des Ordens bei Tannenberg nicht nur ein Verlust für die Deutschen, sondern ganz besonders für die Polen war: »Euer Land, Gorka, ist unfähig, sich selbst zu regieren. Mit meinem verbündet, könnte es zu einem der mächtigsten Europas werden: Wir stellen die Kämpfer, die Regenten, Feldherren und Gelehrten; ihr seid das Rückgrat, ihr liefert den Weizen und das Holz.

Ich glaube, ihr werdet nie mit uns gleichziehen. Obwohl wir diesmal bei unserem Bemühen, eure Gebiete zu zivilisieren, Schiffbruch erlitten haben, wird die Geschichte von uns fordern, daß wir es weiter versuchen. Ihr aber könnt unter einem König wie Jagiello, der nicht einmal euer Landsmann ist, nur sehr wenig erreichen – und was ihr Polen auch erreicht, es wird immer auf schwachen Füßen stehen.«

Als Kasimir darauf hinwies, daß nach der letzten Schlacht die Polen doch wohl wesentlich besser dastanden als die Deutschen, begann Eschl zu lachen. Kasimir fragte ihn: »Wer wird euer neuer Hochmeister sein? Wer wird euch denn zu der Größe führen, die Ihr vorausseht?« Siegfrieds Antwort überraschte den Polen: »Wenn meine Familie das von Euch geforderte Lösegeld nicht zahlt, wird es der Orden tun. Es war nämlich die Rede davon, daß ich der nächste

Hochmeister sein soll. Wenn ich es tatsächlich werde, und wenn Ihr auch weiterhin bei König Jagiello ein offenes Ohr findet, dann laßt uns als Partner zusammenarbeiten, Gorka. Deutschland und Polen sind natürliche Verbündete. Sie ergänzen sich in jeder Hinsicht: Wir haben eine führende Position auf so vielen Gebieten inne, während ihr reich an Menschen und Nahrungsmitteln seid. Und es gibt keine natürliche Grenze, die uns trennt – keine großen Ströme, keine Gebirge, keine unpassierbaren Sümpfe. Deutschland geht ganz natürlich in Polen über. Laßt uns ein Land, eine politische Einheit sein. Ihr kennt doch eure Lage, Gorka. Ihr werdet immer der Führung durch die Deutschen bedürfen.«

Aus diesen so freimütig geführten Gesprächen folgerte Kasimir, daß Polen und Deutschland einander fürchten würden, solange beide Länder existierten: Deutschland würde immer argwöhnen, daß das unmöglich zu verteidigende Polen eines Tages die Straße darstellen könnte, über die Rußland, wenn es erst einmal zu einer Einheit verschmolzen war, den Versuch unternehmen würde, die deutschen Gebiete zu überrollen; und Polen würde stets fürchten, daß seine Westgrenze von den Deutschen überschritten werden könnte, sobald diese eine Chance sahen, Polen als Bollwerk gegen den Osten zu gebrauchen.

Sofort nachdem das Lösegeld für Eschl eingetroffen und er abgereist war, eilte Kasimir nach Krakau, um dem König zu berichten: »Dieser Mann hat mir angst gemacht. Er hat nichts aus der Niederlage bei Tannenberg gelernt. Er plant schon jetzt eine neue Invasion. Sobald er das Gefühl hat, daß der Orden wieder zu Kräften gekommen ist, wird er damit beginnen.«

Eine solche Erholung sei frühestens in fünfzig Jahren denkbar, meinte König Jagiello, denn die deutschen Führer seien praktisch alle tot. »Ich habe sie auf dem Schlachtfeld gesehen. Ihr auch.«

»Ich habe einen der neuen Führer auf meiner Burg gesehen, Majestät. Glaubt mir: Die deutschen Länder werden uns immer feindlich gesinnt sein. Polen wird immer nur aus dem Westen angegriffen werden.«

Mittlerweile beschäftigte sich Kasimir damit, das Lösegeld, das Pawel ihm überbracht hatte – eine stattliche Summe –, zum Ankauf von großen Ländereien im Norden und Osten zu verwenden, einige davon Hunderte von Meilen von der Weichsel entfernt. Nachdem er sie erworben hatte, stieg er in den Augen der Leute zum Magnaten auf, zu einem der siebzig oder achtzig Männer mit enormer Machtfülle, die Polen in Wahrheit beherrschten.

Pawel erging es nicht ganz so prächtig; immerhin jedoch zog er einen dreifachen Nutzen aus dem Kampf, in dem er eine so heldenhafte Rolle gespielt hatte: Er war vom König persönlich noch auf dem Schlachtfeld offiziell als Angehöriger des niederen Adels anerkannt worden; er erhielt von Kasimir ein zweites Dorf als Dankgeschenk; und er brachte zusätzlich zu seinem eigenen zwei erbeutete Pferde mit nach Hause; mit dem einen, das er zurückgelassen hatte, war er nun stolzer Besitzer von vier Pferden und somit ein angesehener Landedelmann.

Janko zog keinerlei Vorteil aus der Schlacht, wenn er auch auf seine Weise nicht minder tapfer gewesen war als seine Herren. Obwohl er zu Fuß gekämpft hatte, nur mit einem Eschenstock bewaffnet, war es ihm gelungen, einen Ritter hoch zu Roß anzugreifen und ihm den Schädel einzuschlagen. Für ein solches Bravourstück bedurfte es besonderen Mutes. Aber da Janko ein Bauer war, von dem man derlei erwartete, nahm man nicht weiter Notiz davon.

In der Tat, die Schlacht von Grunwałd war Janko nicht eben zuträglich, denn sie lehrte ihn, die Freiheit zu lieben, machte ihn zu einem leichtsinnigen, wagemutigen jungen Mann, und auf dem langen Ritt heimwärts sagte sich sein Herr Pawel mehr als einmal: Mit diesem Janko wird von jetzt ab kein leichtes Auskommen sein. Und wirklich: Als die beiden wieder in Bukowo waren, stolzierte Janko umher und prahlte mit seinen Taten in der großen Schlacht. Angesteckt von jener köstlichen Erregung, in die Männer, die nie zuvor über die Grenzen ihres Dorfes hinausgekommen waren, oft geraten, wenn ein Krieg sie in die Fremde führte, begann er mit der Freiheit zu experimentieren: Da und dort stahl er ein Huhn, verheizte im Wald gefundenes Reisig in der eigenen Küche und wagte es schließlich, eines von Pawels Kaninchen zu schlachten.

Irgendein Spitzel denunzierte ihn, wobei es nicht nur um das Kaninchen, sondern auch um die Hühner, die im Wald aufgelesenen Zweige und mehrere andere Verstöße ging, die er sich hatte zuschulden kommen lassen. Pawel benützte diese Gelegenheit, um den Mann loszuwerden, gegen den er seit einiger Zeit eine Abneigung gefaßt hatte. Er ließ Janko auf seine kleine Burg bringen und erklärte ihn zahlreicher Vergehen für schuldig. Kaum zwanzig Minuten, nachdem das Urteil gefällt war, wurde Janko auf den Richtplatz geschleppt; man warf einen Strick über einen Ast und hängte den kleinen Bauern daran auf.

4. Kapitel

Aus dem Norden

So groß war die Begeisterung auf Burg Gorka, daß der Magnat Cyprjan Befehl gab, nicht ein, sondern zwei Schweine zu schlachten; doch als die Hälften an den Haken hingen und er sie persönlich inspizierte, stellte er fest, daß es mehr Fleisch war, als für das Bankett benötigt würde. In einer Anwandlung von Freigebigkeit – ausgelöst durch das große Glück, das seiner Tochter widerfuhr – ließ er seinen Gefolgsmann Lukasz, den Herrn über die Kleine in Bukowo, rufen. Als der niedere Ritter erschien, wurde er von Cyprjan doch tatsächlich umarmt, was ihn außerordentlich erstaunte. Es war durchaus unüblich, daß ein Ritter niedrigen Standes von einem Magnaten umarmt wurde.

»Ich bin heute so guter Laune, daß ich den Schlachter angewiesen habe, die Vorderviertel der zwei Schweine für Euch und Danusia abzutrennen. Macht daraus einen Festschmaus zu Ehren meiner Tochter!« Als Lukasz sich verneigte – sichtlich entzückt über dieses Geschenk, denn in seiner bescheidenen Küche war Fleisch nicht gerade häufig zu finden –, klopfte ihm der Magnat auf die Schulter, eine beispiellose Geste des Wohlwollens, und sagte: »Natürlich erwarte ich Euch und Danusia zum Bankett!« Angesichts dieser Ehrung verneigte sich Lukasz ein zweites Mal, ergriff die Hand seines Herrn und küßte sie.

Von Edelmut überwältigt, gab Cyprjan ihm eine zweite Anweisung: »Die Schlachtabgänge gebt Ihr dem Burschen, den sie Jan von den Buchen nennen. Er hat sich bei der letzten Jagd als recht nützlich erwiesen.«

So wurden also zwei Pakete gemacht, das eine mit den mageren, aber wohlschmeckenden Vordervierteln für Lukasz, das andere für den Bauern Jan, und der Herr von Bukowo, einer der niedersten Herren von ganz Polen, ritt heim mit seinem Fleisch und dem Gefühl, geehrt worden zu sein.

Die fetten Hinterviertel der Schweine wanderten in die Schloßküche, wo eine außergewöhnliche Frau sie in Empfang nahm. Vor zwanzig Jahren war Cyprjan nach Süden geritten, in die kleine Stadt Dukla, wo der große Clan der Mniszechs residierte, um dort Zofia Mniszech den Hof zu machen, deren berühmte Tante Maryna zweimal russische Zarin geworden war. Zofia hatte viele Eigenschaften ihrer berühmten Vorfahrin geerbt: Dickköpfig war sie und auf natürliche Weise schön, waghalsig und außerordentlich tüchtig. Anfangs hatte sie Cyprjan nicht gemocht, denn er war viel zu still im Vergleich zu den temperamentvollen Männern ihrer Familie, aber nachdem sie ihn zweimal abgewiesen hatte, redeten ihre Onkel ihr ins Gewissen: »Dieser Cyprjan hat über ganz Polen verstreut so viele Güter, daß er ein führender Magnat sein könnte, wenn er nur wollte, und eine bessere Partie wirst du kaum machen können.«

»Aber er ist so steif«, hatte sie protestiert. »Und so korrekt. Er könnte ein Franzose sein.«

»Es wird an dir liegen, ihn dazu zu bringen, daß er aus sich herausgeht.«

»Wie viele Güter besitzt er denn nun wirklich?« hatte die tüchtige Zofia gefragt und aufmerksam zugehört, als die Onkel sie aufzählten: »Ihm gehört diese sehr alte Burg Gorka, von wo aus er seine Geschäfte leitet, und das neue Schloß bei Lublin. Er hat einen großen Besitz bei Przemyśl, aber seine eigentlichen Güter liegen östlich von Lemberg; dort hat er vier oder fünf immense Besitzungen, die von Ukrainern bewirtschaftet werden. Dann gibt es da noch die zwei kleinen, aber ausgezeichnet geführten Höfe bei Warschau – du hast sie gesehen, du kennst sie ja – und zwei weitere im Grenzgebiet zu Rußland. Er ist ein reicher Mann, Zofia. Einen besseren wirst du nicht finden.«

»Und dennoch«, hatte sie damals ihrer Tante Eulalia anvertraut, »ich habe von einem Mann mehr in der Art Lubomirskis geträumt.«

»Der ist vergeben«, hatte Tante Eulalia geseufzt. »Und für dich bleibt nur mehr der Cyprjan.«

Widerstrebend hatte das dickköpfige Mädchen ihrem Bewerber das Jawort gegeben, und die Hochzeit in Dukla war ein turbulentes Ereignis gewesen. Nach neun stürmischen Tagen hatte sich Zofia von ihrer lebenslustigen Familie verabschiedet und war nach Norden gereist, um die vielen Güter ihres Mannes zu besichtigen, bevor sie entscheiden wollte, wo sie sich auf Dauer niederlassen würden. Sie hatte Gefallen gefunden an der Wildheit der ukrainischen Felder und an der Buntheit der kleinen Dörfer, aber ihr war sofort klargeworden, daß das Leben dort auf die Dauer trostlos sein würde, denn es gab im ganzen Umkreis keine Schlösser, und die nächsten polnischen Nachbarn mochten zwanzig Meilen und mehr entfernt wohnen.

»Ich werde immer gern zu Besuch hierherkommen«, hatte sie ihrem jungen Ehemann versichert, »aber laß uns irgendwo anders leben.«

Sie hatten es mit dem Schloß bei Lublin versucht, aber das war zu neu gewesen und hatte nach Steinmetzarbeit gerochen. »Lublin gefällt mir, und ich würde hier immer gern die Ferien verbringen, aber das Schloß ist nicht sehr einladend. Sehen wir uns doch einmal die Höfe westlich von Warschau an.«

Die Höfe hatten ihr sehr gefallen, schon allein deshalb, weil die litauischen Radziwiłłs eine Reihe von Sommerhäusern in dieser Gegend besaßen und es Spaß machen würde, sie zu besuchen. Doch es war wie mit den Gütern bei Lemberg, weit und breit keine Herrensitze von Rang, und sie hatte sich wirklich für kein Domizil entscheiden können, bis sie in südlicher Richtung, die Weichsel entlang, zur Burg Gorka reiste. Als sie die Türme neben dem Fluß aufragen sah, verliebte sie sich in das ehrwürdige Gemäuer. Sooft sie von Besuchern gefragt wurde, warum ihre Wahl gerade auf diesen Ort gefallen war, gab sie eine überraschende Antwort: »Wegen dieses Lukasz, der in der kleinen Burg da oben wohnt; das ist wirklich ein bemerkenswerter Bursche.« Worauf sie jedesmal schnell entschlossen ihre Gäste in einen Wagen verfrachtete und mit ihnen zu einem Mann fuhr, dessen Ruf sich weit über die Grenzen des kleinen Dorfes ausgebreitet hatte.

Wenn sie von fern die kleine Burg sahen und den verfallenen Turm, der schon von so vielen Feinden angegriffen worden war, zeigten sich die Besucher von dem malerischen Anblick jedesmal begeistert. »Das ist ein Stück Polen, wie meine Mutter es oft beschrieben hat«, sagten sie, oder: »So eine kleine Burg wollte ich immer schon haben.« Wenn sie jedoch näher kamen und feststellen mußten, daß auch die Mauern

bereits recht baufällig waren, änderten sie oft ihre Meinung: »Das ist ja alles am Zusammenbrechen!«
Sobald sie aber den aufgeschütteten Wallgraben überquerten und den Burghof betraten – ein kleiner, mit Bäumen bestandener und von Mauern umschlossener Platz –, stockte so manchem der Atem, denn auf sie zugewankt kam ein riesiger Bär, der allen einen furchtbaren Schrecken einjagte, bis er näher kam, sich verbeugte und jedem Besucher einen sabbernden Kuß auf die Wange drückte. Kaum hatte der Bär entschieden, den Besucher passieren zu lassen, glitt ein sehniger, langgestreckter Otter heran. Ihm folgte ein Fuchs, der sich an den Beinen der Fremden rieb; dann erschienen zwei riesige Hunde, die schweifwedelnd an den Besuchern heraufsprangen und ihre Gesichter abschleckten. Hierauf begannen zwei zahme Störche mit den Schnäbeln zu klappern, und dieses Geräusch lockte schließlich Lukasz und seine Frau Danusia vor die Tür.
»Willkommen in der Arche«, rief Lukasz dann, und beim Klang seiner vertrauten Stimme stellte sich der Bär hinter die Gäste und schubste sie voran.
Zofia Mniszech liebte die Tiere und verbrachte ganze Nachmittage mit ihnen: Sie balgte sich mit dem Bären, jagte den schlauen Otter und versuchte den Fuchs zu fangen, der immer bis zum letzten Augenblick wartete, bevor er blitzschnell davonschoß.
Als der König einmal die Burg Gorka besuchte und erfuhr, daß Zofia nicht daheim, sondern auf Besuch in der Menagerie war, rief er: »Das wollte ich schon immer einmal sehen!« Cyprjan fuhr ihn nach Bukowo hinauf. Als der König den Burghof betrat, lag der Bär eingerollt da, in einer Tatze den Otter, in der anderen den Fuchs. Die zwei Hunde lagen ausgestreckt daneben, ihre Körper gegen die Flanken des Bären gebettet, auf dessen Hals der Kopf der erschöpften Zofia ruhte. Alle schliefen ganz fest. Die beiden Störche, jeder auf einem Bein stehend, hielten Wache.
Der König betrachtete dieses idyllische Bild eine kleine Weile, doch dann erwachte der Bär und weckte die anderen. Ein Tier nach dem anderen inspizierte den Neuankömmling. Schließlich stellte der Bär sich hinter den König und schubste ihn auf Zofia zu, die so verschlafen war, daß sie den Fremden nicht erkannte, bis dieser freundlich lächelnd sagte: »Ich bin Johann Kasimir.«

Der König fragte Lukasz, wie es ihm gelungen war, die Tiere zu zähmen. »Ein Bär, ein Otter und ein Fuchs? In der freien Natur sieht man sie nie zusammen.«

»Ich fand sie, als sie noch jung waren«, antwortete Lukasz. »Ihre Mütter hatten sie verlassen. Ich schenkte ihnen meine Liebe, und sie schenkten mir ihre.« Während er so sprach, schmiegte sich der Bär an ihn; Otter und Fuchs aber lagen auf Zofias Schoß und ließen sich von ihr streicheln.

Diese Zofia war es, die das Schweinefleisch in Empfang nahm, als es in die Küche gebracht wurde. Viele Schloßherrinnen bekamen ihre Küche nie zu Gesicht, aber Zofia genoß nicht nur den Trubel einer lebensvollen kulinarischen Werkstatt, sondern auch die Speisen, die dort entstanden, und jetzt machte sie sich daran, das Schweinefleisch für die Gäste zuzubereiten.

Auf Gorka gab es sechs Köche, von denen heute zwei als Kellner einsprangen. Zofia gab ihnen präzise Anweisungen: »Die großen Stücke müßt ihr gut durchbraten, die dicke Haut rautenförmig aufschneiden und mit Kümmel bestreuen; das überschüssige Fett wird abgetrennt, aber zum Spicken aufgehoben. Ich möchte, daß ihr den Braten mit Majoran und einer Prise Muskat würzt und ihn, während er auf kleinem Feuer bruzzelt, alle fünfzehn Minuten mit einer Gänsefeder bestreicht, die ihr vorher abwechselnd in Butter und in Bier getaucht habt, die letzten zwei Male in geschmolzenem Zucker. Das Fleisch muß in möglichst großen Stücken auf den Tisch gebracht werden, damit alle die Glasur sehen können. Das Tranchieren besorge ich selbst, denn das Messer muß gegen die Fasern geführt werden, damit auch Leuten mit schlechten Zähnen das Kauen leichtfällt.«

Es war einfach, einen guten Braten zu servieren, wenn diese Anweisungen befolgt wurden; größere Mühe kostete es, die nicht so hochwertigen Fleischteile zuzubereiten; und weil diese sich oft als die schmackhaftesten erwiesen, bat Zofia ihre Köche, sich an die alten Rezepte der Mniszechs zu halten: »Ihr müßt das Fleisch flach schneiden. Es muß fest geklopft werden, bis es zart und von einheitlicher Konsistenz ist. Reibt es gut mit Knoblauch und Öl ein und bestreut es reichlich mit einer Mischung aus Zwiebeln, Sauerkraut und in Würfel geschnittenen Äpfeln. Rollt die einzelnen Stücke sauber ein und bindet sie mit einem Faden zusammen. Ihr wißt, was ihr zu tun habt, wenn es auf dem Feuer steht: mit Bier und Butter bestreichen. Ich möchte, daß ihr es mit der besten *Kasza* serviert, die ihr je gemacht habt. Tränkt die *Kasza* in mildem Essig, dann bratet sie, bis jedes einzelne Körnchen braun ist. Danach bereitet ihr die Soße aus Eiern, Bier, abgebrühten Rosinen und geschälten Mandeln zu, alles fein geschnitten und mit Pfeffer, Muskat und Majoran gewürzt. Spart nicht mit den Rosinen und Mandeln! Und serviert diese große Schüssel *Kasza* mit acht gefärbten Ostereiern an den Rändern!«

So sorgfältig wurde jede einzelne Speise für die nächsten drei Tage vorbereitet, und Zofia wußte, warum sie sich solche Mühe machte, denn dieser Besuch war für die Zukunft der Burg und für das Wohlergehen ihrer Bewohner von größter Bedeutung. Kanzler Ossoliński, Besitzer ausgedehnter Ländereien gleich jenseits der Weichsel, gehörte zu einer der mächtigsten und reichsten Magnatenfamilien Polens; er brachte seinen neunzehnjährigen Sohn Roman mit, um herauszufinden, ob eine Verehelichung mit der sechzehnjährigen Barbara möglich sei. Cyprjan bedurfte gewiß nicht des Reichtums der Ossolińskis, aber in den unsicheren Zeiten, die bevorstanden und über Barbaras ganzes Leben hin andauern mochten, konnten die Menschen auf Gorka – falls die Verbindung zustande kam – von der Klugheit der Ossolińskis profitieren.

Durch diese Vorbereitungen fühlte sich Barbara natürlich verletzt: »Ihr werdet mich herumzeigen wie eine Kuh bei der Versteigerung, und alle werden mich anstarren, als wollten sie herausbekommen, ob ich gute Milch geben werde.«

»Ich will das nicht hören!« rief ihr Vater. »Mädchen müssen heiraten, das ist nun mal so.«

»Ist er wenigstens attraktiv? Hat er ein Doppelkinn? Oder drei Ohren?«

»Barbara«, erwiderte ihr Vater, »könnte es nicht sein, daß er die gleichen Fragen über dich stellt? ›Hat sie Glotzaugen? Ist sie bucklig?‹ « Er brach in Gelächter aus und schickte einen Diener, seine Frau aus der Küche zu holen. Als Zofia widerwillig ins Zimmer kam und immer wieder betonte, daß sie anderswo gebraucht werde, fiel ihr Cyprjan ins Wort: »Vor allem wirst du hier von uns gebraucht. Barbara macht sich Sorgen, wie dieser Ossoliński wohl aussehen mag. Vielleicht hat er drei Köpfe, meint sie. Ich möchte, daß sie weiß, daß alle jungen Menschen solche Befürchtungen hegen. Sag ihr, was du über mich gehört hattest, bevor ich nach Dukla kam und um deine Hand anhielt.«

»Ach das!« kicherte sie und setzte sich ganz nahe zu ihrem Mann. »Man hatte mir nichts weiter gesagt, als daß dieser Cyprjan reich sei und das richtige Alter habe und wohl so übel nicht sei. Mehr wußte ich nicht. Und ich fing an, mir den Kopf darüber zu zerbrechen, was wohl an ihm nicht stimmte, wo er doch von so weit herkam, den langen Weg nach Dukla nicht scheute – obwohl er jedes Mädchen in Krakau oder Warschau haben konnte. Und ich dachte tagelang darüber nach, was mit ›nicht so übel‹ gemeint sein könnte.«

Sie lehnte sich zurück, betrachtete ihren jetzt angesehenen Gatten und fuhr fort: »Als ich ihn sah, wußte ich, was sie gemeint hatten. Die Mniszechs, die Männer unserer Familie, waren groß und frech und haarig und sehr mutig, und sie tranken eine Menge und zeigten ihre Liebe zum weiblichen Geschlecht, indem sie ihre eigenen Frauen küßten und die Frauen anderer Männer in die Hintern zwickten. Und da kam nun dieser Stockfisch ... sechs Monate waren wir verheiratet, bevor ich ihn zum erstenmal lachen sah, und ich dachte, du lieber Gott, wen habe ich da geheiratet? Und was dachtest du damals, Cyprjan?«

Er betrachtete seine lebhafte Frau, die er damals ebensowenig verstanden hatte, wie er sie heute verstand, und er gab zu: »Ich hatte schreckliche Angst, Barbara. Ich hatte von den Mniszechs gehört: Verwandte des russischen Zaren, Unruhestifter im Grenzland, schwierige Leute am königlichen Hof ... Ich schwöre dir, ich konnte mir einfach nicht vorstellen, was das für eine war, so ein Mniszech-Mädchen. Auf halbem Weg nach Dukla wollte ich kehrtmachen und nach Hause laufen.«

»Warum bist du überhaupt nach Dukla gegangen?« wollte Barbara wissen.

»Weil mein kluger Vater gesagt hatte: ›Mein Sohn, wir brauchen neues Blut in dieser verdammten Familie.‹ Und sieh selbst, was dabei herausgekommen ist!«

Er deutete auf seine Tochter, ein Traumbild sich entfaltender Schönheit: langes blondes Haar, große, klare Augen, dunkle Brauen und eine ausgezeichnete Figur. Trotz ihres jugendlichen Alters von sechzehn Jahren konnte man sie sich gut als Herrin über ein polnisches Schloß vorstellen. Sie hatte nur eine Schwäche: Sie war von sich selbst nicht sehr überzeugt und zweifelte manchmal an ihrer Fähigkeit, mit Magnaten oder deren Familien Umgang zu pflegen.

»Ich werde Blut und Wasser schwitzen, wenn er kommt«, versicherte sie ihren Eltern.

»Wir auch«, gestand Zofia. »Die Sache ist für uns genauso wichtig wie für dich, Barbara.«

In den letzten zwei Tagen vor der Ankunft der Boote, mit denen die Ossolińskis über die Weichsel setzen wollten, ließ Cyprjan alle Bewohner von drei umliegenden Dörfern ins Schloß kommen und beauftragte sie, die Gärten herzurichten, die Wege zu kehren, die Hekken zu schneiden und die Ställe zu säubern. Jan von Bukowo, einer dieser Leute, ging, als alles hergerichtet war, zu Cyprjan. »Meine Frau und ich«, sagte er, »danken Euch für die Schlachtabgänge.« Er beugte ein Knie und küßte seinem Herrn die Hand. Der Magnat hieß ihn aufstehen. »Du bist ein ausgezeichneter Arbeiter, Jan, und ich wollte meiner Anerkennung Ausdruck verleihen. Bürste morgen deine Kleider und komm ins Schloß, um die Pferde zu versorgen, die ich dem Kanzler leihen werde.«

»Es wird mir eine Ehre sein«, erwiderte Jan, und als am nächsten Tag die Boote anlegten, war er einer der vierzig Diener, die bereitstanden, um die Gäste willkommen zu heißen.

Die junge Barbara erschien nicht, um die Ossolińskis, Vater und Sohn, im Schloß zu begrüßen. Sie befand sich in einem Raum des Obergeschosses und wurde von einer Dienerin, die schon lange zur Familie gehörte, angekleidet. Die alte Frau war von den Besuchern nicht beeindruckt, absolut nicht beeindruckt. »Wenn Ihr jetzt hinuntergeht, vergeßt nicht, daß Ihr aus Gorka kommt. Ihr seid eine Mniszech, und in Euren Adern fließt das Blut großer Vorfahren. Eure Großtante war russische Kaiserin, zweimal! Euer Onkel war Hetman. Und Ihr ...« sie hielt sich die Hand vors Gesicht und tupfte sich dann die Augen, um ihre Tränen zum Versiegen zu bringen. »Du lieber Gott, hat es schon einmal etwas Liebreizenderes gegeben als Euch?«

Barbara Mniszech von Gorka war wirklich entzückend anzuschauen, als sie sich bereit machte, dem jungen Mann zu begegnen, der möglicherweise ihr Gatte werden würde. Ihre Bewegungen besaßen eine unnachahmliche Anmut, und ihr Lächeln nahm jeden Betrachter für sie ein. Die alte Dienerin hatte sie in ein langes, duftiges, unter dem Busen gerafftes Gewand gekleidet, ihr drei kleine Blumen ins Haar gesteckt und ein zartes goldenes Band um ihr linkes Handgelenk gebunden. Das Mädchen trug keinerlei Schmuck, wodurch – wie die alte Frau wußte – ihre Schönheit noch hervorgehoben wurde; ihr Gesicht jedoch war aschfahl vor Angst.

Zweimal kniff die Alte sie in die Wangen – vergeblich; dann versetzte sie ihr einen Schlag ins Gesicht. »Träumt nicht, Barbara! Ihr seid das schönste Mädchen in ganz Polen, und wenn Ossoliński Euch nicht haben will, wird eines Tages der König von Frankreich persönlich geritten kommen und rufen: ›Wo ist die schöne Barbara Mniszech, von der man mir erzählt hat?‹ «

Als das Mädchen schon die ersten Schritte getan hatte, um die Treppe hinabzusteigen, an deren Fuß ihre Eltern, der Kanzler und sein Sohn warteten, fegte die alte Frau plötzlich mit derber Hand die drei Blumen fort. »So etwas für Bauernmädchen. Ihr seid eine Königin!« Aus einem Kästchen in Zofias Ankleidezimmer holte sie, was genau zu Barbara, zu ihrem Aussehen und zu ihrer Hautfarbe paßte:

Es war eine goldene Kette, an der sechs Bernsteintropfen von beachtlicher Größe hingen, die zwar nicht perfekt aufeinander abgestimmt waren, sich aber doch aufs wunderbarste ergänzten. Nachdem die alte Dienerin sie in Barbaras Nacken geschlossen und die Bernsteintropfen auf ihrem schönen Hals angeordnet hatte, rief sie freudig: »Geht jetzt, Königin! Möge die Welt Euch gebührend empfangen!«

Barbara eilte zur Treppe. Als sie hinuntersah, stellte sie mit Erleichterung fest, daß Roman Ossoliński weder zwei Köpfe noch drei Ohren hatte, und als er den Blick nach oben richtete, stockte ihm der Atem. Aber es war Mutter Zofia, die sich mehr als alle anderen bewegt zeigte. »Mein Gott«, murmelte sie, »nie haben diese Tropfen so gut ausgesehen, als ich sie trug!«

Kanzler Ossoliński und Cyprjan, die beiden mächtigen Magnaten, die nun vortraten, um Barbara zu begrüßen, waren stattliche Männer, von hohem Wuchs, in Gewändern aus feinem türkischen und französischen Tuch gekleidet, über denen sie lange, wallende, mit kostbarer Stickerei besetzte Mäntel trugen. In den breiten, um ihre Bäuche geschlungenen, kostbar gestickten Schärpen – das unverkennbare Charakteristikum ihrer Kaste – steckten wertvolle Schwerter. Doch das Merkwürdigste an den beiden Männern war ihr Haar: Sie hatten es in der damals unter den polnischen Magnaten herrschenden Mode schneiden lassen. Vom Backenknochen bis fast zum Scheitel hinauf war alles glattrasiert – Schläfen, Seitenpartien, der größte Teil der Krone –, ausgenommen ein etwa vier Zentimeter breiter Streifen dichten Haares, der sich von der Mitte der Stirn über den Scheitel bis in den Nacken zog.

Als Barbara noch ein kleines Mädchen gewesen war, hatte sie einmal in einem Buch die Abbildung eines amerikanischen Indianers gesehen, dessen Haar ebenso geschnitten war – völlig kahl, bis auf die eine Haarleiste. »Seht nur«, hatte sie gerufen, »hier ist ein Bild von Papa!« Und die Eltern hatten sich über die Ähnlichkeit gewundert. Diese merkwürdige Haarmode, gekoppelt mit Ossolińskis Riesenbart beziehungsweise Cyprjans burschikosem Schnurrbart, gab jeder Versammlung von Magnaten eine Note amüsanter Barbarei. Sie waren keine Franzosen, keine Spanier und keine Österreicher. Sie waren Polen, und sie waren stolz darauf.

Bei Tisch wurde Lukasz dem Kanzler vorgestellt; Ossoliński erinnerte sich sofort an das, was er im Zusammenhang mit diesem Namen gehört hatte, und rief: »Darf ich Euren Otter und Euren Bären sehen?« Geschmeichelt lud Lukasz ihn für den nächsten Tag zur Besichtigung ein.

Während des Banketts bewunderte der Kanzler immer wieder den Tafelaufsatz, den Zofia vor einigen Jahren aus Paris hatte kommen lassen. Er stand in der Mitte des Tisches auf einem Untersatz, war etwa doppelt so groß wie eine Wassermelone und aus Silber und Weißgold gefertigt – eine kunstvolle Plastik, die Ankunft eines chinesischen Kaisers an einem Pavillon in der Mitte eines Sees darstellend. Zuvor straffgespannte Federn ließen Schwäne über das goldene Wasser ziehen und Trauerweiden im Winde schwanken. »Ich habe noch nie einen schöneren Tafelaufsatz gesehen«, gestand Ossoliński und wandte sich seinem Sohn zu. »Und du, Roman?« Doch der junge Mann schenkte seine Aufmerksamkeit ausschließlich Barbara, deren Wangen nun einen Glanz zeigten, der den der Bernsteintropfen bei weitem übertraf.

»Ihr müßt wählen«, meldete sich die Schloßherrin zu Wort. »Schweinebraten auf französische Art oder Schweinsrouladen auf polnische Art mit gerösteter *Kasza.*«

»Ich will beides versuchen«, sagte Ossoliński, und gegen Ende des köstlichen Mahls, das mit ungarischem Wein und Plätzchen nach deutscher Art seinen Abschluß fand, meinte er: »Nun wollen wir den köstlichen Tafelaufsatz in der Mitte des Tisches stehenlassen und alles andere wegräumen, denn ich möchte *panna* Barbara einige Fragen stellen.« Barbara errötete, nicht weil sie Angst vor den Fragen hatte (nach dem guten Ungarwein hatte sie vor gar nichts mehr Angst), sondern weil es das erste Mal in ihrem Leben war, daß man sie als *panna* ansprach, und das bedeutete, daß sie als Erwachsene betrachtet wurde.

Als der Tisch abgedeckt war, sah der Kanzler Barbara fest an und fragte sie: »Würdet Ihr gerne etwas aufbauen, neues Leben hervorbringen?«

»Ich erwarte, Kinder zu bekommen«, erwiderte sie ohne jedes Zeichen von Verlegenheit.

»Alle Frauen bekommen Kinder«, gab der Kanzler ebenso hemmungslos zurück. »Aber ich spreche von etwas Zusätzlichem: von Bautätigkeit!« Bei diesen Worten breitete er zwei Rollen Papier auseinander, auf denen architektonische Entwürfe zu sehen waren. Und nun offenbarte er den staunenden Zuhörern seine abenteuerlichen Pläne: »Ich will nichts Geringeres bauen als die großartigste Burg Europas. Seht her! Sie wird vier riesige Türme haben, von denen jeder einzelne – verzeiht mir, Cyprjan – größer sein wird als diese Burg. Sie stellen die vier Jahreszeiten dar. Innen haben wir sieben größere Baukomplexe – Wohnbereich, Gästezimmer, Lagerräume –, die den Wochentagen entsprechen. Es gibt zwölf Gänge für die Monate des Jahres und zweiundfünfzig Räume für die Wochen. Wenn Ihr Euch die Mühe machen wolltet, nachzuzählen, würdet Ihr auf dreihundertfünfundsechzig Fenster kommen – und dazu dieses kleine hier für die Schaltjahre. Seht das mächtige Bollwerk rund um das Ganze, seht den Ringgraben und die Zugbrücke. Diese Treppe geht tief, tief hinunter bis zu der unterirdischen Quelle, die uns während der zu erwartenden Belagerungen mit Wasser versorgen wird. Das Innere ist groß genug, um drei Dörfer aufzunehmen, hat Raum für die Bewohner von zehn Dörfern und einer mittelgroßen Stadt.

Das ist es, was ich zu bauen beabsichtige. Nächsten Monat möchte ich anfangen, *panna* Barbara. Würdet Ihr Euch verpflichten, bei dieser großen Aufgabe mitzuhelfen?«

»Aber, Herr«, erwiderte sie mit leiser Stimme, auf die Pläne deutend, »habt Ihr weder Kirche noch Kapelle innerhalb der Mauern?« Ossoliński brach in lautes Lachen aus. »Cyprjan!« rief er. »Bei Gott, Eure Tochter ist eine Architektin!« Und er zeigte auf einen großen Gebäudekomplex, den er bei seiner Aufzählung vergessen hatte: »Eine Kirche, größer als jede andere in der Gegend, Krakau ausgenommen.«

Dann zeigte er ihnen den zweiten Entwurf, auf dem zu sehen war, wie sich die große Burg in die Landschaft einfügen würde. Das war so gezeichnet worden, als ob die Burg schon stünde. Alle Türme und den Burggraben und die Bäume konnte man zusammen sehen – ein atemberaubender Anblick, denn der Künstler hatte neben den Mauern vier Menschen und zwei Kühe hingezeichnet, die sich gegen den massiven Bau winzig klein ausnahmen.

»Das wird mein Lebenswerk sein«, sagte Ossoliński. »Wie soll es denn heißen?« wollte Barbara wissen. Der Kanzler war mit seiner Antwort schnell zur Hand: »Krzyztopor, die Streitaxt des Kreuzes. Wir bauen es, um die Heiden zu verwirren. Es soll dastehen als Streitaxt Christi gegen alle Ungläubigen im Lande und außerhalb.« (In jenen Jahren wußte niemand, wann die Ungläubigen wieder zuschlagen würden.) »Wäret Ihr bereit, mir zu helfen, diese große Burg zu bauen?« fuhr der Kanzler fort und sah Barbara durchdringend an.

»Ich bin bereit«, antwortete sie.

Als man sich an diesem Abend auf der Burg Gorka zur Ruhe begab, galt es als ausgemacht, daß Barbara Mniszek Roman Ossoliński heiraten würde.

Früh am nächsten Morgen wurde die Burg durch das freudige Geschrei des Kanzlers geweckt: »Wir gehen den zahmen Otter besuchen!« Gleich nach dem Frühstück zogen alle nach Bukowo hinüber, und als sie sich der kleinen Burg näherten, rief Zofia: »Lukasz, wir sind da! Putz deinen Bären heraus!«

Nachdem sich das Tor geöffnet hatte, staunten die zwei Ossolińskis nicht schlecht über den Bären, der da auf sie zugewankt kam; aber fast noch mehr verblüffte sie der Anblick des Otters und des Fuchses, die mit den zwei großen Hunden spielten.

Die Besucher blieben so lange bei den Tieren, daß Lukasz alle zum Mittagessen einlud. Danusia, seine Frau, hatte schon damit begonnen, aus den Vordervierteln der Schweine, die sie von Cyprjan bekommen hatte, Piroggen zu machen, und alle drängten sich in der Küche, um die letzten Vorbereitungen für dieses köstliche Gericht zu sehen.

»Wir kommen nur selten zu Fleisch«, gestand Danusia, »und darum hacke ich es fein, wenn ich welches habe.« Geschickt schnitt sie das gekochte Fleisch und mischte es mit Gewürzen und Kohlschnipseln. Sie machte vier verschiedene Arten von Piroggen – »um mit dem Fleisch, das wir haben, hauszuhalten«, wie sie den Gästen erklärte. Die drei anderen Füllungen bestanden aus gedämpftem Kohl, gebratener *kasza* mit viel Zwiebeln und aus Sauerkraut mit Pilzen.

Als die vier Füllungen fertig waren, rollte Danusia den Teig aus; Zofia half ihr dabei. Dann brachte sie Salzwasser zum Kochen. Flach lag der Teig auf dem Tisch, und nun holte sie aus einem dunklen Winkel das, was man die Schmuckstücke ihrer Küche hätte nennen können; die zwei Ausstechformen für die Piroggen. Die eine war ein kleiner Kreis, etwa vier Finger im Durchmesser, mit dem schnitt sie nun runde Scheibchen aus dem Teig, eines nach dem anderen. Als sie fertig war, löffelten Zofia und Barbara die Füllungen in kleinen Häufchen darauf. Dann nahm Danusia das zweite Instrument zur Hand, einen Halbkreis aus Eisen mit einer sonderbar geformten Schneide. Ein hölzerner Griff war daran angebracht, und sobald eine Scheibe gefüllt war, faltete Danusia sie geschickt in der Mitte, drückte die halbmondförmigen Hälften zusammen und rändelte sie mit diesem Werkzeug, wodurch halbkreisförmige Taschen für die wohlschmeckende Füllung entstanden.

Und nun geschah das Wunder. Noch war jede Pirogge von bräunlicher, nicht eben anziehender Farbe; doch kaum hatte man ihn in das kochende Wasser geworfen, überzog sich der Teig mit einer schönen, halb durchscheinenden Glasur, die den Inhalt erraten ließ. »Aber es kommt noch besser!« rief Lukasz und erhitzte Fett in einer Pfanne. »Wenn man sie brät, schmecken sie doppelt so gut.«

So briet also Lukasz von Bukowo, ein kleiner Ritter mit vier eigenen Pferden und einem halbverfallenen Schloß Piroggen für den Kanzler des Reiches, der nicht entscheiden konnte, ob ihm die gekochten oder die gebratenen, die mit Fleisch oder die mit Kohl gefüllten Piroggen besser schmeckten. Als das köstliche Mahl beendet war, verkündete Ossoliński: »*Panna* Barbara hat eingewilligt, meinen Sohn Roman zu heiraten. Zusammen werden wir die größte Burg Polens bauen, und alle sind schon heute zur Taufe eingeladen.«

Als Jan von den Buchen seiner Frau Anulka das Paket mit den Schlachtabgängen brachte und sie die Hülle zurückschlug und sah, daß es richtiges Fleisch enthielt – noch dazu in so unglaublicher Menge –, begann sie zu weinen. Über ein Jahr war es her, daß sie und ihr Mann etwas anderes als Kohl, *Kasza* und Runkelrüben – hin und wieder mit einem Stück Fett ohne jedes Fleisch – gegessen hatten. Sie konnte das große Glück, das ihr und ihrer Familie in Gestalt dieses Paketes widerfahren war, kaum fassen.

In gewisser Weise hatten Jan und seine Frau die besten Teile vom Schwein bekommen: die Leber, die Nieren, die Haxen, das Herz, die Zunge, Hirn, Kopf und Backen. Einen Augenblick lang hatte sie gefürchtet, der Darm sei nicht dabei. Doch ganz unten fand sich der lange Strang, und jetzt konnte es losgehen.

Als erstes untersuchte Anulka den Schatz auf Fleischstücke hin; was sie fand, schnitt sie sorgfältig weg und legte es beiseite. Kein einziger Tropfen des kostbaren Blutes wurde vergeudet. Dann sengte sie die Haut, schnitt das Fett weg und ging anschließend zum Fluß hinunter, wo sie die Eingeweide und die angesengten Teile wusch, bis sie glänzten. Auf den Feldern sammelte sie die Kräuter, die sie brauchte; jetzt konnte sie mit der Herstellung der *Kiełbasa*, der Brühwurst, beginnen. Sorgfältig würzte sie die wenigen Stücke reinen Fleisches mit reichlich Knoblauch, Pfeffer und frischen Kräutern. Nachdem sie ein Ende des Darmstrangs mit einem Faden verschlossen hatte, nahm sie einen Holzlöffel und stopfte die Mischung vorsichtig in die andere Öffnung; mit den Fingern drückte sie nach, achtete aber darauf, nicht zu stark zu pressen: Beim Kochen der Wurst durfte die Haut auf keinen Fall platzen. Nun wurde das Ganze vorsichtig in einzelne Würstchen abgebunden, die Jan zum Räuchern in den Kamin hängte. Die fertigen *kiełbasy* teilte Anulka sparsam auf – ein Stückchen hier, ein Stückchen da, wenn die Kinder brav waren. Der Schinkenspeck wurde eingesalzen und in einem hölzernen Behälter gelagert. Er wurde zur Zubereitung so gut wie jeder Mahlzeit verwendet oder mit Brot gegessen und stellte während der langen Wintermonate eine kräftigende Nahrung dar. Das Blut wurde mit der *kasza*, mit Gewürzen und Zwiebeln sorgfältig in die größeren Eingeweide eingefüllt und zur Essenszeit gebacken; dieses Gericht hieß *kiszka*, Blutwurst. Die Knöchel kochte Anulka zusammen mit Gewürzen und anderen restlichen Knochen so lange, bis sich auch das winzigste Stück Fleisch abgelöst hatte; dies ergab eine ganz besondere, gallertartige Delikatesse. Nichts ging verloren. Die Schweine von Burg Gorka wurden bis zum letzten genutzt: die guten Stücke für das Bankett, die zäheren für Danusias Piroggen und die Schlachtabgänge für Anulkas *kiełbasa*. Solch gute Hauswirtschaft war wie ein Symbol für das auf Vernunft gegründete System, nach dem Polen im Jahre 1646 regiert wurde, als Magnaten, der Kleinadel und die Bauern so zufrieden waren, wie sie nur sein konnten.

Die Hochzeit wurde zu einem fröhlichen Ereignis. Am Mittwoch trafen die Bauern aus vier von Cyprjans Dörfern ein. Sie brachten an Wagen und Karren mit, was sie hatten, die Pferde waren mit Blumen geschmückt, und jeder trug das eine gute Kleidungsstück, das er besaß: die Männer schwere dunkle Hosen und Jacken, die Frauen bunte Kleider und Kopfbedeckungen. Mädchen im heiratsfähigen Alter, für die die Hochzeit eine besondere Gelegenheit darstellte, sich die jungen Männer ihres Bezirkes aus der Nähe anzusehen, trugen ganz besonders schöne Röcke, reichbestickte Mieder und bunte Tücher; sie gingen in Gruppen umher, lachend und miteinander tuschelnd.

Aus einem Dorf kam eine Musikkapelle, bestehend aus einem alten Mann mit einer Sackpfeife, einem jungen mit einer Fiedel und einem in mittleren Jahren mit einer Holzflöte, die er sich selbst geschnitzt hatte. Sie spielten ländliche Weisen, die jeder kannte: den *krakowiak* (Krakauer Tanz), den *chodzony* (ein langsamer Tanz) und den *gonionу* (Haschetanz). Die Musikanten, denen sich hin und wieder zwei oder drei Männer zugesellten, die wahre Wunder mit der Maultrommel vollbrachten, spielten ohne Unterlaß und hielten nur inne, wenn jemand ihnen einen Krug Bier spendierte. So wurde Tag und Nacht durchgetanzt.

Die Bauern wurden in verschiedenen Scheunen auf dem Besitz untergebracht; die größte war dem Tanz, den Mahlzeiten und der allgemeinen Geselligkeit vorbehalten. Hier musterten die jungen Männer die Mädchen, neckten sich und stießen einander an, bis einer sich ein Herz faßte und zu den Mädchen hinüberging; fast jeder wurde mit spitzen Schreien abgewiesen und stand dann wie ein begossener Pudel da. Doch im Laufe des Nachmittags gelang es irgendwie jedem Burschen, ein Mädchen für sich zu interessieren; dann verstummten die anderen jungen Frauen für eine kleine Weile, um zu beobachten, wie der Bursche sich benahm.

Die Bauern wurden von einer Kochgemeinschaft verpflegt: Ältere Frauen bereiteten festliche Mahlzeiten aus Lebensmitteln zu, die sie selbst mitgebracht hatten: Kohl, Runkelrüben, *kasza,* Zwiebeln, ein paar Eier; aber die ersten beiden Tage gab es kein Fleisch. Man erwartete von den Bauern, daß sie täglich sechs Stunden auf Arbeiten verwandten, die ihnen vom Schloß zugewiesen wurden; das taten sie großzügig und sogar mit Freuden, denn alle wußten, daß der Magnat sie vom dritten Tag an mit Schweinefleisch oder zumindest mit Fisch und Geflügel versorgen würde – ein Segen, für den zu arbeiten es sich lohnte.

Die Dörfler aus Bukowo, die jetzt Lukasz gehörten, wurden allesamt zu Cyprjan gebracht; sie sollten beim Schmücken der großen Burg helfen. Lukasz kam mit, um seinen Leuten auf die Finger zu sehen. Als Cyprjans Lehensmann erschien es ihm ratsam, gute Arbeit zu leisten.

Am Donnerstag begann der Rest des Landadels von Cyprjans Besitzungen auf Gorka einzutreffen – Mütter, Väter, Kinder, Dienerschaft –, und da viele von ihnen aus entfernten Gegenden, ja sogar von den ukrainischen Gütern kamen, mußten sie auf der Burg untergebracht werden. Nur zwei Angehörige des Landadels – die keine Polen, sondern Ukrainer waren – wurden in die kleine Burg in Bukowo verfrachtet.

Nun wurden die Festlichkeiten immer turbulenter. Aus Krakau hatte Cyprjan einige Musikanten kommen lassen, die ihre Instrumente – Violinen, Baßgeigen, Flöten, Hörner und eine kleine Trommel – ausgezeichnet beherrschten; wie auf dem Land üblich, waren es allesamt Juden. Sie trugen ihre traditionelle galizische Tracht: schwarze Schuhe und weiße Strümpfe, schwarze Hosen, die kurz unter dem Knie endeten, einen langen schwarzen Mantel, der bis knapp über das Knie reichte, einen breitkrempigen flachen Hut, den sie im Haus wie im Freien auf dem Kopf beließen; von ihren Schläfen hingen lange Locken, Pejes, herab.

»Eine Hochzeit ohne einen katholischen Geistlichen und ohne eine jüdische Kapelle ist keine richtige Hochzeit«, erklärte Cyprjan, und weil die Musiker in den kommenden sechs Tagen täglich an die achtzehn Stunden würden spielen müssen, hatte er eine eigene kleine Kochstelle für sie eingerichtet, wo sie ihre Speisen auf traditionelle Weise zubereiten konnten. Zwar waren die Polen den Juden nicht eben zugetan, doch duldeten sie deren Anwesenheit in ihrem Land und freuten sich sogar, wenn bekannt wurde, daß eine jüdische Kapelle irgendwo aufspielen würde. Denn die Juden machten gute Musik: Tänze aus Ungarn und Deutschland, polnische und ukrainische Volkslieder, und bei besonderen Gelegenheiten sogar italienische Weisen. Eine ausgelassene Stimmung kam jedesmal auf, wenn sie mitreißende jüdische Tänze spielten: die übten auf die Zuhörer ein Gefühl des Geheimnisvollen aus, wodurch der Genuß noch erhöht wurde. Die Musikanten mieden den Umgang mit den Gästen, tranken nicht ihr Bier und nahmen auch nicht an ihren Mahlzeiten teil. Sie hielten sich abseits und waren zufrieden; aber sie stellten einen wichtigen Bestandteil der Festlichkeiten dar, und das wußten sie auch.

Nicht nur in der Scheune der Bauern, sondern auch auf der Burg wurde jetzt getanzt. Barbara, die zukünftige Braut, machte jedoch nicht mit, und sie sah auch nicht zu, wenn die anderen sich vergnügten. In diesen für sie so wichtigen Tagen blieb sie oben bei den alten Frauen, wo ihr Kleider angepaßt und die Bett- und Tischgarnituren gezeigt wurden, die sie nach Kezyztopor mitnehmen sollte.

Der Freitag war ein echter Höhepunkt, denn schon früh traf der Erzbischof von Krakau ein. Die örtliche Geistlichkeit, insgesamt sechzehn Herren, hieß ihn willkommen und beglückwünschte ihn zu seinem guten Aussehen und zu seiner glücklichen Hand bei der Führung der kirchlichen Geschäfte. Er war schon in Rom und in Santiago de Compostela gewesen und nahm eine hohe Stellung in der Hierarchie ein. Cyprjan hatte ihn in Krakau kennengelernt und mit ihm zusammen an einer Mission nach Litauen teilgenommen, wo eine Gruppe von Angehörigen der russisch-orthodoxen Kirche, entsprechend dem Abkommen von Brieg aus dem Jahre 1595, zur unierten Kirche konvertieren wollte. Der Erzbischof hatte die Konvertiten mit so viel Wärme empfangen, daß Cyprjan sich veranlaßt sah, das Wort an die neuen Brüder zu richten: »Ihr habt eine Kirche verlassen, die in der Finsternis der Verzweiflung darniederlag, und euch einer Kirche zugewandt, die im Licht Gottes strahlt. Ihr werdet eure Entscheidung nie bereuen.« Drei von ihnen sollten ihren Schritt allerdings sehr wohl bereuen, denn ihre stockkonservativen Pfarrkinder in ihren entfernten Heimatdörfern zeigten kein Verständnis für den Abfall und erschlugen sie.

Am Nachmittag versammelten sich die Bauern am Flußufer, wo eine kleine Tribüne für die jüdische Kapelle und eine größere für Cyprjan, Zofia Mniszech und den Bischof errichtet worden waren; auch hier ließ sich Barbara nicht blicken.

»Da kommen sie!« riefen die Leute. Trompeten schmetterten, als drei mit Baldachinen überdachte und mit Tausenden von Blumen geschmückte Boote vom Westufer der Weichsel abstießen; jedes Boot hatte sechs Ruderer und sechs Männer, die es mit langen Stangen stakten. Ruhig, wie Märchenschiffe in einem Traum, glitten sie daher; die Strömung des Flusses trieb sie nach Norden, doch die Männer mit den Stangen kämpften dagegen an, so daß es schien, als bewegten sich die Boote seitwärts über den Fluß.

So überquerte Roman Ossoliński in großer Begleitung die Weichsel, um sich seine Braut zu holen. Als sein Boot, das an der Spitze fuhr, dem Ostufer immer näher kam, ließen die Musikanten heitere Weisen erklingen, und zahlreiche Mädchen liefen zum Wasser hinunter, um Blumen zu werfen, sobald der Kanzler und seine Familie anlegten. Aber noch bevor sie ihre Last loswerden konnten, trat der Erzbischof vor und segnete den Fluß, die Boote auf dem Fluß und alle, die die Fahrt mitgemacht hatten: »Gott segne diesen Tag! Gott segne Roman Ossoliński, der in so wunderbarer Mission kommt! Gott segne die Verbindung, die sich nun ergeben wird!« Dann schmetterten fünf Trompeten, und nun begann das Feiern erst so richtig.

An diesem Freitagabend wurde ein großes Bankett gegeben. Man speiste auf französischen Tellern mit in Emaille gemalten Bildern aus dem Landleben: Liebende Paare arbeiteten auf den Feldern, während Göttinnen beifällig zusahen und Vögel am Himmel kreisten. Die Kapelle spielte langsame Tanzmusik; vierzig sorgfältig auf diese Gelegenheit vorbereitete Diener in Livreen servierten nach und nach neun verschiedene Gerichte: Das Mahl begann mit einer scharfen Suppe aus roten Rüben, *barszcz* genannt, und endete drei Stunden später mit kleinen Schnitten einer Torte, die Zofia selbst gemacht hatte: die untere Schicht ein dunkelbrauner Walnußkuchen, die obere goldgelber Mandelkuchen, und über das Ganze ein dicker Guß von Orangenmarmelade, in der noch Teile der Rinde schimmerten.

Der Erzbischof, der als Trinker bei jedem Bankett seinen Mann stellte, hielt eine weitschweifige Rede, in der er erklärte, noch nie eine so gute Torte gegessen zu haben. Kanzler Ossoliński stimmte ihm zu. Die Gäste unterhielten sich prächtig. Aber Barbara hatte sich immer noch nicht gezeigt.

Am nächsten Tag, Samstag, gingen die meisten Frauen, auch Zofia und die Gemahlin des Kanzlers Ossoliński, in die Küche, um das rituelle Hochzeitsbrot zu backen. Nur die besten Körner wurden dafür verwendet. Die Frauen mahlten kleine Mengen von symbolischem Mehl – Weizen, Roggen, Hafer –, vermischten sie mit Mehl, das auf dem üblichen Weg gewonnen worden war, und bereiteten alle Zutaten vor, die sie zum Backen brauchten.

Dieses Brot mußte auf genau vorgeschriebene Weise gemacht werden: Das Salz war gesegnet; die Hefe kam aus irdenen Töpfen, in denen sie sorgfältig gezüchtet worden war; und die Kümmelsamen wurden praktisch Korn für Korn untersucht, um ihre Reinheit sicherzustellen. Sobald die älteren Frauen die Überzeugung gewonnen hatten, daß die rituellen Vorschriften beachtet worden waren, riefen sie die anderen zu sich und sagten: »Es ist Zeit, die Braut zu holen.«

»Alle Männer haben das Schloß zu verlassen!« riefen die Frauen, die nun, angeführt von den zwei Müttern, Zofia Mniszech und Wanda Ossoliński, in ihren wunderschönen Kleidern in einer Prozession zu Barbaras Kammer zogen. Nur zwei Wächterinnen blieben zurück; sie riefen auch weiterhin: »Alle Männer haben das Schloß zu verlassen!«

Während nun die älteren Frauen im Zimmer herumstanden, sagte eine: »*Pani* Barbara, es ist Zeit, daß Ihr das Brot für Euren Geliebten backt!« Und wieder mit den zwei Müttern an der Spitze kehrte die Prozession in die Küche zurück; abermals riefen die Frauen: »Alle Männer haben das Schloß zu verlassen!«

In der Küche angelangt, begab sich Barbara zu einem besonderen Tisch, auf dem die rituellen Ingredienzen bereitlagen, die sie benötigte, um den Teig für einen Laib Brot herzustellen, und während sie sie mischte und den Teig knetete, taten die anderen Frauen das gleiche, wobei sie allerdings weniger erlesene Zutaten verwendeten, denn an diesem Festtag mußten sie siebenunddreißig Laib Brot backen. Während sie arbeiteten, sangen sie:

»Möge diese Ehe fruchtbar sein ...
Möge der Mund, der dieses Brot ißt, lobpreisen ...
Möge der Schoß, den dieses Brot nährt, fruchtbar sein ...
Möge Gott gelobt sein in allen Dingen ...
Möge Jesus Christus gelobt sein ...«

Doch noch bevor Barbara ihren Laib in den Ofen schieben konnte, wurde der Erzbischof gerufen, der zusammen mit den Männern im Hof wartete. Nachdem er eingetreten war, kniete er vor Barbara nieder und sagte: »Ihr sollt die Königin dieses Haushalts sein.« Dann segnete er jeden einzelnen Laib und sprach ein feierliches Gebet um Glück für die Hochzeit, die dieses Brot auszeichnen sollte. Nun wurden die Laibe in die Öfen geschoben, und nachdem sich Barbara wieder zurückgezogen hatte, sahen Zofia und Wanda von Zeit zu Zeit in die Öfen und berichteten den anderen: »Es wird schon!«

Als an diesem Abend alle an dem langen Tisch vor leeren französischen Tellern saßen, erschollen plötzlich Trompeten, und Barbara betrat den Saal. Sie trug ein wallendes weißes Gewand, in ihrem Haar steckte eine Blume, und die Bernsteinkette schmückte ihren zarten Hals. Als sie sich dem Tisch näherte, zogen sich ihre Begleiterinnen zurück, und sie blieb allein. Mit bezaubernder Anmut ging sie langsam auf ihren Bräutigam zu, kniete vor ihm nieder und bot ihm auf nach oben gerichteten Händen den von ihr gebackenen Laib Bort an: »Ich gebe Euch die Erde Polens. Ich gebe Euch das Korn Polens. Eßt dieses gute Brot und seid stark. Eßt dieses gute Brot und seid mein Gemahl.«

Im gleichen Augenblick reichte Zofia Mniszech ihrem Mann, Cyprjan, einen Laib, während Wanda Ossoliński ihren Gatten auf die gleiche Weise ehrte, worauf die Diener im ganzen Saal herumeilten und jedem Gast ein kleines Stück frisches Brot gaben. Es wurde nicht

feierlich verzehrt wie bei einem Meßopfer, sondern hungrig, als wollten sich die Gäste von der Erde Polens nähren, von der ihrer aller Leben abhing.
Für die Aristokraten im Schloß wie auch für die Bauern in den Scheunen war der Sonntag Andachten und Gottesdiensten vorbehalten, und die Musiker hatten frei. Erst am Abend, als in der Burg ein riesiges Festessen stattfand und zwei große gebratene Schweine unter den Bauern verteilt wurden, spielten sie wieder auf. Es wurde gesungen und getanzt, es gab Umzüge und Trompetengeschmetter, während Cyprjan und Ossoliński auf improvisierten Thronen saßen und mit strahlender Miene Glück und Zufriedenheit bekundeten.
Am Montag um elf Uhr vormittags wurde die Eheschließung vom Erzbischof und drei seiner Priester feierlich vollzogen. Es war ihm bewußt, daß er zwei der vornehmsten und reichsten Familien Polens zusammenfügte, und genau das betonte er in seiner kurzen Ansprache an das jungvermählte Paar:
»Roman und Barbara! Ihr entstammt besonderen Familien und müßt daher besondere Verpflichtungen auf Euch nehmen. Polen bedarf Eurer Führerschaft. Polen bedarf Eurer Hilfe bei der Verteidigung seiner Freiheit. Neidvolle Feinde bedrohen uns von allen Seiten, und wir müssen uns gegen sie zur Wehr setzen.
Ihr werdet eine große Burg am anderen Ufer des Stromes erbauen, eine Burg, die jeder Belagerung standhalten wird, aber Ihr dürft darüber die Liebe zu Jesus Christus nicht vergessen, denn Ihr müßt bereit sein, auch seine Freiheit zu verteidigen. Die Kirche ist das Heil Polens. Die Gottesmutter Maria ist die Patronin unserer Freiheit. Möget Ihr stark sein in der Verteidigung beider!«
In dieser Nacht gab es endlose Feiern in beiden Schlössern und in den Scheunen, und es wurde bis zum Morgen getanzt. Das aus Bauern bestehende Trio dudelte Volkstänze, während die jüdische Kapelle abwechselnd schwungvolle Mazurken und ernste Musik aus Rom und Paris zu Gehör brachte. Barbara, die jetzt ein leichteres Kleid trug als zuvor bei der Hochzeit, tanzte mit allen Vätern und Söhnen aus den umliegenden Burgen und Schlössern ihres Vaters; doch beim ersten Hahnenschrei trat sie zur Seite, wie ihr geheißen worden war. Und während die Männer Beifall klatschten, paradierte sie mit allen Frauen der Burg, die Köchinnen eingeschlossen, dreimal feierlich

durch den Speisesaal. Zofia, eine brennende Kerze in der Hand, führte die Prozession an. Schließlich stiegen alle die große Steintreppe zum Obergeschoß hinauf, wo das Brautgemach, mit Blumen geschmückt, das Bett frisch bezogen, bereits wartete.
Jetzt erhob Kanzler Ossoliński eine Kerze, sein Sohn trat hinter ihn und, gefolgt von allen Männern, bewegten auch sie sich dreimal im Kreis und sangen dabei: »Christus ist der himmlische Bräutigam, Roman der Bräutigam auf Erden!« Dann stiegen sie die Treppe hinauf und brachten Roman zum Brautgemach. Der Tag brach an, die Hähne krähten, und die Männer fielen in trunkenen Schlaf.
Am frühen Dienstagmorgen setzte man alle, die entbehrlich waren, in Wagen und Karren und fuhr sie die kurze Strecke zur kleinen Burg nach Bukowo, wo sie selbst sehen sollten, ob Lukasz tatsächlich einen zahmen Bären besaß, zwei Störche und einen Otter, der mit einem Fuchs spielte. Obwohl es ziemlich viele Menschen waren, betrugen sich Lukasz' Tiere, als wüßten sie, daß diese Besucher aus einem besonderen Anlaß gekommen waren. Der Bär spazierte unter den Gästen umher, versetzte ihnen leichte Rippenstöße und schubste sie mit seiner großen Pfote, während der Fuchs hin und her sprang, als wollte er jeden einzelnen Besucher begrüßen.
Für viele waren die zwei Störche der interessanteste Teil der Menagerie, denn obwohl sie alle diese linkischen Vögel auf ihren Schornsteinen kannten, hatten nur wenige Gelegenheit gehabt, ihren Körperbau oder ihre merkwürdigen Gesichter je aus der Nähe zu betrachten. So beschäftigte man sich also den ganzen Vormittag hindurch mit den Tieren, was diese so ermüdete, daß, bevor die Hochzeitsgäste wieder abfuhren, der Bär eingeschlafen war, und Fuchs und Otter zwischen seinen Tatzen schlummerten.
Die folgenden Jahre zählten zu den glücklichsten, die Cyprjan und Zofia erleben sollten, denn die Ossolińskis machten sich mit erstaunlichem Eifer an den Bau der Burg Krzyztopor, und als die Fundamente ausgeschachtet waren, schien das enorme Projekt noch größer zu sein, als es auf den Zeichnungen ausgesehen hatte. Es war ungeheuer, eine ganze Stadt, von Zinnen umschlossen und von den fünf hoch zum Himmel aufragenden Türmen beherrscht. Auf nichts wurde vergessen: nicht auf die Wendeltreppe zur geheimen Quelle; nicht auf die riesige Kirche, stattlicher als so manche Kathedrale; nicht auf

die dreihundertfünfundsechzig Fenster und und nicht auf die zweiundfünfzig Räume, jeder praktisch eine Wohnung mit drei oder vier Kammern.

Es war eine so mächtige und prächtige Burg, daß Cyprjan mit Stolz an den Tag dachte, da seine Tochter die Burgherrin sein würde. Barbara zeigte sich ihren Pflichten gewachsen; sie setzte, was sie auf ihrer Reise durch Frankreich von ihrem Privatlehrer gelernt hatte, in die Praxis um und saß nächtelang über Büchern, die sie in dem Jahr erstanden hatte, als Cyprjan polnischer Botschafter in Italien gewesen war. Sie studierte Hauswirtschaft und lernte, wie zweihundert Diener, Gärtner und Förster zu organisieren und zu beaufsichtigen waren. Mit jedem Jahr wurde sie bezaubernder; die Mutterschaft erhöhte ihren Liebreiz, und nicht nur in Polen, sondern auch in den Nachbarländern rühmte man ihre strahlende Schönheit.

Bei der feierlichen Weihe der Burg, als man ihr formell den Namen »Streitaxt des Kreuzes« gab, bat ein polnischer Dichter von der jagiellonischen Universität in Krakau, ein Gedicht vorlesen zu dürfen, das er zu Ehren von Barbara Ossolińskis berühmter Bernsteinkette geschrieben hatte. Er rezitierte eine etwas holprige, aber tief bewegende Liebeserklärung an das geheimnisvolle Dunkel und die Herrlichkeit des Bernsteins:

»Nicht hart und glitzernd wie ein anmaßender Diamant,
Nicht vom Blut des Bergmanns befleckt wie ein pulsierender Rubin,
Und auch nicht protzig seinen Wert ausrufend wie ein goldener Würfel ...
Bist du ein herbstlicher Mond, der über einem Feld gereiften Korns aufgeht.«

Das Gedicht, das noch drei weitere Strophen ähnlicher Art einschloß, fand starken Beifall. Mehrere Anwesende baten um Abschriften, so daß es bald bekannt und auch geschätzt wurde; aber einem jungen französischen Diplomaten aus Krakau erschien es zu ländlich, und er bat um Erlaubnis, eine Version vortragen zu dürfen, die mehr im Stil der englischen Poeten dieser Zeit gehalten war, die er über alle Maßen bewunderte, und tatsächlich erfreute er die Gäste am nächsten Abend mit einer anmutigeren Fassung; er nannte sie:

»Eine hübsche Spielerei, in der der Bernstein meiner hochgeborenen Dame mit dem Gestirn der Plejaden verglichen wird.«

»Ein Siebengestirn sind die Plejaden,
Doch sechs nur zieht's zum Auge hin;
Das siebente ist von Gittern umschlossen,
Eine traurige, eingekerkerte Königin.
Der Schwestern sechs an Eurem Busen scheinen,
Die schönsten sind es, die man je geseh'n.
Die siebente überstrahlt die anderen,
Und das seid Ihr, o himmlische Königin!«

Er sagte sein Gedicht mit so viel Feingefühl auf, daß alle, die um Barbara herum saßen, stürmisch Beifall klatschten. Aber die Freunde des polnischen Poeten murrten: »Die Plejaden sind kein eigenes Gestirn«, und einer erläuterte: »Sie sind ein offener Haufen im Sternbild des Orion, das weiß doch jeder.« Der polnische Poet starrte seinen Verteidiger an.

Im Jahre 1648 erreichten sowohl Krzyztopor als auch die Burg Gorka erschreckende Gerüchte betreffend einen Kosakenaufstand im ukrainischen Teil Polens, und da Cyprjan dort beträchtliche Besitzungen hatte, die zum Teil größer waren als manche europäischen Fürstentümer, mußte er nach Osten eilen, um den Unruhen ein Ende zu machen, bevor sie auch seine Güter in Mitleidenschaft zogen. Lukasz und dessen Gefolgsmann Jan von den Buchen nahm er mit.

Sie ritten, so schnell sie konnten, doch nachdem sie zweihundert Meilen zurückgelegt hatten und sich dem weiten, leeren Gebiet östlich von Lemberg näherten, stießen sie nacheinander auf mehrere Ruinen polnischer Güter. Ein beklemmendes Gefühl überkam Cyprjan, denn er konnte sich vorstellen, was er finden würde, wenn er seine Besitzungen erreichte. Vier Meilen westlich der ersten trafen die Reiter einen katholischen Priester, der Cyprjan wiedererkannte. »Alles friedlich ...« stammelte er ... »Eure vierhundert Bauern, die kleine Kirche ... die Mühle ... und dann die Kosaken.« In einem wilden Aufbäumen gegen die ihnen von den polnischen Landbesitzern auferlegten Lasten hatten sie alles zerstört. Aber ihr Protest richtete sich auch gegen die geistige Tyrannei der römisch-katholischen Kirche, denn sie waren nur der Orthodoxie Konstantinopels und Moskaus gegenüber loyal.

»Alle Priester außer mir ... erschlagen. Alle Juden ... die meisten Polen.« Als Cyprjan ihn bebend vor Wut fragte, wie er den Kosaken entkommen war, antwortete der Priester: »Ein Jude hat mich gerettet und dann ich ihn. Wir sind die einzigen, die überlebt haben.« Cyprjan wollte wissen, wo dieser Jude war, und der Priester sagte: »Er ist zurückgegangen. Die Juden gehen immer wieder zurück.«

Es brach Cyprjan schier das Herz, und in Lukasz und Jan stieg wilde Wut auf, als sie die völlige Vernichtung von Cyprjans fünf ukrainischen Gütern sahen; der Verlust von mindestens sechzig Prozent der bisherigen Bevölkerung war zu beklagen. Aber seine zwei Begleiter stimmten Cyprjans entschlossen gefaßtem Vorhaben zu, unverzüglich mit dem Wiederaufbau zu beginnen: »Und wenn es mich jeden Zloty kostet, den wir an der Weichsel und im Norden verdienen, diese Güter werden wiederaufgebaut! Lukasz und Jan, ihr bleibt hier und kümmert euch um alles. Ich schicke so viel Gold, wie ich nur zusammenbringen kann.«

So blieben also die zwei Männer aus Bukowo zwei Jahre von zu Hause weg. In den Steppen fanden sie neue Gruppen von Bauern, die keine andere Wahl hatten, als sich unter die Obhut des Magnaten Cyprjan zu begeben. Man holte neue Juden her, die die Läden führen und das Geldwesen in Gang halten sollten, und neue Geistliche des römischen Glaubens, um die kleine Kirche wiederaufzubauen.

Im Jahre 1649, inmitten des Wiederaufbaus und noch bevor allzu viele Güter geschaffen und Häuser errichtet worden waren, schlugen die Kosaken erneut zu, töteten und brannten alles nieder wie das erste Mal. Aber Lukasz hatte ihr Kommen schon vorausgeahnt. Er versteckte sich selbst, Jan, zwei Priester und einen Juden in einer Höhle, die dieser in weiser Voraussicht errichtet hatte, um von dort aus seine Geschäfte weiterzubetreiben. Da saßen sie im Dunkel und warteten, bis der Sturm vorüber war. Nach dem zweiten Raubzug ließen die Kosaken diesen Teil der Ukraine ungeschoren, eine Art Frieden zog ins Land, und Magnaten wie Cyprjan taten die Überfälle der Kosaken als nur eine mehr von diesen lästigen Invasionen aus dem Osten ab.

1654 trat ein Ereignis ein, das zu dieser Zeit weit weniger bedeutsam zu sein schien als die großen Raubzüge der Kosaken, sich aber auf lange Sicht als um vieles verhängnisvoller für das Wohl Polens erwies.

Denn wie Lukasz und Jan von den Buchen gezeigt hatten, ließen sich die durch Überfälle verursachten Schäden beheben und wiedergutmachen; die neue Entwicklung dagegen zog verhängnisvolle Folgen nach sich.

Die Regierungsform Polens wies mehrere Schwächen auf, die sie von allen anderen europäischen Mächten unterschied und die dazu führten, daß es dem Land weitgehend an Stabilität mangelte. Erstens kontrollierten die Magnaten die Wahl des Königs und bestanden darauf, nach jeder Regierungszeit neu zu wählen, um zu vermeiden, daß eine Erbfolge zur Diktatur ausartete. Zweitens weigerten sie sich, die Wahl *vivente rege* – zu Lebzeiten des alten Königs – vorzunehmen, aus Angst, er könnte zuviel Macht ausüben und die Wahl zugunsten seines Sohnes oder eines anderen Familienmitglieds beeinflussen. Drittens fürchteten die Magnaten, einen Mann aus ihrer Mitte zu wählen, der zu stark werden und die Nachfolge auf einen Angehörigen seiner Familie beschränken könnte. Sie zogen es daher vor, Ausländer zu wählen, die das Land unweigerlich in dynastische Streitigkeiten anderer Nationen verwickelten, zu denen Polen keinerlei amtliche Beziehungen unterhielt.

Anfangs erfüllten die Wahlkönige ihre Pflichten wie verantwortungsbewußte, bezahlte Manager, und einige erwiesen sich als ausgezeichnete Verwalter. Aber dann kamen auch schwache Ausländer auf den Thron, die den Niedergang des Königreiches beschleunigten, denn, wie der päpstliche Legat in einem Bericht nach Rom seinem Herrn auseinandersetzte: »Einem x-beliebigen französischen Aristokraten würde es wesentlich leichter fallen, König von Polen zu werden, als einem guten polnischen Patrioten. Die Magnaten gehen von der Voraussetzung aus, daß sie den Franzosen, wenn er ihnen nicht paßt, aus dem Land werfen können, was ihnen bei einem gebürtigen Polen gegebenenfalls nicht gelingen würde.« Er hätte hinzufügen können, daß Fälle bekannt waren, wo die Abstimmung zu einem solchen Chaos geführte hatte, daß die Magnaten zwei verschiedene Könige wählten – eine Situation, die natürlich zum Bürgerkrieg führte.

Einen Ausländer unter solchen Umständen zum König zu wählen war daher eine mißliche Sache, aber es hätte trotz allem funktionieren können, wäre da nicht noch eine vierte und fünfte Belastung für den Gewählten gewesen, nämlich: Hatten die Polen einen Schweden oder einen Sachsen oder einen Ungarn zum König gewählt, verweigerten sie ihm jede wirkliche Macht, jedes Recht, Steuern zu erheben, oder gar das Privileg, ein richtiges Heer aufzustellen. Der König mußte eine Galionsfigur bleiben, hatte so gut wie keine Befehlsgewalt, und das Quentchen Macht, das er für seine eigene Verteidigung benötigte, konnte er nur erhalten, indem er Magnaten wie den Herrn von Burg Gorka beschwatzte oder ihm schmeichelte.

Warum verhielt sich Cyprjan so? Er war ein Patriot; ohne Zweifel stand er zu einem freien, starken Polen; er war intelligent; er liebte es, mit anderen Magnaten Umgang zu pflegen, die ebenfalls viel gereist waren wie er, und er hörte aufmerksam zu, wenn sie ihren Freunden erklärten, was in Italien und England und Frankreich vorging. Er dachte ständig über neue Wege nach, die Polen und seiner Familie zum Vorteil gereichen mochten.

Und da war schon der Haken! Sooft er über dieses Thema grübelte, faßte er es unweigerlich in die Worte: »Was für meine Familie und für Polen gut ist.« Als großer Magnat, dem mehr als sechzig Dörfer und Tausende von Bauern gehörten, konnte er sich einfach keine Regierungsgewalt vorstellen, die mächtiger gewesen wäre als er selbst. Er war kein eitler Mann und ganz gewiß nicht einer, der mit seinem immensen Vermögen renommierte, aber er lebte in der Überzeugung, daß er Polen war und daß jedes Instrument staatlicher Macht oder Politik nach einem einfachen Kriterium beurteilt werden mußte: »Ist es gut für die Magnaten?« Wenn eine Verfahrensänderung vorgeschlagen wurde – wie etwa die, den nächsten König schon zu wählen, wenn der alte noch lebte, um auf diese Weise die entsetzlichen Interregna zu vermeiden, die Polen zuweilen für zwei oder drei Jahre lahmlegten, während sich die Magnaten über die Wahl stritten –, wenn eine solche Veränderung auch nur das kleinste Privileg der Magnaten bedrohte, sah Cyprjan sich verpflichtet, dagegen anzukämpfen – und zwar sehr energisch. Ja, er würde sogar ohne Zögern zu den Waffen geeilt sein, um seine Rechte zu schützen, und sein Vorgehen nicht als Verrat empfunden haben. Er glaubte sich dem König merklich überlegen und der Seele Polens um vieles näher zu sein, denn der König würde nach einer kurzen Regierungszeit verschwinden, er aber, der Magnat, für alle Zeiten fortbestehen.

Die letzte Ungeheuerlichkeit, die die Magnaten sich einfallen ließen,

um das zu schützen, was sie »Unsere Goldene Freiheit« nannten, um also den König und das aufstrebende Bürgertum gleichermaßen an der Kandare zu halten, war der reinste Wahnsinn. Der päpstliche Legat berichtete: »Den Begriff des *liberum veto* muß ein wahrer Teufel erdacht haben, dem die Aufgabe zugefallen ist, das christliche Polen zu zerstören.« Im Jahre 1654 demonstrierte der Magnat Cyprjan, der sich dazu seines ein wenig begriffsstutzigen, aber redlichen Gefolgsmannes Lukasz bediente, wie das *liberum veto* mithalf, eine große Nation noch schneller in Vergessenheit geraten zu lassen.
Dreimal hintereinander – 1587, 1632 und 1648 während der Kosakenaufstände – hatten die Magnaten ein Mitglied des schwedischen Königshauses zu ihrem Herrscher gewählt – eine bemerkenswerte Entscheidung angesichts der Tatsache, daß Polen ein durch und durch katholisches, Schweden jedoch ein ebenso stramm lutherisches Land war, also dem unbeugsamen protestantischen Glauben anhing. Zugegeben, die verschiedenen von Polen inthronisierten Könige hatten versprochen, Katholiken zu sein, obwohl sie in Schweden Protestanten gewesen waren, und sie hielten sich auch an ihr Versprechen. Bisher hatte Polen nicht viele religiöse Probleme ausstehen müssen, doch stets gab es Unruhen und unterschwellige Irrationalität. Jeden Augenblick konnte der nach außen hin katholische schwedische König in seinen protestantischen Glauben zurückfallen, was katastrophale Folgen haben mußte.
Magnaten wie Cyprjan waren alles andere als zufrieden mit Johann Kasimir, ihrem gegenwärtigen schwedischen König, und nur sehr widerstrebend teilten sie ihm ein Minimum an Steuereinnahmen oder Heeresbeständen zu; ein gut ausgerüstetes Polen wäre in der Lage gewesen, die Kosaken 1648 innerhalb von drei Monaten nach den ersten Grenzkonflikten zurückzuschlagen; die verwirrte kleine Armee jedoch begab sich nicht gern in Grenznähe und hatte daher den Kosaken beim Brennen und Plündern freie Hand gelassen.
In ganz Polen kamen jetzt der Kleinadel, das Bürgertum in den Städten, ein Teil des Klerus und die Bauern, die Land erworben hatten, zu der Erkenntnis, daß das gegenwärtige Regierungssystem Mängel aufwies, und man sprach offen darüber, daß sicherlich Korrekturen vorgenommen werden würden, sobald der Sejm, Polens Parlament, in Warschau zusammentrat. Wie viele andere Parlamente bestand

auch das polnische aus zwei Kammern, der Landbotenstube und dem Senat. In letzterem saßen nur Magnaten oder ihre persönlichen Vertreter oder ihnen gleichgestellte Kirchenmänner, in ersterer ausschließlich rangniedrige Adelige. Der Sejm verabschiedete nicht nur Gesetze; er fungierte auch als oberster Gerichtshof, an den jeder Aristokrat ein Gnadengesuch richten konnte. Stadtbewohner, Handelsleute, Juden und Bauern waren von dieser Vergünstigung selbstverständlich ausgeschlossen.

Cyprjan, ein reservierter Patriot, jeder persönlichen Zurschaustellung abhold, der es verabscheute, in der Öffentlichkeit das Wort zu ergreifen, deputierte Lukasz von Bukowo, seinen Sitz einzunehmen, und gab ihm genaue Anweisungen, was er zu tun hatte und wie er es zu tun hatte. »Der ganze Sejm ist ein Unsinn. Er macht nur Ärger. Ihr bleibt einfach sitzen und haltet den Mund. Ich werde Euch wissen lassen, wie Ihr zu stimmen habt.«

Der Sejm des Jahres 1654 hatte erst zwei Wochen getagt – zwei von den sechs Wochen, die für eine Sitzungsperiode vorgesehen waren –, als die Magnaten erkannten, daß da über Entscheidungen gesprochen wurde, die den König stärken, den Stadtbewohnern bisher nicht gewährte Rechte zusprechen und den harten Zugriff der Magnaten auf die Bauern lockern würden. Der bereits über seine Verluste in der Ukraine bekümmerte Cyprjan, der jeden Wechsel – den er mit Revolution gleichsetzte – fürchtete, rief daher Lukasz zu einer Zusammenkunft mit drei der mächtigsten Magnaten, die ihn vor sich auf einen Stuhl setzten, als wäre er ein unfolgsamer Schuljunge. Sie bildeten ein erschreckendes Quartett: die Köpfe bis auf die Haarleiste über den Schädel glatt rasiert, dicke, vorstehende Bäuche, in goldbesetzte Schärpen gewickelt, wallende Schnurrbärte. Und ihre Sprache war so derb wie ihr Aussehen: »Euer dummer Sejm! Habt ihr den Verstand verloren? Alles, was ihr vorschlagt, bedroht unsere Stellung, und das heißt, es bedroht Polen.«

»Wir dachten, die Stadtbewohner …«

»Krämerseelen. Leute ohne Format. Arme Schlucker, die die Universität besucht haben. Die Stadtbewohner haben keine Rechte und verdienen auch keine. Erzählt uns bloß nichts von den Städtern.«

»Wir dachten auch, daß die Bauern …«

»Wir werden den Bauern schon sagen, was sie zu tun haben. Wir

werden für ihre Interessen eintreten. Der Sejm braucht sich nicht um die Bauern zu kümmern.«
»Aber es herrscht ein neuer Geist ...«
»Der muß ausgelöscht werden!«
»Aber wie denn? Er macht sich bei sehr vielen bemerkbar.«
»Er ist dadurch auszulöschen, daß Ihr jede Änderung, die Ihr bisher beschlossen habt, widerruft.«
»Ich fürchte, der Sejm wird das nicht zulassen«, erwiderte Lukasz mit schwacher Stimme, eingeschüchtert von den kahlgeschorenen Magnaten in ihren goldbestickten Mänteln und den mit Brokatmustern geschmückten Gürteln.
»Es geht nicht mehr darum, was der Sejm haben will. Es geht darum, was *wir* haben wollen. Was Polen haben will.«
Als Lukasz stumm blieb, funkelten ihn die Magnaten böse an und warteten in der Hoffnung, daß er letzten Endes doch zur Vernunft kommen würde. Als das nicht geschah, sagte Cyprjan, sein Herr, in strengem Ton zu ihm: »Lukasz! Alles, was der Sejm beschlossen hat, wird rückgängig gemacht, und zwar morgen, und zwar von Euch!«
»Von mir?« Lukasz klang sehr verängstigt.
»So ist es. Vor zwei Jahren, anno 1652, hat der Patriot Sicinski, einem geheimen Befehl der Radziwiłłs folgend, im Sejm die Worte ›Ich verbiete es‹ ausgesprochen und damit das gesunde Prinzip aufgestellt, daß jede Entscheidung jedes Sejms einhellig gefällt werden muß. Wenn auch nur ein einziger Delegierter Einspruch erhebt, ist der Beschluß null und nichtig. Und was für uns am wichtigsten ist: Jeder andere Beschluß des Sejms in dieser Session gilt ebenfalls als verworfen. Es ist, als ob es den Sejm gar nicht gegeben hätte.«
»Was muß ich tun?« fragte Lukasz und erhielt Anweisungen, die ihm unverständlich erschienen: »Ihr erhebt Euch und ruft mit lauter Stimme: ›Ich erhebe Einspruch!‹ Damit ist der Sejm beendet. Und alles, was bis zu diesem Zeitpunkt falsch gemacht wurde, ist ebenfalls null und nichtig.«
»Aber unser Sejm hat noch vier Wochen zu tagen«, wandte Lukasz zaghaft ein.
»O nein. Die Sitzungen eures Sejm werden morgen beendet sein!«
So kam es, daß Lukasz von Bukowo am nächsten Tag, nachdem der

Sejm mehr als ein Dutzend lobenswerter Gesetze verabschiedet, die Nation gestärkt und sie in Übereinstimmung mit den mächtigen Nationalstaaten gebracht hatte, die in England, Frankreich, Rußland und sogar Amerika entstanden – daß sich dieser Lukasz von Bukowo von seinem Sitz erhob. »Ich erhebe Einspruch!« rief er, wie ihm befohlen worden war, und die ganze Struktur eines arbeitswilligen Parlaments brach zusammen. Ein kleiner Mann, der dem Willen eines egoistischen Magnaten Ausdruck gab, konnte so die vernünftigen, einsichtsvollen Bemühungen einer ganzen Nation, längst fällige Reformen durchzusetzen, zum Scheitern bringen.

So machte die Stimme eines einzigen Mannes im Dienst einer käuflichen Aristokratie in einem Sejm nach dem anderen viele der weisesten Entscheidungen zunichte, die in jener Zeit auf der ganzen Welt getroffen wurden, Entscheidungen, die denen, die das französische oder englische Volk erzwang, zumindest ebenbürtig waren und in vieler Hinsicht auch den zögernden Anfängen in Amerika glichen. Immer wieder wurden dem Fortschritt Niederlagen bereitet durch die selbstsüchtigen Interessen von Magnaten, die weithin verkündeten, daß sie nur deswegen so handelten, weil sie »Unsere Goldene Freiheit« verteidigen wollten – und in gewissem Sinne taten sie das auch.

Sie verteidigten ihre Freiheit, den König niederzuhalten; sie verteidigten ihre Freiheit, die neuerrichteten Städte den von ihnen beherrschten ländlichen Gebieten unterzuordnen; vor allem aber verteidigten sie ihre Freiheit, ihre Bauern in einem Zustand immerwährender wirtschaftlicher und persönlicher Abhängigkeit zu halten – während den Bauern in Westeuropa, zwar widerwillig, aber immerhin, bereits einige Rechte eingeräumt wurden; und sie ergriffen alle nur erdenklichen reaktionären Maßnahmen, um ihre Privilegien gegenüber den legitimen Ansprüchen eines aufstrebenden Bürgertums zu behaupten. Die »Goldene Freiheit«, die die Magnaten mit all ihrer Macht und allen möglichen Mitteln verteidigten, war die Freiheit einiger weniger Habgieriger, das Aufkommen eines starken Königtums zu verhindern.

Wenn ein wesentlicher Teil eines Regierungsapparats korrupt wird, gefährdet er alle Teile, weil er Amtsträger in Versuchung führt, parallel gelagerte unlautere Handlungen zu vollziehen. Dies offenbarte sich auf verbrecherische Weise, als die Magnaten raffiniert ausgeklügelte Schritte unternahmen, um die Freiheiten zu schützen, die sie mittels des *liberum veto* erwarben. Viele Magnaten begannen sich außerhalb Polens nach Unterstützung bei ihren Bemühungen umzusehen, den Volkswillen zu beugen, und so schlossen sie Bündnisse mit fremden Mächten; sie nahmen Bestechungsgelder und Geschenke von Rußland und Schweden, von Österreich, Frankreich oder auch einem der deutschen Staaten an. Als Gegenleistung waren sie bei Abstimmungen nicht auf polnische Interessen bedacht, sondern auf die der Macht, von der sie das Geld bekamen. So handelten die Radziwiłłs häufig im Interesse Rußlands oder Schwedens; die Familie Leszczyński behielt die Interessen Frankreichs, Cyprjan, zusammen mit einem Klüngel von Freunden, die Österreichs im Auge.

Was veranlaßte ihn, der einen der bedeutendsten Namen Polens trug, außerhalb seiner Heimat nach einer Führung Ausschau zu halten, und warum hatte er sich gerade für Österreich entschieden? Es war ihm schon als Kind unmöglich gewesen, sich ein geeintes Polen vorzustellen, das in der Lage gewesen wäre, sich selbst zu regieren. Die in seiner Familie immer wieder in den Himmel gehobenen Helden waren die rüpelhaften, händelsüchtigen Mniszechs, die räuberischen Radziwiłłs, die nur auf ihren Vorteil bedachten Magnaten, die in die Weite der Ukraine vorstießen, wo sie große Besitzungen an sich brachten und Tausende von Bauern zwangen, nach ihrer Pfeife zu tanzen – sie waren für ihn typische Polen. Nie hatte er sich die Professoren an der Jagiellonischen Universität als Führer einer Nation vorstellen können, selbst wenn er sie auf seine Burg einlud, und ganz gewiß hatte er keine Achtung vor den Beamten, die sich nur mit dem Eintreiben von Steuern und dem Anwenden von Gesetzen beschäftigten. Er sah in jedem schwedischen König, den er gekannt hatte, einen Rabulisten – Protestant in seiner Heimat, Katholik in Polen. Eine starke zentrale Regierung konnte nicht sein Ideal sein, denn er hatte nie eine gekannt.

Andererseits bewunderte er die Habsburger und die resolute Art, wie sie Jahrzehnt für Jahrzehnt ihr Territorium vergrößerten. Er sah den Zeitpunkt voraus, zu dem sie auch auswärtige Fürstentümer wie Ungarn und Siebenbürgen schlucken würden, und es schien ihm richtig,

daß dies geschehe. Er hielt es nicht für wahrscheinlich, daß Österreich eines Tages auch Polen einnehmen würde, dazu war er zu sehr Patriot; aber *wenn* eine fremde Macht seine Heimat überrennen sollte, und das sagte er ganz offen, dann sollte es Österreich sein.
Bei einem solchen Kern war es nicht zu verwundern, daß die polnische Politik zur korruptesten Europas wurde und an Käuflichkeit sogar die Türken in Konstantinopel übertraf und daß die »Goldene Freiheit« der Magnaten nichts anderes bedeutete als die fortschreitende Schwächung und Erniedrigung Polens.
Kardinal Pentucci, der päpstliche Legat, der darüber nachdachte, wie das christliche Polen noch zu retten wäre, berichtete:
»Wenn jetzt eine Gesetzesvorlage vor den Sejm kommt, stellt sich nicht die Frage: ›Wäre das gut für Polen?‹, sondern vielmehr: ›Wie will Rußland, daß ich stimme? Oder Frankreich? Oder Österreich?‹ Aufgrund seiner schon erwähnten Schwächen – die Wahl von Ausländern in hohe Ämter, die Weigerung der Magnaten, ihre Macht mit anderen zu teilen, und ganz besonders die Entwürdigung des Sejm durch das *liberum veto* und den Stimmenkauf – läßt sich sagen, daß Polen zum Spielzeug Europas geworden ist.«
Nie war diese klarsichtige Einschätzung zutreffender als in den unmittelbar auf 1654 folgenden Jahren, als Barbara Ossoliński und ihr Gatte Roman darangingen, aus der Burg Krzyztopor eines der Schmuckstücke Europas zu machen.
»Warum sollte der König von Schweden in Polen einfallen wollen?« fragte der Legat den französischen Botschafter in dessen Palais in Warschau.
»Weil die Schweden ständig danach trachten, die Ostseeküste unter ihre Kontrolle zu bringen«, erwiderte der Franzose.
»Können sie das?«
»Ich denke schon.«
»Aber wird Polen das zulassen?«
Der Botschafter überlegte, wie er diese Frage beantworten sollte, und kam zu dem Schluß, daß es zwei logische Erklärungen gab: eine leichte, die sich auf Polens militärische Fähigkeiten bezog, und eine äußerst schwierige, die seinen Wehrwillen betraf. Er entschloß sich, mit letzterer zu beginnen: »Wie alle Nationen besitzt auch Polen große Stärken und Schwächen, die sich von seinem unverwechselba-

ren Charakter herleiten lassen. Doch sein größter Fehler – und ich habe den Aufstieg und Fall vieler Nationen miterlebt – ist seine Weigerung, den Blick nach Norden – auf die Ostseeküste – zu richten.«

»Was meint Ihr damit?«

Der Botschafter schenkte sich und seinem Gast guten französischen Cognac nach. »Ich habe da eine Theorie«, sagte er. »Jedes Volk hat ein natürliches Territorium, das es, wenn es den ihm vorgeschriebenen Weg gehen will, besiedeln muß. Was immer der Preis, es muß die Hand danach ausstrecken und diesen Lebensraum in Besitz nehmen. Frankreich hat es bereits getan. Mit seinen vor kurzem abgeschlossenen Bündnissen mit Wales und Schottland ist England auf dem besten Weg, dieses Ziel ebenfalls zu erreichen. Wenn die Zeit reif ist, wird Euer Italien ihm nachfolgen, und Deutschland unterwirft sich bereits dieser schmerzhaften Prozedur.«

»Was Nationen mit natürlichen Grenzen betrifft, verstehe ich, was Ihr meint. Aber wie steht es mit Polen, das keine besitzt?«

»Ihr irrt! Im Osten und Westen mögt Ihr recht haben. Dort hat das arme Polen keine natürlichen Grenzen. Wohl aber in den anderen Himmelsrichtungen. Im Süden die Karpaten und, das ist das Allerwichtigste, im Norden die Ostsee. Um sein Geschick zu erfüllen, muß es, so meine ich, einen Anteil an dieser Küste kontrollieren.«

»Ja, ja«, stimmte der Legat nachdenklich zu. »Polens mächtigster Strom, die Weichsel, ergießt sich in die Ostsee. Danzig beherrscht seinen ganzen Handel. Aber der Fisch, den das Volk so liebt, kommt in den Fischerbooten fremder Nationen ins Land.«

»Versteht Ihr denn nicht, Herr Kardinal? Hätte Polen die Deutschen Ritter in der Vergangenheit nicht daran gehindert, seine Küste im Baltikum zu kontrollieren, es wäre erstickt; würde es Schweden jetzt nicht daran hindern oder in Zukunft Deutschland, es wäre sein Ende. Aber es tut nichts, um diesem Schicksal zu entgehen. Immer wieder scheut es vor seiner Verantwortung zurück.«

»Könnte Polen Schweden überhaupt aufhalten – vorausgesetzt, es hätte den Willen dazu?«

»Offen gesagt, nein. Polen hat sich zuviel Zeit gelassen und leidet jetzt unter einer unglaublichen militärischen Schwäche. Die Magnaten widersetzen sich der Aufstellung eines Heeres; sie fürchten, es könnte zu einem Werkzeug des Königs werden.«

»Ist er so töricht, wie es den Anschein hat?«
»Johann Kasimir ist ein listiger Bursche, Kardinal Pentucci. Als katholischer König von Polen macht er seine Sache nicht schlecht. Ein glühender Patriot. Aber als heimlicher Protestant, der den schwedischen Thron ansteuert ... Es ist alles so entsetzlich verwirrend.«
»Ihr wißt ja, daß er katholisch getauft ist«, sagte der Legat. »Und ich glaube, er ist ein guter Katholik.«
»Aber als Mitglied der schwedischen Königsfamilie träumt er davon, König von Schweden zu werden, und davon wollen die Schweden offenbar nichts wissen.«
»Ist er wirklich so schlecht beraten?«
»Noch schlechter. Er träumt nicht nur davon, König von Schweden zu werden. Er unternimmt ganz offen Schritte, um dieses Ziel zu erreichen.«
»Und darum muß der rechtmäßige König von Schweden – sein Cousin, nicht wahr? –, er muß sich dagegen wehren. Und diesem Umstand entspringt wohl die drohende Invasion?«
»Der in Schweden regierende König ist wie alle Könige, Eminenz. Ein Drittel Habgier, ein Drittel Dummheit. Und ein Drittel funkelnde Brillanz, wo es um die Wahrung seiner Interessen geht.«
»Und wenn dieser vielseitige Mann, dieser Karl X. Gustav seine Invasionspläne weiterverfolgt ... wird er Polen erobern?«
»Ich habe meinen König dahingehend informiert, daß es nur eine Frage von Monaten sein wird, bis Schweden Polen bezwungen hat.«
Die zwei Männer ließen sich das minutenlang durch den Kopf gehen, dann sagte der Legat: »Ist es nicht seltsam, daß sich ein kleines, wenig bevölkertes und nicht eben reiches Land wie Schweden erdreisten kann, eine große Nation wie Polen anzugreifen, die ihm in so vieler Hinsicht überlegen ist?«
»Es ist durchaus nicht seltsam, wenn das kleine Land gut regiert wird und zusammenhält, während die große Nation schlecht regiert wird und mit aller Macht auseinanderstrebt.«
»Hat die Art, wie ein Land regiert wird, so große Bedeutung?«
»Die allergrößte.«
»Und wie steht es mit dem Geist? Mit dem Willen? Mit dem Glauben?«

»Ohne Heer, was zählt das schon?«

»Manchmal sehr viel. Hat unser Papst ein Heer? Er hat den Glauben und den Willen.«

»Darum herrscht er in der Welt des Glaubens, während Könige die Welt der Macht und des Besitzes beherrschen.«

»Ich kann einfach nicht glauben, daß sich ein katholisches Polen so leicht einem protestantischen Schweden geschlagen gibt.«

»Damit habt Ihr das eigentliche Problem angeschnitten«, sagte der Franzose. »Für sich allein wäre Polen durchaus existenzfähig. Sobald es aber durch seine bedauernswerten Könige in die dynastischen Verwicklungen der Nachbarstaaten hineingezogen wird, gerät es in Gefahr. Wenn dann noch ein Glaubenskampf dazukommt, ist das Chaos nicht mehr aufzuhalten. Habt Ihr gehört, wie sich der Schwedenkönig in einem Brief an Oliver Cromwell gebrüstet hat? ›Wenn ich mit Polen fertig bin, gibt es im ganzen Land keinen Papisten mehr.‹ «

»O weh! Noch so ein lutherischer Fanatiker! Armes Polen!« Aber noch während er diese Klage ausstieß, dachte er an gewisse polnische Persönlichkeiten, die er kennengelernt hatte und auf die die Beschreibung des Botschafters als verantwortungslose Gesellen nicht zutraf. »Ich kenne diesen Cyprjan von Gorka, und ich bezweifle doch sehr, daß er sich je gegen Polen oder seinen König stellen würde.«

»Cyprjan ist einer der besten«, räumte der Botschafter ein, »und ich habe auch viel Gutes über diesen anderen Magnaten, diesen Lubomirski, gehört.«

»Ja, ja. Wenn das Land mehr Männer ihres Kalibers hätte, könnte es dem Sturm widerstehen«, sagte der Legat, und in seiner Stimme schwang Hoffnung.

»Aber es gibt der Guten so wenige und der Schlechten so viele«, entgegnete der Franzose, und der Legat nickte: »Es ist auch in Rom nicht anders.«

Mit außerordentlichem Scharfblick hatte der Franzose vorausgesehen, was tatsächlich passierte, als die dynamischen Schweden die lethargischen und führungslosen Polen angriffen. Aber selbst er hatte nicht ahnen können, wie rasch die Invasoren triumphieren, wie bald Polens Heer und der Widerstand seiner Bürger zusammenbrechen und die Führung seiner Magnaten versagen würde.

Am 21. Juli 1655 drangen die schwedischen Armeen mit ihrem tatkräftigen König an der Spitze in Polen ein, und schon vier Tage später begannen die polnischen Heere klein beizugeben. Am 18. August beeilte sich der litauische Magnat Radziwiłł, die Kapitulation seines Teils des Reiches anzubieten, und um den 1. September herum hatten schwedische Truppen das ganze Land besetzt. Wohl kaum je war ein großer Staat so rasch zusammengebrochen, aber noch nie hatte ein großer Staat auch so wenig für seine Verteidigung getan.

Noch etwas anderes hatte der französische Botschafter nicht voraussehen können: wie brutal die protestantischen Sieger mit den katholischen Besiegten umgingen. In unbeherrschter Wut wurden Dörfer und Städte zerstört. Kirchen, Rathäuser, Läden und Bauernhöfe wurden verwüstet und niedergebrannt, Priester und Nonnen, Bürger und jüdische Händler, Hausfrauen und Bauern, die ihren Besitz verteidigen wollten, in erschreckender Zahl erschlagen. Kein Eroberer war je mit solcher Unmenschlichkeit über ein Land hergefallen, wie es jetzt die Schweden in Polen taten.

In den letzten Tagen dieses entsetzlichen Sommers näherten sich die schwedischen Truppen der gewaltigen Burg Krzyztopor, die, umgeben von einem breiten und sicheren Wallgraben, auf einer kleinen Anhöhe stand. Die Ossolińskis überprüften ihre Vorräte an Wasser und Lebensmitteln und stellten befriedigt fest, daß ihre mächtige Festung jeder Belagerung standhalten konnte, und als der Kanzler vorschlug, daß Barbara sich nach Krakau in Sicherheit bringen sollte, lehnte sie ab.

»Das ist meine Burg«, sagte sie und zeigte jene Seelenstärke, die schon die Familien ihrer Eltern gekennzeichnet hatte. Sie befand sich in jenem Sommer auf der Höhe ihrer Schönheit, eine stattliche Frau von ungewöhnlichem Liebreiz, die sich in den verschiedenen Fachgebieten ausgebildet hatte, die nötig sind, um eine gute Verwalterin zu sein; sie konnte lesen und schreiben und hatte Frankreich und Italien bereist; sie förderte Musiker und Künstler, so daß man ihr Lieder widmete und sie porträtierte; und sie bewies auch ein feines politisches Gespür, denn sie schätzte die schwerwiegenden Fehler der Magnaten, mit denen ihre Familien verwandt waren, richtig ein. Sie war eine Stimme des neuen Polen, jenes Polen, das vielleicht entstehen würde, wenn die schwedische Flut zurückgegangen war, und Barbara hatte den festen Willen, die Burg Krzyztopor zu einem Mittelpunkt dieser Erneuerung zu machen.

Das unmittelbare Polen schien leicht zu meistern: »Wir müssen den Schweden Widerstand leisten und dürfen nicht nachgeben. Roman, du mußt vor allem darauf sehen, daß die Wachen ihre Pflicht tun!«

Die Ermahnungen der Burgherrin waren überflüssig, denn alle, die sich innerhalb der Mauern befanden, waren entschlossen, diese Burg für die kommenden Jahre zu bewahren.

Wäre dies das Jahr 1241 gewesen, als die Tataren das Land überrannten, oder das Jahr 1410, als die Deutschen Ritter ihr Unwesen trieben, die Burg hätte ein Jahr lang jeder Belagerung widerstehen und alle Angreifer zurückschlagen können. Aber man schrieb das Jahr 1655, und da gab es schon donnernde Kanonen; und Burggräben, mochten sie auch noch so breit sein, gewährten nur wenig Schutz dagegen.

Der schwedische König kam nach Krzyztopor, warf einen Blick auf die dicken Mauern und befahl seinen Generälen: »Wartet, bis wir die Kanonen hier haben.« Als dann die großen grauen Monster vor der Nordmauer in Stellung gebracht waren, begann die Beschießung. Die Schweden konnten schnell erkennen, daß die Mauern an mehr als einem Dutzend Stellen durchbrochen werden würden – Stellen, durch die sie dann nach Belieben eindringen konnten. Das Schicksal von Krzyztopor war besiegelt. Kaum brannten die Herdfeuer, und schon sollte die Burg zerstört werden.

Innerhalb der Burg hörten die Ossolińskis mit wachsendem Entsetzen, wie die Kanonade ihre Mauern einriß, und als es offensichtlich wurde, daß die Festung verloren war, schlug Roman vor, mit einer weißen Fahne auf die Schweden zuzugehen und um freien Abzug für Barbara und die anderen Frauen zu bitten. Barbara aber ließ das nicht zu: »Mein Schicksal ist mit dem meiner Burg verbunden.«

Zwei grauenhafte Tage lang mußte sie zusehen, wie die schützende Mauer zerbröckelte und einstürzte, als ob Kinder sie erbaut hätten; als die zweite Nacht hereinbrach, wurde ihr bewußt, daß die Barbaren aus dem Norden ihre Burg noch vor dem kommenden Mittag überrennen würden, und sie machte sich daran, mit ihrem Leben abzuschließen.

Sie begab sich in die große Kirche innerhalb der Mauern und betete.

Dann wandte sie sich an den älteren der beiden Priester und bat ihn, sie zu segnen. Sie sprach mit ihren drei Kindern und bemühte sich, ihnen den Mut einzuflößen, der sie selbst beseelte. Danach besuchte sie die Küche und versicherte den Frauen, daß die Schweden ihnen nichts zuleide tun würden. Automatisch, so als ob die Schweden auf ein paar Wochen als Gäste kämen, ging sie dann zum Wäscheschrank, um sich zu vergewissern, daß alles in Ordnung war. Als sie die mit soviel Aufwand an Geld und Mühe säuberlich aufgestapelten Stöße sah, brach sie in Tränen aus. »Dies hätte eine Quelle des Lichtes für Jahrhunderte sein sollen!« rief sie, wo keiner ihren Schmerz belauschen konnte. »Wir haben dich mit soviel Fleiß ... und Liebe ... erbaut ... O Gott! Das kann doch nicht untergehen! Sie werden doch diese schöne Burg, die wir gebaut haben, nicht niederreißen!«

Doch noch während sie diese Hoffnung äußerte, wußte sie schon, daß sie es vergeblich tat, denn sie hatte eine tiefgründige Wahrheit entdeckt: »Wir haben die falsche Burg im falschen Jahrhundert gebaut, um uns vor dem falschen Feind zu schützen. Du lieber Gott, was waren wir doch für Narren!«

Doch dann schämte sie sich ihrer Schwäche und ging zu ihrem Gemahl, entschlossen, ihm Stütze zu sein, so gut sie konnte. »Barbara«, sagte er, »wir werden so lange wie möglich Widerstand leisten und uns ihnen dann auf Gnade und Ungnade ergeben.«

Doch die Sieger ließen keine Gnade walten. Wie Barbara vorausgesehen hatte, durchbrachen die Schweden gegen zehn Uhr vormittags die letzte Verteidigungsstellung und begannen mit der systematischen Zerstörung der Burg und all dessen, was sich in ihr befand. Roman und seine Frau wurden gleich beim ersten Ansturm erschlagen. Ihre Kinder wurden getötet, die Frauen in der Küche, die zwei Priester und alle Verteidiger. Keiner entkam der blinden Wut der Soldaten, denen drei Tage lang Widerstand entgegengesetzt worden war.

Und dann nahm die Plünderung Krzyztopors ihren Anfang. Was auch nur den geringsten Wert hatte, wurde auf den großen Burghof gebracht: Lebensmittel, Monstranzen und Abendmahlskelche aus der Kirche, Wandbehänge, Möbel, Truhen, Kleider, die liturgischen Gewänder der Priester. Bis in die letzten Winkel wurde die Burg ausgeräumt.

In den umliegenden Dörfern requirierte Wagen und Karren wurden, beladen mit den Schätzen von Krzyztopor, durch die hohen Burgtore gefahren und nach Schweden auf den Weg gebracht. Zu den kostbarsten Gütern gehörten die Bücher und persönliche Aufzeichnungen: Sie verkörpern das Herzblut einer Nation. Das Wertvollste war eine goldene Kette mit sechs Tropfen makellosen Bernsteins, vom Hals der Leiche der schönen Frau gerissen, die Herrin dieser Burg gewesen war. Das Schmuckstück wurde mit Papier umwickelt, in ein Stück Leinwand eingeschlagen und auf dem Wagen 307 in eine Ecke gesteckt, wo es liegenblieb, bis die Kolonne Schweden erreicht hatte.

In den letzten Tagen des schicksalsschweren Jahres 1655 erreichten schwedische Truppen die Weichsel, wo sie in blindwütige Raserei gerieten, die Burg Gorka stürmten und alle Frauen und Kinder töteten. Sie brannten das Dorf Bukowo nieder, machten Hütten und Häuser dem Erdboden gleich und töteten über die Hälfte der Bauern. Ihre entsetzlichsten Taten hoben sie sich für die kleine Burg auf, wo Danusia, die Frau des abwesenden Lukasz, versuchte, ihre zahmen Tiere um sich zu scharen und den Eindringlingen zu erklären …

Ein Soldat stach mit einer Lanze nach ihr und durchbohrte sie über dem Herzen, worauf zwei andere sie von der Seite her aufspießten. Als der zahme Bär sah, wie sie zu Boden stürzte, schlurfte er zu ihr hinüber, um ihr beizustehen, aber die Soldaten traten ihm in den Weg und stachen mehrmals auf ihn ein. Der Otter wollte den Bären natürlich beschützen; die Soldaten töteten ihn und auch den Fuchs. Schließlich kamen die Störche heruntergeflogen, wie sie es immer taten, wenn Gäste da waren; die Soldaten erschlugen sie mit Knüppeln. Dann wurde die kleine Burg angezündet und zu einer lodernden Totenklage um alle Geschöpfe, die soviel Liebe miteinander geteilt hatten.

So wurden die drei Frauen, die aus ihren Häusern solch friedliche Zufluchtsstätten gemacht hatten, von den Schweden getötet: Anulka, die die würzigste *kiełbasa* zubereitet hatte; Danusia, der die besten Piroggen gelungen waren, und Zofia Mniszech, die für ihre gute Küche bekannt gewesen war – sie alle wurden ermordet. Warum hatten sich ihre Männer als unfähig erwiesen, sie zu verteidigen?

Als die schwere Niederlage ihre Schatten vorauswarf und während einige feige Magnaten zu Verrätern wurden und zum Schwedenkönig überliefen, hielten Cyprjan und sein Gefolgsmann Lukasz stand. Zusammen mit Jan von den Buchen bildeten sie den Kern einer kleinen Privatarmee, die sich von einer unhaltbaren Position zur nächsten zurückzog, bis die Männer schließlich das von dicken Mauern umschlossene Kloster Tschenstochau im Westen erreichten.

Eine Schar frommer Priester und Mönche hütete den Schrein, der Polens kostbarste Reliquie enthielt: ein im Lauf der Zeit gedunkeltes Marienbild byzantinischer Herkunft, die berühmte, von den Gläubigen verehrte »Schwarze Muttergottes von Tschenstochau«. Hier wollten sich die polnischen Patrioten den grausamen Eindringlingen entgegenstellen.

Als Cyprjan von Gorka mit seiner kläglichen kleinen Schar in das Pauliner-Kloster einzog, schienen die Aussichten, es gegen die Kanonen halten zu können, die Krzyztopor zerstört hatten, minimal, aber die Männer innerhalb der Mauern waren entschlossen, erbitterten Widerstand zu leisten. Cyprjan fiel die Verteidigung der Ostmauer zu, auf die die Schweden vermutlich ihren Angriff konzentrieren würden.

Am 18. November 1655 begannen die Invasoren ihren Vorstoß in der Erwartung, einen leichten Sieg über die unbewaffneten Mönche zu erringen. Aber zwei Überraschungen erwarteten sie: Die Patres, die das Kloster auf dem »Klarenberge« verteidigten, erwiesen sich als ungemein listenreich bei der Abwehr von Attacken, und die Mauern, die in den vergangenen zweihundertfünfzig Jahren seit der Gründung des Klosters viele Male ausgebessert und verstärkt worden waren, zeigten sich gegenüber den Kanonen erstaunlich widerstandsfähig. Wenn irgendwo eine Lücke geschlagen wurde, gelang es Cyprjans Männern schnell, sie wieder zu schließen. Diese Belagerung ließ sich ganz anders an als die von Krzyztopor.

Am 1. Dezember waren die Schweden einem Sieg nicht näher als zwei Wochen zuvor, aber ihre beiden schweren Kanonen fügten den Mauern großen Schaden zu; auf lange Sicht würde das Kriegsglück die Angreifer begünstigen. Darum begannen Cyprjan und einige andere wagemutige Geister die Möglichkeit ins Auge zu fassen, die Kanonen funktionsuntüchtig zu machen. »Wir könnten Säcke mit Schießpulver zu den Stellungen schaffen, sie rund um die Kanonen aufstapeln und sie in die Luft jagen.«

»Was tun wir mit den Schweden, die die Geschütze bewachen?« wollte einer der Ordensbrüder wissen.
»Wir töten sie«, antwortete Cyprjan, und als einige seiner Zuhörer erblaßten, fügte er hinzu: »Wir machen das, ich und meine Männer.«
Er rief nicht nach Freiwilligen; er teilte Lukasz, Jan und sechs seiner Bauern einfach mit: »Heute nacht steigt die Sache«, und sie mußten ihm folgen.
Sie verließen das Kloster gegen elf Uhr in einer kalten, stürmischen Nacht, in der es den schwedischen Wachen schwerfallen mußte, sich warm zu halten. Mit äußerster Vorsicht krochen sie eine Regenrinne hinunter und kamen zu einem vor sich hindösenden Posten, den Cyprjan selbst erwürgte. Dann erreichten sie einen Erddamm, auf dem die zwei Kanonen standen.
Mehr als zwanzig Minuten lang blieben sie dicht daran hocken, ohne ein Wort zu sprechen. Sie machten sich mit der Lage vertraut, und erst als jeder von den neun genau wußte, was er in den nächsten entscheidenden Sekunden zu tun hatte, stürzten sie sich auf die Kanonen, töteten die Wachen, stapelten die Säcke auf und zogen sich zurück, um die Lunte anzuzünden. Etwa eine Minute und vierzig Sekunden brauchte die winzige Flamme, um das Pulver zu erreichen, und in dieser entsetzlichen Spannung kamen schwedische Soldaten, die die Schreie ihrer Kameraden gehört hatten, auf den Erddamm zugelaufen. Cyprjan hörte sich selbst ein Stoßgebet zum Himmel senden: »Lieber Gott, halte sie auf.« Aber sie wurden nicht aufgehalten, sie stürmten mit lautem Gebrüll auf die Geschützstellung zu. Die glimmende Lunte jedoch war schneller: In einer gewaltigen Explosion wurden die zwei Kanonen und die fünfzehn auf sie zulaufenden Schweden in Stücke gerissen und durch die Luft geschleudert.
Am Weihnachtstag unternahmen die Schweden einen massiven Angriff, der jedoch von den Mönchen zurückgeschlagen wurde. In der Nacht des 26. Dezember begann der Feind abzuziehen. Drei Tage später war außer den schweren Schäden an der Ostmauer und den rauchgeschwärzten Stellen, wo die Kanonen gestanden hatten, nichts mehr davon zu sehen, daß die Schweden Tschenstochau je belagert hatten.
An diesem dritten Tag trug man das Gnadenbild der »Schwarzen

Muttergottes«, die ja einen strahlenden Sieg errungen hatte, in feierlicher Prozession triumphierend durch das Kloster und über das Schlachtfeld außerhalb der Mauern. Damit wurde der Mut, der Polen zu verlassen drohte, wiederbelebt, und die Menschen fingen an, mit ein wenig Hoffnung in die Zukunft zu blicken, daß ihre Heimat, so verwüstet sie auch war, doch gerettet werden könnte.

Nach der erfolgreichen Verteidigung Tschenstochaus schlossen sich die drei Witwer Cyprjan, Lukasz und Jan aus dem zerstörten Dorf Bukowo mit von ähnlichen Schicksalsschlägen getroffenen Patrioten zusammen und schworen einander, alles zu tun, um den Untergang Polens zu verhindern.

Sie waren eine zerlumpte Schar, der es an Nahrung, Kleidung und Waffen fehlte, aber gelegentlich errangen sie einen kleinen Sieg, wenn sie den Schweden mit nächtlichen Streifzügen und kleinen Überfällen aus dem Hinterhalt das Leben schwermachten. Dennoch, sie hatten es mit einem mächtigen und gut ausgerüsteten Feind zu tun; immer häufiger mußten sie abziehen, anstatt vorzurücken, und Ende März 1656 war der kleine Haufen von Freischärlern praktisch aus dem eigenen Land vertrieben.

Sie zogen sich von einer Stellung zur anderen zurück, häufig im letzten Augenblick, stets knapp an Proviant, aber das schlimmste war, daß sie es jede Woche mit einem neuen Feind – mit stets frischen Truppen – zu tun hatten. Heute mußten sie sich wilde Kosaken vom Leib halten; in der Woche darauf befehligte der König von Schweden selbst einen Angriff gegen sie. Stets wurden sie geschlagen, aber immer wieder ermüdeten sie den Feind, der sich inzwischen fragte, wann dieser grauenhafte Krieg, der einst so leicht ausgesehen hatte, zu Ende gehen würde.

In diesen Jahren ruhelosen Umherziehens, in denen es nur wenig zu essen und noch weniger Behaglichkeit gab, wachte Cyprjan manchmal nachts mit einem Gefühl auf, als umklammere eine Hand seine Kehle. Er schoß von seinem Lager auf, rang nach Luft und kämpfte mit den Geistern, die ihn in ganz Polen verfolgten: die Zerstörung seines Landes, das endlose Gemetzel, das Feuer, das die Dörfer verzehrte. Doch dann wurden die Bilder persönlicher, und er sah seine schöne Tochter, wie sie auf ihrer Burg erschlagen wurde, sah den erschütternden Tod Zofia Mniszechs und sah schließlich Lukasz' zahmen Bären von Lanzen durchbohrt, wie man sich erzählte, und er fing an zu zittern, wenn er an dieses verlorene Paradies dachte. Dann ging er zu Lukasz hinüber und weckte ihn. »Ich habe an Euren Bären gedacht, Lukasz, und an Danusias Piroggen.« Die Männer schwiegen eine Weile, und dann sagte Cyprjan: »Bei Gott, Lukasz, wir werden sie rächen!« Doch kaum hatte er sich wieder hingelegt, erneuerten die Geister ihren Würgegriff, und er konnte nicht einschlafen.

Als sie einmal unweit von Lemberg nächtigten, der mächtigsten Stadt jenes ukrainischen Gebietes, wo Cyprjans größte Besitzungen lagen, stieß er auf einen anderen Mann von einiger Bedeutung, der ebensowenig Ruhe finden konnte. Es war der König selbst, Johann Kasimir, dem das Unglück, das über sein Land gekommen war, den Schlaf raubte. Er wollte reden, aber nicht mit Cyprjan und auch nicht mit dessen Gefolgsmann Lukasz, sondern mit Jan von den Buchen.

»Wie ist das«, fragte er im Dunkel einer Frühlingsnacht, »du bist ein Bauer. Wie hast du dir dein Leben eingerichtet?«

»Wir stehen bei Tagesanbruch auf«, begann Jan.

»So wie ich«, sagte der König.

»Und wir arbeiten den ganzen Tag. Bei Sonnenuntergang gehen wir zu Bett.«

»Was eßt ihr?«

»Kohl, Rüben, wir mahlen unser eigenes Mehl.«

»Ich meine, welche Art Fleisch?«

»Wir haben niemals Fleisch. Nun ja, zu Ostern vielleicht ein Huhn.«

»Und was arbeitest du, Jan?«

»Was mein Herr mir schafft. Dann sechs Wochen im Jahr für den Herzog. Und drei Wochen für Euch.«

»Was sind das für Arbeiten?«

»Wir bestellen das Feld. Wir säen das Korn. Wir ernten. Und dann gehen wir zu Bett.«

Der König konnte kaum glauben, was er da zu hören bekam. Die ganze Nacht befragte er Jan. Er wollte wissen, wie Jan zu seinen Kleidern kam, wer seiner Frau im Kindbett zur Seite stand, welche Arzneien er nahm, und dies führte zu einem höchst ungewöhnlichen Dialog:

»Sag es mir noch einmal, Jan. Was tut ihr, wenn ihr krank werdet?«

»Wir sterben.«

Zwei Tage später befahl der König, daß Cyprjan, Lukasz und vor allem Jan in die Kathedrale nach Lemberg kommen sollten, wo Johann Kasimir vor einem kostbaren Marienbild eine Erklärung abgeben würde. Als vier zerlumpte Magnaten, siebzehn Angehörige des Kleinadels, hundert Bauern und Stadtbewohner und sogar einige Juden versammelt waren, legte er dieses Gelöbnis ab:

»Mit tiefer Besorgnis im Herzen höre ich von der Knechtschaft, unter der unsere Bauern stöhnen, und ich sehe die Tränen, mit denen sie um Hilfe beten. Ich denke, heilige Muttergottes, es ist Euer Sohn, ein gerechter und barmherziger Richter, der mein Königreich mit Pestilenzen, Kriegen und anderen Katastrophen geschlagen hat, und im Grunde meines Herzens weiß ich, daß wir, wir alle, schuldig geworden sind.

Daher gelobe ich, sobald der Friede wiederhergestellt ist, mein Bestes zu tun, um weiteres Unglück zu verhindern. Das Knie vor Euch beugend, verspreche ich, daß ich alle ungerechten Lasten und alle Mühsal von unseren Bauern nehmen werde. Helft mir, o gnadenreiche Himmelskönigin, tretet für mich ein bei Eurem Sohn, er möge Gnade an mir üben und mir beistehen, mein Gelöbnis zu halten, das ich aus freiem Willen vor meinen Magnaten, meinem Volk und meinen Bauern ablege.«

Lukasz und Jan waren von diesem Eid von Lemberg sehr beeindruckt, aber Cyprjan und die Magnaten wechselten wissende Blicke: »Gar nicht dumm vom König, seinen Truppen damit zu kommen, jetzt, wo der Krieg schlecht auszugehen droht. Aber wenn wir siegen, können wir ihn zwingen, alles wieder zurückzunehmen.«

In den dunklen Wochen, die nun folgten, war wenig vom Sieg die Rede, denn eine Serie von neuen Schlägen brach über das Land herein und lähmte fast den Kampfeswillen von Männern wie Cyprjan und Lukasz. Aus dem Westen kamen die schwerbewaffneten Truppen der in letzter Zeit ungemein erstarkten Mark Brandenburg, die eine Chance witterte, Beute zu machen und ein Stück von Polen an sich zu reißen. Als die Kosaken sahen, daß ihr traditioneller Feind im Begriff war, zerstückelt zu werden, unternahmen sie einen Angriff, um sich der Ukraine zu bemächtigen. In Litauen kamen die Radziwiłłs zu der Überzeugung, daß die Union mit Polen keine Zukunft hatte; sie machten sich erbötig, ein neues Litauen unter schwedischer Schirmherrschaft auszurufen. Der furchtbarste Angreifer von allen aber kam aus dem unruhigen Fürstentum Siebenbürgen im Süden; der machtbesessene Gyorgy Rákóczi marschierte mit seinen Truppen in Polen ein, um sich seinen Anteil an der Beute zu sichern. Gleich hungrigen Wölfen, die über einen der Ihren herfallen, sobald er verletzt ist, stürzten sich die Nachbarn auf Polen, um es zu zerstükkeln.

Ein grotesker Zufall wollte es, daß der König von Schweden die Anführer dieser Raubstaaten auf die zerstörte Burg Krzyztopor einlud, wo er Tische, Stühle und Schlafgelegenheiten für die Generäle und ihre Berater in die entweihte Kirche bringen ließ. Und dort, im einzigen Bereich der großen Burg, der noch ein Dach hatte, setzten sich die Sieger zusammen, um die Beute aufzuteilen. Die Zerstörer trafen sich in ihrem Zerstörungswerk.

Natürlich beherrschten der Schwedenkönig und Rákóczi die Konferenz, aber es war der politische Ratgeber der Brandenburger Generäle, der unterschwellig den größten Einfluß ausübte. Dies war Wolfgang von Eschl, ein hochgewachsener, hagerer Mann von eiskaltem Intellekt, dessen Vorfahren sich bereits mit polnischen Problemen auseinandergesetzt hatten. Als in großen Zügen feststand, wer was bekommen sollte, übernahm er mehr oder weniger das Kommando; seine scharfsinnigen Fragen und sicher getroffenen Entscheidungen machten das den Verhandlungen folgende Gespräch zu einer konstruktiven Diskussion.

Radziwill: Wir streben ein freies Litauen unter der Schirmherrschaft Schwedens an.

Eschl: Ich zweifle daran, daß Garantien in diesem Teil Europas viel taugen. Jedes Land muß es allein schaffen, lebensfähig zu sein.

König von Schweden: Stellt Ihr unsere Absichten in Frage?

Eschl: Nein, Eure Macht. Im Augenblick ist sie bedeutend, und nichts und niemand kann ihr Widerstand leisten. Doch das kann nicht lange so bleiben.

König von Schweden: Wer oder was soll uns bezwingen?

Eschl: Die Zeit. Rußland.

König von Schweden: Wir werden mit Rußland fertig werden, wenn die Zeit kommt.

Eschl: Niemand wird mit Rußland fertig. Ihr werdet Euch mit Rußland verständigen, so wie wir alle uns mit Rußland verständigen werden müssen.
Kosak: Wir werden nie vor Rußland kapitulieren.
Eschl: Ihr werdet es als erste tun.
Rákóczi: Was wollt Ihr unternehmen, um Siebenbürgen zu helfen, wenn die Türken uns angreifen sollten?
Eschl: Nichts.
Rákóczi: Meint Ihr das ernst, Herr von Eschl?
König von Schweden: Wir haben schließlich keine Differenzen mit der Türkei.
Rákóczi: Ich schon.
Eschl: Dann müßt Ihr Euch absichern. Wir geben Euch den größten Teil von Südpolen. Wenn Ihr es zu gebrauchen wißt, könnt Ihr Euch damit einen Schutzwall aufbauen.
Rákóczi: Aber wir können uns nur schützen, wenn wir alle zusammenstehen.
Eschl: Wir sind heute zusammengekommen, um Polen zu teilen. Sobald das geschehen ist, muß jeder für sich selber sorgen.
Rákóczi: Sind wir nicht dabei, ein großes Bündnis zu schließen?
Eschl: Nein.
König von Schweden: Fassen wir also zusammen: Schweden nimmt sich die baltische Küste bis Danzig. Die Deutschen bekommen den Westen einschließlich eines Stücks Schlesien nach ihren Wünschen. Ihr Kosaken habt freie Hand in der Ukraine. Rákóczi bekommt ganz Südpolen und Radziwiłł sein freies Litauen. Sollen wir ein kleines Gebiet rund um Warschau für die Polen selbst lassen?
Eschl: Ein Land, das sich nicht verteidigen kann, hat keine Daseinsberechtigung.
Rákóczi: Dem stimme ich zu. Lassen wir Polen von der Landkarte verschwinden. Schieben wir unsere Grenzen vor, bis sie aneinanderstoßen.
Eschl: Ausgezeichneter Vorschlag. Polen wird immer fremder Führung bedürfen, und die deutschen Staaten stehen bereit, sie zu übernehmen.
Seit dem Tag, da die Burg Krzyztopor ein Dach bekommen hatte, bewohnten Fledermäuse das Sparrenwerk, und als nun dieser schick-

salsschwere Tag zu Ende ging, fingen sie an sich zu regen und zu erwachen. Eine nach der anderen verließen sie ihre Verstecke, kreisten durch die nahezu verlassene Kirche und flogen aus, um Nahrung zu suchen. Ihre Flügel brachten ein Rauschen hervor, ihre stammelnden Rufe klangen, als unterhielten sie sich über die hier gefallenen Entscheidungen, aber nach einer Weile waren sie fort, und die Diskussion ging weiter.

König von Schweden: Wir haben das Land unterworfen – bis auf einen kleinen Unruheherd. Ich spreche von dieser Stadt Zamość an der Ostgrenze, die uns soviel zu schaffen macht. Ich nehme an, wir werden unsere Streitkräfte vereinigen, um sie zu bezwingen.

Rákóczi: Ich muß mich um Krakau kümmern. Wie Ihr wißt, beabsichtige ich, Krakau zu meiner zweiten Hauptstadt zu machen.

Eschl: So weit im Osten kämpfen die Deutschen nicht.

König von Schweden: Aber ihr Kosaken werdet es tun. Die Stadt liegt ja praktisch vor eurer Haustür.

Kosak: Ich habe Zamość 1648 belagert. Vierzig Tage lang, und wir wurden immer wieder zurückgeschlagen. Wir sind auf Zamość nicht erpicht; für uns ist es eine polnische Stadt.

König von Schweden: Seht ihr nicht ein, daß die Stadt, wenn sie frei bleibt ...

Kosak: Wir haben kein Interesse an Zamość. Überhaupt kein Interesse.

König von Schweden: Dann teilt Ihr also meine Meinung, daß wir in der Mitte ein kleines freies Polen bestehen lassen sollten?

Eschl: Ein freies Polen, wie groß auch immer, gleich welcher Art, hat keine Daseinsberechtigung. Ihr solltet auf mich hören. Wenn wir einen polnischen Teilstaat weiterbestehen lassen, werden wir nur Verdruß damit haben. Die Polen sind ein äußerst schwieriges, ein sehr halsstarriges Volk. Sie können sich nicht selbst regieren und wollen auch von keinem anderen regiert werden. Sie müssen vom Antlitz Europas verschwinden, und die deutschen Staaten werden keine Mühe scheuen, um das zuwege zu bringen. Aber auch Ihr Herren müßt Eure Pflicht tun. Zamość muß von euch Schweden erobert werden, ausgelöscht werden. Rákóczi sagt, er wird Warschau nehmen. Die Kosaken werden ihr Teil beitragen, da bin ich sicher. Auf Radziwiłł ist Verlaß ... Meine Herren, wir dürfen nicht länger zögern. Dieser

Hort ständigen Ärgernisses muß ausgebrannt werden ... völlig ... für immer. Sind wir uns einig?
Alle: Wir sind uns einig.
Gyorgy Rákóczi kam seiner Verpflichtung glänzend nach, wenn auch mit einer Brutalität, wie Polen sie nie erlebt hatte. Im Vergleich zu den grauenhaften Verwüstungen durch die Siebenbürger waren die tatarischen Invasionen des Jahres 1241 geradezu maßvoll zu nennen. Das Gemetzel war so entsetzlich, daß ein Priester später schrieb:
»Es schien, als wollten sie auch noch die Steine töten, denn sie spuckten sie an und urinierten darauf und versuchten sie zu verbrennen. Sie töteten die Menschen gedankenlos; nicht im Zorn – einfach, weil sie da waren. Ich habe selbst gesehen, wie sie elf Nonnen und Dutzende von Kindern ohne jeden Grund erschlugen. Sie töteten Schweine und Hühner auf die gleiche Weise. Es gab nichts Wertvolles, was sie übersehen hätten. Ein Mann in unserer Stadt hatte einen Goldzahn; mit ihren Dolchen schnitten und hackten sie ihm den Zahn aus dem Mund; erst dann töteten sie den Mann.
O Gott, rief ich inmitten dieser Verwüstung, warum hast Du das zugelassen in einem Polen, das Dich immer in Ehren gehalten hat? Meine Kirche ist ausgebrannt, mein Dorf zerstört, meine Stadt liegt in Schutt und Asche, meine Pfarrkinder sind tot – wie soll ich jetzt leben?«
Die Klage des Priesters war nicht übertrieben. In diesem Jahr des Entsetzens sank die Einwohnerzahl Polens von zehn auf sechs Millionen – in jedem Dorf und in jeder Stadt fanden vier von zehn Menschen den Tod. Das Vieh wurde erschlagen, alles Wertvolle gestohlen, die Bauernhöfe wurden zerstört, und alle Prozesse unterbrochen, die es den Menschen erlaubten, in einigermaßen vernünftiger Ordnung zusammenzuleben. In hundert Kirchen überlebten nur fünf oder sechs Priester, um die Messe zu lesen, und in diesen Kirchen blieb kein Gegenstand aus Gold oder Silber zurück. In den Städten machten die Siebenbürger alle Gebäude, in denen die Gemeindeältesten und die Ratsherren zusammentrafen, dem Erdboden gleich.
Der stürmische Erfolg der verbündeten Armeen zog eine kuriose Folge nach sich: Die wenigen polnischen Verteidiger wurden immer fester in dem östlichen Korridor zusammengepreßt; dort standen sie

jetzt mit dem Rücken zur Wand und beschlossen, die Entscheidungsschlacht, die Schlacht, die allem ein Ende setzen würde, bei Zamość zu schlagen, jener bemerkenswerten, von Mauern umgebenen Stadt, die ein einziger Mann innerhalb eines Jahres mit seinem eigenen Geld und seiner nie erlahmenden Energie erbaut hatte: der Magnat Zamoyski, ein glühender Patriot, weise vor seiner Zeit, der die Notwendigkeit einer befestigten Stadt an der Grenze vorausgesehen hatte – einer Stadt, die sich gegen Russen, Türken, Kosaken, Ungarn und Schweden verteidigen ließ; alle diese Staaten würden zu dieser oder jener Zeit versuchen, Zamość einzunehmen – und alle würden an diesem Versuch scheitern.

»Ihr werdet jetzt nicht in eine Festung einrücken«, sprach Cyprjan zu seiner abgerissenen Armee, als sie noch fünfzehn Meilen vor dieser Stadt stand, »sondern in eine wirkliche Stadt und eine wunderschöne noch dazu. Sie wurde von einem italienischen Architekten entworfen. Der ließ dort eine ganze Kette hübscher Arkaden errichten, die im Sommer Kühlung spenden, im Winter vor Frost schützen. Ich liebe Zamość und würde gern dort meine Tage beschließen, auf dem großen Platz sitzen, ein Glas Wein trinken und den Mädchen nachsehen, die ihre Einkäufe machen. Meine Tochter Barbara ...« Tränen traten ihm in die Augen, als er sie sich vorstellte, wie sie durch die Stadt spazierte und vor den italienischen Arkaden stehenblieb. Aber jetzt gab es keine Barbara mehr, keine Zofia Mniszech, keine Burg Gorka – nichts außer dem felsenfesten Entschluß, sich diesem alles zerstörenden Sturm entgegenzustellen.

»Männer«, sagte er, »wenn wir nach Zamość kommen, geht es nicht mehr weiter. Wir müssen die Feinde dort zum Stehen bringen oder ...« Er unterbrach sich: »Wir müssen sie dort zum Stehen bringen!«

Mit ernsten Gesichtern marschierten seine Männer in Zamość ein, wo sich bereits viele Krieger versammelt hatten. Zwar waren die Befestigungsanlagen nicht außergewöhnlich stark – nicht halb so stark wie die von Krzyztopor –, aber sie umfaßten die ganze Stadt, so daß diese mit allem, was sie beherbergte, zur Festung wurde, und der menschliche Wille eine zusätzliche Kette von Bastionen aufrichtete, die unvergleichlich widerstandsfähiger waren als die Mauern von Krzyztopor.

»Wir sind nicht chancenlos«, versicherte Cyprjan seinen Männern, und seinen Führungsqualitäten war es zu danken, daß sie nicht in Panik gerieten, als der König von Schweden Anfang November mit seiner gesamten Streitmacht vor der Stadt erschien und mit einer methodischen Beschießung begann. Der erste Regen von Kanonenkugeln erschreckte die Bewohner, aber Cyprjan war mit ermutigenden Nachrichten zur Hand: »Die Kosaken machen nicht mit! Rákóczis Männer sind nicht mitgekommen! Auch keine Deutschen sind da! Wir können sie abwehren!«

Als sich zeigte, daß die Schweden nicht genug Kanonen mitgebracht hatten, um Breschen aus den Mauern herauszuschießen, wagten die Verteidiger zwei Ausfälle – einen unter der Führung von Lukasz von Bukowo, der den Belagerern beträchtlichen Schaden zufügte –, und in den folgenden Wochen begannen die Schweden daran zu zweifeln, daß es ihnen je gelingen würde, die Mauern von Zamość zu durchbrechen.

Es kam der Tag, da der König von Schweden begriff, daß er diese Schlacht verlieren würde und damit auch die Hoffnung, Polen von der Landkarte verschwinden zu lassen. Der hartnäckige Widerstand von Männern wie Cyprjan von Gorka, die, wenn alles verloren schien und keine Aussicht auf einen Sieg mehr bestand, verbissen weiterkämpften, hatte die Allianz geschwächt und ihre Streitmacht in alle Winde zerstreut. Selbst die schwedische Armee, zu jener Zeit die beste Europas, war durch den jahrelangen Krieg erschöpft. Es schien das Vernünftigste zu sein, nach Schweden zurückzukehren.

Als der Rückzug begann, erreichte der Krieg einen Höhepunkt des Grauens. Eine größere Abteilung unzureichend gepanzerter schwedischer Truppen kam vom Weg ab, erhielt vielleicht auch falsche Instruktionen und wurde unversehens von Polen umringt, die in wilder Jagd aus der Stadt kamen; und so verbittert waren diese Polen, die miterlebt hatten, wie ihre Dörfer zerstört und ihre Frauen hingemetzelt worden waren, daß eine blutige Schlacht entbrannte, bei der die Schweden auf entsetzliche Weise vernichtet wurden.

Es ließ sich später nicht mehr feststellen, wie alles angefangen hatte, aber ein polnischer Bauer, Zornesröte im Gesicht, rief einem Kameraden zu: »Sie haben unsere Goldmünzen geschluckt, damit ihre Offiziere sie nicht kriegen!« Und diese zwei Männer begannen nun, den

toten Schweden die Bäuche aufzuschlitzen. Schon beim ersten fanden sie zwei österreichische Taler in den Eingeweiden. Die Nachricht von ihrem Fund verbreitete sich mit Windeseile, und nun setzte ein allgemeines Bauchaufschlitzen ein, an dem sich auch Jan von den Buchen beteiligte, dessen Familie bei Bukowo getötet worden war. Er fand vier große Goldstücke, die er Lukasz, seinem Herrn, gab, und es war dieser Schatz aus schwedischen Eingeweiden, der Lukasz die Möglichkeit gab, sich ein neues Heim an der Weichsel zu bauen.
In diesen von Hektik gekennzeichneten Jahren wurden Magnaten wie Cyprjan allmählich auf einen von vielen gefürchteten Mann namens Jerzy Lubomirski aufmerksam, dem es gelungen war, sich mit Patrioten der verschiedensten Art zu umgeben – mit anderen Magnaten, Landedelmännern, jüdischen Kaufleuten, Stadtbewohnern, Bauern und Söldnern. Mit diesem Haufen gewann er bald eine Schlacht nach der anderen gegen die überlegenen Truppen der schwedisch-deutsch-siebenbürgischen Allianz. Der Name Lubomirski wurde überall mit Respekt genannt, und Cyprjan erinnerte sich, daß Zofia sich als junges Mädchen in ihn verliebt hatte. Von anderen Leuten erfuhr er, daß Lubomirski unter den Händen des Feindes Entsetzliches erlitten hatte: »Aus seinem Schloß bei Wiśnicz schleppten die Schweden hundertzweiundfünfzig Wagen mit Gemälden, Schmuck und Möbeln davon. Rákóczis Männer brannten sein Schloß bei Rzeszów nieder. Und die Deutschen verwüsteten zwei seiner größten Burgen im Norden. Er ist ein Mann, der nur mehr seiner Rache lebt.«
Als die Belagerung von Zamość zu Ende gegangen war und die schwedischen Truppen den Rückzug angetreten hatten, faßte dieser Lubomirski den Plan, Rákóczis Streitmacht zu vernichten – nicht durch einen Frontalangriff, bei dem die Polen mit Sicherheit die Verlierer gewesen wären, sondern durch einen Überfall auf Rákóczis eigenen Hinterhof –, und mit Cyprjans Hilfe stellte er ein starkes und zu allem entschlossenes Heer auf, das von Polen aus ins Herz Siebenbürgens marschierte, wo es so schwere Verwüstungen anrichtete, daß der gefürchtete Rákóczi schleunigst in sein Land zurückkehren mußte, um das Ärgste zu verhüten.
Zu spät! Lubomirski, der sich als außergewöhnlicher Feldherr erwies, fuhr fort, siebenbürgisches Eigentum zu zerstören, wobei er dem

blutrünstigen Rákóczi geschickt auswich. Am Ende hatte Lubomirski einen solchen Trümmerhaufen aus Siebenbürgen gemacht, daß die Türken im Süden sich genötigt sahen, ihrerseits einzumarschieren, um auf dem ihnen tributpflichtigen Territorium Ordnung zu schaffen und den schrecklichen Rákóczi, der ihrer Sache nicht mehr dienlich war, zu töten.

So kehrten die Witwer Cyprjan, Lukasz und Jan im Herbst 1658 nach beschwerlicher Reise langsam nach Bukowo zurück, wo von den zwei Burgen nur noch Ruinen standen. Das Dorf bestand nur mehr aus einer Hütte, errichtet von einem unternehmungslustigen Bauern, der sein Feld für das Wintergetreide bestellt hatte.

Nachdenklich betrachtete Cyprjan das verwüstete Land und studierte Berichte, die von seinen auswärts gelegenen Städten und Dörfern eingetroffen waren. Alles war zerstört, und Lukasz, der neben ihm stand, begann zu weinen, aber Cyprjan tröstete ihn und richtete das Wort an die Umstehenden: »Ein Pole ist ein Mann, der mit einem Schwert in der rechten und mit einem Ziegelstein in der linken Hand geboren wird. Sobald die Schlacht vorüber ist, baut er von neuem auf.«

Und sie bauten wieder auf: die Burg Gorka auf den alten Fundamenten, aber mit mehr Komfort ausgestattet, das Dorf selbst mit Hütten und Häuschen in der alten Tradition; und für Lukasz nicht die kleine Burg, die sich einfach nicht mehr instand setzen ließ, sondern ein großes, festes Haus als Mittelding zwischen einem Bauernhof und einem kleinen Herrensitz.

Natürlich brauchten die Männer Frauen, die ihre neuen Behausungen bewohnen und bewirtschaften sollten, und der kluge Jan von den Buchen war der erste, der dieses Problem für sich löste. Unverdrossen wanderte er von Dorf zu Dorf, erkundigte sich, ob der Krieg irgendwelche Witwen zurückgelassen hatte, und fand schließlich eine dreißigjährige Frau, die jedoch geradezu beängstigend hübsch war, was ihn zu der Annahme verleitete, daß er sie nicht würde halten können; also zog er weiter. Im dritten Dorf – das weder Cyprjan noch Lukasz gehörte – entdeckte er Alusia, eine ordentliche Frau, deren zwei Kinder von den Schweden nicht erschlagen worden waren. Zehn Minuten, nachdem sie sich kennengelernt hatten, fragte Jan sie, ob sie wohl bereit wäre, mit ihm zu leben. »Ich bin ein fleißiger Arbeiter und werde dir ein hübsches Haus bauen.« Da sie im Augenblick keine besseren Aussichten hatte und auch in Zukunft keine besseren zu erwarten waren, nahm sie seine Werbung an. Zu viert machten sie sich auf den Heimweg. Die zwei Kinder hatten noch Angst vor Jan, dem Fremden, der jetzt ihr Vater war.

Jans Leben, selbst mit seiner neuen Frau und den Kindern, erfuhr keinerlei Änderung durch den großzügigen Eid, den der König in der Kathedrale zu Lemberg abgelegt hatte. Es wurden keinerlei Reformen verordnet, im Gegenteil: Die Bauern wurden mit zusätzlichen Verpflichtungen belastet, hatten noch weniger Zeit für sich und konnten nicht einmal zu Ostern ein Huhn nach Hause bringen. Der König hatte zu seinem Gelöbnis stehen wollen, aber die Magnaten warnten ihn: »Der Krieg hat unsere Besitzungen in einem Maße zerstört, daß wir mehr Arbeit von unseren Bauern brauchen, nicht weniger«, und sie brachten ihre Vorbehalte mit so viel Nachdruck vor, daß Johann Kasimir begriff: Wenn er sich gegen sie stellte, würden sie ihn stürzen. Also tat er gar nichts.

Lukasz löste sein Eheproblem auf ähnliche Weise wie Jan, nur daß er nicht von Dorf zu Dorf wanderte, sondern von einer kleinen Burg zur nächsten ritt. Dort stieß er häufig auf Männer wie er selbst, die im Krieg ihre Familien verloren hatten. In Baranów, ein Stück den Fluß hinunter, fand er einen solchen Angehörigen des Landadels. Der Mann war ein bißchen älter als er selbst und sagte, er habe von zwei Schwestern gehört, die in einer Kleinstadt unweit von Tarnobrzeg lebten. Also bestiegen sie ihre Pferde und ritten dorthin, und tatsächlich lebten dort diese zwei Schwestern, die verzweifelt nach anständigen Ehemännern Ausschau hielten. Nun erhob sich jedoch die Frage, welche Schwester welchen Mann heiraten sollte. Lukasz schlug eine einfache Lösung vor: Sie legten zwei Bohnen in einen Hut, eine weiße und eine schwarze, und die ältere Schwester sollte ziehen – schwarz für Lukasz, weiß für den Mann aus Baranów. Dies schien die einzige praktikable Lösung zu sein, denn da alle vier weder lesen noch schreiben konnten, wäre mit Stimmzetteln nicht viel anzufangen gewesen.

Die Bohnen wurden gezogen. Lukasz bekam Zosienka, die jüngere Schwester, die darüber alles andere als unglücklich war.

»Liebt Ihr Tiere?« fragte Lukasz, und als sie nickte, erzählte er ihr, daß er ein Bärenjunges im Szczęker Wald gefunden habe. »Oh«, kicherte sie, »dann seid Ihr also der Mann, der den Bären und den Otter besaß! Ich würde gern einen Otter haben!« Er lächelte. »Einen Otter aufzuspüren ist nicht so leicht, aber wir werden schon ein Tierchen finden, mit dem der Bär spielen kann.«

Cyprjans Problem fand eine ähnlich praktische Lösung. Viele schöne Besitztümer waren in einem so desolaten Zustand, daß ihre Eigentümer, denen es an Geld mangelte, keine Möglichkeit hatten, sie wieder instand zu setzen; andere wieder lagen verlassen, denn die Männer, denen sie gehört hatten, waren in den entsetzlichen Gemetzeln getötet worden. So konnten Magnaten wie Cyprjan, dessen übrige Güter ein kleines Einkommen abwarfen, ihren Besitz erweitern.

Ein solches Gut lag an der Straße von Lublin nach Zamość. Es war nach einem sehr hübschen Dorf benannt, Lubon, ein Wort, das soviel wie *Liebe* oder *Liebreiz* oder etwas *Schätzenswertes* bedeutet. Es war ein stattliches Schloß, und als Cyprjan es sah und an die Nähe zu Zamość dachte, einer Stadt, die jetzt eine besondere Bedeutung für ihn hatte, beschloß er, es zu kaufen. Als er an die Eigentümerin, eine Frau namens Halka, herantrat, stellte er fest, daß er eine attraktive Witwe vor sich hatte, die eine Tochter besaß, etwa gleich alt wie Barbara bei ihrer Hochzeit gewesen war. Also bat er Halka, anstatt ihr ein Angebot für Besitz und Schloß zu machen, um ihre Hand und heiratete sie, wobei er nicht außer acht ließ, daß sie zusammen mit ihrer Tochter die Linie derer von Gorka fortsetzen konnte.

Doch schon kurz nach seiner Hochzeit hörte er auf, diesen Titel zu gebrauchen, und wurde auch nie wieder damit angesprochen. Zu dieser Veränderung kam es, weil der päpstliche Legat, der sich dem französischen Botschafter gegenüber so rühmlich über Cyprjan geäußert hatte, das gleiche in seinen Berichten nach Rom tat. Der Papst gab bekannt, daß er Cyprjan von Gorka, der »sowohl bei Tschenstochau wie auch bei Zamość so tapfer für den Glauben gestritten hatte«, den Grafentitel verlieh. Und aus Liebe zu seiner neuen Frau nahm Cyprjan den Namen Lubonski an. Von da an war der Herr auf Schloß Gorka ein Graf Lubonski.

Der Wiederaufbau von Häusern und Familien ging zügig vonstatten, aber es gab Verluste, die nie wiedergutzumachen waren, selbst wenn die Überlebenden mit beiden Händen Ziegel geschleppt hätten. Als die Schweden 1657 den Rückzug antraten, nahmen sie 2183 Wagenladungen voll alter Bücher und Handschriften, Gemälden aus Schlössern, Gold und Silber aus den Kathedralen, Einrichtungsgegenstände, Familienerbstücke und alles andere mit, was sich in Jahrhunderten guten Lebens angesammelt hatte. Schwedens Kultur sollte am polnischen Erbe Nahrung finden.

Glücklicherweise fiel dieses grandiose historische Material in die Hände von Leuten, die es zu schätzen und zu schützen wußten. Alles Wesentliche wurde katalogisiert, so daß in den folgenden Jahren jeder, der die polnische Geschichte studieren wollte, in Schwedens Bibliotheken und Museen fündig werden konnte.

Die goldene Halskette mit den sechs Bernsteintropfen ging nicht verloren. Von Papier umwickelt, in Tuch geschlagen, blieb sie im Wagen 307, bis sie Schweden erreichte, wo sie jetzt in all der Schönheit bewundert werden kann, die sie im Jahr 1409 besaß, als sie gefertigt wurde – oder im Jahr 1655, als man sie von der Leiche Barbara Ossolińskis nahm; sie ruht in einem samtenen Kästchen in einem Stockholmer Museum.

5. Kapitel

Aus dem Süden

Nur selten in der Geschichte hat sich eine Nation so schnell von einer Katastrophe erholt. Nach der furchtbaren Zerstörung Polens durch die Schweden, die Deutschen und die Siebenbürger war das Land im Jahre 1658 kraftlos daniedergelegen; doch im Januar 1683 traten die Vertreter von fünf europäischen Regierungen in Warschau zusammen und erbaten polnische Hilfe, um das Christentum vor einer entsetzlichen Gefahr zu bewahren, die es von Süden her bedrohte.
Deutschland, Frankreich, der Kirchenstaat, Ungarn und vor allem Österreich flehten die Polen um Hilfe an: »Ohne Euren Beistand wird Europa sehr bald in die schrecklichste Gefahr geraten, die dem Kontinent je gedroht hat. Bitte, bitte steht uns bei! Führt den großen Kreuzzug an, der allein uns retten kann!«
Die Gefahr war real und von bisher nie gesehenen Ausmaßen: Die Türken kamen immer näher, hatten bereits Griechenland, Bulgarien, Rumänien und einen großen Teil Ungarns vereinnahmt, und wo die siegreichen Heere des Sultans triumphierten, standen die Verlierer, die das Glück gehabt hatten, zu überleben, vor einer schweren Entscheidung: zum Islam übertreten oder körperliche und seelische Zerstörung in Kauf nehmen. Nur selten massakrierten die Moslems ganze Bevölkerungsgruppen aus religiösen Gründen; sie zogen es vor, sie als Sklaven am Leben zu lassen, um Janitscharen für das Heer und Arbeiter für die Produktion von Handelswaren heranzuziehen, aber das Leben war hart für einen Christen unter Moslemherrschaft.
Europa zitterte, denn man wußte: Wenn nicht umfassende Maßnahmen ergriffen würden, fiel Wien, das eine Schlüsselstellung einnahm, noch vor Ende des Jahres. Zwar waren die Deutschen und Österreicher bereit, mit allem, was sie hatten, Widerstand zu leisten, aber sie wußten auch, daß ihnen ohne polnische Kraft und Führung der Er-

folg versagt bliebe, und so kam es, daß dieselben Länder, die noch kurz zuvor alle Anstrengungen unternommen hatten, um Polen zu vernichten, jetzt um polnischen Beistand bettelten.

Wie war es zu diesem Umschwung gekommen, und, was noch wichtiger ist: Wie konnte es geschehen, daß ein Land, das praktisch ohne Heer dagestanden hatte, plötzlich über eine der besten Armeen verfügte?

Vier Faktoren erklärten das Wunder: Erstens war der gutmütige Schwede auf dem polnischen Thron, der so ungeschickt taktierende Johann Kasimir, doch so klug gewesen, aufzugeben; durch käufliche Magnaten in seiner Entscheidungsfreiheit gelähmt und durch das *liberum veto* frustriert, dankte er ab. Zweitens: Nach einer schlimmen Zeit ohne König und einem wüsten Streit fremder Mächte, deren Ziel es war, Männer mit jeweils ihnen freundlicher Gesinnung zu wählen, entschied sich der Sejm für einen farblosen und unfähigen Polen, der klug genug war, ziemlich bald zu sterben. Drittens: Nach einem weiteren gefährlichen Interregnum und einem Kampf bis aufs Messer zwischen französischen und österreichischen Bewerbern gewann der bessere Mann, der zufällig aus dem französischen Lager kam. Viertens, und das war vielleicht das Wichtigste: Der Sieger, Johann Sobieski, schickte sich gerade an zu beweisen, daß er einer der bedeutendsten Könige war, die Polen je hervorbringen sollte. Er war ein außergewöhnlicher Mann, vierundfünfzig Jahre alt und mit seinem großen Kopf, einem enormen Bauch und kleinen Füßen von höchst sonderbarer Gestalt. »Er ist ein perfektes Oval«, berichtete ein französischer Beobachter. »Von weitem sieht er aus wie ein großes Ei, das auf dem kleineren Ende steht.« Ein Mann von brennendem Ehrgeiz und explosivem Temperament, hätte es ein schlimmes Ende mit ihm nehmen können, wäre ihm nicht das Glück beschieden gewesen, eine brillante Französin zur Frau zu bekommen, die wohl eine der habgierigsten Persönlichkeiten der Weltgeschichte war. Es hieß von ihr, sie sei eine illegitime Tochter der Gemahlin Ludwigs XIV., und sie glaubte fest daran, daß jeder König das Doppelte von dem wert war, was der Staat ihm zahlte. Sie wurde nicht müde, ihren Mann zu ermahnen, diese Marysieńka, die stets darauf bedacht war, mögliche Vorteile zu nutzen: »Denk daran, wie es den beiden vor dir ergangen ist. Johann Kasimir hat aufgegeben; den anderen haben die

Magnaten bis an sein Grab verfolgt und ihm keinen Zloty gegeben. Nütze alle deine Vorteile, solange du kannst!«

Sobieski und seine Königin verkauften jedes Amt, das es im Land zu verkaufen gab; wenn ein Kirchenmann damit drohte, Ärger zu machen, richteten sie es ein, daß er Kardinal wurde, und kassierten dann für die erwiesene Gefälligkeit bei ihm ab. Nichts lief ohne Bargeld im voraus. Es dauerte nicht lange, und die beiden besaßen Güter, Palais und Schmuck von unvorstellbarem Wert.

Aber sie taten auch was für ihr Geld. Mit der Behendigkeit eines Panthers sprang Johann Sobieski von einer Ecke seines Reiches zur anderen, schlug diesen oder jenen Angreifer zurück; viermal war er großen türkischen Heeren gegenübergestanden und hatte sie dreimal besiegt. Während dieser ganzen Zeit baute er eine imponierende Armee auf, angeführt von einem Kavallerieregiment, wie Europa es noch nie gesehen hatte.

Zunächst einmal waren die Husaren ausgezeichnete Reiter, die noch dazu vorzüglich mit der langen Lanze, dem kurzen Schwert und, wenn nötig, mit dem Dolch umzugehen wußten. Besonders bedrohlich sahen sie aus, wenn sie von weit her, die Lanzen auf gleiche Höhe eingelegt und mit unausweichlicher, tödlicher Präzision auf die feindlichen Linien zustürmten. Das Einmalige an ihnen aber war, daß sie, wenn sie angriffen, ein sonderbares, wie eine Leier geformtes Ding aus Metall und Leder auf dem Rücken ihrer Harnische trugen, das ihre Köpfe um zwei bis drei Fuß überragte. Daran waren in wunderschöner, einem Fächer ähnlicher Zeichnung etwa drei Dutzend Truthahn- oder Adlerfedern befestigt, deren Zweck dem Feind zunächst verborgen blieb. So schrieb ein deutscher Ritter, der in einer Schlacht bei Stettin – oder Szczecin, wie die Polen die Stadt nannten –, einem Angriff der polnischen Kavallerie standhalten mußte:

»Wie alle meine Kameraden hatte auch ich von den wilden polnischen Husaren gehört, und gleich ihnen nahm ich an, daß sich ihre Überlegenheit auf die Disziplin ihres Angriffs und die Einheitlichkeit ihrer Handhabung der langen Lanze gründete, doch als ich sie zum erstenmal in Gefechtsgliederung vom Kamm eines Hügels auf uns zustürmen sah, setzte mich ihre Erscheinung in Erstaunen: Jeder einzelne Reiter schien einen Glorienschein um den Kopf zu haben, so wie eine Madonna auf einem italienischen Gemälde. Die Federn bo-

ten einen wunderschönen Anblick, doch ich fragte mich, während wir uns auf den Kampf vorbereiteten: Wozu sind diese Federn da? Denn es waren offensichtlich richtige Federn, und Federn können doch unmöglich als Schutz dienen.
Als sie dann, gegen den Wind galoppierend, näher kamen, begannen die Federn zu singen; sie stimmten einen Klagegesang an wie alte Weiber bei einer Beerdigung oder Hexen beim Hexensabbat. Aus dem Singen wurde ein Kreischen. Der unheimliche Klang und das höllische Echo machten mir angst, und mein Pferd geriet in Panik. Es bäumte sich auf und wieherte, ich konnte es nicht beruhigen, und so erging es auch den anderen deutschen Pferden. Als dann die polnischen Husaren unsere Linien erreichten, befand sich bei uns alles in einem chaotischen Zustand.
Hiermit erkläre ich furchtlos und nicht, um mich zu rechtfertigen: Die polnische Kavallerie hat uns nicht in regulärem Kampf besiegt. Sie hat uns mit diesen verdammten Federn zu Tode gesungen.«
Diese Husaren waren es, die Europa jetzt zum Schutz gegen den Islam haben wollte, und keine Drohung war den anderen Nationen zu billig, um nicht ausgesprochen zu werden: »Ohne Eure Hilfe, Herr, wird der Halbmond über Paris flattern!« Aber so ganz abwegig war es auch wieder nicht, denn schon kontrollierten die Türken die Donau, hatten Budapest besetzt und marschierten auf Wien, das sicherlich schon lange vor dem Herbst kapitulieren würde, wenn Polen nicht rettend eingriff.
Doch Polens irrsinnige Methode, seine Könige zu wählen, hatte ein schwieriges Problem entstehen lassen. Frankreich hatte viel Geld ausgegeben, um Magnaten zugunsten Sobieskis zu bestechen – Deutschland, Österreich und Rußland hatten das gleiche zugunsten eines Habsburgers getan –, und so war es zu einem höchst unschönen Wettstreit gekommen, bei dem kaum ein Magnat von fremdem Gold unbefleckt geblieben war. Am Ende hatte Sobieski gewonnen, aber er und alle wußten, daß er als Lakai Frankreichs den Sieg davongetragen hatte.
Wodurch ergaben sich nun die Komplikationen? In der europäischen Politik hatte Frankreich schon immer die Türkei gegen ihren Todfeind Österreich unterstützt, Deutschland aber Österreich gegen dessen Todfeind, die Türkei. Darum war es natürlich in mehr als ei-

ner Hinsicht absurd, daß diese Nationen jetzt Sobieski bitten sollten, seinen Gönner Frankreich vor den Kopf zu stoßen und seinem Erzfeind Österreich zu Hilfe zu eilen, und alles Bitten wäre vergeblich gewesen, hätte nicht ein greiser Kardinal als persönlicher Abgesandter des Papstes seine Stimme erhoben.

Es war dies Kardinal Pentucci, der päpstliche Legat, der das Debakel des Jahres 1655 mit so scharfem Blick beobachtet hatte. Jetzt war der mit allen Künsten der Überredung Vertraute auf den dringenden Wunsch des Papstes nach Warschau zurückgekehrt. Bei den regulären Sitzungen ließ er, wie man das von ihm erwartete, wohlklingende Bemerkungen einfließen, wonach das Fortbestehen des Christentums von der künftigen Haltung Polens abhing, aber im privaten Gespräch war er schlau und schlagfertig und kam schnell zur Sache: »Johann, Kind Gottes, wenn du uns nicht hilfst, wird die Kirche leiden oder sogar den Geist aufgeben – aber das weißt du ja schon. Ich muß dich daran erinnern, daß in diesem Fall auch Polen verschwinden könnte, und zwar auf grausame Weise. Wenn du meinst, die türkische Besetzung Ungarns mit ihren Diebestaten und Massenmorden sei brutal, denke daran, wie es hier zugehen würde, wenn die Türken in Polen einzögen!

Sie haben die demütigenden Niederlagen nicht vergessen, die du ihnen zugefügt hast – bei Podhajce 1667, bevor du König wurdest, bei Choczim 1673, wo du deine Eignung erkennen ließest, König zu sein, und bei Zurawno 1676, nachdem du König geworden warst. Sultan Mohammed IV. erinnert sich aller dieser Niederlagen, und er würde sich auf schreckliche Weise dafür rächen.

Johann, Kind Gottes, du bist wie ein Jäger tief im Wald, der einen Bären angegriffen, aber nicht getötet hat. Du magst den Wunsch haben, keinen weiteren Kampf zu führen, aber der Bär wird das nicht zulassen. Du hast ihn aufgestachelt, und er wird mit dir kämpfen, bis einer von euch beiden für immer vernichtet ist. Du hast die Türken aufgestachelt, und jetzt ist es zu spät, den Kampf einzustellen. Wenn du es tust und wenn Wien fällt, wird Krakau das nächste Opfer sein, dann Warschau, und wir werden Polen nie wiedersehen.«

Das war ein weiser Rat, denn sollte Wien tatsächlich gegen Mitte August fallen, dann würden die Türken zweifellos ihre tatarischen Hilfstruppen über die Karpaten in die polnische Ebene schicken und

dazu anspornen, das Land ein letztes Mal zu verwüsten. Sollten die türkischen Heerscharen Deutschland und Frankreich bedrohen, hatte Polen allen Grund zu fürchten, daß es für immer von der Landkarte verschwinden würde.
Tief beeindruckt von den Ermahnungen des greisen Kardinals, traf Sobieski mit den Militärs zusammen, die die Diplomaten nach Warschau begleitet hatten; ihre Mitteilungen waren allerdings ernüchternd.
»Sultan Mohammed hat seinem Großwesir die grüne Schnur gegeben, und Ihr wißt, was das heißt: Nehmt Wien oder erdrosselt Euch. Es wird also eine Belagerung bis zum Tode sein – unserem oder seinem Tod.
Ungarische Agenten, die die Türken bei ihrem Marsch durch ihr Land beobachtet haben, meldeten, daß der Großwesir Kara Mustafa die grüne Schnur Tag und Nacht um den Hals trägt; alle Untergebenen, die mit ihm sprechen, sollen über den Ernst des Unternehmens Bescheid wissen.
Er führt eine Armee von dreihunderttausend Mann an, und dazu gehören die besten Pioniere, die besten Kanoniere und, was das Wichtigste ist, die besten Sappeure der Welt. Wien ist jetzt eine stark befestigte Stadt, doch wenn diese türkischen Sappeure ihre Tunnel unter den Mauern durch in das Herz der Stadt vorgetrieben haben und enorme Mengen Schießpulver zur Explosion bringen, fliegt ganz Wien in die Luft.
Was wir tun müssen, ist einfach, Majestät: Wir müssen in Eilmärschen auf Wien vorrücken, um Kara Mustafas dreihunderttausend Mann niederzuhalten, und wir müssen dort eintreffen, bevor seine Pioniere die Mauern zerstören, bevor seine Kanoniere die Häuser zusammenschießen oder seine Sappeure die ganze Stadt in die Luft jagen. Und nur Ihr könnt uns führen, denn unsere Deutschen und Österreicher haben die Türken noch nie geschlagen, während es Euch schon dreimal gelungen ist.«
Als Sobieski wissen wollte, ob die anderen Truppen ihn als Oberkommandierenden akzeptieren würden, versicherte man ihm, daß der Herzog von Lothringen, der die österreichischen Streitkräfte befehligte, bereitwillig mit ihm zusammenarbeiten würde, und daß Fürst Waldeck – der Kommandant über die deutschen Kontingente – Kai-

ser Leopold I. von Österreich versichert hatte: »Ohne Sobieski und seine Husaren sind unsere Aussichten gleich null.«
Er mußte über diesen heiklen Punkt Gewißheit haben, war es doch eine der schwierigsten militärischen Operationen, als Teil einer Allianz in die Schlacht zu ziehen; und auch nicht einer der Bündnispartner durfte mißgestimmt sein. Er fragte nach den Sollstärken der Armeen, die einander gegenüberstehen würden, und erhielt folgenden Bericht: »Es ist richtig, daß Kara Mustafa die Türkei mit etwa dreihunderttausend Mann verlassen hat, aber mindestens die Hälfte davon besteht aus nicht kampferprobten Soldaten. Wußtet Ihr, daß er ganze Zelte voll Huris mitbringt? Da werden unsere Soldaten ihren Spaß haben, wenn wir gewinnen!«
»Wir werden gewinnen«, versicherte Sobieski. »Und wie sieht es mit unseren Stärken aus?«
»Österreich kann dreiundzwanzigtausend Mann stellen, Deutschland mindestens achtundzwanzigtausend, möglicherweise auch bis zu vierunddreißigtausend.« Als Sobieski über die Ungleichheit seiner Truppen im Vergleich zu den türkischen die Stirn runzelte, beruhigten ihn seine Informanten: »Wenn Kara Mustafa mit seinen Horden in Wien ankommt, wird ihre Zahl um die Hälfte abgenommen haben. Es sieht nicht schlecht für uns aus.«
»Das ergibt ein Heer von hundertfünfzigtausend Mann, das sind grob gerechnet zweimal soviel, wie wir haben«, überlegte Sobieski, »aber von der eigentlichen Armee sind zwei Drittel in besetzten Gebieten zwangsweise eingezogene Soldaten, und wer weiß, wie sie kämpfen werden, wenn sie es mit unseren Husaren und den deutschen Pikenieren zu tun bekommen? Weitere zwölftausend sind die Tataren an einem der Flügel, und nicht einmal Kara Mustafa kann voraussehen, wie sie sich verhalten werden. Somit stehen fünfundachtzigtausend unserer kampferprobten Männer gegen etwa die gleiche Anzahl Feinde.« Er brach in schallendes Gelächter aus. »Meine Herren, ich habe noch nie gegen die Türken gekämpft, wenn ihre Streitmacht nicht dreimal so groß war wie meine!«
»Wie ist es Euch nur gelungen, diese Siege zu erringen?« fragte der Emissär des Herzogs von Lothringen; Sobieski antwortete ihm: »Schnelligkeit. Meine Husaren, die mit ihren singenden Flügeln über das Schlachtfeld brausen. Obwohl die Türken uns immer an Zahl

überlegen waren, ließ ich nie zu, daß sie uns massiert angriffen. Sie sind unversöhnliche Gegner und gehören zu den stärksten Europas, aber man kann sie schlagen.«

»Und Ihr meint, wir können Wien retten?«

»Wir müssen und wir werden es retten, um das Christentum in der Welt zu bewahren.«

Als die Konferenz zu Ende ging, erfuhr er etwas sehr Erfreuliches: »Ihr wißt ja wohl, Majestät, daß Ihr bereits eine polnische Kolonne in Wien stehen habt?«

»Das wußte ich nicht.«

»Ja. Lubomirski befindet sich mit dreitausend seiner besten Männer innerhalb der Mauern. Und er hat versprochen, einen Ausfall zu unternehmen, sobald wir von außen angreifen. So wird es ein fröhliches Wiedersehen geben.«

»Ich bin stolz darauf, mit Lubomirski zusammenzuarbeiten. Seine Familie versteht etwas vom Kämpfen!«

Diese Besprechungen mit dem päpstlichen Legaten und der österreichischen und deutschen Generalität fanden im Januar 1683 statt, und in den folgenden drei Monaten, während sich Kara Mustafa und seine islamischen Kämpfer näher und näher an Wien heranschoben, wurden die Einzelheiten des Vertrages, der die Allianz zusammenhalten sollte, mühsam ausgearbeitet. Als die Türken Györ in Ungarn und Petronell in Österreich nahmen, begann in Wien schon das große Zähneklappern, und die Alliierten trieben ihre Besprechungen zügiger voran.

Am 31. März 1683 schlossen Österreich und Polen ein weitgehendes Verteidigungsbündnis, in dem sich König Johann Sobieski verpflichtete, rechtzeitig aufzubrechen, um Wien zu entsetzen. Und während Kardinal Pentucci eine Segensformel sprach, wurden am 1. April in Warschau die offiziellen Dokumente unterzeichnet, kraft welcher Polen, fünfundzwanzig Jahre zuvor ein verwüstetes Land, zum Verfechter und Fürsprecher eines christlichen Europas wurde. Es war eine Wiedergeburt, wie sie keiner zu prophezeien gewagt hätte.

Als die Sitzung aufgehoben wurde, vergoß Kardinal Pentucci Tränen der Dankbarkeit für das Erreichte. »Ich werde bis Mitte August brauchen, um mein Heer gefechtsbereit zu machen«, verkündete König Sobieski, bevor die Delegierten aufbrachen, jeder nach seinem bedrohten Land, »aber ich werde es tun. Mittlerweile müßt Ihr sicherstellen, daß Wien der Belagerung standhält. Ich werde Lubomirski eine Botschaft schicken, um ihm Mut zu machen und ihm zu versprechen, daß ich bald an seiner Seite stehen werde.«

Selbst in dieser gefährlichen Lage, als es um den Fortbestand der europäischen Zivilisation ging, war der polnische Sejm nicht fähig, eine verantwortungsvolle Politik zu betreiben. Erst zwei Jahre vorher, als Polen selbst eine türkische Invasion hatte fürchten müssen, hatte ein Abgeordneter namens Przyjemski von sich reden gemacht. Die Hohenzollern, die die Franzosen in eine ungünstige Position bringen wollten, hatten ihm tausend Goldstücke dafür bezahlt, daß er aufstand und »Ich erhebe Einspruch!« rief – womit das ganze Verteidigungskonzept in die Brüche gegangen war. »Warum hat man ihn nicht einfach erschossen?« wollte einer von Sobieskis Männern wissen, und man antwortete ihm: »Weil die Magnaten auf ihrer ›Goldenen Freiheit‹ bestehen; sie ist für sie wichtiger, als den Wünschen des Königs nachzukommen.«

Jetzt mußte Sobieski erneut mit Widerstand solcher Art rechnen. Jeden Augenblick konnte irgendein Magnat im Sold einer fremden Macht, die an Polens kontinuierlicher Unterlegenheit interessiert war, sein »Ich erhebe Einspruch!« in den Saal rufen – womit das ganze Bündnis gegen die Türken zerstört gewesen wäre. Der König ging deshalb mit großer Vorsicht zu Werk, sprach privat mit dem einen und anderen Magnaten und ließ sich von jedem Truppen und Finanzhilfe für den geplanten Kreuzzug zusichern.

Auf stärkeren Widerstand stieß er bei einem Mann, dessen ablehnende Haltung ihn überraschte: Graf Lubonski von Gorka, jetzt ein schlanker, strenger Patriarch in den Siebzigern, sein stattlicher Bauch längst dahin, aber immer noch die goldbestickte Schärpe um den Leib gewickelt, lehnte es ab, sich Sobieskis Führung anzuvertrauen. Stets ein Vertreter österreichischer Interessen und Befürworter eines Habsburgers auf dem polnischen Thron, hatte Lubonski gegen Sobieskis Wahl zum König energisch angekämpft, in den Jahren 1674 bis 1683 konsequent dem König und dessen französischen Ratgebern entgegengearbeitet und alle Anträge und Maßnahmen unterstützt, von denen anzunehmen war, daß sie die Position Österreichs stärken würden. Als einer der reichsten Männer Polens empfing er keine Bestechungsgelder von den Habsburgern, und sie boten ihm auch nie welche an, aber er akzeptierte andere Vergünstigungen wie etwa exzessive Ehrenbezeigungen am Wiener Hof, wenn er die österreichische Hauptstadt besuchte, und vage Versprechungen einer hohen Position, sobald ein Österreicher zum König gewählt werden würde.

Magnaten wie Lubonski hatten bereits die Abdankung eines Königs, des Schweden Johann Kasimir, herbeigeführt, und waren schon im Begriff gewesen, mit dessen jämmerlichem Nachfolger auf die gleiche Weise zu verfahren, als der Mann starb; natürlich beschlossen sie, Sobieski abzusetzen, nachdem sie einen Vorgeschmack von ihm bekommen hatten, und Lubonski hatte die Schar der Königsgegner angeführt. Er scheiterte mit seinem Begehren, weil Polen erkannte, daß Sobieski der einzige war, der das Land schützen konnte. Doch die Feindseligkeit zwischen den beiden Männern blieb bestehen.

Aber jetzt lagen die Dinge anders. Sobieski bedurfte der Unterstützung Lubonskis und seiner Privatarmee, und Lubonski fühlte sich verpflichtet, Österreich zu helfen, für dessen Interessen er immer eingetreten war. Es war eine seltsame Begegnung in Krakau, nachdem Sobieski einen persönlichen Boten mit der Bitte um ein Treffen nach Gorka geschickt hatte. Sie begegneten einander als Gleichgestellte, ein mächtiger König, der schon ahnte, welche großen Taten er vollbringen würde, um ein starkes Polen und ein besseres Europa zu schaffen, und ein einflußreicher Magnat, der keine Veränderungen wünschte außer der Vereinigung von Polen und Österreich unter einem Habsburger. Die zwei Männer waren Feinde, aber sie wußten beide, daß einer den anderen brauchte.

»Lubonski!« rief der König, erhob sich schwerfällig aus seinem Lehnsessel und schob seinen massigen Körper voran, um dem alten Grafen die Ehrerbietung zu bezeigen, die er verdiente. »Ich brauche dringend Eure Hilfe.«

»Es stehen wohl alle Patrioten bereit, zu helfen, Majestät.«

»In Eurem Fall habe ich ein ganz besonderes Anliegen ...«

»Ihr könnt meine Armee haben. Ich werde an der Spitze reiten.«

»Ich wußte das«, sagte Sobieski, der so tat, als wäre das Angebot von sekundärem Interesse. »Was ich von Euch brauche, ist gefährlich und ein kühnes Unterfangen.«

»Ich bin bereit«, erwiderte der großgewachsene Haudegen steif.
»Ich erinnere mich: Ihr wart der Mann, der die zwei großen schwedischen Geschütze vor Tschenstochau in die Luft jagte.«
»Es ist wahr, wir haben sie zerstört.«
»Und Ihr wart auch einer der Helden bei der Belagerung von Zamość.«
»Damals haben wir sie zurückgeschlagen.«
»Viele sagen, es wäre bei Zamość gewesen, daß Ihr dem schwedischen Karl Gustav das Genick gebrochen habt, so daß er heimwärts humpeln mußte.«
»Einer mußte es tun.«
»Vor allem aber, *pan* Cyprjan, sehe ich in Euch einen Mann, den der Papst in den Grafenstand erhoben hat, ein Mann also, der geweiht wurde, um das Christentum zu verteidigen.«
»Es würde mich stolz machen, wenn Ihr mich als einen solchen ansehen wolltet«, gab der alte Mann zurück, der immer noch aufrecht dastand und die Bequemlichkeit eines Lehnsessels offensichtlich verschmähte.
»Das tue ich, und darum brauche ich Eure Hilfe – Eure persönliche Hilfe.«
»Ich sagte schon, daß ich bereit bin, meine Armee Eurem Kommando zu unterstellen.«
Wieder tat der König das Angebot ab: »Ich will Eure Armee nicht haben – ach, natürlich will ich sie haben. Ich hoffte darauf und habe immer geglaubt, damit rechnen zu können. Aber wen ich wirklich brauche, das seid Ihr.«
»Ihr habt mich. Polen ist in Gefahr, und ich stehe Euch zur Verfügung.«
»Ich möchte, daß Ihr heimlich nach Wien reitet und mit Lubomirski sprecht, um herauszufinden, wie es in der Stadt aussieht, vor allem aber, um den Zugang zur Stadt zu erkunden, die Route also, der wir folgen müssen, wenn wir im Sommer dort aufmarschieren.«
Eine sehr gefährliche Mission, beide Männer wußten das. Gefangennahme konnte den Tod bedeuten, aber es war auch leicht möglich, daß Lubonskis hoher Rang die Türken veranlaßte, ihn als Emissär zu betrachten und ein hohes Lösegeld für ihn zu fordern. Wenn seine Mission jedoch Erfolg hatte, wenn er mit den gewünschten Informa-

tionen zurückkehrte, konnte das von ausschlaggebender Bedeutung sein.

»Ich nehme den Auftrag an«, sagte Lubonski, und jetzt zog Sobieski ihn auf einen Sessel neben dem seinen und rief nach Bier, um das Abkommen zu feiern.

Noch bevor die Diener das Bier bringen konnten, griff der König nach einem Buch und zeigte Lubonski das prächtig gestochene Bild eines fauchenden Löwen, dem Sternzeichen, unter dem er, der König, geboren worden war. Er deutete auf den Text und sagte lachend: »Ihr Magnaten habt keine gute Meinung von mir und eine noch schlechtere von meiner französischen Frau. Ich weiß, Ihr haltet mich für habgierig und starrköpfig und schlecht beraten. Aber lest selbst einmal, was die Sterne über mich zu sagen wissen!« Er schob Lubonski das Buch hin, und der Graf sah, daß jemand auf italienisch eine handschriftliche Notiz angefügt hatte, konnte aber die Worte nicht entziffern.

»Ich kann Französisch und Deutsch lesen, aber nicht Italienisch.«

Ohne jedes Zeichen von Unmut nahm Sobieski das Buch zurück. »Das habe ich selbst geschrieben«, sagte er und zog Lubonski in einer impulsiven freundschaftlichen Geste näher an sich heran: »›Johann Sobieski, geboren am 17. August 1629, im Sternzeichen des Löwen.‹ Den folgenden Text hättet Ihr lesen sollen, und wenn Ihr ihn jetzt hört, solltet Ihr Euren Freunden sagen, wie mich die Sterne einschätzen.« Mit sichtbarem Stolz und Genugtuung las er:

»Der unter diesem Sternzeichen geborene Mann von Rang ist gut, fromm, rechtschaffen, ehrenwert, treu, heiter und freundlich, diskret, mildtätig, friedliebend, ein aufrichtiger Freund, klug, tapfer, wagemutig, aber vorsichtig, jedoch hitzig und ungestüm, wenn jemand seiner Ehre nahetritt. Er versteht sich darauf, die tiefere Bedeutung von Dingen zu erfassen, bevor andere es tun, und er verfügt über ein beachtliches Gedächtnis. Wenn er auf den regelmäßigen Dienst zu Ehren der Göttin Venus verzichten muß, gerät er leicht in üble Laune.«

Mit der Faust auf das Buch hämmernd, rief er: »Bei Gott, es stimmt alles ganz genau, und das will was heißen, denn schließlich hat mich der Verfasser nie persönlich kennengelernt.« Dann stieß er Lubonski in die Seite und meinte: »Das mit der Venus trifft auch zu. Wenn ich

nicht mindestens viermal in der Woche mit einer Frau schlafe, werde ich nervös. Und wie steht es mit Euch?«
»Das ist schon lange vorbei.«
Sobieski brüllte: »Mit neunzig werde ich drei verschiedene Weiber die Woche haben. Aber jetzt ist meine französische Frau ... mein Gott, Lubonski, sie ist anbetungswürdig! Ich könnte keinen Tag weiterleben ohne dieses allerliebste Wesen.«
Jetzt erschienen drei Diener mit Krügen voll Bier und einer Schüssel Plätzchen, die Sobieski herunterschlang, immer drei auf einmal. So gierig stopfte er sie sich in den Mund, daß sich auf seinem breiten Schoß die Krümel ausbreiteten und liegenblieben, bis er sie mit seiner großen Hand wegfegte. Dann hob er seinen Krug, der einen guten Liter faßte, und rief: »Auf unsere Frauen! Auf die grüne Schnur, die Kara Mustafa um den Hals trägt. Möge er Gelegenheit finden, sie zusammenzuziehen, noch bevor dieser Sommer um ist!«
Der bevorstehende Krieg mit der Türkei übte unterschiedliche Wirkungen auf die drei Veteranen in Bukowo aus. Der dreiundsiebzigjährige Lubonski hielt es für seine Pflicht, als päpstlicher Würdenträger die gefährliche Mission nach Wien zu unternehmen und dann seine Privatarmee in die Schlacht zu führen. Schon allein mit dem Hinweis auf sein Alter hätte er sich diesen beiden Verpflichtungen entziehen können – aber das wäre ihm nie in den Sinn gekommen. Sein Leben lang hatte er stets freiwillig gedient, wenn Not am Mann war. König Johann Sobieski hatte zwei seiner bedeutendsten Leistungen erwähnt – Tschenstochau und Zamość –, aber drei andere übersehen: die Verteidigung der Ukraine gegen die Raubzüge der Kosaken, den Feldzug gegen Siebenbürgen, um an Rákóczi Vergeltung zu üben, und seinen Einsatz an der Westfront, als deutsche Truppen den Versuch unternahmen, die besten Weizenfelder Polens zu requirieren.
Von Natur aus kein Krieger, ließ er wenig Talent zur Kommandoführung erkennen, doch die Umstände hatten es mit sich gebracht, daß er ein zäher, tapferer und williger Soldat geworden war; und da Polen seit der Zeit, als er die Schwelle zum Erwachsensein überschritten hatte, elf Kriege führen mußte, wäre es schwer für ihn gewesen, sich vom Militärdienst zu drücken. Wie alle Aristokraten, hatte auch Lubonski immer gewußt, daß es eines Mannes in seiner

Position nicht würdig war, zu Fuß unterwegs zu sein; darum war er immer Kavallerist gewesen. Er unterhielt einen Stall von achtundvierzig Pferden mit der entsprechenden Zahl von Gefährten, und obwohl sein Alter es ihm nicht mehr erlaubte, mit den Flügelhusaren zu reiten, stellte er, wo immer er war, einen verläßlichen Teil der gewöhnlichen Kavallerie, die so gut zu kämpfen verstand. Und so, ein guter Katholik im geistigen Bereich und ein ausgezeichneter Reiter im militärischen, war er für den Krieg bereit.

Nur was sein Privatleben betraf, da war er nicht auf eine lange Abwesenheit vorbereitet. Halka, seine zweite Frau, hatte eine attraktive Tochter in die Ehe mitgebracht, die Lubonski mit Freuden adoptiert hatte. Er war zwei Jahre lang auf der Suche nach einem passenden Mann für sie gewesen, und mit Halkas Hilfe hatte er sich schließlich für einen der jungen Lubomirskis entschieden, einen Neffen jenes berühmten Kriegers. Doch nach der Vermählung, durch die zwei große Familien miteinander vereinigt worden waren, hatte das junge Paar eines der elf Schlösser der Lubomirskis bezogen, und Cyprjan bekam sie nur selten zu sehen, was ihn sehr bekümmerte.

Mit einiger Verspätung hatte Halka ihm zwei Söhne geschenkt, die erkennen ließen, daß sie zu echten Lubonskis heranwachsen würden: konservativ, patriotisch, mit Österreich sympathisierend – als ob man nicht einfach nur Pole hätte sein können; fromme Katholiken, zwar nicht von scharfem Intellekt, aber im Lesen, Schreiben und Rechnen wohl bewandert. Es waren schmucke Burschen, und es würde nicht lange dauern, bis ihr Vater auf den besseren Burgen und Schlössern Ausschau nach geeigneten Bräuten halten würde.

Darum wäre er im Grunde lieber daheim auf Gorka geblieben, umgeben von Menschen, die er kannte, und umsorgt von Dienerschaft, die schon seit Jahrzehnten um ihn war. Weil er sich bester Gesundheit und eines wachen Geistes erfreute, fürchtete er den Tod nicht, aber er war in die Jahre gekommen, wo die knappe Zeit der Förderung der Interessen seiner Familie zugemessen werden sollte. Halka war eine charmante Frau, in vieler Hinsicht Zofia Mniszech ähnlich, doch da sie aus einer bescheidenen Familie kam – eine einzige Burg und sechzehn Pferde –, fehlte es ihr an Verhandlungsgeschick, das wiederum er in reichem Maße besaß. Er wurde zwar daheim gebraucht, aber eben auch in Wien, und diese Verpflichtung war die wichtigere.

Als er Lukasz wissen ließ, daß er ihn nach Wien mitnehmen würde, war der alte Tierfreund entzückt. Er war zweiundsechzig Jahre alt, immer noch gut bei Kräften und immer noch geschickt und erfahren, wenn es darum ging, verwaiste Tiere zu finden und sie zu lehren, mit anderen zusammenzuleben, die nicht von ihrer Art waren. Er besaß jetzt wieder einen Bären, aber es war ihm nicht gelungen, den wunderbaren Otter zu ersetzen, den die Schweden erschlagen hatten. Statt des Otters hatte er jetzt ein kleines Reh; ein Fuchs ergänzte den Kreis von Lukasz' Waldtieren. Störche hatte er keine, denn sie ließen sich nur sehr schwer zähmen, dafür aber einen prächtigen Silberreiher, der wie ein Hetman im Hof herumstolzierte. Und natürlich hielt er sich zwei große Hunde, die sich oft von der Verschiedenartigkeit der Tiere verblüfft zeigten, mit denen sie ihre Unterkünfte teilen mußten.

Anstelle des Burghofes, auf dem die ersten Tiere gelebt hatten, bewohnte diese Gruppe ein Areal zwischen dem Herrenhaus – wenn man etwas so Plumpem diese Bezeichnung zugestehen wollte – und den landwirtschaftlichen Gebäuden. Es war von einem Weidenzaun umgeben; das Reh konnte ihn, wenn es wollte, überspringen, der Fuchs sich durchzwängen und der Bär ihn niedertrampeln, aber sie fühlten sich alle wohl in ihrem freiwilligen Käfig und verließen ihn auch dann nicht, wenn das Gatter offenblieb.

Das im Jahre 1660 errichtete Herrenhaus war ein armseliger Kasten, wenn man es mit den stattlichen Landsitzen in England, Frankreich oder Spanien verglich, aber Lukasz zog es der zugigen alten kleinen Burg vor, deren Ruine mit jedem Jahr einen pittoreskeren Anblick bot. Das Haus bestand aus zwei Geschossen, das untere aus verputztem Stein, das obere aus Holz; das Dach war mit Schindeln gedeckt. Es gab nur wenige und kleine Fenster. Die Mauern waren dick, um zukünftige Eindringlinge abzuweisen, und der Schornstein breit, so daß die Störche darauf nisten konnten. In einer Ecke ragte ein kleiner zwiebelförmiger Turm in russischem Stil zum Himmel. Als Ganzes betrachtet war das Haus eine wuchtige, dunkle, sichere und verhältnismäßig behagliche Wohnstätte.

Lukasz war mit seinem neuen Heim und seinen neuen Tieren nicht weniger glücklich, als er es früher gewesen war, und ganz gewiß ebenso glücklich mit seiner zweiten Frau, jener Zosienka, die er bei der Verlosung der Bohnen gewonnen hatte. Zosienska hatte ihm zwei prächtige Kinder geschenkt, die mit den jungen Lubonskis spielten und schon früh eine große Liebe zu dem mächtigen Strom erkennen ließen. Einmal hatte Lukasz es einem seiner Söhne erlaubt, mit ihm zusammen auf dem Floß die Weichsel hinunter, an Warschau und Płock vorbei, nach Danzig zu fahren, wo er das Verladen der wertvollen Stämme auf einen Frachter überwachte, der nach London fahren sollte.

Es war eine lohnende Reise gewesen, mit der Sonne so weit im Norden, daß es kaum dunkel wurde, und während das große Floß lautlos an dieser und jener Stadt vorbeitrieb, erzählte Lukasz dem Jungen von Ereignissen, die mit den betreffenden Orten in Zusammenhang standen. Bei Płock zum Beispiel erzählte er von dem berühmten Helden Firczyk, der in der Schlacht von Grunwałd seine Eisenkugel geschwungen und die Deutschen Ritter damit getötet hatte, bis einer von ihnen unter der kreisenden Kugel durchgeschlüpft war und ihn erstochen hatte. Bei Thorn zeigte er ihm, wo Nikolaus Kopernikus seine astronomischen Studien betrieben hatte, und als das Floß dort vorbeikam, wo irgendwo im Osten die riesige Marienburg stand, erzählte er ihm von der Zeit, da ihr Ur-ur-ur-ur-ur-ur-Großvater eingekerkert worden war, als er versucht hatte, eine Bernsteinhalskette zu erstehen.

Was war das für eine wunderbare Fahrt gewesen! Aber wenn er so zufrieden war mit seinen Tieren, seiner Frau und seinen Kindern, was war es dann, das ihn veranlaßte, einen Freudensprung zu tun, als der Graf ihn aufforderte, mit ihm zusammen einen Ritt nach Wien zu riskieren? »Da bin ich gern dabei!«

Es war ein Problem, wie es sich vielen Familien stellt – Familien aller Gesellschaften und aller Nationen. So freundlich Zosienka auch war, so fleißig sie auch arbeitete, es gab etwas an ihr auszusetzen: Sie hatte einen Bruder namens Piotr, und ungeachtet all der Wohltaten, die Lukasz dem Mann erwiesen, ungeachtet aller Türen, die er ihm geöffnet hatte, Piotr war und blieb ein Problem. Viermal hatte er Übereinkommen verpfuscht, die von Lukasz für eine Vermählung mit einem passenden Mädchen getroffen worden waren; zweimal war er kläglich in Stellungen gescheitert, die Lukasz ihm vermittelt hatte, einmal sogar bei Graf Lubonski, und jetzt gab es keinen Zweifel

mehr: Lukasz und seine Frau mußten sich damit abfinden, daß der Bursche ihnen auch weiterhin zur Last fallen würde.
Man nannte ihn *brat* Piotr, weil er in den Mönchsorden von Tschenstochau eingetreten war, aber damit war die Last nicht von seinen Verwandten in Bukowo genommen. Er brauchte immerzu ein bißchen Geld extra oder Kleider oder Empfehlungen, um da oder dort eine günstige Gelegenheit wahrzunehmen. Schon zweimal war er als ungeeignet aus dem Orden ausgestoßen worden. Er war ein lang aufgeschossener, linkischer Bursche, der sich gern davonmachte – nicht um etwas Bestimmtes zu besorgen, nur einfach so –, und es bedurfte flehentlicher Bitten seitens Lukasz' oder Graf Lubonskis, um seine Wiederaufnahme zu erwirken. Wenn es ihm erlaubt worden war, das Kloster zu verlassen, kam er unweigerlich nach Bukowo, wo er plötzlich abends auftauchte, das Gatter aufstieß, dem Bären pfiff und eine gute Stunde mit den Tieren spielte, bis er es der Mühe wert fand, seiner Schwester mitzuteilen, daß er da war. Die Kinder und die Tiere liebten ihn, aber seine Verantwortungslosigkeit erfüllte Lukasz und seine Frau mit geradezu schmerzhafter Sorge. Mit seinen fünfundvierzig Jahren benahm er sich immer noch wie ein Junge von elf: Er ging mit den Kindern im Wald spazieren und kletterte mit ihnen sogar auf die Bäume.
Lukasz war verdammt froh, *brat* Piotr für eine Weile loszusein.
Bei Jan von den Buchen lagen die Dinge völlig anders. Sein Leben war von nicht enden wollender Arbeit, unzureichender Ernährung und immer neuen Kriegen geprägt gewesen. Wenn Graf Lubonski Polen in diesen unruhigen Jahren in Ehren gedient, seine Männer in die Schlacht geführt und sich mit dem König beraten hatte, waren Jans Dienste nicht weniger ehrenhaft gewesen. Wenn die Burgen zerstört worden waren, hatte er sie wiederaufgebaut. Wenn es darum gegangen war, ein Floß aus wertvollen Stämmen zusammenzubinden, um es stromabwärts nach Danzig zu treiben – er hatte die Bäume gefällt. Als Bukowo von Schweden oder Kosaken oder Siebenbürgern oder Deutschen niedergebrannt worden war, hatte er immer den anderen geholfen, ihre Hütten wiederaufzubauen. Die Felder pflügen, die Ernte einbringen – immer hatte Jan die Arbeit gemacht.
Mit drei Jahren hatte er angefangen – 1626 war das gewesen – und

siebenundfünfzig Jahre lang keinen Ruhetag gehabt. Nie hatte er bei sich zu Hause einen hölzernen Fußboden gekannt, immer nur einen aus Lehm; nie hatte es in seiner Hütte ein Fenster gegeben; nie einen Schornstein, um den Rauch abziehen zu lassen. So selten hatte er Fleisch gegessen, daß er einen Happen Hühnerfleisch noch neun Monate danach schmecken konnte; und er hatte nie mehr als zwei Paar Hosen gleichzeitig besessen – die gute mußte zwanzig oder dreißig Jahre lang halten. Jetzt war er müde. Sein Leben, so ehrenhaft verbracht, ging dem Ende zu, und manchmal wünschte er sich, nur ein halbes Jahr lang – ob Sommer oder Winter, das war ihm gleich – in Frieden gelassen zu werden und einfach nur in der Sonne liegen zu können.

Seit dem Kampf gegen die Schweden hatte die Bevölkerung Polens zugenommen und betrug jetzt neun Millionen; es gab etwa drei Millionen Bauern wie Jan, die ihr Leben in unendlicher Mühsal verbrachten oder verbracht hatten, wie er es tat, und auf sie gründeten sich die Stärke und die Größe Polens.

Nicht zu verwundern, daß Jan, der Erschöpfung nahe, gelegentlich an den Tod dachte, doch das Wort hatte wenig Schrecken für ihn. Er sah den Tod als eine Art Befreiung, als letzte Segnung nach vollbrachter Arbeit. Er liebte seine Frau Alusia; sie war eine gute Gefährtin gewesen, eine bessere, als er hätte erwarten dürfen, und hin und wieder machte er sich Sorgen, weil er sie zurücklassen mußte, aber er vertraute darauf, daß sie sich zu helfen wissen würde; und mit vier erwachsenen Kindern würde sie keine Not leiden wie viele andere Witwen. Der Hauptgrund dafür, daß er seinem Tod mit Gleichmut entgegensah, war Janko, sein jüngster Sohn, ein richtiger Herzensjunge. Blond, gut aussehend, flink, von sanftem Wesen und stets wachem Verstand – es war eine Freude, ihn um sich zu haben. Mit achtzehn war er fleißiger und geschickter als jeder andere Mann im Dorf – ein Sohn, der seinen Vater glücklich machte. Der alte Jan hielt es für das beste, wenn nach seinem Tod Janko im Haus das Kommando führen würde; zwar war er der jüngste Sohn, aber auch der tüchtigste.

Der Junge hatte nur einen Fehler: Immer wenn *brat* Piotr das Kloster in Tschenstochau verließ, um Schwester und Schwager zu besuchen, ließ Janko ein starkes Verlangen erkennen, mit dem Mönch zusam-

menzusein, seinen seltsamen Geschichten zu lauschen und mit ihm unter den Buchen zu spazieren.
»Du mußt dich von *brat* Piotr fernhalten«, lagen ihm seine Eltern in den Ohren. »Der Kerl taugt einfach nichts. Auf unseren Fuchs ist mehr Verlaß als auf Piotr.« Doch alle diese Ratschläge und Warnungen hielten den Jungen nicht davon ab, den hochaufgeschossenen, spindeldürren, ständig grinsenden Mönch seine Zuneigung, ja sogar seine freundschaftlichen Empfindungen merken zu lassen.
Sie waren ein sonderbares Paar, wie sie so durch den Wald schlenderten oder am Ufer entlangstrichen: Piotr in seiner Mönchskutte und den großen, schlappernden Schuhen, schlaff und schlaksig, ein erwachsener Mann, der nie aufgehört hatte, ein Kind zu sein, und Janko, so wunderbar durchschnittlich und proper. Während der Junge still blieb und aufmerksam zuhörte, war der Mönch voller Leben, schwenkte die Hände und zeigte auf die Geheimnisse der Natur, die sich ihnen auf ihren kurzen Spaziergängen darboten.
»Hier wohnt bestimmt eine Hasenfamilie«, spekulierte Piotr, und sie blieben stehen, um nachzusehen. Wenn er am Flußufer eine Vogelspur entdeckte, grübelten sie darüber nach, wo die Vögel wohl den Winter verbracht haben könnten. »Sicher nicht hier bei uns. Zu kalt.«
Sie waren fasziniert von den Störchen, diesen linkischen Geschöpfen, die Piotr so ähnlich sahen, und er entwickelte die außergewöhnliche Theorie, daß sie, weil sie so mager waren, wenig Wärme brauchten und darum den Winter über am Nordpol lebten – eine Theorie, von der Janko nicht viel hielt und von der Piotr selbst bald wieder abließ.
Aber er nahm nichts zurück, wenn es um historische Schlachten ging, die an der Weichsel geschlagen worden waren. Er konnte die Tataren sehen, wie sie aus dem Wald gestürmt kamen, oder die Schweden, wenn sie die Burgen niederbrannten, oder die Ungarn, wenn sie in Massen auf eine Stadt zuritten, und oft sagte er zu dem Jungen: »Der Allmächtige hat mich ausersehen, ein großer Krieger zu werden – ein Husar, denke ich, mit den singenden Flügeln um meine Ohren, während ich auf einem Schimmel sitze und Russen und Türken und Deutsche niederreite.« Wenn sie über das flache Land spazierten, bestieg er hin und wieder ein imaginäres Streitroß, schwenkte seine lan-

gen Arme und richtete seine Lanze gegen die Tataren, die aus dem Wald geprescht kamen. Und schon sprengte er davon, schwang die Arme und pfiff, um die Federn nachzuahmen. In solchen Augenblikken machte er Janko angst, der sich vorstellte, daß Piotr auch einem wirklichen Feind gegenüber so verfahren würde – falls er jemals in den Besitz eines Pferdes und eines Harnisches gelangen sollte.

Es machte Janko Spaß, mit *brat* Piotr zusammen zu sein. Sein nicht überbietbarer Ideenreichtum inspirierte seine Umgebung – zwar nicht seine Vorgesetzten im Kloster und auch nicht seinen Schwager Lukasz, wohl aber die jüngeren Mönche und junge Burschen wie Janko.

»Ich bin immer froh, wenn dieser Piotr wieder abzieht«, sagte der alte Jan zu seiner Frau. »Er ist nicht gut für den Jungen.« Alusia sah ihn an: »Immer nur arbeiten ist auch nicht gut für ihn.«

Während sie dieses Gespräch an einem Morgen im April führten, tauchte plötzlich Lukasz, ihr Herr, mit der großen Neuigkeit auf: »Jan! Wir reiten nach Wien!«

»Wien ist zu weit«, erwiderte Jan, dem Kalender nach zwei Jahre jünger als Lukasz, aber fünfzig Jahre älter, wenn man die Last der Zeit mit einrechnete.

»Nein! Der König selbst hat Graf Lubonski befohlen, eine wichtige Mission für ihn zu übernehmen. Der Graf hat mir befohlen, ihm zu helfen, und jetzt befehle ich dir, mir zu helfen. Wir brechen am Donnerstag auf.«

»Seid Ihr sicher, daß Ihr mich brauchen könnt? Ich werde Euch nicht viel helfen können.«

»Wir haben in so vielen Schlachten miteinander gekämpft, Jan. Ich vertraue dir.« Die zwei Alten dachten an ihre vielen gemeinsamen Kriegstaten zurück, und Lukasz, von Begeisterung ergriffen, erinnerte sich: »Ja, Alusia, es war in Tschenstochau. Eines Nachts krochen wir hinaus, Jan und ich, und jagten die schwedischen Kanonen in die Luft. War das ein Krach, als das Pulver explodierte! Und in Siebenbürgen haben wir einmal ein ganzes Dorf eingenommen, Jan und ich. Und kannst du dir vorstellen, was wir für einen Schrecken bekamen, als wir feststellten, daß wir keine polnischen Truppen hinter uns hatten?«

Ihrer beider Leben war ein ununterbrochener Kampf gewesen, geführt auf den Schlachtfeldern Osteuropas; hin und wieder hatte es Pausen gegeben, in denen die Häuser wiederaufgebaut worden waren, die dann irgendein neuer Feind zerstörte, und sie hatten allen Grund anzunehmen, daß sich diese Art des Lebens in Polen auch in Zukunft nicht ändern würde. Wien hieß das neue Schlachtfeld, aber der Feind war die Türkei, ein alter Bekannter.

»Am Donnerstag reiten wir nach Krakau, wo wir mit dem König zusammentreffen werden; von dort über die Berge nach Wien.«

Ein Leben lang hatte Jan den Befehlen jener gehorcht, die seine Herren waren, und er gehorchte auch jetzt. »Donnerstagmorgen, ich werde bereit sein.«

Obwohl er sich nicht wohl fühlte, packte Jan schon am nächsten Tag das wenige zusammen, das er mitnehmen wollte: ein gutes Messer für den Nahkampf, wenn es dazu kommen sollte, einen festen Knüppel – geschnitten aus einer jungen Esche, in die er Eisensplitter gebettet hatte, während der Baum noch wuchs, so daß die Spitzen ein Teil des Knüppels geworden waren – und ein Paar derbe Lederschuhe für die Berge.

Es war die klägliche Ausbeute eines arbeitsamen Lebens, aber mehr besaß er nicht, und in der Vergangenheit hatten ihm diese Dinge gute Dienste geleistet.

Am Mittwoch aber hatte der Alte keinen Appetit auf seine Runkelrüben und seine *kasza*, und als es Abend wurde, war kaum noch damit zu rechnen, daß er am nächsten Morgen würde aufstehen können. Alusia schickte Janko ins Herrenhaus hinüber, um Lukasz mitzuteilen, daß Jan von den Buchen viel zu krank war, um nach Wien oder sonstwohin zu reiten. Diese Nachricht erregte Lukasz' Mißfallen, und er kam selbst, um nach dem Rechten zu sehen. Doch als er, die Stirn ärgerlich gerunzelt, durch die niedrige Tür der Hütte trat, begann der Greis zu röcheln, versuchte sich aufzurichten und fiel tot auf sein Kissen zurück. In diesem Augenblick ertönten laute Stimmen auf dem Dorfplatz, und alle, die um das Totenbett herumstanden, hörten den jungen Janko schreien: »Da kommt *brat* Piotr.« Als der verärgerte Lukasz die Hütte verließ – verärgert, weil ein Mann gestorben war, der ihm so gut gedient hatte –, sah er den Schwager des alten Jan daherkommen. »Piotr«, rief er, einer momentanen Eingebung folgend, »morgen früh geht's nach Wien!« Das Gesicht des

Mönches wurde breiter und strahlender als die untergehende Sonne. »Was für ein prächtiges Abenteuer! Wien?« Aber er dachte praktisch. »Bekomme ich ein Pferd?« Und nachdem er eine befriedigende Antwort erhalten hatte, fragte er weiter: »Bekomme ich Waffen?« Als er erfuhr, daß er eine Lanze erhalten würde, nahm er Janko an der Hand und hüpfte auf und nieder wie ein Hampelmann. »Ich ziehe in den Krieg! Ich werde ein Ritter!«

Zweihundertachtzig Meilen trennten Bukowo von der Kaiserstadt Wien. Wunderschön lag das Land vor den Männern, die es in diesen April- und Maitagen des Jahres 1683 durchzogen. Die Route des Reitertrupps – der alte Graf, der Kleinadelige und der ziemlich lächerlich wirkende Mönch – führte über die schöne alte Stadt Cieszyn, die über den einzigen niedrigen Paß durch die Berge wachte. Die Emissäre kauften den Proviant, den sie für ihren Ritt nach Wien brauchen würden, und füllten ihre Satteltaschen mit den dort hergestellten guten Würsten und dem harten schwarzen Kümmelbrot.

An einem hellen Frühlingsmorgen erreichten sie Mähren, den milden Blumengarten Osteuropas, und zogen über eine Straße, die seit tausend Jahren und von hunderttausend Abenteurern benutzt worden war. Lipnik, Olmütz, Brünn und Nikolsburg empfingen sie mit der Herzlichkeit, die jedem potentiellen Verbündeten entgegengebracht wurde, der Beistand gegen die Woche für Woche näher rückenden Türken versprach.

Für die Menschen war es eine Zeit großer Spannung, für das Land aber eine Zeit der Pracht, so als wollte es seine Besitzer darauf hinweisen, daß sie in einem Paradies lebten. Lukasz und Piotr waren von den Rebstöcken begeistert; nördlich der Karpaten konnte man keinen Wein anbauen, und das Wasser lief ihnen im Mund zusammen, wenn sie daran dachten, was diese Reben im September hervorbringen würden – wenn die Türken diese Trauben reifen ließen. Auch über Mährens Spezialität machten sie sich Gedanken: über die weiten Felder mit den Fichtenstangen, an denen entlang der Hopfen wuchs, den man zur Würze und Haltbarmachung des Bieres verwendete.

Und weil die Polen Blumen nicht weniger liebten als die Musik, waren die Reiter von der Vielfalt der Blüten überwältigt, die die sanften Hügel bedeckten. Dies war ein Land des Überflusses, und Lukasz fragte den Grafen: »Wie kommt es bloß, daß Mähren sich nicht mit Polen verbündet oder umgekehrt?« Lubonski wußte die Antwort: »Die Böhmen und die Mähren sind so dickschädelige Protestanten, daß man nichts Gutes von ihnen erwarten kann.«

»Sind die Wiener auch protestantisch?«

»Nein, Gott sei Dank! Sie bekennen sich zur alleinseligmachenden Kirche, und darum muß König Sobieski ihnen zu Hilfe kommen und sie retten.«

Von Nikolsburg ging es weiter nach Süden in Richtung Wien. Unterwegs wurden sie von österreichischen Soldaten aufgehalten, die wissen wollten, was sie zu einer Zeit auf der Straße zu tun hatten, wo jeden Augenblick türkische Truppen auftauchen konnten. Als Graf Lubonski ihnen erklärte, daß sie auf Geheiß von König Sobieski kamen, zeigten sich die Soldaten entzückt und begannen zu jubeln, denn sie wußten, daß sie ohne fremde Hilfe die Türken unmöglich zurückschlagen konnten.

Lubonski und seine Begleiter sollten direkt in die Stadt gebracht werden; da sie diese jedoch nicht erreichen konnten, bevor die Tore geschlossen wurden, schlugen sie abends einige Meilen nördlich ihr Lager auf. Am nächsten Morgen hatten sie ein eindrucksvolles Erlebnis, wie es ihnen nicht einmal Warschau oder Krakau, so großartig diese Städte auch waren, bieten konnte. Über flaches Land näherten sie sich der Donau, und als sie auf einer Fähre übersetzten, konnten sie selbst sehen, wie breit und reißend dieser prächtige Strom war. Als sie am südlichen Ufer landeten, dachten sie, sie hätten Wien erreicht.

Aber sie befanden sich in einer großen Anhäufung von außerhalb der Mauern gelegenen Dörfern, und nach der Art, wie die Stadt in aller Eile ihre Verteidigungsanlagen ausgebaut hatte, war nicht zu übersehen, daß dieses wertvolle Terrain aufgegeben werden sollte, sobald die Türken mit der Belagerung begannen. »Das alles wollt ihr dem Feind überlassen?« fragte Lubonski erstaunt.

»Es bleibt uns nichts anderes übrig«, antwortete einer der Soldaten. »Dort«, sagte er und zeigte nach vorn über unbebautes, dürres, reizloses Land, in dessen Hintergrund die Mauern der großen Stadt aufragten, »dort, innerhalb dieser Mauern, werden wir dem Feind Widerstand leisten.«

Keiner der Polen hätte sich vorstellen können, was für bemerkenswerte Leistungen in und um Wien vollbracht worden waren; sie hatten angenommen, daß es hier nicht anders als in anderen Städten zu Kriegszeiten aussehen würde. Aber nein. In einem Umkreis von etwa einer halben Meile von den festen Mauern der Stadt entfernt waren alle Baulichkeiten abgerissen worden. Da gab es kein Gehöft und keine Scheune, nicht einmal die elendste Hütte, in der sich ein Eindringling hätte verbergen können, um ungesehen an die Mauern heranzukriechen. Wien war von einem breiten Streifen der Leere umgeben, auf dem jeder Grashalm auffiel und zu einem Wegzeichen wurde. Und nicht weniger wichtig war auch dies: Wo das flache, kahle Land auf die Mauern traf, hatte man ein Glacis gebaut: einen völlig glatten steinernen Schräghang, den jeder Angreifer, ohne einen Halt für Hand oder Fuß zu finden, erst einmal überwinden mußte, während er den Mündungen der wartenden Geschütze entgegenkroch. Wien zu bezwingen würde nicht leicht sein.

Die Mauern, die die Stadt zur Gänze umschlossen, enthielten etwa ein Dutzend großer Türme, die so angeordnet waren, daß das Feuer des einen die Zugänge zu den benachbarten schützte. Dazu kamen zwei Dutzend rundum verteilter kleinerer Türme. Außerdem hatte man einen riesigen Kanal angelegt – eigentlich schon ein Fluß für sich –, der im Norden und Osten einen Donauarm bis an die Stadtmauern heranführte und auf diese Weise ein Hindernis von enormer Breite und Tiefe bildete.

Als Lubonski und seine Begleiter die Stadt betraten, wunderten sie sich, daß sie so klein war. Lukasz erklärte: »Zwei Drittel von Wien liegen außerhalb der Mauern, und die sollen aufgegeben werden. Es ist der kleine harte Kern, um den es geht; hier wird die Hölle los sein, sobald die Türken die Stadt einschließen.«

Noch vor der Mittagsstunde trafen sie mit Hieronymus Lubomirski zusammen, einem Verwandten des großen Jerzy Lubomirski aus Wiśnicz, unter dem Lubonski und Lukasz 1657 in Siebenbürgen eingefallen waren. Auch er war ein tapferer Mann und befehligte dreitausend Polen, die vor mehr als einem Jahr nach Wien gekommen waren, um die Stadt zu verteidigen. Die Besucher brauchten nur einige wenige Worte mit ihm zu wechseln, um sicher zu sein, daß er, was immer der Stadt widerfahren mochte, seinen Posten nicht verlassen würde.

Aber er hatte keine großen Hoffnungen. Während er seine Landsleute durch Wien führte, machte er sie auf die vielen Schwachstellen der Stadt aufmerksam. Als einmal ein Wagen mit einer wichtigen Persönlichkeit auf den Palast zurollte, sagte er: »Noch bevor der Sommer zu Ende geht, werden wir diese Pferde essen.«

»Sind die Lebensmittel so knapp?« fragte Lubonski.

»Knapp ist der Raum, um sie richtig zu lagern.«

»Mit diesem Donauarm wird es nicht an Wasser fehlen.«

»Er reicht nur bis zu den Mauern. Als erstes wird Kara Mustafa uns den Zufluß sperren.«

»Ist er ein tüchtiger Feldherr?«

»Er ist ein Köprülü, einer von diesen albanischen Schweinehunden, denen die Türken eine so fähige Führungsmannschaft zu verdanken haben.«

»Soviel ich weiß, ist er kein richtiger Köprülü«, korrigierte ihn Lubonski. »Er ist mit der Schwester des großen Köprülü verheiratet, der vor ein paar Jahren starb.«

»Das kommt auf das gleiche heraus. Es ist schon eine bewundernswerte Familie, die Siege, die sie errungen hat, reichen von Venedig bis Kiew. Und Kara Mustafa hat die Absicht, die Liste ihrer Erfolge um einen weiteren zu vermehren ...«

»Kann er die Stadt überhaupt einnehmen?« fragte Lubonski. General Lubomirski blieb stehen, sah seine beiden Landsleute an und antwortete mit großem Ernst: »Wenn wir auf unsere gegenwärtigen Streitkräfte beschränkt bleiben, wird Kara Mustafa Mitte Juli Wien erobert haben. Leute wie mich werden sie abschlachten. Was es in der Stadt Wertvolles gibt, werden sie mitnehmen. Sie werden den Menschen ihr Leben lassen, zumindest den meisten, aber die Gefangenen werden zum Islam übertreten müssen. Aus den Kirchen werden sie Moscheen machen und die Stadt in einen großen Stützpunkt verwandeln, um von hier aus den Rest Europas zu unterwerfen.«

»Aber diese Mauern? Dieses ausgezeichnete Glacis? Der Stadtgraben? Ist das nichts?« fragte Lubonski, während sie in eine schmale schöne Straße unweit der Kathedrale einbogen. Annagasse hieß sie, und am anderen Ende, wo eine breitere Querstraße verlief, blieben sie vor einem hübschen alten Haus stehen. Ein daran angebrachter gemeißelter Stein trug die Aufschrift ANNAGASSE 22 – 1648. Lubomirski deutete auf das Haus und fragte: »Sind das nicht solide Mauern?« Mit den Knöcheln klopfte er an die gemeißelte Platte, die kein Echo zurückgab.

»Sie sehen solide aus«, erwiderte Lubonski.

Nun tat Lubomirski etwas Merkwürdiges: Eng an der Hauswand stehend, hämmerte er mit dem Stiefelabsatz auf die Straße und sagte: »Hier, hier unten werden die Türken uns schlagen!« Lukasz schüttelte ungläubig den Kopf. »Was meint Ihr?« fragte er, und Lubomirski antwortete: »Sie haben die besten Sappeure der Welt, und an dem Tag, wo Kara Mustafa mit der Belagerung beginnt, wird er einen Blick auf unsere Mauern werfen und ganz besonders auf das Glacis und zu seinen Männern sagen: ›Diese Mauern zu stürmen ist unmöglich.‹ Dann werden seine Sappeure an die Arbeit gehen.«

»Aber wie sollen sie an die Mauern herankommen, um sie zu unterminieren?« fragte Lukasz.

»Sie werden, weit, weit draußen anfangen und sich wie Maulwürfe durchwühlen, bis sie drei Fuß unter dem Keller dieses Hauses stehen« – wieder stampfte er mit seinem Stiefel auf – »und dann werden sie große Pulversäcke unter diesem Haus aufstapeln und eines Tages Mitte Juli das Ganze in die Luft jagen ... dieses Haus und dieses, und dieses ... und in die Stadt eindringen und uns alle massakrieren!«

Sehr vorsichtig sah Lubonski sich um, und als er festgestellt hatte, daß keine österreichischen Soldaten oder Beamten sie hören konnten, fragte er: »Wie sieht es mit unserer Führung aus?«

»Ich fürchte, Kaiser Leopold wird sich mit seinen Damen eiligst davonmachen, sobald die Sache brenzlig wird. Es wäre nicht das erste Mal. Aber dieser Ernst Rüdiger von Starhemberg, der hier das Kommando führt, ist ein verläßlicher Mann. Wenn Polen und Deutschland keine Hilfe schicken und Wien fällt, erwarte ich, daß Graf von Starhemberg mir zur Seite steht, wenn die Türken auf uns losstürmen.« Er zögerte, schüttelte den Kopf und fügte hinzu: »Es ist undenkbar, daß er mich im Stich lassen könnte.«

Als sie in Lubomirskis Hauptquartier zurückkehrten, hakte Lubonski mit einer wichtigen Frage nach: »Werden die anderen Verbündeten Hilfstruppen schicken?« Der General zeigte sich begeistert: »Auf Herzog Karl von Lothringen ist großer Verlaß. Er hat versprochen, weitere dreiundzwanzigtausend Österreicher aus allen Teilen des Landes kommen zu lassen, und ich versichere Euch, er wird sein Wort halten. Fürst Waldeck wird uns mindestens achtundzwanzigtausend Deutsche schicken, Bayern, Thüringer, Sachsen und Schwaben. Er ist ein großartiger General, ich vertraue ihm völlig. Und jetzt sagt mir bitte, was Sobieski tun wird.«

Lubonski war zu Recht davon überzeugt, daß die Sicherheit Wiens und Europas von den Geschehnissen der nächsten Monate abhing, und er fand, daß ein so tapferer Mann wie Lubomirski eine ehrliche Antwort verdiente: »Sobieski hat vierunddreißigtausend Mann zugesagt, und der Sejm hat diese Zahl gutgeheißen.«

»Wunderbar! Mit dieser Verstärkung haben wir gute Chancen.«

»Aber Ihr wißt ja, Versprechungen auf dem Papier, auf Ehrenwort gegeben, schrumpfen zusammen, wenn's ums Ganze geht.«

»Wieweit werden die polnischen vierunddreißigtausend schrumpfen?«

»Ich wäre froh, wenn wir sechsundzwanzigtausend schicken könnten.«

»Und ich wäre froh, wenn ich sie hier willkommen heißen könnte.«

»Hätten wir dann immer noch gute Chancen?«

»Es wird ein Wettlauf mit der Zeit sein. Wird Sobieski mit den Polen aus dem Norden hier eintreffen, bevor Kara Mustafas Sappeure uns in die Luft gejagt haben?« Er unterbrach sich und fragte dann unverblümt: »Sagt mir ehrlich: Wann kann Sobieski frühestens von Krakau aufbrechen?«

»Mitte August.«

»Du lieber Himmel!« stöhnte Lubomirski. »Das könnte zu spät sein.«

»Aber er wird in voller Stärke kommen – mit seinen Flügelhusaren! –, und beide Seiten wissen, daß er die Türken schon dreimal geschlagen hat!«

Lubomirski dachte über diese Antwort nach und bewegte die Hände, so als verteile er seine Truppen in der Luft. »Ich glaube, wir haben Chancen, so lange auszuhalten. Keine guten Chancen, aber Chancen. Es wird nicht lange dauern, und wir werden Pferdefleisch essen müssen. Aber wir haben Chancen ... wenn Ihr Euch beeilt.«

Im Mai und im Juni beeilten sich vor allem die Türken, die die Österreicher im Osten und im Süden hart bedrängten. Sie errangen einen bedeutenden Sieg bei Györ, bereiteten General Lubomirskis polnischen Freiwilligen bei Preßburg eine Niederlage und näherten sich Wien am 13. Juli mit einem Heer von ursprünglich dreihunderttausend Mann, einschließlich Dienerschaft und Maultiertreibern, das aber jetzt auf 115 000 kampferfahrene Soldaten zusammengeschrumpft war.

Es war das außergewöhnliche Heer eines außergewöhnlichen Landes. Die Türkei, deren Machtzentrum immer noch Konstantinopel war, wurde von Sultan Mohammed IV. regiert, der im Alter von sechs Jahren den Thron bestiegen hatte. Dadurch war natürlich die Einsetzung eines Vertreters erforderlich geworden – in diesem Fall die Mutter des Knaben, eine jener schrecklichen, hartherzigen Frauen, die sich besser aufs Regieren verstehen als die meisten Männer, mit denen sie es zu tun haben.

Sie hatte gesehen, wie die Unfähigkeit ihrer Berater den Niedergang des Reiches herbeiführte, und einen Mann von beachtlichen Fähigkeiten in immer höhere Stellungen zu hieven begonnen. Es war der Albaner Köprülü, der sich von Palastintrigen stets ferngehalten hatte und daher in der Lage war, die Regierungsgeschäfte mit Anstand zu führen. So hatte er aus einem Land, das durch schlechte Regierungen an den Rand des Abgrunds gebracht worden war, ein Reich geschaffen, das sich von Italien bis Rußland, von Persien bis Ungarn ausbreitete und europäische Länder wie Griechenland, Mazedonien, Albanien und Bulgarien einschloß.

Währenddessen schien sich der Sultan nur für zwei Dinge zu interessieren: für Frauen und für die Jagd. Zur Befriedigung seines Appetits auf ersteres standen ihm riesige Harems zur Verfügung, aber obwohl sie mit den schönsten Huris aus elf Nationen vollgestopft waren, fand er auch weiterhin sein allergrößtes Vergnügen bei der Jagd. Er besaß in ganz Europa riesige Reservate, manche größer als Belgien oder Holland, in denen außer ihm niemand jagen durfte. In einem historischen Fall zwang er die zehntausend christlichen Bewohner eines solchen Gebiets, ihm drei Wochen lang als Treiber zu dienen, drei Wochen, in denen er mehrere tausend Rehe, Bären und Büffel anschoß oder erlegte. In einem Teil Bulgariens mußten seine christli-

chen Sklaven eine Herde von elftausend Büffeln hüten, die allein für ihn bestimmt waren.
Die verschiedenen Köprülüs, die für die Regierung seines Reiches verantwortlich waren, folgten einem einfachen Leitspruch: »Tut alles, um den Idioten bei Laune zu halten, denn solange er lebt, leben auch wir.« In jenen Tagen rascher Expansion bewährte sich diese Taktik, denn die Köprülüs erwiesen sich als ausgezeichnete Verwalter und stürmten Festungen, die die Christen für uneinnehmbar gehalten hatten; ganze Nationen waren unter das türkische Joch gezwungen worden, und es eröffneten sich noch allerhand Möglichkeiten weiterer Eroberungen. Doch 1681 begann dieser verantwortungslose Sultan zu begreifen, daß die Vergeltung der Christen nicht ausbleiben würde, wenn seine Truppen immer weiter und auf wichtige Städte wie Wien vorrückten, und darum warnte er seinen damaligen Großwesir Kara Mustafa: »Nehmt ganz Ungarn. Es ist ein armseliges Land, das sich nicht zu regieren weiß. Nehmt auch Polen, wenn Ihr wollt, denn dieses Land hat keine Zukunft. Aber versucht nicht, Wien zu erobern, denn wenn Ihr das tut, weckt Ihr einen schlafenden Löwen.«
Kara Mustafa, begierig, es seinen Vorgängern, die bis nach Venedig gekommen waren, gleichzutun oder sie gar zu überholen, hörte nicht auf ihn. »Wenn ich mein Heer zusammenhalte und genügend Tataren habe, die jedem Feind, dem wir begegnen, in die Flanken fallen, kann ich Wien und ganz Österreich einstecken.«
Mohammed ließ nicht locker: »Ich sehe ernste Gefahren auf uns zukommen, wenn Ihr es doch tut.«
Kara Mustafa ließ nicht locker. »Seit Eurer Thronbesteigung 1648 war es meine Familie, die alle Entscheidungen über Krieg und Frieden getroffen hat. Laßt es so weitergehen, und die Türkei wird Europa beherrschen.«
Der jetzt einundvierzigjährige Mohammed, trotz seiner intensiven Beschäftigung mit den Frauen und der Jagd überraschend gut informiert, nahm es seinem Großwesir übel, daß er ihn wie ein Kind behandelte. Er trat vor und überreichte Kara Mustafa zum Erstaunen des Hofes eine grüne Seidenschnur von zwei Armlängen. »Zieht gegen Wien und belagert es, aber wenn Ihr scheitert, sollt Ihr hängen.«

Vor dem Sultan und dessen Gefolge warf der Großwesir die grüne Schnur über seinen Hals und knöpfte sie zu einer Schlinge, die er dicht am Hals zuzog. Von diesem Tag an – auf dem Marsch durch Ungarn, bei der Schlacht um Preßburg und während des Vorrückens auf Wien – nahm Kara Mustafa die seidene Schnur nicht mehr ab, und wenn General Lubomirski innerhalb der Stadtmauern der kommenden Schlacht mit Bangen entgegensah, so tat das auch Kara Mustafa, denn beide wußten, daß es ein Kampf auf Leben und Tod sein würde.

Um seine Männer moralisch zu unterstützen, beschloß der Sultan für seinen Teil, in der Heimat Spargesinnung zu zeigen. Aus seinen verschiedenen Harems entließ er ganze Bataillone von Konkubinen; in sieben verschiedenen Ländern schloß er viele seiner Jagdgehege und überließ das Land wieder den Bauern. Und, für einen passionierten Jäger das Schmerzlichste überhaupt: Fast neunhundert seiner Lieblingspferde aus seinen vielen Reitställen überließ er dem Militär. Immerhin behielt er jedoch eine eindrucksvolle Auswahl der schönsten Frauen, neun der besten Reservate und fast vierhundert wertvolle Pferde. In den Jahren 1682 und 1683, während die Schlacht um Wien immer näher rückte, vergnügte er sich auch weiterhin – mit kurzen Pausen, in denen er spekulierte, wie es wohl Kara Mustafa und seiner grünen Schnur erging...

Als König Johann Sobieski Anfang August seine Expeditionsstreitkräfte zusammengezogen hatte, wußte er bereits, daß Wien von den türkischen Truppen eingeschlossen und eine brutale und gnadenlose Belagerung im Gange war. Am 15. Juli, einen Tag nach Beginn des Angriffs, hatte General Lubomirski einen tapferen Adjutanten auf den Weg geschickt mit dem Auftrag, durch die türkischen Linien zu schlüpfen und Sobieski eine dringende Botschaft zu überbringen. In Polen angekommen, berichtete dieser Mann, der mit größter Geschwindigkeit nach Norden geprescht war, was in Wien vor sich ging.

»Die Belagerung begann am 14. bei Tagesanbruch. Während Trompetengeschmetter ertönte, kamen drei türkische Reiter in leichtem Galopp über das leere Land auf die Stadt zugeritten, stellten eine kleine Wurfmaschine auf und schleuderten zahlreiche Felsbrocken in die Stadt. Jeder einzelne war mit einer Botschaft versehen: ›Ergebt

Euch jetzt, und Ihr werdet gerettet. Öffnet Eure Tore, übergebt uns Eure Kirchen, legt Eure Waffen nieder, und keinem wird ein Leid geschehen. Wenn Ihr Euch dem Willen Allahs jedoch widersetzt, werden wir alle Eure Führer töten und alle arbeitsfähigen Männer und Frauen in die Sklaverei verkaufen. Das Recht auf Religionsausübung wird Euch aberkannt. Eure mächtigen Mauern werden geschleift. Kämpft, und Ihr müßt sterben! Ergebt Euch und lebt!‹«

Als Sobieski ihm Fragen stellte, die die militärische Lage betrafen, antwortete der Adjutant: »Im Norden und Osten, wo der Donauarm uns schützt, blockieren große türkische Kontingente alle Bewegungen in die und aus der Stadt. Im Süden bombardieren uns lange Reihen von Geschützen Tag und Nacht. Und im Westen, die Richtung, aus der wir den meisten Ärger erwarten, sind schon Sappeure an der Arbeit; sie graben Tunnels, um unter den Mauern Pulver aufzuschütten.«

»Was meint Lubomirski, wie lange kann die Stadt Widerstand leisten?«

»Ihr müßt noch vor Ende August Wien erreichen.«

»Das ist unmöglich«, erwiderte Sobieski niedergeschlagen.

»Dann ist die Stadt verloren.«

Mit ernster Miene schritt der König hin und her, ein massiger Mann, dessen riesiger struppiger Schnurrbart seinen Kopf noch größer erscheinen ließ, als er schon war. »Wir müssen darauf hoffen, daß zwei Wunder geschehen: Die Wiener müssen den Türken bis September Widerstand leisten. Und wir müssen rechtzeitig dasein, um sie zu retten.« Er hob seine starken Arme zum Himmel und rief: »Heilige Jungfrau von Tschenstochau, gewähre uns diese Wunder!«

Als in Krakau alles bereit war, verzögerte er den Abmarsch um weitere vier Tage, um das Heiligtum dieser Jungfrau aufzusuchen, wo er in Begleitung seiner Berater, zu denen auch der inzwischen nach Polen zurückgekehrte Graf Lubonski gehörte, vor der schwarzen Madonna betete. Als er sich erhob, überreichte ihm ein Priester eine Kopie dieses Bildnisses, die einer der Mönche angefertigt hatte. Sie war etwa zwei Hand hoch, eineinhalb Hand breit und hing an einer schweren goldenen Kette, die der Priester dem König über den Kopf streifte, so daß das Bild wie ein kleines Schild auf seiner Brust lag.

Dieses Geschenk rührte den König zutiefst. Während er seine Linke ehrfürchtig über das Gemälde hielt, verlangte er nach seinem Schwert, hob es mit seiner Rechten, bis es zum Himmel zeigte, und rief mit lauter Stimme: »Polen! Immer schon war es unsere Pflicht, Europas Christentum vor der Bedrohung durch seine barbarischen Feinde zu schützen. Nun steigen wir abermals in den Sattel, um die Ungläubigen zurückzuschlagen. Gott sei mit uns!«

Auf dem Weg zurück nach Krakau wandte er sich an Lubonski. »Es ist nicht notwendig, mein Alter, daß Ihr diesen langen und gefährlichen Ritt noch einmal mit uns macht. Ihr habt Polen treu gedient. Geht heim und betet für uns.«

Doch diesen Ratschlag konnte Lubonski nicht annehmen. »Ich habe mein Leben damit zugebracht, gegen die Feinde meiner Heimat zu kämpfen. Aber die größte Schlacht haben wir uns bis zum Schluß aufgehoben. Wenn wir Wien an die Feinde Gottes verlieren, verlieren wir alles.« Der vom religiösen Geist durchdrungene Sobieski verstand diese Haltung. »Dann kommt eben mit, mein Alter. Ihr werdet unser bester Krieger sein.«

Und so hieß Lubonski *brat* Piotr, den Mönch aus Tschenstochau, nach Bukowo galoppieren, um Lukasz zu holen. Doch als sich die beiden, bereit zum Abmarsch, wieder in Krakau meldeten, sah Lubonski, daß sie auch den jungen Janko aus dem Dorf mitgebracht hatten. »Wir brauchen keine Kinder auf diesem Feldzug«, protestierte er, aber Piotr erwiderte: »Es ist der Sohn Jans, der in allen Schlachten mit Euch gekämpft hat, und er ist bereit.«

»Also gut, er darf mitkommen«, entschied Lubonski, und am nächsten Morgen, dem 11. August 1683, brachen sie auf, der König und seine Armee, um, wie Kardinal Pentucci rief, als er sie segnete, »die Welt zu retten«.

Nicht einmal Sobieski selbst wußte genau, wie groß sein Heer war. Zwar hatte er seinen Verbündeten vierunddreißigtausend Mann versprochen, aber er konnte nur raten, wie viele es in Wirklichkeit waren. Er hatte guten Grund anzunehmen, daß es weniger als dreißigtausend waren. Nicht daß seine Schreiber nachlässig gewesen wären – sie hatten ihm sorgfältig angefertigte Listen überreicht, auf denen eine spezifische Zahl als Endergebnis stand: alles zusammen 29516 Mann unter Waffen.

Diese genaue Zahl, so sauber errechnet, war wertlos, da jeder Kommandeur einer Einheit viel mehr Männer und Pferde angab, als er tatsächlich hatte; er tat dies, um ein Plus an Ausrüstungen und Verpflegung zu beziehen, das er dann für seine eigene Tasche verkaufte. So wußte also Sobieski nicht, ob er sechsundzwanzigtausend oder siebenundzwanzigtausend Mann befehligte; bei Verhandlungen mit den Generälen verbündeter Armeen würde er die eine oder andere Zahl verwenden, obwohl er genau wußte, daß keine stimmte. Aber natürlich würden auch ihre Zahlen nicht stimmen – und aus den gleichen Gründen.

Die Armee, die nach Westen auf Cieszyn zu zog, bot ein beeindrukkendes Bild: die Flügelhusaren an der Spitze, die Kavallerie, die aus Magnaten und Kleinadeligen bestand, eine Horde von Fußsoldaten, eine noch größere Horde von Dienern wie Piotr und Janko, und an die tausend Wagen, vollbeladen mit allem, was gebraucht werden würde. In der Nachhut kamen, von einem Großteil der Reservepferde gezogen, einhundertzwanzig große Geschütze, mit denen Sobieski die der Türken auszugleichen hoffte. Es gehörte ein erhebliches Maß an Willenskraft dazu, auch nur daran zu denken, ein so gewaltiges Heer im Eiltempo über Berge und Flüsse zu führen, aber in Wahrheit war das ganze Unternehmen eine Art Glaubensbekenntnis.

Sie schlugen nicht die gemächliche Route ein, die Lubonski und Lukasz bei ihrem Erkundungsritt nach Österreich gewählt hatten, sondern den geraden Weg nach Brünn und Hollabrunn, wo die österreichischen und deutschen Generäle mit ihnen zusammentreffen sollten. Während sie im Eiltempo weitermarschierten, begann Piotr Freundschaft mit den Adeligen zu schließen, aus denen sich das Kontingent der Flügelhusaren zusammensetzte. Jeden Abend war er in ihrem Lager und quälte sie mit Fragen über ihre Pferde, ihre Speziallanzen und ganz besonders über ihren Glorienschein aus Truthahn- und Adlerfedern, mit dem sie in die Schlacht ritten.

»Kann ich mal sehen, wie die Federn da drangemacht sind?« fragte er am fünften Abend, als sich die Reiter schon an ihn gewöhnt hatten. Sie zeigten ihm, wie die Federn an den Flügeln befestigt waren, und er studierte alles genau, um es hinterher höchst mangelhaft Janko zu erklären.

Einige Tage später, als sie abends ihr Lager aufschlugen – gegen sie-

ben, es war noch hell –, überredete Piotr einen der Husaren, ihn seinen Brustharnisch mit den Flügeln anprobieren zu lassen. Als er den Harnisch angelegt hatte und aus den Augenwinkeln die Federn über seinem Kopf sah, rief er Janko zu: »Hol mein Pferd!« Kaum saß er im Sattel, fing er an, eine imaginäre Lanze zu schwingen und auf dem Lagerplatz herumzujagen. Dabei brüllte er mit hoher Stimme: »Ich bin ein Flügelhusar! Weicht zurück, ihr Ungläubigen!«
Während seine langen Beine dem Roß in die Seiten traten, seine Ellbogen in der Luft ruderten und seine dunkelbraune Kutte im Wind flatterte, kam er plötzlich auf Janko zugebraust und hätte ihn beinahe niedergeritten, wenn sich der Junge nicht in einen Graben gerettet hätte: »Du bist tot, elender Türke! Da liegst du nun in deinem Blut!« Von einer Seite zur anderen, immer begleitet vom düsteren Klang der Federn, galoppierte der aufgeregte Mönch, und als er widerwillig zum Besitzer der Flügel zurückgekehrt war, der lachend auf ihn gewartet hatte, wollte er sie gar nicht mehr hergeben. Liebevoll strich er über den Harnisch, schwor, daß er noch nie einen so schönen gesehen habe, und glättete jede einzelne Feder. »Ihr seid bestimmt sehr stolz, daß Ihr eine solche Uniform tragen dürft!« Der Husar antwortete: »Allerdings, das bin ich.«
Und so mischte sich *brat* Piotr jetzt jeden Abend unter die Husaren, lieh sich einen Brustharnisch mal von dem einen, mal von dem anderen und galoppierte, Arme und Beine nach allen Seiten gestreckt, so feurig über den Lagerplatz, daß die Husaren ihn den »Fliegenden Mönch« nannten – er sah wirklich so aus wie diese Bilder in deutschen Büchern, auf denen Kobolde und andere seltsame Wesen nachts durch die Luft fliegen. Immer wenn er seinen Ritt beendet hatte, ging er zu Janko: »Früher habe ich immer gedacht, daß es für einen Mann nichts Schöneres geben könnte, als Abt eines großen Klosters zu sein. Aber jetzt möchte ich lieber ein Husar sein, dem die Federn um die Ohren singen und der für Gott gegen die Ungläubigen streitet!«
Am 31. August, als es schon zweifelhaft war, ob Wien der entsetzlichen Belagerung durch Kara Mustafa noch viel länger würde widerstehen können, kam Johann Sobieski in die kleine Stadt Hollabrunn nordwestlich von Wien, nur fünfzehn Meilen von der Donau entfernt, die das Heer überqueren mußte, bevor es die Türken zur

Schlacht stellen konnte. Hier traf der König zum erstenmal mit zwei der edelsten Männer Europas zusammen.

Diese Begegnung konnte äußerst peinlich werden. Bei der Königswahl 1674, die Johann Sobieski dank französischer Unterstützung gewonnen hatte, war sein Hauptgegner Herzog Karl von Lothringen gewesen, ein Habsburger, zu dessen Gunsten Österreich schamlos Stimmen gekauft hatte. Es war ein hartes Ringen gewesen, und viele hatten geglaubt, Herzog Karl würde gewinnen; am Ende jedoch waren von den Franzosen enorme Summen aufgewendet worden, um Magnaten zu kaufen und so Sobieski den Sieg zu sichern. Jetzt mußten die früheren Antagonisten nicht nur als Verbündete zusammenarbeiten, sondern auch als Feldherren, die sich ein schwieriges Kommando zu teilen hatten.

Ein weiterer Grund für ein mögliches Scheitern der Verhandlungen lag darin begründet, daß die Feldherren einen brauchbaren Plan ausarbeiten mußten, um drei ungleichartige Armeen, die nach unterschiedlichen Systemen formiert waren und nicht einmal eine gemeinsame Sprache sprachen, gegen ein Heer in die Schlacht führen zu können, das dreimal so groß wie das ihre war. Als die drei Feldherren, begleitet von ihren Beratern, zum erstenmal in einem matt erleuchteten Raum in einem Gasthof in Hollabrunn zusammentrafen, herrschte große Spannung: Auf dem Tisch vor ihnen lag der etwa dreißig Zoll lange, mit Juwelen besetzte Marschallstab, der für den Oberbefehlshaber bestimmt war, und niemand wußte, wer das sein würde.

König Johann betrachtete den prächtigen Marschallstab mit zusammengekniffenen Augen; er war ein eitler Mann, der dieses Herrschaftszeichen vielleicht als sein königliches Recht beanspruchen würde. Herzog Karl von Lothringen, steif und korrekt, vertrat das Gastland, woraus ihm ein erheblicher Anspruch erwuchs. Und es entging den Umstehenden nicht, daß der Deutsche Fürst Waldeck den Marschallstab mit mächtigem Verlangen beäugte; nicht nur steuerte er die größte Anzahl von Truppen bei, er war auch ein stolzer und fähiger Kriegsmann. Die Begegnung konnte zu einem Debakel werden.

Doch es fing alles gut an, denn als Herzog Karl vor seinem mächtigen Gegner im Ringen um den polnischen Thron stand, trat er vor

und umarmte Sobieski: »Ich heiße Euch willkommen, Herr, zweimal willkommen!« Und dann küßte Fürst Waldeck Sobieskis Hand und rief laut genug, daß alle es hören konnten: »Wir haben so sehr auf Euch gewartet! Gott sei Dank, daß Ihr gekommen seid!«
Nun zögerten die drei Feldherren, und keiner der Anwesenden konnte sich vorstellen, wie das Problem des Marschallstabs gelöst werden würde. Da legte der Herzog von Lothringen einen Finger an den Stab, sofort tat Waldeck das gleiche, und gemeinsam und mit ernster Miene schoben sie das kostbare Emblem auf den Platz zu, wo Sobieski stand. Als dieser begriff, daß er den Oberbefehl übernehmen sollte, hob er den Marschallstab auf, küßte ihn und sagte: »Es wird meine Pflicht sein, für uns alle den Sieg zu erringen!« Alle klatschten Beifall.
Als sie sich zu einem frugalen Abendessen gesetzt hatten – wobei jedem bewußt war, daß eine große Schlacht und möglicherweise der Tod nur wenige Tage und wenige Meilen von ihnen entfernt auf sie warteten –, tauchte jedoch ein großes Problem auf. War es anfangs nur eine hochgezogene Braue, so drohte es sich am Ende zu einer Katastrophe auszuwachsen, die das Bündnis stark gefährdete.
Auf einem Stück Papier skizzierte Sobieski als Oberbefehlshaber den Schlachtplan. »Wir haben drei Feldheere, die alle etwa dreißig Meilen nordwestlich von Wien stehen. Wie wir und in welcher Form wir auf die Stadt zumarschieren, kann den Ausgang der Schlacht entscheiden. Es gibt einen leichten Weg, links am Donauufer entlang, und einen sehr schwierigen, rechts über die Berge des Wienerwaldes. Und es gibt einen dritten Weg, halb schwer und halb leicht, der genau in der Mitte liegt.«
Die Generäle, etwa ein Dutzend an der Zahl, nickten zustimmend; sie hatten das Terrain bereits sondiert.
»Ich schlage nun vor, daß wir Polen uns auf die äußerst schwierige rechte Flanke durch den Wienerwald konzentrieren. Wir haben die Männer und die Pferde, um die Geschütze über die Höhen zu transportieren.« Diesem ritterlichen Vorschlag stimmten alle zu, aber dann beugten sie sich vor, um die nächste, die wichtige Entscheidung zu hören. »Ich wünsche dringend, daß Fürst Waldeck und seine Deutschen, die auf dieser Art Terrain noch nie gekämpft haben, die linke Flanke entlang der Donau übernehmen.« Und dann, noch bevor der

Protest laut werden konnte, von dem er wußte, daß er nicht ausbleiben konnte, fuhr er rasch fort: »Und die Österreicher greifen im Zentrum an!« Einigen Generälen stockte der Atem, und als zwei sich anschickten, Einspruch zu erheben, wußte Sobieski, daß er sich in die Nesseln gesetzt hatte.

Seit Jahrhunderten hatten sich die europäischen Heere, wenn sie in die Schlacht zogen, an eine Konvention gehalten, wonach die rechte Flanke der Position entsprach, die die größte Ehre einbrachte, und alle waren sich einig, daß Sobieski ein Anrecht darauf hatte. Er war ein König, er war der Oberbefehlshaber, und er hatte seine Genialität als Feldherr wiederholt unter Beweis gestellt. Die Position, die die zweithöchste Ehre einbrachte, war immer die linke Flanke, während das Zentrum nach alter Tradition an die schwächsten Bataillone oder an einen General von zweifelhafter Reputation fiel: Im Zentrum konnte er nicht davonlaufen, da die zwei von großen Heerführern befehligten Flanken es nicht zulassen würden.

In einer Armee, die sich aus Truppen eines einzigen Landes zusammensetzte, war es für den König oder Befehlshaber ein leichtes, die zentrale Position seinem schwächsten General zu überlassen, und dieser mußte dem Befehl gehorchen; außerdem wußte er meistens selbst, daß er *tatsächlich* der schwächste war. In einer Koalition aber, wo die nationale Ehre auf dem Spiel stand, ging der Führer dieser Koalition ein großes Risiko ein, wenn er die Truppen eines Landes, in diesem Fall Österreichs, ins Zentrum verbannte.

»Herr!« protestierte ein unbedeutender österreichischer General. »Es kann dem Herzog von Lothringen nicht zugemutet werden, die Zentrumsposition einzunehmen!«

»Unmöglich!« stimmten ihm andere zornige Österreicher zu, worauf sich Sobieski an den Herzog wandte und im stillen hoffte, er würde sich einsichtig zeigen. Aber Karl war ein Mann von empfindsamem Stolz. »Als Kommandant der Streitkräfte des Gastlandes«, sagte er, ganz und gar nicht verlegen, »wäre es mehr als unpassend, wenn ich meine Truppen im Zentrum placieren würde.«

Atemlose Stille erfüllte den Raum, in dem über Strategien beraten wurde, von denen das Schicksal vieler Völker abhing, und alles blieb in der Schwebe, bis Sobieski etwas tat, was die anwesenden Militärs hellauf begeisterte: Er verließ seinen Platz am Kopfende des Tisches, schritt gewichtig auf Fürst Waldeck zu und verbeugte sich so tief vor ihm, daß sein massiger Bauch den Fußboden zu berühren schien. »Durchlaucht, ich habe soeben einen unverzeihlichen Fehler begangen. Ich habe nicht an die Ehre eines großen Mannes gedacht. Herzog Karl von Lothringen hat jedes Anrecht auf die linke Flanke, und ich bitte Euch, das Zentrum anzuführen.« Noch bevor Waldeck antworten konnte, fuhr der König fort: »Euch wird die Ehre zuteil werden, Kara Mustafa persönlich gegenüberzutreten, denn in der türkischen Schlachtordnung ist das Zentrum der Ehrenplatz.« Und immer noch Waldecks Reaktion fürchtend, fügte er hinzu: »Ich weiß, wovon ich rede, Fürst, denn in meinen vier Schlachten gegen die Türken habe ich immer im Zentrum gekämpft, um selbst an den Kommandanten heranzukommen.«

Während Sobieski mit gesenktem Haupt stehenblieb, berieten die deutschen Generäle untereinander; kurz darauf sagte Fürst Waldeck (und man merkte, daß er es aufrichtig meinte): »Diese Schlacht wird groß genug sein, um jeder Position Ehre einzubringen. Ich nehme Eure Placierung an.«

Seufzer der Erleichterung wurden laut. Nachdem Sobieski wieder seinen Platz eingenommen hatte, fragte er: »Und was wissen wir über die türkische Position?« Herzog Karl von Lothringen ergriff das Wort: »Wie Ihr eben sagtet, Kara Mustafa steht im Zentrum, und er ist ein sehr gefährlicher Gegner. Aber ich glaube ehrlich, daß er bereits einen folgenschweren Fehler begangen hat: Er hat seine Truppen geteilt. Etwa vierzig Prozent seiner besten Leute sind weiterhin mit der Belagerung Wiens beschäftigt, und nur sechzig Prozent haben gegen uns Stellung bezogen.«

Die Generäle begannen eine lebhafte Diskussion über diesen kritischen Fehler; manche konnten nicht verstehen, daß ein so erfahrener Kämpfer wie Kara Mustafa ihn hatte zulassen können. Sie kamen jedoch übereinstimmend zu dem Schluß, daß ihre Aussichten auf einen Sieg besser standen als je zuvor.

»Und wo wird er die zwanzigtausend Tataren stationieren?« fragte Sobieski.

Herzog Karl rieb sich das Kinn. »Das ist ein echtes Problem. Sie stehen weit weg, auf der linken Flanke der Türken, und das heißt: Wenn Ihr durch den Wienerwald kommt, werdet Ihr Euch zunächst einigen

Schluchten gegenübersehen und, wenn Ihr die überwunden habt, der türkischen Kavallerie. Und immer, bei jedem Schritt, droht ein Angriff der Tataren gegen Eure Flanke.«
»Wo genau stehen sie?«
»Hier. Und von da können sie Euch in die Flanke fallen, ganz gleich, wo Ihr Euch befindet.«
»Na schön«, nickte Sobieski. »Wir kämpfen an zwei Fronten. Im Osten gegen die Türken, im Süden gegen die Tataren. Hoffentlich greifen sie nicht beide gleichzeitig an!«
»Genau das werden sie tun«, sagte der Herzog. Sobieski nickte. Es würde nicht das erste Mal sein, daß er an zwei Fronten kämpfte. »Wer führt die Tataren an?« fragte er. »Chan Murad«, antwortete der Herzog. »Einer der Besten. Ich bin ihm schon zweimal gegenübergestanden. Er ist einer der Besten.«
»Und wie geht es General Lubomirski drinnen in der Stadt?« fragte Graf Lubonski.
»Wir bekommen nur sehr schwer Nachrichten aus der Stadt«, antwortete der Herzog von Lothringen. »Ein paar beherzte Seelen schlüpfen hin und wieder durch die türkischen Linien. Sie sagen, die Stadt sei am Verhungern. Graf Starhemberg ist ein tapferer Mann, keine Frage, und auch auf Lubomirski ist Verlaß.«
»Und Kaiser Leopold?« fragte Lubonski.
Der Herzog wandte den Blick ab, er wollte diese unangenehme Frage nicht beantworten; ein österreichischer General tat es für ihn, bemüht, die Klangfarbe seiner Stimme in keiner Weise zu verändern: »Als Gefahr drohte, floh der Kaiser mit seinen Damen nach Linz, etwa hundert Meilen westlich von hier. Er hat sechstausend Mann unserer besten Truppen mitgenommen.« Als keiner ein Wort dazu sagte, fuhr der General fort: »Er meinte, daß sich der Kaiser angesichts einer drohenden Katastrophe in Sicherheit befinden müsse, um seinem Volk ein Führer sein zu können ... falls die Schlacht verlorengehen sollte.«
»Dafür habe ich Verständnis«, bemerkte Johann Sobieski edelmütig, aber in Wahrheit konnte er dieses feige Verhalten nicht billigen. Als König von Polen war er aus freien Stücken mehr als zweihundert Meilen geritten, um Gefahr von seinem Land rechtzeitig abzuwenden.

In diesem Augenblick erhob Fürst Waldeck seine Stimme: »Wir haben ein ungünstiges Terrain vor uns und einen grausamen Feind, aber die Rettung einer großen Stadt hängt von uns ab – und die Bewahrung des Christentums. Möge Gott uns tapfer sein lassen!« Und mit diesem Gebet ging die wichtige Begegnung in Hollabrunn zu Ende. Drei eingebildete, aber willensstarke Männer hatten einander kennengelernt, einander abgeschätzt und einen Pakt geschlossen, der nicht zerbrechen würde, ganz gleich, welche Gefahren ihn bedrohen sollten.

Am Morgen nach seiner Bestellung zum Oberbefehlshaber begann Johann Sobieski seinen gnadenlosen Angriff gegen die Türken, die die Stadt belagerten, obwohl seine drei Armeen noch zwanzig Meilen vom Schlachtfeld entfernt waren. Mit seinen dreiundzwanzigtausend Österreichern zog Erzherzog Karl langsam am rechten Donauufer hinunter, stets bemüht, seine Verbündeten, die weit schwierigeres Terrain zu bewältigen hatten, nicht zu weit hinter sich zu lassen. Schließlich schlug er sein Hauptquartier in Klosterneuburg, nicht weit von der türkischen Frontlinie, auf. Fürst Waldeck mit seinen achtundzwanzigtausend Deutschen bahnte sich einen Weg über mäßig schwieriges Gelände, bis zu dem Punkt, von dem aus er am Tag der Schlacht direkt in Kara Mustafas Zentrum vorstoßen konnte.

Johann Sobieski und seine Polen hatten eine ungleich schwierigere Aufgabe zu bewältigen. Zuerst mußten sie von Hollabrunn aus über flaches und sumpfiges Land das Nordufer der Donau gegenüber Tulln erreichen und dort Pontonbrücken bauen, um über den Strom und auf die Südseite zu gelangen, wo die Türken warteten. Dazu brauchten sie vier qualvolle Tage, und Sobieski erwartete jede Stunde den Angriff der Tataren unter Chan Murad. »Wenn sie jetzt kommen, wo wir uns auf dem Fluß befinden, haben sie die Schlacht schon gewonnen«, warnte er seine Generäle; aber aus irgendwelchen unverständlichen Gründen nützten die Tataren diese einmalige Gelegenheit nicht. Kundschafter berichteten, daß alle zwanzigtausend aus unerklärlichem Grund in einem nur wenige Meilen entfernten Lager saßen und warteten.

Nachdem sie die Donau überquert hatten, begann erst die richtige Plackerei, denn nach dem Plan mußten die Polen von Tulln aus ein gutes Stück nach Süden marschieren, dann scharf nach Osten abschwenken und den schönen Wienerwald durchqueren, ein Gebiet mit niedrigen Bergen, hügeligem Gelände und einigen Bächen. Generälen und Pferden machen Berge Sorgen; sie versetzen Bauern in Schrecken, die wissen, daß Pferde zu wertvoll sind, als daß man sie dazu verwenden könnte, Kanonen über steile Hänge hinaufzuziehen, so daß in der Regel sie es sind, die mit Seilen und Rollen die Arbeit besorgen müssen. Jetzt erfuhr Janko, was es hieß, Krieg zu führen: Er und achtzehn Männer, alle älter als er, wurden einem Seil zugeteilt, weitere zwei Dutzend einem zweiten Seil, und weitere drei Dutzend hatten die Aufgabe, die schweren Räder mit der Hand zu drehen – zuerst eine Speiche, dann die nächste, bis das Geschütz die Höhe erreicht haben würde.

Es war eine mörderische Arbeit, die vom 4. bis zum 10. September dauerte, und während sie in der glühendheißen Sommersonne schufteten, sahen sie auf den Hügelkämmen zu ihrer Rechten Truppen von tatarischen Reitern, die aufmerksam ihre täglichen Fortschritte beobachteten. Keiner konnte ahnen, wann es diesen Steppensöhnen einfallen würde, zuzuschlagen, aber wenn sie es jetzt taten, wo die ganze polnische Flanke exponiert war, wäre das für Sobieskis Männer eine Katastrophe.

»Nur die Husaren verstehen etwas vom Kriegführen«, vertraute Piotr dem Jungen an, während er zusammen mit ihm, schwitzend und fluchend in seiner Kutte, an den Kanonen schuftete. »Die muten ihren Pferden solche Arbeiten nicht zu.« Am Abend war er zu erschöpft, um noch das Lager der Kavallerie zu besuchen, und im Morgengrauen mußte er zu seiner Kanone zurück.

Es war eine elende Schinderei, und sie verlief nur darum erfolgreich, weil Kara Mustafa seinen tatarischen Kundschaftern einfach nicht glaubte, als sie berichteten, daß die Polen ihre Geschütze über die Berge transportierten. Gewöhnt an ordnungsgemäße Schlachten, bei denen zwei Armeen auf flachem Land aufeinander losstürmten, wollte es ihm nicht in den Sinn, daß Sobieski eine ganze Armee über so unebenes Terrain befördern konnte, wie es der Wienerwald war, um dann auf der rechten Flanke kampfbereit wieder herauszukommen. Und was gar die Möglichkeit anging, daß die Polen Geschütze und Husaren durch einen solchen Wald durchschleusen würden – die Idee war zu fantastisch, um ernst genommen zu werden. So krochen, während Österreicher und Deutsche in ihren Lagern warteten, die Polen durch das grasreiche Waldland, stets in Erwartung eines möglichen Angriffs der Tataren. Am 10. September erreichten Janko und Piotr den Kamm des letzten Hügels, und als sie nach Osten blickten, sahen sie etwas, das sie gleichermaßen entsetzte und entzückte: Vor den Mauern Wiens und so weit das Auge reichte, standen wartend die Zelte des riesigen türkischen Heeres und die Geschütze auf ihren Bettungen. »Es erinnert mich an einen Blumengarten«, wunderte sich Piotr. »Sie sind überall.« Aber Janko blickte schweigend hinab und dachte, daß er und die anderen Bauern, sie alle nur mit Knüppeln und Messern bewaffnet, innerhalb der nächsten Tage durch diesen riesigen Haufen von Zelten durchmarschieren und mit den Männern, die jetzt darin warteten, auf Tod und Leben kämpfen müssen würden. Es war eine erschreckende Aussicht, und der Junge war sich des Ernstes der Stunde voll bewußt.

Am nächsten Tag stiegen die Polen über die steilen Hänge in die Ebene hinab, wo die Schlacht geschlagen werden würde, und jetzt mußten Piotr und seine Gefährten ihre Seile an den hinteren Teil der Kanonen knüpfen und ebenso hart arbeiten, um sie nicht hinuntersausen zu lassen, wie sie zuvor geschuftet hatten, um sie hinaufzuziehen.

Als diese aufreibende Aktion beendet war, nahmen die Polen Gefechtsaufstellung. Sie warteten immer noch auf den Angriff der Tataren – der nie kam.

»Kara Mustafa muß verrückt sein, daß er uns den letzten Hang unbehindert herunterkommen ließ«, sagte Sobieski, als er die Aufstellung seiner Truppen kontrollierte. »Aber dafür müssen wir dem Allmächtigen danken. Wenn Murad uns jetzt bestürmt, können wir ihn zurückschlagen.«

Was die Männer aus Bukowo zu tun hatten, war genau definiert: Graf Lubonski würde nicht mit den Husaren reiten, die eine Spezialeinheit darstellten, sondern mit der Kavallerie der Magnaten. Lukasz, ein Mann von erprobter Tapferkeit, würde ihm zu Pferd beistehen. *Brat* Piotr würde, eine Pike schwingend, mit den Fußsoldaten marschieren und Janko die Reservepferde hüten und sich in Lukasz' Nähe halten für den Fall, daß dieser oder Graf Lubonski ein Ersatzpferd brauchte. Alle vier würden auf dem ehrenvollsten Platz, auf der rechten Flanke, ihre Pflicht tun. »Möge Gott uns die Gnade erwei-

sen, tapfer zu sein«, sagte Graf Lubonski, nachdem er die Aufgabeneinteilung erklärt hatte.
Als Oberbefehlshaber Sobieski am Abend vor der Schlacht von einem Kirchhof auf einem Berg das Schlachtfeld überblickte, sagte er zu seinem Gefolge: »Immer noch hat Kara Mustafa seine Streitkräfte geteilt – die Hälfte an den Mauern, die Hälfte hier. Unsere Flügel werden den Türken arg zu schaffen machen, aber wir erwarten von euch Deutschen, daß ihr dem Gros der Feinde zu Leibe rückt, und obwohl wir Polen uns hier in einer starken Position befinden und die Geschütze gut in Stellung gebracht wurden, sind wir auf der rechten Flanke immer noch verwundbar, denn die Kavallerie der Tataren wartet nur so lange, bis wir uns ausgebreitet haben. Wir müssen gut aufpassen.«
Herzog Karl wollte wissen, wann Sobieski seine Husaren in die Schlacht zu werfen gedachte. Der König antwortete bedauernd: »Wir haben das Gelände vor uns erkundet. Es ist zu uneben für eine größere Kavallerieattacke. Die Türken haben Quergräben ausgehoben. Aber sobald wir daran vorbei sind, gegen vier Uhr nachmittags, schätze ich, setze ich sie ein.«
»Wie lange glaubt Ihr, daß die Schlacht dauern wird?« erkundigte sich der deutsche Fürst, und Sobieski antwortete zurückhaltend: »Keine Schlacht dieser Größenordnung kann an einem einzigen Tag entschieden werden. Aber mit Gottes Hilfe könnten wir am Abend des zweiten Tages den Sieg errungen haben.« Und die Generäle beteten.
Während Sobieski und die Generäle ihren Angriff auf das türkische Lager planten, drängte Kara Mustafa seine Männer, die Eroberung Wiens voranzutreiben, wobei er gelegentlich mit Auspeitschungen und Hinrichtungen nachhalf. Wenn die Sappeure ihre Ladungen unter den Mauern und verschiedenen Plätzen innerhalb der Stadt einbringen und sie explodieren lassen konnten, bevor die Verbündeten vom Westen her angriffen, würden seine Janitscharen in der Lage sein, die Stadt zu stürmen und zu erobern, noch bevor die Schlacht begonnen hatte. Seine Sappeure – Fachleute aus Frankreich, Deutschland, Italien und Ungarn – waren so geschickt, daß der Boden unter der Stadt einer Honigwabe zu gleichen begann, und die Experten versicherten ihm, daß es Mitte September, in weniger als ei-

ner Woche, möglich sein würde, die Lunten zu zünden. Damit schien Kara Mustafa sein entscheidendes Spiel gewonnen zu haben. Wenn er, immer mit der grünen Schnur um den Hals, im Lager umherging, strahlte er Zuversicht aus.

Jedenfalls hielten die Verteidiger der Stadt deren Fall für wahrscheinlich. General Lubomirski, der sich bemühte, die Disziplin unter den hungernden polnischen Truppen aufrechtzuerhalten, versuchte die Geräusche der Sappeure unter seinen Füßen zu überhören, und als er einmal die Lage in der Annagasse überprüfte und auch zu dem hübschen kleinen Haus Nummer 22 kam, fröstelte es ihn; er hörte, wie die türkischen Sappeure die letzten Erdklumpen wegräumten, bevor sie die Minen legten.

Seit drei Wochen hatte er nur mehr Pferdefleisch gegessen, und auch davon nicht gerade viel; frisches Wasser war kostbarer als Wein. Mehr als ein Monat war vergangen, seitdem er und seine Soldaten irgendwelche Gemüse gesehen hatten, und zuweilen ließ das Schreien und Weinen hungriger Kinder sie nachts nicht schlafen. Kaum jemals war eine große Stadt so völlig von der Außenwelt abgeschlossen gewesen wie jetzt Wien, aber kaum jemals auch von einer so mächtigen Armee belagert worden.

»Wenn der König versprochen hat, Mitte September hierzusein, kommt er auch«, versicherte Lubomirski seinen Soldaten, und mit dieser täglich wiederholten Ermunterung wurden die Polen zu einer der wichtigsten moralischen Stützen der Stadt. An magere Rationen gewöhnt, ertrugen sie die Entbehrungen besser als die meisten anderen, und ihr unentwegter Mut feuerte die Bürger an. Großes Verdienst erwarb sich auch der tapfere Starhemberg, der Kara Mustafas wiederholte Aufforderungen, doch endlich zu kapitulieren, beharrlich zurückwies. »Um diese Stadt zu verteidigen, die wir lieben, sind wir alle zu sterben bereit.« Und wenn die Moslems Botschaften an den Steinen befestigten, mit denen sie die Stadt beschossen, versuchte er nicht, sie zu zensieren; er las sie persönlich der sich rasch um ihn scharenden Menge vor: »Mustafa verspricht, daß alle Christen Christen bleiben dürfen und in der Ausübung ihres Glaubens nicht gehindert werden – wenn wir uns ergeben.« Immer wenn er dieses Versprechen vorlas, fügte er hinzu: »Fragt die Griechen, was davon zu halten ist! Fragt die Bulgaren! Fragt die Albaner!« Dann machte er eine dramatische Pause und rief: »Was antwortet das Volk von Wien auf diese Einladung?« Und in die Menge eingeschmuggelte Agenten brüllten: »Nein!«

Doch die Sappeure setzten ihre Arbeit fort, und bald würde die Stadt in die Luft fliegen.

Außer Sobieski und Lubomirski wunderte sich noch ein anderer Feldherr über Kara Mustafas obstinate Weigerung, Truppen von den Mauern abzuziehen, um jene Kontingente zu stärken, die den Verbündeten gegenüberstanden: Chan Murad, der sich schon seit Monaten darüber ärgerte, wie mit seinen talentierten Tataren Schindluder getrieben wurde. Weit im Süden in einem Lager versteckt, als seien sie Aussätzige, bei keinem Angriff auf die Stadt eingesetzt, war ihnen jetzt auch noch verboten worden, Sobieskis ungeschützte Flanke anzugreifen. Die Tataren hatten somit allen Grund, sich von den Türken schlecht behandelt zu fühlen; das war in der Vergangenheit schon oft so gewesen, Chan Murad war mit solch beleidigender Haltung durchaus vertraut. Jetzt aber ging es nicht mehr nur darum, daß diese Unverschämtheit den Stolz eines wertvollen Verbündeten verletzte; die Mißachtung der Tataren stellte den Erfolg der ganzen Operation in Frage, und Chan Murad war nicht bereit, tatenlos zuzusehen, wie seine Tataren in einer offenen Feldschlacht verheizt wurden, wenn sie durch geschicktes Vorstoßen und Parieren den Feind so aufreiben konnten, daß die angesagte Schlacht gar nicht erst stattfinden würde.

Darum verließ Chan Murad, von zwei Offizieren begleitet, sein Lager, entschlossen, Kara Mustafa zur Rede zu stellen. Unterwegs sah er zwei Dinge, die ihn in Wut versetzten: das polnische Heer, das er so leicht hätte angreifen können, wie es, bis auf die natürlichen Schwierigkeiten des Terrains, unbehindert die Hänge herabkam; und die zahlreichen über das ganze Türkenlager verstreuten, in verschwenderischer Bauweise errichteten und geschmückten Zelte. Er schämte sich dieser Armee, von der seine Tataren ein wesentlicher Teil waren.

Den Polen, denen der Zugang zur Schlacht so leicht gemacht wurde, den Rücken kehrend, konzentrierte er sich auf das riesige Lager. Selbst die Zelte der weniger bedeutenden Wesire waren so luxuriös, daß sie statt auf ein Schlachtfeld besser auf einen Paradeplatz in einer

Provinzhauptstadt gepaßt hätten, wo schneidige Reiter und feine Damen zusammenkamen. Ein Zelt im besonderen rief seine Unwillen hervor: Schmucklos auf der Außenseite, befand sich nahe dem Eingang eine kleine grüne Verzierung. Sie bedeutete, daß das Zelt einem Mann von hohem Rang gehörte. Da es ein warmer Tag war, hatte man die Klappe zurückgeschlagen, und Chan Murad konnte drei in Seidenroben gekleidete schöne Frauen und die reichgeschmückten Innenwände des Zeltes sehen. Abscheulich! Der Besitzer muß mehr Geld für das Zelt ausgegeben haben als ich für meine ganze Truppe!

Es gab Hunderte solcher Zelte, und viele verfügten über besondere Raffinessen: tragbare Badewannen, Spiegel aus Bordeaux, riesige Körbe mit Feigen und Datteln, Kisten mit kostbarer Kleidung für die Frauen im Gefolge und ungezähltem Gold- und Silberschmuck. An den Wänden einiger Zelte hingen prunkvoll mit Gold und Edelsteinen besetzte Krummsäbel sowie – Zeichen des Wohlwollens des Sultans – mit Brillanten und Rubinen inkrustierte Marschallstäbe. Diese Zelte repräsentierten eine Konzentration des Reichtums, wie Chan Murad ihn sich kaum vorstellen konnte; er war empört.

Als er schließlich bei Kara Mustafa vorgelassen wurde, verzichtete er auf die üblichen Artigkeiten und kam gleich zur Sache, wohl wissend, daß er damit sein Leben aufs Spiel setzte: »Großwesir, indem Ihr Eure Streitmacht teilt, bringt Ihr uns alle in Gefahr!«

Die grüne Schnur fingernd, die seinen Worten Gewicht gab, nickte der Großwesir. »So muß es Euch wohl scheinen.«

»Und Ihr habt uns daran gehindert, die Polen anzugreifen, als sie über die Berge kamen, wo wir sie hätten vernichten können.«

»Ihr werdet sie vernichten, wenn die Schlacht beginnt.«

»Und ich entsinne mich noch sehr gut, daß Euch der Sultan selbst davor gewarnt hat, Wien anzugreifen, weil es dazu führen würde, daß sich die Völker des Westens gegen uns verbünden. Schon damals habe ich seine Meinung geteilt. Es war töricht von Euch, gegen Wien zu ziehen, Kara Mustafa. Und jetzt scheint Ihr auch noch entschlossen zu sein, die Schlacht zu verlieren. Es ist empörend, daß ich die Verantwortung für solche Entscheidungen mittragen muß!«

Nur selten hatte sich ein Großwesir solche Worte anzuhören, und fast immer wurde der, der sie aussprach, enthauptet. Chan Murad

wußte um die große Gefahr, in die er sich gebracht hatte; er sah, wie sich das Gesicht des Großwesirs rötete und seine Hände zu zittern begannen, und er konnte sich ausrechnen, daß man ihn hinrichten würde, sobald die Schlacht geschlagen war. Darum sagte er jetzt: »Und glaubt nur ja nicht, daß Ihr mich nach der Schlacht töten lassen könnt, Kara Mustafa, denn ich werde nicht mehr hiersein!«
Noch bevor der überraschte Großwesir etwas sagen konnte, hatte der Tatarenführer das große Zelt, die kleineren Zelte ringsum und das ganze Kampfgebiet verlassen. Verärgert ritt er über das leere Land zu seinem Lager zurück, wo er seine Kommandeure zu sich befahl.
»Wir reiten!« brüllte er. »Gegen die Polen?« brüllten sie zurück, und er rief: »Nein!«
Er führte sie fort vom Schlachtfeld, fort von der belagerten Stadt und fort aus Österreich. Er führte sie quer durch Ungarn, durch die Bergschluchten Siebenbürgens, durch die Ukraine und das östliche Rußland, bis sie wieder die Steppe Zentralasiens erreicht hatten, wo die endlose Landschaft sie aufnahm. Nie wieder würden polnische Heere mit oder gegen Tataren kämpfen müssen.
Am 12. September 1683, um halb vier Uhr morgens, erhob sich Johann Sobieski, betete und hängte sich das Bild der Jungfrau von Tschenstochau um den Hals. Im Licht des anbrechenden Tages überschaute er das weite Schlachtfeld, auf dem seine drei Armeen in den kommenden zwei Tagen kämpfen würden. Die Größe des türkischen Lagers hätte ihn erschrecken können, wäre er nicht in seinem Innersten überzeugt gewesen, daß seine Truppen den Feind bezwingen würden. Die fünfundzwanzigtausend Zelte schimmerten im Morgenlicht, die fünfzigtausend Karren umgaben das Lager wie mit einem Wall, die achtzigtausend Janitscharen und Spahis in diesem Sektor krabbelten wie Ameisen herum, und die sechzigtausend Pferde bewegten sich unruhig, als wüßten sie, daß eine Schlacht bevorstand.
»Wir werden sie in Stücke hauen«, gelobte Sobieski vor seinen Offizieren, und seine Herolde verkündeten den Beginn der Schlacht.
Heldenhaft kämpften die Deutschen unter Fürst Waldeck schon in der ersten Stunde, denn wie Sobieski es ihnen prophezeit hatte, waren sie es, die auf das Gros des türkischen Heeres stießen, und das auf

höchst schwierigem Gelände: Weingärten, jeder einzelne durch niedrige Steinmauern geschützt, hinter denen sich die Türken versteckten. Waldeck aber setzte mit gutem Erfolg kleine Geschütze ein, die die Mauern zu Schutt machten, und schickte seine Männer mit Lanzen und Bajonetten hinterher.

Weil die Polen auf der rechten Flanke einen viel weiteren Weg hatten als ihre Verbündeten, waren es die Österreicher unter Karl von Lothringen, die als nächste mit Kara Mustafas Truppen aneinandergerieten und sich hervorragend schlugen. Stillstehen – feuern – angreifen, stillstehen – feuern – angreifen! In wohldurchdachtem Rhythmus rückten sie unaufhaltsam vor, und Sobieski war von ihrer ungestümen Entschlossenheit so angetan, daß er einen Boten schickte, um sie zu beglückwünschen.

Als nun endlich von rechts her auch die Polen die türkischen Linien erreichten, begannen sie einen systematischen Angriff, der sich von dem der Deutschen und Österreicher gründlegend unterschied: Wenn sie sich einmal auf den Feind zubewegten, rückten sie unaufhaltsam vor, bis irgendein Hindernis, eine Steinmauer oder eine Scheune, sie aufhielt. Dann wuselten sie in scheinbarer Verwirrung so lange herum, bis sie sich zu einem neuen Vormarsch formiert und die Türken überwältigt hatten. Jetzt marschierten die drei Armeen wie geplant gemeinsam vor.

Kara Mustafa jedoch hatte durchaus noch nicht sein ganzes Pulver verschossen, und wo immer er in den Reihen der Alliierten eine Schwäche oder eine ungeschützte Flanke entdeckte, beorderte er an diese Stelle eiligst seine Männer, die es dank ihres in vielen Schlachten erworbenen Geschicks verstanden, die Pläne der Verbündeten zunichte zu machen. Gegen neun Uhr morgens waren links die Österreicher, rechts die Polen und im Zentrum die Deutschen ziemlich festgefahren, und nun folgte ein verwirrendes Hin und Her, in dem überwiegend Mann gegen Mann gekämpft wurde.

Zwei Stunden ging das so, der Vormarsch kam praktisch zum Erliegen; Karl von Lothringen war so beunruhigt, daß er einen Meldeläufer mit der Frage zu Sobieski hinüberschickte: »Wann setzt Ihr endlich die Husaren ein?« Der König mußte antworten: »Im Augenblick erlaubt das Gelände keine Kavallerieattacke. Aber sobald wir durchgebrochen sind ...«

Um das Terrain zu sondieren, insbesondere auch um zu erkunden, wie tief sich die Weingärten und Steinmauern zum flachen Land hinabzogen, rief er nach freiwilligen Kavalleristen – nicht seine kostbaren Husaren, die für kritische Situationen in Reserve gehalten werden mußten –, die die feindlichen Linien überqueren und dann über die Beschaffenheit des Geländes berichten sollten. »Ich übernehme die Führung!« rief Graf Lubonski, und die Reiter scharten sich um ihn. Der vierundfünfzigjährige Sobieski wußte, daß der Graf viel zu alt für ein solches Abenteuer war, aber er wußte auch, daß die Führerschaft eines solchen Mannes bei einer solch gefährlichen Mission wie dieser unbezahlbar war, und darum legte er die rechte Hand zum militärischen Gruß an seinen Tschako und rief: »Gott sei mit Euch!«

An der Spitze der Abteilung reitend, brachte Lubonski sein Pferd in Gang und setzte es in flotten Trab; als sie sich den türkischen Linien näherten, drückte er dem Tier die Sporen in die Seiten, legte seine kurze Lanze ein und trug einen heftigen, schnellen Angriff in das Herz des Feindes vor. Indem er sein Pferd und sich selbst im Sattel drehte und wendete, gelang es ihm, drei Viertel seiner Reiter in den hinteren Teil des türkischen Lagers zu manövrieren, dorthin, wo die Zelte standen, und dort fand er das ebene Terrain, das die Husaren benötigten. Mit einem wilden Schrei wirbelte er herum und führte seine Männer wieder genau dort durch die Linien, wo sie sie durchbrochen hatten.

Und los ging's! Ihre Rosse setzten über die niedrigen Mauern und überwanden ohne Schwierigkeiten alle Gräben. Pferde und Reiter, schimmernd im hellen Sonnenlicht, galoppierten auf ein Hindernis zu, um im letzten Augenblick geschickt wieder abzudrehen. Sie fegten durch die Weingärten, schlugen die Janitscharen zu Boden, erreichten das Niemandsland zwischen den Fronten und galoppierten ins polnische Hauptquartier zurück, wo der alte Graf Lubonski seinen König grüßte und meldete: »Eine Viertelmeile ist es, Majestät, und wir haben freie Bahn.«

Es war eine gräßliche Viertelmeile. Von ein Uhr mittags an arbeiteten sich die drei Armeen fast vier Stunden lang Zoll für Zoll voran, denn als den Türken bewußt wurde, daß die von ihnen so geschätzten Zelte, in denen sie die letzten zwei Jahre gewohnt hatten, bedroht wa-

ren, wuchs ihr Widerstand, und mit Kara Mustafa, einem überaus tapferen Mann im dichtesten Kampfgetümmel, wehrten sie sich verbissen gegen die Verbündeten.
Den drei Feldherren wurde langsam klar, daß sie schon sehr viel Glück haben mußten, wenn sie diese letzte Viertelmeile vor Einbruch der Dunkelheit überqueren, ein Lager aufschlagen und am Morgen, wenn die Kavallerie eingesetzt werden konnte, die Schlacht von neuem aufnehmen sollten. Aber in diesen kritischen Minuten begann die minder hoch eingestufte Kavallerie, die aus Kleinadeligen wie Lukasz von Bukowo bestand, da und dort durchzubrechen, so daß der König, während der Tag zu Ende ging, hoffen konnte, nicht nur die Viertelmeile zu besetzen, sondern auch auf dem ebenen Gelände Fuß zu fassen und zu lagern. Er forderte seine polnischen Truppen auf, eine letzte Stunde lang äußerste Anstrengungen zu unternehmen, und das taten sie.
Es konnte später nicht mehr geklärt werden, wo der entscheidende Durchbruch glückte, aber es war vermutlich gar nicht im polnischen Sektor. Waldecks Deutsche beobachteten die Anstrengungen, die die Polen unternahmen, und folgten ihrem Beispiel, und da Kara Mustafa Truppen herangezogen hatte, um die Polen aufzuhalten, war er gezwungen gewesen, sein Zentrum zu schwächen und zuzulassen, daß Schwaben und Thüringer ein großes Loch in seine Linien rissen. Nur wenige Minuten später taten die Österreicher das gleiche; sofort danach erzielten die Polen ihren Durchbruch. Wie ein gewaltiger Orkan stürmte die ganze Front der Verbündeten voran und brachte auch noch den letzten Teil des für sie ungünstigen Terrains hinter sich.
Es war fünf Uhr nachmittags, als diese glückverheißende Entwicklung den großen Einsatz der Allianz krönte, und sowohl der Lothringer wie auch Fürst Waldeck sandten Sobieski Botschaften, in denen sie ihn dazu beglückwünschten, daß er eine solide Basis erkämpft hatte, von der aus am nächsten Morgen der entscheidende Angriff vorgetragen werden konnte. Doch als der Polenkönig selbst das wunderbar flache Land, das seine Truppen jetzt besetzt hielten, und die Verwirrung unter den Türken sah, die sich hastig in ihre Zeltstadt zurückzogen, schoß ihm plötzlich ein Gedanke durch den Kopf: »Wir können die Schlacht noch heute zu Ende bringen!« rief er und

erteilte unverzüglich ein Dutzend Befehle: »Husaren an die Front! Alle in Bereitschaft, die ein Pferd haben! Wenn mein Geschütz feuert, angreifen und, wenn möglich, erst vor den Mauern Wiens zum Stehen kommen!«

Zu diesem Zeitpunkt lagen die drei Armeen etwa sechs Meilen vor Wien; die ersten fünf waren flaches Land, und die letzte gehörte zu jenem entblößten Streifen, der bis an das Glacis und die Mauern heranreichte. Es war also durchaus nicht unvernünftig zu glauben, daß eine so gewaltige Kavallerieattacke auch über eine große Distanz gehen konnte. Dreitausend Flügelhusaren würden im ersten Glied reiten, gefolgt von etwa fünftausend Mann Kavallerie und unterstützt von bis zu dreizehntausend Kämpfern zu Pferd, zumeist Kleinadelige und Bauern ohne jede militärische Ausbildung, aber mit viel Erfahrung in bezug auf Pferde und Selbstverteidigung. Einen Kavallerieangriff in dieser Größenordnung hatte es vermutlich in der europäischen Kriegführung noch nie gegeben.

Es war zwanzig Minuten nach fünf an einem Tag, an dem die Sonne um halb sieben untergehen würde, als Johann Sobieski den Befehl zum Angriff gab. Gleich dem stürmischen Herbstwind, der hinter trockenen Blättern herjagt, setzten die zwanzigtausend Reiter ihre Pferde in Galopp und hielten auf die verwirrten Türken zu. Nur etwa zehn Minuten lang blieb der Ausgang des Unternehmens in der Schwebe, und in dieser Zeit schlug sich Kara Mustafa heldenhaft. Immer enger zog sich die grüne Schnur um seinen Hals, während er vergeblich alles nur Mögliche unternahm, um seine Truppen wieder zu sammeln. Einige bewahrten ihm die Treue, die meisten taten es nicht. Als er auf dem Höhepunkt des feindlichen Angriffs sehen mußte, wie seine eigenen Leute anfingen, die Zelte der Offiziere zu plündern, wußte er, daß alles verloren war.

»Ihr da!« schrie er ein paar bulgarische Sklaven an, die gerade dabei waren, ein Zelt niederzureißen, das gute achthundert Goldstücke wert war. Als die Männer nicht auf ihn achteten, zuckte er in pathetischem Eingeständnis seiner verzweifelten Lage die Achseln und sagte zu seinem Leibwächter: »Nimm dir, soviel du kannst.« Danach fing das große Plündern an, aber weder durch die Polen noch durch die Deutschen, sondern durch Kara Mustafas eigene Leute.

Die Plünderungen hatten eine tragische Folge, die niemand hätte ahnen können: Graf Lubonski, mit seinen dreiundsiebzig Jahren immer noch tapfer, aufrecht und geschmeidig im Sattel, hielt sich in der vordersten Reihe, mit einer verkürzten Lanze kämpfend (dem alten Mann fehlte die Kraft, mit einer langen umzugehen). Er hatte einen tüchtigen Helfer in Lukasz, der zu seiner Linken ritt, und auch in *brat* Piotr und dem jungen Janko, die mit den Ersatzpferden nicht weit zurückblieben.

Als die vier aus Bukowo in die Zeltstadt kamen, wo die Verwirrung am größten war, sah Piotr einen jungen Husaren, der von einer türkischen Kanonenkugel getroffen worden und vom Pferd gefallen war. Einer plötzlichen Eingebung folgend, verhielt der Mönch sein Pferd, stieg ab und wollte dem Mann zu Hilfe eilen. Ein kurzer Blick genügte jedoch, um festzustellen, daß der junge Pole tot war. Aber noch trug er seinen Brustharnisch mit den Federflügeln ... Atemlos vor Entzücken zog Piotr den Toten aus, schnallte sich den Harnisch über den eigenen Leib, rückte die Federkrone zurecht, nahm von seinem ziemlich gewöhnlichen Gaul Abschied und schwang sich auf das herrliche Tier des Husaren.

Mit wippenden Federn und baumelnden Beinen galoppierte Piotr voran, um sich der Attacke anzuschließen. »Macht Platz für die Husaren!« brüllte er dabei und fing an, Türken zu jagen, ohne über eine Lanze oder sonstige Waffen zu verfügen.

Er brauchte nur wenige Augenblicke, um Graf Lubonski einzuholen, aber die Federn, die schlenkernden Beine, die hinter dem Mönch herflatternde Kutte, das sah alles so spaßig aus, daß selbst Lubonski lachen mußte. Der junge Janko, der jetzt neben dem Grafen ritt, freute sich darüber, daß dem Mann, den er so verehrte, endlich ein Herzenswunsch in Erfüllung gegangen war. Ohne nachzudenken ließ er den Grafen allein weiterreiten und schloß sich dem Husaren von eigenen Gnaden an.

Brüllend vor Begeisterung brausten sie durch die Nachhut der zurückweichenden Türken, preschten zwischen den mit Baldachinen versehenen Zelten durch, scherten sich um nichts und genossen den Sieg.

Der Metallrahmen mit den Federn war gebrochen, als der frühere Besitzer seinen tödlichen Sturz getan hatte, und während Piotr jetzt herumritt, löste sich zum Teil die linke Hälfte, rutschte herunter und hing nun lose vor dem linken Auge des Pferdes, so daß die Federn, statt die Pferde des Feindes zu erschrecken, was ihr Zweck gewesen wäre, nun das Pferd des Husaren nervös machten, das nun, in der Hoffnung, sich des teuflischen Geflatters zu entledigen, einfach seiner Nase nach zu laufen begann.

Piotr, zeitlebens kein sehr guter Reiter, mußte feststellen, daß es ihm nicht gelingen wollte, das durchgehende Pferd zu bändigen, und ergriff daher die einzige für einen Feigling mögliche Maßnahme: Er hielt sich am Hals des Tieres fest. Mit schlenkernden Beinen, flatternder Kutte und dem halben Glorienschein irgendwo über dem Ohr, so brauste er durch das türkische Lager, Polen wie Türken in großes Erstaunen versetzend. Janko, der sich bemühte, in seiner Nähe zu bleiben, sprach ihm schreiend Mut zu: »Laß nicht locker, Piotr! Du bist jetzt ein Husar!«

Während das Paar so herumgaloppierte und unter den eigenen Leuten nicht weniger Verwunderung erweckte als unter den Feinden, fiel Piotrs Blick auf ein besonderes Zelt: schmucklos das Äußere, aber mit einem kleinen grünen Emblem neben der Eingangsklappe und reich verziertem Inneren. Zu Pferde mochte Piotr wie ein Narr aussehen, aber er war kein Narr, und mit nahezu übermenschlicher Anstrengung brachte er das Tier zum Stehen, riß es herum und lenkte es zu dem Zelt zurück, wo er schnell abstieg. Als er und Janko hineinspähten, blieb ihnen angesichts der Wunder, die sich ihren Blicken darboten, die Luft weg.

Doch nicht Piotrs und Jankos Abenteuer bildeten den tragischen Aspekt dieser Episode, sondern die gefährliche Situation, in der sich Graf Lubonski befand, dem jetzt nur noch Lukasz zur Seite stand. Zusammen mit den Ausreißern waren auch die Ersatzpferde verschwunden, aber selbst das wäre zu verkraften gewesen, hätte nicht Lukasz, während sie dahingaloppierten, etwas gesehen, das ihn gleichermaßen erstaunte und entzückte.

Lubonskis Attacke, stets auf die stärkste Konzentration feindlicher Kräfte ausgerichtet, hatte sie zu einem der hinteren Lagerplätze geführt, wo die Türken die Tiere hielten, die sie für ihr gigantisches Unternehmen brauchten. Zuerst sah Lukasz nur eine Schar Kamele, die, mitten im Schlachtenlärm, gemächlich wiederkäuten, sowie eine Büffelherde, die zur Verpflegung mitgebracht worden war. Doch dann fiel sein Blick auf ein Gehege, in dem sich etwa zweihundert der edelsten arabischen Pferde tummelten. Als finanziell nicht eben gutgestellter polnischer Edelmann, der nie mehr als fünf Pferde besessen hatte, war Lukasz von diesem wertvollen Fund so fasziniert, daß er sich ohne moralische Bedenken von Lubonski entfernte und zwei Dutzend Araber auszusuchen begann, die er als Beute beanspruchen würde, sobald die Schlacht zu Ende war.

Cyprjan Lubonski, allein gelassen und, wie jeder tapfere Krieger, in den vordersten Reihen seiner Truppe, ritt einige Minuten weiter, bevor er bemerkte, daß er niemanden an seiner Seite hatte. Als er sich seiner mißlichen Lage bewußt wurde, dachte er kurz nach, umzukehren und Hilfe zu holen, verwarf den Gedanken aber wieder, weil er annahm, daß die anderen, vielleicht sogar die Husaren, ihn einholen würden. Langsam ritt er weiter. Da stieß er auf eine Spezialtruppe, die gegenüber Kara Mustafa auch im Augenblick der Katastrophe loyal geblieben war, und als die Türken den einzelnen polnischen Reiter sahen, aufrecht und verwirrt in seinem Sattel, nur mit einer kurzen Lanze bewaffnet, fielen sie mit großer Erbitterung über ihn her.

Einer stach ihm in den Hals, Blut füllte seinen Mund. Ein zweiter versetzte ihm einen Hieb über den Kopf, heißes Blut blendete sein linkes Auge. Ein Speer traf ihn am linken Knie und drang tief ein, aber immer noch saß er hoch zu Pferd und versuchte zu entkommen. Die Türken jedoch kannten kein Erbarmen. Mit schrillem Triumphgeheul drangen sie auf ihn ein, schwangen ihre Krummsäbel und schlitzten seine Arme und Beine auf. Schließlich richtete ein Spahi seine große Lanze auf Lubonskis Bauch, sprengte auf ihn zu, durchbohrte ihn, stieß ihn vom Pferd und brach ihm die Schulter.

Immer noch weigerte sich der Greis zu sterben oder auch nur das Bewußtsein zu verlieren. Mit dem abgebrochenen Schaft seiner Lanze versuchte er die Angreifer abzuwehren, doch als er seinen blutenden Arm sinken lassen mußte, stachen Fußsoldaten immer wieder auf ihn ein. Cyprjan Lubonski starb, wie er zu sterben gewünscht hatte, zwar nicht im Sattel, aber fast, bis zum Ende im Kampf gegen die Feinde des Christentums.

Die mörderische Schlacht, die zwei Tage hätte währen sollen, war schon nach einem Tag zu Ende. Ein französischer Sappeur, der für die Türken gearbeitet hatte, beobachtete den fluchtartigen Rückzug der Türken, rief seinen europäischen Freunden zu: »Rette sich, wer kann!« und lief als erster zu den Alliierten über.

Bei Einbruch der Dunkelheit merkten die hungernden Wiener, daß die Türkengefahr gebannt war. Sie strömten aus der Stadt, liefen auf die angepflockten Büffel zu und begannen sofort, sie zu schlachten.

Auch General Lubomirski verließ die Stadt und suchte König Sobieski auf. Als sie einander in der zunehmenden Finsternis begegneten, Lubomirski bis zum Skelett abgemagert, weinten die beiden Männer.

Kara Mustafa widersetzte sich den Bemühungen seiner loyalen Truppen, ihn vom Schlachtfeld weg in Sicherheit zu bringen. Er wolle hier sterben, rief er, aber sie umringten ihn und erhielten ihn am Leben – er sollte später in einem Hauptquartier des Hinterlandes, in Sofia vielleicht, oder in Edirne Gelegenheit haben, sich selbst zu erdrosseln.

Fürst Waldeck suchte weder König Sobieski noch Erzherzog Karl auf; er war entsetzt über den harten Kampf, den seine Deutschen hatten bestehen müssen, und während er erschöpft in einem requirierten türkischen Zelt saß, sagte er zu seinem Adjutanten: »Ich will nie wieder hören, wo der Ehrenplatz ist, auf der linken oder auf der rechten Flanke. Der Ehrenplatz ist dort, wo der Feind den erbittertsten Widerstand leistet, und das war heute das Zentrum!«

Sobald feststand, daß die Alliierten einen Sieg errungen hatten, schickte Herzog Karl von Lothringen zwei Meldereiter mit einer beruhigenden Botschaft für den österreichischen Kaiser nach Linz: »Majestät, Ihr könnt jetzt wieder nach Wien zurückkehren!« Der Herzog erkannte, daß es wichtig war, den Monarchen baldmöglichst persönlich in Wien zu haben, wenn vermieden werden sollte, daß der Pole Sobieski alle Ehren einheimste – was peinliche Folgen haben könnte.

Lukasz verbrachte die Nacht damit, seine vierundzwanzig Araber zu bewachen. Als eine Gruppe polnischer Soldaten vorbeikam, versuchte er sie zu überreden, ihm beim Bewachen seiner Beute zu helfen, aber sie ignorierten ihn. Dann aber kamen ein paar Franzosen des Weges, die für die Türken gearbeitet hatten, und er ging sie an; einer von ihnen blieb bei ihm, froh, Unterkunft für die Nacht zu finden.

Brat Piotr und der junge Janko waren geblendet von den Schätzen in dem Zelt mit dem grünen Emblem. Was sie da fanden, überstieg ihre Vorstellungskraft, und der Mönch versicherte dem Jungen: »So etwas gibt es nicht einmal in der Schatzkammer von Tschenstochau, wo die Brokatgewänder der Jungfrau aufbewahrt werden.«

Schnell schlossen sie die Eingangsklappe, um zu verhindern, daß andere den glitzernden Reichtum sahen. Dann gingen sie im Halbdunkel umher und bewunderten die mit Juwelen reich verzierten Dolche, die mit Gold- und Silberfäden gewebten Teppiche, die offenen Säcke mit Goldmünzen und die kostbaren Gewebe. Plötzlich zerriß ein markerschütternder Schrei die Stille.

Einen vom übrigen Zelt abgetrennten »Raum« betretend, war Janko auf einen blutüberströmten menschlichen Körper gestoßen; als Piotr auf ihn zueilte, sah er die Leiche einer wunderschönen jungen Frau, einer jener von den Türken so geschätzten tscherkessischen Sklavinnen. »Ich glaube«, erklärte er Janko, »ihr Besitzer hat sie selbst getötet, um zu verhindern, daß sie von den Siegern mißbraucht wird. Wahrscheinlich war sie Christin, und wir müssen ein Gebet für ihr Seelenheil sprechen.«

Janko konnte nicht beten. Ihn überkam Übelkeit bei dem Anblick der Leiche: Der Mörder der jungen Frau hatte versucht, ihr den Kopf abzuhacken, aber es war ihm nicht gelungen, und jetzt lag der Kopf in so groteskem Winkel zum Körper, daß Janko sich abwenden mußte. Während Piotr bei der Leiche des armen Geschöpfes betete, das tatsächlich eine christliche Sklavin gewesen war, ging Janko vor das Zelt und erbrach sich.

Als er den Kopf wieder hob, sah er zwei krakeelende polnische Soldaten auf sich zukommen. Sie fragten ihn, was hier vor sich gehe. Noch bevor der Junge antworten konnte, kam Piotr, der Gefahr witterte und den Verlust des immens wertvollen Fundes fürchtete, herausgeschossen, machte das Zeichen des Kreuzes und rief: »König Johann Sobieski!« Diese plötzliche Kombination von Frömmigkeit und politischer Macht verwirrte die Soldaten, und nach längerer Beratung, bei der Piotr ihnen erklärte, daß der König ihn persönlich beauftragt habe, die königliche Beute zu bewachen, beschlossen die Soldaten, ihm dabei zu helfen.

»Wenn ihr das tut«, versicherte ihnen Piotr, »wird der König euch belohnen, wenn wir wieder in Krakau sind.«
So wurde also die ganze Nacht Wache gehalten, und immer wenn Eindringlinge das Zelt zu plündern versuchten, pflanzte sich Piotr vor ihnen auf, bekreuzigte sich ein- oder zweimal und rief ihnen mit lauter Stimme zu: »König Sobieski!«
»Ich möchte mich um die tote Dame kümmern«, wandte sich Janko kurz nach Mitternacht an Piotr, ließ die anderen allein und kehrte dorthin zurück, wo ihm noch vor ein paar Stunden so übel gewesen war. Zärtlich glättete er das feine, rehfarbene Kleid, das fast nichts wog, und drapierte es so, daß die Falten die blutbefleckten Teile bedeckten. Das Herz klopfte ihm bis zum Hals, als er niederkniete, seine Hände liebevoll um den Kopf des Mädchens legte und ihn langsam bewegte, bis er sich wieder in der richtigen Lage befand. Dann setzte Janko sich zu ihren Füßen nieder, als stünde ihr eine Ehrenwache zu, und saß immer noch da, als der Tag anbrach.
»Und jetzt«, rief Piotr, als die Sonne aufgegangen war, »jetzt mußt du Lukasz finden!«
Er schickte den Jungen aus, um nach ihm zu suchen. Nach einiger Zeit fand Janko seinen Herrn, der zusammen mit dem Franzosen auf die vierundzwanzig Araber aufpaßte. Janko wollte Lukasz beiseite nehmen, um ihm im Flüsterton von dem Schatz zu erzählen, den er und Piotr gefunden hatten, aber Lukasz winkte ab. »Der Mann spricht kein Polnisch«, sagte er und hörte mit offenem Mund zu, als der Junge berichtete.
Der zweiundsechzigjährige Lukasz, ein Veteran aus einem Dutzend Kriegen, die ihm so gut wie nichts eingebracht hatten, setzte sich nieder und überlegte. Schon jetzt hatte er, mehr oder weniger sicher, vierundzwanzig der besten Pferde in seinem Besitz, die ihm je untergekommen waren und mit denen er in Bukowo eine Zucht einrichten konnte. Es würde sorgfältiger Planung bedürfen, die Pferde auch in sein Heimatdorf zu befördern, aber mit der Hilfe von *brat* Piotr, dem Jungen und dem Franzosen ließ sich das unter Umständen bewerkstelligen.
Wenn es aber stimmte, was der Junge da erzählte – und es war nicht unwahrscheinlich –, dann befand sich die wichtigere Beute in diesem Zelt, und man würde Wagen brauchen, um alles fortzuschaffen. Dar-

um sagte er zu Janko: »Hol mir drei Wagen! Schaff sie sofort zu diesem Zelt!«
»Wie soll ich das machen?« wollte der Junge wissen.
»Das ist deine Sache. Aber zuerst bring mich zu diesem Zelt!«
Sie banden die Pferde aneinander und brachten sie dorthin, wo Piotr mit den zwei polnischen Soldaten wartete. Als der Mönch sich nähernde Schritte hörte, eilte er zum Ausgang, schlug die Klappe gerade soviel zurück, um hinauszukommen, und brüllte: »König Johann Sobieski!« Doch als er sah, daß es sein Schwager Lukasz war, rief er: »Gott hat uns zugelächelt!«
Janko und die zwei Soldaten suchten das verwüstete Lager nach Wagen ab und nach Pferden, die die Wagen ziehen sollten. Sie gelangten zu einem Lagerplatz, auf dem mindestens zweitausend Wagen standen. Davon wählten sie sorgfältig einige aus, von denen sie glaubten, daß sie eine Fahrt von mehreren hundert Meilen überstehen würden. Ganz in der Nähe fanden sie auch einige Zugpferde, spannten sie ein und fuhren zum Zelt zurück.
Die Pracht des Zeltes überwältigte Lukasz, insbesondere der unglaublich wertvolle Stoff, aus dem es bestand – sandfarben auf der Außenseite, innen glitzernd von edlen Metallen und Juwelen –, aber er war auch von dem Luxus beeindruckt, mit dem der Eigentümer sich umgeben hatte. »Woher hat er bloß die Zeit genommen, um auch noch zu kämpfen? Kannst du mir das sagen, Piotr? Eine goldene Schüssel, um sich die Hände zu waschen! Eine große Marmorwanne, um sich darin zu baden! Fünfzig Badetücher, um sich abzutrocknen! Dieser Korb mit Feigen und Datteln und Dörrpflaumen! Die Säcke mit österreichischem Geld! Und diese kleinen, mit Rubinen besetzten Schwerter! Mein Gott, Piotr, schon eines dieser Schwerter ...«
»Jetzt müssen wir das Zeug nur noch nach Hause schaffen, und das wird nicht ganz leicht sein«, warnte der Mönch und mußte an diesem Tag noch oft und immer sehr ehrfurchtsvoll das Kreuz schlagen: »König Johann Sobieski!«
Janko hatte ein eigenes Problem: Er mußte für ein Begräbnis des toten Mädchens sorgen. Es lagen so viele Leichen im Lager herum, daß es auf eine mehr eigentlich auch nicht ankam. Doch als er sah, wie wandalisch die Wiener, die sich jetzt endlich wieder frei bewegen

konnten, mit den Toten umgingen, kroch er in das Zelt, hob das Sklavenmädchen vorsichtig auf und trug es zu einem grasbewachsenen Hügel, wo er, nur mit einem Stock und seinen zwei Händen, ein flaches Grab aushob. Er sammelte ein paar Steine und legte sie darauf, und weil er jetzt schon die Überzeugung gewonnen hatte, daß sie eine Christin gewesen war, zeichnete er, als er kein Holz finden konnte, um ein Kreuz daraus zu machen, mit seinem Stock eines in den Sand. Dann bekreuzigte er sich und kehrte in das an Schätzen so reiche Zelt zurück, wo er plötzlich in Tränen ausbrach und sich nicht trösten ließ, während Lukasz und Piotr hin und her überlegten, wie sie ihre drei Wagen nach Hause schaffen sollten.

An diesem 13. September – dem Tag, von dem Johann Sobieski erwartet hatte, daß er an ihm in eine blutige Schlacht verwickelt würde – geleitete man den polnischen König im Triumph durch die arg mitgenommenen Straßen Wiens, einen plumpen, mißgestalteten Mann mit einem großen Pelztschako im russischen Stil, der ihm jeden Augenblick von seinem kürbisförmigen Kopf zu rutschen drohte. Er wurde weder vom Herzog von Lothringen noch von Fürst Waldeck begleitet, da beide fürchteten, zur Rechenschaft gezogen zu werden, wenn sie sich in der Öffentlichkeit zeigten, bevor Kaiser Leopold wieder zurück war. Und der Empfang, der Sobieski als Retter von Wien bereitet wurde, versetzte Kaiser Leopold tatsächlich in Wut; er hatte bereits ein grandioses Denkmal entworfen, das ihm die Rettung Wiens zuschreiben würde.

Als der Kaiser schließlich eintraf, hatte er keine Dankesworte übrig für die polnischen Truppen, die so weit gekommen waren, um seine Hauptstadt von ihrem Alptraum zu erlösen, lehnte es ab, die Husaren zu mustern, deren schneidige Attacke die Niederlage der Türken eingeleitet hatte, stieß Sobieski vor den Kopf, unterließ es, General Lubomirski Hochachtung zu bezeigen, dessen Standhaftigkeit in den schweren Tagen für alle ein Beispiel gewesen war, und verweigerte seine Zustimmung zur Errichtung eines Denkmals für Sobieski. Er bestellte zwei für sich selbst, und vielleicht, so lächerlich das auch klingen mag, bewies er mit allem, was er tat, Klugheit und Weitsicht, denn wenn der tote Graf Lubonski Österreich immer beneidet hatte und bei allen Auseinandersetzungen mit anderen Staaten für Österreich eingetreten war, so doch nur darum, weil die Habsburger ihrem Land eine ausgezeichnete Regierung gaben. Wenn man sich das schon so lange andauernde Wohlergehen Österreichs vor Augen hielt, war es doch wichtiger, daß man sich des Habsburgers Leopold als Befreier Wiens erinnerte, als des ungebetenen Gastes Sobieski, der nicht einmal in Polen imstande war, eine Dynastie zu gründen.

Jetzt begann die harte Arbeit. Lukasz Bukowski, wie er nach seinen Erfolgen in der Schlacht genannt wurde, mußte drei schwerbeladene Wagen und vierundzwanzig Araber – sechs Hengste und achtzehn Stuten – über eine Entfernung von zweihundertachtzig Meilen in sein Heimatdorf bringen. Er würde auf Schritt und Tritt von raffgierigen Polen bedroht sein, die versuchen würden, ihren Anteil an der Beute zu ergattern, aber auch von Flüssen, die es zu durchwaten, und von Bergpässen, die es zu überwinden galt. Die zurückflutende Armee, die dank der umsichtigen Führung Sobieskis keine allzu großen Verluste erlitten hatte, bestand aus etwa zweiundzwanzigtausend Mann, von denen jetzt jeder einzelne ein potentieller Feind Lukasz Bukowskis war.

Als Helfer bei der Bewältigung dieser schwierigen Aufgabe hatte er nur seinen unverläßlichen Schwager, den Bauernjungen Janko, den französischen Sappeur und zwei von *brat* Piotr angeworbene Soldaten. Sie besaßen Waffen, aber die hatten die anderen auch.

Die kleine Streitmacht verließ Österreich in guter Ordnung. Auf halbem Weg durch Mähren war ihnen erst ein Pferd verlorengegangen: Zwei Männer aus Lublin hatten sich eines Nachts mit dem Tier davongemacht.

Sie näherten sich dem Bergpaß bei Cieszyn, über den sie nach Polen gelangen sollten, als das Unglück über sie hereinbrach – zweimal! Eines Abends, kurz nach Sonnenuntergang, sprengte eine kleine Gruppe von Reitern auf dem Weg nach Zamość in die Araber hinein und machte sich mit fünf der besten davon – wobei sich die Männer aber doch die Zeit nahmen, sich zu vergewissern, daß sie einen Hengst und vier Stuten dabei hatten. Lukasz zitterte vor Wut, als er davon erfuhr, und wollte den Dieben mit seinen fünf Helfern nachsetzen, aber Piotr starrte ihn nur an und fragte: »Bist du verrückt, Schwager?« Er wußte, daß die Räuber bewaffnet und keinem Gesetz verpflichtet waren.

Mit dem Ende dieses Feldzugs nach Österreich veränderte sich Piotr auf seltsame Weise. Er hatte an einer großen Schlacht teilgenommen; er war als Husar, wenn auch als ein etwas dubioser Husar, mitgeritten; er hatte mitgeholfen, einen Feind Jesu Christi zu besiegen; und er war ein halbes Jahr älter geworden. Er begriff, daß vieles von dem, was die Menschen so trieben, sinnlos war. Er dachte manchmal darüber nach, was Ehre bedeutete, wenn ein so tapferer Mann wie Lubonski so enden mußte, allein und von Säbeln durchbohrt; und er ärgerte sich über die beleidigende Art, wie König Johann Sobieski von der Stadt behandelt worden war, die er gerettet hatte. Und wenn er sich auch mehr zusammengenommen hatte als der junge Janko, war ihm doch der Tod des tscherkessischen Sklavenmädchens außerordentlich nahegegangen, und er grübelte oft über die seltsamen Umstände nach, die ihr Leben bestimmt haben mußten. Woher war sie gekommen? Wer hatte sie für welchen Sklavenmarkt eingefangen? Der Mann, der ihr Käufer gewesen war, hatte sie offenbar sehr geliebt – und sie eher getötet, als sie in die Hände des Feindes fallen zu lassen. Kein Gewebe in dem Zelt war kostbarer und schöner gewesen als das einfache Kleid, das sie getragen hatte. Piotr verstand nichts von Frauen, aber er nahm an, daß er, hätte er ein weltliches Leben geführt wie sein Schwager Lukasz, eine Frau wie dieses tote Mädchen durchaus geliebt haben könnte, und er empfand so etwas wie Dankbarkeit für den jungen Janko, der sie begraben hatte, wie es sich gehörte.

Er dachte gerade über diese Dinge nach, als der Franzose einen Schrei ausstieß und alle zu ihm hinliefen, um zu erfahren, was geschehen war. Zu spät. Eine Gruppe von Soldaten auf dem Rückweg nach Warschau, ein übler Haufen, hatte den Zug frech überfallen und einen ganzen Wagen gestohlen und war schon so weit fort, daß es unmöglich schien, die Burschen noch einzuholen. Ein Drittel des Schatzes war verloren, doch als Lukasz, Tränen in den Augen, überprüfte, was geblieben war, sagte er immer wieder: »Gott sei Dank, das Zelt haben sie nicht erwischt!« Piotr begann zu verstehen, daß sein Schwager das prächtige Zelt höher einschätzte als den Inhalt. Erst kamen die achtzehn Araber, dann das Zelt, dann die mit Juwelen besetzten Krummsäbel.

Als sie Krakau erreichten, nahmen die zwei polnischen Soldaten und der Franzose an, daß *brat* Piotr seine Schätze bei König Johann Sobieski abliefern würde, als dessen Eigentum er sie so oft bezeichnet hatte; aber es stellte sich bald heraus, daß Lukasz Bukowski entschlossen war, am Palast des Königs ohne anzuhalten vorbei- und zu seinem Heimatdorf Bukowo zu marschieren. Die drei Männer äußerten laut ihre Entrüstung.

Lukasz beschloß, dieser gefährlichen Situation offen zu begegnen, denn er wußte, daß er seiner Helfer jetzt noch mehr bedurfte als bisher. In dem Maß, wie sich die Armee zerstreute, wurden aus den verschiedenen Heeresgruppen praktisch Freibeuter, die zu allem fähig waren. Er und Piotr ließen die drei Männer kommen. »Wir bringen den Schatz des Königs in unser Dorf, wo die Familie des Grafen ihren Teil bekommen muß. Dann kommt der König dran. Europa befindet sich in Aufruhr, und das gleiche gilt für Polen. Ihr wißt nicht, was bei euch daheim los ist. Bleibt bei uns in Bukowo, und ihr bekommt jeder ein kleines Stück Land und eine Hütte. Und es gibt genügend Mädchen, unter denen ihr euch eine Frau aussuchen könnt. Ihr würdet bei uns ein schönes Leben führen, und der neue Graf Lubonski ist genauso ein feiner Kerl, wie es der alte war. Ihr habt selbst gesehen, was er alles zuwege gebracht hat.«

Auf der Kriegsbeute gründeten sich Bukowskis Vermögen und Ansehen, denn Lukasz war jetzt kein kleiner Edelmann mehr mit nur fünf Pferden. Jetzt besaß er achtzehn Araber und die neun gewöhnlichen Pferde, die die Wagen und die Reiter nach Norden gebracht hatten. Lukasz war nun endlich ein Mann, mit dem man durchaus rechnen mußte.

Doch als sie sich Bukowo näherten und am Horizont die Türme von Burg Gorka aufragen sahen, wurden sowohl Lukasz als auch Piotr von Gewissensbissen geplagt, weil sie ihren Ritter mitten in der Schlacht im Stich gelassen hatten und so schuld an seinem Tod geworden waren. Als daher die Wagen sicher auf Lukasz' Hof standen und die Schätze im Herrenhaus untergebracht waren, suchten er und Piotr einen wunderschönen kleinen Dolch aus – etwa ein Sechshundertstel des ganzen Wertes – und überreichten ihn feierlich der Gräfin Halka Lubonski, zusammen mit einem herzzerreißenden Bericht: Wie sie gemeinsam mit dem Grafen von achtzehn türkischen Janitscharen in einen Hinterhalt gelockt worden waren und wie sie sich

zu dritt schon beinahe von ihren Angreifern frei gemacht hatten, als Lubonskis Pferd gestolpert war, ihn abgeworfen und getötet hatte.
»Wir konnten uns der Angreifer erwehren«, fuhr Lukasz mit Tränen in den Augen fort, »bis wir seine Leiche geborgen hatten, die wir später mit allen Ehren auf dem Schlachtfeld bestatteten.« Als Zeichen der Zuneigung, die sie für den alten Herrn empfunden hatten, sollte Halka eine Erinnerung an diese Schlacht haben. »Euer Gatte entriß diesen Dolch einem türkischen General – kurz bevor er den Tod fand.«
Als die zwei Helden in das Dorf Bukowo zurückkehrten, wurde Lukasz eine für ihn unerwartete Abrechnung gemacht: Piotr drängte sich ungebeten in den Raum, in dem der Schatz verwahrt wurde, und als Lukasz ihn fragte, was er hier suche, antwortete der Mönch: »Ich bin gekommen, um den Anteil Gottes einzufordern.«
»Was?«
»Schwager Lukasz, du hast diesen Schatz König Johann gestohlen. Du hast ihn den Soldaten gestohlen, die uns geholfen haben, ihn hierherzubringen. Und du hast ihn der Witwe des Grafen Lubonski gestohlen. Aber du kannst ihn nicht Gott stehlen, der uns bei diesem Wagnis geschützt hat.«
»Was willst du tun?« fragte Lukasz zitternd.
»Wir werden diesen Schatz teilen; die Hälfte für Gott, die Hälfte für dich.«
»Und was willst du mit Gottes Anteil machen?«
»Der geht als Weihgeschenk nach Tschenstochau.«
Lukasz brach in befreiendes Gelächter aus. »Du bist verrückt. Die Mönche brauchen das doch nicht.«
»Da hast du recht«, stimmte Piotr ihm zu. »Sie brauchen es nicht, aber die Sicherheit ihres Klosters braucht es. Weißt du noch, wie es die Schweden abgewehrt und Polen gerettet hat? Es bedarf baulicher Verstärkungen, um auch gegen die nächste Belagerung bestehen zu können.« Er sah, daß sein habgieriger Schwager nicht beeindruckt war, und darum fügte er ruhig, aber mit unverkennbarer Überzeugung hinzu: »Wenn du mir den Anteil Gottes nicht gibst, wird er dich tot umfallen lassen. Und wenn er es nicht tut, werde ich dich töten.«

Lukasz musterte seinen dummen Schwager, diese Vogelscheuche von einem Mann, und sah, daß er es ernst meinte. »Du würdest ...«

»Ich würde dich töten, Lukasz, und der Welt verkünden, wie du in der Schlacht gekämpft hast.«

So setzten sich also die beiden Männer zusammen und teilten die Beute, dies für Lukasz, dies für Gott. Von Zeit zu Zeit protestierte Lukasz und legte ein Stück von Gottes Stapel auf seinen eigenen. »So etwas Kostbares braucht Gott nicht«, meinte er, und Piotr ließ es durchgehen, denn, wie er sagte, »gegen ein bißchen Stehlen hat Gott noch nie etwas gehabt«.

Die zwei Schwäger lieferten Gottes Anteil in Tschenstochau ab. Die Priester, die die Schatzkammer verwalteten, staunten nicht schlecht über Piotrs großartige Tat. So wie Lukasz hatten auch sie seine Intelligenz und Frömmigkeit unterschätzt.

In den folgenden Jahrhunderten zeigten die Pläne der Architekten des großen Klosters, in dem die schwarze Madonna aufbewahrt wurde, vier imponierende Bastionen, eine für jede Himmelsrichtung. Sie trugen die Namen der Männer, die in Ehrfurcht dafür bezahlt hatten: Lubomirski, Potocki, Czartoryski und, einer der ehrenwertesten, Bukowski.

So bekam jeder seinen Teil bei der großen Verteilung der Beute nach dem legendären Sieg der Polen über die Türken bei Wien. Polen selbst erhielt eine geistige Gabe von zweifelhaftem und vergänglichem Wert – Respekt unter den Nationen für den Mut, den es bei der Verteidigung der Christenheit gezeigt hatte, und zwei praktische Geschenke von bleibendem Wert: Kaffee war im Land bislang unbekannt gewesen, doch als Sobieskis Soldaten kleine Mengen davon heimbrachten, wurde er rasch zum Nationalgetränk; und Kartoffeln wurden als schmackhafte Alternative zur *kasza,* der Buchweizengrütze, willkommen geheißen. Die Jungfrau von Tschenstochau, die auf der Brust von König Sobieski mitgefochten hatte, erhielt neue Verteidigungsanlagen. Graf Lubonski fand den Heldentod, der seiner Witwe einen kleinen, mit Juwelen besetzten Dolch einbrachte. Lukasz Bukowski kehrte mit einem Namen, achtzehn arabischen Pferden und einem Zimmer voll Schätzen heim. *Brat* Piotr wurde von seinem Orden in eine Stellung von einiger Distinktion berufen. Der Franzose und die zwei Soldaten erhielten jeder eine Frau, ein Häuschen und ein Stück Land. Der Bauer Janko allerdings bekam, wie üblich, gar nichts, denn es war seine Pflicht gewesen, den Weg zu gehen, den sein Herr ihn wies, und zu tun, was ihm geboten wurde. Aber ihm blieb sein Leben lang die Erinnerung an das tscherkessische Sklavenmädchen, das er begraben hatte.

6. Kapitel

Die Goldene Freiheit

Die Geschichte kennt unzählige Fälle, in denen Mars, der Gott des Krieges, das Geschick der Völker bestimmte, und für kaum ein anderes Land treffen diese Fälle mehr zu als für Polen. Unaufhörliche Kriege mit Tataren, Teutonen und Türken – manchmal sah es aus, als wäre Polen die auserwählte Spielwiese des Kriegsgottes.

Venus, die Göttin der Liebe, kann jedoch ebenfalls eine bedeutende Rolle im Schicksal der Völker spielen, und auch dafür bietet Polen ein gutes Beispiel. Die Liebe Jadwigas, der himmlischen Ungarin, feuerte den barbarischen Litauer Jagiello an, so daß er genügend Mut und Geschick entwickelte, um die Schlacht von Grunwałd zu gewinnen. Jeder der beiden letzten Könige der ursprünglichen polnischen Linie, Sigismund I., der 1506 den Thron bestieg, und sein Sohn Sigismund II. – der 1529 im Alter von neun Jahren zum König gewählt wurde und gemeinsam mit seinem Vater regierte –, führte eine unglückliche erste und eine äußerst glückliche zweite Ehe. Der Vater hatte das große Glück, im Jahr 1518 Bona Sforza aus der berühmten italienischen Herzogenfamilie zu gewinnen; sie brachte Blumen, Musik, Malerei, gute Tischsitten und fanatischen Eifer mit, wenn es um die Verteidigung der königlichen Vorrechte ging. Der Sohn ging eine dynastisch wichtige Ehe mit der Tochter des Habsburgerkaisers ein und stellte dann fest, daß seine kindliche Braut unheilbare Epileptikerin war; als sie vorzeitig starb, geriet er unter den Einfluß der beiden mächtigen Brüder Radziwiłł, die glücklicherweise eine wunderschöne Schwester namens Barbara hatten, die sie taktisch so geschickt einsetzten, daß Sigismund sich 1547 in sie verlieben mußte. Dadurch gewann er eine zauberhafte, leidenschaftliche, gut informierte Mitarbeiterin, die ihm half, dem Druck der übrigen Magnaten standzuhalten, jedoch nicht dem Einfluß der Radziwiłłs.

König Johann Sobieski stand tief in der Schuld seiner geschiedenen französischen Frau, der geschickten Marie Casimire, von ihren Bewunderern Marysieńka genannt, die ihn zum Mann nahm, als er nur einer unter vielen Magnaten war, und ihn zu einem absoluten König mit einem Privatvermögen von achtzig Millionen machte. Aber nie war die Macht der Göttin Venus größer als 1757, als sich in zwei Städten in der Nähe von Bukowo zwei der vortrefflichsten Familien, die Polen je hervorgebracht hatte, zu kühnen Unternehmungen verbündeten, die das Schicksal des Landes veränderten.

In Puławy, einem hübschen Städtchen, das etwas weiter im Norden am rechten Weichselufer liegt, lebten die hartnäckigen Czartoryskis, die es noch nie zu dem politischen Einfluß gebracht hatten, auf den sie aufgrund ihrer Intelligenz Anspruch erheben konnten. Da sie gebildet waren, Reisen unternahmen und über ihr Land gründlich nachdachten, gelang es ihnen, die Vision eines größeren Polen zu entwickeln. Es mußte von einem starken König regiert werden, der eine Dynastie gründen und so verhindern sollte, daß die Wahl von fremden Mächten beeinflußt wurde. Polen würde über einen regulär gewählten Sejm verfügen, der die gleichen Funktionen ausübte wie das englische Parlament; die Stadtbevölkerung würde endlich wählen und Land besitzen dürfen und die Leibeigenen der Reichen freigelassen werden.

Die Brüder Czartoryski hatten eine Schwester namens Konstancja, die einen gewissen Poniatowski, einen Mann unbedeutender Herkunft, heiratete, dem sie sechs hübsche, kluge, unternehmungslustige Söhne schenkte. Einer von ihnen, Michał, wurde Geistlicher und dank der Unterstützung durch seine Onkel Primas von ganz Polen. Sein jüngerer Bruder, Stanisław August, war zu noch Höherem vorgesehen – zum König von Polen – und wurde sorgfältig auf seine Thronbesteigung vorbereitet. Seine Onkel hofften, daß er als König ihre Reformideen durchsetzen und Polen mit viel Geduld in die Gemeinschaft der angesehenen Nationen einführen würde. In brutal offenen Gesprächen mit ihrem jungen Protegé erklärten sie ihm: »Falls du König wirst, besteht deine vordringlichste Aufgabe darin, Söhne zu zeugen, die nach dir die Krone erben, und ihre Söhne nach ihnen, so daß wir nie wieder Fremde wählen müssen, die uns nur Schaden zufügen.« Da er ein ehrgeiziger junger Mann war, hörte er ihnen aufmerksam zu.

Die Czartoryskis waren nicht mächtig genug, um dieses hochgesteckte Ziel aus eigener Kraft zu erreichen, doch sie wurden von einer ebenso bemerkenswerten Familie unterstützt, den Zamoyskis, die aus eigenen Mitteln die mauernumgürtete Stadt Zamość erbaut hatten, die eine so bedeutsame Rolle in der polnischen Geschichte spielte. Jahrzehnt um Jahrzehnt schien den Czartoryskis und den Zamoyskis die Macht zuzuströmen, und die beiden großen Sippen hielten immer zusammen und strebten gemeinsam ein besseres, normaleres Polen an. Sie wurden von vielen unterstützt – so zum Beispiel von den mächtigen Grafen Potocki und manchmal vom intelligenten Zweig der Radziwiłłs –, aber sie behielten immer die Zügel fest in ihren Händen.

Es gab auch viele, die sich ihnen widersetzten – die Lubomirskis, die Lubonskis und unweigerlich die prähistorischen Mniszechs von Dukla –, aber allmählich sah es so aus, als würden es die Czartoryskis mit ihren prächtigen Neffen schaffen. Polen hatte nie größere Chancen gehabt, ein moderner Staat zu werden.

Sollte Stanisław jemals den Thron besteigen, dann mußte er lernen, sich wie ein König zu benehmen, fanden die eifrigen Czartoryskis und sorgten deshalb im Jahr 1757 dafür, daß er nach Sankt Petersburg geschickt wurde, wo er das Leben am Hof kennenlernen sollte. Als er eintraf, schneite es; er war ein fünfundzwanzig Jahre alter, gut aussehender, wohlerzogener Diplomat, der Französisch, Deutsch und Russisch beherrschte. Innerhalb einer Woche hatte er die Aufmerksamkeit einer eigenwilligen, schönen deutschen Adeligen, Sophie Anhalt-Zerbst, erregt, die unter einem berühmteren Namen in die Geschichte eingehen sollte, und eine Woche später teilte sie schon das Bett mit ihm.

Sie erlebten eine leidenschaftliche Liebesaffäre: Schlittenfahrten über verschneite Felder, während die Wölfe im Wald heulten; ein Duell in einer Kaserne; Konzerte bei Hof; und als der Frühling kam, endlose bukolische Landaufenthalte. Poniatowskis schmeichelhafte Aufmerksamkeit stärkte das Selbstbewußtsein der jungen Sophie; er wurde als ihr polnischer Liebhaber, ein äußerst vielversprechender junger Mann, bekannt, und hier am russischen Hof brachte man zum erstenmal seinen Namen in der Öffentlichkeit mit der Anwartschaft auf den polnischen Thron in Beziehung. »Mit russischer Hilfe«, wiederholte Sophie mehrmals, »könntest du König werden.«

»Und wie kann ich die russische Unterstützung bekommen?« fragte er.
»Durch mich«, antwortete sie.
»Du bist Deutsche.«
»Ich habe die Absicht, Russin zu werden«, entgegnete sie mit einer Härte, die er bei ihren Bettspielereien nicht bemerkt hatte.
Die Möglichkeit, daß sie ihm zum Thron verhelfen könnte, nahm 1762 greifbare Formen an, als die zähe alte russische Zarin Elisabeth, die Tochter Peters des Großen, starb. Dank einer Reihe von geradezu abenteuerlichen Zufällen gelangte Sophie Anhalt-Zerbsts schwächlicher Mann Peter auf den Thron und erwies sich in dieser Stellung als genauso unfähig wie im Bett. Seine kurze, 185 Tage währende Regierungszeit war so sehr von Inkompetenz und Chaos gekennzeichnet, daß Sophie etwas unternehmen mußte, um ihre eigenen Interessen zu wahren. Sie sammelte eine Gruppe von Offizieren um sich, von denen viele ihre Gunst genossen hatten, und rief sich selbst zur Zarin und Autokratin aller Russen aus; als Katharina die Große regierte sie vierunddreißig turbulente Jahre lang. Acht Tage nachdem sie sich selbst gekrönt hatte, wurde ihr Mann ermordet aufgefunden.
Der junge Poniatowski zitterte angesichts dieser Ereignisse vor Erregung, er sah sich schon als Katharinas neuer Gemahl – in Rußland als Mann der Zarin, in Polen als König – und schmiedete dementsprechende Pläne. Aber Katharinas Interesse für den bäuerlichen Polen war längst erloschen; sie war jetzt leidenschaftlich in einen echten Grafen, Grigorij Grigorjewitsch Orlow, verliebt, der arme Poniatowski mußte verschwinden; er wurde ohne Weib und ohne Krone nach Hause geschickt.
Seine ehrgeizigen Onkel in Puławy hatten jedoch nicht vor, sich diese einmalige Gelegenheit für den Aufstieg der Familie entgehen zu lassen. Auch wenn der intimen Bekanntschaft mit der Zarin ein Ende gemacht worden war, so ließ sich diese Bekanntschaft doch verwerten, und deshalb schickten sie Abgesandte nach Sankt Petersburg, die vortrugen, welche Vorteile Rußland daraus erwachsen würden, wenn Katharina Stanisław ihre mächtige Unterstützung zuteil werden ließ.
»Wird er nicht zum König von Polen gewählt, dann besteigt zu Eurem großen Nachteil ein Deutscher oder Österreicher den Thron.

Wenn Ihr aber Stanisław auf den Thron hebt, habt Ihr Euch einen treuen Verbündeten gesichert.«

Katharina zeigte sich ihrem früheren Geliebten auf äußerst dramatische Art erkenntlich. Als der sächsische König starb, der letzte einer Reihe unfähiger Tolpatsche, ließen es die Magnaten aus traditionsreichen, berühmten Geschlechtern wie die Lubonskis und Radziwiłłs nicht zu, daß Emporkömmlinge wie diese Czartoryskis und Zamoyskis eines ihrer Familienmitglieder auf den Thron setzten. Wie so oft zuvor, war den polnischen Magnaten ein schwacher Deutscher, Franzose oder Portugiese als König lieber als ein starker Pole, und sie ließen keinen Zweifel daran, daß der junge Poniatowski von ihnen nicht akzeptiert werden würde. Er und seine Familie hatten ihr waghalsiges Spiel offenbar verloren.

Katharina war jedoch nicht damit einverstanden, daß ihr früherer Favorit so schmählich behandelt wurde; sie bedachte, daß er ihr in Zukunft noch nützlich sein konnte. Deshalb erklärte sie ihren Ratgebern nach einem langen Interregnum, während dessen fünf Staaten den wahlberechtigten Magnaten große Bestechungssummen aufgedrängt hatten: »Wir können kein unruhiges Polen vor unserer Schwelle dulden.« Als Dank für Poniatowskis Liebe entsandte sie eine komplette russische Armee an den Ort in Polen, an dem die Magnaten ihren Wahlzirkus veranstalteten. Die Russen kreisten das Wahlgelände ein und teilten den Polen mit, Katharina bestehe darauf, daß Poniatowski gewählt werde; falls einer der Magnaten sich weigern sollte, ihrem Wunsch zu entsprechen, würde man ihn auf der Stelle erschießen. Auf diese rohe, ja brutale Art wählte Polen den König, der schließlich sein letzter sein sollte.

Stanisław August bestieg also den Thron und nahm an, daß Katharina ihm zu der Königswürde verholfen hatte, weil sie ihn immer noch liebte; daher erklärte er seinen Onkeln: »Mit ihrer Unterstützung können wir alles erreichen, wovon wir geträumt haben. Ein neuer, strahlender Tag zieht für Polen herauf.«

Er irrte sich entsetzlich. Katharina beobachtete von ihrem Kommandostand in Sankt Petersburg aus das Debakel in Warschau und amüsierte sich darüber, daß sie das polnische Problem so mühelos gelöst hatte. »Poniatowski wird einen miserablen König abgeben. Er hat das Herz eines Poeten. Das hat er oft genug bewiesen. Er ist schwach. Er weiß nicht, was er will. Die alten Magnaten werden ihn verachten, weil er so eindeutig ein Neureicher ist. Und schließlich wird er den Staat zerstören, den er liebt.«

»Was wird mit Polen geschehen?« fragte ein Ratgeber namens Fjodor Kuprin.

»Es wird in tausend Stücke zerbrechen«, prophezeite Katharina. »Und wenn das geschieht, müssen Sie zur Stelle sein, mein lieber Kuprin, um unseren Anteil an den Stücken einzusammeln.« Als er sich unterwürfig verbeugte, fügte sie hinzu: »Fahren Sie rasch hin, Kuprin, und tragen Sie dazu bei, daß es bald zerbricht!«

Diese Kette von Ereignissen zeigt deutlich, daß Venus genauso geschickt wie Mars in das Schicksal der Völker eingegriffen hat, doch die skandalöse Affäre mit Katharina der Großen stellte nur die eine Hälfte der göttlichen Intervention dar; die zweite Episode ist noch wesentlich interessanter. Die Onkel des Königs wollten den Begriff der Dynastie fest verankern, so daß stets Familienmitglieder den Thron erbten, und hielten es deshalb für klug, daß König Stanisław August eines der Mädchen aus der Familie Czartoryski heiratete, eine etwas füllige, unbeholfene junge Frau in seinem Alter namens Isabella. Sie stammte aus keinem der historischen Geschlechter, und nicht einmal ihr Wohlgesinnte bezeichneten sie als Schönheit; schlimmer war jedoch, daß es im Bezirk Puławy schon hieß, sie habe einen sehr ausgeprägten eigenen Willen.

Die Onkel begingen den peinlichen Fehler, das Gerücht zu verbreiten: »Der König wird Isabella heiraten«, und es wurden sogar schon Vermutungen darüber angestellt, wann die Hochzeit stattfinden würde. Aber der König, der den Glanz des Zarenhofes und die aufregende Affäre mit der Zarin erlebt hatte, lehnte es ab, die farblose Isabella zu heiraten. »Zu häßlich. Zuwenig höfische Erziehung.« Statt dessen wählte er eine Frau von vornehmerer Herkunft, deren Gesicht angenehmer und deren Geist lahmer war; die tragischen Folgen sollten sich erst dreißig Jahre später zeigen.

Nachdem Katharina die Große alles getan hatte, was in ihren Kräften stand, um Polen zu schwächen und König Stanisław August daran zu hindern, die Reformen durchzuführen, die die Czartoryski-Zamoyski-Clique plante – eine Strategie, die Preußen und Österreich unterstützten –, erkannten im Jahr 1771 Polens Nachbarn im besonderen und Europa im allgemeinen, daß der von Großmächten eingekreiste mißgestaltete Staat nicht mehr lebensfähig war. Preußische Diplomaten sandten Botschaften nach Rußland: »Solange wir Polen unangetastet lassen, wird es eine Gefahrenquelle zwischen uns darstellen«; und russische Diplomaten schrieben an den österreichischen Hof: »Die Zeit kommt näher, da wir die polnische Frage regeln sollten, damit es nicht zum Zankapfel zwischen uns wird.« Österreich sandte Preußen eine Demarche: »Wenn Ihr und Rußland bereit seid, die polnische Frage ein- für allemal zu lösen, werden wir uns Euch anschließen.«

Was hatten diese drei Mächte gegen Polen? Es gab religiöse Differenzen – Polen war streng römisch-katholisch; in Rußland bestand die orthodoxe katholische Staatskirche mit all der Bitterkeit, die dieser Begriff beinhaltet, und Preußen war evangelisch –, doch selbst solche grundlegenden Unterschiede führten kaum zu offenen Feindseligkeiten. Wirtschaftlich gesehen ergänzten die Interessen der vier Nationen einander und lieferten keinen Grund für einen Krieg oder eine Invasion. Dynastische Kämpfe waren ausgeschlossen, sobald die Familie Czartoryski-Poniatowski fest im Sattel saß, und da jeder der angrenzenden Staaten über wesentlich größere Heere verfügte als Polen, stellte es auch keine militärische Bedrohung dar.

Dennoch bedeutete es eine akute Gefahr für die anderen, und die Großmächte wußten das. Polen liebte die Freiheit; natürlich war es eine beschränkte Freiheit, die nur für die sehr Reichen galt, doch es war eine Freiheit. Jeder Zwischenfall in der Geschichte Polens bewies deutlich, daß die Nation Autokratien und Diktaturen entschieden ablehnte. König Johann Sobieski war zweifellos ein edler König gewesen und hatte Polen gerettet, aber die Nation wollte nicht, daß sein unfähiger Sohn den Thron erbte. Polen wollte auch nicht sein gutes Geld in eine große Armee stecken, die wie die Armeen des antiken Roms und der modernen Türkei zu einem Werkzeug der Unterdrückung werden konnte.

In allen Ländern kann man die sehr Reichen in zwei Kategorien einteilen: die Intelligenten und die Dummen. Die Intelligenten sind bestrebt, jeden Pfennig zu behalten, den sie besitzen, und predigen dabei der Masse der Bevölkerung, daß Freiheit, Würde und Patriotismus nur unter ihrem Schutz gedeihen können. Auf diese Weise sichern sie sich die Unterstützung eben der Leute, die sie unterdrükken. Die polnischen Magnaten, die diese Taktik glänzend beherrschten, predigten laut: »Der geringste Angehörige des niederen Adels, der nur ein Pferd und ein Schwert besitzt, ist dem mächtigsten Magnaten in seinem Schloß gleichgestellt.« Gleichzeitig nahmen sie dem besitzlosen niederen Adel alle seine Rechte und behandelten ihn mit Geringschätzung. Die Bauern hielten sie bei Laune, indem sie ihnen versicherten, daß der Magnat die Christenheit verteidige. Den Stadtbewohnern, die überhaupt rechtlos waren, redeten sie ein: »Der Magnat beschützt eure Freiheit und eure Geschäfte.« Und alle hörten immer wieder: »Wenn ihr dem Magnaten die Möglichkeit gebt, großen Reichtum zu erwerben, könnt ihr sicher sein, daß ein Teil davon auch euch zugute kommt.«

Verblendete Reiche wie die in Frankreich, die blindlings auf die Katastrophe der Revolution zusteuerten, hielten es nicht für notwendig, sich mit Worten zu verteidigen, und untermauerten ihre privilegierte Stellung nicht durch philosophische Argumente. »Sie sollen Kuchen essen«, war Marie-Antoinettes Antwort auf die Forderung nach Brot. Kein polnischer Magnat äußerte jemals in der Öffentlichkeit solche provokatorischen Gedanken. Janusz Radziwiłł, der Schwiegervater des Grafen Lubonski, verkündete zwar einmal während eines Saufgelages in der Burg Gorka: »Die kleinen Adeligen, die sich in die Paläste der Magnaten drängen und jeden Befehl widerspruchslos ausführen, sind nichts als Pferdemist. Und die Bauern, um die sich ein paar Dummköpfe unter uns Sorgen machen, sind die häßlichen kleinen Käfer, die im Mist wühlen.« Doch obwohl diese Ansichten richtig waren, drangen sie nie in die Öffentlichkeit; sie gelangten nie über die Schwelle der großen Hallen hinaus, in denen alle Anwesenden wußten, daß sie zutrafen.

Dennoch, trotz all dieses Zynismus, war Polen eine Demokratie; es hatte die Freiheit kennengelernt, und der Adel verfügte über mehr Angehörige als in jedem anderen Staat dieser Zeit und war auch in größerem Umfang an den Regierungsgeschäften beteiligt. Das Land hatte nur das Pech, genau in dem Augenblick für diese relativen Freiheiten einzutreten, als seine drei Nachbarn sich zu den mächtigsten Autokratien entwickelten, die Europa in den letzten tausend Jahren erlebt hatte. Die Habsburger in Österreich, die Hohenzollern in Preußen und die Romanows in Rußland erfanden perfekte Mechanismen, durch die sie über ein Jahrhundert lang an der Macht blieben, und erweiterten auf Kosten der Bürger und Bauern unaufhörlich ihre Vorrechte. Zu der Zeit, als sich der gute König Stanisław August redlich bemühte, das Los seiner Bauern zu erleichtern, nahm Katharina ihren Bauern die wenigen Rechte, die sie noch besaßen, und hörte erst auf, als siebenundneunzig Prozent von ihnen in der drückendsten Leibeigenschaft schmachteten. Daß Polen versuchte, eine funktionierende Demokratie zu errichten, stellte für das benachbarte Rußland, in dem eine grausame Diktatur herrschte, eine Bedrohung dar, denn wenn die polnischen Bauern auch nur die geringsten Freiheiten erlangten, konnte dies die russischen Bauern dazu ermutigen, das gleiche anzustreben, und das konnte man nicht zulassen. Polen mußte vernichtet werden.

Katharina gewann geschickt Preußen und Österreich für ihren Plan, und gemeinsam entwarfen sie ein Programm, um Polen zu zerstören, indem man seine innere Schwäche ausnützte. Im Winter 1771 trafen drei ausländische Diplomaten im Warschauer Palais Granicki zusammen, um diese Zerstörung in die Wege zu leiten.

»Es ist Polens Unglück«, wandte sich der preußische Minister an das Komitee, das über die Teilung des Landes entscheiden sollte, »daß es von keinem anderen Land ernst genommen werden kann.«

»Vollkommen richtig«, stimmte der österreichische Botschafter zu. »Die Polen haben schon dreimal zwei Könige gleichzeitig gewählt, und der endgültige Sieger mußte sich durch einen Krieg durchsetzen. Einfach grotesk!«

»Man sollte annehmen«, meinte der russische Agent Fjodor Kuprin, »daß sie aus unserer Geschichte gelernt haben. Das Ärgste, was einer Nation zustoßen kann, ist ein Interregnum – die fürchterliche Zeit, in der niemand weiß, wer König wird.«

»In Polen tritt dieser Zustand bei jeder Wahl ein«, stellte der Preuße fest. »In unserem Land würden wir so etwas nie zulassen.«

»Ich bin in bezug auf diesen grundlegenden Umstand anderer Meinung, mein Herr«, meinte der österreichische Botschafter nachdenklich. »Polen hätte zwei Könige gleichzeitig genauso überleben können, wie Rom zwei Päpste überlebt hat. Es hätte auch die Interregna überstehen können – anderen Staaten ist es jedenfalls gelungen. Aber kein Land kann lange mit dem *liberum veto* existieren. An dem Tag, an dem es eingeführt wurde, war Polens Untergang besiegelt.«

»Nein«, widersprach der Russe, »es hätte sogar diesen entsetzlichen Fehler verkraften können, wenn es sich verteidigt hätte.« Er wandte sich an den Deutschen: »Wie groß ist Preußen? Ich meine, wie viele Einwohner hat es?«

»Zweieinhalb Millionen.«

»Und Ihr unterhaltet ein Heer von hundertvierzigtausend Mann.«

»Ja. Unter schweren Opfern, aber wir halten es für notwendig.«

»Und wie viele Einwohner hat Polen?«

»Etwa zwölf Millionen«, sagte der Österreicher.

»Doch sein Heer umfaßt nur achtzehntausend Mann.«

»In Wirklichkeit«, fügte der Preuße hinzu, der sich in dieser Materie auskannte, »ist es ein Elftausend-Mann-Heer. Sie machen dem König weis, daß es achtzehntausend sind, und er bezahlt auch für achtzehntausend; es gibt da soviel Betrug und Täuschung.« Der Minister schüttelte den Kopf. »In Preußen würden sie alle an die Wand gestellt werden.«

»Sie nehmen uns die Arbeit ab«, meinte der Österreicher und fragte dann geradeheraus und ohne große moralische Bedenken: »Wollen wir das ganze Land teilen, so daß nichts übrigbleibt ...«

Der Deutsche lachte, ein boshaftes, verdrießliches Lachen, das eher verächtlich als fröhlich klang. »Wißt Ihr, was mein König einmal über Polen gesagt hat? ›Wir wollen es wie eine Artischocke essen, Blatt für Blatt!‹ Ich stimme ihm nicht mehr zu. Liquidieren wir dieses erbärmliche Land mit einem Schlag, so daß jeder von uns sich seinen gerechten Anteil nehmen kann!«

»Nein«, widersprach der schlaue, durchtriebene Fjodor Kuprin. »Rußland braucht einen polnischen Rumpfstaat, der über keine echte Macht verfügt und sich allem unterwirft, was wir drei beschließen.« Er machte eine Pause, entweder um die richtigen französischen Worte zu suchen oder um die anderen durch diese Pause darauf aufmerksam zu machen, wie schwerwiegend seine nächsten Aussagen waren: »Wir halten es für vorteilhaft, ein Land namens Polen als ständigen Pufferstaat zwischen Rußland und Deutschland und zwischen Rußland und Österreich beizubehalten.«

Der deutsche Vertreter, Ottokar von Eschl, ein Baron, war ein hochgewachsener, schlanker Mann, ein geschickter Unterhändler, dessen Familie den deutschen Kleinstaaten seit Jahrhunderten diente und der von seinen nüchternen Vorfahren sehr genaue Vorstellungen darüber übernommen hatte, wie Osteuropa aussehen sollte. Er war erst einundvierzig und nahm mit gutem Grund an, daß Polen nie lebensfähig sein würde, ganz gleich, über wieviel Land es nach dieser Teilung verfügte. »Die künftige Geschichte Europas braucht keine juristische Person namens Polen. Wenn wir jetzt, 1771, einer Teillösung zustimmen, müssen wir uns 1781 wieder damit befassen und das Werk zu Ende führen, und falls es 1781 wieder zu einer Teillösung kommt, werden wir 1791 vor dem gleichen Problem stehen. Machen wir jetzt ein für allemal Schluß mit diesem Unsinn.«

Er fand keine Unterstützung für seinen kühnen Vorschlag: Kuprin hielt daran fest, daß Osteuropa Polen als Pufferstaat benötigte, und zu Ottokar von Eschls Überraschung sagte der österreichische Botschafter, er habe Gewissensbisse, eine freie Nation gänzlich auszulöschen.

Baron Eschl wies diese zögernde Haltung scharf zurück: »Preußen ist evangelisch. Rußland orthodox. Nur Österreich ist römisch-katholisch, und ich nehme an, mein Herr, daß diese Tatsache Eure Haltung beeinflußt.«

»Natürlich«, stimmte der Österreicher überraschend bereitwillig zu, »Polen ist ein christliches Land, dem christliche Rechte zustehen.«

»Ihr werdet also für Österreich ein kleines Stück abschneiden –«, begann Baron Eschl, aber Kuprin unterbrach ihn: »Es wird schon nicht so klein werden«, und Eschl fuhr fort: »Ihr werdet Euch also einen Teil nehmen, aber nicht alles?«

»Ich finde, daß dies einen wesentlichen moralischen Unterschied ausmacht«, erklärte der Österreicher. Eschl aber wollte immer noch nicht akzeptieren, daß der preußische Vorschlag abgelehnt worden war. »Es bleibt also dabei? Österreich und Rußland lassen keine völlige Auslöschung Polens zu?«

Als die beiden Bevollmächtigten nickten, gab er mit einer Freundlichkeit nach, die er nicht oft an den Tag legte. »Dann soll es so sein. Jeder schneidet sich einen Teil ab. Doch erinnert Euch bitte in einigen Jahren an das, was ich heute prophezeit habe. Wir drei werden früher, als Ihr denket, wieder an diesen Verhandlungstisch zurückkehren, um unsere nur halb gelöste Aufgabe zu Ende zu führen. Polen ist verloren, doch wir gewähren ihm eine kurze Atempause, bevor das Todesröcheln einsetzt.« Er erhob sich liebenswürdig, schüttelte seinen Kollegen die Hände und schlug vergnügt vor: »Holen wir die Landkarten!«

Als der große Eichentisch abgeräumt war und der Preuße seine sorgfältig gezeichnete Karte ausgebreitet hatte, schnappten die anderen nach Luft: Die preußischen Kartographen hatten Preußen ganz Westpolen einschließlich Warschau zuerkannt, hatten Rußland große Landstriche im Osten zugesprochen und Österreich nur einen empörend kleinen Landstrich im Süden. Es blieb keine juristische Person namens Polen übrig. Doch bevor die anderen darauf hinweisen konnten, daß diese vollkommene Tilgung Polens von der Landkarte genau die Lösung darstellte, die sie abgelehnt hatten, knüllte Eschl seine Karte zusammen, warf sie auf den Fußboden und meinte mit kaltem Lächeln: »Das ist offensichtlich nicht das, was wir wollen ... jedenfalls noch nicht zum jetzigen Zeitpunkt.«

Als Kuprin Rußlands Karte ausbreitete, waren sowohl der deutsche als auch der österreichische Botschafter sichtlich überrascht: Rußland beanspruchte darauf nur ein erstaunlich kleines Gebiet, nicht viel größer als der für Österreich vorgesehene Teil. Doch nachdem die drei Männer die Karte länger gemustert hatten, erkannte Baron Eschl, wie klug der russische Vorschlag war: »Ihr gewinnt Polens Sympathie, indem Ihr ihm wenig nehmt, aber Ihr faßt Fuß, um das ganze Land zu beherrschen.«

Kuprin lächelte. Er war fünfzig, hatte bei vielen heiklen Missionen mitgewirkt und wußte, daß er den klugen Preußen nicht hereinlegen konnte. »Den Rest Polens beherrschen? Wollen wir das nicht alle?«

Die drei Verschwörer unterbrachen das Studium der Karte und besprachen diesen interessanten Standpunkt; jeder legte dar, in welche Richtung sein Land Polen lenken wollte. Nach kurzer Zeit verlangte Eschl jedoch ungeduldig: »Schauen wir uns erst einmal die österreichische Karte an.« Als sie auf dem Tisch lag, erkannte er, daß sie der russischen weitgehend ähnlich war.

»Habt Ihr die Pläne verglichen?« erkundigte er sich, und als die beiden jede Absprache bestritten, zuckte er die Schultern. »Preußen ist überstimmt. Meine Karte ist unbrauchbar, deshalb werden wir Eure beiden aufeinander abstimmen.«

Zwei Tage lang saßen diese ausgezeichneten Staatsmänner in dem polnischen Palais beisammen und teilten Polen. Jeder wußte über die in Frage kommenden Gebiete bestens Bescheid, jeder wußte genau, was vorgesehen war. Baron Eschl kämpfte um jede Quadratmeile Land, die sich im vierzehnten Jahrhundert im Besitz der Deutschen Ritter befunden hatte; Österreich um den fruchtbaren Ackerboden östlich von Krakau; und Rußland um die Ebenen, die ihm leichten Zugang nach Europa verschafften. Wenn man akzeptierte, daß Polen geteilt werden mußte, weil es unfähig war, sich selbst zu regieren, war die von den drei Nachbarstaaten angestrebte Aufteilung sehr geschickt. Jeder der drei bekam, was er brauchte, und den Polen blieb ein Kernland von der ungefähren Größe Frankreichs, damit sie sich dort in ihrer »Goldenen Freiheit« sonnen konnten.

Die Diplomaten übertrugen die neuen Grenzen auf ihre Landkarten; als sie sie dann zusammenfalteten, meinte Baron Eschl: »In den nächsten Jahren wird unsere wichtigste Waffe das Schlagwort sein, das die Polen selbst erfunden haben: die ›Goldene Freiheit‹. Alles, was wir tun, um Polen aus dem Gleichgewicht zu bringen, alles, was wir tun, um es im Hinblick auf die endgültige Teilung einzuschnüren, werden wir im Namen der ›Goldenen Freiheit‹ tun. Wir werden für Polens Freiheit eintreten. Wir werden seine Rechte gegen die Revolutionäre verteidigen. Wenn wir unsere Armeen nach Warschau entsenden – was sicherlich einmal der Fall sein wird –, werden wir dabei die Fahne der ›Goldenen Freiheit‹ schwenken.«

»Warum wollt Ihr das tun?« fragte der Österreicher, der nicht so gut im Bild war über die tagespolitischen Winkelzüge in Polen wie die anderen beiden.

»Damit verfügen wir über ein subtiles politisches Instrument«, erklärte der Preuße. »Wenn wir der Welt weismachen, daß wir dies oder jenes zum Schutz der polnischen ›Freiheit‹ tun, wird man uns mehr Spielraum zugestehen. Wir müssen immer darauf hinweisen, daß wir die Verteidiger der Freiheit sind. Freiheit hier, Freiheit da. Unsere Herzen bluten für die Freiheit.«

»Zu welchem hinterlistigen Zweck?« wollte der Österreicher wissen.

»Keinerlei Hinterlist«, widersprach der Deutsche scheinheilig. »Wir werden Polens Freiheit tatsächlich beschützen – die Freiheit der wenigen reichen Magnaten der Nation, den Staat zu zerstören. Die großen Familien müssen weiterhin die Freiheit besitzen, einen Sejm nach dem anderen mit dem *liberum veto* auszuschalten. Sie müssen weiterhin Leibeigene haben, die für sie arbeiten. Sie müssen weiterhin die Stadtbevölkerung daran hindern, Landbesitz zu erwerben. Sie müssen weiterhin die Freiheit haben, sich bei jeder vernünftigen Maßnahme des Königs gegen diesen zu stellen. Meine Herren, wenn wir diese Freiheit aufrechterhalten, bringen wir Polen dazu, sich selbst zu erledigen, und wir können den Leichnam teilen, ohne daß unsere Bataillone auch nur einen Schuß abzugeben brauchen.«
»Können wir uns darauf verlassen, daß die Magnaten diese Fehler auch tatsächlich begehen?« fragte der Österreicher. Der Russe Kuprin antwortete: »Ihr könnt Euch darauf verlassen, daß sie jede denkbare Dummheit begehen werden!«
An diesem Punkt nahmen die Verhandlungen der Verschwörer so empörende Dimensionen an, daß sie sich gezwungen sahen, leise zu sprechen. Im Herzen Warschaus, das im Herzen Polens liegt, sprachen sie darüber, welcher polnische Anführer im Sold welcher ausländischen Macht stand und bis zu welchem Grad dieser Patriot bereit war, sein Land ans Messer zu liefern.
»Ihr Russen«, meinte der Preuße, »habt die Mniszechs in Euren Jagdbeutel gesteckt. Und die Granickis.«
»Das ist nur recht und billig«, bestätigte Kuprin, »wenn Ihr bedenkt, wieviel Geld sie alljährlich von uns bekommen. Aber Ihr Deutschen tut das gleiche mit Eurem Pasek.«
»Und er dient uns genauso loyal wie die Mniszechs Euch.«
»Wir verfügen nur über zwei verläßliche Parteigänger«, gab der Österreicher zu, »doch die sind Gold wert: Graf Lubonski aus Gorka, dem wir überhaupt nichts bezahlen, und der jüngere Fürst Lubomirski, dem wir allerdings sehr viel Geld in den Rachen werfen.«
»Warum bezahlt Ihr Lubonski nicht?« wollte Eschl wissen. »Er ist Euer einflußreichster Mann im Sejm.«
»Lubonski hält sich für einen Patrioten«, erklärte der Österreicher. »Er setzt sich für uns ein, weil seine Familie immer betont pro Habsburg war.« Lächelnd fügte er hinzu: »Ein Verräter aus Überzeugung ist immer besser als ein bezahlter Verräter.«

»Aber manchmal bemüht sich der bezahlte Agent mehr«, sagte Baron Eschl. »Wir bezahlen Radziwiłł großzügig, und das Ergebnis ist ausgezeichnet.«
»Entschuldigt bitte«, mischte sich Kuprin ein. »Radziwiłł wird von Rußland bezahlt. Sogar sehr gut.«
»Ihr meint sicher einen anderen Radziwiłł«, widersprach der Deutsche. »Ich spreche von Janusz Radziwiłł aus Litauen.«
Kuprin warf einen Blick in seine Unterlagen. »Den meine ich auch. Janusz Radziwiłł, dessen Tochter Anna mit dem für Österreich arbeitenden Grafen Lubonski verheiratet ist.«
»Dieser Radziwiłł?« rief der österreichische Botschafter, der auf seiner Liste nachgesehen hatte. »Den bezahlen wir ... sogar fürstlich. Janusz Radziwiłł, Schwiegervater von Graf Laskarz Lubonski aus Gorka. Er ist selbst mit einem äußerst interessanten Vorschlag an uns herangetreten – an mich persönlich – und steht seither in unserem Sold.«
Die drei Diplomaten schwiegen und dachten über Janusz Radziwiłł nach, zweiundsechzig Jahre alt, schlank, nach französischer Manier glattrasiert, scharfäugig, schlagfertig, gewandt, ein Edelmann, der sich an jedem Hof heimisch fühlte.
»Vergeßt eines nicht«, gab schließlich Eschl zu bedenken, »Radziwiłł hat vor drei Jahren zwei Monate in Paris verbracht, und bei verschiedenen schwierigen Verhandlungen hatten wir den Eindruck, daß er Frankreichs Sache weit eifriger vertrat als die unsere.«
»Ihr dürft auch nicht übersehen«, erinnerte Kuprin die anderen, »daß Frankreich und die Türkei immer Verbündete waren, und wir wissen zweifelsfrei, daß Janusz Radziwiłł vom Sultan große Geschenke angenommen hat, damit er bei der Regelung der ukrainischen Frage im Sinn der Türkei stimmte.« Er brach in lautes Gelächter aus, denn anscheinend hatte es dieser Radziwiłł, der zu einem unbemittelten Zweig der Familie gehörte, geschafft, sich seine Dienste gleichzeitig von fünf Ländern bezahlen zu lassen.
Anschließend ermittelten die drei Männer, welche sonstigen Magnaten beträchtliche Summen von Frankreich, der Türkei und vor allem von Sachsen erhielten, dessen Herrscherfamilie über sechzig Jahre auf dem polnischen Thron gesessen hatte und wieder dorthin zurückkehren wollte. Als die beeindruckende Liste vollständig war und

man aus ihr entnehmen konnte, wie sich die Magnaten auf die konkurrierenden Staaten aufteilten, fragte der österreichische Botschafter: »Gibt es denn keinen einzigen anständigen Menschen unter ihnen?« Eschl antwortete: »Die Czartoryskis und die Zamoyskis ... die beiden müssen wir fürchten.«
»Sie sind erst kürzlich in die Reihen der Magnaten aufgerückt«, bemerkte Kuprin, »und zu jung, um schon korrupt zu sein.«
»Sie scheinen aber auf Rußlands Seite zu stehen«, gab der Preuße zu bedenken.
»Sie sind wie der redliche Lubonski«, meinte Kuprin. »Er stimmt immer für Österreich, weil er an die Habsburger glaubt ... ohne Bezahlung. Die Czartoryskis und die Zamoyskis stimmen für Rußland, weil sie aufrichtig glauben, daß nur unsere Katharina, die wir allmählich die Große nennen, Polen retten kann.«
»Stimmt denn niemand für Polen?« fragte der Österreicher.
»Niemand, der einen Funken Verstand hat«, antwortete Baron Eschl. »Denn wenn er Verstand hätte, würde er genau wie wir wissen, daß Polen verloren ist.«
»Es könnte noch weitere zehn Jahre überdauern«, bemerkte Kuprin. Dann wies er auf die Landkarten: »Sind wir uns nun über diese Grenzen einig?«
»Vorläufig«, bestätigte Eschl. Damit war die erste Teilung Polens, die des Jahres 1772, eingeleitet.
Nicht alle Bewohner des ehemaligen Polens waren über die neue Gebietsverteilung unglücklich; unter denen, die jetzt zum russischen Reich gehörten, zogen etliche ihre neuen Herren und die orthodoxe Religion vor; unter denen, die sich in Preußen befanden, schätzten etliche die strenge Ordnung in diesem Land und seine straffe Führung; und vielen Bewohnern Südpolens fiel es leicht, sich an die österreichische Herrschaft zu gewöhnen.
Die meisten Leute in der Umgebung des Dorfes Bukowo zogen das neue Regiment vor, und ihr Graf, Laskarz Lubonski, ging ihnen mit gutem Beispiel voran, indem er erklärte: »Endlich sitzt die Vernunft im Sattel, und es besteht gute Aussicht auf einen gemächlichen Ritt durch den Rest dieses Jahrhunderts.« Er überwachte persönlich die Übertragung von Eigentumsrechten aus dem polnischen Gesetz in das österreichische und forderte seine Leute auf, Deutsch zu lernen, damit sie mit der neuen Regierung besser kooperieren konnten.

Als Belohnung für die guten Dienste, die er Österreich geleistet hatte, indem er dazu beitrug, daß dieser große Teil von Polen unter die Herrschaft der Habsburger kam, bot man ihm eine Stelle in der neuen Regierung an, doch er lehnte ab: »Ich kann Euch besser dienen, wenn ich zu Hause bleibe und darauf achte, daß alles glattgeht.« Er nahm auch kein Geld von den Habsburgern, freute sich jedoch, als Wien den Titel bestätigte, den Rom ihm verliehen hatte, und einen österreichischen Titel hinzufügte: Nach österreichischem Adel war er jetzt Baron Lubonski, verwendete jedoch weiterhin den älteren Titel Graf.

Als er die neue Karte Osteuropas studierte, stellte er fest, daß Polen vorher 300 000 Quadratmeilen umfaßt hatte und somit wesentlich größer als jedes andere europäische Land mit Ausnahme Rußlands gewesen war und jetzt nur noch 200 000 Quadratmeilen maß. Doch dieses Flächenverhältnis entsprach keineswegs der Bevölkerungszahl, denn diese war von zwölf Millionen auf nur sechseinhalb Millionen gesunken. An der Teilung fiel jedem Unvoreingenommenen vor allem ins Auge, daß Rußland lagemäßig den Zutritt zum Herzen Polens gewann, daß Preußen einige strategisch wichtige Punkte besetzte und daß Österreich, das eigentlich zunächst bei der Teilung gar nicht hatte mitmachen wollen, ein ordentliches Stück fruchtbarsten Ackerboden und die arbeitsamsten Menschen übernahm.

Lubonskis Burg in Gorka lag dicht an der nördlichen Grenze des österreichischen Gebiets, so daß sein Bukowo-Besitz nun eine Art Grenzfestung war. Zu seiner Freude stellte er fest, daß Zamość eine ähnliche Lage hatte. »Wir sind die Schlüssel zur Sicherheit im Norden. Wien wird uns anständig behandeln müssen.« Sein wichtigster Besitz jedoch, Lubon, lag nicht im neuen Österreich, sondern im alten Polen; die neue Grenze verlief zwei Meilen südlich davon. Darüber war er sehr enttäuscht.

»Aber das ist doch ein Segen«, rief der kluge Janusz Radziwiłł, als er seinen Schwiegersohn besuchte. »Seht, Lubonski, wenn der Hauptteil Eures Besitzes in Österreich liegt, habt Ihr großen Einfluß in Wien, und wenn Ihr zwei oder drei Besitztümer in Polen habt, könnt Ihr auch in Warschau Einfluß ausüben. Mir würde das gefallen.«

Er forderte Lubonski auf, eine Karte seiner Besitztümer auszubreiten, und als das große Blatt vor ihm lag, zeigte er beinahe habgierig auf die vierzehn mächtigen Besitzungen der Lubonskis: »Gorka und Przemyśl, hier an der Nordgrenze Österreichs. Eine gute Lage. Lubon und Ostrołęka im alten Polen, dazu noch drei kleinere Güter. Zwei westlich von Thorn in Preußen – wir können nicht voraussagen, was mit denen geschehen wird. Und die fünf wirklich großen in der Ukraine. Die werden Euch Euer Einkommen sichern, Lubonski.« Da Radziwiłł immer über alle Details informiert sein wollte, fuhr er fort: »Wie viele Dörfer besitzt Ihr, Lubonski?« Der Graf erwiderte, daß es ungefähr zweihundert sein müßten. »Aber viele von ihnen liegen in der Ukraine und sind recht unbedeutend.«

»Wie viele Leibeigene?« Radziwiłł ließ nicht locker, und Lubonski schätzte, daß es angesichts der ziemlich dichten Bevölkerung seiner sechs echten Städte an die hundertdreißigtausend sein mochten. »Aber viele von ihnen sind zahnlose Kinder – an einem Ende – und zahnlose Greise – am anderen.«

Radziwiłł war über die Lage, in der seine Tochter und ihr Mann sich befanden, sehr erfreut. »Ihr habt Besitzungen in vier Ländern, wenn man das kleine Schloß, das jetzt in Rußland liegt, mitzählt, Ihr habt also das Mitspracherecht in vier Regierungen. Ich habe es immer gern ausgeübt, denn so kann man sich selbst schützen.«

»Nein«, widersprach Lubonski. »Ich kann mich nur für ein Land einsetzen. Am liebsten wäre mir Polen, aber das ist anscheinend unmöglich. Also werde ich mich damit begnügen, Österreicher zu sein.«

»Lubonski«, begann sein Besucher, wandte sich dann jedoch seiner hübschen Tochter zu. »Laß dir etwas gesagt sein, Anna. Hindere deinen Mann daran, seine Verbindung zu Polen abzubrechen. Hier werden Ereignisse von ungeheurer Tragweite stattfinden – Rußland, Preußen und Österreich werden um die Beute streiten –, und ein kluger Mann kann dabei fast alles erreichen.«

»Wo werdet Ihr Euch während der Streitereien aufhalten?« fragte Lubonski.

»Ich habe das kleine Haus in Warschau und das Herrenhaus in Litauen, und ich halte mich oft in Sankt Petersburg auf. Ich wollte von Euch eigentlich nur wissen, Lubonski, ob ich das Schloß in Lubon benützen kann. Dadurch könnte ich in der Nähe der österreichischen Interessenssphäre bleiben.«

»Du bist uns immer willkommen!« sagte Anna. Sie folgte einem plötzlich aufwallenden Gefühl, durchquerte den Raum und küßte ihren Vater. Er war auf der Heimreise von Paris und Wien und hatte der Versuchung nicht widerstehen können, Anna und ihren zwei Jahre alten Sohn Roman zu besuchen.

»Ich weiß nicht, was aus Polen werden wird«, fuhr Radziwiłł fort. »Ich bin dreiundsechzig und habe das Gefühl, daß ich die endgültige Lösung nicht mehr erleben werde.«

»Sag so etwas nicht!« protestierte seine Tochter. »Unsere Familie ist langlebig.«

»Ich mache mir wegen der Czartoryskis und Zamoyskis und ihrer radikalen Ansichten Sorge. Habt ihr gehört, was sie jetzt vorschlagen? Daß die Stadtbewohner wählen, Land besitzen und sogar im Sejm sitzen dürfen!«

»Wäre das so schlecht?« fragte Anna.

Ihr Vater sah sie erstaunt an. »Das Herz der Welt ist der redliche Landbesitzer wie Lubonski. Er weiß, was für den Staat und die Bauern gut ist. Der Mann, der in der Stadt lebt, ist ein Blutsauger oder ein scheinheiliger Priester oder ein Jude. In der langen Geschichte der Welt ist aus einer Stadt noch nie etwas Gutes gekommen. Glaub mir, Anna, wenn die Stadtleute mit ihren erbärmlichen Läden das Stimmrecht bekommen, ist die Welt, die wir lieben, zum Untergang verurteilt.«

»Aber können so wenige weiterhin so vielen die Macht vorenthalten?«

»Daraus besteht doch die ganze Geschichte. Aus den Bemühungen von Männern wie deinen Onkeln und Lubonskis Vater Onufrij selig, alles so zu bewahren, wie es ist. Erinnerst du dich, wie er sich verhielt, als ihn der König nach Thorn entsandte, damit er sich mit dieser unglückseligen Angelegenheit befaßte – zehn protestantische Bürger weigerten sich, zum Katholizismus überzutreten und ließen sich nicht einmal von den Studenten der Jesuitenschule dazu überreden. Onufrij verschwendete weder gute Worte noch Überredungskünste. Als Richter fragte er sie zweimal: ›Wollt ihr die wahre Religion annehmen?‹, und als sie ›Nein‹ antworteten – weißt du noch, was er da tat? Ich war damals fünfzehn Jahre alt, wohnte der Verhandlung bei und sah alles. Er fragte zum drittenmal: ›Wollt ihr annehmen?‹, und als sie zum drittenmal ›Nein‹ sagten, erteilte er einen einfachen Befehl: ›Köpft sie!‹ Ich sah zu, wie ihnen die Köpfe abgeschlagen wurden, und danach hatten wir kaum noch Schwierigkeiten mit Protestanten.«

»Ich habe mich immer wegen der Handlungsweise meines Vaters an diesem Tag geschämt«, erklärte Lubonski. »Es ist der einzige Schandfleck dieser Art in unserer Geschichte, und es berührt mich schmerzlich, daß meine Familie daran beteiligt war.«

»Es hat die Lage bereinigt«, widersprach Radziwiłł. »Vielleicht erinnert Ihr Euch daran, daß einige Mitglieder meiner Familie Abtrünnige waren, und ich nehme an, daß etliche von ihnen jetzt Freimaurer sind, aber, bei Gott, nachdem die Köpfe bei Thorn in den Sand gerollt waren, hörten wir kaum noch etwas von ihnen.«

»Auf wessen Seite werdet Ihr stehen, Janusz, wenn Polens politische Lage sich verschlechtert?« fragte der Graf und bekam als Antwort: »Wenn sich die Lage verschlechtert? Mein lieber Schwiegersohn, sie wird sich ganz bestimmt verschlechtern, und ich nehme an, daß Ihr Euch dann, wie immer, auf die Seite Österreichs schlagen werdet.«

»Allerdings. Weil die Habsburger für Ordnung sorgen. Und Ihr?«

»Ich habe in Paris einige sehr interessante Gespräche geführt. Sie haben nämlich vor Preußen Angst und glauben, daß eine Verbindung mit Rußland für uns vorteilhaft wäre. Ich selbst neige ebenfalls zu dieser Ansicht.«

»Ihr habt uns aber gerade um das Schloß Lubon gebeten, damit Ihr Euch in der Nähe Österreichs aufhalten könnt.«

»Ich kann im Augenblick wirklich nicht voraussehen, wie sich die Verhältnisse entwickeln werden.«

»Ihr habt doch vorhin erklärt, daß Ihr auf Rußland setzt.«

Radziwiłł sah seinen Schwiegersohn ungläubig an. »Lubonski, ein ungeheures Spiel ist im Gang, das alte Frankreich und das neue Rußland stehen dem alten Österreich und dem neuen Preußen gegenüber. Wer in diesem Raum ist fähig vorherzusagen, wie das Spiel verlaufen wird? Wenn Ihr klug seid, Lubonski, werdet Ihr Eure Schlösser in allen diesen Ländern abwechselnd aufsuchen. Hört Euch um, prüft, urteilt und seid immer bereit, in die richtige Richtung zu springen.«

»Werdet Ihr dieses Rezept ebenfalls befolgen, Janusz?«

»Ich habe es immer befolgt. Deshalb sind meine beiden schönen Töchter mit Schloßbesitzern verheiratet und meine beiden gutaussehenden Söhne mit Schloßbesitzerinnen.« Er lachte über diese treffende Zusammenfassung seines Lebens, dann runzelte er die Stirn. »Während unseres Gespräches, Anna, hast du mir zweimal den Eindruck vermittelt, als würdest du die Rechte der Stadtbevölkerung verteidigen. Was ist mit dem Kind los, Lubonski?«

»Sie hat sich mit diesem Bukowski unterhalten ... im Herrschaftshaus im Dorf.«

»Verbietet es ihr«, verlangte Radziwiłł, aber der Graf wandte ein: »Als ich Anna heiratete, habt Ihr mich gewarnt: ›Vergeßt eines nicht, Schwiegersohn! Der Mann, der tapfer genug ist, einer Radziwiłł Herr zu werden, ist noch nicht geboren!‹ «

Lubonski hatte recht gehabt: Die überraschende Vorliebe seiner Frau für eine republikanische Staatsform, die der »Goldenen Freiheit« der Magnaten diametral entgegengesetzt war, hatte ihren Ursprung in den gelegentlichen Gesprächen mit Tytus Bukowski, der im Herrenhaus im Dorf wohnte. Sie hatte ihn einmal im Schloß kennengelernt, als er ihren Mann aufsuchte, um mit ihm über politische Probleme zu sprechen, und während der nächsten zehn Jahre hatte sie sich weiterhin mit der für die Besten unter den Radziwiłłs charakteristischen intellektuellen und gesellschaftlichen Ruhelosigkeit mit diesem Sachgebiet beschäftigt.

Sie fragte Tytus oft, was er von der Art und Weise hielt, wie Österreich seinen Teil von Polen regierte. »Habt Ihr nicht das Gefühl, daß sie uns nur wie eine entlegene Kolonie behandeln?« Dann erinnerte er sie jedesmal daran, daß er zwar im österreichischen Landesteil lebte und den dortigen Gesetzen unterworfen war, daß jedoch seine größere Verantwortung darin bestand, im Warschauer Sejm die Interessen des Grafen Lubonski im freien Polen wahrzunehmen. Es war ein verrücktes System, das dadurch erschwert wurde, daß Lubonski sich eifrig bemühte, das gesamte noch freie Polen unter österreichische Herrschaft zu bringen. Ein Pole wirkte auf die Auslöschung Polens hin.

In den letzten Jahren war es der Familie Bukowski nicht sonderlich gutgegangen; eigentlich war es ihr nie gutgegangen. Das ansehnliche Vermögen, das einer der Vorfahren bei der Expedition gegen die

Türken vor Wien ergattert hatte, war rasch in den Ställen für die Araberpferde aufgegangen, die gleichzeitig mit dem Vermögen angeschafft worden waren, und in den Aussteuern der Töchter, deren junge Ehemänner die Mitgift sofort vergeudeten. Bereits ein Jahrzehnt nach der Schlacht um Wien waren die Bukowskis wieder das, was sie immer gewesen waren: sehr arme Kleinadelige mit einer ruhmreichen Vergangenheit und ein paar Pferden. Jetzt, 1785, brauchte ihr Herrenhaus größere Reparaturen, und ihre Felder benötigten Bodenverbesserungen. Aber die leichtsinnigen Besitzer behielten ihre sorglose Lebensweise bei, und die Zustände an der Weichsel blieben so, wie sie in den letzten siebenhundert Jahren gewesen waren.

Eine bemerkenswerte Änderung hatte es jedoch gegeben: Aus Gründen, die nicht einmal er selbst erklären konnte, hatte Tytus Bukowski begonnen, über die polnische Geschichte nachzudenken, vor allem im Vergleich zur Entwicklung in den umliegenden Ländern, über die er viel erfuhr, und er sah, daß alle Nachbarn Polens über starke zentralistische Regierungen, ein geordnetes Steuerwesen und ständig wachsende Heere verfügten – alles Einrichtungen, die es in Polen nicht gab.

Vor allem aber fiel ihm im Sejm auf – dessen einflußreiches Mitglied er jetzt war –, daß beinahe alles, was er auf Befehl des Grafen Lubonski, des Fürsten Lubomirski sowie der mächtigen Granickis und Mniszechs durchsetzte, ausschließlich diesen Magnaten zugute kam und der Nation als Ganzem schadete. Tytus war kein Revolutionär, aber er glaubte fest, daß die Zeit gekommen war, da man den Menschen in den Städten – seiner Meinung nach gehörten sie zu den besten Menschen Polens – das Recht zugestehen mußte, Land zu besitzen, frei zu wählen und sogar ihren rechtmäßigen Platz in den gesetzgebenden Körperschaften einzunehmen. Er war bereit, die Juden davon auszunehmen, weil sie Christus und die Vorherrschaft Roms ablehnten, an die jeder gute Pole glaubte, und er wußte noch nicht recht, wie er sich zu der Freiheit für die Bauern stellen sollte, da er drei Dörfer besaß und vielleicht finanzielle Einbußen erleiden würde, wenn die Bauern über größere Rechte verfügten, aber selbst in dieser Beziehung begann er einzusehen, daß eine florierende Gesellschaft ihren Leibeigenen mehr Freiheit zugestehen mußte, als es derzeit in Polen der Fall war.

An einem Vormittag im Frühling fragte ihn Gräfin Lubonska nach dem Stand der Dinge. »Wenn Ihr im Sejm in Warschau sitzt, Tytus, was haltet Ihr dann von größeren Freiheiten für die Stadtbewohner?«

Als ihm die Gräfin zum erstenmal solche Fragen stellte, hatte er Ausflüchte gebraucht, denn er hatte den Verdacht, daß sie eine von den Magnaten ausgeschickte Spionin war, die ihm auf den Zahn fühlen sollte; doch im Lauf der Zeit stellte er fest, daß sie ihm sehr ähnlich war: Sie versuchte sich ein neues Polen vorzustellen, und er begann ihr mehr Vertrauen zu schenken. »Meiner Meinung nach ist es jetzt an der Zeit, daß sich die führenden Männer in den Städten und die führenden Männer auf dem Land zusammenschließen.«

»Habt Ihr gehört, welche Meinung mein Vater vertritt? ›Städter sind wie Pferdepisse: stinkend, lärmend und zu absolut nichts zu gebrauchen.‹ «

»Der Meinung war man früher, Gräfin. Aber wenn Polen sich gegen seine Feinde schützen will ...«

»Würdet Ihr Eurer Tochter erlauben, einen Städter zu heiraten?«

»Ich gehöre zum Adel, Gräfin. Arm, aber adelig. Meine Familie hat immer nur standesgemäß geheiratet.«

»Ihr seid also der gleichen Meinung wie mein Vater?«

»Nein.« Er lehnte an einer Steinmauer, die die zum Schloß gehörenden Felder von denen des Dorfes trennte, und wählte seine Worte sehr sorgfältig. »Ihr müßt Euren Mann und seine Freunde auf das vorbereiten, Gräfin, was der Sejm meiner Meinung nach beschließen wird, falls er jemals wieder zusammentreten darf.«

»Er wird das tun, was man ihm befiehlt.« Anna Radziwiłł sprach genauso wie ihre kampflustigen Onkel.

»Ich glaube, daß diese Zeit vorbei ist.« Sobald Tytus diese Worte ausgesprochen hatte, erkannten er und Anna, daß sie eine revolutionäre Herausforderung bedeuteten. Anna wollte ergründen, wie weit die Herausforderung ging. Sie setzte sich auf die Mauer und fragte geradeheraus: »Und was wird Euer Sejm versuchen?«

»Habt Ihr Euren Magnaten zugehört, Gräfin? Habt Ihr gehört, was sie sagen, wenn sie in Eurem Schloß zusammenkommen?«

»Sie reden eine Menge Unsinn, aber das tun wahrscheinlich alle Männer.« Sie lachte, das Lachen einer schönen, geistsprühenden

Frau, die sich den Fünfzig näherte und über die Widersprüche im polnischen Leben lustig machte, sei es im österreichisch besetzten oder im unabhängigen Teil des Landes. »Im Augenblick redet Ihr Unsinn, Tytus, nicht wahr?«

»Ich muß Euch untertänigst widersprechen, Gräfin. Ich bin die Stimme der Zukunft, nicht des Unsinns.«

»Erzählt mir von der Zukunft!«

»Nehmen wir drei Magnaten im alten Polen, in dem ich arbeite. Einer empfängt seine Befehle von Preußen, weil es emporstrebt. Der zweite empfängt seine Befehle von Rußland, weil es groß ist. Und der dritte hört auf Österreich, weil es gut regiert wird.«

»So war es immer«, bemerkte die Gräfin Lubonska lächelnd. »Ihr sprecht, als wäre das etwas Ungewöhnliches.«

»Das ist es auch. Zu einer Zeit, da alle Polen sich zu einer einzigen großen Anstrengung vereinen sollten, verachtet der erste Magnat alle Stadtbewohner – die Bürger, die Kaufleute, die Juden, die Priester, die Handwerker. Sie sind alle für immer vom politischen Leben Polens ausgeschlossen.« Er fuchtelte mit beiden Händen in der Luft herum, als wiese er Leute ab. »Der zweite Magnat haßt die Bauern, will ihnen überhaupt keine Freiheiten zugestehen, nicht einmal Landbesitz.«

»Was bleibt für den dritten Magnaten übrig, das er verachten könnte?«

Tytus hob die Hände an die Brust und zeigte auf sich. »Ich. Der kleine Adelige mit ein paar Pferden, ein paar Dörfern, ein paar Bauern.«

»Aber nein, Ihr werdet nicht verachtet, Bukowski. Ich bin davon überzeugt, daß mein Mann es nicht tut. Würde er Euch sonst als seine Stimme im Sejm verwenden?«

»Er verwendet und verachtet.« Bukowskis Stimme wurde bei dem letzten Wort leiser, als wollte er die Debatte beenden.

»Es gibt Abstufungen«, gab die Gräfin zu. Sie zupfte ihr Kleid zurecht, so daß die Falten malerisch über die Steine drapiert waren, auf denen sie saß. »Mein Vater ... in bezug auf ihn habt Ihr recht. Er verachtet alle drei Gruppen. Er betrachtet Polen als Lehen von etwa sechzig Familien – seiner Meinung nach die einzigen, die wirklich zählen.« Sie hob die Hände vor das Gesicht, um ihr Lächeln zu verbergen, dann ließ sie sie sinken und sah das Faktotum ihres Mannes mit einem unwiderstehlichen Blick an. »Als ich ungefähr achtzehn war, nahm mich mein Vater beiseite, setzte mich auf einen Stuhl und zeigte mir einen Zettel, auf den er sieben Namen geschrieben hatte. Ich sehe sie jetzt noch in der richtigen Reihenfolge vor mir; die Liste begann mit Radziwiłł. Dann kamen Lubomirski, Lubonski, Potocki, Ossoliński, Mniszech, Granicki. Das waren die Familien, aus denen ich meinen künftigen Mann wählen mußte, denn seiner Meinung nach kamen keine anderen in Frage.«

»Nach welchen Gesichtspunkten waren sie gereiht?«

»Nach einer Kombination aus alter Macht und neuem Reichtum. Die Granickis waren Neuankömmlinge, aber sehr reich, die Mniszechs tschechischer Abstammung, aber sehr mächtig. Ossoliński und Lubonski waren sowohl alteingesessen als auch reich, und Lubomirski war natürlich der Beste von allen.«

»Warum stellte er die Radziwiłłs an die Spitze?«

»Weil wir die ersten sind.«

»Waren die Czartoryskis und Zamoyskis damals nicht schon ziemlich begütert und mächtig?«

»Sie standen auch auf Vaters Liste – an der Seite, und über ihre Namen war eine Bemerkung gekritzelt: ›Wenn alles andere schiefgeht.‹ «

»Und das hieß?«

»Wenn ich mir keinen Lubomirski oder keinen der reichen Radziwiłłs angeln konnte ... Ihr wißt sicherlich, daß unser Zweig der Radziwiłłs ... wir waren ziemlich arm. Deshalb mußte mein Vater so ...« Sie dachte lange darüber nach, wie sie ihren gewieften Vater charakterisieren sollte, und lächelte, weil sie ihn vor sich sah, wie er in seinem langen Mantel herumschoß, wenn er neue Möglichkeiten witterte. Ihr fielen nicht die richtigen Worte ein, und schließlich meinte sie beinahe erschöpft: »Deshalb mußte Vater so flexibel sein.«

»War es leicht, einen Lubonski zu angeln?«

»Als ich Laskarz sah – und ihm ging es wahrscheinlich genauso, als er mich sah ... denn ich war nicht häßlich als junges Mädchen ...« Sie trommelte mit dem Absatz ihres linken Stiefels gegen die Mauer, dann fragte sie mit echter Besorgnis: »Ach, Tytus, was wird mit Polen geschehen?«

1786 legten die beiden diese Frage eines schönen Tages dem Grafen vor. Der lachte über ihre Ängste und zitierte eine alte Binsenweisheit: »Die Anarchie ist Polens Rettung. Wir sind im Chaos immer gediehen.«

»Aber wenn wir uns nicht selbst verteidigen können?« fragte seine Frau.

»Unsere Strategie besteht darin, so offensichtlich schwach zu sein, daß kein Nachbar es für nötig hält, uns anzugreifen.«

»Soviel ich mich erinnere«, widersprach Bukowski, »haben uns unsere Nachbarn 1772 ziemlich heftig angegriffen. Sie stahlen uns die Hälfte unserer Bevölkerung.«

»Das war nur eine Neuordnung«, behauptete Lubonski, »und Ihr seid sicherlich auch der Meinung, daß es uns jetzt besser geht als vormals.«

»Die Menschen beginnen, die Vorstellungen der Czartoryskis ernst zu nehmen«, wandte Tytus ein, und die Gräfin unterstützte ihn: »Ja, die Leute halten ihre Pläne für gut.«

Der Graf verzichtete nun auf leichtfertige Antworten, denn sogar einige seiner Gefährten hatten ernsthaft über die vorgeschlagenen Reformen diskutiert; ihm war vollkommen unklar, wie ein vernünftiger Mensch ihnen auch nur zuhören, geschweige denn Aufmerksamkeit schenken konnte. »Ich werde euch jetzt die unglaublichen Ideen aufzählen, die sie durchsetzen wollen: Erstens: Abschaffung des *liberum veto,* des Werkzeugs, das unsere Rechte schützt. Zweitens: daß eine Sitzungsperiode des Sejm zwei Jahre statt sechs Wochen dauern soll – Gott allein weiß, was dann geschehen würde. Drittens: die Stadtbevölkerung bekommt das Wahlrecht. Viertens: besitzlose Kleinadelige sollen aus dem Sejm ausgeschlossen werden, weil sie immer für die Magnaten stimmen, die ihre Schulden bezahlen. Fünftens: Schluß mit Privatheeren wie dem unseren und Schaffung einer starken, zentral geführten Armee, die unsere Freiheit bedrohen würde. Sechstens: die Bauern sollen auf unsere Kosten eigenen Grundbesitz bekommen. Siebtens: zusätzliche Macht für den König, der bald den Magnaten seinen Willen diktieren würde. Achtens: erbliches Königtum statt freier Wahlen durch Magnaten und Kleinadel.«

Während er diese Forderungen aufzählte, wurde seine Stimme immer tiefer, bis sie schließlich kummervoll dröhnte, als beklage er das Ende einer Ära, und er sah seine Zuhörer ernst an, um ihnen die revolutionären Hintergründe dieser Vorschläge eindringlich vor Augen zu führen. Doch dann wurde er wieder heiter. »Das war vor Eurer Zeit im Sejm, Tytus, doch als die Patrioten erkannten, was sich da anbahnte, gerieten sie in Bewegung. Lubomirski, ich, Granicki, Mniszech ... Es schlossen sich uns auch andere tapfere Männer an, aber wir waren die Anführer, als es galt, das Vaterland zu verteidigen.«

»Was habt ihr getan?« fragte die Gräfin.

»Wir schlugen selbst Gesetze vor, um durch sie die Freiheit zu retten. Erstens: der König muß von uns Magnaten gewählt werden, wenn möglich unter ausländischen Kandidaten. Das würde uns vor Diktatoren und dem Erbkönigtum schützen. Zweitens: das *liberum veto,* das die Minderzahl vor dem Druck der Mehrzahl schützt, muß ewig gelten. Drittens: das althergebrachte Recht der Magnaten, dem König die Treue aufzusagen, wenn dieser im Irrtum beharrt, bleibt bestehen. Viertens: Landbesitz und Staatsämter sind ausschließlich den Magnaten und den sie unterstützenden Kleinadeligen vorbehalten. Fünftens, die Herrschaft der Landbesitzer über die Bauern muß bestehenbleiben und verstärkt werden.«

»Wer hat gesiegt?« wollte die Gräfin wissen.

»Im Augenblick hat die Vernunft die Oberhand, und wir haben gesiegt. Aber Revolutionäre wie die Czartoryskis geben niemals auf, und falls wir jemals wieder einen Sejm haben sollten, werden sie ihre radikalen Reformen sicherlich von neuem vorbringen.«

Zum allgemeinen Erstaunen durfte der Sejm 1788 zu einer Sitzungsperiode zusammentreten, von der viele behaupteten, daß sie einen Wendepunkt in der polnischen Geschichte darstellen würde. Sie hatten recht, denn den würdigen, gebildeten Männern, die diesmal in ihm saßen, war bewußt, daß die Rettung ihres Landes von den Entschlüssen abhing, die sie fassen würden, und sie machten sich mit Gebeten und dem gebührenden Ernst an die Arbeit.

Nach historischer Tradition sollte der Sejm nur jedes zweite Jahr und dann nur für sechs Wochen zusammentreten. Dieser hier hielt vier erfolgreiche Jahre durch, und während dieser Zeit verschwand eines der alten einschränkenden Vorrechte nach dem anderen: Das *liberum veto* wurde abgeschafft, was zur Folge hatte, daß von nun an Polens Parlament genauso wie die Parlamente der anderen Nationen aufgrund des Mehrheitsprinzips arbeiten konnte; die Stadtbevölkerung durfte Land erwerben, die drückendsten Auflagen für die Bauern wurden abgeschafft, aber natürlich bestand die Leibeigenschaft weiter, da sich nicht einmal die Reformatoren ein Polen ohne Leibeigene vorstellen konnten; der große Landbesitz der katholischen Kirche wurde beschlagnahmt, doch sie erhielt gerechte Entschädigungen dafür; und vor allem durften die Kaufleute der Städte in die Regierung aufgenommen werden.

Die neue Verfassung, die von diesem revolutionären, vier Jahre lang bestehenden Sejm geschaffen wurde, galt als die beste Europas und als der amerikanischen ebenbürtig; die Philosophen begrüßten sie als Gerüst für einen modernen Staat. Polen hatte mit einem einzigen riesigen Sprung das Mittelalter verlassen und sich eine Regierungsform gegeben, die ihresgleichen suchte. Die Czartoryskis hatten über die Lubonskis gesiegt.

Doch in Preußen und Rußland erregte der neue Plan Entsetzen; die Herrscher dieser Autokratien sahen in ihm zu Recht einen tödlichen Schlag gegen ihre absolutistischen Regime. In Berlin ließ der König von Preußen Baron Eschl zu sich kommen und fuhr ihn an: »Die Teilung von 1772 sollte einen solchen Unfug verhindern. Wenn die neue Verfassung auch nur ein Jahr in Kraft bleibt, wird sie sich in den deutschen Staaten verheerend auswirken. Alle werden ähnliche Freiheiten fordern.«

»Wir müssen einen Krieg beginnen, um die Entwicklung zu unterbrechen«, schlug Eschl vor.

»Das werden wir tun, aber zunächst reist Ihr nach Warschau und bringt den Schaden in Ordnung, der infolge Eurer Nachsicht entstanden ist!«

»Seid Ihr bereit, mich zu unterstützen, Majestät, wenn wir Polen diesmal vollkommen auslöschen?«

»Beseitigt es!«

»Auch wenn Österreich sich weigert mitzuziehen?«

»In diesem Fall wäre unsere Lage sogar noch besser. Ich möchte, daß alles besetzt wird, was wir brauchen – Warschau, Krakau, Lublin ... bis hinunter nach Brest-Litowsk.«

»Rußland und Österreich könnten sich allerdings gegen uns verbünden.«

»Dieses Risiko müssen wir eingehen. Aber Polen muß ausgelöscht

werden, es gibt keine Rechtfertigung für seinen Weiterbestand.« Mit dieser harten Anweisung fuhr Eschl nach Warschau.
In Sankt Petersburg war Zarin Katharina noch beunruhigter, und ohne daß ihr bewußt wurde, was sie tat, legte sie bei einer Sitzung mit ihren Beratern die künftige russische Politik Polen gegenüber fest. »Sobald die Menschen in Polen besser leben als die in Rußland, befinden wir uns in tödlicher Gefahr. Dann muß Polen eliminiert werden.« Nach der Sitzung beriet sie sich unter vier Augen mit Fjodor Kuprin: »Mein lieber kleiner Ratgeber, in Polen ist einiges schiefgegangen. Begebt Euch schleunigst dorthin und bringt es in Ordnung!«
»Wünscht Ihr diesmal die völlige Zerstückelung?«
Diese Frage bereitete Katharina ernsthafte Schwierigkeiten. Weitschweifig antwortete sie: »Ich hatte erwartet, daß mein alter Freund Poniatowski ins Wanken geraten würde, denn ich weiß, daß er schwach ist. Aber ich hatte nicht erwartet, daß er so schwach sein würde. Als diese Männer ihm die neue Verfassung vorlegten, hätte er sie alle an die Wand stellen müssen. Da er sich vor dieser Pflicht gedrückt hat, müssen wir ihr für ihn nachkommen.«
»Ihr meint also völlige Zerstückelung?«
»Das wäre mir am liebsten, mein geschätzter kleiner Ratgeber, aber wir müssen uns immer eines vor Augen halten: Wir sind im Augenblick nicht stark genug, um gegen Preußen Krieg führen zu können. Es ist bedauerlich, aber wir müssen einen günstigeren Zeitpunkt abwarten. Vor allem aber müssen wir verhindern, daß es zu einer Situation kommt, in der Preußen sich den größten Teil Polens einverleibt, dadurch unmittelbar vor unserer Schwelle sitzt und hungrig nach Petersburg schielt.«
»Was soll ich tun?«
»Schneidet Polen in Stücke, verteilt einige davon. Aber laßt ein zentrales Kernland übrig, das brauchen wir im Augenblick als Schutz vor Preußen.«
»Ihr übertragt mir eine äußerst schwierige Aufgabe. Töten – aber nicht ganz.«
Sie erhob sich und küßte den merkwürdigen kleinen Mann, der den Romanows so pflichtgetreu gedient hatte: Für Zarin Anna hatte er Köpfe abgeschlagen, für Zarin Elisabeth Zungen ausgerissen, für Zar

Peter die Kosaken unterworfen, und jetzt zerstörte er für Zarin Katharina den polnischen Staat. »Wir erledigen eins nach dem anderen, mein kleiner Freund, aber ich versichere Euch, daß Ihr und ich binnen weniger Jahre für immer mit Polen fertig sein werden. Jetzt fort nach Warschau!«

Während sich die beiden Diplomaten zum Angriff auf den polnischen Staat rüsteten, begannen Pamphletisten in Berlin und Sankt Petersburg, Botschaften an alle Höfe und die bedeutendsten Zeitungen Europas zu senden; die hier folgende aus dem absolutistischen Rußland gab den Ton an:

»Alle freiheitsliebenden Menschen sind darüber empört, daß – Nachrichten aus Warschau zufolge – die Freiheit, die das polnische Volk einst genoß, durch die gleichen revolutionären Ausschreitungen mit Füßen getreten wird, die Frankreich mit dem Blut seiner besten Bürger besudelt haben. In Polen sind die Menschenrechte lange Zeit durch ein bewundernswertes System gesichert worden, das als ›Goldene Freiheit‹ bezeichnet wird; unter ihm wurden Königen und Bauern, Adeligen und Städtern gleicherweise die Wohltaten einer milden Regierung zuteil, die sich an den Glaubenssätzen des Christentums orientiert.

Nun wird die historische Goldene Freiheit, dank der Polen zu einer führenden Nation wurde, hinweggefegt. Radikale Reformen bedrohen das Herz eines freien Volkes, setzen es der Gefahr aus, zu einem Volk von Sklaven zu werden, und dies dürfen die freiheitsliebenden Völker der Welt nicht zulassen. Es ist unser aller Pflicht, uns zu erheben und den Tyrannen in Warschau zu zeigen, daß die Völkerfamilie eine Fortsetzung dieses schändlichen Treibens nicht dulden wird. Es ist unsere Pflicht, ihm Einhalt zu gebieten und einer kraftvollen, edlen Nation die Freiheit wiederzugeben, deren sie sich immer erfreut hat.«

Sobald Baron Eschl Warschau erreicht hatte, schwang er sich zum Sprecher für alle auf, die Polens Freiheit verteidigten, und sammelte Magnaten wie Janusz Radziwiłł um sich, der jetzt dreiundachtzig Jahre alt, aber immer noch ein glänzender Debattenredner war, oder die Paseks, deren Wort großes Gewicht hatte bei den weit entfernt von Warschau lebenden Magnaten, die Privatheere unterhielten. Eschls Herz blutete – beinahe wörtlich, fanden viele Polen – für Polens Wohl, und bei seinen ausgedehnten Reisen in den östlichen Teil des verstümmelten Landes notierte er sich die Lage aller Burgen und Schlösser sowie die militärischen Mittel, mit denen sie sich verteidigen wollten.

Er war ein glänzender, überzeugender Redner; wenn er mit Magnaten zusammentraf – er weigerte sich, mit Menschen aus niedrigeren Gesellschaftsschichten zusammenzukommen –, wies er auf eine überzeugende Tatsache hin: »Meine Herren, vergeßt nie, was nach 1772 geschah: Die preußische Regierung konfiszierte keinen einzigen Besitz Eurer Brüder. Kein polnischer Magnat verlor auch nur einen Morgen Boden an uns. Aber was geschah in den Gebieten, die Rußland übernahm? Ihr wißt es besser als ich. Kleofas Granicki, einem langjährigen, treuen Freund der Russen, wurden zwei seiner größten Besitzungen in der Nähe von Witebsk entrissen und russischen Generälen geschenkt, die sich jetzt als Adelige bezeichnen ... auf Granickis Kosten. Wenn Ihr Euch auf die Seite Rußlands schlagt, werdet Ihr alle Eure kostbaren Freiheiten verlieren. Wenn Ihr dagegen zu Preußen haltet, werden Euer Besitz und Eure Freiheiten gleicherweise geschützt bleiben.«

Mit diesem Argument zog Eschl etliche der polnischen Führer auf seine Seite; doch Fjodor Kuprin war keineswegs müßig. Er kam oft mit seinem preußischen Gegenspieler zusammen, verglich seine Notizen mit denen des anderen und lächelte, wenn die Polen darauf hinwiesen, daß Preußen und Rußland demnächst gegeneinander Krieg führen würden, weil sie sich nicht darüber einigen konnten, wie Polen aufzuteilen sei. Alle waren davon überzeugt, daß eine weitere Teilung drohte, doch niemand wußte, in welcher Form sie erfolgen würde, wenn Österreich sich nicht daran beteiligte.

Tytus Bukowski fielen etliche vordringliche Fragen ein. »Warum«, fragte er andere Patrioten, »erlauben wir diesen beiden Ausländern, in Warschau herumzugehen und den Krieg zu planen, der uns vielleicht vernichten wird?« Niemand konnte ihm eine befriedigende Antwort darauf geben, außer der, daß König Stanisław August zu schwach sei, um die beiden in die Schranken zu weisen. Aber Tytus wollte noch etwas wissen: »Wie soll dieses Land weiterbestehen, wenn uns noch mehr Gebiete gestohlen werden?« Die Antwort darauf war einheitlich: »Wir werden es schon irgendwie schaffen.« Seine dritte Frage stellte er hartnäckig beinahe jedem Polen, mit dem er zusammenkam: »Was können wir, Ihr und ich, tun, um die drohende Tragödie zu verhindern?«

Er stellte diese Frage sogar der Gräfin Lubonska, als er während einer Sitzungspause des Sejm auf Besuch nach Hause kam. Sie erwiderte traurig: »Ich fürchte, daß ein großer Raub an uns vorbereitet wird, Tytus. Sprechen wir mit dem Grafen darüber.«

Als Tytus Lubonski die Beweise für Preußens und Rußlands Doppelzüngigkeit vorlegte, zeigte sich der Graf gewillt, alle bösen Folgen hinzunehmen, die sich daraus ergeben konnten. »Euer Sejm ist zu rasch zu weit gegangen. Jede der Reformen wäre einzeln hingenommen worden. Ich habe nichts dagegen, daß die Stadtbewohner ein wenig Land besitzen. Aber alles zusammen ... es war unvermeidlich, daß Rußland mit Verärgerung reagiert.«

»Du bist doch immer auf der Seite Österreichs gestanden«, warf die Gräfin ein. »Wenn Tytus' Berichte stimmen, könnte es zu einer Teilung kommen, an der nur Rußland und Preußen beteiligt sind. Polen könnte sogar völlig von der Landkarte verschwinden.«

»Das ist einfach lächerlich«, widersprach der Graf. »Polen wird immer an der Stelle gebraucht werden, an der es liegt. Wenn es nicht schon existierte, müßten Rußland und Preußen es erfinden.«

»Freut Ihr als Mann der Habsburger Euch darüber, daß Österreich ausgeschlossen bleibt?« fragte Tytus.

»Solche Dinge sind nicht wichtig, Tytus. Es wird immer ein Polen geben, und wenn ein paar Meilen für Preußen und ein paar für Rußland abgezwackt werden, spielt das keine entscheidende Rolle.«

Er ließ Erfrischungen reichen, erfuhr, daß sich sowohl sein Sohn als auch der Sohn Bukowskis bei den Pferden in den Ställen aufhielten, und schickte nach ihnen. Als die beiden jungen Männer erschienen – der zweiundzwanzigjährige Roman Lubonski war groß und sehr schüchtern, der um ein Jahr jüngere Feliks Bukowski kräftig und gesund –, forderte er sie auf, sich an der Diskussion zu beteiligen, denn er wollte, daß sein Sohn mit den Vorgängen in der polnischen Politik vertraut wurde. Das bedeutete, daß auch Bukowskis Sohn darüber informiert sein mußte, denn der junge Mann, der es gut verstand, sich seiner Umgebung anzupassen, war als Gefährte für den schüchternen, zurückhaltenden Roman vorgesehen.

»Tytus hat uns erzählt, daß es in Warschau düster aussieht. Erklärt das den Jungen!« Und Tytus faßte den verhängnisvollen Erdrutsch im Sejm zusammen, den er und seine Freunde miterlebt hatten; er schloß: »Es sieht nach Krieg aus.«

»Wenn es soweit kommen sollte«, sagte der Graf, »sind wir nicht daran beteiligt... nicht daran interessiert. Versteht ihr das, meine jungen Herren?«

»Ich glaube im Gegenteil, daß ein Krieg uns alle sehr betrifft«, widersprach Feliks.

»Ich bin ganz deiner Meinung«, stimmte ihm sein Vater hastig zu, ohne sich zu überlegen, wie sich diese von den Ansichten des Grafen abweichende Meinungsäußerung auswirken würde. Zu seiner Erleichterung verlor Lubonski nicht die Beherrschung. »Wir sprechen ja nur von ein paar Begradigungen. Rußland möchte ein paar Meilen, die Polen nicht benötigt, Preußen will ebenfalls seinen Anteil, das ist alles. Es wäre Wahnsinn, wegen solcher Lappalien einen Krieg vom Zaun zu brechen. Seid Ihr nicht auch dieser Meinung, Tytus?« Diesmal nickte Tytus.

Doch als Bukowski und sein Sohn wieder zu Hause waren, verlief ihr Gespräch ganz anders. Tytus erklärte: »Ich bin Pole, Feliks, genau wie du. Was dort oben geschieht, betrifft mich, und ich bete zu Gott, daß es auch dich immer betreffen wird. Der Graf behauptet, daß wir jetzt Österreicher sind. Aber die Gräfin erklärt mir im Vertrauen: ›Ihr seid Polen und werdet es immer bleiben.‹ Ich habe sie gefragt, ob sie auch Polin sei, und ihre Antwort lautete: ›Für immer und ewig!‹«

Tytus führte seinen Sohn an ein Fenster, und um seine nächsten Worte zu unterstreichen, wies er auf den Fluß: »Solange die Weichsel fließt, bewässert sie Polens Seele.«

»Was können wir tun, wenn Rußland und Preußen uns angreifen?« fragte der junge Mann.

»Nichts«, gab sein Vater offen zu. »Aber die Zeit wird kommen, Feliks, und du mußt erkennen, wann es soweit ist, da werden sich die Patrioten erheben und die Österreicher aus unserem Land vertreiben, ebenso die Deutschen im Westen und die Russen im Osten.«

»Bist du sicher?«

»Ganz sicher. Polen wird wieder Polen sein.«

»Wann?«

Tytus ließ sich in einen Stuhl fallen und dachte über diese schwierige Frage nach. Er wog alle Möglichkeiten ab und beschloß dann, mit seinem Sohn offen zu sprechen: »Ich fürchte, daß es zu einem weiteren großen Rückzug kommen wird, und vielleicht zu noch einem. Es ist sogar möglich, daß unsere lieben Nachbarn uns gänzlich verschlingen. Für einige Zeit. Vielleicht sogar für lange Zeit, weil sie mächtig und wir schwach sind.« Er stand auf, und wieder sahen er und sein Sohn auf den großen Fluß hinunter, der das Leben ihrer Familie immer beherrscht hatte; dann wiederholte Tytus mit lauter Stimme: »Solange die Weichsel fließt, wird Polen Polen bleiben!«
Zwei Wochen später kam es im Sejm zu einer lächerlichen Debatte, die bewies, daß sich sogar ein Patriot wie Tytus Bukowski wie ein Kind benehmen konnte, wenn man sich mit typisch polnischen Fragen befaßte. Diesmal ging es um Pferde.
Ein Abgeordneter, der sowohl Preußen wie Rußland bereist hatte, wandte sich mit ziemlich heftigen Worten an das Parlament:
»Ich habe seinerzeit fünf fremde Staaten besucht, und da ich mich für militärische Angelegenheiten interessiere, habe ich jedesmal die Armeen des Landes studiert, in dem ich mich befand. Ich möchte euch versichern, meine Herren, daß wir in Polen einen schrecklichen Fehler begehen, der behoben werden muß, wenn dieses Land seine Existenz bewahren will.
Ich lege euch dazu einige Zahlen vor. In der preußischen Armee bilden die Soldaten zu Fuß, die die Schlachten schlagen und das Land besetzen, achtundsechzig Prozent; die Kavalleristen, die herumflitzen, um Eindruck zu schinden, zweiunddreißig Prozent. – Hier brach Empörung unter den Kavallerieoffizieren im Sejm aus; sie forderten einen Widerruf, zu dem sich der Redner bequemen mußte: Ich hatte nicht die Absicht, unseren stolzesten Truppenteil zu schmähen.
In Rußland lautet das Verhältnis neunundsechzig zu einunddreißig zugunsten des Fußvolkes. In Österreich, das immer Wert auf Kavallerie gelegt und daraufhin Schlachten verloren hat, lautet es ungefähr sechzig zu vierzig. (Hier kam es wieder zu Zwischenrufen, es wurde neuerlich eine Entschuldigung verlangt, diesmal nicht nur für die Kavallerie, sondern auch für das Heldentum der Österreicher.) Soweit man es in Frankreich während der Revolution feststellen kann, steht es dort siebzig zu dreißig, und in England, wo die Soldaten mit hel-

denhaftem Mut kämpfen, um zu siegen, und wo ihnen dies anscheinend auch immer gelingt, kommen zweiundsiebzig Prozent Infanteristen auf achtundzwanzig Prozent Kavalleristen.

Und wie lautet das Verhältnis in Polen? Fußvolk, das die Schlachten schlägt, neunundzwanzig Prozent, und Kavallerie, die – (Zwischenrufe – ›Vorsicht. Nehmt eure Behauptungen zurück!‹ – und allgemeine Unruhe; der Abgeordnete Tytus Bukowski, der Pferde liebt, forderte den Redner zum Duell. Der Kritiker fuhr unbeirrt fort.) Wir müssen uns also fragen, ob wir in unserer neuen Armee, die der Sejm so mutig bewilligt hat, eine kämpfende Infanterie oder eine schwadronierende Kavallerie haben wollen.«

Die darauffolgende Debatte geriet vollkommen außer Kontrolle. Mit Ausnahme der Abgeordneten, die Reisen ins Ausland unternommen oder Militärgeschichte studiert hatten, waren alle der Meinung, daß kein polnischer Edelmann, der dieses Titels würdig war, zu Fuß in die Schlacht ziehen durfte; sie hatten es nie getan und würden es auch in Zukunft nicht tun. Redner erinnerten den Sejm an die tapferen polnischen Ritter, die 1410 in die Schlacht von Grunwałd geritten waren, und an die noch strahlendere, kühnere, geflügelte Kavallerie, die 1683 die Türken vor Wien geschlagen hatte.

»Die Ehre Polens kam immer auf einem großen Pferd dahergeritten und wird es weiterhin tun«, rief ein Vertreter der Lubomirskis, und Tytus Bukowski, der für Graf Lubonski sprach, erklärte: »Die polnische Infanterie ist ein Haufen mit Dreschflegeln bewaffneter Bauern, kein Edelmann will etwas mit ihr zu tun haben.« Er hielt eine feurige Rede zur Verteidigung des Pferdes und forderte am Ende noch einmal den Abgeordneten, der dieses Thema zur Sprache gebracht hatte, zum Duell. Der Vorsitzende, ein Priester, bestand darauf, daß er die Forderung zurücknahm, was er mit einem Satz tat, der die Runde durch alle polnischen Schlösser machte: »Solange Polen über eine gut ausgebildete Kavallerie verfügt, wird es frei bleiben, und wenn jemals der Tag kommen sollte, an dem es sich auf seine Infanterie verläßt, wird es in die Niederlage marschieren.«

Als jedoch im Sommer 1792 eine Gruppe von Magnaten die Zarin Katharina ersuchte, eine Armee zu entsenden, die ihre »Goldene Freiheit« vor den vom Sejm vorgeschlagenen nihilistischen Reformen schützen sollte, und als die eifrigen Verteidiger des Pferdes sahen, daß die Russen mit wenig Kavallerie und viel Infanterie anrückten, die das Gebiet eroberte und besetzte, mußten sogar Männer wie Tytus Bukowski zugeben, daß sie sich geirrt hatten, denn die moderne russische Armee war unwiderstehlich. Als kurz danach ähnlich gegliederte preußische Truppen im Westen große Siege zu erringen begannen, erkannten die polnischen Reformatoren, daß ihre Sache zum Untergang verurteilt war; Anfang 1793 war alles verloren.

Tytus suchte nicht überstürzt Zuflucht im österreichisch besetzten Polen, obwohl sie ihm dort geboten wurde. Die Umstände hatten aus ihm einen Patrioten gemacht. Gemeinsam mit gleichgesinnten Freunden hatte er Polen eine der besten Verfassungen und eine der besten Regierungsformen der Welt gegeben, die allen Polen die Freiheit in nicht allzu ferner Zukunft garantierten, und er konnte nicht müßig zusehen, wie diese edle Vision zum Teufel ging.

Graf Lubonski, der den Bemerkungen seiner Frau entnommen hatte, daß Tytus vielleicht bei den Reformatoren bleiben würde, achtete darauf, daß sich Bukowskis und sein Sohn nicht aus dem Staub machten und sich den übrigen Patrioten anschlossen; er beschäftigte sie in der Burg und zensurierte alle Nachrichten, die sie erreichten. Sie waren kluge junge Männer, wesentlich gebildeter, als er in ihrem Alter gewesen war, und obwohl Roman gelegentlich etwas schwerfällig wirkte und nur widerstrebend eine eigene Meinung äußerte, waren seine Ansichten, wenn er sie einmal aussprach, überraschend vernünftig. Er besaß das blendende Einfühlungsvermögen seiner Mutter und die Beständigkeit seines Vaters, und der Graf war davon überzeugt, daß sein Sohn am Wiener Hof eine gute Figur machen würde. »Er könnte ohne weiteres Generalgouverneur Österreichisch-Polens werden«, erklärte Lubonski seiner Frau. »Mir gefällt, wie der junge Bukowski ihm während dieses Entwicklungsprozesses hilft. Wir müssen uns um Feliks kümmern und ihn unterstützen, soweit es in unseren Kräften steht, denn ich fürchte, daß sein Vater ein verantwortungsloser Mensch ist.«

Tytus Bukowski stellte seinen Mangel an Beständigkeit ziemlich spektakulär unter Beweis. Er versammelte achtzehn Mitglieder des Sejm um sich, trommelte eine Kavallerieeinheit zusammen und stellte sie dem General zur Verfügung, der Warschau verteidigte; doch im Vergleich zu dem stetigen Druck der Preußen von Westen und dem der Russen von Osten her waren die polnischen Anstrengungen so chaotisch, daß nicht einmal der tapfere Einsatz der Patrioten einen Erfolg zeitigte.

Die Armee war geschlagen. Die verräterischen Magnaten, die Katharina aufgefordert hatten, das Land zu verwüsten, das sie einst ihrem Bettgefährten Poniatowski geschenkt hatte, flohen aus Polen. Preußen und Rußland besetzten das ganze Land, oder jedenfalls soviel, wie sie wollten. Der große, strenge Baron Eschl und der kleine, schlaue Fjodor Kuprin kamen wieder einmal zusammen, um die neuen Grenzen festzulegen.

Als Bukowski die Landkarte sah, verschlug es ihm vor Verzweiflung den Atem. Niemand hatte »ein wenig von Polen abgezwackt«, wie Graf Lubonski lässig behauptet hatte, sondern ein großer christlicher Staat war kaltherzig und brutal völlig zerstückelt worden. Ohne jede moralische Rechtfertigung, allein aus dem Wunsch heraus, ein liberales Land zu vernichten, dessen Führer neue Wege zur Freiheit beschritten, hatten Preußen und Rußland Polen kastriert, um *ihre* »Goldene Freiheit« zu verteidigen. Alle Errungenschaften der Jahre zwischen 1772 und 1793 wurden von den Außenseitern abgewürgt, bevor die Polen die Möglichkeit gehabt hatten, sie in die Tat umzusetzen. Es war eine der grausamsten und am wenigsten gerechtfertigten Zerstörungen in der Geschichte und um so bemerkenswerter, als kein anderer Staat dagegen Protest erhob. Eine unabhängige Nation wurde vergewaltigt, während die handeltreibenden Völker ihre Schiffe beluden und von der Freiheit der Meere sprachen und während geistliche Führer moralische Verantwortung und Gerechtigkeit predigten.

Je länger Bukowski die Karte studierte, desto mehr wuchs seine Verzweiflung. Rußland eignete sich ein riesengroßes Gebiet zwischen Witebsk und Minsk an, und Preußen tat in bescheidenerem Umfang das gleiche von Posen bis beinahe zu den Toren Warschaus. »Mein Gott«, rief Tytus, als er den jämmerlichen Rest betrachtete – ein länglicher Streifen ohne logische Existenzberechtigung –, »wie sollen wir denn darauf leben?« Er war so empört, daß er in das Quartier seiner improvisierten Kavallerieeinheit stürmte und eine Gruppe von Gleichgesinnten dazu überredete, mit ihm gemeinsam gegen dieses Verbrechen zu protestieren. Sie bestiegen ihre Pferde, griffen zu allen erreichbaren Waffen und ritten in langsamem Trab auf das Palais Granicki zu, in dem die preußischen und russischen Diplomaten die Grenzen der Gebiete neu festlegten, die sie gestohlen hatten. Sie erreichten die Senatorska, die breite Allee, die zum Königsschloß und dem Palast führte, und spornten ihre Pferde zu einem rascheren Tempo an; als sie jedoch von der Senatorska zum Palast abschwenken wollten, stellte sich ihnen eine Abteilung preußischer Gardesoldaten in den Weg. Der deutsche Kommandant schrie: »Halt! Das ist verboten!«

Doch anstatt sein Pferd zu zügeln, gab der an der Spitze reitende Bukowski ihm die Sporen, so daß es über den Deutschen hinwegsetzte, und andere folgten ihm.

In diesem Augenblick trat Baron Eschl, der den Lärm gehört hatte, an das Tor des Palais, begriff sofort, was vor sich ging, und schrie mit seiner hohen, zitternden Stimme: »Schießt auf sie!« Das brachte die preußische Garde zur Besinnung. Die Männer knieten im Schnee nieder, zielten. Bukowski fiel mit vier Kugeln im Rücken vom Pferd. Als sein Tier stolperte, stürzten die nachfolgenden, und es kam zu einem Massaker.

Als alle polnischen Reiter niedergemäht waren und das Gewehrfeuer verstummte, trat Eschl zum Kommandanten und befahl: »Schießt lieber noch einmal auf jeden. Wir brauchen keine Helden.« Er sah zu, während der Offizier von einem der regungslosen Körper zum nächsten ging und sie in die Schläfe schoß. Bei Tytus Bukowski konnte er sich die Mühe sparen; der war schon nach der ersten Salve tot gewesen.

Nachdem Graf Lubonski erfahren hatte, daß sein Faktotum bei den durch die Zweite Teilung ausgelösten Unruhen getötet worden war, schickte er einen Boten ins Herrenhaus von Bukowo und forderte den Erben des Bukowskischen Besitzes auf, sofort zu ihm zu kommen.

Feliks bestieg eines der Araberpferde, für die das Herrenhaus berühmt war – und die den Hauptgrund für die schwere Verschuldung der Bukowskis darstellten –, und ritt langsam nach Süden zur Burg Gorka, wo er vor den Grafen trat, der in dieser schwierigen Zeit als sein Berater und in gewissem Sinn auch als sein Befehlshaber fungieren würde; denn die Bukowskis und ihr Besitz gehörten praktisch immer noch den Lubonskis.

»Feliks!« rief der Graf und eilte dem jungen Mann entgegen, um ihn zu begrüßen. »Ich bin bestürzt über die Nachrichten, die mich aus dem Norden erreicht haben!«

Wie der Graf und seine Frau befürchtet hatten, war der junge Mann bereits über die Vorgänge unterrichtet. Gräfin Lubonska versuchte, den Verzweifelten zu trösten: »Euer Vater ist als Held für ein edles Ziel gestorben.« Bei diesen fragwürdigen Worten hätte der Graf am liebsten geknurrt: »Er ist als verdammter Narr gestorben, weil er sich gegen das Unabänderliche gestellt hat«. Doch er schwieg, denn er mochte den jungen Bukowski und wollte, daß dieser rasch über seinen schmerzlichen Verlust hinwegkam.

Feliks war zweiundzwanzig Jahre alt und im Gegensatz zu den meisten Bukowskis schlank, blondhaarig und gut aussehend. Er war schnell von Begriff – eine Seltenheit in dieser geistig eher schwerfälligen Familie – und an allem, was Polen betraf, äußerst interessiert. Nach den tragischen Ereignissen wirkte er jedoch verwirrt und hatte offensichtlich noch nicht erfaßt, daß er jetzt für das Schicksal der Familie verantwortlich war.

»Setzt Euch, Feliks. Ich lasse meinen Sohn kommen«, forderte ihn der Graf auf und schenkte dem jungen Mann ein Glas ungarischen Wein ein. Lubonski, der jetzt sechsundfünfzig war und auf dem Höhepunkt seiner beträchtlichen Macht angelangt, wühlte in seinen Papieren, während sie warteten. Als der hochgewachsene junge Adelige erschien, rief der Graf: »Gut! Jetzt können wir die Karte studieren.«

»Warum?« fragte Roman.

»Weil eine neue Welt gemeistert ... Verständnis für ein neues Polen geweckt werden muß ... und weil jeder von euch eine Frau braucht.«

Roman wurde rot. »Ich habe noch nie an eine Frau gedacht.« Sein Vater fuhr ihn an: »Das tun junge Männer äußerst selten ... und wenn, dann nicht auf die richtige Art!« Er rollte eine Landkarte auf und fügte hinzu: »Aber diesmal werden wir es richtig machen.« Und nun schilderte er den beiden jungen Männern, die hinter ihm standen, die Kavaliersreise, auf die sie sich in drei Tagen begeben würden. Bevor er ihnen zeigte, wo sie zum erstenmal übernachten würden, blickte er freundlich lächelnd zu ihnen auf: »Wir drei werden die

Wojciech geb. 1701 1. Ehefrau: Potocka 2. Ehefrau: Lubomirska	Bartosz geb. 1704 1. Ehefrau: Lubonska 2. Ehefrau: Radziwiłłowna

1	1	2	1	1
Tadeusz geb. 1720 Ehefrau: Ossalińska	Krystyna geb. 1724 Ehemann: Czartoryski	Biruta geb. 1726 1. Ehemann: Zamoyski 2. Ehemann: Ossoliński	Zofia geb. 1723 1. Ehemann: Potocki	Kleofas geb. 1724 1. Ehefrau: Radziwiłłowna 2. Ehefrau: Lubomirska 3. Ehefrau: Mniszchowna 4. Ehefrau: Lubonska

1	1	2	2	2
Wojciech geb. 1748 1. Ehefrau: Ossolińska 2. Ehefrau: Czartoryska	Kazimir geb. 1750 1. Ehefrau: Mniszchowna 2. Ehefrau: Lubonska	Benedykt geb. 1754 Ehefrau: Lubomirska	Krystyna geb. 1755 Ehemann: Lubomirski	Barbara geb. 1757 1. Ehemann: Lubonski 2. Ehemann: Potocki

schönsten jungen Damen Polens ausfindig machen. Allerdings befinden sich die meisten von ihnen infolge der neuen Grenzziehung leider nicht mehr in Polen.«
Seine langen, schlanken Finger zeigten auf ein nicht weit von Gorka im Norden liegendes Schloß: »Zuerst werden wir Baranów und seinen Besitzern, den Leszczyńskis, einen Besuch abstatten – eine unserer vornehmsten Familien! Dann geht es weiter, und zwar zu diesem Unruheherd Puławy; dort erkundigen wir uns, was die großen Czar-

Janusz
geb. 1707
1. Ehefrau: Mniszchowna
2. Ehefrau: Radziwiłłowna

1	1	1	1	2
Klementyna geb. 1722 Ehemann: Lubomirski	Franciszeck geb. 1728 1. Ehefrau: Mniszchowna 2. Ehefrau: Lubomirska 3. Ehefrau: Radzi- wiłłówna	Janusz geb. 1729 1. Ehefrau: Brühl 2. Ehefrau: Sapieha	Zdzisław geb. 1731 1. Ehefrau: Potocka 2. Ehefrau: Granicka	Konstanty geb. 1733 1. Ehefrau: Ossolińska 2. Ehefrau: Lubomirska

3	3	4	4	4
Bartosz geb. 1760 Ehefrau: Mniszchówna	Józef geb. 1764 1. Ehefrau: Gryf 2. Ehefrau: Brühl	Maria Amalia geb. 1770 1. Ehemann: Mniszech 2. Ehemann: Ossoliński	Eulalia geb. 1774 Ehemann: Ossoliński	Katarzyna geb. 1776

toryskis mit dem Rest Polens anfangen wollen. Danach reiten wir hinüber zu meiner Lieblingsstadt Zamość und den ebenfalls sehr mächtigen Zamoyskis.«

An dieser Stelle wandte er sich von der Karte ab und forderte die jungen Männer auf, sich zu setzen. »Es ist wichtig, es ist sogar wesentlich, daß ihr diese beiden neuen Familien – Czartoryski und Zamoyski – kennenlernt und versteht. Sie stellen in unserer Gesellschaft eine gefährliche Kraft dar, von der ihr euch selbst und das Land beschützen müßt. Sie sind charmant. Sie sind tüchtig. Und ich bin gern bereit zuzugeben, daß sie Gutes geleistet haben. Aber sie stellen eine fürchterliche Bedrohung für das Wohlergehen Polens dar, und man muß sich gegen alles stellen, was sie unternehmen.«

»Ist nicht König Stanisław August ein Czartoryski?« fragte Roman.

»Allerdings. Seine Mutter ist eine Schwester der beiden mächtigen Brüder, also handelt es sich um eine Familie, mit der man rechnen muß.«

»Warum mögt Ihr sie dann nicht, Vater?«

»Weil sie für alles Revolutionäre stehen ... für alles, was den Rest der Goldenen Freiheit zerstören könnte, die Polen groß gemacht hat.«

Er setzte sich wieder vor die Karte und fuhr mit dem Finger über die riesigen Gebiete im Osten des Landes: »Von Zamość aus reiten wir nach Süden zu Granickis Schloß. Er hat eine Tochter namens Katarzyna, die wir kennenlernen müssen. Von dort geht es über Lemberg hinaus auf unsere Besitzungen in der Ukraine, dann zurück zu dem großartigsten Besitz, Łańcut – die große Lubomirska hat uns für den Sommer auf sechs Wochen eingeladen. Sie hat, glaube ich, eine Nichte, die einen Mann sucht, und falls einer von euch sie erobern kann, hat er wirklich Glück gehabt. Dann kommt der Teil der Reise, der für mich am aufregendsten ist, weiter nach Süden, nach Dukla; die Mniszechs haben eine wunderbare Tochter namens Elzbieta, die einen Mann braucht. Und zum Schluß hinüber nach Wiśnicz, wo die anderen Lubomirskis sitzen – mit zwei Töchtern, die nur auf uns warten.«

Er wandte sich wieder zu Roman und Feliks und sah sie mit ernstem Blick an: »Ihr sollt auf dieser Reise dreierlei tun: Das neue Polen und seine Überlebenschancen studieren. Die alten Familien beobachten und herausbekommen, welche von ihnen überdauern wird. Und Frauen für euch finden. Die Gräfin wird euch einiges dazu sagen.« Damit gab er das Wort an seine Frau.

»Für euch beide ist es sehr wichtig, daß jeder die richtige Frau findet.« Sie sah ihren Sohn direkt an. »Roman, du brauchst ein Mädchen, das dir am Hof in Wien eine Hilfe ist. Wenn du die richtige Frau an deiner Seite hast, ist beinahe alles möglich. Du brauchst kein reiches Mädchen – mein Vater, der nie Geld besessen hat, wird dir allerdings bestätigen, daß Reichtum nicht schadet. Ihr, Feliks, müßt Euch einen Namen und ein Vermögen erwerben und einen Besitz aufbauen. Eure Familie ist an einem Punkt angelangt, an dem die nächste Ehe entscheidend ist, und Ihr müßt Euch Eure Wahl sehr genau überlegen.«

Während sie darüber sprach, wie wichtig es in Polen war, die richtige Ehe zu schließen – wobei sie die Magnaten meinte, die ihrer Meinung nach Polen verkörperten –, gab sie mit einer Handbewegung einem Diener zu verstehen, daß er die zusammengeklebten Papierbogen bringen solle, die sie in ihrem Zimmer vorbereitet hatte. Als der erste Bogen auf dem Tisch lag, erklärte sie den jungen Männern: »Einer eurer wichtigsten Aufenthaltsorte wird das Schloß Granicki sein. Eine neureiche Familie, ohne Verankerung in der Geschichte, aber überaus wohlhabend dank der vorteilhaften Ehen, die die drei Brüder in der vorhergehenden Generation geschlossen haben, und dank der noch vorteilhafteren Ehen, die Kleofas, der meiner Generation zugehört, eingegangen ist. Der Mann ist außergewöhnlich, von ihm könnt ihr die Regeln des Heiratsspiels lernen.« Sie wies beinahe stolz auf seinen beachtlichen Stammbaum und gab ihre Kommentare dazu ab.

»Roman und Feliks, ihr müßt euch einiges gut einprägen. Die Granickis haben immer in gefährlichen Zeiten auf gefährlichem Boden gelebt. Ihre Männer sind in viele Schlachten gezogen, so daß einige von ihnen zwei Frauen – oder zwei Männer – gehabt haben. Der mächtige Kleofas ist jetzt bei seiner vierten Frau angelangt! Seine erste Frau war meine Tante Grazyna. Wichtig ist auch, daß die Granikkis immer große Familien hatten, und wenn man eine Dynastie aufbaut, ist ein Mädchen genauso wertvoll wie ein Junge. Seht euch nur die großartigen Partien an, die einige dieser Mädchen gemacht haben! Aber eine Sache ist wichtiger als alle anderen, und mein Vater hat sie mir eingebläut – ihr wißt ja, daß meine Geschwister ausgezeichnete Ehen eingegangen sind, aber selbst vor langer Zeit, als unsere Barbara König Sigismund den Zweiten heiratete, haben die Radziwiłłs immer die richtigen Ehepartner gefunden.

Wo bin ich stehengeblieben? Ach ja, das Entscheidende ist, daß die Granickis bei all ihren Eheschließungen gut abgeschnitten haben. Seht euch nur die Liste erlauchter Namen an: Ossoliński mit den

Millionen. Czartoryski mit der Macht. Und immer wieder ein Lubomirski, der Geld und Eleganz in die Familie brachte. Selbst wenn eines der Kinder sich so weit vergaß, in eine Familie von Emporkömmlingen wie die deutschen Brühls hineinzuheiraten, suchten sie sich eine mit neuer Macht und neuem Reichtum aus.«

Die Gräfin betrachtete voller Bewunderung den makellosen Stammbaum der Granickis, beugte sich vor, legte die Finger darauf und sagte: »Für eine solche Familie spielt es wirklich keine Rolle, was aus Polen wird. Die Familie bleibt immer bestehen.« Dann erzählte sie ihnen von der pragmatischen Haltung, mit deren Hilfe die Radziwiłłs sich ihre Macht über so lange Zeit hinweg erhalten hatten: »Selbst wenn ihr eure erste Frau gefunden habt, seht euch weiter um, denn es ist wahrscheinlich, daß ihr eines Tages eine zweite braucht, und in unserer Familie war oft die zweite Heirat entscheidend.« Sie wies mit dem kräftigen Zeigefinger auf Kleofas' zehntes Kind: »Katarzyna Granicki. Sie wird heuer siebzehn und ist eure Aufmerksamkeit bestimmt wert.«

Selbst wenn die beiden jungen Männer nicht an dieser Reise teilgenommen hätten, wäre sie für Graf Lubonski wichtig gewesen, der seine ukrainischen Güter jahrelang nicht aufgesucht hatte und dem klar war, daß er dort einige wichtige Entscheidungen treffen mußte; einige seiner Besitzungen lagen ja nach der letzten Teilung Polens auf russischem Gebiet. An der Spitze eines stattlichen Trosses ritt er aus seiner Burg: dreißig Diener, sechs Wagen, zwei Kutschen, vierundvierzig Pferde, zwei Zelte, eine vollständige Küche, ein Barbier, eine fahrbare Waschküche und sieben Mitglieder des Privatheeres der Lubonskis.

Es lag Lubonski viel daran, die beiden jungen Männer während der Reise in die Feinheiten und in die Geschichte des polnischen Lebens einzuführen. Wenn sich die Gruppe einem ihrer Ziele näherte, faßte er noch einmal die wichtigsten Charakteristika der Familie zusammen, die Roman und Feliks jetzt kennenlernen würden. Als die schönen, niedrigen Türme von Baranów in Sicht kamen, sagte er: »Das ist ein ausgezeichneter Ort für den Anfang unserer Reise, denn er erinnert uns daran, was Liebe alles erreichen kann. Von diesem kleinen Schloß fuhr Maria Leszczyńska aus, um Königin von Frankreich zu werden, die Gemahlin Ludwigs XV. Der hatte damals eine Menge

Mätressen, darunter einige ziemlich berühmte, und wir Polen waren mit der Heirat nicht einverstanden. Aber er kam immer wieder auf die Leszczyńska zurück, denn sie war die einzige Frau, die er wirklich liebte, und die Mutter seiner Kinder. Stellt euch nur vor, aus diesem kleinen Nest!«

Einige Tage ritten sie am Fluß entlang, nach Norden zu dem hübschen Städtchen Puławy. Als sie eines Abends die Dächer der verschiedenen Palais erblickten, beschloß der Graf, noch kurz an einer Stelle zu rasten, von der aus man auf den berühmten Ort hinunterblicken konnte, an dem so viele für Polen wichtige Entscheidungen gefallen waren. »Die nächsten Tage könnten die lehrreichsten unserer Reise sein. Die Czartoryskis versuchen unermüdlich, durch Poniatowskis Linie das erbliche Königtum Polens in ihrer Familie zu verankern, und ihre Anstrengungen werden von Jahr zu Jahr kühner. Hier werdet ihr keine heiratsfähigen Mädchen finden. Sie werden für Ehen aufgespart, die den Thronanspruch der Familie untermauern können.« Er lachte. »Vielleicht beneide ich die genialen Ränkeschmiede dort unten sogar ein wenig. Ihr müßt sie euch anhören und euch selbst ein Bild machen. Sie sind schlau, und obwohl ich ihre revolutionäre Politik nicht schätze, bewundere ich die Art, wie sie die Macht ihrer Familie vergrößert haben. Wir könnten alle von ihnen lernen.«

Puławy war für die jungen Männer eine Offenbarung. In den großen Herrenhäusern drängten sich die Czartoryskis und Poniatowskis, schillernde Persönlichkeiten, und den Besuchern schien es bald, als besitze jeder von ihnen einen Doktortitel – von Padua, Genf, Oxford oder der Sorbonne. Ein ganzer Flügel des Palais, in dem die Reisenden untergebracht waren, wimmelte von Künstlern und Musikern aus Italien und Frankreich. Die Bibliothek enthielt mehrere tausend Bücher, und Feliks erfuhr, daß diese einflußreiche Familie in einem großen, nahe gelegenen Gebäude sogar eine Art privater Universität unterhielt.

Die jungen Frauen der Familie Czartoryski schüchterten Roman und Feliks ein. Unter ihnen befanden sich einige äußerst attraktive Mädchen, und alle zeigten sie ein außergewöhnliches geistiges Niveau. »Sie erziehen ihre Töchter genauso wie ihre Söhne«, bemerkte Roman eines Abends zu seinem Vater, worauf Lubonski erwiderte: »Eine gefährliche Gewohnheit. Heirate nie eine Czartoryski!«

In Puławy kam man unweigerlich früher oder später auf die Politik zu sprechen, und am letzten Abend wandte sich einer der Czartoryskis, ein Blatt Papier in der Hand, mit folgender Frage an den Grafen: »Erklärt mir doch einmal eines, Laskarz. Warum versucht Ihr, Ihr und Eure altmodischen Freunde, immer noch, das *liberum veto* wieder zum Leben zu erwecken?«
»Weil das größte Problem jeder freien Regierung darin besteht, die wenigen Verantwortlichen vor dem Druck der vielen Unverantwortlichen zu schützen. Das erkannte schon Plato. Cicero ebenfalls.«
»Seht Euch doch diese Zahlen an. Unter König August II. traten achtzehn Sejm zusammen, aber nur acht durften Gesetze erlassen.«
»Ich bin davon überzeugt, daß es um die übrigen zehn nicht schade ist.«
»Unter König August III. traten vierzehn Sejm zusammen – und nur einer durfte Beschlüsse fassen. Eure Leute vereitelten alle übrigen Versuche.«
»Und retteten Polen vor einer Flut von miserablen Gesetzen.«
»Später versuchten neun Sejm zusammenzutreten, alle neun wurden von Euren Männern aufgelöst. Wie kann man ein Volk unter solchen Umständen regieren?«
»Wir benützen das Veto, um falsche Entscheidungen zu verhindern, Czartoryski, und unser Mut rettete Männer wie Euch vor ihrer eigenen Unüberlegtheit.«
»Seid Ihr ... Ihr Handvoll Magnaten ... so weise, daß Ihr allein alle Gesetze für Polen machen könnt?«
»Ja, denn nur wir kennen den Wert der Freiheit.«
»Redet doch keinen Unsinn, Lubonski. Eure Kreaturen haben vielleicht ab und zu einen Sejm gesprengt, um Eure ›Freiheit‹ zu schützen – nicht die Freiheit Polens –, aber was ist mit denen, die mit dem Geld einer fremden Macht bestochen wurden, um die Interessen dieser Macht und nicht die eigenen zu vertreten?«
»Das war nie der Fall.«
Man hielt ihm kühl die Tatsachen vor Augen: »Im Jahre 1730 bezahlte Frankreich dem Bischof von Smolensk sechzigtausend Livres; dafür sollte er alle Erfolge, die der Sejm erzielt hatte, unwirksam machen. Ein paar Jahre später gaben die Russen Granicki vierzigtausend

Rubel, wofür er ihnen den gleichen Dienst erweisen mußte. Vor kurzem haben die Preußen fünfzehntausend Dukaten an Pasek gezahlt. Und Gott allein weiß, wie viele Taler Österreich seinen Agenten zugesteckt hat, damit sie den Sejm unterminieren!«
Lubonski überging diese schweren Vorwürfe und brachte statt dessen eines seiner Hauptargumente vor: »Seht es einmal so, Czartoryski: Was ist die schwerwiegendste Anklage, die unsere Nachbarn zur Zeit gegen uns erheben? Daß ihre Bauern nach Polen flüchten und ihren Eigentümern damit wertvolle Arbeitskräfte entziehen. Und warum fallen sie wie ein endloser Heuschreckenschwarm bei uns ein? Weil sie wissen, daß Polen frei ist, ihre Heimat jedoch nicht.«
Die Erinnerung an Puławy lebte fort, als sie nach Osten weiterritten. Die nächsten Ziele der Reisenden waren zwei größere Güter der Lubonskis, das Herrenhaus in Ostrołęka und das Stammschloß in Lubon, das ein rein landwirtschaftlicher Besitz war. Während sie dorthinritten, unterhielten sie sich angeregt über den nächsten Aufenthaltsort, die von Mauern umgebene Stadt Zamość, in der die zweite radikale Familie, die edlen Zamoyskis, zu Hause waren. »Ich mag sie nicht«, betonte der Graf, als sie sich der Stadt näherten, »aber bei einigen Krisen in unserer Geschichte ist ein Zamoyski in die Bresche gesprungen und hat das Land gerettet; also sind wir ihnen Achtung schuldig. Sobald die Gefahr vorbei war«, fuhr er ironisch fort, »stellten wir natürlich jedesmal fest, daß der betreffende Zamoyski in aller Stille weitere sieben Dörfer und zweitausend Leibeigene an sich gebracht hatte. Ihnen gehört der größte Teil dieses Gebietes.«
Sie blieben acht Tage bei diesem mächtigen Clan, der wesentlich ungehobelter war als die kultivierten Czartoryskis, aber gerade als Feliks im Begriff war, die Zamoyskis auf ein niedrigeres Niveau einzustufen, erfuhr er, daß zwei Männer der Familie Rektoren an italienischen Universitäten gewesen waren. »Sie sind irgendwie seltsam«, erklärte ihm der Graf eines Abends, als sie allein waren. »Ich möchte nicht, daß du jemals eine Zamoyski heiratest ... viel zu unverläßlich ... ununterbrochen neue Ideen. Aber in einer Krisenzeit wie dieser sollte man auf sie hören.« Dann fügte er lachend hinzu: »Ich rate dir also, den Männern zuzuhören und dich nicht um die Frauen zu kümmern.«
Dieser Rat war unnötig. Es gab bei den Zamoyskis drei Töchter in

heiratsfähigem Alter, aber es war nicht zu übersehen, daß ihnen die beiden jungen Männer viel zu bäuerlich und zu ungebildet waren. Die wenigen Gespräche, die vor allem von den Älteren geführt wurden, drehten sich um die letzte Teilung Polens.

»Glaubt Ihr, daß noch eine Teilung erfolgen wird?« fragte Lubonski.

»Zweifellos«, antwortete Zamoyski. »Preußen und Rußland sind habgierig, also stellt sich uns diesmal nur die Frage: Werden sich die Österreicher ebenfalls beteiligen? – Und wenn sie es tun, wem werden wir zugeschlagen werden, Österreich oder Rußland?«

»Und was glaubt Ihr?«

»Ich weiß, daß Ihr im Grunde Eures Herzens Österreicher seid, Lubonski, und daß Eurer Meinung nach die österreichische Herrschaft vorzuziehen ist, aber ich glaube, daß unsere Zukunft bei Rußland liegt. Mehr Schwung ... mehr Energie ... mehr ... Ihr werdet darüber lachen, aber ich finde, daß in Rußland die Dichtkunst und die Musik weiter verbreitet sind, und jedes Volk, das diese Künste pflegt, lebt lange. In Österreich wird verdammt wenig gesungen.«

Das konnte Lubonski nicht unwidersprochen lassen. »Aber nein! In Wien leben die größten Musiker der Welt – Sänger, Instrumentalisten, Komponisten!«

»Bezahlte Musik, ja, aber keine Musik der Seele.«

»Wenn es zu einer weiteren Teilung kommt, in welchem Machtbereich wird dann Eurer Meinung nach Zamość ... das heißt, Euer Schloß und das unsere ... landen?«

»Ich glaube ...« Er legte eine längere Pause ein, da er offensichtlich über keine der Möglichkeiten sehr glücklich war. »Ich nehme an, in Österreich.«

»Ich bin erleichtert«, erklärte Lubonski, und der weise alte Mann, der den Kurs der Zamoyskis jahrelang bestimmt hatte, nickte. »Das habe ich erwartet. Werdet Ihr nach Wien übersiedeln?«

»Ich glaube nicht. Aber ich bin sicher, daß mein Sohn sich bei passender Gelegenheit dort niederlassen wird. Sobald er verheiratet ist ... das heißt, sobald er eine Frau gefunden hat.«

Während der darauf folgenden peinlichen Pause versuchte Zamoyski nicht, eine seiner Enkelinnen ins Gespräch zu bringen, denn er wußte, daß keine von ihnen bereit sein würde, eine Ehe mit diesen rückständigen Bauern einzugehen. Zwei Tage später zogen die Besucher weiter; Roman und Feliks waren keineswegs unglücklich darüber.

Sie warteten gespannt auf das nächste Quartier, denn dort würden sie zum erstenmal mit der mächtigen Familie Granicki zusammentreffen und den legendären Kleofas mit den vier Frauen und den zehn Kindern kennenlernen. Als sie sich dem riesigen, gedrungenen Schloß Radzýn mit seinen mächtigen Mauern näherten, das schon ein halbes Dutzend Belagerungen überstanden hatte, wandte sich Lubonski an die beiden jungen Männer: »Meine Frau hat euch den Stammbaum gezeigt. Ich habe dem nichts hinzuzufügen, nur, daß Kleofas immer im Sold der Russen gestanden hat; deshalb sollten wir hier lieber nicht gut über Österreich sprechen.«
Doch bereits wenige Minuten nach der Begrüßung knurrte der riesige, massige, kahlköpfige Kleofas unter seinem ungeheuren Schnurrbart: »Bei Gott, Lubonski, mir wäre es lieber gewesen, wenn meine Besitzungen in österreichische und nicht in russische Hände gefallen wären. Ihr habt verdammtes Glück gehabt. Katharina hat mir zwei meiner besten Güter gestohlen, und ich bemühe mich verzweifelt, die übrigen beiden vor ihrer Habgier zu retten.«
Den jungen Männern gefiel Kleofas vom ersten Augenblick an; er war der Inbegriff des alten Polen, denn er trug lange, weite, reichbestickte Mäntel und schwere Ketten nach der Mode des fünfzehnten Jahrhunderts und sprach auch in dem Stil dieser Zeit mit vielen Flüchen und Schlachtenschilderungen. Im Augenblick hielten sich sechs seiner zehn Kinder im Schloß auf, jedes in seiner eigenen Suite, zugigen, mit alten Wandteppichen geschmückten Räumen. Eines dieser Kinder war die siebzehn Jahre alte, unverheiratete Tochter Katarzyna; auch sie trug die Tracht des fünfzehnten Jahrhunderts und sah darin entzückend aus. Sie war die Tochter von Kleofas' vierter Frau, einer Lubonska.
Sobald Feliks sie gesehen hatte, war er von ihr bezaubert. Sie war ein reizendes junges Mädchen mit langen Zöpfen, das ungewöhnlich offen und herzlich lächelte. Es gab allerdings eine kleine Schwierigkeit: Im Schloß befand sich gleichzeitig ein junger Angehöriger der Familie Lubomirski, der in Genf und Paris studiert hatte. Er war um ein Jahr älter als Roman, also um zwei Jahre älter als Feliks, und beiden um Jahre voraus, was Charme und Wissen betraf. Er hieß Ryszard – wenn er im Ausland reiste, nannte er sich Richard –, und da nicht zu übersehen war, daß er der entzückenden Katarzyna den Hof machte, stand es schlecht um Feliks' Chancen.

Während des ersten Diners im Schloß (an dem dreißig Personen teilnahmen) kam es jedoch zu einem Umschwung: Der junge Lubomirski erschien in modischer französischer Kleidung statt in altpolnischer Tracht, die die Granickis bevorzugten, und von dem Augenblick an, als er den großen Raum mit den glitzernden Spiegeln betrat, gab es Ärger. »Welcher Mann kommt in Frauenkleidern in dieses Schloß?« brüllte Kleofas; der junge Ryszard tat, als hätte er den Spott überhört. Das amüsierte Kleofas, der seiner Frau zurief: »Jadwiga, wir haben noch einen weiblichen Gast zum Abendessen!« Die Frauen kicherten hinter vorgehaltenen Händen, Kleofas schrie: »Sehen wir mal nach, was er darunter trägt!« Bevor ihn seine Frau zurückhalten konnte, war der große Mann aufgesprungen, hatte Lubomirski von hinten gepackt und rief nach seinen Söhnen, damit sie ihm halfen, die anstößige französische Kleidung herunterzureißen.
Zwei Granickis halfen ihrem Vater und zerrten trotz des Gekreisches der Frauen Lubomirski Jacke, Hemd und Hose vom Leib, so daß seine Blöße gerade noch zur Not bedeckt war. »Jetzt«, donnerte das Oberhaupt der Granickis, »haben wir einen echten Polen an unserem Tisch!«
Feliks starrte seinen Rivalen wider Willen an, fragte sich, wie er sich selbst in einer solchen Situation verhalten würde, und war überrascht, wie gut Lubomirski damit fertig wurde. Er war zwar rot geworden, zeigte jedoch keinen Ärger, sondern setzte sich auf seinen Platz am großen Tisch, griff nach dem Weinglas, trank seinen Angreifern zu, lehnte sich dann zurück und wartete darauf, daß man ihn bediente. Der alte Kleofas hatte ihn beobachtet, sprang wieder auf, riß einen Vorhang von einem der Fenster herunter, legte ihn seinem Gast um die nackten Schultern, umarmte ihn und küßte ihn auf beide Wangen. »Bei Gott, du bist ein echter Lubomirski. Du bekommst die erste Scheibe vom Lammbraten.« Er häufte dem jungen Mann einen großen Fleischbrocken auf den Teller.
Jetzt sprach Katarzyna zum erstenmal; sie wandte sich dabei direkt an ihren Vater: »Ich habe Ryszard erklärt, daß ich es wie die Frauen der Familien Czartoryski und Zamoyski halte. Ich heirate keinen Mann, der sich altmodisch kleidet.«
»Dann wirst du nie heiraten«, brüllte Kleofas, »denn ich dulde in diesem Schloß keinen Schwiegersohn, der französische Kleidung trägt.«

»Gut!« fuhr ihn Katarzyna mit blitzenden Augen an. »Du kannst mich morgen ins Kloster schicken.«

Kleofas klatschte ein Stück Lammbraten auf ihren Teller und knurrte: »Iß und halt den Mund!« Dann brach er in lautes Gelächter aus und zeigte mit dem Tranchiermesser auf den jungen Lubomirski: »Bei Gott, er sieht zwar wie ein römischer Senator, aber wenigstens nicht französisch aus!«

Als sich der Aufenthalt seinem Ende zuneigte, war Feliks Bukowski hoffnungslos in Katarzyna verliebt, und die Vorstellung, daß er sie mit einem so attraktiven Konkurrenten wie Lubomirski zurücklassen mußte, deprimierte ihn. Als sich der Lubonski-Troß anschickte, nach Osten in die endlose Weite der Ukraine zu ziehen, überrasche Kleofas alle mit der Mitteilung, daß er seinen Besuch vorverlegen und bis Lemberg mit ihnen reiten würde. Zu Feliks' Entzücken fügte er hinzu, daß Katarzyna ihn begleiten würde, es sei Zeit, daß sie ihre Besitzungen im Osten kennenlernte.

Kleofas Granicki stellte für diese Reise außergewöhnlich viel Begleitpersonal zusammen: Es umfaßte hundertsechzig Reiter, unzählige Zelte, Küchen, einen Priester, einen Erzieher für seine Tochter und eine Unmenge Dienerschaft. Ein deutscher Reisender, der den Aufbruch aus Radzýn miterlebte, berichtete: »Granicki hat zweihundertdreizehn getrennte Boxen für seine Pferde und elf Bücher. Er kennt den Namen jedes einzelnen Pferdes, aber keines seiner Bücher.«

Die Prozession war auch deswegen sehr beeindruckend, weil Kleofas seine Reiter in tatarische Gewänder steckte, wenn er seine ukrainischen Besitzungen besuchte – durch geschickte Heiraten hatte er ein halbes Dutzend Güter in den restlichen Teilen Polens erworben. Wenn die Kolonne die große Ebene erreichte, mußten seine Reiter im Galopp auf jedes Dorf zujagen, dem sie sich näherten, dabei ihre Gewehre abfeuern und lautes Kriegsgeschrei ausstoßen. Es war ein imponierendes Schauspiel; Kleofas ritt oft an ihrer Spitze, sein langer Schnurrbart wehte im Wind, und er sah aus wie ein wilder Tatar. Natürlich hatte er früher die Dorfbewohner damit sehr erschreckt, und ein paarmal hatten Bauern auf ihn geschossen, weil sie glaubten, daß es sich um einen echten Überfall handelte, und sie ihre Häuser verteidigen wollten. Jetzt ritten einige seiner Begleiter heimlich voraus und warnten die Menschen in der einsamen Steppe: »Kleofas Granicki ist wieder unterwegs. Viel Lärm, aber keine echten Kugeln.« Und wenn er im Galopp am Dorfrand erschien, standen dort manchmal Frauen mit Kindern, die den verrückten Magnaten sehen wollten.

Der letzte Schnee des Winters bedeckte den Boden, als die Granicki-Lubonski-Expedition sich der alten Stadt Przemyśl näherte. Sobald sie den Fluß San überquert hatten, sah Feliks verblüfft, daß der erstaunliche Kleofas für eine weitere Überraschung gesorgt hatte: Von Lemberg her kam ein sechzig Mann starkes Kamelreiterkorps; auch diese Männer trugen Tatarenkostüme, stießen wildes Kampfgeschrei aus und feuerten dabei die Gewehre. Es war die Ehrengarde der Granickis, die sie während des gesamten Aufenthalts in der Ukraine begleiten würde.

Die langsame, wunderbare Reise von Przemyśl nach Lemberg über den ebenen, glitzernden Schnee blieb Feliks unvergeßlich; Katarzyna ritt manchmal neben ihm, sie auf ihrem Kamel, er auf dem seinen, und ab und zu trieben sie ihre stattlichen Tiere an, so daß sie den anderen weit voraus waren. Er stellte sich vor, daß er und dieses Mädchen für immer in die unendliche Weite ritten. Als ihn Katarzyna fragte: »Wärt Ihr bereit, moderne Kleidung zu tragen?«, deutete er es beinahe als Heiratsantrag.

Das Land war fast genauso schön wie das Mädchen, eine unglaublich weite, menschenleere Gegend, auf der sich hier und da ein kleines Dorf erhob, das von unkrainischen Bauern bewohnt wurde, die ständig am Rand des Hungertodes standen. Es gab auch Kleinstädte mit eingewanderten polnischen Kaufleuten, Juden und römisch-katholischen Priestern, die sich kaum unter die orthodoxen Ukrainer wagten. Solange der Schnee frisch war, sah er wie eine endlose Kristallfläche aus; wenn es zu tauen begann, tauchte eine Million kleiner, goldfarbener, blauer, roter und leuchtend gelber Blumen auf, die der Sonne und den Vorüberkommenden zulächelten.

Allmählich zeichnete sich am Horizont ein Dorf ab, und das Kamelreiterkorps verfiel in Trab. Katarzyna und Feliks befanden sich mitten unter den Männern, die jetzt singend auf das Dorf zustürmten, ihre Gewehre abfeuerten und die Kamele herumrissen, als handle es sich um einen echten Angriff. Die Bäuerinnen erklärten ihren Kindern: »Der wilde Pole ist schon wieder da«, und das ganze Dorf sang mit.

Granicki besaß in Lemberg ein kleines Palais, das er nur für solche Besuche benützte – er kam alle zwei bis drei Jahre einmal hin; dort verbrachten die jungen Leute sechs erholsame Tage, bevor sie einander Lebewohl sagten. Roman gestand seinem Vater, daß Katarzyna das bezauberndste Mädchen sei, das er bisher kennengelernt habe. Als Lubonski diese wichtige Information an Granicki weitergab, knurrte der Alte: »Ich fürchte, Lubomirski mit seiner französischen Kostümierung hat die Konkurrenz für sich entschieden.« Der Graf erzählte seinem Sohn nichts von der zu erwartenden Verlobung; Feliks, der ja keinesfalls als Bewerber in Frage kam, erfuhr natürlich erst recht nichts davon. Zu Kleofas aber sagte Lubonski: »Die Lage ändert sich oft, alter Freund, wie Ihr und ich sehr wohl aus Erfahrung wissen.«

»Verdammt, und ob wir das wissen!« brüllte Kleofas. »Könnt Ihr Euch erinnern, wie ich um Eure Cousine warb? Sie fuhr mich an: ›Ein alter Mann, der schon drei Frauen überlebt hat! Verschwindet!‹ Daraufhin gab ich ihr eine Ohrfeige und erklärte ihr: ›Mir befiehlt niemand zu verschwinden!‹ Da kam es zwischen uns zu einer richtigen Rauferei. Sie wollte mich mit meinem eigenen Gewehr erschießen, aber schließlich überlegte sie es sich, erhörte mich, und wir bekamen drei schöne Töchter!«

»Die schönste ist Katarzyna.«

»Nein, die schönste ist immer die, die noch keinen Mann hat. Im Augenblick ist das allerdings Katarzyna.«

»Wird sie den jungen Lubomirski heiraten?«

»Ich nehme es an.«

»Vielleicht wird sie es sich noch überlegen«, meinte Lubonski.

Sie trennten sich am Morgen. Granicki zog nordwärts zu seinen Besitzungen, die sich jetzt in russischen Händen befanden, und Lubonski nach Osten zu seinen großen ukrainischen Ländereien. Das Kamelkorps ritt an der Spitze durch die blumenübersäte Steppe, gefolgt von den Reitern und Wagen, und Kleofas und seine schöne Tochter bildeten den Abschluß. Feliks brach es das Herz. Er war zum erstenmal in seinem Leben wirklich verliebt.

Ohne die aus Tataren und Kamelen bestehende Begleitung wirkte der Reisetrupp Lubonskis jetzt gesetzter. Feliks und Roman konnten die Ukraine studieren, das geheimnisvolle Land zwischen Rußland

und Polen, zwischen Asien und Europa. Je tiefer sie in dieses oft eroberte, doch nie unterjochte Land eindrangen, um so mehr Achtung bekamen die jungen Männer davor.
Sie näherten sich nun dem Dorf Pulz, dem größten Besitz der Lubonskis in diesem Gebiet. Es war ein flaches Dorf mit niedrigen, kleinen Hütten aus billigen Materialien – Holz, mit Lehm beworfenes Flechtwerk, Schlamm – und besaß nur ein bedeutenderes Gebäude, eine kleine Holzkirche mit zwei rot und blau bemalten Zwiebeltürmen. Auch das nahe gelegene Herrenhaus war ebenerdig, aber es hatte Steinmauern und bedeckte ein großes Areal, um der zahlreichen Dienerschaft Platz zu bieten, die den Grafen bei seinen regelmäßigen Besuchen begleitete. Der Verwalter, ein Mann namens Grabski, bewohnte eine Hütte, die sich in nichts von den übrigen unterschied, abgesehen von den vielen Blumen, die um sie herum blühten, sobald der Schnee schmolz.
Die jungen Männer hatten Glück, daß sie Pulz zu dieser Jahreszeit kennenlernten: Ostern stand vor der Tür – nicht das wirkliche Osterfest, das sie schon unterwegs gefeiert hatten, sondern die farbenprächtigere orthodoxe Osterfeier, einer der Höhepunkte des ukrainischen Jahres. Die jungen Frauen trugen ihre schönsten Kleider, und die Mütter zählten die Eier, um sicher zu sein, daß der Vorrat für alle Malkünstler reichte, die es in jedem Dorf gab. Nach dem langen, schneereichen Winter mit den kalten Nächten brach nun, zu Ostern, neues Leben aus der Erde hervor, als würde das Jahr jetzt erst beginnen, wie es ja auch in dem alten Kalender der Fall gewesen war.
Roman und Feliks erhielten einen interessanten Einblick in das tägliche Leben in Pulz. So erschien an ihrem zweiten Tag im Dorf am frühen Morgen ein junger Ukrainer ihres Alters im Herrenhaus, der dem Grafen ein Gesuch unterbreiten wollte. Der Graf nahm in einem Stuhl mit hoher Rückenlehne und breiten Armstützen Platz und forderte den Bittsteller auf, sein Anliegen vorzutragen. »Eure Exzellenz«, begann der junge Mann, »ich möchte heiraten.«
»Hast du ein ordentliches Mädchen gefunden?«
»Ja, Benedykta, die Tochter des Flickschusters.«
»Will sie dich heiraten?«
»Ja, Exzellenz, und sie hofft, daß wir die Hütte bekommen können, in der die alte Natascha gewohnt hat.«

»Ist Natascha gestorben?«
»Nein, sie hat den Verstand verloren ... in der kältesten Zeit des Winters.«
»Vielleicht kommt sie wieder zur Vernunft.«
»Vielleicht, Exzellenz, aber sie wohnt jetzt bei meiner Tante, und ihre Hütte steht leer. Ich flehe Eure Exzellenz an ...«
»Ich will es überdenken. Komm in vier Tagen wieder.«
Feliks wußte natürlich, daß Graf Lubonski sofort entschlossen gewesen war, dem jungen Mann die Heiratserlaubnis zu erteilen und ihm auch die Hütte zu geben, doch der Aufschub sollte den Burschen und seine Zukünftige daran erinnern, daß die letzte Entscheidung in einer solchen Angelegenheit ausschließlich beim Grafen lag, dem sie, ihre Hütten und ihr Land gehörten.
Am dritten Morgen, als Feliks gerade ein bißchen im Dorf herumschlenderte, traf er den Brautwerber. Sie unterhielten sich – der Ukrainer beherrschte ein paar Worte Polnisch, Feliks ein paar Worte Ukrainisch –, und der junge Mann fragte: »Würdet Ihr mir die Ehre erweisen, meine Braut kennenzulernen?« Feliks nickte und wurde zu einer Hütte am Dorfrand geführt.
»Benedykta!« rief der junge Mann. Sofort trat ein wunderschönes Mädchen in die Tür; es war schlank, hatte flachsblonde Zöpfe, lächelte strahlend und neigte den Kopf schelmisch zur Seite. Feliks hatte noch nie ein Mädchen gesehen, das seine Freude darüber, jung, schön und verliebt zu sein, so vollkommen ausdrückte. Er bemerkte auch, daß das gesteppte Kleid der jungen Frau, das den Oberkörper eng umschloß und unterhalb der Knie in einem weiten Rock ausschwang, nicht aus gewöhnlichem Stoff bestand, sondern aus einer Art Filz, und mit Quasten, glänzenden Metallstücken und farbigen Flicken verziert war.
»Dieser Kerl hat vielleicht Glück!« dachte Feliks, als er vortrat, um Benedykta zu begrüßen. Doch zu seiner Überraschung fragte der Ukrainer enttäuscht: »Wo ist Benedykta?« Bevor das Mädchen antworten konnte, erklärte er Feliks: »Das ist ihre Schwester Nadscha.«
Feliks fiel ein Stein vom Herzen.
Er verbrachte im Lauf der nächsten Tage viel Zeit in dieser Hütte, die außen sehr schön, innen jedoch armselig und häßlich war. Sie hatte einen Lehmboden, und die Einrichtung bestand aus einem Tisch, den

Betten, ein paar Schemeln und der Schusterbank, auf der der Vater Schuhe flickte. Dennoch handelte es sich hier um eines der reicheren Häuser des Dorfes, in dem eine glückliche Familie wohnte: Die beiden Töchter waren schön, es gab genügend Brot, und die Eltern hatten noch alle Zähne.

Nadscha begleitete ihre Schwester zum Herrenhaus, als diese mit ihrem Verlobten vor Lubonski trat und von ihm die formelle Erlaubnis erhielt, zu heiraten und die Hütte der alten Frau zu übernehmen. Die Schwestern bildeten ein hübsches Paar; Benedykta war etwas größer, Nadscha etwas lebhafter, ihre langen Zöpfe tanzten auf ihren Schultern. »Ich bin davon überzeugt, daß ihr eine gute Ehe führen werdet«, sagte der Graf, erhob sich von seinem prächtigen Stuhl und küßte die Braut.

Die Mädchen erschienen auch am Karsamstag gemeinsam im Herrenhaus und brachten die sieben bemalten Eier, die ihre Familie seit undenklichen Zeiten zu Ostern überreichte. Hielt sich der Graf im Dorf auf, nahm er die Ostergabe in Empfang, und die Überbringer sangen ein altes Lied, verbeugten sich vor ihm und reichten ihm das feine, schön verzierte Geschenk dar: Die Ostereier waren die Sonette und Symphonien der Ukraine:

Ich bringe diese Eier
Wie Melchior Myrrhe gebracht hat.
Sie sind die Geschenke,
Mit denen Jesus
In der Krippe gespielt hat.

Die Stimmen der Mädchen klangen harmonisch zusammen, sie verbeugten sich gleichzeitig, als hätten sie eifrig geübt, und selbst *pan* Grabski, der kein sonderlich glücklicher Mensch war und die Ukrainer nicht mochte, gab offen zu: »Die Töchter des Flickschusters bringen die schönsten Eier und das strahlendste Lächeln.«

Als am Samstagnachmittag alle Eier abgeliefert waren – sieben von jedem Haus –, sah das große Zimmer im Herrenhaus wie ein Blumenbeet oder wie der Laden eines Juweliers aus, denn die bemalten Eier, von denen jedes für sich ein Kunstwerk war, leuchteten in der Dämmerung: rot, grün, blau, golden und dazwischen tiefes Schwarz, das die übrigen Farben noch mehr hervorhob. Jede Familie konnte unter hundert Mustern wählen, die ihr gehörten, und jede färbte die Eier nach uralten Geheimrezepten. Doch jetzt bildete die Gesamtheit aller Ostereier aus dem Dorf eine Art Hymne an die Natur und an Gott, eine feinsinnige Kombination zwischen einem zerbrechlichen Gegenstand und der Sehnsucht des Menschen, etwas Schönes zu schaffen.

Feliks war von den ukrainischen Ostereiern beeindruckt und freute sich über die fantasievolle Verwendung, die Graf Lubonski für sie hatte: Am Ostermontag, um neun Uhr früh, erlaubte er den Kindern von Pulz, sich auf seinem Besitz zu versammeln, auf dem seine Diener die von den Eltern der Kinder gelieferten Eier versteckt hatten. Dann feuerte er einen Schuß ab, und die Kleinen durften die bunten Eier suchen. Lubonski verfügte außerdem über eine Geheimreserve von etwa einem Dutzend Eiern, die er an die Kinder verteilte, die zu klein waren, um selbst welche zu suchen. Mütter und Väter strahlten über die Güte ihres Grafen.

Da jetzt die strenge Fastenzeit vorüber war, gab das Dorf ein Fest, bei dem die Tochter des Flickschusters und ihr Zukünftiger gefeiert wurden. Es dauerte drei ausgelassene Tage, während derer die Musikanten einander ablösten, so daß die Fiedel, die Flöte und die Trommel ununterbrochen ertönten.

Hier lernten Feliks und Roman zum erstenmal die derben, kunstvollen Tänze der ukrainischen Bauern kennen, die viel bodenständiger und vitaler waren als die ihres Heimatlandes. Feliks beobachtete vor allem, wie verführerisch Nadscha herumwirbelte, so daß ihr schwerer Rock waagrecht wegstand, während sie sich mit blitzenden Augen umsah und den Kopf kokett wendete. Sie war entzückend, das Urbild einer lockenden, flüsterndern, lachenden jungen Frau, die den jungen Männern ihres Dorfes deutlich machte: »Hier bin ich, Nadscha, die Tochter des Flickschusters, Nadscha, die schöne Tänzerin.«

Ihre Anziehungskraft war gefährlich für Feliks Bukowski. Nachdem er während des langen Festes ein paarmal mit ihr getanzt hatte, ging er, als die Fiedel und die Flöte schwiegen, mit ihr am Dorfrand entlang, und obwohl er selbst für die Bauern in drei ähnlichen Dörfern in Polen verantwortlich war, erfuhr er erst von ihr, was es bedeutete, in einem Dorf zu leben, und welche Verpflichtungen er einging, wenn er die Verantwortung dafür übernahm.

»Wir Mädchen sind nur wenige Jahre lang hübsch«, gestand Nadscha eines Tages mit bemerkenswerter Offenheit. »Dann kommen die fünf Kinder, wir werden dick, wir verlieren einen Zahn nach dem anderen, und« – sie zeigte auf die Frauen im Dorf –, »mit siebenundzwanzig sind wir alt und räumen die Filzröcke in die Truhe. Mit achtunddreißig sind wir tot, unsere Männer nehmen sich eine zweite Frau, und der Tanz beginnt von neuem. So geht es ewig weiter.«
Die Tage vergingen, Lubonski inspizierte den gesamten Besitz und führte mit Grabski lange Gespräche über die Rechnungen. Feliks und Nadscha entfernten sich immer weiter vom Dorf. Schließlich erreichten sie ein Birkenwäldchen an einem kleinen Bach, in dem sie, wie viele andere Paare vor ihnen, vor neugierigen Blicken geschützt waren und sich ganz ihrer Frühlingsleidenschaft hingaben. Obwohl Nadscha wußte, welche Schande es für sie bedeuten würde, wenn sie schwanger wurde, konnte sie nicht die einmalige Gelegenheit vorübergehen lassen, die Geliebte dieses feinsinnigen jungen Mannes zu werden, auch wenn er Pole war.
Ihre ältere Schwester war vorsichtiger. »Ach, Nadscha, das ist schrecklich. Kein Mann in unserem Dorf wird dich heiraten wollen, wenn der Pole fort ist.«
»Das ist mir gleich«, trotzte Nadscha und warf ihrer Mutter einen forschenden Blick zu, während sie ihre Arbeit verrichtete.
Benedykta, die durch ein Wunder einen guten Eheman gefunden hatte – denn oft hatten gerade die hübschesten Mädchen die größten Schwierigkeiten, einen Mann zu bekommen –, wandte sich an ihre Mutter: »Nadscha zerstört ihr Glück. Sprich du mit ihr!«
»Die Zeit zerstört uns«, meinte die alte Frau.
»Er wird dich sitzenlassen«, prophezeite Benedykta. »Bestimmt mit einem Kind. Was soll dann aus dir werden?«
Doch Feliks hatte nicht die Absicht, dieses wunderbare Mädchen sitzenzulassen, das viel aufrichtiger war als Katarzyna Granicka, die er noch vor drei Wochen heiß geliebt hatte. Während er noch überlegte, was er tun sollte, fiel ihm zum erstenmal auf, daß Magnaten wie der Graf und Kleinadelige wie er Familiennamen hatten – Lubonski, Granicki, Bukowski –, während die Bauern, die für das Land genauso wichtig waren, keine besaßen. Nadscha, die aufregendste, herrlichste Frau, die ihm je begegnet war, trug keinen Namen, und wenn

sie starb, nachdem sie ihre obligaten fünf Kinder zur Welt gebracht hatte, würden sie und die Erinnerung an sie aus dem Gedächtnis der Menschen und aus diesem Winkel der Steppe verschwinden.
Da kam ihm eine Idee, und er begab sich eines Morgens zeitig zu Lubonski. »Grabski ist hier nicht glücklich, und ich sehe, daß Ihr mit Grabski nicht glücklich seid. Laßt mich Euer Verwalter für die Ukraine sein. Hier und auf Euren anderen drei Gütern. Ich könnte Euch –«
»Feliks!« unterbrach ihn der Graf entschieden. »Das Schrecklichste, was ein junger Mann in Eurer Position tun kann – und es ist sogar schlimmer als Mord –, ist, für irgendwen irgendwo zu irgendwelchen Bedingungen den Posten eines Verwalters anzunehmen!«
»Warum denn? Ich kann rechnen, ich kann einen Besitz leiten.«
»Sobald Ihr aufhört, wie ein Adeliger zu leben, und zum Gutsverwalter werdet, zeigt Ihr der Welt, daß Ihr keinen Ehrgeiz mehr besitzt, daß Ihr zum fünften Stand gehört – und das ist genauso entehrend, als wärt Ihr ein Händler oder würdet Geld verleihen wie ein Jude.«
»Wollt Ihr damit sagen, daß ich nie arbeiten darf?«
»Natürlich dürft Ihr arbeiten. Für den König ... für den österreichischen Kaiser ... für die Kirche, wenn Ihr Euch dazu berufen fühlt ... oder für die Kavallerie. Aber nie als Verwalter für einen anderen. Das setzt Euch herab ... degradiert Euch in den Augen des Landadels.«
Als Feliks erklären wollte, daß er die Besitzungen der Lubonskis neu organisieren und größere Erträge erzielen könnte, stellte der Graf ruhig fest: »Ich kenne die Ursache für diesen unsinnigen Plan sehr gut. Ihr habt Euch in ein Mädchen aus dem Dorf verliebt und bildet Euch ein –« Er unterbrach sich und fügte scharf hinzu: »Wer immer sie auch ist, sie kann nicht lesen. Sie ist ungebildet. Sie besitzt ein einziges Kleid. Sie ist orthodox, und Ihr wißt, in welchen Teufelskreis Ihr damit geratet. In zehn Jahren wird sie verbraucht, dick und faul sein, und was zum Teufel wollt Ihr dann mit so einer Frau anfangen?«
Er stand auf und ging im Zimmer auf und ab. »Was ist aus Eurer ewigen Liebe zu der kleinen Granicka geworden? Ihr hättet die Tochter eines Magnaten bekommen können ... und hängt Euer Herz an eine ukrainische Bauerndirne. Ihr widert mich an!« Damit war das Thema für ihn erledigt.

Feliks blieb den ganzen langen Tag über in seinem Zimmer; das Verhalten des Grafen hatte ihn verärgert und erbittert, und die Lage der ukrainischen Bauern bedrückte ihn: Sie arbeiteten so fleißig und bekamen so wenig Lohn dafür. Doch nicht einmal in diesen kritischen Stunden verglich er die mißliche Lage der ukrainischen Leibeigenen mit der seiner eigenen Bauern. Nadschas düstere Schilderung betraf die Bauern von Pulz, nicht die von Bukowo.
Er verbrachte eine schlaflose Nacht, stand früh auf und ging durch das stille Dorf zur Hütte des Flickschusters. Dort klopfte er an die für das Osterfest frisch polierte Tür und rief, daß er mit Nadscha sprechen müsse. Zu seiner Überraschung öffnete Benedykta die Tür und erklärte scharf: »Nadscha ist fort. Für immer.«
»Warum?« rief Feliks verzweifelt.
»Grabski holte sie gestern nachmittag ins Herrenhaus – ich nahm an, daß Ihr mit ihr sprechen wolltet. Doch das war ein Irrtum. Der Graf erklärte ihr, daß sie dieses Dorf für immer verlassen muß ... daß für sie hier kein Platz mehr ist. Grabski brachte sie zurück und sagte uns allen: ›Wenn sie heute nacht hier schläft, verliert ihr eure Hütte und eure Schusterbank, und die Hochzeit dieses Mädchens wird untersagt‹ – damit meinte er mich.«
»Was geschah dann?«
»Wir packten ihre Siebensachen in ein kleines Bündel – ihr Filzkleid, ihre Näherei –, und sie machte sich auf den Weg in ein Dorf, das nicht dem Grafen gehört.«
»Wohin ist sie gegangen?«
»Was weiß ich?« Benedykta zog sich in den Schutz der dunklen Hütte zurück. »Ihr wißt ja, daß Ihr daran schuld seid. Geht jetzt. Verlaßt uns, sonst verliere ich auch noch meinen Bräutigam.«
Feliks lief zu den Ställen, die zum Herrenhaus gehörten, und sprang auf ein Pferd, das schon für den Morgenritt des Grafen gesattelt war. Er spornte es rücksichtslos an, galoppierte die Straße entlang, die Nadscha eingeschlagen haben mußte, und rief immer wieder vergeblich ihren Namen. Es war ein schmaler Weg, führte durch blühende Wiesen hinaus in die ungeheure ukrainische Steppe. Als Feliks eine Stelle erreicht hatte, von der aus er weder das Dorf noch eine andere Behausung sehen konnte, begriff er, daß Nadscha offensichtlich einen anderen Weg in die Verbannung gewählt hatte, beugte sich auf den Hals seines Pferdes hinunter und weinte.

Die ersten vier Tage der Heimreise verliefen in drückendem Schweigen, denn der Graf mißbilligte offen das Verhalten seines jungen Protegé und wollte nicht mit ihm sprechen; doch Roman war freundlich zu ihm, und die beiden jungen Männer schlossen sich enger aneinander an.

»Sie war schön«, gab Roman zu.

»Hast du jemals geliebt?« fragte Feliks. »Ich meine, ein wunderbares Mädchen wirklich geliebt?«

»Nein«, antwortete Roman schnell.

»Wirst du Katarzyna Granicka heiraten?«

»Nein.« Sie ritten schweigend weiter, und nach einer Weile sagte Roman vorsichtig: »Ich habe geglaubt, daß du in Katarzyna verliebt bist ... ich meine die Kamelritte ... und sie hat dich auch zum Abschied geküßt.«

»Ich war in sie verliebt.« Feliks saß seitlich auf dem Sattel, um sich besser unterhalten zu können. »Ich glaube, daß sich jeder in sie verlieben muß.«

»Das trifft wahrscheinlich auch auf mich zu.« Roman wurde bei diesen Worten krebsrot, so daß Feliks nicht wagte, ihm weitere Fragen zu stellen.

Am sechsten Tag, als sie Przemyśl hinter sich gelassen hatten, setzte der Graf die Belehrung seiner Schutzbefohlenen fort. »Morgen werden wir Łańcut erreichen, und reitende Boten haben mir mitgeteilt, daß die Fürstin Lubomirska bereits zum Sommeraufenthalt dort eingetroffen ist. Sie ist eine außergewöhnliche Frau und hat Anspruch auf eure tiefste Ehrerbietung.«

Er erzählte ihnen, daß sie eine Izabella Czartoryska aus der großen Familie in Puławy war. »Sie ist ungefähr in meinem Alter, vielleicht etwas darüber, und hat sich zu einer schönen Frau entwickelt.« Da er begriff, daß die jungen Männer daraus den Schluß ziehen konnten, sie sei kein schönes Mädchen gewesen, fügte er hinzu: »Zu einem Punkt dürft ihr euch nicht äußern, selbst wenn sie selbst darauf zu sprechen kommt: Als junges Mädchen sollte sie Stanisław Poniatowski heiraten, der später zum König gekrönt wurde, doch er lehnte sie ab ... er behauptete, sie sei zu häßlich. Diese Wunde heilte nie, und obwohl sie den besten Lubomirski heiratete und seine vielen Schlösser erbte, ist ihr eine Narbe geblieben, und sie ist Tag und

Nacht damit beschäftigt, Poniatowski vom Thron zu stürzen. Sie ist seine Todfeindin, und sie wird sich noch vor dem Ende dieses Jahrhunderts an ihm gerächt haben.«
»Ist sie häßlich?« fragte Feliks.
»Um Himmels willen, nein! An den europäischen Höfen gilt sie als Schönheit, aber ich habe festgestellt, daß die europäischen Höfe jede Frau, die vier Städte, dreiundsechzig Dörfer, hundertfünfundvierzigtausend Leibeigene und neunzehn Schlösser besitzt, als schön bezeichnen.«
»Besitzt sie wirklich soviel?« fragte Feliks, und Lubomirski antwortete: »Mehr.«
Sie brachen ihr Lager um sieben Uhr ab und ritten gemächlich nach Łańcut, einem Schloß, das die jungen Männer verblüffte, denn seine Pracht und die Größe seiner Anlage übertrafen alle ihre Erwartungen. Ein hohes Eisengitter, dessen einzelne Teile aus Prag eingeführt worden waren, umschloß einen Park von der Größe einer mittleren Stadt. In seinem Zentrum befand sich ein künstlicher, von einem breiten, tiefen Wassergraben umgebener Hügel, auf dem sich das Schloß, im italienischen Stil gebaut, erhob. Ursprünglich hatte hier eine von Mauern beschützte feste Burg gestanden, die aber vor einiger Zeit umgebaut worden war.
Das Haupttor befand sich in einer drei Stockwerke hohen Mauer aus rosa und weißen Quadern und war von zwei hohen Türmen mit Zwiebelhauben in russischem Stil flankiert; der Torweg, der einer Kathedrale zur Ehre gereicht hätte, war kunstvoll verziert; um vier konzentrische Bogen standen zahlreiche allegorische Marmorfiguren. Das Dach leuchtete rosa, und die gleiche Farbe kehrte in den neun oder zehn sehr großen Gebäuden des Komplexes wieder: in der Orangerie, dem Ballhaus, dem Musiksaal, dem kleinen Antiquarium mit einer griechischen und einer römischen Sammlung und in den riesigen Ställen. Die ungeheure Rasenfläche wurde von siebenundvierzig mit Sensen bewaffneten, unaufhörlich arbeitenden Bauern sorgfältig kurz gehalten; man konnte ihr Ende nicht absehen, so weit reichte sie; da und dort wurde sie von Teichen, Brunnen und Bächen unterbrochen.
Einer der Türme war vollkommen von hellgrünem Efeu überwachsen und wirkte dadurch sehr alt, wie eine der Burgen am Rhein; der

zweite bestand aus leuchtend weißem Marmor und sah aus, als wäre er erst vor einem Monat errichtet worden. Und überall sah Feliks die hohen, edlen Bäume von Łańcut: Fichten aus Norwegen, Zedern aus dem Libanon, Pappeln aus der Lombardei, Eichen aus England, Birkengruppen aus Rußland, dazu alle in Polen heimischen Baumgattungen.

Łańcut war ein Fest für die Augen, dessen Einzelteile ein ausgewogenes Ganzes bildeten, aber das hervorragendste, in ganz Europa berühmte Gebäude war der zentrale Palast. Er enthielt dreihundertsechzig Räume, eine bedeutende Kunstgalerie mit Werken von Rubens, Correggio, Watteau, Fragonard und einer meisterhaften Skulptur von Canova; eine Bibliothek, die in Polen ihresgleichen suchte. In einem Zimmer befanden sich Fresken aus Pompeji, in einem anderen Kunstwerke aus China und in einem dritten seltene Schätze aus Persien. Das Schloß, das an diesem sonnigen Morgen des Jahres 1793 vor ihnen lag, stellte einen Schatz von ungeheurem Wert dar, den die Lubomirskis im Lauf vieler Generationen angehäuft hatten.

Am ersten Tag ihres Aufenthaltes bekamen die jungen Männer die Herrin des Palastes nicht einmal zu Gesicht; sie hielt sich in einem anderen, siebenundneunzig Räume umfassenden Flügel auf, wo ihr achtzig Lakaien zur Verfügung standen und den sie manchmal eine ganze Woche lang nicht verließ. Am zweiten Tag aber erschien sie, um ihre interessanten neuen Gäste zu begrüßen. Es befanden sich jetzt einunddreißig Besucher im Schloß, doch die Lubonskis hatten Vorrang.

Feliks war tief beeindruckt, als er die Fürstin sah: eine ziemlich korpulente, prachtvoll gekleidete sechzigjährige Frau, deren bläulichweißes Haar mit Diamanten geschmückt war, die eine einzige Goldmedaille auf dem stattlichen Busen trug und deren Lächeln so warm und gewinnend war, wie er es noch nie bei einer Frau ihres Ranges erlebt hatte.

»Mein lieber Lubonski, gebt mir einen Kuß und verratet mir, welcher dieser jungen Götter Euren Namen trägt.« Dann drückte sie Roman an sich und rief mit ihrer befehlsgewohnten Stimme: »Ihr müßt für immer bei mir bleiben!« Feliks streckte sie die Hand entgegen, und als dieser sie anstarrte, meinte sie herzlich: »Dummer Bauer, man hat

Euch gesagt, Ihr sollt mir die Hand küssen, aber das ist eine alberne französische Sitte.« Und bevor er wußte, wie ihm geschah, hatte sie ihn umarmt und auf beide Wangen geküßt. Dann schob sie ihn von sich und befahl: »Lubonski, Ihr müßt mir genau erklären, wer dieser junge Gott ist.«

»Er stammt von Kleinadeligen aus der Zeit der Tatareneinfälle ab. Er kämpfte in Liegnitz ... mit meinem Vorfahren in Grunwałd ... mit Jan Sobieski vor Wien ... und gegen die Schweden bei Tschenstochau.«

»Das klingt, als wäre er älter als die Lubomirskis und sogar älter als meine Familie, die Czartoryskis!«

Roman, der sich daran erinnerte, wie seine Mutter die Czartoryskis geringschätzig als Emporkömmlinge bezeichnet hatte, zwinkerte Feliks zu und sagte sich: Es hängt davon ab, wer die Familien einschätzt, nicht wahr?

»Doch heutzutage bedeutet ein alter Name wenig. Wichtig ist nur, ob der Betreffende reich ist.«

»Wie tausend andere, Fürstin, hat er gekämpft, aber nicht gespart. Er ist verarmt und, wie mein Sohn, auf Brautschau; doch im Gegensatz zu meinem Sohn muß er eine reiche Braut finden.«

Feliks wäre vor Verlegenheit am liebsten im Boden versunken. Aber die Lubomirska, wie sie von allen genannt wurde, die sie nicht persönlich kannten, lächelte ihm wohlwollend und herzlich zu und ergriff seine Hände. »Die wichtigste Aufgabe eines jungen Edelmannes besteht darin, seinem Herrn zu dienen. Seine zweitwichtigste Aufgabe besteht darin, eine reiche Frau zu finden, und wir werden eine für Euch finden, junger Edelmann!«

Dann teilte die Fürstin ihnen mit, daß sie zu einem feierlichen Abendessen um acht Uhr eingeladen waren und daß sie wenn möglich in alter Tracht erscheinen sollten. Darauf erwiderte der Graf: »Es gibt keine andere Art, nach der ich mich kleiden könnte.« Die Fürstin bestätigte: »Ihr seid der Bewahrer der alten Tradition des alten Polen, das mit jedem Tag etwas mehr stirbt.«

Das Abendessen in dem großen Saal war auf achtundvierzig Gäste beschränkt, und in der Mitte des Tisches stand nur ein silberner Tafelaufsatz: eine Skulptur aus Verona, die die vieltürmige Stadt San Gimignano im Belagerungszustand darstellte; kleine, durch silberne

Federn bewegte Soldaten marschierten hin und her. An der Tafel saßen dreißig Männer, ihre prächtige Kleidung glitzerte im Kerzenlicht. Ungefähr die Hälfte von ihnen trug die alte polnische Tracht: enge Hosen, die unter den langen, reich verzierten Mänteln kaum zu sehen waren, Halskrausen, um die Mitte breite Schärpen, deren freie Enden bis zu den Waden herabhingen und verschiedene Goldketten, an denen Medaillen und andere Erinnerungen an eine heroische Vergangenheit befestigt waren. Einige jedoch, die sich wie Lubonski rühmen konnten, daß ihre Ahnen vor Wien gegen die Türken im Einsatz gestanden hatten, waren in orientalische Kostüme mit goldenen und silbernen Halbmonden statt der Mäntel, und statt der Pelze in kostbar bestickte Stoffe gekleidet. Diese Männer mieden auffallende Schmuckstücke, hatten nur ab und zu einen Diamanten angesteckt und trugen die Haare länger als die Gäste in alter Tracht. Drei Diplomaten waren in moderne, von englischen Schneidern in Wien oder Berlin angefertigte französische Kleidung aus erlesenen Seidenstoffen, enge weiße Kniehosen und Schuhe mit Silberschnallen gewandet.
Roman und Feliks hatten natürlich die alte polnische Tracht angelegt, die an ihren schlanken, jugendichen Körpern überaus elegant wirkte – die Tracht jener, die durch göttliche Gnade dazu bestimmt sind, zu befehlen, zu herrschen und wichtige Entscheidungen zu treffen.
Die achtzehn Frauen trugen Kleider der unterschiedlichsten Modestile, die sie hauptsächlich von Wien oder Paris übernommen hatten; ihre teuren Roben paßten zu den Trachten der Männer; ihre Diamanten, Perlen und Rubine konnten sich neben den orientalischen Kostümen von Lubonski und der übrigen Aristokratie, aber auch neben der einfachen Eleganz der Diplomatenkleidung durchaus sehen lassen.
Feliks saß neben einer etwa vierzigjährigen französischen Dame, die mit Mam'selle angesprochen wurde und die die Sekretärin, aber nicht die Vertraute der Lubomirska war. Diese Frau redete gern und viel, so daß er an diesem festlichen Abend und im Lauf der folgenden Tage viel über seine Gastgeberin erfuhr: »Die Lubomirska ist heute wahrscheinlich die großartigste Frau der Welt. Hier, lest das einmal. Es ist in einer deutschen Zeitung erschienen. Johann Wolfgang von Goethe hat es gesagt, seht, hier, ich lese es Euch vor: ›Ich blieb noch

eine Woche in Weimar, um mich weiterhin mit Fürstin Lubomirska unterhalten zu können, die wahrscheinlich die intelligenteste, geistreichste und scharfsichtigste Frau ist, die Gott in diesem Jahrhundert erschaffen hat.‹

In Paris, wo ich sie kennenlernte, befand sie sich stets in Gesellschaft von zwei brillanten Amerikanern, Benjamin Franklin, den sie liebte und von dem ich annahm, daß sie ihn heiraten würde, und Thomas Jefferson, der jünger und radikaler war. Die beiden beteten sie an und hörten in allen Dingen auf ihren Rat.

Sie besitzt neunzehn Schlösser wie dieses und versucht, jedes wenigstens alle zwei Jahre zu besuchen. Seit Jahren beschäftigt sie drei Gruppen von Architekten – hauptsächlich Italiener und Holländer –, die ihre Schlösser umbauen. Die Architekten ziehen von einem Schloß zum nächsten und arbeiten etwa zwei Jahre an jedem. Die Lubomirska läßt ununterbrochen neue Gebäude errichten, denn wenn ein allmächtiger Gott es sich leisten konnte, eine ganze Woche an der Erschaffung der Welt zu arbeiten, dann kann sie es sich ihrer Meinung nach leisten, ein oder zwei Jahre an einem ihrer Werke zu bauen.

Sie beschäftigt hier etwa hundertsechzig Diener, dazu Gärtner und Stallknechte, die das ganze Jahr hindurch arbeiten. Doch sie kann nur im Sommer für etwa vier Wochen hierherkommen, und wie Ihr Euch denken könnt, bleibt sie manchmal auch ganz aus. Doch sie liebt es zu reisen, ist ununterbrochen unterwegs und hat an allen Hauptstraßen, die sie benützt, zwischen den Schlössern kleine Häuser errichtet ... vier Zimmer für sie, zwei für die Diener, die jahraus, jahrein dort leben. Sie besitzt in ganz Polen über vierzig solcher Quartiere; sie benützt sie manchmal jahrelang nicht, doch sie stehen immer für sie bereit, falls sie zufällig vorbeikommen sollte.«

Am Ende der ersten, wunderschönen Woche war Feliks klar, daß er weit mehr als sechs Wochen brauchen würde, um die Reichtümer und Wunder von Łańcut zu erforschen; aber das größte Juwel war die Fürstin selbst. Zu seiner Freude bemerkte er, daß sie gern mit ihm sprach. Er war jedoch intelligent genug zu erkennen, daß es ihr deshalb Spaß machte, weil er so naiv, so unerfahren war.

»Mein Mann war ein guter Mensch, Feliks, doch das sind die Lubomirskis, Gott segne sie, für gewöhnlich alle. Er war ein Edelmann, und von ihm erbte ich sechzehn meiner Schlösser. Ich bin besonders stolz darauf, eine Czartoryska zu sein, und wenn Goethes schmeichelhafte Bemerkung über mich zutrifft, so deshalb, weil mein Vater mir eine sehr strenge Erziehung zuteil werden ließ. ›Lern Sprachen, du kleiner Dummkopf!‹ So schrie er mich an. ›Du wirst nicht dein Leben lang in Puławy bleiben.‹ Welche Sprachen beherrscht Ihr, Feliks?«

Als er gestand, wie gering seine Sprachkenntnisse waren, bedauerte sie ihn: »Euer halbes Leben ist vertan ... vollkommen verschwendet. Wie könnt Ihr je Gouverneur von Galizien werden, wenn Ihr in Wien kein perfektes Deutsch sprecht? Ihr wißt ja, daß ich mit Franklin und Jefferson immer Englisch gesprochen habe ...«

»Wer ist das?«

Zu seiner Überraschung drückte sie ihn an ihren Busen und hielt seinen Kopf einige Augenblicke fest. »Mein Gott, wenn ich nur einen Sohn wie Euch hätte. Soviel Energie wende ich für meine architektonischen Pläne auf, und dabei gibt es keinen Lubomirski oder Czartoryski, dem ich mein Imperium eines Tages hinterlassen könnte. Das ist ein trauriger Gedanke, Feliks!«

Während der folgenden Wochen beschäftigte sie sich viel mit Feliks, belehrte ihn über die Hierarchie der polnischen Gesellschaft und sprach bei dieser Gelegenheit auch manchmal über den König. »Wie unglücklich muß er in seinem unbedeutenden Schloß sein, wenn er zusieht, wie sich sein Königreich vor seinen Augen in Nichts auflöst. Er hätte die Welt beherrschen können ... und wird schließlich alles verlieren.« Ein rachsüchtiger Zug lag um ihren Mund. »Er hat mit so viel begonnen ... und hört mit so wenig auf. Ich habe mit so wenig begonnen ... und höre mit so viel auf.« Es war nicht zu übersehen, daß sie den König haßte, doch Feliks befolgte Lubonskis Befehl und gab keinen Kommentar dazu ab; er erzählte auch Roman nichts von seinen Gesprächen mit der mächtigen Frau.

Je länger Feliks sich in Gesellschaft von Roman Lubonski befand, desto mehr schätzte er ihn. Der junge Mann war keineswegs schwer von Begriff, wie manche behauptet hatten. Er war nur ein scharfer Beobachter, ruhig und nachdenklich. »Die Lubomirska macht mir angst. Aber so geht es mir bei allen Frauen, sogar bei meiner Mutter.« Er lachte leise, dann berichtigte er sich: »Besonders bei meiner Mutter. Sie möchte, daß ich ein bedeutender Mann werde, und plagt mich die ganze Zeit damit, daß ich erst einmal die richtige Frau finden muß, um dieses Ziel zu erreichen.« Er sah Feliks von der Seite an und fragte zögernd: »Du bist in die Lubomirska verliebt, nicht wahr?«

Feliks gab es zu. Wie so viele ehrgeizige junge Männer vor ihm hatte ihn die erste wirklich große Frau, mit der er zusammentraf, überwältigt. Er erkannte, welch gewaltigen Unterschied eine solche Lebensgefährtin ausmachen kann, und diese Erkenntnis brachte ihn dazu, seine ersten beiden Jugendlieben mit dieser dynamischen, reifen Frau zu vergleichen: »Als Katarzyna Granicka und ich auf unseren Kamelen durch die Steppe ritten, wünschte ich mir, daß diese Reise kein Ende nehmen möge; und als Nadscha aus ihrem Dorf verbannt wurde, brach mir das Herz. Doch jetzt, da ich die Lubomirska kenne ... Weißt du, Roman, ich glaube, daß du auch in sie verliebt bist.«

»Hast du je erlebt, wie im Sommer ein Gewitter aus den Bergen die Weichsel entlangbraust? Wie es alles vor sich hertreibt, sogar kleine Boote, wenn sie nicht fest vertäut sind? Die Lubomirska ist so. Ich habe Angst vor ihr, sie ist so machtvoll.«

Während der dritten Woche ihres Besuchs ließ die Lubomirska etwa drei Dutzend Musikanten aus Krakau kommen. Sie sollten drei Wochen lang im Palast aufspielen. Es handelte sich um das beste jüdische Orchester dieser Stadt, vierzehn Männer in Kniehosen, schwarzen Strümpfen und Schuhen, mit langen schwarzen Röcken, flachen, breiten Hüten und Schläfenlocken; sechs deutsche Solisten waren dabei, die Mozart und Händel kannten, und sechzehn Sänger, von denen jeder einzelne sowohl im Chor als auch als Solist eingesetzt werden konnte.

Jetzt war das Schloß von Musik erfüllt, und Feliks saß in einem der prunkvollen Räume, hatte den Kopf zurückgelehnt, hörte zu und folgte mit den Blicken den meisterhaften Stukkaturen an der Decke: Amoretten und Engel, Löwen- und Tigerköpfe, alle mit weißen Gesichtern, die auf die Zuhörer hinunterstarrten.

Gelegentlich verschwanden die deutschen Solisten und wurden von kräftigen polnischen Sängern abgelöst, die Volkslieder aus Krakau zum besten gaben. Nach einem solchen Vortrag wollte die Lubomirska offensichtlich mit Feliks sprechen; das gab ihm Gelegenheit, Fragen zu stellen, die ihn schon länger bedrückten. »Stimmt es, wie Mam'selle mir erzählt hat, daß Ihr neunzehn Schlösser wie dieses hier besitzt?«

»Ja, das stimmt.«

»Und daß Ihr jahraus, jahrein drei Architektengruppen beschäftigt?«

»Wir Czartoryskis sind Baumeister, Feliks. Wenn wir eine leere Ecke in Polen finden, bauen wir dort etwas hin.«

»Aber manchmal besucht Ihr doch eines Eurer Schlösser jahrelang nicht!«

»Man muß auch Paris und Wien, Rom und Venedig einen Besuch abstatten. Seid Ihr jemals in einer dieser Städte gewesen?«

»Roman war in Wien. Er behauptet, daß es eine kleine, sehr schöne Stadt ist, die sich hinter mächtigen Mauern verbirgt.«

»Manchmal können Mauern eine Stadt retten. Hätten wir doch Mauern um Polen gehabt, dann hätten wir es vielleicht retten können!«

»Stimmt es, daß Ihr mehr als hundertfünfzigtausend Bauern besitzt?«

»Wer kann sie schon zählen?«

»Werden sie freigelassen werden ... ich meine, eines Tages? Der Baron hat beim Abendessen erwähnt, daß die Leibeigenen in Frankreich und England freigelassen werden.«

»Verdankt Ihr diese Kenntnisse von den Bauern Eurem Vater, Feliks?«

»Er hat mich alles gelehrt.«

»Und diese Einstellung hat zu seinem Tod geführt, nicht wahr? Bitte holt jetzt Roman!«

Als die beiden jungen Männer mit ihr im Antiquarium saßen, in dem sich die Marmorstatuen griechischer und römischer Helden sowie etlicher Cäsaren befanden, erklärte sie ihnen: »Wenn ein junger Mann versucht, sich Klarheit über die Welt zu verschaffen, sollte er sich davor hüten, die Situation in einem Land mit der Lage in einem anderen Staat zu vergleichen. Solche Vergleiche sind nicht zulässig. Aus Frankreich werdet Ihr in Eurem Leben viel Gepolter hören, das vielleicht sehr aufregend klingt, doch es betrifft uns hier in Polen nicht. Frankreich ist Frankreich, seine Bauern werden mit Spießen und

Knüppeln in den Händen freigelassen und töten ihre Herren. Polen ist Polen, es ist dreigeteilt und wird meiner Meinung nach dank unseres idiotischen Königs bald für immer von der Landkarte verschwinden.«

Feliks konnte die nächste Frage nicht unterdrücken. »Warum verachtet Ihr den König?«

Die große Frau, die Poniatowskis Gemahlin hätte werden sollen, antwortete ohne zu zögern: »Ich verachte jeden Mann, der Macht erringen hätte können und versagt hat. Wenn ihn die Ereignisse überrollen, so wie sie Hamlet und Macbeth überrollt haben ... schön und gut. Oder wenn ihn böse Mächte zu Fall bringen wie Othello ... auch gut. Aber wenn man an seinem eigenen Unvermögen scheitert ...!«

»Was ist Unvermögen?« fragte Feliks. Darauf antwortete sie nicht. Sie wandte sich an Roman, ergriff seine Hände und drückte sie fest. »Wenn Ihr, junger Mann, die Chance habt, Beamter am Hof der Habsburger in Wien zu werden, und nicht sofort zugreift, oder wenn Ihr zugreift und dann versagt ...« Sie ließ seine Hände los. »Ich werde Euch vom Himmel aus beobachten und mich Eurer schämen.«

Aber Feliks ließ nicht locker. »Werdet Ihr Eure Bauern freilassen?«

Sie antwortete ausweichend: »Goethe war der brillanteste Mann, den ich je kennengelernt habe; ein universell begabter Mensch. Aber Ben Franklin war der weiseste – ein meisterhafter Kenner der menschlichen Seele. Tom Jefferson mochte ich nie sonderlich – er war zu revolutionär, zu akademisch und irgendwie unmenschlich. Und jeder dieser außergewöhnlichen Männer erklärte mir, daß zum jetzigen Zeitpunkt die Aufhebung der Leibeigenschaft nicht in Frage komme. Deshalb gibt es in Amerika die Negersklaven, in Polen die Bauern. Wenn Amerika glaubt, daß es die Sklaverei abschaffen kann, wird es zugrunde gehen. An dem Tag, an dem die Leibeigenen in Polen freigelassen werden, geht das Land zugrunde.«

»Ich finde, daß es ohnehin zugrunde geht«, bemerkte Feliks.

»Ich meine, das eigentliche Polen ... das Land ... Was Ihr hier seht, das bleibt bestehen, ob es nun von Österreich oder von Rußland regiert wird.«

»Wird auch Łańcut bestehenbleiben?« wollte Feliks wissen. Und jetzt ergriff sie seine Hände und erklärte streng: »Ihr stellt gefährliche Fragen, junger Mann! Und wenn Ihr damit nicht aufhört, werdet Ihr in einem österreichischen Gefängnis oder in einem russischen Bergwerk landen! Frankreich steht in Flammen, und Amerika fordert alle Länder auf, seine Revolution nachzuahmen, und daher werden die Herrscher in unserer Region keine Nachsicht mit radikalen jungen Männern haben, deren radikale Väter in den Straßen Warschaus niedergeschossen werden mußten, um eine Revolte zu verhindern!«

Am Höhepunkt der Festlichkeiten, als über sechzig Gäste das Schloß bevölkerten, ritten zwei Boten aus dem Osten in den Hof und überbrachten die sensationelle Nachricht, daß Kleofas Granicki seine Inspektionsreise durch die Ukraine abgebrochen habe und sich mit seinen Kamelen dem Schloß nähere. Außerdem übergaben sie der Lubomirska eine schriftliche Botschaft, die diese las, begeistert zusammenknüllte und »Ja! Ja!« rief. Den Rest des Tages über herrschte allgemeine Aufregung im Schloß: Die zahlreichen Bediensteten rannten hin und her, siebenundvierzig Gärtner rechten den Rasen und flochten riesige Girlanden aus Sommerblumen. Man ließ Musiker kommen, und die Köche begannen zu backen.

Die Lubomirska wollte nicht verraten, was in Granickis Brief gestanden hatte. Am Morgen des nächsten Tages traf der wilde Mann an der Spitze von sechs Kamelreitern ein, die ihre Gewehre abfeuerten, und durch das Tor des Schlosses rollte ein Gespann von acht geschmückten Kamelen mit einem großen Wagen, in dem ein junges Paar saß, das offensichtlich in Łańcut getraut werden sollte.

Es waren die anmutige Katarzyna Granicka und der schmucke, geistreiche Ryszard Lubomirski, der auf Schloß Radzýn entblößt worden war. Ein eindrucksvolles Paar: Sie war siebzehn, er dreiundzwanzig, und beide würden Reichtum und Macht erben. Feliks war überhaupt nicht eifersüchtig. Er hatte Katarzyna vor Jahren – so kam es ihm vor – einen unvergeßlichen Frühling lang geliebt, als die Steppe ein Blumenmeer war, doch jetzt war er so unendlich viel älter und weiser, daß er in ihr nur ein ungebildetes Mädchen sah, dem er alles Gute wünschte.

Wie es sich in einer solchen Umgebung schickte, wurde die Hochzeit zu einer prunkvollen Angelegenheit – aber auch Anlaß für eine ungewöhnliche Episode, die die Gäste überraschte und amüsierte: Der Bräutigam war zwar kein Verwandter der Lubomirska, gehörte jedoch zur gleichen Familie wie ihr verstorbener Mann und hatte deshalb das Recht, Łańcut für seine Hochzeit zu benützen. Bei dem großen Abendessen am Tag vor der Trauung, an dem Katarzyna nicht teilnehmen durfte, erschien der junge Lubomirski in traditioneller polnischer Tracht. »Ich trage dieses Gewand zu Ehren meines Schwiegervaters Kleofas und aus Achtung vor seinen Idealen.« Er verbeugte sich tief vor dem kahlköpfigen alten Krieger; dann begann er, zur Überraschung aller, sich auszuziehen. Als er nur noch die Unterwäsche am Leib trug, pfiff er seinem Diener. Der brachte ihm einen Stoß französischer Kleidungsstücke. Lubomirski legte feierlich ein Stück nach dem anderen an, bis er das Bild eines gutaussehenden jungen Mannes bot, der ebensogut hätte in Paris oder London zu Hause sein können.

Mit ernster Miene hob er die alte Kleidung auf und legte ein Stück nach dem anderen über die ausgestreckten Arme seines Dieners. Dann wandte er sich an Kleofas: »Von morgen an muß ich den Wünschen Eurer Tochter entsprechen.« Und wieder verbeugte er sich tief.

In Laufe der lauten Unterhaltung, die auf diese gewagte Szene folgte, hörte Feliks Bukowski zum erstenmal den Namen Tadeusz Kościuszko. Kleofas Granicki brüllte gerade: »Ich habe aus Sankt Petersburg erfahren, daß sich unser junger Held Kościuszko in Paris zum Narren macht!«

»Das überrascht mich nicht«, meinte die Lubomirska. »Er ist in Amerika restlos verdorben worden.«

»Was hat er denn vor?« erkundigte sich ein österreichischer Baron.

Darüber hatten die Berichte, die Kleofas zugetragen worden waren, nichts ausgesagt. »Er kämpft natürlich ... er kämpft für irgend etwas. Er unterstützt die Revolution und könnte dadurch sogar General werden.«

»Dieser arme Narr.« Die Lubomirska klang aufrichtig bekümmert. »Er stammt nämlich aus einer guten Familie, die 1772 bei der Ersten Teilung ihren Besitz verlor. Er ging nach Amerika und schloß sich Männern wie Tom Jefferson an, den ich nie leiden konnte.«

Der österreichische Baron, der als Offizier bei der Kavallerie diente, unterbrach sie. »Wir wissen aus zuverlässiger Quelle, daß er General Washingtons rechte Hand war – Kriegstechnik, Befestigungen, solche Dinge.«

»Glaubt Ihr, daß das amerikanische Experiment lange Bestand haben wird?« fragte Granicki.

»Nein«, antwortete der Österreicher, und damit war das Thema Kościuszko erledigt.

Sechs Wochen nachdem Lubonski mit seinen Begleitern in Łańcut eingetroffen war, befahl Fürstin Lubomirska ihren Dienern, ihre Koffer zu packen; sie wollte in ihr großes Schloß in Wiśnicz übersiedeln, das sie drei Jahre lang nicht gesehen hatte und in dem hundertsechzig Diener und achtunddreißig Gärtner sie erwarteten. Die letzten Konzerte wurden gegeben – sechzehn Arien aus Mozartopern unter Mitwirkung des gesamten Chores –, und zum letztenmal besichtigten die beiden jungen Männer die Gemälde bedeutender europäischer Künstler. Die Lubomirska persönlich erklärte ihnen, warum dieser Maler erstklassig war und jener nicht. Die unzähligen Blumenvasen wurden in Tücher gehüllt und weggeräumt, und die Maschinen, die die neun Springbrunnen mit Wasser versorgten, wurden abgeschaltet.

Der Abschied von den einzelnen abreisenden Gästegruppen war oft tränenreich, besonders im Fall der Lubonskis. »Grüßt die Mniszechs von mir, lieber Graf! Viel Glück bei der Wahl eurer Zukünftigen, Roman und Feliks! Lebt wohl, lebt wohl und vergeßt nie diesen herrlichen Sommer voller Musik!« Sie begleitete sie zu ihren Pferden, und als sie aufgesessen waren, zog sie jeden Mann zu sich hinunter, um ihm einen Abschiedskuß zu geben. Sie vermutete nämlich, daß sie in den nächsten Jahren nicht nach Łańcut zurückkehren würde, da die Probleme beim Wiederaufbau ihrer übrigen Schlösser und Paläste ihre ganze Aufmerksamkeit in Anspruch nahmen.

Mehrere Tage lang ritt der Lubonski-Troß nach Südwesten, kam jedoch viel langsamer voran als früher, denn jetzt zogen sie durch die niedrigen Vorberge der Karpaten. Als die kalten Herbstwinde aus dem Süden zu wehen begannen, erreichten sie die alte Stadt Dukla, die die Übergänge nach Ungarn beherrschte.

Die jungen Männer waren fast ein bißchen enttäuscht, denn das Stammschloß der mächtigen Mniszech-Familie war dürftig, weder so kühn und groß wie das Schloß der Granickis noch so luxuriös wie Łańcut. Es war eine Grenzfestung, bewohnt von Leuten, die die

Grenze verteidigten, und darin bestand seine Bedeutung; als sie den Weg zu dem düsteren Gebäude hinaufritten, ermahnte Graf Lubonski seine Schutzbefohlenen: »Wenn die Mniszechs nicht hier unten sitzen und gegen Ungarn und Rußland kämpfen würden, gäbe es überhaupt kein Polen.« Er erinnerte sie daran, daß Cyprjan, der erste Lubonski, der den Titel *Graf* getragen hatte, in jungen Jahren Zofia Mniszech geheiratet hatte. Sie hatten den Lebensstil der Lubonskis mehr oder weniger geprägt und die unvergeßliche Barbara zur Welt gebracht, die beim Fall von Krzyztopor ums Leben gekommen war. »Die Mniszechs sind eine besondere Familie. Und wenn ihre junge Elzbieta genauso hübsch ist, wie man von ihr behauptet, dann können wir mit dieser Reise zufrieden sein.«

Leider war Elzbieta nicht anwesend; sie war mit ihrem Vater Ignacy zu einem fernen Schloß an der ungarischen Grenze geritten. Die Lubonskis sollten ihnen folgen, nachdem sie sich in Dukla ausgeruht hatten. Roman und Feliks, von den Berichten über Elzbietas Schönheit neugierig geworden, waren zunächst sehr enttäuscht. Doch der erzwungene Aufenthalt in Dukla erwies sich als einer der Höhepunkte ihrer Reise, denn hier lernten sie eine außergewöhnliche Angehörige der Mniszech-Sippe kennen, Urszula, die Witwe eines großen Kriegers. Sie erzählte genauso begeistert von der Vergangenheit ihrer Familie wie etwa Sophokles und Äschylus von dem Geschlecht der Atriden. Diesen Herbst wurde sie sechzig, und fünf Wochen lang schilderte sie ihnen in glühenden Farben, was die Mniszechs geleistet hatten, als sie aus tschechischen Landen nach Polen ausgewandert waren; wie sie mit bloßen Händen gegen die Russen gekämpft hatten und dann mit den Russen gegen die Tataren. Doch zur Freude der jungen Männer kam sie immer wieder auf die Geschichten zurück, in denen die jungen Frauen der Familie vorkamen. Sie versah sie mit einer so unwahrscheinlichen, romantischen Aura, daß Roman und Feliks schließlich davon überzeugt waren, daß es auf der Welt keine großartigeren Frauen gab als die Mniszechs:

»1589 wurde Jerzy Mniszech und seiner Frau Jadwiga, geborene Tarlówna, eine schöne Tochter geschenkt, die sie Maryna tauften; sie wuchs zu der schönsten jungen Frau in dieser Gebirgsgegend heran. Sie war weit und breit berühmt, und die Künstler fertigten Porträts von ihr an. Eines davon fiel einem Jüngling in die Hände, der Zar von

Rußland werden wollte und Dmitrij hieß – seine Gegner nannten ihn allerdings den falschen Dmitrij, denn Boris Godunow bestritt seinen Anspruch auf den Zarentitel.
Dieser Dmitrij, der ohne Unterlaß bestrebt war, den Thron zu erringen, sah also ein Porträt von Maryna, erlag ihrem Zauber und reiste nach Dukla. In dieser kleinen Stadt entwarfen Marynas Onkel, ihre Brüder und die Männer der Familie Tarlow einen Plan, durch den sie Dmitrij auf den Thron bringen wollten. Es gelang ihnen tatsächlich, und er wurde Zar aller Reußen. In einer großen Zeremonie, der Könige und Fürsten aus ganz Europa beiwohnten, heiratete er in Krakau unsere Maryna, und sie wurde Zarin – im Alter von fünfzehn Jahren!
Aber ihr Glück war nur von kurzer Dauer. Es gab da einen bösen Russen, einen Fürst Schujskij, der ebenfalls Zar werden wollte. Nicht einmal zwei Jahre später ermordete er Dmitrij, und unsere arme Maryna blieb als schutzlose Witwe in Moskau zurück. Aber eine schöne Frau ist nie wirklich schutzlos, wenn sie ihren Verstand gebraucht wie unsere Maryna. Sie fand noch einen jungen Fürsten, der ebenfalls Dmitrij hieß und ebenfalls Anspruch auf den Zarenthron erhob, weil der erste Dmitrij ein Betrüger gewesen war.
Unsere Maryna heiratete also den zweiten Dmitrij und wurde zum zweitenmal Zarin; doch auch dieser Herrscher wurde ermordet, und wieder bestieg Fürst Schujskij den Thron. Aber wenn ich mich recht erinnere, wurde auch er ermordet. In Rußland geschehen gräßliche Dinge.«
»Was wurde aus Maryna?« fragte Feliks, und Urszulas Augen leuchteten auf, als sie in ihrem Bericht fortfuhr:
»Maryna war allein, verwitwet und tief betrübt. Sie lernte einen Kosaken-Hetman kennen und floh mit ihm in die Steppen Rußlands, wo sie gemeinsam eine große Revolution planten, die jedoch scheiterte. Sie wurden von der Armee des rechtmäßigen Zaren, eines Romanows, wenn ich nicht irre, gefangengenommen. Maryna und ihr Kosak wurden nach Moskau gebracht und öffentlich enthauptet. Aber sie war eine echte Mniszech und spuckte vom Schafott aus auf die Menge.«
An diesem Abend erklärte Graf Lubonski seinen Schutzbefohlenen: »Viel von dem, was Urszula euch erzählt hat, stimmt. Maryna war

zweimal Zarin, und ich glaube, sie ist wirklich mit dem Kosaken geflohen; aber ich bezweifle, daß sie enthauptet wurde.«

»Was stimmt außerdem nicht?« wollte Feliks wissen.

»Ihre Schönheit. Ich habe Porträts von ihr aus dieser Zeit gesehen – sie hatte zwei ziemlich große Warzen. Außerdem war sie sehr klein. Als die Soldaten des Zaren zum erstenmal kamen, um sie zu verhaften, kauerte sie sich zusammen und versteckte sich unter dem Rock ihrer Amme.«

»Du hast der Geschichte den Reiz genommen«, protestierte Roman, worauf sein Vater erwiderte: »Ich habe die Geschichte geglaubt, als meine Mutter, die mit den Mniszechs verwandt war, sie mir erzählte. Ihr könnt euch aussuchen, was ihr glauben wollt, denn im wesentlichen ist sie wahr.«

Nie sprach Urszula von einer Angehörigen der Familie Mniszech, ohne ihren Zuhörern zu versichern, daß die Heldin ihrer Erzählung außerordentlich schön gewesen war, so daß Roman und Feliks diese Tatsache schließlich für eine wesentliche Familieneigenschaft hielten:

»Ludwika, die Tochter Jozef Mniszechs und einer anderen Tarlowa, heiratete zu meinen Lebzeiten Jozef Potocki. Ihr müßt euch diese Namen merken, denn später kommt noch ein Potocki, der jedoch kein sehr netter Mensch war. Ludwika war das schönste Mädchen in der ganzen Gegend, und Maler fertigten Porträts von ihr an, die bewiesen, daß sie himmlisch aussah – ich verwende dieses Wort absichtlich.

Das junge Paar wohnte in der großen Burg nördlich von Przemyśl, deren Name ich immer vergesse. Eines Tages, als sich Ludwika im Glockenturm aufhielt – ich habe nie begriffen, was sie dort eigentlich suchte –, sprengte ein Reiter in den Hof, der so groß ist wie ganz Dukla, und rief: ›Der junge Herr ist tot. Er fiel vom Pferd und ist tot!‹ Ludwika stieß einen Verzweiflungsschrei aus, stürzte sich vom Glokkenturm und starb.

Wenn Vollmond ist, geistert sie um Mitternacht in den Türmen von Krasiczyn – jetzt erinnere ich mich an den Namen. Sie trägt weite Gewänder und betrauert den Tod ihres Liebsten. Das Schlimme an dieser schönen Geschichte ist, daß Jozef Potocki überhaupt nicht tot war. Er kam heil und gesund nach Hause, begrub seine Frau, heiratete umgehend eine Ossolińska, und die beiden lebten glücklich in der Burg.«

Graf Lubonski verkündete mit einigem Stolz: »Soviel ich weiß, ist unsere Burg in Gorka die einzige in Polen, in der kein weibliches Gespenst in dünnen Gewändern um Mitternacht die Mauern unsicher macht. Die Frauen Lubonskis sind zu klug, um ihre Zeit damit zu verschwenden. Wenn ihr mich fragt, sitzen sie vermutlich im Himmel, hören schöne Musik und trinken Met.«

»War diese Geschichte wahr?« fragte Roman.

»Es hat die drei wirklich gegeben. Wir sind auf dem Weg nach Lemberg an ihrer Burg vorbeigekommen.«

»Dann glaube ich, daß sie wahr ist«, beschloß Roman, worauf sein Vater antwortete: »Ich bin auf dieser Reise sehr zufrieden mit dir, Roman. Junge Männer sollten glauben – an die Kreuzigung, an die Größe des antiken Athen und Karls des Großen. Wenn man solche festen Wertvorstellungen hat, kann man sich eher Klarheit über alle möglichen Dinge verschaffen.«

»Ihr gebraucht diese Redewendung jetzt schon zum zweitenmal«, sagte Roman. Sein Vater meinte: »Ich habe mein Leben lang versucht, mir Klarheit zu verschaffen.«

»Ist es Euch gelungen?«

»Nein, denn ich habe in einem Zeitalter der Katastrophen gelebt. Und ich wollte hier in Dukla mit Ignacy Mniszech ausführlich darüber sprechen. Seine Abwesenheit ist eine schwere Enttäuschung für mich; wir sollten nach Westen reiten und ihn in Niedzica aufsuchen.«

»Ich möchte lieber noch hierbleiben; diese Geschichten faszinieren mich.« Feliks pflichtete Roman bei, und so warteten sie und hofften täglich, daß Elzbieta zurückkommen würde. Es war ein Glück, daß sie es nicht eilig hatten, denn so konnten sie von Urszula erfahren, was für herzzerreißende Ereignisse sich in der letzten Generation der Mniszechs zugetragen hatten:

»Jerzy August, der Bruder jener Ludwika, die sich vom Glockenturm der Burg stürzte, heiratete in zweiter Ehe ein reiches deutsches Mädchen namens Maria Amalia Brühl aus der großen und mächtigen Familie Brühl, die mit unseren sächsischen Königen nach Polen gekommen war und dank der Sorglosigkeit der Polen ein großes Vermögen erworben hatte.

Maria Amalia war wie ein Blitzstrahl. Ich kannte sie gut und hatte Angst vor ihr. Deutsche hin, Deutsche her, sie war schön und tüchtig. Sie hatte eine Tochter, Jozefa, die so alt war wie ich und die ich anbetete. Sie war intelligent und konnte früher lesen als wir alle, unternahm Reisen nach Italien und sang wie ein Vögelchen. Ich war dabei, als ihre Eltern bekanntgaben, daß sie den schneidigsten Mann im ganzen Land, Szczesny Potocki, heiraten würde. Darauf folgte ein großes Fest. Das Geld der Mniszechs heiratete die Besitzungen der Potockis!

Doch noch bevor es zur Hochzeit kam, verliebte sich dieser Schurke Szczesny in die hübsche Tochter eines kleinen Adeligen, Gertruda Komorowska, die unserer Jozefina nicht das Wasser reichen konnte. Er heiratete sie – eine Beleidigung für ganz Dukla! – und schwängerte sie.

Das konnten wir Mniszechs nicht auf uns sitzenlassen, und schon gar nicht, wenn Maria Amalia Brühl mit ihrer deutschen Hartnäckigkeit davon betroffen war. Als also die schwangere Gertruda eines Nachts in einem Schlitten nach Hause fuhr, brach ein von Maria Amalia angeheuerter Kosakentrupp aus einem Hinterhalt hervor, hielt die Pferde an, zog die Schwangere in den Schnee, erwürgte sie, schlug ihr den Kopf ab und warf ihre Leiche in den San. Die würde sich keinen Mann mehr angeln, der für eine Mniszchowna bestimmt war!«

Roman war von der Geschichte dieser gewalttätigen Familie fasziniert und wollte wissen, was weiter geschah. Die Alte wiegte sich vor und zurück, während sie die blutrünstigen Einzelheiten dieser Affäre schilderte, die sie selbst miterlebt hatte:

»Die Männer der Mniszechs, die in der Schuld der Kosaken standen, gaben dem Hetman Berezow eines ihrer Dörfer in der Ukraine und dazu zweitausend Leibeigene. Sein Sohn wurde zum Grafen Berezowski geadelt und heiratete eines der Mädchen der Potocki. Interessant an der Geschichte ist, daß die gleichen Mniszechs den schändlichen Szczesny Potocki zwangen, wie ursprünglich vorgesehen, unsere Jozefina zu heiraten. Und bei der Hochzeit drohte ihm Maria Amalia, daß sie ihn persönlich erwürgen würde, falls er seine Frau jemals schlecht behandelte.

Natürlich waren die Komorowskis über die ganze Sache verbittert ... ihre schöne, schwangere Tochter war von einer Horde Kosaken er-

würgt worden. Sie forderten vor dem Gericht in Krakau Sühne, doch die Mniszechs waren zu mächtig. Unsere Seite bestach die Richter – mein Mann überbrachte ihnen das Geld –, und den Komorowskis wurde bedeutet, daß sie zum Teufel gehen sollten.
Aber die Komorowskis waren nicht machtlos, obwohl sie nicht zum Hochadel gehörten. Eines Nachts schlichen sich drei ihrer jungen Männer, die ich alle kannte, in das Haus von Szczesny Potocki und töteten unsere Jozefina.
Maria Amalia Brühl nahm eine Zeitlang an, daß vielleicht Potocki Jozefina umgebracht hatte, und erklärte ihm: ›Wenn du jemals wieder heiraten solltest, du Hund, dann werde ich persönlich deine Frau erwürgen!‹ Wahrscheinlich bekam er daraufhin Angst, denn er heiratete kein zweites Mal. Statt dessen nahm er sich eine schöne griechische Tänzerin namens Zofya ins Haus, und angeblich sind die beiden sehr glücklich.«
Roman war von der Geschichte hingerissen, doch Feliks bezweifelte ihren Wahrheitsgehalt in etlichen Punkten. Das ärgerte Urszula. Sie führte ihn und Roman zu der aus rohen Steinen errichteten Santa-Maria-Magdalena-Kirche, die den Hauptplatz von Dukla beherrschte. In der größten Kapelle drückte sie Feliks auf eine Bank, von der aus er einen schönen, geschnitzten Sarkophag betrachten konnte, der dort an der Wand stand. Er zeigte die Gräfin Maria Amalia Brühl Mniszchowna, Mutter von vier Kindern, die im Alter von sechsunddreißig Jahren gestorben war. Auf einem Fundament aus schwarzem Marmor lag eine weißgekleidete Gestalt in natürlicher Größe, schlafend, ein süßes, friedliches Lächeln auf dem sanften Gesicht.
»Hier liegt eine der mächtigsten Frauen, die ich je kennengelernt habe«, erklärte Urszula. »Sie war manchmal schroff, aber sehr tüchtig.«
»Ist Elzbieta wie sie?« fragte Roman. Urszula antwortete: »Alle Frauen der Mniszechs sind wie sie.«
Die Reise von Dukla nach Niedzica im Westen war eine ganz neue Erfahrung für die beiden jungen Männer, denn der rauhe Karrenweg führte sie zu wilden Sturzbächen, Schluchten und kleinen Bergen, die zuweilen unpassierbar aussahen. Feliks, der interessiert die veränderte Landschaft musterte, erklärte Roman eines Abends, als die

Sonne hinter den Hügeln verschwand: »Die Märchen der alten Urszula waren eine gute Vorbereitung auf solche Gegenden.« Roman fuhr ihn an: »Das sind keine Märchen, es ist wirklich geschehen.« Von da an ritt er immer voraus, weil er jeden neuen Ausblick als erster sehen wollte.

So befand er sich auch an der Spitze des Zuges, als sie in eine malerische Schlucht eindrangen, die offensichtlich tief in die Berge hineinführte; er winkte Feliks, zu ihm aufzuschließen. Nun führten die beiden jungen Männer den Trupp gemeinsam durch eine Gegend, die ständig für Überraschungen sorgte: hier eine senkrechte Felswand, dort wilde Stromschnellen in dem Fluß, an dessen Ufern sie entlangritten. Ein ortskundiger Führer, den der Graf angeheuert hatte, damit er sie durch das gefährliche Gebirge führte, erzählte den beiden: »Jeder Kaufmann, der von Budapest nach Krakau reist, muß diesen Weg nehmen, und deshalb waren die Räuber hier immer eine wahre Landplage. Es gibt sie immer noch, obwohl die österreichische Regierung versucht, ihnen das Handwerk zu legen. Wenn wir keine Soldaten dabei hätten, es wäre um uns geschehen. Sie würden aus den Hügeln über uns hereinbrechen und uns die Kehlen durchschneiden.«

Roman und Feliks hofften, daß die Räuber einen Überfall unternehmen würden, so daß sie ihren Mut beweisen konnten, und ritten voran; als sie um eine Wegbiegung kamen, rief Roman: »Da sind sie!« In der Ferne schoben sich auf zwei mächtigen Hügeln, die zu beiden Seiten des Flusses lagen, die Zwillingsburgen von Niedzica, ein überwältigender Anblick. Hätten sie an einer leichter zugänglichen Stelle gestanden, sie wären in ganz Europa berühmt gewesen; da sie jedoch in dieser entlegenen Schlucht erbaut worden waren, galten sie als Legende; aber alle, die jemals ihre Gastfreundschaft genossen hatten, sprachen mit Ehrfurcht von ihnen.

Lubonski und seine Begleiter ritten noch einen halben Tag weiter, und als sie sich der Festung auf Rufweite genähert hatten, feuerte der Führer eine Salve ab. Kurze Zeit später erschienen auf den Wällen der südlichen Burg Männer, die eifrig zurückschossen. Laut hallte das Echo in der Schlucht wider. Eine kleine Weile danach kam eine Menge Leute aus der Burg, Männer und Frauen, und während sie über einen steilen Fußpfad zum Flußufer herunterkletterten, beflügelte ein einziger Gedanke die beiden jungen Männer: Unter den

vielen Menschen befindet sich auch Elzbieta Mniszech! Sie schauten sich schier die Augen aus dem Kopf, um sie ausfindig zu machen.
Da der Weg durch die Schlucht am Nordufer verlief, mußten die Reisenden eine Fähre benützen, um Burg Niedzica am Südufer zu erreichen. Sie gelangten zu einer primitiven Anlegestelle und sahen vier flache Ruderboote, die Bergbewohner in dicken Filzjacken vom anderen Ufer herüberstakten. Als der Graf und seine Begleiter vorsichtig das erste Boot bestiegen, hörten sie am anderen Ufer Schüsse und laute Rufe. Die Boote legten an, und Roman und Feliks starrten auf ihre wartenden Gastgeber.
»Das ist Ignacy Mniszech«, sagte Lubonski und wies auf einen riesigen, altmodisch gekleideten Mann mit langem Schnurrbart und vollkommen glattrasiertem Kopf, »und der kleinere Mann in der grüngoldenen Jacke ist Horvath Janos, der Ungar, dem die Burg gehört. Vergeßt nicht, daß sie den Familiennamen voransetzen, also redet ihn nicht mit *pan* Horvath an.« Ignacy war von vier großen Männern mit beinahe glattrasierten Köpfen und einigen anderen in typisch ungarischer Tracht begleitet. Auf halber Höhe der zu der Burg führenden Treppe warteten sechzehn Soldaten in grünen Uniformen. Gut fünfzig Meter über ihnen begannen die Mauern der Burg.
Da erblickten die beiden jungen Freier in Ignacys Schatten seine zwanzig Jahre alte Tochter Elzbieta. Sie trug ein ungarisches Bauernkleid mit schweren Tressen und plumpe Filzstiefel. Wie die meisten Mniszechs hatte sie dunkle Haare und eine helle Haut. Sofort meinten die jungen Gäste, in ihr eine Vertreterin jener heldenhaften und romantischen Töchter der Mniszechs zu erblicken – eine peinliche Fehleinschätzung, denn sie war in Wirklichkeit sanft und ein bißchen schüchtern. Als sie bemerkte, daß die Besucher sie anstarrten, zog sie sich hinter ihren Vater zurück.
Es entstand einige Verwirrung, als die ungarischen Herren die Hände ausstreckten, um den Gästen über die schmalen Bretter zu helfen, die zwischen das Ufer und die Boote gelegt worden waren. Als einer von Lubonskis Männern ausglitt und in das seichte Wasser fiel, erscholl Gelächter. Ignacy griff persönlich nach Romans Hand, und nachdem er den jungen Lubonski sicher an Land gezogen hatte, umarmte er ihn herzlich und küßte ihn auf die Stirn: »Willkommen in Niedzica, junger Mann, und das ist meine Tochter Elzbieta.«

Mit anmutiger Zurückhaltung streckte Elzbieta Roman ihre Hände entgegen; und als sie Feliks auf die gleiche Weise begrüßte, begriff dieser blitzartig, daß er endlich wirklich verliebt war. Katarzyna Granicka war attraktiv gewesen, wie alle jungen Frauen, Nadscha, die Ukrainerin ohne Familiennamen, hatte ihn zutiefst gerührt, die große Lubomirska war eine Art Stimulans gewesen, Elzbieta Mniszchowna aber der absolute Höhepunkt einer langen Reise, und er wußte, daß er zeit seines Lebens keine andere Frau lieben würde. In seiner schlagartigen Verliebtheit, die vielleicht gar nicht so schlagartig kam, denn die alte Urszula mit ihren Legenden hatte den Grundstein dazu gelegt, vergaß er ganz, daß der gesellschaftlich höher stehende Roman Lubonski sich ebenfalls auf Brautschau befand und daß Roman von Elzbieta bestimmt genauso beeindruckt war wie er selbst.

Burg Niedzica besaß sieben zinnenbewehrte Rundtürme, von denen aus man hinunter in die Schlucht oder hinüber zur Nordburg blicken konnte, die ebenfalls auf einem Felsvorsprung stand. Gelegentlich sah man eine Pferdekarawane, die langsam den Fluß entlang nach Krakau zog. Als Feliks und Roman in diesen Tagen einmal vom höchsten Turm Ausschau hielten, gesellte sich Elzbieta zu ihnen.

»Dort unten« – sie zeigte hin – »ist die Stelle, an der die Räuber zuschlagen, wenn Kaufleute in der Schlucht von der Nacht überrascht werden.«

»Habt Ihr es je gesehen?« erkundigte sich Feliks.

»Nein, der Überfall erfolgt immer in der Dunkelheit. Aber einmal griffen die Räuber nachts an, während wir schliefen. Zwei österreichische Juden blieben tot zurück.«

Wie ihre Großtante Urszula war auch Elzbieta eine gute Geschichtenerzählerin und bezauberte die beiden jungen Männer mit der Schilderung einiger Ereignisse, die sich in den Zwillingsburgen abgespielt hatten. Sie sprach mit leiser Stimme, die nur dann laut und erregt wurde, wenn ihre Erzählung sich dem Höhepunkt näherte:

»Mein Onkel behauptet, daß diese Zwillingsburgen, trotz ihrer einsamen Lage, einen Abriß der polnischen Geschichte bieten. Als die Tataren das Land 1241 überrannten, floh der Herzog von Krakau verängstigt hierher. Und habt Ihr je von Jadwiga gehört, der strahlenden ungarischen Fürstin, die Jagiello geheiratet hat? Als sie polnischen Boden betrat, um unsere Königin zu werden, verbrachte sie die erste Nacht in unserem Land auf Niedzica! Unser letzter schwedischer König, Johann II. Kasimir, verbarg sich während des Krieges hier, und mein Onkel nimmt an, daß der große Jerzy Lubomirski den königlichen Schatz hier versteckte, als die Schweden alles eroberten. Einer der falschen Dmitrijs fand ebenfalls hier Zuflucht, bevor er Zar wurde, und der berühmte Bauer und Räuber Kostka leitete seine Revolution von diesen Burgen aus.

Als ich die Burgen zum erstenmal sah, dachte ich: Mein Gott, das ist das Ende der Welt. Aber sie waren oft ihr Mittelpunkt. Und ob wir uns jetzt am Ende oder im Mittelpunkt der Welt befinden – wer vermag das zu sagen?«

Wenn es schneite, wurde die Gegend zu einem stillen Märchenland, in dem die Hirsche von den Hügeln herabstiegen und das Eis die Boote gefangenhielt. Dann blieben alle in den großen Hallen, das Feuer knisterte, und man erzählte sich Geschichten. Ignacy Mniszech beherrschte seine Umgebung, er war ein großer, starrsinniger Mann, dessen kahler Kopf im Feuerschein schimmerte, dessen Schnurrbart jeden zu bedrohen schien, der anderer Meinung war als er. »Bei Gott, es wäre besser für uns alle, wenn Rußland den Teil Polens, der noch übrig ist, übernehmen würde und Österreichs Teil dazu. Katharina weiß, wie man regiert.«

Feliks bemerkte, daß Graf Lubonski Ignacy in solchen Augenblicken widersprach, ohne jemals die Stimme zu erheben. »Auf die Dauer werden wir feststellen, daß Österreich seinen Teil von Polen wesentlich besser verwaltet als Preußen und Rußland ihre Teile.«

Wenn Ignacy wütend war und seine Stimme immer lauter wurde, wiederlegte Lubonski geduldig seine Argumente, und wenn er mit den jungen Männern allein war, rief er ihnen immer wieder ins Gedächtnis: »Die Mniszechs sind immer von Rußland bezahlt worden. Er muß so sprechen, wie er es tut.«

Eine Bärenjagd wurde organisiert. Es nahmen so viele Adelige und Soldaten daran teil, als hätte es gegolten, eine Burg zu erstürmen. Elzbieta erklärte, sie wolle mitreiten. Zuerst befahl ihr Ignacy zornig, sie solle daheim bei den Köchen bleiben und sich zum Teufel scheren, aber als sie darauf bestand, begriff er, daß sie mit den jungen Herren beisammen sein und beobachten wollte, wie sie sich anstellten. Er drückte sie an sich und rief: »Wenn dein schönes Gesicht Kratzer abbekommt, ist es allein deine Schuld.« Feliks warf schnell ein: »Wir werden sie beschützen, *pan* Ignacy«, und der Anführer der Jagd brüllte: »Das würde ich Euch auch raten!«

Feliks konnte sich nicht vorstellen, wie man im Winter, wenn die Bären schliefen, eine Bärenhatz veranstalten wollte. Aber Ignacy wußte, wie man es machen mußte: Als sie tief im Wald auf einem Berghang angelangt waren, rief er nach Fackeln. Er nahm einige und kletterte zu gefährlichen Stellen hinauf, von wo aus er die brennenden Fackeln in die Höhlen warf, in denen sich möglicherweise überwinternde Bären befanden. Nach drei Fehlschlägen, bei denen er sich die Hände und eine Gesichtshälfte zerkratzte, fand er eine besonders vielversprechend aussehende Höhle. Er rief nach weiteren Fackeln, steckte die rauchenden Enden in den Eingang und rief nach einer Weile: »Bei Gott, ein Bär!«

Aus der Höhle tauchte ein verschlafener, erschreckter Bär auf, der einen Blick auf Mniszech warf und sich entsetzt zurückzog. Doch seine Zufluchtsstätte war jetzt mit so dichtem Rauch gefüllt, daß er nicht mehr hinein konnte, und so wich er Mniszech verzweifelt aus und polterte schwerfällig durch den schütteren, kahlen Wald davon. Mit wilden Schreien ließen die Bewaffneten die Hunde los und machten sich an die Verfolgung; Roman und Feliks bahnten Elzbieta, die von der Jagd begeistert war, einen Weg.

Ungefähr eine Meile lang konnten die Verfolger den Bären nicht einholen. Aber das Tier war durch den langen Schlaf ohne Nahrungsaufnahme geschwächt und schließlich so erschöpft, daß die Hunde leichtes Spiel mit ihm hatten. Sie gruben ihre scharfen Zähne in seine Flanken und hielte das abgezehrte Geschöpf auf diese Weise fest. Es drehte sich um und stellte sich den Gegnern, die es eingekreist hatten. Mit weitausholenden Schlägen der Vordertatzen verletzte der Bär einige Hunde und schleuderte sie mit blutigen Schnauzen zur Seite, doch die Männer schlossen einen immer engeren Ring um ihn, und schließlich sprang Ignacy mit einer langen Pike vor und durchbohrte den Bären mit einem tödlichen Stoß. Feliks wurde es schlecht, und er verbarg es nicht.

Er hielt sich auch in der Nacht nicht besser, in der die Soldaten zwei Räuber fingen, die von Ungarn nach Polen reisende Kaufleute überfallen hatten. Als die in dicker Kleidung steckenden Räuber, deren Taschen noch mit Diebesgut vollgestopft waren, in die Festung geschleppt wurden, befahl man den Soldaten, sie zu schlagen. Feliks protestierte: »Sie haben doch niemanden getötet!«

»Sie haben vermutlich vergangenen Monat die beiden Juden umgebracht«, wütete Mniszech, und zu Feliks' Empörung ging die Prügelei weiter.

Auch das Schauspiel, das sich bei Sonnenaufgang abspielte, nahm Feliks sehr mit. Hörner ertönten, und alle Bewohner der Burg versammelten sich in dem von den Türmen umgebenen Hof, in dem hastig eine primitive Plattform errichtet worden war. Sie wackelte, als ein Soldat mit einem Beil sie betrat, und als der erste Räuber hinaufgezerrt wurde, fielen die Stützen beinahe um. »Haltet sie fest!« rief Mniszech. Drei Soldaten wurden zu je einem Pfahl beordert.

Sie machten ihre Sache nicht gut: Als der Mann mit dem Beil versuchte, dem ersten Räuber den Kopf abzuschlagen, bewegte sich der Hals, und der Schlag ging entsetzlich daneben. Der zweite Räuber, der genau wußte, daß es ihm ebenso ergehen würde, sah zu, wie das Beil zum drittenmal erfolglos heruntersauste, und fiel in Ohnmacht.

Feliks verlor fast auch das Bewußtsein, aber er riß sich zusammen und sah zu, wie der leblose Körper des zweiten Räubers auf die Plattform gehoben wurde, wo der Mann mit dem Beil ausholte, um ihn zu enthaupten. »Mach es endlich richtig«, brüllte Mniszech, »sonst bist du als nächster dran!« Da es durchaus möglich war, daß er seine Drohung wahr machte, zitterten die Hände des Henkers sichtlich, aber es gelang ihm, den Kopf mit zwei kraftvollen, nicht gut gezielten Schlägen abzutrennen. Feliks konnte nicht hinsehen, was Elzbieta erleichtert zu Kenntnis nahm; auch sie hatte sich abgewandt.

In der Woche nach Weihnachten kam Feliks' große Chance. Alle Bewohner des Schlosses ritten in eine nahe Stadt, in der der Schnee in den engen Straßen von den Füßen vieler Bauern zusammengetreten worden war und man schnelle Pferde paarweise vor seltsame Schlitten gespannt hatte. Sie waren so schmal, daß nur eine Person – immer ein unverheiratetes Mädchen – Platz zum Sitzen hatte. Die Kufen waren gewachst und rasiermesserscharf und trugen hinten eine Art Plattform, von der aus der Fahrer – immer ein unverheirateter junger Mann – die Pferde mit langen Zügeln und einer noch längeren, sehr geschmeidigen, in Frankreich angefertigten Peitsche lenkte. Die Fahrt durch die engen Straßen war kein eigentliches Rennen, denn zwei Schlitten hatten nicht nebeneinander Platz, eher eine Art Geschicklichkeitsprobe. Jeder Fahrer schwang die Peitsche über seinen Pferden, damit sie möglichst schnell liefen; das Mädchen hielt sich krampfhaft fest und durfte nicht schreien, ganz gleich, was geschah. Oft stürzten die kleinen Schlitten, die nicht einmal einen halben Meter breit waren, um, das Mädchen landete in einer Schneewehe, und manchmal mußten die Pferde des nächsten Schlittens über die Gestürzte hinwegspringen. Das war natürlich eine Schande für ihren Fahrer, der die Pflicht hatte, den Schlitten um jeden Preis auf den Kufen zu halten.

Roman Lubonski lehnte es glatt ab, sich an diesem gefährlichen Spiel zu beteiligen; er hatte einmal erlebt, wie ein Mädchen dabei verunstaltet wurde. Sein Vater redete ihm nicht zu, denn diese Fahrten waren eine Erfindung der Kosaken und ein Rückfall in barbarische Sitten.

Feliks aber erkannte, daß sich ihm die Chance bot, Elzbieta für sich zu gewinnen. Er meldete sich freiwillig, bekam einen Schlitten, auf den der Name *Feuervogel* gemalt war, setzte Elzbieta auf den schmalen Sitz und versicherte ihr, daß sie siegen würden.

Feliks' Herz galoppierte genauso wild wie seine Pferde, als er sein Gespann durch die engen Straßen jagte, um die Ecken schleuderte, den Zuschauern zuwinkte und sich dem Engpaß näherte, der zwei rasche Richtungsänderungen erforderlich machte. »Haltet Euch jetzt besonders gut fest«, warnte er Elzbieta, brachte mit einer Geschicklichkeit, die die Bergbewohner in Erstaunen versetzte – sie wußten ja nichts von seiner Vorliebe für Pferde –, die gefährlichen Kurven hinter sich und gelangte mit dem Schlitten und seiner kostbaren Fracht sicher ans Ziel.

Die Menge klatschte Beifall, und Roman lief zu Feliks, um ihm die Hand zu schütteln. Er kam jedoch nicht dazu, denn in diesem Augenblick gab Elzbieta ihrem Fahrer den Siegeskuß. »Wir haben gewonnen!« rief sie. »Es war wunderbar, diese entsetzlichen Kurven.« Und sie küßte ihn noch einmal.

Zwei Tage nach Neujahr trafen Männer, die Feliks noch nie gesehen hatte und die auch Roman nicht kannte, aus zwei verschiedenen Richtungen auf Niedzica ein. Aus Wien kam Fürst von Starhemberg, ein Nachkomme des tapferen Österreichers, der Wien gegen die Türken verteidigt hatte; die Zwillingsburgen und das Land ringsum gehörten jetzt zu Österreich, und Feliks nahm an, daß der Fürst es inspizieren wollte. Er war ein junger, befehlsgewohnter Mann und vermutlich für ein hohes Amt in der österreichischen Regierung vorgesehen. Der zweite Mann war von schwierigerer Wesensart: Baron Ottokar von Eschl aus Preußen, jetzt schon über sechzig, zurückhaltend, korrekt und ungeduldig, wenn es um den Austausch gesellschaftlicher Artigkeiten ging. Als ihm Elzbieta vorgestellt wurde, nickte er ihr nur zu und übersah ihre beiden Bewerber vollkommen, denn er wollte offensichtlich nach der langen, anstrengenden Reise sofort zur Sache kommen. Worum es sich in diesem Fall handelte, konnte Feliks allerdings nicht erraten.

Bei dem großen Abendessen, mit dem die ungewöhnliche Zusammenkunft eingeleitet wurde, erregte Eschl die Aufmerksamkeit der jungen Männer, als er sich beinahe brüsk an Graf Lubonski wandte: »Warum nur könnt ihr Polen diesen Narren Kościuszko nicht zur Räson bringen? Wenn er so weitermacht, kommt es zu ernsten Schwierigkeiten.«

»Wir kümmern uns nicht um ihn, Baron«, erklärte Lubonski.

»Aber wenn er über eure Köpfe hinweg spricht... die Bauern aufwiegelt –«

Mniszech unterbrach ihn. »Wenn die Bauern nur das Geringste unternehmen, zerschmettern wir sie, wie Katharina die ihren zerschmettert hat.« Damit war das Thema beendet.

In den nächsten Tagen saßen Mniszech und Lubonski stundenlang mit den beiden Besuchern zusammen, so daß Feliks Bukowski Zeit hatte, die verschiedenen bruchstückhaften Informationen zu ordnen, die er auf dieser abwechslungsreichen Reise gesammelt hatte. Seine vier Liebesaffären waren verwirrend gewesen, seine Konfrontation mit den polnischen Problemen jedoch erschütternd. Er war der Sohn eines Mannes, der sein Leben geopfert hatte, um die polnische Freiheit zu retten, und Feliks wußte noch genau, wie sein Vater den Begriff Freiheit definiert hatte: ›Feliks, die Zeit ist gekommen, da wir uns nach dem Beispiel von Frankreich, England und Amerika richten müssen. Die Freiheit für fünfzehn große Familien, die auf allen Gebieten diktieren können, ist nicht mehr aufrechtzuerhalten. Die Menschen sollten Land besitzen, für sich selbst arbeiten, nicht für ein Schloß, und sie sollten der Regierung Steuern bezahlen und nicht einem verdammten Idioten wie Przamowski!«

Niemals würde Feliks Przamowski vergessen, einen kleinen Adeligen aus einem nahen Dorf. Aus seinen Grundholden preßte er mit allen in Polen gebräuchlichen Mitteln Geld und Arbeit heraus und verlangte Abgaben von ihnen, was die Bukowskis nie taten. Przamowski besaß eine Mühle, die seine Bauern gegen eine maßlos überhöhte Gebühr benützen, und eine Brauerei, die seine Grundholden frequentieren mußten. Einmal weigerte sich ein Bauer in einer von Przamowskis Hütten, die obligatorische Bierration zu kaufen, weil weder er noch seine Frau Bier tranken. Przamowski kam zur Hütte und brüllte: »Du bist mir drei Gallonen schuldig.« Als der Bauer sagte: »Aber wir trinken gar kein Bier«, ließ Przamowski wütend das Bier vor der Schwelle des Bauern auf den Boden schütten. »Jetzt hast du dein Bier, verdammt nochmal, und ich will meine Zlotys.« Der Mann mußte zahlen.

Feliks konnte Schloß Łańcut nicht vergessen, die endlose Folge von Gemächern, die nur alle paar Jahre für einige Wochen benützt wurden, die Scharen von Dienern, die Gärtner, die einzelne Grashalme auszupften, die achtzehn weiteren Paläste der Lubomirska und die Architekten, die diese Paläste für Besucher instand setzten, die nie eintrafen. Er sah die sechzig Gesichter am langen Tisch vor sich, die Gesichter von Männern und Frauen, die Polen zu ihrem privaten Vorteil ausgenützt hatten, und er begann sich zu fragen, was das Schlagwort von der »Goldenen Freiheit« wirklich bedeutete.

Zuerst hatte er dazu geneigt, Granickis Ansicht, daß Polen nur deshalb groß geworden war, weil die Magnaten es gut regiert hatten, zu akzeptieren; andererseits wußte er, daß diese Zeit vorbei war und daß jetzt nach neuen Lösungen gesucht werden mußte. Weil er Graf Lubonski sehr verehrte, hatte er einst angenommen, alle Magnaten seien so wie er. Aber jetzt, wo er sie aus der Nähe sah, kam ihm der Verdacht, daß sie immer harte, diebische, egoistische Leute gewesen waren, die Polen nicht die best-, sondern die schlechtestmögliche Re-

gierung gegeben hatten. Erbittert verteidigten sie ihren Besitz gegen armselige Räuber in einsamen Schluchten, hatten aber überhaupt keine Lust, Polen gegen echte Räuber wie Preußen und Rußland zu beschützen – sie forderten diese Länder ja sogar auf, solche Raubzüge mit ihrer Billigung zu unternehmen!
Feliks wußte damals noch nicht genau, wer Tadeusz Kościuszko war, aber er hatte einiges über diesen Mann gehört, was ihm durchaus gefiel: Er war ein Patriot, der sich gegen die Teilungen aussprach; er hatte in Frankreich und Amerika neue Ideen aufgegriffen; und er trat anscheinend für die Art von Freiheit ein, für die Tytus gestorben war. »Ich glaube, Kościuszko gefällt mir«, gestand er Roman. Der riet ihm: »Erzähl das lieber nicht meinem Vater!«
Doch einen Tag, nachdem Feliks zu diesen Schlüssen gelangt war, hörte er die Männer bei Tisch die »Goldene Freiheit« in den höchsten Tönen loben und so viele Argumente für sie vorbringen, daß er unsicher wurde. Graf Lubonski erinnerte seine Zuhörer: »Als Frankreich die häretischen Albigenser verbrannte, wurde in Polen kein einziger Scheiterhaufen angezündet. Als man in England Juden ans Kreuz schlug, lebten sie in Polen in Freiheit. Als Religionskriege Deutschland heimsuchten, ein schrecklicher Aderlaß nach dem anderen, blieb Polen ein Bollwerk der Freiheit. Mein Vater, Gott schenke ihm die ewige Ruhe, ließ das Thorner Blutbad zu, doch sogar er schämte sich, und es wurde nie wiederholt. Freiheit bedeutete eben Freiheit für alle.«
»Ja, es war ein bemerkenswerter Beitrag zu den europäischen Regierungssystemen«, stimmte Baron Eschl zu. »Ein Land ohne großes stehendes Heer. Ein Parlament, in dem die Freiheit einiger weniger Intellektueller vor dem Druck des Mobs geschützt wurde. Die ständige Förderung der besten Familien, die mit größter Klugheit regierten. Kein Wunder, daß Rußland, Österreich und Preußen sich immer verbündet haben, um diese Freiheit zu schützen.«
»Als Österreich diese Gebiete besetzte, begann ich die polnische Geschichte zu studieren«, erzählte Graf Starhemberg, »und erkannte, daß Polen die beste Demokratie seit dem antiken Athen entwickelt hatte. Das Volk herrschte, nicht der König. Ihr Polen habt keine Diktatur, keine Schreckensherrschaft zugelassen. Eure Goldene Freiheit setzte seinerzeit ein Fanal für die Welt, und deshalb war Wien immer bemüht, sie zu beschützen.«

Die Lobpreisungen gingen immer weiter, bis Feliks den Eindruck gewann, daß die Polen selbst für die beiden Teilungen verantwortlich waren – denn Österreich, Preußen und Rußland hatten das Land ja offensichtlich immer nur beschützt.
Eines Nachmittags jedoch, er suchte gerade Elzbieta, die jetzt immer mehr Zeit mit Roman verbrachte, kam er an einer offenstehenden Tür vorbei und hörte die vier Männer – Eschl, Starhemberg, Mniszech und Lubonski – erregt diskutieren. Da er ein neugieriger junger Mann war, blieb er stehen. Mniszech sagte gerade: »Fjodor Kuprin hat mich auf meinem Gut in Westrußland aufgesucht und mir versichert, daß seine Katharina jetzt entschlossen ist, Polen endgültig zu erledigen. Es ein für allemal auszulöschen.«
»Wird sie Preußen unterstützen, wenn wir den ersten Schritt unternehmen?«
»Ja, wenn Österreich mitmacht.«
»Wir können uns nicht auf ein so vages Versprechen verlassen«, entgegnete Eschl, worauf Mniszech auffuhr: »Zweifelt Ihr an meinen Worten?« Eschl beschwichtigte ihn: »Ich zweifle an Katharinas Worten. Sie hat uns in der Vergangenheit zu oft belogen.«
Feliks verstand die nächsten Sätze nicht, weil jetzt alle durcheinanderredeten, aber schließlich setzte sich die kalte, klare Stimme Eschls durch, der wie immer auf den Kernpunkt des Problems zu sprechen kam. »Antwortet so einfach wie möglich, Graf Starhemberg: Wird Österreich sich uns bei einer endgültigen Teilung anschließen?«
Bevor der Wiener antworten konnte, sagte Lubonski so leise, daß Feliks ihn kaum verstand: »Horvath Janos hat mir an dem Tag, an dem ich hier eintraf, versichert, daß er Briefe aus Wien besitzt, in denen ihm sofortige militärische Unterstützung zugesagt wird, falls Rußland und Preußen einen entscheidenden Schritt in dieser Richtung unternehmen.«
»Und Ihr habt Katharinas und Kuprins Zusage, daß Rußland bereit ist, den Sprung zu wagen.«
»Schließt die Tür!« befahl Baron Eschl. »Man könnte uns hören, und ich will nicht, daß Horvath erfährt, was wir beschließen.« Die Tür fiel ins Schloß.
Dieses Gespräch hatte Feliks sehr verwirrt. Er hörte auf, über Polens Freiheit nachzudenken, und wandte seine ganze Aufmerksamkeit

der Werbung um Elzbieta Mniszech zu. Zwei Wochen lang hatte Roman freie Hand gehabt, doch jetzt erwies sich Feliks als nicht zu unterschätzender Konkurrent. Er war nicht schüchtern, war wortgewandt, nahm von Tag zu Tag mehr Weltläufigkeit an, und obwohl er etwas kleiner war als Roman, wirkte seine Gesamterscheinung anziehender. Er hatte sich in Elzbieta verliebt und guten Grund zu der Annahme, daß sie ihm nicht gleichgültig gegenüberstand.
Zweimal erwähnte sie die Schlittenfahrt, bei der er sich so gut gehalten hatte, und ab und zu ließ sie sich von ihm in den Winkeln des Schlosses einfangen, wo sie einander dann leidenschaftlich küßten. Als sie einmal beinahe eine Stunde lang Zärtlichkeiten ausgetauscht hatten, brach sie in Tränen aus. »O Feliks, du wirst ein Mann sein, auf den jedes Mädchen stolz sein kann.«
Er wußte nicht, wie er diese Worte deuten sollte. Aber je öfter er mit ihr sprach, desto mehr gewann er die Überzeugung, daß sie ein einmaliges Geschöpf war: schön, warmherzig, gewandt im Ausdruck in vier Sprachen und außergewöhnlich klug. Eine wunderbare Woche lang malte er sich aus, daß er mit ihr verheiratet wäre. Wenn er aus diesem Traum erwachte, erwartete sie ihn in einem der Gänge, die zur Wehrplatte hinaufführten, und sie gingen in die Winterluft hinaus, wo der Schnee den Bergen und Schluchten leuchtende Schönheit verlieh. Nicht viele verliebte junge Menschen durften in einer Umgebung zueinander finden, die wilde Leidenschaften und kühne Vorstellungen so sehr förderte. Die ganze Welt schien ihnen zu Füßen zu liegen.
»Ich werde *pan* Ignacy um deine Hand bitten«, sagte Feliks. Elzbieta küßte ihn leidenschaftlich. Doch dann begann sie zu zittern, als wäre ihr kalt, und er fragte sie, ob ihr der ungeschützte Ort und der heulende Wind nicht zuviel wären.
»O nein«, rief sie und klammerte sich an seinen Arm. »Es ist nur ... wir wissen ja nicht, was mein Vater sagen wird.«
»Ich glaube, er mag mich.«
»Das stimmt. Er hat es mir gesagt.«
»Wirklich?«
»Aber ich glaube ... das heißt, ich fürchte ... ich glaube, er hofft, daß ich Roman heiraten werde.«
Feliks wußte, daß diese Befürchtung nicht unbegründet war. Graf

Lubonski war nicht nur nach Niedzica gekommen, um Polens Zukunft mit dessen Henkern zu besprechen, sondern auch, um für seinen schüchternen Sohn Roman eine Ehefrau zu finden, und da Granickis Tochter bereits verheiratet war, mußte er in Elzbieta nicht nur eine überaus gute Partie, sondern vielleicht sogar die einzige noch in Frage kommende erblicken. Roman war dank seiner Abstammung ein echter Magnat und ein ernst zu nehmender Rivale, und Feliks hielt es für das Beste, sich sofort Klarheit zu verschaffen. »Liebst du Roman?«

»Ich liebe dich, das weißt du doch.«

»Willst du mich heiraten?« platzte er heraus.

Sie wurde rot, ergriff seine Hand, küßte ihn und sagte sehr vorsichtig: »Es wäre besser, Feliks, wenn ich zuerst einmal mit meinem Vater darüber spreche.«

»Diese Aufgabe fällt mir zu«, widersprach er und spürte, wie sich ihr Griff ängstlich löste. »Es ist immer Sache des Mannes.«

»Die Mniszechs sind seltsame Leute«, warnte sie ihn. »Wenn Vater zornig wird ...«

»Ich habe keine Angst«, erklärte er scharf, und sie zuckte die Schultern: »Gut, dann sprich mit ihm.« Sie stiegen den Turm hinunter, um zu Elzbietas Vater zu gehen. An der Art, wie sie sich neben Feliks hielt, erkannte er, daß sie ihn in seiner Bitte unterstützen würde.

Ignacy führte gerade eine Besprechung mit Baron Eschl; die beiden Männer waren über eine Karte gebeugt, auf der sie Linien zogen, die sie kurz darauf wieder auslöschten. Feliks wollte sie nicht unterbrechen, aber Elzbieta trat zu ihrem Vater und fragte: »Könnten wir bitte mit Euch sprechen?« Eschl lächelte kühl, als ob er ahnte, worum es ging; er hatte die beiden beobachtet und wußte ziemlich genau, was kommen würde. Er faltete die Landkarte zusammen, legte ein schweres Buch darauf und verließ den Raum.

»Wir möchten Euch eine Frage stellen, Vater«, begann Elzbieta und griff nach der Hand ihres Geliebten, um ihn zu ermutigen. Doch als Feliks vortrat, um sein Anliegen vorzubringen, machte Ignacy Mniszech ebenfalls einen Schritt nach vorn – er wirkte ungeheuer, ein Riese, vorgebeugt wie die Felsen einer Schlucht, und sein Blick war so durchdringend, daß Feliks befürchtete, er würde jeden Augenblick mit seinen riesigen Fäusten auf ihn losgehen.

Statt dessen verzog sich das Gesicht des Magnaten jedoch zu einem herzlichen Lächeln, und bevor Feliks ein Wort hervorbringen konnte, ergriff Ignacy seine Hände und drückte sie innig. »Es war klug von Euch, daß Ihr zu mir gekommen seid, Feliks. So muß sich ein Edelmann verhalten, und ich schätze Euer gutes Benehmen.« Er ließ Feliks' Hände fallen legte dem jungen Mann den mächtigen Arm um die Schulter und schob ihn aus dem Zimmer, ohne daß Feliks Gelegenheit gehabt hätte, auch nur einen Satz zu sagen. Sobald er und Elzbieta vor der Tür standen, hörten sie Ignacy brüllen: »Eschl! Holt den Österreicher! Wir machen uns wieder an die Arbeit.«

»Ich glaube, daß er nichts dagegen hat«, meinte Feliks hoffnungsvoll, während er Elzbieta durch die kalten Gänge der geschichtsträchtigen Burg begleitete. Sie stimmte zu: »Es besteht Hoffnung.«

»Aber er hat nichts gesagt«, überlegte Feliks weiter, und in diesem Augenblick hatte er das Gefühl, daß Elzbieta sich von ihm entfernte; dieser Eindruck verstärkte sich, als sie Roman trafen, der von einer Morgenpirsch zurückkam. Wortlos trennte sie sich von Feliks und schloß sich Roman an. Jetzt erst kam Feliks der Verdacht, daß seine beiden Reisegefährten eine Übereinkunft mit Elzbieta und ihrem Vater getroffen hatten, so daß zwischen ihnen Worte unnötig waren. Er betrachtete die junge Frau im Licht des frühen Morgens: Sie war unternehmungslustig und mutig, wie sie bei der Schlittenfahrt bewiesen hatte; sie war zärtlich und liebevoll, was ihre Küsse immer wieder bestätigt hatten; sie verfügte über einen starken Charakter und viel Mut – sie hatte ihren Vater von seiner Besprechung mit dem deutschen Baron weggeholt; und sie war schön. »Elzbieta«, flüsterte er vor sich hin, »wenn deine Antwort nein lautet, werde ich sterben.«

Ignacy Mniszech begab sich inzwischen in die Küche, um die Zubereitung der Suppe zu überwachen. Er brauchte fast den ganzen Tag dafür, erschien nicht bei der Mittagsmahlzeit und vermied auf diese Weise, Bukowski auf dessen nicht ausgesprochenen Heiratsantrag zu antworten. Er schlachtete ein Ferkel, fing das Blut sorgfältig in einem Eimer auf und brachte es in die Küche, wo es mit Essig und Salz vermischt und beiseite gestellt wurde.

Er fragte die Köche, was für Fleischvorräte vorhanden seien, setzte Schweine- und Hühnerfleisch zum Kochen auf und fügte zwei Handvoll kleingehacktes Gemüse, drei große Suppenknochen und

sechs getrocknete Pilze hinzu, die er und seine Tochter im Herbst gesammelt hatten.
»Pflaumen!« rief er, und die Köche brachten ihm welche. »Kirschen!« Sie stellten eine Schale mit getrockneten Früchten vor ihn. Er warf alles in den Suppentopf.
Den ganzen Nachmittag über bewachte er die Brühe, kostete sie gelegentlich und fragte die Köche um ihre Meinung. »Soll ich noch etwas Salz hinzufügen?« Als die Suppe – die berühmte gelbe polnische Suppe – fertig gewürzt war und allgemein gelobt wurde, mischte er noch eine große Portion zerkrümelten Honigkuchen hinein, um die verschiedenen Bestandteile zu binden.
»Ein ausgezeichnetes Gericht«, stellte er fest, und während sich die Gäste im Speisesaal zum Abendessen versammelten, teilte er die Brühe in zwei Portionen: eine sehr große und eine sehr kleine, die nur für eine Person reichte. In letztere rührte er das dunkle Blut und ließ sie auf dem Feuer stehen, bis sie tiefschwarz war.
»Abendessen!« rief er, während er die Küche verließ; ihm folgten vier Diener, die die Suppenschüsseln auftrugen. Die Gäste schnupperten beifällig, als die nahrhafte, bernsteinfarbene Speise vor ihnen stand. Ignacy nahm dem letzten Diener die kleine Schüssel ab und schritt würdevoll auf Feliks Bukowski zu. Schwungvoll stellte er die schwarze Suppe vor den stürmischen Freier. Als Feliks hinuntersah und in die schreckliche Schwärze blickte, wußte er, daß sein Heiratsantrag abgelehnt war, und alle Anwesenden wußten es ebenfalls.
Der Anstand erforderte, daß er sich nicht dazu äußerte, seine Gefühle für sich behielt. Wie ein Soldat, der eine unangenehme Pflicht erfüllen muß, aß er die schwarze Suppe, und als der Teller mit der bitteren Brühe leer war, stand Ignacy Mniszech groß, kahl und gnadenlos auf und verkündete: »Meine Tochter Elzbieta gibt heute ihre Verlobung mit Roman Lubonski, dem Sohn meines lieben Freundes Graf Lubonski, bekannt. Die Hochzeit wird im Palais der Mniszechs in Warschau stattfinden, und Ihr alle seid dazu eingeladen.«
Der Anstand erforderte jetzt, daß Feliks die Verlobten beglückwünschte, was er mit feierlichem Ernst tat; er erhob sein Glas und sagte mit gleichmütiger Stimme: »Mögt ihr in alle Ewigkeit glücklich sein.« Doch als er sich wieder setzte und die Gäste unbeteiligt betrachtete, tauchten vor seinem geistigen Auge verworrene Bilder auf:

der müde, aus dem Winterschlaf geweckte Bär wurde zu Polen, das die Jäger bedrängten und in die Enge trieben; der erste Räuber, für dessen Kopf der Henker so viele Hiebe gebraucht hatte, wurde zu der Karte, über die sich die anderen Henker beugten; und Elzbieta, das schönste Mädchen, das es gab, kletterte auf den schmalen Schlitten und hielt Roman Lubonski an einem seidenen Band, als spiele sie mit ihm.

Dann verschwanden die Bilder, und er erkannte, daß er sowohl bei den Granickis wie bei den Mniszechs als Mittel zum Zweck gedient hatte: der unternehmungslustige junge Mann, der den Damen in den Schlössern den Hof machte und dadurch das Interesse und die Eifersucht des künftigen Grafen weckte. Er hatte Roman den Weg bereitet; seine Küsse hatten Elzbieta darauf aufmerksam gemacht, daß sie eine wichtige Aufgabe zu erfüllen hatte – die Verbindung der Mniszechs mit den Lubonskis.

Ignacy sprach noch immer. »Vor eineinhalb Jahrhunderten verließ Zofia Mniszech Dukla und heiratete Cyprjan Lubonski, eine der glücklichsten Verbindungen in der Geschichte unserer Familie. Von Zofia angefeuert, verteidigte Graf Cyprjan Tschenstochau gegen die Schweden und Wien gegen die Türken. Möge die Ehe mit unserer Elzbieta für Graf Roman dereinst Ansporn zu ähnlichen kühnen Taten sein!« Die Gäste jubelten dem Paar zu und begannen, über die Hochzeitsvorbereitungen zu sprechen. Feliks erfuhr zu seinem Kummer, daß sie auf der Heimreise das größte Schloß der Lubomirskis in Wiśnicz nicht besuchen würden. Er wußte, daß dieser Zweig der Familie zwei Töchter im heiratsfähigen Alter hatte, und hätte sie gern kennengelernt, damit auch er mit einer Braut heimkam. Aber auf seine Frage: »Werden wir nicht in Wiśnicz Station machen?« antwortete Graf Lubonski kurz: »In Warschau wartet viel Arbeit auf uns.« Er hat eine Braut für seinen Sohn gefunden, also kann ich sehen, wo ich bleibe, dachte Feliks.

Die Lubonski-Mniszech-Hochzeit mußte bald stattfinden, nämlich bevor Warschau aufhörte, Hauptstadt zu sein, weil das dazugehörige Land verschwunden sein würde. Der genaue Zeitpunkt von Polens Ende hing vom Willen der Romanows in Rußland, der Hohenzollern in Preußen und der Habsburger in Wien ab. Doch der Plan stand so erbarmungslos fest wie die Hochzeit von Roman und Elzbieta, eine

Änderung war unmöglich. Polen war zum Untergang und Feliks Bukowskis Hoffnungen waren zum Scheitern verurteilt.
Graf Lubonski war mit der Rolle, die Feliks bei der Brautwerbung seines Sohnes Roman gepielt hatte – indem er Roman auf Elzbieta aufmerksam gemacht und ihn indirekt veranlaßt hatte, um das Mädchen anzuhalten –, so zufrieden, daß er auf Feliks' Anwesenheit bei der Hochzeit bestand. Die große Reisegesellschaft machte drei Wochen auf Burg Gorka Rast, dann brach sie in die Hauptstadt auf.
Wie zuvor verließen die Reiter das österreichische Polen und überquerten ungehindert die Grenze in das alte Polen. Einen Unterschied gab es diesmal allerdings: Feliks hatte den Bauern Jan von den Buchen bei sich, der nur wenig älter war als er selbst und über die Lage der Bauern sehr gut Bescheid wußte. Dieser Jan hatte ebenfalls über viele der Fragen nachgedacht, die seinen Herrn während dessen Reise zu den prunkvollen Schlössern beschäftigt hatten; Jan fragte sich auch, warum sein Dorf nur dem Nutzen eines einzigen Mannes, Graf Lubonski, dienen sollte. Lubonski war zwar ein freundlicher Mensch, hatte aber überhaupt kein Verständnis für seine Bauern und, soweit Jan das feststellen konnte, nur wenig für den Kleinadel wie etwa die Bukowskis. Jan hatte nie einen wirklich prächtigen Besitz wie Łańcut zu Gesicht bekommen, aber oft genug auf Burg Gorka gearbeitet und dabei gesehen, welcher Unterschied zwischen dem Leben eines Grafen mit seinen fünfzig Pferden und vierzig Dienern und dem Leben seiner Bauern bestand, die einmal im Jahr Fleisch aßen, sich nur alle zehn Jahre neue Kleider kaufen konnten, kaum medizinische Versorgung und noch weniger Schulunterricht erhielten.
Daher hörte Jan aufmerksam zu, wenn Feliks während des Rittes nach Norden gelegentlich ein Wort über Polens Zukunft fallenließ, und erkannte allmählich, daß seinem Herrn viele Probleme Sorgen machten, die auch ihn, Jan, bedrückten. Als sie Puławy hinter sich ließen, wo die Czartoryskis ihrer Hoffnung Ausdruck verliehen hatten, daß ein neuen Polen entstehen würde, in dem sogar die Bauern über Rechte verfügen sollten, nahm Jan seinen ganzen Mut zusammen und fragte: »Wann werden diese Verbesserungen eintreten?« Feliks erwiderte trocken: »Niemals. Ich glaube, daß es bald überhaupt kein Polen mehr geben wird.« Nach einer langen Pause, während der sie schweigend nebeneinander her ritten, fuhr Feliks, jetzt mit unter-

drücktem Zorn in der Stimme, fort: »Ich glaube, daß Polen von seinen Beschützern zerstört werden wird. Ich glaube, daß wir jetzt, da wir einen großartigen neuen Staat errichten, in dem es wirkliche Freiheit, nicht die ›Goldene Freiheit‹ für einige wenige, geben soll, von einer neuen Sintflut überschwemmt und als Staat für immer ausgelöscht werden sollen. Die anderen Nationen hassen uns nicht deshalb, weil wir rückständig, sondern weil wir fortschrittlich sind. Alles Gute, das wir schaffen, bedeutet eine Gefahr für sie, und deshalb müssen sie uns vernichten.«

Jan, der nicht über Feliks Bukowskis Erziehung und Erfahrung verfügte, erfaßte die Gedanken seines Herrn nicht ganz, aber er verstand den zugrunde liegenden Gedanken: »Es ist nicht recht, *pan* Feliks, daß ich so schwer arbeite und so wenig dafür bekomme. Der österreichische Kaiser nimmt mir zwei Wochen. Der Bischof nimmt auch zwei Wochen. Graf Lubonski nimmt sechs Wochen. Und Ihr nehmt beinahe alles, was noch übrig ist. Ein Mann aus Krakau kam durch unser Dorf, während Ihr auf der Reise wart; er sah sich ununterbrochen um, weil ihn die Polizei verfolgte, aber sie kam erst drei Tage später. Er erklärte uns: ›Ein General namens Kościuszko wird mit einer Armee kommen und die Bauern befreien. Ihr müßt euch ihm anschließen, wenn er kommt.‹ Wenn er kommt, *pan* Feliks, dann werde ich mich ihm anschließen.«

Das Gespräch über diese gefährlichen Themen wurde unterbrochen, als sie sich Warschau näherten. Viele der Stadtbewohner, die den farbigen Zug sahen mit den Männern in alter polnischer Tracht und den auf alte Art aufgezäumten Pferden – siebzig Begleiter für einen Bräutigam –, mochten sich denken, daß sie dem Begräbnis der alten Bräuche beiwohnten, denn solche Aufzüge gab es nur noch selten in der um ihren Fortbestand bangenden Hauptstadt.

Der Troß ritt auf einer breiten Straße, die stets den merkwürdigen Namen »Krakauer Vorstadt« getragen hatte, da sie immer schon der Beginn der nach Krakau führenden Landstraße gewesen war. Auf diesem Boulevard kamen sie an den eindrucksvollen Palais der Czartoryskis und der Radziwiłłs vorbei, näherten sich dann dem Zentrum der schönen Stadt und erreichten die elegante Senatorska. An dieser Straße stand das Palais Lubonski, ein bescheidenes Marmorgebäude, von zehn Meter hohem Feuerdorn umschlossen, neben dem überwältigenden Palais der Lubomirskis; gegenüber befand sich das prächtige Stadtpalais der Mniszechs, das majestätischste von allen. Als Feliks an diesem Gebäude vorüberkam, wo Elzbieta auf ihre Hochzeit wartete, verkrampfte sich sein Herz, und er wäre am liebsten über die schlammige Straße gestürmt, hätte sich ihr zu Füßen geworfen und sie angefleht, es sich noch einmal zu überlegen. Doch während er noch sehnsüchtig hinüberblickte, ritt er schon durch das Portal von Graf Lubonskis Palais.

Obwohl das Gebäude von der Senatorska aus bescheiden wirkte, umfaßte jedes seiner drei eleganten Stockwerke etwa dreißig Räume, wie es in den Palais der führenden Magnaten üblich war. In diesen Häusern beherbergten sie gern ein Dutzend der armen, ihnen verpflichteten Kleinadeligen, und diese brachten ihre Frauen und Kinder mit, so daß sich dort oft sechzig bis siebzig Personen als Dauergäste aufhielten, die alle verpflichtet waren, dem Besitzer zu dienen, wenn er in der Hauptstadt auftauchte. In Kriegszeiten mußten die Männer natürlich in der Privatarmee des Grafen für die Seite kämpfen, für die er sich entschieden hatte.

Feliks hatte sich in seinem bescheidenen Zimmer eingerichtet; als Junggeselle hatte er keinen Anspruch auf eine Zimmerflucht. Schon nach einigen Minuten erschien ein Bote aus dem benachbarten Palais: »Fürstin Lubomirska lädt Euch ein, sie auf einem Inspektionsrundgang durch das Palais Princesse zu begleiten.« Als Feliks fragte, worum es sich handle, meinte der Bote mit breitem Lächeln: »Ihr werdet schon sehen.«

Feliks freute sich, die Lubomirska wiederzusehen, und fühlte sich geehrt, als sie ihm beinahe ungeduldig entgegenkam und ihn auf die Wange küßte. Sie trug jetzt Warschauer Kleidung, ein pelzbesetztes Kleid und Juwelen im silberweißen Haar; auf ihren vollen Lippen lag ein gebieterisches, herablassendes Lächeln. »Ich habe eine reizende Überraschung für Euch, Feliks. Steigt in meinen Wagen!«

Sie wies den Kutscher an, auf der Senatorska nach Osten zum Schloß zu fahren, in dem ihr Erzfeind, König Stanisław August, immer noch regierte und, wie sie es ausdrückte, seinen Thron »mit Zähnen und Klauen« verteidigte. Doch als die Pferde im Begriff waren, in die Schloßanlage zu traben, riß sie der Kutscher scharf nach links, und die Lubomirska und ihr junger Gefährte gelangten auf die schönste aller polnischen Straßen, die *Miodowa*, die Straße des Süßen Nektars. Sie war weder so breit wie die Senatorska noch so bedeutend wie die »Krakauer Vorstadt« und auch nicht außergewöhnlich lang, doch an ihr standen einige der schönsten Gebäude Warschaus, Kirchen, Bischofspaläste und die Palais der neuen Reichen, die jetzt in der Stadt den Ton angaben.

Während der Fahrt erklärte die Lubomirska Feliks, wer wo wohnte und wer welches Amt innehatte; als sich der Wagen dem Ende der *Miodowa* näherte, ergriff sie seinen Arm und rief fröhlich wie ein kleines Mädchen: »Seht einmal, was die Mniszechs für ihr Kind getan haben!« Auf einem Grundstück war ein neuer Garten mit Sträuchern und Frühlingsblumen angelegt worden, und darauf stand das sogenannte Palais Princesse, ein kleines, sehr elegantes Marmorgebäude, etwas abseits der Straße, dessen Fenster und Verzierungen harmonisch aufeinander abgestimmt waren – ein bezaubernder kleiner Palast, der zu den schönsten Europas gehörte.

»Welch passendes Hochzeitsgeschenk für ein schönes Kind!« rief sie und wies auf die verschiedenen Details hin. »Schnell, wir müssen auf einen Sprung hineinschauen.«

Weil man dieses Palais sehr rasch erbaut hatte, war die *Miodowa* noch mit Schlamm bedeckt, so daß der Kutscher seine Herrin, die Lubomirska, zum Eingang tragen mußte; dann kehrte er zurück und holte Feliks, damit dieser sich nicht die Stiefel beschmutzte. Am Eingang des Palais übernahm die Lubomirska die Führung, betrat das kleine Juwel und beschrieb seine Vorzüge mit weitausholenden Armbewegungen. »Seht nur, wie ausgewogen alles ist, hier ein Raum, dort ein Raum, das Piano dort, wo die beste Akustik herrscht, die Harfe dort, wo man den Spieler sehen kann . . .«

Sie führte ihn in alle Stockwerke und konnte sich nicht genug darüber wundern, was für eine großartige Leistung »diese schwerfälligen Bauern, die bärtigen Mniszechs«, vollbracht hatten. In einem kleinen Zimmer im zweiten Stock fanden sie Elzbieta, die einen golddurchwirkten Stoff in der Hand hatte und nähte. »Liebes Kind, niemand hat mir gesagt, daß Ihr Euch hier aufhaltet.« Die Lubomirska schloß die Braut in die Arme, schob sie dann zu Feliks und stellte die beiden einander vor: »Das ist mein junger Freund Feliks Bukowski, der zu Graf Lubonski, Eurem künftigen Schwiegervater, gehört.«

Weder Elzbieta noch Feliks ließen sich anmerken, daß sie einander bereits kannten, sondern verbeugten sich artig; als sie die Hand ausstreckte, ergriff er sie ernst und sagte: »Ich wünsche Euch viel Glück, *panna* Elzbieta.«

»Ich schließe mich an«, rief die Lubomirska begeistert, küßte Elzbieta herzlich und zog Feliks aus dem Zimmer. Als sie den ersten Stock erreicht hatten und dort einen noch kaum eingerichteten Salon begutachteten, ließ sich Feliks plötzlich auf einen Stuhl fallen, bedeckte das Gesicht mit den Händen und brach in Schluchzen aus. Die Lubomirska hatte keine Ahnung, was in ihren jungen Freund gefahren war, zog einen Stuhl neben ihn und ergriff seine Hände. »Was ist geschehen, Feliks?« Daraufhin sprudelte er seinen Kummer hervor: seine Liebe zu Elzbieta, die Schlittenfahrt, die Küsse auf den Wällen der Grenzfeste.

»*Pani* Izabella, was soll ich tun? Sie ist mein Leben!«

»Das verstehe ich. Ach, wenn ich doch an ihrer Stelle wäre, in ihrem Alter stünde und ihre Schönheit besäße.« Sie ergriff Feliks' Hände und sagte eindringlich: »Ich war einmal wie sie, Feliks, ich war es wirklich. Vielleicht besaß ich nicht ihre auffallende Schönheit, aber als ich siebzehn war und Poniatowski heiraten sollte, war ich eine gutaussehende junge Frau mit scharfem Verstand und ausgeprägtem Charakter.« Ihre Hände umschlossen die seinen fester. »Und ich wurde auf eine Weise verschmäht wie kaum ein Mädchen vor mir. Jetzt ziehe ich von Schloß zu Schloß, von Land zu Land und sehe zu, wie der dumme Mann, der mich ablehnte, immer tiefer zu einem ehrlosen Ende hinabgleitet.«

Sie ließ seine Hände los und faltete die ihren sittsam auf ihrem Schoß. »Ich hätte ihn retten können. Feliks. Johann Sobieski war ein großer König, weil er eine große Frau, diese Französin, an seiner Seite hatte. Stanisław Poniatowski hätte ein großer König werden können, wenn er Charakter und die Unterstützung einer Frau besessen hätte. Aber er besiegelte sein Schicksal, als er sich für den bequemeren Weg entschied.«

Sie stand auf und ging im Zimmer auf und ab. »Er hat sein Schicksal besiegelt, und ich werde alles tun, was in meiner Macht steht, um sein Ende zu beschleunigen. Er erstickt in seinem Schloß, und wo ist jetzt Katharina, die ihm helfen sollte?« Sie lachte. »Helfen? Sie spornt die drei Adler an, die seine Leber auffressen.«

»Warum haßt Ihr ihn so?« fragte Feliks, als sie sich etwas beruhigt hatte. »Ich hasse Elzbieta nicht, ich liebe sie immer mehr.«
»Ihr seid kein Czartoryski wie ich; unser unbändiger Stolz ist unser Fluch.«
»Arbeitet Ihr mit den anderen zusammen ... um Polen auszulöschen?«
»Mit welchen anderen?«
»In Niedzica in Ungarn versammelten sie sich wie Geier. Mniszech für Rußland, Lubonski für Österreich, Baron Eschl für Preußen.«
»Waren sie alle in Niedzica?«
»Ja, mindestens zwei Wochen lang.«
»Hatten sie Landkarten mit?«
»Ja.«
»Und Ihr habt erraten, was sie vorhatten?«
»Ja. Graf Starhemberg kam aus Wien herauf, um die Angelegenheit voranzutreiben.«
»Und was taten sie Eurer Meinung nach, kleiner Spion?«
»Sie bereiteten den endgültigen Angriff auf Polen vor.«
»Genau das haben sie getan, mein kleiner Spion. Ihr seid ein kluger Junge, und jetzt müssen wir die notwendigen Schritte unternehmen, um Eure Position in dieser Zeit des Wechsels abzusichern.«
Sie zog ihren Stuhl ganz nahe an den seinen heran. »Ich mag es, wenn ein junger Mann um eine verlorene Liebe weinen kann. Wir müssen eine Frau für Euch finden, Feliks.« Bevor er widersprechen konnte, redete sie in dem geschäftsmäßigen Ton weiter, der für sie so bezeichnend war: »Wir müssen eine Frau mit Geld für Euch auftreiben, Feliks. Ihr habt nichts weiter anzubieten als Euer gutes Aussehen und Euren guten Namen. Wenn Ihr im neuen Polen überleben wollt, braucht Ihr als dritte Eigenschaft Geld.«
»Die Mniszechs haben mich ausgelacht, als ich Elzbieta heiraten wollte. Ignacy hat mir persönlich die schwarze Suppe gereicht.«
Zu seiner Überraschung antwortete sie hart: »Das hätte auch ich getan, wenn Ihr meiner Tochter den Hof gemacht hättet, Feliks! Kein wirklich bedeutender Magnat wird Euch in seine Familie aufnehmen. In Polen gibt es Tausende von Burschen wie Euch, jung, gut aussehend, zwei Pferde und ein geschichtsträchtiger Name. Um es geradeheraus zu sagen: Ihr seid nichts, und Ihr solltet diese grausame Tatsache endlich zur Kenntnis nehmen.«

Feliks schnappte angesichts dieser niederschmetternden Analyse erst einmal nach Luft. Aber die Lubomirska ließ nicht locker, sondern fragte: »Gebt Ihr zu, daß meine Einschätzung Eurer Person richtig ist?«
»Ja«, mußte Feliks zugeben. »Aber was soll ich nun anfangen?«
»Geld ist alles. Wie können wir Geld für Euch auftreiben?« Sie kam seiner Antwort zuvor: »Indem Ihr die Tochter eines reichen Kaufmanns heiratet.«
Er protestierte und erklärte, er habe nicht die Absicht, unter seinem Stand, eine Städterin, zu heiraten. Da wurde die Lubomirska ungeduldig: »Ihr seid nicht in der Lage, Ansprüche zu stellen! Ihr könnt nicht in eine Magnatenfamilie einheiraten. Und die Tochter eines Kleinadeligen zu heiraten, der genauso arm ist wie Ihr, dazu dürft Ihr Euch nicht hinreißen lassen. Eure Vorfahren haben es immer so gehalten, und was ist das Ergebnis?«
Auf diese direkte Frage gab es eine einzige Antwort: Die Männer der Familie Bukowski hatten nie glänzende Partien gemacht, lebten daher in Armut, mußten tun, was die verschiedenen Grafen Lubonski befahlen, und diese Kette konnte offensichtlich nur dadurch unterbrochen werden, daß Feliks ein Mädchen mit Geld heiratete.
Fürstin Lubomirska hatte einmal behauptet, daß sie gern einen Sohn wie Feliks gehabt hätte, und nun erteilte sie ihm in der langsam hereinbrechenden Dunkelheit Anweisungen: »In Warschau gibt es einen wohlhabenden, sehr tüchtigen Kaufmann. Ich mag ihn, und zwar schon seit langem. Er heißt Orzelski und hat eine Tochter Eures Alters, sie heißt Eulalia. Er ist so reich, daß er sich für sie eine Heirat mit einem Angehörigen des Adels erhoffen kann. Wir sollten diesen Orzelski einmal besuchen.« Sie duldete keinen Widerspruch, sondern führte Feliks die Treppe des Palais Princesse hinunter und hinaus zu ihrem wartenden Wagen. Wieder ließ sie sich über den Schlamm tragen. »Wir fahren zu Orzelski.«
Gustaw Orzelski leitete ein großes Unternehmen, das Waren aus Sankt Petersburg, Paris, Wien und London importierte. Da er etlichen der Leute, mit denen er geschäftlich zu tun hatte, gleichzeitig als Bankier diente, war es ihm gelungen, ein ansehnliches Vermögen anzuhäufen. In seine Geschäftsräume, die sich in einer zur *Miodowa* parallel verlaufenden Straße befanden, führte die Lubomirska jetzt ihren Schützling.

»Das ist mein lieber, treuer junger Freund Feliks Bukowski, aus einer guten Familie, der um Eure Tochter werben möchte.« Orzelski, ein Mann Mitte Fünfzig, verbeugte sich tief vor der Fürstin und nickte Feliks respektvoll, aber kurz zu. Die Lubomirska fuhr mit der für sie charakteristischen Direktheit fort: »Wir sollten eigentlich sofort in Euer Haus fahren, Orzelski. Diese Angelegenheit duldet keinen Aufschub!«
»Aber Eulalia ...«
»Schickt Eure Kutsche jetzt sofort voraus, damit Eulalia benachrichtigt wird. Ihr fahrt mit uns.« Sie beauftragte persönlich einen Lakaien Orzelskis zu veranlassen, daß *panna* Eulalia die Besucher binnen einer Viertelstunde in ihrem eigenen Salon erwartete.
Während der spannungsgeladenen Fahrt zum Heim der Orzelskis, einem großen Haus auf der Krakauer Vorstadt, das jedoch kein Palais war, stellte die Lubomirska entschieden fest: »Es ist Gottes Wille, daß mein Feliks Eure Eulalia heiratet. Diese beiden jungen Menschen brauchen einander dringend ... ein vom Himmel gesegneter Bund.«
»Aber ich habe diesen jungen Mann doch eben erst kennengelernt, Fürstin, und er hat meine Tochter noch gar nicht gesehen.«
»Das stimmt, doch manchmal werden Ehen im Himmel geschlossen, und das ist hier der Fall.« Sie ließ keine weitere Diskussion zu. »Was für ein entzückendes kleines Palais die Mniszechs für ihre Tochter errichtet haben! Habt Ihr es schon gesehen, Orzelski?« Der Kaufmann erzählte, daß er die Möbel für das Palais in Paris bestellt hatte. »Ausgezeichnete Ware. Wir haben auch die Kristallüster für den Salon geliefert.«
»Ich habe sie gar nicht bemerkt«, wunderte sich die Lubomirska.
»Aus gutem Grund. Wir hängen sie erst morgen auf.«
Bei ihrer Ankunft vor dem Haus der Orzelskis waren beide Männer vor Nervosität schweißgebadet. Als Eulalia ihnen entgegenkam, begriff die Lubomirska, warum Eulalias Vater schwitzte; später schrieb sie einer Vertrauten: »Das unglückliche Mädchen trat unbeholfen auf uns zu, es war dick, rotgesichtig und unglaublich einfältig, und mein Herz trauerte um Feliks ... Aber sie war die einzige in Frage kommende junge Frau mit dem erforderlichen Vermögen. Wir mußten uns beeilen, damit sie niemand anderem in die Hände fiel.«

Es war eine peinliche Zusammenkunft: Angesichts der krebsroten Eulalia konnte Feliks seine fürchterliche Enttäuschung kaum verbergen; Orzelski war bestürzt, weil er begriff, daß die Lubomirska ihm und Eulalia nicht helfen würde, einen Magnaten für das Mädchen zu finden, auf den sie unvernünftigerweise gehofft hatten. Der Tee wurde auf englische Art in Porzellantassen aus Frankreich serviert, und Eulalias Klavierspiel geriet wesentlich schwerfälliger, als ihrem Wiener Lehrer recht gewesen wäre. Sie hatte eine jüngere Schwester, die genauso drall und linkisch war wie sie selbst. Ihre Mutter war vor einigen Jahren gestorben.

Es war eine peinliche Zusammenkunft. Die Lubomirska wurde zornig; als die zwei Mädchen das Zimmer verließen – Eulalia rannte beinahe hinaus –, las sie den beiden Männern die Leviten wie zwei Schuljungen:

»Ihr, Orzelski, seid enttäuscht, weil Ihr für Eure Tochter keinen jungen Mann aus einer der ersten Familien des Landes bekommen könnt. Ihr, Feliks, habt Euch einfach schändlich benommen, man hat Euch deutlich angemerkt, wie enttäuscht Ihr darüber wart, daß Ihr kein reiches Mädchen von größerer Schönheit vorfindet. Wollt Ihr mir einmal verraten, *pan* Feliks, wie Ihr auf die Idee kommt, überhaupt Ansprüche stellen zu können? Welche hervorragenden Leistungen oder welche Güter könnt Ihr denn vorweisen? Ich bin empört! Ihr habt ein junges Mädchen unbarmherzig gedemütigt! Ich bin empört!

Liebe Freunde, Familien sind wie Vögel am Himmel. Eure, Orzelski, fliegt empor – Reichtum, Achtung, Hoffnung. Eure, Bukowski, stürzt herab – kein Geld, keine Aussichten, nur Ehre, stolze Vergangenheit.« Sie hob ihre im Alter stärker gewordenen Arme in die Höhe und kreuzte sie ein paarmal. »Für einen einzigen, kurzen Augenblick in der Ewigkeit kreuzen Eure Pfade einander. Orzelski und Bukowski befinden sich im gleichen Himmelsquadranten. Ihr werdet einander nie wieder begegnen. Ihr werdet nie wieder diesen mystischen Augenblick erleben.

Hört mir jetzt beide gut zu! Orzelski, wenn Ihr Eure Tochter mit diesem jungen Mann verheiratet, gewinnt Ihr an Ansehen, und es besteht die Möglichkeit, daß er irgendein Amt in der Regierung erhält. Wenn Ihr, Bukowski, dieses reiche Mädchen heiratet, kann Euer

Sohn sich seine Frau aus einer bedeutenderen Familie holen, und sein Sohn heiratet vielleicht die Tochter eines Magnaten. Es handelt sich um eine nie wiederkehrende Gelegenheit für Euch beide.
Ich wünsche, daß Ihr sofort in das Zimmer geht, Feliks, in dem *panna* Eulalia sitzt und sich die Augen ausweint, und sie auffordert, morgen mit ihr spazierenzugehen; Ihr werdet lächeln, ihr die Hand küssen und versichern, daß Ihr das morgige Zusammentreffen mit Freude erwartet ... mit Freude, habt Ihr mich verstanden?«
Sie schob Feliks aus dem Zimmer und sprach mit Orzelski über seine letzte Einkaufsreise nach Rußland und über seine Pläne, für die Zeit, wenn Polen endgültig ausgelöscht sein würde. Er war davon überzeugt, daß jeder neue Herrscher Geschäftsverbindungen brauchen würde, und war bereit, die seinen zur Verfügung zu stellen.
Feliks ging am nächsten Tag mit Eulalia spazieren, und noch bevor die Woche um war, kamen er und sie mit Orzelski und der Lubomirska zusammen. Die Fürstin erklärte: »Wenn ein junger Mann wie Bukowski keinen Vater hat, weil dieser äußerst heldenhaft für eine lächerliche Sache gefallen ist, muß eine ältere Person als Vertreter seiner Eltern fungieren, und ich tue es voller Stolz. Ich möchte, daß die Hochzeit in meinem Palais stattfindet, weil ich diesen jungen Kerl liebgewonnen habe und es gut mit ihm meine.«
Die Mniszech-Lubonski-Hochzeit fand am Dienstag statt, die Orzelski-Bukowski-Hochzeit am Donnerstag. Sie stellten die Höhepunkte der zu Ende gehenden Wintersaison dar, und eine war strahlender und verschwenderischer als die andere. Zum Glück erfuhr die Fürstin Lubomirska nie, wie merkwürdig sich ihr Protegé in der Hochzeitsnacht benahm.
Die Hochzeitsfeier im Lubomirski-Palais ging um drei zu Ende. Eine Eskorte von sechzig Pferden brachte Feliks und seine Braut in ihr neues Heim an der Krakauer Vorstadt. Doch gegen vier Uhr morgens verließ der Bräutigam das Haus Orzelskis und ging ohne Hut durch Schlamm und Schnee zur *Miodowa* hinüber, wo er schweigend auf der Straße stehenblieb und das neue Palais Princesse anstarrte. Er blieb bis zum Morgengrauen dort stehen. Dann kam Orzelski, sein Schwiegervater, und führte ihn wortlos nach Hause zurück.
Am Nachmittag des gleichen Tages kam Jan von den Buchen zum Haus der Orzelskis und überbrachte im geheimen die Nachricht, daß

ein Kavallerieoffizier sofort mit Feliks sprechen wolle. Der verwirrte junge Mann ließ sich in ein Kaffeehaus in der Nähe der Kathedrale führen, in dem eine Gruppe von kühnen jungen Männern sich leise unterhielt, wobei jedoch immer wieder Ausrufe laut wurden: »Kościuszko ist in den Straßen Krakaus aufgetaucht, er ist aus Frankreich und Amerika zurückgekehrt und behauptet, daß Polen sich selbst verteidigen kann.«

»Kann man ihm trauen?«

»Unbedingt. Er ist ein echter Patriot.«

»Wie alt ist er?«

»Ungefähr fünfzig.«

»Zu alt! Er wird einen Aufstand anzetteln und dann beim ersten Kanonenschuß aufgeben.«

»Nicht Kościuszko!«

»Hat er eine Chance?«

»Wir können siegen!«

Feliks war von der Zusammensetzung der Gruppe beeindruckt: drei Magnatensöhne, ein halbes Dutzend Angehörige des Kleinadels wie er, vier oder fünf Söhne von Kaufleuten wie Orzelski und eine Handvoll Studenten ohne erkennbaren Hintergrund. Sieben von ihnen, die Eifrigsten in der Gruppe, waren Kavallerieoffiziere, und alle teilten die Ansicht, daß die Patrioten sich sofort in den Süden begeben sollten, um einen offensichtlich größeren Aufstand zu unterstützen, der dort seinen Ausgang genommen hatte.

Feliks stellte eine einzige Frage, die jedoch den Kern des Problems betraf: »Gegen wen kämpfen wir?«

»Gegen alle!« rief einer.

Feliks erfuhr jedoch, daß sie eigentlich, falls es zum Krieg kam, gegen Rußland kämpfen würden, dessen Zarin Katharina deutliche Drohungen hören ließ. »Können wir Rußland überhaupt besiegen?« fragte einer der Kavallerieoffiziere, und ein anderer antwortete: »Preußen wird uns ganz bestimmt dabei unterstützen.« Feliks, der das Gespräch in Niedzica belauscht hatte, war keineswegs davon überzeugt.

Im Lauf der folgenden Woche nahm die aufrührerische Stimmung in Warschau zu, vor allem, wenn einer der persönlichen Adjutanten von Kościuszko sich heimlich in die Stadt schlich und Freiwillige für, wie er es nannte, »unseren großen Kreuzzug« warb. Feliks spielte mit dem Gedanken, sich der Gruppe anzuschließen, die an diesem Tag nach Süden aufbrach, doch da er neuvermählt war und die Pflicht hatte, seiner Braut das Haus in Bukowo zu zeigen, entschloß er sich, lieber mit Graf Lubonski nach Süden zurückzukehren als mit den Revolutionären. Während des langen Rittes fragte er den Grafen, was er von Männern wie Kościuszko hielt, und bekam folgende Antwort: »Er stammt aus einer angesehenen Familie, ist aber ein Renegat. Hat in Amerika und vor allem in Frankreich verderbliche Ideen aufgeschnappt. Ganz gleich, wie Polen aufgeteilt wird, die Magnaten werden immer oben und die Bauern immer unten sein, und wenn Ihr Euer frisch erworbenes Geld weise einsetzt, Feliks, könnt Ihr eines Tages ein Magnat sein ... nicht bald, aber es ist durchaus möglich.«

»Was wird aus Kościuszko werden?«

»Vergeßt den Namen! Er ist ein Strohfeuer. Er wird Krakau verlassen und sich zum Kampf stellen, und wenn ihn die Russen nicht erledigen, dann werden es eben die Preußen besorgen.«

»Seine Leute glauben, daß die Preußen ihn unterstützen werden.« Lubonski brach in Lachen aus. »Macht Euch doch nicht lächerlich, Feliks! Gerade Preußen ist entschlossen, uns zu vernichten.« Er machte eine Pause. »Vielleicht haben sie guten Grund dazu. Vielleicht ist es für uns alle besser, wenn Polen still und leise von der Landkarte verschwindet.«

»Glaubt Ihr das wirklich?« fragte Feliks verblüfft.

»Natürlich. Begreift Ihr denn nicht, Feliks, daß Warschau jetzt, wo Ihr Geld habt, auch Euer Feind ist? In Warschau wird über Freiheiten für die Bauern, über Grundbesitz für die Stadtbewohner, sogar über das Stimmrecht für Juden im Sejm gesprochen ... Sobald wir zulassen, daß diese schwärende Wunde ausgebrannt wird, werden Rußland, Österreich und Preußen sicherlich die Interessen von Leuten wie Ihr und ich wahren.«

»Gibt es denn«, begann Feliks, »in der Bevölkerung kein Gefühl für ...«, doch Lubonski unterbrach ihn. »Ich kann Euch sagen, worauf dieses ›Gefühl‹ hinaus will – auf Revolution! Und die muß niedergeschlagen werden. Männer wie Ihr und ich werden bald gegen Kościuszko, nicht an seiner Seite kämpfen.«

Am 2. April 1794 verbreitete sich in Bukowo die Nachricht, daß General Kościuszko – er führte diesen Titel in den Armeen von drei Nationen: Frankreich, Amerika und Polen – an der Spitze von zwei Bataillonen mit zwölf schweren Geschützen Krakau verlassen habe. Schon am nächsten Tag stürzte Jan von den Buchen in das Herrenhaus, wo Eulalia gerade begann, die Leitung des Haushalts in die Hand zu nehmen, und brachte noch beunruhigendere Neuigkeiten: »Der russische General Tormasow marschiert mit einer großen Armee jenseits der Weichsel auf Raclawice zu.« Am 5. April überquerten vor Aufregung schwitzende Boten den Fluß: »Kościuszko hat einen großen Sieg errungen und die Russen in die Flucht geschlagen.«

Nun wurde der Gegensatz zwischen Lubonski, dem Verteidiger der alten Freiheiten, und seinem Gefolgsmann Bukowski, der die neuen Freiheiten anstrebte, unüberbrückbar, denn der Graf rief seine Privatarmee unter die Waffen und unterstützte die Russen, während sich Feliks entschloß, gemeinsam mit seinem Bauern Jan zu Kościuszko zu stoßen. Obwohl weder Lubonski noch Bukowski aufeinander geschossen hätten, hielt jeder den anderen für einen Verräter an der Sache Polens und hoffte, daß er ein böses Ende nehmen würde.

Am 6. Mai 1794 stakten Feliks und Jan in einem kleinen Boot über den Fluß; der Herr war mit zwei Gewehren ausgerüstet, der Grundholde mit einer Sense und einem mit Nägeln gespickten Eschenknüppel. Als sie am anderen Ufer landeten, wurden sie mit aufregenden Neuigkeiten begrüßt: »General Kościuszko wird persönlich mit uns zusammentreffen.«

»Wo?« fragte Feliks.

»Hier in Połaniec«, antworteten die Männer, und sie behielten recht.

Eines der entscheidenden Ereignisse in der polnischen Geschichte sollte sich nur wenige Meilen von Bukowo entfernt in der alten Marktgemeinde Połaniec abspielen, und die ganze Nacht über sprachen die Patrioten über den ersten großen Sieg bei Raclawice und über künftige militärische Erfolge, wenn man die Einheiten des russischen Generals Tormasow und die seiner polnischen Verbündeten – unter ihnen Graf Lubonski –, sowohl aus Polen wie aus den bei den beiden Teilungen gestohlenen Gebieten vertreiben würde. In dieser Nacht glühte die Begeisterung des Triumphs, doch das war noch nichts im Vergleich zu dem, was sich am nächsten Tag ereignete.

Ungefähr eine Meile von dem Flußufer entfernt, an dem die Männer ihr Lager aufgeschlagen hatten, befand sich das von Bäumen umstandene Feld, auf dem der General mit einer großen Gruppe von Bauern aus der Gegend zusammentreffen wollte; er hoffte, daß er sie für seinen Kreuzzug gewinnen konnte. Besonderen Wert legte er auf Männer aus den österreichischen Gebieten wie Bukowski. Den ganzen Morgen glitten kleine Boote aus der besetzten Zone über den Fluß und führten der guten Sache neue Freiwillige zu.

Symbolhaft gingen Feliks und Jan, der Herr und der Grundholde, gemeinsam den sanften Hügel vom Fluß hinauf und die schöne Landstraße entlang, die nach Połaniec führte und auf der schon eine ständig wachsende Menge unterwegs war. Jeder Mann war auf seine Art bewaffnet, doch die meisten trugen Sensen, die sie gegen die russischen Kanonen einsetzen wollten. Schließlich erreichten sie das Feld, auf dem einige tausend uneinheitlich bewaffnete Männer sich zu geordneten, weitverstreuten Einheiten ansammelten.

Am Mittag stieg wildes Triumphgeschrei von den Truppen auf: Kościuszko persönlich kam den sanften Hügel heraufgeritten; er trug zum erstenmal während dieses Feldzugs die schwere weiße Filzjacke der Bauern aus der Krakauer Gegend. »Er ist einer von uns«, riefen die Bauern, und die Ordnung löste sich schnell auf, weil die Männer zu ihrem Helden stürmten.

Er war achtundvierzig, stand im Zenit seines Lebens und sah genauso aus, wie man sich einen Helden vorstellt. Er war weder groß noch kräftig, doch er strahlte Autorität aus; ein gutaussehender Mann mit einem beinahe engelhaften, glattrasierten Gesicht, um das das dichte Haar bis auf die Schultern herabfiel. Er trug seine übliche Uniform wie ein Patrizier, der er ja war, und die Bauernjacke mit lässiger Ungezwungenheit, als gehöre er zum Volk. Vor allem aber war er ein Führer, denn als Polen in Chaos, Verrat und Verzweiflung versank, hatte nur er zu behaupten gewagt, daß die Nation befreit werden könne, und seine ersten Siege, die er gegen eine erdrückende Übermacht errungen hatte, bewiesen, daß er zu Recht Anspruch auf die Führung erhob. Ohne abzusitzen, begann er seine Rede:

»Männer Polens! Mit wenigen Kämpfern haben wir bewiesen, daß wir siegen und unserem gefährdeten Land die wahre Freiheit bringen können. Mit vielen Kämpfern werden wir die Eindringlinge von unseren Feldern vertreiben, unsere abgetrennten Gebiete wieder mit dem Mutterland vereinigen und einen neuen, auf Gerechtigkeit beruhenden Staat gründen.

Ich spreche vor allem zu euch, Männer mit Sensen und Keulen, die ihr genauso tapfer gekämpft habt wie eure Vorfahren gegen die Deutschen Ritter bei Grunwałd. Wenn wir den Sieg errungen haben, werdet ihr eine Freiheit erfahren, wie ihr sie nie zuvor erlebt habt, und eure Befreiung beginnt in diesem Augenblick.

Bauern Polens, ihr seid frei! Bauern Polens, ihr verfügt über alle Rechte, über die andere Menschen verfügen, und ich werde sie jetzt aufzählen. Das Land, das ihr so getreulich bebaut habt, kann euch von eurem Herrn nie mehr weggenommen werden. Auch der Wald, den ihr betreut habt, soll euch gehören, und auch alles, was darin lebt, sollt ihr unter euch teilen, das Holz, die Kaninchen und die Hirsche. Die Tage der Fronarbeit, die ihr euren Magnaten und Landedelleuten leisten mußtet, sollen um drei Viertel gekürzt werden. Wenn ihr letztes Jahr acht Monate für sie gefront habt, werdet ihr nun nur noch zwei Monate für sie arbeiten.

Wir bilden eine neue Gemeinschaft in Polen, jetzt, in diesem Augenblick. Der Herr und der Bauer stehen Seite an Seite und genießen neue Freiheiten, neue Rechte für alle!«

Diese Proklamation war so sensationell, daß die Männer erschauerten und ihnen schwindelte; nur wenige von Kościuszkos Zuhörern konnten sie in ihrer ganzen Bedeutung erfassen, doch ein Landbesitzer, der unter der neuen Ordnung viel verlieren würde, rief mit bemerkenswerter Einsicht: »Hurra! Frankreich und Amerika sind nach Polen gekommen!« Überall wurden Sensen geschwungen.

General Kościuszko ergriff von seinem Pferd aus eine Sense und zeigte vor, wie sie im Kampf eingesetzt werden sollte: »Von alters her haben die Bauern Sensen verwendet, um das Korn zu schneiden. Seht, sie bildet den Buchstaben L, ein langer Griff und eine kurze Schneide. Wenn ihr sie so in der Schlacht tragt, werdet ihr nichts erreichen, denn die Russen werden nicht stehenbleiben und warten, bis ihr nahe genug seid, um sie niederzumähen.« Männer, die schon an einigen Schlachten teilgenommen hatten, lachten. »Nein, ihr müßt folgendes tun.« Geschickt löste er die kurzen Stricke, mit denen die Klinge am Stiel befestigt war, und band sie dann auf eine Weise fest, daß sie eine Verlängerung des Stiels bildete: Aus der Sense wurde eine zwei bis drei Meter lange Pike. Kościuszko stieß und stach mit der neuen Waffe und rief: »So müßt ihr die Sensen schmieden! Die Waffe der Freiheit!« Dann berührte er seine Bauernjacke: »Die Uniform der Freiheit!« Und seine primitive Armee brüllte Beifall.

Bukowski und Jan kehrten nicht nach Hause zurück; sie wurden von der Begeisterung angesteckt und blieben so lange, wie dieses unglaubliche Unternehmen anhielt. Sie marschierten mit Kościuszko zu einer kleinen Stadt westlich von Sandomierz, in der eine russische Einheit untergebracht war; die Sensenmänner stürmten vorwärts, ohne sich um das Gewehrfeuer und die donnernden Kanonen zu scheren, und überwältigten den Feind. In dieser Schlacht, die nur vierzig Minuten dauerte, fing Feliks zwei edle russische Pferde ein. Er wollte die alten Gepflogenheiten wieder einführen, brachte Jan von den Buchen eines der Tiere und befahl: »Jan, halte es für mich fest, falls ich es im Kampf brauche.« Zu Feliks' Überraschung erklärte Jan: »Ich kämpfe für mich und Ihr für Euch« und weigerte sich, das Pferd seines Herrn zu hüten, wie es seine Vorfahren sieben Jahrhunderte lang getreulich getan hatten. Feliks löste das Problem, indem er einen jungen Burschen fand, der ihm als Reitknecht diente. Doch jetzt mußte er dafür bezahlen ...

Einige Kleinadelige waren über Kościuszkos revolutionäre Idee, die Bauern freizulassen, empört, und nachdem sie ähnliche Erfahrungen gemacht hatten wie Feliks mit dem widerspenstigen Jan, begannen sie zu protestieren. »Das wird in Polen nie möglich sein. Die Bauern sind zum Dienen geboren, und je schwerer sie für uns arbeiten, desto zufriedener sind sie.«

»Sie sind eigentlich nichts als Vieh«, stellte ein Landbesitzer fest.

»Das habe ich nicht gesagt«, widersprach einer der Protestierenden. »Ich habe mit Bischof Proszynski über dieses Thema gesprochen, und er hat mir erklärt: ›Der Bauer hat eine Seele. Er ist ein echtes menschliches Wesen, aber er wurde geboren, um zu arbeiten, und er braucht weder das Alphabet noch Bücher.‹ Kościuszko begeht einen schrecklichen Fehler, wenn er annimmt, daß er ihnen die Freiheit geben kann.«

Einige der Enttäuschten gingen zum General, der für jeden zugänglich war, und erzählten ihm von den Schwierigkeiten mit ihren Bau-

ern. Nachdem er sich angehört hatte, daß die polnischen Bauern anders seien als die französischen oder amerikanischen, antwortete er bestimmt: »Ich war gezwungen, viel zu reisen, habe viele Länder gesehen und dabei eines gelernt: Alle Menschen sind vor Gott gleich. Alle haben das Recht auf die gleichen Freiheiten.«
»Aber der polnische Bauer . . .«
»Ist das gleiche wie der französische Bauer, der genau das gleiche wie der französische Adelige ist.«
»Könnte ein französischer Bauer einen edlen Wein schätzen?«
»Ich habe es erlebt . . . als sie mit Gewehren und Fackeln in die Keller ihrer Herren eindrangen.«
»Predigt Ihr nicht die Revolution gegen den Kleinadel?«
»Ich versuche, die Revolution gegen den Kleinadel zu verhindern. Schließt euch mir an, liebe Freunde, und ihr werdet Polen retten. Ihr werdet eine viel bessere Gesellschaftsordnung schaffen, glaubt mir.«
Je besser Feliks diesen General Kościuszko kennenlernte, desto mehr bewunderte er ihn. »Der Mann ist aus einem Guß«, erklärte er den Andersdenkenden. »Er behandelt sein Pferd mit der gleichen Achtung wie mich und meinen Bauern Jan mit der gleichen Achtung wie sein Pferd. Und er kann über sich selbst lachen.«
Nachts saß Kościuszko einmal mit seinen Kavalleristen am Lagerfeuer; am nächsten Morgen sollten sie gegen eine russische Armee in die Schlacht ziehen. »Ich hatte viele Schwierigkeiten mit General Washington, der vielleicht der beste Mann unserer Zeit ist. Er machte sich über meinen Namen lustig, behauptete, daß niemand ihn aussprechen oder auch nur im Gedächtnis behalten könne, und empfahl mir, ihn in *Kook* umzuändern. Ich wurde zornig und erklärte ihm: ›Hört, General, mein Name hat genauso viele Buchstaben wie der Eure und sogar genauso viele Silben. Er lautet *Koß-tßjusch-ko,* und jeder halbwegs gebildete Mensch sollte das aussprechen können.‹ Doch er sprach ihn weiterhin mit vier Silben aus, *Koß-jtß-jusch-ko,* und manchmal sagte er sogar einfach nur *Koschko.* Da habe ich meine Erziehungsversuche aufgegeben.«
»War er ein guter General?« fragte Feliks.
»Er hatte Glück, das ist noch wichtiger.«
»Wieso Glück?«

»Während der Zeit, in der ich unter ihm diente, hätten uns die Engländer mindestens fünfzehnmal erledigen können, wenn sie sofort angegriffen hätten. Doch sie zögerten jedesmal, ließen uns Zeit, uns neu zu formieren oder Verstärkung heranzuführen, und das nenne ich Glück.«

»Möge uns das gleiche Glück beschieden sein!« sagte ein alter Mann.

Während einer Kampfpause, als es so aussah, als würden die Rebellen die Russen aus ganz Polen, dem alten und dem neuen, hinaustreiben, schlichen sich Feliks und Jan davon, überquerten die Weichsel und besuchten ihre Häuser. Erstaunt registrierte Feliks die vielen vortrefflichen Neuerungen, die Eulalia in seiner Abwesenheit eingeführt hatte, und stellte fest, daß seine Frau recht gut aussah, wenn sie wie eine ländliche Hausfrau und nicht wie eine Warschauer Modepuppe gekleidet war. So mußte die Fürstin Lubomirska ausgesehen haben, als der junge Poniatowski, der spätere König Stanisław August, sie verschmähte. Es tat Feliks gut, mit Eulalia zu sprechen, denn sie erklärte immer mit allen Einzelheiten, was sie getan hatte: »Ich fand, daß die Ställe Fenster brauchen. Im Dorf gibt es einen Mann, der ein geschickter Zimmermann ist. Ich habe ihn bezahlt, damit –«

»Du hast ihn bezahlt?«

»Ja. Die Proklamation deines Generals in Połaniec erreichte uns, und die Bauern glauben nun, daß sie frei sind.«

»Aber . . .«

»Ich sehe darin keine großen Probleme, Feliks. Wir bezahlen ihnen eben einen geringen Betrag. Sie arbeiten dafür eifriger. Dann verdienen auch wir mehr. Und alle gewinnen dabei.«

Sie sah noch immer so aus, wie die Lubomirska sie so abschätzig beschrieben hatte: »Dick, rotgesichtig und ausgesprochen bäurisch«, aber sie war ja auch schwanger. Dank ihrer guten Erziehung hatte sie sich Ideen angeeignet, wie sie in den in drei Sprachen verfaßten Büchern enthalten waren, die sie in das Herrenhaus mitgebracht hatte. Es war anregend, sich mit Eulalia Bukowska zu unterhalten, denn sie hatte sich bereits der neuen Ordnung, die auf sie zukam, angepaßt und sah eine Menge Möglichkeiten, sie zum Vorteil ihres Mannes zu nützen.

»Gewinn die Schlachten und komm rasch heim«, empfahl sie Feliks, als er zu Kościuszko zurückkehrte, um vor den Toren Warschaus an der unvermeidlichen Auseinandersetzung mit den Russen teilzunehmen. Doch bevor diese entscheidende Schlacht begann, traf ein überaus begabter russischer General in Polen ein und ersetzte alle Heerführer, die von Kościuszko überlistet worden waren. Es war Alexander Wassiljewitsch Suworow, ein bissiges, stets mißgelauntes, fünfundsechzig Jahre altes militärisches Genie, das sein halbes Leben lang auf fernen Schlachtfeldern gegen die Feinde Katharinas der Großen und das andere halbe Leben gegen die konventionelle russische Gesellschaft gekämpft hatte, die ihn wegen seiner unorthodoxen Ansichten verachtete. Er war ein erbarmungsloser Gegner, und wo immer er auf dem Kampffeld erschien, faßten die Russen wieder Mut.

Die entscheidende Schlacht fand beim Dorf Maciejowice südlich von Warschau statt. Zunächst richteten Kościuszkos tapfere Bauern mit ihren Sensen wie üblich entsetzliche Verheerungen in den russischen Linien an; eine Welle von pikenschwingenden Leibeigenen nach der anderen begrub die Truppen der Zarin unter sich. Doch schließlich gab die Disziplin der Berufssoldaten den Ausschlag. Bei einem mörderischen Angriff – dreihundert nur mit Knüppeln bewaffnete polnische Bauern gegen achthundert russische Gewehrschützen – wurde Jan von den Buchen in die Brust und in den Kopf getroffen, und sein Traum von der Freiheit endete auf einem grasbewachsenen Hügel.

Kościuszko wurde gefangengenommen und in ein russisches Gefängnis gebracht. Er hatte jedoch bereits einige jüngere Offiziere veranlaßt, nach Norden zu fliehen und sich Suworow entgegenzustellen, wenn der Warschau angriff. Feliks Bukowski gehörte zu ihnen, und im Oktober, als bereits der erste Schnee fiel, erreichte er die Stadt; er saß auf einem Pferd und führte ein zweites am Zügel. Als er die Krakauer Vorstadt hinunterritt und in die Senatorska einbiegen wollte, um bei der Lubomirska vorzusprechen, erblickte er die *Miodowa*, die Straße des Süßen Nektars, wandte sich unvermittelt dorthin und ritt langsam zum Palais Princesse, dem Marmorschloß, in dem seine Angebetete wohnte.

Er zügelte sein Pferd und blieb eine Weile ruhig sitzen. Ein paar Kinder versammelten sich um ihn und fragten ihn nach dem Ausgang der Schlachten. Er erzählte ihnen, daß General Kościuszko gefangen

und der Kampf um die Freiheit in Gefahr sei. Sie fragten ihn, wo er die Pferde her habe; er erklärte ihnen, daß er sie den Russen weggenommen habe. Sie wollten wissen, wie die Pferde hießen, und als er »Zar und Zarin« antwortete, rief ein kleiner Junge: »Aber beide sind Männer!« Feliks lachte: »Da muß ich mich geirrt haben.«
Der Lärm auf der Straße hatte in dem Marmorpalast Aufmerksamkeit erregt. Ein Lakai erschien und forderte Stille. »Die junge Herrin ist schwer krank und braucht Ruhe.«
»Wer? Wer?« rief Feliks.
»*Pani* Lubonska«, erwiderte der Lakai. »Sie hat einen Sohn zur Welt gebracht, er gedeiht prächtig, aber ihr Leben ist in Gefahr.«
Feliks sprang vom Pferd und warf einem der umherstehenden Jungen die Zügel zu. »Ich muß sie sehen«, rief er.
»Das geht nicht«, protestierte der Lakai. Als Feliks sich an ihm vorbeidrängte und zur Tür lief, begann er zu schreien und machte viel mehr Lärm als die Kinder vorher: »Herr! Herr!«
Am Eingang zum Palais trat Roman Lubonski Feliks entgegen. »Feliks! Von wo kommst du?«
»Vom Schlachtfeld. Kościuszko ist verloren.«
»Das habe ich erwartet«, erklärte der junge Adelige. Er war nicht in die Armee seines Vaters eingetreten, die sich der Revolution entgegenstellte, doch er stand im Geist auf der Seite der Russen und freute sich, daß die Rebellen eine schwere Niederlage erlitten hatten.
»Ich möchte Elzbieta sehen«, bat Feliks. Da begann Roman zu weinen. »Das geht nicht. Nicht einmal ich darf ...«
»Ist sie so krank?«
»Schwer krank.« Damit zog sich Roman in das Palais zurück, schloß die Tür hinter sich und ließ Feliks, seinen langjährigen Gefährten, allein draußen stehen.
Zwei Tage lang hielt Feliks in der *Miodowa* Wache; er schlief gelegentlich im Palais der Lubomirska, sprach immer wieder kurz mit ihr und erfuhr, daß sie sich auf das Eintreffen Suworows und das bevorstehende Ende von Poniatowskis Königtum freute. Einmal sagte Feliks nachdenklich: »Der arme König. Suworow greift ihn von außen an, Ihr versucht, ihn von innen her zu stürzen.« Sie antwortete: »Er verlor die Krone in dem Augenblick, in dem sie ihm auf das edle Haupt gesetzt wurde, denn sie paßte ihm nicht. Er hatte keine Ah-

nung, was sie bedeutet. Und seine Feigheit Katharina gegenüber hat ihn für den Thron untauglich gemacht. Dreißig Jahre lang hat er sich ununterbrochen ergeben. Es ist an der Zeit, daß wir damit Schluß machen.«

Eines Morgens meinte sie: »Ich bin genauso schlecht wie Poniatowski. Ich möchte Euch als Verräter verhaften lassen – ein Anhänger Kościuszkos, der die Bauern befreit und ähnlichen Unsinn anzettelt. Aber ich mag Euch, Feliks ... Übrigens, wie geht es der kleinen Orzelska – obwohl sie weiß Gott nicht gar so klein ist.«

»Sie ist jetzt sogar noch dicker, *pani*, sie ist schwanger.«

»Gott sei Dank. Darauf kommt es an, Feliks. Eine Familie, ein Gut, eine Wiege, Gehorsam überall – das ist die Seele Polens, und Ihr seid ein Teil davon.«

»Was ist mit Euren neunzehn Schlössern, *pani?* Soll man Euch wirklich erlauben, so viele zu besitzen?«

»Polen braucht Führer, Feliks, und nur die Magnaten sind dazu befähigt. Außerdem habe ich meine Burgen und Schlösser umgebaut, was außer mir niemand getan hätte.«

»Die hundertfünfzigtausend Bauern, die Ihr besitzt – Kościuszko hat mir erzählt –«

»Kościuszko ist ein Narr und wird in einem russischen Gefängnis vermodern. Das eigentliche Polen wird sich nie ändern.«

Sie ermutigte ihn, Elzbieta zu besuchen, und am dritten Tag schritt er kühn zur Tür des Palais Princesse und verlangte, eingelassen zu werden. Es folgte ein kurzes Handgemenge, und er erzwang sich den Eintritt. Er lief hinauf, riß eine Tür nach der anderen auf, bis er das Krankenzimmer fand, und und stürzte hinein, bevor ihn Roman Lubonski aufhalten konnte.

»Elzbieta«, rief er und lief zu ihr, doch als er sah, wie schrecklich bleich sie war, begriff er, daß sie im Sterben lag; dicht vor ihrem Bett blieb er stehen und senkte den Kopf.

Sie war noch schöner, als er sie in Erinnerung hatte – ein junges Mädchen auf einem Schlitten, eine junge Frau, die die Bärenjäger beim Ausflug in die Berge anfeuerte, eine junge Braut, die vor dem Priester kniete, und jetzt eine junge Mutter, die bald sterben würde. Er sagte nichts, doch sein Herz schrie ihren Namen; diese großartige Frau aus der Familie Mniszech gehörte zu der langen Reihe von Zarinnen, Mörderinnen und weißgekleideten Gespenstern auf den Türmen alter Burgen. Ach, Elzbieta, mein Leben ist erst dadurch wertvoll geworden, daß ich dich küssen durfte.

Tränen strömten aus seinen Augen. Ohne daß ihn das Mädchen überhaupt bemerkt hatte, ließ er es nach einer Weile zu, daß Roman Lubonski ihn hinausführte. Den ganzen Tag über stand er in der *Miodowa*, und als in der Dämmerung die Glocke der Kapelle des Palais Princesse verkündete, daß Elzbieta gestorben war, beugte er den Kopf und den Körper, als laste das Gewicht von Jahrhunderten auf ihm.

Das Ende von Kościuszkos Aufstand kam mit einer Gewalt, die ganz Europa erschütterte. Man erfuhr nie, wer den Befehl zur Einnahme Pragas, einer Warschauer Vorstadt, erteilt beziehungsweise in welcher Form ihn General Suworow erhalten hatte; man argwöhnte, daß er von Katharina II. persönlich ausgegangen war; doch es hieß auch, Fjodor Kuprin habe ihn erteilt – als seinen Anteil an dem großen Plan der endgültigen Teilung Polens: »Man muß diesen polnischen Schweinen eine Lektion erteilen.« Man hätte für diese Lehre kein besseres Werkzeug als Suworow finden können. Am 1. November 1794 zog er seine große russische Armee am rechten Weichselufer gegenüber von Warschau um Praga zusammen. In Praga waren die letzten polnischen Patrioten, etwa vierzehntausend an der Zahl, versammelt, darunter Feliks Bukowski, um die Hauptstadt zu verteidigen. Es lebten dort auch etwa zehntausend Zivilisten, die alles taten, was sie konnten, um ihre Verteidiger zu unterstützen.

Gegen diese Polen hatte Suworow ein Heer von beinahe vierzigtausend Berufssoldaten aufmarschieren lassen, und als der Kampf um Praga begann, erklärte er ihnen: »Keine Gnade. Keine Gefangenen. Wir müssen diesen Schweinen eine Lehre erteilen.«

Die Belagerung dauerte nur drei Tage, den 1., 2. und 3. November. Am 4. brachen die Russen durch, und das schreckliche Schlachten begann. Von den vierzehntausend polnischen Kämpfern entkamen nur viertausend über die Weichsel; der Rest wurde erbarmungslos niedergemetzelt. Wer sich ergeben wollte, wurde erschossen, sobald er die Hände hob. Tausende wurden mit dem Bajonett getötet, wenn sie sich unterwerfen wollten. Wer Widerstand leistete, wurde mit Gewehrkolben erschlagen. Gruppen von zwanzig oder dreißig Russen jagten hinter einem einzelnen polnischen Soldaten her und trampelten ihn zu Tode, wenn sie ihn erwischten. Die einzigen, die in Praga überlebten, waren die wenigen, die sich wie Feliks in Kellern versteckten, bis sich die Wut der Sieger gelegt hatte.

Doch es war das mitleidlose Abschlachten der Zivilbevölkerung, angesichts dessen Europa erstarrte: Suworows Männer stürmten durch Praga, erschossen jeden, der sich bewegte, und dolchten alle, die stilllagen. Messerstechereien, Enthauptungen, Erschießungen, Kastrierungen und Vergewaltigungen waren an der Tagesordnung. In solchen Fällen spricht man davon, daß »in den Rinnsteinen Blut floß«, was lächerlich ist; in Praga jedoch tropfte Blut in die Rinnsteine und beschmutzte sie auf ewig mit der barbarischen Rache der Russen.

Am Abend des letzten Tages hörte eine russische Patrouille ein Geräusch in einem Keller; die Soldaten sahen nach und entdeckten Feliks Bukowski, zwei polnische Bauern mit Sensen und eine Frau, deren Säugling geschrien hatte. Mit einem Gewehrkolben brachten sie das Kind für immer zum Schweigen und erledigten die Mutter mit zwei Bajonettstichen. Der Anblick der Bauern mit den Sensen brachte sie in solche Wut, daß sie jeden der beiden Männer unzählige Male durchbohrten. Als sie erkannten, daß Feliks ein Angehöriger des Kleinadels war, jener Schicht also, die den Aufstand gegen Katharinas Macht unterstützt hatte, trampelten sie ihn zu Tode und brachen ihm mit ihren schweren Stiefeln fast alle Knochen.

Der Traum von der wahren Freiheit war zu Ende. Die scheinbare Goldene Freiheit war wiederhergestellt.

Anfang 1795 kamen Baron Eschl und Fjodor Kuprin zum letztenmal im Palast Granicki im eroberten Warschau zusammen, und diesmal war auch Graf Starhemberg aus Wien anwesend. Kühl und rasch überprüften die drei Sieger noch einmal die Karte, auf die sie sich bereits auf Niedzica geeinigt hatten; sie mußten nur geringfügige Korrekturen an den Grenzlinien vornehmen, die die Gebiete der drei die Teilung vornehmenden Länder voneinander trennten.

Polen verschwand. Die neuen Gebiete von Rußland, Preußen und Österreich berührten einander in einem Punkt in der Nähe von Brześć Litewski, das die übrige Welt später als Brest-Litowsk kannte. Jeder der Eroberer erwarb Landstriche, auf die er schon lange ein Auge geworfen hatte: Österreich erhielt Lublin und Puławy, Rußland die ukrainischen Besitzungen, die Magnaten wie Lubonski und Granicki gehörten.

Es gab keine Rechtfertigung für die schreckliche Vergewaltigung eines freien Landes. Staaten wie die Schweiz existierten seit langem als willkommene Puffer zwischen den Großmächten, und es gab keinen Grund, Polen diesen Status zu verweigern, es sei denn, weil es zwei tödliche Fehler begangen hatte: Es war dem Land nicht gelungen, sich mit einer konsolidierten Regierung, geordneten Finanzen und einer verläßlichen Armee zu verteidigen; und in seiner Schwäche hatte es versucht, Freiheiten einzuführen, die die Autokraten ringsumher als Bedrohung empfanden. Wären England, Frankreich und Amerika statt Rußland, Preußen und Österreich Polens Nachbarn gewesen, man hätte es sicherlich bestehen lassen, denn die neuen Ideen, die es verfocht, waren nur Weiterentwicklungen der Errungenschaften dieses Trios. Ein Staat kann es sich nicht leisten, gleichzeitig schwach und kühn zu sein.

Bei der letzten Zusammenkunft unterbreitete Baron Eschl einen Vorschlag, der die Welt entsetzte, als er viel später bekannt wurde. Viele Jahre lang war Eschls Memorandum in den übrigen Hauptstädten unbekannt, denn es durfte nicht in Umlauf gesetzt werden. Auch später gab es immer wieder Personen, die in Abrede stellten, daß es jemals abgefaßt worden sei, doch sie hatten unrecht.

»Es ist der Wunsch meines Königs, und die Zarin von Rußland befürwortet ihn, daß von diesem Tag an das Wort *Polen* nie mehr in einem offiziellen Dokument erscheint oder in Regierungskreisen ausgesprochen wird. In den uns zugefallenen Gebieten müssen wir alle Anstrengungen unternehmen, damit die Sprache, die Geschichte und die Bräuche ausgelöscht werden.

Wenn eine Nation zu bestehen aufhört, dann besteht auch ihr Name nicht mehr, und wir dürfen nicht zulassen, daß er je wieder verwendet wird. Wir waren geduldig. Wir haben Mitgefühl bewiesen. Und wir waren gerecht. Doch von heute an herrscht in Osteuropa eine neue Ordnung; es ist endlich eine Lösung gefunden worden.«

In Bukowo zogen Friede und Ordnung bemerkenswert schnell wieder ein. Jan von den Buchen war tot, aber seine Witwe bestellte die Felder, bis ihr Sohn diese Arbeit übernehmen konnte. Ihr Lebensstil verschlechterte sich drastisch, denn nach der Niederlage General

Kościuszkos waren neue, fremde Gesetze in Kraft getreten, die es den reichen Landbesitzern erlaubten, statt der Arbeitsleistung Ablösen in Geld von ihren Leibeigenen zu verlangen. Das bedeutete, daß Jans Sohn jetzt Lubonski nicht vierzig Wochen Schwerarbeit schuldete, sondern hundertzehn Zlotys, die er nur durch viele Stunden zusätzlicher Arbeit um einen vom Grafen festgesetzten Lohn verdienen konnte. Für die Bauern von Bukowo wurde das Leben immer härter und näherte sich den Zuständen von 1250. Gleichzeitig wurden die Lubonskis immer reicher und konnten sich bald mit den reichsten Familien in Spanien oder England messen.

Eulalia Bukowska war eine Witwe, die kurz vor ihrer Niederkunft stand, doch sie hatte inzwischen das alte Herrenhaus in Bukowo ins Herz geschlossen und erkannt, was sich aus ihm machen ließ, wenn sie ihre Mitgift gezielt einsetzte. Ihre Pläne waren sowohl künstlerisch wertvoll wie auch vernünftig; aber sie wurden nie in die Tat umgesetzt, denn ihr Vater holte sie in das jetzt in preußischen Händen befindliche Warschau zurück, wo sein Geschäft florierte. Er fand in der Stadt einen neuen Ehemann für sie, einen Angehörigen des Kleinadels, und wie die Lubomirska prophezeit hatte, wurde Orzelskis Enkel in den Kleinadel aufgenommen. So verloren die Bukowskis den Anspruch auf alle Millionen der Orzelskis, und das Herrenhaus blieb so schäbig, wie es war. Feliks' jüngerer Bruder übernahm den Besitz. Man ließ ihn noch einige Zeit fühlen, daß sich Feliks an dem Aufstand beteiligt hatte.

Für den in einem russischen Gefängnis eingekerkerten Tadeusz Kościuszko hatte die Auflösung Polens dramatische Folgen: Katharina die Große, die ihren Tod herannahen fühlte und davon überzeugt war, daß ihr von dem polnischen Helden keine Gefahr mehr drohte, setzte die Hinrichtung aus, die er erwartet hatte, und nach ihrem Tod wurde er vollkommen begnadigt. Er ging freiwillig nach Frankreich ins Exil, lehnte einen hohen Posten ab, den ihm Napoleon anbot, weil er diesen schon sehr früh richtig als Tyrannen eingestuft hatte, und als die Jahre vergingen, schlugen ihm die russischen Zaren vor, ihr verlängerter Arm und Verbindungsmann in der Verwaltung ihrer polnischen Länder zu werden. Doch genau wie die beiden Bukowskis sah er die Freiheit als greifbare Tatsache; es war gut, frei zu sein, und es war gut, anderen die Freiheit zu bringen. Er ging daher in die

Schweiz ins Exil, und eine der letzten Taten dieses großen Mannes bestand darin, eine Schar Sklaven freizulassen, die man ihm in Amerika zugesprochen hatte. General Suworow erhielt als Belohnung für die berühmte Niederwerfung Pragas zweitausend Leibeigene als persönliches Eigentum. Einige von ihnen stammten aus dem Besitz des Grafen Lubonski in Pulz in der Ukraine. Suworow traf keinerlei Anstalten, auch nur einen von ihnen freizulassen.

Den Lubonskis ging es gut unter den neuen Regimen, denn sie erhielten als Dank für die Armee, die sie den Verbündeten zur Verfügung gestellt hatten, weitere Besitztümer und Privilegien. Auch politisch waren sie erfolgreich, denn als den Habsburgern klar wurde, daß sie ganz Galizien und noch etliches mehr sicher im Griff hatten, sahen sie sich nach verläßlichen polnischen Führungskräften um, die das Gebiet verwalten sollten. Graf Laskarz Lubonski hatte ihnen seit langem treue Dienste geleistet und wurde zum Gouverneur der Landstriche ernannt, an deren Überführung in das österreichische Lager er so wesentlichen Anteil hatte. Er unternahm sofort die notwendigen Schritte, um sicherzustellen, daß sein Sohn Roman einmal als Minister nach Wien berufen werden würde.

Doch bevor er soweit war, mußte Roman eine neue Frau finden, vor allem eine, die seiner Karriere förderlich sein konnte. Es gab ein häßliches kleines Intermezzo mit den Mniszechs, die darauf bestanden, daß das Palais Princesse, das sie schließlich für ihre Tochter errichtet hatten, wieder an ihre Familie zurückfiel. Doch mit Hilfe einer Schar von Anwälten aus Berlin wies Graf Lubonski vor Gericht nach, daß gemäß den damals geltenden Gesetzen der Besitz im Augenblick der Heirat an den Mann übergegangen war. Drei Richter, die von beiden Parteien Bestechungsgelder angenommen hatten, entschieden schließlich zugunsten der Lubonskis, die am meisten bezahlt hatten. Palais Princesse behielt seinen reizenden Namen und war jetzt der Warschauer Wohnsitz von Roman Lubonski, der bald in Wien zu einem Grafen Lubonski geadelt werden sollte.

Die Wahl seiner nächsten Frau verlief merkwürdig. Im Sommer erschien seine Mutter, die derzeitige Gräfin Lubonska, eines Tages allein im Palast der Lubomirska und unterbreitete ihr einen ungewöhnlichen Vorschlag. »Ich habe über vieles nachgedacht, Fürstin – über Europa, Rußland, vor allem aber über die Habsburger in Wien.

Wenn mein Sohn allen Fallen entgegen soll, die ihn erwarten, muß er eine kluge Frau haben. Mein Mann hat Eurer Familie nie getraut – ›Diese verdammten Czartoryskis!‹ nennt er sie heute noch. Doch ich werde allmählich älter und sehe ein, daß eine Czartoryska die richtige Frau für meinen Sohn wäre – jemand, der genauso ist, wie Ihr vor fünfzig Jahren wart. Gibt es so ein Mädchen?«

Die Lubomirska fühlte sich geschmeichelt; sie hatte es sich immer zur Aufgabe gemacht, die heiratsfähigen Kinder in ihrer weitverzweigten Familie im Auge zu behalten, und deshalb konnte sie auf Anhieb vier Mädchen aufzählen, die sie für überaus geeignet hielt. »Ihr braucht eine, die Sprachen beherrscht. Russisch für die Zukunft. Französisch für die Vergangenheit. Deutsch für die Machtausübung. Englisch für den gesunden Menschenverstand. Und natürlich Polnisch für die Heimatlieder.«

»Wie viele Sprachen beherrscht Ihr?«

»Diese fünf und dazu noch Italienisch. Sie sollte aber auch gute Schulen in der Schweiz, in Italien und entweder Frankreich oder England besucht haben. Die in Deutschland kann man vergessen, aus denen kommen nur Polizisten. Aber vor allem muß sie klug sein, das wißt ihr Radziwiłłs ja.«

»Und hübsch.«

»Wenn alles übrige stimmt, ist sie auch hübsch. Mein Neffe Karolek in Puławy hat genau die Tochter, die Ihr sucht, und vielleicht habt Ihr Glück und könnt sie Euch sichern, bevor Euch jemand zuvorkommt.« Noch am gleichen Abend schickte die Lubomirska einen Reiter nach Puławy, der eine einfache Botschaft überbrachte: »In Moniczkas Fall unternehmt überhaupt nichts, bis Graf und Gräfin Lubonski eintreffen!« Am nächsten Tag reisten die Lubonskis nach Süden, zur Burg Gorka, und nahmen ihren trauernden Sohn Roman zu einem zwanglosen Besuch bei der weitverzweigten Familie Czartoryski in Puławy mit. Dort wurde der Ehevertrag ausgehandelt.

König Stanisław Augusts letzte Tage verliefen traurig. Während der Belagerung von Warschau hatte Michal Poniatowski, der Bruder des Königs, Polens führender Geistlicher und sein Primas, um jeden Preis der Gefangennahme durch die Revolutionäre entgehen wollen und deshalb dem König von Preußen heimlich geschrieben und ihm verraten, wie er die Stadt am leichtesten einnehmen könne. Unglücklicherweise fiel die Botschaft Kościuszkos Männern in die Hände, die sich darüber so empörten, daß sie Michal hängen wollten. Der verzweifelte König, der nur an seinen wackelnden Thron dachte, sandte seinem Bruder ein schreckliches Edikt: »Häng dich selbst auf, denn wenn du wartest, bis sie es tun, wird der Skandal mich vom Thron stürzen!« Michal gehorchte; doch sein Selbstmord brachte dem König keinen Vorteil, denn kurz darauf brachen sowohl der Thron als auch der Staat zusammen.

Stanisław August, der jetzt kein regierender König mehr war, brachte die Siegermächte in Verlegenheit, bis sie seinen Fall geschickt lösten: Er wurde als eine Art Staatsgefangener nach Rußland abgeschoben, und obwohl er seine ehemalige Bettgefährtin Katharina die Große wiederholt um Gnade anflehte, ging sie nicht darauf ein und weigerte sich, ihn auch nur zu empfangen. Sie ließ ihn in seiner Kavaliershaft versauern. Dort starb er 1798, ein Verbannter, ein abgewiesener Liebhaber, der unfreiwillige Anlaß zum Selbstmord seines Landes.

7. Kapitel

Mazurka

Zwei Tage vor dem Weihnachtsfest 1895 traf das große Dampfschiff, das regelmäßig zwischen Budapest und Wien verkehrte, am frühen Nachmittag in der Kaiserstadt ein. Einer der Reisenden war ein großgewachsener, schlanker Herr Mitte Vierzig. Als Aristokrat und Mitglied der kaiserlichen Regierung wurde er bevorzugt abgefertigt, als der Dampfer im Kanal anlegte, der gebaut worden war, um einen Donauarm ins Herz Wiens zu bringen. Alle anderen Passagiere mußten warten, bis der in einen dicken Pelz gehüllte Herr in dieser kalten, winterlichen Stadt an Land ging.

Es war Graf Andrzej Lubonski, der für Minderheiten zuständige Minister, der seinen jüngsten Auftrag, die ungarischen Agitatoren zu versöhnen, so vorzüglich ausgeführt hatte, daß er mit kaiserlichem Lob rechnen konnte. Es war nicht leicht, mit den Ungarn auszukommen; sie forderten alles, machten keinerlei Konzessionen. Aber er respektierte ihren glühenden Patriotismus und nahm sich vor, diesen Respekt heute abend ganz öffentlich zu bezeigen.

Am Kai warteten zwei livrierte Bedienstete: ein Kutscher, der den mit Vorhängen versehenen und mit zwei edlen grauen Lipizzanern gezogenen Wagen lenkte, und ein Lakai, der das Gepäck verstaute. Polizisten, die das Gelände des Anlegeplatzes überwachten, erkannten den Wagen des Grafen und zeigten sich beflissen; andere Möchtegern-Politiker aus minder bedeutenden Kronländern wie Tirol oder Kroatien versuchten manchmal Furore zu machen, wenn sie nach Wien kamen; sie erwarben Gespanne von vier oder sechs blendend weißen Lipizzanern, aber solche Männer waren sehr schnell als *nouveau riche* verschrien – man lachte über sie.

Graf Lubonski, einer der reichsten Grundbesitzer im österreichischen Teil Polens, hätte sich auch sechzehn Lipizzaner leisten können, wenn dies sein Wunsch gewesen wäre. Er war aber der Meinung, ein solcher Aufwand stehe einzig und allein dem Kaiserhaus zu; ihm genügte seine mattgraue, von mattgrauen Lipizzanern gezogene Kutsche.

Ohne irgendwelche Grüße zu erwidern, begab er sich vom Landesteg rasch zu seiner Kutsche. »Zum Ring!« Der Lakai breitete ihm ein Bärenfell über die Knie, das Lubonski vor der Kälte schützen sollte, kletterte auf den Bock, und die Räder der Kutsche begannen zu rollen.

Sie fuhren eine kurze Strecke am Ufer entlang, bogen dann vom Donaukanal ab und schwenkten in die herrliche Kette von Prachtstraßen ein, die das alte Herz der Stadt einschlossen. Vor achtunddreißig Jahren hatte Kaiser Franz Joseph befohlen, die Mauern der Stadt, die sie in vergangenen Jahren so ruhmreich beschützt hatten, niederzureißen und die Glacis, die damals die Befestigungen von den vordringenden Vorstädten trennten, in einen Ring von breiten, baumbestandenen Straßen zu verwandeln, an dem die bedeutendsten öffentlichen Gebäude ihren Platz finden sollten. Es dauerte fast ein Vierteljahrhundert, bis dieser grandiose Plan verwirklicht war. Einige Historiker hatten gegen die Zerstörung der Stadtmauern protestiert, die vor nahezu tausend Jahren errichtet worden waren.

»Laßt uns doch in Europa eine edle Stadt erhalten, die uns zeigt, wie unsere Vorfahren gelebt haben«, argumentierten diese Altertümler. »Laßt das neue Wien jenseits der Glacis weiterwachsen. Behalten wir unsere Mauern als Symbol der Geschichte unserer Stadt!«

Der Kaiser hörte nicht auf sie. Wien verlor ein ehrfurchtgebietendes mittelalterliches Denkmal, aber es gewann einen Ring von Boulevards, wie die Welt sie nicht prächtiger kannnte. »Paris hat bessere«, behaupteten einige Reisende, aber die französischen, nach Napoleons Marschällen benannten großen Straßen waren nicht so innig mit dem Herz ihrer Stadt verbunden und verfügten auch nicht über den Schmuck majestätischer Bauten, wie Wien sie besaß.

Am Ring standen die großen Museen, die Votivkirche, die Universität, mehrere Theater, das Rathaus, das Parlament und die Hofoper. Wenn Graf Lubonski an diesen Monumenten vorbeifuhr, hatte er das Gefühl, sich im Mittelpunkt der Welt zu befinden, und dieses Gefühl bestärkte ihn immer wieder in seiner Aufgabe: die verschiedenen

Minderheiten, aus denen sich das österreichische Kaiserreich zusammensetzte, innerhalb eines komplizierten Systems zu versöhnen und günstig zu stimmen.
Lubonski hatte ständig mit Angehörigen von fast vierzig Minoritäten zu tun: mit den tüchtigen Ungarn, die fast schon eine Mehrheit waren; mit den störrischen Kroaten; mit den Italienern, die niemand disziplinieren konnte; mit den Rumänen, die nach Freiheit dürsteten; mit den Siebenbürgern, von mächtigen Interessen wie in einem Schraubstock eingespannt; mit den Böhmen, die Prag nicht zur Ruhe kommen ließen; mit den Slowaken, die auf ihrer eigenen Identität bestanden; mit Wenden und Ruthenen, mit Slowenen, Montenegrinern und Bosniern; mit Schlesiens Deutschen, die sich unterdrückt fühlten; mit den Agitatoren aus der Bukowina, dem Banat, aus Teschen, aus der Krain und dem Trentino. Besonders klar vor Augen standen ihm die Probleme der Polen, die Galizien bewohnten; in mancher Hinsicht waren sie die kraftvollsten und tüchtigsten Untertanen dieses amorphen Reiches, und vor allem weil er selbst Pole war, hatte man ihm die heikle Aufgabe übertragen, sie alle im Gleichgewicht zu halten.
Der Kaiser hatte seine Ratgeber belehrt: »Lubonski ist Pole, und die können ja verdammt schwierig sein, aber er ist auch ein Gentleman. Große Besitztümer. Wie man mir berichtet hat, arbeiten tausend Ukrainer auf seinen Feldern. Er versteht etwas von den Problemen mit Minderheiten.« Mehrere der Berater hatten sich dagegen ausgesprochen, einen Polen auf die höchste Regierungsebene eines im wesentlichen immer noch deutschen Staates – wenn auch österreichischer Prägung – zu berufen: »Wir haben den Ungarn Konzessionen gemacht, und sie haben uns nichts eingebracht. Wir haben den Tschechen und den Slowaken gegeben, was sie verlangt haben, und wenn wir jetzt diesen Polen, diesen Lubonski ...«
So wie bei der Schleifung der Glacis setzte der Kaiser auch hier seinen Willen durch. Der Pole Lubonski wurde in die Regierung aufgenommen. Es war eine überaus kluge Entscheidung, denn nun hatten alle beschwerdeführenden Fraktionen des Reiches das Gefühl, jetzt, wo sich ein Pole ihrer Belange annehmen würde, mit ihren Anliegen zumindest Gehör zu finden. »Er kommt ja schließlich auch aus einem Kronland, so wie wir, nicht wahr?«

Mit behandschuhter Hand schob der Graf die Glasscheibe zurück, die ihn vom Kutscher trennte. »Hören Sie, Karl, wenn Bukowski in seinem Kaffeehaus ist, möchte ich ihn sprechen.«
»Jawohl, Exzellenz.«
Die Kutsche fuhr an der Universität vorbei und bog in den Hof eines schönen alten Hauses ein, das eines der besseren Kaffeehäuser Wiens beherbergte – das Café Landtmann, ein elegantes, mit Seidentapeten und Kronleuchtern ausgestattetes Refugium, wo heiße Schokolade, europäische Zeitungen und Konversation angeboten wurden. Karl, den Hut in der Hand, begab sich zum Eingang und fragte den Türsteher: »Ist dieser junge Pole, der Herr Bukowski, anwesend?«
»Jawohl«, erwiderte der Türsteher und zeigte auf einen blau und cremefarben gestrichenen Fiaker, dessen Kutscher vor sich hindöste, während sich sein Fahrgast im Inneren des Lokals vergnügte: »Das ist der Wagen, mit dem er immer fährt.«
»Würden S' ihm bitte mitteilen, daß Graf Lubonski ihn zu sprechen wünscht. Im Wagen des Herrn Grafen.«
Als er diesen geachteten Namen hörte, stand der Türsteher einen Moment lang stramm, nickte der Kutsche zu, deren Vorhänge immer noch zugezogen waren, und eilte in das Kaffeehaus hinein. Kurz darauf erschien er wieder; mit ihm kam ein junger Mann von schmächtiger Statur mit einem gewichsten Schnurrbart und einem gutgebügelten, modern geschnittenen Anzug. In seiner Eile, dem Ruf des Grafen Folge zu leisten, hatte er sich seinen Überrock aus englischer Wolle nur um die Schultern geworfen und schritt nun barhäuptig auf die Kutsche zu, deren Tür sich einladend öffnete, als er näher kam.
Von innen her ertönte eine Stimme: »Kommen Sie nur, Viktor.« Mit einer fließenden, anmutigen Bewegung stieg der junge Mann in den Wagen und nahm gegenüber dem Grafen Platz.
»Wie war's in Budapest?« fragte er.
»Wie immer. Gute Musik, ausgezeichnetes Essen. Die schönsten Komtesserln von ganz Europa. Die Politik ...« Er zuckte seine schmalen Achseln. »Wie immer, die unerfreulichste von ganz Europa.«
»Kann ich Ihnen zu Diensten sein, Exzellenz?« Viktor Bukowski arbeitete nicht in Graf Lubonskis Ministerium, er bekleidete eine nied-

rigere Stellung im Landwirtschaftsministerium, wo man ihn als Fachmann für Pferde schätzte. Aber weil der junge Pole so neu in der Hauptstadt war, hatte der Graf es für seine Pflicht gehalten, ein Auge auf ihn zu haben; er zog ihn hie und da heran, wenn es um Fragen der Landwirtschaft ging, und gab ihm nützliche Hinweise für das Leben in der Kaiserstadt.

»Als ich aus Budapest zurückkam, wartete schon eine Botschaft des Kaisers auf mich. Es scheint da einen Herrn aus dem Banat mit einem dringenden Problem zu geben.«

»Ich bin ihm schon begegnet, Exzellenz. Ein Herr Pilic. Ist im Sacher abgestiegen.«

Lubonski runzelte die Stirn. Er hatte die Erfahrung gemacht, daß diese Agitatoren aus den Kronländern, die sich selbst so wichtig vorkamen, immer im Sacher bei der Oper abstiegen und ihre Süßigkeiten beim Demel nahe der Hofburg einnahmen; nur allzuoft hatten diese leidenschaftlichen Patrioten versucht, ihn in eines dieser Etablissements zu locken, um dort über dringende Probleme zu diskutieren. Für ihn war es jedoch eine Frage der Selbstachtung geworden, dieses Hotel und diese Konditorei nie betreten zu haben. »Das sind Lokale für die Fremden, nicht für Menschen, die dem Reich dienen.«

Er konnte sich diesen Herrn Pilic aus dem Banat gut vorstellen. »Sie brauchen ihn mir nicht erst zu beschreiben, Viktor. Klein und schmächtig. Schwerer Anzug aus rumänischer Wolle. Beugt sich vor, wenn er redet, und hat feuchte Hände, wenn er einen begrüßt. Kommt sich hier in Wien vor wie im Paradies. Möchte das Banat aber unbedingt aus der Monarchie herauslösen.« Er schüttelte mißmutig den Kopf. »Ich hab' wirklich keine Lust, den Kerl zu sehen.«

»Ich fürchte, Sie werden müssen, Exzellenz. Er hat einen weiten Weg hinter sich.«

Lubonski seufzte. Wer auch immer ihn in Wien sprechen wollte, stets hatte er einen weiten Weg hinter sich. Das lag nun einmal in der Natur Österreich-Ungarns. Es war eine sehr lange, staubige Bahnfahrt nach Kroatien, eine noch viel längere nach Siebenbürgen, und in mancher Hinsicht die längste nach Prag – nicht in Kilometern, wohl aber was die Entfernung in unterschiedlicher Denkweise betraf.

Das Temescher Banat war ein kleines, von Rumänien, Ungarn, Sie-

benbürgen, Serbien und Kroatien in eine Ecke gedrängtes Territorium, von allen ausgenützt, von keinem verteidigt. Nach seinem Namen zu urteilen, war Herr Pilic vermutlich rumänischer Herkunft und zweifellos gekommen, um sich über seine ungarischen Bedrükker zu beklagen. Es mußte eine ernste Sache sein, wenn der Kaiser persönlich Lubonski angewiesen hatte, den Mann zu empfangen.
»Bringen S' ihn zu mir nach Haus«, sagte Lubonski. »Punkt halb sieben.«
»Jawohl, Exzellenz. Wollen Sie nicht vielleicht doch jetzt gleich bei seinem Hotel vorbeifahren?«
Lubonski verzog keine Miene. »Es ist nicht meine Gepflogenheit, bei Hotels vorbeizufahren.« Er stieß die Tür auf, was bedeutete, daß Bukowski entlassen war; aber noch bevor der junge Mann gehen konnte, griff der Graf nach seinem Arm und sagte herzlich: »Die Gräfin und ich erwarten Sie heute abend nach dem Konzert.«
»Es wird mir eine Ehre sein, eine große Ehre, Exzellenz.« Und während Bukowski in die Wärme des Kaffeehauses und zu seinen Londoner Zeitungen zurückkehrte, wies Lubonski den Kutscher an, ihn nach Hause zu fahren.
Jetzt schob er den Vorhang vor seinem rechten Fenster zurück, denn sie näherten sich den prächtigen Gebäuden, die dem Ring ein so charakteristisches Gepräge gaben, und er wollte sie sehen. Während sie vorbeifuhren, empfand er wieder einmal jene innere Wärme, die stets in ihm aufstieg, wenn er bedachte, daß er eine nicht zu übersehende Rolle bei der Verwaltung dieser Stadt und des Reiches spielte, das sie repräsentierte. Als Pole vermißte er die Weichsel und sein Schloß und seine enormen Besitzungen in Galizien und die winterlichen Besuche in Warschau, aber Wien hatte Entschädigungen zu bieten, und eine davon tauchte jetzt vor ihm auf.
Denn nachdem sein Lipizzaner ihn an den monumentalen Museen vorbeigezogen hatten, erreichten sie die Oper, geliebt von allen, die Wien liebten, und dort bogen sie in die Kärntnerstraße ein. Zum erstenmal seit seiner Ankunft mit dem Dampfer sah Lubonski jetzt den hoch aufragenden Turm des Stephansdoms, siebenhundert Jahre alt und der Mittelpunkt der Stadt.
Es hatte zu schneien begonnen, eine silberne Decke lag bereits auf der Kathedrale, und Lubonski bat Karl, kurz anzuhalten, um ihm

Gelegenheit zu geben, diesen herrlichen Anblick zu genießen. Mit einem Klopfen auf die Trennscheibe bedeutete er dann dem Kutscher, wieder anzufahren. Vier Ecken weiter bogen sie nach rechts in die schmale, gemütlich wirkende, fast schon privat anmutende Annagasse ein.

Hier standen, unweit des Doms, einige der hübschesten kleinen Häuser Wiens, drei- und viergeschossige Bauten mit strengen Fassaden und schmucklosen Höfen. Mit stiller Befriedigung betrachtete Lubonski die Häuser in seiner Gasse, dachte an die aristokratischen Familien, die hier wohnten, und kam schließlich zu einem bescheidenen Haus, das jeden verfügbaren Zentimeter des Gehsteigs ausnützte. Neben dem Tor war eine Steinplatte in die Mauer eingelassen:

Annagasse 22

1648

Das Haus war schon alt gewesen, als König Johann Sobieski sich entschlossen hatte, den langen Marsch von Krakau nach Wien zu unternehmen, um die Stadt vor den Türken zu retten, und unter seinem Keller befand sich immer noch eine Kaverne, die damals von jenen türkischen Sappeuren angelegt worden war, die die ganze Stadt mit Pulver in die Luft hatten jagen wollen.

Jetzt kam der Moment, den Lubonski immer genoß, wenn er von einer Reise nach Ungarn oder Böhmen oder Kroatien zurückkehrte. Karl läutete eine Glocke, die an der Kutsche angebracht war, und im Inneren des Hauses beeilte sich die Dienerschaft, die zwei großen Torflügel aufzureißen. Die Pferde verließen die Annagasse und zogen die Kutsche hinein auf einen großen, von der Straße aus nicht sichtbaren Hof, der statt mit Steinen mit Eichenholzplatten gepflastert war, um die Hufschläge zu dämpfen.

Viele Wiener Häuser und kleinere Palais hatten solche Höfe, eingerahmt von zwanzig oder dreißig Räumen. Doch was Lubonskis Annagasse auszeichnete, war die Mauer, der sich der Besucher beim Eintritt gegenübersah. In den vergangenen hundert Jahren hatten Bedienstete einen riesigen Feuerdorn sorgfältig zu einem prachtvollen Spalierstrauch gezogen, der sich anmutig nach links und rechts gabelte. Die Zweige umrahmten die Fenster des ersten und zweiten Stockes und krochen sogar bis unter die Fenster des vierten Geschosses hoch.

Selbst noch im späten Frühjahr, wenn der Strauch ziemlich farblos wirkte, ließ er den großen Entwurf erahnen, aber im Herbst und Winter, wenn er ein Meer von scharlachroten Beeren trug, entstand ein überwältigender Anblick, der noch eindrucksvoller wurde, wenn, wie jetzt, im Winter leichter Schnee die Blätter und Beeren wie zu Girlanden schmückte. Der Graf stand einige Minuten lang im Hof und dachte daran, wie glücklich er sich schätzen durfte, daß sein Urgroßvater vor Jahren, als die Lubonskischen Besitzungen in Polen unter österreichische Herrschaft gefallen waren, dieses wunderschöne Haus gekauft hatte. Mehr als hundert Jahre lang war es im Besitz seiner Familie gewesen, und manchmal dachte er, daß es das Wurzelgeflecht dieses Strauches war, was ihn so fest mit Wien verband.

Er verließ den Hof, eilte ins Haus, lief nach oben, begrüßte seine Frau und bat einen Diener, ihm ein Bad einzulassen. »Ich muß einen gräßlichen Kerl aus Temeschburg empfangen. Ja, hier. Dann gehn wir ins Konzert. Und ich hoffe, du hast die Musiker für nachher zum Essen gebeten.«

Seine Frau, die der alteingesessenen Familie Zamoyski entstammte, deren Besitzungen seit 1815 in Rußland lagen, saß gern auf einem Hocker im Badezimmer, während ihr Gatte badete, denn sie wußte, daß sie hier mit seiner ungeteilten Aufmerksamkeit rechnen konnte. Jetzt lächelte sie ihm zu und fragte, ob seine Geschäfte in Budapest erfolgreich verlaufen seien.

»Ganz ausgezeichnet. Wenn ich nicht Pole wäre, würde ich gern Ungar sein. Gauner sind sie alle beide.«

»Wer ist der Herr aus Temeschburg?«

»Ein gewisser Pilic. Rumäne, nehme ich an.«

»Aber warum hier?«

»Er logiert im Sacher, und ich lehne es nun einmal ab, meine Geschäfte in Hotels zu erledigen.« Er machte eine Pause. »Du weißt, daß ich heut abend meine ungarische Uniform anziehen muß. Wenn ich das in Wien tu', erweise ich ihnen den gleichen Respekt wie in Budapest.«

Wie alle Mitglieder der kaiserlichen Regierung besaß auch Lubonski über zwanzig verschiedene Uniformen. Einige gehörten zu historischen österreichischen Regimentern, aber mehr als die Hälfte waren gold-, silber- und bronzebesetzte Uniformen ausländischer Regierungen: russische, deutsche, französische, englische und ein besonders prunktvolles Stück aus Italien. Es entsprach internationalen Gepflogenheiten, daß ein hoher österreichischer Beamter in der Uniform eines auf Besuch weilenden Monarchen oder Prinzen erschien, und auch Lubonski hielt sich an diese Tradition. Nur in der italienischen Uniform fühlte er sich unbehaglich, seitdem Österreich 1866 Venetien hatte abtreten müssen.

Wichtiger aber waren im Hinblick auf seine besonderen Aufgaben und Pflichten die acht oder neun protzigen Uniformen der verschiedenen Teile des Reiches. Hatte er hohe polnische Beamte zu Gast, legte er für gewöhnlich polnische Kleidung an; Böhmen wurden damit geehrt, daß er sie in ihrer Nationaltracht empfing; Slowaken wurden auf die gleiche Art ausgezeichnet. Er sah in jeder Uniform gut aus, aber nur in der ungarischen fühlte er sich richtig wohl.

Als er aus der Wanne stieg, zog sich seine Frau zurück und überließ es einem Diener, ihren Gatten anzukleiden. Der Lakai trocknete seinen Herrn ab, puderte seine Füße, frisierte ihn und führte ihn vor den Schrank, wo eine reiche Auswahl von Kleidungsstücken, Orden, Dolchen und Schwertern wartete.

Nachdem er seine Unterkleider angelegt hatte, schlüpfte er mit Hilfe des Kammerdieners in die hautenge Rehlederhose und dann in die bis zum Knie reichenden Wollstrümpfe, die über die wadenlangen Elchlederstiefel aus Böhmen geschlagen wurden. Er entschied sich für ein leichtes Seidenhemd, mit hellrot und blau gezeichneten Stikkereien fein verziert und einer silbernen Spange am hohen, mit Rippen versehenen Kragen. Seine Jacke war von ungarischem, bäuerlichem Zuschnitt, mit schwerem Brokat geschmückt und ziemlich überladen. Dazu trug er einen in Budapest gefertigten Hut, ein dreispitzartiges Ding, mit einem Gesteck aus Reiherfedern versehen. Schließlich legte er sich ein wunderbar gearbeitetes, mit drei silbernen Verschnürungen befestigtes Leopardenfell über die Schultern.

So prächtig er jetzt auch aussah, noch war seine Kostümierung nicht komplett: Eine breite Schärpe mußte alles zusammenhalten. Nun

schob der Kammerdiener ihm einen etwa fünfundzwanzig Zentimeter langen Dolch mit Scheide in den Strumpf seines linken Beins, während Lubonski selbst ein langes Schwert mit einem goldenen und silbernen Knauf in den Falten seiner Schärpe befestigte.
Er war eine stattliche Erscheinung, und nachdem der Kammerdiener noch einmal alles genau inspiziert hatte, meinte er: »Selbst der Kaiser wird Sie heute abend bewundern!«
Ein weniger begeisterter Willkomm wurde ihm seitens Herrn Pilic zuteil, als er um halb sieben den Salon betrat: »Mein Gott, Exzellenz! Ich bin den weiten Weg nach Wien gekommen, um gegen die Ungarn zu protestieren, und Sie empfangen mich als ungarischer Edelmann!«
Lubonski gefielen geistreiche Bemerkungen dieser Art. »Gestern in Budapest«, erwiderte er, »hab' ich den Ungarn nichts von dem gegeben, was sie haben wollten. Heute in Wien gebe ich ihnen dies.« Er lächelte und zeigte auf seine blitzende Uniform. »Und was kann ich Ihnen geben, Herr Pilic?«
»Die Ungarn behandeln uns wie Bauern.«
»Bitte nehmen Sie Platz.« Lubonski bestellte Wein, wies aber den Diener an: »Keinen Tokajer, bitte. Herr Pilic mag nichts Ungarisches!«
»Was ich nicht mag«, sagte Pilic, »das ist die Art, wie die Ungarn mit der kaiserlichen Regierung Schindluder treiben. Sie nehmen alles, was sie nur kriegen können, und für uns bleibt nichts übrig.«
Lubonski lachte leise. »Man könnte es nicht besser ausdrücken, Herr Pilic. Die Ungarn benzen uns Tag und Nacht um – wie sie das nennen – ihre Freiheiten. Du lieber Himmel, sie haben schon überall das Heft in der Hand! Aber sie wollen immer noch mehr haben. Dabei behandeln sie ihre eigenen Minderheiten wie den letzten Dreck. Slowaken kommen zu mir und beklagen sich über sie, Rumänen, Siebenbürger, Kroaten, Slowenen ... es ist immer das gleiche Lied: ›Die verdammten Ungarn verfolgen uns!‹ Was kann der Kaiser tun? Bitte sagen Sie's mir!«
»Das Temescher Banat muß eine unabhängige Einheit innerhalb der Monarchie werden.«
Lubonski ließ sich einen Atlas bringen. Als die großen Seiten ausgebreitet vor ihm lagen, zeigte er auf das Banat, nur ein kleines Pünkt-

chen in der enormen Vielgesichtigkeit der Monarchie. »Sehen Sie doch selbst, Herr Pilic. Was Sie verlangen, ist unmöglich. Wir können dieses große Reich nicht in Bruchstücke zerlegen.«
Als Pilic Einwände erheben wollte, schüttelte Lubonski den Kopf. Auf das große Galizien zeigend, sagte er: »Schauen Sie sich mein Polen an. Ein großes Gebiet, aber wir existieren innerhalb der Monarchie.«
»Sie haben nicht die Ungarn am Hals.«
»Das ist wahr.« Den Atlas auf den Knien festhaltend, lehnte sich der Graf zurück und fügte in versöhnlichem Ton hinzu: »Seien S' doch einmal ehrlich mit mir, Pilic. Ich brauch' Ihren Rat. Was meinen S', was sollte man tun?«
»Darf ich offen reden?«
»Sie kommen von zu weit her, um Ihre Zeit mit Geschwätz zu verschwenden.«
Ohne auf den Diener zu warten, goß sich Pilic das Glas voll, tat einen kräftigen Schluck und sagte: »Eine Föderation. Jede Nation für sich. Das Banat. Kroatien. Böhmen. Die Krain. Ungarn.« Als er sah, wie Lubonski die Stirn runzelte, fügte er rasch hinzu: »Polen auch. Polen als eigene Nation.«
Lubonski verzog keine Miene, denn er mußte fürchten, daß seine deutschen Feinde innerhalb der Regierung Herrn Pilic geschickt haben könnten, um seine Loyalität auf die Probe zu stellen. Während er nach dem Diener läutete, um die Gläser füllen zu lassen, sagte er: »Soweit mir bekannt ist, geht kein Aufschrei durchs Land, den man als Bedürfnis nach einem polnischen Staat interpretieren könnte. Oder nach einem in der Krain. Oder nach einem böhmischen.«
»In Böhmen herrscht große Unruhe, Exzellenz. Das müssen Sie doch wissen.«
»Wenn einer unter Zehntausenden schreit, kann man doch nicht von großer Unruhe sprechen, Herr Pilic.«
»O doch, wenn es einer ist, auf den es ankommt.«
»Ich habe keine Kenntnis davon, daß sich die Menschen im Banat nach einem eigenen Staat sehnen.«
»Aber Sie müssen Kenntnis haben über unsere Wut über die Unterdrückung durch die Ungarn. Es ist nicht leicht, mit diesen Leuten auszukommen, Exzellenz, das wissen Sie doch. Es ist eine wahre Hölle, unter ihnen zu leben.«

»Wären die Rumänen bessere Herren? Oder die Slowaken?«
»Warum müssen wir denn überhaupt Herren haben?«
Lubonski grübelte über diese heikle Frage nach, die in Österreich-Ungarn in diesen Tagen so häufig gestellt wurde. »Weil«, erwiderte er sanft, »weil Gott diesen Teil Europas so angeordnet hat.« Und er legte seine Linke auf die Karte, so daß sie den größten Teil der Monarchie bedeckte.
»Wenn Sie sich wie ein Ungar kleiden, reden Sie auch wie einer.«
»Heut abend bin ich Ungar.«
»Dann ist mein Besuch also eine Zeitverschwendung?«
»Aber nein!« rief Lubonski, legte den Atlas zur Seite und erhob sich. »Herr Pilic, ich werde Sie mit allen meinen Sektionschefs bekannt machen. Sie sollen sich alle Ihre Beschwerden anhören, und wenn sie berechtigt sind, wird für Abhilfe gesorgt werden.«
Das Leopardenfell lässig übergeworfen, legte der Graf seinen Arm um die Schultern seines Besuchers und begleitete ihn zur Tür, wobei er ihm versicherte, daß er diese außergewöhnliche Begegnung in seinem Haus auf Wunsch des Kaisers arrangiert hatte. »Das Temescher Banat ist nicht groß, Herr Pilic, aber wir verlieren es nicht aus den Augen.«
»Es ist eine Ehre, mit jemandem zu sprechen, der überhaupt weiß, wo es liegt!«
»Und jetzt muß ich meiner Frau helfen, sich auf das Konzert vorzubereiten.«
»Möge die Musik weihnachtliche Klänge nachhallen lassen«, sagte Pilic, während sie in den Hof hinuntergingen.
»Ich hab' meinen Kutscher angewiesen, Sie in Ihr Hotel zurückzufahren«, sagte Lubonski und beobachtete mit großem Vergnügen, wie der kleine Mann in die elegante Kutsche kletterte und sich in die weichen Kissen zurücklehnte, während die zwei grauen Lipizzaner über die Eichenholzplatten gingen, die ihre Hufschläge dämpften.
Das festliche Weihnachtskonzert fand in einem Saal statt, der mehr als tausend Personen Platz bot. Zu Beginn des Abends richteten die Besucher ihre Blicke weniger auf die Bühne als auf die Hofloge, wo Kaiser Franz Joseph saß. Der Kaiser – fünfundsechzig Jahre alt, mit weißen Koteletten und Schnurrbart – war mit einer der faszinierendsten Frauen Europas verheiratet – und mit einer der neurotischsten.

Kaiserin Elisabeth, eine Deutsche aus dem Hause Wittelsbach, hatte lange genug mit dem jungen Franz Joseph zusammengelebt, um ihm drei Töchter und einen Sohn zu gebären, dann aber vor der unendlichen Langeweile des Hoflebens die Flucht ergriffen. Sie reiste unaufhörlich in der Welt herum – Griechenland, Italien, Frankreich, England –, ließ sich einen Palast auf der Insel Korfu errichten, umgab sich mit einer Reihe von Leuten, die sie »meine Begleiter« nannte – mit einem griechischen Professor, einem englischen Jagdreiter, einem mittellosen Lehrer –, und schrieb leidenschaftliche Briefe an andere Männer unter verschiedenen Pseudonymen: Gabrielle, die Gräfin von Hohenems, Mrs. Nicholson.

Kein anderer Kaiser der Geschichte war von seiner Frau so schlecht behandelt worden wie Franz Joseph. Kaiserin Elisabeths Benehmen war ein Skandal, ihre Verschwendung öffentlicher Mittel gefährdete den Bestand der Monarchie. Aber Franz Joseph konnte nichts tun, um sie zur Vernunft zu bringen. Statt dessen revanchierte er sich auf eine ziemlich geschmacklose Art: Er hatte ein langjähriges Verhältnis mit einer der farblosesten Mätressen, die ein Kaiser sich je ausgesucht hatte – und an diesem Abend zeigte sie sich dem Wiener Publikum.

Die von einem kleinen ungarischen Grundbesitzer sitzengelassene Katharina Schratt war zu einer beliebten Schauspielerin geworden, die vornehmlich im komischen Fach brillierte. Weder hübsch noch übermäßig begabt noch mit irgendwelchen ungewöhnlichen Talenten gesegnet, hatte sie einen derben Komödienstil entwickelt, der gut zu ihrer sprudelnden Persönlichkeit und etwas plumpen Figur paßte. Sie war nicht mehr und nicht weniger als eine österreichische Hausfrau, die sich zu einer höchst gewöhnlichen Schauspielerin gewandelt hatte, und es waren ihr Benehmen und ihre alltägliche Erscheinung, die den Kaiser bewogen hatten, sie zu seiner Gefährtin und Vertrauten zu machen.

Das war ein sehr vernünftiges Arrangement, weil nämlich auch Franz Joseph, dieser allmächtige Kaiser eines Reiches, das sich über ganz Mitteleuropa erstreckte, ein eher durchschnittlicher Mann war. Er las keine Bücher, interessierte sich nicht für die großen Theateraufführungen, die in Wien zu sehen waren, verstand – von Militärmärschen abgesehen – nichts von Musik und begriff auch nicht die gewaltigen politischen Bewegungen, die sein Reich erschütterten. Unfähig, seine schöne Kaiserin bei sich zu halten – sie sahen sich nur wenige Tage im Jahr, wenn sie nach ihren endlosen Reisen mit anderen Männern nach Wien zurückkehrte –, fand er Trost bei Frau Schratt, aber nicht einmal die intimsten Kenner des Hofes wußten zu sagen, welcher Art diese Beziehung war.

»Ist die kleine Schratt seine Mätresse?« hatte ein böhmischer Politiker Graf Lubonski einmal während einer Pause in mühevollen Verhandlungen gefragt. Es war in Wien üblich, jede halbwegs attraktive alleinstehende Frau auf diese Weise zu diminuieren – ›die kleine Uspanski‹ oder ›die kleine Kraus‹. Es beraubte die Frauen eines Teils ihrer Persönlichkeit und machte sie zum Freiwild der Männer.

»Sie meinen ›die gnädige Frau‹? Wer weiß! Ich ganz gewiß nicht«, hatte Lubonski geantwortet, und als Viktor Bukowski bei einer anderen Gelegenheit die gleiche Frage an ihn richtete, wurde er von Lubonski gerügt: »Es gehört sich nicht für einen Mann Ihres Alters, sich für solche Dinge zu interessieren!«

An diesem Abend hatte Frau Schratt den Konzertsaal zusammen mit dem Kaiser betreten, aber sie saß nicht neben ihm – dieser Ehrenplatz gebührte der abwesenden Kaiserin –, sondern in einer benachbarten Loge. Die dralle kleine Schauspielerin enthielt sich jedes Blickes auf den Monarchen, und auch Franz Joseph richtete seine Augen nur auf die Bühne, aber ihre gleichzeitige Anwesenheit rief unter den weihnachtlichen Konzertbesuchern große Aufregung hervor.

Eine Musikveranstaltung war üblicherweise aus jenem heroischen Guß, wie er seit Beethovens Tagen populär war: Ein Abendprogramm bestand aus zwei oder drei Symphonien, einem oder auch zwei Konzerten, Improvisationen des Pianisten und vielleicht einem halben Dutzend Liedern. Die Wiener liebten Musik, und auch an diesem Abend sollten sie auf ihre Rechnung kommen.

Ein in Berlin sehr bekannter Orchesterleiter würde das heimische Orchester dirigieren und Beethovens Achte Symphonie zur Aufführung bringen. Danach würde sich ein Berliner Pianist dem Orchester zugesellen, um Mozarts Konzert Nr. 21 in C-Dur, Köchelverzeichnis 467, zu Gehör zu bringen. Nach einer Pause würde eine Gruppe von Sängern aus München, begleitet von dem Berliner und einem Wiener Pianisten, Brahms' herrliche *Liebesliederwalzer* vortragen. Dann würden die gleichen Sänger und ihre Pianisten eine radikale Darbietung wagen: Gustav Mahlers *Lieder eines fahrenden Gesellen*, aber nicht, wie ursprünglich komponiert, durch einen Mezzosopran vorgetragen, sondern in einer Bearbeitung für vier Stimmen. Darauf würde eine zweite Pause folgen, und danach stand Krystyna Szprot, eine junge polnische Pianistin aus Paris, mit einer Auswahl von Klavierstücken des polnischen Komponisten Frédéric Chopin auf dem Programm. In dem mit Weihnachtsverzierungen geschmückten Programm stand zu lesen: »Mlle. Szprot wird die Titel der einzelnen Stücke vom Podium aus bekanntgeben.«

Als Graf Lubonski mit seiner Frau den Mittelgang des Parketts herunterkam, um die Plätze einzunehmen – als konservativer Pole, der unter Österreichern arbeitete, die ihm mißtrauten, erschien es ihm unklug, eine Loge zu nehmen, in der er die Aufmerksamkeit des Publikums auf sich gezogen hätte –, erfaßte sein schneller Blick mehrere Dinge: Der Kaiser hatte kein Mitglied seiner Familie mitgebracht; die ›gnädige Frau‹ saß in angemessener Entfernung; der junge Viktor Bukowski hatte, adrett gekleidet, den Platz neben dem seinen eingenommen; und auch Herr Pilic aus dem Temescher Banat war, zusammen mit anderen Besuchern aus protestierenden Kronländern, gekommen.

Der im klassizistischen Stil errichtete Saal bot einen prächtigen Anblick: glitzernde Uniformen wie die seine, die die österreichischen Offiziere oft attraktiver aussehen ließen als ihre Frauen; bei den letzten drei europäischen Wettbewerben hatten die österreichischen Uniformen den ersten Preis für Farbe, Schnitt und Ausführung gewonnen, aber die Männer, die sie trugen, hatten ihre Auszeichnungen für nichts erhalten; in den letzten vier Kriegen war die österreichische Armee immer wieder gedemütigt worden.

Nachdem die Musiker ihre Plätze eingenommen hatten, betrat der Dirigent aus Berlin in steifer Haltung das Podium, verneigte sich vor dem Kaiser, dann vor den anderen Logen und schließlich auch vor dem Orchester. Mit einer raschen Bewegung seines Taktstockes hieß er die Musiker Beethovens heiteres kleines Meisterwerk beginnen, das nicht weit von hier komponiert worden war.

Gerade als Lubonski darin vertieft war, Beethovens Meisterschaft zu bewundern, stieß Bukowski ihn an; der junge Mann deutete auf die Hofloge – der Kaiser war eingeschlafen. »Schauen Sie lieber aufs Po-

dium«, erteilte ihm der Graf einen scharfen Verweis. Als der Applaus ertönte, wachte Franz Joseph wieder auf.
Bukowski war ein junger Mann, den zu bändigen einige Mühe kostete. »Wenn denen das Ding nur nicht aus den Händen rutscht«, sagte er, als sechs robuste Männer ein Klavier auf das Podium schleppten.
»Es gehört zu ihren Pflichten, darauf zu achten, daß so etwas nicht passiert«, gab Lubonski trocken zurück. »Kennen Sie das Konzert, das jetzt gespielt wird?«
»Nein. Aber die Lieder von Brahms und den Mahler habe ich schon gehört. Auf die warte ich.«
»Sie werden gleich wunderbare Musik hören, Viktor. Passen Sie gut auf!«
Vom ersten Satz des Konzerts war Bukowski nicht sonderlich beeindruckt; der Anschlag des deutschen Pianisten erschien ihm nicht hart genug. Er verlor sich in Träumereien und ließ seine Blicke über die verschiedenen Logen gleiten, um festzustellen, welche von den hübschen jungen Mädchen der Gesellschaft anwesend waren, und während Klavier und Orchester gerade eine nicht aufregende Passage absolvierten, stieß er Lubonski abermals an. »Die Loge neben der ›gnädigen Frau‹ «, raunte er, »kennen Sie die Leute?«
Lubonski ärgerte sich über die Unterbrechung; andererseits interessierten auch ihn die Personen, die dem Konzert in offizieller Funktion beiwohnten, und er folgte Bukowskis diskreter Kopfbewegung.
»Das ist der amerikanische Botschafter. Ein Flegel, aber sehr reich. Aus Chicago, glaub' ich.«
»Und ist das seine Tochter?«
»Ich nehme es an«, antwortete Lubonski, ohne hinzusehen. Er liebte dieses Mozart-Konzert und hatte es auf seinem Klavier bereits so weit gespielt, daß er der Musik folgen konnte; aber Bukowski, natürlich stets an hübschen jungen Frauen interessiert, starrte zur Loge der Amerikaner hinauf und versuchte zu ergründen, was die Tochter des Botschafters wohl für ein Wesen sein mochte. Sie konnte natürlich auch seine Nichte sein. Oder auch nur eine Besucherin. Nicht hübsch in landläufigem Sinn. Aber attraktiv, ja, attraktiv, und das Abendkleid stammte bestimmt aus Paris, nicht aus Chicago.
Solchen Überlegungen gab er sich hin, als der erste Satz des Konzerts

mit einer bewegten Tonfolge und einer perlenden Kadenz zu Ende ging. »War das nicht wunderbar?« fragte Lubonski, und der junge Mann erwiderte: »Eines seiner besten Werke, Exzellenz.«
Während er immer noch zur Loge der Amerikaner hinaufstarrte, begann das Orchester den zweiten Satz mit einem sanften, aber sehr markanten Walzertakt: Eins, zwei, drei, eins, zwei, drei, getragen von den Blasinstrumenten, den Hörnern und den Celli. So zart und feinsinnig mischten sich die Violinen ein, daß er seine Aufmerksamkeit dem Podium zuwandte, wo das Eins-zwei-drei als beherrschende Seitenmelodie fortdauerte, während die Violinen eine noch bezauberndere Melodie hervorbrachten. Er bemerkte gar nicht, wie das Klavier besinnlich auf seine eigene hinreißende Exposition zurückkam.
»Oh!« rief er, aber Lubonski hörte ihn nicht. Er war wie verzaubert von der kostbaren Eleganz auf dem Podium: Walzertakt, die Melodie der Violinen, die kraftvolle Exposition des Klaviers, alles vereint zu einem der Wunder der Musik, einer perfekten Harmonie von Komposition und Interpretation. Der zweite Satz des Klavierkonzerts war einer der anmutigsten, die je komponiert worden waren. Bukowski aber stellte fest, daß der Kaiser abermals schlief. Als er Lubonski wieder darauf aufmerksam machen wollte, war die Loge jedoch leer. Franz Joseph hatte sich von diesem langweiligen Gefiedel – wie er es nannte – weggestohlen, und nach einer gewissen Anstandsfrist war Frau Schratt seinem Beispiel gefolgt.
Sie würden in die Hofburg zurückkehren, wo sie ihm in seinen Privatgemächern eine Tasse heiße Schokolade machen und mit ihm plaudern würde, während er Biskuit knabberte und sich aufwärmte. Um neun würde er im Bett liegen, denn zum nächsten Morgen würde er schon um vier aufstehen, sorgfältig alle Berichte lesen, die ihm vorgelegt wurden, kurze Anmerkungen an den Rändern machen, aber nichts ändern, keine Anweisungen geben, sich nur wieder durch einen neuen Tag an der Spitze seines großen Reiches durcharbeiten.
In der Pause wollte Graf Lubonski über das funkelnde Mozart-Konzert sprechen und darüber, in welch wundervollem Gleichgewicht die drei Teile des zweiten Satzes zueinander standen; aber Bukowski lag mehr daran, herauszufinden, ob es ihm gelingen würde, auf die eine oder andere Weise an den amerikanischen Botschafter heranzukom-

men. Es gelang ihm nicht. Doch als das Konzert weiterging, verschaffte ihm die Tatsache, daß die Tochter oder Nichte des Botschafters immer noch anwesend war, eine unerklärliche Befriedigung.

Die Liebesliederwalzer von Johannes Brahms waren in Wien für Wien geschrieben worden. Von zwei Klavieren schwungvoll begleitet, sang ein gemischtes Quartett von den Freuden und Leiden der Liebe. Bukowski und der Graf kannten diese Lieder, die in der Stadt so beliebt waren, und jeder hatte seine eigenen Lieblingsstücke; für Lubonski war »Am Donaustrande« die liebevolle Verneigung vor der Donau, eine perfekte Evokation der Stadt, in der er jetzt den Großteil seiner Zeit verbrachte. Besonders gut gefiel ihm »Ein kleiner hübscher Vogel«, weil ihn das Lied an seinen geliebten Wienerwald erinnerte.

Bukowski wiederum begeisterte sich immer wieder für das Lied »O die Frauen, o die Frauen«. Das war ja schließlich das Thema, das ihn zur Zeit am meisten interessierte. Er war den Frauen zugetan, er träumte von ihnen und fragte sich oft, welche er heiraten und ob sie bereit sein würde, das halbe Jahr in Wien, das andere auf seinem doch ziemlich primitiven Herrensitz in Bukowo zu leben. In den zwölf Monaten des Jahres 1894 hatte er sechsmal geglaubt, ganz fürchterlich verliebt zu sein – in sechs völlig verschiedene junge Damen: zwei Österreicherinnen, zwei Polinnen, eine Ungarin und die Nichte eines englischen Lords, mit der er nie gesprochen hatte. Und in diesem Jahr war es ihm auch nicht besser ergangen.

Nun schloß er die Augen und ließ die satten Töne mit ihrer schweren Bürde von Sehnsucht und ihrem Versprechen völliger Erfüllung über sich hinwegströmen. Die Verschmelzung der vier Stimmen, das männliche Timbre des Baritons und die weibliche Apotheose durch den Sopran schienen ihm der gewaltigste Ausdruck von Sexualität zu sein, den er je gehört hatte. Vergessen waren der eingeschlafene Kaiser, die glitzernden Uniformen, die prunkvollen Logen, die schimmernde Pracht des Konzertsaals, alles war verschwunden, und er befand sich in irgendeiner zeitlosen Sphäre: »O die Frauen!« flüsterte er.

»Still!« zischte Lubonski und stieß ihm den Ellbogen in die Rippen. Der Graf hatte etwas übrig für Bukowski, denn der junge Pole besaß alle Anlagen für einen ausgezeichneten Beamten und war zweifellos geeignet, eine hervorragende Stellung innerhalb des österreichischen Regierungsapparates zu bekleiden. Ein Mann von Format, insbesondere wenn er einer Minderheit angehörte, wie das bei Lubonski der Fall war, mußte jedoch sehr vorsichtig sein, wenn er einen Landsmann förderte, denn schon viele junge Polen hatten sich in der Hauptstadt lächerlich gemacht. Sie hatten sich als Bauerntölpel erwiesen und damit alle Polen dem Spott ausgesetzt. Solange so ein junger Kerl nicht auf Herz und Nieren geprüft war, ließ sich nicht voraussagen, wie er auf die Herausforderungen einer Großstadt wie Wien reagieren würde. Ein Mann konnte in Krakau einigermaßen gute Figur machen, aber als Dummkopf dastehen, wenn er sich mit weltmännischen Deutschen oder Franzosen messen sollte.

Bukowski sah vielsprechend aus. Er sprach fließend Deutsch und Französisch, auch etwas Englisch, wußte sich anzuziehen, verstand es, den Frauen den Hof zu machen und mit ihren Ehemännern zu plaudern. Doch der wahre Bukowski mußte sich erst noch bewähren, und Lubonski würde sich Zeit lassen, bevor er der kaiserlichen Regierung nahelegte, ihn zu befördern.

Der junge Mann ahnte nichts von Lubonskis Überlegungen, denn jetzt vereinigten sich die zwei weiblichen Stimmen zu einem Lied, das ihm ans Herz griff:

> Vögelein durchrauscht die Luft,
> sucht nach einem Aste;
> Und das Herz ein Herz begehrt,
> wo es selig raste.

Er fragte sich, wann ein suchendes Herz das seine finden würde, auf daß es selig raste. Wo war dieses Herz? Wie stellte man es an, diese Frau zu finden?

Als der Applaus für die Sängerinnen verebbte, richtete Lubonski das Wort an seine Frau und an Bukowski: »Was jetzt kommt, ist ziemlich risqué, versteht ihr? Mahler – ihr habt ihn ja in der Oper kennengelernt – schrieb diese Lieder für *eine* Singstimme – jetzt werden vier Sänger sie zu Gehör bringen, aber . . .« Er unterbrach sich, um Herrn Pilic zuzunicken, der aufgestanden war, um Lubonskis Aufmerksamkeit auf sich zu lenken. ». . . ihr wißt, daß Mahler sich diese Lieder später ausgeliehen hat, um sie als Themen für seine erste Symphonie zu verwenden.«

»Eine wunderschöne Symphonie«, bemerkte Bukowski.
»Wenn man etwas für jüdische Musik übrig hat ... Diese Lieder sind nicht so schwerelos und verspielt wie die von Brahms, das kann ich Ihnen sagen.«
Nach einer kurzen Pause betraten die Sänger abermals das Podium, und die zwei Pianos begannen mit einem langsamen und trauervollen Thema, dem die Sänger ein Klagelied anreihten. Aber dann änderte sich die Stimmung, und es entstand eine weite, anschwellende Bewegung, die Bukowski den Eindruck vermittelte, als durchwandere er kahle, leere Räume ... allein. Angetrieben von den sich ständig wandelnden, ungestümen Bildern der Mahler-Lieder gab er sich seiner Leidenschaft für das Romantische ganz hin.
»Sehr jüdisch«, raunte Lubonski seiner Frau zu, »aber ich muß gestehen, es gefällt mir.«
Die Darbietung dieser Lieder durch die zwei Klaviere und die Sänger und Sängerinnen erweckten in dem jungen Bukowski das Bild von in unermeßlichen Weiten verlorenen Wesen, die auf ein undefinierbares Ziel zuschreiten, ohne es je erreichen zu können.
Da liegt der Schlüssel! dachte Bukowski. Ich befinde mich im Flachland Polens, Russisch-Polens, das ich nur einmal aus dem Zugfenster gesehen habe. Es ist mein Land, mein Polen, und ich habe es nie wirklich zur Kenntnis genommen, ich war nie ein Teil davon.
Doch nun wurden seine von der Musik gelenkten Schritte länger, er strebte einer Heimat zu, die er als Kind in Bukowo nie schätzengelernt hatte. Und während die Musik um ihn herumwirbelte, die wunderbaren Moll-Harmonien seine Vorstellungskraft entzündeten, wurde er für einen Augenblick zu einem romantischen Polen, der sich in einem weiten Horizont verloren hatte.
»Hat Ihnen die Bearbeitung gefallen?« fragte Lubonski. »Die vier Stimmen meine ich?« Doch als er sich seinem jungen Freund zuwandte, wurde ihm klar, daß Bukowski sich nicht im Konzertsaal befand, sondern auf der Wanderschaft durch ein Fantasieland – in dem sich ein junger Mann hin und wieder aufhalten sollte.
In diesem traumhaften Zustand schlenderte Bukowski in der zweiten Pause durch die Salons des Konzerthauses. In einiger Entfernung vom Buffet, wo rotbefrackte Diener Champagner ausschenkten, stieß er auf den amerikanischen Botschafter und die zwei Damen,

von denen er annehmen durfte, daß sie dessen Frau und dessen Tochter waren. Da er ihnen nicht vorgestellt worden war, durfte Viktor sie nicht ansprechen, aber zu seinem Entzücken richtete die junge Frau in Französisch das Wort an ihn: »Sehr kühn, diese vier Stimmen, finde ich.« Und er erwiderte auf englisch: »Gewaltige Motive, nicht wahr?«

»Sie sprechen Englisch!« rief das junge Mädchen und berührte die ältere Frau am Arm. »Mutter, dieser junge Mann spricht Englisch.«

»Die Zeitungen, ich meine aus London, man liest sie, wissen Sie.«

»Und womit beschäftigen Sie sich sonst?« fragte die Amerikanerin ohne Umschweife.

»Viktor Bukowski, zu Ihren Diensten. Ich arbeite im Landwirtschaftsministerium«, antwortete er. »Und mein Gönner, Graf Lubonski vom Minderheitenministerium, hat mir gesagt, Sie sind die Familie vom amerikanischen Botschafter, ja?«

»Das ist richtig«, bestätigte die ältere Dame. »Wo steckt Oscar denn?« Sie sah sich nach ihrem Mann um. »Einfach verschwunden. Das ist meine Tochter Marjorie.«

»Miß ...«

»Ach ja. Ich bin Mrs. Trilling. Das ist meine Tochter Marjorie Trilling.«

»Ich habe gesehen, wie sehr Sie den Mahler genossen haben«, sagte das Mädchen, und Bukowski errötete wie ein Schuljunge, den man vor seinen Kameraden ausgezeichnet hatte. Unglaublich, daß er dieser jungen Frau aus einem fremden Land besonders aufgefallen sein sollte.

»Ist Ihnen gekannt, daß Mahler diese Lieder in seiner Symphonie verwendet hat?«

»Be-kannt«, besserte ihn das Mädchen ohne jede Verlegenheit aus, und sie tat es so unbefangen, daß Viktor sich in keiner Weise verletzt fühlte.

»Mein Französisch ist ein wenig besser«, sagte er, und sie erwiderte auf französisch: »Ich wußte das von Mahler. Wir haben die Symphonie in unserem Orchester gespielt.«

»Sie haben ...?« fragte er erstaunt.

»Flöte«, antwortete sie, aber noch bevor er sich nach dem Namen des Orchesters erkundigen konnte, wurde sie von ihrem Vater gerufen, der seine Damen in den Saal zurückführte, wo nun der dritte Teil des Konzertes beginnen sollte.

Die sechs kräftigen Männer hatten die zwei schweren Klaviere entfernt, die zur Begleitung der Sänger gebraucht worden waren, und sie durch ein wesentlich fragileres Instrument aus schimmerndem Ebenholz ersetzt. Nun erschien eine zarte, kleine junge Frau in einem weißen, unter der Brust gegürteten Kleid; in ihrem schwarzen Haar steckte eine silberne Spange. Sie schien viel zu klein zu sein, um mit dem Flügel fertig zu werden, doch als sie sich vorbeugte, um den Klavierschemel einzustellen, tat sie das mit so viel Sachkenntnis, daß niemand an ihrer Kompetenz zweifeln konnte. Dann, immer noch vorgebeugt, lächelte sie ins Publikum und sagte auf französisch: »Ich muß ja auch die Pedale erreichen, das verstehen Sie doch, nicht wahr?«

Als sich das Gelächter gelegt hatte, fügte sie, immer noch auf französisch, hinzu: »Es erfüllt mich mit Stolz, heute abend eine Auswahl von Werken unseres großen polnischen Komponisten Frédéric Chopin spielen zu dürfen.« Aus verschiedenen Teilen des Publikums, offenbar solchen, wo Polen saßen, erhob sich beifälliges Gemurmel. Sie wiederholte ihre Ansage in stockendem Deutsch, und einige Besucher applaudierten.

Dann gab sie ihr Programm bekannt: »Zuerst spiele ich die Ballade in g-Moll, Opus 23, anschließend einige Walzer und ein Scherzo ...«

Als sie dieses letzte Wort aussprach, merkte Bukowski, wie der Graf plötzlich aufhorchte und seiner Frau etwas zuflüsterte, aber es lenkte den jungen Mann ab, als die Künstlerin mit viel Charme hinzusetzte: »Und ich werde mein Programm mit einer Musik beschließen, die wir Pianisten alle sehr lieben, mit den Etüden.«

Nachdem sie sich mit Bedacht vor dem Klavier niedergelassen, ihr duftiges weißes Kleid sorgfältig drapiert und die Reichweite ihrer Hände überprüft hatte, hielt sie eine kleine Weile inne, wie um das Publikum würdigen zu lassen, wie klein sie war, und wie groß die Aufgabe, die sie sich gestellt hatte. Dann schnellten ihre Hände plötzlich vor, und ihre Finger schlugen jene wunderschönen sechs Töne an, die das Eröffnungsthema darstellen. Hingerissen lauschte das Publikum dem Fluß von Chopins herrlicher Komposition.

Bukowski war stolz, daß eine polnische Künstlerin Musik eines polnischen Komponisten zum Vortrag brachte, aber er hatte keine echte Beziehung dazu. Und selbst als Mlle. Szprot zu jenen märchenhaften Arabesken kam, die den Mittelteil der Ballade verzieren, blieb er unbeteiligt und änderte seine Haltung auch nicht, als sie die brausenden Schlußpassagen erreichte.

»Die Kleine kann spielen!« wisperte Lubonski bewundernd, als die Ballade zu Ende ging und das Eröffnungsthema kraftvoll wiederkehrte und sich dann sanft in jene melancholische Stimmung verlor, die die Mahler-Lieder charakterisiert hatten.

Das Publikum applaudierte laut – mehr dem Charme der Künstlerin als der Fertigkeit des Komponisten; Mlle. Szprot verbeugte sich anmutig und legte ihre Hände über die Lippen, so als wollte sie ihren Dank ausdrücken, wage aber nicht zu sprechen.

Sie spielte sieben kurze Walzer mit äußerst zartem Anschlag: feminin, unendlich leicht, nahezu belanglos, aber mit der schöpferischen Kraft, die diese Musikstücke zu den passenden Ornamenten für eine Weihnachtsfeier werden ließ. Sie gefielen Bukowski, aber er spürte, daß diese Musik einer weniger erhabenen Kategorie als die Beethovens oder Mozarts zuzuordnen war.

Schon begann er, Chopin als minder bedeutenden Künstler abzutun, als Mlle. Szprot ihre Walzer zu einem anmutigen Abschluß voller perlender Verzierungen brachte. Dann erhob sie sich von ihrem Schemel, trat an den Rand des Podiums vor und kündigte, zuerst auf französisch, dann auf polnisch an: »Wir feiern Weihnachten, und ich bringe meinen polnischen Freunden ein besonderes Geschenk. Zunächst einen Zyklus von sieben Mazurkas, jener wunderbaren Musik, die nur ein Chopin schreiben konnte, und dann ...«

Bukowski merkte, wie Lubonski sich aufrichtete. Er wandte sich ihm zu, und der Graf packte ihn fast angstvoll am Arm. »Und dann werde ich für Sie spielen, was wir Polen immer schon gern zu Weihnachten gehört haben, nämlich das Scherzo in h-Moll.« Lubonski stieß einen erstickten Schrei des Entzückens aus, drückte Viktors Arm noch fester und flüsterte: »Ich wußte, daß sie es spielen würde!«

Es war eine ganz andere Krystyna Szprot, die jetzt zum Flügel zurückkehrte. Grimmig, ungestüm ging sie die Mazurken an, diese so unglaublich einfallsreichen Kompositionen, die nur ein Pole geschrieben haben konnte, und es war, als müsse sie eine wichtige Erklärung für alle Polen abgeben, die im Exil lebten – ob in Paris oder in den Hauptstädten der Knechtschaft wie Sankt Petersburg, Berlin oder Wien. Die Mazurken waren aus einer Art bäuerlichem Reigen hervorgegangen, den Chopin sehr geliebt hatte, als er in jungen Jahren auf dem Land lebte; unter seinen schöpferischen Händen wurden sie zu einem Werk meisterhafter Nebentöne und enger Verflechtung. Ein englischer Kritiker, der über die Wirkungen staunte, die Chopin mit der Form hervorbrachte, drückte es so aus: »Er nahm Spinnweben italienischen Mondscheins, französischer Eleganz und deutscher Romantik, mischte sie mit polnischem Heldentum und machte daraus etwas, was das Herz jedes Polen erbeben läßt.«

An diesem Abend traf diese Beurteilung ins Schwarze, denn als die Polen im Publikum den berühmten Rhythmus der Mazurken hörten – den Dreivierteltakt des Walzers, aber mit einem anderen Akzent –, schienen ihre Herzen sich zu weiten, so als ob ein außergewöhnlicher und genialer Musiker allein für sie spielte. Kein anderes Volk besaß solche Musik, und kein anderer Komponist hatte den charakteristisch ländlichen Stil so wirkungsvoll in sein Werk aufgenommen. Ganz besonders berührt war Bukowski von einer kurzen Mazurka in Moll, die das Eins-zwei-drei-Motiv viermal wiederholte; als er es hörte, glaubte er sich an die Ufer der Weichsel zurückversetzt.

Mlle. Szprot kündigte nun an, sie werde ihre Darbietungen mit zwei Mazurken beenden, die ihr besonders gut gefielen. Viktor ahnte, daß das etwas Besonderes sein würde, und lauschte mit größter Aufmerksamkeit. In der ersten Mazurka hörte er ein so sanft und poetisch gestaltetes Musikstück, wie es Chopin kein zweites Mal gelungen war, und in der zweiten ein Poem aus gebrochenen Rhythmen, Mollakkorden und subtilen Harmonien. Der Mann, der diese Musik geschrieben hatte – das stand für Bukowski fest –, war mehr als ein Genie gewesen.

Graf Lubonski lauschte den Mazurken mit gesenktem Kopf, als sollte niemand sehen, wie tief ihn diese Musik berührte. Als die herrlichen polnischen Tänze zu Ende waren, packte er Bukowski abermals am Arm und flüsterte, freudige Erwartung in der Stimme: »Aber jetzt bekommen Sie etwas zu hören! Kennen Sie dieses Scherzo?«

»Nein.«

»Sie werden es kennenlernen!«

Nach den ersten schmetternden Akkorden des Scherzos in h-Moll, Opus 20, begannen mehrere Polen im Publikum zu applaudieren, aber Bukowski fand nichts Ungewöhnliches an der Musik; sie schien ihm chaotischer und verwirrender zu sein als die Mazurken; nach einer Weile kristallisierten sich jedoch Akkorde von großem Pathos heraus, sie schienen etwas Bedeutsames anzukündigen. Er bemerkte, daß sich Lubonskis Züge spannten, sobald diese Akkorde laut wurden. Doch dann artete die Musik in Raserei aus, und er verlor den Faden.

Nach einer höchst sorgfältigen Vorbereitung kamen die Akkorde wieder; sehr sanft, sehr weich, in eine andere Tonart transponiert; es folgte eine lange Pause und anschließend ein Thema, noch hinreißender als das von Mozart verwendete. Mehrere Polen begannen mitzusingen, denn es war ein tausend Jahre altes Weihnachts-Wiegenlied, eine authentische Stimme des Volkes, für das der Winteranfang eine Zeit des Hungers, des Schreckens und der Hoffnung bedeutet hatte. Bei Beginn der zweiten Exposition dieses Themas hörte Bukowski den Grafen und die Gräfin leise vor sich hin murmeln:

»Lulaj-że, Jezuniu, moja perełko ...«
(Schlaf, kleines Jesulein, meine kleine Perle ...)

Bukowski, dessen Großmutter ihm dieses Lied oft vorgesungen hatte, saß mit zusammengepreßten Händen da; Tränen standen in seinen Augen, und er fühlte sich tatsächlich erleichtert, als Mlle. Szprot nun begann, in einer Wiederholung der früheren Raserei abermals auf das Klavier loszuhämmern; doch schon hörte er wieder jene warnenden Akkorde, die ihm versicherten, daß das Wiegenlied noch ein letztes Mal erklingen würde. Und es erklang auch, aber in völlig verzerrter Form, so als ob es sagen wollte, daß selbst Weihnachten vorübergeht.

Weil seine Hände zitterten, unterließ es Bukowski, Beifall zu klatschen. An diesem festlichen Abend hatte er sich an Beethoven ergötzt, sich eines der besten Werke Mozarts erfreut, mit Brahms von der Liebe gesungen und mit Mahler dunkle Landstriche durchschritten. Aber vor allem hatte er einen Blick in die Seele Polens getan und war arg durcheinander.

Nun trat die Pianistin abermals vor und gab den letzten Teil ihres

Programms bekannt: »Es gibt Leute, die Frédéric Chopin nicht allzuviel Männlichkeit zubilligen. Darum werde ich zum Abschluß einige seiner kraftvolleren Etüden spielen.«
Wie ein kleiner Soldat marschierte sie zum Klavier zurück, überlegte kurz und sagte: »Ich spiele heute auf einem Pleyel, einem Instrument, das Chopin hier in Wien einmal benützt hat.« Mit diesen Worten nahm sie wieder auf dem Schemel Platz, setzte ihren Fuß auf das Pedal und begann mit sieben der markigsten Etüden, jenen eigenartigen Musikstücken, denen es an Melodie oder poetischer Form ermangelt, die aber die dem Klavier innewohnende Macht so vorzüglich zum Ausdruck bringen. Wenn man sie zunächst als bloße Fingerübungen eines brillanten Pianisten aufgefaßt hatte, so entluden sie sich unerwartet in Passagen äußerst packender Musik; wurden sie gar von einer angriffslustigen kleinen Polin gespielt, konnten sie eine explosive Wirkung haben.
Sie hatte ihre Auswahl mit Sorgfalt getroffen. Zuerst ein paar ruhige, aber schwierige Übungsstücke, die nur Virtuosität demonstrierten, und dann zwei von Musikfreunden besonders geschätzte Etüden, die »Harfen-« oder »Fächeretüde« in As-Dur, Opus 25, Nummer 1, und der »Schmetterling« in Ges-Dur, Opus 25, Nummer 9.
Bukowski verstand nicht genug von Klaviermusik, um die ersten vier Etüden schätzen zu können, und da ihnen keine leicht im Gedächtnis zu behaltende Melodie innewohnte, hörte er ruhig zu, ohne sich verpflichtet zu fühlen, darauf zu reagieren, obwohl Komponist und Pianistin Landsleute von ihm waren. Als sich Mlle. Szprot jedoch in die »Revolutionsetüde« in c-Moll, Opus 10, Nummer 12, stürzte, konnte er sich seinen Ahnen vorstellen, wie er mit Tadeusz Kościuszko vor hundert Jahren in die Schlacht gezogen war. Denn in diesem »Übungsstück« erkannte er Musik, die aus dem Herzen polnischer Geschichte kam, eine glühende Herausforderung, ein Aufruf zur Vaterlandsliebe – und darauf sprach er an.
Nun legte die Pianistin eine kurze Pause ein; dann holte sie tief Atem und ließ die acht Töne erklingen, die für den Aufbau der »Winterwind«-Etüde in a-Moll, Opus 25, Nummer 11, charakteristisch sind. Aber Bukowski störten die ständigen Wiederholungen: Anfangs wurden die acht Mollklänge sehr laut angeboten, dann im Flüsterton und dann in einem Schwarm von Variationen, und er war bereits zu

dem Schluß gekommen, daß das Konzert praktisch schon mit dem Scherzo geendet hatte, da begann Mlle. Szprot die letzte dieser Etüden zu spielen.

Anfangs schien sie nicht viel auszusagen – einige unruhige Arpeggien als Endphase des Abends, doch dann hörte er zu seiner Überraschung, wie sich eine Sequenz tiefer Akkorde entfaltete, die abermals etwas Majestätisches ankündigten. Und dann kam sie: eine Folge der dreizehn wunderbarsten Akkorde, die er je gehört hatte. Vielleicht gab es in dem ganzen großen Saal niemanden, dem sie auffielen, und ganz gewiß konnte keiner sie interpretieren, wie er es tat, aber über die Jahre der Einsamkeit und Verzweiflung hin sprach der Exilpole Chopin zu dem Exilpolen Bukowski, und die Welt stand kopf.

Sie dauerte nicht lange, diese letzte Etüde, nur zweieinhalb Minuten, doch als die herrlichen Akkorde inmitten des wilden Feuerwerks wiederkehrten, konnte Bukowski nur kraftlos auf seinem Platz sitzen. Er applaudierte nicht. Er jubelte nicht, als die Pianistin sich verneigte und Blumen entgegennahm, und er stand auch nicht auf, als die Lubonskis sich erhoben Er fühlte sich überwältigt von diesem Abend, der mit solch einem Ungestüm über ihn hereingebrochen war.

Als er, immer noch wie betäubt, den Saal verließ, sah er Graf Lubonskis vier Equipagen, und er entsann sich, daß es seine Aufgabe war, die Sänger aus München zu dem Empfang zu bringen, der in der Annagasse 22 gegeben wurde. Er wies den Kutscher seines Wagens an, zur Seite zu fahren und zu warten, während er die Musiker aus den Garderoben holte. Als er sie endlich beisammen hatte, verfrachtete er sie in die Equipagen und wickelte sie in Bärenfelle für die Fahrt durch die kalte Wiener Nacht. Um zum Haus des Grafen zu gelangen, mußten sie die Innenstadt durchqueren, und während seine eigene Kutsche mit den vier Sängern und ihm selbst durch die leicht mit Schnee bedeckten Straßen schwankte, hatte Vikor Gelegenheit, mit den Deutschen zu reden. Als er ihnen sagte, wie gut ihm die zwei Duette *O die Frauen* und *Vögelein durchrauscht die Luft* gefallen hatten, freuten sich die Sänger über dieses Kompliment, und die zwei Männer fingen an, noch einmal ihre Hymne an die Frauen zu singen; Viktor und die beiden Damen stimmten ein, so daß die Kutsche von Musik erfüllt war. Dann stimmten die Frauen ein Lied an über die

Notwendigkeit, einen guten Mann zu finden, um wirklich glücklich zu sein, und als sie damit zu Ende waren, fragte Bukowski: »Meinen Sie, das ist wahr, daß eine Frau nur dann glücklich wird, wenn sie ihren Mann gefunden hat?« Verächtlich antwortete die Sopranistin: »Die Männer sind alle Esel!« Die Altistin stimmte ihr von ganzem Herzen zu.

»Augenblick mal!« protestierte der Tenor; die Sopranistin fuhr ihn an: »Und du ganz besonders!« Der Tenor versuchte sich zu verteidigen, aber nun fiel die Altistin mit wütenden Schimpftiraden über ihn her; die Sopranistin begann plötzlich zu weinen. Bukowski war perplex. Auf dem Podium hatten die vier Sänger einen so guten Eindruck gemacht, schienen so völlig in ihrer künstlerischen Arbeit aufzugehen, daß es nun eine herbe Enttäuschung für ihn bedeutete, sie in einen heftigen Wortwechsel verwickelt zu sehen. Wahrscheinlich waren sie unglücklich verheiratet. In seiner schon angeknacksten Stimmung empfand er tiefes Mitleid für sie.

»Hat es Ihnen Freude gemacht«, fragte er, »den Mahler vierstimmig zu singen?«

»Offen gestanden, es war scheußlich«, erwiderte der Bariton und gab zu verstehen, daß er das Gespräch als beendet erachtete.

Aber Bukowski wollte über das Konzert reden. »Sind Ihnen diese herrlichen Akkorde in der letzten Etüde aufgefallen?«

»In der letzten was?« erkundigte sich der Tenor.

»Chopins letzte Etüde.«

»Wir haben nicht zugehört«, ließ ihn der Tenor wissen. Die Kutsche fuhr in den Lubonskischen Hof ein. Die Sänger bewunderten den herrlichen, von sechs Lampen angestrahlten Feuerdorn und plauderten angeregt über die orangefarbenen Beeren, den Schnee und ihre Freude, in Wien sein zu dürfen. Als sie jedoch vor Bukowski die Treppe zum Hauptgeschoß emporstiegen, wo der Empfang gegeben werden sollte, sagte ein Wiener Journalist zu Bukowski: »Vier zweitklassige Sänger. Erstklassige Kräfte zu Weihnachten aus München wegzulotsen ist ein Ding der Unmöglichkeit.«

Der große Salon, in dem die Lubonskis ihre Gäste begrüßten, schloß sich an drei andere Räume an, so daß das Haus Annagasse 22 einen fast königlichen Empfangssaal besaß, der auch entsprechend geschmückt war: Marmorstatuen aus Griechenland, schwere rote Vorhänge, viele vergoldete Stühle und, natürlich, ein Flügel. Für die polnischen Aristokraten war ein Abend ohne Musik einfach undenkbar.

Als die Gäste versammelt waren, ging ein vornehm auftretender, breitschultriger Herr an den Flügel, aber nicht, um zu spielen. Es war Dr. Henzler, der prominente Musikkritiker einer Berliner Zeitung.

»Herr Graf, Frau Gräfin, meine Damen und Herren, Künstler und Künstlerinnen, die Stadt Wien war uns eine überaus großzügige Gastgeberin, und wir Berliner danken Ihnen. Wir danken Ihnen für eine echt deutsche Weihnacht!«

Bukowski hielt diese Erklärung für unpassend, wenn nicht für geschmacklos – als ob die Deutschen ein Monopol auf Weihnachten hätten –, aber noch bevor er diesem Gedankengang folgen konnte, war seine Aufmerksamkeit von Dr. Henzler abgelenkt worden und galt nun Krystyna Szprot, die eine andere Toilette angelegt hatte, eine, die sie noch elfenhafter und entzückender erscheinen ließ. Rasch scharten sich mehrere Herren um sie, aber Bukowski drängte sich zu ihr durch und begrüßte sie, als Henzler gerade ankündigte: »Um den schönen Abend abzurunden, wird Herr Limbrecht, einer der größten Berliner Künstler, der Mozarts Klavierkonzert heute so einfühlsam interpretiert hat, Beethovens unsterbliche ›Appassionata‹ zum Vortrag bringen. Anschließend wird Fräulein Szprot ein paar Sachen von Chopin spielen.«

Bukowski zuckte zusammen. Die *unsterbliche* »Appassionata« und *ein paar Sachen* von Chopin! Angewidert beobachtete er, wie der eingebildete Kritiker den Pianisten Limbrecht zum Klavierschemel begleitete, ganz so, als ob er der Hausherr und Veranstalter dieses Galaabends wäre. Was seit seinem Eintreffen hier im Salon geschehen war, hatte Bukowski so verärgert, daß er der sehr guten Interpretation der »Appassionata« kaum zuhörte.

Während Limbrechts Spiel rückte Bukowski näher an Mlle. Szprot heran, die ihm, als sich die Gelegenheit ergab, auf französisch zuraunte: »Sind Sie Pole?« Er antwortete ihr in ihrer gemeinsamen Muttersprache: »Allerdings!« Ihre Zusammengehörigkeit äußerte sich nicht nur in dem beifälligen Lächeln um die Lippen der jungen Frau, sondern auch darin, daß sie die Hand ausstreckte und einen Augenblick lang die seine drückte und damit einen köstlichen Schauer über seinen Rücken hinaufjagte. Doch als er versuchte, ihre Hand

festzuhalten, stieß sie ihn weg und deutete mit einem Hochwerfen ihres hübschen Köpfchens an, daß er lieber dem Pianisten zuhören solle, der jetzt den langsamen und zutiefst beunruhigenden Mittelteil der »Appassionata« erreichte. »Er spielt sehr gut«, sagte sie, als sie merkte, wie enttäuscht Bukowski war, weil sie sich seiner Hand entzogen hatte, und er flüsterte zurück: »Aber nicht so gut wie Sie.«
Die »Appassionata« ging zu Ende; von Graf Lubonski angeführt, brach begeisterter Beifall aus, und Dr. Henzler kehrte zum Klavier zurück: »Und jetzt hören wir ein Divertissement von Fräulein Szprot und ihrem Landsmann Chopin.«
Wie eine Großherzogin schritt Krystyna Szprot auf das Klavier zu, reckte ihr Kinn hoch und wandte sich an die Gäste: »Ich werde jetzt die bedeutendste Sonate unseres Jahrhunderts spielen, die Sonate in b-Moll, Opus 35.« Sie funkelte den Berliner Kritiker böse an und stürzte sich mit einer gewissen Wuchtigkeit in Chopins Meisterwerk. Nach den einleitenden Sequenzen erreichte sie die wunderbar einfallsreichen Passagen, in denen das Piano mit ungewohnten Rhythmen zum Singen gebracht wird und in gebrochenen Harmonien jubiliert.
Die Zuhörer teilten sich in zwei Hälften; auf der einen Seite jene Deutschen und Österreicher, die es nach dem schweren, ungebrochenen Rhythmus in der Art Mozarts und Beethovens verlangte, bei denen alle Teile im Zaum gehalten werden und die Musik, wie es sich gehört, in geordneter Abfolge fortschreitet. Und auf der anderen Seite Polen und Franzosen und einige Minderheiten der Monarchie, die auf Chopins eher slawisch-gallische Improvisationen eingeschworen waren. Keiner war gleichgültig, keiner verhielt sich neutral. In Wien liebte man Beethoven, oder man verehrte Chopin, und man verteidigte denjenigen, dem man den Vorzug gab.
Lubonski und Bukowski, die zwei Männer von der Weichsel, standen für Chopin ein und bewunderten den Aplomb, mit dem die Pianistin diese Musik interpretierte, jegliche unmännliche Tendenz unterspielte (die einige Kritiker Chopin zuschrieben) und seine Musik mit entrückter Erhabenheit und innerhalb einer großen Tradition voranschreiten ließ. Bei Beethoven, dachte Lubonski während des energischen zweiten Satzes, ist das Klavier eine Art Orchester auf hölzernen Beinen, bei Chopin ein Adler, der sich in die Lüfte schwingt.

Doch nun begann Mlle. Szprot den dritten Satz, jenen Trauermarsch, der in die menschliche Seele schneidet und an finstere und letzte Dinge erinnert. Alle Gäste hörten gespannt zu. Dies ging über die Grenzen dessen hinaus, was Musik üblicherweise zu vollbringen imstande ist. Es folgte der merkwürdige Schlußsatz, knappe eindreiviertel Minuten verwirrender Akkorde, die keine Beziehung zu der Sonate als Ganzem zu haben schienen und ganz gewiß keine Berührungspunkte mit dem würdevollen Trauermarsch.

Nachdem sie diese seltsame Passage herausfordernd gespielt und die häßlichen Akkorde mit großer Leidenschaft herausgehämmert hatte, sprang sie auf, als wolle sie die Welt auffordern, nur ja nicht gegen Chopin oder seine Musik die Stimme zu erheben.

Dr. Henzler ließ sich nicht einschüchtern: »Es beweist nur, was ich immer schon sagte. Ihr Chopin eignet sich vorzüglich für niedliche Salonfantasien, aber in einem großen Saal wie heute abend ... oder in der traditionellen Sonatenform ... das bringt nichts.«

»Verzeihen Sie«, ließ sich eine Stimme in hartem Deutsch vernehmen. Es war Viktor Bukowski, als Musikkritiker nicht eben weit bekannt. »Wollen Sie damit zum Ausdruck bringen, Frédéric Chopin hätte nichts vom Komponieren verstanden?«

»Aber keineswegs!« wehrte sich Henzler mit großer Emphase. »Ein kleiner Walzer, ja. Was Sie Mazurka nennen, ja. Aber ich denke, Sie werden mir beipflichten ...« Er drehte sich um, griff nach Krystyna Szprots Hand und zog die junge Frau zum Klavier zurück. »Bitte, mein Fräulein, spielen Sie doch den letzten Satz Ihrer kleinen Sonate noch einmal!«

Durch diese unerwartete Aufforderung in Verlegenheit gebracht, setzte sie sich und absolvierte fast zornig die etwa achtzig Sekunden lange Passage aus gemischten Akkorden und gebrochenen Rhythmen, worauf Henzler die Arme in die Luft warf und an die Zuhörer die Frage richtete: »Na, wer kann *damit* etwas anfangen?«

»Ich kann es«, erwiderte sie auf französisch. »Irgendein großer Mann hat ein ehrenwertes Leben geführt, das wird in den ersten zwei Sätzen illustriert. Er wird, von der ganzen Welt bewundert, begraben – das ist der dritte Satz. Und im vierten entfernen sich die Trauergäste eilig vom Grab. Sie reden und trinken und rülpsen und lachen ... weil ihnen sonst das Herz brechen würde.«

In dem großen Raum herrschte Stille, die erst von Graf Lubonski gestört wurde. »Meine Damen ...« setzte er an, wurde aber von Henzler unterbrochen, dessen Berufsehre von dieser Null, von dieser polnischen Emigrantin aus Paris, verletzt worden war. Er eilte zum Klavier und wies Herrn Limbrecht an, auf dem Schemel Platz zu nehmen und einige Themen nach seinen Anweisungen zu spielen. »Hören Sie jetzt, wie eine richtige Sonate aufgebaut ist. Den Anfang bitte!« Limbrecht spielte gehorsam das erste Motiv der »Appassionata«. »Alles muß seinen geordneten Gang gehen«, kommentierte Henzler. »Das erste Thema, Entwicklung, das zweite Thema, Entwicklung. Durchführung, Coda, und ein hübscher Schluß.« Er nickte beifällig, während Limbrecht die entsprechenden Illustrationen lieferte.

»Der zweite Satz? Langsam, würdevoll, nicht allzuviel Entwicklung, sonst wird es langweilig. Zeigen Sie es den Herrschaften, Limbrecht!« Und der Pianist fügte sich. »Jetzt den dritten Satz – und es dürfen nur drei sein, das ist das Gesetz der Sonate. Wir brauchen ein starkes Thema, aber keine ausführliche Behandlung, sonst überschatten wir den ersten Satz, und der ist der wichtige.«

Er erklärte, wie in der klassischen Sonate alles im Gleichgewicht bleiben, alles seine Ordnung haben und, wie schon immer, zum richtigen Zeitpunkt kommen müsse. »Nichts holterdiepolter! Beethoven und Mozart haben sich daran gehalten, wie von Herrn Limbrecht so überzeugend demonstriert worden ist. Und Ihr Chopin«, fuhr er fast geringschätzig fort, »was macht der?« Er winkte Krystyna Szprot heran, zog sie wieder zum Klavier und wies sie an, die einzelnen zerstreuten Themen des ersten Satzes zu spielen. »Wer kennt sich in diesem Chaos noch aus?« Ebenso wenig hielt er vom zweiten Satz. Doch als sie zum düsteren Thema des Trauermarsches kam, sagte er mit ernster Miene: »Der Mittelsatz sollte langsam sein. Nicht der dritte. Niemals der dritte. Und hören Sie: Das Thema ist zu wichtig für einen letzten Satz. Und das zweite Thema: viel zu kräftig!«

Er wies die Pianistin an, einige Takte des letzten Satzes zu spielen, und gab dann seinen Kommentar dazu: »Kein Mensch auf der Welt kann mit diesem Durcheinander etwas anfangen. Unsere hübsche Künstlerin wollte es uns erklären, aber das war Literatur, nicht Musik. Nein«, sagte er und entließ sie mit einer kurzen Handbewegung,

»ich denke, wir sind uns darüber einig, daß Chopin nichts von der Sonate verstanden hat.«
Aus einer der hinteren Reihen kam eine laute, zornbebende Stimme: »Und ich denke, wir sind uns darüber einig, daß Sie ein Arschloch sind, Herr Doktor Henzler!«
Es war Viktor Bukowski. Er hatte die Demütigung, die seiner Landsmännin und ihrem polnischen Komponisten zugefügt worden war, nicht länger ertragen. Sich einen Weg durch die Gäste bahnend, ging er von einer Dame zur anderen und rief: »Können Sie mir einen Handschuh leihen?« Als er keinen bekam, griff er nach einer Serviette auf einem der Tische, die für das Souper gedeckt waren, stürzte auf Henzler zu und schlug ihn damit ins Gesicht: »Beckmesser, ich fordere dich zum Duell!«
Henzler hob abwehrend den Arm. »Was habe ich denn ...« setzte er an, aber Bukowski schrie ihn wütend an: »Sie haben diese Dame beleidigt. Sie haben das Gedenken an einen großen Musiker beschmutzt. Und Sie haben Polen beleidigt. Nennen Sie mir Ihre Sekundanten!«
Henzler, der es gewohnt war, seine Ehrenhändel in den Spalten seiner Zeitung auszufechten, hatte nicht die leiseste Absicht, sich der lächerlichen Forderung dieses jungen Fants zu stellen oder sie auch nur zur Kenntnis zu nehmen. »Kommen Sie«, sagte er zu seinen deutschen Begleitern, »wir sind hier nicht erwünscht.« Gefolgt von den zwei Pianisten und dem Dirigenten des Orchesters schritt er zur Tür; die vier Sänger jedoch, die die Speisen gesehen hatten, die in Kürze aufgetragen werden sollten, wollten nicht gehen, ohne etwas Solides zu essen bekommen zu haben. Vor einem Konzert durften sie nichts zu sich nehmen, weil sich sonst ihr Zwerchfell verengt hätte, und jetzt waren sie schrecklich hungrig.
»Kommen Sie«, befahl Henzler. Die beiden Männer gehorchten, weil sie befürchteten, daß er sie sonst demnächst in seiner Zeitung verreißen würde; sie überredeten die Altistin mitzukommen, aber die Sopranistin wollte nicht gehen, bevor sie nicht etwas gegessen hatte. Als Bukowski sah, wie sie ihren Kollegen Trotz bot, riß er sich von den Herren los, die ihn festhielten, lief aus sie zu, ergriff ihre Hände und drückte sie an seine Lippen: »Madame, Sie sind eine Heldin!«
Henzler hatte an diesem Abend schon genügend schlechtes Beneh-

men gesehen, und so packte er den Sopran nun kurzentschlossen am Arm und zog die Dame in die Eingangshalle hinaus, von wo aus er sich den Gästen zuwandte und sein abschließendes Urteil verkündete: »Ihr Polen habt euren Chopin, einen Hersteller von Konfektionsware. Wir Deutschen haben richtige Musiker: Beethoven, Brahms, Schubert ... »Er unterbrach sich und fügte schließlich hinzu: »Von Johann Sebastian Bach ganz zu schweigen.« Dann ging er.

Graf Lubonski, der abseits gestanden und zugesehen hatte, wie die beleidigten Deutschen das Haus verließen, runzelte besorgt die Stirn. Ein Vorfall wie dieser mußte dem österreichischen Kaiser gemeldet werden, der, wenn auch ohne großen Erfolg, ständig sein Bestes tat, um den hitzköpfigen jungen Kaiser Wilhelm zu besänftigen, der den deutschen Thron bestiegen hatte, bevor sein Charakter gefestigt war. Die Sache konnte Folgen haben; allerdings mochte ein Umstand ihr eher lächerliche als tragische Züge verleihen: Auf dem Höhepunkt der Auseinandersetzung hatte der junge Bukowski ganz deutlich einen sehr glücklich gewählten Namen genannt: Beckmesser. Indem er den unleidlichen Henzler mit dem komischen Bösewicht aus den »Meistersingern von Nürnberg« auf die gleiche Stufe stellte, hatte Bukowski dem ganzen Krakeel eine humoristische Färbung gegeben, und Lubonski sah mit Erleichterung, daß seine Gäste bereits über den jungen Polen lachten und seine Worte wiederholten: »Beckmesser, ich fordere dich zum Duell!« Schon morgen nachmittag würde sich ganz Wien, ein Klatschnest par excellence, über die Beschimpfung des aufgeblasenen Herrn Henzler amüsieren, und vielleicht würde sogar der Kaiser lachen, wenn Frau Schratt ihm beim Frühstück davon erzählte.

Jetzt erschienen Diener mit riesigen Schüsseln und servierten französische, deutsche, österreichische, ungarische und polnische Gerichte sowie Weine aus den drei erstgenannten dieser Länder. In seiner schneidigen Uniform wanderte der Graf von Tisch zu Tisch, begrüßte die Gäste und entschuldigte sich für den Zwischenfall, über den sie immer noch lachten.

Als das Souper zu Ende ging, erhob er sich und sagte: »Niemand hätte heute abend eine bessere Leistung erbringen können als unser Gast aus Paris, Krystyna Szprot. Und doch möchte ich Sie bitten, uns das große Vergnügen zu machen, dieses wunderbare Scherzo für uns zu

wiederholen, so daß wir mitsingen und Weihnachten feiern können, wie es sich gehört.«
Die Gäste applaudierten, und Bukowski sprang auf und begleitete die schöne Künstlerin zu dem großen Flügel. »Es ist mir eine Ehre«, sagte sie auf französisch, »die Kornfelder Polens ins Herz dieser wunderbaren Stadt zu bringen.« Und als sie die magischen Akkorde spielte, die dem Wiegenlied vorausgingen, standen alle auf, und die Polen sangen:

»Lulaj-że, Jezuniu, moja perełko,
Lulaj-że, Jezuniu, me pieścidełko ...«

(Schlaf, kleines Jesulein, meine kleine Perle
Schlaf, kleines Jesulein, mein süßer kleiner ...)

Als das Scherzo und der Gesang verklungen waren, sagte Bukowski, der sich in der Nähe des Flügels aufgehalten hatte: »*Panna* Szprot, die letzte Etüde, die Sie gespielt haben, hat mich besonders tief berührt.« Mit schmelzendem Blick sah sie zu ihm auf. »Wenn Ihnen diese Etüde gefallen hat, dann sind Sie ein wahrer Musikkenner.«
Nach Krystyna Szprots kleinem Zusatzkonzert setzte sich ein Wiener Berufspianist ans Klavier, um für die Gäste zu spielen, die tanzen wollten, und bald erklangen Wiener Walzer im Saal, während Herren in Galauniform mit Damen in prächtigen Roben über das Parkett wirbelten. Gegen zwei Uhr früh kündigte Lubonski an, daß noch ein weiterer Pianist, diesmal ein Pole, Mazurken zum Tanz aufspielen werde und daß er und die Gräfin und ihre polnischen Freunde den anderen Gästen zeigen würden, wie dieser wunderbare, in weiten Teilen Europas populäre Tanz richtig auszuführen sei.
Man schuf also im Saal noch mehr Platz, als für die Walzer notwendig gewesen war, und die Mazurka begann: herzhafte Volksmusik auf dem Klavier; ein Eins-zwei-drei-Takt, auf der zweiten Note *rubato* gespielt; die Herren auf der einen, die Damen auf der anderen Seite, anmutige Figuren, rascher Partnerwechsel, schwungvolle Schritte; viel männliches Imponiergehabe, viel weibliche Koketterie.
Da sie nun nicht mehr für die Gäste spielen mußte, konnte Krystyna jetzt nach Herzenslust tanzen, und es gelang Viktor Bukowski mehr-

mals, mit ihr als Partnerin im Saal herumzuwirbeln. Sie mußte merken, daß er sie hinreißend fand, und ihr gefiel die entschlossene Art, wie er ihr beigesprungen war.

Als die Gräfin Lubonska gerade einen Besucher aus Mähren darin unterwies, wie er seine Füße setzen mußte, um richtig Mazurka zu tanzen, verfilzten sich die Reihen, und Bukowski stellte bestürzt fest, daß er sich inmitten eines Trios von schönen Frauen befand und nicht entscheiden konnte, welche seine Partnerin sein sollte: die Gräfin, Angehörige der Familie Zamoyski, die in der polnischen Geschichte eine so bedeutende Rolle gespielt hatte; eine charmante junge Wienerin, Tochter eines Bankiers, und *panna* Krystyna Szprot, die Exilpolin aus Paris – alle drei kamen gleichzeitig auf ihn zu.

»Ich habe den Tanz kaputtgemacht«, jammerte er und wußte nicht, wohin er sich wenden sollte.

»Bei einer Mazurka passiert das schon mal«, lachte die Gräfin, und während der Schnee auf den Feuerdorn fiel und über der Donau der Morgen anbrach, tanzten diese Polen, die es in die Fremde verschlagen hatte.

Im Westteil Wiens, ein gutes Stück nach dem Ring und nicht weit von der Stelle, wo der neue Bahnhof gebaut werden sollte, lag eine große, unbebaute Wiesenfläche, die den eigenartigen Namen Schmelz führte, weil dort bis 1865 ein Schmelzhaus gestanden hatte. Seit damals wurde der Platz für Truppenparaden und militärische Übungen verwendet, in der letzten Zeit auch für festliche Veranstaltungen in der Woche zwischen Weihnachten und Neujahr. Als eine schon frühlingshafte Sonne im Jahre 1895 die Schneewolken verjagt hatte, beschloß das Kriegsministerium, eine große Gala mit Pferderennen abzuhalten, um irgendein Ereignis im Leben ihres unverwüstlichen Monarchen zu feiern. Die Kaiserin würde natürlich nicht anwesend sein; sie befand sich wie so oft in Griechenland, auf Korfu, wo sie sich ein Schloß hatte errichten lassen.

Die Wiener Kaffeehausbesucher fieberten dem Ereignis entgegen, denn es ging das Gerücht um, der junge polnische Aristokrat würde mitreiten, der wegen seiner Liebe zu einer polnischen Pianistin den unleidlichen Dr. Henzler gefordert hatte, und da er den Ruf eines ausgezeichneten Reiters genoß, erwartete man sich einen spannenden Wettbewerb.

Viktor Bukowski war eingeladen worden, sowohl bei den formalen Vorführungen mitzureiten als auch an den informalen Rennen teilzunehmen, und er hatte begründete Aussichten, gut abzuschneiden. Als er nach Wien gezogen war, um den Dienst im Ministerium anzutreten, hatte er drei seiner besten Pferde aus Bukowo mitgebracht, durch polnische Zucht veredelte Araber, die nach Ansicht von Fachleuten jedem österreichischen Reitpferd ebenbürtig waren.

Bukowski lebte etwa ebenso weit nördlich vom Stephansdom wie Graf Lubonski südlich, aber in wesentlich bescheideneren Verhältnissen. Der eintönig gepflasterte Concordiaplatz war von hübschen, fünfgeschossigen, alle in gleicher Bauweise errichteten Häusern eingefaßt. Im Erdgeschoß befanden sich kleine und teure Läden. Im ersten Stock – Beletage geheißen – lebte die Familie des Hausherrn. Im zweiten Stock wohnte der Mieter, der die meiste Miete bezahlte; im dritten Stock eine einst reiche Witwe mit ihrer Schwester aus der Provinz. Und das oberste Stockwerk, vier mörderische Treppen hoch, beherbergte eine große, verarmte Familie oder gar mehrere zusammen. Im Keller, dunkel und oft feucht, war natürlich die Dienerschaft untergebracht.

Bukowski bewohnte den zweiten Stock; zwei Räume waren seinem polnischen Diener Buk zugeteilt, der ihn von der Weichsel nach Wien begleitet hatte. Die anderen sechs Zimmer waren spärlich eingerichtet und vermittelten einen ziemlich düsteren Gesamteindruck. Wenn für den Abend Gäste eingeladen waren, instruierte er Buk, den großen Salon mit Blumen zu füllen, das Klavier, das zur Wohnung gehörte, zu polieren und viele Lampen anzuzünden, um eine Stimmung von unbeschwerter Heiterkeit oder auch ein wenig Eleganz hervorzurufen – denn es gebrach diesem Raum an beidem.

Seine drei Pferde lebten fast besser als er. Sie waren am Nordufer des Donaukanals eingestallt, nur wenige Ecken von seiner Wohnung entfernt, und wurden von einem Österreicher bewegt, der Pferde liebte und ihre Qualitäten zu schätzen wußte. Bukowski ritt seine Pferde nicht in der Stadt, sondern nur in den Parks, wenn er oder seine Freunde Lust auf einen leichten Galopp zum Beispiel durch den Prater hatten. Mit seiner aufrechten Haltung machte er eine gute Figur auf seinem Lieblingspferd Mustafa, so genannt nach dem berühmten türkischen Feldherrn, der 1683 Wien belagert hatte und von dem ein früherer Bukowski die Pferde erbeutet hatte, die die Grundlage für die Zucht in Bukowo gewesen waren.

In der Stadt bediente er sich eines Fiakers, und zwar mit solcher Beständigkeit – er fuhr damit jeden Morgen zur Arbeit, ließ sich nachmittags ins Café Landtmann und abends zu jeder Veranstaltung bringen, die er zu besuchen wünschte –, daß dieses normalerweise öffentliche Verkehrsmittel für ihn praktisch zu einem Privatwagen wurde. Der Kutscher war ein mürrischer Serbe, der seinem Kunden gegenüber einen unpersönlichen Ton anschlug, ihn nicht mochte, weil er Pole war, und ihn nur deshalb respektierte, weil er pünktlich zahlte.

Viktor Bukowski war kein reicher Mann, aber er verfügte über ein regelmäßiges kleines Einkommen aus seinem Besitz an der Weichsel, zuzüglich eines befriedigenden Salärs im Ministerium, so daß er gut leben konnte. Wäre er bereit gewesen, auf seine Pferde zu verzichten, er hätte seine kahlen, freudlosen Räume gegen eines der besseren Junggesellenquartiere in der Stadt tauschen können, aber das lehnte er ab. »Ein polnischer Aristokrat ohne Pferde? Undenkbar!«

Er blieb in seiner etwas heruntergekommenen Wohnung, weil er mit seinen vierundzwanzig Jahren annahm, daß er eines Tages ein junges Mädchen kennenlernen würde, das dann sein ganzes Leben verändern und dem er die Einrichtung seiner Räume überlassen würde. Überdies bestand die nicht von der Hand zu weisende Möglichkeit, daß diese junge Frau, von der er sich wünschte, daß sie bald in sein Leben treten würde, reich war und ein eigenes Haus, vielleicht sogar ein Palais besaß. In diesem Fall würde er den Concordiaplatz sausenlassen – einfach die Tür hinter sich zumachen und fortgehen. Natürlich würde er dann seine drei Pferde in den Stallungen seiner Gattin unterbringen und sie von ihren Stallknechten versorgen lassen.

Sein größtes Vergnügen, dem er nahezu täglich frönte, das war der Besuch im Café Landtmann, wo er in einer seidenbespannten Loge saß, mit Freunden plauderte, die Pariser oder Londoner Zeitungen las (die er so auffällig hielt, daß die anderen sehen konnten, daß er diese Sprachen beherrschte) und die heiße Schokolade schlürfte, für die das Lokal berühmt war. Er mochte keinen Kaffee, der schmeckte ihm zu bitter, und da er mit seinen Pferden reichlich Bewegung machte, brauchte er nicht zu fürchten, durch die heiße Schokolade und die belegten Brötchen an Gewicht zuzunehmen: Klugerweise gönnte er sich weder süßen Kuchen noch Torten. Und er las auch keine Bücher.

Eine öffentliche Gala wie die auf der Schmelz erhellte ein solches Dasein wie das plötzliche Aufleuchten winterlichen Sonnenscheins, und am Tag nach Weihnachten wies er Buk an, dafür zu sorgen, daß die Pferde bei der Pferdeleistungsschau in bester Form waren. Zweimal begab er sich selbst in die Stallungen, um Sattelseife auf die Ledergurten aufzutragen und die silberne Kinnkette zu putzen. Die Pferde wurden gestriegelt und ihre Hufe geschwärzt.

Als er an diesem Nachmittag ins Kaffeehaus kam, erwartete ihn ein junger Österreicher mit einer Nachricht von Krystyna Szprot: Sie spiele heute für einige Freunde und würde sich freuen, wenn *pan* Bukowski auch käme. Sobald er diese Zauberworte vernommen hatte, begannen die Akkorde des Weihnachts-Scherzos in seinem Kopf zu hämmern. In angenehmster Erwartung ließ er seinen Fiaker kommen und lud den jungen Österreicher ein, mit ihm zu dem Haus zu fahren, wo *panna* Szprot spielen würde. Und als er das Kaffeehaus verließ, hörte er ein Raunen, das jedem jungen Mann dieser Zeit, der seiner nicht sicher war, süß in den Ohren geklungen hätte: »Das ist der Herr von Bukowski! Der polnische Aristokrat, der den Deutschen gefordert hat! Aus Liebe zu einer Pianistin! A fescher Kerl!«

Krystyna war mit den anderen Künstlern in einem kleinen, schäbigen Hotel abgestiegen. Nach der Abreise der deutschen Sänger konnte sie sich ihr eigenes Quartier suchen und war zu einigen polnischen Studenten gezogen, in deren Wohnung sie jetzt spielen würde. Diese Wohnung lag in der Alser Straße, ein wenig außerhalb des Rings, nahe der Universität, wo Studenten billige Unterkünfte fanden.

Als Viktor die Wohnung, in die sich zwei Paare teilten, betrat, saß Krystyna gerade am Klavier und klimperte einige Chopin-Walzer, die sie offensichtlich nicht besonders schätzte. Nachdem er ihr ein paar Minuten zugehört hatte, ging er auf sie zu: »Ich bin der, der für Sie eingetreten ist ... vorgestern abend.«

»Ich weiß«, erwiderte sie. »Sie waren mein Ritter.«

»Wären Sie so überaus liebenswürdig«, fragte er sie, »mir zu erklären, wie die Akkorde im ersten Teil des Scherzos fortschreiten und das Wiegenlied ankündigen?«

»Ja, das wär' interessant!« rief einer der Studenten, und einige scharten sich um das Klavier. Aber Krystyna schenkte ihre Aufmerksamkeit nur Viktor.

Obwohl Viktor nicht alles verstand, erfaßte er doch den musikalischen Sinn ihrer Ausführungen und war von den Tricks entzückt, mit denen Chopin Zuhörer wie ihn in die vorgesehene Falle gelockt hatte. »Er benützt einen chromatischen Durchgang und fügt Akkorde ein, die uns auf das Kommen einer bedeutenden Passage aufmerksam machen. Hören Sie: von Dominante zu Dominante in drei einfachen Stufen. Wie wunderschön! Und jetzt ein Septakkord, um einen Halbton höher. Cis, das ist E, G, ein weiterer Septakkord, dann um diesen schmerzlichen Halbton höher, jetzt zurück zu B-Dur. Und nun ...«

Mit großer Kunstfertigkeit glitt sie in die himmlische Melodie des Weihnachtsliedes. Aber sie spielte nur ein paar Takte, dann brachte sie, auf die Tasten hämmernd, eine unerträgliche Dissonanz hervor und sagte in ernstem Ton: »Versuchen wir es noch einmal. Sie sollten eines wissen: Bei Chopin ist keine einzige Note Zufall. Er führt uns an der Nase herum wie Kinder.« Und sie wiederholte ihre Erläuterungen. Als sie die entscheidende Stelle erreichte, rief Viktor: »Halt! Hier liegt der Zauber! Wie macht er das?«

Erfreut darüber, daß ein Landsmann in das Herz des Scherzos vorgedrungen war, kehrte Krystyna zum Anfang zurück und wiederholte ihre Analyse noch einmal.

»Wendet er die gleiche Strategie auch in der letzten Etüde an?«

»In der, die Ihnen so gut gefallen hat?«

Viktor lächelte: »Sie haben es nicht vergessen?«

»Wenn es um Musik geht, vergesse ich nie etwas. Nein, *pan* Bukowski, der Vorgang ist nicht der gleiche. Die letzte Etüde ist geballte Kraft.« Sie wandte sich den Studenten zu. »Dieser deutsche Dummkopf sagte, Chopin tauge nur für Divertissements. Zu weich. Zu verschwommen. Bis Bukowski ihm einen Handschuh ins Gesicht schleuderte. Eigentlich war es ja eine Serviette. Und jetzt hört euch an, was ich absichtlich gespielt habe, um die Albernheit solchen Geredes aufzuzeigen.«

Sie stürzte sich in eine titanische Wiedergabe der letzten Etüde, schlug die Tasten mit solcher Kraft an, daß das Zimmer erbebte, und ließ einen Schneesturm von Arpeggios niedergehen, bis es schien, als ob sie Wien unter sich begraben würden. Als das kurze, aufwühlende Stück zu Ende war, wandte sie sich an Viktor: »Ich will versuchen, es zu erklären, aber ich bin nicht sicher, ob Sie es auch verstehen werden. Wissen Sie, es ist sehr technisch.« Sie lächelte ihn an. »Chopin ist ein Schelm, der uns immer wieder narrt.«

Sie spielte die Etüde ganz zart und begleitete ihr Spiel mit erläuternden Worten: »Er fügt eine Sext, eine Septime und eine Oktave hinzu, um den neuen Akkord zu formen, der Ihnen so gut gefällt. Und daraus entwickeln sich die dreizehn großen Baßakkorde. In Wahrheit ist es eine harmonische Variation. Von c-Moll nach C-Dur, dann unmerklich zu c-Moll zurück, und hier jetzt As-Dur. Und die großen Akkorde werden zuerst von der rechten, nicht von der linken Hand gespielt. Dann gehen sie donnernd auf die linke über, und alles kehrt zu C-Dur zurück.«

Sie bat um Papier und einen Bleistift. In zierlicher Schrift setzte sie die dreizehn Noten auf, die der Etüde soviel Kraft geben. »Sie können es auf Ihrem Klavier spielen. Zunächst das C; es entwirft ein Bild des Schauplatzes. Dann C, B, Es, C. Dann C, B, As, B. Und die letzte Kadenz: B, As, F, As. Und fertig.«

Sie zeigte ihm, welche Tasten er drücken sollte, und beim dritten Versuch konnte er die Melodie mit einem Finger klimpern.

»Jetzt können Sie Chopin spielen«, grinste sie spitzbübisch, stand vom Klavier auf und ging zum Tisch hinüber, wo Bier und Würstchen serviert wurden.

Viktor folgte ihr. »*Panna* Krystyna«, begann er, zitternd vor Erregung, während sie sich ein Stück Wurst in den Mund steckte, »würden Sie mir die Ehre erweisen, morgen mit mir in meiner Kutsche zur Gala zu fahren?« Und noch bevor sie antworten konnte, fügte er hinzu: »Eigentlich ist es gar nicht meine Kutsche. Es ist ein Fiaker, den ich ständig miete.«

»Es wäre mir ein Vergnügen«, antwortete sie, während sie weiteraß. »Was ist denn das für eine Gala?«

Er erklärte ihr, daß er auf der Schmelz gegen die besten österreichischen Offiziere antreten würde, und sie erwiderte rasch: »Aber wenn Sie dann reiten, bleibe ich ja allein? Darf ich Karl und Stefan mitnehmen, damit sie mir Gesellschaft leisten?« Mit ihrem Bierglas deutete sie auf zwei Studenten, die einen Schritt vortraten, um sich vorzustellen. Sie sahen nicht ganz so aus wie die Art von Leuten, die er von sich aus eingeladen haben würde, aber Krystyna Szprot war so reizend, daß er, wenn er auf ihre Gesellschaft Wert legte, wohl oder übel zustimmen mußte. »Es wird mir ein Vergnügen sein.«

Um sieben Uhr früh brachte Buk die drei Araber auf den Paradeplatz hinaus, wo schon Hunderte andere Pferde, alle gleich geputzt und gestriegelt, ihre Reiter erwarteten, die, wie Graf Lubonski und Viktor Bukowski, in privaten Kutschen oder gemieteten Fiakern eintrafen. Um elf drängten sich bereits einige der farbenprächtigsten Uniformen Europas auf dem Platz, und um zwölf traf auch der Kaiser in einem rot und golden lackierten Landauer ein, von dem aus er die Eröffnungsparade seiner Regimenter abnehmen würde.

Als Zivilist nahm Viktor nicht an dieser Schaustellung teil, aber er und Krystyna beobachteten mit Vergnügen, wie die Einheiten vorüberzogen, Militärkapellen deutsche Märsche schmetterten und Marschälle hoch zu Roß den geordneten Ablauf der Parade überwachten. Es war die österreichisch-ungarische Monarchie in vollem Glanz. Wenn die Kriege, von denen Mitteleuropa verwüstet worden war, auf solchen Paradeplätzen und von solch sauber gegliederten Truppen ausgetragen hätten werden können, Österreich wäre zweifellos der mächtigste Staat der Erde gewesen.

»Schaut's euch des an!« Karl, der auf dem Rücksitz des Fiakers saß, verzog geringschätzig den Mund. »Nicht eine einzige Schlacht haben die in den letzten vierzig Jahren gewonnen!«

»Ist das dort dein Onkel?« fragte Stefan.

»Der Blade auf dem Pferd.«

»Auf welchem Pferd?«

»Auf dem geliehenen.«

Nun erschien Buk, um seinem Herrn zu melden, daß das Dressurreiten in Kürze beginnen würde. Viktor bat Krystyna, ihn zu entschuldigen, nahm einen Federhut aus einer Schachtel und begab sich mit beschwingtem Schritt zu den angepflockten Pferden. Buk hatte Mustafa, den besten von den dreien, vorbereitet, aber Viktor winkte ab. »Den hebe ich mir für das Rennen auf. Ich muß das Rennen gewinnen.«

Er entschloß sich für ein Pferd mittlerer Güte, eine Stute, ein schönes

Tier, das auf Befehle gehorsam reagierte, ganz gleich, wie sie erteilt wurden: ein Schenkeldruck, eine Verschiebung der Hüfte, der Schatten der Peitsche, eine veränderte Stimmlage. Falls es einen Zivilisten gab, der es mit den vortrefflichen Reitern der Kavallerieregimenter aufnehmen konnte, dann war das Viktor Bukowski auf dieser Stute.
Wenn Kaiser Franz Joseph den Großteil des Konzerts mit Dösen verbracht hatte, so war er bei dieser Schaustellung von Reitkunst hellwach. Vor vielen Jahren, in seiner Jugend, war er ein ausgezeichneter Reiter gewesen, und die Bilder von ihm, die er besonders schätzte, waren die, auf denen deutsche und italienische Maler ihn auf dem Rücken eines seiner großen Pferde porträtiert hatten. Auf diesen Gemälden sah er wahrhaft kaiserlich aus.
Bedeckt mit Orden, die in der Sonne funkelten, begleitet von zwei Baronen mit ihren Gemahlinnen, saß er jetzt in seinem Landauer. Er war ein stattlicher Mann, der nicht zur Fettleibigkeit neigte, sich aufrecht hielt und immer noch großes Interesse für Uniformen, Federbüsche und funkelnde Schwerter hatte. Ein geistreicherer Mann hätte dieses riesige Reich kaum regieren können; er aber wirkte in seiner tolpatschigen Art so harmlos, daß er niemandes Neid erregte.
»Wer ist der Herr, der dort so gut im Sattel sitzt?« fragte er, und sein Oberstallmeister antwortete: »Das ist Bukowski, polnischer Aristokrat. Der, der den deutschen Kritiker wegen einer hübschen Frau zum Duell gefordert hat.«
Franz Joseph runzelte die Stirn; wie ihm die österreichische Botschaft mitgeteilt hatte, war in den Berliner Zeitungen in unfreundlichem Ton über den Zwischenfall berichtet worden. Aber Bukowski schien ein interessanter Mann zu sein. »Ist das der mit der Araberzucht? Irgendwo oben in Galizien?«
»Derselbe.«
Franz Joseph schwieg, und der Oberstallmeister gab das Zeichen zum Beginn des Dressurreitens.
Gruppen von jeweils vier Reitern aus den verschiedenen Regimentern zeigten beachtliches Können beim Bestehen der streng festgelegten Prüfungen. Nicht alle waren Offiziere aus Kavallerieregimentern – denn auch in Infanterieregimentern gab es ausgezeichnete Reiter –, doch an diesem hellen, sonnigen Tag trugen die Kavallerieeinheiten den Sieg davon. Die vier Gewinner hatten ihre Pferde dazu abgerich-

tet, vor dem Kaiser zu knien, während er die ersten Preise vergab. Kein Zweifel: Die beste Gruppe hatte gewonnen.

Jetzt kamen die Bewerbe für Einzelreiter. Zu gewissen Übungen waren Zivilisten zugelassen, deren Auftreten jedoch die Tatsache, daß sie keine Uniformen trugen, einigen Abbruch tat. Doch als Viktor Bukowski auf seiner rassigen Stute erschien – er in der prächtigen Kleidung eines polnischen Magnaten mit Pelz und Tschako, das Pferd mit blankgeputzten silbernen Schnallen und Kinnkette –, erregte er Aufsehen, und im Publikum raunte man einander zu, dies sei der polnische Aristokrat, der sich vor einigen Tagen so ritterlich betragen habe. Selbst Lubonski, der schon gefürchtet hatte, das Fehlverhalten seines Schützlings würde diese oder jene Repressalie nach sich ziehen, war von dem guten Eindruck, den Viktor machte, sichtlich angetan: »Wenn er wollte, könnte der Bursche jedes Mädchen zur Frau bekommen«, meinte er, und die Gräfin stimmte ihm zu.

Die Leistungsschau war so organisiert worden, daß jeder Reiter reichlich Gelegenheit hatte, seine Reitkunst unter Beweis zu stellen: Wenden, Sprünge, Zügelführung, Traversalen, Gehorsam und Reinheit der Gänge. Der halbe Erfolg hing vom Pferd, der halbe Erfolg von dem Mann ab, der es ritt. Ein gutes Dutzend hervorragender Kavalleristen hatte Vortritt vor Bukowski, doch als die Reihe an ihn kam, wurde er rasch zum Liebling der Zuschauer, die mit angehaltenem Atem und Beifallsrufen verfolgten, wie er mit seinem Pferd die schwierigen Prüfungen meisterte und seine Darbietungen mit einer wilden, stürmischen Galoppade abschloß.

Er gewann. Und während die Menge jubelte, brachte er sein Pferd zum kaiserlichen Landauer, aber er ließ sein Tier nicht knien oder sich verneigen. Stolz standen Pferd und Reiter in der Wintersonne und nahmen den Preis in Empfang.

»Sind Sie der Bukowski von der Weichsel?« fragte Franz Joseph.

»Ich komme aus dem nördlichsten Eurer Dörfer, Majestät«, erwiderte Bukowski, und so stand es am nächsten Tag auch in den Zeitungen zu lesen, obwohl es nicht ganz stimmte. Mehrere Ortschaften im westlichen Mähren lagen ein Stück weiter nördlich, aber nur um ein paar Kilometer. Viktor Bukowski würde zu dem am weitesten nördlich lebenden Untertan des Kaisers proklamiert werden, der noch dazu ein superber Reiter und ein Mann von ritterlicher Gesinnung war.

Beim Rennen, das er mit Mustafa gewinnen wollte, hatte er das große Glück, nach einem sehr beliebten Kavalleriemajor als zweiter durchs Ziel zu preschen. Aus zwei Konkurrenzen als Sieger hervorzugehen, das wäre für einen Polen zuviel gewesen, aber er wurde wieder zum Kaiser befohlen, um eine Silbermedaille und weiteres Lob entgegenzunehmen.

Als er zu seinem Fiaker zurückkehrte, fand er eine Krystyna vor, die von seinen Leistungen begeistert und bereit war, den Sieger mit einem Kuß zu belohnen. Aber auf der Fahrt in die Stadt zurück richteten die zwei Studenten die Frage an Viktor, wie er eine so lächerliche Schaustellung rechtfertigen könne. Zu seiner Überraschung pflichtete Krystyna ihnen bei. Sie empfand die ganze Gala als schamlosen Exhibitionismus in einer Zeit, wo viele Menschen in verschiedenen Teilen der Monarchie Hunger litten.

»Man fragt sich, ob die Monarchie fortbestehen kann«, bemerkte Karl.

»Was in aller Welt meinen Sie damit?« fragte Viktor, und Stefan antwortete: »Ihr Polen zum Beispiel. In drei Teile gespalten und keiner gut regiert.«

Bukowski reagierte mit Bestürzung auf Bemerkungen dieser Art. Die in Wien lebenden Polen dachten zuweilen über die Teilung ihres Landes nach; in dunklen Ecken wisperten sie gelegentlich mit Freunden, aber es wäre undenkbar gewesen, dieses Thema zum Beispiel mit einem Minister wie Graf Lubonski zu berühren. Und da er, Viktor Bukowski, möglicherweise eines Tages auch Minister sein würde, durfte er auf solches Gerede von vorneherein nicht eingehen. »Die Großmächte sind übereingekommen, Polen zu teilen, und Sie müssen zugeben, daß von den drei Teilen der österreichische der am besten verwaltete ist – dank Patrioten von der Art Lubonskis.«

Die anderen verfielen in Schweigen, doch als der Fiaker am Ende einer langen Reihe von Gefährten die Ringstraße erreichte, sagten die zwei Studenten, sie wollten aussteigen. Viktor blieb allein mit Krystyna im Wagen zurück. Er zitterte so sehr, daß seine Hände seine Nervosität verrieten, und so holte er tief Atem und fragte: »*Panna* Krystyna, würden Sie einwilligen, heute mit mir zu Abend zu essen ... in meiner Wohnung?«

»Aber sehr gern«, antwortete sie so rasch, daß ihm die Luft wegblieb. Er wies den mürrischen Kutscher an, zum Concordiaplatz zu fahren, wo er den Mann warten ließ, während er die Pianistin über die breite, gewundene Treppe hinaufgeleitete. Fast drängte er sie in das große düstere Zimmer. »Sehen Sie, ich habe auch ein Klavier«, sagte er und sauste schon wieder die Treppe hinunter, um dem Kutscher aufzutragen, in einige Läden zu gehen und alles Nötige für ein Abendessen einzukaufen. Dann eilte er in den Keller hinunter und instruierte ein Dienstmädchen, was sie mit den Delikatessen machen sollte, sobald der Kutscher sie brachte, und lief wieder hinauf.

»Na ja!« rief er atemlos. »Die Hand einer Frau könnte diesem Zimmer nicht schaden.«

»Das habe ich mir auch gerade gedacht«, pflichtete Krystyna ihm bei, ging ans Klavier und begann ein paar Lieder aus den Pariser Varietés herunterzuklimpern. »Die können dort in Paris erstaunlich gut mit Ziehharmonikas umgehen«, sagte sie und entlockte dem Klavier zu Bukowskis Überraschung Töne, die an die Klänge eines Akkordeons erinnerten.

»Ich liebe Paris«, sagte sie, »aber mein Herz sehnt sich nach Warschau.«

»Warum leben Sie nicht dort?«

»Eine verbotene Stadt – für mich. Die Russen erlauben es mir nicht, nach Warschau zurückzukehren.«

»Warum nicht?« Viktor saß neben ihr auf dem Klavierschemel und blickte in ihr erregtes Gesicht. Zum erstenmal sah er etwas von dem Sturm, der in ihr tobte.

»Ich habe mich zu freimütig über polnische Musik geäußert. Unser Moniuszko, habe ich gesagt, ist besser als alles, was in Sankt Petersburg oder Wien komponiert wird.«

»Glauben Sie das wirklich?«

»Selbstverständlich. Drum habe ich es ja gesagt.«

»Und daraufhin hat man Sie ins Exil geschickt?«

»Ja, das hat die Polizei getan. Ich darf nicht zurück.« Sie zögerte, zuckte die Achseln und fügte hinzu. »Na ja, es ging um Moniuszko – und um einige andere Dinge.«

»Sie lieben alles, was polnisch ist, nicht wahr?«

»Ich bin durch und durch Polin. Ich spiele Chopin, um der Welt meine Einstellung kundzutun.«

»Aber Sie spielen doch auch andere Komponisten, nicht wahr?«
Sie sah ihm ins Gesicht. »Sehr gut sogar.«
»Mozart zum Beispiel?« Er unterbrach sich. »Ich meine ... als die Deutschen das Mozart-Konzert spielten, ich finde diesen langsamen Satz, nun ja ... zauberhaft.«
Krystyna drehte sich zur Klaviatur zurück und spielte mit viel Gefühl das Klaviersolo des langsamen Satzes, den Herbstwind, der seufzend durch einen Wald aus Goldblättern streicht. »Was ich eigentlich wissen wollte«, fragte Viktor, »finden Sie das Wiegenlied in Chopins Scherzo ... ebenso gut wie den Mozart?«
Jetzt spielte sie das Wiegenlied, diese makellose Komposition; eine Weile alternierte sie zwischen den beiden Meisterwerken. Plötzlich faßte Viktor ihre Schultern und küßte sie leidenschaftlich. »Das war schön«, sagte sie offenherzig, und mit einer magischen Geste und durch die Glut ihrer nächsten Umarmung ließ sie ihn wissen, daß sie die Absicht hatte, die Nacht mit ihm in diesen kahlen Räumen zu verbringen.
Als sie des Küssens müde waren, spielte sie noch einmal die zwei Themen durch. »Der Mozart ist sehr gut«, philosophierte sie. »Vielleicht kann Musik gar nicht besser sein. Aber mir ist sie zu mechanisch. Es könnte alles mögliche sein: deutsch, mährisch, französisch, ja sogar chinesisch. Mozart setzt die Maschine in Gang, und sie tukkert weiter. Sehr wenig Herz.« Mit festem, mechanischem Takt spielte sie die wunderbare Melodie und glitt unvermittelt zu Chopin hinüber – Chopin mit seinen Unschlüssigkeiten, Vibrationen und feinen Nuancen. »Chopin konnte nur Pole sein. Keine Maschine gibt ihm Leben. Man kann nie vorausahnen, welches Ziel er vor Augen hat.«
Kühn kontrastierte sie die zwei großen Themen, lachte, küßte Viktor und sagte: »Ich mag Mozart sehr. Ich liebe ihn sogar, aber Chopin verehre ich, und das sollten alle Polen tun, denn er hat unseren Herzschlag aufgezeichnet.«
Drei weihnachtliche Tage und Nächte verbrachten sie zusammen. Krystyna war eine Frau, die alles, was Viktor sich erhofft oder gar erträumt hatte, weit übertraf: eine lebhafte, regsame kleine Person, halb Frau, halb Kind, und sie gestaltete ihr Liebesspiel, als ob es der zweite Satz eines Konzerts wäre, der Höhepunkt all dessen, worauf sie sich vorbereitet hatte.

»Du bist ein wunderbarer Mann«, schmeichelte sie ihm in der zweiten Nacht, und obwohl er wußte, daß er bei einer Parade, hoch zu Pferd, blendend aussah, war es für ihn doch ein erhebender Gedanke, daß diese etablierte Künstlerin ihn so anziehend fand. Wie er sich in der Öffentlichkeit zeigte und wie in der privaten Sphäre, das waren zwei verschiedene Dinge, die er nicht auf einen Nenner zu bringen vermochte. Am Tag darauf aber erlebte er eine böse Überraschung, als er nach einem Besuch in seinem Büro auf den Concordiaplatz zurückkehrte: Krystyna hatte zwei junge Ehepaare, die in Wien auf Zimmersuche gewesen waren, kurzerhand in seiner gutbürgerlichen Wohnung einquartiert. Wie genau sie sie aufgegabelt hatte, das erfuhr er nie, und auch nicht, welche ständigen Adressen sie hatten. Krystyna erklärte ihm nur, daß diese Leute erbitterte Gegner der österreichischen Regierung waren, weil diese irgendwo im Südosten Slowenen unterdrückte. Er fragte sie, ob sie schon jemals dort gewesen sei, und erhielt zur Antwort: »Das ist doch gar nicht nötig. Wir sind alle Brüder.«

Als sie ihn nach der dritten Nacht verließ, war er völlig verwirrt. Er hatte sich in dieses quecksilbrige kleine Genie verliebt, war aber durch ihr unorthodoxes Verhalten ziemlich verunsichert; die Tatsache, daß sie so bereitwillig, fast ohne sein Dazutun, bei ihm geblieben war, ließ ihn an der Lauterkeit ihrer Gefühle zweifeln. Überdies war ihm die dreiste Art, wie sie über seine Wohnung verfügt hatte, anstößig erschienen. Ihre Freunde waren nicht nach seinem Geschmack, und er nahm an, daß ihm auch ihre Bekannten in Paris, sollte er je einem begegnen, zuwider sein würden.

Seine Verwirrung wurde nicht geringer, als ihm ein Bote folgende Nachricht überbrachte: Herr Viktor Bukowski möge sich unverzüglich bei Graf Lubonski in der Annagasse 22 melden.

Als er in den Salon eintrat, wurde er bereits von Graf und Gräfin Lubonski erwartet, die offenbar beabsichtigten, ihm den Kopf zurechtzusetzen. »Viktor«, kam der Graf sogleich zur Sache, »heut morgen war die Geheimpolizei bei mir, um mir über Ihr Betragen nach dem Weihnachtskonzert zu berichten.« Er warf einen Blick auf ein maschinegeschriebenes Papier und las mit monotonem Tonfall herunter: »Sie haben einen offiziellen Gast der Regierung beleidigt und ihn zum Duell gefordert. Auf der Schmelz haben Sie Ihre Sache gut ge-

macht; dann aber begaben Sie sich in das Haus Alser Straße 119, ein notorisches Zentrum radikaler Bewegungen gegen die Regierung Seiner Majestät. Sie haben die in Paris lebende Krystyna Szprot, eine polnische Exilantin, in Ihre Wohnung mitgenommen. Sie ist eine deklarierte Gegnerin der russischen Regierung, mit der wir gute Beziehungen unterhalten. Darüber hinaus haben Sie zwei Männer und zwei Frauen in Ihrer Wohnung aufgenommen, die sich in Slowenien der Agitation schuldig gemacht haben. Sie befinden sich in größter Gefahr, zum Staatsfeind erklärt zu werden.«
Bukowski war sprachlos, aber noch bevor er sich dazu äußern konnte, richtete die Gräfin, deren illustre Familie schon einem Dutzend mehr oder minder heftigen Stürmen die Spitze geboten hatte, das Wort an ihn: »Was Sie jetzt tun müssen, Viktor ... In Ihrem Alter ... Es ist wirklich sehr wichtig, Viktor: Suchen Sie sich eine reputierliche junge Dame aus guter Familie, heiraten Sie und gründen Sie einen Hausstand.«
Er war zu verwirrt, um darauf einzugehen, und so setzte der Graf fort: »Die Tochter des amerikanischen Botschafters, Miss Trilling, hat mich wissen lassen, daß sie sich freuen würde, Sie wiederzusehen. Ich habe sie für heute abend zu unserem kleinen Empfang eingeladen. Zeigen Sie sich bitte von Ihrer besten Seite.«
Die Gräfin lachte. Sie war die Nachfahrin mächtiger Männer und Frauen, die mit ihrem Vermögen die ganze Stadt Zamość wiederaufgebaut und in der guten alten Zeit von dort aus mitgeholfen hatten, Polen zu regieren. »Damit meint Andrzej, Sie sollen respektable Kleidung und respektable Manieren anlegen.« Sie unterbrach sich, um ihre Worte wirken zu lassen, und fuhr fort: »Sie haben kein nennenswertes Familienvermögen, Viktor. Sie besitzen nur zwei Dörfer und einen guten, sauberen Namen. Das einzige, worauf Sie in dieser Welt hoffen können, ist eine reiche Heirat. Eine radikale Pianistin aus Paris ist dazu nicht qualifiziert. Die Töchter sehr reicher Botschafter hingegen sind es. Bitte seien Sie pünktlich!«
Doch als er in seine Wohnung am Concordiaplatz zurückkehrte, mußte er feststellen, daß Krystyna mit Gewalt eingedrungen war und ihre Habseligkeiten mitgebracht hatte. Offensichtlich gedachte sie auf Dauer zu bleiben. Sie unterschied sich gründlich von der Frau, die er zu kennen geglaubt hatte: Ihre künstlerischen Ambitionen

schienen vergessen, sie offenbarte sich als hingebungsvolle Revolutionärin, und der Nachdruck, mit dem sie ihre Argumente vorbrachte, verblüffte Viktor: »Seit hundert Jahren kämpfen polnische Helden gegen unsere Unterdrücker, und jetzt ist es auch für dich Zeit, den Kampf aufzunehmen. Weißt du denn überhaupt, was gespielt wird?« Sie trat ein paar Schritte zurück und musterte den hübschen jungen Lebemann: »Ein Mann von deinen Fähigkeiten!« sagte sie geringschätzig. »Du verschwendest deine Zeit am österreichischen Hof, statt in Polen mitzuhelfen, unsere Revolution voranzutreiben!«

»Ich komme hier äußerst wichtigen Verpflichtungen nach.«

»Aber der wirkliche Kampf? Weißt du überhaupt davon?«

»Eigentlich nein.«

»Dann ist es höchste Zeit, daß du es erfährst.« Und nachdem sie ihn zum Sitzen genötigt hatte, zählte sie jene Folge von Ereignissen auf, die Polen ihres Kalibers wie einen Rosenkranz herunterzubeten wußten – diese tapferen Männer und Frauen auf den Bastionen, stets mit der Hoffnung im Herzen, es könnte sich ein Glücksfall ergeben, der ihrem geknechteten Volk neues Leben einhauchen und es in die Lage versetzen würde, die Invasoren aus dem Land zu jagen:

»Als Napoleon mit den klingenden Versprechungen, uns die Freiheit zu erkämpfen, unser Land durchquerte, gab es Tausende von Polen, darunter mein Urgroßvater, die ihm zur Seite standen. Wir waren bereit, es mit der ganzen russischen Armee aufzunehmen – und wir nahmen es auf.

Im Jahre 1831 kämpfte mein Urgroßvater mit dem Warschauer Corps, das sich erhoben hatte. Zwei Jahre lang machten wir den Tyrannen das Leben schwer. Mein Urgroßvater floh mit Chopin und Mickiewicz nach Paris. Deswegen wurde ich dort geboren, denn mein Urgroßvater war ein Held.

1844 unterstützten wir die Weber bei ihrem rührenden Versuch, für Freiheit und menschenwürdige Löhne zu kämpfen. Schon 1846 wieder Revolution, und dann 1848 Feuer über ganz Polen, und beinahe hätten wir damals gesiegt. Wie viele von uns fielen? Und 1863 begannen wir unseren großen Krieg gegen Rußland – ja, einen richtigen Krieg. Kaum waren die ersten Schüsse gefallen, eilte mein Vater, Gott habe ihn selig, in die Heimat zurück, um seine Pflicht zu tun.

Um ein Haar wäre er nach Sibirien gekommen. Die Geheimpolizei war ununterbrochen hinter ihm her. Damals hätten wir es beinahe geschafft.«
»Du sagst immer wieder *wir*«, sagte Viktor, dem das Feuer der jungen Frau einigen Respekt abnötigte. »Ich war Teil jeder Revolution«, gab sie zurück, und er konterte: »Du warst noch nicht einmal geboren!« – »Und ich werde auch Teil jeder Bewegung sein, die nach meinem Tod einsetzt, denn Polen wird nie aufgeben. Menschen wie ich werden nie aufgeben, und du mußt einer von uns werden!«
»Ich habe hier meine Pflichten«, konterte er, als ob er damit von aller Schuld freigesprochen wäre. Sie sprang auf und küßte ihn leidenschaftlich. »Ich wäre nicht hier, wenn ich dich nicht liebte!« stieß sie hervor. »Du bist so polnisch, so schön und so dumm!« Bevor er sich noch gekränkt fühlen konnte, faßte sie ihn an den Händen und rief: »Gehen wir doch zu dem Empfang und schauen wir uns an, wie die alte Ordnung das Zeitliche segnet!« So verliebt war er, so verärgert über die herabsetzende Art der Lubonskis, die ihn wie einen dummen Bauernjungen gemaßregelt hatten, daß er ungeachtet der Gefahren, die Krystyna Szprot verkörperte, seine glänzendste polnische Uniform anlegte, Buk nach dem Serben schickte und stolz mit der schönen jungen Revolutionärin in die Annagasse fuhr ... wo er mit zwanzig Minuten Verspätung eintraf.
Er verneigte sich förmlich vor der Gräfin, die mit fahlem Gesicht dastand, nickte der jungen Amerikanerin zu und stellte Krystyna einem halben Dutzend würdiger Personen vor, die ihrem Konzert nicht beigewohnt hatten. Es war ein frostiger Anfang, aber Andrzej Lubonski war nicht Minister geworden, ohne die Kunst der Diplomatie gemeistert zu haben. Er nahm den Affront hin und hieß sowohl Viktor Bukowski wie auch seine talentierte Mätresse willkommen. Die Abrechnung würde nicht auf sich warten lassen; dafür würde er sorgen.
Als einige Gäste erfuhren, daß Mlle. Szprot eine vollendete Pianistin war, baten sie die Künstlerin nach dem Souper, sie mit etwas Musik zu erfreuen. Nach einigem artigen Widerstand ließ sie sich zum Flügel geleiten, wo sie ein paar lebhafte Musiknummern von Offenbach und dann ein Potpourri aus der »Fledermaus« spielte.
Das Publikum war entzückt. Aber weder dem Grafen noch Viktor blieb es verborgen, daß die junge Pianistin sich über sie lustig machte.

Lubonski sagte kühl: »Ob *panna* Szprot uns wohl mit etwas Klassischerem ergötzen würde?« Als die Gäste begeistert zustimmten, erwiderte sie: »Ich liebe die Mazurkas meines Chopin über alles.« Und mit viel Schwung spielte sie eine Auswahl, angefangen von den leichten Gesellschaftstänzen bis zu den rhythmisch komplizierteren Kompositionen, die das eigentliche Wesen des Tanzes verkörperten.

Als sie damit zu Ende war, sagte sie auf französisch: »Ich möchte mit einer Komposition abschließen, die mir besonders ans Herz gewachsen ist«, und begann die Etüde »Winterwind« mit ihren wirbelsturmartigen Arpeggios. Dies führte natürlich zur letzten Etüde, jener, die Bukowskis Fantasie so sehr beflügelte, und als sich die geheimnisvollen dreizehn Akkorde ankündigten, sprang er auf sie zu und rief: »Ich habe ein Gedicht zu dieser Musik geschrieben, ein Gedicht zu Ehren meiner Heimat.« Und mit kräftiger Stimme sang er:

Heimat!
Grün sind die Felder,
Rein sind die Wälder,
Heiter ist meine Seele ...

Überrascht unterbrach Krystyna ihr Spiel und sah ihn an. Da ließ der junge Aristokrat sich vor ihr auf die Knie fallen. »Krystyna!« rief er auf französisch. »Willst du meine Frau werden?«

Bevor sie sich noch dazu äußern konnte, stürzten drei junge Männer in Mänteln herein, liefen auf das Klavier zu, packten sie und zerrten sie durch eine Seitentür hinaus.

»Sie sind hinter Ihnen her«, hörten einige Gäste die Männer zu ihr sagen, während sie sie fortschleppten, aber sie hatten keine Gelegenheit, dieses Wissen mit den anderen zu teilen, denn nun erschienen vier Polizisten im Salon und fragten gebieterisch, wo sich die Revolutionärin Krystyna Szprot versteckt habe.

Lubonski, der diese ganze Intrige eingefädelt hatte, deutete auf die Seitentür, durch die die Verschwörer geflohen waren. Eilig polterten die Polizisten ihnen hinterher. Viktor Bukowski, immer noch auf den Knien vor dem leeren Klavierschemel, sah sich völlig fassungslos um. Sein Blick fiel auf die junge Amerikanerin im weißen Kleid, die ihn anlächelte. Nein, sie lächelte nicht, sie lachte. Ruhig, eher belustigt als spöttisch.

Diese drei Ereignisse – die Forderung zum Duell, die Pferdeleistungsschau und der einer schönen Revolutionärin in aller Öffentlichkeit unterbreitete Heiratsantrag – machten Viktor Bukowski bei zwei sehr verschiedenen Menschengruppen zu einer vieldiskutierten Persönlichkeit.

Die Geheimpolizei fing an, sich mit seinem Vorleben zu beschäftigen, und konstatierte, daß er genau das war, was er vorstellte: ein ziemlich verwirrter polnischer Provinzler, der zwischen sieben verschiedenen Frauen höchst widersprüchlicher Natur hin und her geschwankt war, aber weder diesen noch sich selbst oder gar der Monarchie Schaden oder Leid zugefügt hatte. Wenn man seinen Lebenslauf las, ergab sich das Bild eines etwas impulsiven Burschen, den man im Auge behalten mußte, um zu verhindern, daß raffiniertere Leute ihn vor ihren Karren spannten, aber die österreichischen Ermittlungsbeamten, die man nach Bukowo entsandt hatte, um dort Nachforschungen anzustellen, berichteten: »Er ist nicht dümmer als der durchschnittliche romantische polnische Gutsherr, der nie seinen Besitz verlassen hat.«

Die zweite Gruppe setzte sich aus heiratsfähigen jungen Wienerinnen zusammen, und ihre Untersuchungen, oft penibler als die der Polizei, wiesen Bukowski als echten, wenn auch in beschränkten Verhältnissen lebenden Aristokraten aus, als einen jungen Mann von ritterlichem Gebaren, einen überdurchschnittlich begabten Tänzer, einen Mann mit einer sonoren Gesangsstimme und einen, der die Kunst beherrschte, stets gut angezogen zu sein. Die Damen erfuhren auch, daß er eine verhältnismäßig große Wohnung am Concordiaplatz hielt und daß, wenn es einen jungen Herrn in Wien gab, der eine Frau brauchte, dieser junge Herr Viktor Bukowski war.

Drei Wochen lang blieb er eine gesellschaftliche Sensation. Livrierte Diener erschienen am Concordiaplatz und im Café Landtmann, um Einladungen zu überbringen; die attraktivste kam vom amerikanischen Botschafter: Miss Marjorie Trilling, deren Eltern eines der kleineren Palais im aristokratischen Schwarzenbergviertel bewohnten, fragte an, ob Mr. Bukowski wohl interessiert wäre, an einer kleinen Familienfeier teilzunehmen. Er war es, und als sein Fiaker vor dem repräsentativen kleinen, aber sehr elegant wirkenden Haus vorfuhr, überkam ihn das Gefühl, daß jetzt ein neues Leben für ihn begann.

Mr. und Mrs. Trilling empfingen ihn ungewöhnlich liebenswürdig. »Wir haben Sie auf der Schmelz bewundert«, beglückwünschte ihn der Botschafter. »Superb!«
»Und Sie selbst, Sir«, erwiderte Viktor. »Sind Sie auch Reiter?«
»Um Gottes willen, nein! Aber Marjorie versteht etwas von Pferden.«
Als er der attraktiven jungen Frau, die um vier Jahre jünger war als er, die Hand drückte, stellte er fest, daß sie ihn um eine Spur überragte. Er stellte sich ein klein wenig auf die Zehenspitzen. »Ihr Herr Papa hat gesagt, Sie reiten gern. Vielleicht ...«
»Ja, sehr gern. Ich kenne auf der ganzen Welt keine Stadt, die schönere Parks als Wien hat.«
»Könnte es sein, daß Sie den Prater kennen, ja?«
»Nein, aber ich würde ihn gern kennenlernen.«
»Ich glaube, es läßt sich einrichten ... An einem Tag, wo ich nicht ins Büro muß ...«
»Sie haben eine Stellung?« fragte sie.
Es fiel ihm auf, daß Miß Trilling keine persönlichen Fragen scheute. »Selbstverständlich«, antwortete er. »Alle Polen in Wien haben Stellungen, sogar ein Mann wie Graf Lubonski.«
»Kennen Sie ihn schon von früher? Aus Polen, meine ich.«
»Aber natürlich. Sein Palais steht gleich neben dem meinen.« Kaum hatte er diese Antwort gegeben, merkte er, daß sie in Miß Trilling großes Erstaunen hervorrief. Er nahm ihren Arm und fügte rasch hinzu: »Aber Sie verstehen – er hat einen richtigen Palast, nein, nicht aus Marmor und Gold, sondern ein richtiges Schloß, oder vielmehr eine Burg im polnischen Stil. Meines hingegen ...« Er unterbrach sich verlegen. »Kein Mensch im Vollbesitz seiner geistigen Kräfte würde das, wo ich lebe, ein Palais nennen.«
»Ist es sehr alt?«
»Es ist vielleicht um das Jahr 1000 nach Christus entstanden.« Und wieder schlug seine Aufrichtigkeit durch. »Aber es wurde schon 1200 zerstört. Jedes Jahr kommt wieder ein Stück Mauer heruntergepoltert. Meine Familie lebt in einem Haus daneben.«
»Und ist dieses Haus alt?«
Viktor hatte nie darüber nachgedacht. Natürlich sah es alt aus. Er nahm an, daß es in den schweren Jahren nach der Invasion der Tata-

ren errichtet worden war, aber sicher war es zerstört worden, als die ukrainischen Kosaken das Land überfluteten, und auch als die schwedischen Protestanten aus dem Norden gebraust kamen. Er faßte die Geschichte seines Hauses auf eine Weise zusammen, die die Fantasie jeder jungen Amerikanerin anregen mußte: »Es wurde, glaube ich, 1214 oder 1215 erbaut und von einem Dutzend Invasoren niedergebrannt. Immer wieder hat man es an der gleichen Stelle neu aufgebaut. Von dort genießt man eine Überschau ... oder sagt man Überblick?«

»Überblick. Sie meinen, man überblickt die Schloßruine?«

»Nein. Die Weichsel.«

»Und was ist die Weichsel?« Aber noch bevor er sein Staunen über ihre Unwissenheit unterdrücken konnte, rief sie: »Wie dumm von mir! Natürlich, ich habe das ja mit dem Mann studiert, der Vater Privatunterricht gab, bevor er sein Amt in Wien antrat. Die Weichsel ist Polens Donau.« Ein wenig verlegen hielt sie inne. »Man hat uns instruiert, nie das Wort *Polen* zu gebrauchen. Aber es ist doch Polen, nicht wahr?«

»Ja«, sagte er ernst. »Und eines Tages müssen Sie es auch besuchen.«

»Das würde ich gern. Und ich würde auch gern mit Ihnen im Prater ausreiten.«

Dazu sollte es nicht kommen. Als Viktor in seine Wohnung zum Concordiaplatz zurückkehrte, erwartete ihn dort ein großgewachsener, magerer junger Mann, der ihm einen Brief aus Paris überreichte.

Liebster Viktor,
komm sofort nach Paris, wo sich alle versammeln, die Polen aufrichtig lieben und seine Freiheit herbeisehnen, um auf den Tag zu warten, an dem diese Freiheit Wahrheit werden wird. Wir brauchen Dich, und mein Herz ruft nach Dir. Zusammen könnten wir so viel tun!

Deine Dich liebende Krystyna

»Ich habe den Brief gelesen«, sagte der junge Mann. »Sie müssen kommen. Wirklich, Sie müssen.« Zwei Tage lang wirbelten in Viktors Kopf die Gedanken durcheinander, wenn er sich sein Beisammensein in Paris mit dieser aufregenden Künstlerin vorstellte. Er sah sich in einer kleinen Wohnung im Bett mit ihr oder damit beschäftigt, ihre Noten zu tragen, wenn sie in London oder München oder Rom Konzerte gab. Vor allem aber sah er sich in der Rolle eines liebenden Helden, der die echten Probleme des Lebens meisterte, statt, in Routine erstarrt, die Agenda eines zweitrangigen Ressorts in einem zweitrangigen Ministerium in einer Monarchie wahrzunehmen, die ihm eigentlich zuwider war.

Dann stürmten die Akkorde der letzten Etüde donnernd auf ihn ein und erinnerten ihn quälend an seine eigenen Worte:

Heimat!
Grün sind die Felder,
Rein sind die Wälder,
Heiter ist meine Seele ...

Er wollte nach Polen, wollte ein Teil Polens sein, sein Land wie einst geeint sehen, kurz, er war einer der tausend Polen, die sich nach einer verschwundenen Lebensart zurücksehnten, und in einer übertriebenen Reaktion auf die verlockenden Sequenzen nostalgischer Akkorde zog er ernstlich in Erwägung, alles hinzuschmeißen und nach Paris zu fahren.

Ausgeredet wurde ihm dieser Unsinn von Graf Lubonski, dem die Geheimpolizei eine Abschrift von Krystyna Szprots Brief übermittelt hatte. Besser als so manch anderer konnte er abschätzen, welche Unruhe diese Epistel in der Brust seines Landsmannes entfacht haben mußte, denn er hatte schon viele Exilanten aus dem russischen Teil Polens gesehen, die sich zu törichten Handlungen hinreißen ließen, wenn sie in seelische Krisen gerieten. Darum schickte er eine seiner Kutschen zum Concordiaplatz, und als Bukowski im großen Salon vor ihm stand, sagte er schlicht: »Viktor, die Polizei hat mir eine Abschrift von Krystyna Szprots Brief zukommen lassen. Kommen S', setzen wir uns.«

Lange sprach er mit dem jungen Hitzkopf, erzählte ihm Episoden aus dem eigenen Leben und beauftragte dann einen Diener, die Gräfin zu rufen. Als sie den Brief sah, faltete sie ihn zusammen und klopfte damit gegen ihr Kinn. »Es ist genau die Art von Brief, wie Andrzej ihn einmal von einer berühmten Schauspielerin in Paris erhielt. Alle jungen Männer sollten solche Briefe bekommen, aber niemals danach handeln.«

»Was soll ich tun?«
»Ich habe«, antwortete der Graf, »bereits meinen Diener zum Concordiaplatz geschickt, um Ihre Sachen zu packen. Ich erwarte von Ihnen, daß Sie nicht in Ihre Wohnung zurückkehren. Sie nehmen den Nachtzug nach Krakau, und ich möchte, daß Sie die Wintermonate in Bukowo verbringen und sich über Ihr Leben Klarheit verschaffen. Kommen Sie im März nach Wien zurück und suchen Sie sich eine Frau.«
»Aber Janko Buk, mein Diener ... meine Pferde?«
»Buk wird im Zug sein. Ihre Pferde kommen in meine Stallungen. Viktor, dies ist eine entscheidende Krise in Ihrem Leben. Bieten Sie ihr die Stirn, überwinden Sie sie, kommen Sie zurück, machen Sie sich an die Arbeit, und ich glaube, daß Sie mich eines Tages als Minister ablösen könnten.«
Gräfin Lubonski pflichtete ihm bei. »Wien wird immer einen Polen in hoher Position haben wollen, und warum sollten nicht Sie das sein?« Sie küßte ihn, bevor er den Salon verließ – ein junger Mann in großer Verwirrung.
Der Zug Wien-Brünn-Kraukau-Warschau, den er pflichtgemäß bestieg, bestand aus vier Arten von Waggons: Es gab eine luxuriöse erste Klasse, eine saubere und geräumige zweite, eine mit Holzbänken ausgestattete dritte und drei große Gepäckwagen. Viktor begab sich unverzüglich in sein Erste-Klasse-Abteil, wo er eine reichhaltige Mahlzeit zu sich nahm. In gedrückter Stimmung schlief er ein.
Janko Buk fand einen begehrten Ecksitz auf einer der Holzbänke, wo er sich entweder seitlich gegen das Fenster oder gegen die Rückwand lehnen konnte. Aus einem Bündel holte er Brot, Käse und eine halbvolle Flasche Wein heraus, von dem er dem Mann anbot, der ihm gegenübersaß: Ein Tscheche – er fuhr nur bis Brünn –, ein sympathischer Arbeiter, der nun ebenfalls eine Flasche hervorzog, und während sie aßen und tranken, unterhielten sie sich miteinander.
Der Tscheche hatte seine Stellung als Portier eines Ministeriums verloren, weil er die Sache eines glühenden tschechischen Patrioten namens Thomáš Masaryk verfocht, der für die Eigenstaatlichkeit Böhmens, Mährens und vielleicht auch der Slowakei eintrat. Aber von den Slowaken wollte der Exportier nichts wissen; die Slowaken, meinte er, seien allesamt Gauner, Diebe und Mörder.

»Was machst du in Brünn?« erkundigte sich Buk auf deutsch.
»No, was man halt so tut – irgendwie überleben. Vielleicht geh' ich auch nach Prag und arbeit' für den Masaryk.«
Nun erzählte Buk dem Tschechen, daß sein Herr, ein bewundernswürdiger junger Mann, wegen ungebührlichen Benehmens nach Hause geschickt wurde. »Er hat einen blöden Deutschen zum Duell gefordert.«
»Darauf trinken wir!« rief der Tscheche. »Dein junger Herr ist mir sehr sympathisch.«
»Und beim großen Reitturnier hat er alle österreichischen Offiziere besiegt.«
»Darauf wollen wir auch trinken! Ich würd' gern für deinen Herrn arbeiten!«
»Und nach einem Souper hat er in aller Öffentlichkeit einer jungen Künstlerin aus Paris einen Heiratsantrag gemacht. Dann hat sich herausgestellt, daß sie eine polnische Revolutionärin ist, die für die Unabhängigkeit Polens von Rußland kämpft.«
»Mein Gott, gehen wir doch deinen Herrn einmal besuchen! Das ist ein Mann nach meinem Geschmack.«
Die zwei Männer wurden aufgehalten, als sie versuchten, die Wagen der zweiten Klasse zu passieren. Der Schaffner, dem ihr leicht angetrunkener Zustand nicht entging, glaubte an einen Scherz zweier Beschwipster und sagte freundlich: »Eure Plätze san da hinten, und wann ihr net schnell wieder z'ruckgeht, werden s' euch eure guten Sitze wegschnappen.«
Also gaben sie ihr Vorhaben auf und kehrten um.
»Bist du verheiratet?« fragte Buk.
»Nein, aber ich hab' vor zu heiraten. Ein Mann muß Kinder haben.«
»Find' ich auch«, stimmte Buk ihm zu und vertraute ihm an, daß es da in seinem Städtchen dieses sehr fleißige Mädchen namens Jadwiga gab. »Sie ist zwei oder auch drei Jahre älter als ich, aber sehr hübsch, und sie kann arbeiten wie ein Pferd. Wenn wir zu einem Stück Land kommen könnten ...«
»In Böhmen ist das unmöglich. Und wie sieht's in Galizien aus?«
»Fast unmöglich, aber ich hab' bemerkt, daß doch jedes Jahr irgendein Bauer zu einem Stück Land kommt – mal da, mal dort, mal auf diese Weise, mal auf eine andere ...«

»Und dein prächtiger junger Herr, was wird aus dem?«
»Der Diener vom Grafen hat mir gesagt ...«
»Von welchem Grafen?« Der Tscheche wollte alles wissen.
»Graf Lubonski.«
»Den Minister meinst du? Ein sehr mächtiger Mann. Er ist oft in unsere Büros gekommen, und wir sind alle strammgestanden, wenn er erschienen ist.«
»Der Diener von ihm hat mir erzählt, daß Bukowski – so heißt mein Herr –, daß er für ein paar Monate in die Verbannung gehen muß, bis er wieder bei Verstand ist.«
»Ist dir das auch schon aufgefallen?« fragte der Tscheche. »Du und ich, wenn man uns rausschmeißt, da ist der Bart ab. Krepier, du Hundskerl! Wenn ein Aristokrat gefeuert wird, hat er drei Wochen später einen besseren Posten.«
Als der Tscheche in Brünn ausstieg, lehnte sich Janko zurück, um so gut es ging zu schlafen, aber das Klappern der Räder hielt ihn wach, und er dachte geduldig und ernsthaft über seine Probleme nach. Er war sechsundzwanzig Jahre alt, gesund und kräftig. Er diente nicht gern als Stallknecht in Wien; zwar liebte er Pferde und wußte mit ihnen auch umzugehen, aber das Land übte eine große Anziehungskraft auf ihn aus, und er wünschte sich, dort zu leben. Ich wäre ein guter Förster, dachte er, vielleicht ein noch besserer Bauer, oder vielleicht ein Bauer, der sich auch um die Pferde im großen Haus kümmert.
Vor allem wünschte er sich ein eigenes Stück Land, das er bestellen, auf dem er säen und ernten konnte, ein Stück Land, um seine eigene Hütte darauf zu bauen – zwei Räume, nicht mehr –, die er dann seinem Sohn vermachen könnte und dieser wieder seinem Sohn, so wie die Lubonskis und die Bukowskis Land an ihre Nachkommen weitergaben. Einen Augenblick lang, während sich der Zug der polnischen Grenze näherte, träumte Janko Buk von einer Welt, in der jeder sein eigenes Stück Land und sein eigenes Häuschen hatte, aber er konnte sich kein System vorstellen, in dem das möglich wäre.
Seit dem Jahre 830 hatten die Buks, Männer und Frauen, den Männern und Frauen der Bukowskis gehört; diese hatten den Lubonskis Gehorsam geschuldet, die, bei Gott, niemandem dienstbar gewesen waren, nur daß sie alles so heruntergewirtschaftet hatten und jetzt

Kaiser Franz Joseph dienen mußten – das durfte man nie vergessen! Die Dinge änderten sich für die Lubonskis und, in geringerem Maße, auch für die Bukowskis. Aber für die Buks änderte sich nie etwas. Dennoch: Der Plan, seinen Söhnen ein Stück Land und ein Haus zu vererben, veranlaßte Janko, eine Verbindung mit dieser Jadwiga ernstlich ins Auge zu fassen. Sie war die Tochter einer Witwe, und das war schlecht, denn das konnte bedeuten, daß Jadwigas Mann nicht nur eine Frau, sondern auch noch eine Schwiegermutter erhalten mußte. Es war sogar durchaus wahrscheinlich, denn wenn die Alte nicht mehr imstande war, das Land ihres Herrn ordentlich zu bestellen, würde man sie aus ihrer Hütte werfen, und wie sollte es dann weitergehen?

Andererseits gab es nicht viele Männer, die eine so tüchtige Frau wie Jadwiga bekamen. Sie hatte ein gewinnendes, offenes Lächeln. Sie stand über den Dingen dieser Welt und vor allem über den Narren, die diese Welt bewohnten. Wer sie beobachtete, wenn sie abends einen Feldweg entlangging, um die Gänse heimwärts zu treiben, oder über eine Wiese lief, um eine versprengte Kuh einzufangen, sah Anmut und Schönheit, und Janko hatten allen Grund anzunehmen, daß ihr diese Qualitäten erhalten bleiben würde. Sie war, das sagte jeder im Dorf, ein braves Mädchen, und Janko wußte, daß sie bereits mehrere Heiratsanträge von Männern, die ihrer nicht wert waren, abgelehnt hatte.

Als sich der Zug Krakau näherte, wo ein Wagen warten würde, um die Reisenden nach Bukowo zu befördern, stand Jankos Entschluß fest. Er wollte Jadwiga ernsthaft den Hof machen und zu gehöriger Zeit um sie anhalten, ob er nun seine eigene Hütte besaß oder nicht, sein eigenes Stück Land besaß oder nicht. Ein Mann kann nicht ewig darauf warten, Kinder zu haben.

Dann fing er an, sich Gedanken über seinen Herrn zu machen. Einen großzügigeren Herrn kann man schwer finden. Nur einen Wunsch hatte Janko: daß Bukowski eine gute polnische Frau mit einem Schloß wie Łańcut oder Gorka fände, mit sehr, sehr viel Geld, denn dann könnte er, Janko, dableiben mit seinen Pferden und brauchte nicht nach Wien zurückzugehen ... Er lachte, als ihm dieser Gedanke durch den Kopf ging. Vielleicht *will* er nach Wien zurück. Vielleicht bin nur ich es, der daheimbleiben will.

Auf der Fahrt von Krakau nach Bukowo saß Viktor mit seinem Stallknecht in einem Wagen und vertraute ihm an, daß er tatsächlich nach Wien zurückkehren wolle, sobald man es ihm erlaubte. »Es gibt dort so viel zu tun. So viele Leute, mit denen man reden muß.«

»Es gibt auch in Bukowo viel zu tun«, konterte Janko.

»Ich weiß. Die Straßen. Die Häuser. Und wir brauchen einen neuen Stall für die Pferde.«

»Warum bleiben wir nicht da?«

»Geld, Janko. Wir haben nur den Zuschuß aus meinem Salär. Ich weiß, daß in Bukowo hundert Dinge zu tun wären, aber ich habe keinen überflüssigen Heller.«

»Es muß doch eine Menge Mädchen in den Schlössern geben ... die alle auf einen Mann warten ...«

»Es ist nicht mehr so wie früher. Man hat mir erzählt, daß man damals sechzehn Schlösser besuchen und fünfzehn Frauen finden konnte.«

»Schade, daß Lubonski keine Tochter hat.«

Viktor musterte seinen Stallknecht. Er merkte, daß das Gespräch zu persönlich geworden war, aber er konnte den freimütigen Bauern gut leiden. »Ich habe mir oft gewünscht, die Gräfin hätte eine Tochter geboren«, schloß er, und während sie das sagten, fuhren sie an dem großen, düsteren Schloß Gorka vorbei, einem Ort, der nie wieder die unbeschwerte Heiterkeit vergangener Zeiten kennen würde, als die Lubonskis hier hofhielten; jetzt fristeten sie ein grämliches Dasein in Wien. Gewiß, sie residierten in einem prächtigen kleinen Palais in der Annagasse 22, aber es war trotzdem ein trauriges Leben. Bukowski wußte das. Es war das Schicksal, das auch ihn erwartete.

Bei sich daheim fand er alles ziemlich genauso vor, wie er es nach dem Tod seiner Eltern zurückgelassen hatte. Seit zwölf Jahren führte Tante Bukowska das Kommando; sie war keine nahe Verwandte, aber eine verläßliche Frau aus einer entfernten Nebenlinie der Familie. Ihre Tochter Mirosława war jetzt sechs, ein stilles Kind mit großen Augen, das keinen Grund zur Klage gab. Die Pferde waren kümmerlich gehalten und die Felder nicht so fürsorglich bestellt wie zur Zeit, als der Mann der Bukowska die zwei Dörfer verwaltet hatte. Die Pacht wurde manchmal nicht eingezogen, die Arbeitstage, die die Bauern dem Herrn schuldeten, nicht eingehalten, aber irgendwie

funktionierte das beschwerliche System, knarrend und quietschend, doch so weit, daß es Viktor knapp mit dem nötigen Geld für seine Wohnung in Wien und den Unterhalt für die drei Pferde versorgte.
Es wäre Bukowski, aber auch Lubonski und selbst Janko Buk nie in den Sinn gekommen, daß der Besitz floriert und gute Erträge für alle abgeworfen haben könnte, wenn er, Buk, die Führung übernommen hätte. Aber eine solche radikale Neuerung wäre völlig unmöglich gewesen; Verwalter waren Freigelassene aus den Städten oder manchmal auch dritte und vierte Söhne von Landadeligen, die mit charmanter Lässigkeit die großen Güter zugrunde richteten. Bauern waren keine Verwalter, schon allein darum nicht, weil nur wenige von ihnen schreiben und rechnen konnten.
Und so ging alles seinen alten Trott: Die Güter wurden ohne rechte Planung bewirtschaftet, die Bauern gingen mit trübseligen Mienen auf die Felder, Kirchenglocken läuteten, und ein oder zweimal im Jahr, wenn ein junges Paar heiratete oder ein alter Mann begraben wurde, entluden sich die Dörfer in lauten Festlichkeiten. Viktor saß in seinem Haus, zeichnete Pläne für einen Stall, der irgendwann einmal gebaut werden würde, blätterte müßig in Rechnungsberichten, die er nicht verstand, und sehnte sich nach dem aufregenden Leben in der Kaiserstadt. Auf mittelmäßigen Pferden aus seiner Zucht ritt er über seine Felder, sprach mit seinen Bauern und animierte sie, alles zu verbessern, was ihnen verbesserungswürdig erschien. Er besuchte den Pfarrer seines Kirchensprengels und ging manchmal zur Weichsel hinunter, um zu fischen. Er wurde in mehrere große Häuser in Russisch-Polen eingeladen und sogar zu einer Trauerfeier, die von einer Nebenlinie der einst mächtigen Familie Mniszech im Palais Princesse in Warschau veranstaltet wurde, aber er hatte keine Lust, sich als Exilant in der Gesellschaft zu zeigen. In einem Punkt änderte sich die Routine seines Hauses. Tante Bukowska hatte es ihm lang und breit erklärt: »Ich kann nicht mehr immer wieder die Treppe hinaufklettern, und die kleine Mirosława ist noch zu jung, um mir wirklich helfen zu können, darum müssen wir, solange du da bist, noch ein Mädchen einstellen. Das ist nur vernünftig. Ich bin sicher, du wirst mir zustimmen.«
Das Mädchen Jadwiga schien ihr geeignet zu sein. »Sie ist groß und stark und gar nicht dumm, wie mir scheint; wir brauchen ihr nicht

viel zu bezahlen, und sie kann alle Zimmer im Obergeschoß sauberhalten.« Sie wollte wissen, ob Viktor das Mädchen auf seine Eignung hin untersuchen wolle, aber er antwortete nur: »Wenn du mit ihr zufrieden bist, wird sie auch mich zufriedenstellen.«
Und weiß Gott, das tat sie. Weil er sonst nichts Besseres zu tun hatte, fing er an, mit diesem eigenwilligen Bauernmädchen zu sprechen, das ihm freimütig begegnete: »Herr, meine Mutter ist eine alte Frau, und ich muß etwas für sie finden, wo sie wohnen kann.«
»Du hast doch deine Hütte.«
»Man wird sie uns wegnehmen.«
»Ich werde mit dem Verwalter sprechen.«
Es fiel Jadwiga auf, daß er immer versprach, etwas zu tun, es aber nie tat – ein Verhalten, in dem er sich sehr unvorteilhaft von dem jungen Mann unterschied, der ihr seit einigen Tagen den Hof machte. An einem Montag sagte Janko Buk, daß er etwas tun würde, um die Felder, die nicht einmal ihm gehörten, zu verbessern, und am Dienstag tat er es. Aber es gefiel ihr, mit Bukowski zu plaudern und seinen interessanten Geschichten aus Wien zuzuhören.
Als er eines Morgens vorbeikam, nur um ihr bei der Arbeit zuzusehen, fragte sie ihn ohne Umschweife: »Wie kommt es, daß Sie noch keine Frau gefunden haben?« Er antwortete mit einer Gegenfrage: »Wie alt bist du, Jadwiga?« Und sie erwiderte: »Ein Jahr älter als Sie und um zehn Jahre klüger.« Er lachte: »Du könntest recht haben.«
»Sie haben meine Frage nicht beantwortet. Warum keine Frau?«
Er breitete seine Arme aus, um die Größe seines Besitzes zu illustrieren. »Ein Mann wie ich, ohne große Zukunftsaussichten und mit nur zwei Dörfern, braucht eine reiche Frau. Die brauche ich wirklich.«
»Werfen Sie doch ein Netz aus und fischen Sie sich eine«, riet sie ihm. »Nördlich der Grenze, in Russisch-Polen.«
»Und du? Warum hast du keinen Mann?«
»Viele Männer haben mir den Hof gemacht. Aber ich habe keine Lust, mich für einen Mann totzuarbeiten, der es zu nichts bringt. Ich wurde in einer dreckigen Hütte geboren. Ich will nicht in einer dreckigen Hütte sterben.«
»Du solltest nach Wien gehen, Jadzia.«
»In einer dreckigen Ecke geboren werden. In einer dreckigen Ecke sterben. Hier atmen wir wenigstens gute Luft.«

Tag für Tag redeten sie so miteinander: Er, ein Aristokrat, der sich um seine Pferde sorgte, sie, eine Bäuerin, die mit entsetzlicher Klarheit die Jahre sah, die sie erwarteten, und eines Morgens, als er die Bukowska ins Dorf geschickt hatte, zog er Jadwiga in eine Kammer und fing an, sie zu streicheln und zu liebkosen. Er begriff, daß ihr Widerstand mit einem zynischen Wissen um das einherging, was ihn dazu antrieb, sich ihr auf diese Weise zu nähern: seine Langeweile, der Stolz auf seine Stellung als ihr Herr, seine Sehnsucht nach der Stadt. Und schließlich erlaubte sie ihm, sie auf ein Bett niederzuzwingen, obwohl sie ihn mit einem einzigen Stoß ihrer kräftigen Arme quer durch das Zimmer hätte schleudern können.

Es war ein derber Liebesakt, von tausend komplexen Motiven überlagert, und selbst die zahlreichen Wiederholungen – sogar die Tante mußte merken, was mit ihrer neuen Magd los war –, änderten nichts an den Beweggründen der beiden. Viktor brauchte eine Ablenkung, die ihm seine Verbannung erträglich machte; Jadwiga schätzte die kurze Vision einer neuen Welt im kalten, trübseligen Winter, da der Schnee hoch auf den Feldern lag.

In Beantwortung seiner endlosen Fragen nach ihren Lebensumständen erwiderte sie einmal während eines in die Länge gezogenen Schäferstündchens, ohne zu überlegen: »Bevor das alles passiert ist, dachte ich, ich würde deinen Janko Buk zum Mann nehmen.« Und ebenso unüberlegt gab er zurück: »Ein wunderbarer Mann! Wenn du ihn heiraten solltest – nachdem ich fort bin, versteht sich –, vielleicht finde ich einen Hof für ihn ...«

»Du meinst, ein eigenes Stück Land?«

»Nein, das habe ich absolut nicht gemeint. Aber vielleicht ...«

Ohne daß er es merkte, kreuzte Jadwiga seinen Weg jetzt mit zunehmender Häufigkeit, und eines Morgens im März, als draußen die ersten Frühlingsblumen zu sprießen begannen, sagte sie es ihm: »Ich glaube, ich bin schwanger.«

»Lächerlich. Das ist doch nicht möglich.«

»Und warum nicht? Du bist doch ein starker Mann ...«

Alle Aufmerksamkeit, die er dieser kritischen Angelegenheit hätte schenken mögen, wurde durch ein Telegramm aus Wien abgelenkt: »SIE WERDEN IN IHREM MINISTERIUM GEBRAUCHT. DER KAISER HAT IN IHRE RÜCKKEHR EINGEWILLIGT. LUBONSKI.«

Während er im Haus herumsauste, um seine Koffer für einen, wie er annahm, langen und bedeutungsvollen Aufenthalt zu packen, blieb ihm natürlich keine Zeit, um sich mit Jadwigas Problemen zu beschäftigen. »Dir wird schon etwas einfallen. Frauen fällt immer etwas ein.«

Sie stellte ihm nur eine Frage: »Nimmst du Janko mit?«

»Selbstverständlich. Einer muß sich doch um die Pferde kümmern.«

»Und wer wird sich um mich kümmern?«

»Dir wird schon was einfallen.«

Es gab nur drei Städte in Europa, in denen sich ein achtundzwanzigjähriger Mann, der seine Felle davonschwimmen sah, verlieben sollte: Rom, wo die richtige Protektion wahre Wunder wirken konnte; London, wo es immer eine Chance für eine Geldheirat gab; und Wien, wo das Spiel von Liebe und Macht keine Unterbrechungen kannte. Das Schicksal bot Viktor Bukowski eine letzte Chance in der Kaiserstadt, und er nützte sie meisterlich.

Er wies Janko Buk an, seine drei Pferde stets bereitzuhalten, und den serbischen Fiaker, ihm ständig zur Verfügung zu stehen. Von einem Londoner Schneider in der Kärntner Straße ließ er sich zwei neue Anzüge machen und von seinem Hausschneider seine beiden polnischen Uniformen herrichten. Solchermaßen ausgestattet, bereitete er sich darauf vor, verbissen um die Zuneigung der amerikanischen Erbin, Miß Marjorie Trilling, zu kämpfen.

Er begab sich zu einer Bank, um sich über Oscar Trillings Stellung in der Geschäftswelt von Chicago informieren zu lassen, die, wie er erfuhr, noch weit beeindruckender war, als er erwartet hatte. »Die Familie des Botschafters war in Eisenbahnen, Grundbesitz, Rindern, Wäldern und allen anderen Aspekten der Besiedlung des Wilden Westens engagiert. Er hat nur eine Tochter, bekleidet hohe Positionen in den Führungsgremien der Republikaner und der Demokraten, und sein persönliches Vermögen wird auf über neun Millionen Dollar geschätzt.« Man durfte getrost annehmen, daß ein solcher Mann seiner Tochter ein Drittel seines Vermögens mitgeben würde; wesentlich mehr war nach seinem Tod zu erwarten. Mit Marjorie Trilling bot sich in der Tat eine günstige Gelegenheit.

Er unternahm mit ihr Reitausflüge in den Prater; er führte sie ins

Burgtheater zu *Hedda Gabler,* einem Drama, das die Bürger beunruhigte, und zu *Eine Frau ohne Bedeutung,* einem Bühnenspiel, das sie entzückte. Sie besuchten die großen Museen, vor allem die, in denen die Bilder Breughels und Erinnerungsstücke aus den Napoleonischen Kriegen zu sehen waren. Oft gingen sie in Konzerte; mit Bewunderung lauschten sie den Werken Beethovens und Schuberts, mit freundlichem Interesse jenen der Lokalgrößen Mahler und Bruckner und mit Herablassung den ländlichen Harmonien der Tschechen Dvořák und Smetana.

Als Viktor danach fragte, wo Miß Trilling soviel musikalisches Wissen erworben habe, nahm sie eine frühere Erklärung, die unterbrochen worden war, wieder auf: »Ich habe in Amerika ein ausgezeichnetes College, Oberlin, besucht, wo auf Musik große Bedeutung gelegt wird.«

»Sie waren am College?« Er hatte noch nie eine Frau mit einer solchen Ausbildung getroffen.

»Selbstverständlich. Wie meine Mutter.«

Er wußte nicht genau, ob ihm der Gedanke zusagte, daß Frauen Hochschulen besuchten und möglicherweise Ärztinnen wurden. Die Vorstellung, daß sie öffentlich in einem Orchester spielten, wie Marjorie das getan hatte, war nahezu abstoßend. »Starren die Männer nicht einfach nur hin, ohne auf die Musik zu achten?«

»Alle Männer glotzen«, erwiderte sie, »und die Frauen wissen das zu schätzen.«

Als Gegenleistung für seine Aufmerksamkeiten führte sie ihn in die gesellschaftliche Welt der Botschaften ein; sie nahm ihn zu konventionellen Tees ins Sacher und zu formlosen Treffen in die Konditorei Demel mit, wo sich junge Männer und Damen aus anderen Botschaften versammelten, um Unmengen von Desserts zu verzehren, natürlich alles »mit Schlag«. Es gab Bälle, Empfänge, Reitturniere und gelegentlich einen Blick auf den alten Kaiser, der alles beaufsichtigte, als ob er der Bürgermeister eines kleinen Dorfes wäre.

Entzückt von einer Lebensweise, die er bisher nicht gekannt hatte, entwickelte sich Viktor zu einem beliebten Gastgeber, der die Angehörigen des diplomatischen Corps ins Landtmann oder ins Sacher einlud. Eines Morgens ließ er Janko Buk zu sich kommen: »Miete mir eine Kutsche, vor die du zwei unserer Pferde anspannen kannst,

und erkundige dich nach der besten Straße, die von Grinzing aus in die Berge führt.« Dort, wo der Wienerwald begann, ritt er mit Marjorie aus, und während Buk fischen ging, hatten die beiden Verliebten viel Zeit füreinander. Es wurde ihnen bewußt, daß ihre gegenseitige Zuneigung mehr war als ein vorübergehendes Abenteuer.
»Ich wünschte, ich könnte einmal die Weichsel sehen«, sagte Marjorie, während sie in verträumter Stimmung heimwärts fuhren.
»Aber das kannst du doch!« rief Viktor aufgeregt. »Du steigst in einen Zug, fährst nach Krakau, und dort erwartet dich schon ein Wagen, der dich nach Bukowo bringt.«
»Ich würde eine Begleiterin brauchen«, wandte sie ein.
»Dann wollen wir uns nach einer Begleiterin umsehen!«
Sie fuhren direkt in die Annagasse, wo sie offen mit der Gräfin sprachen, die sich über die Entwicklung dieser Beziehung sehr erfreut zeigte. »Ich selbst fahre mit Ihnen, und Sie können bei mir auf Gorka wohnen. Aber es wäre vielleicht noch besser, wenn Ihre Mama mitkäme.« Während sie warteten, schrieb sie schnell ein paar Mitteilungen an die Lubonskischen Gutsverwaltungen in Lemberg und Gorka und verfaßte dann eine herzliche Einladung an Marjories Mutter.
Wenn die Lubonskis einmal zu etwas entschlossen waren, nahmen sie es unverzüglich in Angriff; schon am nächsten Tag stattete der Graf dem Botschafter Trilling einen Besuch ab. »Ich verbürge mich für diesen Bukowski«, begann er. »Wir kennen seine Familie seit sechshundert Jahren. Immer arm wie Kirchenmäuse. Immer sehr ehrenwerte Herren. Und sie besitzen die beste Araberzucht in der ganzen Monarchie.«
»Und was ist mit der kleinen revolutionären Pianistin? Das war ja ein richtiger Skandal, wissen Sie!«
»Wem sagen Sie das! Ich war es ja, der die Polizei rief ... aber erst, nachdem sie in Sicherheit war.«
»Hat sie ihn ... kompromittiert? Bei der Regierung, meine ich.«
»Man hat seine Eskapade als mutwilligen Streich eines schneidigen jungen Mannes abgetan ... nein, nein, Viktor ist ein guter Kerl.«
So wurde also ein Ausflug in den polnischen Teil der Monarchie vorbereitet, und Gräfin Lubonska traf alle nötigen Entscheidungen. »Sie nehmen zuerst Aufenthalt auf unseren Gütern bei Lwów. Dann werden Sie bei den Potockis zu Gast sein, die jetzt auf Łańcut wohnen,

und die bringen Sie nach Gorka, wo ich Sie schon erwarten werde. Von dort ist es nur ein Sprung nach Bukowo, und damit haben Sie schon das Beste gesehen. Ich selbst fahre Sie dann noch nach Zamość; meine Familie hat diese Stadt erbaut. Sie ist das Herz von Russisch-Polen.«

Mrs. Trilling, die mit ihrem Mann zusammen viel über österreichische Geschichte und Geographie gelesen hatte, unterbrach sie: »Sie sprachen von Łwów. Ich habe diese Stadt noch auf keiner Landkarte gefunden.«

»Das ist der alte polnische Name. Heute heißt die Stadt Lemberg.«

Die Abreise wurde für Mitte Mai festgesetzt. Noch in der letzten Aprilwoche allerdings erlebte Viktor Bukowski, der allen Grund zu der Annahme hatte, daß er sich nach der Rückkehr aus Polen mit der Tochter des Botschafters offiziell verloben würde, eine höchst unangenehme Überraschung. Tante Bukowska schickte ihm einen in energischem Ton gehaltenen Brief:

Jadwiga ist schwanger und droht mit einem Riesenskandal, wenn du keine Lösung findest. Deine Besuchspläne für nächsten Monat können katastrophale Folgen haben und müssen gestrichen werden. Und was noch wichtiger ist: Laß mich sofort wissen, was ich mit Jadwiga machen soll!

Entsetzlich – mit soviel Sorgfalt und guten Vorsätzen ein ausgereiftes Modell konstruiert zu haben und zusehen zu müssen, wie es wegen eines trivialen Zwischenfalls in sich zusammenfällt! Warum nur hatte er mit dieser Dienstmagd geschäkert? Wieso hatte er in ihren offenen, ja geradezu unverschämten Worten nicht die Saat kommenden Unheils entdeckt? Und was, zum Teufel, sollte er jetzt tun?

Die Antwort auf diese bange Frage kam aus einer unerwarteten Ekke: Weil schon ganz Bukowo wußte, was sich da vorbereitete, schickte Jadwiga, die auch gehört hatte, wie beflissen der Herr der Amerikanerin den Hof machte, eine Freundin mit einer Botschaft zu Janko Buk, dem Stallmeister des Herrn, nach Wien. Da weder Jadwiga noch Janko lesen und schreiben konnten, mußte die Nachricht in den Stallungen jenseits der Donau mündlich überbracht werden. Mit diesem Wissen gewappnet, überquerte Buk die Brücke über den Donaukanal und erschien unangemeldet am Concordiaplatz.

»Ich glaube, ich könnte Ihnen helfen, Herr.«

»In welcher Beziehung?« fragte der verärgerte und aufgewühlte junge Herr.
»Bezüglich Jadwiga.« Als Viktor nach Atem rang und kein Wort herausbrachte, stieß Janko nach: »Wenn ihr Zustand bekannt wird, Herr, könnte das Ihre Pläne durchkreuzen.«
»Wovon redest du?« fuhr Bukowski ihn an.
»Ich habe Sie und die Amerikanerin in den Wienerwald gefahren. Halten Sie mich für dumm? Glauben Sie, ich weiß nicht, was Sie vorhaben?« Ohne aufgefordert worden zu sein, setzte er sich auf einen Stuhl.
»Wer hat dir erlaubt, dich in meiner Anwesenheit zu setzen?«
Die Frage ignorierend, fuhr Janko fort: »Ein Wort darüber, und Sie wissen: Die Amerikanerin und ihre Eltern ...« Er machte eine Geste, die das Davonfliegen eines Vogels ausdrückte.
Der Schweiß trat Bukowski auf die Stirn. Mit seinem Besuch hatte dieses Rindvieh zwei Dinge getan: Er hatte ihn mit der kristallklaren Vision der sich anbahnenden Katastrophe in Angst und Schrecken versetzt, irgendwie aber auch angedeutet, daß sie sich vermeiden ließ. Während er sich mit der Zunge über die trockenen Lippen fuhr, schenkte sich Bukowski ein Glas ein und fragte Buk, ob er auch eines haben wolle.
»Bitte«, sagte der Stallknecht.
»Also, was bringt dich zu mir? Erpressung? Ich lass' dich erschießen!«
»Reden Sie doch kein dummes Zeug, *pan* Bukowski! Ich komme natürlich, um Ihnen zu helfen.«
»Gott sei Dank!« rief der verschreckte Mann.
»Ich mag Sie. Sie sind mir immer ein guter Herr gewesen, das kann ich beschwören.«
»Was können wir tun?«
»Gut. Jetzt reden Sie vernünftig, *pan* Bukowski. Seit Jahren schon möchte ich Jadwiga heiraten und ...«
»Du würdest sie heiraten?« fiel Viktor ihm ins Wort und sprang auf, um ihm nachzuschenken.
»Ich hätte sie schon vor drei Jahren geheiratet«, antwortete Janko sehr bedächtig.
»Und warum hast du sie nicht geheiratet?«

»Weil wir ... kein Land hatten.«
Stille. Etwas gereizt wandte Bukowski den Blick ab. Diese verdammten Bauern! Immer versuchten sie, einem Land wegzuschnappen, Land, das man seit tausend Jahren besaß.
Den nächsten Zug, das hielt Janko für wichtig, mußte Bukowski machen, und darum nippte er gelassen an seinem Glas, während er den verwirrten jungen Mann betrachtete, dessen Augen hin und wieder den seinen begegneten. Schließlich ging der Herr in die Knie.
»Was hast du dir vorgestellt?«
»Jadwiga hat mir einen Plan geschickt.«
»Also hat sie sich das alles ausgedacht?«
»Ich bin sicher, Sie tragen nicht allein die Schuld, *pan*. Wie der Pfarrer immer sagt: ›Keine Frau wird schwanger, solange sie die Knie zusammenhält.‹«
Bukowski beugte sich über die sorgfältig gezeichnete Karte, in der jeder Pfad und jede Hütte sauber eingezeichnet war. »Dein Mädchen kann zeichnen, das muß ich sagen.«
»Vorläufig ist sie noch Ihr Mädchen ...« bemerkte Buk.
»Was hier schraffiert ist? Das wollt ihr?«
»Und das Haus. Es ist auch angezeichnet.«
»Und wenn ich euch das gebe ...«
»Und diese kleine Ecke vom Wald. Die habe ich auch angezeichnet. Von dort möchte ich Reisig und Hasen.«
»Und wenn ich nein sage?« fragte Bukowski, tief getroffen von der Arroganz seines Stallknechts.
Bedächtig sagte Janko jetzt das, was, wie er genau wußte, gesagt werden mußte: »Mit dem amerikanischen Botschafter, *pan* Bukowski, spielen Sie um Millionen. Ich spiele nur um ein kleines Feld, eine anständige Hütte und eine Ecke des Waldes, den meine Familie seit tausend Jahren hegt. Denken Sie einmal darüber nach.«
Wieder trat Stille ein, diesmal noch lähmender, noch spannungsgeladener. Millionen gegen ein bißchen Reisig und ein paar Hasen für einen Weihnachtsbraten.
So groß war die Spannung, daß keiner der beiden Männer es wagte, das Schweigen zu brechen. Bukowski verabscheute seinen Diener, weil er versuchte, aus so schändlichem Anlaß rücksichtslos seine Interessen durchzusetzen. Und Janko Buk verachtete sich selbst, weil er

sich auf einen solchen Handel eingelassen hatte. Aber jeder von ihnen kämpfte um sein Leben, kämpfte um die Werte, die er in vergangenen Jahrhunderten an der Weichsel angesammelt hatte. Einer der alten Bukowskis hatte seine Familie einmal gewarnt: »An dem Tag, wo die Bauern ihr eigenes Land bekommen, an dem Tag zerfällt Polen.« Und unter den Buks, die Felder und Wälder bestellt und gehegt und sie unzählige Male vor Feinden geschützt hatten, war die Rede gegangen: »Die einzigen, denen es in diesem Land gutgeht, das sind der Magnat, der Pfaffe, der Jude und der Bauer, der sich ein Stück Land unter den Nagel gerissen hat.«

In vergangenen Zeiten waren die Buks Grundholden der Bukowskis gewesen; die Bukowskis hatten die Buks wegen geringfügiger Übertretungen gehängt, sie gezwungen, in den Krieg zu ziehen, und sich alles angeeignet, was sie produzierten; unerträglich, daß da jetzt ein Buk vor einem Bukowski saß und Forderungen erhob. Viktor war unfähig, etwas zu erwidern. Die Zunge klebte ihm am Gaumen, und er brachte kein Wort hervor.

Schließlich stand Janko auf, griff nach der Weinflasche, schenkte Viktor ein und füllte auch sein eigenes Glas. »*Pan* Bukowski«, sagte er leise, »jeder von uns kann etwas Wichtiges für den anderen tun. Ich werde Wien morgen verlassen und Jadwiga heiraten, bevor das Kind kommt. Und ich werde Bohdan sagen, daß seine große Hütte jetzt mir gehört und meine kleine ihm, denn seine Frau ist tot, und seine Kinder sind fortgezogen. Ich werde meine Ecke vom Wald nicht einzäunen, aber wenn Sie heiraten und mit Ihrem neuen Geld Bukowo wiederaufbauen, wie es sich gehört, werden Sie zum Advokaten gehen und ein Papier unterschreiben, daß die Ecke vom Wald, das Feld und die Hütte jetzt mir gehören.«

Er streckte seine Hand aus, und Bukowski, dem es immer noch die Sprache verschlug, ergriff sie.

Den ersten Teil der Reise nach Lemberg genoß Mrs. Trilling mehr als ihre Tochter, weil der Zug fast ganz Ungarn durchquerte und sie zum erstenmal große Teile des Gebietes sehen konnte, für das ihr Mann technisch verantwortlich war. Sie machte sich Notizen über die Landschaft östlich von Budapest und bewunderte die Karpaten, die die Grenze zwischen dem Königreich Ungarn und dem österreichischen Kronland Galizien bildeten. Als Frau eines bedeutenden, am

Hof akkreditierten Diplomaten achtete sie darauf, das Wort *Polen* zu vermeiden, das offiziell nicht mehr existierte. In irgendeiner Weise zum Ausdruck zu bringen, daß die einst polnischen Gebiete nicht jetzt und für alle Zeiten Teil der österreichisch-ungarischen Monarchie waren, hätte an höchster Stelle Anstoß erregen können.

Ihrer Tochter Marjorie waren solche Zwänge fremd. Ihr war klar – und sie wußte, daß es auch ihrer Mutter klar war –, daß sie diese Reise unternahm, um zu entscheiden, ob sie einen reizenden, etwas leichtsinnigen, eindeutig mittellosen polnischen Aristokraten heiraten sollte oder nicht. Bevor sie aber diese Entscheidung treffen konnte, glaubte sie sein Land sehen zu müssen, um richtig beurteilen zu können, wo er herkam und in welcher Beziehung sein Charakter zu seiner Heimat stand.

Sie konnte es kaum erwarten, das Land zu sehen, das einst Polen gewesen war, und sie hatte durchaus nicht die Absicht, es Galizien zu nennen. Als daher bei Einbruch der Dunkelheit der lange, langsame Zug die Hänge der Karpaten emporzukeuchen begann und immer deutlicher zu erkennen war, daß sie die polnische Grenze erst spät nachts oder gar erst im Morgengrauen erreichen würden, sagte sie zu ihrer Mutter: »Ich lege mich nicht nieder. Ich möchte Viktors Land sehen, wie es sich vor mir ausbreitet.«

Mrs. Trilling fand das völlig in Ordnung. »In deinem Alter hätte ich das auch getan. Aber ich bin nicht in deinem Alter, darum entschuldige mich bitte.«

Während sie sich in ihrem Schlafwagenabteil auf die Nachtruhe vorbereitete, sann sie mit einiger Belustigung über die Situation nach, mit der sich ihre Familie würde auseinandersetzen müssen, und sie war klug genug, die absurden Aspekte dieser Reise nicht zu übersehen. Dies war die Zeit, da Dutzende neureiche amerikanische Familien ihre Töchter nach Europa brachten, um betitelte Ehemänner zu finden, die der gesellschaftlichen Oberschicht Bostons, New Yorks und Chicagos neuen Glanz verleihen würden. Die Tochter des früheren Präsidenten Grant hatte sich einen betitelten Herrn in der Türkei oder sonstwo eingefangen; die Töchter von Eisenbahnmagnaten, Industriekapitänen, Konservenmillionären und Besitzern von Straßenbahnkonzessionen folgten ihrem Beispiel. Sie alle aber hatten, wie Mrs. Trilling sich in Erinnerung rief, während sie sich im Spiegel ihres

Abteils anlächelte, junge Hohlköpfe mit echten Titeln eingekauft, Graf Dies, Lord Das, Herzog Sowieso und sogar ein oder zwei Prinzen ... Viktor, Gott segne ihn, kommt aus einer Familie, die schon tausend Jahre länger als die meisten von ihnen dem Adel angehören, aber er besitzt keinen Titel. So was Verrücktes!

Vor ihrer Abreise hatte Graf Lubonski den Trillings einen kleinen Vortrag gehalten: »Polen vergibt keine Titel. Meine Familie hat den ihren vor zweihundert Jahren für gewisse Verdienste – verbunden mit ein wenig zweckentsprechender Bestechung – vom Kirchenstaat erhalten. Die Radziwiłłs haben den ihren recht preiswert von Litauen verliehen bekommen. Soviel ich weiß, haben die Leszczyńskis den ihren vom Heiligen Römischen Reich Deutscher Nation erworben. Und von den anderen haben sich wohl einige einfach den Titel zugelegt, der ihnen passend erschien. Der junge Bukowski hätte auf jeden Titel Anspruch, den seine Vorfahren zu kaufen gewillt gewesen wären, aber seine Familie folgte dem Beispiel der berühmten Mniszechs, mit denen meine Vorfahren verbunden waren. Sie verschmähten Titel und erwarben statt dessen Ländereien, die an Ausdehnung Belgien übertrafen.«

Mrs. Trilling war kein Snob. Ihre gesellschaftliche Stellung in Chicago war so sicher, daß sie es für unnötig hielt, bei Empfängen mit einer betitelten Tochter zu erscheinen, und sie hatte nichts dagegen, daß Marjorie den jungen Bukowski heiratete, wenn sie sich liebten und wenn Marjorie die, wie sie es selbst nannte, »polnischen Erfahrungen« gefielen. Für ein junges Mädchen wäre es, so dachte Mrs. Trilling, unverzeihlich, die Stunden schlafend zu verbringen, da der Zug sie das erste Mal in das legendäre Land brachte, das möglicherweise zu ihrer zukünftigen Heimat werden würde.

»Gott segne euch alle da draußen«, sagte sie laut, während sie zu Bett ging.

Das junge Paar hatte in einem Salonwagen mit sehr breiten Fenstern Platz genommen, wo die ganze Nacht Getränke und Häppchen serviert wurden, und hier erlebten sie, wie die Karpaten undeutlich sichtbar wurden, sobald die hellen Lichter des Zuges das Dunkel durchbohrten. Um Mitternacht hatte der Zug eine Stunde Aufenthalt. Viktor und Marjorie spazierten in der Frühlingsluft auf dem Bahnsteig auf und ab und erkundigten sich bei den Arbeitern, wie

weit es noch bis zur polnischen Grenze sei. »Noch acht Kilometer bis Galizien«, lautete die Antwort.
Es waren lange acht Kilometer über eine kurvenreiche, von dichtem Immergrün gesäumte Strecke, und dann schob sich der Zug ohne jedes Trara, ohne Paßkontrolle nach Polen hinein. »Also, da sind wir«, flüsterte Viktor, und Marjorie spürte, wie er zitterte.
»Was hast du, Viktor?« fragte sie. »Freust du dich nicht?« Er gestand ihr: »Polen ... es ist ein verwirrendes Gefühl. Man weiß nicht, was man davon halten soll.«
Eine Weile später, nachdem der Zug vorsichtig die Steilhänge hinabgerattert und die Morgendämmerung über der weiten Ebene von Lemberg angebrochen war, kam Marjorie aus dem Staunen nicht mehr heraus, denn das Land war so weitflächig und so leer, daß sie nicht wußte, womit sie es vergleichen sollte. Als der Zug den Fluß überquerte, erweckte ein Schild Kindheitserinnerungen: »Da gab es eine Gedächtnishilfe in der Grundschule. ›Von West nach Ost, man hört davon, Dnjestr, Dnjepr und der Don.‹ Ich hätte mir nicht träumen lassen, daß ich einmal den Dnjestr sehen würde.«
Die kurze Strecke vom Fluß bis Lemberg bot Interessantes für die Damen aus Amerika: Die wenigen Dörfer schienen jämmerlich arm zu sein, und das Land wirkte überwältigend in seiner Abgeschiedenheit, doch als sie sich der Stadt näherten, sahen sie wiederholt Zeichen von guter Bewirtschaftung und Wohlhabenheit. Sie blieben nicht lange in Lemberg, sondern bestiegen sofort einen kleineren Zug, der sie nach Osten, auf die russische Grenze zu, brachte. An einer entlegenen Station, die unglaublich verloren wirkte, verließen sie den Zug. Eine Reihe von Pferdewagen erwartete sie, und über die leeren Ebenen, die einst von den Tataren verwüstet worden waren, die nach Krakau kamen, um es niederzubrennen, fuhren sie zur östlichen Grenze der österreichisch-ungarischen Monarchie.
Gegen Abend dieses wunderschönen Frühlingstages kamen sie endlich zu einem von Graf Lubonskis Gütern, wo etwa zweihundert ukrainische Bauern auf Befehl des Verwalters in ihren bunten Trachten Aufstellung genommen hatten, um die Besucher aus Amerika willkommen zu heißen. Viele wußten, wo Chicago lag; Mitglieder ihrer Familien waren aus der drückenden Armut Ostgaliziens ausgebrochen, um sich voller Hoffnung im amerikanischen Westen niederzulassen.

Marjorie Trilling hatte sofort das Geheimnis und die Großartigkeit dieses Landes erfaßt, das sie bereits als ihre Heimat betrachtete. Sie sah die Armut, aber auch die menschliche Wärme der galizischen Dörfer. Sie sah die effiziente Bewirtschaftung des Gutes, aber auch, daß die ukrainischen Bauern praktisch wie Leibeigene leben mußten. Sie sah den Mangel an Landmaschinen, aber auch den reichen Ertrag des Wintergetreides, das jetzt geerntet wurde.
»Ein erstaunliches Land«, sagte sie am dritten Tag zu Viktor.
»Gefällt es dir bis jetzt?«
»Es macht mir angst.«
Mrs. Trilling gab zu, daß es auch ihr angst machte, aber sie erzählte ihrer Tochter, was die Gräfin gesagt hatte, als sie diese ungewöhnliche Reise vorbereitete: »Ich habe es so eingerichtet, daß Sie auf unseren Gütern bei Lemberg den Anfang machen. Dort werden Sie das fundamentale Polen kennenlernen. Von dort nach Łańcut, wo Sie dem königlichen Polen begegnen werden. Dann nach Gorka, um zu sehen, wie eine durchschnittliche Aristokratenfamilie lebt – die Lubonskis. Von dort nach Bukowo, um sich anzuschauen ...« Mrs. Trilling wiederholte nicht, was die Gräfin wirklich gesagt hatte: »Um sich anzuschauen, wo Marjorie eines Tages leben könnte.« Statt dessen korrigierte sie den Satz: »Um sich anzuschauen, wo unser lieber Viktor wohnt. Und dann weiter in meine Stadt, Zamość ...« Die Gräfin hatte den Satz beendet; »... um, so Gott will, in der Kirche zu heiraten, in der ich selbst so glücklich verheiratet wurde.« Mrs. Trilling ließ keine persönlichen Anmerkungen in bezug auf Zamość verlauten.
Nach fünf Tagen an der russischen Grenze bestieg die Reisegesellschaft einen knarrenden, gegen sein Schicksal aufbegehrenden Zug, der sie nach Westen, in die am San gelegene Stadt Przemysl brachte, wo der Kaiser eine gewaltige Festung besaß, die seine Ostgebiete verteidigte. Die Trillings blieben als Gäste des Kommandanten auf der Festung. Einige junge Offiziere aus allen Teilen der Monarchie machten der charmanten amerikanischen Erbin den Hof und boten ihr damit eine gute Gelegenheit, ihren potentiellen Zukünftigen mit anderen jungen Männern seines Alters zu vergleichen. »Viktor übertrifft sie alle«, vertraute sie ihrer Mutter an. »Beim Tanzen. In der Konversation. Im Aussehen.« Und ihre Mutter erwiderte: »Ich kann

nichts dagegen einwenden. Mir gefällt dein junger Mann mit jedem Tag besser.«

Viktor machte wirklich einen ausgezeichneten Eindruck. Der Kommandant hatte von Bukowskis Erfolg auf der Schmelz gehört und schlug ein Reitturnier vor.

Es fiel Marjorie auf, daß Viktor sich als Reiter hier in Polen grundlegend von dem Mann unterschied, der in der österreichischen Hauptstadt so anmutig und mit nahezu ungarischem Charme an der Konkurrenz teilgenommen hatte. Jetzt befand er sich in seiner natürlichen Umgebung, ein gebürtiger Pole, der das ganze österreichische Kontingent herausforderte. Er kämpfte verbissen, so als ob dies nicht bloß ein Rennen, sondern ein Mittel wäre, die Ehre seines Landes zu verteidigen. Seinem vollen Einsatz war Erfolg beschieden, und die österreichischen Offiziere, überzeugt, daß sie an einem sportlichen Wettbewerb teilgenommen hatten, nicht aber an einer für die Monarchie maßgeblichen Eignungsprüfung, gratulierten ihm zum Sieg.

Abend für Abend gab es einen Ball, wobei reizende polnische Mädchen aus Przemysl das Dutzend Ehefrauen der höheren Offiziere ergänzten, und Mrs. Trilling tanzte fast ebensoviel wie ihre Tochter. Es waren die festlichsten Veranstaltungen, an denen die zwei Amerikanerinnen je teilgenommen hatten; sie übertrafen die glanzvollsten Abende in Chicago und selbst die Galaveranstaltungen in Wien. Das romantische Österreich zeigte sich von seiner besten Seite: Junge Männer aus guten Familien leisteten ihren Militärdienst fern von der Hauptstadt in einer Festung ab, die jederzeit aus so gut wie jeder Richtung angegriffen werden konnte. Türken, Tataren, Russen, Ukrainer, Ungarn – sie alle hatten Przemysl schon belagert; in einem Jahr war die Festung gefallen, im nächsten hatte sie den Angreifern Widerstand geleistet, zweimal war es zu furchtbaren Massakern gekommen, aber noch häufiger hatten die Glocken der Kathedrale geläutet, wenn die Belagerer gedemütigt abgezogen waren.

Es gab bei Przemysl einen Berg, von dem aus man auf den sich windenden Fluß hinabblicken konnte, der die Stadt umschlang, und am letzten Tag luden der Kommandant und sieben seiner Offiziere Mrs. Trilling und ihre Begleitung dort hinauf zu einem Picknick in französischem Stil – mit viel Wein und Obst und Wurstomeletten; jüdische Musikanten sollten Weisen aus der Gegend erklingen lassen. Als der

Kommandant mit Mrs. Trilling allein war, sagte er zu ihr: »Sie könnten Ihre Tochter mit jedem meiner fünfzehn Offiziere verheiraten. Sie kommen alle aus den besten Familien. Zum Beispiel Starhemberg; er ist ein Nachkomme des Mannes, der Sobieski half, Wien gegen die Türken zu verteidigen.«

»Marjorie hat etwas von einem ... wir nennen es Wildfang ...«

»Allerdings! Sie ist ein reizender Wildfang, und wenn ich zwanzig Jahre jünger wäre ...«

»Es würde ihr gefallen, für eine Weile auf Ihrer Festung stationiert zu sein.«

»Uns gefällt es auch. Aber es ist eine harte Probe für jeden. Sie würden kaum glauben, wie viele wir nach Wien zurückschicken müssen, weil sie es nicht aushalten. Die Einsamkeit. Die Kosaken mit ihren Raubzügen über die Grenze; nie ein offener Kampf. Aber ich liebe es, Frau Botschafterin, und wenn sich Ihre Tochter entschließen sollte ...«

»Entschließen sollte?«

»Graf Lubonski hat mir telegrafiert: ›Wenn dir der junge Bukowski gefällt, gib ihm Gelegenheit, eine gute Figur zu machen. Wenn er dir nicht gefällt, gib ihm Gelegenheit, sich zu blamieren.‹ Sie müssen wissen, daß ich mit Andrzej Lubonski im selben Regiment gedient habe.«

»Sagen Sie mal: Wie wurde ein polnischer Graf in ein österreichisches Regiment aufgenommen? Ich meine, hat man sie nicht immer als zweitrangig angesehen?«

»Jawohl«, erwiderte der Kommandant, ohne den Blick abzuwenden. »Sie sind immer zweitklassig – außer sie erweisen sich als erstklassig.«

»Und Bukowski?«

»Erstklassig, möchte ich meinen. So ein Reiter, mit solchen Manieren! Es wäre mir eine Freude, ihn in meinem Regiment zu haben.«

Schon früh am nächsten Morgen fuhren sechs Wagen, jeder mit sechs Pferden bespannt, vor der Festung vor, und nun sollten die Amerikanerinnen die Großartigkeit des ländlichen Polen kennenlernen. Die Wagen waren luxuriös ausgestattet, die Pferde gepflegt und mit silberbeschlagenem Riemenzeug aufgezäumt. Sie kamen aus den berühmten Stallungen des Grafen Potocki, dessen Vorfahr die einzige

Tochter der großen Lubomirska von Łańcut geheiratet hatte. Der riesige Palast gehörte jetzt ihm, und er beabsichtigte, die Amerikanerinnen im großen Stil zu empfangen.
Es waren etwa achtzig Kilometer bis Łańcut. Die Kutscher hatten Anweisung, in mäßigem Tempo zu fahren und die Herrschaften über Nacht in einem Haus einzuquartieren, das der Graf speziell für diese Gelegenheit hatte errichten lassen. So bogen die Wagen am späten Nachmittag, während ein Frühlingssonnenschein die ruhige Landschaft überflutete, in eine Straße ein, die zu einem eleganten Landhaus führte, das erst am Tag zuvor fertiggestellt worden war. Die Bauern, die auf den alten Gütern der Lubomirska schufteten, hatten seit zweihundert Jahren keine neuen Hütten; den amerikanischen Besucherinnen stand ein völlig neuer, herrschaftlicher Wohnsitz zur Verfügung, den sie eine Nacht lang bewohnen würden.
Und sie genossen es! Bukowski, der selbst Łańcut nie gesehen hatte, saß vor dem Feuer und erfreute die Damen mit allerlei Geschichten, die Łańcuts berühmte Großartigkeit, die sie am nächsten Tag zu Gesicht bekommen würden, illustrieren sollten: »Der Palast hat dreihundertsechzig Räume und beherbergt eine berühmte Sammlung europäischer Kunst!« Doch der Reiseleiter unterbrach ihn: »Die Potockis haben den Palast, als sie ihn in Besitz nahmen, weiter ausgebaut. Ein neues Theater, besser eingerichtet als die meisten französischen, und eine wunderbare neue Galerie mit polnischen Porträts! Und haben Sie schon von unseren riesigen Stallungen gehört, wo die Pferde wie kleine Prinzen gehalten werden? Wir haben fünfundfünfzig prachtvolle Kutschen, und davon wurde nur eine in Polen gebaut. Die anderen? Wien, Berlin, Paris.« Blasiert fügte er hinzu: »Die Potockis sind nicht müßig gewesen, wissen Sie.«
Als sie weiterfuhren, führte die Straße durch dichte Wälder, deren hohe Bäume die Sonne verschluckten. Als die Wagen hielten, um den Reisenden Gelegenheit zu geben, ein mittägliches Picknick zu halten, als die weißen Tücher ausgebreitet und Speisen aus allen Teilen Europas aufgetragen wurden, sagte ihr Reiseführer: »Das sind die Wälder von Łańcut. Sie sind noch nie gerodet worden.« Marjorie meinte: »Wir haben noch nie ein schöneres Land gesehen. Und es ist so fruchtbar. Man darf auch nicht ein Samenkorn fallen lassen, sonst sind die Felder wohl voll von Oliven oder italienischen Trauben.«

Und wo immer sie hinblickten, sie sahen Felder und Bauern, die zu Łańcut gehörten.
Sie erreichten das Schloß gegen fünf Uhr nachmittags. Im goldenen Schein der Sonne sahen sie die Türmchen, die ausgedehnten Rasenflächen, das Dutzend kleinerer Bauten, jedes einzelne in der Größe eines mittleren Palais. Es waren die immensen Stallungen, die Viktors Aufmerksamkeit auf sich zogen; er ging sie inspizieren, während die Damen auf Graf Potocki zuschritten, der sie, wie er sich ausdrückte, »im bescheidenen Domizil meiner Familie«, willkommen hieß.
Sie wurden in eine Suite von elf Räumen geleitet; dazu gehörten zwei Badezimmer, wie sie moderner auch in New York nicht zu finden gewesen wären. Alles deutete auf unvorstellbaren Reichtum: In Marjories Zimmer hingen drei große Bilder aus der Zeit der Renaissance, und die Teppiche waren in Samarkand aus kleinmaschiger Seide geknüpft worden.
Zum Diner wurde in der großen Halle eine Tafel, an der achtzig Personen Platz gehabt hätten, mit einem Dutzend Blumengestecken geschickt so aufgeteilt, daß ein gemütlicher Eßtisch für dreißig Gäste entstand, die von goldenen Tellern aßen, während elf jüdische Musikanten Mozart spielten.
»Graf Potocki«, bat Viktor ein wenig dreist, »würden Sie bitte die Freundlichkeit haben, den Damen zu bestätigen, daß in Galizien nur wenige so leben – jedenfalls nicht die Lubonskis und nicht die Bukowskis!«
Sechs Tage lang genossen Mrs. Trilling und ihre Tochter diese Gastfreundschaft, die ihren erfolgreichen Abschluß in einer konzertanten Aufführung von Stanisław Moniuszkos schöner Oper »Das Gespensterschloß« fand, zu der die Sänger aus Krakau gebracht worden waren. »Diese Oper ist besser als alles, was wir in Wien gehört haben«, sagte Marjorie zu den anderen Gästen, als sie im Theater von Łańcut saß, das mit seinen achtundneunzig Sitzen im Herzen des Palastes untergebracht war. Viktor verspürte einen Stich, als er daran dachte, daß Krystyna Szprot aus Russisch-Polen verbannt worden war, weil sie eine solche Meinung geäußert hatte. Sie hatte recht, dachte er. Das ist besser als Strauß oder Lanner, aber weil es eine polnische Oper ist, bekommt man sie nie zu hören.
Am nächsten Morgen zog Graf Potocki Viktor beiseite und riet ihm:

»Vergessen Sie alle anderen. Heiraten Sie diese Amerikanerin. Sie ist nicht schön nach Wiener Geschmack, aber sie ist charmant und wird Ihnen eine verdammt gute Frau sein.«
»Ihr Łańcut gefällt ihr, sicher. Aber was wird sie zu meinem Bukowo sagen?«
»Sie ist eine Romantikerin, Viktor. Und solche Frauen sind zu allem fähig.«
»Manchmal habe ich Angst vor ihr.«
»Mein Onkel, Gott hab' ihn selig, heiratete eine Radziwiłłowna, die Ihrer Amerikanerin sehr ähnlich war.«
»Was glauben Sie: Könnte es funktionieren?«
»Wenn Sie ihr Ihre heruntergekommene Burg zeigen, die ich persönlich sehr bewundere, und wenn Sie ihr zu verstehen geben, daß sie Ihren Herrensitz renovieren kann . . .«
»Es ist doch kein Herrensitz, Graf.«
»Sie muß ihn einfach als solchen sehen, und wenn sie das tut, wird sie Sie auch heiraten. Und mit einem Mädchen wie dieser Amerikanerin können Sie sehr glücklich werden.« Er unterbrach sich. »Mein Onkel war mit seiner Radziwiłłowna überaus glücklich.«
Der Graf fuhr sie zum Bahnhof, wo sie einen unglaublich langsamen Zug bestiegen, der sie an ihr eine Tagesreise entferntes Ziel bringen sollte. Zu ihrer großen Freude wurden sie von Gräfin Katarzyna mit einer Anzahl Wagen erwartet, und nach vielen Küssen machte sich die Kolonne nach der einst stolzen Burg Gorka auf, die so viele hundert Jahre lang an der Weichsel gewacht hatte.
»So habe ich sie mir immer vorgestellt!« rief Marjorie, als sie vor dem Bauwerk standen, das sich kalt und öde vom Horizont abhob, aber Viktor stieß sie an und flüsterte: »Das ist nicht mein Schloß. Nicht im entferntesten.« Schon wollte sie erwidern, daß die Burg auch viel zu großartig für sie wäre, als sie sich eines Besseren besann. »Viel zu alt für den amerikanischen Geschmack«, sagte sie.
Die Gräfin Lubonska erwies sich als eine wesentlich einfallsreichere Gastgeberin, als die Herren von Łańcut es gewesen waren; sie organisierte Picknicks und Bootsfahrten auf der Weichsel und Ausflüge in kleine Städte, wo hübsche Tücher gewebt wurden. Und stets hatte sie die Interessen der beiden Amerikanerinnen vor Augen und vertraute ihnen alle Geheimnisse an, die ihr zu Ohren gekommen waren, als sie

noch als Schloßherrin auf dieser alten und manchmal recht zugigen Burg gelebt hatte.

Sie liebte Gorka; kein Winkel war so unbedeutend, daß sie ihn nicht zur Schau gestellt hätte: »Von dieser Brustwehr aus sah einer von Andrzejs Vorfahren die Tataren kommen; es war die zweite oder dritte Invasion. Er bot allen innerhalb der Mauern Schutz an, und obwohl die Leute vor Hunger und Durst fast starben, hielt er ihnen die Teufel vom Leib. Er konnte sie nicht in offener Feldschlacht schlagen, aber er machte ihre Pläne zuschanden, und manchmal ist das genauso gut.« Dann sagte sie etwas ganz und gar Undiplomatisches: »In Wien versuchen die Öterreicher oft, meinen Mann zu demütigen. Aber er ist ja schlau! Er tut, als wisse er nicht, was sie vorhaben, bis er eine Chance sieht, mit dem Messer zuzustoßen.« Sie machte eine Geste, als ließe sie ein Messer niedersausen, und fügte hinzu: »Der Kaiser schätzt Andrzej als einen seiner verläßlichsten Männer.«

»Das sagt auch mein Mann«, pflichtete Mrs. Trilling ihr bei.

»Und was hält er von unserem Freund da?« fragte Katarzyna und deutete hinunter, wo Viktor gerade ein Pferd ausprobierte.

»Oscar ist ein sehr praktisch denkender Mann, Gräfin. Die Geschichte einer Tochter, sagt er, ist ein Drama in drei Akten. Der erste, von drei bis neunzehn Jahren: Man bringt jeden um, der ihr auch nur zu nahe kommt. Der zweite, von zwanzig bis fünfundzwanzig: Man hofft, daß sich zumindest einer der jungen Herren, die um sie herumscharwenzeln, als akzeptabel erweisen könnte. Der dritte, sechsundzwanzig und älter: Man hofft, daß irgendein Mann, und wenn es ein Bankräuber wäre, sie einem abnimmt. Marjorie ist dreiundzwanzig, und mein Mann träumt nicht mehr von einem perfekten Ehemann. Mit einem akzeptablen wäre er zufrieden.«

»Ihr Gatte wird mir immer sympathischer.«

»Mir auch.«

»Aber in Wien sehen wir viele entzückende junge Amerikanerinnen wie Ihre Marjorie. Wir sehen, wie sie die schrecklichsten Ehen schließen. Sie heiraten irgendeinen jämmerlichen Kerl – Hauptsache er hat einen Titel.«

»Und Sie meinen, Bukowski . . .«

»Ich meine, daß Sie sich ihn schnappen sollten. Ich bin sicher, daß Sie sich sonst mit einem viel schlechteren abfinden müßten. Ich kenne ihn

seit seiner Kindheit ... ihn und sein halbverfallenes Schloß unten am Fluß. Sie könnten es viel schlechter treffen, Mrs. Trilling.«
»Sie wissen ja wohl, daß er sie wegen ...« Verlegen zögerte sie, den Satz zu beenden.
»Daß er sie wegen ihres Geldes heiratet? Mrs. Trilling, wir lehren unsere Söhne, genau das zu tun. Was glauben Sie wohl, wie die Potokkis zu Łańcut, diesem Märchenschloß, gekommen sind? Ein gutaussehender Sohn mit wenig Aussichten heiratete die Tochter der großen Lubomirska. Und wie haben sie ihr Vermögen konsolidiert? Ein anderer gutaussehender Sohn heiratete die Tochter der mächtigen Radziwiłłowna. Und wie wird der junge Bukowski seinen Besitz retten? Indem er Ihre Tochter heiratet.«
Als Mrs. Trilling Einwände erheben wollte, schnitt ihr die Gräfin das Wort ab: »Viktor Bukowski ist ganz außergewöhnlich auf seine Pferde bedacht, und etwas Besseres kann man von einem jungen Polen gar nicht sagen.«
Gräfin Lubonska begleitete sie nicht auf der kurzen Fahrt nach Bukowo, aber soweit den Trillings bekannt war, hatte sie noch keine Pläne gemacht, nach Wien zurückzukehren. Wahrscheinlich wollte sie auf ihren Mann warten, der in Kürze seinen Sommerurlaub antreten würde. Sie schickte die jungen Leute mit einer Art Segen los: »Ich wünsche euch einen schönen Tag in Bukowo. Es könnte sich als ein verheißungsvoller Ort erweisen ...«
Am späten Vormittag erreichten sie von Süden her das Gemäuer der kleinen Burg. Als Marjorie die Ruinen sah, nackt und öde nach Jahren der Vernachlässigung, umklammerte sie Viktors Hand: »Es ist wunderbar. Ich denke an Lord Byron auf der Höhe seines Schaffens. Mazepa hätte sich hier auf sein Pferd schwingen können.« Sie betrachtete sie minutenlang und sagte dann: »Nein, die Burg sieht mir mehr nach einem Taras Bulba aus.«
Jetzt näherte sich der Augenblick, den Viktor gefürchtet hatte, denn die Wagen fuhren an den Ruinen vorbei auf die Anhöhe zu, von der aus sein Haus zum erstenmal sichtbar werden würde. Er wußte, daß Marjorie und ihre Mutter es mit dem schönen Palais der Lubonskis östlich von Lemberg, mit der Festung Przemysl, mit dem prächtigen Łańcut und der ehrwürdigen Burg Gorka vergleichen würden, die sie eben verlassen hatten, und er fühlte sich gedemütigt.

Er sprang aus dem Wagen, lief voraus und ließ den Kutscher des ersten Wagens halten. Dann kehrte er zu den Amerikanerinnen zurück. »Von dieser Anhöhe aus werden Sie mein Haus sehen. Es ist kein Schloß. Bei Gott, es ist kein Schloß.«

Marjorie, die schon von Gräfin Lubonska informiert worden war, was sie in Bukowo erwartete, berührte die Hand ihrer Mutter und sagte: »Warte hier. Viktor und ich wollen den Rest des Weges zu Fuß gehen.«

Schweigend wanderten sie dahin – sie voller Neugierde auf das, was sie nun zu sehen bekommen würde, er voller Angst, daß sie lachen könnte, sobald sie es sah. Obwohl es nicht steil aufwärts ging, ließen sie sich doch Zeit, und sie benötigten einige Minuten. Schließlich erreichten sie die Stelle, von wo aus sie den Blick vorwärts auf das breit hingelagerte Haus und die baufällige Scheune richten mußten, in der die preisgekrönten Pferde untergebracht waren. Es war das Heim eines vom Schicksal benachteiligten polnischen Aristokraten, für den nichts außer seiner makellosen altehrwürdigen Abstammung und seiner Liebe zu den Pferden sprach.

Eine kleine Weile sahen sie hin, sahen das Haus, wie es wirklich war; dann nahm Marjorie Viktors Hand in die ihre. »Mit meiner Hilfe können wir es schaffen, daß Lubonskis Burg im Vergleich dazu wie ein Schuppen aussieht.«

»Wir?«

»Ja.« Und die Gäste in ihren sechs Kutschen konnten sehen, wie das Paar sich umarmte – anfangs zögernd, doch dann mit demonstrativer Begeisterung.

Gräfin Lubonska gab jetzt bekannt, warum sie nicht gleich nach Wien zurückgekehrt war. Sie erschien eines Morgens in Bukowo (Tante Bukowska war entzückt, eine richtige Gräfin bei sich begrüßen zu dürfen), ließ alle, die es anging, zusammenrufen, und verkündete: »Die Hochzeit soll in der alten Familienkirche in Zamość stattfinden, wo Andrzej und ich geheiratet haben. Ich habe nach Wien telegrafiert, und sowohl mein Mann wie auch der Herr Botschafter werden unverzüglich nach Krakau reisen.«

»Wie kommen wir nach Zamość?« fragte Viktor. »Wie immer«, antwortete die Gräfin, »über die alten Straßen.« Sie hatte schon mit ihren eigenen Kutschern gesprochen, die gleich ins Dorf gefahren waren, um mit Janko Buk zu reden, der sich um die Bukowskischen Wagen kümmern würde.

»Aber liegt Zamość nicht in Russisch-Polen?« sorgte sich Mrs. Trilling.

»Das stimmt, aber wir haben nach Sankt Petersburg telegrafiert, und die Russen werden Beamte aus Lublin hinunterschicken, um alles zu regeln.«

»Aber ich bin nicht katholisch«, wandte Marjorie ein.

»Wen soll das stören? Über die alten Landstraßen zu fahren wird eine aufregende Sache sein. Und in einer alten, befestigten Stadt zu heiraten noch aufregender. Es wird wie im Märchen sein, Kind.«

Nach der Ankunft der zwei Herren aus Wien wurden die Details besprochen, wobei die Gräfin alle Entscheidungen traf. »Die Lubonskis fahren mit vier und die Bukowskis ebenfalls mit vier Wagen.«

»Wir haben nur zwei Kutschen«, wandte Viktor ein.

»Sie können zwei von unseren haben«, beruhigte ihn die Gräfin. Dann gab sie ihre Anordnungen: Sie und der Graf würden sieben Dienstboten mitnehmen, von denen sich drei der Familie Trilling annehmen sollten. Viktor müßte vier für sich und Tante Bukowska mitbringen, und ohne Rücksprache gehalten zu haben, bestimmte sie Jadwiga, die durch ihre Schwangerschaft noch nicht behindert war, das Kommando über Viktors Dienerschaft zu übernehmen.

»Es sind an die hundertdreißig Kilometer«, erklärte sie, »und darum habe ich mit vier Familien, die an der Strecke leben, Verbindung aufgenommen. Wir werden ein paar Umwege in Kauf nehmen müssen, aber was macht das schon? Eine Hochzeit wie diese gibt es nur einmal alle paar hundert Jahre.«

Während es Mrs. Trilling inzwischen schon ermüdete, wenn nur die Rede auf ein solches Abenteuer kam, war ihr Gatte von der Aussicht angetan, seine Tochter unter so romantischen Umständen zu verheiraten. »Die Russen haben sich außerordentlich zuvorkommend gezeigt. Ihr Botschafter in Wien hat mir versichert, daß uns alle Akte der Höflichkeit bezeigt werden würden.«

Als die Reise begann – acht Kutschen in einer Reihe, hinterher einige Ersatzpferde –, saßen Botschafter Trilling und Graf Lubonski in der ersten und unterhielten sich über politische Probleme der Monarchie. Ihre Frauen folgten in der zweiten und stellten Spekulationen über die gesellschaftlichen Entwicklungen in der Hauptstadt an. Mit Rücksicht auf den ländlichen Aberglauben durften Viktor und Marjorie nicht in ein und derselben Kutsche zu ihrer Hochzeit fahren, und so reiste in diesen vier Tagen der polnische Bräutigam mit der Bukowska, während Marjorie die Kutsche mit Jadwiga, der Frau des Kutschers, teilte. Das hätte langweilig werden können, denn Jadwiga kannte nur einige wenige Brocken Deutsch und Englisch, während Marjorie mit ihrem Studium des Polnischen noch nicht sehr weit gekommen war. Doch die zwei Frauen empfanden diesen Mangel nur als unwesentliche Behinderung. Beide waren entschlossen, die Sprache der anderen möglichst bald zu beherrschen.

Jadwiga war eine ausgezeichnete Lehrerin, aufgeweckt und einfallsreich. Sie bediente sich einer übertriebenen Zeichensprache, und oft hallte die Kutsche vor Gelächter wider, wenn die zwei jungen Frauen sich mit einzelnen Wörtern, Gesten und Grimassen zu verständigen suchten. Jadwiga erklärte, daß es in ihrem Dorf nur zwei Männer gab, deren Stimmen man Gewicht beilegte: »Priester ... lang Kleid ... groß Hut ... lang Predigt ... frißt in Dorf mit, zahlt nichts. Herr ... guter Mann ... nicht Geld ... jetzt viel Geld ... Pferde, immer Pferde ... vielleicht neues Haus bauen ...«

Sie vertraute Marjorie an, daß sie schwanger war. Ihr Mann war der Kutscher auf dem Bock. Ja, sie hatte eine Hütte und ein Feld. Gute Ernte. Kein Geld, aber vielleicht schon bald etwas Geld.

Marjories Frage beantwortend, gab Jadwiga der Hoffnung Ausdruck, ihr Kind würde ein Mädchen sein. »Polen, nicht viele wollen Mädchen ... Mädchen werden stärker jedes Jahr ... Männer schwach ... Mädchen wie Eiche ...«

»Das ist auch meine Ansicht«, pflichtete Marjorie ihr bei und nickte heftig mit dem Kopf. »Schau doch nur die Gräfin an! Bei einer großen Gesellschaft in Wien« – und sie deutete den großen Saal an, die Musiker mit ihren Instrumenten, das ausgezeichnete Essen – »scheint Graf Lubonski der große Mann zu sein ... und er ist ja auch ein Minister. Auf Gorka aber ...« und sie wies auf das Schloß am Ufer des Flusses – »führt die Gräfin das Kommando.«

»Du auch muß Viktor kommandieren«, sagte Jadwiga, und als Marjorie Bedenken äußerte, fuhr die Magd fort: »Viktor brauchen Frau mit Kommando!«

Als der erste Tag zu Ende ging, rasteten die Reisenden auf dem Landsitz des letzten Magnaten auf österreichischem Gebiet. Eigentlich war es ein Jagdschlößchen, an den Wänden hingen Geweihe von Tieren, die der Besitzer erlegt hatte, und Gerätschaften, die viele hundert Jahre alt waren. Der Magnat selbst hatte nicht kommen können, wohl aber elf Bedienstete geschickt, die das Haus wohnlich machten, und obwohl es schon fast Frühling war, loderten Feuer in den Kaminen, und auf den Spießen wurde Fleisch gebraten.
Am nächsten Morgen schlug die Gräfin vor, Marjorie solle mit ihr fahren, da die Magd ja weder Französisch noch Englisch spreche, aber die Amerikanerin überraschte ihre Gastgeberin: »Ich fahre wieder mit Jadwiga. Sie bringt mir Polnisch bei.«
An diesem Tag ließ Jadwiga Marjorie wissen – immer noch ihre Hände und viele Grimassen gebrauchend –, daß sie nach der Hochzeit gern ihre Zofe sein würde; sie erklärte ihr auch, warum: »Wenn ich Töchterchen hab' ... lesen ... schreiben sie muß können.«
»Kannst du denn nicht lesen?« Sie nahm ein französisches Buch aus der Tasche und hielt es der Magd hin. »Du ... diese Worte ... nichts?«
»Nichts.«
»Natürlich wird deine Tochter lesen lernen. Tante Bukowska hat eine Tochter. Fünf oder sechs Jahre alt ...«
»Gut Kind ... Mirosława ... Sie lesen!«
»Sie wird deine Tochter lehren. Sie können zusammen lernen.«
Jadwiga runzelte die Stirn. »Priester ...« und lebhaft beschrieb sie den Dorfdiktator: »Priester: Kein Frau darf lernen.«
Marjorie dachte nicht daran, sich zu einem Aufbegehren gegen eine Kirche verleiten zu lassen, mit der sie in Zukunft würde leben müssen. Als eine in Illinois geborene Protestantin konnte sie sich schon jetzt eines Unbehagens nicht erwehren, wenn sie daran dachte, daß ein katholischer Priester sie trauen würde, aber die Gräfin versicherte ihr, daß es sich dabei nur um eine Formalität handelte. »Außerdem wird das Ritual lateinisch oder russisch gesprochen, und wer versteht das schon?«
»Wir werden deiner Tochter das Lesen beibringen«, versprach Marjorie.
Am zweiten Tag gegen vier Uhr nachmittag überschritten sie die

Grenze nach Rußland; es gab keinen Grenzposten, keinen Zollbeamten, keine Soldaten, nur ein grob beschriftetes Schild mit der Aufforderung an Reisende, sich bei der Polizei in der nächsten Stadt zu melden. Als die Wagen auf das Gebiet dieses großen Reiches rollten, das sich von Warschau über zwei Kontinente bis zum Pazifischen Ozean erstreckte, war die Wirkung auf die Reisenden unterschiedlich: Die amerikanischen Damen zeigten sich beeindruckt und baten die Kutscher zu halten; sie wollten kurz aussteigen. Bukowski war entsetzt über die Armut, die von der russischen Regierung in dem einst so blühenden Teil Polens zugelassen und sogar gefördert wurde; und Botschafter Trilling fragte Graf Lubonski, was das slawische Rußland wohl tun würde, wenn Österreich sich entschlösse, das ebenfalls slawische Bosnien und die Herzegowina zu annektieren, was, wie manche Leute prophezeiten, durchaus im Bereich des Möglichen lag.

Lubonski verzog das Gesicht. »Unter keinen Umständen sollte Österreich die Hand nach weiteren Territorien ausstrecken; es würde nur noch mehr Minderheiten geben, die befriedet werden müssen.«

»Aber Österreich wird es trotzdem versuchen, nicht wahr?« drängte der Amerikaner. Lubonski antwortete nicht.

Am letzten Abend bevor sie nach Zamość kamen, machten die acht Kutschen vor einem kleinen Schloß außerhalb der Stadt halt, das den unglaublichen Namen Szczebrzeszyn trug. Der Gräfin machte es Spaß, den Amerikanern beizubringen, wie sie das aussprechen sollten. Nach dieser Lektion und während im Kamin das Feuer prasselte, erzählte sie, wie einer ihrer Vorfahren – »Ich rede von den Zamoyskis, nicht von den Lubonskis!« – im Jahre 1580 hierhergekommen war. »Hier wollen wir die Stadt errichten«, hatte er gesagt und italienische Architekten kommen lassen, die eine Stadt für zwanzigtausend Menschen bauten. »Jedes Haus gehörte Zamoyski, und alle arbeiteten für ihn.«

Sie standen früh auf, um noch bei Tageslicht in die Stadt zu kommen. Nach einer ereignislosen Fahrt erreichten die Wagen endlich den großen Marktplatz von Zamość, der, umsäumt von arkadengeschmückten Bürgerhäusern, an Bologna erinnerte. Marjorie rief: »Mutter, es sieht aus wie Il Campo in Siena!« Die Häuser selbst wa-

ren viereckig und aus solidem Stein. Die Stadtmauern waren dick genug, um elf Belagerungen standgehalten zu haben, und sahen aus, als ob sie auch noch weitere elf abwehren könnten. Den köstlichsten Anblick aber bot das überwältigend häßliche Palais.
Der schwerfällig hohe Bau sah aus, als hätte ein italienischer Architekt mit der nördlichen Landschaft gerungen und den Kampf verloren. Die Proportionen stimmten nicht: Der Turm stand in keiner Beziehung zu dem großen Platz; das Ganze wirkte wie ein riesiger Haufen von massiven Steinen, die noch nicht zu einem richtigen Bauwerk zusammengefügt worden waren. Doch noch während Marjorie darüber lachte, erblickte sie links die uralte Kirche, in der sie getraut werden würde – und die sah aus, als hätte der liebe Gott persönlich sie dorthin gestellt, so perfekt waren ihre Maße.
Sehr gern hätte sie das Innere der Kirche gesehen, doch die Gräfin winkte ab: »Das bringt Unglück!«
Kaum hatten die russischen Beamten, die aus Lublin gekommen waren, die Reisenden erblickt, kamen sie über den großen Platz gelaufen, um sie zu begrüßen, allen voran der Sohn des Großfürsten, der Russisch-Polen regierte. Er entbot ihnen einen überaus freundlichen Willkommensgruß. Er wußte es zu schätzen, daß Botschafter Trilling so weit gekommen war, und er war stolz darauf, daß Minister Lubonski das festliche Ereignis mit seiner Anwesenheit auszeichnete; es freute ihn auch, die Bekanntschaft der Frau Gräfin und der Frau Botschafter zu machen; aber er bot seinen ganzen Charme für Marjorie auf, die er bat, seine Tischdame zu sein.
Es war eine Festlichkeit, wie sie nur der Sohn eines russischen Großfürsten organisieren konnte; man hätte meinen können, daß die gesamte Bevölkerung von Zamość daran teilnahm. Die meisten Einwohner wußten, daß es ein Zamoyski gewesen war, der diese Festungsstadt gegründet hatte, und sie empfanden es als Ehre, daß ein Mitglied dieser berühmten Familie ihre Stadt für diese Gelegenheit erwählt hatte. Andere, die einer niedrigeren Gesellschaftsschicht angehörten, wollten die Besucher aus Amerika sehen, denn sie hatten Verwandte, die in die Neue Welt ausgewandert waren, um der drückenden Armut zu entrinnen, die im russischen Gebiet Polens herrschte.
Etwa achtzig Bürger nahmen am Diner teil; an die hundertachtzig

Bürger und Bauern hatten gearbeitet, um es möglich zu machen – und als das Souper zu Ende und die neunzehn jüdischen Musikanten heimgegangen waren, fragte Marjorie an ihrem letzten Tag als Junggesellin ihre Mutter: »Wie lange kann das noch so weitergehen? Ich meine diesen exorbitanten Luxus auf der einen Seite und die entsetzliche Armut auf dem flachen Land?«

»Nichts dauert ewig«, gab Mrs. Trilling zurück. Auch sie hatte das Oberlin-College in Ohio besucht und sich dessen liberale Geisteshaltung zu eigen gemacht. »Geh jetzt schlafen. Am Abend vor deiner Hochzeit wollen wir keine politischen Gespräche führen.«

Plötzlich brach Marjorie in Tränen aus. »Es war herrlich. Einfach herrlich. Ein Hochzeitsmahl, wie man es sich ...« Sie verschränkte die Arme über der Brust und fröstelte. »Aber der Gegensatz ist nicht zu verkraften. Ich frage mich, ob ich fähig sein werde ...«

»Wir müssen den uns gestellten Aufgaben gewachsen sein, Marjorie.« Ihre Mutter zog sie auf das Bett und setzte sich neben sie. »Ich bin die Tochter eines Bauern. Mehr als den Almanach hat mein Vater nie gelesen. Wie hätte ich mich da auf Wien vorbereiten sollen? Auf einen Empfang durch einen Großfürsten wie jetzt hier in Zamość, einer Stadt, von der ich nie gehört hatte? Wir müssen unsere Fähigkeiten entwickeln, Marjorie, und wenn du das nicht zuwege bringst, werde ich mich für alle Zeit deiner schämen.«

Die Trauung wurde um zehn Uhr vormittag von drei russischen Priestern vollzogen. Halb Zamość war erschienen. Die Gräfin hatte dafür gesorgt, daß zwölf kleine Mädchen Blumen streuten und achtzehn andere sangen, als Marjorie am Arm ihres Vaters den Mittelgang herunterkam. Die russischen Diplomaten belegten die Seitensitze, Tante Bukowska hatte den Ehrenplatz rechts. Gräfin Lubonska war nicht zu sehen; sie führte Regie. Sechzehn junge Offiziere in Galauniform, russische und österreichische, marschierten auf, um Viktor durch die blumengeschmückte Kirche zu begleiten.

Doch als Marjorie ihren Trauschein erhielt, war sie davon alles andere als erbaut. »Das ist ja Russisch! Und ich hatte mich schon darauf gefreut, von meinem eigenen Trauschein Polnisch zu lernen!« Gräfin Lubonska tröstete sie: »Zamość ist jetzt eben russisch. Ich empfinde den Widerspruch genauso wie Sie.« Mehr wollte sie dazu nicht sagen; sie hob abwehrend die Hand, als die junge Amerikanerin noch weiter zu protestieren versuchte.

Die ersten Tage von Marjories Ehe mit Viktor Bukowski gestalteten sich erfreulicher, als sie erwartet hatte. Viktor erwies sich als aufmerksamer und warmherziger junger Mann ohne fühlbare Fehler, doch nachdem sie zwei Wochen in Bukowo residiert hatte – ihre Eltern wohnten ein Stück flußabwärts als Gäste der Lubonskis auf Schloß Gorka –, stieß sie auf zwei Aspekte ihres zukünftigen Lebens, die sie ziemlich beunruhigten.

Der erste wurde unmittelbar nach einem Ausflug sichtbar. Organisiert hatte ihn die unermüdliche Gräfin, die, wie es schien, derlei Vergnügungen nur genoß, wenn sechs oder acht Kutschen daran teilnahmen. »Mein liebes Kind, Krzyztopor müssen Sie einfach sehen. Es ist prachtvoll und hat in der Geschichte meines Mannes eine bedeutende Rolle gespielt ... In der Geschichte seiner Familie, meine ich.« Und sie drängte den Grafen, die Geschichte von Barbara Lubonska und den Bau von Ossolińskis Burg zu erzählen.

Er erzählte die tragische Geschichte ohne überflüssiges Beiwerk. »Sie war, wenn man den Berichten glauben darf, das schönste Kind, das unsere Familie je hervorgebracht hat, und sie heiratete den Sohn des reichsten Magnaten des Landes. Für sie erbaute er die prächtigste Burg, die man in Polen je gesehen hatte, und dort lebten sie in Freuden sieben Jahre. Dann kamen die Schweden und zerstörten alles, töteten Barbara, ihren Mann und die Kinder; anschließend verwüsteten sie meine Burg, brannten Bukowskis Schloß nieder und verheerten das Land.«

»Um Polen zu verstehen, müssen Sie Krzyztopor sehen«, meinte die Gräfin.

Also organisierte die traditionsbewußte Gräfin Lubonska wieder einmal einen Ausflug, und diesmal waren es sechs Kutschen, die für die verhältnismäßig kurze Fahrt zur Burgruine auf Fähren über die Weichsel befördert wurden. Wieder kutschierte Janko Buk Bukowskis Wagen, während Jadwiga ihre neue Herrin umsorgte.

Im Gegensatz zu der düsteren Reise durch das notleidende russische Gebiet bei Zamość war dies eine vergnügliche Fahrt die Weichsel aufwärts, denn im österreichischen Teil waren die Felder gut bestellt und der Wohlstand nicht zu übersehen. Am späten Nachmittag sahen die Amerikaner die von Gras überwachsenen Ruinen dessen vor sich, was einst eine riesige Burg gewesen war. Die Anlage war von gewaltigen Ausmaßen, um vieles mächtiger als Gorka oder selbst die größten österreichischen Schlösser, und obwohl die Mauern jetzt zum Teil Schutthalden glichen, standen immer noch genügend, um den Eindruck zu erwecken, daß jeden Augenblick gepanzerte Ritter daraus hervorpreschen konnten.

»Wir werden hier übernachten«, ordnete die Gräfin an, und schon begannen ihre Bediensteten, Zelte zu errichten und ein Mahl zu bereiten.

Sie verbrachten diesen Abend damit, über Burgen und Schlösser zu sprechen und über die Feinde Polens, die sie zerstört hatten. Marjorie blieb lange auf, denn sie spürte ganz richtig, daß sie nun endlich einen Einblick in das Herz Polens gewann, jenes verschwundenen Landes, das sich zu verschwinden weigerte, und unter den Sternen nahm ihr Vater sie beiseite und versicherte ihr: »Du kannst soviel Geld haben, wie du brauchst, Marjo, um Bukowo wiederaufzubauen. Deine Mutter und ich, wir sehen, daß du hier sehr glücklich sein wirst. Für die Zeit nach meinem Ausscheiden aus dem diplomatischen Dienst kaufen wir ein kleines, aber sehr gemütliches Haus in der Annagasse, nicht weit von den Lubonskis. Sie haben es für uns gefunden, es liegt nur ein kleines Stück die Straße hinunter. Du und Viktor, ihr könnt kommen, wann immer ihr wollt, und damit habt ihr dann zwei Domizile ... Aber, Marjorie, bau Bukowo neu auf, mach etwas daraus, worauf wir alle stolz sein können!«

Liebevoll küßte Marjorie ihren Vater. »Mein guter Daddy! Ich habe Viktor schon gesagt, daß er anfangen soll. Gestern sind die Arbeiter gekommen, sie haben ihre Werkzeuge schon ausgebreitet.«

Doch drei Tage später, nach der Rückkehr von Krzyztopor, stellte Marjorie fest, daß die Bauarbeiter, die Viktor hatte kommen lassen, Pläne für die Stallungen, nicht für das Haus ausführten. Der Umbau würde 180000 Dollar kosten, und zum erstenmal begriff sie, daß ihr Mann sich nie ändern würde, daß er genau das bleiben würde, was er gewesen war, als sie ihn kennengelernt hatte: ein junger polnischer Aristokrat ohne nennenswertes Vermögen und ohne jeden praktischen Sinn, dessen ganze Liebe den Pferden gehörte. Aber wenn die Stallungen einmal fertig waren und die Pferde anständig versorgt, würde immer noch genug Zeit für die Arbeit am Haus bleiben, tröstete sie sich.

Ihre zweite Entdeckung betraf eine wesentlich bedeutsamere, aber leichter zu verdrängende Situation; Viktors Oberflächlichkeit würde ein Leben lang ein Problem sein, aber was sie jetzt erfuhr, würde, so hoffte sie, eine einmalige Entgleisung bleiben.
Es kam alles von ihrer Entschlossenheit, Polnisch zu lernen, denn die bewirkte, daß sie immer mehr Zeit mit Jadwiga verbrachte, und als Tante Bukowska merkte, daß das Verhältnis der zwei Frauen über eine zwischen Herrin und Magd übliche Beziehung hinauszugehen begann, hielt sie es für angezeigt, dieser Entwicklung um des guten Rufs der Bukowskis willen Einhalt zu gebieten.
Die Tante sprach kein Englisch, und Marjories Polnisch war noch sehr unzulänglich, aber beide Frauen hatten sich ein paar Brocken eingeprägt, und damit und mit eindringlichen Gesten nahm die Bukowska das Problem, die neue Herrin des Hauses aufzuklären, in Angriff: »Jadwiga ... nein.«
»Ich mag sie.«
»Nicht gut.« Sie versuchte ihr das begreiflich zu machen, aber gerade die Charaktereigenschaften, die sie Jadwiga ankreidete, waren Attribute, die Marjorie besonders schätzte – wie etwa ihre Unverblümtheit oder ihr Mangel an Unterwürfigkeit –, so daß die Tante am Ende nicht anders konnte, als mit der unangenehmen Wahrheit herauszurücken.
Während sie ihren eigenen Bauch vorwölbte und beklopfte, um Jadwigas Schwangerschaft anzudeuten, begann sie Marjorie zu erklären, wie diese Schwangerschaft zustande gekommen war. Marjorie unterbrach sie: »Ist gut. Baby geboren, lernt mit deiner Tochter Mirosława.«
Als die Bukowska diese erstaunliche Neuigkeit enträtselt hatte und begriff, welch gotteslästerliche Absicht die Herrin da kundtat, packte sie angesichts dieser drohenden Revolution nacktes Entsetzen. Laut und mit unmißverständlichen Gesten rief sie: »Baby in Bauch. Von wem? Nicht Buk. Bukowski!«
Marjorie sah die Haushälterin an und versuchte, nicht zu begreifen, was die Frau da sagte, aber die Tante wiederholte ihre anschauliche Darstellung. Ein Mißverständnis war nun ausgeschlossen. Fassungslos fragte Marjorie: »Das Baby? Von Viktor?« Und Tante Bukowska antwortete mit verstockter Befriedigung: »Ja.«

Marjorie ging auf ihr Zimmer, setzte sich ans Fenster, sah auf die Ruinen und auf die Weichsel hinaus und erkannte zum erstenmal, daß es im Leben viele Ruinen gab, die der Landschaft ihren Stempel aufdrücken, und daß das Leben, wie ein breiter Strom, immer weiterfließt und daß man nichts tun kann, um dem Entstehen von Ruinen Einhalt zu gebieten oder sich der treibenden Kraft des Stromes zu entziehen.
Sie hörte ein Geräusch an der Hoftür und die schrille Stimme der Bukowska. Sie erinnerte sich, daß Jadwiga um elf zum Sprachunterricht kommen sollte, und weil sie sie unbedingt im Licht der eben vernommenen Neuigkeiten sehen wollte, lief sie hinunter und unterbrach die Auseinandersetzung: »Komm, Jadwiga!«
»Sie weiß es!« schrie die Tante auf polnisch, aber wer was wußte, das konnte Marjorie nicht verstehen.
Sie führte Jadwiga hinauf, und sie begannen mit ihrem Unterricht. Während sie gestikulierten und redeten, wurde sich Marjorie der Tatsache bewußt, daß sie sehr wenig Polnisch lernte, Jadwiga hingegen bereits ein brauchbares engliches Vokabular erworben hatte. Marjorie fragte Jadwiga nach dem polnischen Wort von etwas, das Mädchen antwortete rasch und schloß sogleich die Frage an: »Wie auf Englisch?« Jadwiga lehrte Marjorie zehn Minuten in der Stunde, aber Marjorie Jadwiga vierzig oder fünfzig Minuten, und auf perverse Weise war die Amerikanerin froh: Wenn es nun schon einmal so war, daß ihr Mann vor ihrer Heirat ein Verhältnis gehabt hatte – noch dazu mit einem Dienstmädchen –, so hatte er sich doch wenigstens ein intelligentes Mädchen ausgesucht.
Nach dem Unterricht, als Jadwiga gegangen war, blieb Marjorie verunsichert zurück, und ihre Unsicherheit nahm noch zu, als die Bukowska mit verzerrten Informationen über die Art und Weise zurückkehrte, wie Jadwiga und ihr Mann es angestellt hatten, zu ihrer neuen Hütte, ihrem Feld und zu dem Stück Wald zu kommen. Alles war so kompliziert, daß Marjorie zum Schluß überhaupt nichts mehr verstand. Sie rief Buk, bat ihn, eine Kutsche bereitzumachen, und ließ sich zur Gräfin fahren, die weit und breit die verständigste und kenntnisreichste Person war. Dieser weltoffenen Frau legte sie die ganze Situation dar.
Katarzyna Zamoyska war nicht vierzig Jahre alt geworden, ohne vie-

le ähnliche Eskapaden in ihrer eigenen Familie, aber auch in der ihres Mannes miterlebt zu haben. »Ich kann daran nichts Ungewöhnliches finden. Niemand ist ermordet worden, keine Kinder wurden in der Nacht erschlagen. Niemand hat etwas verraten und mußte bei Nacht und Nebel über die Grenze fliehen. Ich sehe kein Problem, das Ihnen Sorgen machen müßte, Marjorie.«

»In meinem Haus ...«

»Sie muß ja nicht in Ihrem Haus leben. Sie haben sie doch als Dienstmagd behalten, nicht wahr?«

»Ich mag sie. Sie ist eine offene, intelligente Frau, und ich mag sie.«

»Aber haben Sie keine Angst, Viktor könnte wieder ...?«

»Diese Frage habe ich mir auch schon gestellt.«

»Viktor Bukowski hat überdurchschnittliches Glück gehabt, Marjorie. Sie sind gekommen und haben ihm das Leben gerettet ... in mehr als einer Beziehung. Er war auf dem besten Weg, zu einem Kaffeehaus-Habitué zu werden, wie so viele seiner Kameraden. Sie haben einen Mann aus ihm gemacht, und das weiß er auch. Ich wette, daß er diese Jadwiga nie wieder anrühren wird. Aber wenn Sie darauf bestehen, daß sie im Haus bleibt ...«

»Sie meinen, das wäre unvernünftig?«

»Äußerst unvernünftig.«

»Aber das Kind?«

»Die Kinder in Polen ... die kommen und gehen.«

»Aber dieses Kind ... einer guten Mutter ...«

»Sie kommen und gehen, Marjorie.«

Auf der Rückfahrt kauerte sie mit eingezogenen Schultern in einer Ecke der Kutsche, betrachtete Buk, wie er die Pferde lenkte, und fragte sich, welche Tricks er wohl angewandt hatte, um die beste Hütte und ein schönes Feld in seinen Besitz zu bringen. Sie dachte sich so viele Möglichkeiten aus, keine erregender als die Wahrheit, daß sie diesen schlauen Bauern fast bewunderte. Im Umgang mit New Yorker Bankiers, die ihn ruinieren wollten, war Marjories Großvater diesem Janko Buk sehr ähnlich gewesen, und obwohl sie zugeben mußte, daß die Gräfin mit ihren Ratschlägen recht hatte, war ihr doch auch klar, daß es einen Verlust bedeutete, wenn sie Janko und seine clevere Frau verlor. Aber die beiden würden die Bukowskis sicherlich nicht nach Wien begleiten; Viktor mußte sich also einen anderen Stallknecht besorgen, und sie würde anderweitig nach einer geeigneten Person für den Sprachunterricht Umschau halten. Ohne Jadwiga lernte sie fast nichts; sie fand die Sprache schwerer als Französisch oder Deutsch, und Viktor war ihr keine große Hilfe. Stets darauf bedacht, sein Englisch zu pflegen, sprach er nur selten in seiner Muttersprache mit ihr, und wenn sie ihn beschwor, doch polnisch mit ihr zu reden, sagte er: »Wir werden den größten Teil unseres Lebens in Wien verbringen. Du wirst Polnisch kaum brauchen.«

»Noch vor unserem Tod wird Polen wiedervereint sein!«

Viktor erschrak. »So darfst du nicht reden. Du hast ja gesehen, was mit der polnischen Pianistin aus Paris passiert ist, die so geredet hat! Fffttt! Hinaus mit ihr!«

»Gräfin Lubonska hat mir erzählt, daß du beinahe mit ihr durchgebrannt wärst. Davongelaufen, um dich der Revolution anzuschließen.«

»Ich war verliebt in sie. Ich glaube, ich war insgesamt in sechsundzwanzig Frauen verliebt, bevor ich dir begegnet bin.«

»Warst du nicht in ihre Ideen verliebt?«

»Nein«, log er. »Soweit man das voraussehen kann, wird unsere Bindung an Österreich bestehenbleiben.«

»Das glaube ich nicht. Eines Tages werden wir das Haus, das Vater jetzt in Wien erwirbt, verkaufen und hier leben ... und vielleicht auch in Warschau, in der Hauptstadt eines freien Landes!«

Viktor lachte. »Ich finde, du solltest nicht mehr Polnisch lernen. Du fängst an zu glauben, was du liest. Und das kann in Polen gefährlich sein.«

Sie hatte tatsächlich nur bescheidene Fortschritte in ihrem Studium gemacht und dachte belustigt zurück an jenen Tag in Wien, als Gräfin Lubonska ihr die Liste der Orte überreicht hatte, die sie auf dem Weg nach Bukowo besuchen würden. Sie erinnerte sich, wie entsetzt sie gewesen war, als sie Ortsnamen wie Przemyśl und Rzeszów gelesen, und wie sie Viktor um Hilfe gebeten hatte.

»Schau doch mal«, hatte sie verdrießlich gesagt und auf Przemyśl gezeigt. »Wie in aller Welt spricht man das aus?«

»Ganz einfach«, hatte er geantwortet und es einige Male wiederholt: *»Schemich«.*

»Na hör mal! Du willst mir doch nicht erzählen, daß alle diese Buchstaben *Schemich* ergeben!«
»Aber es ist so. Du hörst es ja selbst: Schemich!«
»Wo sind das P am Anfang und das L am Ende hin?«
»Um genau zu sein, müßte man P'schemich'l sagen, und wenn du die Ohren spitzt, kannst du das gedämpfte P und das Schluß-L hören. Aber meistens sagen wir einfach Schemich!« Er war in Gelächter ausgebrochen, und Marjorie hatte geglaubt, er mache sich über sie lustig. »Ach, ich denke nur gerade daran, wie schwer es den österreichischen Offizieren fällt, die nur Deutsch sprechen. Sie gehen zu ihrer Familie nach Hause und verkünden dort stolz: ›Ich bin zum Major befördert und nach Przemyśl beordert worden!‹ Und wie immer sie es das erste Mal aussprechen, so bleibt es in der Familie dieses Offiziers. Schemich sagt er nie.« Wieder hatte er gelacht. »Wie würdest du es denn aussprechen, Marjo?«
»Per-zem-y-sil«, hatte sie mit fester Stimme geantwortet. »So, wie der liebe Gott wollte, daß es ausgesprochen wird.«
»Man sollte in Polen nie versuchen, etwas logisch zu deuten. Nimm einfach zur Kenntnis, daß es Schemich heißt.« Aber sie hatte sich gelobt, das Wort so selten wie möglich zu gebrauchen.
Als sie schon alle Hoffnung aufgegeben hatte, diese schwierige Sprache je zu beherrschen, stand sie vor einer Alternative: Sie konnte das Handtuch werfen oder über sich selbst lachen und neu anfangen. Sie, die ihre Studien am Oberlin-College mit Auszeichnung abgeschlossen hatte, entschied sich für letzteres und fertigte eine kleine Aufstellung an, die sie an ihren Spiegel im Ankleidezimmer heftete:

Immer daran denken: Polnisch ist ganz leicht!

c wird wie z ausgesprochen
ę wird nasal ausgesprochen, wie das französische *vin*
ó wird wie *u* ausgesprochen
ł wird wie das englische *w* ausgesprochen
brz wird *bsch* ausgesprochen (stimmhaft)
icz wird *itsch* ausgesprochen
rze wird *sche* ausgesprochen
szcz wird *schtsch* ausgesprochen
strzy wird *stschi* ausgesprochen

Łódź = *Wudsch*
Rzeszów = *Schäschuw*
Szczecin [= Stettin] = *Schtschezin*
Szczebrzesyn = *Schtschebscheschin*

Und den Namen des netten Gärtners »Watzwaff« schreibt man so: Wacław.

Diese Aufstellung ständig vor Augen, setzte sie ihren Kampf mit der Sprache fort. Wenn sie das Gefühl hatte, zu langsam voranzukommen, sagte sie sich immer wieder: »Ich will Polin werden, denn ich habe nicht nur einen Mann, ich habe auch sein Land geheiratet.« Und nie geriet ihr Entschluß ins Wanken.

Viktor erwies sich als ein sehr guter Ehemann. Eines Morgens erschien er wie ein kleiner Junge mit einem Geheimnis beim Frühstück: »Nein, ich werde dir nichts verraten. Nur daß du in diese Kutsche steigen und mit mir nach Krakau fahren sollst.« In dieser romantischen alten Stadt nahmen sie einen Zug nach Warschau. In der jetzt russischen Metropole mieteten sie einen Fiaker, der sie zu einem deutschen Häusermakler brachte, der sehr erfreut war, sie zu sehen: »Madame Bukowa, was haben wir doch für eine Überraschung für Sie! Und weil heute so ein schöner Tag ist, werden wir keinen Wagen nehmen, sondern zu dritt die *Miodowa* hinunterspazieren, wo Sie Gelegenheit haben werden, Ihre Augen zu weiden.«

Er trat mit Marjorie und Viktor auf die Straße hinaus, die zur eleganten *Miodowa* führte, und geleitete sie zu einer Stelle, von wo aus sie das entzückende Palais Princesse sehen konnten, das die Mniszechs vor hundert Jahren als Hochzeitsgeschenk für ihre Tochter Elzbieta erbaut hatten, als sie Roman Lubonski heiratete. Genau dort, wo sie standen, hatte der verträumte junge Feliks Bukowski sich die Augen ausgeweint, bevor er sich zum Aufstand des Tadeusz Kościuszko anwerben ließ.

»Das ist ja wirklich entzückend!« sagte Marjorie.

»Es gehört Ihnen«, sagte der Häusermakler. »Ihr Gatte hat es vor zwei Wochen für Sie gekauft.«

»Du warst doch gar nicht in Warschau!« Marjorie sah Viktor fragend an. »Du hast das Haus doch nie gesehen!«

»Ich habe es mein Leben lang gesehen«, sagte Viktor. Sie sollte nicht wissen, daß er es nicht für sie, sondern für sich gekauft hatte, um ein altes Leid zu lindern, das in der Familie von einer Generation an die andere vererbt worden war. Und als sie das Palais, die glänzendste Perle der *Miodowa* betraten, war ihm, als wäre nun eine alte Rechnung beglichen.

Das Palais Princesse sollte nicht ihre einzige Warschauer Erwerbung bleiben. Der Makler machte Marjorie nämlich mit einem deutschen Kunsthändler bekannt. Dieser gelehrte Mann erzählte ihr, daß er von verschiedenen Gemälden wisse, die wunderbar in das kleine Palais Mniszech passen würden. Marjorie überraschte ihn: »Das Palais Princesse ist genauso eingerichtet, wie es uns gefällt, aber wir bauen ein repräsentativeres Anwesen im österreichischen Galizien, und für dieses Haus wären wir an gewissen Dingen interessiert.«

Er erzählte ihr, daß Krakau die Heimat eines ausgezeichneten Malers sei, eines Mannes namens Jan Matejko, der riesengroße Historienbilder nach Art des Venezianers Paolo Veronese geschaffen habe.

»Ich kenne Veroneses Werk«, bemerkte sie ein wenig kühl.

»Ach ja? Wie schön! Ich habe in Berlin einen Onkel, ein großer Gelehrter, keine Frage, und er hat eine Reihe italienischer Werke an der Hand, die Sie wirklich sehen müssen.«

»Ich würde lieber den Matejko sehen, wenn er wirklich ein polnischer Maler war.«

»Natürlich. Gegenwärtig steht in Warschau ein großes Gemälde von ihm zum Verkauf. *Johann Sobieski auf dem Weg nach Wien.* Es ist nicht das berühmte Schlachtbild, aber meiner Meinung nach viel besser.«

»Wie groß ist es?«

Es widerstrebte dem Händler, ihr zu sagen, wie enorm groß das Ding war, doch als er seine Notizen zu Rate zog und die riesigen Maße abschritt, rief Marjorie: »Genau das, was ich suche!« Nachdem sie ihr Interesse so deutlich bekundet hatte, fügte sie rasch hinzu: »Wenn der Preis vernünftig ist. Reden wir also zuerst einmal darüber!«

»Sie haben das Bild doch noch nicht gesehen!«

»In Wien habe ich einige gute Fotografien von Matejkos *Schlacht bei Grunwald* gesehen. *Johann Sobieski auf dem Weg nach Wien* würde mich sehr interessieren. Ein Vorfahr meines Mannes ritt im Gefolge des Königs.«

Das Gemälde war so groß, wie der Händler gesagt, und so hervorragend, wie Marjorie erhofft hatte. Sie konnte sich Viktors Ur-Ur-Soundso darauf vorstellen, wie er dem Abenteuer entgegenzog, das ihm seine Pferde und die türkischen Juwelen eingebracht hatte, mit denen er das Haus baute, das sie jetzt wieder errichteten.

Der Händler witterte jetzt ein Riesengeschäft. »Haben Sie schon einmal von dem russisch-polnischen Maler Józef Brandt gehört? Er ist sehr gut, von ihm gibt es ein Gemälde, das fast ebenso groß ist wie der Matejko. Das Bild heißt *Die Verteidigung von Tschenstochau*, und wenn ...«

»Derselbe Vorfahr nahm auch an der Verteidigung von Tschenstochau teil.«

»Diesen Brandt müssen Sie haben, Madame!« Und als sie das Bild sah und sich vorstellte, wie es an einer Wand gegenüber dem Matejko hängen würde, war sie begeistert und entschloß sich sofort zum Kauf.

Sie erwarb noch einige andere Gemälde: Ein Porträt einer englischen Dame von Hans Holbein, das sie neben einen kleinen Correggio – *Leda und der Schwan* – in ihr Schlafzimmer hing. Für das Zimmer ihres Mannes kaufte sie einen Rembrandt – *Polnischer Rabbi* – und *Zecher in einem Wirtshaus* von Jan Steen. Für den Empfangsraum erstand sie einen Philips Wouwerman – *Reiter auf einem Hügel* – und für den Wintergarten mit Ausblick auf den Wald ein außergewöhnliches Gemälde, eine grün-blau-weiße Studie mit Seerosen von Claude Monet, einem Franzosen, dessen Arbeiten sie in Paris gesehen hatte. Als Viktor eine Fotografie des Bildes zu Gesicht bekam, gestand er seiner Frau, daß es ihm überhaupt nicht gefiel. Er stimmte dem Kauf erst zu, als sie ihm versprach, es im Wintergarten zu lassen, wo nur ihre engsten Freunde es sehen würden.

Als sie Bukowo verließen, um nach Wien zurückzukehren, wurde schon fleißig an ihrem Haus gearbeitet. Die Gemälde warteten in einem Krakauer Lagerhaus, während die Einrichtungsgegenstände aus verschiedenen europäischen Hauptstädten angeliefert wurden. Im Zug nach Wien rechnete Marjorie sich aus, daß sie von ihrer Mitgift bereits mehr als eine Million Dollar ausgegeben hatte – mit eingerechnet die Stallungen, die inzwischen schon 197 000 Dollar verschlungen hatten – weit mehr als alle Bilder zusammen.

Beide Bukowskis waren glücklich: Viktor mit den noblen Behausungen für seine Pferde, Marjorie mit den Bildern, die sie für recht gut hielt.

Es war eine stark veränderte Marjorie, die in diesem Herbst nach Wien zurückkehrte, denn ihr Aufenthalt in Galizien und ihr Besuch in Warschau hatten sie zu einer leidenschaftlichen Verfechterin alles Polnischen gemacht. Der österreichisch-ungarischen Monarchie stand sie nun äußerst kritisch gegenüber. Sie überraschte Graf Lubonski mit einigen Kommentaren und brachte ihren Vater – seiner ganzen Natur nach ein Verteidiger kaiserlicher Prärogative und ein Fürsprecher der Monarchie – mit ihren republikanischen Ideen in Verlegenheit. Intuitiv neigte er der Ansicht zu, daß England, Österreich, Deutschland und vielleicht sogar Rußland Regierungssysteme hatten, die dem der Vereinigten Staaten überlegen waren; Gerede über polnischen oder ungarischen Separatismus verärgerte ihn.

Aber er zeigte Verständnis für Marjorie, als diese eines Tages heimkam – Graf Lubonski war gerade zu Besuch da – und erregt fragte: »Wie kommt es eigentlich, daß es in dieser großen Stadt Wien, in der es von Statuen nur so wimmelt, kein Denkmal für Johann Sobieski gibt, für den polnischen König, der die Wiener davor bewahrt hat, den Moslems in die Hände zu fallen?« Als Lubonski ihr erwiderte, es gäbe seines Wissens irgendwo eine kleine Statue, stieß sie zornig hervor: »Ich komme gerade aus dem Heeresgeschichtlichen Museum – wirklich großartig, mit Schaustücken von Napoleon und Statuen von allen Heerführern, sogar von irgendwelchen verängstigten Leutnants, die eine Armee von sage und schreibe siebzehn Reitern angeführt haben –, aber kein Wort über Sobieski, der mit einer Armee von 78 000 Mann hierhermarschiert ist! Eine Schande ist das!«

Lubonski versuchte es ihr zu erklären: »Die Deutschen – und Sie sollten immer daran denken, daß die Österreicher ihrem Wesen nach Deutsche sind – haben schon immer eine niedere Meinung von den Polen gehabt. Sie betrachten uns als das unzivilisierte Hinterland zwischen dem mächtigen Deutschland und dem großen Rußland. Die Deutschen wagen es nicht, auf ein so gewaltiges Reich wie Rußland herabzusehen, und darum lassen sie ihre Verachtung an uns aus.«

»Aber warum muß Österreich es ihnen gleichtun?« fragte Botschafter

Trilling, und der Graf erwiderte: »Weil es glaubt, Gebiete zu besitzen, die weit interessanter sind als Galizien. Ungarn ist ein sehr lukratives Land. Böhmen und Mähren sind gewinnbringende Kronländer. Nur sehr wenige Österreicher kommen jemals in ihren Teil Polens – also ignorieren sie es.«

Marjorie hatte den Eindruck, daß Graf Lubonski das Verhalten seiner Regierung auf jede erdenkliche Weise rechtfertigte. »Er ist mehr Österreicher als Pole«, sagte sie zu ihrem Mann, und Viktor stimmte ihr zu. »Das habe ich auch bemerkt. Und ich war auf dem besten Weg, zu werden wie er: ein Diener des Kaisers, der für alles, was sein Herrscher tut, die passende Erklärung zur Hand hat.« Er ging nervös in dem großen Zimmer am Concordiaplatz auf und ab, strich sich über den Schnurrbart und überlegte, ob er mit seiner Frau offen über seine Pläne sprechen sollte. Endlich faßte er sich ein Herz: »Würdest du schlecht von mir denken, Marjo, wenn ich mich dafür entschiede, meine Stellung im Ministerium aufzugeben?«

»Das wäre wunderbar, Viktor. Gehen wir nach Polen zurück und machen wir uns dort richtig an die Arbeit.«

»Wien verlassen möchte ich nicht. Hier fallen die großen Entscheidungen.«

»Es werden auch in Polen Entscheidungen fallen, glaub mir!«

»Ich möchte nicht auf die Musik verzichten ... auf das Theater ...«

»Und auf das Kaffeehaus.«

»Wenn du so willst, ja. Ich will wissen, was in der Welt vorgeht.«

»Aber wir bekommen doch unser eigenes Theater in Bukowo ...«

»Für Amateurvorstellungen ... Rezitationen ... und ein Klavier.«

»Manchmal kann ein Klavier Wunder vollbringen. Erinnerst du dich?« Sie begann das Hauptthema aus der letzten Etüde zu summen, Viktors Lieblingsmelodie.

Er ergriff ihre Hände. »Einen Teil des Jahres«, sagte er, »werden wir in Bukowo leben und auch in Warschau. Aber Wien wird immer die Hauptstadt Galiziens sein, und darum wollen wir die Wohnung hier behalten, bis dein Vater heimfährt. Dann übersiedeln wir in die Annagasse.« Marjorie war einverstanden.

Eine Woche nachdem Viktor sein Abschiedsgesuch eingereicht hatte, bot sich den Bukowskis die Gelegenheit, Wien von seiner besten Seite kennenzulernen. Graf Lubonski gab eine große Abendgesellschaft in der Annagasse 22 und hatte zur Unterhaltung ein Streichquartett engagiert, das schon in Paris und London gefeiert worden war. Für diesen Abend waren die vier Musiker um einen dröhnenden Kontrabaß und drei Blasinstrumente – Horn, Klarinette und Fagott – vermehrt worden.

Auf dem Programm stand ein entzückendes, in Wien komponiertes Werk: Franz Schuberts Oktett in F-Dur für Streicher und Blasinstrumente, Opus 166. Diese interessante Kombination von Instrumenten ermöglichte es den Zuhörern, den einzelnen Themen zu folgen, wie sie auftauchten – da in der Violine, dort wieder im Horn oder im Fagott. Es war ein Höhepunkt wienerischer Musik – schwungvoll, einfallsreich, leicht, aber mit ernsten Absichten –, und während es sich in sechs ungewöhnlich langen Sätzen entfaltete, flüsterte Viktor seiner Frau zu: »Das ist es, was ich nie verlieren möchte.« Sie nickte, denn es war die reizvollste Musik, die sie seit ihrer Ankunft in Europa gehört hatte – nicht schwer und bedeutsam wie Beethoven oder Bruckner und auch nicht von höchster Qualität wie das Beste von Brahms, aber sanft und melodisch und köstlich –, das Lied der Kaiserstadt.

Der vierte Satz bestand aus einem Thema mit Variationen; Schubert hatte sich hier selbst übertroffen: Ein schon von Natur aus gutes Thema verzierte er mit so originellen Variationen, daß Marjorie vor Freude fast in die Hände geklatscht hätte. »Es ist so aufregend zu hören, wie er die einzelnen Elemente zusammenführt – jedes Instrument geht seinen eigenen Weg, und dann plötzlich ...«

Den bedeutsamsten Augenblick dieses Abends verpaßte Marjorie. Als nämlich das Oktett sein triumphales Ende nahm, fiel es Graf Lubonski ein, daß er noch einen wichtigen Bericht durchsehen mußte. Er zog sich für kurze Zeit in einen kleinen Raum zurück, wo er solche Arbeiten zu erledigen pflegte, und dort befand er sich, als die Gräfin Viktor bat: »Ach, holen Sie doch bitte meinen Mann! Der deutsche und der russische Botschafter wollen gehen.«

Viktor wanderte durch das große Haus, bis ein Dienstmädchen ihn zum Arbeitszimmer führte. Sein Eintreten überraschte den Grafen. »Verzeihen Sie«, entschuldigte sich Bukowski, »aber die Frau Gräfin ...«

»Ist schon recht«, fiel Lubonski ihm ins Wort, und erst dann sah er,

daß sein junger Freund die vier sauber gezeichneten Landkarten anstarrte, die an der Wand hingen.
Sie zeigten die Zerstückelung Polens in den Jahren 1772, 1773 und 1795. Die vierte, mit der Aufschrift 1815–?, zeigte das einstige Polen, jetzt aufgeteilt zwischen Rußland, Deutschland und Österreich – eine Nation, die von der Erdoberfläche verschwunden war.
»Tut mir leid, daß Sie das gesehen haben, Viktor«, sagte der Graf. »Es war nicht meine Absicht …«
»Träumen Sie von einem wiedererstandenen Polen?«
»Jeden Tag meines Lebens betrachte ich diese Karten und frage mich ›Wann?‹.«

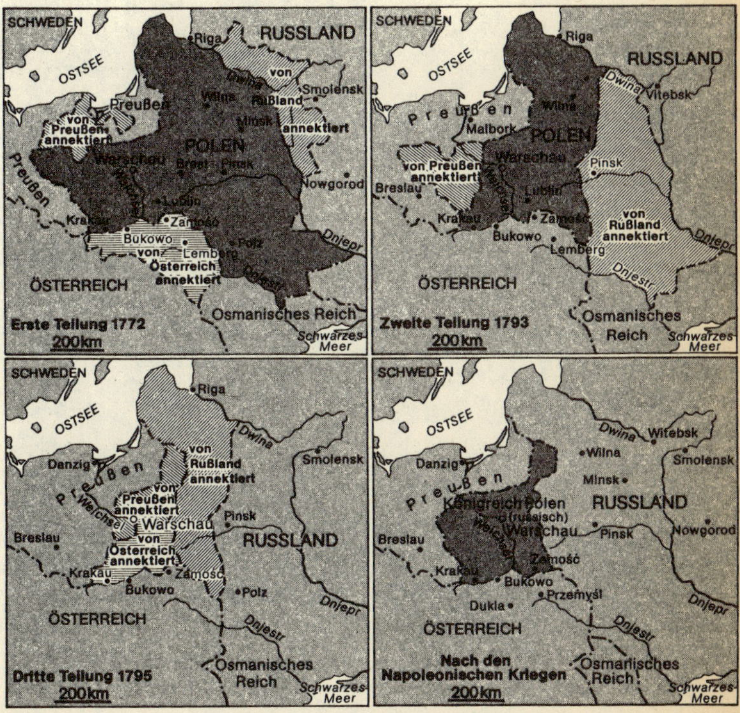

8. Kapitel

Gescheiterte Hoffnungen

Im Jahre 1918, am Ende des großen Krieges, wie man ihn damals nannte, nahm Polen nach einhundertfünfundzwanzig Jahren erzwungener Nichtexistenz wieder seinen Platz auf der Landkarte Europas ein. Die von Rußland, Deutschland und Österreich gestohlenen Teile wurden von den siegreichen Alliierten wieder zusammengefügt, und mit pochendem Herzen nahm eine alte/neue Nation ihren stolpernden Gang durch die Geschichte wieder auf.

Der jetzt achtundsechzig Jahre alte und verwitwete Graf Andrzej Lubonski, der nun kein Minister mehr war, verlegte seinen Hauptwohnsitz gern von dem kleinen Palais in der Annagasse nach seinem Stammschloß Gorka. Er verbrachte viel Zeit in Warschau, wo er die polnische Regierung auf dem Gebiet beriet, auf dem er als Minister der kaiserlichen österreichischen Regierung Erfahrungen gesammelt hatte: wie man mit Minoritäten umgehen mußte. Praktisch hatte er seine Tätigkeit nur von Wien nach Warschau verlegt, und sein Aufgabenbereich war durch diesen Wechsel nicht kleiner geworden: Während Österreich mit vierzig Minderheiten gerungen hatte, von denen manche, wie etwa die Ungarn oder die Tschechen, das Ausmaß von Nationen gehabt hatten, mußte sich Polen mit einem halben Dutzend Dissidentengruppen auseinandersetzen, von denen jede ihre eigenen, leicht entzündlichen nationalistischen Aspirationen hatte.

Im Osten sehnten sich die Ukrainer Galiziens nach einem eigenen Staat und nach Befreiung von Russen und Polen; sie setzten sich machtvoll für ihre Ziele ein, es fehlten ihnen jedoch eine zentrale Regierung sowie die Fähigkeit, eine solche zu bilden. Sie waren ein führerloses, dem Schicksal preisgegebenes Volk, das von der Freiheit träumte, aber nicht wußte, welche grundlegenden Schritte es unternehmen mußte, um sie zu erlangen. Lubonski, der einen guten Teil seines Lebens auf seinen Besitzungen in der Ukraine verbracht hatte, trat für eine provisorische polnisch-ukrainische Union, gleich welcher Art, ein, wobei er von der Voraussetzung ausging, daß die Ukraine in den kommenden fünfzig Jahren genügend Erfahrungen in der Selbstverwaltung sammeln würde, um dann ihren eigenen Weg zu gehen. Aber er wußte auch, daß diese wilden, undisziplinierten Kosaken, wenn sie jetzt, wo sie in Wirklichkeit hundertfünfzig sich bekriegende Fürstentümer waren – jedes mit seinem meist sehr überheblichen Ataman –, wenn sie jetzt danach trachteten, ihren eigenen Staat zu gründen, daß sie dann dem Untergang geweiht waren und von einem besser ausgerüsteten Nachbarn überwältigt werden würden.

»Es gibt nur eine Hoffnung für die Ukraine«, vertraute er seinen Nachbarn, den Bukowskis, an, »und das ist eine temporäre Allianz mit Polen und Litauen. Alles andere wäre Selbstmord.«

Doch die Litauer im Norden stellten ein besonderes Problem dar. Jahrhundertelang waren Litauen und Polen ein Doppelreich gewesen, eine unleugbar erfolgreiche Nation von beachtlicher Größe, die ganz Osteuropa beherrscht hatte. Im Jahre 1410 hatten sich die litauischen Heere mit den polnischen vereinigt, um in der Schlacht von Grunwałd die Deutschen Ritter zu schlagen. Litauische Adelige hatten auf dem polnischen Thron gesessen; Polens berühmtester Dichter, Adam Mickiewicz, war Litauer, ebenso wie der jetzige Staatschef, Józef Piłsudski; und die meisten litauischen Intellektuellen hatten ihr Studium in Polnisch betrieben, der Sprache, in der sie sich am besten ausdrücken konnten.

Somit schien alles dafür zu sprechen, daß Litauen und Polen zu ihrer alten Union zurückfanden; aber es gab auch einen guten Grund, der diese Entwicklung unmöglich machen mußte: Die Litauer strebten einen eigenen Staat an, so klein er auch sein mochte, und keiner der litauischen Führer konnte sich für eine Union mit Polen erwärmen, denn ihnen war klar, daß die litauische Kultur bei dieser Kombination von der polnischen erstickt werden würde.

»Sie leiden an einer Krankheit«, sagte Lubonski, »jener entsetzlichen Krankheit, die auch die österreichische Monarchie befallen hatte – ich habe es ja selbst erlebt. Jede dieser kleinen Gruppen träumt von Eigenstaatlichkeit. Mit allen Mitteln wollen sie sie erkämpfen, und am Ende werden sie alle zugrunde gehen.« Er vertraute Viktor Bukowski an, daß er die gleichen Befürchtungen wie für die Zukunft Litauens und der Ukraine auch für Polen hegte. »Wenn wir uns nicht mit diesen zwei Ländern verbinden, um uns zu retten, könnte es leicht sein, daß wir nicht imstande sein werden, uns selbst zu retten. Rußland und Deutschland werden immer danach streben, uns zu schlucken; wir werden mit der Gefahr leben müssen.«

Als Bukowski ihn an den Abend in Wien erinnerte, da er ihm, ohne es zu wollen, seinen großen Traum von der Freiheit Polens offenbart hatte, lachte der Graf: »Mir geht es jetzt wie damals den Kroaten und Slowaken, die mir das Haus einrannten. Ich habe meine Freiheit, aber ich denke mit Schrecken an die möglichen Folgen.«

Polens Nordgrenze war außerordentlich unruhig. Ein zorniges Preußen war durch den sogenannten polnischen Korridor in zwei Teile geteilt, und Danzig wurde gegen den Willen seiner Bevölkerung zur Freien Stadt erklärt. Nur ein realitätsferner, übertriebener Patriot konnte glauben, daß dieser Zustand sich auf die Dauer halten könnte.

Im Westen hatte Polen einen großen Teil Schlesiens dazubekommen, aber die Menschen, die diese früher deutschen Gebiete bewohnten, waren nicht glücklich mit der Entwicklung; im Süden trachteten die Polen danach, der neugegründeten Tschechoslowakei den kleinen Kreis Teschen zu entreißen. Zu welcher Nationalität sich die Einwohner bekannten, war nicht eindeutig festzustellen, aber unter Freunden gab Lubonski der Ansicht Ausdruck, das umstrittene Gebiet solle an die Tschechoslowakei fallen. Tatsächlich wurde die Teschen-Frage ein Jahr später durch einen alliierten Schiedsspruch gelöst, demzufolge man den Kreis und die Stadt teilte.

Im Land selbst stellten die Juden eine stattliche Minderheit dar – mit zehn Prozent der Gesamtbevölkerung die größte Europas. Der Zustrom der Juden hatte schon im elften Jahrhundert begonnen, als viele ins Land fluteten, um der Verfolgung anderswo zu entkommen. Hier erlaubte man ihnen, Grundbesitz zu erwerben, Geschäfte zu betreiben und ihre einzigartige Kultur zu bewahren. Vom König war ihnen sogar einmal die Münzhoheit übertragen worden, und in den Städten hatten sie den Kern einer aufstrebenden Mittelschicht gebildet, wie Polen sie stets so dringend benötigte.

In den folgenden Jahrhunderten gewährten die polnischen Könige den Juden, die aus anderen Ländern geflohen waren, Schutz, und in einem pluralistischen und toleranten Klima blühte das jüdische Leben wie nirgendwo sonst in Europa. Trotz unvermeidlicher, durch religiöse Differenzen und Sprachbarrieren bedingte Unterschiede waren Juden und Polen eng miteinander verbunden.

Doch in den Jahren der Teilung gerieten die Juden unter die Herrschaft fremder Mächte, deren offizielle Politik von offenem und zum Teil gewalttätigem Antisemitismus geprägt war. Ein ganzes Jahrhundert lang wurden Ausschreitungen gegen Juden von den Besatzungsmächten geduldet, immer wieder kam es zu Pogromen, die oft von offiziellen Stellen gefördert wurden. So war es nicht zu verwundern, daß manche Polen in einem Klima aufwuchsen, in dem Rassenhaß und Vorurteil gedeihen mußten.

Jetzt, in diesen bewegten Jahren, als Polen seine Unabhängigkeit wiederherstellte, fand sich eine große Zahl armer orthodoxer Juden – vor allem solche aus Dörfern und kleinen Städten – in eine ihnen fremde politische Umwelt gestoßen, die nichts Anziehendes für sie hatte. Und weil sie die polnische Erneuerung nicht jubelnd begrüßten, erregten sie Ärger unter den polnischen Nationalisten, die sehr wohl jubelten.

Das Mißtrauen, das man den Juden entgegenbrachte, teilte Graf Lubonski nicht, denn er hatte den schändlichen, in den neunziger Jahren in Wien grassierenden Antisemitismus miterlebt. Er hatte den umstrittenen, judenfeindlichen Bürgermeister Dr. Karl Lueger gekannt und staunend beobachtet, wie geschickt dieser den latenten Antisemitismus der Bevölkerung zur Förderung seiner eigenen Karriere nutzte. Von solchem Machtmißbrauch abgestoßen, fürchtete Lubonski, daß einige seiner Nachbarn in Polen auf ihren eigenen Karl Lueger warteten, der ihr Führer in einer Kampagne sein sollte, das Land von Juden und jüdischen Einflüssen zu säubern. Er war entschlossen, eine solche Bewegung, wenn möglich, zu verhindern.

»Man hat mir ein schönes Stück Arbeit aufgebürdet«, klagte der schlanke weißhaarige Mann den Bukowskis, »aber die Juden und die Deutschen werde ich anderen überlassen. Meine Aufgabe wird es sein, Litauen und die Ukraine dafür zu gewinnen, mit uns eine Union herzustellen, die diesem Teil Europas Stabilität verleihen würde.« Er entfaltete eine Karte, die er immer bei sich trug, und demonstrierte seinen Freunden, wie vernünftig sein Plan war: »Von der Ostseeküste bis Kiew am Dnjepr, von einer sicheren Grenze mit Deutschland zu einer sicheren Grenze mit Rußland, könnte sich eine solche Union für den Rest dieses Jahrhunderts selbst verteidigen.«

»Es hat sich soviel Haß aufgestaut – ob sich da eine solche Verbindung herstellen läßt?« gab Bukowski zu bedenken.

»Sie muß sich herstellen lassen«, erwiderte Lubonski, und in seinen klugen alten Augen begann es zu funkeln. Er nahm seinen jüngeren Freund am Arm und sagte: »Der Abend, von dem Sie sprachen ... damals in der Annagasse, als Sie mein Geheimnis entdeckten und die vier Landkarten sahen ... Nun, das Wunder, das ich erhoffte, ist geschehen – fürwahr eine Gnade Gottes. Jetzt hoffe ich eben auf ein weiteres Wunder« – er deutete auf die Karte – »und ich glaube, auch dieses Wunder kann geschehen, wenn Gott mich hört.«

Viktor Bukowski war jetzt fünfzig Jahre alt, und Marjorie, seine amerikanische Frau, hatte recht behalten: Im Vergleich zu seinem, Viktors Schloß nahm sich Lubonskis Burg tatsächlich wie ein armseliger Schuppen aus. Das Bukowskische Palais war in der Form eines U gebaut, das offene Ende gegenüber der Weichsel, und bot einen herrlichen Ausblick auf den Fluß und die weiter südlich gelegene Burgruine. Das Gebäude hatte drei Stockwerke. Die zwei Flügel, die die Schenkel des U formten, waren harmonisch gestaltet und mit Marmor aus einem österreichischen Steinbruch verkleidet; dazwischen lief eine breite, zweibahnige Fahrstraße, die tief in das Schloß einschnitt, so daß die Kutschen der Besucher – und jetzt ihre Automobile – in einer Richtung zum Haupteingang gelangten, ihre Gäste absetzten und in der anderen Richtung wieder wegfahren konnten. Neun Monate im Jahr war die Erde dazwischen mit Blumen bedeckt; sie stellten den einzigen äußeren Schmuck dar, wenn man davon absah, daß in jeder Flügelfassade eine Nische eingelassen war, in der eine Marmorstatue aus Italien stand.

Es gab keine Türme, keinen verschnörkelten Schnickschnack, keine unnötigen Vorsprünge, nur die anmutige Ausgewogenheit des Baukörpers, dessen Ostflügel ein kleines Palais für sich war. Wohl aber erstreckte sich im Norden, sauber vom Wohnbereich abgegrenzt, ein stattlicher Bau, länger als die breiteste Ausdehnung des Schlosses;

dies waren die Ställe, in denen Viktor Bukowski seine vierzig Araber und seine sechsunddreißig Kutschen und Schlitten untergebracht hatte. Dank einer geringfügigen Neugestaltung der Fassade durch den italienischen Architekten, der das Schloß geplant hatte, paßte sich der Bau perfekt in die Anlage ein. Die teils natürlich belassenen, teils konventionell angelegten Gärten, die sie mit dem Schloß verbanden, machten den Bukowskischen Besitz mit seinen drei Gebäuden – Schloß, Burgruine, Stallungen – zu einem der geschmackvollsten in ganz Polen.

Die Einrichtung der siebzig Schloßräume war außerordentlich abwechslungsreich. Am eindruckvollsten war die große Halle mit Matejkos Gemälde *Johann Sobieski auf dem Weg nach Wien* an der einen und Józef Brandts *Die Verteidigung von Tschenstochau* an der anderen Wand; viele Besucher aus Paris, London und New York betrachteten die Bilder mit ehrfurchtsvoller Scheu: »Wir wußten nicht, daß Polen so ausgezeichnete Kunstwerke hervorgebracht hat.« Worauf Marjorie Bukowska stolz erwiderte: »Ich habe es auch nicht gewußt, bevor ich Viktor heiratete, aber ich glaube, daß diese Bilder in ihrer Art einen Vergleich mit Paolo Veronese nicht zu scheuen brauchen.«

Einige der kultivierteren Gäste zogen die klassischen Werke Rembrandts, Holbeins und Correggios vor und machten daraus auch kein Hehl; die Männer entschieden sich fast immer für den Jan Steen oder den Philips Wouwerman, weil sie vertraute Themen in ihrer natürlichen Umgebung zeigten; kaum jemand zeigte Interesse für Claude Monets *Seerosen,* aber einigen europäischen Freunden vertraute Marjorie an, daß sie jetzt begann, dieses Bild allen anderen vorzuziehen.

Zu ihrer Überraschung stellte sie fest, daß viele ihrer Besucher ihre Mußestunden in einer langen Galerie im Erdgeschoß zubrachten, wo die Halbfenster der außergewöhnlichen Sammlung polnischer Bilder, die sie aus allen Ecken des Landes zusammengetragen hatte, nur wenig Licht spendeten. Es waren einunddreißig Stück, und alle hätten sie das Werk ein und desselben mangelhaft ausgebildeten Künstlers sein können; ein Kenner allerdings hätte sehr schnell erkannt, daß die Kleidung der wild blickenden Männer verschiedenen, weit auseinanderliegenden Epochen polnischer Geschichte entstammten.

Die in schwere Rahmen eingefaßten Gemälde waren etwa zweieinhalb Meter hoch und einen Meter breit und zeigten allesamt irgendeinen polnischen Adeligen in vollem Staat, der grimmig aus der Vergangenheit heraus den Betrachter anstarrte, während er gerade das Wort an den Sejm richtete oder seine ukrainischen Leibeigenen tyrannisierte oder einen Aufstand gegen einen glücklosen König anzettelte. Die Hälfte der hier dargestellten Männer hatte ihre Köpfe entweder völlig oder bis auf eine fünf Zentimeter breite Haarleiste in der Mitte kahlgeschoren, aber jeder trug als Zeichen seiner Magnatenwürde eine breite Schärpe um seinen stattlichen Bauch.

Besonders gut gefielen den Besuchern die Plaketten, sehr geschmackvoll angefertigt von einem Schildermaler in Sandomierz; die Inschriften waren zweisprachig, polnisch und französisch, und vermittelten interessante Einzelheiten in bezug auf die hier dargestellten Persönlichkeiten:

Dieser Radziwiłł bewerkstelligte die Verehelichung seiner schönen Schwester Barbara mit König Sigismund II. August (1548–1572), dem Sohn von Königin Bona Sforza, jener schönen Italienerin, deren Bemühungen, die Macht des Thrones zu stärken, so großen Widerstand unter den Magnaten hervorriefen, daß diese Herren einen Aufstand gegen sie anzettelten – den Hennenkrieg von 1537.

Die amerikanische Schloßherrin ließ nicht durchblicken, ob auch nur einer der einunddreißig Würdenträger mit den Bukowskis verwandt war, aber die lange Zeitspanne, die durch diese Porträts versinnbildlicht wurde – 1487 bis 1799 – sowie die großen Abenteuer, die erlebt zu haben man den hier gezeigten Herren zuschrieb, ermutigten den Betrachter doch zu der Annahme, daß zumindest der eine oder der andere in vergangenen Zeiten mit den Bukowskis in Berührung gekommen war.

Die meiste Aufmerksamkeit zog das Porträt Nummer 27 auf sich. Es zeigte einen finster dreinschauenden Tyrannen mit kahlem Schädel, einem ungeheuren Schnurrbart, buschigen Augenbrauen und einem mächtigen Bart, der bis zu der etwa zwanzig Zentimeter breiten, goldbestickten Schärpe herunterreichte, die seinen enormen Bauch umspannte. Er erschien den Besuchern der Galerie als Inbegriff eines polnischen Magnaten. Folgendes wußte die zu diesem Bild gehörende Plakette zu berichten:

Zdzisław Mniszech (1545–1619), Magnat von Dukla und siebzig anderen Städten, ein weiser und mächtiger Herrscher, berühmt geworden als Onkel der wunderschönen Maryna Mniszech (1590?–1614), die er dem falschen Demetrius zuführte, der sie, noch während er sich darauf vorbereitete, den Zarenthron zu besteigen, zur Frau nahm. Im Juni 1605 wurde Demetrius Zar aller Reußen, und Maryna wurde Zarin. Dabei blieb es bis Mai 1606, als Wasilij Shujskij Demetrius ermorden ließ, um selbst den Thron zu besteigen. Shujskij regierte nur vier Jahre, bis 1610, und starb 1612, wahrscheinlich an Gift. Von Maryna wird erzählt, sie sei im Alter von vierundzwanzig Jahren an gebrochenem Herzen gestorben.

Das Theater im dritten Stock – eine Perle der Architektur der neunziger Jahre – war der Teil des Bukowskischen Schlosses, den Marjorie allen anderen vorzog. Es besaß eine große Bühne mit der Ausstattung, die nötig war, um eine dreiaktige Oper aufzuführen, aber die Polstersessel, in Rot und Gold gehalten, boten nur für siebenundfünfzig Zuschauer Platz. Im Vorraum zum Theater, einer Art Foyer, waren in die Wände neun Nischen eingelassen, in denen Büsten von einigen der Dramatiker und Komponisten standen, deren Werke hier aufgeführt wurden: fünf Komponisten – Beethoven, Bach, Verdi, Wagner, Meyerbeer – und vier Dramatiker: Molière, Calderón, Shakespeare und Goethe.

Manche Besucher waren überrascht, Giacomo Meyerbeer in dieser erhabenen Runde zu finden; manche polnischen Gäste erinnerten daran, daß sein Name in Wahrheit Jakob Liebmann Beer gewesen war und daß seine Verwandten einst in einem polnischen Getto gelebt hatten, aber Marjorie fertigte sie unwirsch ab: »Es stört mich nicht, daß er Jude war. Nie habe ich mich dem Himmel näher gefühlt als in den Minuten, als Enrico Caruso auf unserer Bühne stand und ›O Paradiso‹ aus Meyerbeers *Afrikanerin* sang. Und ich kenne viele Leute, die meine Meinung teilen.«

»Von den großen Sängern der Welt waren viele nach Bukowo gelockt worden, um Gesangsabende für ein Publikum von dreißig oder vierzig Personen zu geben. *Pani* Bukowska bezahlte sie fürstlich aus dem riesigen Vermögen der Trillings, das von drei Chicagoer Banken verwaltet wurde, und wenn exzeptionelle Künstler wie Caruso oder Luisa Tetrazzini auftraten, waren alle Plätze besetzt, und viele mußten das Konzert stehend genießen.

Vor dem Krieg hatten auch Schauspieler, wenn sie von Sankt Petersburg nach Wien reisten, einen Abstecher nach Bukowo gemacht; Sarah Bernhardt war zweimal gekommen und hatte Monologe aus ihren großen Erfolgen gesprochen, einschließlich dreier Totenbettszenen, von denen die aus der *Kameliendame* die beste gewesen war. Die Polin Helena Modrzejewska, die ihren Namen später, als sie Europas und Amerikas Liebling geworden war, auf Modjeska kürzte, hatte den allerletzten Auftritt ihres Lebens Anfang 1909 auf dieser Bühne. Sie war damals neunundsechzig, eine gebrechliche alte Frau, doch als sie in die Rolle von Schillers Prinzessin Eboli schlüpfte, jener unglücklichen Spanierin, die Verdi in »Don Carlos« unsterblich gemacht hatte, umfing eine zutiefst tragische Stimmung die Besucher des kleinen Theaters.

Gelegentlich kamen auch Schauspieler vorbei, die von Moskau nach Paris unterwegs waren, und *pani* Bukowska engagierte dann das ganze Ensemble, wenn es nicht übermäßig groß war, für drei oder vier Abende; Gäste kamen aus Krakau und Lemberg, aus Lublin und Przemyśl, um sich diesen künstlerischen Hochgenuß nicht entgehen zu lassen. William Gillette spielte hier *Secret Service,* und als Sir Henry Irving mit nur fünf Kollegen und Kolleginnen *Othello* inszenierte – der Mohr, Desdemona, Emilia, Jago und Cassio –, wurde das Fehlen der Massenszenen kaum bemerkt.

Eine große Veränderung war im Schloß eingetreten seit jenen Tagen des Jahres 1896, als Marjorie Trilling sich erstmals Gedanken darüber machte, wie man diese prächtige Lage an der Weichsel nützen konnte. Tante Bukowska war gestorben, und die feste Hand, mit der sie diesen heruntergekommenen Herrensitz geführt hatte, wurde von allen vermißt. Ihre Tochter Mirosława nahm ihren Platz ein; sie war jetzt eine großgewachsene, zurückhaltende unverheiratete junge Frau von achtundzwanzig Jahren, die die vierzig Dienstboten und zehn Gärtner beaufsichtigte, im übrigen aber ihre eigenen Wege ging. Sie war eine im Grunde attraktive Frau, ein bißchen zu mager, ein wenig zu ernsthaft, aber sie besaß feine Gesichtszüge, kräftige Zähne und Augen, die ihr Gegenüber scharf beobachteten.

Sie las viel, und einige der Professoren von der Jagellonischen Universität in Krakau, die ins Schloß kamen, um an kulturellen Veranstaltungen teilzunehmen, hatten die Aufmerksamkeit der jungen

Frau auf Bücher gelenkt, die sie tief beeindruckten: Bücher über Politik und das Wesen einer guten Gesellschaft. Schritt für Schritt und ohne sich darüber Rechenschaft abzulegen, was mit ihr geschah, war sie schon 1910 zur Positivistin geworden – zu einem Menschen, der daran glaubte, daß Polen gerettet werden konnte durch harte Arbeit, durch das Festhalten an traditionellen Werten und durch ständigen Druck auf die Regierungen der drei Besatzungsmächte – Rußland, Deutschland und Österreich – so lange, bis alle bürgerlichen Rechte erkämpft und gesichert waren.

Nur schwer hätte man feststellen können, welcher dieser drei Bestrebungen sie den Vorrang gab, denn manchmal waren die Positivisten ein recht verwirrter Haufen. Weil ihnen die katastrophalen Folgen nicht verborgen geblieben waren, hatten sie alle Träume von der Revolution als Wegbereiterin aufgegeben. Andererseits traten sie auch nicht für eine Methode kraftlosen stufenweisen Fortschreitens ein, die nur allzuoft in Defätismus mündete. Sie verließen sich auf die beharrliche Weiterentwicklung von Grundrechten, die nicht unterbunden werden konnte, und sie waren bereit, für die Genese und die Verteidigung dieser Rechte ihr Leben einzusetzen.

Mirosława aber entwickelte ihre eigenen Auslegungen. Als Österreich 1913 durch seine Annexion Bosniens und der Herzegowina – zweier Provinzen, die die Monarchie nicht brauchte und die sie auch nicht zu verwalten verstand – in eine Krise geriet, gelangte die junge Frau zu der Überzeugung, daß nur der durch einen Weltkrieg gewaltsam herbeigeführte Zerfall des Vielvölkerstaates ein Klima erzeugen würde, in dem sich ein freies Polen entfalten konnte. In den hektischen fünfzehn Monaten von Mai 1913 bis August 1914 ging die schlanke junge Frau ihren Pflichten im Schloß nach und wartete in aller Ruhe auf den Beginn des »letzten Gefechts«. Als es dann soweit war und die österreichischen Truppen unterwegs zur Ostfront das Dorf durchquerten, als die russischen Soldaten auf ihrem Siegesmarsch den stets glücklosen Österreichern nachsetzten und schließlich die robusten Ungarn nach Norden kamen, um die Russen zurückzudrängen, beobachtete sie das Auf und Ab des Krieges ohne jede Anteilnahme. Ihrer Meinung nach machte es kaum einen Unterschied aus, wer den Krieg gewann – vorausgesetzt, daß sie alle Verlierer waren, denn nur nach dem auf eine totale Niederlage folgen-

den Zerfall konnte all das Neue geschehen, von dem die Positivisten schon so lange geträumt hatten. Mit anderen Worten: Sie war zu einer philosophischen Anarchistin geworden, wenngleich sie niemals imstande gewesen wäre, auch nur eine einzige Bombe zu werfen.
Aber sie fühlte sich zu vielen traditionellen Loyalitäten verpflichtet und wünschte aufrichtig, daß der Bukowskische Besitz überleben sollte: Das Schloß war ein Mittelpunkt humanistischer Gesinnung, ein guter und moralisch einwandfreier Ort. Und obwohl sie es sich nicht einmal im Dunkel der Nacht selbst eingestand, hoffte sie doch, daß Seweryn Buk, der uneheliche Sohn Viktor Bukowskis und der Magd Jadwiga Buk, die verschiedenen Schlachten überleben würde, die rings um das Dorf wüteten.
Seweryn war einige Jahre jünger als Mirosława und hatte nur selten mit ihr gesprochen. Er war sieben gewesen, als sie ihn drängte, lesen und schreiben zu lernen. In seiner unruhigen Jugend war ihm immer wieder aufgefallen, daß sie seiner Mutter im Schloß half, ihr unter Bäumen im Garten aus Büchern vorlas oder mit ihr ausritt. Als er fünfzehn war, hatte sie ihn eines Tages beiseite genommen und ein langes Gespräch mit ihm geführt, in dessen Verlauf sie ihm bestätigte, was man ihm bisher nur als Gerücht zugetragen hatte: »Du bist ein Bukowski so wie ich. Du hast ein Recht auf diesen Namen und auch auf eine gute Erziehung. Du könntest sogar an die Universität in Krakau gehen und ein Parteiführer werden wie Wincenty Witos.«
Zu überstürzt brachen diese Gedanken über ihn herein, als daß er sie hätte verdauen können: daß er tatsächlich ein Bukowski war, daß er ein feuriger Revolutionär werden könne wie der berühmte Abgeordnete Witos und daß diese Kleinadelige sich dafür interessierte, was aus ihm wurde.
»Bin ich wirklich ein Bukowski?« fragte er seine hart arbeitende Mutter. Sie antwortete nicht auf diese Frage, sondern befahl ihm: »Hol deinen Vater!« Als Janko dann vom Feld kam, das er so fleißig bestellte, sagte sie ohne Umschweife: »Der Junge möchte wissen, ob er ein Bukowski ist.« Janko klopfte seinem Sohn, den er heiß liebte, auf die Schulter und rief: »Jawohl, das bist du!«
Ohne große Verlegenheit erkennen zu lassen, setzten die Bukowskis ihren Sohn von den Umständen seiner Geburt in Kenntnis und davon, wie diese Geburt sie in den Besitz der guten Felder, des Hauses

und vor allem des Stücks Wald gebracht hatte, das ihnen gehörte und sonst niemandem. Janko sprach ein wenig trotzig, Jadwiga mit unverhüllter Leidenschaft: »Du hast unserer Familie Wohlstand gebracht, Seweryn, und du wirst ihn erben, so als ob du unser einziger Sohn wärst. Ich hoffe, deine Brüder Jan und Benedykt werden eine gute Erziehung erhalten und anderswo Arbeit finden.« Als sich der Junge dazu äußern wollte, unterbrach ihn sein Vater: »Bevor du auf die Welt gekommen bist, Seweryn, haben wir wie Tiere gelebt. Kein Fußboden. Kein Schornstein. Der Rauch hat uns die Augen zerfressen. Keine eigenen Felder. Kein Reisig für das Feuer im Kamin. Sklaven waren wir. Sechs Tage in der Woche mußten wir für den Herrn schuften und unser Gemüsegärtchen abends bestellen, wenn es dunkel war. Wir haben dir diese Dinge nie erzählt, weil wir dich nicht damit belasten wollten, aber du wurdest in eine schreckliche Welt hineingeboren, Seweryn, und deine Mutter hat sie ein wenig besser gemacht für dich, für deine Brüder, für uns alle.« Zwei Tage später nahm die Sache eine bedeutende Wendung, als Mirosława mit einem erstaunlichen Vorschlag zu den Buks kam: »Seweryn ist ein Bukowski, daran ist nicht zu zweifeln, und als Mitglied dieser Familie möchte ich, daß er seinen rechtmäßigen Namen trägt.«

»Das ist Wahnsinn«, wies Jadwiga das Ansinnen sogleich zurück, entschlossen, einen Skandal zu vermeiden, der zu nichts führen konnte. Sie war eine energische Frau und erkannte sofort, daß Mirosławas Vorschlag ans Lächerliche grenzte; es war eine von diesen Gleichheitsideen, wie sie sie von den Professoren an der Universität aufgeschnappt hatte.

Als Mirosława ihr Anliegen dem jungen Priester auf Gorka, Pater Barski, vortrug, war der Geistliche davon geradezu entsetzt. »Vor fünfzehn Jahren ist etwas in deinem Dorf geschehen, was mittlerweile von den Nachbarn verarbeitet und vergessen wurde. Ob damals richtig entschieden wurde, kann ich nicht sagen, *panna* Bukowska, aber Sie werden zugeben müssen, daß eine vernünftige Lösung gefunden wurde. Rühren Sie doch die Sache nach so langer Zeit nicht wieder auf!«

»Aber er ist ein legitimer Angehöriger meiner Familie«, beharrte Mirosława. »Er hat Rechte. Eine Erziehung ...«

»Sie irren gleich dreifach, *panna.* Er ist nicht legitim. Nach dem Gesetz ist er kein Mitglied Ihrer Familie. Und als Bauer – und er ist ein Bauer – hat er keinerlei Rechte auf eine Erziehung. Tun Sie, was ich Ihnen rate: Lassen Sie ihn, wo er ist und wie er ist.«

Sie besuchte einen Advokaten in Sandomierz, um zu erfahren, ob sie Seweryn adoptieren und ihm ihren Namen geben könnte, aber der Jurist lachte nur über diesen Plan. »Was Sie da vorschlagen, *panna* Bukowska, das könnte in einem radikalen Land wie Frankreich durchgehen oder vielleicht in Amerika, aber wir sind hier in Polen. Und mit Hilfe unserer Kirche haben wir über die Jahre hin gewisse Regeln für den Umgang mit unehelich Geborenen festgelegt. Glauben Sie mir, es sind die richtigen Regeln, und wenn Sie versuchen, sich mit Ihren modernen Ideen darüber hinwegzusetzen, werden Sie nur Unglück zu verantworten haben. Fahren Sie wieder heim und vergessen Sie den Unsinn!« Sie fuhr heim, aber sie vergaß nicht.

So lagen die Dinge am rechten Ufer der Weichsel: Tante Bukowska und die große Gräfin Lubonska, geborene Zamoyska, waren beide tot und wurden von ihren Angehörigen betrauert; Graf Lubonski bemühte sich, aus drei so ungleichartigen Nationen wie Polen, Litauen und der Ukraine einen Staat zu schmieden; *pani* Marjorie Bukowska brachte höchste Kultur nach Bukowo, indem sie berühmte Künstler in ihrem Schloß gastlich aufnahm; Jadwiga und Janko Buk verbesserten mit Hilfe ihrer Söhne ihre Felder; die unverheiratete Mirosława Bukowska kümmerte sich um die Haushaltsführung des Bukowskischen Besitzes und träumte von der Zukunft Polens; und der junge Pater Barski wachte über das Ganze mit dem scharfen Blick eines katholischen Geistlichen. Und Viktor Bukowski, wie stand es mit ihm? Er führte das lässige, ziellose Leben eines polnischen Landedelmannes; er wanderte über seinen Besitz, schleuderte hin und wieder einen Erdklumpen auf und brachte überhaupt nichts zuwege. Obwohl Polen seine nationale Einheit wiedererlangt hatte, hatte er nur vage Vorstellungen davon, wer das Land regierte oder was in den Nachbarländern vor sich ging. Der Zeitungen beraubt, die man ihm im Café Landtmann vorgelegt hatte, jeder Beziehung zur Verwaltung der österreichisch-ungarischen Monarchie ledig, überkam ihn manchmal das Gefühl, daß die Welt ihm entglitt, und er fragte sich, was er tun sollte, um sie wieder einzuholen.

Nachdem er die Leitung seines Besitzes einem Verwalter aus Warschau übertragen hatte, bekam er seine Bauern auf den Feldern nur mehr selten zu Gesicht, und das Schloß selbst wurde von Marjorie und Mirosława tadellos in Schuß gehalten. Er verbrachte einen Teil seiner Zeit in den Ställen, aber selbst dort wurden alle Entscheidungen von den sechs Stallknechten getroffen, die die Araber und die drei Dutzend Kutschen hegten und pflegten. Mehr als alles sonst bereitete es ihm Vergnügen, auf einem seiner feurigen Pferde flußaufwärts zur Burg Gorka zu reiten, wo er mit Graf Lubonski plauderte, wenn der Schloßherr anwesend war. Allerdings gab er zu, daß er dessen langweiligen Darlegungen über ukrainische und litauische Politik kaum folgen konnte. Er bezweifelte, daß diese Hohlköpfe für gesunden Menschenverstand empfänglich waren, und kam zu dem Schluß, daß es so oder so keinen großen Unterschied machte.

Seit jenen berauschenden Tagen in Wien, als er zum erstenmal konzentriert Chopins Musik angehört hatte, war er ein glühender Verehrer der Werke des großen Polen geblieben, aber er konnte sich einfach nicht für die Akteure und Aktricen begeistern, die seine Gattin ständig für ihr Theater importierte. Dennoch zeigte er Verständnis für ihr Hobby und strengte sich besonders an, um nett zu den Theaterleuten zu sein, die nach ihren Vorstellungen manchmal noch eine Woche und länger im Schloß blieben. Wenn sie das taten, unternahm er mit ihnen Ausflüge in einer seiner Kutschen und, in den letzten Jahren, seinen zwei Packards aus Amerika. Allerdings saß er nicht gern am Steuer und war froh, wenn einer der Gäste sich bereit erklärte, ihm diese Arbeit abzunehmen.

Aber es machte ihm Freude, Ausflüge nach Łańcut oder zur österreichischen Festung Przemyśl zu organisieren, denn da konnte er seinen Besuchern andere Aspekte der polnischen Geschichte vor Augen führen. Er liebte sein Land und war stolz auf dessen Erfolge und Errungenschaften. Er war froh, wenn er Gelegenheit hatte, nach Warschau zu kommen; dort machten er und seine Frau es sich in dem reizenden kleinen Palais Princesse an der *Miodowa* bequem und empfingen die großen Familien des neuen Polen.

Der Zerfall der österreichisch-ungarischen Monarchie brachte es mit sich, daß die Lubonskis und die Bukowskis gleich anderen polnischen Beamten keinen Grund mehr hatten, den größten Teil des Jahres in Wien zu verbringen; die Familien hatten ihren Besitz in dieser Stadt verkauft, die Galaabende in der Annagasse gehörten der Vergangenheit an. Wien fehlte Viktor, manchmal sogar sehr; Marjorie dagegen vermißte die Stadt nicht. »Ich bin Polin geworden, und für mich ist Warschau zweimal so interessant, wie Wien es einmal war. Und außerdem«, so erklärte sie ihren neuen Freunden, »haben es die Sieger zu einer Hauptstadt ohne Land gemacht, und wer will schon an einem Ort wie diesem seine Zeit verschwenden?«

Viktor begeisterte seine Frau auf den Reisen durch Polen, durch Europa und die Vereinigten Staaten. Wie alle Polen liebte er Paris, weil es die kultivierten Aspekte der menschlichen Natur symbolisierte und auch weil es ihn an Krystyna Szprot erinnerte, die kleine Pianistin, die – ein Vierteljahrhundert war das jetzt her – mit so elementarer Kraft in sein Leben eingebrochen war. Durch die Zeitungen hatte er ihre Karriere verfolgt; »die Stimme Polens« nannte man sie, und in New York hatten er und Marjorie einmal eines ihrer Konzerte besucht. Damals trat sie immer noch mit leidenschaftlicher Hingabe für Chopin und die polnische Nation ein, und immer noch verboten ihr die Russen, polnischen Boden zu betreten.

Die Vereinigten Staaten beurteilte er zurückhaltend, von den Polen, mit denen er in Chicago und Detroit zusammentraf, war er entsetzt. »Das sind doch nur galizische Bauern, die man über den Atlantik geschippert hat. Die Hälfte kann nicht einmal lesen.« Er war der Auffassung, daß sie alle besser dran wären, wenn sie in die Heimat, in ihre Dörfer zurückkehrten und es wie früher den polnischen Adeligen überließen, sich um sie zu kümmern. Er hielt nichts von Demokratie und befürchtete, daß Amerika, wenn es weiterhin ein so undiszipliniertes Treiben zuließ, in Schwierigkeiten geraten könnte. Die gleiche Besorgnis hegte er in bezug auf Polen. Nach seiner Ansicht verlor das Land durch die Aufteilung des Großgrundbesitzes und die Herabsetzung des Kleinadels seine Richtung. »Ein Mann wie Graf Lubonski verstand es, seinen Besitz zusammenzuhalten, und ich bin auch nicht so schlecht gefahren. Und jetzt? Wenn einer nur fünfzig Zloty in der Tasche hat, hält er sich schon für einen Politiker! Wo soll das hinführen?«

Im Jahre 1919 hatte Viktor Bukowski weder eine Beschäftigung noch geistige Interessen, es gab nichts in Polen oder Europa, dem er sich verpflichtet fühlte, und er hatte keine ständigen Sorgen außer der, daß die Bank in Chicago, die das Trillingsche Vermögen verwaltete, pünktlich Geld überwies. Der alte Botschafter hatte in seinem Letzten Willen dafür gesorgt, daß das Kapital nicht aus den Vereinigten Staaten abgezogen oder in die Hände seines müßiggängerischen Schwiegersohns, »dieses polnischen Burschen«, fallen konnte.

So ließ sich Viktor müßig treiben, die Inkarnation eines polnischen Adeligen aus dem achtzehnten Jahrhundert. Er war am glücklichsten, wenn er sich bei seinen Pferden aufhielt, am imponierendsten, wenn er in seiner Nationaltracht auf einem rassigen Pferd über die Ebenen Osteuropas galoppierte.

Und wer fehlt noch in dieser Aufzählung von Personen, die an der Weichsel ihre Heimat hatten? Die zwei wichtigsten Angehörigen der zwei führenden Familien.

Walerian Lubonski, einunddreißig Jahre alt und Erbe des Titels und der Güter von Burg Gorka, hielt sich in London auf, um seine Englischkenntnisse und sein Verständnis des britischen Regierungssystems zu vervollkommnen. Da man in der Umgebung seines Vaters von der Annahme ausging, daß sich die polnische Demokratie die besten Bestandteile des britischen Parlamentarismus zu eigen machen würde, war die Beherrschung der englischen Sprache oberstes Gebot, und der junge Lubonski erwies sich als tüchtiger Student sowohl der Sprache wie auch der Politik. Der alte Graf setzte große Hoffnungen auf ihn.

Dagegen ließ der neunzehnjährige Ludwik Bukowski keinerlei spezifische Neigung erkennen – außer zur Nachgiebigkeit gegen sich selbst. Bei Kriegsbeginn hatte seine Mutter ihn schnell nach Chicago schicken wollen, wo seine Verwandten sein Studium an der Universität von Chicago oder noch besser Yale hätten überwachen können, aber Viktor war energisch geworden: »Ich werde nicht zulassen, daß mein Sohn eine zweitrangige Hochschule besucht, der es zu jeglichem Verständnis für Geschichte und Kultur gebricht.« Und Viktor ließ Erzieher aus Wien kommen, die dem Jungen Französisch beibringen mußten – immer schon die vom polnischen Adel meistgeschätzte Sprache –, und als 1918 der Krieg ausbrach, schickte er seinen Sohn nach Paris, wo er angeblich an der Sorbonne studierte. In Wahrheit trieb er sich in verschiedenen Ateliers herum, Kunstverständnis mimend. Was Politik anging, ließ er jede Wißbegierde vermissen; mit der gleichen Teilnahmslosigkeit hörte er Republikanern, Royalisten und Revolutionären zu, ohne auch nur das geringste Verständnis für ihre speziellen Stärken und für ihre Schwächen aufzubringen.

Diese beiden hatten Symbolcharakter für die jungen Männer, die die Zukunft Polens bestimmen würden, aber noch waren sie dem Schauplatz fern; wie immer würde die Geschichte dieses seltsamen und wunderbaren Landes weitgehend durch Ereignisse und Entwicklungen außerhalb seiner Grenzen geprägt werden.

Sie waren sich in vieler Hinsicht ähnlich; beide waren glattrasiert, gutaussehend, wohlhabend, arrogant und überdurchschnittlich intelligent; gefühlsmäßig hatten sie für alles Polnische Verständnis und waren stolz auf dieses Erbe; beide strebten eine führende Stellung an: Lubonski in der Politik, Bukowski in gesellschaftlichen Kreisen, und beide hatten das Zeug dazu, ihr Ziel zu erreichen. Nur in einem unterschieden sie sich grundlegend: Wie seine Ahnen war auch Walerian Lubonski ein Mann von festem Charakter, Ludwik Bukowski war es nicht – so daß jeder Monat, den der zukünftige Graf in London verbrachte, seinen Charakter stärkte, während Bukowskis Bummelleben in Paris den seinen schwächte.

In den folgenden Dezennien – in den vierziger Jahren zum Beispiel – würde Polen von dieser Kombination aus historischer Kraft und ererbter Schwäche regiert werden.

Gegen Ende des Jahres 1919, als alle Welt damit beschäftigt war, sich mit den neuen Grenzen vertraut zu machen, gab Marjorie Bukowska eines Tages bekannt, daß es ihr gelungen war, einen wahren Galaabend polnischer Musik zu arrangieren: »Ich habe einen Haufen Gäste aus Krakau und Lemberg eingeladen und dazu zwei Künstler – aber das würdet ihr nicht glauben.« Als Viktor die Namen wissen wollte, weigerte sie sich, sie ihm zu verraten, und als schon die ersten Besucher aus den Städten im Süden eintrafen, lehnte sie es immer noch ab, ihr Geheimnis mit ihm zu teilen.

Im Schloß Bukowski gab es einunddreißig Gästezimmer, aber in ihrer Begeisterung für diese außerordentliche Veranstaltung hatte Marjorie mehr Leute eingeladen, als sie unterbringen konnte. Sie richtete es ein, daß die überzähligen Besucher auf Burg Gorka beherbergt wurden, was dem Grafen sehr recht war: Er hatte gerade zwei bedeutende Persönlichkeiten zu Gast, die davon profitieren würden, eine breite Auswahl von polnischen Bürgern kennenzulernen.

Witold Jurgela, ein Professor aus Wilna, war der Leiter einer litauischen Delegation, mit der Lubonski Verhandlungen führte, die die Zukunft Osteuropas zum Thema hatten. Taras Vondrachuk, ein wohlhabender Bauer aus der Umgebung von Kiew, war der Chef der ukrainischen Abordnung. Die drei Herren hatten vereinbart, sich privat auf Burg Gorka zusammenzusetzen, um verschiedene Probleme zu entwirren, und nach dem ermüdenden Gefeilsche über Grenzlinien und unabdingbare Rechte würde *pani* Bukowskas musikalische Gala eine willkommene Abwechslung sein.

Bis Freitagmittag waren schon die meisten Gäste auf Schloß Bukowski oder auf Gorka eingetroffen und labten sich an erlesenen Imbissen und ausgezeichneten Weinen, während kleine Streicherkapellen ländliche Weisen erklingen ließen. Um drei wurde bekanntgegeben, daß ein von einem Chauffeur gefahrener Wagen aus Rzeszów in einer halben Stunde in Bukowo eintreffen werde, und *pani* Bukowska konnte nur hoffen, daß alle ihre Gäste anwesend sein würden; gegen fünf sollte ein zweiter Wagen aus Krakau kommen, und auch er würde eine Überraschung bringen. So sammelten sich also die Gäste in wachsender Erregung auf dem Platz vor dem Eingang zum Schloß.

»Ich weiß auch nicht mehr als Sie alle«, antwortete Viktor neugierigen Besuchern. »Es ist ein amerikanisches Komplott.«

Um halb vier wurde einer der schwarzen Packards gesehen, als er die Burgruine passierte und auf das Schloß zurollte. Wenige Augenblicke später bog er in die lange Fahrbahn ein, die zu dem säulengestützten Eingang führte. Die Limousine hielt, und stürmischer Jubel brauste auf, als ein gutaussehender Mann mit großem Namen dem Wagen entstieg. Es war Ignacy Jan Paderewski, der berühmte Pianist, der zum Ministerpräsidenten des neuen Staates ernannt worden war. Ein Mann von neunundfünfzig Jahren mit allen Ehren, die die Nationen der Welt ihm erweisen konnten.

Obwohl er im allgemeinen solche privaten Gesellschaften mied, weil er sie unter seiner Würde als Premierminister fand, hatte er in diesem Fall für Marjorie eine Ausnahme gemacht. Während seiner arbeitsamen und anstrengenden Jahre als Propagandist des polnischen Na-

tionalgedankens in Amerika und Europa hatte sie ihm wiederholt Gastfreundschaft gewährt. Er schätzte die Bukowskis als loyale Polen – »die Frau mehr als der Mann«, wie er zu scherzen pflegte –, und in den letzten Tagen vor seinem Rückzug aus der Tagespolitik freute es ihn, bei ihnen sein zu dürfen.
»In den kommenden drei Tagen wird der Maestro hin und wieder für uns spielen«, verkündete Marjorie, die stolz an seiner Seite stand. Alle jubelten ihm zu, aber die vorzeitige Ankunft des zweiten Packards dämpfte ein wenig die Begeisterung. Aus Krakau kam eine Pianistin, auch sie eine Künstlerin von Weltruhm; als sie den großen Paderewski sah, lief sie, ohne einen anderen Menschen zu beachten, auf ihn zu und drückte ihm einen Kuß auf die Stirn.
Es war Krystyna Szprot, auch sie eine in den Hauptstädten Europas wohlbekannte Fürsprecherin Polens, die einen makellosen Ruf als Patriotin genoß: Von den Zaren in die Verbannung geschickt, von der Geheimpolizei Galiziens und Russisch-Polens ein ums andere Mal verhaftet, immer wieder von Apologeten der drei Besatzungsmächte angegriffen, aber wohin sie auch kam, sie personifizierte den unerschütterlichen Glauben an ein freies Polen.
Neunundvierzig war sie jetzt, eine dynamische kleine Frau, deren Haar zu ergrauen begann, die Taille nicht mehr ganz so schlank wie in jenem Winter in Wien, als Viktor Bukowski ihr das erste Mal begegnet war. Sie war nie mit Paderewski zusammen in einem Konzert aufgetreten und reichte auch nicht ganz an sein künstlerisches Niveau heran, aber der alte Held hob sie hoch in die Lüfte und verabreichte ihr drei schnurrbärtige Küsse, weil er in ihr eine großartige Patriotin würdigte, die seine Arbeit in den Jahren des polnischen Freiheitskampfes tatkräftig unterstützt hatte.
Gegen sieben trafen die Gäste ein, die auf Burg Gorka untergebracht worden waren, und mit ihnen Graf Lubonski und seine zwei angesehenen politischen Besucher. Als Premierminister Paderewski vortrat, um sie zu begrüßen, kam es zu einem amüsanten Wortgeplänkel. Bei der Vorstellung fiel es Lubonski gerade noch rechtzeitig ein, daß der Vorname seines Gastes Witold Jurgela auf litauisch ganz anders lautete, denn es war der gleiche wie der des größten Helden seines Volkes. Darum sagte Lubonski: »Das ist Herr Vytautas Jurgela aus Wilna«, und Paderewski erwiderte sogleich: »Also vermutlich ein

Nachkomme des großen Vytautas, der zum Sieg bei Grunwałd gegen den Deutschen Orden wesentlich beitrug.« Dann wandte er sich dem Ukrainer Vondrachuk zu und meinte: »Und dieser Riesenkerl, das ist sicherlich ein Nachkomme von Hetman Mazepa.«
Nachdem sich das Gelächter gelegt hatte, fügte er hinzu: »Für mich als Premierminister wäre es höchst unpassend, mich in Ihre politischen Gespräche einzumischen. Ich bin als Pianist hierhergekommen und als Freund dieser lieben Dame, die vermutlich darauf bestehen wird, daß ich für sie spiele. Ich hoffe, Sie haben nichts dagegen einzuwenden, wenn auf dem Klavier herumgehämmert wird.«
Die vier Männer standen in einer Gruppe beisammen, und Marjorie dachte: Wie gut diese Slawen doch aussehen können! Was für eine edle Rasse! Wie ein Berg ragt dieser Ukrainer vor uns allen auf! Paderewski, ein schmächtiger Mann, aber mit der Gewalt eines Vulkans unmittelbar vor dem Ausbruch – was für ein kräftiges Gesicht er doch hat! Und der liebe alte Lubonski, aufrecht und von hohem Wuchs wie ein römischer Senator, ein rechtschaffener Mann. Und dieser litauische Professor gefällt mir auch. Er könnte genausogut in Chicago oder Yale lesen.
Weil es sich so ergab, glitt ihr Blick an den vier prominenten Herren vorbei auf die Stelle zu, wo ihr Mann stand und mit Krystyna Szprot plauderte, und sie mußte die Seelengröße und natürliche Würde dieser großen Männer mit Viktors Boulevard-Charme vergleichen: Der Londoner Maßanzug eine Spur zu knapp geschnitten – um seine Figur wirken zu lassen –, der Schnurrbart ein wenig zu stark gewichst, das Lächeln forciert, die Zuvorkommenheit – durchaus passend für das Jahr 1880, aber nicht für 1919. Wie wünschte ich mir, mein Mann – dieser liebe, liebenswerte, zu nichts zu gebrauchende Mann – würde etwas Bedeutsames schaffen. Sie beobachtete ihn, wie er den Damen nach bester Wiener Fasson Komplimente machte.
Die siebenundfünfzig Plätze des kleinen Theaters waren schnell besetzt, als die zwei Virtuosen ihre Gastgeberin wissen ließen, daß sie vor dem Diner einige kurze Musikstücke spielen wollten. Mirosława Bukowska ließ zusätzliche Stühle an den Wänden aufstellen und zeigte den restlichen Gästen, wo sie stehen konnten. Das Theater hatte auch einen kleinen Balkon mit sechzehn Sitzen; dort nahm sie unauffällig ihren Platz ein. Mit einem kaum merklichen Heben ihrer

rechten Schulter gab sie dem Bauern Seweryn Buk zu verstehen, wo er sich hinter einer Statue verbergen konnte; es erschien ihr wichtig für die Erziehung des jungen Mannes, daß er die wunderbare Musik hörte, die jetzt erklingen würde.

Zwei Steinways, von den Bukowskis aus Amerika importiert, standen auf der Bühne, und nun trat Marjorie an die Rampe und wandte sich an ihre Gäste: »Maestro Paderewski hat sich bereit erklärt, für uns zu spielen, was wir alle für sein bedeutendstes Werk halten: Variationen und Fuge in es-Moll, op. 23. Geschrieben hat es der Maestro im Jahre ...« Sie brach ab, sah Paderewski an, der gerade dabei war, den Klavierschemel zu adjustieren, und fragte: »Wann haben Sie es geschrieben, Maestro?« Paderewski zuckte die Achseln.

»1903«, meldete sich unaufgefordert eine Stimme aus dem Publikum, und Paderewski sagte auf französisch: »Warum nicht? Ein Jahr ist so gut wie das andere.« Das Publikum lachte.

Das Stück – und es war tatsächlich Paderewskis Meisterwerk – begann mit einer kühnen, schmucklosen Sequenz von sieben Noten, die das Thema festlegten, auf dem ein Gebäude von zwanzig höchst unterschiedlichen Variationen errichtet werden sollte. Es war kein Thema, das leicht ins Ohr ging, kein Thema, das man nachpfeifen konnte, und ganz gewiß hatte es nichts mit Chopin gemein, aber es war kräftig und gebieterisch wie Polen selbst, und während die Variationen ihren Fortgang nahmen, bald fröhlich, bald traurig, bald in Moll, bald in Dur, doch stets mit hinreißender Kraft, dachte Marjorie: In dieser Komposition liegt die Geschichte Polens. Paderewski wußte, was er tat. Und sie fragte sich, wie es kam, daß diese ausgezeichneten Variationen niemals der Gunst des Publikums teilhaftig geworden waren; sie selbst hatte sie erst einmal gehört; in Boston hatte Paderewski sie damals nach langem Zögern in einem seiner Konzerte zum Vortrag gebracht; das Publikum hatte respektvoll zugehört – und auf »richtige« Musik von Chopin oder Schumann oder Liszt gewartet.

Jetzt zog Paderewski die Schultern ein und begann die große Fuge, mit der die Komposition endete, und wieder staunte Marjorie über die Virtuosität dieses Musikstücks.

Es war schwer zu sagen, was die Zuhörer von der Komposition hielten. Graf Lubonski und seine distinguierten Gäste saßen mit steinernen Gesichtern da; die Musikprofessoren aus Krakau und Lublin schienen jedem einzelnen Ton zu folgen, ließen aber keine Reaktion erkennen, und das übrige Publikum lauschte – nun ja, wie damals in Boston – respektvoll. Doch als sie den Blick auf den kleinen Balkon richtete, sah sie zu ihrer Überraschung hinter einer der weißen Marmorstatuen die Gestalt des Bauern Seweryn Buk; er hielt seine Augen auf den Pianisten gerichtet, als ob er sich bis zum äußersten anstrengte, jeden einzelnen Ton aufzunehmen.

Zunächst dachte sie, Viktor hätte den jungen Mann zu dem Konzert – möglicherweise eines der letzten, das Paderewski in dieser Gegend geben würde – eingeladen, doch dann sah sie Mirosława Bukowska. Das Haar streng zurückgekämt, steif und unbewegt saß sie da, und auch sie hörte aufmerksam zu. Sie muß ihn eingeladen haben, sagte sich Marjorie. Teil der Erziehung, die ihm zu geben sie sich vorgenommen hat.

Sie zog ihre Aufmerksamkeit vom Balkon ab, als Paderewski in das furiose und doch beherrschte Finale seiner Fuge stürmte. Schon während sich alle Klänge höchst wirkungsvoll zu den Schlußakkorden sammelten, begann sie zu applaudieren, und noch bevor die Komposition ihr triumphales Ende erreichte, war das Publikum aufgesprungen und jubelte dem Pianisten begeistert zu. Die Menschen liebten diesen Mann. Sie waren stolz auf die Ehrungen, die ihm von der ganzen Welt zuteil geworden waren. Und natürlich schätzten sie sein musikalisches Können. Was ihnen aber die größte Bewunderung abnötigte, das war die Beharrlichkeit, die er in Amerika in den Jahren 1915 bis 1918 an den Tag gelegt hatte, als es ihm kraft der eigenen Integrität gelungen war, Präsident Woodrow Wilson dazu zu bewegen, in seine berühmten vierzehn Punkte auch den denkwürdigen dreizehnten aufzunehmen, der da lautete: »Errichtung eines unabhängigen polnischen Staates unter Einschluß aller Gebiete mit unzweifelhaft polnischer Bevölkerung und mit freiem Zugang zur See.« Wie er jetzt neben dem Flügel stand und sich immer wieder verbeugte, war er nicht nur der Premierminister Polens, sondern auch sein Erneuerer, und Marjorie hatte Tränen in den Augen, als sie an die Gerüchte dachte, die seit kurzem zirkulierten, wonach er, weil es ihm nicht gelang, mit den verschiedenen starrköpfigen Führern starrköpfiger Fraktionen Kompromisse zu schließen, bald abgelöst werden sollte. Es ist wie im alten Polen, dachte sie. Die Magnaten, die den König vom Thron stoßen, weil sie nicht bereit sind, sich einer vernünftigen Führung unterzuordnen.

Graf Lubonski klatschte zurückhaltend und betrachtete den Präsidenten mit mildem Mitgefühl. »Der alte Herr ist so ziemlich am Ende seines Weges«, flüsterte er seinen Besuchern aus Litauen und der Ukraine zu. »Wie ich höre, wird er in Kürze Polen verlassen.«

»Das wäre schlecht für uns alle«, erwiderte Vondrachuk. »Das könnte Krieg bedeuten, wenn Ihre Hitzköpfe wie Pilsudski freie Hand bekommen.«

»Es wird keinen Krieg geben«, versicherte Lubonski. »Keiner von uns – Sie nicht und Sie nicht und ich auch nicht –, keiner könnte so bald nach dem letzten wieder für einen neuen Krieg eintreten.«

»Dann sehen Sie zu, daß Ihr Pianist in Warschau bleibt«, riet Vondrachuk.

Paderewski, der seinen Zuhörern die beste Musik dargeboten hatte, die darzubieten er imstande war, ging zur Seitenkulisse und holte Krystyna Szprot auf die Bühne. Wie immer bei solchen Anlässen trug sie ein weißes, unter der Brust gegürtetes Kleid. Sie war immer noch ein bezauberndes Wesen, das sich bestens darauf verstand, die Sympathien ihres Publikums für sich zu gewinnen. »Für den Herrn dieses Hauses, den ich vor vielen Jahren in Wien kennengelernt habe, werde ich zwei Etüden von Frédéric Chopin spielen, und ich will Ihnen gleich sagen, daß er wunderbare Worte zu dieser Musik geschrieben hat, Worte, die ich ein Vierteljahrhundert lang im Gedächtnis behalten habe, denn sie sagten das gleiche, was ich musikalisch zu sagen versuchte, nämlich, daß Polen immer überleben wird.«

Das Publikum klatschte lebhaft Beifall, worauf Viktor aufstand und sich verneigte. Aber Marjorie bemerkte, daß Krystyna Szprot auf den zweiten Flügel zuging und nicht auf den, auf dem Paderewski gespielt hatte; dieses Instrument gehörte ihm, und sie würde es nicht zulassen, daß andere Hände es berührten. Dann begann Krystyna mit ihren kräftigen Fingern die acht Töne des »Winterwinds« herunterzuhämmern, jenes bewegenden Musikstücks, in dem sich die wilde Wut des polnischen Sturms mit dem schwermütigen Echo der Heimaterde abwechselt.

Unmerklich ging sie dann in die letzte Etüde über, und ein Schauer lief Viktor über den Rücken, als er diese wunderbaren Akkorde wieder hörte – lässig dahinwandernde Akkorde zuerst und dann jene dreizehn, die ihm einst so nahegegangen waren und die er so viele Jahre im Herzen bewahrt hatte. Er kam sich wie eine straffgespannte Saite vor, die harmonisch mit der Musik mitschwang, und es nahm ihm fast den Atem, als er sich der revolutionären Gedanken entsann, die durch diese Musik in ihm entstanden waren. Und wirklich hatte Polen ja die Freiheit erlangt, es war kaum zu glauben, aber durch den Einsatz von Männern wie Paderewski und Lubonski und Frauen wie Krystyna Szprot und Marjorie Trilling aus Chicago war es geschehen.

Krystyna richtete das Wort an das Publikum: »Maestro Paderewski und ich werden an den kommenden Abenden zwei längere Konzerte geben, und darum möchte ich Ihnen heute keine schwere Kost vorsetzen; aber ich denke, Sie werden an einer Auswahl von Mazurkas von Chopin Gefallen finden.« Wieder applaudierten die Zuhörer, und Krystyna ergötzte sie mit einem Dutzend dieser faszinierenden Tänze und brachte damit Polen in das kleine Theater.

In der großen Banketthalle, die an den Querwänden mit Spiegeln und an den Längswänden mit den zwei kolossalen Historienbildern behängt war, fand ein festliches Souper für sechsundsechzig Personen statt. Dreiundfünfzig Kellner servierten schweigend auf goldenen und silbernen Schüsseln, und alles wurde von Mirosława Bukowska beaufsichtigt, die nicht mit den Gästen zusammen aß, sondern von verschiedenen strategischen Punkten aus nach dem Rechten sah. Sechs Kellermeister, unter ihnen Seweryn Buk, wie die anderen auch er in dunkelgrau und hellblauer Uniform, servierten vier verschiedene Weine. Wie in alten Zeiten hatte man neun jüdische Musikanten aus Lublin geholt, die von der Galerie aus muntere Weisen erklingen ließen.

Nach dem Souper schlug Lubonski dem Premierminister und Bukowski vor, sich an einem zwanglosen Gespräch mit den zwei Delegierten zu beteiligen, doch Paderewski hielt es für besser, nicht in die Verhandlungen einzugreifen. Er begleitete Marjorie Bukowska in einen Salon, so sie sich zusammen mit anderen Gästen an Tee und Whisky gütlich taten.

Damit blieb es Graf Lubonski und seinem Nachbarn Bukowski überlassen, mit dem Litauer und dem Ukrainer zu reden; bis drei Uhr

früh saßen die vier Männer zusammen. Taras Vondrachuk, dessen Großvater ein Dnjepr-Kosak gewesen war, der sich gegen den Zaren erhoben hatte, bestimmte den Ton der Debatte:
»Wir Ukrainer müssen uns immer eines vor Augen halten, Graf Lubonski: Ihr Polen wollt nur darum über eine Union unserer Länder sprechen, um es euch Magnaten zu ermöglichen, vor Gericht eure Güter zurückzubekommen und euch auch in Zukunft als Herren aufzuspielen, wie ihr das schon immer getan habt. Die Union, wie ihr sie euch vorstellt, hätte die Devise: alles für Polen, nichts für die Ukraine. Oder noch besser: nichts für das polnische Volk, alles für die Magnaten.«
»Glauben Sie denn«, gab Lubonski zurück«, wir hätten in dreihundert Jahren nichts gelernt?« Der Litauer und der Ukrainer antworteten wie aus einem Mund: »Genau das glauben wir.«
Lubonski erinnerte sie daran, daß er zweiunddreißig Jahre lang, von 1885 bis 1917, im österreichischen Ministerium für Minderheiten gedient hatte. Meinten sie nicht, fragte er sie, daß er sich in dieser Zeit über die unveräußerlichen Rechte der Minderheiten klargeworden war? »Sie schon, Lubonski, aber Polen nicht.«
Gegen Mitternacht nahm Witold Jurgela, ein äußerst kluger Mann, der zwei Jahre in Deutschland studiert hatte, ein Stück Papier aus der Tasche: »Lubonski, Sie kennen doch sicher Ihren Landsmann, den Großgrundbesitzer Prazmowski, nicht wahr?«
Der Graf warf die Arme in die Luft. »Erzählen Sie mir nichts von diesem Gauner«, rief er, aber der litauische Delegierte fuhr fort:
»In Wilna hatten wir Gelegenheit zu beobachten, wie Prazmowski mit Leuten umging, denen er wenig Achtung entgegenbrachte, nämlich mit uns Litauern, und das sind hier Notizen, die ich mir an einem Tag gemacht habe, wo er ganz besonders widerwärtig war: ›Als Freund hinterhältig, als Feind gehässig. Viele Fähigkeiten, aber äußerst unzuverlässig. Verschleiert die Wahrheit und versucht die Rechtsprechung zu behindern. Schwimmt vor Selbstmitleid in Tränen und beneidet jeden, dem es besser geht als ihm. Ein grausamer Herr, ein zänkischer Gleichgestellter und ein feiger Untergebener. Er giert nach Besitz, ist aber nicht bereit, dafür auch zu arbeiten. Das Schlimmste: Sein läppisches, verzogenes Gesicht mit den zusammengekniffenen, argwöhnisch blickenden Augen verrät seine wirren in-

neren Leidenschaften. Er ist ein Mann, den man meiden muß. Man kann ihm nicht vertrauen.‹«

Sorgfältig faltete Jurgela das Papier zusammen, steckte es wieder in die Tasche und fragte: »Würden Sie allen Ernstes empfehlen, daß wir Litauer Leuten wie ihm unsere Sicherheit anvertrauen?«

Ohne auch nur den Versuch zu unternehmen, diese brutale Darstellung eines Typs von Grenzlandpolen, mit dem andere Nationen vertraut waren, zu beschönigen, fragte Lubonski: »Charakterisieren Sie auch mich so, wenn Sie mit Ihren Oberen in Wilna über unsere Begegnung sprechen?«

»Sie sind Österreicher, Lubonski; Sie sind kein Pole mehr.«

Vondrachuk beeilte sich, seinem Kollegen Schützenhilfe zu leisten: »Erinnern Sie sich an einen Verwalter, den Sie einstellten, um Ihre Güter östlich von Lemberg zu führen, Herr Graf? Der Mann hieß Szypowski. Ein herrschsüchtiger Typ, ärger als der Mann, den Witold beschrieben hat. Und es war Ihr Mann, Lubonski, er stand unter Ihrem Befehl.«

»Er stand in meinen Diensten, nicht unter meinem Befehl.«

»Ihr Vorschlag, Lubonski, eine aus drei Völkern bestehende Nation zu bilden, hat einen großen Nachteil: Litauen und die Ukraine kennen die Vorgangsweise eurer Magnaten aus eigener Erfahrung. Diese raffgierigen Patrone wollen nichts anderes als ihre verlorenen Besitzungen und Leibeigenen wiederbekommen. Jedem in gleichem Maß sein Recht zu gewähren, das ist dieser Leute Sache nicht, und das wissen Sie auch, Graf.«

Wie immer suchte Lubonski bei seinen Landkarten Unterstützung und breitete vor den Herren eine aus, die das Gebiet zwischen Berlin und Moskau umfaßte. Mit eiskalter Logik begann er zu sprechen, wobei er seine Ausführungen mit dem Finger auf der Karte illustrierte:

»Beginnen wir mit Fakten, über die wir uns alle einig sind. Polen, verloren in diesem Meer von Steppen und Wäldern, ist ein Land ohne natürliche Grenzen im Osten, Norden und Westen; es ist ein Waisenkind. Eingezwängt zwischen Rußland und Deutschland, kann es nur kurz am Leben bleiben, wenn es sich nicht mit anderen Ländern befreundet und zur Selbstverteidigung eine Art Bündnis mit ihnen herstellt.

Die für uns vorteilhafteste Verbindung wäre die mit der neuentstandenen Tschechoslowakei, aber drei Dinge lassen sie unmöglich erscheinen. Da sind zunächst die Karpaten, durch die die Kommunikation in jeder Hinsicht erschwert wird, wenn nicht gar behindert. Zweitens: Die Männer der tschechischen Führung sind ebenso verstockte Protestanten, wie wir verstockte Katholiken sind. Drittens befinden wir uns wegen Teschen noch im Kriegszustand mit den Tschechen, und somit sind friedliche Gespräche mit ihnen unmöglich. Träume von einer tschechisch-polnischen oder ungarisch-polnischen oder tschechisch-ungarisch-polnischen Allianz sind unrealistisch und werden sich nie verwirklichen lassen – zu unser aller Schaden.
Damit bleibt uns nur eine Art Wiederherstellung erprobter Modelle – wie sie sich in der Vergangenheit so günstig für uns erwiesen haben: Litauen, Polen und die Ukraine vereint in einer großen Konföderation, die sich selbst erhalten kann. Ich bitte Sie, alle Differenzen, die zwischen uns bestanden haben, zu vergessen und mit ganzer Kraft auf die Lösung hinzuarbeiten, die uns einen Fortbestand ermöglicht.«
»Zwischen Ukrainern und Litauern gibt es keinen Streit«, protestierte Jurgela. »Unstimmigkeiten gibt es nur zwischen uns und euch Polen, die ihr alles beherrschen wollt.« Aber Lubonski stellte klar: »Es gibt zwischen euch keinen Streit, weil ihr keine gemeinsamen Grenzen habt. Ihr kämpft mit uns, weil wir einander berühren und weil wir zu einem Kampf zur Verfügung stehen. Glauben Sie mir, meine Herren: Wenn Sie beide Nachbarn wären, Sie würden genauso gegeneinander kämpfen, wie wir uns befehden. Aber jetzt suchen wir nach einer neuen Ordnung, bei der Streit zwischen Nachbarn aus der Mode kommt.«
Bukowski deutete an, daß er sich zurückzuziehen wünschte, nannte aber den Grund nicht: Er wollte unbedingt mit Krystyna Szprot reden und erfahren, wie sie die Jahre nach dem Abend verbracht hatte, da er in Wien vor ihr auf die Knie gefallen war, um sie zu bitten, ihn zu heiraten; doch als er auf die Tür zuging, hieß Graf Lubonski ihn fast gebieterisch zu bleiben: »Für die nächste Gesprächsrunde über den Zusammenschluß unserer drei Länder möchte ich Sie als meinen Sekundanten haben, Viktor. Sie müssen sich mit den Problemen ver-

traut machen.« Und jetzt begannen die vier Herren sich mit den wirklichen Problemen zu beschäftigen, denen sich ihre Völker in den nächsten Jahren gegenübersehen würden. Lubonski arbeitete die Hauptschwierigkeiten heraus:
»Ich bin jetzt ein alter Mann, der sich sein Leben lang mit Problemen des Nationalismus auseinandergesetzt hat, wobei mir immer klarer geworden ist, daß eine Gemeinschaft von Menschen zwei Bedingungen erfüllen muß, bevor sie ein politisches Staatswesen bilden kann.
Die erste Bedingung ist leicht zu definieren. Es bedarf einer zusammenhängenden Landmasse, die groß genug ist, um als Einheit fortzubestehen, und von Menschen besiedelt, die einander ähnlich genug sind, um gemeinsame Interessen zu haben, und zahlreich genug, um eine lebensfähige Wirtschaft zu ermöglichen. Nach diesen Kriterien erfüllen wir drei so ziemlich alle Voraussetzungen. Die gesamte Landmasse hätte eine enorme Ausdehnung und wäre von großer Bedeutung; sie würde jeden bestehenden europäischen Staat bei weitem übertreffen. Und die Menschen sind einigermaßen homogen; wir hätten drei verschiedene Muttersprachen, aber eine gemeinsame Sprache für die Kommunikation untereinander.
Auch die Bevölkerungszahl ist hoch genug. Litauen etwa drei Millionen; Polen siebenundzwanzig; die Ukraine etwa zwanzig, aber entsprechend der Grenzziehung bis zu dreißig Millionen. Auch hier wieder sind wir größer als jeder andere europäische Staat.«
»Ausgenommen Rußland«, unterbrach Vondrachuk, aber Lubonski entgegnete: »Rußland ist für mich nie eine europäische Macht gewesen.« Als er jetzt den schwierigsten Teil seiner Argumentation erreicht hatte, erhob er sich und ging in dem Raum auf und ab, den Madame Bukowska so elegant eingerichtet hatte: der Holbein an der einen, eine Rüstung an der anderen und eine große polnische Tapisserie an der dritten Wand:
»Die zweite Bedingung ist nicht so leicht zu erfüllen. Um das Werden einer Nation zu rechtfertigen, müssen das Land und seine Menschen eine einende Kultur besitzen. (Laute Proteste von Jurgela und Vondrachuk: Ihre Völker besäßen Kultur. Das war natürlich richtig, aber Lubonskis Denkmodelle lagen auf einer höheren Ebene.) Wenn ich von Kultur spreche, meine ich weder Folklore noch verfeinerte

Kochkunst noch nationale Mythen. Ich meine eine Musik, für die alle empfänglich sind. Ich meine eine Architektur, die Baulichkeiten von räumlicher und utilitärer Bedeutung errichtet. Ich meine Dichtkunst, keine Knittelverse. Ich meine große Romane, die die Aspirationen eines Volkes deutlich machen und genau umreißen. Vor allem aber meine ich eine Philosophie, die allen Gesetzen zugrunde liegt, die von den Parlamenten verabschiedet werden, aber auch allen Äußerungen der Lehrer und Professoren.
Um die Elemente einer solchen Kultur zu sammeln, braucht es Zeit und die selbstlose Hingabe von Männern und Frauen, die genau wissen, was sie tun. (Hier machte er eine Pause, ganz so, als fürchte er, den nächsten Satz auszusprechen. Dann aber fuhr er entschlossen fort.) Ihr Ukrainer habt noch nicht die Zeit gehabt, eine solche Kultur aufzubauen, und wenn ihr versucht, einen eigenen Staat auf unzulänglichen Grundlagen zu errichten, wird er zusammenbrechen. Ich versichere Ihnen, Vondrachuk, er wird zusammenbrechen, vermutlich in den ersten zehn Jahren, weil euch der festgefügte Hintergrund fehlt, auf dem ihr aufbauen könnt. Euch fehlen die Musik, die Architektur, die schönen Marktplätze in den Städten, die großen Romane. Was die Dichtkunst angeht, habt ihr etwas vorzuweisen, das gebe ich zu, und das habt ihr einem Mann zu verdanken, der mich verstehen würde, wenn er noch am Leben wäre. Ich spreche von Taras Schewtschenko, der fast im Alleingang der Ukraine eine Seele gab.«
Vondrachuk konnte seine Empörung nicht länger unterdrücken. »Warum sprechen Sie immer von *der* Ukraine. Sie nennen Polen ja auch nicht *das* Polen, und ...« Graf Lubonski fiel ihm ins Wort: »Aber man spricht auch von Den Haag ...« Vondrachuk ließ ihn nicht weiterreden und gebrauchte demonstrativ seine Muttersprache, um seiner tiefen Überzeugung Ausdruck zu verleihen: »Aber *Ukraine* ist eine Nation! Es ist richtig, *pan* Lubonski, es könnte sein, daß es uns an kulturellen Raffinessen mangelt. Wir verzichten oft sogar auf Titel, wenn wir jemanden anreden. Und Schewtschenko ist nur ein Anfang ... ein erster Happen Freiheit. Rein geographisch gesehen mögen Sie recht haben, aber Polen wird uns nie erlauben, uns als Nation weiterzuentwickeln, und wir lehnen es ab, uns auch in Zukunft den Launen polnischer Magnaten unterzuordnen.«

»Allein schaffen Sie es nicht, Vondrachuk. Sie können nur als einer von dreien existieren. Aber lassen Sie mich fortfahren.
Was Litauen angeht, fürchte ich, daß es in seiner gegenwärtigen Ausdehnung zu klein ist. Nicht genug Menschen. Nicht genug Land. Nicht genug Handel. Für euch sprechen die Geschichte und die gemeinsamen Interessen, Jurgela, aber als freies Volk werdet ihr nie sehr lange bestehen. Entweder wird Deutschland euch von Süden her verschlingen oder Rußland von Osten. Ihr habt keine Chance.«
Gegen diese düstere Prophezeiung mußte Witold Jurgela protestieren; er stimmte ein Loblied auf Litauens Patriotismus und seine Kultur an, wies auf deren Ursprünge und die edlen Überlieferungen aus der Vergangenheit hin, als Litauen die Herrennation in diesem Teil der Welt gewesen war, mächtiger als Rußland und an Ausdehnung größer als Polen. Von litauischen Heldentaten und der Sehnsucht nach einer neu zu errichtenden Souveränität war die Rede. Lubonski ließ ihn zu Ende sprechen und sagte dann: »In der österreichisch-ungarischen Monarchie gab es vierzig Volksgruppen wie Ihre, Jurgela, die Rechtfertigungen für ihre Freiheit konstruierten . . .«
»Und nicht wenige haben sie tatsächlich erlangt«, fiel Vondrachuk ihm ins Wort. »Die Tschechoslowakei, Ungarn, Jugoslawien und Ihr Polen.«
»Aber da stellt sich nun eine wichtigere Frage: Wie viele werden sie auch behalten? Auch von den Großen. Was die Kleinen angeht . . .«
Bedauernd und mit kaum verhohlener Geringschätzung nannte er die Namen einiger kleiner Volksgruppen, die ihm immer wieder mit ihren Querelen zur Last gefallen waren: »Bosnien, die Slowakei, das Temescher Banat, Siebenbürgen.« Er hob die Hände an die Stirn und hätte beinahe aufgestöhnt; dann kehrte er zu seiner Karte zurück und deutete auf den kleinen Kreis Teschen, in geringer Entfernung südwestlich von Krakau. »Nicht einmal untereinander sind wir imstande, diese Frage zu lösen. Wir denken ernstlich daran, einen Krieg zu führen, um das Schicksal dieses Gebietes zu entscheiden!«
Jetzt beugte sich Jurgela über die Karte und zeichnete mit leichten Strichen seines Zeigefingers die Grenzen der vier Staaten, die sich seiner Meinung nach an der westlichen Flanke Rußlands bilden würden: »Hier oben Finnland, eine Volksgruppe mit großem inneren Zusammenhalt. Hier Estland, mit seiner eigenen Sprache. Hier Lett-

land, glühende Patrioten. Und hier unten endlich wieder frei, die Republik Litauen mit ihrer eigenen historischen Kultur.«
Er wollte noch mehr sagen, aber Lubonski streckte die Hand aus und deckte diesen Teil der Karte ab. »In einer Woche würde Rußland euch alle verschlingen, und man würde nie wieder etwas von euch hören.« Dann legte er die rechte Hand auf das Gebiet des von den Ukrainern gewünschten Staates. »Und auch ihr, Vondrachuk, würdet für immer vom Erdboden verschwinden.«
Jurgela, der geübte Debatter, widersprach dieser niederschmetternden Vorhersage: »Und wie steht es mit euch, Lubonski? Haltet ihr euch für unverwundbar?«
Lubonski hob die Hände, gab die Satellitenstaaten für die Tage ephemeren Glanzes frei und deutete dann mit beiden Zeigefingern auf sein eigenes gefährdetes Land. »Wir sind die Verwundbarsten von allen, denn ob jetzt die Deutschen oder die Russen als erste losschlagen, sie werden sich zuerst mit Polen auseinandersetzen müssen ...«
»Manchmal glaube ich, daß Polen euch mehr braucht als ihr uns Polen, denn wenn wir uns in einer starken, aus drei Teilen bestehenden Republik zusammenfinden, können wir uns schützen. Wenn wir jeder unsere eigenen Wege einschlagen, gehen wir unter.«
Es war Vondrachuk, der Enkel eines Kosaken-Atamans, der die Worte sprach, die der Debatte ein Ende setzten:
»In der Geschichte eines Volkes kommt die Zeit, da es glaubt bereit zu sein für die Freiheit, für einen eigenen Staat. Wenn dieser Tag kommt, wird jeder, der sich gegen die öffentliche Meinung stellt, hinweggefegt. Wir Ukrainer sind davon überzeugt, daß die Zeit für unsere Eigenstaatlichkeit gekommen ist; wir brauchen weder eure Musik noch eure Architektur noch eure Philosophie, um uns zu rechtfertigen. Wir haben alles mit unseren Schwertern und unseren Pferden erreicht und weil wir die Könige der Steppe sind. Wir sind eine Nation und wir brauchen keine Lehren von Polen, das uns ewig feindlich gesinnt war. Ihr geht euren Weg, wir gehen unseren, und ich hoffe, wir können in Frieden miteinander leben.«
»Ich nehme an, wir sehen uns in Brest-Litowsk wieder«, sagte Lubonski. »Überdenken wir doch bis dahin noch einmal unsere Positionen.«

Bukowski beobachtete die drei Unterhändler; er war keineswegs sicher, daß sie ihre Animositäten bis zum nächsten Zusammentreffen ändern würden: Lubonski, der stolze Pole, der an der Seite der Mächtigen gestanden hatte und sich jetzt dafür einsetzte, das Rad der Geschichte zurückzudrehen; Professor Jurgela, der das Blut der ganzen litauischen Nation, Vergangenheit und Zukunft, durch seine Adern strömen fühlte und entschlossen schien, die Zeit litauischer Größe von neuem aufleben zu lassen; und der zähe, ungebildete, aber sehr schlaue Taras Vondrachuk – nach einem legendären ukrainischen Revolutionär benannt –, der sich für die Schaffung einer Nation stark machte, der es an Literatur, an Architektur und an jedem Präzedens von Eigenstaatlichkeit fehlte und der nie daran zweifelte, daß Willenskraft, gekoppelt mit schnellen Pferden und der griechisch-katholischen Kirche eine ausreichende Grundlage für einen modernen Staat darstellten.
»Es wird sehr interessant werden in Brest-Litowsk«, sagte Viktor zu seiner Frau, als er sie gegen halb vier am Morgen weckte.
»Habt ihr etwas erreicht?« fragte sie.
»Was kann man schon erreichen mit einem dummen Litauer und einem einfältigen Ukrainer?« lautete seine Gegenfrage.
Beim ersten ihrer zwei Konzerte bestand Paderewski darauf, daß Krystyna Szprot den Abend eröffnete, und sie entsprach seinem Wunsch mit einer sprühenden Auswahl von Mazurken. »Wir hätten keinen bessern Anfang machen können«, kommentierte er begeistert. »Richtige polnische Musik. Ich werde jetzt mit der gleichen Anzahl von Polonaisen fortsetzen.« Nachdem sich der Applaus gelegt hatte, blieb er neben seinem Flügel stehen. »Stellen Sie sich bitte den königlichen Hof in Krakau vor«, sagte er mit einer Stimme, die von glühender Vaterlandsliebe erfüllt war. »Alle Edelleute sind in ihren Nationaltrachten erschienen – Pelze für die Herren, Juwelen für die Damen. Sie formieren sich zu einem Zug. Sehen Sie, da kommen sie jetzt mit würdevoller Miene, die Arme in die Seite gestemmt; sie verneigen sich, machen kehrt, schreiten den Mittelgang hinunter und verschwinden durch diese Tür. Der majestätische Marsch der polnischen Patrioten füllt unsere Augen mit Tränen.«
Er setzte sich ans Klavier und begann mit der ersten der elf Polonaisen, die er an diesem Abend spielen würde. Wie melodisch sie doch

waren, wie überraschend in ihrem wechselnden Rhythmus, wie durchtränkt vom Wesen eines verschwundenen und plötzlich zu neuem Leben erwachten Polen.
»Und jetzt«, schmunzelte er, nachdem er eine der flinken Promenaden beendet hatte, »kommen wir zu dem Stück, das ich besonders liebe.« Als er die gedämpften Töne der längsten und vielleicht eindruckvollsten Polonaise, Nr. 5 in fis-Moll, op. 44, anschlug, klatschten ein paar Leute in die Hände; statt sie zurechtzuweisen, drehte er den Kopf zur Seite, nickte zustimmend und lächelte. Jene, die applaudiert hatten, wußten, daß die Musik nach der ersten Hälfte zu einem überirdischen Raunen herabsinken würde; und dann war es soweit, und man hörte, wie ein Aufseufzen durch den Saal ging, so als ob sich die Menschen des neuen Polen mit den vergessenen Tänzern des alten zusammenschlössen.
Aber Paderewski dachte nicht daran, sein Konzert in dieser nostalgischen Stimmung enden zu lassen. Als die anmutige Musik verklungen war, trat er an die Rampe und sagte: »In jenen von tiefstem Leid geprägten Jahren, da ich als Verbannter die Welt durchwanderte, Hauptstädte besuchte und überall um Polens Freiheit flehte, war es unter polnischen Pianisten, die im Ausland spielten, üblich, die zwei wunderbaren Polonaisen des Opus 40 in unser Programm aufzunehmen. Wir fanden, daß sie unsere Geschichte zusammenfassen – zuerst die ruhmreiche Vergangenheit und dann den anhaltenden Schmerz der Niederlage. Das ist die Reihenfolge, in der Chopin sie schrieb, denn auch er hatte Glanz und Verzweiflung gekannt.
Heute abend aber – und so will ich es auch in Zukunft halten – werde ich diese Reihenfolge umkehren. Zuerst die tragischen Jahre in c-Moll.« Den Kopf über die Tasten gebeugt, begann er diese erschütternde Threnodie, diese lange Klage um verlorene Träume, und noch selten hatte der Klang eines Klaviers auf so innige Weise ein ganzes Land verkörpert. Mit virtuoser Technik brachte er das melancholische Stück zu Ende, hielt aber den Kopf noch lange nach dem Schlußakkord über die Tasten gebeugt.
Mit nahezu wilder Freude schlug er dann die triumphalen Töne der A-Dur-Polonaise an, auch »die Militärische« genannt, und mit diesem Ausbruch von Patriotismus – von Chopin komponiert, als er sich besonders einsam fühlte – war das kleine Theater voll von Jubel.

Marjorie Bukowskas Bitten um Ruhe verhallten ungehört, aber Paderewski hatte nichts gegen den Lärm, denn dies war ein Abend, an dem es zu feiern galt. Als er zu Ende war, gab es noch mehr Jubel und Applaus – nicht nur für seine künstlerische Leistung, sondern auch für die langen Jahre aufopferungsvollen Dienstes für sein Vaterland. Er dankte mit zwei Sätzen: »Wir haben soviel erreicht. Laßt uns danach streben, es auch zu bewahren!«

Am zweiten Abend boten die zwei Virtuosen ihren Zuhörern als gemeinsame Zugabe eine Auswahl von Brahms' Walzern. Zweimal setzte Paderewski aus, um Krystyna zu belehren, wie eine Passage gespielt werden sollte. Das erste Mal nickte sie zustimmend und änderte ihre Spielweise; doch als er sie zum zweitenmal unterweisen wollte, erhob sie Einwände: »Es wird viel besser klingen, wenn wir es so spielen, wie es dasteht«, sagte sie und exerzierte es ihm mit einem schwierigen Übergang vor. Dann stand sie auf, wandte sich dem Publikum zu und fragte: »Na, hört sich das so nicht mehr wie ein Walzer an?« Als die Zuhörer applaudierten, erhob sich auch Paderewski, ging auf Krystyna zu und küßte sie. Dann gab er ihr mit seiner kräftigen rechten Hand einen Klaps aufs Hinterteil. »Und jetzt spielen wir es so, wie ich will«, sagte er, und das taten sie.

Da Jurgela und Vondrachuk argwöhnten, daß ihr Gastgeber auf der Burg, Graf Lubonski, sie nur deshalb ins Bukowskische Schloß mitgenommen hatte, um sie mit den Leistungen und Schöpfungen der polnischen Kultur zu beeindrucken, die so augenfällig mit der Armut der ihren kontrastierte, hatten sie sich innerlich dagegen gewehrt, das große Können der beiden Künstler zu würdigen. Aber am letzten Abend bot Madame Bukowska ihren Gästen ein Programm, das jedermann auf der ganzen Welt begeistern mußte.

Eine Truppe von neun Sängern und Sängerinnen war kostümiert mit dem Zug aus Krakau gekommen und hatte sich einen eigenen Pianisten, ersten Violinisten und Dirigenten mitgebracht. Sie stellten zwei verschiedene Gruppen besonders guter jüdischer Musikanten, die von Polkas bis Beethoven alles spielen konnten, zu einem Orchester zusammen und waren nach nur zwei Proben in der Lage, eine vereinfachte Version von Stanisław Moniuszkos reizender Oper *Das Gespensterschloß* zu präsentieren. Der erste Tenor erklärte dem Publikum: »Es mag Ihnen am Anfang ein bißchen verwirrend vorkommen, aber bitte haben Sie Geduld mit uns. Immer, wenn ich und die anderen Solisten nicht unsere Rollen singen, werden wir zum Chor, und dazu setzen wir uns diese Mützen auf. Wenn Sie mich also mit dieser Mütze sehen, müssen Sie vergessen, daß ich der Held bin, und sich sagen: ›Aha, das ist einer von den Dorfbewohnern.‹«

Als Marjorie die Musik hörte, die ihr nun schon vertraut war, fiel ihr wieder ihre besondere Qualität auf: Die Soli waren durchaus mit jenen vergleichbar, die Smetana in Prag oder Glinka in Moskau anzubieten hatten, und als der Baß seine Arie sang, hielt sie sie zu Recht für ebenso gut wie Collins Abschied von seinem Mantel in Puccinis *Bohème*. Es war herrliche Musik, sie paßte ganz ausgezeichnet in dieses reichgeschmückte kleine Theater, und die neun Sängerinnen und Sänger wurden ihrer Aufgabe mehr als gerecht.

Es gibt eine Stelle in der Oper, wo der Vater der Mädchen, die Ehemänner suchten, vortritt und ausführt, was er von einem Mann erwarte, der in seine Familie einheiraten will. Diese Arie, geschrieben in den sechziger Jahren des vergangenen Jahrhunderts, als Polen noch in Knechtschaft gelegen hatte, war als Mittel gebraucht worden, den idealen revolutionären Polen zu beschreiben – einen Mann wie Graf Lubonski, der in Wien auf seine Stunde wartete, oder eine Frau wie Krystyna Szprot, die zwar im Exil lebte, aber wo immer sie hinkam die Botschaft der höchsten Freiheit verkündete. Es war eine wunderbare Arie, von allen Polen geliebt, und während der Bariton jetzt die bedeutsamen Worte erklingen ließ, verglichen sich alle Zuhörer, die für Polens Wiedergeburt gekämpft hatten, mit dem idealen Bürger, wie der Vater ihn beschrieb, und überlegten, wie weit sie hinter diesem Ideal zurückgeblieben waren. Andrzej Lubonski wischte sich die Augen und dachte an seine tapfere Frau zurück, die in all den langen Jahren in Wien so tatkräftig für ihr Land gearbeitet hatte; gestorben, noch bevor die Freiheit wiedererlangt worden war, hatte sie noch auf ihrem Totenbett nicht daran gezweifelt, daß sie kommen mußte.

Zwei Zuhörer auf dem Balkon waren nicht so tief beeindruckt. »Die singen immer nur von Aristokraten auf ihren Herrensitzen«, flüsterte Mirosława Bukowska dem Bauern Seweryn Buk zu. »Das wirkliche Polen, das ist der Bauer im Dorf. Alles nur Blabla da unten auf der Bühne.«

Am nächsten Tag reisten die Unterhändler aus Litauen und der

Ukraine ab, um ihren Regierungsausschüssen Bericht zu erstatten, und auch die anderen Gäste verabschiedeten sich und ließen Paderewski und Krystyna Szprot im Schloß bei den Bukowskis und Graf Lubonski zurück. Als sich dann immer deutlicher abzeichnete, daß der Premierminister entschlossen war, von seinem hohen Amt zurückzutreten, bevor er gestürzt wurde, drängten ihn alle, den Kampf fortzusetzen; es sei seine Pflicht, meinten sie, aber er wollte nichts davon hören. »Sie wollen mich nicht, und, um die Wahrheit zu sagen, ich glaube, sie brauchen mich auch nicht.«

In der darauffolgenden Diskussion kristallisierte sich bald heraus, daß er nicht nur die Absicht hatte, sein Amt als Staatsoberhaupt niederzulegen, sondern auch Polen für immer zu verlassen, eine Absicht, die große Bestürzung hervorrief. Graf Lubonski sprach in aller Namen, als er sagte: »Maestro, Sie sind Polen!«

»Ich war es«, antwortete er ruhig, und Bukowski wies darauf hin, daß er in den dunklen Jahren 1909 und 1910 das Geld, das er mit seinen Konzerten in Berlin und Buenos Aires und Paris verdiente, für die Errichtung eines Denkmals in Krakau gestiftet hatte, das an die Schlacht von Grunwałd erinnern sollte, in der die Deutschen Ritter vernichtend geschlagen worden waren. Der alte Herr zuckte die Achseln. »Matejko mit seinen Bildern, Sienkiewicz mit seinen Romanen und ich mit meiner Musik, wir haben uns bemüht, Polen am Leben zu erhalten.« Impulsiv fügte Viktor hinzu: »Jawohl, und Krystyna Szprot mit ihrem Chopin.«

»Sie hat sich wirklich bemüht«, bestätigte Paderewski und warf seiner Kollegin eine Kußhand zu. »Ganz groß mit Chopin, aber schrecklich, wenn Sie Brahms in der Mangel haben.« Marjorie Bukowska aber, der die glühende Begeisterung ihres Gatten nicht entging, faßte einen Entschluß: Zwar würde in Zukunft viel Chopin in ihrem Theater gespielt werden, aber nur von aufstrebenden jungen Pianisten männlichen Geschlechts und nie wieder von Besucherinnen aus Paris wie Krystyna Szprot.

Es geschah im Bukowskischen Schloß, daß Paderewski sich endgültig dafür entschied, freiwillig ins Exil zu gehen. »Polen treibt alle seine Talente aus dem Land«, sagte er in der letzten Nacht. »Chopin war zwanzig Jahre alt, als er Polen für immer verließ. Er schrieb alle seine großen Werke im Ausland. Adam Mickiewicz verfaßte seinen

Pan Tadeusz im Exil. Maria Skłodowska, der ich in Paris so oft begegnet bin, erhielt ihre zwei Nobelpreise in Frankreich und nicht in Polen. Ich verlasse das Land, weil die Regierung entschlossen ist, einen Krieg nach dem anderen zu führen. Gegen Litauen wegen diesem verflixten Wilna. Gegen die Ukraine wegen der Aufteilung von Ackerland. Gegen die Tschechoslowakei wegen einem Stück von diesem Kreis Teschen. Und in Kürze gegen Rußland wegen seiner Politik. Zügeln Sie Ihre Pferde, Lubonski, sonst werden sie mit Ihnen durchgehen.«

Marjorie, die ihre Galawoche nicht in solcher Stimmung enden lassen wollte, bat den alten Herrn dringend, ein letztes Mal seine Variationen und die Fuge für sie zu spielen, und als auch Krystyna Szprot ihre Bitten mit einem Appell verband, der darauf abzielte, das Herz des Komponisten zu erwärmen – »Ich möchte sie in mein Repertoire für Nordamerika und Brasilien aufnehmen, und ich möchte hören, wie es Ihrer Meinung nach gespielt werden sollte« –, ging er langsam zum Theater hinüber, betrat die Bühne und ließ die Finger über die Tasten gleiten. Mit klarer, wuchtiger Meisterschaft skizzierte er das Thema, auf dem er seine zwanzig Variationen aufbauen würde. Während des Spiels gab er Krystyna Anweisungen: »Im Anfang habe ich es gern langsam und breit, so daß es fast abgedroschen klingt. Denn Sie und ich, wir wissen, was wir später damit anfangen.«

Immer weiter spielte er, flocht da und dort Bemerkungen ein, wenn er einen kritischen Punkt erreichte, und führte seine Zuhörer an die geheimen Orte, wo Musik geschrieben wird. Lubonski, der die meisten großen Musiker seiner Zeit kennengelernt und sie in seinem Haus gastlich empfangen hatte, ließ die Musik über sich hinströmen. Krystyna war von den Kniffligkeiten entzückt, die der große Meister in seine Musik eingebaut hatte, indem er jenen Virtuosen, die diese große Komposition meistern wollten, einige Nüsse zu knacken gab; aber zugleich konnte sie auch hören, wie sie selbst gewisse Variationen besser spielen würde, als er es tat, denn in mancher Hinsicht war sie die bessere Pianistin.

Viktor aber war hingerissen; nahezu sklavisch verfolgte er jede Nuance der Musik. Chopin, sagte er sich, ist ein Romantiker, der die Musik für eine Zeit geschrieben hat, die entweder fünfzig Jahre vor oder fünfzig Jahre hinter ihm lag. Was ich jetzt höre, ist die Musik eines außergewöhnlichen Mannes, der darum gekämpft hat, die Träume von heute wahr werden zu lassen. Von Romantik keine Spur. Dies ist der Ausdruck eines stillen Dulders, eines engagierten Arbeiters, eines Zynikers, der gegen alles und jedes zu Felde zog. Chopin mag die Seele Polens sein. Dies ist der Muskel und die stämmigen Bäume im Wald, und die Bauern, die die Felder bestellen.

Solange das Stück dauerte, hing er solchen Gedanken nach und bemühte sich, die zwei Einstellungen zur Musik, die zwei Einstellungen zu Polen genau zu definieren, und als Paderewski mit seiner donnernden Fuge zu Ende war, murmelte Viktor: »Mir ist Chopin lieber.«

Paderewski hatte mit seiner Voraussage recht behalten. In einer Folge von Drehungen und Wendungen, so bizarr, daß man sie kaum nachvollziehen konnte, hatte der neue polnische Staat litauisches Territorium besetzt, um, wie es offiziell hieß, die Polen in diesem durcheinandergeratenen Land zu schützen; gleichzeitig wollten die Polen wahren litauischen Patrioten helfen, feindliche Angriffe zurückzuschlagen. Das war ein nur schwer zu durchschauendes Gambit, und darum verliefen die Verhandlungen, die zu einer Vereinigung der beiden Staaten führen sollten, ergebnislos.

Fast zur gleichen Zeit – und aus guten Gründen – glaubten andere Patrioten, gegen die Ukrainer im polnischen Teil Galiziens kämpfen zu müssen. Es kam auf beiden Seiten zu Ausschreitungen von erschreckender Brutalität, die jeden Gedanken an eine zukünftige Verbindung der beiden Länder illusorisch erscheinen ließen. Für eine Weile bekam Lubonski Vondrachuk nicht mehr zu Gesicht.

Doch in dieser Gegend war der Krieg ein vertrautes Übel. Die Schlachten wurden weitab geschlagen, und so konnte es leicht geschehen, daß die Aufmerksamkeit der Schloßbewohner davon abgelenkt wurde und sich auf eine erstaunliche Neuigkeit konzentrierte: Mirosława Bukowska kündete an, daß sie Seweryn Buk, den unehelichen Sohn des Schloßherrn, heiraten würde.

»Das kannst du nicht machen!« protestierte Viktor, aber seine entfernte Kusine, diese hagere, linkische Frau von neunundzwanzig Jahren, die niemand einer leidenschaftlichen Regung, gleich welcher Art, für fähig gehalten hätte, blieb hart: »Wir heiraten.«

»Kein Priester wird eine solche Verbindung zulassen«, knurrte Viktor und ließ keine Zweifel daran, daß er sofort Maßnahmen ergreifen würde, um sicherzugehen, daß Pater Barski keine Trauung vornehmen würde.

»Ich habe mir schon gedacht, daß du so reagieren würdest«, bemerkte Mirosława und schob die Lippen vor.

»Du kannst nicht hierbleiben«, sagte Marjorie in der Absicht, ihrem Mann beizuspringen. Aber kaum hatte sie die Worte ausgesprochen, bedauerte sie sie auch schon und würde ihre schroffe Äußerung abgeschwächt haben, wenn die Haushälterin sie nicht angefahren hätte: »Ich habe auch gar nicht die Absicht zu bleiben. Ich teile euch offiziell mit, daß ich das Schloß verlasse.«

»Und wo willst du leben?« gab Viktor verächtlich zurück. Die Antwort zeigte, wie sehr seine Kusine schon vom Positivismus infiziert war: »Ich werde so leben, wie die Menschen dieses Landes schon immer gelebt haben. Seweryn hat ein kleines Haus ...«

»Ich werde es weder ihm noch dir erlauben, in dieses Haus ...«

»Diese Zeiten sind vorbei. Du hast nicht mehr das Recht, zu bestimmen, wer etwas tun kann und wer nicht.«

»Die Häuser gehören immer noch mir, vergiß das nicht!«

»Aber nicht das Land, das Janko Buk bestellt. Nicht das Land, auf dem sein Haus steht.«

»Gibt er dir vielleicht sein Haus?«

»Nein, aber er hat uns bereits ein Stück Land gegeben, auf dem wir selbst bauen können.«

»Seweryn Buk hat keinen müden Zloty, um auch nur irgend etwas zu bauen.«

»Aber ich«, versetzte die entschlossene Frau.

»Du würdest deine Ersparnisse opfern, um einem Bauern ein Haus zu bauen?« fragte er verächtlich, und sie konterte: »Wessen Ersparnisse hast denn du geopfert, um diesen Palast zu bauen?«

Damit war für Marjorie der Moment gekommen, sich ernsthaft in das Gespräch einzumischen. »Ich habe mir um Seweryn immer den Kopf zerbrochen. Es war deine Mutter, Mirosława, die mich bat, nichts mit seiner Mutter, Jadwiga, zu tun zu haben, aber ich hatte immer das Gefühl, daß hier ein großes Unrecht geschehen war, und ich ...«

Als Viktor sah, welche Wendung das Gespräch nahm, verließ er wütend das Zimmer und überließ es den beiden Frauen, ein Problem zu erörtern, das nie wirklich gelöst worden war.

»Bist du fest entschlossen, damit Ernst zu machen?« fragte Marjorie, während sie nach Tee läutete.

»Ja. Es ist meine Rettung und die Rettung Polens.«

»Vermische diese zwei Dinge nicht, Mirosława! Es ist doch so, daß du älter wirst und ...«

»Gerade weil diese zwei Dinge nie vermischt wurden, hat es immer zwei Polen gegeben: eines für den Adel, eines für die Bauern.«

»Man sollte nie versuchen, einem nationalen Notstand durch eine törichte persönliche Tat abzuhelfen.«

»Ganz sicher haben Leute wie ich Leute wie dich in Wien gewarnt, daß, wenn alles so weitergeht, die Monarchie zerfallen würde. Aber du hast ja nie auf diese Leute gehört.«

»Es ist leicht, Katastrophen zu prophezeien, aber sie werden nur selten Wirklichkeit. Ich glaube, du hast diese Entscheidung nur getroffen, weil du Angst hast, du könntest keinen Mann mehr finden. Viktor und ich bringen dich in das kleine Palais in Warschau. Da kannst du hundert Männer kennenlernen, die gute Ehemänner abgeben würden.«

»Ich gehöre hierher!«

»Wenn du tatsächlich aus dem Schloß ausziehen und hier in unserem Dorf leben willst ...«

»Es ist nicht mehr euer Dorf. Eine neue Zeit hat begonnen, und das scheinst du nicht zu begreifen.«

»Du bist also fest entschlossen?«

»Ja. In Polen ist ein neuer Tag angebrochen, und ich werde ihn feiern, indem ich Seweryn Buk den Namen gebe, auf den er Anspruch hat.«

»Du willst ihn Bukowski nennen?«

»Nein, er selbst wird sich Bukowski nennen.«

Jetzt mußte Marjorie energisch protestieren. Sie schickte einen Diener nach Viktor, und als ihr Mann ins Zimmer trat, teilte sie ihm ohne Umschweife mit: »Mirosława sagt mir gerade, daß Buk nach ihrer Hochzeit ihren Namen annehmen wird.«

»Das ist unmöglich!« rief Viktor. Seit seiner Geburt vor fünfundzwanzig Jahren verbreitete Seweryn Buk Unruhe in diesem Bezirk – als Kind, als Heranwachsender und jetzt als junger Mann. Er hatte sich gut betragen, gut eingefügt in die Familie Buk, aber alle Welt wußte, daß er in Wirklichkeit Viktors Sohn war und daß Janko Buk ihn ganz frech benutzt hatte, um Felder und ein Stück Wald an sich zu bringen. Dafür wurde Viktor verachtet und von vielen abgelehnt.

Auf dem Schloß war er ein Problem: eine farblose, gestaltlose Bedrohung, mit den Gesichtszügen des Herrn, aber ohne seinen Namen, und wenn Viktor ihm unerwartet auf einem Feld begegnete, wünschte er sich oft, der junge Kerl würde doch fortgehen ... einfach verschwinden. Aber in diesen frühen Tagen des zwanzigsten Jahrhunderts gingen Bauern nicht einfach davon; sie waren an ihr Land gebunden, und mehr wußten sie nicht.

Nun sollten also die Gespenster der Vergangenheit aus ihren Verstekken geholt werden, und wovon man bisher nur im Dorf offen gesprochen hatte, das würde nun auch im Schloß offen beredet werden. Mochten die Bukowskis noch so viele Einwände erheben, Mirosława, die den gleichen Namen trug, ließ sich nicht beirren und bestellte das Aufgebot.

Weil Braut und Bräutigam keine richtigen Dörfler waren, konnte es keine Hochzeit nach alter bäuerlicher Tradition geben, und die lärmenden Feierlichkeiten einer glücklichen Hochzeit hätten bei einem so herben Wesen, wie Mirosława es war, sonderbar und unpassend gewirkt. Aber drei Tage dauerte die Sache doch; *pani* Bukowska bezahlte die Musikanten, und das Bier stellte ihr Mann zur Verfügung.

Wie die meisten Priester, die aus ärmlichen Verhältnissen kamen, war auch Pater Barski eifrig darauf bedacht, das Wohlwollen von Schloß und Herrschaft nicht zu verlieren. Er weigerte sich, die Trauung vorzunehmen; wäre er der Gemeindepfarrer gewesen und nicht bloß ein zufälliger Besucher, er hätte die Heirat verhindern können. Aber so weit wollte er nicht gehen. »Es ist nur eine Geste, Barski«, hatte Graf Lubonski, sein großer Gönner, ihm versichert und dabei zynisch gelächelt. »Es handelt sich um eine Frau, die eine Geste macht; keine Frau, die aus Liebe heiratet. Folgen Sie meinem Rat: Halten Sie sich raus.«

Einigermaßen verwirrt kam ein Geistlicher aus einem anderen Dorf, um seines Amtes zu walten; als er die Pracht des Bukowskischen Palastes sah, dachte er sich, daß hier etwas ganz und gar nicht stimme. Er ging zu den Bukowskis und sagte: »Wenn ich irgendwie Anstoß erregen sollte ...«

»Sie können beruhigt sein«, sagte *pani* Bukowska, und als am zweiten Nachmittag die Trauung vorgenommen wurde, war sie dabei, um die Verbindung vor aller Augen gutzuheißen. Sie brachte auch ihren Mann mit, nachdem sie ihn darauf hingewiesen hatte, daß es auf lange Sicht besser war, seine Fehler öffentlich einzugestehen. Als die Fiedler anfingen, tanzte sie mit Graf Lubonski, mit ihrem Mann und dann mit dem verdutzten Bräutigam.

Mirosława hatte nachforschen lassen und erhielt bemerkenswerte Auskünfte: In vielen polnischen Ehen konnte die Braut, wenn sie aus einer wesentlich vornehmeren Familie kam als der Bräutigam, ihren Zunamen behalten und an den ihres Mannes mit einem Bindestrich anhängen – in welchem Fall der Mann auch häufig den vornehmeren Namen annahm. Der Schullehrer, von dem diese Informationen stammten, zitierte als Beispiel Maria Skłodowska-Curie, die zweimal den Nobelpreis gewonnen hatte, und Ewa Brandrowska-Turska, als Sängerin in ganz Europa bekannt. Der dem Bauernstand zugehörige Ehemann konnte sich den Familiennamen seiner Frau leihen und sich Seweryn Bukowski-Buk nennen, doch weil das lächerlich klang, würde er den zweiten Teil bald fallenlassen und zu dem werden, was er schon immer gewesen war – Seweryn Bukowski. Es war nicht gerade sauber und vielleicht nicht ganz legal, aber so würde es gemacht werden.

Und was hielt er selbst von diesem ungewöhnlichen Arrangement: eine Frau, die älter war als er selbst, und außerdem eine Adelige? Ein neuer Name und ein neues Haus? Genug Geld, um davon leben zu können, auch wenn er keine Arbeit fand? Feindschaft mit dem Schloß und seinen Bewohnern?

Er war vierundzwanzig, erfreute sich guter Gesundheit und konnte lesen. Unter Mirosławas Anleitung hatte er sogar eine ganze Menge gelesen, einschließlich Autoren wie John Stuart Mill und Herbert Spencer. Er kannte Karl Marx durch die Schriften Friedrich Engels', die er in polnischer Übersetzung studiert hatte. Von seinem Vater war er zu einem guten Bauern ausgebildet worden, von seiner Mutter angehalten, sich für alles Ungewöhnliche zu interessieren. Obwohl Jadwiga selbst nicht lesen konnte, sah sie in dieser Kunst den Weg zu dem besseren Leben, das sie für ihren Erstgeborenen ins Auge faßte, und sie war es gewesen, die, Mirosławas Rat befolgend, darauf bestanden hatte, daß er lesen lernte.

Sie liebte ihre Söhne Jan und Benedykt genauso wie Seweryn, hatte aber bald bemerkt, daß sie nur geringe Anlagen besaßen, sich weiterzubilden, und so war sie es zufrieden, daß sie tüchtige Bauern wurden – wie ihr Vater.

Janko Buk, einst Viktor Bukowskis Stallknecht und Diener in Wien, amüsierte sich köstlich über diese Heirat, die Jadwigas Sohn so geschickt eingefädelt hatte, denn er huldigte schon lange der Anschauung, daß die Reichen nur dazu da waren, von schlauen Bauern hereingelegt zu werden. Er sah mit Freuden, daß Seweryn diese Lektion so schnell gelernt hatte.

Was er jedoch nicht verstand, das war die Veränderung, die im Laufe der Jahre in Mirosława vorgegangen war. Er konnte einfach nicht begreifen, daß diese stille Frau aus eigenem Antrieb – mit nur gelegentlich von Krakauer Professoren gelieferten Denkanstößen – eine verständliche Darstellung der polnischen Gesellschaft herausgearbeitet hatte, die der Wirklichkeit näher kam als die weltklugen Vorstellungen Viktor Bukowskis, seiner an einem College ausgebildeten Frau und selbst Graf Lubonskis.

Krystyna Szprot sah Polen als revolutionäres Ideal; Ignacy Jan Paderewski sah es als eingekerkertes Land, das einer Führung bedurfte; Graf Lubonski, der die für den Minister einer Monarchie typische Verhaltensweise beibehalten hatte, sah es als ein kostbares Erbstück, das im tückischen europäischen Ränkespiel beschützt werden mußte; Mirosława aber sah es als ein Land, das völlig neue Lebensformen entwickelte, und versuchte, ihrem Mann diesen Begriff zu vermitteln.

Sie hatte ein freundschaftliches Verhältnis zu Jadwiga Buk. Nicht nur war diese zweiundfünfzig Jahre alte Bäuerin Zeugin der kontinuierlichen Reformen der Jahre 1905 bis 1919 gewesen; sie hatte selbst ihr Teil dazu beigetragen, indem sie ihrem schlauen Mann zu Land und einem Stück Wald verhalf, ihren Sohn dazu antrieb, sich fortzubilden, und geduldig darauf hinarbeitete, ihre Familie aus dem Herrschaftsbereich der Bukowskis herauszulösen. Sie war eine beherzte, freimütige Frau, die einen Sohn großgezogen hatte, der die Fähigkeit besaß, das neue Polen mit scharfen Augen zu sehen und seine Möglichkeiten richtig einzuschätzen. Er war nicht kühn und wagemutig wie seine Mutter und kein intellektueller Mensch wie seine Frau; er war der neue Bauer, mit Karl Marx vertraut, voller Hoffnung auf einen neuen Tag und nicht abzubringen von seiner Entschlossenheit, die Dinge so zu sehen, wie sie tatsächlich waren – und nicht so, wie der Graf, der Schloßherr oder der Priester sie darstellten.

Mirosława und Seweryn Bukowski beabsichtigten, ihr Haus auf dem Land zu bauen, das Janko Buk seinem Herrn abgepreßt hatte, und Jadwiga bestand auf einem Steinboden; es durfte kein Lehmboden sein, den sie ihr Leben lang hatte ertragen müssen. Als man anfangen wollte, die Fundamente zu legen, kam Viktor Bukowski vorbei. »Es wäre doch Unsinn, so knapp neben deinem Vater zu bauen«, meinte er. »Du kannst die zwei Morgen Land da drüben haben.« Der junge Seweryn wollte ihm danken; da unterbrach Viktor ihn und fügte ein wenig verlegen hinzu: »Es war nicht meine Idee. *Pani* Bukowska gibt es deiner Frau als Hochzeitsgeschenk.«

Das aus drei Zimmern bestehende Haus erhielt einen Fußboden aus Beton (der Zement kam mit einer Traft aus Krakau) und einen massiven Schornstein, durch den der Rauch entweichen konnte. Die Nachbarn wunderten sich über die drei Räume, wo es doch üblicherweise nur zwei gab oder gar nur einen, aber Mirosława, die jetzt mehr Bäuerin als Aristokratin zu sein schien, hatte eine Antwort parat: »Mein Mann braucht eine Ecke für seine Bücher.«

Dies war eine Lüge. Das Haus bestand deswegen aus drei Zimmern, weil Mirosława das Schlafzimmer unbedingt vom allgemeinen Wohnbereich getrennt haben wollte; sie hoffte, Kinder zu bekommen, und wollte nicht, daß sie im üblichen Durcheinander einer typischen Bauernhütte aufwuchsen. Sie war bereit, als Bäuerin zu leben; als echte Revisionistin bestand sie sogar darauf, aber nur in Grenzen – und die private Sphäre war eine solche Grenze.

So erstarrte das Leben an der Weichsel wieder zur Routine. Graf Lubonski beschäftigte sich damit, eindringliche Botschaften an die Regierenden in Warschau, an Witold Jurgela in Wilna und Taras Vondrachuk in Kiew zu richten, und beschwor sie alle, sich ihren

Führungsaufgaben gewachsen zu zeigen. Pater Barski machte sich langsam mit den komplizierten Maßnahmen der neuen polnischen Kirche vertraut, die jetzt danach strebte, ein solides Gebäude auf den mannigfaltigen, leidvollen Erfahrungen zu errichten, die die Katholiken über hundert Jahre lang unter drei verschiedenen Aufsichtsinstanzen hatten sammeln müssen. Die im österreichischen Teil gelebt hatten, waren von der wichtigtuerischen, aufgeblasenen römisch-katholischen Hierarchie in Wien als zweitklassige Bürger angesehen worden; die Menschen, die es auf deutsche Gebiete verschlagen hatte, waren von den Protestanten kujoniert worden, die dort das Sagen hatten; die Polen unter russischer Herrschaft hatte die dominierende russisch-orthodoxe Kirche mit kalter Geringschätzung behandelt. Nun waren die Joche abgeschüttelt, und die einheimische Kirche konnte sich nach ihren eigenen, von der Geschichte vorgezeichneten Leitlinien unverbrüchlicher Treue zu Rom entwickeln.

Da Pater Barski erkannte, daß die kommenden Jahrzehnte eine Zeit für neue Begriffsbestimmungen und Wiederbelebungen sein würde, ging er in die Vergangenheit zurück, um nach den Anfängen seiner Kirche zu suchen, die vor tausend Jahren aus dem Westen gekommen war, um die Haufen umherziehender und einander bekriegenden Stämme zu einigen, die sich Polen nannten. Er zählte jetzt vierunddreißig Jahre und glaubte zu wissen, daß unter allen Geistlichen dieser Region, wie alt sie auch sein und welche Positionen sie einnehmen mochten, er der gelehrte, der wissende war. Zwar hatte er keine klare Vorstellung, welchen Rang er in der Kirche erreichen konnte, aber ihm war klar, daß er sich, wenn er etwas zuwege bringen wollte, das Wohlwollen des Grafen, der reichen Bukowskis – und der Bischöfe von Sandomierz und Krakau bewahren mußte. Daran dachte er stets. Kein Wunder, daß er bei allem, was er tat, größte Vorsicht walten ließ.

Viktor Bukowski kümmerte sich nicht um die läppischen Kriege mit Litauen, der Tschechoslowakei und der Ukraine; sein Hauptinteresse galt den Pferden. Aus Anlaß von Paderewskis letztem Abend in Polen hatte Viktor Marjorie widerstrebend nach Warschau begleitet, wo sie den großen Mann im Palais Princesse als Gast bei sich sahen und sogar versuchten, ihm mit dem Klavier zu locken, das Marjorie speziell für diese Gelegenheit gekauft hatte; aber er hatte keine Lust gehabt zu spielen, und so war der Abend mit dem Austausch düsterer Gedanken vergangen.

Bei einer Gelegenheit hatte Paderewski den Hausherrn gefragt: »Was wollen Sie jetzt eigentlich machen?« Und wie ein Schuljunge hatte Viktor geantwortet: »Wie ich höre, bestehen gute Aussichten, in Amerika Araber zu verkaufen.«

»Was für Araber?« fragte Paderewski. »Wovon reden Sie?«

»Von meinen Pferden. Ich habe viel Geld in diesen Pferden angelegt, wie man drüben sagt.«

Paderewski war in Gelächter ausgebrochen, zum erstenmal an diesem Abend. »Oh, das gefällt mir! Man denkt doch immer, daß man Pferden das Geschirr anlegt. ›Viel Geld in diesen Pferden angelegt.‹ Ein hübsches Wortspiel.«

Viktor hatte keine Ahnung gehabt, was der alte Herr damit meinte, aber ein leichter Rippenstoß seiner Frau hatte es ihm ratsam erscheinen lassen, das Thema nicht weiter zu verfolgen.

Nach Paderewskis Abreise hatte Viktor keinen Anlaß gesehen, noch länger in Warschau zu bleiben, und nach ein paar Konzerten eines Berliner Orchesters und einiger Sänger, die vor der Revolution aus Moskau geflohen waren, war sein Wunsch, an die Weichsel zurückzukehren, immer stärker geworden. »Ich habe richtig Heimweh.« Und so hatte Marjorie auf eine glänzende Saison in Warschau verzichtet – drei Opernaufführungen in der Woche und ständig Konzerte –; doch als sie ihren Mann wieder auf seinen Pferden auf den Feldern sah, hatte sie das Gefühl, daß es richtiger gewesen war, ihn nach Hause zu bringen.

Sie war sich ihrer Sache noch sicherer, als eines Vormittags Jadwiga Buk und ihre Schwiegertochter Mirosława Bukowska im Schloß erschienen und den Herrn zu sprechen wünschten. Als Viktor aus dem Zimmer im Obergeschoß kam, wo er sein Morgenschläfchen gehalten hatte, baten die zwei Frauen Marjorie zu bleiben. »Worüber wir mit Ihnen reden wollten«, begann Jadwiga, »es geht darum, daß Ihre Felder nicht ordentlich bestellt werden.«

»Und die Dörfer«, fuhr Mirosława fort. »Es sind doch immer noch eure Dörfer. Sozusagen.«

»Sie sind in schlechtem baulichen Zustand, *pan* Bukowski.«

»Es wäre in der Tat zu empfehlen, ihnen größere Aufmerksamkeit zuzuwenden«, erklärte Viktor mit der behäbigen Förmlichkeit, die bei einer Kabinettssitzung angebracht gewesen wäre. »Aber wie ihr wißt, bin ich ziemlich beschäftigt.«

»Na sicher«, versetzte Jadwiga, die sehr wohl wußte, daß es nichts gab, dem dieser leichtfertige Mann, der einst mit ihr das Bett geteilt hatte, für längere Zeit seine Aufmerksamkeit geschenkt hätte, »und darum wollten Mirosława und ich ...«

Mirosława fiel ihr ins Wort: »Wir finden, du solltest Seweryn, meinen Mann, einstellen – als Verwalter.«

»Eine wunderbare Idee!« rief Marjorie, noch bevor sich Viktor zu diesem erstaunlichen Vorschlag äußern konnte. »Ein Mann mit fachlicher Ausbildung ...«

»Es könnte etwas dran sein«, meinte Viktor vorsichtig. »Aber warum kommst du mit dem Vorschlag zu mir – wo ist Seweryn?«

»Er hat sich nie gern vorgedrängt«, antwortete Jadwiga.

»Besonders in diesem Fall«, sagte Mirosława, »wo doch die Stelle üblicherweise stets einem Angehörigen des Landadels übertragen wird.«

Und sie mußte einfach hinzufügen: »Was der Grund ist, warum sie oft so mangelhaft versehen wird. Wie hier.«

Viktor erhob sich, stapfte im Zimmer auf und ab, dachte über den Vorschlag nach und versuchte vergeblich, irgendeinen Haken daran zu finden. Er mißtraute diesen zwei Frauen, von denen jede schlauer war als er selbst, aber noch bevor er ablehnen konnte, ergriff Marjorie das Wort, die durch das Nutznießungsrecht der Ehefrau am Gut des Ehemannes Mitbesitzerin war, und erklärte begeistert: »Ich finde, Viktor, das ist eine sehr empfehlenswerte Idee. Welche Vorstellung habt ihr in bezug auf Lohn ... oder besser Gehalt? Ich habe keine Ahnung, was da üblich ist.«

Wieder kam die Antwort von Jadwiga: »Für den Anfang bräuchte es nicht viel zu sein, bis er gezeigt hat, was er kann. Aber er müßte ein Haus haben.«

»Er hat sich doch gerade eines gebaut«, warf Viktor ein.

»Aber das ist doch nicht das passende für einen Verwalter«, entgegnete Jadwiga. Sie ging zum Fenster und deutete auf einen freien Platz zwischen den Stallungen. »Da könnte er sich ein richtiges Haus hinbauen. Mit einem Keller. Dann könnte er auch auf Ihre Pferde aufpassen ... auf die Stallknechte, meine ich, daß sie alles richtig machen.«

Die Bukowskis traten ans Fenster und sahen zu den Ställen hinüber, wo Jadwiga Buk zwischen dem westlichen Ende und dem Fluß acht schmale Pflöcke, jeder mit einem Fähnchen versehen, in den Boden geschlagen hatte – der Umriß des Hauses, in dem ihr erstgeborener Sohn wohnen sollte.

»Und was würdest du mit dem Haus machen, das schon gebaut ist?« fragte Viktor, unschlüssig wie einer, der das Gefühl hat, von einer Flutwelle hinweggespült zu werden.

»Das würden wir meinem Sohn Jan geben. Er will bald heiraten«, antwortete Jadwiga. »Ein kräftiges Mädchen aus Ihrem anderen Dorf ... sie heißt Maria. Und wie ich schon sagte, *pan* Bukowski: Er könnte Ihre Stallungen im Auge behalten ... Ihre Pferde ... Ich meine, Seweryn könnte das, von seinem neuen Haus aus ...«

Die zwei Frauen gingen. Zunächst sagte Jadwiga nichts. So verständnisvoll Mirosława auch zu sein schien, wie energisch sie sie auch zu diesem Besuch ermutigt hatte, sie war und blieb eine Angehörige des Landadels und damit eine potentielle Feindin jedes Bauern. Doch als sie sich in sicherer Entfernung vom Schloß befanden, konnte sich die ältere der beiden Frauen nicht mehr zurückhalten; sie nahm Mirosława in ihre kräftigen Arme und hob sie in die Luft. »O Schwiegertochter! Ohne Schuhe betrat ich vor fünfundzwanzig Jahren als Bauernmagd diesen heruntergekommenen Herrensitz. Jetzt besitze ich mein eigenes Haus und Felder. Mein zweiter Sohn wird ein eigenes Haus mit einem Betonfußboden haben. Und mein Erstgeborener ein richtiges Haus mit einem Keller.« Wieder umarmte sie Mirosława und küßte sie liebevoll auf beide Wangen. »Das ist schon was!« rief sie. »Das ist schon was ganz Großes!«

Dann aber brach mit der Plötzlichkeit eines Waldbrandes ein Ereignis herein, das das Leben aller in Mitleidenschaft zog.

Knapp acht Monate, nachdem sie einen blutigen Krieg gegeneinander geführt hatten, verband sich General Piłsudski, der jetzt, da Paderewski zurückgetreten war, Polen diktatorisch regierte, mit Symon Petljura, Hauptataman des ukrainischen Heeres, zu einem Totalkrieg gegen Rußland. Wie war es dazu gekommen? Die römisch-katholischen Polen und die Ukrainer, die ihre Religion nach verschiedenen östlichen Riten ausübten, mieden und beargwöhnten einander, aber beide verabscheuten den russischen Kommunismus, den sie als heidnischen Atheismus schlimmster Sorte ansahen. Selbst nichtreligiöse Bürger der beiden Nationalitäten mißtrauten den Versprechungen des Kommunismus, insbesondere die Bauern; sie wußten, daß sie unter diesem System ihr Land und ihr Vieh verlieren würden.

Als es nun den Anschein hatte, als ob russische Armeen sich bereit machten, dem Osten Lenins neue Weltordnung aufzuzwingen, entstand sowohl in Polen wie auch in der Ukraine ein natürlicher Widerstand, der so stark war, daß er alte Feindseligkeiten und auch solche jüngeren Datums vergessen ließ. Piłsudski und Petljura setzten sich in Marsch, um nicht nur ihre eigenen Länder, sondern ganz Europa vor der Gefahr des Kommunismus zu schützen.

»Es ist«, predigte Pater Barski, »eine gottgegebene Chance, den Lauf der Geschichte dieser Weltgegend zu bestimmen«, und rief die Männer in seinem Sprengel auf, sich freiwillig zu diesem Kreuzzug zu melden.

Der dreiundzwanzigjährige Jan Buk meldete sich freiwillig und marschierte mit der Armee nach Kiew, wo die entscheidenden Schlachten geschlagen werden würden. Auch Seweryn Bukowski wurde von dem Priester aufgefordert, sich freiwillig zu melden, aber seine Frau wies darauf hin, daß er als Verwalter eines landwirtschaftlichen Betriebes, der Lebensmittel für die Armee produzierte, unersetzlich war; ihrem Mann sagte sie heimlich: »Es ist der falsche Krieg gegen den falschen Feind. Der Kommunismus ist der Freund des Volkes. Piłsudski und Petljura sind Diktatoren und Lügner; sie stehen auf der Seite der Magnaten. Aber verrate niemandem, daß ich das gesagt habe.«

Seweryn, der alle Vorgänge im Dorf aufmerksam verfolgte, erfuhr, daß auch eine Reihe anderer Bauern der neuen russischen Gesellschaftsordnung den Vorzug über die althergebrachte polnische Lebensweise gaben: »Natürlich wollen Pater Barski und Bukowski, daß wir in den Krieg ziehen, um ihre Interessen zu verteidigen. Aber diese Zeiten sind vorbei.«

Es fiel Seweryn schwer zu entscheiden, was er von Pater Barski halten sollte. Er konnte den Priester gut leiden, und seine Eltern hatten ihn gelehrt, seinen Stand zu ehren, aber immer mehr respektierte er die Art, wie Mirosława die Ereignisse auslegte. Er hatte erkannt, daß sie für gewöhnlich im Recht war, wenn Männer wie Bukowski und Pater Barski im Unrecht waren, und er argwöhnte, daß auch in diesem vom Zaun gebrochenen Krieg Polen im Unrecht und Rußland im Recht war.

Ungeachtet solch zwiespältiger Haltung, die sich in vielen Teilen Polens bemerkbar machte, errangen die Armeen Polens und der Ukraine gewaltige Siege. Sie vertrieben die Russen aus der Ukraine und setzten in diesem verwirrten und Verwirrung stiftenden Land sogar eine freie Regierung ein, die erste in tausend Jahren turbulenter Geschichte. Am 8. Mai 1920 zogen Piłsudski und Petljura in Kiew ein, womit sie Osteuropa von den Kommunisten befreit hatten. Der Erfolg wurde begeistert gefeiert.

Die Feiern waren verfrüht, dann aus dem Norden erfolgte ein mächtiger Zangenangriff der Russen. Unterstützt von auf gepanzerten Kettenfahrzeugen aufgesetzter schwerer Artillerie marschierte Michail Tuchatschewskijs Infanterie direkt auf Warschau, aber noch schrecklicher wütete Marschall Semjon Budjonnyjs erste Kavalleriedivision, ein wilder Reiterhaufen, der die polnisch-ukrainischen Heere auseinandersprengte und innerhalb weniger Tage große Geländegewinne erzielte. Gleich den Tataren des Jahres 1240 gingen sie mit unvorstellbarer Grausamkeit vor, verwüsteten Ostpolen und näherten sich der Festung Zamość, von wo aus sie zur Burg Gorka und zum Schloß Bukowski galoppieren konnten.

Am 2. August standen General Tuchatschewskijs Streitkräfte in Kanonenschußweite vor Warschau, und er hatte guten Grund anzunehmen, daß die polnische Verteidigung dem Zusammenbruch nahe war. So wie er die Lage einschätzte, konnten die kommunistischen Armeen ohne Schwierigkeiten zur Oder vorstoßen und von dort in ein zerrüttetes Deutschland, das für seine Sicherheit fürchtete.

Ein gutinformierter französischer Kriegsberichterstatter, ein gewisser M. Delacorte, sandte einen erschreckenden Bericht an seine Zeitung in Paris:

Man sollte die Gefahr auf keinen Fall unterschätzen. Das Schicksal Warschaus ist besiegelt. Das kommunistische Heer General Tuchatschewskijs wird sich in Kürze mit der gefürchteten Kavallerie Marschall Budjonnyjs vereinigen, und diese siegreichen Streitkräfte wer-

den in der Lage sein, ungehindert bis zur Oder vorzustoßen. Nicht nur ist Deutschland zu schwach, um Widerstand zu leisten, es ist auch nicht auszuschließen, daß sich zumindest die Hälfte der unzufriedenen Bevölkerung in diesem Land auf die Seite der Russen schlagen würde.
In zwei Wochen könnten Tuchatschewskij und Budjonnyj an der französischen Grenze stehen, und England muß sich auf diese schreckenerregende Möglichkeit einstellen. Sollte es den siegreichen Russen gelingen, sich der Unterstützung der Massen für eine große revolutionäre Erhebung zu versichern, könnte es das Aus bedeuten für das Europa, wie wir es kennen.
Leo Trotzkij, der Motor der Revolution, drückte es in seinem Gefechtsbefehl an die russischen Truppen noch bündiger aus: »Laßt uns Warschau erobern, ihr Helden! Nur noch sechzehn Werst, und ganz Europa steht in Flammen!« Er hatte recht. Nur noch sechzehn Kilometer fehlten zu einem alles entscheidenden Sieg.
Alle gutunterrichteten Beobachter teilten seine Meinung. Das Schicksal Europas hing tatsächlich in der Schwebe, wobei die Russen, die vor der Einnahme Warschaus standen, einen gewaltigen Vorteil für sich buchen konnten: Sie waren eine revolutionäre Kraft, die sich von der wilden Wut von Menschen nähren konnte, die sich endlich befreit fühlten, während die Deutschen, die Franzosen und auch die Engländer von ihren Kämpfen erschöpft waren, die sie, beherrscht von alten und zum Teil abgegriffenen Schlagworten und Propagandasprüchen, ausgetragen hatten. Es würde ein ungleicher Kampf zwischen ungleichen Gegnern werden, dessen Ausgang, so prophezeite Lenin, »die Hinwendung ganz Europas zum Kommunismus noch vor Neujahr« sein konnte.
Bei diesem Stand der Dinge erreichten Nachrichten über die Angriffe der Roten Armee auch Bukowo. »Unsere Stadt ist verloren!« rief ein Bote aus Zamość. »Budjonnyj hat sie fast völlig umzingelt. Hilfe! Hilfe!«
Viktor Bukowski hörte die Klage und erfuhr bei dieser Gelegenheit auch, daß Warschau fallen könnte. Er verabschiedete sich mit einem Kuß von seiner Frau, suchte seine acht besten Pferde aus und begab sich zu Janko Buk. »Wir werden alle gebraucht. Mein Sohn ist noch in Paris. Ruf deine Söhne zusammen!«

Über neunhundert Jahre hin hatten die Bukowskis den Buks solche Befehle erteilt, und neunhundert Jahre lang waren die Grundholden pflichtschuldigst in den Krieg gezogen, hatten ihrer Herren Pferde bereitgehalten, sie gefüttert und ihre verwundeten Herren vom Schlachtfeld getragen. Jetzt wurden die Bauern wieder gerufen, und Janko Buk gehorchte seinem Herrn; aber es gab einen Unterschied: »Jan ist schon in der Armee, und Seweryn kann ich nicht finden.«

Daß Seweryn nicht zu finden war, hatte seinen guten Grund. Mirosława, die es immer noch für einen Fehler hielt, sich dem Kommunismus entgegenzustellen, hatte ihren Mann versteckt und weigerte sich zu verraten, wo er sich befand. »Er ist in Sandomierz in Geschäften für dich«, log sie, »und ich habe keine Ahnung, wann er zurückkommt.«

So mußte Viktor ohne ihn aufbrechen. Doch da er die Ansicht vertrat, daß es für einen Mann in seiner Position unzumutbar war, ohne einen Putzer ins Feld zu ziehen, befahl er Jadwiga und Janko, ihm ihren dritten Sohn, Benedykt, mitzugeben, und das taten sie.

Die drei machten sich auf den Weg, jeder auf einem prachtvollen Pferd, und Benedykt führte drei Remonten am Zügel. Sie ritten nach Nordosten, überquerten den San, und während sie sich vorsichtig dem Kampfabschnitt näherten, schlossen sich ihnen ständig mehr Männer an. Adelige und Bauern; zusammen ritten sie weiter, wie sie es schon immer in unruhigen Zeiten in diesem Land gehalten hatten. Sie trugen keine Uniformen, aber jeder von ihnen war mit der Ausrüstung versehen, die sich in der Vergangenheit als nützlich erwiesen hatte: Gewehre, Pistolen, Schwerter, Dolche, festes Schuhwerk, enggestrickte Mützen, die ihnen als Helme dienten, und das beste Sattelzeug Europas. Sie waren zwar nicht ausgebildet, aber einsatzbereit waren sie.

Zwanzig Kilometer westlich von Zamość stießen sie auf eine Abteilung der regulären polnischen Kavallerie, deren Offiziere sie überschwenglich willkommen hießen; sie waren jetzt über zweihundert Freischärler, die den Ausgang der bevorstehenden Schlacht entscheidend beeinflussen konnten. »Sie haben sich in Szczebrzeszyn zu sammeln«, sagte einer der Offiziere, und Viktor mußte lachen. »Was ist daran so komisch?« fragte der Offizier, und Bukowski antwortete, immer noch kichernd: »Ich mußte an meine Frau denken. Sie kommt aus Chicago und hat es nie geschafft, den Namen dieser Stadt auszusprechen.«

»Dann sind Sie Bukowski«, lächelte der Offizier. »Übernehmen Sie das Kommando über diese Leute!«

So wurde Viktor Bukowski auf dem Schlachtfeld – eigentlich schon vorher – zum Major befördert, und es fiel ihm nicht schwer, sich mit dieser Rolle zu identifizieren. Er und Janko Buk waren wesentlich älter als die meisten anderen Patrioten; sie waren geübte Reiter, und es überraschte keinen, als Major Bukowski bekanntgab, daß Janko Buk sein Erster Offizier sein würde.

In Szczebrzeszyn standen bereits sechshundert Männer wie sie – alle nervös, alle von Furcht ergriffen, wenn aus dem Osten der Kampflärm herüberschallte, aber bereit, die herankommenden Russen frontal anzugreifen.

»Frontal angreifen? Das lassen Sie lieber sein, meine Herren«, warnte sie ein gewisser Oberst Stempkowski. »Budjonnyjs Männer sind ausgezeichnete Reiter und haben uns in diesem sich hinziehenden Gefecht schon sechs Niederlagen beigebracht.«

»Was sollen wir also tun?« fragte Bukowski, der an seinem neuen Rang viel Gefallen fand.

»Sind Sie der Bukowski, dem die große Zucht an der Weichsel gehört?«

»Der bin ich. Und das ist mein Erster Offizier, Janko Buk.«

»Sie sind erfahrene Reiter, nicht wahr?«

»Allerdings.«

»Ich habe eine besondere Aufgabe für Sie.«

»Wir stehen zu Diensten.«

Oberst Stempkowski hatte nicht die Absicht, den russischen Heerführer jemals wieder frontal anzugreifen. »Aber wenn wir, von Süden kommend, den Feind von hinten attackieren, wo er uns nicht erwartet, dann können wir die Pläne dieses Herrn zum Scheitern bringen und ihm eine empfindliche Niederlage bereiten.«

Major Bukowskis Freischärler sollten in südlicher Richtung zum Dorf Zwodne vorstoßen, bei Labunki einen kleinen Fluß überqueren und nach Norden auf Jarosławiec zu schwenken, wo sie die Nachhut von Budjonnyjs Streitkräften finden würden. Sobald sie auf die Russen gestoßen waren, sollten sie dort auf eine Weise wüten, daß die

Frontlinie von Budjonnyjs Truppen bald davon erfahren und dieser sich schwierigen Entscheidungen gegenübersehen würde. Erst dann würde das Gros der polnischen Kavallerie in Aktion treten.

»Es hängt alles von Ihnen ab, Bukowski«, sagte der Oberst, während er beobachtete, wie sich die undisziplinierten Freischärler von der Weichsel auf eine Schlacht vorbereiteten, für die ihnen jedes Verständnis abging. Schneidig und selbstbewußt ritt Viktor an der Spitze und feuerte seine Männer mit Bewegungen seiner rechten Hand an; Janko nahm Position an der Flanke und bemühte sich, unter seinen Bauern eine Art Ordnung herzustellen; Benedykt hielt sich am Ende des Zuges und kümmerte sich um die Ersatzpferde; und alle bewegten sich so ungezwungen, daß der Oberst den Kopf schüttelte. »Arme Kerle!« sagte er zu seinem Adjutanten. »Man möchte meinen, sie reiten zu einem Picknick aufs Land.«

Marschall Semjon Budjonnyj von Rußlands erster Kavalleriedivision war der Welt fähigster Kommandeur berittener Truppen, ein gutaussehender Mann mit einem monumentalen Schnurrbart und umfassendem Wissen auf dem Gebiet historischer Reiterschlachten. Als Schüler Prinz Ruprechts und Jeb Stuarts hatte er in den Steppen gelernt, seine schnellen Krieger erfolgreich gegen den schwächsten Punkt des Feindes zu werfen, und die Art, wie er im Sturm unaufhaltsam von jenseits des Dnjepr bis vor die Tore von Zamość gefegt war, stellte seinem militärischen Können das beste Zeugnis aus.

Er war ein skrupelloser Kommandeur und kannte nur eine Strategie: »Vernichtet den Feind, brennt seine Dörfer nieder!« Indem er diese Ziele verfolgte, schonte er auch die Zivilbevölkerung nicht. Er ließ Vergewaltigungen und Plünderungen zu, ja, er ermutigte seine Soldaten sogar dazu, und seine Gegner mußten zugeben, daß er für gewöhnlich totale Siege erfocht.

Jetzt aber wurde ihm klar, daß er seine Offensive beschleunigen mußte, denn General Tuchatschewskij hatte vor den Toren Warschaus eine brutale Drohung ausgestoßen: »Noch heute werden wir das entweihte Kiew rächen und das polnische Heer in seinem eigenen Blut ersäufen. Im Westen entscheidet sich das Schicksal der Weltrevolution; über den Leichnam Polens führt der Weg zum allgemeinen Weltbrand. Bevor es Abend wird, ist Warschau unser!« Wenn er seine Worte wahr machte, würde Budjonnyj Zamość niederringen, bei Bukowo mit aller Eile die Weichsel überqueren und die russische Zange um das Herzland Polens schließen müssen, bevor er seinen stürmischen Siegeszug nach Berlin und Paris fortsetzte.

Budjonnyj war ein begeisterter Kommunist, der die Bewegung, die er so machtvoll vorantrieb, nie ganz verstand, aber er wertete sie als dynamische Kraft, die es Rußland ermöglichen würde, die Seehäfen an der Atlantikküste zu besetzen, die es schon immer angestrebt hatte. »Wir werden Antwerpen und Bordeaux und Le Havre nehmen«, versicherte er seinem Stab. »Nur noch dieses Städtchen! In Deutschland haben wir nichts zu fürchten, und noch vor dem Winter stehen unsere Truppen am Kanal!«

Die drei europäischen Reporter, denen man gestattet hatte, ihn auf seinem ungestümen Vormarsch zu begleiten, vermochten mit seiner stürmischen Taktik kaum Schritt zu halten. »Es scheint nichts zu geben, was ihn aufhalten könnte«, berichteten sie an ihre Redaktionen. »Er stellt unmögliche Zeitpläne für den Vormarsch seiner Truppen auf und übertrifft dann noch die festgelegten Termine. Er ist ein moderner Attila, ein neuer Dschingis Chan, und nachdem er über Europa hinweggefegt ist, wird dieser Kontinent nie wieder sein, was er einmal war.«

Für Zamość hatte er sich einen einfachen Plan zurechtgelegt. Er glaubte zu wissen, daß er den Kern der polnischen und ukrainischen Kavallerie vernichtet hatte und daß nur mehr zweitrangige Reiterverbände übriggeblieben waren. Er wußte aber auch aus sorgsam zusammengetragenen Berichten, daß diese harte kleine Nuß Zamość in vergangenen Zeiten Belagerungen durch Schweden, Türken und Ukrainer standgehalten hatte und daß die Mauern der Stadt noch von keinem Invasor bezwungen worden waren. Er dachte nicht daran, leichtfertig vorzugehen.

Zu dieser Zeit verfügte Zamość natürlich nicht mehr über eine Ummauerung von bedrohlichen Ausmaßen; ein nach den Vorstädten gerichtetes Wachstum hatte die berühmten alten Bastionen verschlungen. War die Stadt einmal genommen, eröffnete sie jedem Heer einen nahezu ungehinderten Zugang nach Deutschland. Zamość war es wert, eingenommen zu werden – rasch eingenommen zu werden.

Im Vertrauen darauf, daß er damit den besseren Teil der polnischen Kavallerie in diesen Bereich locken würde, beschloß Budjonnyj, einen Scheinangriff auf den östlichsten Punkt der Stadt zu richten. Dann plante er, ein leichteres, aber lautstarkes Detachement nach Norden zu entsenden, um den Eindruck zu erwecken, hier würde der Hauptangriff unternommen. Gleichzeitig aber würde er seine Hauptstreitkraft unter seinem persönlichen Kommando mit geballter Kraft im Süden einsetzen, die noch vorhandenen polnischen Truppen in Verwirrung stürzen und sich damit einen leichten Zugang von Westen her schaffen. Dieser Plan mußte dazu führen, daß Budjonnyj und seine besten Truppen mit Major Bukowskis Freischärlern zusammenstießen, die überraschend von Süden heranrücken würden. Es würde zu einem entsetzlich unausgeglichenen Gefecht kommen, kurz und verhängnisvoll; aber schon waren die zwei Kontingente im Dunkel der Nacht unterwegs, und nichts konnte sie mehr aufhalten.

Während Marschall Budjonnyjs Kavallerie den Partisanen Major Bukowskis entgegenritt, traf Leo Trotzkij in Brest-Litowsk, hundertfünfzig Kilometer nördlich von Zamość, mit den Vertretern Polens, Litauens und der Ukraine – Lubonski, Jurgela und Vondrachuk – zusammen, um ihnen die demütigenden Bedingungen bekanntzugeben, unter denen die siegreiche Rote Armee den drei Nationen erlauben würde, ihre Eigenstaatlichkeit zu bewahren. Wie Trotzkij in einem zynischen Ausspruch zusammenfaßte: »Worte in Brest, Schwerter in Warschau.«

Spät nachts, nach Beendigung der formellen Gespräche, die Forderungen der Kommunisten auf dem Tisch, setzten sich die drei Delegierten in einem kleinen Hotel zusammen, um über die düstere Zukunft ihrer Länder zu beratschlagen. Der russische Vorsitzende hatte ihnen General Tuchatschewskijs beleidigenden Gefechtsbefehl zur Kenntnis gebracht: »Wir werden die polnische Armee in ihrem eigenen Blut ersäufen!«

Lubonski verzichtete darauf, zu triumphieren und ihnen zu sagen: »Ich habe euch gewarnt.« Aber die Erinnerungen an frühere Gespräche lasteten schwer auf ihnen, und als er jetzt aus seinem reichen Erfahrungsschatz schöpfte, hörten sie ihm aufmerksam zu. »Im Sieg haben wir versagt. Vielleicht können wir etwas aus der Niederlage retten.«

»Was?« fragte Vondrachuk.

»Ich denke, daß wir jetzt noch mehr als zuvor unsere Ziele auf einen gemeinsamen Nenner bringen und uns nach amerikanischem Muster zu einer Nation zusammenschließen müssen; dann wäre jeder von uns in seinen lebenswichtigen Interessen und Gebräuchen geschützt, aber alle unter einem gemeinsamen Parlament.«
»Sie beide würden uns erdrücken«, wandte Jurgela ein.
»Und wenn Sie sich uns nicht anschließen, wird entweder Deutschland oder Rußland Sie erdrücken.«
»Dann gibt es also keine Hoffnung für ein kleines Volk, wie wir es sind?«
»Jede Hoffnung, wenn Sie sich uns anschließen.«
»Aber wird Rußland uns existieren lassen? Nach dem Fall Warschaus, und wenn seine Armeen in Frankreich einmarschieren?«
»Je größer Rußland wird, desto sicherer ist, daß es sein Gebiet in kleinere Einheiten aufteilen muß«, antwortete Lubonski mit absoluter Gewißheit. »Es wird von Österreich gelernt haben.«
»Sie glauben, es wird ein Litauen geben? Oder eine Ukraine?«
Vondrachuk ergriff das Wort. »Wenn Warschau fällt«, sagte er in ernstem Ton, »fällt die Ukraine. Nie wird Rußland uns unsere Freiheit zugestehen. Wir werden nie ein selbständiger Staat sein.« Er schwieg eine kurze Weile und fügte dann melancholisch hinzu: »Und jetzt sitzen wir hier und warten auf die Nachricht, daß Warschau gefallen ist.«
Graf Lubonski wollte diese pessimistische Vorhersage nicht gelten lassen. »Wir müssen annehmen, daß Warschau gefallen ist und daß Tuchatschewskijs Truppen auf dem Weg nach Paris sind. Ganz Europa wird kommunistisch werden. Nun, gerade dann scheint es mir wichtig, daß wir drei zusammenhalten, um die Art von Kommunismus zu erlangen, der wir den Vorzug geben. Wenn wir das tun, besteht immer noch eine gute Chance, ein anständiges nationales Leben führen zu können. Aber nur, wenn wir zusammenhalten.«
So leidenschaftlich trug er sein Ansinnen vor, soviel Erfahrung und Charakterstärke sprach aus seinen Worten, daß er seine nationalistischen Gegner beinahe dazu gebracht hätte, auf ihn zu hören. Aber in diesem Augenblick mitten in der Nacht stürmte ein Kurier aus Warschau mit der erstaunlichen Meldung ins Zimmer, daß die polnischen Truppen die Stadt hielten und sogar schon begonnen hatten, Tuchat-

schewskijs Armeen zurückzudrängen. »Wir haben gute Chancen, den Sieg zu erringen!«

»Waren Sie dabei?« fragte Vondrachuk. »Haben Sie es mit eigenen Augen gesehen?«

»Natürlich nicht. Das Telegramm lief bis Biała Podlaska. Dort haben die Russen es aufgehalten. Die Burschen wollten nicht, daß Sie davon erfahren.«

»Wie sind Sie hierhergekommen?«

»Zu Pferd. Dann platzte ich in den großen Konferenzsaal und wäre um ein Haar verhaftet worden. Aber was ich Ihnen berichtet habe, ist wahr.«

Die Sitzung ging weiter, aber die Stimmung hatte sich völlig verändert. »Wenn Budjonnyj nur bei Zamość geschlagen werden könnte!« rief Vondrachuk. »Bei Gott, dann wären sie erledigt!«

»Und damit würde sich alles ändern. Wir bräuchten uns nicht mehr zusammenzuschließen«, meinte Jurgela. »Litauen würde ein eigener Staat sein und sein eigenes Parlament haben.«

»Wie kommen Sie denn darauf?« fragte Lubonski und spürte förmlich, wie in diesem schäbigen Hotelzimmer der gesunde Menschenverstand zur Neige ging.

»Weil, wenn die Russen vor Warschau und vor Zamość geschlagen werden ... Ich meine, wenn den Roten beide Schenkel ihres Zangenangriffs gleichzeitig abgeschnitten werden ...«

»Budjonnyj ist es nicht gewohnt, Schlachten zu verlieren«, erinnerte Lubonski die zwei Herren.

»Aber wenn Gott ein Wunder in Warschau geschehen läßt, warum nicht ein zweites in Zamość?«

»Jurgela hat recht«, nickte Vondrachuk. »Wenn die Russen zwei größere Niederlagen einstecken müssen, werden sie andere Sorgen haben, als sich um Litauen und die Ukraine zu kümmern. Mein Gott, diese Nacht bedeutet vielleicht einen Wendepunkt in der Weltgeschichte!«

»Meine Herren! Meine Herren!« versuchte Lubonski seine Gesprächspartner in die Wirklichkeit zurückzuholen. »Wenn wir durch ein Wunder tatsächlich einen Doppelsieg erringen sollten, wäre es noch wichtiger, uns zu einer Union zusammenzuschließen, um für die Zukunft gewappnet zu sein!«

»In einer Union mit Polen würden wir uns absolut nicht wohl fühlen«, erklärte Witold Jurgela. Diese Worte waren das Ergebnis langer Jahre, in denen gedankenlose und ungebildete polnische Magnaten große Gebiete litauischen Landes beherrscht hatten. In nobler Diskretion vergaß er allerdings die noch längeren Jahrhunderte zu erwähnen, da litauische Fürsten polnisches Gebiet beherrscht hatten.

»Und uns Ukrainern«, pflichtete Vondrachuk ihm bei, »würde es schwerfallen, Erinnerungen an unsere Kriege mit Polen aus unserem Gedächtnis zu tilgen. Insbesondere die Kriege der letzten zwei Jahre.«

»Habe ich vielleicht die Schrecken erwähnt, die Polen erdulden mußte, als Ihr Kosakenhetman Chmielnicki in unser Land eindrang?« gab Lubonski zurück. »Er hat Hunderttausende getötet!«

»Das waren vor allem Juden«, betonte Vondrachuk, »und unser Volk mußte sich aus der Knechtschaft befreien, in die Ihre Magnaten es geführt hatten.« Er unterbrach sich, sah den Grafen durchdringend an und fügte hinzu: »Ihre Vorfahren gehörten zu den Schlimmsten, und jetzt kommen Sie und verlangen, daß wir diese Jahrhunderte unmenschlicher Übergriffe und Schmähungen verzeihen?«

»Ja, das tue ich«, sagte Lubonski und hoffte, daß sein von der Vernunft diktiertes Plädoyer diese halsstarrigen Männer bewegen würde, die jüngste Geschichte zu vergessen und statt dessen eine verheißungsvolle Zukunft ins Auge zu fassen. Aber er blieb damit abermals erfolglos, denn im Morgengrauen kam ein Telegramm, das alles bestätigte, was der Kurier berichtet hatte: POLNISCHE TRUPPEN HABEN DIE KOMMUNISTEN AUS ALLEN STELLUNGEN IN WARSCHAU VERTRIEBEN. EINE ENTSCHEIDENDE NIEDERLAGE DER RUSSEN BEGINNT SICH ABZUZEICHNEN.

Taras Vondrachuk fiel auf die Knie, faltete die Hände und begann zu beten: »O Gott, vernichte Budjonnyj!« Lubonski, der das Gebet mitanhörte, fragte sich, ob es nicht für Osteuropa eher von Vorteil wäre, wenn Budjonnyj *nicht* vernichtet wurde; der Graf fürchtete, daß ein polnischer Sieg das Ende jeder vernünftigen Diskussion unter den drei Nationen bedeuten könnte. Hochmut würde an die Stelle von Demut treten, und jedes Volk würde einer gemeinsamen Katastrophe entgegenwanken, die sie alle in den Abgrund reißen mußte; es würde

ihnen ergehen wie einzelnen Schafen, die, von hungrigen Wölfen eingekreist, vergeblich zu überleben versuchen.
Doch während er noch diesen prophetischen Gedanken nachhing, sah er im Geist seine stolze alte Burg Gorka, das prächtige neue Schloß in Bukowo, der Lubomirskis Wunderwelt in Łancut und dazwischen die friedlichen Dörfer, und er wollte das alles nicht von den Kommunisten überrannt und, wie schon so oft in der Vergangenheit, zerstört sehen. »Laß das Wunder geschehen, o Gott! Vernichte Budjonnyj und seine Mordbrenner!«
Semjon Budjonnyj hatte nicht die Absicht, sich vernichten zu lassen. Er war nie besiegt worden und würde sich auch niemals besiegen lassen. Als ihm ein atemloser Kurier die Nachricht überbrachte, daß sein Genosse Michail Tuchatschewskij vor Warschau eine Niederlage erlitten hatte, versicherte er seinen Leuten zähneknirschend: »Das wird es hier nicht geben!«
Er entsandte sogleich Meldereiter an die zwei ihm unterstellten Kommandeure, von denen der eine den östlichen Zugang zu Zamość anvisierte, der andere sich auf einen Angriff von Norden her vorbereitete, und erteilte ihnen strenge Befehle: »Es ist von größter Wichtigkeit, daß Zamość bis heute mittag gefallen ist, um unsere Brüder im Norden zu ermutigen.« Er sammelte seine eigenen Formationen und ritt mit noch größerer Entschlossenheit dem Sieg entgegen. Er zweifelte nicht daran, daß er ihn erringen würde, sobald er im Süden zum Angriff überging.
Der zweiundfünfzigjährige Major Viktor Bukowski machte immer noch eine gute Figur. In der Uniform eines polnischen Landedelmanns gekleidet – von der Art, wie er sie in Wien auf der Schmelz und auf dem Paradeplatz der Festung Przemyśl getragen hatte –, blieb er gelegentlich stehen und strich über seinen eleganten Schnurrbart oder wischte ein Stäubchen von seinem Waffenrock. Er wußte, daß er in wenigen Stunden seinen zusammengewürfelten Haufen von Partisanen in eine blutige Auseinandersetzung mit der besten Reiterei der Welt führen würde, konnte sich aber keinen Begriff von der Macht der russischen Kavallerie machen. Er wußte nur, daß er sie irgendwie zum Stehen bringen mußte, und er dachte nicht daran, sich den Kopf zu zerbrechen über den Widerstand, den Geschütz- oder Gewehrfeuer seinen Angriffen entgegensetzen mochte. Er war

ein polnischer Aristokrat, der sein bestes Pferd ritt, und mehr interessierte ihn nicht.

Janko Buk, der in seinem Leben schon allerhand Unsinn mitgemacht hatte – von den Kutschfahrten durch den Wienerwald bis zu den festlichen Picknicks auf Schloß Gorka –, konnte das, was sie erwartete, weit besser einschätzen als sein früherer Herr. »Diese Russen wissen mit dem Säbel umzugehen«, vertraute er leise einigen Männern an, die neben ihm herritten. Es lag nicht in seiner Absicht, die Truppe hinter ihm zu ängstigen oder ihren Anführer auf irgendeine Weise zu entmutigen, aber er hatte einen gesunden Respekt vor der ungeheuren Schlagkraft der russischen Kavallerie. »Die sind nicht so schnell aus Kiew gekommen, ohne eine Menge Leute umgelegt zu haben!«

Der erst neunzehnjährige Benedykt Buk konnte sich eine solche Schlacht überhaupt nicht vorstellen. Er ritt auf seinem schönen Araber dahin und führte die drei Ersatzpferde am Zügel. Er hatte keine Ahnung, wie er, sobald die Schlacht begonnen hatte, mit *pan* Bukowski oder seinem Vater Kontakt halten sollte, und da er selbst unbewaffnet war, nahm er an, daß er sich aus dem Kampf heraushalten und einfach warten sollte, bis jemand zu ihm kam, um ein Ersatzpferd zu holen. Er hoffte, die älteren Männer würden ihn finden, doch als die Entfernung immer größer wurde und die Verwirrung zunahm, begann er sich zu fragen, wie sie das wohl anstellen würden. Nach einiger Zeit empfand er die drei Pferde als lästige Bürde, die ihn daran hindern würde, am Kampf teilzunehmen. Ein anderer Stallknecht aber meinte: »Ich glaube, wir sollen auf die Pferde aufpassen, damit sie rasch zur Hand sind, wenn wir uns zurückziehen müssen.« Offenbar sah Major Bukowskis Nachhut dem Ausgang der Schlacht nicht allzu hoffnungsfroh entgegen.

Als gutes Zeichen aber wurde gewertet, daß eine große Abteilung Berittener plötzlich aus der Finsternis auftauchte, um sich an Major Bukowskis rechter Flanke zu postieren; ein noch größeres Detachement baute sich auf der linken Flanke auf, so daß die Männer von der Weichsel jetzt das Zentrum einer respektablen Streitmacht darstellten. Man konnte es keine Armee, ja nicht einmal ein Regiment nennen, weil es jeglicher militärischen Gliederung oder Führung ermangelte, aber es war ein mächtiger Kampfverband.

Nun ritt ein Oberst der regulären Kavallerie von West nach Ost die Front ab und instruierte die Kommandeure der einzelnen Kontingente: »Wir greifen nicht als erste an! Wir wollen Budjonnyjs Reiter auf uns zukommen lassen. Sollen die doch aus ihrer Formation ausbrechen! Dann fallen wir ihnen in die Flanken!« Er fragte, ob er sich verständlich gemacht hatte, doch selbst als die improvisierten Kommandeure nickten, war ihm klar, daß die nervöse Unruhe der wartenden Zivilisten jeden Versuch, Disziplin zu halten, erschweren würde.
»Haben Sie mich verstanden, Major Bukowski?«
»Ja, Herr Oberst!«
»Kann ich mich auf Sie verlassen?«
»Hundertprozentig, Herr Oberst!«
Und dann kamen die gefürchteten Reiter aus Marschall Budjonnyjs Vorhut auf prächtigen Pferden aus der Düsternis des Nordosten; da sie einen problemlosen Kanter zum westlichen Zugang der Stadt erwartet hatten, saßen sie unbesorgt im Sattel, und das plötzliche Auftauchen eines großen Verbandes berittener Feinde überraschte sie. Aber sie fielen nicht aus ihrem leichten Galopp. In geordneter Formation näherten sie sich, bis sie einen Punkt erreicht hatten, von wo aus sie die Stärke der polnischen Freischärler abschätzen konnten; dann machten sie kehrt und ritten zu Budjonnyj zurück, der ein wenig besorgt zur Kenntnis nehmen mußte, daß er sich möglicherweise den Weg nach Westen würde erkämpfen müssen.
Der Morgen graute, als die Russen einen wütenden Angriff gegen die Polen starteten. Anfangs gab es ein fürchterliches Gemetzel, doch dann merkten die polnischen Bauern, daß einer, wenn er nur den ersten schrecklichen Ansturm überstand, gute Chancen hatte, den verwirrten Russen Schaden zuzufügen, und so begann ein heftiges gegenseitiges Gemetzel.
Auf dem Höhepunkt des Gefechtes stieg große Wut in Major Bukowski auf. Als er eine Gelegenheit wahrnahm, einer von Budjonnyjs exponierten Kolonnen eine schwere Abfuhr zu erteilen, vergaß er seine Instruktionen, sammelte seine Männer um sich und galoppierte mit entsetzlicher Gewalt in das Herz der russischen Verbände hinein. Es war ein verrücktes, ein unmögliches Unternehmen: ein Haufen bäuerlicher Sonntagsreiter gegen die bestgeschulte Kavallerie der Sowjetunion.

Mit wilder Begeisterung, mit einer Bravour, die einem Julius Caesar oder einem Hannibal Respekt abgenötigt hätte, führte Viktor Bukowski, dieser leichtsinnige Mann, der in seinem ganzen Leben nichts Konstruktives geleistet hatte, dieser Stümper, der mehr an seinen gewichsten Schnurrbart und an seinen maßgeschneiderten Anzug als an Polen dachte, seinen verlorenen Haufen in die Schlacht. An der Spitze reitend, feuerte er seine Männer ständig an und wütete unter den überraschten Russen. Wie durch ein Wunder hielt er seine Reiter zusammen; mit Schuß- und Stichwaffen drangen sie auf die Russen ein und galoppierten, die feindlichen Linien durchbrechend, wie eine gutgedrillte Mannschaft hinter ihrem schneidigen Major her.

Bukowskis Freischärler mochten bei diesem ersten Angriff nicht viel ausgerichtet und nur wenige Feinde getötet haben, und doch erzielten sie einen durchschlagenden Erfolg: Sie lenkten die Aufmerksamkeit der Russen lange genug auf sich, um die echte Überraschung dieser morgendlichen Schlacht wirksam werden zu lassen.

Nach längst festgelegten Plänen kam aus dem Westen ein großer Verband regulärer polnischer Kavallerie, der für genauso eine Gelegenheit in Reserve gehalten worden war. Als die Verwirrung der Russen infolge des stürmischen Einfalls von Bukowskis Männern ihren Höhepunkt erreicht hatte, sahen diese erfahrenen Kavalleristen eine Gelegenheit, wie sie sie sich nicht hätten träumen lassen, und stürzten mit aller Macht auf die völlig aufgelösten Russen.

Es war nicht das erstemal, daß Budjonnyj in einer Klemme steckte, und er verdankte seinen Ruf als hervorragender Reitergeneral nicht zuletzt seiner Fähigkeit, sich auch aus der vertracktesten Lage zu befreien. Darum befahl er seinen Männern, Bukowskis wilde Narren zu ignorieren und sich auf die anrückenden regulären polnischen Truppen zu konzentrieren. Es folgte ein gewaltiger Zusammenstoß, und zum erstenmal nachdem die Russen ihren Eroberungszug nach Westen begonnen hatten, waren sie unfähig, den Feind zu besiegen. Die Polen behielten ihre Formation bei und, was noch schwerer wog, sie rückten zielbewußt vor.

Jetzt konnten Bukowskis Männer wild um sich schlagen und große Verwirrung stiften. Bald gesellten sich weitere Einheiten von Freischärlern zu ihnen, die bis jetzt ihre Befehle befolgt und es vermieden hatten, den Feind frontal anzugreifen. Die Schlacht wurde zu einem blutigen Gemetzel. Freischärlereinheiten von Hunderten oder sogar Tausenden von Reitern verloren jede Beherrschung und fielen über die regulären russischen Truppen her. Hätte Budjonnyj frei disponieren und seine Kosaken gegen diesen wilden polnischen Haufen einsetzen können, er wäre durchaus in der Lage gewesen, ihn zu vernichten; aber sooft er es versuchte, erforderte die reguläre polnische Kavallerie seine ungeteilte Aufmerksamkeit, und so hinderte nichts die Bauern und die Angehörigen des Kleinadels von der Weichsel, die Russen hemmungslos anzugreifen.

Immer noch ritt Viktor Bukowski an der Spitze. Seine unvergleichliche Reitkunst gestattete ihm, hierhin und dorthin zu jagen, wo immer es am heißesten herging. Er schien unverwundbar zu sein. Janko Buk, der zu seiner Linken ritt, erhielt einen Kopfschuß und sank vom Pferd; er war tot, noch bevor er den Boden berührte. Bukowski aber galoppierte weiter und fand neue Begleiter, von denen zwei ebenfalls im russischen Feuer starben. Der Tod schreckte ihn nicht – der eigene nicht und auch nicht der der anderen, und während die Schlacht wütete, war er es, der unter den Freischärlern eine Art Ordnung aufrechterhielt. Mit ihm war hier eine furchterregende Kraft im Spiel, die Budjonnyjs Männern grausam zusetzte.

In jeder großen Schlacht, in jedem Krieg kommt der Augenblick, da die Gegner einander ebenbürtig sind, da für beide Seiten der Sieg in greifbare Nähe gerückt scheint; wenn es soweit ist, warten scharfsinnige Beobachter auf das einzelne Ereignis, das ihnen sagt, daß das Kriegsglück sich unwiderruflich gewendet hat.

Einem solchen Ereignis sah Budjonnyj sich jetzt gegenüber.

Von welchen Informationen sollte er sich leiten lassen? Er wußte, daß Tuchatschewskij vor Warschau den Rückzug angetreten hatte. Vor allem aber war ihm bewußt, daß seine letzten drei Ersuche um zusätzliches Material unerledigt geblieben waren: Der Zug mit dem militärischen Nachschub war steckengeblieben. Hoffnungsvoller hörten sich Kuriere an, die versicherten, daß das am frühen Morgen gestartete Ablenkungsmanöver erfolgreich verlaufen war; andere Meldegänger jedoch berichteten ihm, daß das Kontingent im mittleren Abschnitt, das direkt auf Zamość vorgestoßen war, nichts erreicht hatte. Im übrigen hatten diese verdammten Polen auf eine ihm unerklärliche Weise Kenntnis von seinem Schlachtplan erlangt und den Hauptteil ihrer regulären Kavallerie im Süden zusammengezogen, genau dort, wo er sie nicht haben wollte; dort leisteten sie erbitterten Widerstand und warfen seine Truppen sogar zurück.

Und um dem allen die Krone aufzusetzen, galoppierten diese verrückten polnischen Zivilisten, gefolgt von einem Haufen blindwütiger Bauern, innerhalb seiner eigenen Reihen herum und ließen sich einfach nicht aufhalten.

Budjonnyj auf seinem schwarzen Pferd zauderte, und in diesem Augenblick sprengte Viktor Bukowski – es war reiner Zufall – geradewegs an ihn heran. »Knallt ihn ab!« schrie ein Adjutant, und schütteres Feuer sprühte über die Partisanen, tötete viele, aber verfehlte ihren wildblickenden Anführer. »Fangt ihn! Schießt ihn nieder!« Viktor aber, wie ein leichtsinniges Kind, das auf seinem Fahrrad von einer Seite zur anderen schwenkt, wich seinen Angreifern geschickt aus.

In diesem Augenblick begriff Semjon Budjonnyj, daß sein Eilmarsch zu den Kanalhäfen zu Ende war. Resigniert wendete er sein schwarzes Pferd nach Osten zurück und gab seinen Männern damit zu verstehen, daß die Schlacht vorbei war. Dieser verrückte Haufen von erschöpfter polnischer Kavallerie, Bauern und Kleinadeligen, die nicht zu wissen schienen, was Angst war, hatten Zamość gerettet – aber auch Berlin und München und Paris.

Ein englischer Aristokrat, der von einem Warschauer Hotel aus den kommunistischen Zangenangriff verfolgte, ein studierter Mann, der im Weltkrieg ein Bataillon gegen Ludendorff geführt hatte, berichtete den Regierungen Frankreichs und Englands, was er später in einem Buch festhalten würde, dem man im Westen so gut wie keine Beachtung schenkte:

Diese Verteidigung Warschaus und die Abfuhr, die Budjonnyj vor Zamość einstecken mußte, stellten eine der entscheidenden Schlachten der Weltgeschichte dar. Nicht nur rettete sie Polens Status als freies Land zwischen dem zerrütteten Deutschland und dem kommunistischen Rußland; es hinderte die Sowjetunion auch daran, nach Paris zu marschieren und den ganzen Kontinent in ein kommunistisches Gefangenenlager zu verwandeln.

Ich versichere Ihnen: Ich hielt alles für verloren, als General Tuchatschewskij vor den Toren Warschaus stand und seine Granaten in der Stadt explodierten. Als er dann noch im Süden durch Budjonnyjs brillante Kavallerie unterstützt wurde, sah ich keine Hoffnung mehr für das neugeborene Deutschland und das kriegsmüde Frankreich. Diese in der breiten Öffentlichkeit so gut wie unbekannten Schlachten entschieden über das Schicksal von Millionen, und wir werden für alle Zeiten in der Schuld der heldenhaften Polen stehen, die wieder einmal die heidnischen Eindringliche zurückgeschlagen haben.

In Brest-Litowsk hütete sich Graf Lubonski, Erklärungen dieser Art abzugeben; immer noch sah er es als seine Aufgabe an, Litauer und Ukrainer davon zu überzeugen, daß ihre einzige Hoffnung auf ein dauerndes Fortbestehen ihrer Völker in einem Zusammenschluß mit Polen lag; doch so groß war der Rausch des Sieges, daß es ihm auch jetzt nicht gelang, sich Gehör zu verschaffen.

»Jetzt können wir eines freien Litauens sicher sein«, schwärmte Witold Jurgela und schüttelte ablehnend den Kopf, wenn Lubonski ihn aufgrund seiner langen Erfahrung mit den Minoritäten der österreichisch-ungarischen Monarchie warnend darauf hinwies, daß Litauen allein kein lebensfähiger Staat sein konnte.

»Wir haben den festen Willen«, schwelgte Jurgela. »Nach tausendjähriger Geschichte sind wir zu neuem Leben erwacht! Eine Nation von uraltem Adel!«

Lubonskis Kommentar fiel knapp aus: »Sie haben den festen Willen und gewiß auch den Adel, aber keine industrielle Basis und keine Armee.«

»Es gibt eine Schweiz. Es gibt ein Norwegen.«

»Diese Länder sind nicht eingeklemmt zwischen Rußland und Deutschland.«

»Deutschland ist geschlagen!« rief Jurgela, und nun wurde Lubonski ärgerlich: »Wollen Sie leugnen, daß deutsche Truppen immer noch einen großen Teil Ihres Landes besetzt halten? Auch noch nach Versailles? Und daß die Deutschen Ihr Land wieder besetzen und Sie ihre Macht fühlen lassen werden?«

»Die Nationen der Welt würden das nicht zulassen.«

»Die Nationen der Welt würden alles zulassen, lieber Freund. Und für mich steht außer Frage, was mit Ihrem Litauen passieren wird. Sie bekommen Ihre Freiheit. Das läßt sich nicht leugnen. Und Ihre eigenen Briefmarken. Und Banknoten mit den Porträts Ihrer bekanntesten Helden. Und in Ihren Zeitungen werden Sie Leitartikel haben, die für gewisse Dinge eintreten und andere verurteilen. Das werden Sie alles haben. Aber im Grunde Ihres Herzens wissen Sie, daß Ihnen auch noch etwas anderes ins Haus steht.«

»Und das wäre?« gab Jurgela streitsüchtig zurück.

»In spätestens zwanzig Jahren wird entweder Rußland oder Deutschland mit einer Botschaft an Ihre Tür klopfen, und die Botschaft wird lauten: ›Mit der Narrenfreiheit ist es zu Ende. Ab sofort gehört ihr zu uns.‹«

»Das würde man nie zulassen«, erklärte der Litauer energisch und brach das Gespräch ab, denn er mußte sich überlegen, wo er und seine Familie in der Regierung der neuen Republik ihren Platz finden sollten.

Vondrachuk machte seinen Standpunkt in aller Kürze klar: »Es hat zu viele Kriege zwischen uns gegeben, Lubonski. Magnaten wie Sie haben unser Volk unterdrückt. Jetzt versuchen Sie, auf krummen Wegen Ihre Güter zurückzubekommen, um Ihre Unterdrückung fortzusetzen. Ihre Kirchenführer tun ihr Bestes, um unseren Glauben zu untergraben. Nein, Lubonski, damit ist Schluß!«

»Mit Ihrer Sammlung von Dörfern, Ihren zwanzig Millionen Menschen ohne maßgebende Führungsschicht, ohne große Universitäten oder geisteswissenschaftliche Traditionen, glauben Sie wirklich, Sie können als Nachbar eines kommunistischen Rußlands bestehen, mit Männern wie Trotzkij und Lenin an Ihrer Gurgel?«

Vondrachuk gebrauchte fast genau die gleichen Worte wie Jurgela: »Wir haben den festen Willen, und darauf stellen wir unsere Existenz!« Aufrichtig betrübt sagte Lubonski: »Ich hoffe, Sie können die Russen davon überzeugen.«

Und weil es ihm widerstrebte, das Gespräch so düster ausklingen zu lassen, unternahm er einen letzten verzweifelten Versuch: »Sie wissen, Vondrachuk, daß einer der klügsten Männer, die ihr Kosaken je hervorgebracht habt, im Jahre 1658 genau die Art von Union vorschlug, die ich Ihnen jetzt nahelege. Sie wäre damals Ihre Rettung gewesen. Sie würde Sie auch heute retten.«

»Das ist lange her, Lubonski.«

»Aber wenn wir Ihnen alles das anbieten würden, was Sie und Litauen damals vorschlugen, wäre ein Zusammenschluß nicht doch möglich?«

»Wir waren damals andere Nationen. Wir hatten noch nicht an der Freiheit gerochen, und jetzt gibt es kein Zurück mehr.«

So wurden also die Landkarten zusammengefaltet und die Hoffnungen begraben. Der Zusammenschluß, der das Wunder von Warschau und Zamość gekrönt hätte, erwies sich als unerreichbar, und keiner hatte schuld daran.

Für kurze Zeit erlangte Litauen seine Eigenstaatlichkeit, doch sie sollte auf tragische Weise wieder zu Ende gehen. Dann wurden siebenhunderttausend Litauer in die entlegensten Orte der Sowjetunion deportiert, und im Todeskampf versuchte das Land vergeblich, sich mit einem Deutschland zu verbünden, das selbst schon dem Untergang nahe war. So verlor Litauen auf dreifache Weise.

Die Ukraine wurde zum Schauplatz einer der furchtbarsten Tragödien, die die Welt je erlebt hatte, zu einem Land, in dem die Unterdrücker zehn Millionen Menschen verhungern ließen, wo die Landessprache verboten wurde und wo das unterjochte Volk, dem die Machthaber mißtrauten und das sie verachteten, alle nur möglichen Demütigungen und Verwüstungen ertragen mußte. Verzweifelt und in der Hoffnung, er würde sie von der russischen Willkürherrschaft befreien, ergriffen die Ukrainer 1939 für Hitler Partei. Als sich das als verhängnisvolle Fehlentscheidung erwies, war die Rache der kommunistischen Sieger über alle Maßen grausam.

Polen erging es nur wenig besser. Unfähig, sich mit einem anderen Land zusammenzuschließen, fiel es in den Status zurück, den es schon vor tausend Jahren eingenommen hatte: den einer gefährdeten Landbrücke zwischen den Russen und den Deutschen. Seine Lebensdauer war sogar noch kürzer als die Litauens, denn schon 1939 wurde es abermals geteilt; die eine Hälfte ging an Deutschland, die andere an Rußland.

Gescheiterte Hoffnungen! Jeder der drei Delegierten verfügte über Beweise, die ohne jeden Zweifel darlegten, daß ein Zusammenschluß die einzige praktische Lösung war, aber nur der alte Lubonski, siebzig Jahre alt und des Kämpfens müde, akzeptierte die Beweise, und es gelang ihm nicht, die anderen zu der gleichen Haltung zu bewegen. Selbst seine eigenen Landsleute taten ihn als Träumer ab; immer noch wollten sie das halbe Litauen und die halbe Ukraine an sich reißen, sich da ein Stück angeln und dort ein Fleckchen aneignen, als ob das Ausmaß der Bodenfläche und nicht innere Stabilität Schutz und Schirm eines Staates wären.

Gescheiterte Hoffnungen! Bedrückt trat Andrzej Lubonski die Heimreise an. Auf der Fahrt begann er eine bleierne Schwere in allen Teilen seines Körpers zu empfinden. In Lublin verließ er den Zug, um einen Arzt aufzusuchen, brach aber zusammen, noch bevor ein Termin vereinbart werden konnte, und nun begriff selbst er, daß der Tod nahe war. Er dachte an die schöne Tochter der Zamoyskis, die ihm die Ehre angetan hatte, seine Frau zu werden, und er wünschte, er könnte mit ihr, die eine kluge Frau gewesen war, über die dubiose Zukunft sprechen.

Und dann dachte er an die Burg Gorka, die er nicht schlechter verteidigt hatte, als seine Vorfahren es getan hatten, und an seinen Sohn Walerian in London. »Ich hoffe, es wird ihm gelingen ...« Mit diesem Segen auf den Lippen, einem Segen, der ebensogut seinem Land gegolten haben könnte, dem er so ehrenhaft gedient hatte, starb er.

9. Kapitel

Der Terror

Wie grausam sind doch die Wiederholungen der Geschichte! Gegen Ende des 18. Jahrhunderts wollten die drei autokratischen Staaten Rußland, Preußen und Österreich das liberale Polen nicht an ihren Grenzen dulden und taten sich zu dem Zweck zusammen, es auszulöschen. In der Mitte des 20. Jahrhunderts verfolgten Nazideutschland und das kommunistische Rußland die erstaunlichen Fortschritte eines freien Polens mit scheelen Blicken und schickten sich an, eine neue Zerstückelung in die Wege zu leiten.

Nachdem Polen den russischen Einmarsch von 1920 zurückgeschlagen hatte, vollbrachte der junge Staat in den Jahren von 1921 bis 1939 ein wahres Wunder. Seine drei Teilgebiete waren über hundert Jahre lang von drei grundverschiedenen fremden Besatzern regiert worden, und doch gelang es dem polnischen Volk, diese Teilgebiete zu einer vernünftigen Einheit zusammenzuschließen. Drei ungleichartige justizielle, pädagogische und administrative Systeme waren in Einklang gebracht worden. Die Polen hatten eine Landreform in Angriff genommen, Sozialversicherungen eingeführt, die Gesundheitsfürsorge institutionalisiert und industrielle Projekte gefördert. Bei Gdynia an der Ostsee war ein bedeutender Hafen angelegt worden; man hatte die Adelstitel abgeschafft, um zu vermeiden, daß die alten Aristokraten wieder die Oberhand gewannen; man legte den Künstlern nahe, polnische Bilder zu malen und polnische Stücke zu schreiben, und sogar die Eisenbahn, bei der es verschiedene Spurweiten gegeben hatte – eine russische, eine deutsche und eine österreichische –, wurde auf europäische Regelspur vereinheitlicht.

Es stand zu hoffen, daß Polen, wenn es auch in den nächsten zwei Jahrzehnten so gut vorankam, zu einem von Europas bedeutendsten Staaten werden würde. Aber am 1. September 1939 überschritten

Adolf Hitlers Nazis mit so enormer Überlegenheit an Menschen, Panzern und Stukas die Grenze, daß das Land innerhalb von drei Wochen besetzt war. Möglicherweise hätte sich Polen wirksamer verteidigen können, wenn Frankreich und England der Regierung nicht den ganzen Sommer in den Ohren gelegen wären, nur ja nicht mobil zu machen, um Hitler nicht zu provozieren.

Schon zehn Tage nach diesem fulminanten Beginn stürmten die Nazis, die bisher auf tapferen, aber vergeblichen Widerstand gestoßen waren, über die Weichsel und besetzten das ganze Gebiet rund um Bukowo; in das Dorf rücke eine Abteilung der Wehrmacht unter Führung eines Zivilisten ein, der sich den Bewohnern als Hans Unger vorstellte. Als sich alle auf dem Dorfplatz versammelt hatten, zog er ein Papier aus der Tasche und las die Namen von sieben Personen vor, die zur Festnahme ausgeschrieben waren. Weil die Auswahl der sieben so symptomatisch für das war, was sich zu dieser Zeit in ganz Polen abspielte, sollen ihre Namen, zusammen mit einem Hinweis auf den Grund ihrer Verhaftung, hier angegeben sein:

Ryszard Aksentowicz	57	Lehrer
Paweł Barski	54	Katholischer Priester
Mirosława Bukowska	49	Bekannte Liberale
Szymon Bukowski	15	Ihr Sohn
Barbara Ostrowska	19	Studentin
Roman Ostrowski	59	fortschrittlicher Bauer
Jakub Pisecki		Soll jüdisches Blut haben

Mit Hilfe einiger Dorfbewohner hatten die Nazisoldaten sechs der sieben aufspüren können; Szymon Bukowski war in den Wald entwischt, aber das wurde von niemandem gemeldet.

Den sechs Verhafteten sagte man, sie sollten sich ein kleines Päckchen mitnehmen, das alles enthalten mußte, was sie für einen unbegrenzten Aufenthalt im Gefängnis brauchen würden. Dann stellte man sie auf dem Dorfplatz in einer Reihe auf; hier sollten sie auf den Lastwagen warten, der sie ins Gefängnis bringen würde. Groß und schlank, stumm herausfordernd, stand *pani* Bukowska da, so als hätte sie schon längst gewußt, daß so etwas eines Tages passieren würde.

Barbara Ostrowska war ein sanftes, liebenswürdiges Mädchen, das studierte und Lehrerin werden wollte; sie war nicht hübsch, aber sie hatte eine starke Ausstrahlung. Nie hatten Juden in diesem Dorf gelebt, und hätte Jakub Pisecki auch nur einen Tropfen jüdisches Blut gehabt, seine Nachbarn würden es gewußt haben. Pater Barski, jetzt ein wohlbestallter Priester, sah ganz nach seinem Amt aus; unter seinen Pfarrkindern ging das Gerücht um, er werde bald die Bischofswürde empfangen. Der Lehrer sah aus, wie die meisten Dorfschulmeister eben aussehen, und der wohlhabende Bauer war ein kräftiger, vierschrötiger Mann mit kantigem Gesicht.

Jeder hielt sein kleines Päckchen fest; langsam rollte der Lastwagen heran. Als er zum Stehen gekommen war, sprangen drei junge Männer in grüngrauer Uniform heraus, knieten sich keine zwei Meter vor den Polen auf den Boden, richteten ihre Maschinengewehre auf sie und gaben eine entsetzliche Salve auf sie ab.

Als die Leichen regungslos auf den Pflastersteinen lagen, knurrte Hans Unger nur drei Worte auf polnisch, er hatte einen speziellen Sprachkurs für Beamte der Besatzungsbehörden, die Polen verwalten sollten, mitgemacht: »Begrabt sie!« herrschte er eine Gruppe von Männern an, die der Hinrichtung entsetzt zugesehen hatten. Dann wandte er sich an die anderen Umstehenden: »Gehorcht!« Seine kalten Augen glitten über sie hinweg, während er in ein Stabsfahrzeug kletterte.

Schon am nächsten Tag kehrte Hans Unger nach Bukowo zurück, diesmal um sechs Bürger aufs Geratewohl zu verhaften, und während sie auf den Lastwagen warteten, verkündete er in seinem gebrochenen Polnisch: »Gestern abend wurde unser Lastwagen mit Steinen beworfen. Das war Sabotage und wird von uns nicht geduldet werden – jetzt nicht und auch nicht in Zukunft!«

Die sechs waren ganz gewöhnliche Dörfler, drei Männer und drei Frauen. Als der Lastwagen um die Ecke kam, sahen sie, daß die Windschutzscheibe zersplittert war, und das freute sie. Sie waren nicht überrascht, als die drei jungen Männer in graugrünen Uniformen heruntersprangen, sich vor sie auf den Boden knieten und ihre tödlichen Maschinengewehre auf sie richteten. »Polen wird leben!« rief ein Bauer, und eine Frau schrie: »Ihr werdet dafür bezahl ...«

Die Kugeln fetzten durch die Körper und hinterließen Einschläge in

der Mauer. Dann wiederholte Hans Unger seinen zweiteiligen Befehl: »Begrabt sie!« und »Gehorcht!«
Am dritten Tag kam er, immer noch in Zivil, in seinem Stabsfahrzeug angerollt und schlug eine Liste mit 169 Namen, sauber mit der Maschine geschrieben (aber in keiner Weise geordnet, Männer und Frauen durcheinander, dazu das Alter eines jeden) an die Tür der kleinen Kirche. Die Liste enthielt keine Namen von Kindern unter sechzehn; ungefähr siebzig Prozent waren ältere und dreißig Prozent jüngere Leute; etwa sechzig Prozent Männer, vierzig Prozent Frauen.
Diesmal hatte Unger einen Dolmetscher dabei, der die Vorschriften bekanntgab, die ab sofort in dieser Region zu befolgen waren:
»Dies ist eine Liste von Geiseln, die zu erschießen sind, wenn sich ein Pole in diesem Bezirk einer feindseligen Handlung oder eines Sabotageaktes schuldig macht. Bei Zerstörung deutschen Eigentums, wie geringfügig auch immer, ob tatsächlich betrieben oder auch nur geplant, sind sechs Geiseln zu erschießen. Bei jedem körperlichen Angriff gegen einen deutschen Soldaten, wie geringfügig auch immer, ob tatsächlich unternommen oder auch nur erwogen, sind acht Geiseln zu erschießen. Kommt ein deutscher Soldat oder Zivilist, aus welchem Anlaß auch immer, zu Tode, sind zwölf oder mehr Geiseln zu erschießen. Gestern abend wurde neuerlich Eigentum der deutschen Wehrmacht beschädigt, und darum werden jetzt weitere sechs Geiseln erschossen.«
Wieder wurden sechs willkürlich ausgewählte Dorfbewohner an die Wand gestellt, wieder knieten die drei jungen Soldaten auf dem Boden, und wieder wurde der Befehl gegeben, die Leichen zu begraben.
Nach diesem dritten Tag sah Bukowo Hans Unger nie wieder. Er war hierhergeschickt worden, um unter der Bevölkerung Angst und Schrecken zu verbreiten, und das hatte er auch erreicht. Nun würde er sich an den Ort seines nächsten Einsatzes begeben und dort ebenso effizient vorgehen.
Ein Nazi völlig anderer Prägung nahm seinen Platz ein: SS-Sturmbannführer Konrad Krumpf, ein Gestapofunktionär mittleren Ranges, dessen Aufgabe es war, eine Gruppe von siebzehn Dörfern für die Dauer des Krieges zu verwalten. Er war ein nervöser Mann von

dreiunddreißig Jahren und hatte nichts von der herrischen Art des Hans Unger. Er kam mit seinem eigenen kleinen Wagen ins Dorf gefahren, und als die Bewohner ihn das erstemal sahen, fragten sie sich, wie er es wohl angestellt hatte, in die Gestapo aufgenommen zu werden und in die Position aufzusteigen, die er jetzt bekleidete. Aber nachdem er eine Weile tätig gewesen war, erkannten sie seine Fähigkeit, zu ahnen, was hinter seinem Rücken vorging, und seine Entschlossenheit, es mit Stumpf und Stiel auszumerzen, wenn es die Sicherheit des Dritten Reiches bedrohte.

Er war mittelgroß und schlank. Er hatte dünnes, sandfarbenes Haar, schwache Augen, so daß er eine Brille tragen mußte, und eine dünne Stimme, die ihn zum Schreien zwang, wenn er etwas nachdrücklich betonen wollte. »Er trilliert wie eine Lerche«, sagten dann die Dorfbewohner. Bis zu seinem sechzehnten Lebensjahr hatte er eine normale Ausbildung in der Schule genossen und sein Wissen später durch aufmerksame Lektüre bereichert. Als Junge hatte er geglaubt, er würde einmal in das Textilgeschäft seines Vaters eintreten, doch die Möglichkeit, sich zur SS zu melden – die zu dieser Zeit jeden aufnahm, der daherkam –, eröffnete ungeahnte Horizonte. Schon seit einiger Zeit träumte er davon, daß er dank treuer Dienste für Hitler, Göring und, vor allem, Himmler, wenn er einmal die Fünfzig überschritten hatte, eine Position von einiger Bedeutung erreicht haben würde. Um sich auf die Konkurrenz der anderen vorzubereiten, die eine Universität besucht hatten, las er auch weiterhin wichtige Bücher und erwarb sich so einen Wortschatz, den man bei einem Mann, der mit sechzehn Jahren von der Schule abgegangen war, nie erwartet hätte.

Aber er war Realist und wußte genau, daß er nicht die gleiche intellektuelle Brillanz besaß wie seine Konkurrenten in der Gestapo; seine Begabung für politische Taktik ließ zu wünschen übrig, und er sah auch nicht so männlich aus wie die Leute von der SS. Allerdings hatte er drei Qualitäten aufzuweisen, die vielen anderen fehlten: eine Art Instinkt, mit dessen Hilfe er stets entdeckte, wo seine Feinde, Polen oder Deutsche, sich verborgen hielten; die Fähigkeit, ihre Pläne zu vereiteln; und die Gewohnheit, Fakten über jeden zu sammeln, mit dem er in Berührung kam. Er legte Karteikarten in fünf Farben an, auf denen die Informationen, die er sich über diese Menschen verschafft hatte, aufgezeichnet wurden. Diese Kartei betreuten zwei verdrießliche Beamte, deren Namen den Dorfbewohnern nicht bekannt waren, obwohl die mühselige Arbeit der beiden auf ihrer aller Leben Einfluß nahm.

Kein Vorkommnis war so belanglos, daß es der Aufmerksamkeit Konrad Krumpfs und seiner Beamten entgangen und nicht vermerkt worden wäre. Er wußte zum Beispiel, daß Szymon Bukowski, der fünfzehnjährige Sohn der liberalen Hetzerin Mirosława Bukowska, zu den sieben gehört hatte, die an jenem ersten Tag erschossen werden sollten, und daß er irgendwie entkommen war. Aufgelistet auf der Karteikarte des jungen Mannes waren seine Freunde, seine Lieblingsbücher, die Art, wie und wo er seine Freizeit verbrachte, und wo er unter Umständen zu finden sein könnte; und vor allem die Namen und Anschriften seiner Verwandten, ganz gleich, wie weit entfernt von ihm sie sein mochten – blutmäßig oder auch im geographischen Sinn.

Es war Krumpfs Aufgabe, diesen verurteilten jungen Mann zu finden und ihn erschießen zu lassen, und als er die Karte seines präsumtiven Opfers studierte, sah er, daß dieser Szymon der mutmaßliche Enkel des mittlerweile verstorbenen Gutsherrn Viktor Bukowski, des »Helden von Zamość«, war, den man aufgrund seines Einsatzes bei der Belagerung dieser Stadt durch die Russen so nannte. Krumpf begab sich daher ins Schloß, um seine Untersuchungen weiterzuführen.

Er war angewiesen worden, der Dame, die ihn dort empfangen würde, mit Achtung zu begegnen. Sie sei, so hieß es, eine Multimillionärin aus Chicago und entstamme einer Familie, der Sympathien für die Sache Deutschlands nachgesagt wurden. Marjorie Bukowska, so stand auf ihrer Karteikarte zu lesen – auf einer grünen, was auf die Tatsache hinwies, daß es sich um eine wichtige Persönlichkeit handelte –, war siebenundsechzig Jahre alt, verwitwet, eine Liebhaberin und Gönnerin polnischer Kultur und Mutter des gegenwärtigen Schloßherrn, des neununddreißigjährigen, ein wenig geheimnisvollen Ludwik Bukowski. In bezug auf ihn lauteten Konrad Krumpfs Instruktionen: »Darf nicht erschossen werden. Könnte uns einmal nützlich sein.«

Wie viele wohlhabende Frauen, die die Möglichkeit haben, jedes Bedürfnis zu befriedigen, war Marjorie Bukowska im Alter noch schöner geworden, und nun gaben ihre schlanke Gestalt und ihr schimmerndes weißes Haar ihr eine Aura achtunggebietender Würde, als sie die Treppe herunterkam, um den Kommandeur ihres Bezirkes zu begrüßen. »Herr Krumpf ...«

»Sturmbannführer Krumpf«, besserte er sie aus.

»Es war mir nie gegeben, Dienstgradabzeichen auseinanderzuhalten«, versetzte sie. »Darf ich Sie bitten ...« Sie führte ihn in die große Halle, die von den zwei riesigen Gemälden beherrscht war. Die Größe der Bilder nahm ihm fast den Atem, und in diesem Augenblick heckte er seinen Plan aus. Er, Konrad Krumpf, Kaufmannssohn aus Magdeburg, würde in diesem Schloß residieren und von hier aus Recht über die Polen sprechen, die er zu überwachen hatte. Um das zu erreichen, mußte er vorsichtig mit der Amerikanerin und ihrem polnischen Sohn umgehen.

»Madame Bukowska«, begann er, während er sich in einem ihrer bequemen Lehnsessel niederließ, »ich muß Ihnen einige Fragen stellen, die ein Thema berühren, das Ihnen peinlich sein könnte.«

»Heutzutage ist vieles peinlich ...« erwiderte sie.

»Dieser vermißte Mann, Szymon Bukowski ...«

»Szymon?« gab sie heiter, fast lachend zurück. »Das ist doch kein Mann. Das ist ein Junge.«

»Er ist flüchtig, Madame Bukowska«, erklärte er in einem Ton, der keine Widerrede zuließ. »Ich muß Ihnen zwei Fragen stellen.«

»Bitte sehr«, resignierte sie höflich. Aber noch bevor er die Fragen stellen konnte, kam der Tee, dessen Zubereitung sie angeordnet hatte, und während Krumpf seine Tasse auf dem Knie balancierte, fügte sie hinzu: »Schießen Sie los.«

»Ich habe keine Schußwaffe bei mir«, sagte er, und sie erklärte ihm, daß sie diese Redewendung im übertragenen Sinn gebraucht hatte. Er lachte.

»Nun zu meinen Fragen. Wissen Sie, wo Szymon Bukowski sich aufhält?«

»Das weiß ich nicht«, antwortete sie in dem guten Deutsch, das sie in Wien gelernt hatte. Sie nippte an ihrem Tee und fügte dann hinzu: »Ich habe nie gewußt, wo er sich aufhält, Herr Krumpf. Ich hatte immer nur wenig mit ihm zu tun.«

»Sturmbannführer Krumpf, wenn ich bitten darf. Aber war sein Vater nicht der Verwalter Ihres Gatten?« Er studierte die Karteikarte, um sich seiner Fakten sicher zu sein.

»Ja, das war er. Ein sehr verläßlicher Mann.«

»Und diese unglückliche Mirosława Bukowska, die in Schwierigkeiten geriet – war sie nicht die Base Ihres Gatten?«

»Sie war über sieben Ecken mit ihm verwandt.«

Er warf einen Blick auf seine Karten und nickte. »Wo ist Ihr Gatte?«

Sie wies auf ein Reiterbild, das an einer Querwand in einiger Entfernung von den zwei großen Panoramagemälden hing; es zeigte Viktor in Nationaltracht auf seinem Pferd. Krumpf erhob sich, um das Schildchen zu lesen: »Der Held von Zamošć.« Wieder studierte er seine Karten. »Ja, er hat vor Zamošć gegen die Kommunisten gekämpft, ich entsinne mich.« Und aus der Art, wie er diese Worte aussprach – sehr deutlich, aber mit ein klein wenig erhobener Stimme –, folgerte sie, daß er über Deutschlands gegenwärtige enge Allianz mit der Sowjetunion nicht gerade begeistert war.

»Er ist tot?« fragte er, obwohl er die Antwort kannte.

»Seit vielen Jahren.«

»Was ich eigentlich fragen wollte: Wo ist Ihr Sohn?«

»Sie müssen doch wissen, daß der Generalgouverneur ihn nach Krakau zitiert hat. Er ist in Krakau.«

»Ja, ja.« Er schob seine Karten zusammen. »Und jetzt zu meiner nächsten, der schwierigsten Frage.« Er ließ sich Tee nachschenken. »Dieser Szymon, den wir suchen, sein Vater Seweryn Buk, der sich später Bukowski nannte, das war doch ein Sohn Ihres Mannes, nicht wahr? Ihr Stiefsohn also?«

»Das wissen doch alle hier in der Gegend.«

»Damit ist Szymon doch, wenn man so will, Ihr Enkel, nicht wahr?«

»Ich habe ihn nie als solchen angesehen.«

»Daß er sich auf Ihrem Besitz aufhält ... ist Ihnen das nicht irgendwie peinlich?«

»Mir ist gar nichts peinlich. Ich bin siebenundsechzig Jahre alt, und das Leben setzt mich immer noch in Erstaunen, aber es bringt mich nie in eine peinliche Lage.«

»In Chicago«, wechselte er das Thema, »waren Sie sehr reich, nicht

wahr? Was machen Sie denn dann immer noch in diesem schrecklichen Land?«
»Ich liebe es«, antwortete sie ruhig.
»Und Sie würden alles tun, um ihm zu helfen?«
Sie setzte sich zurecht, um ihm ins Gesicht sehen zu können, und antwortete dann: »Ja, ich glaube, das würde ich. Es ist doch jetzt mein Land, nicht wahr?«
»Wären Sie verletzt, wenn ich Sie bitten würde ... nun ja, nicht zu durchsuchen, aber ...«
»Sie möchten sich hier umsehen?«
Er lächelte, ein dünnes, ungern gezeigtes Lächeln, das seine Augen feucht werden ließ. »Ja, ich würde mich gern umsehen. Dieser Szymon macht uns nämlich große Sorgen.«
Auf diesem Rundgang sah Konrad Krumpf zum erstenmal die Kunstschätze des Schlosses. Zwar zog er die zwei polnischen Historienbilder ins Lächerliche, indem er sie als »Monstren« bezeichnete, zwar bemäkelte er den Claude Monet als »entartete jüdische Kunst«, aber die Schönheit des Rembrandt und des kleinen Correggio setzten ihn in Erstaunen. »Aber diese Bilder gehören ja ins Museum! Ihr Gatte hatte einen ausgezeichneten Geschmack, Madame Bukowska.«
»Die Bilder habe ich gekauft«, gab sie zurück. »Ich habe mich in Italien viel mit Kunst beschäftigt.«
»Ah, Italien! Ein wahrhaft perfektes Bündnis, das Großdeutsche Reich und Italien! Diese zwei Staaten bringen den Großteil aller Kunstwerke der Welt hervor.«
Er wollte ihr gerade den Rat geben, den Monet loszuwerden oder zumindest zu verstecken, weil doch jetzt in Europa ein neues Zeitalter der Kunst anbrechen würde, in dem für solch entartete Malerei kein Platz mehr war, da sah er Hans Holbeins Porträt einer englischen Dame. Der große deutsche Maler hatte Blau und Grau zu den beherrschenden Farben gemacht und nur da und dort rote und goldene Lichter aufgesetzt; der Rahmen, der ein Teil des Bildes zu sein schien, bestand aus breiten Ebenholzleisten mit wunderschön geschnitzten kleinen Quadraten, die leuchtend hervorstachen. Ein wunderschönes Renaissancekunstwerk, sehr deutsch.
»Das ist ein großartiges Bild«, sagte Krumpf mit so viel Begeisterung in der Stimme, daß Marjorie sich zu der leicht spöttischen Feststel-

lung genötigt sah: »Sie verstehen ja tatsächlich etwas von Kunst.« Offensichtlich geschmeichelt antwortete er: »Wir sind nicht alle so dumme Schweine, wie Ihre jüdische *New York Times* behauptet.« Sie kehrten in die Halle zurück, und aus der Art, wie er sich alles genau ansah, schloß Marjorie, daß sie und ihr Sohn in den kommenden Monaten den Sturmbannführer Krumpf noch öfter zu sehen bekommen würden.

Als die Nazis in diesem September Polen überrannten, bestand bereits der Plan, daß jener Teil Polens, der an das eigentliche Deutschland oder Ostpreußen angrenzte, möglichst von den bis zu zwanzig Millionen polnischen Menschen »gereinigt« und von deutschen neu besiedelt werden sollte.

Eine Zeitlang gab es den entsetzlichen Plan der Nazis, einen künstlichen jüdischen Staat rund um Lublin, eine Stadt nicht weit von Bukowo, zu gründen. Hier sollten die Juden so lange zusammengepfercht werden, bis man sie vernichten konnte – und auch die letzte Frau und das letzte Kind sollten dabei nicht vergessen werden. Nach Himmlers Zahlen betrug die jüdische Bevölkerung Polens zwischen drei und vier Millionen Menschen; sie alle sollten getötet werden.

Damit blieb – in sicherer Entfernung von den deutschen Grenzen – ein großes Gebiet im Süden übrig, das ungefähr das Dreieck Warschau-Krakau-Lemberg umfaßte, in dem auch Bukowo lag. Dieses Gebiet erhielt den kuriosen Namen *Generalgouvernement.* Warum man sich des Französischen bediente, um einer so durch und durch deutschen Lösung einen Namen zu geben, konnte niemand erklären; allerdings hatte diese Bezeichnung im Ersten Weltkrieg für das damals von den Deutschen besetzte Gebiet gegolten – warum also nicht auch jetzt? Regiert wurde es von einem tüchtigen Nazi, dem Rechtsanwalt Dr. Hans Frank, der seinen Sitz im Wawel, dem berühmten Krönungsschloß in Krakau, aufschlug.

Hans Frank glich weder der Karikatur eines Nazis, noch war er ein Sadist. Er war Realist und seine Instruktionen an seine Untergebenen waren in klaren, einfachen Sätzen abgefaßt:

»Das Generalgouvernement umfaßt alles, was vom historischen Polen geblieben ist. Wesentlich aber ist, daß die hier lebenden Polen begreifen, welcher Art ihr neuer Staat ist. Es ist kein Rechtsstaat. Es ist ein Land, das gemäß den Wünschen und Forderungen des Groß-

deutschen Reiches verwaltet wird. Der Pole hat keinerlei Rechte. Seine einzige Verpflichtung besteht darin, zu tun, was wir von ihm verlangen. Er muß ständig daran erinnert werden, daß es seine Schuldigkeit ist, zu gehorchen.
Sie, meine Parteigenossen, sind mit meiner ausdrücklichen Genehmigung gehalten, rücksichtslos jede vernünftige Maßnahme zu ergreifen, um die Lage in Ihrem Bereich unter Kontrolle zu halten. Ich werde keine dummen Fragen stellen, die Aktionen betreffen, die Sie für notwendig erachten, um alle Gebiete des Generalgouvernements ruhig zu halten.
Eine unserer wichtigsten Zielsetzungen ist es, so schnell wie möglich alle Unruhestifter wie Politiker, Priester und Anführer subversiver Gruppen, die uns in die Hände fallen, zu erledigen. Ich gebe offen zu, daß einige tausend sogenannte polnische Persönlichkeiten mit ihrem Leben werden bezahlen müssen, aber Sie dürfen nicht zulassen, daß Mitgefühl in einzelnen Fällen Sie von Ihrer Pflicht abhält: sicherzustellen, daß der Nationalsozialismus triumphiert und daß die polnische Nation nie wieder Widerstand zu leisten imstande ist.«
Wenn Kreishauptleute wie Konrad Krumpf bei einer Konferenz die Frage stellten, welche endgültigen Pläne für dieses elende, unglückliche Land festgelegt worden waren, drückte sich Dr. Frank sehr präzise aus:
»Jede Spur polnischer Kultur ist zu beseitigen. Polen von nordischem Aussehen werden nach Deutschland gebracht, um in unseren Fabriken zu arbeiten. Kinder von nordischem Aussehen werden ihren Eltern weggenommen und als deutsche Arbeiter aufgezogen. Der Rest? Sie werden arbeiten. Sie werden wenig essen. Mit der Zeit werden sie aussterben. Es wird nie wieder ein Polen geben.«
Frank empfahl die Exekution aller erkennbaren geistigen Führer und befahl die Verhaftung von Hochschulprofessoren, insbesondere von Mitgliedern des Kollegiums der Jagiellonischen Universität in Krakau; sie sollten in die grausamsten Konzentrationslager eingeliefert werden, wo die meisten sterben würden. Auch half er mit, die Vergeltungsmaßnahmen zu kodifizieren, wie Hans Unger sie an den Einwohnern von Bukowo praktiziert hatte; er belobigte alle Kreishauptleute, die sich auf diese Weise Gehorsam verschafften.
Doch im Gegensatz zu vielen seiner Untergebenen vollzog er grau-

same Handlungen nicht aus Lust daran, und dies aus gutem Grund, wie er seinen Leuten erklärte:

»Auf lange Sicht streben wir die Ausrottung des polnischen Volkes an. Kurzfristig müssen wir diese Menschen dazu anhalten, mitzuhelfen, unsere Soldaten zu ernähren. Daher sind Bauern auf ihren Feldern zu belassen, doch sind im allgemeinen strengste Vorschriften bekanntzugeben, wonach die Familien dieser Bauern nur gerade so viel behalten dürfen, daß sie am Leben bleiben. Was darüber hinausgeht, muß bei unseren Vertretern abgeliefert und nach Deutschland transportiert werden. Jeder Bauer und jede Hausfrau, die Verstößen gegen diese Vorschrift stillschweigend Vorschub leisten, werden erschossen. Jeder Kreishauptmann ist persönlich dafür verantwortlich, daß sein Bezirk das Maximum an Lebensmitteln abliefert. Bis auf weiteres ist die Landbevölkerung zu schonen, aber sobald wir den Sieg errungen haben, werden wir auch mit ihr abrechnen.«

Nachdem diese Anordnungen Konrad Krumpf in Bukowo erreicht hatten, leitete er die Suche nach Handgetreidemühlen ein. Sechzehn zusätzliche Gestapobeamte hatten auf dem Dorfplatz Aufstellung genommen. Krumpf ließ die Bevölkerung strammstehen und las die amtliche Verfügung vor, die in seinem Teil des Generalgouvernements Rechtskraft erlangt hatte:

»Die in diesem Gebiet eingebrachten Ernten gehören ausnahmslos dem Dritten Reich und sind bis auf das letzte Körnchen bei meinen Vertretern an Orten, die ich noch bekanntgeben werde, abzuliefern. Erst dann werdet ihr so viel zurückbekommen, wie ihr braucht, um bis zur nächsten Ernte leben zu können. Das heißt, daß kein Haushalt auch nur eine einzige Handmühle zum Mahlen von Weizen und zur Herstellung von Mehl, aus dem Brot für den eigenen Gebrauch gebacken werden könnte, behalten darf. Es ist jetzt zehn Uhr. Ihr habt bis zwölf Uhr Zeit, mir alle Handmühlen aus eurem Besitz zu bringen, denn eine Minute nach zwölf werden diese Beamten anfangen, eure Hütten zu durchsuchen, und wenn sie eine versteckte Handmühle finden, wird der Eigentümer erschossen.«

Für die meisten Bauern und Dorfbewohner war die Lage klar: Wer nicht Gefahr laufen wollte, erschossen zu werden, mußte die kleinen Handmühlen abgeben, mit denen seit Generationen der Weizen zu Mehl verarbeitet worden war, aus dem man das gute polnische Brot buk. Tränen liefen den Frauen über die Wangen, als sie nun die wie einen Schatz gehüteten Handmühlen von den Regalen herunter- und aus Ecken hinter dem Ofen hervorholten: zwei runde, flache Steine in einem Kasten, so klein, daß ein Kind ihn tragen konnte. Der obere Stein hatte eine Öffnung, in die man einen hölzernen Stiel steckte, mit dem man den Stein drehte und so den Weizen mahlte, der dann in ein Sieb fiel und als Mehl auf den Boden des Kästchens herabrieselte.

Manche Steine waren schon seit hundert Jahren in Gebrauch und hatten drei oder vier Holzhütten ihrer Besitzer überdauert; alle wurden in Ehren gehalten und nur schweren Herzens aus der Hand gegeben.

Für Jadwiga Buk, eine jetzt zweiundsiebzigjährige, noch sehr rüstige Frau, stellte diese Verfügung ein großes Problem dar; sie ließ sich Zeit mit der Übergabe der kleinen Mühle, mit der sie den Weizen für ihre Familie gemahlen hatte, weil sie wissen wollte, was mit den abgelieferten Handmühlen geschehen würde. Als die ersten Frauen um halb elf mit ihren kostbaren Mühlen ankamen, wartete sie in einiger Entfernung und beobachtete entsetzt, was Konrad Krumpf damit machte.

»Stellt sie dahin«, befahl er, und als sie auf der Erde lagen, wies er die Beamten an, die Steine zu zerschlagen und die Kästen auf einen Haufen zu schichten, der offensichtlich angezündet werden sollte.

Diese mutwillige Zerstörung der kleinen Apparate, die jahrzehntelang so gute Dienste geleistet hatten, erschütterte Jadwiga. »Schickt sie wenigstens nach Deutschland!« rief sie. »Macht sie doch nicht kaputt!«

Krumpf hielt sich nicht damit auf, festzustellen, wer gerufen hatte; doch aus den Augenwinkeln sah er, daß es die alte Buk gewesen sein mußte, und im Geiste sah er auch ihre Karteikarte vor Augen: GROSSMUTTER DES GESUCHTEN SZYMON BUKOWSKI.

Bis ins Innerste aufgewühlt verließ Jadwiga den Dorfplatz. Die Handmühle, die sie von ihrer Großmutter geerbt hatte, war eine der besten: zwei wunderbar flache Steine in einem Kasten aus ganz besonderem Holz; mit dieser Mühle Weizen zu mahlen hatte ihr schon als Kind Freude gemacht, und auch ihre Kinder, Seweryn und die zwei anderen, waren immer begeistert gewesen, wenn sie ihrer Mutter beim Mahlen helfen durften. Sie betrachtete es als eine einer guten Ehefrau geziemende Beschäftigung – das Korn ihres Mannes zu lebenspendender Nahrung zu verarbeiten.

Sie konnte ihre Handmühle einfach nicht der Zerstörung anheimfallen lassen, deren Zeuge sie soeben gewesen war; wie ein Kind versuchte sie sie zu verstecken. Als zu Mittag die Suche begann, hatten die Männer vom SD sie bald gefunden. Sie zerrten Jadwiga auf den Platz hinaus, wo sie strammstehen mußte, während der Kasten aus Hartholz zerschlagen und auf den Haufen geworfen und die Steine zu ihren Füßen zerschmettert wurden. Ihr fehlte der Mut, den Blick auf die zerbrochenen Steine zu richten, aber sie sah hin, als die Kästen angezündet wurden, und sie starrte immer noch ungläubig auf den lodernden Holzstoß, als man ihr den Strick um den Hals legte und sie hängte.

Weil sowohl seine Großmutter Jadwiga Buk wie auch seine Tante Mirosława Bukowska von den Nazis ermordet worden waren, erregte Jan Buk, dem jetzt der Hof gehörte, den Argwohn von Konrad Krumpfs Männern. Die drei Karteikarten, auf denen alles über ihn zusammengefaßt war, enthielten zahlreiche Eintragungen. Der blauen war zu entnehmen, daß er gefährlichen Umgang pflegte. Die braune enthielt Hinweise darauf, daß er versuchte, Lebensmittel zu horten. Auf der lilafarbenen stand zu lesen, daß er gefährlich werden könnte, und mit gnadenloser Regelmäßigkeit wurden lilafarbene Karten gegen rote ausgetauscht: GESUCHT, UM VERHAFTET ZU WERDEN. Es bestand Grund zu der Annahme, daß früher oder später auch Jan Buks Karte ausgetauscht werden würde.

Er war zwanzig Jahre alt, breitschultrig und zuverlässig wie seine Vorfahren, ein tüchtiger Bauer; wenn einer imstande war, einen Überschuß herauszuwirtschaften, den man horten konnte, dann er. Ihm gehörte auch ein Stück Wald, aus dem sich die Deutschen Holz zum Feuermachen holen konnten. Er war verheiratet mit Biruta, einem Bauernmädchen.

An dem Tag, als Großmutter Jadwiga gehängt wurde, kehrte Jan in das Haus mit dem Betonboden zurück, in das Haus, das Jadwiga für die Familie erkämpft hatte, und setzte sich bedächtig in den Lehnsessel, in dem früher Janko oft gesessen war, der Mann, der in Wien gearbeitet und in der Schlacht von Zamość gekämpft hatte. Stumm saß er da. Als Biruta aus dem Dorf kam, wo sie miterlebt hatte, wie Jadwiga gehängt worden war, sah er sie fragend an, und mit einem vielsagenden Blick in eine Ecke, wo Wand und Boden sich berührten, gab sie ihm zu verstehen, daß dort etwas Wertvolles vergraben lag.

Den Blick auf die gefährliche Stelle geheftet, lauschte Jan seiner Frau, die im Flüsterton zu ihm sprach: »Als Krumpf den Befehl gab, die Handmühlen abzuliefern, gab ich ihnen die alte, die meine Mutter immer verwendet hat. Die gute hab' ich versteckt. Und wenn wir sie verwenden müssen, werden wir es tun!«

Jan, der sich des schrecklichen Risikos, das seine Frau auf sich nahm, sehr wohl bewußt war, ergriff ihre Hand und drückte sie. Dann küßte er sie, und die vergrabene Handmühle wurde nicht mehr erwähnt. Doch bei der Arbeit auf dem Feld schaffte er immer größere Mengen Weizen beiseite und brachte sie unter seinem Hemd verborgen nach Hause. Nachts wachte er manchmal vom Reiben der Steine auf und wußte, daß die Buks wieder einmal zusätzliches Mehl haben würden, um heimlich Brot für die hungernden Menschen im Dorf zu bakken.

In anderen, an Deutschland angrenzenden Teilen Polens waren strengste Vorschriften in Kraft, die die Reisemöglichkeit der Polen betrafen. So durfte kein Pole ein Fahrrad ohne eine von den Nazis ausgestellte Genehmigung besitzen; auf diesem Dokument mußten die Straßen angegeben sein, über die er zur Arbeit und wieder nach Hause fuhr.

Im Generalgouvernement galten solche Vorschriften nicht. Hier waren die Polen gehalten, Nahrung zu produzieren, und die Deutschen begriffen, daß man ihnen dazu ein Minimum an Bewegungsfreiheit zugestehen mußte. Trotzdem waren die Bauern, wie schon vor tausend Jahren, an ihr Land gebunden, und auf dem Wawel vertrat man die Ansicht, daß es auch noch eine Zeitlang so weitergehen würde – bis die »slawische Rasse« ausgestorben war und Deutsche ihren Platz einnehmen würden.

In den Jahren 1939, 1940 und der ersten Hälfte von 1941 waren die Lebensbedingungen für die Bauern im Generalgouvernement erträglich; man nahm ihnen ihre Bodenprodukte weg, aber sie waren immer schlau genug, gerade so viel zu stehlen, um bei Kräften zu bleiben. Die Unterdrückung hielt an, immer noch war die Liste der Geiseln an der Kirchentüre angebracht; bis jetzt waren neunzehn Menschen als Vergeltung für verschiedene von Hitzköpfen verübte Straftaten erschossen worden, aber auf dem flachen Land herrschte die Meinung vor, daß es zwecklos sei, den Nazis Widerstand zu leisten: »Die haben die Gewehre und zögern nicht, damit zu schießen.«

Und sie hatten auch Stricke, und die machten einen noch tieferen Eindruck auf die Bauern, denn wenn ein ungehorsamer Mensch gehängt worden war, ließen die Deutschen seine Leiche im Wind schwingen – hierhin und dorthin, die Beine nicht zusammengebunden –, bis dann eines Morgens Konrad Krumpf vorbeikam: »Räumt den Dreck da weg!« kreischte er mit seiner hohen Stimme, und erst jetzt war es den Dorfbewohnern erlaubt, den Toten zu bestatten.

In seinen siebzehn Dörfern hatte Krumpf bis jetzt über sechzig Polen exekutieren lassen, aber nie aus Bosheit, wie das andere Kreishauptleute taten, und – nach seiner Interpretation der Vorschriften – nie ohne hinreichenden Grund. Trotzdem wollte es ihm nicht gelingen, die ersten Anfänge des Widerstands niederzuschlagen, und je mehr Fälle von Sabotage oder größeren Diebstählen ihm gemeldet wurden, desto mehr kam er zu der Überzeugung, daß ein führender Kopf, vielleicht der unauffindbare Szymon Bukowski, dahintersteckte und daß es sich weder um Zufälle noch um Einzelfälle handelte. Er legte alle seine Karteikarten auf den Tisch in seinem Büro, studierte sie eingehend und kam zu dem Schluß, daß es tatsächlich Bukowski war – so jung er auch sein mochte –, der irgendwie mit den Bauern des Kreises in Verbindung stand und Unruhe stiftete.

Bei drei völlig verschiedenen Gelegenheiten waren ihm Gerüchte von einer Untergrundzelle zu Ohren gekommen, die aus Verstecken im Szczęker Wald heraus operierte, und wieder fragte er sich, ob Szymon Bukowski etwas damit zu tun haben könnte. Von Zweifeln zerfressen und verärgert, weil es ihm nicht gelungen war, den Gesuchten zur Strecke zu bringen, begab er sich abermals ins Bukowskische Schloß, um mit dem Eigentümer selbst und nicht mit dieser doch etwas schwierigen Amerikanerin zu sprechen, die früher einmal die Herrin gewesen sein mochte.

Er hatte in Ludwik Bukowski stets einen angenehmen Gesprächspartner gefunden; von mittlerem Wuchs, gepflegt, ein perfektes Deutsch sprechend, war er offensichtlich ein Aristokrat, der nichts mit dem Pöbel zu tun hatte, und wurde auch in Krakau als potentieller Freund angesehen. Als Krumpf sich jetzt zu ihm setzte, sprach er offen: »Hartnäckigen Gerüchten zufolge operiert eine Untergrundgruppe in dieser Gegend. Haben Sie etwas davon gehört?«

»Nein. Und wenn etwas daran wäre, dann *hätte* ich davon gehört!«

»Wer könnte der Kopf einer solchen Gruppe sein?«

»Ich habe nicht die leiseste Ahnung. Vielleicht ein Patriot, der davon träumt, die alte Ordnung ...«

»Könnte es Szymon Bukowski sein?«

»Du meine Güte ... der ist ja erst ... wie alt? Siebzehn?«

»Sind Sie nicht sein Onkel, wenn man das so nennen kann?«

»Es hat da schon immer verzerrte Gerüchte gegeben ...« Er legte seine Handflächen aneinander und blickte zum Porträt seines Vaters auf. »In einem Dorf wie diesem ist das nichts Ungewöhnliches.«

»Ich habe über dieses Dorf nachgedacht«, knüpfte Krumpf vorsichtig an, »und ich glaube, ich sollte mein Büro hierher verlegen.«

»Ist es nicht etwas weit entfernt von Ihren anderen Dörfern?« wandte Bukowski ein, der die Gabe besaß, auf ihn zukommende Schwierigkeiten und Unannehmlichkeiten förmlich zu riechen. »Und wären Sie nicht durch die Weichsel auf einer Seite abgeschnitten?«

»Aber hier passieren die interessanteren ... ich meine, die entscheidenden Dinge.«

In den Jahren der Besatzung hatte sich Bukowski bemüht, abzuschätzen, wie weit Krumpfs Einfluß reichte, und dabei herausgefunden, daß der Gestapomann die Exekution jeder Person anordnen konnte, die ihn aus irgendeinem Grund reizte. Er stellte aber auch fest, daß Krumpf – wie die meisten Deutschen, die dem Mittelstand angehörten – dem Rang nach höherstehende Personen mit Respekt behandelte und es gegenüber den Bukowskis wie auch Graf Lubonski an Achtung nicht fehlen ließ. Ludwik entschloß sich, die etwas plumpen Andeutungen des Kreishauptmanns zu ignorieren. »Sie würden es hier wahrscheinlich sehr langweilig finden.«

Krumpf lächelte, und seine Augenwinkel wurden feucht. Er wählte seine Worte mit Bedacht. »Dr. Frank, der Generalgouverneur, Sie wissen ja – nun, vorige Woche habe ich ein Rundschreiben von ihm erhalten. Er möchte seine Vertreter geziemend untergebracht wissen. Wobei wir im ganzen Generalgouvernement das Recht zu requirieren in Anspruch nehmen.« Er sah dem reichen Polen ins Gesicht und wartete auf Antwort.

Bukowski konnte sich nicht vorstellen, sein Schloß mit einem solchen Menschen, einem Mörder, einem Menschenschinder zu teilen. Er schwieg. Doch als Krumpfs Ungeduld immer bedrohlicher wurde, fuhr er sich mit der Zunge über die Lippen und sagte: »Haben Sie hier in der Gegend schon etwas gefunden, was Ihnen zusagen würde?«

Krumpf erhob sich, nahm den Herrn des Schlosses beim Arm und führte ihn zielbewußt in den Raum, wo der Holbein hing. »Ich dachte, es wäre am besten, ich würde mein Büro hier einrichten, in diesem Raum mit diesem großartigen deutschen Gemälde.« Und noch bevor Bukowski sich dazu äußern konnte, führte ihn der Gestapomann in die Halle zurück, wo er vor dem Reiterbild Viktor Bukowskis stehenblieb. »›Der Held von Zamość.‹ Das gefällt mir. Ihr Vater hat gegen die gottlosen Kommunisten gekämpft. Mir hat dieser Raum vom ersten Tag an gefallen, als ich dieses Bild sah. Aber damals hatten uns die Umstände zu Verbündeten des russischen Monsters gemacht, und ich durfte nicht offen sprechen.«

»Ich müßte erst meine Mutter fragen«, druckste Ludwik. »Ihr gehört ja das Schloß, sozusagen.«

»Keineswegs. Im Dritten Reich – und das Generalgouvernement ist ja praktisch ein Teil von Großdeutschland – haben Witwen keinen Besitz, alle Rechte und Ansprüche gehen auf die Söhne über. Dies ist Ihr Schloß, und ich erwarte eine Antwort von Ihnen.«

»Ich werde trotzdem mit meiner Mutter sprechen«, entgegnete Bukowski überraschend hartnäckig. Er ging in die Suite seiner Mutter hinauf. Mittlerweile kehrte Krumpf in das Holbein-Zimmer zurück und überlegte, wo er seinen Schreibtisch und die Aktenschränke placieren sollte.

Dort fanden ihn Ludwik und seine Mutter. Er saß in einem Lehnsessel, in dem früher Viktor Bukowski oft gesessen hatte, und er stand nicht auf, als sie eintraten. Noch bevor sie zu seinem Ansinnen Stellung nehmen konnten, erklärte er in scharfem Ton: »Um jede Äußerung Ihrerseits zu vermeiden, die Sie später bedauern könnten, möchte ich Ihnen mitteilen, daß mich der Generalgouverneur ermächtigt hat, jede Räumlichkeit, die ich benötige, zu requirieren.«

»Das ist mir klar«, erwiderte Madame Bukowska. »Und mein Sohn und ich hoffen, daß Sie sich entschließen werden, bei uns Aufenthalt zu nehmen, wenn die Räumlichkeiten Ihnen zusagen.«

»Sie sagen mir zu«, erwiderte er, stand auf und hob den Arm zum Nazigruß. »Heil Hitler!«

Ein Pole, an den diese Worte gerichtet wurden, mußte sich peinlichst genau an die im Generalgouvernement geltenden kuriosen Vorschriften halten. Ihm war verboten, mit den gleichen geheiligten Worten zu antworten; statt dessen wurde von ihm erwartet, daß er, die Arme an die Hüften angelegt, die Augen nach vorne gerichtet, eine Haltung einnahm, die allerhöchsten Respekt ausdrückte. Die zwei Bukowskis standen stramm.

Konrad Krumpf machte auch weiterhin fleißig Eintragungen in seine in fünf Farben – rot, lila, grün, blau, braun – gehaltenen Karteikarten. Die zwei Beamten, die er mitgebracht hatte, aber auch einfache Soldaten, durften diese Dossiers lesen und selbst Eintragungen vornehmen. Aber er führte auch noch eine sechste Kartei – goldgelbe Karten –, und die bekam außer ihm selbst niemand zu Gesicht. Es widerstrebte ihm, die erste Karte in diesem Stoß mit einer der Aufschriften zu versehen, die ihr gebührt hätten: *Verräter, Denunzianten, Abtrünnige, Überläufer.* Statt dessen betitelte er sie mit deutscher Schwerfälligkeit: PERSONEN VON BESONNENHEIT UND UMSICHT, VON DENEN ZU ERWARTEN IST, DASS SIE DIE INTERESSEN IHRER NATION IM AUGE HABEN. Es war dies keine sehr gute Definition von Verrat, aber eine sehr gute Rechtfertigung.

Auf den goldgelben Karten registrierte er die Schande Polens: die wenigen, die ihre Freunde um Geld verrieten; die wenigen, die versuchten, ihr polnisches Blut zu verleugnen und sich als Deutsche auszugeben; die wenigen, die den Krieg für verloren hielten und glaubten, daß es in Polen immer so weitergehen würde wie jetzt; die wenigen, die sich den einen oder anderen billigen Vorteil von ihrem

Verrat versprachen; die wenigen, die sich von Natur aus immer auf die Seite der Sieger stellten; die wenigen, die Deutschland immer noch Rußland vorzogen; und die ganz wenigen, die in jedem Land zu finden waren: Menschen, die für Adolf Hitlers Programm tatsächlich eintraten und für seine Realisierung kämpften.

In seinen Dörfern hatte Krumpf siebenunddreißig »Personen von Besonnenheit und Umsicht« gefunden, und an dem Abend, als er sein ständiges Büro im Bukowskischen Schloß einrichtete, sah er die goldgelben Karten durch und nickte anerkennend, als er die Namen derjenigen las, die sich freiwillig bereit erklärt hatten, für das Reich zu arbeiten. Nach den siebenunddreißig Karten kamen ein Dutzend leere, die jede auf den Namen eines Verräters warteten, und bei der letzten zögerte er lange. Was ist mit diesem Bukowski? Er spricht gut Deutsch. Er hat nie geheiratet; er könnte andersrum sein. Man kann ihn zweifellos unter Druck setzen. Und nach seinen Äußerungen zu urteilen, ist er unserer Sache günstiger gesinnt als der russischen.

Nur zu gern hätte er Ludwik Bukowskis Name auf seine Liste gesetzt. Einen Angehörigen des Landadels für die gute Sache zu gewinnen, noch dazu einen, der nach dem Tod seiner Mutter schwerreich sein würde, das hätte seinen Zorn über die Tatsache aufgewogen, daß der andere Bukowski immer noch frei herumlief, von dem man jetzt schon ganz offen als Kopf einer Partisanengruppe sprach. Ein sauberer Tausch würde das sein! Aber er zögerte, bevor er die Feder hob, die Ludwik zu einem deklarierten Verräter machen würde; denn in dieser Kartei wurden nur solche Personen aufgenommen, die ihre Loyalität gegenüber dem Dritten Reich bereits unter Beweis gestellt hatten.

Er beschloß noch zu warten mit seiner Entscheidung über den Schloßherrn, diesen Schwächling, dem er nicht über den Weg traute; doch als er schon im Begriff war, die goldgelben Karteikarten in ihren Schuber zu tun, hielt er inne, um einen anderen Namen als möglichen Kandidaten abzuwägen.

Graf Walerian Lubonski von der Burg Gorka ein Stück flußaufwärts war schwer abzuschätzen. Auf seiner grünen Karteikarte – grün für »Persönlichkeiten« – ging hervor, daß er vierundfünfzig Jahre alt und Alleinerbe der Lubonskischen Güter war, ein Mann mit ausgeprägten Führungsqualitäten und Sohn eines hochgeachteten Ministers der österreichisch-ungarischen Monarchie – ein Amt, das fast die gleiche Anerkennung verdiente, wie wenn er für Deutschland gearbeitet hätte. Hans Unger, der für die ersten Exekutionen in Bukowo verantwortlich gewesen war, hatte einen mit Bleistift geschriebenen Zettel hinterlassen: »Nicht erschießen. Für mögliche zukünftige Verwendung Umgang pflegen.« Ein ähnlicher Vermerk auf Ludwik Bukowskis Karte war es gewesen, der in ihm den Verdacht geweckt hatte, daß sich dieser Bukowski eines Tages als »Person von Besonnenheit und Umsicht« erweisen könnte.

Graf Lubonski war um vieles schwerer zu durchschauen. Er lebte spartanisch auf seiner alten Burg, wo er ein Zimmer bewohnte, das auf die Weichsel hinausging. Er hatte einen Sohn, der bei Kriegsausbruch an der Universität Oxford studiert hatte und als Jungakademiker immer noch in England lebte; positiv zu bewerten war nur die Tatsache, daß sich der Junge nicht im »Kampfbund für ein freies Polen« betätigte, der in ganz England aktiv war.

Wann immer Kreishauptmann Krumpf der Burg einen seiner kurzen und frostigen Besuche abstattete, empfing ihn der Graf höflich, formell und reserviert. Die Burg wurde ständig von Soldaten beobachtet – ein Detachement war im Gutshaus einquartiert, nachdem man die Knechte und Mägde hinausgeworfen hatte –, die jedoch keine subversive Tätigkeit feststellen konnten. Und die zwei Male, die Hans Frank, der Generalgouverneur, nach Bukowo gekommen war, hatte er bei Lubonski logiert, der ihn zwar nicht gerade herzlich, aber mit geziemender Achtung aufgenommen hatte. In Kreisen der Gestapo war man der Meinung, daß Dr. Frank sich Lubonski für einen Zeitpunkt aufsparte, da dessen Unterwerfung unter das Naziregime Signalwirkung auf die einheimische Bevölkerung haben würde.

Krumpf, dem nicht ganz wohl war bei dem Gedanken, einen so bedeutenden Mann in dem ihm unterstellten Gebiet, aber nicht unter seinem persönlichen Befehl zu haben, behielt Burg Gorka sorgfältig im Auge. An einen höheren Offizier der Gestapo richtete er einmal die Frage: »Was wird mit Männern wie Graf Lubonski in diesem Landkreis passieren?« Der Offizier antwortete: »Was mit ihm geschehen wird? Es wird ihm ergehen wie allen anderen. Wir benützen ihn, bis unsere Position von Berlin bis zu den Kurilen gesichert ist. Dann lassen wir ihn sterben. Er wird langsam sterben, und nichts und niemand kann ihn retten.«

Nur einmal hatte Graf Lubonski unliebsames Aufsehen erregt. Unter dem Eindruck der großen Siege im Osten, als Deutschlands Heeresgruppen vor den Toren Moskaus, Leningrads, Charkows und Stalingrads standen und zu der gewaltigen Zangenbewegung ausholten, die die russische Nation vernichten sollte, erdachten Heinrich Himmler und Alfred Rosenberg einen für ihre Begriffe sinnreichen Plan: Alle jungen Polinnen, die deutsch aussahen – aufgrund der Vermischung mit schwedischem und deutschem Blut in vergangenen Jahrhunderten gab es deren viele –, sollten ins Reich deportiert werden, wo sie in Fabriken arbeiten und von deutschen Soldaten auf Urlaub geschwängert werden sollten. Man würde ihnen ihre Kinder gleich nach der Geburt wegnehmen und in die Obhut linientreuer deutscher Familien geben, wo man sie zu echten Deutschen erziehen würde. Auf diese Weise konnten auf Schlachtfeldern in der Fremde erlittene Verluste an Menschenmaterial laufend ersetzt werden.

Mehrere tausend solcher Mädchen waren aufgegriffen und nach Deutschland geschickt worden, wo einige tatsächlich schwanger wurden. Da man den Müttern nicht gestattete, ihre Kinder zu sehen, nicht einmal im Krankenhaus, funktionierte alles wie geplant. Doch als Walerian Lubonski erfuhr, daß Gestapo-Einheiten blonde junge Mädchen entlang der Weichsel aufgriffen, eilte er nach Krakau, ohne gerufen worden zu sein, schlüpfte in den Wawel hinauf und stellte den Generalgouverneur, der den Plan begeistert begrüßt hatte, zur Rede. Wenn Mädchen auch weiterhin aus seinem Bezirk geholt würden, erklärte er Frank, würde er, Lubonski, persönlich eingreifen und dafür sorgen, daß man in ganz Polen erfuhr, warum man ihn erschossen hatte – wenn man ihn erschießen sollte.

Frank gab klein bei. In den »Eingegliederten Ostgebieten« wurden blonde polnische Mädchen nach wie vor auf den Straßen ergriffen und wie früher nach Deutschland transportiert; die einen kamen in Fabriken, die anderen in Bordelle, und ihre Kinder wurden ihnen weggenommen. Aber in Lubonskis Bezirk geschah nichts dergleichen mehr.

Warum stellen die den eigentlich nicht an die Wand? fragte sich Krumpf mehrmals an diesem ersten Abend in seinem neuen Quartier, und die Antwort, die er fand, war schon die halbe Wahrheit: Frank spielte mit Lubonski – es konnte gar nicht anders sein. Die ganze Wahrheit war, daß Frank, der so wie sein Untergebener aus dem deutschen Mittelstand kam, jedem mit hündischer Ergebenheit gegenübertrat, der ein Adelsprädikat aufzuweisen hatte, ein großes Haus führte und Vermögen besaß. Andererseits hielt er sich aber auch für gerissen genug, sich diese bedeutende Persönlichkeit gefügig zu machen. Hätte Konrad Krumpf Lubonskis Namen mit absoluter Gewißheit auf eine seiner goldgelben Karteikarten setzen können, er wäre überglücklich gewesen. Aber als vorsichtiger Mann unterließ er es vorerst, denn er hegte den schweren Verdacht, daß der Fall Lubonski alles andere als erledigt war. Er würde die Augen offenhalten.

Krumpfs Entschluß, sein Hauptquartier in das Bukowskische Schloß zu verlegen, brachte für Jan Buk und seine Familie viele neue Probleme mit sich. Mehr Truppen als bisher zogen durch das Dorf, und die Bewegungen der polnischen Bevölkerung wurden verstärkt überwacht. Auf Anweisung des Generalgouverneurs in Krakau wurden vermehrt Anstrengungen unternommen, die Produktion von Nahrungsmitteln zu erhöhen, und als eine Nachbarin der Buks dabei erwischt wurde, wie sie mehr Brot buk, als ihr zustand – wobei die Vermutung nahelag, daß das überschüssige Brot für die Partisanen im Szczęker Wald bestimmt war –, wurde die Frau von Krumpfs Soldaten verhaftet, auf den Dorfplatz geschleppt und gehängt. Wieder ließ man die Leiche sieben Tage am Galgen baumeln, bevor Krumpf den Befehl gab, sie abzunehmen.

Jan Buk war einer der drei Männer, die dazu eingeteilt worden waren, die Frau zu begraben. In der folgenden Nacht wachte er von zwei Geräuschen auf, die ihm kalte Schauer über den Rücken jagten. In der Küche hörte er Biruta herumgehen, und er ahnte, daß sie verbotenerweise Weizen mahlte. Draußen aber glaubte er leise Schritte näher kommen zu hören, und das hieß, daß Krumpfs Soldaten ihm wieder nachspionierten.

Zitternd eilte er in die Küche, um seine Frau auf die Gefahr hinzuweisen und ihr aufzutragen, die Handmühle sofort, augenblicklich, zu verstecken. Aber noch bevor er sie warnen konnte, öffnete sich die Tür, und ein Mann schlüpfte lautlos herein: »Buk? Bist du wach? Mach kein Licht!«

Es war Szymon Bukowski, der aus seinem Versteck im Wald kam, wie er das hin und wieder tat. Er brauchte Lebensmittel für seine Männer, brauchte sie dringend, und war zu seinem Vetter Jan Buk gekommen, um ihn darum zu bitten.

Er war knapp achtzehn und nicht eben von hünenhafter Statur, aber von enormer Entschlußkraft. Immer auf der Hut, immer fluchtbereit, bewegte er sich wie ein Panther. Er war müde und durchfroren und hungrig, und so saß er jetzt im Dunkeln, stopfte Brot und Käse in sich hinein und merkte nur allmählich, daß Biruta Weizen mahlte.

»Gott sei Dank, daß jemand das tut. Die Burschen ziehen das Netz immer enger.«

»Weißt du, daß Zosia vorige Woche gehängt wurde?«

»Ja. Wir schreiben alles auf.«

»Wie ist es denn da draußen?«

»Wir wischen ihnen eins aus, wo wir können. Wir lassen sie wissen, daß wir noch da sind.«

Er erzählte den Buks, daß die Männer im Wald anfangs ein tapferer Haufen gewesen waren und gehofft hatten, die Deutschen würden sich im Westen blutige Nasen holen und gezwungen werden, sich aus Polen zurückzuziehen. »Es waren Träume. Aber schon 1941 mußten wir jede Hoffnung auf einen solchen Sieg aufgeben. Dann hatten wir einen anderen Traum: Die Sowjetunion würde uns retten. Ich erinnere mich an Piszewskis Warnung: ›Die Russen werden genauso schlimm sein wie die Deutschen!‹ Aber wir beteten weiter für ihren Sieg. Und jetzt sieht es so aus, als ob die Nazis die ganze Sowjetunion besetzen würden. Was wird dann aus uns?« Sekundenlang zeichnete Verzweiflung sein Gesicht. »Für immer und ewig die Deutschen im Land!«

»Aber ihr werdet weiterkämpfen, nicht wahr?«

»Würdest du es etwa nicht tun?«

Stumm deutete Jan Buk mit dem Kopf auf seine Frau, die immer noch ihren Weizen mahlte. Szymon hörte auf zu essen, stand auf, ging mit ruhigen Schritten zu ihr hinüber und küßte sie: »Du bist die Rettung Polens!«

Dann stellte Szymon Jan eine Frage, deren Beantwortung für die Buks Tod oder Leben bedeuten konnte: »Wirst du uns helfen?«
»Wozu?«
»Um die Hoffnung aufrechtzuerhalten. Um die Deutschen wissen zu lassen, daß wir nie aufgeben werden.«
»Auch wenn Rußland besiegt wird?«
»Auch wenn England und Amerika fallen. Dieser Frank wird in unserem Land nie sorgenfrei regieren.«
»Aber jedesmal, wenn ihr zuschlagt, läßt er ein Dutzend Geiseln hinrichten. Auch mein Name ist auf der Liste. Noch vier tote Deutsche, und ich werde erschossen.«
Damit war die große moralische Frage des Untergrunds aufgeworfen, und Szymon Bukowski, noch ein Junge, gab die Antwort, die er und seine Freunde in qualvollen Überlegungen gefunden hatten: »Die Namen von uns allen stehen auf der Liste, Jan. Jeder Name in Polen steht auf der Liste. Es ist nur eine Frage der Zeit, bis diese Schweine uns alle getötet haben. Darum müssen wir kämpfend untergehen. Wir müssen Widerstand leisten. Wir dürfen ihnen keine ruhige Nacht lassen.«
»Ihr wollt also weiterhin einzelne Soldaten abknallen?«
»Wir tun weit mehr als das, Jan. Wenn du wüßtest, was wir alles tun, du würdest stolz auf uns sein. Wir können auf eine Weise Sabotage betreiben, daß es wie ein normaler Unfall aussieht, und sie können nichts dagegen tun. Du wirst sehen, wir werden diese Verbrecher liquidieren, langsam, einen nach dem anderen.«
»Hast du denn keine Angst?«
»Jetzt nicht mehr. Drei Jahre im Wald, da hast du keine Angst mehr.«
»Aber du schaust immer wieder zur Tür.«
»Ich bin vorsichtig, das ist etwas anderes. Auch du wirst sehr vorsichtig sein müssen, wenn du dich uns anschließt.«
»Ich ...«
»Eigentlich gehörst du schon zu uns.« Szymon deutete auf Biruta, die beharrlich ihren Weizen mahlte. »Du stehst jetzt schon mit einem Fuß unter dem Galgen. Stell den zweiten Fuß daneben und arbeite mit uns!«
Das Schweigen in der Küche wurde nur durch Birutas Handmühle

gebrochen, doch jetzt kam ein Soldat die Dorfstraße herunter, seine genagelten Stiefel knirschten auf dem Kies, und sie hörte sofort zu mahlen auf. Als er vorbei war, machte sie weiter.
Jan Buk wurde aufgefordert, sich den Partisanen anzuschließen; aber er sollte niemanden töten, sondern als schlichter Kurier zwischen den einzelnen Einheiten oder als Verteiler von Untergrundzeitungen fungieren; bis zum Tag des offenen Widerstandes würde er eine Schußwaffe nicht einmal zu Gesicht bekommen. Auch seine Frau wurde gebraucht: Sie mußte die Männer, die im Wald hungerten, mit Lebensmitteln versorgen.
Es war eine Aufforderung, die verhängnisvolle Folgen haben konnte: Sein Leben war keinen Pfifferling mehr wert; selbst ein Zusammentreffen wie dieses konnte den Tod bringen. Und wozu das Ganze? Siegreiche deutsche Bataillone stießen auf Stalingrad vor. Allem Anschein nach würde Leningrad trotz seines heldenhaften Widerstandes kapitulieren müssen, und nur die glühendsten Patrioten glaubten noch, daß Deutschland auf dem Schlachtfeld besiegt werden könnte. Und trotzdem ließ der Untergrund verlauten, daß es eine Chance, eine kleine Chance gebe, die Freiheit wiederzuerlangen: Wenn ständig Druck auf die Besatzer ausgeübt wurde, wenn die Russen imstande wären, ihre Front zu stabilisieren, und wenn die Alliierten endlich Erfolge zu verzeichnen hätten. In einer Flugschrift hieß es: »Wir mußten schon einmal hundertdreiundzwanzig Jahre in Unterdrückung leben, und am Ende haben wir uns behauptet. Wir werden uns auch diesmal durchsetzen!«
Und so verbanden sich Jan und Biruta Buk trotz düsterster Aussichten auf Gedeih und Verderb mit den Partisanen. Noch selten hatten die Bedrückten einer Nation so verzweifelt nach dem Licht gesucht, das sie aus einem so tiefen Abgrund führen sollte.
Szymon wollte sofort alles Nötige in die Wege leiten, um durch Jan Botschaften nach Krakau schmuggeln zu lassen, während Biruta Brot in den Wald liefern sollte. Drei Tage später war Jan nach Krakau unterwegs, wo der Untergrund sein Hauptquartier in einem gewöhnlichen Mietshaus aufgeschlagen hatte, das keine dreihundert Meter vom Wawel entfernt war, wo Hans Frank seine große Strategie zur Ausrottung des polnischen Volkes entwickelte.
Im Generalgouvernement war eine Menge los in diesen Tagen, da die

Wehrmacht sich anschickte, ganz Rußland zu unterwerfen, und in Dr. Franks Büro wurden Pläne gewälzt, die die Einverleibung zusätzlicher großer Gebiete in das Generalgouvernement zum Ziel hatten. Frank hatte sich als tüchtiger Verwalter erwiesen, sowohl Hitler als auch Himmler hatten ihm versichert, daß er bis zum Ende seines Arbeitslebens im Amt bleiben würde.

Gleich nach dem Endsieg würde er seinen Amtssitz wahrscheinlich nach Lemberg verlegen. Als Verwaltungszentrum zog er diese Stadt vor: Es gab dort nur noch wenige Polen, und die konnte man alle zum Abzug bewegen. Bis dahin würden auch alle Juden im Kreis Lublin ausgerottet worden sein, und wenn man genügend reine Deutsche dort ansiedeln konnte, würde das einstige Ostpolen ein lebenswertes Land sein. Weiter nach Osten zu gehen, das war nicht zu empfehlen – zu viele Russen.

Und so begann Hans Frank gerade zu der Zeit, als Jan Buk ein Kurier für den polnischen Untergrund wurde, seine Verwaltung des Generalgouvernements zu straffen. Als Buk nach Krakau kam, wo er sich nicht sehr gut auskannte, mußte er äußerst vorsichtig sein. Obwohl er mit nur beschränkt gültigen Papieren reiste, fürchtete er nicht, verhaftet zu werden: Als Bauer, der Lebensmittel in die Stadt brachte, war er zwar zur Ausweisleistung verpflichtet, durfte sich aber einigermaßen frei bewegen; allerdings mußte er jene Plätze meiden, wo die Gestapo eine ihrer unerwarteten Straßenrazzien durchführte, bei denen sie innerhalb eines Kordons alle Passanten aufgriff und verhaftete.

Wenn das geschah – und das geschah alle zwei Wochen oder noch häufiger –, waren die Menschen innerhalb des Kordons verloren. Entweder wurden sie noch in der Stadt an eine Wand gestellt und erschossen – als Vergeltung für ein angebliches Verbrechen, mit dem sie überhaupt nichts zu tun hatten – oder nach Deutschland gebracht, um dort ihr Leben als Sklaven zu beenden – oftmals in unterirdischen Fabriken, wo sie nie wieder das Tageslicht zu sehen bekamen.

Und manchmal wurden diese Razzien, auf welcher Straße und in welcher Stadt auch immer, einfach nur veranstaltet, um die Bevölkerung zu terrorisieren und sie an Franks Grundregeln zu erinnern: »Polen ist kein Rechtsstaat mehr. Die Polen haben zu gehorchen und

ihre von uns festgesetzten Pflichten zu erfüllen.« Die eingeschüchterte Bevölkerung sollte stets daran denken, daß ein Deutscher einen Polen ohne Angabe von Gründen töten konnte.
Jan Buk bewegte sich, nach außen hin ruhig, so durch die Stadt, als ob er als einfacher Bauer vom Land nichts zu befürchten hätte; aber in seinem Inneren stand er unter einer entsetzlichen Spannung. Sechsmal überbrachte er wichtige Nachrichten, ohne gefaßt zu werden.
Hin und wieder, stets tief nachts, kam Szymon Bukowski aus dem Wald, um sich mit den Buks zu unterhalten, und einmal sagte er dabei zu Jan: »Du mußt dir einen Decknamen zulegen. Unsere wahren Namen dürfen wir nie aussprechen.« In diesem Augenblick rührten sich die Störche, die den Schornsteinaufsatz des Bukschen Hauses bewohnten, wie sie schon seit zehn Jahrhunderten auf Hausdächern in Bukowo nisteten. »Ich werde mich ›Bocian‹ nennen«, sagte Jan, und fortan kannte man ihn unter dem Decknamen »Storch«.
Es war dies ein Name, der Konrad Krumpf von einem seiner Informanten genannt wurde. »Wir haben Grund zu der Annahme, daß Szymon Bukowski von jemandem Lebensmittel bekommt, der in der Nähe von Burg Gorka wohnt und den Decknamen ›Storch‹ trägt.« Die Bezeichnung stimmte, die Ortsangabe war falsch, aber die Tatsache, daß Krumpf jetzt seine Suche auf Graf Lubonskis Güter konzentrierte, gab den Buks ein wenig mehr Luft für ihre Untergrundtätigkeiten.
Biruta buk nach wie vor Brot für die Männer im Wald, während ihr Mann jene gefährliche und oft tragische Eskalation weitertrieb, die viele Menschen dazu verlockt, zunächst nur Nachrichten zu überbringen, dann einen Zug entgleisen zu lassen und schließlich auch den offenen Widerstand gegen die Nazibesatzer nicht zu scheuen.
Krumpf schien nie auch nur die geringsten Bedenken zu haben, Repressalerschießungen an Geiseln verüben zu lassen. Es stand für ihn außer Frage, daß Deutschland vom Schicksal – oder auch von Gott, wenn man so wollte – bestimmt war, über Europa zu herrschen, und daß Hitler von Österreich nach Deutschland gekommen war, um der Nation ihre Vorrangstellung bewußt zu machen. Daher war eine auch nur im geringsten feindselige Handlung gegen einen Deutschen ein Angriff auf die vom Führer festgelegte Weltordnung, und dafür konnte keine Strafe zu streng sein. Überdies war es im Falle Polens völlig klar, daß dieses Volk von Bastarden für alle Zeiten von der

Landkarte verschwinden mußte und daß es keine Wiedergeburt mehr geben durfte. Daher waren alle Maßnahmen, die er unternahm, um diesen Prozeß zu beschleunigen, lobenswert.

Er war kein bösartiger Mann, und seine Familie hatte einen guten Ruf genossen. Von seinen Eltern war ihm Verständnis für die deutsche Geschichte und die Überzeugung mitgegeben worden, daß die Deutschen von Natur aus allen anderen Völkern überlegen waren. Er war ein gläubiger Lutheraner, hatte aber auch nichts gegen Katholiken. Er verachtete die Juden und legte sich hin und wieder die Frage vor, ob sie eigentlich der menschlichen Gattung zuzuordnen seien; er hielt es nicht für wahrscheinlich.

Auf seine Weise war er auch ein gebildeter Mann, aber seine wäßrigen blauen Augen und sein strohfarbenes Haar gaben ihm das Aussehen eines tolpatschigen Bauern, und weil er das wußte, war ihm so viel daran gelegen gewesen, im Schloß zu residieren: um seinen Untergebenen zu zeigen, daß auch er ein Mann von Welt war. Nie folterte er persönlich einen Gefangenen; wenn sich der oder die Betreffende eines Verbrechens gegen das Dritte Reich schuldig gemacht hatte, wurde diese Person ordnungsgemäß gehängt oder mit dem Maschinengewehr erledigt oder durch einen Schuß in den Hinterkopf getötet.

Wenn man alles zusammenzählte: die willkürlich angesetzten Razzien, bei denen die Gestapo wahllos Passanten aufgriff, um sie in Massen zu erschießen, die Exekutionen aus aktuellem Anlaß wie etwa von Frauen, die heimlich Weizen mahlten, und die erwähnten Geiselerschießungen, trug Konrad Krumpf bis jetzt die Verantwortung für dreiundachtzig Liquidationen in seinen Dörfern, und er hätte keine einzige nennen können, die ihm nicht voll gerechtfertigt erschienen wäre. Hätte man ihn zu diesem Thema befragt, seine Antwort hätte gelautet: »Ich kann mir gut vorstellen, daß auch in Zukunft mit einer solchen Quote gerechnet werden muß.« Denn nach der in Aussicht stehenden Niederlage der Russen und der Befriedung der Ostfront konnte das Generalgouvernement mit der Dezimierung des polnischen Volkes beginnen – wie das schon jetzt systematisch mit den Juden gehandhabt wurde.

Darum geriet er auch völlig außer sich, als er erfuhr, daß sich Szymon Bukowski, der Mann, der auf seiner Fahndungsliste ganz oben stand, tatsächlich im Szczęker Wald versteckt hielt und gelegentlich nachts sein Dorf besuchte. Wachen wurden aufgestellt, und in einer sternklaren Nacht im Januar wurde Szymon erwischt, als er den Wald verließ.

Man brachte ihn unverzüglich aufs Schloß, wo Krumpf sich ihn vorführen ließ, sein entsetzlich zugerichtetes Gesicht betrachtete und ihm mitteilte: »Morgen mittag wirst du hingerichtet. Aber erst nachdem man dich vernommen hat.«

Das Verhör, eine brutale Prozedur, wurde nicht im Schloß vorgenommen – das wäre undenkbar gewesen –, sondern in einem früheren Schulhaus, wo die Gestapo den jungen Mann prügelte, bis er fast tot war. Es gelang den Schergen jedoch nicht, ihm irgendwelche Informationen von Bedeutung zu entreißen. Es war offensichtlich, daß er nicht zu Mittag exekutiert werden konnte, obwohl man den Dorfbewohnern eine öffentliche Hinrichtung auf dem Marktplatz angekündigt hatte; das Verhör mußte fortgesetzt werden.

Dies war ein rettender Aufschub, denn Generalgouverneur Frank hatte persönlich aus Krakau telegrafiert und angeordnet, Szymon der Gestapo in Lublin zu überstellen, da diese Leute bei der Befragung von Gefangenen, die über geheime Informationen verfügten, mehr Erfahrung besaßen. Mit einigem Bedauern schickte Krumpf einen Lastwagen nach Lublin, wo der Fahrer, ein Gestapomann, sich an einen Polizisten wandte: »Ich suche das Haus Unter der Uhr.« Der Beamte warf einen Blick auf den hinteren Teil des Lastwagens. »Terrorist?« fragte er, und als der Fahrer nickte, sagte er, wie er das oft tat, wenn Lastwagen vom Land kamen: »Fahren Sie geradeaus weiter, bis Sie auf einen Platz kommen. Sehen Sie sich nach der Turmuhr um, und in der linken Seitengasse finden Sie das Tor, das Sie suchen.«

An einem Dienstagnachmittag im Februar 1942 wurde der bekannte Terrorist Szymon Bukowski Unter der Uhr in Lublin eingeliefert.

Jan Buk hielt sich gerade in Krakau auf, wo er mit dem örtlichen Hauptquartier der Untergrundbewegung zusammenarbeitete, als er von Szymons Verhaftung und seiner Überstellung nach Lublin erfuhr. »Wenn sie ihn nach Lublin gebracht haben, werden sie ihn umbringen. Gar keine Frage.«

»Ja, das stimmt, und das bringt auch für uns ein Problem mit sich.

Selbst ein Mann wie Bukowski kann zum Reden gebracht werden, wenn er der Folter unterworfen wird. In dein Dorf zurückzukehren könnte gefährlich für dich werden.«

»Das glaube ich auch.«

»Uns schwebt da folgendes vor ... Wir haben schon darüber gesprochen ... Du bist ein kräftiger Kerl, Buk. Und du hast auch den Charakter, den wir brauchen.«

»Ich könnte in Warschau arbeiten.« Er unterbrach sich. »Ich meine, Biruta würde es auch allein schaffen.«

»Ganz sicher. Aber Warschau hat schon alle Leute, die wir dort brauchen können. Wir möchten, daß du nach Bukowo zurückgehst.«

»Aber du hast doch gerade gesagt ...«

»Ich habe vom Dorf gesprochen. Das ist allerdings zu gefährlich für dich. Aber der Szczęker Wald? Wir haben dort eine vielversprechende Gruppe, und ich möchte, daß du sie anführst.«

Jan Buk war zweiundzwanzig Jahre alt und konnte lesen und schreiben. Er war nicht von fanatischem Haß auf die Nazis erfüllt, wohl aber von der durch nichts zu erschütternden Überzeugung, daß sie von seinen Feldern und aus ganz Polen vertrieben werden mußten. Ob Szymon nun in Lublin starb, Biruta in Bukowo oder er selbst im Wald – der Kampf würde weitergehen: gnadenlos und für alle Zeiten.

»Wir möchten, daß deine Gruppe einen Namen hat«, sagte der Chef. »Wir haben große Pläne für deine Gruppe.«

»Meine Gruppe?«

»Ja. Du bist ab sofort der Führer der Gruppe.«

»Benützt doch meinen Decknamen – Bocian«, sagte Jan, und so wurde das berühmte »Storchkommando« geboren, das aus dem Szczęker Wald heraus operierte.

Bald darauf erfuhr Konrad Krumpf im Schloß der Bukowskis, daß der in seinem Kreis wohnhaft gewesene Jan Buk bei einer Razzia aufgegriffen und nach Deutschland geschickt worden war, um dort in einer Munitionsfabrik zu arbeiten.

»Von dem hören wir nie wieder etwas«, brummte Krumpf zufrieden. Die Lebenserwartung in solchen Sklavenbetrieben war nicht sehr hoch.

Nun lag die ganze Last, den Buk-Hof zu bewirtschaften, auf Birutas

Schultern, einer erst zwanzigjährigen Frau, die von der Landwirtschaft nicht allzuviel verstand. Dennoch gab ihr die Gestapo eine Quote, die sie, wie man ihr sagte, unbedingt erfüllen mußte; sonst würde man ihr den Hof wegnehmen und sie nach Deutschland zur Zwangsarbeit schicken. Aber einige Dorfbewohner gingen ihr bei der Frühjahrsbestellung zur Hand, erklärten ihr, wie sie bei den Nazis um das Saatgut ansuchen mußte, und halfen ihr beim Anpflanzen. Zusammen mit den Nachbarn betete sie um Regen und lernte von ihnen, wie sie einen Teil der Ernte verbergen mußte, um persönlichen Gewinn daraus zu ziehen. Sie brauchte ihnen ja nicht zu sagen, daß sie nicht die Absicht hatte, das Korn zu verkaufen; sie brachte es den Patrioten in den Wald; vermutlich machten es die anderen Familien auch so. Sie arbeitete so schwer, daß es sie unter anderen Umständen umgebracht hätte; aber ihr Glaube gab ihr Kraft: Wenn einer, dessen war sie sicher, im Wald oder sonstwo überleben konnte, dann ihr Mann; und ständig schöpfte sie frischen Mut aus den Nachrichten über die kühnen Aktionen der Gruppe, die jetzt schon in weitem Umkreis als »Storchkommando« bekannt war. Die Partisanen tauchten überraschend bei einem Bahnübergang auf und sprengten die Gleise in die Luft, oder auch in einem Dorf, wo ein deutscher Soldat ganz besonders brutal wütete. Das Kommando führte Aktionen aus, die den Deutschen soviel Schaden wie möglich zufügten und die Polen neuen Mut fassen ließen. Biruta Buk, todmüde von der Plackerei auf den Feldern, freute sich mit den anderen Dorfbewohnern, wenn die »Störche« die Nazis demütigten.

Nachforschungen der Deutschen ergaben glücklicherweise keine Verbindung zwischen dem Storchkommando und dem Dorf Bukowo. Weder hatten die Nazis den Anführer identifiziert noch sein Versteck entdeckt. Man nahm an, daß sich diese »Kriminellen« irgendwo im Szczęker Wald herumtrieben, aber das war ein riesiges Gebiet, und Krumpfs Leute vertraten die Ansicht, daß die Gruppe in der Gegend um Schloß Gorka Unterstützung fand. Wieder einmal ordnete Krumpf intensive Suchaktionen an und war wütend, als nichts dabei herauskam.

Spätnachts, fast dämmerte schon das Licht des Tages, hörte Biruta einmal leise Schritte und wußte, daß sich jemand ihrem Haus näherte. Sie geriet nicht in Panik, denn sie hatte die Handmühle schon einige Zeit nicht mehr verwendet und gut versteckt, aber sie setzte sich im Bett auf und starrte ängstlich ins Dunkel. Da öffnete jemand die Tür. Birutas Mann trat ein.

Stets auf dem Sprung, in den Wald zu flüchten, wenn sich ein deutscher Soldat in der Nähe zeigen sollte, verbrachte er den ganzen Tag im Haus, während Biruta wie immer auf die Felder ging. An diesem Abend sprach sie mit Jan über seine Tätigkeit. »Bist du beim Storchkommando?«

»Nein«, log er.

»Die sind sehr mutig. Und was tust du?«

»Immer das gleiche – Nachrichten überbringen.«

»Wie lebst du im Wald? Wie steht es mit dem Essen?«

»Nicht besonders. Hin und wieder schießen wir uns ein Stück Wild.«

»Wo habt ihr Schußwaffen her? Munition?«

»Wir räumen deutsche Lager aus. Wir stehlen.«

»Aber du nimmst doch nicht an richtigen Gefechten teil? An echten Kämpfen, meine ich.«

»Nein.« Er fragte sie nach ihrem Alltag aus, und nun mußte auch sie lügen.

»Es geht uns gut im Dorf. Hin und wieder werden Geiseln erschossen, aber es ist nicht so arg wie früher.«

»Und das Essen?«

»Reichlich. Reichlich.«

»Bringen viele Frauen den Partisanen Brot?«

»Ich weiß von keiner, Jan. Aber wahrscheinlich sind es einige. Wir reden nie darüber.«

»Bringst du ihnen Brot?«

»Krumpf paßt auf wie eine Saatkrähe vor der Ernte. Ich weiß gar nicht, wie lange ich die Handmühle nicht mehr . . .« Sie blickte auf die Stelle hinüber, wo das kostbare Gerät versteckt war; sie schämte sich und war den Tränen nahe. »Krumpf paßt auf wie ein Haftelmacher.« Sie rang verzweifelt die Hände. »Weißt du, daß er Szymon erwischt hat?«

»Ich habe es gehört.« Er seufzte tief und umarmte seine Frau. »Wenn du mal wieder Kummer hast, denk an Bukowski in Lublin!«

Sie nickte. »Manche Leute«, sagte sie dann, »die denken, daß unser

Bukowski, der Schloßherr ... also die glauben, daß er mit den Deutschen zusammenarbeitet.«
»Das bezweifle ich.«
»Krumpf wohnt bei ihm ... schon bevor du weg bist, ist er ins Schloß gezogen. Du erinnerst dich doch?«
Ihr Mann schwieg: »Wie wurde das Gerücht verbreitet, daß du in Deutschland bist? Zuerst habe ich gedacht, es wäre wahr. Wie bist du überhaupt von Krakau in den Wald gekommen?« fragte sie. »Das Gerücht habe ich nie gehört«, antwortete er, und mehr wollte er nicht sagen, denn das Gesetz des Untergrunds lautete: Bis zum Augenblick der Aktion darf niemand etwas wissen.
Um zwei Uhr früh machte er sich auf den Weg zurück in den Wald, aber zuvor sprach er noch eine Bitte aus: »Manchmal hungern wir, Biruta. Wir brauchen Nahrungsmittel. Kannst du mit den anderen Frauen sprechen?«
»Nein«, gab sie entschieden zurück. »Ich kann keiner trauen. Krumpf hat überall seine Spitzel. Du wirst es nicht glauben, aber es gibt Polen, die Spitzeldienste für ihn leisten!«
»Doch, das glaube ich«, sagte er.
So konnte sie ihm also nicht versprechen, sich an andere Frauen zu wenden, erklärte sich aber bereit, zu stehlen, soviel sie konnte, und es ihm aufzuheben.
»Nein! Ich kann nicht zurückkommen. Zumindest nicht die nächste Zeit.«
»Dann gebe ich es den Störchen.«
»Tu das. Wir kriegen schon unseren Teil.«
Und plötzlich wallte die Flut einer großen Liebe zwischen den beiden in ihrer so entsetzlich aussichtslosen Lage auf. Im Abgrund polnischer Hoffnungen, da der Feind stärker war als je zuvor, lagen sie einer in den Armen des anderen.
»Jetzt haben sie auch unseren zweiten Pfarrer geholt«, flüsterte sie. »Hast du das gewußt? Sie haben ihn nach Auschwitz gebracht.«
»O Gott. Der arme Mensch.«
In der Finsternis sprachen sie ein Gebet, und dann, nach einer letzten leidenschaftlichen Umarmung, kehrte er in den Wald zurück. Biruta gab ihm Lebensmittel mit, die er nur widerstrebend nahm, denn er hatte seine Frau noch nie so mager gesehen.

An der Ecke Uniwersytecka und Basztowa in Lublin stand ein imposantes Gebäude, geziert von einem Turm mit einer schönen Uhr, die die Stunden schlug. In den engen, dunklen, feuchten Kellerräumen hatte die Lubliner Gestapo eine Reihe fensterloser Zellen und Vernehmungsräume eingerichtet, wie es im besetzten Polen keine furchtbareren gab. Menschen, die hier eingeliefert wurden, konnten nicht damit rechnen, den Ort jemals lebend wieder zu verlassen.
In dem Keller, durch dessen enge, niedere Tür man ihn brutal gestoßen hatte, wurde Szymon Bukowski von einem Gestapomann in Empfang genommen, der ihm einen schweren Schlag über den Schädel versetzte. Dann wurde er von zwei anderen Männern in eine Zelle geschleift. Als er im Dunkeln wieder zu sich kam, dröhnte ihm der Kopf, und er konnte kaum sprechen. In der Zelle befand sich noch ein zweiter Gefangener, der Stimme nach ein wesentlich älterer Mann.
»Professor Tomczyk«, sagte die Stimme. »Roman Tomczyk aus Lublin.«
Szymon konnte kaum seine Zunge bewegen, aber es gelang ihm, in gedämpftem Ton zu fragen: »Hiesige Universität?«
»Nein«, antwortete die Stimme und nichts weiter.
Vielleicht, dachte Bukowski, ist der Mann ein Spitzel und versucht mich auszuhorchen. Aber er stellte keine Fragen. Als es schließlich hell in der Zelle wurde, staunte Szymon, daß der Mann überhaupt reden konnte, denn sein Gesicht war entsetzlich zusammengeschlagen. »Was hat man denn mit Ihnen gemacht?«
»Der Besenstiel.«
»Man hat Sie mit einem Besenstiel geschlagen?« Dafür waren die Verletzungen zu schwer und zu flach.
»Man wird auf den Besenstiel geschnallt. Und dann ...« Als Szymon versuchte, ihn auszufragen, wich der Professor aus. »Zwei Dinge mußt du dir merken, junger Mann: Geh sparsam mit deinen Körperkräften um. Bewahre dir deine psychologische Stärke.«
»Wie denn?«
»Wehr dich nicht. Laß sie machen, was sie wollen. Werde nie zornig. Der Tag der Vergeltung kommt. Und ein dritter Rat, ein sehr guter: Schrei wie ein abgestochenes Schwein, wenn man dich schlägt. Damit gibst du den Burschen ein Gefühl von Überlegenheit.«

»Wie ist das mit dem Besenstiel?« Offenbar war das Thema so grauenhaft für den Professor, daß er darüber nicht sprechen konnte, denn er antwortete nur: »Glaub mir, du kannst überleben. Du kannst überleben, wenn du mit deinen körperlichen und seelischen Kräften haushältst. Gefühle kannst du dir nicht leisten, nicht einmal Haß.«

»Woher wissen Sie das?«

»Ich habe mit Flüchtlingen gesprochen ... bevor ich erwischt wurde. Aber verrate niemandem etwas – nicht einmal mir. Sag niemandem, wer oder was du bist. Bleib ruhig und schone deine Kräfte.«

Noch vor Mittag erfuhr Bukowski, was der Besenstiel war. Er wurde aus seiner Zelle geholt und von zwei Wachen geprügelt, mit Fausthieben und Fußtritten traktiert. Dann brachte man ihn in eine andere, größere, hell erleuchtete Zelle, in der sich vier Männer befanden – Gestapomänner, wie er annahm. In der Mitte des kleinen Raums standen zwei Stühle mit hohen, breiten Rückenlehnen, die Vorderseiten voneinander weg nach außen gekehrt. Und dann gab es auch noch den Besenstiel, eine ziemlich lange Stange aus festem Holz. Diese Stange in der Hand, kam einer der Männer freudig grinsend auf die Stelle zu, wo Szymon stand – oder besser gestanden hatte, bis er mit einem brutalen Hieb auf den Hinterkopf zu Boden gestreckt worden war.

Geschickt packte einer der Männer seine Füße und bog seine Beine weit nach hinten; die Knöchel wurden zusammengebunden und der Besenstiel unter seinen Knien durchgeschoben. Dann wurde sein Körper grob nach vorne gedrückt, so daß man auch die Ellbogen unter der Stange durchstoßen konnte. Seine Handgelenke wurden fest zusammengebunden und an seine Brust gezwängt. So bildete er ein kompaktes Paket, fest zusammengedrückt und um den Besenstiel geschnürt, dessen Enden die vier Männer nun auf die oberen Leisten der Stuhllehnen legten. Zwei Männer saßen mit gespreizten Beinen auf den Stühlen, und nun wurde Szymon hin und her gerollt, während die vier Männer Hiebe auf ihn herabhageln ließen.

Keiner sprach ein Wort, aber von Zeit zu Zeit sprang einer der Männer, die auf den Stühlen saßen, auf, was zur Folge hatte, daß das Gewicht von Szymons zusammengebundenem Körper den betreffenden Stuhl umkippen ließ; Szymon krachte aus einer Höhe zu Boden, die groß genug war, um ihm schreckliche Prellungen zuzufügen und ihn vor Angst fast um den Verstand zu bringen, aber nicht groß genug, um ihn gleich zu töten. Dann trampelten sie auf ihm herum, schrien ihn wegen seiner »Tölpelhaftigkeit« an und hievten ihn schließlich wieder auf die Rücklehnen der zwei Stühle. Immer wieder sprang einer der Männer auf und ließ Szymon zu Boden krachen. Einmal legten sie ihn auf die äußerste Kante der Stuhllehnen und rollten ihn langsam auf den Rand zu, wobei sie ihm die Entfernung angaben, die noch zurückzulegen war. »Dreißig Zentimeter. Zwanzig. Zehn. Jetzt!« Und mit mächtigem Schwung schleuderten sie ihn zu Boden. Da er jetzt über eine größere Entfernung fiel, als wenn die Stühle langsam umkippten, erlitt er eine schlimme Verletzung an der Hüfte. Als sie dann auch noch auf ihm herumtrampelten, fiel er in Ohnmacht.

Von dreihundertsiebenundsechzig Gefangenen, die in der Zeit verhört wurden, als Szymon Bukowski Unter der Uhr gefangensaß, starben hundertneunzig. In der von der Gestapo sorgfältig geführten Aufzeichnung war bei allen »Lungentuberkulose« als Todesursache angegeben.

An drei aufeinanderfolgenden Tagen bekamen Bukowski und Professor Tomczyk die grausamste Behandlung, die auf dem Besenstiel, zu spüren, und Szymon wunderte sich, daß der alte Mann das aushielt. Aber jedesmal wenn man den Professor in die Zelle zurückgeschleift hatte, lag er einfach auf dem Fußboden, atmete so tief, wie seine angegriffenen Lungen es erlaubten, und versicherte Szymon, daß nichts passiert sei. »Es ist nicht meine Aufgabe, an diesen Männern Vergeltung zu üben. Wir haben uns einen Gott zurechtgezimmert, dem wir die Rache zugeteilt haben, und daran müssen wir glauben. Er sieht alles, was in diesem Keller vorgeht, und eines Tages wird er Genugtuung leisten.«

Szymon war zu arg mitgenommen, um einen Kommentar abzugeben. Der Professor aber entdeckte einen schwachen Punkt in seiner Argumentation, und über Lippen, die durch Fußtritte blutig aufgeschwollen waren, fügte er fast zusammenhanglos hinzu: »Und es spielt keine Rolle, mein Sohn, ob wir diese Wiedergutmachung erleben werden oder nicht. Sie kommt so sicher, wie der Tag auf die Nacht folgt. Und jetzt ist es Nacht. Sie kommt ganz sicher. Daran dürfen wir nie zweifeln!«

Des Professors unerschütterlicher Glaube half Bukowski in diesen Tagen der Folter, am Leben zu bleiben. An einem durch entsetzliche Torturen geprägten Nachmittag wurde er zu einem Zeitpunkt in den Verhörraum gebracht, als Professor Tomczyk noch auf dem Besenstiel war. Der alte Herr schrie und weinte und wimmerte wie ein Baby, was seinen Peinigern viel Spaß zu machen schien; doch als sie später wieder zusammen in ihrer eigenen Zelle waren, sagte Tomczyk: »Es ist nichts passiert. Du mußt dich beruhigen, mein Sohn, und deine Kräfte sparen. Ich werde das nicht durchstehen, aber du mußt überleben, um Zeugnis abzulegen. Darum spar dir deine Kräfte, denn Gott sieht alles, was hier vorgeht, und von ihm allein wird die Erlösung kommen.«

Tomczyk erwies sich als schlechter Prophet. Er stand es durch, und nach den Verhören wurden er und Bukowski auf einen Lastwagen verladen und als Halbtote in eines der schönsten Gebäude Lublins gebracht. Zamek Lublin, das jahrhundertealte Schloß, erhob sich auf einem Hügel und diente jetzt als das größte Gefängnis und auch als Gerichtshof, vor dem das Schicksal der Gefangenen entschieden wurde.

Das Gericht trat in einem Obergeschoß des Schlosses zusammen – ein, wie sich noch herausstellen sollte, bedeutsamer Umstand. Noch bedeutsamer aber war die Tatsache, daß die Prozesse in einer sehr alten Kapelle abgehalten wurden, deren biblische Fresken bis 1418 zurückreichten, denn damit erhielten die Verfahren eine Aura kirchlicher Sanktion. Heiligenfiguren, die die Justiz personifizierten, blickten stumm auf Verurteilte und Verurteilende herab.

Die Prozesse waren charakteristisch für die Nazijustiz im allgemeinen und für die Einstellung der Deutschen zu den Polen im besonderen. Zwei Männer in Richtertalaren saßen an einem langen Marmortisch, der genau den Platz einnahm, auf dem fünfhundert Jahre lang der Altar gestanden hatte. Sie trugen rote Barette, die ihnen ein richterliches Aussehen gaben, obwohl keiner von ihnen je Richter gewesen war. Der ältere Mann, der von den Gefangenen aus betrachtet links saß, trug dicke Augengläser; er hatte in Hamburg kurze Zeit als Rechtsanwalts- und Notargehilfe gearbeitet; der jüngere Mann zur Rechten war ein Gestapo-Offizier, er bestimmte den Verlauf und den Ausgang jedes Verfahrens.

Etwa vierzig Gefangene waren um sieben Uhr früh in die Kapelle gebracht worden, und da saßen sie nun seit zwei Stunden wie im Gebet. Einige, deren Nieren durch die vorangegangenen Mißhandlungen angegriffen oder gar verletzt worden waren, hatten starke Schmerzen, aber die Wachen erlaubten ihnen nicht, ihre Plätze zu verlassen. Bestürzt sah Bukowski, daß Professor Tomczyk seine Hose genäßt hatte; dann sah er, daß zwei anderen das gleiche passiert war. Die Wachen amüsierte das. Brutal schlugen sie die drei Männer auf den Kopf – sie hatten sich unpassend benommen.
Die Art der Prozeßführung war schockierend. Indem man ihn derb unter die Schultergelenke faßte, wurde der Gefangene bis zu einer Stelle geschleift – buchstäblich geschleift, da die Füße kaum den Boden berührten –, wo man ihn vor die Richter hinschleuderte. Viele verloren dabei das Gleichgewicht, stürzten zu Boden und starrten verstört nach oben, worauf sie der junge Gestapo-Richter mit hoher, quietschender Stimme anbrüllte: Der Angeklagte habe sich vor diesem Gerichtshof des Dritten Reiches *stehend* zu verantworten.
Ein solches Verfahren dauerte nur sieben oder acht Minuten. Ein Gestapo-Offizier faßte die Anklagepunkte zusammen, der Staatsanwalt befragte den Gefangenen, verlangte Antworten, die einem Schuldbekenntnis gleichkamen, und nie ließen die zwei Richter den Beschuldigten zu Wort kommen, wenn er etwas erwidern wollte. Kein Zeuge durfte zugunsten des Angeklagten aussagen; wollte er sich selbst zur Wehr setzen, wurde er von dem Gestapo-Richter niedergeschrien.
Die Urteile kamen rasch zustande. In der Woche, in der Bukowskis Prozeß stattfand, standen durchschnittlich zweiundfünfzig Männer am Tag vor den Richtern, insgesamt also mehr als dreihundertfünfzig Angeklagte, und kein einziger wurde wegen Unschuld freigesprochen; die Richter waren offensichtlich der Ansicht, die Gestapo, Hitlers mächtigste Waffe, hätte diese Männer nicht vor die Schranken dieses Gerichts gebracht, wenn sie nicht schuldig wären. Offen blieb allein die Frage, wie hoch ihre Strafe ausfallen sollte.
Bukowski bemerkte, daß der Gestapo-Richter gelegentlich einen Blick auf ein bestimmtes Papier warf, seinem Kollegen etwas zuraunte und dann dem Gefangenen verkündete: »Sie bleiben weiter in Haft, bis Sie uns enthüllen, was Sie sich bis heute zu gestehen geweigert haben!« Diese Männer wurden nach links abgeführt.

Die anderen – die weitaus größere Zahl – wurden zum Tode verurteilt, und der kam rasch. Kaum hatte der Gestapo-Richter das Urteil gesprochen, drängten zwei Wachen den Delinquenten durch die Tür rechts, die mit einem dumpfen Knall zufiel. Sekunden später war ein zweiter Knall zu hören, diesmal sehr laut, aus dem Lauf einer Pistole. Nach einem Augenblick der Stille folgte ein polterndes Geräusch – der durch einen Kopfschuß Getötete wurde mit dem Kopf voran über eine Treppe auf einen freien Platz hinuntergestoßen. Die zwei Wachen kehrten in den Saal zurück, um auf den nächsten Schuldspruch zu warten.

Noch eine Sache fiel Szymon auf, aus der im voraus zu ersehen war, wie das Urteil ausfallen würde: Immer wenn sich der junge Gestapo-Richter nach einer im Flüsterton geführten Beratung mit seinem Kollegen dafür entschied, die Todesstrafe zu verhängen, aber noch bevor er sie ausgesprochen hatte, nahm der Zivilrichter seine dicke Brille ab und starrte den Angeklagten an. Es war, als hätte er auf Grund gespenstischen Beweismaterials gegen ein Gespenst verhandelt und wünschte jetzt einen Blick auf den Menschen hinter dem Beschuldigten zu erhaschen. Die Brille baumeln lassend, beobachtete der Richter, wie der Verurteilte aus dem Saal geführt wurde, wartete auf den Revolverschuß und setzte sofort danach die Brille wieder auf, als wollte er sagen: »Das wäre nun geschafft. Nehmen wir uns den nächsten Fall vor.«

Professor Tomczyk wurde als erster aufgerufen. Der gebrechliche alte Mann, der in die Hose gemacht hatte, bot einen kläglichen Anblick. Sein Gesicht war voller blauer Flecke, seine Brille verbogen von einem Schlag, der ihm im Gerichtssaal verabreicht worden war, und seine Knie zitterten – aber nicht vor Angst, sondern weil man ihm in den vergangenen fünf Tagen der Folter nichts zu essen gegeben hatte. Aber er stand aufrecht und beinahe trotzig da, während das sogenannte Gerichtsverfahren um ihn herum ablief. Er wurde beschuldigt, in Lublin der Führer einer Widerstandsgruppe gegen die neue Ordnung des Dritten Reiches gewesen zu sein und Juden bei der Flucht auf russisches Gebiet geholfen zu haben.

Das schwülstige Gegeifer des Staatsanwaltes wies darauf hin, daß Tomczyk zum Tod verurteilt werden würde; doch als es soweit war, zog der Gestapo-Richter seine Liste zu Rate und verkündete mit schriller Stimme, der Angeklagte stelle eine tödliche Gefahr für die neue Ordnung dar und werde daher abermals in Haft genommen und weiteren Verhören unterzogen. Tomczyk wurde nach links abgeführt, und Bukowski nahm an, daß er, Bukowski, ihn nie wiedersehen würde.

Zwei Wachen versetzten ihm Schläge auf den Kopf, daß er die Sterne sah, und schleiften ihn nach vorn. Der derbe Stoß, den sie ihm dann verabreichten, bewirkte, daß er auf den Steinboden stürzte. Er blickte zu seinen Richtern auf. Die beiden waren vermutlich die letzten Menschen, die er zu Gesicht bekam, und er wollte jeden Augenblick, jeden aufschlußreichen Eindruck auskosten. Die Beschuldigungen beachtete er gar nicht; sie waren absurd und hatten überhaupt nichts mit den Aktionen aus dem Szczęker Wald zu tun, für die er verantwortlich gewesen war: Zusammen mit seinen Kameraden hatte er einen Truppentransport zerstört, zwei Gestapo-Offiziere getötet, Juden bei der Flucht aus dem Krakauer Getto geholfen und Weizen und andere Grundnahrungsmittel gestohlen. Statt dessen konzentrierte er sich auf die Gesichter: Was er über sich sah, das waren keine Bestien in Menschengestalt, sondern zwei im Wahn dieser Zeit gefangene Männer: Einer, der in einer deutschen Kleinstadt Justizassistent hätte werden sollen, nie und nimmer jedoch Rechtsanwalt oder gar Richter; und einer, dem irgendwo auf dem Land ein Leben als kleiner Lokalpolitiker vorgezeichnet gewesen war. Doch die Machtergreifung der Nazis und der Krieg hatten es möglich gemacht, daß sie jetzt in einer ihnen bis dahin völlig unbekannten Stadt über ein Volk Recht sprachen, das sie verachteten.

Verzweifelt darüber, daß Menschen und ihre Regierungssysteme so grausam sein konnten, bemühte sich Szymon, seine schmerzenden Schultern zu straffen und sich würdevoll mit dem Tod abzufinden, der seinem Leben so unverdient ein Ende setzen würde, da sah er, daß der Zivilrichter seine Brille nicht abgenommen hatte. Sie würden ihn nicht erschießen! Schon kam die hohe, greinende Stimme: »Der Angeklagte hat sich geweigert, uns seine Verstecke zu nennen. Weitere Haft und Vernehmungen!«

Er hatte nicht die leiseste Ahnung, was ihn nun erwartete. Nachdem sie ihn durch die linke Tür gestoßen hatten, befand er sich in einem kleinen, von Steinmauern umschlossenen Raum, der so aussah, als ob er früher einmal den Priestern, die hier den Gottesdienst abhielten, als Sakristei gedient hätte. Hier wartete er mit einem Dutzend anderer Häftlinge, während draußen im Saal die Prozesse weitergingen, und es durchzitterte ihn jedesmal, wenn er einen Pistolenschuß hörte und dann das Poltern, wenn wieder einer seiner polnischen Brüder die Treppe hinabgestürzt wurde. Vierhunderttausend Polen und Polinnen wurden in Lublin von Richtern wie diesen beiden abgeurteilt; nur neuntausend wurden freigesprochen.

Als die Prozesse zu Ende waren und die Revolverschüsse verstummten, betrat ein neuer Trupp von Wachen den kleinen Raum. Ihre Stiefel und ihre Stimmen waren derber; sie übernahmen jetzt das Kommando über die Angeklagten, die zu weiterer Haft verurteilt worden waren. »In einer Reihe aufstellen! Maul halten! Vorwärts marsch!«

Sie wurden über zwei lange Stiegen hinunter auf einen sonnenbeschienenen Platz geführt, wo schon zweihundert andere Gefangene aus verschiedenen Teilen Polens warteten. In schludriger Formation marschierten sie aus der Stadt, Richtung Osten. Einige ältere Männer brachen zusammen, denn die Wachen legten ein scharfes, zügiges Tempo vor.

»Aufstehen!« Zweimal schrien sie einen zu Boden gestürzten Mann mit diesem Kommando zu, und wenn er nicht gehorchte, erschossen sie ihn. Die Leichen blieben liegen, während der lange Zug seinen Weg fortsetzte.

Am Stadtrand von Lublin war ein Nebengleis der Eisenbahnlinie Krakau–Brest-Litowsk zu einer riesigen Laderampe ausgebaut worden. Hier holte man viele tausend Gefangene aus Südpolen und sogar aus Ungarn und der Tschechoslowakei aus den geschlossenen Güterwagen, die sie von weit her gebracht hatten, und auch sie schlossen sich der Prozession an, die nun ihren Weg nach Osten begann. Bukowski ging neben Professor Tomczyk und stützte ihn, wenn der alte Herr zusammenzubrechen drohte. Flüsternde Zwiesprache haltend, versuchten sie herauszubekommen, was sie erwartete. »Es sind viele Juden dabei«, sagte Tomczyk. »Vielleicht aus anderen Ländern. Sie schauen mir nicht nach Polen aus.«

»Wohin sie uns wohl bringen?«

»Nach Majdanek, glaube ich.«

Zum erstenmal hörte Szymon den Namen dieses Dorfes, der sich mit

feurigen Lettern in sein Herz graben würde. »Majdanek«, wiederholte er. »Was ist das?«
»Es ist ein Dorf östlich von Lublin und ein großes Lager, bei dessen Bau unsere Leute mitgeholfen haben.« Tomczyk unterbrach sich und fügte dann hinzu: »Eigentlich haben Russen die Erweiterungsbauten der ursprünglichen Kaserne gebaut, die die Nazis an der Ostfront gefangengenommen hatten. Sie arbeiteten fünf Monate daran, und an dem Tag, als sie mit den Baracken fertig waren, wurden sie allesamt erschossen.« Schweigend gingen sie weiter. »Meine Gruppe hat alles registriert.« Wieder Schweigen, und dann ein leichter Rippenstoß, so geschickt gegeben, daß keiner der Bewacher etwas merkte. »Unter diesen Menschen am Straßenrand steht einer meiner Gruppe und zählt uns. Du wirst mitgezählt, Szymon, und heute abend wird die Zahl an die polnische Exilregierung in London weitergegeben.«
Es war ein fünf Kilometer langer, ermüdender Marsch von Lublin nach Majdanek, und unter den neuen Gefangenen aus den Güterwagen gab es einige, die die Strapaze nicht durchstanden; sie wurden erschossen. Andere, die unerlaubt miteinander sprachen, wurdem mit Gewehrkolben geschlagen, und viele hinkten wegen der Verletzungen, die sie bei der Folter erlitten hatten. Schließlich gelangte die Kolonne in Majdanek an: Ein einst schönes Mais- und Getreidefeld hatte man mit zwei Stacheldrahtzäunen umgeben, beide elektrisch geladen – stark genug, um jedes Wesen, das sie berührte, augenblicklich zu töten.
Am Haupttor des Lagers ging alles ganz schnell: »Frauen und Kinder hierher! Alle Juden dahin! Männer unter dreißig dorthin.« Das Aussortieren erfolgte rasch und sehr genau.
Ein Aufseher kam auf Bukowski zu, der bei den nichtjüdischen Männern unter dreißig stand, und fuhr ihn an: »Kannst du einen Wagen fahren?«
»Ja.«
Szymon bekam einen Schlag auf den Kopf. Dazu wurde ihm mitgeteilt: »Hier heißt das ›Ja, Herr Wachtmeister!‹« Und dann: »Da drüben. Der Lastwagen.«
Er ging rasch zu dem großen Pritschenwagen hinüber, dessen niedrige Seitenwände aus Holzplanken bestanden; hätten Bukowski oder

seine Nachbarn einen solchen Lastwagen besessen, sie würden ihn verwendet haben, um Mist oder Dünger zu transportieren.
»Fahr ihn dort hinüber und warte«, befahl ihm der Aufseher. Szymon stellte den Lastwagen hinter zwei anderen ab, die schon in einer Reihe standen.
Mittlerweile hatten die Wachen alle Juden separiert und führten sie eilig zu einem niedrigen Steinhaus mit der Aufschrift »Badehaus«. Hier wurden die Juden aufgefordert, sich zu entkleiden und eine desinfizierende Dusche zu nehmen, um die Läuse loszuwerden, die sie sich in den Güterwagen auf der langen Fahrt nach Norden zugelegt hatten. Nur flüchtig bekam Szymon ihre nackten weißen Körper zu sehen, die Haut von Menschen, die nur selten in die Sonne kamen. Während er in seinem Pritschenwagen wartete, bewegte sich ein nicht enden wollender Strom von Neuankömmlingen auf das Badehaus zu.
Neunzehn Minuten, nachdem die erste Gruppe von Juden das Badehaus betreten hatte, rollten die drei Pritschenwagen mit den schmalen Seitenplanken auf das andere Ende des »Badehauses« zu, wo vier Aufseher den Fahrern befahlen, abzusteigen und bei der nun anfallenden Arbeit mitzuhelfen.
Innerhalb des eigentlichen »Duschraums« waren weitere Aufseher, die Gasmasken angelegt hatten, damit beschäftigt, nackte Körper durch kleine Türen hinauszuschieben; die draußen postierten Männer packten die Leichen an Köpfen und Füßen und warfen sie geschickt auf die wartenden Lastwagen. Bukowski arbeitete mit einem kräftigen Deutschen zusammen, der jedesmal laut mitzählte: »Eins ... zwei ... ho ... ruck ...« Und wieder flog eine frische Leiche auf den Wagen. Keine Stunde nach ihrer Ankunft in Majdanek waren die Juden aus Ungarn und der Tschechoslowakei tot.
Als vierundfünfzig Leichen – Männer, Frauen und Kinder wahllos durcheinander – auf dem Pritschenwagen lagen, erhielt Bukowski den Befehl, ans Lenkrad zurückzukehren. Im fahlen winterlichen Licht fuhr er hinter den zwei ersten Wagen durch eine schmale Gasse zwischen den Baracken zu einem anderen Steinbau, wo ein Mann mit einer wahrhaft einmaligen Physiognomie bereits auf die Transporte wartete. Dies war SS-Oberscharführer Erich Muhsfeldt, etwa dreißig Jahre alt, mit einem verkniffenen, dreieckigen Gesicht, oben

kantig, unten spitz zulaufend, und fast ohne Kinn. Er hatte große Ohren, einen niedrigen Haaransatz, Augen, denen nichts entging, und einen schmalen Mund, der sich oft zu einem Lächeln verzog. Er war der Leiter des Krematoriums, und da dies die ersten Lieferungen des Tages waren, drängte es ihn, endlich anzufangen. Beinahe freundlich begrüßte er die ersten zwei Fahrer und sah dann, daß Bukowski noch Zivilkleidung trug. »Du bist neu, was? Wirst den Bogen bald spitzkriegen.«

Als die ersten beiden Wagen zum Abladen bereitstanden, kamen Männer heraus und trugen die Toten, einen nach dem anderen, hinein. »Willst du mal sehen?« fragte Muhsfeldt Bukowski. Als der junge Pole vor den fünf massiven, mit Ziegeln verkleideten Öfen stand, unter denen die Gasbrenner loderten, war er von der teuflischen Konstruktion, der schrecklichen Effektivität dieses Krematoriums entsetzt.

Die Leichen wurden methodisch vom Eingangstor zu den fünf gähnenden Mäulern geschafft, die auf sie zu warten schienen. Wenn ein Ofen voll war, wurde die vordere Öffnung mit schweren eisernen Klemmbacken verschlossen, und die glühende Hitze konnte ihr Werk tun. Sobald nur mehr Knochen und Asche übrig waren, wurden ebenso praktisch konstruierte Türen auf der Gegenseite geöffnet – ein sauberes Messingschildchen gab an, daß es sich bei den Öfen um Produkte der Berliner Firma Kori handelte –, und vier polnische Häftlinge mit langstieligen Schaufeln entfernten die Reste.

Knapp eine Stunde nachdem ein Jude das Lager Majdanek betreten hatte, konnte er als Düngemittel zu einer Halde außerhalb der elektrischen Zäune unterwegs sein. »Aber es gibt auch noch eine Menge Juden innerhalb des Lagers«, versicherte Muhsfeldt dem Neuankömmling Szymon. »Mit diesen da mußten wir schnell machen, weil wir keinen Platz mehr haben.«

Am Abend wurde Szymon ordnungsgemäß registriert: Man nahm ihm seine Kleider weg und warf sie auf einen Haufen; sie sollten später in Deutschland verteilt werden. Dafür erhielt er drei andere Kleidungsstücke, alle aus einem dünnen Stoff, der durch seine breiten Sträflingsstreifen in Grau und Blau auffiel: eine Mütze, ein weites Hemd und eine ausgebeulte Hose. Ein junger Gefangener, der an der Universität studiert und Italien bereist hatte, betrachtete sich in seiner

Sträflingskluft und flüsterte: »Jetzt sehe ich aus wie der Dom von Siena.« Szymon, der nichts von Architektur verstand, wußte mit dieser Bemerkung nichts anzufangen.

Es wurde schon dunkel, als die neuen Häftlinge die Lagerstraße hinunter zu ihren Unterkünften geführt wurden, und es war ein bedrükkendes Erlebnis, an einem eineinhalb Kilometer langen doppelten Stacheldrahtzaun vorbeizumarschieren, der eine schier unübersehbare Reihe von niedrigen, massiven Baracken einschloß. In den Neuankömmlingen entstand der Eindruck trostloser Unermeßlichkeit; er trog nicht. Sollte doch das Lager Majdanek, wenn es fertiggestellt war, Jahr für Jahr zweihundertfünfzigtausend Häftlinge aufnehmen – solange es Polen gab. Zu diesem Zeitpunkt würden die Juden natürlich schon längst ausgerottet sein.

Gegenwärtig bestand es aus sieben riesigen Feldern, jedes einzelne mit einem eigenen doppelten Stacheldrahtzaun. Zu jedem Feld gehörten zweiundzwanzig genau gleiche, in gerader Linie ausgerichtete Baracken. In diesem Lager herrschte Ordnung.

Szymon war dem Feld IV zugewiesen worden. Als er das streng bewachte Tor erreichte, das durch den Stacheldrahtzaun führte, sah er, daß das Wachhäuschen mit dem berüchtigten SS-Zeichen und einem enormen Hakenkreuz geschmückt war. Die Nazis wollen uns daran erinnern, wer hier das Sagen hat, dachte er. Nachdem sich das Tor hinter ihm geschlossen hatte, wurde er zur Baracke 11 gebracht, die bis zu seinem Tod sein Zuhause sein würde; denn es war nicht vorgesehen, daß er oder einer der anderen Insassen das Lager je lebend verlassen sollten.

Er betrat einen riesigen Raum und blieb einen Augenblick lang regungslos stehen; die Zugluft, die aus allen Richtungen durch die Spalten in den Wänden kam, machte ihn frösteln. Zweistöckige Gestelle mit nackten Holzpritschen zogen sich in zwei langen Reihen dahin, und darauf schliefen fünfhundertfünfzig Menschen Seite an Seite, jedem einzelnen von ihnen fünfundsechzig Zentimeter zugeteilt.

Während er darauf wartete, daß man ihm einen Platz anwies, winkte ihn ein Häftling heran, dessen Aufgabe es war, den Neuen ihre Dekken zu geben. »Die meisten von uns in dieser Baracke sind Polen wie du und ich«, flüsterte er, »aber es gibt hier etwas, wovor ich dich warnen möchte.« Er hatte keine Zähne mehr und mochte dreißig oder auch achtzig Jahre alt sein. »Ich habe gesehen, daß du den Leichenwagen ins Krematorium gefahren hast. Wenn du das weiter machst, bist du auch bald tot.«

»Wieso?«

»Die Deutschen haben herausgefunden, daß Menschen es nicht ertragen können. Sie werden verrückt. Stellen verrückte Sachen an.«

»Was meinst du?«

Der Mann ließ diese Frage unbeantwortet. »Wenn sie merken, daß eine Gruppe von Fahrern und Ofenmännern mehr oder weniger verbraucht ist, pferchen sie sie zusammen in eine dieser Gaskammern und töten sie mit Zyklon B.«

»Was ist das?«

»Das neue Supergas, das deutsche Chemiker erfunden haben. Zyklon B. Tötet schnell und schmerzlos, hat man mir gesagt. Du gehst also mit den anderen, die die Öfen bedient haben, in diese Kammer. Zisch! da kommt das Zyklon B, und wer glaubst du wohl, wird zwanzig Minuten später in den Ofen geschoben?«

Szymon verstand diese entsetzlichen Mitteilungen kaum, aber sein Informant fuhr fort: »Noch etwas. Sieh zu, daß du auf keinen Fall in die Baracke neunzehn kommst!«

»Sind sie dort besonders scharf?«

»Es sind wahre Todesengel. Die anderen Baracken schicken alle dorthin, die so aussehen, als ob sie bald sterben würden.«

»Und was macht man dort mit ihnen?«

»Nichts. Das ist es ja. Sie stecken dich in ein Bett, geben dir nichts zu essen – aus! Rate mal, wer drei Tage später in den Ofen kommt?«

Aber noch bevor die Schlafstellen zugewiesen wurden, mußten sich alle Häftlinge auf dem Appellplatz einfinden, wo der organisierte Terror von Majdanek gänzlich offenbar wurde: Männer, die zwölf Stunden Schwerarbeit mit Spitzhacke und Schaufel hinter sich hatten, bekamen als Hauptmahlzeit des Tages eine kleine Schale Wassersuppe, die weder Fleisch noch Fett, nur ein Stück Schwarzbrot enthielt, das oft zum größten Teil aus Sägemehl bestand. Viele Häftlinge, die schon seit einigen Monaten im Lager waren, beendeten ihre Mahlzeit, indem sie heißhungrig die Schalen ausschleckten, weil sie darin noch einen Tropfen Nahrung zu finden hofften.

Nach all den Prügeln, die er vor kurzem bekommen hatte, nach all den Folterungen durch die Behandlung mit dem Besenstiel, erlitt Szymon in dieser Nacht noch größere Qualen. Er hatte unerträglichen Hunger, und in den Gesichtern der anderen konnte er ablesen, daß es ihnen ebenso ging. Und als Neuer in einer hoffnungslos überbesetzten Baracke bekam er keine Pritsche, nur einen schmalen Streifen auf dem nackten, feuchten Boden und eine Decke, die so dünn war, daß der Mann neben ihm meinte: »Durch die kann man glatt durchschauen.«

Die Decke fest um sich gewickelt, verzweifelt bemüht, ein wenig Wärme zu ergattern, verbrachte Bukowski seine erste Nacht im Lager Majdanek auf der kalten Erde. Daß er an Lungenentzündung sterben würde, wenn das lange so weiterging, war ihm klar.

Unglaublich, daß mit Männern, von denen man erwartete, daß sie für das Dritte Reich arbeiteten – ganz gleich, welche Arbeit sie verrichteten –, so schändlich umgegangen wurde. Bukowski hätte keine Kuh so behandelt und dann von ihr erwartet, daß sie Milch liefern würde. Als er gegen Morgen vor Kälte zitternd aus unruhigem Schlaf auffuhr, begriff er, was hinter dem Programm des Lagers wirklich steckte: Die wollen, daß wir krepieren. Die wollen, daß alle Polen krepieren, die imstande sind, konstruktive Arbeit zu leisten. Nur Sklaven sollen am Leben bleiben. Trotz der Kälte und seiner schmerzenden Glieder lachte er bitter: In unserem Land werden sie nur wenig Sklaven finden. Sie werden uns alle töten müssen.

Eine halbe Stunde vor Tagesanbruch nahm er an einer routinemäßigen Prozedur teil, die offensichtlich den Zweck hatte, das Sterben zu beschleunigen. Alle wurden aufgescheucht – auch die, die eine schlaflose Nacht auf dem kalten Boden zugebracht hatten – und mußten in langen Reihen vor ihren Baracken antreten. Da standen sie – ohne Schuhe – eineinhalb Stunden lang, während Appelle abgehalten und Befehle erteilt wurden. Ihre Glieder erstarrten. Natürlich durften sie während der ganzen Zeit die Latrinen nicht aufsuchen. Sie fielen vor Hunger fast um. Füße und Beine taten ihnen weh. Aber wenn sie sich rührten oder zu Boden fielen, wurden sie geschlagen und gezwungen, weiter stehenzubleiben, bis der Appell zu Ende war.

Während Szymon wartete, fiel ihm auf, daß der sehr breite Streifen zwischen den zwei Reihen von Baracken völlig kahl war: keine Hütte, kein Grashalm unterbrach die nackte Fläche. Doch zwischen den Baracken 6 und 17 stand ein einziger mächtiger Pfosten mit einem massiven Querbalken am oberen Ende. »Was ist das?« erkundigte sich Szymon flüsternd, als der wachhabende SS-Mann gerade das andere Ende der Reihe abschritt. »Ein Galgen«, sagte der Mann neben ihm.

Auf jedem Feld stand ein Galgen, und von Zeit zu Zeit gefiel es den Lageroffizieren, Hinrichtungen durch den Strang anzuordnen. »Eine gute Hinrichtung, sauber durchgeführt, bringt die Häftlinge zur Räson. Der Strick ist gut für die Disziplin und zweifellos wirksamer als ein Erschießungskommando.« Die Exekutionen fanden bald auf einem, bald auf einem anderen Feld statt, und so konnte jedes mit zwei oder drei Hinrichtungen im Monat rechnen. An diesem Tag würde ein Häftling auf Feld IV gehängt werden.

Die Häftlinge des jeweiligen Feldes mußten ein Karree um den Galgen bilden, auf den dann der Verurteilte, einige Aufseher und der Feldführer militärisch steif zuschritten. Bei jeder Hinrichtung durch den Strang verkündete der Feldführer den Grund, warum der betreffende Häftling gehängt werden müsse, und irgendwo im Lager schrieb ein besonders tapferer Pole an einem geheimen Ort den Namen des Verurteilten und die Beschuldigungen auf, die gegen ihn erhoben worden waren. An diesem Morgen handelte es sich um einen gewissen Onufry Unilowski. Er war verurteilt worden, weil er gegen die völlig unzureichende Verpflegung protestiert und versucht hatte, einen Aufruhr anzuzetteln.

Er war ein junger Mann – den geheimen Aufzeichnungen des Untergrunds war zu entnehmen, daß das Durchschnittsalter der Gehängten neunzehn Jahre betrug –, und er ging mit großer Tapferkeit in den Tod. »Wehrt euch! Wehrt euch!« rief er, als er ohne Kapuze unter dem Galgen stand. Ein SS-Mann schlug ihm mit dem Gewehrkolben ins Gesicht, während ihm der weiße Schemel unter den Füßen weggezogen wurde. Er starb nicht schnell, denn den Nazis lag daran, den Häftlingen vor Augen zu führen, welche Qualen sie erwarteten, wenn sie auch nur den geringsten Widerstand leisteten.

Fünf Wochen lang fuhr Bukowski den Leichenwagen, und während dieser ganzen Zeit mußte er mit seiner fadenscheinigen Decke auf der kalten Erde schlafen. Er spürte, wie die Schwäche in seine Knochen drang und seine Gelenke angriff; seine einzige Stütze war Professor Tomczyk, der neben ihm lag. »Szymon, du mußt versuchen, dir einzureden, daß das alles nicht wirklich ist. Kämpf nicht die ganze Zeit dagegen an, sonst erschöpfst du deine Kräfte.«

»Die vielen Toten! Das langsame Verhungern! Die schlaflosen Nächte!«

»Das oberste Gebot, Szymon, heißt überleben. Den Galgen vermeiden. Sich vor der Baracke neunzehn hüten. Sag nichts. Tu nichts. Wie ein Bär im Winter mußt du einen seelischen Winterschlaf halten.«

Der alte Herr konnte das. Er ertrug auch die grausamsten Entbehrungen, aber eines Morgens beim Appell, als er sich hungrig und frierend kaum noch aufrecht halten konnte, verlor er fast die Fassung. Jeden einzelnen überprüfend, schritt der Kommandant von Feld IV, ein hünenhafter SS-Mann mit herabhängenden Schultern, der die Häftlinge aussuchte, die auf seinem Galgen gehängt werden sollten, die Reihen ab. An diesem Morgen suchte er Zerstreuung. Er sah Tomczyk und erinnerte sich, daß der Mann Professor gewesen war. Plötzlich riß er dem alten Mann die verbogene Brille von der Nase, warf sie zu Boden, trampelte auf ihr herum und zerstampfte sie knirschend im steinigen Sand. »Du brauchst keine Brille mehr!«

Hätte Tomczyk eine Bewegung gemacht oder auch nur das Gesicht verzogen, er hätte innerhalb von zehn Minuten gehangen; aber mit der Disziplin, die er sich bei den Verhören anerzogen hatte, senkte er vor dem Kommandanten nur leicht den Kopf, als wollte er zeigen, daß er sich schämte, Professor gewesen zu sein und Bücher gelesen zu haben. Der schicksalhafte Augenblick ging vorüber, und es war ein Mann aus Baracke 17, der gehängt wurde.

Doch als sie an diesem Abend wieder in Baracke 11 beisammen waren, sah Szymon, daß der Professor weinte – keine Krokodilstränen, um seine Peiniger zu ergötzen, sondern die echten Tränen eines verzweifelten alten Mannes; als Szymon ihn nach dem Grund fragte, antwortete Tomczyk: »Weil ich nie wieder imstande sein werde, ein Buch zu lesen.«

»Wenn Sie hier wieder raus sind, bekommen Sie eine andere Brille.« Szymon wollte ihn trösten, aber der alte Mann erwiderte mit entsetzlichem Ahnungsvermögen: »Ich komme nie wieder hier raus. Tausende, Hunderttausende von uns werden nie wieder hier rauskommen.

Nie werden sie uns erlauben, ein Buch auch nur zu sehen, geschweige denn es zu lesen.« Er ergriff Szymons Hände. »Lernen ist etwas Wunderschönes. Nur durch Wissen kann die Welt bestehen. Bilde dich. Eigne dir Wissen an. Denn von euch Jungen hängt die Zukunft Polens ab. Uns Alte werden sie alle töten, um den Strom des Lernens zum Versiegen zu bringen.«

Der Feldführer von Feld IV war SS-Oberscharführer Otto Grundtz, einer der tüchtigsten in diesem Gewerbe. Über seine zweiundzwanzig Baracken herrschte er mit äußerster Strenge und auf eine Weise, die jeder Widersetzlichkeit rasch ein Ende machte. Er war groß, etwa fünfunddreißig Jahre alt, und seine hervorstehenden Augen und die borstigen Brauen verliehen ihm ein bedrohliches Aussehen, selbst wenn er nur Routineinspektionen vornahm. Er war einer der ersten Nazischläger gewesen und hatte sich gut darauf verstanden, jüdische Läden zu zertrümmern oder demokratische Versammlungen zu sprengen. Von Anfang an hatte man ihn als bloßen Rohling eingestuft und ihm nur bescheidene Beförderungen zugebilligt. Nach Ansicht seiner Vorgesetzten eignete er sich bestens für den Dienst in Konzentrationslagern, und da die Pläne der Nazis die Einrichtung und das weitere Fortbestehen von Lagern sowohl in Deutschland selbst wie auch in den besetzten Gebieten vorsahen, konnten Männer wie Grundtz auf viele Jahre hinaus mit Vollbeschäftigung rechnen.

Obwohl man in Deutschland auf eine gute Ausbildung Wert legte, war er schon mit zwölf Jahren von der Schule abgegangen, und er sah keine Notwendigkeit, Versäumtes nachzuholen. Er las nicht und ließ sich auf keine Diskussionen ein. Er klatschte Beifall, wenn andere Beifall klatschten, und achtete stets darauf, bei seinen Vorgesetzten gut angeschrieben zu sein. Aber er war kein geistig träger Mann. Immer wenn eine neue Dienstvorschrift erlassen wurde, studierte er sie aufmerksamer als die anderen Feldführer und setzte sie mit einem Minimum an Umstellungen in die Praxis um.

Als der Lagerkommandant zum Beispiel eines Tages feststellen mußte, daß die Baracken anfingen, aus allen Nähten zu platzen, weil die Insassen langsamer als vorgesehen starben, war es Grundtz, der für Baracke 19 die geeignete Lösung fand. Zweiundzwanzig Blockführer, die jeder eine Baracke überwachten, wies er an, ihr Augenmerk vor allem auf diejenigen Häftlinge zu richten, die bei herabgesetzten

Rationen besonders harte Arbeit leisten mußten, und nicht zuzulassen, daß sie langsam dahinsiechten – was ja Monate dauern konnte –, sondern auf den Moment zu warten, wo einer das Bewußtsein verlor. »Gar nicht versuchen, ihn wiederzubeleben. So wie er ist in Baracke neunzehn mit ihm!« Dort wurde der Mann abgeladen, dort würde er in Kürze sterben. Aus dieser einen Baracke allein wurden an manchen Tagen bis zu fünfzehn Leichen abgeholt. Das System funktionierte, es erregte kein Aufsehen, und es entsprach dem Zweck, zu dem Majdanek errichtet worden war.

Für Otto Grundtz war der Morgenappell, bei dem die Männer strammstehen mußten, die beste Gelegenheit, seine Absichten zu verwirklichen. Mit eingezogenen Schultern schritt er langsam die Reihen ab und versuchte die Männer auszusortieren, die unter Umständen in die Baracke 19 verlegt werden konnten. Gegen seine Entscheidung gab es keine Widerrede, und deshalb bemühten sich die Häftlinge von Feld IV, die wenige Kraft, die sie noch besaßen, dafür aufzuwenden, bei diesen Inspektionen weder krank noch schwach zu erscheinen. Unter sich sprachen die Insassen von »Otto Grundtz' Krankenrevier. Hier wird jeder kuriert«.

Wie in den anderen Konzentrationslagern, die die Nazis in Polen errichteten – das grauenhafte Treblinka, ein Vernichtungslager, wo die Menschen noch am Tag ihres Eintreffens getötet wurden; oder Bełżec, das auf Foltern spezialisiert war; Auschwitz oder sein berüchtigtes Außenlager Birkenau, dessen Gaskammern alle vierundzwanzig Stunden 60000 Leichen aufnehmen konnten –, stieg auch in Majdanek die Zahl der Ermordeten ins Unermeßliche. Rund 360000 Polen, Juden, Sowjetbürger und Angehörige anderer Nationen kamen dort ums Leben. Doch gab es in Majdanek weniger »offizielle« Strafarten als in den anderen Lagern. Ein Feldführer wie Grundtz wäre gerügt worden, hätte er etwas so Infames eingeführt wie jene kleine Zelle in Auschwitz, in die die SS-Männer, wenn es Abend wurde, sechzig willkürlich ausgesuchte Häftlinge stopften, die Tür verschlossen – und am nächsten Morgen vierzig erstickte oder zu Tode getrampelte Opfer vorfanden. So etwas gab es nicht in Majdanek. Man teilte den Gefangenen Arbeiten zu, im Krematorium etwa oder in der Schuhmacherei, und nach einer Probezeit wurden die kräftigsten und tüchtigsten Männer zur Verwendung in eine der deutschen Fabriken ge-

schickt, die rund um das Lager entstanden waren, um von der kostenlosen Sklavenarbeit zu profitieren.
Die Lebensmittelrationen für alle Gefangenen wurden auf ein Minimum beschränkt. So konnten Krankheiten ihnen schneller den Rest geben; hin und wieder wüteten Cholera- und andere Epidemien im Lager, töteten sechs- oder siebentausend Menschen, besonders Kinder, die sich zusammen mit den Frauen auf Feld V befanden. Und natürlich beschleunigte eine Lebensweise, die sich auf zehn bis zwölf Stunden Schwerstarbeit mit weniger als neunhundert Kalorien pro Tag gründete, den Tod auch schon beim geringsten körperlichen Schaden. Da es keinen Zahnarzt gab und keine Proteine, um weiße Blutkörperchen zu produzieren, konnte ein eitriger Zahn einen Menschen über Nacht töten.
In der Gaskammer stellte Szymon fest, daß das Zyklon B von der deutschen Firma Tesch und Stabenow hergestellt wurde, die jeder Sendung genaue Anleitungen beifügte. Das Gift wurde in sauber etikettierten Behältern geliefert, auf denen gekreuzte Knochen unter einem Totenkopf und eine Warnung angebracht waren, daß der Inhalt tödlich wirkte, wenn man nicht sorgsam damit umging.
Er befand sich eines Morgens in der Gaskammer, um tote Juden auf seinen Pritschenwagen zu laden, als ein gewisser Dr. Eigenstiller, seines Zeichens Vertreter von Tesch und Stabenow, in Majdanek eintraf, um die hier üblichen Methoden zu überprüfen und sie mit denen der anderen Lager zu vergleichen. »Sie müssen darauf achten, daß die Düsen immer schön sauber sind«, erinnerte er die SS-Männer, die die Gaskammer betreuten. »Auf diese Weise erzielen Sie schon bei der ersten Applikation eine gleichmäßigere Verteilung; das ist wichtig, wenn Sie auf ordnungsgemäße Abwicklung Wert legen.«
Eigenstiller wies auf eine Verbesserung hin, die sich in den anderen Lagern gut bewährt hatte: »Pferchen Sie die Leute ganz eng zusammen. Mit drei separaten Gaseinfüllungen haben Sie eine gleichmäßigere Verteilung, und Sie verschwenden dann kein Zyklon B. Der Vorteil ist augenfällig, wenn Sie die Türen öffnen: Die Körper bleiben aufrecht, denn sie können gar nicht umfallen. Und damit vermeiden Sie das Durcheinander von Armen und Beinen.«
Eine bedauerliche Nebenerscheinung gab es, für die bisher noch keine Lösung gefunden worden war. »Wenn man an Strangulierung

stirbt – und praktisch ist der Tod durch Gas ja nichts anderes – entleert sich oft automatisch der Darm und auch die Blase – das läßt sich leider nicht verhindern. Es ist daher unbedingt nötig, daß die Kammer nach jedem Gebrauch gut ausgespritzt wird. Nach jedem Gebrauch! Sonst steigt die Seuchengefahr, und die krankheitserregenden Bakterien, die diese Asozialen mitgebracht haben, könnten sich unglaublich vermehren.«

Nach weiterer Inspektion bestätigte Eigenstiller dem Lagerkommandanten, daß in Majdanek im großen und ganzen effizient gearbeitet wurde, und nachdem er sich als Gast der SS-Offiziere, die das Lager leiteten, mit Getränken und belegten Brötchen erfrischt hatte, stieg er in seinen Stabswagen, um zu erkunden, was es in Treblinka an Verbesserungswürdigem gab.

Bald darauf besuchte Heinrich Himmler höchstpersönlich Majdanek. Er steckte seinen Schmerbauch und seine Schweinsäuglein in alle Ecken, und was er entdeckte, entzückte ihn. »Wunderschön ist es hier! Alles funktioniert!« In seiner Begeisterung gab er bekannt, daß der Führer weitreichende Pläne für dieses Lager habe: »Es wird zehnmal so groß werden. Wir wollen eine Viertelmillion Polen hinter Stacheldraht haben, immer wieder frische. Rundherum werden wir eine Kette von Fabriken errichten, um viele Produkte herzustellen, die wir im Reich gut brauchen können.«

SS-Männern wie Otto Grundtz, die sich durch die Aussicht immerwährender Beschäftigung dieser ihnen zusagenden Arbeit ermutigt fühlten, setzte er auseinander: »Ihre Tätigkeit in einem solchen vergrößerten Lager wird unserem Programm in doppelter Hinsicht förderlich sein. Sie werden die Sterblichkeitsrate der polnischen Schweine beschleunigen. Und indem Sie in den Jahren der natürlichen Fortpflanzung die Männer von den Frauen fernhalten, wird die Geburtenziffer drastisch gesenkt. In fünfundzwanzig Jahren – in nur fünfundzwanzig Jahren! – werden wir das polnische Problem für immer gelöst haben.«

Majdanek war insgesamt drei Jahre lang in Betrieb, also etwa eintausend Tage, und das hieß, daß nicht weniger als dreihundertsechzig Menschen alle vierundzwanzig Stunden sterben mußten, damit das Lager den gestellten Anforderungen entsprach. Aber ganz so funktionierte es natürlich nicht, denn an bestimmten Tagen traten ungewöhnliche Ereignisse ein, die den Ablauf beschleunigten und so einen Ausgleich für jene Tage bildeten, wo vielleicht »nur« hundert Menschen starben.

Ein solches Ereignis trat kurz nach Szymons Ankunft ein. In Majdanek waren viele Zigeuner untergebracht, die man in verschiedenen Teilen Europas aufgelesen hatte. Sie lebten, abgesondert von den anderen, in Baracken auf Feld VI, wo sie Extrarationen bezogen und einige Privilegien genossen. Da ihnen keine schweren Arbeiten zugewiesen wurden, schien es ihnen im Lager eigentlich recht gutzugehen, was bei den anderen Häftlingen Neid und sogar Feindseligkeit erregte.

Der Grund, warum die Zigeuner mit solcher Sorge umhegt wurden, war grotesk, aber verständlich für jeden, der die Naziphilosophie kannte. Der Chefideologe Dr. Alfred Rosenberg war der Sohn eines ungebildeten deutschen Schuhmachers, der es nicht geschafft hatte, sich seinen Lebensunterhalt in Deutschland zu verdienen. Er war nach Estland gegangen, wo auch sein Sohn geboren wurde. Rosenbergs dilettantische Studien brachten ihn mit den Mysterien der europäischen Zigeuner in Berührung, und er gelangte zu der Überzeugung, daß diese sonderbaren Menschen eine besondere Rasse darstellten. Was sie jedoch eines eingehenden Studiums wert machte, das war die unbestrittene Fähigkeit ihrer Frauen, mit großer Regelmäßigkeit gesunde Babys zur Welt zu bringen, die mit einer Art Immunität ausgerüstet waren, die sie vor normalen Krankheiten schützte. »Wir müssen das Geheimnis der Zigeuner entdecken«, verkündete Rosenberg, »denn dann können wir es bei unseren deutschen Frauen in Anwendung bringen und eine Herrenrasse von blonden, innerlich gefestigten nordischen Menschen hervorbringen.« Rosenberg war auch überzeugt, daß Deutsche, Norweger und Schweden als einzige einer Rasse reiner nordischer Menschen entstammten, die einen arktischen Kontinent bewohnt hatten und gegen 400 v. Chr. verschwunden waren. Sie hatten der Welt jene überragende Rasse geschenkt, die nun dazu bestimmt war, Europa zu erobern und zu beherrschen.

Er beauftragte alle Lager, in denen sich Zigeuner befanden, diesbezüglich Experimente an den Frauen vorzunehmen, vor allem auch den Gebärprozeß zu beobachten, aber bedauerlicherweise kam nichts Bedeutsames dabei heraus. Verärgert schickte er eines Tages eine verschlüsselte Botschaft nach Majdanek und an andere Lager. Der Text lautete: UNTERSUCHUNGEN ÜBER ZIGEUNER ABGESCHLOSSEN. PROGRAMM WIE VORGESEHEN ZU ENDE FÜHREN. Das Telegramm traf um sieben Uhr früh in Majdanek ein, und schon um neun waren die Unterkünfte der Zigeuner leer. Man hatte alle neunhundertsechzehn auf einen Hügel am westlichen Rand des Lagers geführt, in Reih und Glied aufgestellt und – ihre Namen und Nummern fein säuberlich registriert – mit Maschinengewehren erschossen.

Für in Majdanek praktizierte Roheiten zeigten die Feldführer durchaus Verständnis, und da so etwas für sie auch eine Art Belustigung darstellte, wurden Schikanen sogar vom Lagerkommandanten gebilligt. Nach dem Abendappell, wenn die Häftlinge von ihrer schweren Arbeit ohne ausreichende Ernährung erschöpft waren, erschien manchmal, unangemeldet und wie es ihm gerade gefiel, ein zwei Zentner schwerer SS-Mann, den man den »Tänzer« nannte, in diesem oder jenem Feld und brüllte die vor ihren Baracken zum Appell angetretenen Lagerinsassen mit weibisch hoher Stimme an: »Stillgestanden! Mützen ab, Augen links!«

Die Häftlinge gehorchten, und wenn sie so dastanden, schritt der »Tänzer« die Front ab und versuchte eine Unregelmäßigkeit zu entdecken. »Mützen auf!« schrie er dann befriedigt mit seiner hohen Stimme, und die Männer setzten ihre Mützen wieder auf und starrten geradeaus.

Dann kam der fürchterliche Augenblick: Der »Tänzer« trat zurück, verschränkte die Arme und musterte die Männer, die vor ihm standen. Ohne ein Prinzip erkennen zu lassen, von dem er sich bei seiner Wahl leiten ließ, suchte er sich schließlich irgendeinen Häftling aus. Stumm betrachtete er ihn etwa eine Minute lang, befeuchtete dann seinen linken Daumen mit Speichel und markierte damit eine Stelle auf dem Körper des Mannes; hinter dem rechten Ohr vielleicht, auf der linken Seite des Bauches tief unten, oder direkt über dem Herzen.

Jetzt zeigte sich, wie er zu seinem Spitznamen gekommen war. Er zog sich Lederhandschuhe an, entfernte sich ein gutes Stück von dem ausgesuchten Häftling und begann mit den tänzelnden Schrittbewegungen eines Boxers; er ließ die Füße nach dieser oder nach jener

Seite schleifen und stieß dabei leise Grunztöne aus, als gelte es einen echten Kampf zu bestreiten.

Mit einem gellenden Schrei sprang er dann vor, holte weit aus, schwang seine rechte Faust und schlug den Häftling mit ganzer Kraft auf die markierte Stelle.

Unweigerlich wurde der Mann zu Boden geworfen, denn in seiner geschwächten Verfassung konnte er dem Hieb unmöglich standhalten; sein Sturz versetzte den »Tänzer« jedesmal in Wut. Er blieb vor dem niedergestreckten Häftling stehen und beschimpfte ihn kreischend: »Auf mit dir, du feiges polnisches Dreckschwein! Hast wohl Angst, was? Steh auf und kämpfe wie ein Mann!«

Mit diesen Worten begann er den Mann zu treten, versetzte ihm wütende Tritte auf den Kopf, in Nieren und Herz, und befahl ihm brüllend, aufzustehen und zu kämpfen. Dabei tänzelte er die ganze Zeit vor und zurück wie ein Boxer.

In Feld IV hatte er fünf Männer getötet – drei zu Tode getreten und zwei durch Herzriß als Folge seiner entsetzlichen Schläge –; für die Männer dieses Feldes, die nicht wußten, wie viele er in anderen Feldern getötet hatte, war sein gellendes Geschrei: »Stillgestanden! Mützen ab, Augen links!« das entsetzlichste Geräusch auf Erden, denn sie wußten, daß es nur zu oft den Prolog für einen weiteren würdelosen Tod darstellte.

Einen besonders abstoßenden Aspekt gewann dieses vom »Tänzer« dargebotene Schauspiel dadurch, daß die Wachmannschaften der anderen Felder, wenn sie hörten, daß er wieder zu boxen gedachte, sich eiligst am Ort der abendlichen »Inspektion« einfanden. Dort bildeten die SS-Männer eine Gruppe von Zujublern und Beifallspendern, die untereinander sogar kleine Wetten über die Frage abschlossen, ob er imstande sein würde, sein Opfer mit einem Schlage zu töten. »Ein sauberes K.o.«, nannte man das, und die zusehenden Wachtposten applaudierten, wenn er sein Ziel erreicht hatte.

Nach einem der üblichen harten Arbeitstage kehrte Bukowski eines Abends in Feld IV zurück, wo die Wachmannschaft sich versammelt hatte, um dem »Tänzer« zuzusehen, und fand sich unversehens selbst zum Opfer bestimmt und mit dem speichelnassen Daumen genau unterhalb des Herzens markiert. Zwei SS-Männer feuerten ihren Kameraden an, zwei andere schlossen eine Wette darüber ab, ob Bukowski den zu erwartenden Faustschlag überleben würde oder nicht. Während Szymon beobachtete, wie sich der »Tänzer« bei seinen gleitenden Schrittbewegungen bemühte, alle Kraft in seinen rechten Arm zu legen, betete er: Laß mich diesen Schlag ertragen, du mein Körper, sei stark! Und er sah dem »Tänzer« in die Augen, während die Wachen Beifall klatschten und der entsetzliche Hieb fiel.

Noch nie hatte Szymon einen so furchtbaren, lähmenden Schmerz gefühlt. Dagegen anzukämpfen war unmöglich, und er spürte, wie er zu Boden ging, als hätte man ihm beide Beine abgehauen. Fall nicht in Ohnmacht! ermahnte er seinen stürzenden Körper, aber schon fühlte er, wie tiefes Dunkel ihn umfing. Fall nicht in Ohnmacht, oder er tritt dich zu Tode!

Er verlor das Bewußtsein, aber nur für einen Augenblick. Dann spürte er, wie der tödliche Stiefel in seinen Schädel krachte und ihn auf erstaunliche Weise wiederbelebte. Mit einem Mut, von dem er selbst nicht gewußt hatte, daß er ihn besaß, hob er die Arme, wehrte den nächsten Tritt ab und kam langsam wieder auf die Beine. »Dreckiges Polenschwein!« kreischte der »Tänzer«. »Warum stehst du nicht auf und kämpfst wie ein Mann?« Dann aber, als habe er die Lust an seinem gemeinen Spiel verloren, ließ er von Szymon ab.

Eines Morgens kam Bukowski mit einer Ladung Leichen ins Krematorium und stellte fest, daß niemand drinnen arbeitete. Erich Muhsfeldt, der Leiter der Anlage, war natürlich da, aber er hatte keine Helfer. Wenige Stunden zuvor waren plötzlich Gestapomänner aufgetaucht, hatten die Ofenarbeiter in einen kleinen Raum getrieben und sie mit Zyklon B getötet. Bevor jetzt mit der Arbeit begonnen werden konnte, mußten diese Leichen aus der Gaskammer geholt und in die Öfen gesteckt werden.

Zu diesem Dienst wurde Szymon eingeteilt, und als er damit fertig war, rief Muhsfeldt, der Mann mit dem dreieckigen Gesicht, dem starren Blick auf den lächelnden Lippen, ihn zu sich: »Ich möchte, daß du jetzt mit mir arbeitest. Ich habe dich beobachtet, du machst deine Sache sehr gut.«

Bukowski, der genau wußte, daß dies einem Todesurteil gleichkam – in Majdanek standen alle im Schatten des Todes, aber wer im Krematorium arbeitete, war ihm auf entsetzliche Weise näher –, spielte einige Sekunden lang mit dem Gedanken, dagegen zu protestieren, erinnerte sich aber noch rechtzeitig, daß Muhsfeldt ihn sofort erschießen lassen konnte; er mußte Zeit gewinnen. »Ich würde gern mit Ihnen arbeiten, Oberscharführer, aber zuerst muß ich meinen Lastwagen zurückbringen.«

»Selbstverständlich! Du fängst morgen an. Ich werde mit deinem Feldführer sprechen.«

Zitternd fuhr Szymon den Pritschenwagen zur Gaskammer zurück, um die nächste Ladung jüdischer Leichen zu holen. Während er wartete, fiel sein Blick auf den Haufen Schuhe, die die unglücklichen Juden hatten zurücklassen müssen, bevor sie das »Badehaus« betraten. Er wußte, daß diese Schuhe in die Schuhmacherei kamen, wo sie, sofern noch brauchbar, repariert und dann ins Reich geschickt werden würden, und einer plötzlichen Eingebung folgend, verließ er den Lastwagen – was streng verboten war – und begab sich zum diensthabenden Offizier.

»Darf ich etwas sagen, Obersturmführer?«

»Schieß los!«

»Einige dieser Schuhe könnte man wieder herrichten.«

»Ich weiß. Dazu habe ich ja meine Leute.«

»Ich war früher Schuster. Aus dem könnte ich noch was machen«, sagte er und deutete auf einen Schuh, der nicht so aussah, als ob eine Reparatur sich noch lohnen würde.

»Das könntest du?«

»O ja. Ich habe schon Schuhe repariert, die in wesentlich schlechterem Zustand waren.« Dann hatte er einen guten Einfall. »Wissen Sie, in Polen haben wir keine guten Schuhe.«

»Auf keinen Fall so gute wie in Deutschland«, bestätigte der Nazi. »Komm mit!«

»Der Wagen ...«

»Ich finde schon einen anderen Fahrer. Fahrer gibt es jede Menge. Schuster nicht.«

Er führte Szymon zu einem kleinen, niedrigen Steinhaus außerhalb des Stacheldrahtzauns, wo sechs ausgemergelte Lagersklaven damit beschäftigt waren, Schuhe zu reparieren. Mit klopfendem Herzen sah Szymon sich um, entdeckte eine Kneifzange, wie er sie einmal bei seinem Dorfschuster gesehen hatte, nahm sie zur Hand, ergriff einen der Schuhe, die auf dem Boden herumlagen und begann die durchgelaufene Sohle abzutrennen. Als die Aufmerksamkeit des Offiziers für einen Moment abgelenkt wurde, flüsterte Szymon dem Mann neben sich zu: »Hilf mir!« Sofort fischte der Häftling das Gegenstück zu Szymons Schuh aus dem Haufen und begann es fachmännisch zu reparieren. Szymon machte ihm alles nach, worauf ein anderer Häftling anerkennend äußerte – und zwar so laut, daß der Offizier es hören mußte: »Der kennt sich aber gut aus mit Schuhen.«

Er durfte bleiben. Doch als er abends von den Wachen ins Feld IV zurückgebracht werden sollte, bat er den diensthabenden Offizier um Erlaubnis, einen Umweg über das Krematorium machen zu dürfen. »Ich muß Oberscharführer Muhsfeldt von meiner neuen Arbeit Meldung erstatten. Er erwartet mich morgen, und er soll nicht denken ...«

Der SS-Offizier, der die Aufsicht über die Schusterei führte, mußte lachen. Der Gedanke war ja auch wirklich zu komisch, daß sich einer bei diesem kinnlosen Wunderknaben Muhsfeldt entschuldigte, den man im Krematorium arbeiten ließ, weil er zu nichts anderem taugte. Gleichzeitig aber gefiel dem Offizier Bukowskis Einstellung, und darum beauftragte er zwei Wachen, ihn auf dem Umweg über das Krematorium in seine Unterkunft zurückzubringen; die beiden sahen zu, wie Szymon sich entschuldigte. Er wollte vermeiden, daß Muhsfeldt sich übergangen fühlte; schließlich konnte dieser, wann immer es ihm paßte, die Hinrichtung eines Gefangenen verfügen. Der Leiter des Krematoriums schien sehr davon angetan, daß der Pole gekommen war, um sich zu entschuldigen.

»Ich hätte dich gut brauchen können«, sagte er, und in den schmalen Streifen zwischen Haaransatz und Augenbrauen gruben sich ärgerliche Falten. »Aber ich komme ja immer erst zum Schluß. Man mag mich nicht, weil ich hier arbeite, aber ohne mich würde hier nichts weitergehen. Im Durchschnitt haben wir dreihundertfünfzig Leichen im Tag. Hast du schon einmal darüber nachgedacht, wie viele Hände man brauchen würde, um so viele Gräber auszuheben?« Er wies auf seine fünf Öfen aus schimmerndem Metall. »Das ist die vernünftigste Einrichtung im ganzen Lager. Aber die hohen Herren kommen ja immer zuerst. Wenn sie dich brauchen, um Schuhe zu besohlen ...« Er zeigte auf seine eigenen, die auch nicht mehr in bestem Zustand waren.

»Ich repariere sie Ihnen«, versprach Szymon, und als er an diesem Abend in die Baracke 11 zurückkehrte, konnte er sicher sein, daß er ein paar Monate Leben mehr gewonnen hatte. Wie zu erwarten gewesen war, verschwand schon zehn Wochen später die ganze Krematoriumsmannschaft, zu der auch er gehört hätte ... Professor Tomczyk erklärte es ihm: »Die Nazis wollen nicht, daß Leute am Leben bleiben, die über gewisse Einzelheiten Bescheid wissen. Wenn es soweit ist, daß sie kapitulieren müssen – und glaub mir, der Tag ist nicht mehr fern –, da wirst du dich wundern! Sie werden alle erschießen, die hier noch am Leben sind.«
Der stetige Verfall, den er an Professor Tomczyk beobachtete, dämpfte Bukowskis Glücksgefühl darüber, daß er einem unmittelbar bevorstehenden Tod entronnen war. Der alte Herr wurde immer schwächer und geriet daher zunehmend in Gefahr, nach Baracke 19 verlegt zu werden, wo er bald sterben würde. Aber beim Morgenappell, wenn er manchmal eineinhalb Stunden lang im Schnee stehen mußte, zehrte er von einer inneren Reserve, deren Kraft Szymon immer wieder erstaunte. Wie schaffte dieser gebrechliche Greis das bloß, mit seinem geschlagenen, zerschundenen Körper?
Otto Grundtz, der alle Häftlinge in Feld IV überwachte und sich immer wieder die heraussuchte, die schneller umgebracht werden konnten, hatte in Tomczyk einen geeignet erscheinenden Kandidaten erkannt und ihn zu den großen Straßenwalzen eingeteilt, massiven Betonzylindern mit dicken Eisenstangen in der Mitte. Sie wurden eingesetzt, um Wege und Straßen zu planieren, und es gab kaum eine schwerere und grausamere Arbeit, denn auch in der größten Kälte mußten die Häftlinge die dann mit einer Eisschicht überzogenen Stangen anfassen – natürlich ohne Handschuhe –, mit aller Kraft die Walzen in Bewegung setzen und rollen lassen. Selbst für einen jungen Mann, der täglich dreitausendfünfhundert Kalorien konsumieren konnte, wäre es eine mörderische Arbeit gewesen; bei neunhundert Kalorien wäßriger Suppe war es das sichere Todesurteil.
Aber Professor Tomczyk weigerte sich zu sterben, und er weigerte sich auch, in die Baracke 19 verlegt zu werden: »Ich werde ihre Hoffnungen vereiteln!« Und er begann seine Mithäftlinge auf die Zukunft vorzubereiten mit Ermahnungen, die keiner, der Baracke 11 überlebte, je vergaß. Er wurde wieder zum Professor und redete mit einer

Besessenheit auf sie ein, als müsse er in einer kurzen Zeitspanne all sein Wissen an die jüngeren Männer weitergeben, damit diese ihm die Verpflichtung abnahmen, die er übernommen hatte.
Nachts, im Flüsterton, aber auch tagsüber, während er schweratmend die Straßenwalzen voranschob, erklärte er seinen Kameraden immer wieder:
»Der Wiederaufbau ist das Allerwichtigste, sobald dieser Alptraum zu Ende gegangen ist – und er wird zu Ende gehen. Was sie auch immer zerstört haben, ihr müßt es wiederaufbauen. Wiederaufbau ist ein Glaubensbekenntnis, ist Zukunftssicherung. Wenn sie die Schule in eurem Dorf zerstört haben – und sie haben viele niedergebrannt –, baut sie zu allererst wieder auf, denn eine Schule ist ein Unterpfand der Zukunft.
Und wenn sie unsere schönen Gebäude zerstören, baut sie wieder auf, denn sie sind die Zeugnisse der Größe, die wir einst kannten. Baut Kirchen und historische Denkmäler wieder auf, noch bevor ihr eure eigenen Häuser wiederaufbaut, denn ihr habt gelernt, daß der Mensch überall und unter allen Bedingungen leben kann. Eure eigenen Häuser können warten, doch die historischen Bauten können verlorengehen, wenn sie nicht rechtzeitig saniert werden.
Baut wieder auf! Vor allem aber, junge Freunde, baut euer eigenes Leben wieder auf! Liebt eure Frauen, wenn ihr heimkommt, und zeugt viele Kinder. Was ihr jetzt erlebt, ist nicht das Ende. Otto Grundtz ist nicht der Gott, der auf den Feldern Polens wandelt!«
Unermüdlich verbreitete er solche Gedanken, ein Sterbender, der sich zu sterben weigerte, solange er nicht die Überzeugung gewonnen hatte, daß die Felder mit dem besten Samen bestellt worden waren.
Ein wahrhaft außergewöhnlicher Mensch. Der sechzig, vielleicht siebzig Jahre alte Mann wog inzwischen vermutlich weniger als fünfzig Kilo und stand doch jeden Tag, die Füße im kalten Schnee, beim Appell und arbeitete viele Stunden lang an den eisigen Griffstangen der schweren Straßenwalzen. Es schien, als müsse er jeden Augenblick zusammenbrechen und in Baracke 19 gebracht werden, aber beim Appell am nächsten Morgen meldete er sich wie immer. »Hier!«
In diesen dunkelsten Tagen des Krieges, als der Sieg des Dritten Reiches zum Greifen nahe zu sein schien, prophezeite er zwei Dinge:

»Wie Napoleon wird auch Hitler weit nach Rußland vorstoßen, aber noch bevor ich sterbe, werde ich die deutsche Wehrmacht auf dem Rückzug sehen. Denkt an meine Worte! Früher, als ihr es für möglich haltet, werden Heere aus dem Osten kommen, um euch zu befreien. Sie werden den Stacheldraht niederreißen. Gleichzeitig werden die Amerikaner den Westen stärken. Ihr werdet amerikanische Bombenflugzeuge über diesem Lager sehen. Jawohl, hier über euren Köpfen werden sie fliegen. Daran dürft ihr nie zweifeln. Was will das schon heißen, daß die Deutschen die Wolga erreicht haben? Wartet auf ihren Rückzug. Ihr werdet davon hören!«

Eine Sache erschien ihm besonders wichtig:

»Ihr müßt euch den Namen und das Aussehen jedes Nazis einprägen, der in diesem Lager gearbeitet hat. Wenn einer von euch von hier flieht – und ich bete zu Gott, daß es einigen gelingen wird –, sollt ihr nicht als erstes gut essen oder zu euren Frauen zurückkehren. Nein, als erstes schreibt die Namen auf! Die Lagerkommandanten! Karl Otto Koch, der aus Buchenwald hierherkam. Und Max Koegel; und Hermann Florstedt, wenn ich mich recht entsinne. Und vor allem Otto Grundtz, der in Feld vier das Kommando führt, und vergeßt auch nicht den Arzt, Dr. Heinrich Rindfleisch. Vergeßt ja nicht Otto Grundtz, den Schlimmsten von allen! Und stellt den Namen des ›Tänzers‹ fest!

Denn wenn die Befreiung kommt, müßt ihr alles tun, damit diese Männer hierher nach Majdanek zurückgebracht und erhängt werden. An diesen Galgen hier müssen sie enden. Denn mit ihren Taten haben sie sich an allen Menschen vergangen, am Gedenken an Jesus Christus und an den Seelen der Kinder, die in Feld fünf massakriert wurden. Für dieses entsetzliche Verbrechen der Schändung all dessen, was gut ist im Leben, müssen sie hängen. Diese Männer haben Gottes Werke geschändet, sie müssen bestraft werden.«

Bis Otto Grundtz erfuhr, was für eine Art von Reden Professor Tomczyk, dieser lebende Tote, führte, beschränkte er sich darauf, ihn zu beobachten, und stellte bald fest, daß der alte Mann jeden Tag schwächer wurde. Aber immer noch trug er seinen Kopf hoch, immer noch stand er aufrecht. Grundtz hatte in Feld IV schon öfter solche Typen erlebt; der Durchschnittspole war eine armselige Kreatur, ein Untermensch, der schnell aufgab, sich nicht wehrte, wenn man ihn in

Baracke 19 verlegte. Ohne jede Ernährung schlief so einer einfach ein, heute im Koma, morgen tot – ohne daß man ihm ein Leid zugefügt hätte. Aber es gab einige wenige, deren ganze Kraft, wenn sie die Stunde des Todes nahen fühlten, ihre Herzen, Augen und Stimmen erfüllte. Diese Menschen starben aufrecht, und Grundtz war zu dem Schluß gekommen, daß sie deutsches Blut in den Adern haben mußten. Vielleicht war in grauer Vorzeit ein deutscher Krieger hier vorbeigekommen und hatte seinen kostbaren, unverfälscht gebliebenen Samen zurückgelassen. Eine andere Erklärung für das Verhalten von Männern wie Tomczyk konnte er sich nicht denken.

Als ihm bekannt wurde, daß der alte Professor antideutsche Propaganda verbreitete, war ihm klar, daß Tomczyk zum Schweigen gebracht werden mußte. Er wies eines Morgens nach dem Appell seine Wachen an, Tomczyk in die Kommandostelle auf Feld IV zu holen, ein kleines Steinhaus außerhalb des Stacheldrahtzauns; dort unterzog er ihn einem Verhör. »Was bezweckst du damit, daß du Lügen über das Dritte Reich verbreitest?« begann er, und zu seiner Überraschung brach der alte Mann zusammen und duckte sich wie ein verängstigtes Kind. Er weinte, er flehte, ergab sich dem Kommandanten auf Gnade und Ungnade, und sosehr es auch im Widerspruch zu dem stand, was er in der Baracke gepredigt hatte, er stimmte allem zu, was Grundtz postulierte.

»Polen ist ein Land, das es nicht wert ist, erhalten zu bleiben.«

Tomczyk nickte.

»Es ist Deutschlands große geschichtliche Aufgabe, im Osten Ordnung zu schaffen.«

Tomczyk nickte.

»Es ist Gottes Wille, daß eine Herrenrasse sich eine minderwertige Rasse untertan macht und über sie herrscht.«

Tomczyk stimmte zu.

Doch während Grundtz seine Thesen entwickelte, seine Seele offenlegte und die Motive enthüllte, die ihn dazu veranlaßten und ihm seiner Meinung nach das Recht gaben, Hunderttausende abzuschlachten, begriff er allmählich, daß dieser Alte ihn zum Narren hielt, ihn in immer neue Fallen lockte und dazu verleitete, die ganze Verdorbenheit seines Charakters zu offenbaren.

Schließlich fing Grundtz an, Tomczyk anzuschreien, der gelassen dastand und allem zustimmte. »Du lachst mich ja aus! Willst mich wohl für dumm verkaufen! Du glaubst mir kein Wort!« Mit einem mächtigen Hieb schleuderte er ihn in eine Ecke, stellte ihn mit einem Ruck wieder auf die Beine und begann ihn mit der Faust ins Gesicht zu schlagen. Aber Tomczyk hörte nicht auf zu lächeln und zustimmend zu nicken, sooft er die Möglichkeit hatte, seinen Kopf zu bewegen.

Erschöpft und beschämt darüber, daß dieser alte Mann ihn dazu gebracht hatte, die Beherrschung zu verlieren, glättete Grundtz seine zerknitterte Uniform, setzte sich wieder hinter seinen Schreibtisch und betrachtete den Greis, der wie durch ein Wunder immer noch aufrecht stand. »Ich weiß, was du wirklich denkst. Du denkst, die Russen werden uns eines Tages zurückschlagen. Du denkst, die Amerikaner werden Deutschland zerstören. Das ist es, was du denkst, nicht wahr?«

»Nein«, log Tomczyk, »*Sie* denken das.«

Grundtz reagierte mit neuerlichem Geschrei und brutaler Züchtigung, bis Tomczyks Gesicht schmerzverzerrt und kaum noch wiederzuerkennen war. Als er schließlich bewußtlos zu Boden sank, brüllte Grundtz nach seinen Henkersknechten. »Alle Polen und Juden in Feld vier haben beim Galgen Aufstellung zu nehmen. Jetzt gleich.« Als die Männer einwandten, daß einige außerhalb des Stacheldrahtzauns arbeiteten, schrie er sie an: »Holt sie!«

Ein SS-Mann lief zur Schusterei und brachte die zwei Häftlinge aus Feld IV, die dort arbeiteten, zum Galgen. Die Lagerinsassen formierten sich zum Karree, und der kleine weiße Schemel, auf dem der Verurteilte seinen letzten Stand haben sollte, wurde auf seinen Platz gestellt. Verwirrt verfolgten die Häftlinge die Vorbereitungen; bis jetzt hatten Hinrichtungen durch den Strang immer nur beim Morgenappell stattgefunden. Da kam schon Otto Grundtz mit zwei SS-Männern, die ihr Opfer fast tragen mußten, und in kaum verhohlener Zuneigung erhoben sich Stimmen: »Es ist der alte Professor.«

Auf der ersten Hälfte des Weges, der vom Tor zum Galgen führte, ließ Tomczyk die Beine über den Boden schleifen, doch als er seine wartenden Mithäftlinge erreichte, gelang es ihm, ohne Stütze zu gehen. Mit steifer Würde schritt er durch ihre Reihen auf den Galgen zu.

»Dieser Mann hat Lügen gegen das Dritte Reich verbreitet«, bellte Grundtz. »Er hat sich als Feind der neuen Ordnung erwiesen. Er hat sein Recht zu leben verwirkt.«

Es war der Zynismus dieser Worte, der Bukowski wütend machte, die infame Lüge in der Stunde des Todes. In den Augen der Deutschen hatten alle in diesem Lager schon allein dadurch ihr Leben verwirkt, daß sie Polen oder Juden waren; es war einfach verrückt, ihnen noch weitere Verfehlungen vorzuwerfen. Er hätte aufheulen mögen gegen diesen Wahnsinn, aber er mußte tatenlos zusehen und schweigen.

Als Tomczyk die Stufen zum Galgen hinaufstieg, konnten die Häftlinge sehen, wie sein Gesicht zugerichtet war – der Kiefer ausgerenkt und gebrochen, die Zähne ausgeschlagen –, und der Anblick verursachte ihnen Übelkeit; doch als man ihm die Schlinge um den Hals legte, schrie der alte Mann: »Wiederaufbauen! Wiederaufbauen!« Noch einmal verkündete er seine Botschaft. Dann wurde der Schemel unter ihm weggezogen.

So streng ließ Konrad Krumpf den Verzehr von Nahrungsmitteln in seinen siebzehn Dörfern kontrollieren, daß es für Biruta immer schwieriger wurde, Weizenkörner beiseite zu schaffen oder sie zu Mehl zu verarbeiten. Dazu kam Krumpfs rücksichtsloser Einsatz mit dem Ziel, das Sammeln von Holz durch die Bevölkerung einzuschränken, um mehr nach Deutschland schicken zu können; das bedeutete, daß Biruta ihren Herd nur selten anmachen konnte. Krumpf ließ alle Schornsteine überwachen, und wenn irgendwo ohne Erlaubnis Rauch aufstieg, waren seine Männer angehalten, in die betreffende Küche einzudringen, alles, was gerade gebacken wurde, zu konfiszieren und die Frau des Hauses zu verhaften, wenn Brotlaibe gefunden wurden, die über die ihr zugestandene Menge hinausgingen.

Damit war die mitternächtliche Rolle der Handmühle ausgespielt, und die nur unzureichend ernährten Angehörigen des Storchkommandos, die es schon bisher schwer gehabt hatten, sich Lebensmittel zu beschaffen, gerieten in noch größere Bedrängnis. Gegen seine Überzeugung schlich sich Jan Buk eines Nachts nach Bukowo, um von seiner Frau mehr Brot zu erbitten. Sie mußte ihm mitteilen, daß Krumpf das unmöglich gemacht hatte.

»Was sollen wir tun?« fragte Buk verzweifelt. Einige Augenblicke lang zogen sie in Erwägung, sich Ludwik Bukowski im Schloß anzuvertrauen.
»Er ist ein guter Pole«, meinte Jan. »Er wird einsehen, daß er uns helfen muß, am Leben zu bleiben«, aber Biruta wies auf etwas hin, das ihr Mann offensichtlich vergessen hatte: »Auch Konrad Krumpf wohnt im Schloß.« Zu Birutas Überraschung lachte Jan laut auf. »Da sind wir immer am erfolgreichsten: Wenn wir direkt vor ihrer Nase operieren.« Im Dunkel sitzend, erzählte er ihr – sich stets nur im allgemeinen bewegend, damit sie keine Geheimnisse weitergeben konnte, wenn man sie einem Verhör unterzog –, wie seine Männer Eisenbahnzüge mit Vorliebe in der Nähe eines deutschen Befehlsstandes angriffen oder aus Verpflegungsmagazinen der Wehrmacht stahlen. »Sie verlassen sich auf ihre zahlenmäßige Überlegenheit, und das macht sie verwundbar.« Es fiel ihr auf, daß er sich jetzt gewählter ausdrückte als früher. Er erklärte ihr, daß er in letzter Zeit mit großen Persönlichkeiten zusammenarbeitete, mit gebildeten Männern. Doch dann kamen sie wieder auf die Nahrungsmittel zurück, und sie mußte ihm ehrlich sagen: »Hier im Dorf argwöhnen wir, daß Ludwik Bukowski mit den Deutschen zusammenarbeitet.«
»Wenn das stimmt, muß er getötet werden«, stieß Jan hervor.
»Aber wir sind uns nicht sicher.«
»Du denkst, es könnte gefährlich sein, sich an ihn zu wenden?«
»Ich würde es nicht tun, Jan. Man kann ihm einfach nicht trauen.«
»Und die alte Dame? Die Amerikanerin?«
Biruta überlegte lange; dann mußte sie zugeben: »Was wir von ihr wissen, spricht für sie. Sie hilft uns mit den Kindern.« Sie unterbrach sich und fuhr fort: »Aber, wie gesagt, Krumpf wohnt im Schloß.«
Jan empfand es fast als Herausforderung, direkt vor Krumpfs Nase Lebensmittel beiseite zu schaffen.
»Sprich mit der alten Dame. Bitte sie, uns zu helfen.«
Jan war so hungrig, daß er, ohne sich zu schämen oder zu entschuldigen, seiner Frau das letzte Stück Brot, ihr letztes Käserestchen wegaß. Im Dorf, so rechtfertigte er sich, gab es immer etwas zu beißen, im Wald nicht. Aber als er den letzten Rest hinuntergeschlungen hatte, fiel sein Blick auf ihr Gesicht, und er sah den Hunger in ihren Augen.

»Mein Gott! Was tun die unserem Land an?« stieß er hervor, streckte die Arme nach ihr aus und küßte sie leidenschaftlich. »Verzeih mir, daß ich dir dein Essen weggenommen habe«, rief er und barg, fast schluchzend, den Kopf an ihrer Schulter.

Sie wußte nichts dazu zu sagen. In der Dunkelheit konnte sie nur seine Küsse erwidern, und während sie das tat, diese tapfere Frau, die keine Furcht kannte, wurde ihm klar, in welche Gefahr er sie mit seiner dringenden Bitte um Brot gebracht hatte. In diesem Augenblick tiefster Liebe und Leidenschaft ließ er von ihr ab, holte die Handmühle aus dem Versteck und drückte sie an seine Brust. »Es ist zu gefährlich, sie noch länger hierzulassen. Wenn dir etwas zustieße, Biruta, ich würde ...«

»Sprich es nicht aus«, fiel sie ihm ins Wort und legte ihre Finger auf seine Lippen. »Du würdest weiterkämpfen, das würdest du tun, das wissen wir doch beide.« Doch die Handmühle, die Birutas Leben so sehr gefährdete, wurde in den Wald gebracht, ohne daß die Partisanen sie dort verwenden konnten – sie hatten kein Korn, um es zu mahlen.

Wie gut Jan daran getan hatte, die Mühle mitzunehmen, zeigte sich zwei Wochen später, als Konrad Krumpf eine Großrazzia im Dorf anordnete, bei der seine Männer auch an Stellen forschten, die sie bisher übersehen hatten. Vier Häuser von Biruta entfernt fanden sie eine vergrabene Handmühle; die Frau wurde ohne Gerichtsverfahren zum Tod verurteilt und an einem Baum im Dorf aufgeknüpft. Siegessicher stürmten sie das Buksche Haus und entdeckten sehr bald das geheime Versteck, wo die Wand an den Fußboden stieß, und rissen es auf in der Hoffnung, dort eine Mühle vorzufinden; statt dessen erbeuteten sie ein aus dem Haar eines Kuhschwanzes gewebtes Band, an dem eine seltsame fünfeckige Medaille hing, die offenbar aus einer vorchristlichen Epoche stammte.

»Was ist das?« fragte ein Landser, und Biruta antwortete wahrheitsgemäß: »Das haben wir schon lange.«

»Warum hast du es versteckt?«

»Es ist unser Talisman.« Das war den Männern zu kompliziert, und sie schickten nach Krumpf. Er hielt den Fund für eine frühe germanische Münze, eine Erinnerung an die Zeit, da Deutschlands Größe begann. Er riß sie dem Landser aus der Hand und stapfte davon. Wie sonderbar, dachte Biruta, vor vielen hundert Jahren hat ein Mann aus diesem Dorf sie einem Heiden abgenommen. Jetzt hat ein Heide sie zurückgefordert.

Ähnlich wie Professor Tomczyk in seinen letzten Tagen gegenüber seinen Leidensgefährten, verspürte auch Biruta ein starkes Verlangen, ihr Wissen weiterzugeben, und zwar an die Kinder von Bukowo. Aber ihr war klar, daß sie sie nur lehren konnte, wenn sie eine Möglichkeit fand, eine Art illegaler Schule einzurichten. In dem von Deutschland besetzten Teil Polens außerhalb des Generalgouvernements, den sogenannten Eingegliederten Ostgebieten, wurde der Gebrauch der polnischen Sprache mit Stockschlägen und langen Gefängnisstrafen geahndet; Wiederholungstätern drohte die Todesstrafe, denn diese Bereiche gehörten jetzt zum Großdeutschen Reich, und hier gab es offiziell weder Polen noch eine polnische Sprache. Im Generalgouvernement jedoch, das bis zum Aussterben der »Untermenschen« halb polnisch bleiben sollte, war das Sprechen des Polnischen ungern gesehen, aber doch zugelassen; verboten waren Druck und Unterricht, und das hieß, daß es für die Kinder keine Schulen mehr gab. »In Zukunft werden Polen keine Schulen mehr besuchen. Ihr werdet Ackerbau treiben und Dinge für den Gebrauch in Deutschland herstellen«, hatte Krumpf den Dorfbewohnern verkündet.

Biruta selbst besaß keine abgeschlossene Bildung. Sie hatte nur sieben Jahre zur Schule gehen können, aber sie schätzte den enormen Unterschied, den selbst dieses wenige in ihrem Leben ausgemacht hatte, so hoch ein – ihre Mutter hatte schon mit fünf Jahren zur Arbeit gehen müssen –, daß sie jetzt entschlossen war, den Kindern ihres Dorfes Lesen und Schreiben beizubringen. Sie organisierte einen geheimen Unterricht, der an unbestimmten Orten zu unbestimmten Zeiten abgehalten wurde, und wenn die intelligenten ernsten Gesichter zu ihr aufblickten – Gesichter von Kindern, die sehr wohl wußten, daß sie etwas Verbotenes taten –, weitete sich Birutas Herz vor Stolz. Die Dörfler ermutigten sie, weil sie wußten, daß Krumpf, wenn die im geheimen betriebene Schule aufflog, Biruta bestrafen würde, nicht aber die Kinder.

Die Schule war der Anlaß dafür, daß Biruta mit Madame Bukowska aus dem Schloß zusammentraf. Die junge Bäuerin stand eines Morgens mit den Kindern am Dorfplatz, wo sie ihnen Dinge zeigte, von denen sie im Unterricht gesprochen hatte, als Madame Bukowska vorbeikam, stehenblieb und sich nach dem Wohlbefinden der Kleinen erkundigte.

Die Dorfbewohner hatten Marjorie stets als großherzige Frau gekannt, die regen Anteil an ihren Geschicken nahm. Sie wußten, daß sie sich nicht zum katholischen Glauben bekannte, aber es war immer sie – nicht ihr Sohn –, die dem Priester bei allen möglichen Veranstaltungen für die Kinder geholfen hatte. Sie war es, die zu verschiedenen Anlässen Bücher und Süßigkeiten aus Warschau kommen ließ. An den hohen Feiertagen erschien sie nicht in der Kirche; zu diesen Gelegenheiten, meinte sie, sei der Gottesdienst gläubigen Polen vorbehalten. Aber sie kam oft zur Sonntagsmesse und saß dann auf den Plätzen, die für die Bukowskis reserviert waren – seit der Errichtung der Kirche vor siebenhundert Jahren.

In den Wochen, die auf dieses erste Zusammentreffen folgten, sah Biruta die große Dame gelegentlich und grüßte sie stets mit Ehrerbietung – nicht aus einem Gefühl der Unterordnung heraus, sondern weil sie es für möglich hielt, daß sie eines Tages die Amerikanerin um Hilfe würde angehen müssen. Ein solcher Zeitpunkt war jetzt gekommen, und drei bange Tage lang wartete Biruta auf ihre nächste Begegnung mit der Schloßherrin; eines Morgens sah sie sie auf den Dorfplatz kommen.

In ihrer Kleidung ließ Madame Bukowska stets eine elegante Note erkennen. Nie trug sie jenes düstere Schwarz, das polnische Witwen meist bevorzugten. Oft fragten sich die Dorfbewohner, was diese reiche Frau wohl hier in Bukowo hielt, wo sie doch die Möglichkeit gehabt hätte, an einem schöneren Ort irgendwo in der Welt zu leben. Sie hatte es einmal dem Pfarrer erklärt: »Seit 1895 ist das meine Heimat. Das ist fast ein halbes Jahrhundert. Ich liebe dieses Land.« Sie hatte einen Blick zurück auf das Schloß geworfen. »Das habe ich bauen lassen. Jetzt, wo es in Gefahr ist, kann ich mein Heim nicht verlassen.«

Während die alte Dame über den Platz schritt, trat Biruta auf sie zu. »Kann ich Sie einen Augenblick sprechen, Madame?«

»Selbstverständlich. Was hörst du von deinem Mann in Deutschland?«

»Er durfte mir bisher nur eine einzige Postkarte schicken.«
»Natürlich.« Sie sprach Polnisch mit einem entzückenden, fast kindlichen Akzent. »Wir leben in schlimmen Zeiten. Wie war doch gleich dein Name?«
»Biruta Buk.«
Eine kleine Weile blieb Marjorie Trilling-Bukowska stumm. Sie brachte sich jene fernen Tage in Erinnerung, da sie als Braut hierhergekommen war und ihr Leben sich mit dem der Buks verflochten hatte. »Laß doch mal sehen ... der Vater deines Mannes ... Nein, sein Großvater – hat der nicht mit meinem Mann bei Zamość gekämpft?«
»Er ist dort gefallen.«
»Ja, das stimmt. Also war deine Großmutter ... nein, seine Großmutter ... das muß Jadwiga gewesen sein!«
»Ja. Sie wurde da drüben gehängt.«
»Ach ja.« Sie sah Jadwiga vor sich, frisch und stolz und unglaublich tüchtig. Sie erinnerte sich sehr gut an Jadwiga, denn diese junge Frau hatte ihr ihre ersten polnischen Wörter beigebracht.
»Madame«, brach es aus Biruta hervor. »Unsere Kinder hungern. Sie brauchen etwas zu essen.«
»Natürlich brauchen sie das. Ganz gleich, was geschieht, man darf Kinder nicht hungern lassen.«
»Ich wollte fragen, ob Sie vielleicht ...«
»Ob ich euch zusätzliche Lebensmittel geben könnte?« Zu Birutas Überraschung brach sie in Lachen aus. »Mein liebes Kind! Weißt du denn nicht, daß Konrad Krumpf bei mir wohnt? Daß seine Männer mich mit Adleraugen beobachten? Ich bin Amerikanerin, und sie mißtrauen mir, obwohl sie in meinem Hause wohnen. Ich könnte dir nicht einmal eine Brotrinde geben, Biruta, nicht einmal, wenn ich jetzt eine in der Tasche hätte. Schau einmal unauffällig dort hinüber! Siehst du, wie sie mich beobachten? Und wenn wir zu lange miteinander reden, werden sie auch von deiner Schule Wind bekommen.«
»Von meiner Schule?« wiederholte Biruta erstaunt.
»Ja, von deiner Schule«, bekräftigte die alte Dame und ging ihrer Wege.
Sechs Tage lang bekamen sie einander nicht zu Gesicht. Am sieben-

ten ging Madame Bukowska auf dem Dorfplatz an Biruta vorüber und flüsterte ihr eilig zu: »Ich weiß, du brauchst die Lebensmittel für die Partisanen. Ich kann dir nicht helfen, aber vielleicht weiß Graf Lubonski einen Ausweg.« Und schon war sie vorbeigegangen.

Noch bevor Biruta sich entschließen konnte, Madame Bukowskas erstaunliche Anregung aufzugreifen, begegneten sich die zwei Frauen abermals. Biruta war wieder mit ihren Kindern unterwegs – wie eine pflichtbewußte Mutter, die ihren Sprößlingen die Bäume zeigt oder die Störche auf den Dächern –, als Marjorie müßig vorbeispaziert kam und stehenblieb, um eines der kleinen Mädchen genauer zu betrachten. »Wenn du deinen Mann im Wald mit Lebensmitteln versorgen willst, geh zu Lubonski. Das ist wahrhaftig ein Patriot!«

»Mein Mann ist in Deutschland«, entgegnete Biruta. »Und ich habe keine Schule.«

»Ich werde für dich beten ... für dich und deinen Mann ... und für die Kleinen«, sagte Madame Bukowska, und ihre Augen füllten sich mit Tränen; aber ob sie nun echt waren oder nicht, Biruta konnte kein Risiko eingehen. »Mein Mann ist in Deutschland, und ich habe keine Schule.«

Noch zwei Wochen unterrichtete sie ihre Schüler – mal am Abend, mal früh am Morgen, mal in einer Scheune, mal in der Kirche –, und erst dann stahl sie sich durch den Wald zur Burg Gorka hinüber und verlangte den Grafen zu sprechen. Als Gestapo-Posten sie aufhielten und nach ihrem Begehr fragten, antwortete sie kühn: »Er sucht eine Magd.« Die Männer schoben sie ins Haus und riefen nach dem Grafen. Als dieser aus dem Obergeschoß herunterkam, fragten ihn die Nazis: »Erwarten Sie jemanden, der Arbeit sucht?«

Als Lubonski die junge Frau sah, antwortete er rasch: »Ich suche eine Magd.« Die Nazis ließen sie passieren.

»Was hat dich bewogen, dein Leben zu riskieren?« fragte er sie, als sie oben und allein waren.

»Madame Bukowska hat mich geschickt.«

»Warum?«

Jetzt kam der schreckliche Augenblick, da sie einem Mann vertrauen mußte, mit dem sie noch nie zuvor ein Wort gewechselt hatte, einem Mann, dessen Ansichten sie nicht kannte, einem Mann, der sie in wenigen Minuten erschießen lassen konnte, wenn sie ihn falsch eingeschätzt hatte. Doch an diesem Tag schien das Schicksal ganz Polens von ihr abzuhängen, und während sie instinktiv erkannt hatte, daß der Herr des Bukowskischen Schlosses von fragwürdigem Charakter und unzuverlässig war, fühlte sie, daß Burg Gorka ihr Vertrauen verdiente.

Sie holte tief Atem. »Die Männer im Wald sind am Verhungern.«

Ohne seine Miene im geringsten zu verziehen, erwiderte Graf Lubonski: »Ich möchte nichts mit Partisanen zu tun haben. Und jetzt geh!« Er begleitete sie die Treppe hinunter. Bevor sie den zweiten Stock erreicht hatten, sagte er in ruhigem, gleichmäßigem Ton zu ihr: »In der Scheune am Fluß nahe den Buchen lagern wir Weizen und hin und wieder auch ein frisch geschlachtetes Schwein.«

»Die taugt nichts«, sagte er zu den Gestapomännern, die sie unten wieder in Empfang nahmen. »Die kann ja nicht einmal backen. Wenn Sie von einer hören, die nach deutscher Art backen kann, lassen Sie es mich wissen.« Und Biruta war entlassen.

Mit klopfendem Herzen kehrte sie ins Dorf zurück, wo sich ihr jetzt das Problem stellte, wie sie diese Nachricht ihrem Mann zukommen lassen konnte. Mehrere Tage lang dachte sie über diese Schwierigkeit nach. Es schien praktisch keine Möglichkeit zu geben, in den Szczęker Wald zu gelangen und ihren Mann zu finden, ohne dabei ertappt zu werden. Krumpf hatte Patrouillen aufgestellt, die selbst Männern wie Jan, die sich im Wald gut auskannten, zum Verhängnis werden konnten. Sie dachte daran, ein Kind loszuschicken, kam aber dann zu dem Schluß, daß sie und nur sie sich der Gefahr einer solchen Unternehmung aussetzen durfte.

Für den Fall, daß jemand sie in der Zeit ihres Besuches auf Burg Gorka vermißt hätte, bemühte sie sich einige Tage lang, gezielt auf dem Dorfplatz in Erscheinung zu treten. Eines Abends bei Sonnenuntergang studierte sie die Aufstellung von Krumpfs Posten und schlich sich, sobald es dunkel war, in den Wald.

Ihr Plan war es, sich an den Sternen orientierend, geradeaus zu gehen, bis sie von jemandem angehalten würde. Wenn dieser Jemand eine Nazipatrouille war, würden sie sie töten. Nein, widersprach sie sich immer wieder, um sich gegen das, was ihr möglicherweise bevorstand, zu wappnen, sie würden mich nicht töten. Nicht gleich. Erst würden sie mich foltern, mir vielleicht die Fingernägel ausreißen oder die Zehen abschneiden. Nein, sie würden mich nicht gleich töten. Aber ich werde unsere Leute nicht verraten. Ich werde meinen Mann nicht verraten. Sie wanderte durch die Nacht, warf hin und wieder einen Blick auf die Sterne und begegnete niemandem. Bei Tagesanbruch legte sie sich unter einer großen Buche schlafen, aber schon am Nachmittag setzte sie ihren Weg fort. Immer weiter marschierte sie nach Osten, und als es dämmerte, machte der große Szczęker Wald seinem Ruf alle Ehre, denn sie hörte ein Klirren und kroch vorsichtig darauf zu. Hinter einem Baum hervor erspähte sie eine Gruppe von jungen Männern – gewiß keine Patrouille, möglicherweise aber Partisanen.

Über eine Stunde lang beobachtete sie, während es immer dunkler wurde, diese Männer, und als sie sie Polnisch sprechen hörte, glaubte sie, das Risiko eingehen zu können. Sie blieb hinter dem Baum, um zu vermeiden, daß die Jungen erschraken und auf sie schossen, und rief: »He, polnische Landsleute! Ich bin da!« Aus dem Schutz des Baumes heraus winkte sie mit der Hand.

Sie liefen auf sie zu, hielten sie fest und führten sie in ihr Versteck, wo sie sich bemühten festzustellen, wer sie war. Gleichzeitig versuchte Biruta herauszufinden, mit wem sie es zu tun hatte. Allmählich legte sich ihr Mißtrauen, und sie kam zu der Überzeugung, daß es sich tatsächlich um Partisanen handelte; aber sie sah keine Möglichkeit zu erfahren, ob ihr Mann in der gleichen Gruppe war. Sie konnte ihnen seinen Namen nennen, aber sie kannten ihn vielleicht nur unter seinem Decknamen. Sie wußte nicht einmal, wie die Gruppe hieß, zu der er gehörte, denn er hatte sie nicht mit einem Wissen belasten wollen, das sich bei einem Verhör durch die Gestapo tödlich auswirken konnte. Sie wußte nur, daß ihr Mann sich in diesem riesigen Wald versteckt hielt und Hunger litt.

»Mein Mann ist bei euch«, sagte sie, und jetzt mußten sie mißtrauisch werden; sie konnte ja ohne weiteres ein dummes Mädchen aus dem Dorf sein, von Konrad Krumpf dazu verleitet, für ihn zu spionieren. In Polen mußte jeder jeden verdächtigen, das bekam auch Biruta zu spüren.

Sie stellten ihr viele Fragen, und nun war die Reihe an Biruta, vorsichtig zu sein und daran zu denken, daß jederzeit einer der Partisanen von den Nazis erwischt werden und unter der Folter reden konnte. So wurde weiterhin Desinformation praktiziert, die Männer belogen die Frau, die Frau belog die Männer, und an diesem Abend wurde nichts entschieden. Erst als Biruta am nächsten Morgen zu verstehen gab, daß sie in der Lage sei, Lebensmittel zu beschaffen, spitzten die Männer die Ohren.

Nachdem sie untereinander lange und heftig debattiert hatten, beschlossen sie, die Frau zu einem anderen Lager zu bringen. Zwei Partisanen, immer noch überzeugt, daß Biruta eine Spionin war, warnten davor, aber die Mehrheit setzte sich durch. Sie gingen eine beträchtliche Strecke durch den Wald, und nachdem Signale gegeben und beantwortet worden waren, setzten sie ihren Weg über eine sorgfältig markierte Route fort, bis sie das Versteck einer großen Gruppe erreichten. In der hellen Mittagssonne, die durch die Wipfel schien, sah Biruta ihren Mann, lief auf ihn zu, umarmte ihn und begann vor Freude zu weinen. »Ihr bekommt Lebensmittel«, murmelte sie, während ihr die Tränen über die Wangen liefen.

Die Gestapo-Offiziere, die Majdanek leiteten, wußten von ihrer Verpflichtung, die Fabriken, deren Zweigbetriebe rund um das Lager errichtet worden waren, ständig mit Sklavenarbeitern zu versorgen. Die Unternehmer dieser Fabriken – sie brauchten den Gefangenen nichts zu bezahlen, mußten ihnen aber eine Mahlzeit am Tag verabreichen – gehörten zu den angesehensten Deutschlands; vor dem Krieg hatten sie Niederlassungen von ausgezeichnetem Ruf in Städten wie London, Sydney und New York unterhalten, und ihre Werbung war in Zeitschriften wie *Life* und *The Illustrated London News* erschienen.

Den Häftlingen aus Majdanek, die zum Dienst in diesen Werken abgestellt wurden, tat sich eine bizarre Welt auf: Sie arbeiteten den ganzen Tag hindurch in einer fast normalen Umgebung, bekamen sogar ein richtiges Mittagessen und kehrten abends in das Lager zurück, wo immer noch ein Otto Grundtz ihr Leben beherrschte. Aufsicht über die Sklavenarbeiter führten nicht die deutschen Zivilisten, die die Fabriken betrieben, sondern Angehörige einer Art Werkspolizei der Gestapo. Da aber die in die Fabriken abgestellten Polen von vornherein als Verbrecher galten, neigten ihre deutschen Vorarbeiter dazu, sie auch als solche zu behandeln. Mehr Häftlinge verloren ihr Leben aufgrund willkürlicher Beschuldigungen, die diese Zivilisten gegen sie erhoben, als durch den Genickschuß eines SS-Mannes, dem ihre Nase nicht gefallen hatte. In diesen Fabriken zu arbeiten war äußerst gefährlich, und die Häftlinge lernten sehr schnell, daß sie sich auf jede Arbeit stürzen, Begeisterung zeigen und ihren zivilen Vorgesetzten mit größter Ehrerbietung begegnen mußten, wenn sie nicht sterben wollten.

Andererseits wogen die Vorteile das Risiko oft mehr als auf. Die Männer wurden vor sinnvolle Aufgaben gestellt, nicht aber, wie im Lager üblich, zu grausamer körperlicher Arbeit angehalten. Sie arbeiteten mit anderen intelligenten menschlichen Wesen zusammen und sahen die Resultate dieser Arbeit. Und sie bekamen richtiges Essen, kein nahezu unverdauliches Zeug.

Sabotage ... das war natürlich die tödliche Versuchung. Da die Fabriken Waffen erzeugten, half alles, was die Fertigung verzögerte, den Feinden des Reiches, und wenn ein Produkt tatsächlich unbrauchbar gemacht werden konnte, indem man einen defekten Teil einbaute, war die Wirkung die gleiche, wie wenn eine Granate der Alliierten in die Betriebsanlagen eingeschlagen hätte. Also wurde, wo es nur ging, Sabotage betrieben; Männer, die dabei erwischt wurden, mußten mit Erschießung rechnen. Und doch dachte sich fast jeder polnische Arbeiter irgendeine neue und teuflisch schlaue Methode aus, um die Produktion aus dem Schritt kommen zu lassen. Sabotage war ein unerschöpfliches, allumfassendes Schachspiel mit dem Tod als Gegner, und so mancher Pole legte dabei eine erstaunliche Geschicklichkeit an den Tag. Es gab aber auch einige deutsche Aufseher, die die satanische Gabe besaßen, absichtliche Beschädigungen vorauszuahnen.

Als Szymon Bukowski aus der Schusterei entfernt und wie ein Sack Kartoffeln in der Berliner Elektrizitätsgesellschaft abgeladen wurde, deren Werke in Pittsburgh und Chicago ausgezeichnete Bauteile hergestellt hatten, gelangte er in eine widersprüchliche Welt, denn er wurde dort zwei Vorarbeitern unterstellt, deren aufrichtiger Wunsch es war, ihm beizubringen, wie man die Maschinen bediente, und die ihm jede mögliche Unterstützung zuteil werden ließen. Es waren fachlich überdurchschnittlich geschulte Männer, hochqualifizierte Spezialisten, die in ihm, was seine geistigen Anlagen betraf, einen Gleichgestellten erkannten, der es unter Umständen so wie sie zur

Meisterschaft bringen konnte. Mit einem Lagerinsassen wie Bukowski arbeiten zu können stellte für sie einen besonderen Vorzug dar.

Sie ließen nicht mit sich spaßen. »Wenn auch nur der Verdacht auf dich fällt, du hättest Sabotage getrieben, erschießen sie dich.« Aber sie führten keine schwülstigen Reden, wie viele der anderen Aufseher es taten: »Du stellst diese Maschine her, um den Ruhm des Dritten Reiches zu mehren!« Sie machten ihre Arbeit, weil eine gute Maschine an sich schon eine vollendete Leistung darstellte, und es war ihr Bestreben, die beste zu bauen. Es gab nicht viel Sabotage in ihrer Abteilung, weil sie sich rasch Leute vom Hals schafften, die keine Achtung vor guter Arbeit hatten, und denen freundlich entgegenkamen, die diese Achtung besaßen..

Dennoch blieb es Bukowski nicht lange verborgen, daß in seiner Abteilung der Berliner Elektrizitätsgesellschaft etwas im argen lag, und eines Tages hörte er, wie sich die zwei Männer über einen wichtigen Aspekt dieses Problems unterhielten. »Wenn wir nur einen Mann wie Bukowski auf Dauer behalten könnten«, sagte der eine, und der andere brummte: »Es liegt an diesem verdammten Mannheim!« Szymon begann nun, diesen Mann zu beobachten, und entdeckte, daß seine Aufseher recht hatten: Sobald ein Gefangener aus Majdanek bei der komplizierten Montage elektrischer Apparate eine gewisse Fertigkeit erworben hatte, wurde er von seiner Arbeitsstelle entfernt und ins Lager zurückgebracht, wo man ihm die niedrigsten Dienste oder die brutalste und gesundheitsschädigendste Schwerarbeit zuwies – ganz so, als ob Otto Grundtz ihn für seinen »Urlaub« in der B. E. G. bestrafen wollte.

Und dann war er an der Reihe. Gerade als er sich mit allen Produktionsverfahren in seiner Abteilung der B. E. G. vertraut gemacht hatte, wurde er aus der Arbeit herausgerissen und zu den schweren Betonwalzen abkommandiert, die die Fahrwege im Lager planierten. Auch teilte man ihn in die Schlangen ein, die bei der Essensausgabe die mieseste Futterage erhielten, und er spürte, daß die Kräfte, die er in der B. E. G. hatte sammeln können, allmählich erlahmten.

Deshalb freute es ihn natürlich, als er nach einiger Zeit wieder in die B. E. G. versetzt wurde, und noch mehr freute es ihn, daß die Inspektoren seiner alten Abteilung ihn wiedererkannten und sofort für die

Arbeit an ihrem Montageband einteilten. Bald gab ihm das gute Essen seine Kräfte und seine Begeisterung wieder, und er war bei der Arbeit fast glücklich. Die schikanösen Maßnahmen, mit denen Otto Grundtz alle Männer morgens und abends quälte, die seiner Gerichtsbarkeit tagsüber entzogen waren, ließen sich ertragen, aber da gab es nun ein anderes Problem, das Szymon mächtig zu schaffen machte: Seit Professor Tomczyks Tod hatte er keinen älteren Mann mehr, bei dem er sich hätte aussprechen können. Er wandte sich versuchsweise an einen Leidensgefährten, dessen Kompromißlosigkeit er sehr bewunderte, einen Förster aus der Hohen Tatra, und bat ihn um Rat.

»Ich glaube, daß die Teile, die ich herstelle, in deutsche Panzer eingebaut werden. Es wird ständig inspiziert, und wenn sie einen Saboteur erwischen, erschießen sie ihn. Was soll ich tun?«

»Brenn die verdammte Fabrik nieder!«

»Aber sie beobachten uns doch ständig!«

»Zünd alles an!«

Dieses erste Gespräch half Szymon nicht viel weiter, auch die folgenden nicht. Der Mann aus den Bergen vereinfachte alles und erwartete, daß jeder so reagiert, wie er es tat. Eines Nachts erzählte er flüsternd:

»Kam da der Generalgouverneur Hans Frank persönlich nach Zakopane, und wir Bergbewohner wurden aufgefordert, unsere farbenprächtigen Trachten anzulegen. So spielten wir also auf unseren Instrumenten, wir tanzten, die Röcke der Mädchen flogen hoch, und Frank rief: ›Das ist das wahre Polen!‹ Er fuhr nach Krakau zurück und gab Befehl, in den Bergen einen Freistaat mit allem Drum und Dran zu errichten. ›Bruderschaft des Bergvolkes‹ sollte er heißen, und wir sollten den ganzen Tag unsere Trachten tragen und Musik machen, und nach dem Krieg würden Touristen aus ganz Deutschland kommen, hieß es, um uns zu bewundern. Ja, und wir sollten auch eine Menge schnitzen.

Bei Gott, er meinte es ernst! Er gründete die ›Bruderschaft des Bergvolkes‹ und ernannte diesen Hornochsen Krzeptowski zum König oder Präsidenten oder sonstwas von unserem neuen Staat. Wir sollten sogar unsere eigenen Briefmarken haben!

Weißt du, was wir gemacht haben? Wir haben uns in einer Scheune zusammengesetzt und uns gesagt: ›Es gibt nur eines, was wir mit Krzeptowski machen können – wir müssen den Armleuchter aufhängen.‹ Und als die Gestapo gerade nicht in der Stadt war, legten wir dem König einen Strick um den Hals, zogen ihn hoch und ließen ihn baumeln. Die Gestapo geriet außer Rand und Band, erschoß ein halbes Dutzend und schickte den Rest von uns nach Majdanek. Ein Mann, der unlängst hier ankam, erzählte mir, daß Frank seinen Plan mit dem Karpatenkönigreich aufgegeben hat. Er hat gemeint, das Bergvolk wäre noch nicht reif dafür.«

Als Bukowski eines Morgens zum Appell antrat, bevor er in die B. E. G. gebracht wurde, sah er, daß rund um den Galgen das tödliche Karree gebildet wurde. Otto Grundtz persönlich führte den Förster zum Richtplatz. Als der Mann aus den Bergen auf dem Schemel stand, schrie er: »Brennt das Scheißlager nieder!« Noch viele Tage lang gellte Szymon dieser Ruf in den Ohren.

Nachdem er den üblichen Fünf-Monate-Turnus bei der B. E. G. abgedient und danach sechs entsetzliche Wochen damit verbracht hatte, Massengräber für die in den Feldern erschossenen Juden auszuheben, kam er wieder in die B. E. G. zurück. Die zwei Vorarbeiter hießen ihn mit einer halben Flasche wirklich guten Weins willkommen und machten ihn zu einer Art Aufseher – nicht über seine polnischen Kameraden, denn diese Posten mußten von Deutschen besetzt sein, sondern über den Strom von Materialien und Gütern in das und aus dem Werk. Während dieser Arbeit fand er eines Tages auf dem Fußboden ein bedeutsam aussehendes Dokument. Er wußte sofort, daß es nicht für seine Augen bestimmt war, aber er bückte sich, ohne jemandes Aufmerksamkeit zu erregen, hob es auf und stopfte es in seine Hose.

Obwohl es eine tödliche Gefahr für ihn bedeutete, schmuggelte er das Papier in Baracke 11. Als er es lesen wollte, stellte er fest, daß es deutsch geschrieben war. Er kannte einen deutschsprechenden Mithäftling, der am anderen Ende der Baracke untergebracht war. Der nahm es schweigend entgegen und kam eine Weile später zurück, um es Szymon im Flüsterton vorzulesen:

Dr. Siegfried Mannheim

»Wir haben festgestellt, daß ein erwachsener Mann, der schwere körperliche Arbeit verrichtet, dreitausendfünfhundert Kalorien am Tag verbraucht, zweckmäßig verteilt unter Fetten, Kohlehydraten und Eiweißstoffen. Bei einer solchen Diät ist auch für Vitaminzufuhr gesorgt; weitere Zusätze erübrigen sich.
Im Lager Majdanek wird den Feinden des Dritten Reiches, die, sobald ihre Nützlichkeit erschöpft ist, zu liquidieren sind, eine Kost von neunhundert Kalorien verabreicht. Dies ist ausreichend, wenn der Häftling Schwerarbeit ohne Rücksicht auf nervliche Belastung zu leisten hat. Kommen aber solche Leute in die B.E.G., sind sie nicht fähig, die dort geforderten feinen Arbeiten auszuführen. Sie machen mehr kaputt, als sie herstellen, und nicht immer ist Sabotage der Grund dafür. Nach meiner Meinung hat zumindest die Hälfte der Männer, die regelmäßig wegen Sabotage erschossen werden, sie nur getrieben, weil sie zu schwach waren, sie zu verhindern.
Häftlinge, die sich in der B.E.G. zum Dienst melden, bedürfen einer täglichen Aufnahme von mindestens achtzehnhundert Kalorien. Damit können sie die ihnen gestellten Aufgaben erfüllen, die keine rohe Kraft, wohl aber eine gute Koordination von Augen und Händen erfordern.
Hier stellt sich uns nun ein Problem. Bei täglich neunhundert Kalorien und harter Arbeit bleiben die Gefangenen fügsam; sie haben nichts anderes im Kopf als ihre nächste Mahlzeit und kindische Pläne, irgendwie einen Bissen dazuzustehlen. Sie lassen sich leicht überwachen. Aber bei achtzehnhundert Kalorien kommen sie allmählich wieder zu Kräften, gewinnen ihre geistige Schärfe zurück, und ehe man sich versieht, beklagen sie sich über Lüftung, Licht, Qualität der Speisen, mangelnde Freiheit und dergleichen. Mit unserem guten Essen schaffen wir uns selbst Probleme.
Dies scheint ein Teufelskreis zu sein, aber er läßt sich durchbrechen. Wir müssen nur sorgfältig anmerken, wann genau ein Häftling das Lager verläßt und in der B.E.G. seinen Dienst antritt, und dürfen ihn

nur fünf Monate lang auf erhöhte Rationen setzen, denn dies scheint die Frist zu sein, nach deren Ablauf er anfängt, Schwierigkeiten zu machen. Nach diesen fünf Monaten muß er ins Lager zu Schwerarbeit bei neunhundert Kalorien zurückgeschickt werden. Das wird seinen Widerstand brechen, und nach sieben Monaten im Lager können wir ihn wieder in der B. E. G. verwenden, ohne fürchten zu müssen, daß er renitent wird.

Aus anderen Fabriken, die schon seit 1937 Sträflinge als Arbeitskräfte eingestellt haben, wissen wir, daß die Verwendbarkeit eines Menschen ihr Ende erreicht, sobald er diese Kalorienleiter drei- oder viermal hinauf- und hinuntergeklettert ist. Daher sollte der Häftling nach seiner letzten turnusmäßigen Verwendung in der B. E. G. ins Lager zurückgebracht, zur schwersten Arbeit angehalten, mit neunhundert Kalorien im Tag verpflegt und dazu animiert werden, ein für alle Male zu verschwinden.«

Nachdem er sich den entsetzlichen Inhalt des Dokuments erst einmal richtig bewußt gemacht hatte, war es für Szymon klar, daß dieses Papier irgendwie in den Untergrund gelangen mußte; wenn es nach London hinausgeschmuggelt werden konnte, würde es als Beweis für die Unmenschlichkeit dienen, die mit vollem Wissen und mit der Unterstützung führender deutscher Industrieunternehmen praktiziert wurde. Doch der Mann, der es übersetzt hatte, wollte nichts mehr damit zu tun haben. »Zu gefährlich! Die erschießen dich doch glatt, wenn sie es bei dir finden!«

So mußte Szymon selbst sehen, wie er zurechtkam. Drei gefährliche Tage lang trug er es am Körper versteckt, bis es Schweißflecken bekam. Am dritten Tag ging er ein enormes Risiko ein, als er es einer Polin zusteckte, die in der Küche der B. E. G. arbeitete. Sie wieder setzte ihr Leben aufs Spiel, um es aus der Fabrik hinauszuschmuggeln. Andere Untergrundkämpfer bewiesen Heldenmut, als sie das gefährliche Papier außer Landes und schließlich nach Washington gelangen ließen.

Dort studierte Jefferson Rigaud Riverton, ein Beamter des Außenministeriums, das schweißgetränkte Dokument, das auf seinem Schreibtisch lag, drehte es angewidert mehrmals herum und schob es dann mit den Fingerspitzen zur Seite. »Jüdische Propaganda. Und nicht sehr geschickt gemacht. Legen Sie's ab«, wies er seine Sekretärin an. Elf Jahre nach Kriegsende fand man es in einer vollgestopften Lade, und nicht einmal dann glaubte man an seine Echtheit.

Eine ähnliche Wirkung wie auf Szymon übten die Kalorien auch auf das Storchkommando aus. Nachdem die Männer häufig Raubzüge in die entlegene Scheune von Burg Gorka durchgeführt und anständiges Essen in ihren Bäuchen hatten, entwickelten sie einen Wagemut, den sie bisher nicht besessen hatten, und während um Stalingrad immer erbitterter gekämpft wurde und die Nazigrößen im Generalgouvernement die ersten Angstgefühle verspürten, dachte sich Jan Buk eine Aktion aus, die seine Kameraden durch ihre originelle Planung bestach und die Deutschen in Krakau in Angst und Schrecken versetzte.

Neunzehn Partisanen des Storchkommandos schlüpften durch den Verteidigungsring um Krakau, ließen aber die Stadt selbst links liegen und marschierten eine kurze Strecke westwärts zu dem Dorf Tyniec an der Weichsel, wo sie im Schutz einer alten Ruine aus Baumstämmen und allem Treibholz, das sie finden konnten, ein großes Floß zimmerten. Darauf häuften sie eine riesige Menge Dynamit, das sie in den vergangenen eineinhalb Jahren aus verschiedenen Arsenalen der Deutschen gestohlen hatten, und bedeckten es mit Heu. Dann tauchten sie in den Fluß. Auf dem Floß blieben zwei Jungen, die sehr bäuerlich aussahen, zurück, um das Heu zu bewachen.

Die siebzehn Schwimmer trieben das Floß rasch in Richtung Krakau voran; als sie die große Brücke erreichten, die das südliche und das nördliche Ufer des Flusses verband, versteckten sie sich unter den schützenden Bogen. In der Nacht beförderten sie das Dynamit zu einem Elektrizitätswerk, das den größten Teil der Stadt mit Strom versorgte. Mit unendlicher Geduld und ein enormes Risiko in Kauf nehmend, gelang es ihnen, Drähte zu zerschneiden, ohne die Wachen zu alarmieren und Signale auszulösen, und die Ladungen unmittelbar an die Mauern anzusetzen. Aus einer so geringen Entfernung, daß ein berufsmäßiger Sprengmeister wie Espenlaub gezittert hätte, zündeten sie eine gewaltige Explosion, die das E-Werk weitgehend zerstörte. Dann mischten sie sich mit gefälschten Ausweisen unter die Menge, die sich rasch ansammelte, um dem Feuer zuzusehen, durchbrachen dreist die Postenkette der Polizei und kehrten in ihren Wald zurück.

Die Wut, die Hans Frank erfaßte, als ein E-Werk vor seiner Haustür in die Luft gejagt wurde, bedeutete keine Gefahr für das Storchkommando, denn der Geheimdienst der SS versicherte ihm, daß die Partisanen aus der Gegend um Kattowitz gekommen sein mußten; vom Osten her hätte keiner die Absperrungen durchbrechen können. Er ergriff harte Vergeltungsmaßnahmen gegen die Bevölkerung im westlichen Landesteil und übermittelte allen seinen untergeordneten Stellen eine überraschend zutreffende Einschätzung der Lage:
»Die Sicherheitsmaßnahmen in Krakau sind so streng, daß die Terroristen vermutlich von außerhalb gekommen sind, möglicherweise sogar aus beträchtlicher Entfernung. Ich schließe nicht aus: Selbst Warschau könnte ihre Operationsbasis gewesen sein. Daher wünsche ich, daß Sie, wo immer sich Ihr Kommando befindet, von der Annahme ausgehen, es seien Leute aus Ihrem Bezirk gewesen, die sich dieses Verbrechens schuldig gemacht haben. Denken Sie daran, daß neun deutsche Arbeiter bei dieser Explosion den Tod gefunden haben; es gilt daher Mord zu sühnen. Gehen Sie demgemäß vor.«
Als Konrad Krumpf diese Instruktionen erhielt, legte er sie wie eine Ermächtigung zu etwas aus, das er schon lange hatte tun wollen. Daß Partisanen aus seinem Bezirk das Verbrechen verübt haben könnten, hielt er für unmöglich, aber es gab guten Grund zu der Annahme, daß einige Polen aus seinen Dörfern die Partisanen, die sich im Wald verbargen, mit Lebensmitteln versorgten. Er ordnete eine neuerliche Fahndung nach Verstecken von Weizen oder Handmühlen an.
Dem Führer des Suchkommandos gab er einen Hinweis: »Jemand – der Name tut nichts zur Sache – hat die Vermutung geäußert, diese Buk könnte den Partisanen Lebensmittel in den Wald bringen. Sie besitzt vielleicht immer noch eine Handmühle.« Der Offizier erblickte in dieser Mitteilung – zweifellos zu Recht – die Aufforderung, Biruta hart anzufassen, um ihr möglicherweise Informationen zu entlocken. Darum ließ er sie nach einer neuerlichen gründlichen Haussuchung, die wieder erfolglos verlief, in die Vernehmungsbaracke am anderen Ende des Dorfes bringen, wo er sie selbst einem Verhör unterzog.
Er folterte sie nicht; das hätte sich im Dorf herumgesprochen und die öffentliche Ordnung gestört. Er schlug sie einfach mit der Faust zu Boden, wenn ihre Antworten ihm nicht behagten, und immer wenn sie sich mit blutendem Mund wankend aufrappelte, stellte er ihr neue

Fragen und schlug sie abermals zu Boden, wenn sie weiterhin in ihrem Starrsinn verharrte.
So trieb er es einige Stunden lang, preschte stets am wahren Stand der Dinge vorbei und kam ihnen doch oft sehr nahe. »Während dein Mann in Deutschland arbeitet, hast du einen Geliebten im Wald, nicht wahr? In der Nacht, wenn wir nicht aufpassen, schleicht er sich in dein Haus, nicht wahr? Ist er auch gut im Bett? Liebst du ihn so wie deinen Mann?«
Sie sagte nichts. Er schlug sie von neuem. Doch dann änderte er seine Taktik: »Wer sagt eigentlich, daß dein Mann wirklich in Deutschland ist? Hat ihn dort jemand gesehen? Ich weiß von der Postkarte und von der offiziellen Mitteilung, aber wer kann das bestätigen? Weißt du, was ich glaube? Ich glaube, daß dein Mann hier in Polen ist.«
Wieder blieb sie ihm die Antwort schuldig, wieder hagelten Hiebe auf sie nieder, bis sie schließlich regungslos liegenblieb. Aber selbst jetzt noch hütete sie sich, ihm durch einen Wehlaut, ein Zucken ihrer Lippen zu verraten, wie nahe er der Wahrheit gekommen war.
Fast eine Stunde lang ließ er sie auf dem kalten Boden liegen; dann erhob sie sich aus eigenem Antrieb. Nach einer Weile schickte er sie heim, warnte sie aber davor, irgend jemandem zu erzählen, wie es ihr bei der Vernehmung ergangen war. Doch ihr Gesicht war so zerschunden, und sie ging so schwankend, daß sie nichts zu sagen brauchen würde.
Er hatte nichts aus ihr herausbringen können, und doch hatte er, ohne es zu wissen, einen bedeutenden Erfolg erzielt: In Zukunft würde sie es nicht mehr wagen, die Kinder zu unterrichten. Er hatte ihr damit die letzte Möglichkeit genommen, ihrem Haß auf die deutschen Besatzer sichtbaren Ausdruck zu verleihen.
Sie kehrte in ihr Haus zurück, setzte sich, ohne ein Licht anzuzünden, und starrte auf den Boden.
Am späten Nachmittag des 2. November 1943 erhielt der neue Kommandant des Konzentrationslagers Majdanek, SS-Obersturmbannführer Martin Weiß, ein dicker, kleiner, schwammiger Mann, der nie jemandem in die Augen sah, in verschlüsselter Form eine Reihe von Instruktionen, mit denen er seine Amtszeit auf höchst dramatische Weise einleitete: BETRIFFT UNERWÜNSCHTE. IHR LAGER TOTAL ÜBERFÜLLT. ERNTEFEST.

Als die Gefangenen am 3. November noch im Dunkeln zum Morgenappell antraten, nahm Szymon Bukowski ungewohnte Bewegungen wahr, und noch bevor es dämmerte, kam Otto Grundtz die Reihe entlanggestürmt und suchte Häftlinge scheinbar aufs Geratewohl heraus. Die Sturmmänner, die ihm folgten, packten die Ausgesuchten und rissen sie aus der Reihe. Auch Bukowski gehörte dazu, warum, wußte keiner zu sagen, doch als er die anderen sah, die Otto Grundtz ausgewählt hatte, stellte er fest, daß sie alle jüngere Leute waren, die noch etwas Kraft in ihren ausgemergelten Leibern hatten, und er mußte annehmen, daß man sie erschießen würde, weil sie sich mit dem Sterben zu lange Zeit gelassen hatten.

Die Ausgesonderten, neunundzwanzig an der Zahl, wurden weggeführt, wie das immer geschah, wenn Massenmorde geplant waren, und nicht Hinrichtungen einzelner durch den Strang. Als sie den dreifachen, elektrisch geladenen Zaun erreichten, der das Feld IV umschloß, öffnete sich das Tor. Man befahl ihnen durchzumarschieren und nach links zum Richtplatz abzubiegen, einem Hügel, wo Maschinengewehre gleichzeitig viele Gefangene erledigen konnten.

Es dämmerte schon, und während er, geduckt dahinwankend, gegen den schneidenden Wind ankämpfte, der über das weite, flache Land blies, dachte Bukowski, wie traurig es doch war, für nichts und wieder nichts zu sterben. Professor Tomczyk war gehängt worden, weil er versucht hatte, die Moral der Gefangenen von Baracke 11 zu stärken. Der Förster aus der Hohen Tatra hatte sterben müssen, weil er ein echter Revolutionär gewesen war. Aber diese jungen Männer hier hatten nichts Besonderes getan; weder hatten sie zum Kampf für die Freiheit aufgerufen, noch hatten sie sich nachweislich dem Dritten Reich widersetzt. Man würde sie einfach so erschießen.

Doch dann kamen vom anderen Ende des Lagers auf den Feldern nahe dem Haupttor zwei andere Züge; einer davon bestand aus vor Kälte zitternden Männern in dünnen Lumpen, viele von ihnen barfuß und ohne Mütze, verbraucht und abgezehrt. Der zweite umfaßte Frauen und Kinder, Hunderte oder vielleicht sogar Tausende gebrechliche Geschöpfe, manche zu schwach, um allein zu gehen; andere Frauen mußten sie stützen. Am lebhaftesten waren die Kinder, besonders die kleinen Mädchen von sieben oder acht Jahren, die mit

einer gewissen Ungeduld daherkamen. Sie freuten sich wohl, daß man sie endlich aus ihren engen Baracken freigelassen hatte.
So gut wie alle Erwachsenen in dieser zweiten Kolonne schienen dem Hungertod nahe zu sein, und es war klar, daß diese Häftlinge noch weniger zu essen bekommen hatten als die Gefangenen auf Feld IV. Bukowski fragte sich, was das wohl für einen Grund haben konnte. Dann sah er, daß alle in diesen endlosen Zügen den gelben Stern trugen. *Sie* würde man erschießen, nicht ihn.
Unerwünschte war der Deckname für die Juden. Die Führer des Dritten Reiches hatten eine grundsätzliche Entscheidung getroffen: Diese Menschen, die einer anderen Glaubensgemeinschaft und – so behaupteten die Nazis – einer anderen Rasse angehörten, ließen sich in keiner Weise in das große, reine Deutschland eingliedern, das im Entstehen war. Bis zu diesem Tag waren in Majdanek über 100000 Juden umgebracht worden; da aber jetzt die Möglichkeit bestand, daß die Russen in absehbarer Zeit die deutschen Linien durchbrachen und die großen Vernichtungslager wie Bełżec und Treblinka überrannten, bevor noch alle Juden in Europa ausgerottet werden konnten, hatte das Oberkommando in einem Anfall von Panik beschlossen, alle noch lebenden »Unerwünschten« schnell aus dem Weg zu räumen, solange sich dies noch in ordentlicher Weise durchführen ließ.
Tausend Juden marschierten an diesem kalten Morgen den Hügel hinauf, dann fünftausend, dann fünfzehntausend, mehr als die Bevölkerung mancher Orte, die auf der Landkarte als Städte ausgewiesen waren, und die abgestumpften Gefangenen aus Feld IV, die den Tod bereits in allen möglichen Variationen gesehen hatten, empfanden großes Mitleid für die abgezehrten Männer und Frauen, die kaum imstande waren, sich zum Ort ihrer Hinrichtung hinaufzukämpfen. Überwältigendes Mitleid erfüllte sie angesichts der Kinder.
Als Szymon die Hügelkuppe erreichte, sah er zwei MG-Abteilungen am westlichen Rand eines tiefen Grabens, und er begriff, daß man die Juden entlang des östlichen Randes aufstellen und niederschießen würde. Seine Aufgabe würde es sein, die Leichen in den Graben zu werfen, um es den MG-Schützen zu ermöglichen, die nächste Gruppe zu liquidieren.

Die erste Gruppe war gemischt: etwa vierzig ältere Männer, ein paar junge, zwanzig Frauen und neun Kinder zwischen drei und fünfzehn Jahren. Im Morgengrauen standen sie vor ihren Mördern, und als letztes sahen sie die schöne Silhouette Łublins, die mittelalterlichen Kirchentürme und die Konturen des hochgelegenen Schlosses, in dessen Kapelle auch an diesem Tag Männer und Frauen wie sie selbst vor Gericht gestellt, erschossen und über eine Treppe hinuntergeworfen werden würden.

RATATA! tackerten die Maschinengewehre. Die Körper sackten zusammen. Otto Grundtz und zwei andere SS-Offiziere schritten die Reihen der Gefallenen ab und gaben jedem Opfer, das sich noch bewegte, mit ihren Revolvern den Gnadenschuß. Und dann die kalte, nüchterne Stimme des Untersturmführers: »Werft sie in den Graben!«

Den ganzen Tag schoben sich die Reihen den Hügel hinauf; den ganzen Tag, alle zehn oder fünfzehn Minuten, nahmen Gruppen von Juden am Rand des Grabens ihren Platz ein, und die miteinander verschlungenen Leichen unter ihnen verrieten ihnen, was sie erwartete. Einige beteten. Andere sangen. Frauen umklammerten Kinder, und etwas ältere Jungen und Mädchen sahen einander verwirrt und verzweifelt an.

RATATA! Stundenlang dauerte das entsetzliche Schauspiel, bis über 18000 Menschen ermordet waren. Als sich die Reihen zu lichten begannen, flüsterte ein Mann Szymon zu: »Sobald die Juden erledigt sind, kommen wir dran. Das machen sie immer so. Es darf keine Zeugen geben.« Und als die Abenddämmerung niedersank, ertappte sich Szymon Bukowski, dieser ehrenwerte Mann, dabei, daß er hoffte, es würden noch ein paar Juden mehr den Hügel ersteigen, so daß er noch ein paar Minuten länger leben könnte.

Doch an diesem Tag wurden die Totengräber nicht erschossen. Jemand hatte vergessen, einen entsprechenden Befehl zu geben.

Selbst als der tiefe Graben mit seinem grauenhaften Inhalt zugeschüttet war, gab es noch Arbeit zu tun. Eine Anzahl von Beamten tippte endlose Listen der Hingerichteten: Nummer, Name, Geburtstag, Herkunft und Abstammung, Todestag und mutmaßliche Todesursache – und dennoch gab es zahllose Juden, deren Tötung nicht amtlich erfaßt wurde.

Nr.	Name	Geburtstag	Nationalität	Rassenzugehörigkeit
12 187	Grundwald Neftali	28. 3. 12	Rumäne	Jude
188	Selig Israel	1. 4. 22	Ungar	Jude
189	Kirschner Salomon	14. 3. 22	Italiener	Jude
12 190	Blechman Isidor	9. 9. 27	Niederländer	Jude
191	Seidenwar Judko	11. 7. 08	Grieche	Jude
192	Blum David	23. 6. 07	Slowake	Jude
193	Brzosowski Piotr	13. 8. 24	Pole	Jude
194	Jiszko Antoni	19. 3. 26	Pole	Jude
195	Kozlowski Stefan	7. 7. 27	Pole	Jude
196	Przebik Stefan	4. 5. 05	Pole	Jude

Nr.	Todestag	Todesursache
12 187	3. 11. 43	Lungentuberkulose
188	3. 11. 43	Lungentuberkulose
189	3. 11. 43	Lungentuberkulose
12 190	3. 11. 43	Lungentuberkulose
191	3. 11. 43	Akute Herzschwäche
192	3. 11. 43	Akute Herzschwäche
193	3. 11. 43	Akute Herzschwäche
12 194	3. 11. 43	Grippe
195	3. 11. 43	Grippe
196	3. 11. 43	Grippe

Die methodisch so versierten Herren über das Lager Majdanek fanden nichts Absurdes dabei, in ihren Listen einzutragen, daß am 3. November 1943 genau 18 341 Menschen fast in ein und demselben Augenblick an Lungentuberkulose, akuter Herzschwäche oder Grippe gestorben waren und daß diese Krankheiten ausschließlich Juden befallen hatten. Lagerkommandant Martin Weiß hatte sich seiner ersten richtigen Aufgabe brillant entledigt.
Im Alter von einundsiebzig Jahren mußte Marjorie Trilling-Bukowska zugeben, daß sich die Spannungen des Krieges ungünstig auf ihre Gesundheit auswirkten, und sie hörte aufmerksam zu, als ihr Sohn Ludwik ihr empfahl, die Einladung von Freunden in Chicago anzunehmen und in die Staaten zurückzukehren, wo sie mit besserer ärztlicher Pflege rechnen konnte.
»Wie kann ich ein Kriegsgebiet verlassen und feindliche Linien durchqueren, um in ein anderes zu reisen?« fragte sie ihren Sohn. Seine Antwort entsetzte sie. »Ich habe Freunde. Und Gefangene werden auch ständig ausgetauscht.«
Er hat Freunde, dachte sie. Und wer waren diese Freunde wohl, daß sie einen solchen Menschenhandel möglich machen konnten? Keine Frage, daß er sich dabei auf seine Nazi-Kumpane bezog, und daraus ergab sich ein Problem; denn von seinen deutschen Freunden kannte sie nur Konrad Krumpf, und diesen Mann um Hilfe zu bitten erschien ihr völlig unmöglich.
Sie war gezwungen, etwa viermal die Woche mit Krumpf zu Abend zu essen; aber es gab Entschädigungen: Er versorgte das Schloß mit großen Mengen guten Essens, und die Mahlzeiten boten ihr Gelegenheit, ihren Sohn zu beobachten, dessen ungewisse Zukunft ihr immer schon Sorgen gemacht hatte. Er war nach seinem Vater geraten, nicht nach ihr, ein leichtlebiger, willensschwacher Mann, und sein Desinteresse an Frauen hatte sie schon immer befremdet. Eine zaudernde Haltung gegenüber weiblichen Reizen hätte man seinem Vater nicht vorwerfen können, dessen Hauptbeschäftigung in Wien darin bestanden hatte, hübschen Mädchen nachzujagen. Was hinter Ludwiks verwirrender Einstellung in dieser doch nicht unwesentlichen Sphäre menschlichen Verhaltens steckte, war schwer zu sagen; es mochte, so meinte sie, daran liegen, daß er in zwei Welten hineingeboren worden war: ihre internationalen Interessen auf der einen,

die eher provinzielle Konzentration seines Vaters auf die Pferde auf der anderen Seite. Mit Sicherheit wußte sie nur, daß Ludwik Bukowski, der nach ihrem Tod Herr über zwei prächtige Schlösser und Empfänger eines beträchtlichen Einkommens aus einem in Illinois angelegten Vermögen sein würde, ein höchst unbefriedigter und unreifer Mensch von dreiundvierzig Jahren war. Völlig unklar war ihr, wie er sich in der kritischen Situation verhalten würde, die aus dem Osten auf sie zukam, wo die russischen Armeen immer eindrucksvollere Siege erfochten, was Marjorie wechselweise mit Entzücken und Besorgnis erfüllte. Es entzückte sie, daß die deutschen Terroristen Niederlagen hinnehmen mußten, aber als Tochter eines amerikanischen Kapitalisten vermutete sie, daß die kommunistischen Sieger sich als fast ebenso bösartig wie die Nazis erweisen würden, und sie fragte sich, ob Ludwik stark oder auch klug genug sein würde, dieses wunderschöne Schloß vor den zurückweichenden Deutschen oder den anstürmenden Sowjets zu schützen. Sie hatte guten Grund anzunehmen, daß er es nicht sein würde. Darum fühlte sie jetzt, da sie mit Ludwik zu ihrer Rechten und Konrad Krumpf zu ihrer Linken dort saß, wo sie mit Paderewski, mit Caruso und Sarah Bernhardt einst unvergeßliche Abende verbracht hatte, wie die Welt langsam auseinanderbrach und mit ihr auch die Mauern dieses Schlosses.

Nur eine einzige Hoffnung blieb ihr. In den langen Jahren ihrer Ehe mit Viktor Bukowski hatte sie dessen Aussichten oft ebenso trübe beurteilt wie jetzt die ihres Sohnes, und doch hatte Viktor den einen glorreichen Tag von Zamość erlebt und war, wie das Porträt am anderen Ende des Saales bewies, als »Held von Zamość« in die polnische Geschichte eingegangen. Ein Unterschied war allerdings nicht zu übersehen: Nie war an den lieben, netten, leichtfertigen Viktor eine echte moralische Versuchung herangetreten; gewiß, gegenüber der Dienstmagd Jadwiga hatte er sich ziemlich mies benommen und nicht besonders vernünftig gegenüber der Pianistin Krystyna Szprot, aber er war nie mit der fundamentalen Frage verräterischer Beziehungen und der Bedeutung von Bürgerrechten und -pflichten konfrontiert gewesen. Als es zum Krieg kam, bestieg er sein Pferd, und kinetische Energie besorgte den Rest. Der arme Ludwik würde sich mit unendlich komplexeren Problemen herumschlagen müssen, und was seine Mutter beobachtete, räumte ihre Bedenken keineswegs aus.

»Ich habe getan, was ich versprochen habe«, verkündete Krumpf eines Abends beim Essen.
»Sie meinen in bezug auf Berlin?« fragte Ludwik.
»Jawohl. Meine Mitteilung hat Göring erreicht, und er hat mich eben wissen lassen, daß es ihm ein Vergnügen sein würde.«
»Das freut mich wirklich«, versetzte Ludwik, aber als seine Mutter wissen wollte, um was es ging, wich er aus.
Krumpf jedoch, Anerkennung heischend und stolz auf das, was er zusammengebracht hatte, bemühte sich, gefällig zu sein: »Als ich das erstemal zu Ihnen kam, Madame Bukowska, sagte ich Ihnen, wie beeindruckt, wie sehr beeindruckt ich von dem Holbein war, der jetzt in meinem Zimmer hängt. Daß Sie einem deutschen Bild einen Ehrenplatz gegeben hatten, gefiel mir sehr. Ich dachte oft daran, an die Ehre, die Sie unserem Lande erwiesen haben, und ich schickte einen Bericht an Hermann Göring. Sie wissen ja, daß er eine große Sammlung einrichtet.«
Marjorie wurde es übel. Dieser schmierige Kerl hatte sich hinter ihrem Rücken auf einen Kuhhandel mit ihren Bildern eingelassen!
»Ein Jahr lang hörte ich nichts mehr, und Sie können mir glauben, es ist schon recht ärgerlich, wenn man hier sozusagen am Ende der Welt sitzt und eine Antwort ausbleibt. Ich hatte gehofft, der Holbein oder vielleicht der Correggio würde Göring reizen, aber als ich bei meinem Besuch in Berlin Erkundigungen einzog, sagte mir einer seiner Adjutanten: ›Der Reichsmarschall hat schon einen großen Correggio‹, wobei er das Wort *großen* so betonte, wie ich es jetzt tue.« Er lachte über sich und gab dann zu: »Um die Wahrheit zu sagen, ich wußte nicht, was ich mit diesem Hinweis auf den Holbein für mich selbst herauszuschlagen hoffte. Vielleicht eine Beförderung. Möglicherweise in Görings Stab berufen zu werden. Ich wußte es wirklich nicht.«
»Und jetzt wissen Sie es?« fragte Marjorie in scharfem Ton.
»Nun, man hat mir versichert, daß, wenn der Reichsmarschall an dem Holbein Gefallen findet – und ich habe ihm drei ausgezeichnete Fotografien geschickt –, die Sache mit dem Zug arrangiert werden könnte.«
»Mit was für einem Zug? Was soll denn das?«
Mit berechnendem Augenaufschlag und kaltem Lächeln begann

Konrad Krumpf über die Schätze in diesem großartigen Raum zu sprechen – die goldenen Stühle, die Tafelaufsätze in den Vitrinen, die Gemälde, die silbernen Leuchter – und über das, was sich in den oberen Geschossen befand. »Ludwik meinte, es wäre doch unverantwortlich, wenn diesen Kostbarkeiten etwas zustieße ...«

»Sie meinen die Russen?«

»O nein! Die Russen kommen niemals hierher. Da können Sie ganz sicher sein.«

»Was haben Sie dann gemeint?«

»Also, offen gesagt, im Hinblick auf die Pläne des Führers in bezug auf Polen, auf seine Vernichtung, grob ausgedrückt ... ich meine natürlich nicht Personen von Rang wie Sie oder Graf Lubonski. Ich meine nur dieses Bauernpack und diese unmöglichen Krämer in den Dörfern. Im neuen Polen wird einfach kein Platz sein für ein Schloß wie dieses, ein Zentrum von Bildung und Kultur.«

»Und wohin soll dieser Zug die Schätze bringen?«

»Nach Berlin.«

Schon wollte sie mit bitterer Logik erwidern, daß Berlin allnächtlich von alliierten Flugzeugen bombardiert wurde und daß ihre Schätze hier in Bukowo um vieles sicherer sein würden als dort, aber sie unterließ es, denn sie wußte, welche Macht dieser schmierige kleine Wicht verkörperte. »Ist das klug?« fragte sie, und erhielt eine Antwort, die sie beinahe aus der Fassung brachte:

»Ich glaube, es wird sich arrangieren lassen, daß der Zug ohne Aufenthalt nach Paris durchfährt.«

Sie traute ihren Ohren nicht. Doch nun ergriff ihr Sohn das Wort: »Göring hat durchblicken lassen, daß er uns erlauben wird, unsere Schätze nach Paris zu schaffen, wenn wir ihm den Holbein und drei der Statuen überlassen.«

»Was für ein außerordentliches Arrangement!« versetzte Marjorie. »Was in aller Welt sollten wir in Paris damit anfangen?«

»Was machen wir denn hier damit?« konterte ihr Sohn.

»Sie zieren einen Bau, der unauflöslich mit diesem Land verbunden ist, mit dieser Uferregion der Weichsel und sonst keiner. Alle diese Stücke ergänzen einander doch! Diese zwei Gemälde ...« Sie deutete auf die zwei herrlichen Panoramen, die soviel polnische Geschichte zusammenfaßten.

»Ach die«, fiel Krumpf ihr ins Wort, »weder Göring noch sonst jemand würde die haben wollen. Die sind von lokalem Interesse, ohne jede Bedeutung. Wir würden auch das andere Bild nicht mitnehmen, das, wo nichts als Wasserrosen drauf sind. Aber auch wenn wir sie zurücklassen, Ludwik und ich haben uns ausgerechnet, daß wir gute sieben Waggons brauchen, um alles nach Paris zu transportieren.«

»Ich finde wirklich, Sie und Ludwik hätten mich vorher fragen können! Es handelt sich um mein Eigentum, und jedes einzelne Stück wurde mit meinem Geld bezahlt!«

Krumpf war nicht so unverschämt, ihr unverblümt auseinanderzusetzen, wie sich die Dinge in Wahrheit verhielten; wäre er mit ihr allein gewesen, er hätte es wohl getan und sie darauf hingewiesen, daß sie ein verbrauchtes altes Weib war, das nicht mehr lange zu leben hatte, und ihr dringend empfohlen, sich nicht in Entscheidungen einzumischen, die von kompetenten Leuten nach reiflicher Überlegung getroffen worden waren. »Den neuen Gesetzen zufolge«, belehrte er sie, »ging dieses Schloß nach dem Tode Ihres Gatten automatisch in den Besitz Ihres Sohnes über. Es sind jetzt seine Schätze, unabhängig davon, wer sie gekauft und bezahlt hat. Und ich finde, es war sehr weise von ihm, dieses Arrangement jetzt zu treffen.«

Sie konnte es sich nicht verkneifen, ihm die Frage zu stellen: »Bevor die Russen kommen?«

Krumpfs Stimme steigerte sich zu einem schrillen Kreischen: »Schluß damit! Wenn Sie so reden, wo andere Sie hören, können Sie erschossen werden. Wegen Hochverrat.«

»Tut mir leid«, sagte sie aufrichtig. »Wir leben in schweren Zeiten.«

»Das ist richtig«, stimmte Krumpf ihr zu und nahm sein gewohntes Gehabe wieder auf. »Und ich denke, daß Ihr Sohn die Sache brillant gedeichselt hat. Ein Zug mit sieben Güterwagen direkt nach Paris! Als Ludwig mir das erstemal von seinem Plan erzählte, Göring den Holbein zu geben, ich versichere Ihnen, ich habe ihm prophezeit, daß er damit nicht durchkommen würde. Morgen werden wir den Holbein verpacken, und dann geht er mit einem Spezialtransport in das Bergwerk in der Umgebung von Berlin, wo der Reichsmarschall die Gemälde für sein neues Museum zusammenstellt.«

So war es also Ludwik, ihr Sohn, der diesen infamen Handel getätigt hatte. Sie sah ihn an und fragte sich, was er wohl noch alles hinter ihrem Rücken getan, welch entsetzlichen Preis er den Deutschen wohl dafür gezahlt hatte, daß sie ihm einen ganzen Eisenbahnzug überließen. Sie begann die seltsamen Vorkommnisse in Bukowo vor ihrem geistigen Auge vorüberziehen zu lassen: die Verhaftung des jungen Szymon Bukowski, die grausame Züchtigung Biruta Buks, die Hinrichtungen der Frauen, die illegal Weizen gemahlen hatten, und sie kam zu dem Schluß, daß die Nazis, um in all diesen Fällen so gezielt vorgehen zu können, innerhalb der polnischen Gemeinschaft jemanden gehabt haben mußten, der ihnen Informationen zuspielte. Konnte das wirklich ihr Sohn gewesen sein?

Als der Holbein in eine Kiste gepackt wurde, lief Marjorie nicht hin, um einen letzten Blick von dem Bild zu erhaschen, bevor der Deckel festgenagelt wurde; sie trug es im Herzen. Doch als sie dann beim Abendessen an dem riesigen Tisch saß, der drei Dutzend Gästen Platz bieten konnte, fühlte sie sich schrecklich einsam, obwohl Krumpf und ihr Sohn die gewohnten Plätze eingenommen hatten. Als der Deutsche nach dem Grund ihrer gedrückten Stimmung fragte, antwortete sie: »Ein Maler vermag seltsame Dinge. Er bannt das Bild auf die Leinwand und gleichzeitig in das Herz aller, die es je besessen haben.«

Sie verließ den reichlich gedeckten Tisch, an dem Krumpf und einige seiner Leute hervorragend speisten, ging aber nicht nach oben, sondern ins Tiefgeschoß, wo die schmale, matt erleuchtete Galerie immer noch die Porträts polnischer Edelleute beherbergte. Mit einer Taschenlampe schritt sie die Reihe ab, leuchtete jedem ins Gesicht und sprach mit ihnen, als ob sie alles Leid mit ihr teilten:

»Radziwiłł, du verdammter litauischer Ränkeschmied! Du warst immer gerissener als die Polen, die es mit dir aufnahmen. Es hätte mir Spaß gemacht, mit dir die Klingen zu kreuzen. Du warst klug und kinderreich, und das ist eine gute Kombination für jeden, der zum Herrschen bestimmt ist.

Mniszech, mein Alter, du warst es, der darüber entschied, wer den russischen Thron besteigen sollte. Was warst du doch für ein verschlagener, mächtiger Schurke! Und Jan Zamoyski, ich wäre nur zu gern deine Tochter gewesen. Wir hätten uns gut verstanden, du, ein Mann aus niederem Adel, der Rektor der Universität Padua wurde, Herr über ganze Städte und ein weiser Lehrer. Welchen ruppigen Ehemann hättest du für mich wohl ausgesucht?

Und du, Czartoryski, wie ich dich bewundere! Tyrann und Intrigant. Du bist aber stets auch für die Bildung der Frau eingetreten. Und du warst der Vater der Lubomirska. Ich wollte, ich wäre bei dir aufgewachsen, mein Alter!«
Und hier in der Düsternis, ihre Taschenlampe erloschen, brach sie in Tränen aus und stellte sich laut die Frage: »Wie konnte ich Polen so sehr lieben, und Ludwik, mein eigener Sohn, so wenig für sein Vaterland übrig haben?«
Ihr Gefühl sagte ihr, daß sie, was sie noch an Kräften besaß, dafür aufbieten müsse, ihren Sohn zur Vernunft zu bringen und ihm Verantwortung zu übertragen. Um dieses Ziel zu erreichen, tat sie alles, um sooft wie möglich mit ihm zusammen zu sein.
»Ich sehe jetzt ein, Ludwik, daß jemand wie Göring einige unserer Bilder in die Hand bekommen mußte, und wahrscheinlich war es sehr geschickt von dir, daß du ihn so billig abfinden konntest.«
»Genau das war meine Überlegung. Weißt du, Mutter, wir gehen einer sehr unsicheren Zukunft entgegen.«
»Das glaube ich nicht. Ich glaube vielmehr, daß die Russen wie ein verheerender Sturm über das Land fegen werden. Vermutlich werden sie die Dörfer niederbrennen, aber das Schloß stehenlassen. Sie lieben Museen.«
»Du meinst, das Schicksal der Deutschen ist besiegelt?«
»Ja, das ist meine Meinung. Ich kenne Amerika. Ich kenne seine Fabriken. Wenn die Amerikaner erst mal den Motor anwerfen, wie man das drüben nennt, produzieren sie Panzer und Flugzeuge für die nächsten zwanzig Jahre, wenn es sein muß. Zum Beispiel mein Neffe Lawrence in Detroit: Selbst wenn der Krieg bis zum Jahre 2000 dauern sollte, werden er und andere seines Kalibers immer noch arbeiten.«
»Glaubst du das wirklich, Mutter?«
»Daß es so lange dauert? Das weiß ich natürlich nicht. Aber am Ausgang ist doch gar nicht zu zweifeln. Über diesem Schloß werden wir amerikanische Flugzeuge sehen.« Sie unterbrach sich, überrascht von ihrer eigenen Heftigkeit und von der so sehr veränderten Beziehung zu ihrem Sohn. »Tut mir leid, daß ich meine Ansichten so offenbart habe, aber ich fühle mich in den letzten Tagen sehr schwach und dachte, es müsse einmal ausgesprochen werden.«

Von Besorgnis erfüllt, die Deutschen könnten erfahren, daß seine Mutter eine Defätistin war – Defätisten konnten erschossen werden –, wußte Ludwik nicht, was er dazu sagen sollte. Wenn sie das Gefühl hatte, bald sterben zu müssen, konnte er sie auch nicht daran hindern, bei Tisch ihre Meinung zu sagen. Die beste Lösung wäre, wenn sie tatsächlich bald stürbe, lieber früher als später. Nicht Gefühllosigkeit war es, die ihn so denken ließ; Mutter ist, dachte er, einfach schon zu alt, um die Bedeutung und die Konsequenzen der zu treffenden Entscheidungen zu begreifen. Marjorie Trilling, Millionenerbin aus Chicago und weltfremde Idealistin, hatte sich in ein Land verliebt, ohne es je realistisch zu betrachten, und jetzt waren die Tage der Romantik und der Fantasie zu Ende. Wie ihr Schloß, gehörte auch sie einer vergangenen Zeit an, und er hoffte, sie würde von der Bildfläche verschwinden, bevor sie einen nicht wiedergutzumachenden Schaden anrichtete.

Sie bemühte sich, gewisse Zusicherungen von ihm zu erhalten: »Ich komme aus einer stolzen Familie, Ludwik. Mein Großvater war ein Apotheker in der Provinz, der sich in seiner Präriestadt ehrlich sein Brot verdiente. Er konnte gar nicht anders. Die Bukowskis in diesem kleinen Dorf hatten nie viel zu beißen, das weißt du. Sie mußten springen, wenn die verschiedenen Grafen Lubonski einen Wunsch äußerten, aber sie waren als rechtschaffene Männer bekannt. Ich möchte nicht, daß du etwas tust, Ludwik, und wenn es auch nur eine Kleinigkeit wäre, das unsere Ehre beschmutzen würde.«

»Was meinst du damit?«

»Ich meine Krumpf. Seine Aufgabe besteht darin, dich in den Abgrund zu reißen und zu vernichten. Seine Aufgabe ist es, Lubonski zu vernichten, alles Polnische zu vernichten. Er toleriert dich, weil du in einem Schloß wohnst, und wenn er dich nicht mehr braucht, wird er dir die Kehle durchschneiden.«

In dem langen Schweigen, das nun folgte, sah sich Ludwik, der Erbe des Schlosses, schließlich gezwungen, auf die Vorwürfe, die ihm da indirekt gemacht wurden, etwas zu erwidern: »Ich weiß«, entgegnete er sehr langsam, »daß Krumpf mich benützt, um eine Beförderung zu erreichen, vor allem aber, um von hier wegzukommen. Ich glaube, er hat panische Angst vor den Russen. Und ich bin sicher, daß er alles tun wird, um einen Fluchtweg zu finden, und nur deshalb konnte ich ihn zu dem Handel mit dem Eisenbahnzug bewegen.«

»Aber was wirst du mit all meinen Schätzen in Paris machen?«
»Sie verkaufen.«
Weil Marjorie nichts Vernünftiges dazu zu sagen wußte, ging sie über diese Ankündigung hinweg. Wenn ihr Sohn glaubte, sein Glück darin zu finden, daß er den Besitz seiner Mutter in einer fremden Stadt veräußerte ... sie konnte ihn nicht daran hindern. Aber sie konnte über die gewichtigeren Dinge sprechen: »Du bist Pole, Ludwik. Du bist nicht einmal ein halber Amerikaner, weil ich schon vor Jahren Polin wurde – mit meinem Herzen und mit meinem Verstand. Du magst dich selbst retten, aber du darfst nicht tun, was deinem Volk zum Verderben gereichen könnte.«
Ludwik leckte sich die Lippen und sah seine Mutter an. »Meinen Namen wirst du auf Krumpfs goldenen Karten nicht finden«, gelobte er.
»Was willst du damit sagen?«
»Ich kam eines Tages in sein Zimmer, als er gerade, wie üblich, an seiner Kartei arbeitete. Polen, denen man vertrauen kann. Polen, die nach ihrer Festnahme zu erschießen sind. Für jede Gruppe eine Farbe. Mir fiel ein kleiner Stoß völlig anderer Karten auf. Ich fragte ihn danach, und er ließ sie schnell verschwinden. Dabei sagte er: ›Das sind die Leute, die im neuen Polen, im deutschen Polen, das wir hier erstehen lassen, bedeutende Positionen einnehmen werden.‹ Und vielsagend fügte er hinzu: ›Ich hoffe, auch Ihr Name wird bald auf einer dieser Karten stehen – es sind durchwegs Leute, die wir schätzen.‹ Ich konnte mir vorstellen, was ein Pole tun muß, um auf eine dieser Karten zu kommen.«
Das Bild von Konrad Krumpf, wie er über seinen Karten saß und festlegte, wer leben und wer sterben sollte, verfolgte Marjorie so sehr, daß sie in den letzten Tagen ihres Lebens kaum noch an etwas anderes denken konnte. Eines Morgens, nachdem Krumpf das Schloß verlassen hatte, um die Hinrichtung von neun Geiseln in einem seiner Dörfer flußabwärts zu überwachen, schlenderte sie lässig über den Gang im zweiten Stock und warf einen Blick in das Holbein-Zimmer, um zu sehen, ob Krumpfs Adjutant anwesend war. Der Raum war leer. Sie trat ein, als ob sie den leeren Platz an der Wand betrachten wollte, wo das Bild gehangen hatte. In der Annahme, daß sie vermutlich nicht gestört werden würde, eilte sie zu Krumpfs Schreib-

tisch, holte tief Atem und begann nach den goldenen Karten zu suchen.
Endlich fand sie den Stoß mit der sauber beschrifteten Deckkarte, auf der zu lesen stand, daß die darunter verborgenen Personen vernünftige Leute waren, bereit, für die wahren Interessen ihres Landes zu arbeiten. Zitternd, aber nicht gewillt, von ihrem selbstmörderischen Vorhaben abzulassen, nahm sie ein Stück Papier und begann die dreiundvierzig Namen niederzuschreiben.
Während sie noch damit beschäftigt war, hörte sie Schritte auf dem Gang. Sie vermutete, daß es Krumpfs Adjutant war, der wohl im Zimmer bleiben und es ihr so unmöglich machen würde, den Raum zu verlassen, und sie glaubte sich verloren. Doch auf die Möglichkeit hin, daß es noch eine Rettung für sie geben könnte, raffte sie die Karten zusammen, ergriff das Papier und sprang in einen Wandschrank, wo sie im Dunkel wartete; so heftig pochte es in ihrer Brust, daß sie fürchtete, ihre Herzschläge könnten sie verraten.
Es waren zwei unbedeutende Gestapofunktionäre, die gekommen waren, um Eintragungen in die Kartei vorzunehmen.
»Schau mal! Der Kommandant hat die Lade offengelassen. Er würde uns ganz schön anschnauzen, wenn wir uns das mal erlauben würden.«
»Er hat jetzt allerhand um die Ohren.«
»Hast du da gerade die Karte von dieser Biruta Buk? Gefährliches Weib.«
»Ich verstehe wirklich nicht, warum er sie nicht einfach erschießen läßt.«
»Ich glaube, er benützt sie als Köder. Sie versorgt die Partisanen mit Lebensmitteln.«
»Das wissen doch alle. Die kriegt er schon auch noch dran. Wirst es erleben.«
Die Männer machten ihre Eintragungen, legten die Karten zurück und schlossen die Lade. Als ihre Schritte auf dem Gang verhallt waren, kehrte Marjorie zum Schreibtisch zurück, breitete die Karten aus und setzte ihre Arbeit fort. Als sie fertig war, dachte sie: Ich bin froh, daß der Name meines Sohnes nicht dabei ist. Wenigstens ist er kein Verräter.
Sie faltete das kostbare Blatt Papier und hielt es in der linken Hand,

während sie den Gang hinuntereilte. Einen Augenblick lang blieb sie beim Eingang ihres Theaters stehen, wo einst Caruso gesungen und Paderewski Klavier gespielt hatte. Dann stieg sie die breite Treppe in den großen Saal hinab, betrachtete, als ob es das letztemal wäre, die zwei riesigen Historienbilder, nickte den Verteidigern von Tschenstochau zu und grüßte Jan Sobieski. Als ob sie nichts Besonderes vorhätte, verließ sie das Schloß. Da standen Viktors grandiose Stallungen mit ihrer Sammlung prächtiger Kutschen. Dort strebte der Schornstein empor, auf dem die Störche jedes Jahr ihr Nest bauten. Dahinter die unsterblichen Buchen. Und genau vor ihr lag das kleine Dorf. Sie liebte Bukowo und seinen unebenen Hauptplatz, und sie liebte die Menschen, die es bewohnten und bewohnt hatten, allen voran die freche Jadwiga. Von dieser mutigen Frau hatte sie ihre ersten Worte Polnisch gelernt, und auf diesem Platz hatte sie Jadwiga hängen sehen.

Zweimal ging sie um den Platz, blieb hin und wieder stehen, um Läden zu betrachten, die nichts zu verkaufen hatten, bis sie den Menschen entdeckte, auf den sie gewartet hatte. Biruta Buk hinkte nach der brutalen Behandlung, die sie sich bei ihrer Vernehmung hatte gefallen lassen müssen, und sie konnte wegen der Verletzungen im Gesicht nicht lächeln. Als sie jetzt am anderen Ende des Platzes auftauchte, fiel ihr Blick sogleich auf Madame Bukowska. Sie spürte, daß die alte Dame nicht ohne Grund gekommen war, und ging langsam auf sie zu. Während sich die Entfernung zwischen den beiden Frauen verringerte, konnte jede in der anderen genau das sehen, was sie zu sehen erhofft hatte.

Biruta war fast zu Tode geschlagen worden, aber sie ging immer noch in stolzer, nahezu herausfordernd aufrechter Haltung. Madame Bukowska war alt und müde, aber immer noch strahlte sie jenen inneren Glanz aus, der nur von einem Leben kommt, das der Verteidigung hoher Ideale geweiht ist.

Als sie einander gegenüberstanden, beugte sich Marjorie wie eine geschäftige Dorfklatschbase vor, um mit ihrem rechten Zeigefinger Birutas narbige Wangen zu betasten; mit der linken Hand aber steckte sie ihr, so daß es niemand sehen konnte, die schicksalsschwere Namensliste zu.

»Tötet sie alle!« flüsterte sie. Als sie sah, wie sehr Biruta bei diesen

Worten erschrak, packte Marjorie sie an den Schultern und drehte sie zur Seite, um das Licht des Tages auf das zerschundene Gesicht fallen zu lassen. »Das sind die Verräter. Tötet sie alle!«

Und ganz so, als ob sie, die Bukowska, immer noch die Herrin aus dem großen Haus und Biruta die Dienstmagd wäre, entließ sie die junge Bäuerin und setzte ihren Spaziergang über den Platz fort. Plötzlich, an einer der Ecken, schwankte sie zur Seite, als hätte ein unsichtbares Fahrzeug sie gestreift. Sie stolperte, streckte die Hand nach einem Halt aus, der nicht da war, fiel und starb im Sonnenschein.

Als man dem allen Anschein nach verzweifelten Sohn die Meldung vom Tod seiner Mutter überbrachte, war sein erster Gedanke – er konnte ihn nicht unterdrücken: Dem Himmel sei Dank!

Da Polen immer noch eine entscheidende Rolle auf dem östlichen Kriegsschauplatz spielte, mußte sich die Aufmerksamkeit seiner Patrioten auf die Geschehnisse an der russischen Front konzentrieren, und jeder Zoll Land, den die sowjetischen Truppen zurückeroberten, wurde von den Partisanen freudig begrüßt, die im Kommunismus den Weg erblickten, den Polen gehen mußte, sobald wieder Frieden herrschte. Zunehmende Besorgnis empfanden jedoch jene konservativer denkenden Menschen, die gerüchteweise gehört hatten, wie die Russen sich in Städten betrugen, die sie den Deutschen wieder abgenommen hatten.

Anfangs ergriff Jan Buk die Partei der Pro-Kommunisten und begrüßte die russischen Siege mit Jubel; doch als Gerüchte von einem Massaker an polnischen Offizieren im Wald von Katyn aufkamen, begann er zu zweifeln: Hunderte, vielleicht Tausende waren von den Sowjets ermordet worden. Es fiel ihm schwer, solche Beschuldigungen zu glauben, und als die radikalen Partisanen erklärten, es seien in Wirklichkeit die Deutschen gewesen, die das Massaker angerichtet hatten, schenkte er ihrer Darstellung Glauben.

Doch dann hörte er, wie sich seine russenfreundlichen Kameraden das neue Polen vorstellten. Der Gedanke, seinen Hof der Verwaltung anderer überlassen zu müssen, war nicht nach seinem Geschmack, und ihren Vorschlag, die katholische Kirche zu verbieten, lehnte er kategorisch ab.

Die Diskussion nahm an Schärfe zu, als die Radikalen anfingen, die

Alliierten zu schmähen, weil sie im Westen sowenig ausrichteten, während die Sowjets so tapfer im Osten kämpften. »Diese feigen Alliierten! Verstecken sich hinter ihrem Kanal! Wagen es nicht, sich mit Hitler anzulegen! Überlassen es den Russen, den Krieg allein zu führen.« Die so redeten, hielten nichts von den Bemühungen der Engländer und insbesondere der Amerikaner, aber Jan hörte oft auch ganz andere Meinungen. »Wartet nur! Wenn die Amerikaner erst mal richtig loslegen, werden sie das Hitlerreich zerschlagen!« Jan konnte sich nicht darüber klarwerden, wer nun recht hatte.

Um Mitternacht des 17. August 1943 führten die Briten eine Aktion auf dem westlichen Kriegsschauplatz durch, die scheinbar keinen Bezug zum Krieg in Polen hatte, aber in der Folge die ganze Kriegführung an der Weichsel von Grund auf veränderte.

Eine enorme Formation schwerer britischer Bomber flog von verschiedenen Luftstützpunkten in Schottland und England im Dunkel der Nacht über die Nordsee, überquerte Dänemark und ging in dem kleinen Dorf Peenemünde an der Ostseeküste auf eine geringe Flughöhe herunter. Dort warfen die Maschinen eine ungeheure Menge von Bomben auf Laboratorien, Werkshallen und Baracken ab, in denen an Adolf Hitlers furchtbarer Geheimwaffe für die Zerstörung Londons gearbeitet wurde. Die durch die Tieffliegerangriffe angerichtete Verwüstung war enorm, die kleineren Brandbomben führten zusätzlich großen Schaden herbei, und obwohl die deutsche Luftwaffe Vergeltung übte, kehrte das Gros der schwerfälligen britischen Bomber mit leeren Bombenschächten zu den Stützpunkten zurück.

Der Raid vernichtete Peenemünde nicht völlig, denn die Anlagen waren solide gebaut und geschickt getarnt, aber er verursachte große Angst; waren die Bomber einmal mit so großem Erfolg gekommen, konnten sie es auch ein zweites Mal tun. Diese Überlegung führte zu zwei Beschlüssen: Die Herstellung der Einzelteile der Geheimwaffe sollte in unterirdische Anlagen innerhalb Deutschlands verlegt werden, das Testgelände aber in einer verhältnismäßig verlassenen Ecke Polens sein, von der aus die Waffe auf unbewohntes Land, russisches oder polnisches, gefeuert werden konnte.

Das vom deutschen Oberkommando für die Montage und Erprobung ausgewählte Gelände hatte eine polygonale Form; eine Linie,

die Burg Gorka mit dem Bukowskischen Schloß verband, bildete eine Seite des Vielecks. Da das Versuchsschießen mit der Geheimwaffe diese bis weit in Richtung Przemyśl und in unbewohntes Land dahinter tragen konnte, waren sich die Experten, die schon in Peenemünde gearbeitet hatten, einig: ein idealer Standort.
Und jetzt änderte sich alles. Bukowo wurde zu einem Schlachtfeld dieses Krieges. Wo früher ein deutscher Soldat stand, traten jetzt zwanzig an, um das lebenswichtige Geheimnis zu bewachen. Wo früher zwei Gestapomänner die Bevölkerung kontrollierten, gab es jetzt sechs. Über Nacht wurden Schienen gelegt. Wie durch Zauberhand schossen Bauten in die Höhe, wurden die Dächer mit Zweigen verkleidet, um Entdeckung aus der Luft unmöglich zu machen. Lastwagen mit Arbeitern kamen aus entfernten polnischen Dörfern, ganze Züge voll Technikern aus Deutschland.
Sechs von Krumpfs Dörfern wurden evakuiert – die Bewohner mußten sehen, wo sie blieben. Es gab Proteste. Krumpf sprach persönlich eine Warnung aus: »Damit muß Schluß sein. Für das Vaterland müssen wir alle Opfer bringen!«
Die Zwangsräumungen wurden brutal durchgeführt. Man behandelte die Bauern ärger als Vieh, und das sprachen sie auch offen aus. Doch bald trafen solche Protestler auf einen Menschen, der sich grundlegend von ihrem vertrauten, simplen Konrad Krumpf unterschied. Um die Operation zu leiten, hatte das Oberkommando einen Mann geschickt, dem der Ruf großen verwaltungstechnischen Könnens vorausging und der entschlossen war, auch diese Aufgabe ohne Rücksicht auf Verluste erfolgreich auszuführen. Es war der siebenundvierzigjährige Falk von Eschl, Sproß einer Familie, deren Vorfahr 1410 mit den Deutschen Rittern bei Grunwald gefochten hatte. Falk hatte in den zwanziger Jahren an der Universität Oxford studiert und war dann Vertreter seines Landes in verschiedenen europäischen Hauptstädten gewesen.
Einst hatte er in Wimbledon mit Baron von Cramm als Partner Tennis gespielt. Er war ein Mann von ungewöhnlichen Talenten, insbesondere dem der Selbsterhaltung. Er war kein begeisterter Anhänger der Nazis und mißbilligte oft ihre rüden Methoden, aber er sah in ihnen die einzige Kraft, die imstande sein könnte, Deutschland zu einer Weltmacht zu machen. Während des Studiums in Oxford hatte er

die Überzeugung gewonnen, daß Großbritannien für eine Führungsrolle ungeeignet war; was die Amerikaner anging, die er dort kennenlernte, so waren sie, seiner Meinung nach, nicht einmal der Verachtung wert. »Bauerntölpel, charakterlose Ignoranten ohne jedes Einfühlungsvermögen.«

Die Nazis mochten ihn nicht besonders und trauten ihm nicht, aber sie brauchten ihn, weil er stets genau wußte, was zu tun war, um die gewünschten Resultate zu erzielen. Schon zwei Wochen früher als erwartet war aufgrund des rigorosen Vorgehens des Oberkommandierenden das vorgesehene Areal geräumt und für die Tests verfügbar. Falk von Eschl benutzte diese Frist, um seine Männer auf ihre neuen Pflichten vorzubereiten.

»Jeder Pole, der ohne Sonderausweis das Sperrgebiet betritt, ist unmittelbar nach seiner Festnahme und ohne Rücksprache mit der Leitstelle zu erschießen. Jeder Pole, der Lebensmittel schmuggelt, ist zu erschießen. Nach jedem Sabotageakt sind sechs Geiseln zu exekutieren. Und wenn ein Pole einen deutschen Soldaten oder Arbeiter im Zorn auch nur anfaßt, sind entsprechende Maßnahmen zu ergreifen. Sie können den Eingeborenen versichern, daß sie mit ständig härteren Maßnahmen zu rechnen haben werden. Das Dritte Reich nähert sich dem Sieg, und was Sie alle hier vollbringen, wird diesen Sieg möglich machen.

Sie sind hier, um das kostbarste Geheimnis zu hüten, das unser Volk heute besitzt. Sie müssen es mit Ihrem Leben verteidigen. Wenn einer von Ihnen auch nur mit einem Wort verrät, was er hier sieht, wird er erschossen. Und wenn ein Pole oder ein Angehöriger des sogenannten Untergrunds auch nur einen flüchtigen Blick auf das erhascht, was wir hier tun, ist er augenblicklich zu erschießen.«

Während diese drakonischen Maßnahmen noch weiter präzisiert wurden, hatte Eschl Gelegenheit, die bewohnten Gebiete zu inspizieren, die an das geheime Testgelände angrenzten, und sich nach einer geeigneten Unterkunft für die Zeit seines Kommandos umzusehen. Natürlich besuchte er das Bukowskische Schloß, erkannte aber sofort, daß es zu protzig war. Überdies wohnten dort bereits Konrad Krumpf, für den er nur Verachtung empfand, und der schlappe und einfältige Ludwik Bukowski, der nach vorliegenden Berichten zu nichts nutze war und keinerlei Beachtung verdiente.

Nach einiger Überlegung kam er zu dem Schluß, daß die Burg Gorka bestens geeignet war, ihm als Hauptquartier zu dienen: solide gebaut, sauber und nicht allzu auffällig. Die Burg hatte eine geographisch günstige Lage in bezug auf seinen Arbeitsbereich, und ihr Besitzer, obgleich Pole, war ein Mann, der Respekt verdiente. Er war weitgereist, sprach fließend Deutsch und Englisch und besaß ein ausgereiftes Weltbild. Sehr wahrscheinlich unterstützte er im geheimen den polnischen Untergrund; dieser Umstand machte die Beziehung noch aufregender und konnte sich auf lange Sicht als vorteilhaft erweisen, denn wenn es ihm gelang, einen Mann wie Lubonski zu demaskieren, würde er damit seine Anwartschaft auf bedeutsame Beförderungen untermauern, sobald die Sowjets und die Alliierten endlich geschlagen waren.

Er bat Lubonski um eine Unterredung, und als sie sich dann zum erstenmal gegenüberstanden, betrachtete Eschl den Burgherrn sehr genau. Der war einige Jahre älter als er selbst, das gepflegte Haar leicht ergraut – sein eigenes war noch schwarz. Er besaß die reservierte Haltung eines guten Reiters und die für einen europäischen Aristokraten typische Sprachkultur. Es war aber noch etwas anderes festzustellen, etwas, das Falk von Eschl zu denken gab: Walerian Lubonski erweckte den Eindruck eines Mannes von leidenschaftlicher Einsatzbereitschaft, der viele Schläge einstecken konnte, ohne daß seine Kampfkraft erlahmt.

»Ich habe beschlossen, meinen Befehlsstand in Ihrer Burg einzurichten«, sagte der Deutsche, und Lubonski nickte mit höflicher Nachgiebigkeit. »Sie dürfen hier wohnen bleiben, aber nur in den oberen Räumen.« Wieder nickte Lubonski. »Meine Leute werden zwei Ihrer Schuppen zu Wohnbaracken umbauen.«

»Aber natürlich«, sagte Lubonski.

»Dieser Bukowski in seinem Schloß – ist der so dumm, wie er aussieht?«

»Bei Zamość hat sich sein Vater äußerst heldenhaft benommen. Das war 1920. Eine Schlacht gegen die Kommunisten.«

»Das wußte ich nicht.«

»Es ist eine ausgezeichnete Familie. Seit tausend Jahren.«

»Das wußte ich. Einer seiner Vorfahren kämpfte 1410 in der Schlacht von Tannenberg.«

»Die Schlacht von Grunwald, wie sie bei uns heißt«, sagte Lubonski.
»Wo auch einer Ihrer Vorfahren kämpfte.«
»Auch einer der Ihren, an vorderster Front. An diesem Fluß hat der Name von Eschl einen guten Klang, insbesondere in meiner Familie.«
Als der deutsche Diplomat erkannte, daß sich dieser schlaue Pole über die Vergangenheit der Eschls informiert hatte, war die Reihe an ihm, artig zu nicken.
Eschl zog sich nun zurück, um mit gewohnter Akribie die Tagesberichte durchzusehen. Dabei entdeckte er etwas höchst Beunruhigendes: Ein Schuppen Lubonskis war des öfteren aufgebrochen, dort lagernde Nahrungsmittel waren gestohlen worden. Eschl gelangte sofort zu der Vermutung, daß es zwischen den Partisanen und dem Grafen einen Zusammenhang gab.
Er legte einen Extravorrat ungemahlenen Weizens als Köder in diesem Schuppen aus und ließ ganz in der Nähe einen unterirdischen Bunker bauen, der jede Nacht von bewaffneten Posten besetzt wurde. Es gelang jedoch nicht, ihn perfekt zu tarnen, und als Graf Lubonski eines Morgens die Burg verließ, entdeckte er den aufgewühlten Boden, der nicht ausreichend festgetreten worden war, und konnte sich einen Reim darauf machen. Er sprach mit einem seiner Diener; der unterhielt sich daraufhin mit einem Holzfäller, der für das in der Burg einquartierte deutsche Kontingent Brennmaterial lieferte, und dieser Holzfäller warnte das Storchkommando davor, in Zukunft Proviant aus dem Schuppen zu holen.
Eschl, der einen Winkelzug dieser Art vermutete, fuhr ins Schloß hinüber, um etwas zu tun, was ihm im Innersten zuwider war: Er setzte sich mit Konrad Krumpf zusammen, um zu erfahren, was dieser Gestapo-Idiot an Material über Lubonski zusammengetragen hatte. Zum erstenmal hatte er Gelegenheit, das von Krumpf angelegte Archiv in Augenschein zu nehmen, dessen Umfang und Qualität er diesem allem Anschein nach stumpfen, schläfrigen Menschen gar nicht zugetraut hätte. Eschl ging die purpurfarbenen Karten von äußerster Sorgfalt durch und prägte sich die Namen aller ein, die Krumpf als potentiell gefährlich eingestuft hatte. Graf Lubonskis Name war nicht darunter.
»Es sind uns Gerüchte zu Ohren gekommen«, sagte Krumpf, »wo-

nach Individuen, die zu diesem infamen Storchkommando gehören könnten, unweit Ihrer Burg gesehen wurden ...« Es entging Eschl nicht, wie beiläufig Krumpf die Worte *Ihrer Burg* eingefügt hatte – als ob der Gestapomann das Problem jetzt ihm aufbürden wollte. Vielleicht war der Kerl gerissener, als er ursprünglich angenommen hatte.

»Was sind denn das für Karten, diese gelben?« Als Krumpfs offizieller Vorgesetzter wartete er nicht auf Antwort, sondern langte nach dem kleinen Schuber. Der Gestapomann verweigerte die Herausgabe zunächst, aber Eschl beharrte darauf. Nachdem er die Karten studiert hatte, fügte er sie zu einem sauberen Stoß zusammen und schickte sich an, sie zu seinem Eigentümer zurückzuschieben; doch als Krumpf die Hand danach ausstreckte, hielt Eschl den Stoß fest.

»Erscheint es Ihnen ratsam, eine Kartei mit diesen Namen zu führen? Sollten Sie sie nicht besser nur im Kopf haben?«

»Diese Kartei ist sicher. Niemand bekommt sie zu sehen.«

»Ich habe sie zu sehen bekommen.«

»Sie sind mein Vorgesetzter. Das ist etwas anderes.«

»Wenn ich Sie wäre, ich würde diese Karten verbrennen. Sie sind sehr gefährlich. Ich will damit sagen, daß diese Leute äußerst gefährdet sind. Das sehen Sie doch ein, nicht wahr?«

»Ist das ein Befehl?«

»Ich würde Ihnen nie etwas befehlen, Sturmbannführer. Uns verbindet eine gemeinsame Aufgabe: dafür zu sorgen, daß ein Geheimnis von unschätzbarem Wert unter keinen Umständen preisgegeben wird.«

»Aber Sie empfehlen, die Karten zu verbrennen?«

»Ja, das empfehle ich«, gab Eschl zurück, beugte sich über einen Papierkorb aus Drahtgeflecht und zündete lässig ein Streichholz an. Mit sichtlichem Unbehagen hielt Krumpf die erste Karte an die Flamme und sah zu, wie sie verbrannte. Er warf sie in den Korb und übergab nun eine Karte nach der anderen dem Feuer, bis alle dreiundvierzig zu Asche geworden waren.

»Jetzt fühle ich mich um vieles leichter«, erklärte Falk von Eschl. »Wenn jemand diese Karten gesehen hätte, selbst jemand wie ich ...« Er unterbrach sich. Wenn dieser Mann so sorglos gewesen war, eine Kartei dieser Art zu führen, konnte es gut sein, daß er dumm genug

gewesen war, andere von ihrem Vorhandensein in Kenntnis zu setzen. »Haben Sie schon einmal jemandem davon erzählt?«
»Nein. Nicht einmal meine Adjutanten wußten davon.«
»Wirklich niemand? Ein Mädchen aus dem Dorf vielleicht? Sind Sie ganz sicher?«
»Niemand.« Doch noch während Krumpf das Wort aussprach, entsann er sich, daß Ludwik Bukowski ihn einmal dabei überrascht hatte, als er in seinen Karten blätterte, und die Erinnerung, die in seinen Augen aufleuchtete, gab Eschl die Sicherheit, daß auch noch ein anderer von den Karten wußte, daß sie allen Anschein nach nicht mehr geheim waren.
Er beendete das Gespräch mit Krumpf, beauftragte jedoch einen seiner besten Leute, eine gründliche Untersuchung aller ungewöhnlichen Todesfälle in den Dörfern unter Krumpfs Kommando anzustellen. Das Resultat ließ an brutaler Deutlichkeit nichts zu wünschen übrig: »In diesem Dorf wurde eine Frau von einem durchgegangenen Lastwagen niedergestoßen, aber die Verletzungen an ihrem Hinterkopf stimmten nicht mit den Spuren des Wagens auf ihrem Gesicht und auf ihrer Brust überein. In diesem Dorf wurde ein Mann bei der Jagd erschossen – angeblich ein Unfall. Dieser Mann ertrank.« Von Krumpfs Liste der dreiundvierzig Verräter an der polnischen Sache – soweit Eschl sich ihrer Namen entsinnen konnte – waren acht auf mysteriöse Weise ums Leben gekommen. Während er mit seinem Beauftragten sprach, konnte er nicht ahnen, daß das Storchkommando gerade einen neunten exekutierte ...
Aus London kommend sprangen ein polnischer Offizier und ein englischer Wissenschaftler, der einen Kurzlehrgang in Polnisch absolviert hatte, mit dem Fallschirm über dem nördlichen Protektorat Böhmen und Mähren ab. Mit Hilfe des dortigen Untergrunds gelangten sie nach Polen und in den Szczęker Wald, wo der Offizier Jan Buk und dessen Leuten folgende Mitteilung machte: »Es ist lebenswichtig, wichtiger als alles, was wir je von euch verlangt haben. Wir müssen erfahren, was innerhalb des Sperrgebietes vor sich geht.«
Buks Antwort lautete: »Wir sind mit unserer eigenen lebenswichtigen Aufgabe beschäftigt. Wir müssen die Verräter ausmerzen.«
»Damit ist jetzt Schluß«, fuhr der Offizier ihn an. »Wir erwarten von

euch, daß ihr alles daransetzt, diesen Herrn mit Informationen über das zu versorgen, was die Schweine da drinnen treiben.«
»Aber wir wissen überhaupt nichts«, gab Buk zu bedenken. »Wir haben die Lastwagen gezählt und den Zugverkehr überwacht, aber wir haben keine Ahnung ...«
Der Wissenschaftler mußte Buk recht geben. Wie sollte das Kommando Informationen über etwas sammeln, von dessen Beschaffenheit oder Aussehen es nicht die leiseste Ahnung hatte? »Wenn die Deutschen«, sagte der Engländer, »etwas in diesem Maß geheimhalten, ist es für uns doppelt so wichtig. Wir glauben, daß Hitler eine völlig neue Waffe entwickelt hat, mit der er ganz London zerstören kann.« Das alliierte Oberkommando hatte ihn bevollmächtigt, die Partisanen vor Ort, wenn es sich als nötig erwies, mit dem Problem vertraut zu machen, und nachdem er die Männer und die Führung des Storchkommandos drei Tage lang auf Herz und Nieren geprüft hatte, war er überzeugt: Wenn es noch Menschen gab, denen man vertrauen konnte, dann diesen Waldkämpfern:
»Als wir Peenemünde mit dem gewaltigsten Geschwader von Bombern angriffen, das wir bis dahin je gestartet hatten, wußten wir eigentlich gar nicht, was wir anvisieren sollten. Die Amerikaner glauben Grund zu der Annahme zu haben, daß die Nazis dort für eine neue Art von Bombe Schweres Wasser, also Deuteriumoxid, herstellen. Eine verheerende Waffe, wie man mir versichert hat.
Wir Engländer sind überzeugt, daß sie einen völlig neuen Typ von Fliegerbombe gebaut haben – von Deutschland nach London in einem Zug. Fantastische Sprengkraft in der Geschoßspitze.
Eure und meine Aufgabe ist es, herauszufinden, was zum Teufel die wirklich machen. Wenn die Amerikaner recht haben und wenn es Deuteriumoxid ist, werden ihre Tests von gewaltigen Explosionen begleitet sein. Wenn wir recht haben, wenn es eine Fliegerbombe ist, werden wir sie durch die Luft fliegen sehen. Wir werden also Augen und Ohren offenhalten müssen. Auf eines aber muß ich euch noch besonders hinweisen: Wir wissen nicht, und wir können auch nicht vorhersagen, welches Partikel von Information sich als das wichtigste erweisen wird. Es könnte so klein sein, daß wir es übersehen, und doch auch der Schlüssel, der die Tür zur Lösung des Rätsels aufschließt. Und wenn wir sie nicht aufschließen, könnte London ver-

nichtet werden. Die Westmächte wären dann vielleicht gezwungen, den Kampf aufzugeben.«

Der Ernst der Lage, in die sie sich nun versetzt sahen, die Undurchsichtigkeit des Problems und ihre eigene Unfähigkeit, Eschls geschlossenen Sicherheitsring aufzubrechen, dies alles ernüchterte die Partisanen.

»Ich habe schon in Oxford von diesem Eschl gehört«, bemerkte der Engländer. »Ein hervorragender Mann. Er wird vor nichts zurückschrecken, um unsere Absichten zu vereiteln.«

Fünf Wochen lang blieben die Männer des Storchkommandos und der Engländer im Wald, beobachteten, lauschten, aber sie erfuhren nichts. Von Baumwipfeln aus hatten sie vereinzelt Einblick in das Sperrgebiet, konnten dort auch fieberhafte Tätigkeit feststellen, aber nicht, was dort genau gemacht wurde. Ein besonders wagemutiger Partisan benützte eine kleine Leica mit Teleobjektiv, um das Terrain innerhalb des hohen Drahtzauns zu fotografieren, der sich kilometerweit durch das Gelände zog. Von Kurieren, die jeden Tag aufs neue ihr Leben riskierten, während sie das Generalgouvernement, das Protektorat, die Ostmark und Italien durchquerten, bis sie den alliierten Stützpunkt bei Bari erreichten, wurden die unentwickelten Filme eiligst nach London gebracht. Englische und amerikanische Experten studierten die Bilder, konnten ihnen jedoch nichts Wesentliches entnehmen.

Bis jetzt hatten Eschls Sicherheitsvorkehrungen verhindert, daß irgendwelche Informationen aus dem Sperrgebiet nach außen drangen, und sie hatten überdies gewisse unerwartete Erfolge gezeitigt. Überzeugt, daß Konrad Krumpfs Liste polnischer Verräter Partisanen in die Hände gefallen war, die diese Leute jetzt, einen nach dem anderen, liquidierten, benützte Eschl einen Bauern, der bereits mehrere Operationen des Untergrunds verraten hatte, als Köder. Man ließ diesen Mann, der aller Voraussicht nach als einer der nächsten von den Partisanen exekutiert werden würde, unbegleitet auf sein Feld gehen. Als von einem Buchenhain aus der erwartete Angriff gegen ihn erfolgte, wurden die drei Polen, die auf ihn angesetzt waren, überwältigt, noch bevor sie ihren Plan ausführen konnten. Einer wurde erschossen; die anderen zwei folterte man zu Tode. Sie hatten nichts verraten.

Die verstärkten Nazitruppen versetzten Eschl auch in die Lage, ausgedehnte Vorstöße in den Wald zu unternehmen, wobei Stützpunkte der Partisanen überrannt wurden und viele Patrioten den Tod fanden. Der englische Wissenschaftler, der nur mit knapper Not in einer heldenhaften Deckungsaktion seiner polnischen Freunde aus einem dieser Stützpunkte in Sicherheit gebracht werden konnte, verstand jetzt besser, wie hart das Leben war, das diese Männer nun schon seit so langer Zeit führten. »Diese Burschen veranstalten ja eine richtige Treibjagd auf euch«, scherzte er, aber seine Angst war nicht zu übersehen.

Doch dann, an einem bitterkalten Dezembertag, erreichten die deutschen Wissenschaftler innerhalb des Sperrgebiets einen Punkt, an dem die Erprobung ihres Produkts unumgänglich wurde. Einige Partisanen, die sich auf verschiedenen Beobachtungsposten im Wald befanden, hörten eine gewaltige Explosion und sahen, wie sich ein enormer zylinderförmiger Gegenstand langsam in die eisige Luft erhob und in große Höhe aufstieg, um dann rasch auf unbewohntes Gebiet niederzugehen.

Zitternd vor Erregung rief der Engländer seine polnischen Kameraden zusammen und verglich seinen Eindruck mit dem, den sie von dem Geschehen erhalten hatten. Seine auf Fachkenntnissen basierenden Vermutungen, um welche Art von Explosion es sich gehandelt haben mußte, ermöglichten es ihm, eine präzise Vorstellung dessen zu gewinnen, was die schreckenerregende V2 anrichten würde, wenn sie auf London niederginge. Aber noch bevor sein Bericht die britische Hauptstadt erreichte, trat ein wesentlich dramatischeres Ereignis ein.

Eine der Raketen – sie war auf Przemyśl gerichtet – stieg auf, geriet aus der Bahn, machte kehrt, raste fast in gerader Linie nach Westen auf Burg Gorka zu, schwenkte aber im letzten Moment nach Norden ab und stürzte krachend in einiger Entfernung von Bukowo in die Weichsel. Von vier guten Schwimmern begleitet, brachen Jan Buk und der Engländer aus dem Wald hervor, schwammen zu der treibenden Rakete hinaus und versenkten sie mit Hilfe eines Gewirrs aus Stricken und Steinen. Dann versteckten sie sich im Wald und hatten Muße, über die sechs verschiedenen Abteilungen von SS-Männern zu lachen, die an beiden Ufern entlangrasten und nach ihrer Rakete suchten.

Ein polnischer Bauer, der beobachtet hatte, wie die Rakete in seiner Nähe im Fluß niedergegangen war, erzählte den Deutschen, daß sie über ihn hinweggeflogen sei und weit landeinwärts gelandet sein müsse. Enttäuscht zogen die Nazis ab.

Aus dem Warschauer Untergrund kam ein Team von polnischen Wissenschaftlern mit Kameras und komplizierten Geräten nach Bukowo heruntergeschlichen. Nachts schwammen sie, von Jan Buk geführt, zur Rakete hinaus, zogen sie ans westliche Ufer und zerlegten sie. Obwohl alle wußten, daß es das Todesurteil für sie bedeutete, wenn sie entdeckt wurden, vergruben die Partisanen die wichtigsten Einzelteile auf dem Feld des Bauern und setzten London davon in Kenntnis, daß sie eine Bombe mit Raketenantrieb in ihrem Besitz hatten. Sie konnten nur hoffen, daß die Alliierten imstande sein würden, den teuflischen Bomben, wenn sie auf London fielen, irgendwie entgegenzuwirken – wenn es nur gelang, diese Information aus Polen herauszuschmuggeln und quer durch Europa bis in General Eisenhowers Hauptquartier zu bringen! Im Augenblick war das unmöglich, aber die zu allem entschlossenen Polen diskutierten viele Stunden lang darüber, was alles getan werden konnte, um mitzuhelfen, die Deutschen zu schlagen.

Der Krieg tobte seinem Höhepunkt entgegen, und während begeisternde Nachrichten aus Rußland kamen – »Belagerung Leningrads abgebrochen, Witebsk befreit, große Siege in der Ukraine« –, mehrten sich die Einzelkämpfe im besetzten Polen. Graf Lubonski, dem es nicht entging, daß sein Hausgast, Falk von Eschl, ihm immer wieder neue Fallen stellte, unterstützte still und mutig auch weiterhin den Untergrund. Konrad Krumpf mußte sich vor Eschl schützen, gleichzeitig aber Bukowski und den Zug mit dessen Schätzen im Auge behalten – bis zu dem Zeitpunkt, wo sie Polen verlassen konnten. Jan Buk und Biruta mußten allen mißtrauen und doch ihren Krieg gegen die Invasoren fortsetzen. Und im Krematorium von Majdanek mußte Szymon Bukowski mit dem Instinkt eines Spürhundes die jeweilige Stimmung von Otto Grundtz vorausahnen, wenn er verhindern wollte, daß dieser launenhafte Spender von Tod und Leben ihn eines Morgens zum Galgen auf Feld IV schleifen ließ.

Als seine letzte Arbeitsverpflichtung in der B.E.G. zu Ende ging, fiel ihm auf, daß die zwei Abteilungsleiter sich fast mit Zuneigung von ihm verabschiedeten. »Paß auf dich auf, Szymon. Du bist ein guter Arbeiter.« Dann erfuhr er, daß Dr. Mannheim zu der Ansicht gelangt war, Bukowski sei die Kalorienleiter inzwischen schon zu oft hinauf- und hinuntergestiegen; er habe seine Orientierung verloren, wie bei solchen Lagerinsassen unvermeidlich, und sei daher für das Dritte Reich nicht mehr von Nutzen. Als Szymon diesmal nach Majdanek zurückgeschickt wurde, empfahl Dr. Mannheim, ihn auf eine Diät von siebenhundert Kalorien zu setzen, ihm die schwerstmögliche Arbeit zu geben und »ihm nahezulegen, von der Bildfläche zu verschwinden«.

Wieder wurde er zu den Straßenwalzen eingeteilt, mußte Tag für Tag mit bloßen Händen die eisigen Griffe anpacken und mit seinen Leidensgefährten fast übermenschliche Anstrengungen unternehmen, um die schweren Walzen hin und her zu bewegen, damit die Wege – so Otto Grundtz – »nett aussehen und dem Lager zur Ehre gereichen«.

Bald wurde Bukowski klar, daß ihn die Plackerei an den Walzen bald umbringen würde, obwohl er nach der reichlichen Verpflegung in der Fabrik in guter körperlicher Verfassung gewesen war. Er fing an, stillschweigend darauf hinzuarbeiten, seine Kräfte zu sparen, seinen Geist nicht unnötig zu strapazieren, die morgendlichen Hinrichtungen durch den Strang oder Otto Grundtz' Gewalttaten mit Gleichmut hinzunehmen – wie überhaupt diese schiere Ungeheuerlichkeit Majdanek mit der fortgesetzten Ermordung der Juden und den ständigen Verbrennungen im Krematorium.

Die entsetzliche Gefahr, in die er in den nächsten Wochen kommen würde, bestand darin, daß er eines Tages vor Grundtz in einen Dämmerzustand verfallen könnte; Grundtz würde ihn dann in Baracke 19 schaffen lassen, wo er, ohne das Bewußtsein wiederzuerlangen, langsam verhungern würde. Das durfte auf keinen Fall geschehen. Entsetzt hatte er damals mitangesehen, wie Tausende von Juden, ohne sich zu wehren, am Rande eines Grabens standen und hintereinander starben, und er hatte sich gelobt, nie werde er sich auf solche Weise töten lassen.

Drei ganze Wochen lang dachte er Tag und Nacht an nichts anderes als an ein kühles Glas Bier. Er konnte jedes Wassertröpfchen Beschlag auf dem Glas sehen, jeden Millimeter Höhe, wenn der

Schaum in seiner Fantasie zerging. Er konnte den dumpfen Aufschlag des Glases hören, wenn es vor ihn hingestellt wurde; den sich ändernden Klang, wenn er es nach jedem Schluck niedersetzte. Er schmeckte den Unterschied zwischen dem reinen Schaum, dem mit ein wenig Bier vermischten Schaum und dem Bier ohne Schaum. Er verbrachte einundzwanzig Tage damit, dieses Glas Bier zu trinken. Es beschäftigte ihn so sehr, daß er nicht merkte, wie sich sein körperlicher Zustand verschlechterte; aber viele flüsterten ihm zu: »Jetzt dauert es nicht mehr lange. Jeder, der an den Walzen arbeitet, landet in Baracke neunzehn.«

Dann übertrug er seine Fantasien auf das Hochzeitsmahl eines reichen Bauern, an dem er einmal teilgenommen hatte. Auf sechs Tischen waren riesige Schüsseln mit Sauerkraut, Wurst, Schweinebraten und Gurken gestanden. So gierig hatte er damals seinen Teller gefüllt, daß er von Tisch zu Tisch gehen mußte, um seine Gefräßigkeit vor den anderen zu verbergen.

Jetzt, da er ein so heißes Verlangen nach etwas Eßbarem verspürte, schwankte seine Fantasie zwischen den zwei Wohltaten jenes schon so lange zurückliegenden Festmahls: den Vitaminen, die den Körper am Leben erhielten, und den Fetten, die ihn stark machten; nach einer Weile konzentierte er sich nur mehr auf diese und stellte sich nun vor, wie er sich an Butter oder Schmalz oder Bratenfett gütlich tat, an Öl, an Speck.

»O Gott!« rief er eines Tages, während er an den mit einer Eisschicht überzogenen Griffen der Walze schuftete. »Ich will etwas Fettes zum Essen haben!« Er wußte, daß er es bei dieser Schwerarbeit nicht mehr sehr lange aushalten würde, wenn er seinem Körper kein Fett zuführen konnte.

Doch dann geschah ein Wunder. Am Eingang zu jeder Baracke befand sich eine Bettnische, ein gutes, festes Lager mit warmen Decken, mit eigenem Wasserkübel und sauberen Tellern. Hier residierte stets ein frisch rekrutierter SS-Mann, dessen Aufgabe es war, Ordnung zu halten und einzuschreiten, wenn eine Revolte drohte. Eine Zeitlang hatte ein weichlicher Jüngling diesen Posten innegehabt, doch als er nicht länger zusehen konnte, wie so viele Gefangene verhungerten, und erkennen ließ, daß er unter der nervlichen Belastung zusammenbrechen würde, forderte Otto Grundtz einen neuen Blockführer an – und erhielt einen Ersatzmann, wie er ihn wohl nicht erwartet hatte.

Willi Zimmel war ein neunzehnjähriger, gutaussehender blonder Bauernjunge mit blitzblauen Augen und einem sympathischen Grinsen im rundlichen Gesicht. Er hatte Menschen gern, war freundlich – und so einfältig, daß er es ganz einfach ablehnte, Majdanek als das Leichenhaus zu sehen, das es war.
In seinem Dorf im Rheinland war er schon früh in die Hitlerjugend eingetreten; die Schwärmerei dort und natürlich die Kampfausbildung hatten ihn begeistert; er sah sich als eine Art höherer Pfadfinder – Pfadfinder hatte er werden wollen, bevor diese Organisation verboten wurde. Er liebte es zu marschieren, das Lagerleben war eine feine Sache, exerzieren machte ihm Spaß, und seine Vorgesetzten betrachtete er alle als Helden. Zweimal hatte sein Trupp den Befehl erhalten, jüdische Läden zu zerstören und ihre Besitzer zu verprügeln; er hatte mitgemacht, ohne auch nur die geringste Aversion gegen die Opfer zu haben. Unvermittelt zum SS-Mann avanciert, empfand er auch keine Feindseligkeit gegenüber den Lagerinsassen, die er zu bewachen hatte. In seinem ersten Brief aus Majdanek schrieb er seiner Mutter: »Die haben alle etwas angestellt und müssen eine Weile im Knast bleiben.« Er wollte nicht glauben, daß jeder einzelne in seiner Baracke dazu bestimmt war, hier zu sterben.
Als er zum erstenmal die körperliche Verfassung der Insassen von Baracke 11 sah, war er entsetzt über ihren verwahrlosten Zustand, über diese Hunderte von Pritschen, jede mit einer schmutzigen Decke oder einem Strohsack, über diese Männer, die sich seit Monaten nicht mehr gewaschen hatten, gezeichnet von den Spuren des quälenden Läusebefalls. Er beschloß, selbst für eine Verbesserung der Lage zu sorgen – aber immer nur durch Ermahnungen, nie mit einer Seifenration oder einer Zuteilung von Läusepulver oder besserem Essen. »Ihr müßt eure Selbstachtung wiedergewinnen, Männer! Ihr könnt einfach nicht anständig leben, solange es hier von Läusen wimmelt!« Er redete auf sie ein, als ob sie die Läuse haben *wollten*, als ob sie reichlich Seife hätten und sie nur nicht benutzen wollten. Jeden Morgen beim Appell versicherte er ihnen, daß sie sich wohler fühlen würden, wenn sie nur endlich beschließen könnten, sich sorgfältiger zu waschen, auf die Sauberkeit ihrer Schlafstelle zu achten und sich ganz allgemein mehr herauszuputzen.
Dann erinnerte er sich an die Leibeserziehung bei der Hitlerjugend

und wieviel Spaß sie ihm bereitet hatte, und er begann, die Barackeninsassen nach jedem Morgenappell mit der Art von Gymnastik zu traktieren, wie die Sokols sie in den zwanziger Jahren populär gemacht hatten. Wohlgenährt, wie er war, empfand er diese Turnübungen als belebend, aber die halbverhungerten Häftlinge konnten ihm unmöglich folgen. Der enttäuschte Zimmel sah, daß nur der vor kurzem von der B.E.G. zurückgestellte Mann bei seinem Fitnesstraining ernsthaft mitmachte; er konnte allerdings nicht wissen, daß Bukowski das nur tat, weil er Professor Tomczyks Rat befolgen wollte: »Sei mit allem einverstanden, was sie von dir verlangen.«

Bukowski begriff, daß Willi Zimmel in einer Traumwelt lebte, in der die Menschen weder verhungerten noch gefoltert noch hingerichtet wurden. Er war der unermüdliche Leiter eines Ferienlagers, und die Männer, die jeden Morgen als lebende Skelette vor ihm antraten, waren nur deshalb Skelette, weil sie nichts für ihre Gesundheit taten. Als ein Mann aus Willis Baracke aus unerfindlichen Gründen gehängt wurde, hörte Bukowski Zimmel sagen: »Der muß etwas sehr Schlimmes angestellt haben.«

Die groteske Morgengymnastik ging bis zu jenem Wintertag weiter, da Otto Grundtz zufällig vorbeikam. Er sah Willi Zimmel, während alle seine gespenstisch wirkenden Männer – bis auf einen – teilnahmslos zusahen und nicht einmal versuchten, einen ausgemergelten Arm zu heben. Es war ein kläglicher Haufen; nur wenige wogen mehr als fünfzig Kilo; viele hatten eingesunkene Wangen, denn Grundtz hatte alle falschen Zähne konfisziert; das Material, vor allem die Metallteile, wurde in Deutschland gebraucht.

Was er sah, versetzte ihn in Wut. »Was zum Teufel ist hier los?« schrie er, und Zimmel antwortete: »Ich möchte, daß sie etwas für ihre Gesundheit tun.« Auf deutsch, was einige Gefangene verstanden, brüllte Grundtz zurück: »Schluß damit, du Arschloch!«

Ein Befehl dieser Art mußte Zimmel kränken; er konnte hören, wie die, die Deutsch verstanden, zu lachen begannen, aber er bemerkte auch, daß ein Mann aus seiner Baracke echtes Mitgefühl zeigte, weil er begriff, daß er, Zimmel, hatte helfen wollen. Und dieser kurze Blick, der nur eine Hundertstelsekunde dauerte, sollte Bukowski das Leben retten.

Während Zimmel eines Morgens vom Haupteingang herübergeschlendert kam, fiel sein Blick auf Szymon, der sich mit den Betonwalzen abrackerte, und er ging auf ihn zu. »Ist diese Arbeit nicht sehr hart?« fragte er naiv, und als Bukowski nickte, stellte er ihm eine zweite Frage: »Bist du nicht der, der früher Schuhmacher war?« Bukowski nickte abermals.

Als Szymon einige Tage später die Straße vor den Feldern V und VI begradigte, wurde er Zeuge der Ankunft von etwa neuntausend Frauen und Kindern, dem größten Kontingent dieser Art, das je nach Majdanek gekommen war. In der riesigen Menschenmasse bemerkte er zufällig ein kleines Mädchen von neun oder zehn Jahren; das Kind trug gute Schuhe, eine Wollmütze russischer Machart und einen neuen Mantel. Das Gesicht des Kindes konnte er nicht sehen, doch die stolze Haltung des Mädchens zeigte an, daß es sich vorgenommen hatte, sich gut zu benehmen.

Gebannt beobachtete er, wie das Kind sich bemühte, mit den älteren Frauen Schritt zu halten. Die Hände in den Taschen des Mantels, den Kopf stolz erhoben vor den Schrecken des Lagers, die sich vor ihm entfalteten, tauchte es schließlich in der drängenden Menge unter, die nun Feld V betrat. Er wußte, daß man dem Mädchen dort seine feinen Kleider ausziehen und es, nur mit einem dünnen Hemd bekleidet, auf dem kalten Boden schlafen lassen würde; nur eine kümmerliche Decke würde es haben, um sich vor einer Lungenentzündung zu schützen.

Die ganze folgende Woche mußte Szymon immer wieder an das kleine Mädchen denken, und nach beharrlichem Herumfragen erfuhr er, daß die Gruppe aus der Stadt Zamość gekommen war. »Auf diesem Gebiet werden alle Polen ausgesiedelt. Ausgerottet. Ihr Platz wird von deutschen Einwanderern eingenommen. Zamość soll für immer eine deutsche Stadt sein, eine befestigte Grenzstadt. Kein Pole darf sie betreten.«

Diese Auskünfte entsprachen der Wahrheit. Ein großes Gebiet rund um diese schöne Stadt sollte entvölkert und dann mit loyalen Deutschen besiedelt werden. Viele Polen, die dort gelebt hatten, brachte man nach Majdanek, um sie verhungern zu lassen. Sie hatten nichts Böses getan, aber es gelüstete die Nazis nach ihrem Land.

Während er jetzt die schwere, mannshohe Walze hinter sich herzerrte, plagte er sich selbst mit Vorstellungen; wieder und wieder sah er

vor sich das kleine Mädchen, das ihm nie sein Gesicht zugekehrt hatte, und das Kind ergriff von seinem Denken Besitz. Er sah es in seinem neuen Mantel, wie es sich immer noch dahinbewegte, bemüht, mit den älteren Frauen Schritt zu halten. Wie um begierig auf sich zu nehmen, was das Schicksal ihr bestimmt hatte, drängte die zierliche Gestalt vorwärts. Und als er eines Tages sich an den eisigen Griffen der Walze förmlich anklammerte, um nicht umzufallen, stellte er sich vor, daß das Mädchen sich umwandte, um ihn anzublicken, und zum erstenmal sah er, daß es wunderschön, daß es eine erwachsene Frau, seine zukünftige Frau war. Wie im Fieberwahn malte er sich zwei Tage lang aus, wie er um sie warb, wie sie heirateten, und wie sie am Abend mit Nadel und Zwirn dasaß und ihren Mantel ausbesserte.
Der stets aufmerksame Otto Grundtz bemerkte, daß sich Bukowskis Sinne verwirrten; er befahl Willi Zimmel, ihn unverzüglich in die Baracke 19 zu verlegen, sobald er die ersten Anzeichen von Geistesstörung erkennen ließ. Aber Szymon riß sich plötzlich wieder zusammen, als ihm klar wurde, daß er sich auf die Taufe des ersten Sohnes seiner Frau vorbereiten mußte. Als er an diesem Morgen die Walze hinter sich herzog, kam er gerade dazu, wie der Leichenwagen vor dem Tor von Feld V hielt. Er beobachtete, wie Frauen in Häftlingskleidung die Leichen toter Gefährtinnen hinaufwarfen, um sie zum Krematorium zu bringen, und während sich der Wagen füllte, glaubte Bukowski wieder das kleine Mädchen zu sehen, immer noch im Mantel, immer noch tapfer einen Fuß vor den anderen setzend, und als er sah, wie der kleine Körper auf den offenen Wagen geworfen wurde, stieß er einen markerschütternden Schrei aus.
Das brachte ihn wieder zur Besinnung. In unbändiger Wut ließ er die Walze stehen und folgte dem Leichenwagen den Hügel hinauf zum Krematorium. Er blieb vor dem Eingang zu den Öfen stehen und beobachtete, wie Männer herauskamen, um den Toten alle noch verwendbare Kleidung abzunehmen, die nackten Leichen in die wartenden Öfen zu schieben, fünf optimal konstruierte stahlgepanzerte Öfen aus Berlin, jeder mit weit aufklaffendem Maul. Als er sah, daß die nächste Leiche, die vom Wagen gehoben werden sollte, die des kleinen Mädchens war, tanzten Flammen vor seinen Augen, und er hörte sich aufschreien: »Nein! Nein!«
Er kam wieder zur Besinnung. Entsetzen stieg in ihm auf, als ihm be-

wußt wurde, daß er sich weit von seinem Arbeitsplatz entfernt hatte und man ihn unverzüglich erschießen würde, wenn man ihn jetzt erwischte. Er lief zum Feld V zurück, aber sein Weg führte ihn am Wachhaus vorbei, wo Otto Grundtz seinen Geschäften nachging. Er erschrak; denn je mehr er sich dem Tode näherte, desto stärker wurde seine Gier nach Leben.

Und jetzt kam aus dem Wachhaus der Mann, der ihn in den Tod schicken würde, und Szymon war bereit, sich zu wehren; da hörte er eine milde Stimme, die fragte: »Wo hast du denn gesteckt? Ich habe dich gesucht.«

Es war Willi Zimmel, der ihm mitteilte, daß der Offizier, der die Schusterwerkstatt leitete, ihn zurückhaben wollte. »Er hat gesagt, du wärst ein guter Schuster.« Fast schon zu schwach, um ihm zu folgen – wäre er jetzt zu den Walzen zurückgekehrt, er wäre dort mit Sicherheit zusammengebrochen –, begleitete Szymon Zimmel in die Schusterei, nahm dort seine alte Arbeit wieder auf und wurde wieder Herr seiner Sinne.

Aber Feld V und das kleine Mädchen im Mantel vergaß er nie, und als er wieder ruhiger geworden war, gelobte er, ihren Tod zu rächen. Wie das zu bewerkstelligen war, diese Gedanken beschäftigten ihn noch intensiver als zuvor die Wahnvorstellungen von Bier und reichlichem Essen. Kindische Pläne, wie etwa den Versuch, Otto Grundtz zu töten, zog er gar nicht erst in Erwägung. Sein nimmermüder Geist brachte sechs oder sieben Alternativen hervor, von denen sich jedoch keine verwirklichen ließ. Ganz allmählich jedoch und inmitten der Stürme, die in seinem Herzen tobten, fand er die Art der Vergeltung, die seinen Vorstellungen genau entsprach.

Er war auf einen Polen aufmerksam geworden, von dem er zu wissen glaubte, daß er an Flucht dachte. Eine Woche lang beobachtete er ihn aufmerksam, dann wisperte er ihm eines Nachts zu: »Wenn du es schaffst, sag unseren Freunden, sie sollen eine der deutschen Siedlungen bei Zamość ausradieren.« Der Angesprochene, der wohl wußte, daß seine Chancen eins zu hundert standen und daß die Nazis ihn sofort töten würden, wenn sie ihn erwischten, war die Sorte Mann, der für Bukowskis Worte Verständnis hatte. Die grauenhafte Vergewaltigung Zamośćs mußte gerächt werden. Aber er ließ Szymon in keiner Weise merken, daß er sein Flüstern gehört hatte.

Die gefürchteten russischen Armeen rückten immer näher, und Konrad Krumpf war sich der Tatsache bewußt, daß er ein schwieriges Spiel zu spielen hatte, wenn er überleben und gewisse Vorteile nutzen wollte. Er mußte einen Zug nach Bukowo bekommen – ein riskantes Unternehmen angesichts des Umstandes, daß die Bomben der Alliierten dem Schienennetz der Deutschen arg zusetzten –, und er mußte die Schätze des Schlosses in diesem Zug unterbringen, bevor Falk von Eschl ihm dazwischenkommen konnte. Dann – und das konnte schwieriger als alles sonst werden – mußte er es irgendwie fertigbringen, seinen Posten zu verlassen und sich mit dem Zug in das sichere Paris abzusetzen. Das große Hindernis, das sich dieser Flucht in den Weg stellte, war Eschl; man mußte damit rechnen, daß er sie vorausahnen und vorbeugende Maßnahmen ergreifen würde.
Krumpf war zu dem Schluß gekommen, daß Eschl die Absicht hatte, ihn aus dem Weg zu räumen, und er dachte nicht daran, es dazu kommen zu lassen. Die zwei Männer warfen sich ständig Knüppel zwischen die Beine. Eschl, der eigentlich keinen militärischen Rang bekleidete, hatte Krumpf dazu bringen wollen, sein Büro in die Burg zu verlegen, wo es leichter gewesen wäre, ihn zu überwachen. Krumpf aber, der Eschls Motive durchschaute und über die Machtmittel eines hohen Gestapo-Offiziers verfügte, weigerte sich wohlweislich.
Eschl, der jetzt nicht mehr daran zweifelte, daß Krumpf mit seinen famosen goldenen Karten einen kapitalen Bock geschossen und ein ganzes Kader von Mitläufern an den Feind verraten hatte, konfrontierte ihn nun mit bitteren Zahlen: »In weniger als sechs Monaten sind von den dreiundvierzig Personen, die sich um das Dritte Reich verdient gemacht haben, sechzehn erschossen worden oder auf andere gewaltsame Weise ums Leben gekommen, und ich muß gute Leute einsetzen – Leute, die ich an anderer Stelle dringend brauchen könnte –, um die restlichen siebenundzwanzig zu beschützen. Sagt Ihnen das gar nichts?« Worauf Krumpf überraschend geistvoll erwiderte: »Es sagt mir nur, daß von dem, was ich zu schützen habe« – er betonte das *ich* –, »nichts in meinen eigenen Hinterhof gefallen ist, wo ich dann zugelassen habe, daß Partisanen es vor meiner Nase auseinandernahmen und weiß Gott wohin schickten ...«
Doch dank seiner außergewöhnlich guten Verbindungen hatte Eschl

bei einer ernsten Auseinandersetzung natürlich die Oberhand. Krumpf mußte schon ganz besonders schlau sein, wenn er mit den Schätzen – und mit dem Leben – davonkommen wollte. Er hatte zwei Trümpfe, die es im richtigen Augenblick auszuspielen galt: Ludwik Bukowski; und ein an ihn, Krumpf, persönlich adressiertes bedeutungsvolles Schreiben, von dem Eschl nichts wissen konnte; Krumpf war fest entschlossen, beides mit Geschick und Kühnheit auszuspielen.

An dem Tag, als der Zug eintraf, mußten alle Dörfler beim Einladen mithelfen. Bauern, die ihre Karren für die Arbeit gebraucht hätten, mußten sie zum Schloß bringen, wo die Schätze eines halben Jahrhunderts von ihren Plätzen genommen und für den Transport hergerichtet wurden. Die Gemälde, die mit Schnitzereien verzierten Tische, die unbezahlbaren persischen Teppiche, das venezianische Silbergeschirr, Luster aus Prag, die in Gold und Amethysten gearbeiteten Nippessachen aus Wien, alles kam auf die Karren und von dort auf die sieben Güterwagen des wartenden Zuges. Bei Einbruch der Dunkelheit war einer der prächtigsten Bauten Polens völlig ausgeraubt; ursprünglich, in den letzten Jahren des vergangenen Jahrhunderts, hatte der Wert all dieser Schätze mehr als drei Millionen Dollar betragen; so manches war noch später dazugekommen, und der Wert war jetzt etwa fünfmal so hoch. Das alles wurde dem polnischen Volk gestohlen, für das es immer bestimmt gewesen war. Und was die Dorfbewohner, die gezwungen waren, an diesem Raub teilzunehmen, besonders schmerzlich empfanden: Der Raubzug wurde von dem Sohn der Frau angeführt, die diese Schätze zusammengetragen hatte.

Bukowski zeigte sich durchaus nicht zerknirscht. Er wanderte von einem Raum zum anderen und überzeugte sich davon, daß alle wertvollen Gegenstände verladen worden waren. Dann verließ er das Schloß. Der Gedanke, wie sehr seine Mutter glücklich zu preisen war, daß sie diese Plünderung nicht hatte miterleben müssen, dieser Gedanke kam ihm nicht.

Doch gerade als er und Krumpf sich zu dem Zug bringen lassen wollten, mit dem sie Polen für immer verlassen würden, hielt ein Mercedes-Benz mit kreischenden Bremsen vor dem Schloß, und Falk von Eschl stürmte auf sie zu. »Als Kommandant dieses Bezirkes habe ich angeordnet, daß der Zug den Bahnhof nicht verlassen darf.«

»Und eine Persönlichkeit, die einen weit höheren Rang als Sie bekleidet, hat befohlen, daß er den Bahnhof sehr wohl verläßt«, konterte Krumpf und langte mit schweißnasser Hand nach seinem Brief. Mit schmierigem Grinsen reichte er seinem Feind ein Blatt Papier – nicht den Originalbrief, sondern nur eine maschinegeschriebene Kopie; als Falk von Eschl sie ergriff, sagte Krumpf in einem Ton zittriger Schadenfreude: »Schauen Sie doch bitte mal, wer den Brief unterschrieben hat!«
Eschl las die unterste Zeile, schluckte, faßte sich aber schnell. »Hermann Göring hat diesen Brief nie gesehen. Jeder Dummkopf könnte das geschrieben haben.« Mit einer Bravour, die ihn selbst überraschte, gab Krumpf zurück: »Aber nur Göring könnte das Original geschickt haben!«
Angesichts solcher Unverschämtheit hätte Eschl diesen Kerl von Männern seiner Sondereinheit verhaften lassen können, aber Krumpf, der um sein Leben kämpfte, hatte noch eine Überraschung in petto: Er wies mit zitterndem Finger auf eine Stelle im Brief. »Sie täten gut daran, diese zwei Sätze aufmerksam zu lesen«, sagte er, und Eschl las: »Der Holbein ist eingetroffen. Bringen Sie mir die anderen Geschenke, von denen Sie gesprochen haben, persönlich.« Krumpf überließ Eschl die Kopie und schritt, allem Anschein nach unbekümmert, auf den Wagen zu, der ihn zum Bahnhof bringen würde; in seinem Inneren aber zitterte er, denn er hielt es für durchaus möglich, daß Eschl in seiner Wut ihn von hinten erschießen könnte. Doch der Kommandant des Sperrgebiets war in seiner Handlungsfreiheit eingeschränkt; in den stürmischen Tagen, die vor ihm lagen, mochte es wohl sein, daß er Hermann Görings Unterstützung bedurfte, und er konnte es nicht riskieren, sie wegen dieser widerlichen Kreatur Konrad Krumpf zu verlieren. Von heißem Zorn erfüllt, mußte er zusehen, wie Krumpf und Bukowski den Wagen bestiegen. Sie waren entwischt – und mit ihnen sieben mit Kunstschätzen beladene Güterwagen.
Die SS-Mannschaft im Lager Majdanek hatte Erfahrung beim Aufspüren und Vereiteln von Fluchtversuchen. Für sie war es ein anregendes Spielchen, die Fliehenden zu überraschen und sie fast totzuschlagen – nicht ganz, denn ihre geschundenen Körper sollten ja am nächsten Morgen zum Galgen geschleift werden können. Über ein

Megaphon wurde dann verkündet: »Ferencz Hunyadi, dieser ungarische Feind des Dritten Reiches, hat gestern einen Fluchtversuch unternommen. Seht, wie er bestraft wird!« An Armen und Beinen gefesselt, wurde er mit einer locker geknüpften Schlinge aufgehängt, so daß er minutenlang kämpfen und leiden mußte, bevor er starb.

Dennoch war über die Jahre hin dreihundert Polen die Flucht gelungen, und zwei Monate nach der Zwangsaussiedlung von Zamość entkam auch jener entschlossene Mann, dem Bukowski eine Bitte zugeflüstert hatte. Er tötete einen SS-Mann, zog die deutsche Uniform an, säuberte sie von Blut und verließ das Lager durch das Haupttor. Acht Gefangene, die man der Komplizenschaft verdächtigte, wurden erschossen, aber er kämpfte sich nach Süden durch, wo er sich Jan Buks Partisanen anschloß. »Chalubinski, Schullehrer aus Łódź«, stellte er sich vor. Die Nazis hatten ihn zu einem Mann ohne Nerven gemacht, zu einer Maschine, die nur noch existierte, um Rache zu üben.

Schon wenige Minuten nachdem er mit Buk zusammengetroffen war, begann er eine Litanei vorzubringen, die kein Ende zu nehmen schien. »Wir müssen nach Osten ziehen und eine der neuen Siedlungen von Zamość ausradieren!« Als Buk zögerte, fügte er hinzu: »Wir müssen die deutschen Besatzer wissen lassen, daß sie keine Nacht mehr ruhig schlafen werden, solange sie in Häusern wohnen, die sie uns gestohlen haben!«

Buk sah ihn entgeistert an. »Du meinst, wir sollten uns irgendeines dieser Dörfer vornehmen, es umzingeln und alle Bewohner töten?«

»Genau das meine ich. Wir müssen Angst und Schrecken unter ihnen verbreiten.« Wieder zögerte Buk, aber Chalubinski war nicht bereit, seinen Plan aufzugeben. »Wenn wir eines ihrer Musterdörfer zerstören – ›Unser strahlendes neues Polen!‹ und dieser ganze Mumpitz –, werden die Deutschen endlich wissen, daß sie uns niemals bezwingen können!«

»Und du bist bereit, ein ganzes Dorf niederzubrennen? Und alle im Dorf zu töten?«

»Mit zwanzig Mann und zwanzig Gewehren würde ich es noch heute nacht tun.«

So kompromißlos drängte er auf die Verwirklichung seiner Absichten, daß Buk sich gezwungen sah, die Führer der anderen Gruppen zu sich zu rufen. Als diese sich in einem Kreis zusammengesetzt hatten, um an der Diskussion teilzunehmen, sahen sie zwei völlig verschiedene Männer vor sich: Chalubinski war hochgewachsen und hager, Buk mittelgroß, auch mager, aber nicht ausgemergelt; die Männer des Storchkommandos hatten nicht gerade üppig gelebt, die Häftlinge in Majdanek aber waren systematisch ausgehungert worden. Chalubinski mit dem Gesicht eines Fanatikers wirkte auf alle, als ob die organisierten Schrecken des Konzentrationslagers ihn jeder Menschlichkeit beraubt hätten; Buk jedoch war immer noch der bäuerliche, breitschultrige Mann, der mit widrigen Umständen zu kämpfen gehabt hatte, nie aber einem sorgfältig geplanten Angriff auf Körper und Geist ausgesetzt gewesen war. Der größere Unterschied zwischen den beiden war nicht sichtbar; er lag in ihren Herzen. Chalubinskis Seele hatte schweren Schaden erlitten. Er hatte miterlebt, wie sechs Gefangene, die er gut kannte, vor der Baracke 6 gehängt worden waren. Um fliehen zu können, hatte er einen SS-Mann mit einer Schere erstochen. An einem Tag allein hatte er mithelfen müssen, Gruben für mehr als achtzehntausend Juden auszuheben. Zwei lange Jahre hatte er gezweifelt, ob er jemals würde fliehen können. Und das Schlimmste von allem: Er war immer allein gewesen, hatte nie seine Gedanken mit anderen austauschen dürfen. Jan Buk hingegen hatte immer Freunde um sich gehabt; im Wald war er mit Männern zusammen, denen er vertrauen konnte; bei seinen ersten Streifzügen nach Krakau war er mit wagemutigen Patrioten zusammengetroffen, hatte in Abständen seine Frau besucht und mit intellektuellen Leuten wie dem englischen Wissenschaftler oder Graf Lubonski sprechen können.

Buk begann ganz ruhig: »Eine völlig neue Operation wurde vorgeschlagen. Chalubinski wird es euch erklären.« Der Lehrer faßte seinen Plan in harte, kalte Worte, und als er zu Ende war, sagte Buk: »Sicher seht ihr auch die Gefahren. Wenn wir tun, was er vorschlägt, müssen wir damit rechnen, daß Frank grausame Vergeltung übt.«

»Das ist falsch argumentiert!« rief Chalubinski. »Der Generalgouverneur hat bereits Vergeltung geübt – im vorhinein!« Und er erzählte ihnen vom Haus Unter der Uhr, von der Kapelle im Schloß Lublin, von der Ermordung der Zigeuner und der Erschießung von achtzehntausend Juden an einem Tag.

»Er wird noch schwerere Verbrechen verüben«, warnte ein Bauer.
»Das wird er sowieso tun«, entgegnete Chalubinski, und nun standen die Kommandos dem ersten von zwei moralischen Dilemmas gegenüber, mit denen sie sich bei dieser Operation auseinandersetzen mußten: Sollten sie eine Operation durchführen, die fürchterliche Vergeltung auf unschuldige Nachbarn laden würde, auch wenn diese Operation an sich verdienstvoll war und wenn diese fürchterliche Vergeltung auf jeden Fall kommen würde, ganz gleich, ob sie die Tat vollbrachten oder nicht?
Es wurde lange darüber debattiert, und das Problem verursachte einigen Männern unsagbare Seelenqualen, aber noch bevor eine Entscheidung getroffen werden konnte, wies Buk sie auf das zweite, schwerere Dilemma hin: »Wenn unsere Kommandos ein ahnungsloses Dorf ausrotten und unschuldige Menschen töten, sind sie dann nicht ebenso niederträchtig und gemein wie Frank, wenn er eines von unseren Dörfern niederbrennt?«
»Wir töten keine unschuldigen Menschen!« erklärte ein Mann energisch, und der moralische Aspekt einer solchen Strafexpedition beunruhigte ihn so offensichtlich, daß er viele seiner Kameraden zu überzeugen schien; zustimmend wiederholten sie den Satz. Buk, der ihre Ansicht teilte, mußte daran denken, wie vor ganz kurzer Zeit eben diese Männer, als sie von einer besonders verbrecherischen Geiselerschießung gehört hatten, zu so gut wie jeder Art von Vergeltung bereit gewesen waren. Jetzt, da sich ihnen eine schmutzige Gelegenheit bot, zogen sie es vor, keinen Gebrauch davon zu machen. Allmählich wurde klar, daß die Männer mit großer Mehrheit gegen einen Angriff auf ein Dorf bei Zamość stimmen würden.
Aber noch bevor eine Entscheidung ausgesprochen werden konnte, schob Chalubinski Buk zur Seite und erklärte, um was es bei seinem Vorschlag eigentlich ging: »Ihr Männer redet, als ginge es um ein Picknick – sollen wir lieber Kartoffeln oder Rüben mitnehmen? Männer, hier geht es um die Seele Polens! Hört euch doch einmal an, was geschehen ist!
Wie ihr alle wißt, beschlossen die Nazis, aus Zamość an der russischen Grenze eine nur von Deutschen besiedelte Stadt zu machen. Um das zu erreichen, mußten sie über hunderttausend Polen aus der Stadt und ihrer Umgebung vertreiben. Wie machten sie das? Und was geschah mit diesen Polen?

Die achttausend angesehensten Bürger wurden zur sogenannten Rotunde geführt und erschossen. Nun ja, wie ihr wißt, ist das überall passiert. Aber mitten im Winter wurden die anderen in Konzentrationslager gebracht. Ich sah selbst, wie sie nach Majdanek kamen. Ich sah selbst, wie sie verhungerten. Ich sah selbst, wie ihre Leichen in die Krematorien gefahren wurden, damit ihre Asche als Düngemittel nach Deutschland geschickt werden konnte.

Aber – und auch das wißt ihr – so geht es ja schon die ganze Zeit – Auschwitz, Bełżec, nicht weit von hier; Birkenau, vielleicht das schlimmste von allen. Was zählt, ist das, was sie mit den Kindern gemacht haben. Wegen der Kinder bin ich hierhergekommen. Sie wurden auf Güterwagen verladen, Tausende von ihnen, und in verschiedene Lager geschickt, es war Winter, und es gab keine Decken, kein Essen, kein Wasser, und die Züge hatten Verspätung, und als man die Wagen schließlich öffnete, waren die Kinder alle erfroren.«

Es folgte ein langes, quälendes Schweigen. Einige Männer, die ihre Kinder seit Monaten nicht mehr gesehen hatten, begannen zu weinen. Dann ertönte wieder Chalubinskis harte Stimme. »Wir werden eines der Dörfer, die sie dem Volk von Zamość gestohlen haben, ausradieren. Wir werden jedes Haus zerstören, wir werden keinen Stein auf dem anderen lassen. Weil wir den Deutschen eine Lektion erteilen müssen, nämlich die, daß sie so etwas nie wieder mit uns machen können.« Seine Stimme erhob sich zu einem Schreien: »Sie können unsere Kinder nicht in Züge stopfen und erfrieren lassen! Und wißt ihr, wie Zamość heißen soll, sobald es rein deutsch ist? Himmlerstadt!«

Diese geradezu obszöne Benennung, die Ausmerzung eines ehrenhaften polnischen Namens und die Glorifizierung eines der schmutzigsten Deutschen, die je geboren wurden, das war zuviel für die Kommandos: »Nein! Nein!« riefen einige Männer und wollten sofort nach Zamość aufbrechen.

Aber Jan Buk setzte sich als Chef des Storchkommandos durch. »Wir massakrieren keine unschuldigen Zivilisten!«

Darauf hatte Chalubinski nur gewartet. »Weder sind sie unschuldig, noch sind sie Zivilisten!« rief er wütend. »Leute wie die waren es doch, die Hitler an die Macht gebracht haben! Sie haben alles gutgeheißen, was er tat. Und sie leben glücklich und zufrieden in ihren

neuen Häusern! Frontsoldaten sind das, und die müssen vernichtet werden! Und wenn Buk euch nicht führen will, werde ich es tun!«
Die Männer jubelten ihm zu und bedrängten Buk, er möge bei dieser Aktion mitmachen; aber er wollte sich nicht festlegen. Das war der Beginn einer latenten Unstimmigkeit zwischen ihm und Chalubinski, der sich über die Verzögerung ärgerte, die dadurch entstand, daß Buk den Partisanen vorschlug: »Überlassen wir doch der Zentrale die Entscheidung!« Nach kurzer Zeit erhielt er eine überraschende Antwort: »Schon seit einigen Monaten fassen wir eine Operation dieser Art ins Auge. Die Zeit ist gekommen. Setz deine Gruppe in Marsch und merze eine dieser neuen Siedlungen aus.«
Aus den Einheiten im Wald wurden einhundertacht Männer zusammengezogen, die mit der größten Vorsicht nach Osten abrückten. Unterwegs schlossen sich ihnen andere Partisanengruppen aus Stalowa Wola, aber auch frühere Einwohner aus Zamość an, die einen persönlichen Rachefeldzug gegen die Nazis führten, die sie aus ihren Häusern vertrieben hatten. Sie ließen sich nie in Gruppen von mehr als drei sehen, und während sie langsam in ihre Stellungen einsickerten, gesellten sich noch – geschickt von der Zentrale – zwanzig Männer aus dem Raum Lublin dazu.
Späher kundschafteten die Gegend aus und zogen sechs Gemeinden in die engere Wahl. Deutsche Siedler bestellten dort ihre neuen Felder und hüteten Vieh, das noch vor kurzem polnischen Bauern gehört hatte. Manchmal verlor Buk, wenn er abends die matten Lichter in den hübschen Dörfern sah, alle Lust zu dieser Aktion, und Chalubinski, der von Buks Unzuverlässigkeit bereits überzeugt war, bemerkte diese Unentschlossenheit und beobachtete ihn unaufhörlich.
In einer finsteren Nacht, zehn Minuten vor zwei, nahmen die Kommandos am Nordrand des ausgewählten Dorfes in der Form eines Krummsäbels Aufstellung und postierten Scharfschützen an strategischen Punkten im Süden. Mit wilder Entschlossenheit rückte der Krummsäbel heran, Fackeln wurden entzündet, die das Dorf in Flammen aufgehen lassen würden. Die Scharf- und MG-Schützen, die Finger am Abzug ihrer Waffen, holten tief Atem.
Als Buk sah, daß Chalubinski drauf und dran war, voranzustürmen und den Angriff zu eröffnen, stieß er ihm seine Pistole in den Bauch.

»Das Kommando gebe ich!« Chalubinski schluckte seinen Zorn herunter und konterte: »Vergiß es bloß nicht!«

Nun waren die Partisanen schon so nah, daß man befürchten mußte, die Hunde könnten anschlagen. »Jetzt!« rief Buk seinen Leuten zu und ließ seine Taschenlampe aufblitzen, um den Männern aus Lublin, die an den Flügeln postiert waren, den Beginn der Aktion zu signalisieren. Mit mörderischen Feuerstößen stürmten die Kommandos das Dorf, steckten die Dächer in Brand und nahmen das ganze Gelände unter Beschuß.

Die wütenden Polen, die sich erinnerten, was mit den Kindern geschehen war, die einst in diesem Dorf gespielt hatten, brauchten sich nie mit dem entsetzlichen Problem auseinanderzusetzen, ob sie sich vielleicht eines ähnlichen Verbrechens schuldig machten, denn sie feuerten so massiert, und die Flammen loderten so wild, daß kein Pole je einem einzigen Deutschen gegenüberstand. Man hörte einige wenige Schreie, einige wenige schattenhafte Gestalten liefen durch die Nacht, bis die wartenden Schützen sie niederschossen ... dann herrschte Stille.

Die Strafexpedition fiel zeitlich mit Sendungen des britischen Rundfunks zusammen, in denen über bedeutende russische Siege an der Ostfront berichtet wurde, und wenn Polen in den folgenden Tagen an einem Deutschen vorübergingen, konnten sie schnell feststellen, ob der Betreffende die wichtigen Neuigkeiten bereits gehört hatte. Wenn einer sich besorgt nach allen Seiten umsah, dachten sie bei sich: Der weiß schon Bescheid über Leningrad und Zamość.

Die Wehrmachtsberichte, die die Nazis von der Ostfront erhielten, klangen äußerst bedrohlich. Wie es schien, brauste ein Sieg der alliierten Waffen wie ein Feuersturm aus den Steppen Asiens über das Land. Die Nachrichten aus dem Westen stimmten noch zuversichtlich, denn Städte wie London, aus denen die Kraft eines alliierten Angriffs kommen mußte, befanden sich in großer Gefahr. Die V2s richteten enormen Schaden an, und deshalb war es dringend nötig, daß das Storchkommando, das Pläne und Einzelteile einer richtigen V2 besaß, diese dem alliierten Oberkommando in England zuleitete. Doch die Bemühungen der Partisanen wurden konsequent und brillant von Eschl vereitelt, der alle nur denkbaren Fluchtwege hermetisch verschlossen hielt.

Eines Nachts, als die Polen sicher waren, daß er mit einer Sache beschäftigt sein würde, die sie am anderen Ende des Sperrgebiets in Szene gesetzt hatten, gruben zwei Partisanen in Schwimmanzügen die wichtigen Einzelteile der V2 auf dem Feld des Bauern aus, schwammen über die Weichsel und übergaben einer Köchin, die in der Burg Gorka arbeitete, eine Mappe mit technischen Zeichnungen und ein Bündel von außerordentlichem Wert. Ohne ein Wort zu sprechen, nahm sie Mappe und Bündel in Empfang und brachte sie in die Burg, wo sie sie unverzüglich dem Grafen anvertraute.

Lubonski konnte sich denken, was es war, und er wußte, daß er es nach London schaffen mußte – aber er wußte nicht, wie er das bewerkstelligen sollte. Ohne die Packen geöffnet zu haben, verbarg er sie sofort in einem geheimen Wandfach, das seine Familie in vergangenen Jahrhunderten oft verwendet hatte, und harrte der Dinge, die da kommen sollten. Daß es ihm gelingen würde, das Material an geeigneter Stelle ordnungsgemäß zu übergeben, daran zweifelte er keinen Augenblick.

Als sich Eschl zwei Tage später erneut gezwungen sah, die Burg zu verlassen, um in seinem Bezirk nach dem Rechten zu sehen, durchschwammen die zwei Froschmänner, die die vergrabene V2 bewacht hatten, abermals die Weichsel – diesmal in Begleitung eines Dritten. Es war Jan Buk, der Chef des Storchkommandos, den die Köchin schweigend empfing und unverzüglich in Graf Lubonskis Arbeitszimmer führte.

»Sie sind der Buk aus dem Nachbardorf?«

»Ja.«

»Der Chef des Storchkommandos?«

»Die kenne ich nicht. Ich höre nur Gerüchte.«

»Weshalb sind Sie gekommen? Weshalb bringen Sie uns beide in so große Gefahr?«

»Morgen um halb zwei Uhr mittags werde ich in einem gestohlenen deutschen Militärfahrzeug in Uniform vor Ihrer Burg vorfahren und Sie nach London bringen.«

»Wie denn?«

»Halten Sie sich bereit. Halb zwei. Sie müssen unbedingt pünktlich sein.«

Und schon ging er wieder. Er hatte Lubonski gerade das Nötigste gesagt, um seine Aufmerksamkeit zu erregen, aber kein Wort, das der Graf verraten könnte, wenn er erwischt wurde.

In dieser Nacht schwamm Buk nicht zurück. Er blieb im Wald bei den Männern, die den Stabswagen gestohlen und die nötigen falschen Papiere besorgt hatten. Überzeugt, daß von polnischer Seite alles Menschenmögliche getan worden war, schlief Buk so leicht ein, als ob er einen Tag lang hinter dem Pflug gegangen wäre und ein reichliches Mahl verzehrt hätte. In den letzten Jahren war er Tag und Nacht in Gefahr geschwebt und hatte erkannt, daß er nicht viel dagegen tun konnte. Morgen würde er versuchen, mit einem gestohlenen Wagen ein Dutzend Kontrollen zu passieren, und er hoffte, daß ihm das Glück auch weiterhin treu bleiben würde.

Auch Walerian Lubonski schlief rasch ein. Die Männer seiner Familie waren zum Dienen erzogen worden, und für ihn war es in keiner Weise ungewöhnlich, daß er jetzt aufgerufen war, sich einer gefährlichen Aufgabe von so zwingender Notwendigkeit zu unterziehen. Das tödliche Risiko, das er bei diesem Spiel – dessen Regeln er nicht einmal kannte – einging, war nicht größer als die Gefahr, der sich seine Vorfahren in der Schlacht von Grunwald und im Kampf vor Wien ausgesetzt hatten.

Doch am nächsten Vormittag erlitt er einen Schock. Gegen halb elf ließ Falk von Eschl ausrichten, daß er mit dem Burgherrn zu speisen und über einige wichtige Dinge zu sprechen wünschte, und weil der deutsche Kommandant sehr spät zu essen pflegte, schien Lubonskis Abfahrt um halb zwei in Frage gestellt. Zuerst dachte der Graf daran, seine Köchin zu bitten, Buk – wenn er irgendwo zu finden war – eine Nachricht zu überbringen, aber es war wohl doch zu gefährlich für sie, am hellichten Tag im Wald herumzuirren. Und außerdem: Wenn Jan Buk tüchtig genug war, eine so komplizierte Flucht zu organisieren, würde er auch Eschls Mercedes in der Einfahrt stehen sehen und so gescheit sein, die richtigen Schlüsse daraus zu ziehen.

Lubonski war daher nicht übermäßig nervös, als er seinen deutschen Gast erwartete; um halb zwölf begab er sich in die Küche, um sich zu vergewissern, daß die Zubereitung des Wildgerichts, das die Köchin servieren sollte, gut gelungen war. »Sehen Sie zu, daß pünktlich serviert wird«, sagte er, und sie nickte. Sie begriff, daß sich hinter dieser einfachen Aufforderung etwas sehr Kompliziertes verbergen konnte.

Hätte er sie gebeten, Eschl, wenn sie den Braten auftrug, mit dem Tranchiermesser zu erstechen, sie wäre nicht überrascht gewesen und hätte seinen Befehl prompt ausgeführt.
Um Viertel vor zwölf erreichte eine gute Nachricht die Burg: Eschl mußte nach Krakau zu einer Sitzung, die von Dr. Hans Frank persönlich anberaumt worden war, und ließ anfragen, ob schon um Viertel nach zwölf gegessen werden könnte. Um Lubonski dafür zu entschädigen, daß er ihm solche Unannehmlichkeiten bereitete, erschien Eschl mit einer Flaschen guten Traminers. Die Mahlzeit verlief in freundlicher Atmosphäre. Sie unterhielten sich abwechselnd in Deutsch, Englisch und Französisch; hin und wieder, als höfliche Geste gegenüber seinem Gastgeber, warf Eschl auch einen polnischen Satz ein. Wenn Lubonski den Wein lobte, tat er das auf französisch; wenn er eine die Kriegführung betreffende Frage stellte, gebrauchte er die deutsche Sprache; Eschl wiederum antwortete in der jeweils passenden Sprache.
»Es ist ja hinlänglich bekannt ...« begann er, zwirbelte den dünnen Stiel seines Weinglases und studierte es, ohne Lubonski anzusehen. »... ich meine unter den Offizieren. Ist es auch sonst bekannt, was wir im Sperrgebiet machen?«
»Ich weiß es ja selbst kaum.«
»Diese gewaltigen Explosionen ...«
»Ich nehme an, es handelt sich um eine neue Art militärischer Ausrüstung.«
»Sie haben doch sicher von den Dingen gehört, die da durch die Luft fliegen.«
»Ich habe Gerüchte gehört. Gesehen habe ich nichts.«
»Was meinen Sie: Wäre der polnische Untergrund in der Lage, einen Angriff auf das Sperrgebiet zu unternehmen?«
»Ich könnte mir vorstellen, daß unsere Leute alles versuchen. Wir führen schließlich Krieg gegeneinander.«
»Eigentlich nicht. Der zukünftige Weg ist eindeutig festgelegt, meine ich. Hier handelt es sich doch mehr um eine Pazifizierung.«
Höflich stimmte Lubonski ihm zu. »Meine Empfehlung an Dr. Frank. Sie wissen ja, daß er schon zweimal mein Gast hier war.«
»Das ist mir bekannt. Er spricht mit großer Wertschätzung von Ihnen.« Wieder zwirbelte Eschl den Stiel seines Glases, und auch dies-

mal vermied er es, den Blick auf Lubonski zu richten. »Sie wissen natürlich«, fügte er beiläufig hinzu, »daß wir, sobald wir die Russen geschlagen haben ...« Er unterbrach sich, als ihm bewußt wurde, wie dumm das klingen mußte, wo doch die Russen an der ganzen Front vorrückten. Es entstand eine kurze Pause, dann wechselte er radikal das Thema. »Wir können mit gutem Grund annehmen, daß das, was wir im Sperrgebiet zur Vollendung bringen ... daß das Englands Fähigkeit, weiter Krieg zu führen, lahmlegen wird. Dann werden wir die Waffe gegen Moskau einsetzen und auch diese Stadt vernichten. Wir sind dem Sieg näher, als Sie denken.«

Es klang forsch, geradezu herausfordernd. Er fuhr fort: »Dr. Frank, der, wie gesagt, große Stücke auf Sie hält – Sie sind für ihn ein wahrer polnischer Patriot –, er hat darüber nachgedacht, ob es – wenn wir die Russen erst einmal erledigt haben –, ob es da nicht in unseren Plänen für ein neues Polen Platz für einen ortsansässigen Mann geben könnte ... eine Persönlichkeit, versteht sich ... der als unser Vertreter fungieren würde.« Er legte eine bedeutsame Pause ein und fügte hinzu: »Vielleicht eine Persönlichkeit aus dieser Burg. Es ließe sich machen.«

Lubonski tat überrascht und erfreut darüber, daß man daran gedacht hatte, ihm ein so ehrenvolles und mit so großer Verantwortung verbundenes Amt zu übertragen. Nur zu gern hätte er eine Bemerkung über die Absurdität einer Situation fallenlassen, in der die Deutschen an einem Tag die Möglichkeit erörterten, ihn als potentiellen feindlichen Agenten erschießen zu lassen – und er wußte, daß Eschl und Konrad Krumpf darüber gesprochen hatten –, um ihm am nächsten Tag ein Prokonsulat anzutragen. Aber heute war nicht der Tag, lächerliche Spielchen zu spielen; seine Aufgabe war es, zwei Pakete nach London zu bringen, und er durfte sich dabei von nichts aufhalten lassen. »Wenn hier wieder Frieden herrscht, muß alles getan werden, um so schnell wie möglich normale Verhältnisse herzustellen. Ich denke da zum Beispiel an das Ackerland innerhalb Ihres Sperrgebiets, das wieder bewirtschaftet werden könnte und müßte ...«

Die zwei Männer unterhielten sich jetzt auf englisch, einer Sprache, in der beide ein reiches Vokabular an Fachausdrücken besaßen, und so erwiderte jetzt Eschl: »Ich glaube, es war der amerikanische Präsident Harding, der das Wort *Normalität* prägte. Ja, so bald wie nur ir-

gend möglich, werden wir die Normalität wiederherstellen, natürlich nicht ganz *die* Normalität, wie sie vor dem Krieg bestanden hat.«
»Natürlich nicht.«
»Es ist eine Zeit der Veränderungen, das wissen Sie ja.«
»Allerdings. Jedesmal, wenn ich nach Krakau komme, sehe ich, wie die Dinge sich verändert haben – oft auch zum Besseren.«
»Ja ... ja. Dieses Land könnte ein wichtiger Teil Europas werden, eine wahre Kornkammer. Wintersportplätze in Ihren Bergen im Süden – eine lohnende Aufgabe für einen Mann mit Sinn für das rechte Maß ... einen Mann wie Sie.«
»Empfehlen Sie mich dem Generalgouverneur.«
»Das werde ich tun«, versprach Eschl und wollte schon ein anderes, nicht minder wichtiges Thema anschneiden – der Zuzug weiterer polnischer Bauern aus dem Norden, um hier die Felder zu bestellen –, als Lubonski auf die Uhr sah, was Eschl veranlaßte, das gleiche zu tun: »Na so was! Wie doch die Zeit verfliegt bei gutem Essen, gutem Wein und freundschaftlichem Gespräch!«
Er verabschiedete sich von Lubonski, lief die Steintreppe zum Erdgeschoß hinunter und sprang in den wartenden Mercedes. Kaum hatte dieser die Burganlage verlassen, rollte ein zweiter Wagen der gleichen Marke heran. Am Steuer saß Jan Buk in deutscher Uniform. Ein Soldat in der gleichen Montur sprang heraus und riß den Schlag auf; mit seinen zwei Paketen verließ Graf Lubonski die Burg.
Wäre die Weichsel leichter schiffbar gewesen und hätte das Storchkommando über irgendein schnelles Boot verfügt, die Fahrt wäre kein Problem gewesen, denn der geheime Flugplatz, der ziemlich häufig vom Untergrund benutzt wurde, lag etwa fünfzig Kilometer flußaufwärts am rechten Ufer in einem Gebiet mit vielen kleinen, weithin verstreuten Dörfern. Er war dem Krakauer Flugplatz auf der anderen Seite des Flusses erschreckend nahe, doch der Betrieb auf dem Nazi-Flugplatz half die Flüge von und nach Zaborow zu verschleiern.
Das gutgetarnte Flugfeld mit dem Auto zu erreichen war sehr schwierig, denn natürlich gab es keine Fernstraßen, und sie mußten bei zahlreichen Sperren halten. Aber sie hatten eiserne Nerven und gefälschte Papiere, die sie als polnische Fahrer eines hochrangigen deutschen Offiziers auswiesen. Dazu machte sich Lubonski den

Spaß, in seinem kultivierten Deutsch die Frage an die Posten zu stellen: »Ist der andere Mercedes schon weit vor uns?« Wenn dann die Antwort kam: »Nicht allzu weit«, lehnte er sich scheinbar behaglich zurück und brummte: »Keine Sorge, wir werden sie noch vor Krakau eingeholt haben.«
Sie machten einen Bogen um die Stadt Tarnów und fuhren weiter nach Norden in Richtung Zabno, wo sie den Dunajec, einen ziemlich breiten Fluß, überqueren mußten. Sie wußten, daß die Brücke streng bewacht war, aber sie besaßen die nötige Kaltschnäuzigkeit, um durchzukommen, und konnten nun gute Landstraßen benutzen. Sie erreichten eine Sackgasse. Dort nahmen einige Partisanen sie in Empfang, fuhren den Mercedes unverzüglich weg und brachten Lubonski in eine Hütte, wo er mit Jan Buk warten konnte, bis die Kuriermaschine eintraf.
Diese Operation, die vielleicht zweimal in drei Monaten durchgeführt wurde, trug die Bezeichnung »Die Brücke«, denn sie verband in der italienischen Stadt Bari an der Adria stationierte Einheiten der polnischen Luftstreitkräfte mit ihrer Heimat. Über diese Luftbrücke kamen wagemutige polnische Offiziere mit Informationen für den Untergrund; ausgeflogen wurden Kuriere mit Botschaften für verschiedene alliierte Kommandostellen, aber weder diese noch jene hatten je Informationen von so enormer Tragweite übermittelt wie die, die Lubonski jetzt auf seinem Schoß hielt. Die Zukunft ganzer Nationen hing vom glücklichen Ausgang dieses Fluges ab.
Dunkelheit brach herein, und am Himmel erschien eine schmale Mondsichel, aber kein Flugzeug kam aus Bari. Eine Transportmaschine näherte sich dem deutschen Stützpunkt jenseits des Flusses, aber über Zaborow blieb es still. Es wurde Mitternacht. Lubonski fing an sich Sorgen zu machen, aber Jan Buk beruhigte ihn. Wenn eine solche Maschine angesagt war, kam sie auch. Und schon eine Viertelstunde später signalisierte das wendige schwarze Flugzeug seine Ankunft. Unauffällige Lichter blitzten auf; das Flugzeug kreiste nur einmal, landete dann überraschend schnell und bremste ruckweise, während es über den grasigen Boden jagte. Mit einigen Schwierigkeiten brachte es der Pilot zum Stehen, worauf Dutzende von Männern aus dem Wald hervorstürzten, in den Händen Kanister mit kostbarem Benzin, das sie aus deutschen Depots gestohlen hatten.

Aus dem Flugzeug sprangen drei Männer, die Lubonski nicht kannte; es waren Militärs, die bei der Organisation von Unruhen helfen sollten, die bald in ganz Polen aufflammen würden. Mit verschlossenen Gesichtern machten sie sich eilig auf den Weg.
Zwanzig Minuten später war Graf Lubonski an seinem Sitz festgeschnallt. Er verabschiedete sich von dem tapferen jungen Mann, der ihn so weit gebracht hatte. »Leben Sie wohl, Buk. Sie haben Ihre Sache gut gemacht.«
Sie flogen in südlicher Richtung über die Tschechoslowakei, über das ungarische Flachland, quer durch Jugoslawien bis Dubrovnik und von dort nach Bari, wo schon eine schnelle Kuriermaschine wartete, um den Grafen und seine kostbare Fracht eiligst nach London zu bringen. Dieses Flugzeug überquerte Italien, Korsika und den Großteil Frankreichs, bevor es im Morgengrauen auf einem Militärflughafen in der Nähe von London niederging. Sieben Länder waren überflogen worden – zu einer Zeit, da Reichsmarschall Göring noch steif und fest behauptete, daß seine Luftwaffe den Himmel über Europa beherrsche.
Kaum war das Flugzeug in England gelandet, stürzten britische Geheimdienstler, die er schon 1919 in London kennengelernt hatte, auf Lubonski zu und beglückwünschten ihn zu seiner heldenhaften Tat. Dann nahmen sie ihm die Pakete ab, um sie auf schnellstem Weg in militärische und wissenschaftliche Laboratorien zu bringen; nie würde er zu Gesicht bekommen, was das Storchkommando aus der Weichsel geborgen hatte. »Sie haben anstrengende Stunden hinter sich«, sagten seine Freunde, »was meinen Sie, können Sie auch noch einen anstrengenden Tag durchstehen?« Lubonskis Antwort lautete: »Dazu bin ich schließlich hergekommen.«
Er wurde in das Büro gebracht, in dem die BBC in London ihre allabendlichen Sendungen für die freie Welt, aber auch für die Länder vorbereitete, die noch von den Nazis besetzt waren. Dort begrüßte ihn ein Herr im Tweedanzug mit einer Pfeife im Mund, bot ihm eine Tasse Tee und einen Schluck Whisky an und machte ihm einen erstaunlichen Vorschlag. »Wir möchten, daß Sie heute abend um sieben einen vollständigen und wahrheitsgetreuen Bericht über alles geben, was Sie in den letzten vierundzwanzig Stunden getan haben. Natürlich ein bißchen verschleiert, Sie wissen schon, aber ansonsten ohne Rückhalt, klar und deutlich.«

Als Lubonski wissen wollte, wozu das gut sein solle, rief der Engländer seine Mitarbeiter zusammen, die ihm begeistert erklärten: »Namen, Daten, Tricks und Kriegslisten, ein wenig zusammengestutzt und zurechtgemacht – damit bringen wir sie zur Raserei.«

»Wollen Sie es deutsch oder polnisch haben? Ich meine, wen wollen Sie damit verunsichern?«

»In beiden Sprachen. Zuerst polnisch, dann gleich hinterher deutsch: Um die Polen wissen zu lassen, wie waghalsig ihre Leute sind, und um den Deutschen einen gehörigen Schrecken einzujagen.«

Lubonski wurde aufgeregt: Sowohl in der polnischen als auch in der deutschen Fassung sollte er die einzelnen Nazis beim Namen nennen, deren Verbrechen den Tod verdient hatten. »In diesen Tagen höchster Verwirrung liegt uns daran, sie in Panik zu versetzen und dazu zu bringen, falsche Entscheidungen zu treffen.«

Im Lauf des Nachmittags berichtete Lubonski, was er vom Terror wußte, unterließ es aber nicht, immer wieder darauf hinzuweisen, daß er sein Wissen fast ausschließlich aus zweiter Hand bezogen hatte: »Ich selbst wurde nicht Unter der Uhr in Lublin vernommen, aber ich kenne zwei absolut glaubwürdige Männer, die diese Verhöre durchgemacht haben. Ihre Flucht ...« Er verstummte. Was immer er bei seiner relativ einfachen »Ausreise« auch geleistet haben mochte, es war banal und der Erwähnung nicht wert, wenn man es mit den Erlebnissen eines Menschen verglich, der etwa der Behandlung mit dem Besenstiel Unter der Uhr unterzogen worden und mit dem Leben davongekommen war.

Mitgenommen – nicht von seiner Arbeit, sondern von seinen Erinnerungen – sank er gegen fünf in tiefen Schlaf. Um Viertel vor sieben wurde er geweckt, um die historische Rundfunkrede zu halten, die später in neun Sprachen gedruckt und von hundert Bombern aus den Wolken über ganz Europa ausgestreut wurde:

»Guten Abend, polnische Männer und Frauen und Angehörige der deutschen Besatzungsmacht. Ich bin Graf Walerian Lubonski, und mein Wohnsitz ist die Burg Gorka am rechten Weichselufer zwischen Krakau und Sandomierz.

Gestern um Viertel nach zwölf Uhr aß ich in meiner Burg mit Falk von Eschl, dem Kommandanten des Sperrgebiets, zu Mittag. Ich setzte ihm Wild vor, und er revanchierte sich mit einer Flasche Trami-

ner. Ich erwähne diese Einzelheiten, um ihm, falls er mich hört – und ich bin sicher, daß er mich hört –, um ihm also zu beweisen, daß ich der bin, der ich zu sein behaupte, und daß ich die Wahrheit sage.
Um halb zwei verließ er in einem Mercedes-Benz mit seinem Chauffeur Reiglen die Burg, um nach Krakau zu fahren. Er weiß allerdings nicht, daß ich fünfzehn Minuten später ebenfalls die Burg verließ, und zwar ebenfalls in einem Mercedes – gestohlen aus dem Fuhrpark des Oberkommandos in Krakau. Mein Fahrer war ein Angehöriger des sogenannten Storchkommandos, der eine gestohlene Naziuniform trug. Mit gefälschten Papieren versehen, fuhren wir in südlicher Richtung nach Dukla und über die Karpatenpässe zu einem im Osten der Tschechoslowakei gelegenen geheimen Flugplatz, der regelmäßig von Flugzeugen der Alliierten angeflogen wird. Eines davon brachte mich auf einen französischen Stützpunkt, dreißig Kilometer vom Kanal entfernt. Von dort war es nur mehr ein kleiner Sprung nach London.
Falk von Eschl wird mit Interesse erfahren, daß ich die kompletten Planunterlagen und ausgesuchte Einzelteile jenes Objekts bei mir hatte, das vor wenigen Wochen in die Weichsel stürzte. Sie befinden sich jetzt in den Händen des britischen Geheimdienstes.
Ich gebe diese Einzelheiten aus zwei Gründen bekannt: Erstens um meinen polnischen Landsleuten neuen Mut zuzusprechen. Mit jedem Tag kommt der Sieg näher. Die Alliierten stehen kurz vor dem Beginn des Kreuzzuges, der bald ganz Europa befreien wird. In London habe ich Berichte über große russische Siege gesehen; bald wird auch Warschau wieder frei sein.
Und dies ist der zweite Grund, warum ich zu euch spreche: Den Deutschen, die mir jetzt zuhören, will ich Todesangst einjagen, und ich will Namen nennen:
Generalgouverneur Dr. Hans Frank: Ich habe Abschriften aller Ihrer an das polnische Volk erlassener Verordnungen bei mir. Ihre eigenen Worte verurteilen Sie, und eines Tages wird man Sie hängen.
Falk von Eschl, Hausgast auf meiner Burg: Ich habe bei mir Berichte über das von Ihnen anbefohlene Massaker im Dorf Nova Polska. Für diese und andere Verbrechen wird man Sie hängen.
Konrad Krumpf: Ich habe genaue Berichte über Ihre vielen Schandtaten in den Jahren, die Sie im Schloß Bukowski verbrachten. Ich

weiß, daß Sie nach Frankreich geflüchtet sind, aber man wird Sie finden und wegen Ihrer vielen Verbrechen hängen.

Walter Nocke, Kommandant der Gestapo-Außenstelle Unter der Uhr: Wir besitzen ein vollständiges Dossier Ihrer ungeheuren Verbrechen. Sie werden hängen.

Hans Fiddler und Ulbricht Untermann, Richter an dem schändlichen, berüchtigten Gerichtshof in Schloß Lublin: Ihre eigenen Leute haben Listen Ihrer vielfachen Morde aufgestellt; dafür werden Sie am Galgen enden.

Arthur Liebehenschel, Kommandant des Konzentrationslagers Majdanek: Geflohene Häftlinge haben über Ihre infamen Verbrechen berichtet. Dafür wird man Sie hängen.

Otto Grundtz, Kommandant von Feld vier in Majdanek: Gefangene, die Sie gut kannten, haben Listen Ihrer abscheulichen Verbrechen zusammengestellt. Auch Sie wird man hinrichten.«

Und so ging es immer weiter: Er nannte Namen und nannte spezifische Verbrechen, für die man die Schuldigen hängen würde. Dann gab er ein Versprechen ab:

»Wenn nötig, werde ich den Rest meines Lebens damit verbringen, von Land zu Land, von Gerichtshof zu Gerichtshof zu reisen, um gegen Sie alle Zeugnis abzulegen; ich werde meine Freunde mitbringen, damit sie gegen Sie aussagen, bis jeder einzelne von Ihnen gehängt ist.

Unter den Besatzungstruppen gibt es viele anständige Deutsche, die uns Polen geholfen haben, und ihnen möchte ich Zusagen geben. Ich werde ihre Namen hier nicht nennen, um sie nicht den Repressalien der Ungeheuer auszusetzen, deren Befehlen sie jetzt gehorchen müssen, aber sie werden in der Lage sein, sich auszuweisen, und so wie ich den anderen versprochen habe, nicht zu ruhen, bis ich mitgeholfen habe, sie an den Galgen zu bringen, verspreche ich ihnen, daß ich an jeden Gerichtshof der Welt reisen werde, um zu bezeugen, daß sie rechtschaffene, ehrenhafte und mitfühlende Menschen sind. Es wird ihnen kein Leid geschehen.

Wir fordern Gerechtigkeit und wollen für andere eine Warnung aussprechen, nie zu handeln, wie Frank und seine Leute im Generalgouvernement gehandelt haben. Der Tag der Vergeltung für das entsetzliche Unrecht, das an uns Polen begangen wurde, ist nicht mehr fern,

und sie wird ebenso gnadenlos sein, wie die deutschen Besetzer grausam waren.
Ich nehme an, daß Sie, Falk von Eschl, meine Burg vernichten werden. Nun, sie wurde in der Vergangenheit schon von Tataren, Kosaken, Schweden und Ungarn zerstört und von meinen Vorfahren immer wiederaufgebaut. Wir werden wiederaufbauen. Gleich anderen Eroberern ist es Ihnen nicht gelungen, Polen zu töten. Es wird ewig leben.«

Lubonskis erste durch die BBC ausgestrahlte Sendung fand ein so gewaltiges Echo, daß er aufgefordert wurde, eine Reihe von Vorträgen über die Zustände in anderen von den Nazis besetzten Gebieten zu halten. Dadurch kam er in Kontakt mit Vertretern vieler Länder, die alle danach lechzten, ihre Freiheit wiederzugewinnen, und an manchen Tagen glaubte er, seines Vaters Minister-Portefeuille im Wien der neunziger Jahre des vergangenen Jahrhunderts zu halten, als die Umstände ähnlich gewesen waren.

Konventionen ändern sich, dachte er, nicht aber die großen, grundlegenden Probleme, und nirgends trat diese Binsenwahrheit deutlicher zutage als in der von neuem auftauchenden Streitfrage eines Zusammenschlusses von Polen, Litauen und der Ukraine – eine Streitfrage, die seinem Vater, Andrzej Lubonski, das Herz gebrochen hatte. Die strategische Lage war genau die gleiche wie 1920. Die drei isolierten und wehrlosen Länder mußten sich zusammenschließen, wie sie es in vergangenen Jahrhunderten getan hatten, oder jedes für sich untergehen. Aber so wie ein wuchernder Nationalismus eine solche Union schon 1920 verhindert hatte, vereitelte er auch jetzt jede vernünftige Annäherung.

Sein Vater hatte damals in Brest-Litowsk Gespräche mit Litauern und Ukrainern geführt, und jetzt hielt er, der Sohn, seine Zusammenkünfte in London – mit dem gleichen kläglichen Resultat. Jedes Land hatte Angst vor den anderen beiden, jedes war davon überzeugt, daß ihm diesmal der akrobatische Balanceakt auf dem Seil zwischen Deutschland und Rußland gelingen würde.

Ungeachtet des Pessimismus, mit dem er der Zukunft entgegensah, fand Lubonski viel Tröstliches in der Gegenwart; er dachte oft an die mutigen Menschen, die auch in der größten Gefahr für ihr Land gekämpft hatten und noch kämpften. Seine Köchin zum Beispiel, diese einfache Frau, die sich immer wieder ohne Furcht großen Risiken ausgesetzt, oder Jan Buk, der die Sache mit der V2 so professionell erledigt hatte. Die Art, wie sich Jan Buk mit seinen Männern der V2 bemächtigt und dann dafür gesorgt hatte, daß ihre wichtigsten Teile und Lubonski sicher nach London gelangten, veranlaßte den Grafen, sich bei der polnischen Exilregierung dafür einzusetzen, den jungen Partisan in Anerkennung seiner außerordentlichen Verdienste mit einem Orden zu ehren; und so bat ein polnischer Oberst, der am nächsten Flug von Bari zu dem geheimen Flugplatz bei Krakau teilnahm, um bei der Führung des Warschauer Aufstands mitzuhelfen, darum, in den Szczęker Wald gebracht zu werden, wo er mit Buk und Chalubinski zusammentraf und den Orden überreichte.

»Verstecken Sie ihn gut bis zum Sieg«, riet der Oberst. »Die Nazis dürfen ihn auf keinen Fall finden.«

Buk folgte seinem Rat, aber eines Tages bat Chalubinski ihn: »Ich würde den Orden gern mal sehen.« Jan grub ihn aus.

»Er trägt das Bild von König Jagiello«, sagte er. »Er war unser Held.«

»Lubonski und diese Bande in London! Buk, die sind doch alle aus dem vorigen Jahrhundert! Es wird ein ganz anderes Polen kommen, glaub mir. Die uns aus dem Osten zu Hilfe eilen, die werden das richtige Polen aufbauen.«

»Was meinst du?«

»Die Russen. Die Kommunisten. Die werden nichts mit solchem Blech zu tun haben wollen.«

»Soll ich ihn vielleicht wegwerfen?« entgegnete Buk zornig.

»Nein. Er paßt zu dir, dieser Orden. So wie dieser Graf, der schon ausgespielt hat und nur mehr seinen Besitz wiederhaben will.«

Buk bemühte sich, die Beherrschung nicht zu verlieren, aber als ein Mann von Ehre mußte er Lubonski verteidigen. »Nach deinen Worten zu schließen, hast du in Majdanek deinen Mann gestellt. Aber du kannst mir glauben, das hat auch Lubonski auf Burg Gorka getan. Und wenn er uns nicht geholfen hätte, würde es unser Kommando heute nicht mehr geben.«

»Wenn der Krieg zu Ende ist, tut er gut daran, in London zu bleiben. Er wird hier nicht mehr erwünscht sein.« Zwar legte Buk es nicht auf eine Konfrontation an, aber er fühlte sich gezwungen, zu erwidern:

»Dein neues Polen wird ein trauriger Laden sein, wenn es darin keinen Platz für Männer wie ihn geben wird.« Chalubinski schüttelte den Kopf: »Du scheinst das nicht zu begreifen. Eine ganz neue Art von Menschen wird Polen aufbauen.«

»Und wer wird das sein?« konterte Buk angriffslustig.

Und nun kam es heraus: »Sozialisten und Männer, die den Kommunismus verstehen, werden hier mit russischer Hilfe eine neue, eine unvergleichlich bessere Gesellschaft errichten.«

Ganz ruhig gab Buk zu verstehen: »Ich mißtraue jeder Hilfe, die aus Rußland kommt.«

Das machte Chalubinski wütend, und er hatte die Logik auf seiner Seite, als er Jan fragte: »Hast du etwas gegen die großen Siege, die die Russen uns schenken? Gegen die Rettung, für die wir ihnen bald werden danken können?«

»Ich habe nichts gegen ihre Soldaten, wenn sie einmarschieren, aber ich möchte, daß sie bald wieder hinausmarschieren.«

Die bloße Vorstellung, die Hilfe der Sowjets könnte sich auch nachteilig für Polen auswirken, erschien Chalubinski so empörend, daß er zu schreien anfing. Darauf meldete sich ein Partisan, ein alter Mann, zu Wort – er war neunundvierzig, aber nach Jahren des Hungerns sah er aus wie neunundsechzig; er begann ein wenig stockend, doch je länger er sprach, desto aufmerksamer hörten ihm seine Kameraden zu, denn er drückte das aus, was sie alle dachten:

»Abends im Dorf, wenn wir über Polen sprachen ... in jenen Tagen, meine ich, die ihr nicht kanntet, als es kein Polen gab ... da fragten wir uns oft: ›Was wäre besser – unter russischer oder unter deutscher Herrschaft zu leben?‹ Und die Alten, die beides erlebt hatten, hielten mit der Wahrheit nicht hinter dem Berg.

›Die Deutschen‹, sagten sie, ›sind die grausamsten Menschen auf der Welt. Sie morden, sie metzeln, und sie tun es im Namen der Zivilisation.‹ Sie legten uns dringend nahe, alles zu tun, um nicht unter den Deutschen leben zu müssen.

Aber dann hieß es auch, daß man mit den Deutschen im Lauf der Jahre, wenn einmal der erste Zorn nachließ, durch gegenseitiges Nachgeben einen gütlichen Ausgleich herbeiführen könne. Ein tragbarer Zustand ließ sich erzielen. Das Leben war nie erfreulich, aber es war möglich, denn es gab Musik und Festlichkeiten, man konnte nach Berlin fahren, und wenn man alles so machte, wie sie es haben wollten, überlebte man und konnte hin und wieder sogar seinen Spaß haben.

Bei den Russen aber gab es keine Hoffnung. Nur die tote Hand der Unterdrückung, die ungeminderte Last russischer Gefühllosigkeit. Arbeit, Arbeit, Arbeit. Eine sinnlose Vorschrift nach der anderen. Auch in Ausnahmefällen keine Erleichterung. Tu alles auf ihre Art oder krepier.

Ich selbst habe unter den Russen gelebt, und es war wie in einer Gruft, einer großen Gruft, ja, mit genügend Raum, um sich ein bißchen zu bewegen – aber eine Gruft. Die Russen sind imstande, eine ganze Nation in eine Gruft einzumauern. Wenn es um den Bau von Gruften geht, sind sie Genies.

Wenn ich also zwischen Deutschland und Rußland wählen soll, kann ich nur sagen: ›Ich mag sie beide nicht, aber die Russen noch ein bißchen weniger.‹«

Impulsiv holte Chalubinski mit dem rechten Arm aus und schlug den Mann mitten ins Gesicht. »Dafür, daß du dich gegen das einzige Land wendest, das bereit ist, uns zu helfen, solltest du erschossen werden!« Die Gemüter hätten sich erhitzt, wenn Jan Buk nicht dazwischengetreten wäre, um die Diskussion zu beenden. »Ich bin sicher, daß im neuen Polen für uns alle Platz sein wird«; aber Chalubinski mit seinem festen Glauben an die Zukunft widersprach: »Nicht für deinen Freund Bukowski, der mit allen diesen Schätzen geflohen ist. Und dieser bornierte Lubonski ist auch nicht besser. Gut, daß wir die beiden los sind!«

Buk hatte kein Interesse daran, diese Diskussion, die er für sinnlos hielt, fortzusetzen. Er rief sich die Erinnerung an die zwei Männer wach, die Chalubinski da gerade in einen Topf geworfen hatte – Ludwik Bukowski, der sich in einem mit Kunstschätzen beladenen Nazizug heimlich nach Paris davongemacht hatte, und Walerian Lubonski, der nach London geflohen war, um auf seine ehrenhafte Art den Krieg weiterzuführen. Mein Gott, sieht er denn nicht den Unterschied?

An der Weichsel ging der Krieg fast ein Jahr früher zu Ende als an der Westfront, denn um den 20. Juli 1944 war allen klar, daß die Sowjettruppen Lublin innerhalb von zwei Tagen einnehmen würden.

Jetzt sollten die polnischen Bürger dieser Stadt, die so grauenhaft unter den siegreichen Deutschen gelitten hatten, Gelegenheit haben zu beobachten, wie die gleichen Deutschen ihre Niederlage hinnahmen.
Mit einem Male begannen deutsche Soldaten polnische Familien aufzusuchen, überraschte Hausfrauen daran zu erinnern, wie sie, die Nazis, den Polen immer gut Freund gewesen waren und wie dieser oder jener Deutsche den Kindern an einem bestimmten Tag Geschenke gebracht hatte. In den Gesichtern der Deutschen waren Angst und Schrecken zu lesen; ein Hauptmann ging von Haus zu Haus, versuchte Freundschaften zu schließen und nannte immer wieder klar und deutlich seinen Namen: »Ich heiße Günter Kratzky. Ich heiße Günter Kratzky und komme aus einem kleinen Dorf in der Nähe von Dresden.« Im letzten Moment, als er hörte, daß die Sowjettruppen nur mehr zehn Kilometer östlich der Stadt standen, geriet er in Panik und flüchtete Hals über Kopf.
Andere änderten sich nicht. Walther Nocke besuchte die Zellen Unter der Uhr und zählte die Gefangenen, die die Folter erwarteten oder gerade gefoltert wurden: neunzehn Männer und zwei Frauen. »Werden alle erschossen«, befahl er und beteiligte sich an den Tötungen.
Vierhundertdreiundsechzig Gefangene warteten in den Zellen von Schloß Lublin auf ihren Prozeß, aber der Zivilrichter mit den dicken Brillengläsern konnte das sinnlose Töten nicht mehr ertragen. »Laßt sie alle laufen«, sagte er. Der junge Gestapo-Richter jedoch, der bei den Verhandlungen in der Kapelle immer geschrien hatte, erließ eine Verordnung, wonach alle schuldig waren, und so wurden sie allesamt erschossen.
Da in Majdanek alle jüdischen Spätankömmlinge bereits in den vergangenen drei Wochen liquidiert worden waren, kam die Lagerleitung zu dem Schluß, daß sich eine Massenhinrichtung erübrigte. Es wurde den einzelnen Feldkommandanten jedoch freigestellt, alle Lagerinsassen, die ihnen zuwider waren, zu eliminieren – sei es durch Hängen, sei es durch Erschießen. Grundtz suchte einen Mann, den er besonders verabscheute, diesen Szymon Bukowski, dem es gelungen war, der Baracke 19 zu entwischen, indem er sich einen Arbeitsplatz in der Schusterei geangelt hatte. Aber Bukowski war nicht zu finden.

Willi Zimmel, der fanatische Kämpfer für körperliche Ertüchtigung, hatte ihn versteckt.

Wie Graf Lubonski in seinen Sendungen aus London vorausgesagt hatte, wurde den minder bedeutenden Nazis gleich in Lublin und mit blitzartiger Geschwindigkeit der Prozeß gemacht. Er selbst aber durfte nicht daran teilnehmen; die Russen verboten ihm sogar zu erscheinen, da sie ihren eigenen Gerichtshof eingesetzt hatten und keine Polen dabeihaben wollten, die eine parlamentarische Demokratie anstrebten und die Nazis vom Ausland her bekämpft hatten. Einige wenige ortsansässige Polen, deren Hinneigung zum Kommunismus außer Frage stand – Tytus Chalubinski war einer von ihnen –, wurden vom Gericht zu niederen Dienstleistungen herangezogen, aber im allgemeinen hatten die Polen nichts zu sagen. Dies war ein russischer Sieg, und der Kreml bestand darauf, daß russisches Recht gesprochen wurde.

Arthur Liebehenschel, der letzte Kommandant des Konzentrationslagers Majdanek, wurde nahe dem Büro gehängt, von dem aus er seine blutigen Befehle gegeben hatte. Rekonstruierten dokumentarischen Unterlagen zufolge war sein effizient verwaltetes Lager für den Tod von mehr als 360000 Häftlingen verantwortlich – eine Zahl, die sich auf unterschiedliche Weise aufteilen ließ. Der Religion nach: 140000 Juden, 220000 Christen. Der Nationalität nach: 274000 Polen, 86000 Fremde. In dieser letzten Gruppe waren Bürger aus zweiundfünfzig verschiedenen Nationen vertreten, von Albanien und Algerien bis Spanien, Türkei und Usbekistan.

Walther Nocke, der Kommandant der Gestapo-Außenstelle Unter der Uhr, fiel beim Anblick des Galgens in Ohnmacht, während der Zivilrichter, der seine Brille abgenommen hatte, um auf die Pistolenschüsse zu warten, heulend um Gnade bettelte; er habe doch nur Befehle ausgeführt, rechtfertigte er sich. Der junge Gestapo-Richter nahm eine herausfordernde Haltung an; noch unter dem Galgen prophezeite er, daß Polen ohne deutsche Führung innerhalb weniger Wochen zusammenbrechen würde. In gehässigen Worten sprach er aus, was er von diesem Land und diesem Volk hielt. Dann zog sich die Schlinge um seinen Hals.

Otto Grundtz wurde an den Galgen auf Feld IV gehängt, der auf seinen Befehl hin so oft benützt worden war. Einige Lagerinsassen hatten verlangt, zusehen zu dürfen, aber viele waren zu abgezehrt, um aufrecht stehen zu können, und selbst die gespenstischen Gestalten aus Baracke 19, die dabeisein wollten, wenn ihr Folterer in den Tod ging, wurden zum Teil auf Bahren zur Richtstätte gebracht. Grundtz starb tapfer. Gefaßt stand er auf dem weißen Schemel, den er selbst so oft weggestoßen hatte, und funkelte unter seinen dunklen Augenbrauen die Häftlinge an, bis einer von ihnen, zu dem er besonders grausam gewesen war, die Geduld verlor. »Überlaßt ihn mir!« rief er, und weil er zu schwach war, die Stufen hinaufzusteigen, streckte er seinen entsetzlich mageren Arm aus und riß Grundtz den Schemel unter den Füßen weg.

Als der Gerechtigkeit Genüge getan war, entschloß Szymon Bukowski sich dazu, in Lublin zu bleiben, denn Professor Tomczyk hatte ihm größere Aufgaben bewußt werden lassen, als ein Dorf wie Bukowo ihm bieten konnte. Schon zwei Wochen nach der Befreiung Lublins funktionierte dort wieder der Universitätsbetrieb. »Wir haben so viel nachzuholen«, wie einer der neuen Professoren, ein Mann aus Majdanek, sagte.

Es gab ein Kolleg in Architektur, obwohl im Augenblick weder Zeichentische noch Zeichenmaterial zur Verfügung standen. Buk entsann sich Professor Tomczyks letzter Worte vor seinem Tod – »Wiederaufbauen! Wiederaufbauen!« – und schrieb sich ein.

Zusammen mit sieben anderen Studenten, die ebenso ausgehungert waren wie er selbst, wohnte er ihm Haus von Professor Tomczyks Witwe, und die tat ihr Bestes, um die jungen Leute zu ernähren. Aber immer noch gab es wenig Lebensmittel in Lublin, und oft waren die Mahlzeiten sehr karg bemessen. Eines Tages jedoch trieb Frau Tomczyk auf dem Markt ein Huhn auf; einer der Studenten fuhr aufs Land, wo er sich ein paar Stück Schweinefleisch erkämpfte, und die Hausfrau verkündete: »Heute abend feiern wir den Sieg!« Sie bereitete ein richtiges polnisches Festmahl zu: Schweinefleisch und Sauerkraut mit Koriander, eine Schüssel mit Hühnerteilen und eine herrliche Suppe aus den verschiedenen Fetten.

Doch als die Studenten Platz genommen hatten, fing Bukowski plötzlich an zu zittern und senkte den Kopf, und alle sahen, daß er erbärmlich schluchzte. Keiner sprach ein Wort, denn in jenen Tagen eines noch ungewohnten Friedens benahmen sich die Menschen oft recht sonderbar. Und keiner hatte eine Ahnung, welche schreckliche Erinnerung ihren Freund gerade überkommen haben mochte. Nach einer Weile aber hörte er zu zittern auf und gewann mit einigem Bemühen seine Fassung wieder; er deutete auf die kräftige Suppe, auf der gelbe Fettaugen schwammen, einige so groß wie eine österreichische Goldkrone, und sagte: »Für einen Teller Suppe wie diesen hätte ich noch vor kurzem meinen eigenen Bruder getötet!«

Deutschen Truppen gelang es, sich auch nach dem Fall von Lublin in einigen Dörfern an der Weichsel zu behaupten. Falk von Eschl, der stets an Lubonskis Prophezeiungen im englischen Rundfunk dachte, daß er, Eschl, Burg Gorka schleifen lassen würde, hütete sich, sie niederzubrennen, und selbst als Männer unter seinem Kommando mit großen Mengen Dynamit ankamen, die sie aus dem Sperrgebiet mitgebracht hatten, erteilte er ihnen den entsprechenden Befehl nicht. In hochmütigem Schweigen kletterte er mit seinem Chauffeur in den Mercedes, beugte sich aus dem Fenster, grüßte militärisch und fuhr ab. Bei Sandomierz überquerte er die Weichsel, eilte nach Westen und begab sich in den Schutz eines größeren deutschen Truppenverbandes, der auch schon den Rückzug angetreten hatte.

Nachdem er weg war, stapelten Männer – wohl in seinem Sinne handelnd – das Dynamit rund um den Turm und brachten es unter allen mit Steinplatten belegten Böden an. Dann lösten sie eine gewaltige Explosion aus, die große Teile der Festungsmauern in die Weichsel schleuderte und nur den schroffen, ausgezackten Stumpf einer Burg stehen ließ, wie sie schon in den Jahren 1241, 1510, 1655 und 1708 himmelwärts geragt hatte.

Mit der gleichen Besessenheit bemächtigten sich zwei deutsche Kompanien auf der Flucht vor den Russen des leeren und ausgeräumten Bukowskischen Schlosses. Der Haufen stand unter dem Kommando eines Hauptmanns Plischke, der sich anfangs bemühte, unter seinen Leuten halbwegs Disziplin zu halten; doch die Männer sahen das Verhängnis auf sich zukommen, soffen sich bis zur Bewußtlosigkeit an und verbrachten mehrere Tage in diesem Zustand. Ein Feldwebel, von Haß erüllt auf alles Polnische, hatte nur mehr Spott und Hohn übrig für Plischkes Bemühungen, einen Rest von Ordnung aufrechtzuerhalten, setzte sich in der großen, leeren Halle auf eine Kiste und starrte die zwei riesigen Historienbilder an, die Krumpf und Bu-

kowski zurückgelassen hatten. Der Matejko, »Jan Sobieski auf dem Weg nach Wien«, versetzte ihn dermaßen in Wut, daß er sein Maschinengewehr hob und anfing, auf das Gemälde loszuknallen, um alle polnischen Krieger zu töten. Andere Soldaten, die die Schüsse gehört hatten, kamen herbeigestürzt, und als sie sahen, womit der Feldwebel sich vergnügte, zogen sie an Waffen, was sie bei sich hatten, und beteiligten sich an der Füsillade. Sie konzentrierten sich auf Sobieskis großes, schnurrbartbewehrtes Gesicht und zerfetzten es. Dann wandten sie sich Józef Brandts »Tschenstochau« zu und durchsiebten auch hier alle Köpfe. »Diese Saukerle da unten will ich auch haben!« schrie der Feldwebel und stürmte mit seinen schießwütigen Kameraden in den langen Gang hinunter, wo sie auf die Porträts der polnischen Helden feuerten. Barbara Radziwiłłs Bruder schossen sie das Gesicht in Fetzen. Mniszech bekam fünfzehn Kugeln in seinen dicken Bauch. Der mächtige Fürst Zamoyski wurde ebenso unkenntlich gemacht wie das Gesicht Czartoryskis.
»Jetzt sind die Polen erledigt!« brüllte der Feldwebel, aber in diesem Augenblick seines »Sieges« erblickte er am anderen Ende des halbdunklen Ganges Hauptmann Plischke, der die Schüsse gehört hatte und gekommen war, um nach dem Rechten zu sehen. Über das skandalöse Betragen seiner Männer offensichtlich verärgert, den Revolver in der rechten Hand, deutete er mit der Linken auf den Feldwebel: »Sie, Feldwebel! Hören Sie sofort auf, alles zu demolieren!« Damit schuf er eine gefährliche Situation, in der alles passieren konnte, aber ein dicker Obergefreiter, der bei der Schießerei nicht mitgemacht hatte, rief: »Gehen wir wieder rauf, nachschauen, ob noch Bier da ist!«
Die Spannung ließ nach. Gerade wollten die Männer wieder hinaufgehen, da schwenkte der Feldwebel, zornig über den ihm erteilten Rüffel, plötzlich das Maschinengewehr herum, als wollte er es auf seinen Hauptmann richten. Aber dazu hatte er keine Gelegenheit mehr, denn Plischke schoß ihm zwei Kugeln in den Leib, und der Mann brach tot unter den Porträts zusammen, die er geschändet hatte.
Die unerwarteten Schüsse und ihr Echo, das den langen Gang hinunterhallte, erinnerte die Männer daran, daß sie immer noch im Krieg standen, und fast automatisch begannen sie auf den Hauptmann zu

feuern, den sie nie gemocht hatten. Weil sie betrunken waren, verfehlten die ersten Schüsse ihr Ziel, und Plischke sagte noch ganz ruhig: »Seid vernünftig, Soldaten!«
Doch nun pfiffen immer mehr Kugeln, Dutzende, an den Bildern vorbei und schleuderten Plischke zu Boden. Drei letzte Schüsse aus nächster Nähe zertrümmerten ihm den Schädel.
»Laßt sie liegen!« rief der dicke Obergefreite, entsetzt über das viele Blut, das aus den zwei Toten quoll. »Hauen wir ab!« Doch ein abgebrühter Bursche schlug vor: »Brennen wir doch erst noch den ganzen Kasten nieder, bevor die anderen sehen, was hier passiert ist!«
Ohne sich klarzumachen, daß die zurückweichende Wehrmacht viel zu sehr auf ihre eigene Sicherheit bedacht sein würde, um sich groß um den Tod eines Hauptmanns und eines Feldwebels zu sorgen, eilte er nach oben, raffte alles Dynamit zusammen, das er finden konnte, und brachte es an den Stellen an, wo es den größten Schaden anrichten mußte. Er hätte das ganze Schloß in die Luft gesprengt, wenn nicht Vorposten gelaufen gekommen wären, um ihre Kameraden zu warnen: »Die Russen kommen durch den Wald!«
Hastig zündete er die bereits angebrachten Sprengladungen, rannte hinaus und beobachtete mit sichtlichem Vergnügen, wie große Teile des Schlosses einstürzten. »Dieses Schloß werden die Russen jedenfalls nicht kriegen!« Als sein Blick dann auf die noch intakten Stallungen fiel, verwendete er die Reste von Dynamit und Benzin, um auch sie in Brand zu stecken. Als sie ihren Rückzug über die Weichsel fortsetzten, konnten die Deutschen den Blick auf die lodernde Ruine am anderen Ufer zurückwenden. Sie sah aus wie das Bühnenbild für den letzten Akt einer tragischen Oper.
Die große Halle war nicht zerstört worden. Kopflos, aber immer noch an der Spitze seiner Truppen, setzte Jan Sobieski seinen Marsch auf Wien fort.
Einige der rührendsten Szenen, die der Sieg mit sich brachte, spielten sich im Dorf Bukowo ab, als die Männer des Storchkommandos endlich den Szczęker Wald verlassen konnten. Denn als die Dörfler sahen, daß dieser oder jener Totgeglaubte noch lebte, ein anderer, für den sie gebetet hatten, jedoch nicht mehr zurückkehren würde, hob hemmungsloses Weinen und Schluchzen an, und auch die Männer weinten, die so Schweres erduldet hatten und jetzt zwischen dem

zerstörten Schloß und ihren niedergebrannten Hütten herumirrten. Der ergreifendste Augenblick aber kam, als Jan Buk, der heldenhafte Anführer seines Kommandos, der nun nicht mehr fürchten mußte, von Spitzeln erkannt oder von Nazipatrouillen ergriffen zu werden, über den Dorfplatz schritt. In den Armen hielt er die bisher verbotene Handmühle, die nun wieder auf ihren angestammten Platz zurückgebracht werden konnte. Biruta kam auf ihn zugelaufen; er sah die tiefe Narbe, die sich über ihr Gesicht zog. Ohne ein Wort zu sprechen, ging er ihr entgegen und hielt ihr die Mühle entgegen. Sie nahm sie ihm aus den Händen, und Tränen rollten ihr über die Wangen. Über seine Schulter hin fiel ihr Blick auf die zerstörten Häuser, aus denen Frauen, nicht weniger tapfer als sie, zu einem Baum gezerrt und gehängt worden waren. Schweigend gingen Biruta und Jan in ihr Heim zurück. Dort fügte Biruta sofort den hölzernen Griff in die Handmühle ein und begann das Korn von den Feldern zu mahlen, die sie bestellt hatte. Nun brauchte sie das Geräusch nicht mehr zu fürchten.

In den folgenden Jahren errichteten viele polnische Gemeinden Denkmäler zu Ehren der Helden des Widerstandes. Bestrebt, Erinnerungen an den Krieg auszulöschen, entschied man sich vorzugsweise für das Motiv einer heroisch blickenden Frau, die, von ihren Kindern umgeben, furchtlos voranschritt. Biruta Buk hätte für sie alle Modell stehen können.

Das Glück der Buks währte nur kurz, denn schon wenige Tage nach der Kapitulation kam ein Militärfahrzeug ins Dorf gebraust; ein russischer Offizier stieg aus, in der Hand eine Liste mit Namen von acht zur Verhaftung ausgeschriebenen Personen. Und weil dies so typisch war für das, was im ganzen befreiten Polen vor sich ging, sollen ihre Namen hier angegeben werden und auch die Erklärungen, warum sie auf der Liste standen:

Lionel Aksentowicz	32	Schullehrer und Anhänger von General Bór-Komorowski
Bartosz Wysocki	22	Bekanntes Mitglied der reaktionären »Armee im Lande«
Lucyna Grabska	20	Universitätsstudentin, Mitglied der »Polnischen Jugend«

Janusz Glowacki	44	Priester
Konstanty Buczek	29	Mitglied der polnischen Bauernpartei, rechter Flügel
Mikołaj Komarski	30	Mitglied des »Dienst am polnischen Sieg«
Zdzisław Daraz	33	erklärter Gegner des »Lubliner Komitees«

Offensichtlich war diese Liste nicht von den Russen, sondern von radikalen Polen aufgestellt worden, die sichergehen wollten, daß der neue Staat eine ihnen genehme Richtung einschlagen würde. Es war der achte Name, der zu scharfen Protesten der Dorfbewohner führte:

Jan Buk	27	Hat einen Orden der Londoner Reaktionäre angenommen

Der einzige, der von diesem Orden gewußt haben konnte, war Chalubinski, der fanatische Schulmeister aus Łódź; bei ihrer Diskussion im Wald hatte er Buk als Reaktionär eingestuft und ihn den Russen als solchen gemeldet.

Als Sowjetsoldaten ausgeschickt wurden, um Buk vom Feld zu holen, lief Biruta weinend zu dem Offizier, der die Soldaten befehligte: »Hier wissen doch alle, daß er als Patriot im Wald gekämpft hat.« Doch der Russe antwortete: »Das ist jetzt ein neues Polen. Wir bestimmen, wer die Patrioten sind.«

»Neues Polen, altes Polen!« rief Biruta verzweifelt. »Wird es denn nie das Polen sein, wie wir es gekannt haben?«

»Jetzt wird alles besser werden«, erwiderte der Russe. »Alles ist in Ordnung.«

»Das haben vor vier Jahren auch die Deutschen versprochen!« Sie hätte noch mehr zu sagen gehabt, aber jetzt zerrten die Soldaten ihren verwirrten Mann auf den Dorfplatz. Ihm und den anderen Staatsfeinden erklärte der Offizier: »Ihr seid Feinde des polnischen Volkes, dem jetzt dieses Land gehört, und der Sowjetregierung, die euch die Freiheit geschenkt hat. Ihr kommt ins Lager, bis eure Umerziehung abgeschlossen ist.«

Den Verhafteten war es nicht erlaubt, sich von ihren Familien zu verabschieden oder persönlichen Besitz mitzunehmen. Als Biruta begriff, daß sie ihren Mann ein zweites Mal verlieren würde, versuchte sie bei ihm zu bleiben; aber die Soldaten stießen sie so derb zur Seite, daß sie stolperte und zu Boden fiel. Jan wollte ihr aufhelfen, aber die Bajonette hinderten ihn daran.

Ein Armeelastwagen fuhr vor. Drei junge Sowjetsoldaten in erdbraunen Uniformen sprangen heraus, formten eine Sperrkette und luden die Polen auf ihren Lastwagen. Die Gefangenen wurden nach Sibirien abkommandiert. Man hörte nie wieder etwas von ihnen.

10. Kapitel

Bukowski gegen Buk

Die vier Wochen, in denen die Bukower Gespräche über die Gründung einer Bauerngewerkschaft unterbrochen waren, wurden für Janko Buk, den Sprecher der Bauern, zu der aufregendsten Zeit seines Lebens. Das japanische Fernsehen lud ihn zu mehreren Interviews nach Tokio ein; die Regierung in Warschau stellte ihm nach anfänglichem Zögern einen Paß aus, und der Kreml gestattete ihm, über Sibirien nach Ostasien zu fliegen.

Rußlands ungeheure Weite beeindruckte ihn tief. Dem Mann von Intourist, der ihn von Moskau nach Tokio begleitete, erklärte er: »Polen kann man in Minuten überfliegen. Wenn man Rußland überqueren will, braucht man Tage.«

»Das solltet ihr Polen nie vergessen«, antwortete der Mann von Intourist.

Die Menschenmassen in Tokio waren überwältigend, aber am tiefsten beeindruckte Buk die Menge der Waren in den Geschäften, die Vielfalt, der Überfluß an Nahrungsmitteln und die Tatsache, daß die Japaner anscheinend über genügend Geld verfügten, um alles zu kaufen, was sie wollten. Der Beamte der polnischen Botschaft, der ihn am Flughafen begrüßte, erklärte: »Die leben doch auf einem Vulkan. Der Staat wird zusammenbrechen. Kapitalistische Ausbeutung schlimmster Art.«

Die polnischen Diplomaten paukten Buk sorgfältig ein, was er im Fernsehen sagen durfte und was nicht; er hörte ihnen zu und vergaß es wieder. Als er auf dem Bildschirm erschien, hatte er ein schönes japanisches Mädchen neben sich, das seine einfachen Sätze übersetzte, und hinterließ einen guten Eindruck. »Ich bin ein Bauer wie eure Reisbauern, die ich gestern kennengelernt habe. Wir erlitten vergangenes Jahr durch Hochwasser schwere Schäden und bemühen uns jetzt, uns von diesem Schlag zu erholen. Ja, es gibt bei uns Mangelwaren, und die steigenden Benzinpreise haben uns genauso hart getroffen wie euch. Meine Frau bekommt nur selten alles, was sie braucht, und wir machen uns alle verdammt viele Sorgen.«

Den japanischen Fernsehgewaltigen gefiel er so gut, daß sie ihn fragten, ob er nach Osaka zu zwei weiteren Auftritten fliegen wolle. Die Leute in der Gesandtschaft waren so erleichtert – Buk hatte sich wirklich gut gehalten –, daß sie ihm zu dem Abstecher rieten. Dann lud ihn eine amerikanische Fernsehgesellschaft ein, von dort nach New York zu fliegen. Er nahm das Angebot an. Unterwegs machte er zwei Tage Rast in Hawaii, wo er wieder über die vielen Waren in den Geschäften staunte und über die Handlungsfreiheit, die er überall erlebte, vor allem aber über die Kaufhäuser, die von Japanern geführt wurden und in Konkurrenz mit den amerikanischen Läden standen. Als Buk sich in einem dieser japanischen Geschäfte befand, bekam ein Lokalreporter Wind davon, trieb jemanden auf, der Polnisch sprach, und machte im Kaufhaus ein Interview mit Buk. »Ich bin darüber erstaunt, daß die Japaner hierherkommen und ihre Waren so offen verkaufen dürfen.« Draußen zeigte der Mann auf zwanzig vorbeifahrende Autos, elf davon japanische Fabrikate. »Das ist ein Wunder.«

Als ihn der Reporter fragte, ob sie in Polen keine japanischen Waren kaufen könnten, antwortete Buk: »Wir erhalten kaum Waren aus dem Ausland. Nicht einmal von unserem guten Nachbarn Rußland.«

Die Fernsehgesellschaft organisierte eine Zwischenlandung in Detroit. Dort besuchte er das polnische Viertel, das eine Art Kulturschock in ihm hervorrief: Er befand sich hier in einem Gebiet von der Größe einer polnischen Stadt, das hauptsächlich von Polen bewohnt wurde, über erstklassige polnische Restaurants verfügte und in mancher Hinsicht an Krakau erinnerte. Man forderte ihn auf, sich eine Radiosendung in polnischer Sprache anzuhören und dann eine Fernsehsendung in polnischer Sprache anzusehen. Was er hörte, deprimierte ihn: »Ich verbringe drei Jahre in Polen und höre keine einzige Polka. Ich verbringe zwei Tage im polnischen Amerika und höre nichts anderes. Was ist aus Chopin und Penderecki geworden?« Außerdem stellte er fest, daß die Polen in Detroit begeistert auf einen

Krieg zwischen Polen und Rußland warteten; er mußte sie enttäuschen: »Niemand in Polen oder Rußland denkt an so etwas. Drüben ist keine Rede davon.« Als man ihn fragte, ob die Polen Angst hätten, antwortete er: »Natürlich. Wieviel Mann umfaßt denn die Armee, die wir aufstellen können? Zwanzigtausend? Und die schwerste Waffe, über die unsere Soldaten verfügen, ist ein Jagdgewehr. Rußland hat an unseren Grenzen achthunderttausend Mann mit Panzern, Flammenwerfern, schwerer Artillerie und Jagdbombern konzentriert. Wir haben große Angst.« Und das vielleicht Wichtigste, was er in Detroit herausfand, war, daß ungefähr die Hälfte der polnischen Familien, die er kennenlernte, über zwei Autos, in manchen Fällen sogar über drei verfügte. Sogar sechzehnjährige Jungen besaßen ein eigenes Auto. »Wie könnt ihr das nur bezahlen?« staunte er, und sie informierten ihn über Löhne, Einkommen und Preise für Gebrauchtwagen. Er rechnete aus, daß ein Warschauer Arbeiter, der den gleichen Teil von seinem Lohn weglegte wie ein amerikanischer Arbeiter, sich nicht einmal ein Fahrrad kaufen konnte.

Er erkundigte sich, ob es hier auch polnische Bauern gebe, und seine Gastgeber brachten ihn auf eine Farm in der Nähe der kanadischen Grenze, wo er sich systematisch die Beschreibung, den Preis und die Betriebskosten jeder einzelnen Maschine notierte und den Benzinpreis ebenfalls berücksichtigte. Er konnte die Ergebnisse kaum glauben.

Er ging zu verschiedenen Maschinen, deutete auf Bestandteile, die unter Umständen kaputtgehen konnten, und wollte wissen, wie lange es dauere, bis man ein Ersatzteil bekam und was es koste. Daraufhin fuhr ihn der Farmer, ein Mann namens Dabrowski, in die nächste Stadt, in der es eine *John-Deere*-Vertretung und einen *International-Harvester*-Händler gab, und in diesen Geschäften sah Janko Kiste um Kiste mit Ersatzteilen. Einige Preise kamen ihm sehr hoch vor; Dabrowski erklärte ihm: »Daran verdienen sie. Sie verkaufen dir die große Maschine billig und während der nächsten zwanzig Jahre die Ersatzteile zu unverschämten Preisen.« Aber die Teile waren wenigstens vorrätig. Jedes Stück, das Buk erwähnt hatte, konnte binnen einer Stunde beschafft werden, nur eines nicht, und der *John-Deere*-Mann erklärte Dabrowski: »Dieses Ding ist bis jetzt kein einziges Mal verlangt worden. Es geht einfach nicht kaputt.«

»Nehmen wir an, es geht doch kaputt«, sagte Buk zu dem dolmetschenden Dabrowski.
»Das kommt nicht vor«, beharrte der Mann.
»Bei meiner Maschine ist es vorgekommen.« Buk sah den Mann trotzig an. Der holte einen großen Katalog, in dem jeder Bestandteil der Maschine angeführt war, und dort fand er ihn mit einer schönen Detailzeichnung unter der Nummer 31-XZ-493-8271. Janko wollte wissen, ob er dieses Teil bekommen könne, was es kosten und wann es verfügbar sein würde. Der Geschäftsführer erklärte: »Ich muß in Chicago anrufen.«
Während des Telefongesprächs erklärte Dabrowski Buk, daß der Geschäftsmann sich entschuldigte und sagte, er habe noch nie gehört, daß dieses Teil kaputtgegangen wäre. Anscheinend war der Mann in Chicago der gleichen Meinung, denn der Geschäftsleiter legte die Hand über die Sprechmuschel und berichtete: »Er hat noch nie gehört, daß dieses Teil ausgetauscht werden mußte.«
»Sie haben also keine Ersatzteile?« triumphierte Buk, doch der Händler nahm das unterbrochene Telefongespräch wieder auf und wandte sich nach einer Weile an Buk: »Die Gesellschaft hat sechs auf Lager, für alle Fälle. Sie schicken einen mit dem Nachmittagsflugzeug.«
»Was kostet es?«
»Zweiunddreißig Dollar und siebenundvierzig Cents.«
»Wer bezahlt die Luftfracht?«
»In einem so außergewöhnlichen Fall wie diesem wir.«
Janko Buk mit der Lücke zwischen den Vorderzähnen lächelte ein Lausbubenlächeln. »Erzähl ihm, Dabrowski, warum ich so viele Fragen gestellt habe.« Als Dabrowski die nötigen Erklärungen abgegeben hatte, rief der Geschäftsleiter seine Angestellten zusammen, und sie bewunderten alle den mutigen Polen. »Macht den Rußkis die Hölle heiß. Wir stehen auf eurer Seite.«
Als sie wieder in Dabrowskis Wagen saßen, warnte ihn der Amerikaner: »Nimm ihre Behauptungen nicht zu wörtlich. Die Händler versprechen einem immer, daß man das Ersatzteil am Nachmittag bekommt. Meistens ist es dann drei Tage später da.«
»Glaubst du wirklich, daß sie sechs Ersatzteile haben?« fragte Buk.
»Vermutlich. So bleiben sie im Geschäft. Aber wenn nicht ... um dich

zufriedenzustellen, würden die das Teil sogar aus einem ihrer Traktoren ausbauen!«
»Genau das tun wir in Polen«, erklärte Buk.
Der Aufenthalt in New York, bei dem ihn ständig eine junge Frau als Dolmetscherin begleitete, begeisterte ihn besonders. Die Männer von der Fernsehgesellschaft fragten ihn, ob er ein polnisches Restaurant besuchen wolle, und er antwortete: »Bloß nicht.« Zu ihrer Überraschung entschied er sich für ein argentinisches Lokal und erklärte: »Ich werde nie wieder Gelegenheit haben, argentinisch zu essen.« Als sie ihn in ein Kaufhaus brachten, damit er Geschenke für seine Kinder kaufen konnte, war er einmal mehr über die Vielfalt des Warenangebots und die Tatsache verblüfft, daß mindestens die Hälfte aus dem Ausland stammte. Die Vorstellung des freien Warenaustauschs zwischen Staaten blieb ihm immer ein wenig unheimlich.
Nach seinen beiden Fernsehauftritten, bei denen er wieder eine sehr gute Figur gemacht hatte, wollten einige Führer der amerikanischen Gewerkschaften mit ihm sprechen und ihm gute Ratschläge erteilen; aber während er den müden alten Männern zuhörte, mußte er immerzu daran denken, daß sie kaum das Recht hatten, ihn oder Lech Wałęsa zu beraten: Wir Polen kämpfen gegen vollkommen neue Situationen, und dazu brauchen wir Mut, dachte er. Diese Amerikaner, die doch nichts riskieren müssen, waren nicht einmal imstande, mit dem Fluglotsenstreik fertig zu werden. Das nenne ich nicht Solidarität! Aber aus Höflichkeit hörte er ihnen zu.
Eines Morgens erschien der polnische Botschafter persönlich in seinem Zimmer in einem großen Hotel an der Sixth Avenue. »Präsident Reagan lädt Sie zum Lunch ins Weiße Haus ein.«
»Was kann ich schon dem Präsidenten der Vereinigten Staaten sagen?«
»Ich werde dabeisein und dolmetschen.«
»Ich meine, warum ich?«
»Weil Sie ein wichtiger Mann geworden sind, Janko. Sie verkörpern etwas Aufregendes, etwas Neues. Und ich muß sagen, Sie halten sich gut. Ganz Polen ist auf seinen Bauernjungen stolz.«
Janko flog mit dem Botschafter nach Washington und unterhielt sich während des Essens in fröhlicher, entspannter Atmosphäre mit dem Präsidenten. Reagan war über die Probleme der Farmer besser unter-

richtet als alle anderen, mit denen Janko bis jetzt in Amerika gesprochen hatte.

Janko rief große Erheiterung hervor, als er einen Witz erzählte, den er von Szymon Bukowski während der Gespräche in Bukowo gehört hatte:

»Leonid Breschnew will sich die Haare schneiden lassen und läßt den Friseur in den Kreml kommen. Versteht sich, daß der Friseur bei solchen Gelegenheiten kein Wort spricht, sondern nur stumm die Haare schneidet. Doch an diesem Morgen sagt er, nachdem er ein bißchen herumgeschnipselt hat: ›Genosse Breschnew, wie werden Sie sich in bezug auf Polen verhalten?‹ Keine Antwort. Einige Minuten später: ›Was ist mit Polen, Genosse Breschnew?‹ Wieder keine Antwort. Und kurz darauf: ›Sie müssen etwas wegen Polen unternehmen, Genosse Breschnew.‹

Da springt Breschnew auf und reißt sich den Frisierumhang herunter: ›Was soll dieses Gerede über Polen?‹ Der Friseur antwortet: ›Es erleichtert mir die Arbeit.‹ Breschnew brüllt: ›Was soll das heißen?‹ Der Friseur erklärt es ihm: ›Jedesmal, wenn ich *Polen* sage, stellen sich Ihnen die Haare auf.‹«

Janko mochte den Präsidenten und wurde Hunderte Male mit ihm fotografiert, bezweifelte jedoch, daß sich Reagan in Warschau oder Moskau, wo ein rauher Wind wehte, lang halten würde.

Nach New York zurückgekehrt, einen Tag bevor er wieder nach Europa fliegen sollte, erhielt Buk eine Einladung zu einem Treffen mit einer Gruppe bekannter Wissenschaftler, Diplomaten und Geschäftsleute, die alle Polen besucht und sich mit den Problemen dieses Landes beschäftigt hatten. Sie aßen in einem exklusiven Club auf dem Dach eines Wolkenkratzers zu Abend. Die nächtliche Stadt lag ihnen zu Füßen.

»Was wird denn jetzt in Polen passieren?« wollten die Herren wissen, verbrachten die ersten beiden Stunden jedoch nur damit, ihre eigenen Vermutungen zu äußern. Ein junger Mann aus Krakau, der an der New York University unterrichtete, dolmetschte flüsternd, während die einzelnen Herren das Wort ergriffen und das Bild der bevorstehenden Katastrophe malten.

»Die Weltbank wird einfach keine weiteren Kredite mehr gewähren«, prophezeite ein internationaler Bankier. »Wie hoch sind Polens

Schulden? Fünfundzwanzig Milliarden? Sie bekommen keinen Cent mehr!«
»Und das bedeutet keine Ersatzteile – für keine einzige Maschine«, fügte ein Industrieller hinzu.
»Etwas bekommen sie immer noch aus Ostdeutschland. Bezahlung mit eingefrorenen Devisen.«
»Ostdeutschland«, erklärte ein gutinformierter Gewerkschaftler, »wird sich damit Zeit lassen. Befehl aus Moskau.«
Dann wurde die unangenehmste Frage des Abends gestellt: »Glauben Sie, daß Moskau der Drahtzieher der polnischen Katastrophe ist?« Der Fragesteller war ein erfahrener Reporter von der *Time.*
»Sie machen uns jedenfalls das Leben nicht leichter.«
Ein Gewerkschaftsreferent für internationale Fragen sagte: »Der kritische Punkt wurde vor einigen Wochen erreicht, als die *Solidarität* diese Botschaft an die Arbeiter in den anderen Ländern hinter dem Eisernen Vorhang sandte.« Einige Anwesende waren darüber nicht informiert, und so faßte er zusammen: »Über die Köpfe der polnischen, aber auch der tschechischen, ungarischen, rumänischen und ostdeutschen Regierung hinweg wandte sich die *Solidarität* direkt an die Arbeiter dieser Länder und wies darauf hin, daß sie auch bei sich erreichen könnten, was die *Solidarität* in Polen erreicht hatte.«
Einer, der zum erstenmal davon hörte, stieß einen Pfiff aus: »Das ist der schönste Fall von Aufwiegelung zur Konterrevolution, den ich kenne.«
»Das stimmt«, bestätigte der Gewerkschaftler. »Deshalb sollten wir nicht überrascht sein, wenn Rußland alles in seiner Macht Stehende unternimmt, um den Polen jede Hoffnung zu nehmen – um den anderen Ländern vor Augen zu führen, daß sie Schlangen vor Bäckerläden, Unruhe und vielleicht sogar Truppen auf den Straßen gewärtigen müssen, wenn sie den gleichen Weg einschlagen wie die *Solidarität.«*
»Nein!« riefen mehrere Experten einstimmig und erklärten der Reihe nach, daß Rußland keinesfalls freie Hand in Polen habe. »Sie sind in Afghanistan gebunden, und Sie können mir glauben, dort müssen sie schwer bluten. Genau wie wir damals in Vietnam. Außerdem bereitet ihnen China Sorgen. Und man muß zwei neue Faktoren berücksichtigen: Daß Karol Wojtyła zum Papst gewählt wurde, hat vieles ver-

ändert. Sie kennen ja seine Äußerung, daß er nach Warschau fliegen würde, wenn russische Truppen Polen besetzen. Er stellt eine beachtliche Macht dar, mit und ohne Bauchschuß. Und noch etwas Seltsames: Daß wir Ronald Reagan gewählt haben, stellt sie vor das gleiche Problem. Sie wissen nicht genau, wie sie Reagan einschätzen sollen, wie er reagieren würde, wenn sie zu weit gehen.«

Dann wandte sich das Gespräch Polen selbst zu, und die Männer, deren Aufgabe darin bestand, die tatsächliche Lage der Nationen einzuschätzen, waren sich darüber einig, daß Polen sich in der schlechtesten Situation befand, die es je erlebt hatte. »Wenn es nur um die Ernährungslage ginge«, meinte einer der Herren, der das Land gut kannte, »die könnte man in einer einzigen Anbauperiode in Ordnung bringen. Rationierung. Die Bedürfnisse der Bauern müßten vorrangig behandelt werden, und das Verteilungssystem müßte man verbessern. Aber es geht ja um unendlich mehr als um die Ernährung. Im Grunde müßte man in Polen noch mal ganz von vorn anfangen.«

Jemand wollte wissen, wie lange man für Verbesserung brauchen würde, wenn alles glattging.

»Wenn alles glattgeht, günstigstenfalls drei Jahre.«

»Kann Polen dieses Durcheinander drei Jahre ertragen?«

»Es muß«, erklärte der Pole, der an der New Yorker University unterrichtete. »Es ist uns in der Vergangenheit gelungen und wird auch jetzt gelingen.«

Die Herren wandten sich an Buk, um seine Meinung zu erfahren. »Ich wundere mich«, sagte der junge Bauer in sanftem, ironischem Ton, »daß es in New York so viele Leute gibt, die mein Land so genau kennen. Sie sprechen von Dingen, über die nicht einmal wir miteinander reden. Und ich nehme an, daß es in Moskau Persönlichkeiten gibt, die genausoviel wissen wie Sie.«

»Na ja ...« begann ein deutscher Diplomat vorsichtig.

»Was denkt also ein Bauer in dieser Situation? Er denkt, daß die Lage entsetzlich ist. Und er bekommt keine Signale aus Warschau, daß sie sich bessern wird.«

Die Herren bestürmten ihn mit Fragen, und jede seiner Antworten hing unlösbar mit neuen Fragen zusammen und führte zu dem eindeutigen Schluß, daß das System selbst bedenkliche Ermüdungserscheinungen zeigte. Nichts funktionierte zufriedenstellend.

Ein ungarischer Wissenschaftler, der jetzt am Massachusetts Institute of Technology arbeitete, faßte die Probleme zusammen:
»Die verhängnisvolle Schwäche, die ich feststellte, als ich Polen letztes Jahr und in diesem Frühjahr besuchte, besteht darin, daß praktisch niemand dort wirklich eine volle Tagesleistung erbringt, ausgenommen vielleicht ein paar Bauern, die ihren Überschuß auf dem schwarzen Markt verkaufen. Zum Beispiel fällt auf, daß die meisten Fabriken jede Woche zwei oder drei Tage wegen Streik oder fehlender Rohstoffe gesperrt sind. Noch wichtiger ist jedoch, daß die Arbeiter nur vier oder fünf Stunden täglich tatsächlich etwas leisten, und sogar in diesen vier Stunden ist ihre Arbeitsleistung ungenügend.
Einer meiner Kollegen drehte in Polen einen Fernsehfilm. In Amerika hätte er dazu vier Männer gebraucht, in England fünf; in Polen zwang ihn die Regierung, achtzehn zu verwenden, und kein einziger von ihnen rührte einen Finger. Es war unglaublich. Er mußte sogar seinen Regenschirm und seinen Stuhl selbst tragen. Und so geht es mit allem.
Einige von uns haben sich mit der Erstellung eines Index über den Prozentsatz des Achtstundentages befaßt, den die Menschen in den verschiedenen Ländern wirklich arbeiten, ergänzt durch eine Statistik über die innerhalb der effektiven Arbeitszeit erbrachte Leistung. Solche Zahlen können nicht allzu genau sein, aber vielleicht interessieren Sie unsere vorläufigen Schätzungen, bei denen wir 100 als höchste Norm annehmen.
Singapur 92,6; Taiwan 89,7; Korea 83,3; Japan 82,1; Westdeutschland 78,8; Frankreich 72,2; Vereinigte Staaten 70,3; Großbritannien 40,4; Polen 33,3; Zaire 29,6; Tschad 19,9. Ich besitze diese Zahlen für praktisch alle Länder, wollte Ihnen aber nur ein paar signifikante Beispiele nennen.«
»Wie steht es mit Mexiko?« rief jemand. Der Ungar sah in seinen Unterlagen nach und antwortete: »55,6. Sie weigern sich, mehr zu arbeiten. Das Erdöl macht sie glauben, daß sie reich sind.«
Die Herren konzentrierten sich auf den niedrigen Prozentsatz in Polen – nur ein Drittel der produktiven Pro-Kopf-Leistung in Singapur.
»Wie schätzen Sie Rußlands Produktivität ein?« fragte der deutsche Wirtschaftsfachmann.

»Dafür gibt es zuwenig Unterlagen«, antwortete der Ungar.
»Sie müssen doch eine ungefähre Vorstellung haben.«
»Ungefähr 55 oder 60. Besser als Großbritannien, schlechter als die Vereinigten Staaten.«
»Und Ihre Heimat, Ungarn?«
»Ungarn steht ungefähr auf der gleichen Stufe wie die Vereinigten Staaten, etwa 70. Deshalb nehmen wir innerhalb des Ostblocks eine so beneidenswerte Stellung ein.«
Die Herren fragten Buk, was er von den Zahlen hielt, und er gab zu, daß er über die relativ niedrige Produktivität seines Landes erstaunt war, räumte dann jedoch ein, daß er die Arbeitsverhältnisse in den Fabriken nicht kenne. Darauf fragte einer: »Aber Sie wissen doch auf Bauernhöfen Bescheid. Welche Indexzahl würden Sie Ihrer landwirtschaftlichen Produktion zuordnen?«
»Ungefähr 30«, schätzte Buk. Als einige der Männer pfiffen, fuhr er fort: »Es gibt wirklich keinen Anreiz für uns, auch nur eine Kartoffel mehr zu produzieren, als wir selbst essen. Mein Großvater erntete doppelt soviel Kartoffel wie ich, und ich schäme mich. Aber das System ist zusammengebrochen.«
Der polnische Professor gestand, daß er erschüttert war. »Als loyaler Pole schätze ich es natürlich nicht, wenn mein Land so scharf kritisiert wird, als Wissenschaftler muß ich jedoch zugeben, daß die Zahlen stimmen. Mein geliebtes Land befindet sich in einer höllischen Verfassung.« Dann trug er zwei interessante Theorien vor:
»Ab 1772, als die Teilungen Polens begannen, ersann jeder Pole, der sich plötzlich unter russischer, deutscher oder österreichischer Oberhoheit befand, geschickte Winkelzüge, um die Gesetze des Unterdrückers zu umgehen. Sei faul bei der Arbeit, mach die Maschine kaputt, ärgere den Vorgesetzten und so weiter. Vergessen Sie nicht, das ging hundertzwanzig Jahre lang so!
Während des Zweiten Weltkriegs, als die Nazis unser Land besetzten, wurde die Sabotage zur Kunst perfektioniert. Als 1944 die Kommunisten die Herrschaft übernahmen, setzten wir weiterhin unsere glänzenden Fähigkeiten zur heimlichen Sabotage ein. Wenn die Menschen heute finden, daß die Regierung ihren Interessen zuwiderhandelt, kennen sie eine Million Möglichkeiten, die Maßnahmen der Regierung zu sabotieren. Die Polen sind die Weltmeister der Sabotage.

Und noch etwas. Wenn ein Pole in der Nachkriegszeit bis 1975 von dem Lohn leben wollte, den die Regierung festsetzte, mußte er zwei oder drei Posten gleichzeitig haben. Arbeite von acht bis dreizehn Uhr hier, dann verschwinde und arbeite von vierzehn bis achtzehn Uhr woanders. Und am Abend von neunzehn bis ein Uhr an einem dritten Arbeitsplatz. Arbeite aber nirgends wirklich, sondern sieh bei jeder Arbeit zu, daß du zu möglichst viel Schlaf kommst.
Ich war im Arbeitsamt beschäftigt, als wir unseren ersten großen Computer erhielten. Wir fütterten ihn mit dem gesamten Arbeitskräftepotential und stellten fest, daß unsere Bevölkerung – etwas unter sechsunddreißig Millionen – dreiundfünfzig Millionen Ganztagsbeschäftigte hatte. Damals machten wir mit den Doppelbeschäftigungen offiziell Schluß, aber die schlechten Gewohnheiten, die sich unser Volk in diesen Jahren zugelegt hat, halten sich hartnäckig.«
Ein amerikanischer hoher Militär fragte: »Sehen Sie in den nächsten Jahren einen Hoffnungsschimmer für Polen?« Der Wissenschaftler antwortete: »Nein. Meiner Meinung nach müssen wir unsere Misere bis zur Neige auskosten, uns auf heute noch gar nicht vorstellbare Weise reorganisieren und allmählich eine völlig neue Einstellung zu den Dingen gewinnen.«
Der General fragte: »Wie schnell könnte dieses Ziel erreicht werden?«, worauf Buk feststellte: »Innerhalb der nächsten fünf Jahre ist es nicht zu verwirklichen.«
Als Buk an diesem Abend zu Bett ging, teilte er das Schicksal zahlreicher Weltreisender vor ihm: Er hatte ein klares Bild seines Heimatlandes erhalten, indem er es verließ und es durch die Augen anderer sah. Aufgrund der traurigen Prophezeiungen dieser Männer konnte er kaum schlafen, denn er befürchtete, daß ihre Annahmen richtig waren.
Am letzten Morgen wurde er früh von einer Gruppe aufgeregter Männer geweckt: »Sie müssen Ihr Flugticket umtauschen. Sie fliegen vom Kennedy-Flugplatz schon zu Mittag ab, statt abends um sieben.«
Als er den Grund wissen wollte, strahlten sie: »Unser Mann in Rom hat es endlich geschafft! Stellen Sie sich vor! Jan Paweł Drugi würde sich freuen, Sie zu empfangen. Im Vatikan. Morgen um drei.« Buk senkte den Kopf. Er konnte nicht glauben, daß ein Papst, der noch

dazu so schwer verwundet war, bereit war, ihn kennenzulernen, doch noch ehe er das Hotel verließ, verkündeten Reporter in der ganzen Welt, daß der Papst Jan Buk in den Vatikan gebeten hatte, um mit ihm polnische Probleme zu besprechen.

Am Flughafen erwarteten Buk nicht die üblichen zwei oder drei Fernsehkameras, sondern ein rundes Dutzend, und jede TV-Gesellschaft verlangte von ihm eine möglichst genaue Analyse der polnischen Politik. Zum erstenmal während seiner improvisierten Reise um die Welt mußte er zugeben, daß er ein wichtiger Mann geworden war.

Das verwirrte ihn. Er wußte nur zwei Dinge mit Sicherheit: Die Demokratien versuchten, ihn als Knüttel gegen die sozialistischen Staaten, vor allem Rußland, zu verwenden; und obwohl er gestern abend mit Menschen zusammengekommen war, die über großes Wissen verfügten, er selbst war doch immer noch ein Bauer von den Ufern der Weichsel, der kaum eine Ahnung hatte, wie das polnische Staatswesen funktionierte, geschweige denn ganz Osteuropa oder die Welt.

»Werden Sie wirklich den Papst besuchen?« riefen ein paar Reporter, und als die Kameras surrten, antwortete er: »Jan Paweł Drugi war so freundlich, mich einzuladen. Ja, ich werde ihn morgen sehen.«

Der Name, den Buk verwendete, war unbekannt, und mehrere Korrespondenten fragten: »Wer? Wer?«, worauf ein Angehöriger der polnischen Botschaft erklärte: »Jan Paweł Drugi. Das heißt Johannes Paul der Zweite. Die Italiener sagen Giovanni Paolo Secondo. Aber für die ganze Welt ist er unser geliebter polnischer Papst.«

Erst als Janko Buk sich im *Alitalia*-Flugzeug anschnallte, wurde ihm klar, daß sich etwas Wunderbares ereignete: Er flog zum Heiligen Vater, dem einfachen, offenen Sohn Polens aus einer alten Bauernfamilie, der aus einem Dorf in der Nähe von Bukowo stammte und seine kirchliche Laufbahn in Krakau begonnen hatte. Janko konnte sich nicht erinnern, den späteren Papst während seiner Aufenthalte in Krakau gesehen zu haben, einer Stadt, die für jemanden, der aus Bukowo stammte, sehr wichtig war, und die er eher aufsuchte als Warschau, aber es wäre möglich gewesen. Wahrscheinlich war Kardinal Wojtyła bei einer der beiden großen Wallfahrten nach Tschenstochau dabeigewesen, an denen Buk damals als Pilger teilgenommen hatte.

Am römischen Flughafen Leonardo da Vinci erwarteten Buk noch mehr Zeitungsleute. Die Lage in Polen hatte sich in der Zeit, in der die Gespräche unterbrochen waren, verschlechtert, und es gab viele Mutmaßungen darüber, wann und wie Rußland eingreifen würde. Drei Wochen zuvor wäre er solchen Fragen ausgewichen, weil sie seinen Horizont überstiegen, doch jetzt erinnerte er sich an die Erklärungen, die ihn am vergangenen Abend so tief beeindruckt hatten, und sagte in sorgfältig formulierten Sätzen: »Ich bin sicher, daß beide Seiten jede Art von Konfrontation vermeiden wollen. Polen steht zur Zeit im Scheinwerferlicht, aber seine Position ist nicht sehr stark. Andererseits ist die Sowjetunion nicht in der Lage, so zu handeln, wie sie möchte. Sie hat im Moment mit Afghanistan und China zu tun. Ein amüsanter Typ in New York hat mir gratis eine neue Strategie verraten: ›Ihr Bauern setzt euren Streik einfach fort und schränkt die Nahrungsmittelproduktion auf die Hälfte ein. Rußland würde nicht wagen, euch zu besetzen. Es hätte nicht einmal Lust dazu.‹ «
Als die Journalisten lachten, fügte er hinzu: »Ich kenne niemanden in Polen und würde vermutlich auch in Rußland niemanden finden, der in diesen Tagen große Töne spuckt. Beide Teile versuchen verzweifelt, gangbare Wege zu finden. In Detroit habe ich viele Polen kennengelernt, die wilde Reden schwangen, doch die Polen, die in Polen leben, verhalten sich anders. Wenn ich den Heiligen Vater treffe, werde ich ihn nur um eines bitten: Er möge für den Frieden beten.«
Einige Reporter fragten ihn, ob er den Papst kenne, und Buk erklärte: »Bauern aus kleinen Dörfern kennen die Kardinäle in den großen Städten nicht. Aber ich habe immer nur Gutes über ihn gehört. Und wenn ich an die große Gefahr denke, in der er schwebte, als der Killer auf ihn feuerte, liebe ich ihn noch mehr.« Die Zeitungsleute fanden, daß er wie ein ungebildeter Bauer redete, der einen Schnellkurs in Diplomatie besucht hatte.
Am nächsten Nachmittag um halb drei traf eine Autokolonne vor dem Hotel ein, in dem die polnische Reisegruppe abgestiegen war. In den meisten Wagen saßen Zeitungsleute. Sie fuhren durch schmale Straßen, dann den großartigen Corso Vittorio Emanuele entlang und über die Brücke in das kleine Gebiet des Vatikanstaates. Sie hielten direkt auf den Petersdom zu, bogen dann scharf nach rechts in die sehr enge Straße ab, durch die die Touristen zu den Vatikanischen

Sammlungen gelangen. Die beiden vordersten Wagen passierten schließlich ein riesiges Tor, das sich für sie, nicht aber für die übrigen Autos öffnete.
Prächtige Gartenanlagen durchquerend, fuhren sie auf gepflasterten Wegen hügelan, bis sie durch ein weiteres Steinportal auf einen mit Kopfsteinen gepflasterten Hof gelangten, der ringsum von Gebäuden in verschiedenen Farben und mit unterschiedlichen Fassaden umgeben war. Hier hielten die beiden Autos, und Schweizer Gardisten prüften die Ausweise der Insassen; anschließend wurden Janko Buk und zwei seiner Begleiter zu einer unscheinbaren Tür und in einen kleinen Vorraum geführt, wo halbverborgene Fernsehkameras auf sie herabblickten.
Geräuschlos öffnete sich eine Fahrstuhltür, und sie betraten den einen engen Aufzug, der sie zwei Stockwerke nach oben trug; dann ging die Tür wieder lautlos auf, und sie traten in eine große, beinahe leere, aber geschmackvoll tapezierte Vorhalle. Zwei Priester, die nicht Polnisch sprachen, führten sie durch mehrere im Renaissancestil ausgeschmückte Vorzimmer in einen eleganten, schmalen Raum mit rot-goldenen Stühlen, Gemälden von Kirchenfürsten und drei Plastiken von biblischen Szenen.
Hier warteten sie und unterhielten sich flüsternd, bis ein forscher junger polnischer Priester hereinhastete und sie laut und herzlich begrüßte: »Sie brauchen nicht zu flüstern. Die Gebete kommen erst später.« Er benahm sich, als freue er sich aufrichtig darüber, Janko Buk kennenzulernen, und streckte ihm beide Hände entgegen. »Sie wirken wahre Wunder. Wo liegt Bukowo?«
Buk war erleichtert, weil er über weltliche Angelegenheiten sprechen konnte, und erzählte, daß sich an einem eher uninteressanten Abschnitt der Weichsel drei prächtige Gebäude befanden, die von zahlreichen Touristen besucht wurden: »Die Burg Gorka der berühmten Lubonskis, das Schloß Baranów der noch berühmteren Leszczyńskis und dazwischen das schöne Schloß unserer Bukowskis.«
»Ich habe noch nie von ihnen gehört«, gab der junge Priester zu. »Ich stamme aus Gniezno.«
»Wo das Christentum in Polen Fuß faßte«, sagte Buk.
»Richtig.« Der Priester war wirklich begeistert. »Ich habe keine Ahnung, worüber sich der Heilige Vater mit Ihnen unterhalten wird,

aber es ist Ihnen natürlich klar, daß das Gespräch vertraulich bleiben muß.«
»Wie soll ich ihn anreden?« fragte Buk.
»›Eure Heiligkeit‹ paßt immer. ›Heiliger Vater‹ wird auch oft gebraucht. Und sein passendster Titel ist natürlich der, den wir Priester mit ihm teilen: ›Vater.‹ Kein anderes Wort charakterisiert ihn besser.«
»Wie geht es ihm?« erkundigte sich Buk, doch ehe der junge Geistliche antworten konnte, trat ein älterer Priester, der sich schon in den Jahren vor dem Einzug Karol Wojtyłas in den Vatikan ständig an dessen Seite befunden hatte, ins Zimmer und gab bekannt, daß Seine Heiligkeit die Besucher jetzt empfangen werde. Doch als Buk den beiden Priestern aus dem Wartezimmer folgte, traf er im Empfangsraum zunächst nicht den Papst, sondern zwei Fotografen des Vatikans. Es handelte sich um eine historische Begegnung, und sie waren dafür verantwortlich, daß es die richtigen Erinnerungsbilder gab.
Alle warteten schweigend, bis sich eine Tür am anderen Ende des Zimmers öffnete; ein untersetzter, bis auf die roten Schuhe ganz in Weiß gekleideter Mann eilte herein, als wäre er zwanzig, blieb vergnügt stehen, sah den ihn besuchenden Bauern an und sagte: »Ich freue mich so sehr, Sie kennenzulernen, Janko Buk.«
Buks Begleiter stießen ihn verstohlen an, er trat vor, kniete nieder und küßte den Ring an der linken Hand des Papstes. Die Kameras fingen diese Szene ein, sechs Fotos in einer Viertelminute, aber die Fotografen waren noch mehr darauf bedacht, die nächste wichtige Szene gut ins Bild zu bekommen: Papst Johannes Paul umarmte Janko Buk, einen Angehörigen seiner einstigen Diözese. Alles andere war nebensächlich. Das Foto der beiden Männer, die einander umarmten – nicht Janko Buk, der den Papst umarmte, sondern beide umarmten einander gegenseitig –, vermittelte die Botschaft: Ein einfacher Mann, der versucht, eine Bauerngewerkschaft zu gründen, wurde im Vatikan willkommen geheißen, unabhängig davon, wie man ihn in Warschau oder Moskau empfangen mochte.
Nach einigen Bemerkungen über Polen und Krakau, bei denen der Papst unaufhörlich lächelte, fragte Janko, ob die Schußverletzungen gut verheilt seien. Der Papst berichtete, daß die Heilung gute Fortschritte mache, und erkundigte sich dann, wie Präsident Reagan aus-

sehe. Janko erwiderte: »Man käme nie auf den Gedanken, daß er eine Schußverletzung davongetragen hat.« Der Papst nickte verständnisvoll und lächelte.

Janko erzählte wieder den Witz von Breschnew und dem Friseur, der Papst lachte und revanchierte sich mit einer Anekdote von seinem Besuch in Mexiko. Die beiden Begleiter gewannen den Eindruck, daß der größte Teil der Besuchszeit mit Gelächter vergeudet wurde. Endlich fragte der Papst, wie sich denn die Gespräche in Polen entwickelten, und erhielt folgende Antwort von Buk: »Sie sind abgebrochen worden, Heiliger Vater, weil ich darauf bestanden habe, auch den Bischof von Gorka heranzuziehen.«

Dem Papst war klar, daß er in einer so kritischen Verhandlungsphase nicht über dieses Thema sprechen durfte; er lächelte und zuckte die Schultern; doch weil er etwas sagen mußte, blieb er unverbindlich: »Er ist ein frommer Mann.«

»In unserer Gegend denken viele Leute, daß er einmal Kardinal sein wird«, meinte Janko.

Bei dieser groben Ungehörigkeit brach der Papst in Lachen aus und faßte Janko an der Hand. »Ich hoffe, daß Sie in Ihren Gesprächen mit der Regierung diplomatischer vorgehen!«

»Es tut mir leid, Eure Heiligkeit. Aber unsere Seite wollte einfach einen Geistlichen dabeihaben. Durch Reden allein werden wir nichts erreichen.« Johannes Paul blieb stumm, und so fragte Janko: »Werden Sie uns in Ihr Gebet einschließen?«

»Meine Gebete gelten ganz Polen«, erwiderte der Papst, und die Audienz ging mit weiteren Blitzlichtern, Händeschütteln und Segenssprüchen zu Ende. Als der Papst gegen alle Gewohnheit Janko zum Fahrstuhl begleitete, sagte er: »Meine Gebete werden vor allem Sie begleiten. Sie haben einen sehr schweren Weg gewählt.« Er stimmte diesem Weg weder zu, noch verurteilte er ihn.

Ins Hotel zurückgekehrt, erfuhr Janko, daß ihn das österreichische Fernsehen nach Wien eingeladen hatte. »Kein Honorar, aber sie werden uns in einem guten kleinen Hotel in der Nähe von Schönbrunn unterbringen.« Wieder wurde die Reiseroute geändert, und die Polen flogen nach Wien, das in gewisser Beziehung die beklemmendste Station der ganzen Reise werden sollte. Zwei Erlebnisse wirkten sich ungeheuer bedrückend auf Buk aus, und er entsann sich ihrer auch später noch lebhaft, als die Erinnerung an Präsident Reagan und Johannes Paul schon verblaßt war.

Bevor er im österreichischen Fernsehen erschien, spazierte er durch die Fußgängerzone im Herzen der Stadt, über die prächtige Kärntner Straße, und als er an den üppigen Auslagen vorbeikam, die hochwertigen Waren aus der ganzen Welt sah – jedes Geschenk für seine Frau, das ihm einfiel, war hier erhältlich –, dachte er darüber nach, wieso diese Stadt, von der aus man Warschau mit dem Auto innerhalb eines Tages erreichen kann, soviel besaß und seine Stadt sowenig.

Österreich hatte nur sieben Millionen fünfhunderttausend Einwohner gegenüber vierunddreißig Millionen fünfhunderttausend Polen. Polens Bodenfläche war viermal so groß, und es verfügte über unendlich mehr Rohstoffe. Die polnischen Arbeiter waren genauso tüchtig wie die österreichischen, ihre politischen Führer genauso gebildet. Beide Länder waren katholisch, beide verfügten über ein gutes Eisenbahnnetz, ausgezeichnete Flugzeuge, und in keinem gab es eine unzufriedene Minderheit.

Doch hier endeten die Übereinstimmungen schon; denn Wien war eine Stadt voll Licht, Musik, Zeitungen aus aller Welt, Hoffnung und übersprudelnder Lebensfreude, was auf Warschau, soweit Janko Buk es kannte, in keiner Weise zutraf. Vor allem aber war Wien in der Lage, sich selbst zu ernähren und seine Güter ohne Ansehen der Person zu verteilen, was Warschau nicht zustande brachte. Welten lagen zwischen diesen beiden Städten, nur fünfhundertsechzig Kilometer voneinander entfernt, und Janko Buk wollte ergründen, warum dieser Unterschied bestand.

Er wurde durch einen ursprünglich nicht vorgesehenen kurzen Ausflug zu einem Dorf abgelenkt, von dem er noch nie gehört hatte. Traiskirchen lag ein kurzes Stück südlich von Wien und besaß eine riesige Kaserne aus der Zeit Kaiser Franz Josephs, in der seinerzeit die jungen Männer aus dem von Österreich besetzten Teil Polens ihren Militärdienst abgeleistet hatten.

Nun wohnten hier jene energischen jungen Polen, die ihr Land verlassen hatten und entschlossen waren, den Rest ihres Lebens überall auf der Welt, nur nicht in Polen zu verbringen. Beinahe tausend solcher Flüchtlinge warteten in der aufgelassenen Kaserne auf die gute

Nachricht, daß Amerika, Kanada, Brasilien oder gar Australien oder Neuseeland bereit waren, sie als Einwanderer aufzunehmen.
Janko Buk näherte sich den Flüchtlingen, die wie Ausgestoßene von der Unterstützung der Vereinten Nationen lebten, mit einiger Zurückhaltung, denn sie waren in seinen Augen Verräter. Doch als er mit ihnen sprach und sie ihm deutlich machten, welche Verzweiflung sie dazu getrieben hatte, das Land zu verlassen, das sie liebten, kamen ihm die Tränen. Es handelte sich um einige der besten jungen Leute Polens; er erkannte es an den aufgeweckten Gesichtern der jungen Frauen, die ihre Männer ermutigt hatten, dieses Wagnis einzugehen; er erkannte es an der Haltung der vielen Kinder, die jetzt für Polen verloren waren; und er erkannte es an den harten, unnachgiebigen Worten der Männer: »Ich gehe nicht zurück. Auch wenn ich hier verhungern sollte, will ich nicht in dieses Gefängnis des Geistes zurückkehren.«
»Weiß die Welt von diesem Lager?« fragte Buk seine Begleiter.
»Wir wußten nichts davon. Und es ist nur eines von drei. Die Flucht unserer Begabtesten geht unaufhörlich weiter.«
»Weiß denn überhaupt jemand davon? Ich hatte keine Ahnung.«
»Die Welt hat andere Probleme, um die sie sich Sorgen macht.«
»Aber in Polen sollte man doch über diese Dinge Bescheid wissen«, widersprach Buk. Er ließ seine Begleiter stehen, mischte sich unter die Flüchtlinge, erkundigte sich, wie dieser hier entkommen war, wie jener es geschafft hatte, seine Frau und seine beiden Kinder mitzunehmen, und machte eine überraschende Entdeckung: Keiner war *geflohen.* Sie hatten einfach Pässe beantragt, um angeblich auf Urlaub zu fahren, und hatten sich dann der österreichischen Regierung auf Gnade oder Ungnade als politische Flüchtlinge ausgeliefert. Kein einziger Pole, den er kennenlernte, war in dem traditionellen Sinn aus Polen geflüchtet, in dem etwa Menschen aus Rußland oder der DDR flohen; sie waren alle einfach abgereist, wie aus einem dem Untergang geweihten Dorf oder einer sterbenden Stadt.
»Das klingt beinahe so«, meinte Buk, »als wollte euch die polnische Regierung loswerden.«
»Sie hat jedenfalls nicht versucht, uns aufzuhalten. Ohne uns gibt es weniger hungrige Mäuler zu stopfen und weniger Leute von dem Schlag, der Schwierigkeiten machen könnte.«

Buk war darüber so unglücklich, daß er – obwohl er sonst nicht eingebildet war – einer Gruppe von etwa zwanzig jungen Männern, die ihm über ihre Erfahrungen erzählten, anvertraute: »Ich bin Janko Buk. Der Bauer.«

Im Hof sprach sich in Windeseile herum, daß der Bauer, der den Papst besucht hatte, hier war; einige der Flüchtlinge holten österreichische Zeitungen hervor, auf deren Titelseite ein Foto von Buk prangte. Im nächsten Augenblick belief sich seine Zuhörerschaft auf mehr als hundert Menschen, von denen die meisten wissen wollten, wie Jan Paweł aussah und ob seine Genesung gute Fortschritte mache. Einige brachten die Gerüchte zur Sprache, die in Polen umgegangen waren: daß Italiener auf den Papst geschossen hatten, die dagegen waren, daß er im Vatikan Einzug gehalten hatte, oder russische Kommunisten oder ein von den orthodoxen Bischöfen bezahlter illegaler bulgarischer Einwanderer oder ein Wahnsinniger oder Agenten der polnischen Regierung, die in der Türkei den Killer für ihren Anschlag angeworben hatten.

Als das Geschwätz und die Mutmaßungen verstummt waren, blieb die schreckliche Tatsache bestehen, daß diese Kaserne, in der einst zwangsweise rekrutierte polnische Soldaten untergebracht gewesen waren, jetzt mit Polen gefüllt war, die freiwillig dieses Schicksal auf sich genommen hatten, und Buk konnte nicht anders, er mußte dazu Stellung beziehen. »Männer wie ich versuchen in ganz Polen, die Lage zu verbessern.«

»Wir wünschen Ihnen viel Glück.«

»Habt ihr denn nicht den Wunsch, mitzuhelfen?«

Ein Mann antwortete für alle: »Ich bin in Rumänien, in der Tschechoslowakei und in Ostdeutschland gewesen. In dem System gibt es keine Hoffnung.«

»Polen ist anders als diese Länder«, betonte Buk.

»In mancher Beziehung ist es dort noch schlimmer.«

Die Männer hungerten nach Nachrichten aus ihrer Heimat; nachdem sie die Negativa aufgezählt hatten, wollten sie von den Streiks und den Reaktionen der polnischen und der russischen Regierung erfahren. Sie hörten Buk aufmerksam zu, und mehrere Männer beglückwünschten ihn: »Sie haben wirklich Mut. Aber was hoffen Sie zu erreichen?«

Buk beschränkte sich auf ein Sprichwort aus seinem Dorf: »›Ein Pole ist ein Mensch, der mit einem Schwert in der Rechten und einem Ziegel in der Linken geboren wird. Wenn die Schlacht vorbei ist, macht er sich an den Wiederaufbau.‹ Nach dem Krieg bauen wir wieder auf. Nach jeder Katastrophe fangen wir von vorn an. Es wäre schön, wenn ihr heimkehren und uns helfen würdet.«

»Es gibt keine Hoffnung«, antworteten die Flüchtlinge, und Janko Buk verließ bedrückt die Kaserne.

An diesem Abend gab die Leitung des österreichischen Fernsehens ein inoffizielles Abendessen in einem beliebten Wiener Restaurant, dem Balkan-Grill, wo ausgezeichnete Speisen aufgetragen wurden. Als Buk sich nach dem Essen zurücklehnte und den großen Tisch mit den vielen Schüsseln, Tellern und Bierkrügen überblickte, überkam ihn die gleiche Schwermut wie am Vormittag: Wien ging vor Nahrungsmitteln über, im nahen Warschau fehlte es am Nötigsten.

Als die Gespräche wiederaufgenommen wurden, brachen Fernsehteams aus der ganzen Welt, auch aus der Sowjetunion, über Bukowo herein, so daß etliche von ihnen flußaufwärts auf Burg Gorka und andere flußabwärts in Schloß Baranów untergebracht werden mußten. Alle wollten Jan Buk interviewen, doch sie standen jetzt einem viel realistischer gewordenen Bauern gegenüber. Er stellte sich nicht in Positur, er brüllte nicht, sondern er zeigte, daß er fest entschlossen war, eine Lösung für das Ernährungsproblem zu finden.

Die zweite Sitzungsperiode begann damit, daß man den Reportern Schloß Bukowo zeigte, und besonders ausgewählte Kameraleute sollten für alle Fernsehanstalten filmen. Eine Sprecherin des polnischen Kultusministeriums leitete die Führung und begann mit der großen Halle, in der die Besucher zwei einander gegenüberhängende Bilder bewunderten: »Jan Sobieski auf dem Weg nach Wien« und »Die Verteidigung von Tschenstochau«. Sie wirkten sehr eindrucksvoll.

»Aber ich habe doch irgendwo gelesen, daß sie zerstört wurden«, bemerkte eine japanische Reporterin.

»Das stimmt«, bestätigte die Sprecherin, »und Ihre Frage gibt mir Gelegenheit, dem Mann Anerkennung zu zollen, der ihre Restaurierung angeordnet hat.« Zur allgemeinen Überraschung zeigte sie auf Szymon Bukowski.

»Nach der deutschen Besetzung war *pan* Bukowski, der jetzt Minister ist, von 1950 bis 1970 für den Wiederaufbau von Polens zerstörten Kunstdenkmälern verantwortlich. Er hat Burg Gorka wiedererrichten lassen. Sie haben auf Fotos gesehen, in welchem Zustand die Nazis sie zurückgelassen haben. Dann ließ er das schöne Baranów im Norden aufbauen, das viele von Ihnen ja auch kennen. Er leitete den Wiederaufbau von Stadtteilen von Lublin und Stalowa Wola. Aber ich glaube, daß der Wiederaufbau des Schlosses, in dem wir uns jetzt befinden, für ihn eine Herzensangelegenheit war.«

Sie zeigte auf das von Matejko stammende Bild von Jan Sobieski. »Dieses Gemälde ist immer ein nationaler Schatz gewesen. Wir haben es verehrt. In den letzten Stunden des Krieges haben die hier untergebrachten deutschen Soldaten alle hier abgebildeten Personen mit ihren Maschinengewehren durchlöchert. Dort drüben sehen Sie ein Foto des Gemäldes zu der Zeit, als *pan* Bukowski die Restaurierung übernahm. Kein schöner Anblick.«

Sie ließ ihnen Zeit, den gespenstischen Eindruck zu verarbeiten, den das große Gemälde 1944 geboten hatte. Dann wies sie auf das eigentliche Bild.

»Jede Gestalt, die Sie hier sehen, wurde zuerst von Frauen aus diesem Dorf geduldig neu gewebt. Damit meine ich, daß wir die Leinwand auf einen riesigen Tisch legten und jeden fehlenden Faden neu webten. Ich übernahm den Kopf von *brat* Piotr, einem fanatischen Priester, der Sobieski begleitete. Ich brauchte fünf Wochen dazu, aber als ich fertig war, hatten wir eine Leinwand, auf der talentierte Künstler das Gesicht von *brat* Piotr so nachschaffen konnten, wie es Matejko vor hundert Jahren gemalt hatte.«

Sie forderte die Journalisten auf, die beiden Bilder zu vergleichen; dann führte sie die Zeitungsleute in die Räume, in denen Kopien des Correggio, des Rembrandt und vor allem des Holbein hingen, wie zur Zeit von Marjorie Bukowska, und setzte ihre Erläuterungen fort: »Das Schloß ist sehr alt; es wurde möglicherweise schon 1450 errichtet, mußte aber so oft wiederaufgebaut werden, daß wir kaum wissen, aus welcher Zeit die verschiedenen Mauern stammen. Wir wissen nur, daß es seine jetzige Gestalt 1895 erhielt, als der junge Viktor Bukowski, der in Wien diente, die überaus wohlhabende Tochter des amerikanischen Botschafters heiratete. Für die amerikanischen Reporter: Sein Name war Oscar Mandeville Trilling. Aus Chicago. Getreide, Grundstücke, Eisenbahnen, soviel ich weiß.«

Sie beantwortete einige Fragen über die Trillings und fuhr dann fort: »Wir sind Madame Trilling-Bukowska sehr dankbar dafür, daß sie dieses schöne Schloß wiederaufbauen ließ, aber am meisten schätzen wir ihre Bemühungen um die Galerie unten.« Sie führte die Gruppe in die Porträtgalerie hinunter, in der die einunddreißig großen Männer der polnischen Geschichte wieder zum Leben erweckt waren. Sie erzählte kurz von dem letzten Tag, an dem die Deutschen hier so gewütet hatten, und zeigte ihnen auf dem alten Teppich die Blutflecken der Morde. Dann führte sie die Reporter an den edlen Köpfen, den mächtigen Bäuchen in Goldschärpen, den kühnen Schnurrbärten vorbei und stellte die berühmten wilden Männer der polnischen Geschichte kurz vor: »Radziwiłł, einer der Gründer der bekannten litauischen Familie – einer seiner Nachfahren heiratete Jackie Kennedys Schwester. Mniszech, der mitbestimmte, wer Zar von Rußland werden sollte. Das ist Leszczyński, der zweimal zum König gewählt und zweimal abgelehnt wurde. Er wurde Schwiegervater eines französischen Königs.«

»Ludwigs des Fünfzehnten«, warf ein französischer Reporter ergänzend ein.

»So spielt das Leben«, fuhr sie fort. »Denken Sie bitte daran, daß damals jedes dieser Porträts von Kugeln durchlöchert war. Doch *pan* Bukowski ordnete die Restaurierung aller Bilder an; ich wob die Leinwand für diesen hübschen Kerl hier. Ich kann mir seinen Namen nicht merken.«

Einige Reporter fanden die Führung zwar sehr informativ, waren aber davon überzeugt, daß die Regierung sie nur veranstaltet hatte, um das Ansehen ihres Unterhändlers Bukowski zu heben. Doch sogar diese Zweifler mußten zugeben, daß dessen Wiederaufbautätigkeit an der Weichsel bewundernswert war.

Die weiteren Gespräche, an denen wesentlich mehr Personen teilnahmen als an den ersten, wurden in der großen Halle abgehalten, so daß Jan Sobieski sie von seinem Porträt aus streng überwachen konnte, und sie unterschieden sich wesentlich von den Verhandlungen, die vier Wochen vorher stattgefunden hatten. Jan Buk war kein einfacher Bauer mehr; er hatte sich großes politisches Wissen angeeignet und

war von berühmten Leuten empfangen worden. Er genoß großes Ansehen, während er zuerst nur überzeugend geklungen hatte.
Doch auch Szymon Bukowski war nicht mehr der gleiche. In seinen Beratungen mit den Führern der polnischen Regierung, die geheime Anweisungen von russischen, ins Land geschleusten Abgesandten erhalten hatten, war ihm eine eindeutige Linie vorgegeben worden, und er war nicht bereit, irgendwelche Konzessionen zu machen. Sofort nach Beginn der Gespräche gab er seine erste Entscheidung bekannt: »Wir haben diese Gespräche vor vier Wochen ausgesetzt, weil *pan* Buk verlangte, daß ein hoher Würdenträger der katholischen Kirche beigezogen wird. Dieses Ansuchen ist abgelehnt. Unsere beiden Delegationen sind durchaus fähig, alle Entscheidungen allein zu treffen.«
Zur Überraschung der Delegierten erhob Janko Buk keinen Einwand, und zwar aus gutem Grund: Bukowski hatte die Journalisten nicht in die Galerie begleitet; er hatte in dieser Zeit Buk aufgesucht und ihm versichert, daß sie beide am Abend, wenn die Plenarsitzung zu Ende war, mit dem Bischof von Gorka zusammenkommen würden. Als Buk nach dem Ort gefragt hatte, hatte Bukowski ihm anvertraut: »Heimlich im Schloß.«
Nachdem diese heikle Frage geklärt war, ging die Vormittagssitzung weiter, bei der Bukowski die Zügel fest in Händen hielt. Er gab zwei Erklärungen ab: »Das polnische Volk und die Welt müssen wissen, daß dieses Land fest und unverbrüchlich an der Seite unseres großen sowjetischen Brudervolkes im Hinblick auf das erhabene Ziel steht, der Völkerfamilie soziale Gerechtigkeit zu bringen. Wir sind in diesem Entschluß jetzt und für immer vereint, und alle, die dieses Bündnis gefährden, sind Feinde des polnischen Volkes. Ich behaupte nicht, daß unsere Bauern, die gewisse Forderungen stellen, die gemeinsame Sache verraten haben. Keineswegs. Sie besprechen ehrliche Probleme auf ehrliche Art. Aber wer versucht, diese Gespräche zu einer Art Revolution aufzubauschen, oder beabsichtigt, einen Keil zwischen Polen und Rußland zu treiben, ist ein Staatsfeind und wird dementsprechend behandelt werden.«
Seine zweite große Erklärung erregte die Aufmerksamkeit aller Delegierten und der Weltpresse, als diese eine Zusammenfassung erhielt. »*Pan* Buk hat soeben über seinen Besuch in Detroit berichtet, wo er

viele Polen kennenlernte, die in den schlechten Zeiten dorthin emigriert sind, als es bei uns in Polen noch keine soziale Gerechtigkeit gab. Er erzählte von seinen Landsleuten dort, die Automobile besitzen, manchmal sogar zwei pro Familie. Ich möchte Ihnen zu diesen Berichten zweierlei sagen. Erstens, jede Familie, die irgendwo auf der Welt zwei Autos besitzt, lebt auf Kosten der Arbeiter. Sie gedeiht durch das Blut der Arbeiter.«

»Aber diese Autobesitzer sind ja selbst Arbeiter«, unterbrach ihn Buk.

Bukowski beachtete diesen Einwand nicht. »Zweitens, jeder unvoreingenommene Beobachter weiß, daß Amerika auf eine große Depression zusteuert. Die Maßnahmen, die die Amerikaner ergreifen, werden ihnen nicht helfen. Würde *pan* Buk heute in einem Jahr wieder nach Detroit fliegen, müßte er feststellen, daß seine Polen beide Autos verkaufen mußten, um satt zu werden. Amerika bietet für kein Problem eine Lösung an. Nur die sozialistischen Republiken der Welt, die an Gleichheit, Freiheit und Frieden glauben, verfügen über Lösungen; wir dürfen auch jetzt, in Zeiten einiger Mißstände, diese Tatsache nicht aus den Augen verlieren.«

Der Mann mit der grauen Löwenmähne, der in den letzten Jahren die grausamsten Schulen der Welt absolviert hatte – Partisanenkampf im Szczęker Wald, Folter in Lublin, Hunger und Völkermord in Majdanek, dazu die Qual, seine Heimat verwüstet zu sehen, bevor der Wiederaufbau begann –, war nicht bereit, die sozialen Fortschritte, die sein Volk seiner Meinung nach errungen hatte, seit es unter russischer Kontrolle stand, aufzugeben. Besonders eindringliche Worte fand er, als er seine Landsleute daran erinnerte, wie ihre Vorfahren unter der Willkür der Magnaten und dem Despotismus Preußens, Österreichs und des zaristischen Rußlands gelebt hatten. »Blikken Sie zurück, wie wir vor hundert Jahren in solchen Dörfern gelebt haben. Lehmböden. Fleisch zweimal jährlich: zu Weihnachten und zu Ostern. Wir mußten uns verbeugen, wenn der Adel vorbeiritt und uns in die Gosse drängte. Man verbot uns, Polnisch zu sprechen. Keine Zeitungen. Unsere Universitäten waren geschlossen. Und überall sandte die Geheimpolizei unsere Väter und Großväter lebenslänglich in die Verbannung. Das ist das Polen, gegen das meine Mutter gekämpft hat. Und ich werde bis zu meinem Tod dagegen kämpfen, daß es wieder aufersteht.«

Während der Mittagspause drängten sich die Fernsehleute um Buk, um Aufnahmen von ihm zu machen, wie er neben einem Plakat stand, das ein örtlicher Karikaturist entworfen hatte. Es zeigte Janko Buk, der gerade Präsident Reagan die Hand schüttelte. Der Text lautete: *Janko der Yanko.* Es war ein nettes Wortspiel, und die Kinder vor dem Schloß riefen immer wieder lachend: »Janko der Yanko«. Die Fernsehteams nahmen auch sie auf.

Doch Bukowski war entschlossen, sich von nun an bei den Aufnahmen in den Vordergrund zu rücken, und trat mit zwei ernst dreinschauenden Genossen vor die Kamera, um die Vormittagsgespräche zusammenzufassen: »Wir haben unsere Loyalität zur sozialen Demokratie und unser Bündnis mit der Sowjetunion bekräftigt. Das muß allen klar sein.«

Bei der Nachmittagssitzung wurde über die Einzelheiten der bereits angeschnittenen Probleme und über die Schwierigkeiten bei der Errichtung einer Bauerngewerkschaft diskutiert, und wieder überrollte Bukowski die Opposition, die behauptete, daß eine Gewerkschaft möglich sei. Als die Journalisten von dieser harten Gangart erfuhren, schrieben sie, daß es bei den früheren Sitzungen Buk gegen Bukowski gestanden habe, während es jetzt Bukowski gegen Buk heißen müsse, da die Macht des russischen Bären hinter der Szene die Gespräche dominiere. Als man Bukowski dazu befragte, meinte er nur, daß die Reporter am nächsten Tag den wahren Zusammenhalt des polnischen Volkes erleben würden. Als sie wissen wollten, was er damit meine, antwortete er nur: »Sie werden schon sehen.«

Da Buk sich immer noch weigerte, mit den anderen Delegierten im Schloß zu wohnen, und sein eigenes Haus vorzog, fiel es ihm nicht schwer, sich nach Einbruch der Dunkelheit davonzustehlen; er mußte in dem Auto warten, das ihn und Bukowski zum Bischof bringen sollte. Nach einer Weile kam der Minister, und sie fuhren mit abgeblendeten Scheinwerfern in die Stadt Gorka, wo der Bischof auf sie wartete.

Sie trafen nicht im Schloß zusammen, wie Bukowski zuerst angenommen hatte, denn es steckte voller Reporter; und auch nicht im bischöflichen Palais, denn das hätte den Kommunisten Bukowski kompromittiert, sondern in einem leeren Sitzungssaal, den der Bürgermeister heimlich zur Verfügung gestellt hatte.

Wie Papst Johannes Paul im Vatikan gesagt hatte, der Bischof von Gorka war ein frommer Mann. Das Gesicht des Dreiundsechzigjährigen sah aus, als wäre es aus Holz geschnitzt; er trug das weiße Haar nach Art des Julius Caesar in die Stirn gekämmt. Und tatsächlich erinnerte seine große, hagere Gestalt an den alternden Imperator.

Er war ein weiser Mann, der sein Leben lang gegen Feinde gekämpft und Möglichkeiten gefunden hatte, ihre bösen Absichten zu vereiteln und seine menschlicheren und großzügigeren Pläne zu verwirklichen. Einer Gruppe skandinavischer Zeitungsleute hatte er vor einem Jahr erklärt: »Wenn man als junger Mensch unter den Nazis, als alter unter den Kommunisten überleben mußte, wenn man während seiner kirchlichen Laufbahn als Vorbilder ständig Männer vor Augen hatte wie den verehrten Kardinal Wyszynski, der lange im Gefängnis sitzen mußte und der es immer verstand, lächelnd Widerstand zu leisten, dann hat man einiges gelernt – oder man ist zugrundegegangen.«

Er war überall hochgeschätzt, weil er sein Volk unerschütterlich unterstützte, ganz gleich, welchen Schwierigkeiten er gegenüberstand. Eigentlich war er der ideale Dorfpfarrer; seine Ernennung zum Bischof war ein Fehler gewesen, das gaben jetzt viele Leute innerhalb und außerhalb der Kirche zu; daß er zum Kardinal ernannt werden sollte, wie Jan Buk dem Papst gegenüber erwähnt hatte, wurde überhaupt nicht in Betracht gezogen, denn je geringer seine Position innerhalb der kirchlichen Hierarchie war, desto größer war sein Beitrag zum geistigen Leben seines Landes.

Die meisten Polen verehrten ihn wegen seiner Einfachheit, die polnischen Kommunisten fürchteten ihn wegen seiner Opposition gegen viele ihrer Maßnahmen, und für die Russen, die mit so schrecklich schwierigen Polen wie Wyszynski und Wojtyła fertig werden mußten, war er eine ständige Gefahrenquelle. Wenn sie diese große, beinahe gespenstische Gestalt angriffen, würden sie genau den Widerstand heraufbeschwören, den sie vermeiden wollten.

Der Bischof, den es freute, die beiden Männer aus seiner Diözese kennenzulernen, die in der gegenwärtigen Krise so wichtige Rollen innehatten, kam ihnen entgegen, als wäre ihr Besuch eine Ehre für ihn und nicht umgekehrt. »Zwei Männer von der Weichsel, die solche Unruhe verursachen!« Buk beugte das Knie und küßte den Ring

an der linken Hand des Bischofs; Bukowski, der diese Geste widerlich fand, verbeugte sich nur und schüttelte dem Bischof die Hand.
»Es war sehr liebenswürdig von Ihnen, diese Begegnung herbeizuführen«, dankte Buk. »Er wird Ihnen bestätigen« – er zeigte lächelnd auf Bukowski –, »daß die Gespräche beinahe abgebrochen wurden, als ich es vorschlug.«
»Das hätte ich sehr bedauert«, sagte der Bischof, während er den beiden Männern mit einer Geste Platz anbot. »In diesen traurigen Zeiten ist es wichtig, daß wir alle das Gespräch untereinander aufrechterhalten.« Er lächelte und wartete, während ein Mitarbeiter des Bürgermeisters Tee, aber weder Deckchen noch Johannisbeersaft noch Plätzchen brachte. »Wie verlaufen die Gespräche?« erkundigte er sich, als sie wieder allein waren.
»Gar nicht gut«, erwiderte Bukowski. »Zwischen uns bestehen grundlegende Differenzen.«
»So ist es immer bei bedeutenden Zusammenkünften. Worum handelt es sich diesmal?«
»Die Bauern gefährden Polens Zukunft.«
»Gott sei Dank macht sich jemand wegen der Zukunft dieses Landes Sorgen.«
»Aber auf die falsche Art«, widersprach Bukowski.
»Erklären Sie das, bitte.«
»Mein Freund Buk und seine Freunde von der ›Solidarität‹ in Gdingen wollen Schritte unternehmen, die die grundlegende politische Struktur unseres Landes verändern würden.«
«Wenn man die Schlangen vor den Brotläden – nein, vor allen Läden – betrachtet, ist dann nicht eine Änderung empfehlenswert? Ist sie nicht sogar ...« Der Bischof machte eine deutliche Pause, als fiele es ihm schwer, das harte Wort auszusprechen, das er nicht umgehen konnte. »Ist sie nicht unvermeidlich geworden?«
Bukowski zuckte zusammen. »Dieses Land ist eine sozialistische Republik, das ist die grundlegende Voraussetzung. Polen muß das enge Bündnis mit der Sowjetunion beibehalten, und zwar für ewig. Und wenn Buks Vorschläge diese beiden Grundlagen gefährden, ist er ein Staatsfeind.«
Der Bischof berührte Bukowskis Hand. »Gefährden die Maßnahmen, die Ihre Seite ergreift, den Staat nicht viel mehr? Können wir im kommenden Winter Unruhen wegen Lebensmitteln zulassen?«

»Es wird keine Unruhen geben«, stellte Bukowski fest. »Wir werden sie verbieten.«

»Man kann hungrigen Frauen nicht verbieten oder erlauben. Die Unruhen sind da, und Sie schießen entweder die Frauen nieder, oder Sie gehen auf ihre Forderungen ein. Herr Minister, ich fühle mich nicht nur geehrt, weil Sie mich aufgesucht haben, ich bin wirklich ganz aus dem Häuschen, denn so habe ich Gelegenheit, einem Regierungsvertreter meine Ansichten darzulegen. Wir befinden uns in großen Schwierigkeiten, Herr Minister.«

»Deshalb wollten wir ja mit Ihnen sprechen«, unterbrach ihn Buk.

Der Bischof seufzte. »Ich bin so froh, daß Sie miteinander reden. Es ehrt mich, daß Sie mit mir Kontakt aufgenommen haben, auch wenn Sie Angst hatten, es öffentlich zu tun. Denn manchmal stehen Nationen wirklich an einem Kreuzweg, und ich glaube, daß der Herbst 1981 für Polen so ein Kreuzweg war. Ich habe neulich über andere Zeiten gelesen, als das Schicksal des Landes auch in der Schwebe hing. 1658 bildete Polen-Litauen eine Union mit der Ukraine – weise Gesetze, soziale Gerechtigkeit, Minderheitenschutz, Römisch-Katholische, Unierte und Orthodoxe, jede Kirche besaß garantierte Rechte. Die Union hielt jedoch nur sechs Monate und wurde von neidischen, engstirnigen Männern zerschlagen, wobei die polnischen Magnaten am ärgsten wüteten, und Graf Lubonski aus eben dieser Stadt führte die Zerstörer damals an. Wir versuchten es 1920 noch einmal, und diesmal war unser Lubonski sozusagen der Baumeister der neuen Ordnung. Aber alles zerfiel wieder zu Asche und Dunkelheit und Verzweiflung. Ich frage mich oft, was die Litauer und die Ukrainer heute dafür geben würden, wenn sie sicher in einer solchen Union leben könnten. Ich frage mich, was wir Polen dafür geben würden, wenn wir 1658 oder 1920 klug genug gewesen wären, unsere Vorurteile abzulegen.«

»Diese Chancen sind vertan«, stellte Bukowski fest. »Wir leben in einer neuen Welt.«

»Das stimmt«, gab Bischof Barski zu, »und der Schutz dieser Welt macht mir Sorgen. Ihr dürft weder gemeinsam noch einzeln etwas in Gang setzen, das eure Welt zerstören würde. Ihr müßt euch sehr vorsichtig bewegen.«

»Wir sehen den Ernst der Lage«, erklärte Bukowski rasch. »Und ich habe Angst, daß der Versuch dieses Mannes, die Landbevölkerung zu spalten –«

»Nein«, rief Buk. »Ihre Gesetze spalten das Land!«

»Seid ihr so weit voneinander entfernt?« fragte der Bischof, und bevor sie antworten konnten, fuhr er fort: »Wir drei können bestimmt eine gemeinsame Grundlage finden ... ich meine, besonders wir drei.« Bei diesen Worten streckte er seinen linken Arm aus. Die Männer konnten die lila Ziffern sehen, die im Konzentrationslager in die Haut tätowiert worden waren. Als der Bischof sicher war, daß beide sie bemerkt hatten, hielt er ihnen einen längeren Vortrag.

»Szymon Bukowski, die Verhöre, denen Sie in Lublin und Majdanek unterzogen wurden, waren die schlimmste Hölle, die es auf dieser Welt gibt. Daß Sie überlebt haben, während so viele dabei starben, ist ein Beweis für Ihren Mut und Ihren starken Körper, den Sie Ihren Eltern verdanken. Aber es beeindruckt mich auch, daß Sie sich sofort nach Ihrer Befreiung dem Wiederaufbau unseres Landes gewidmet haben. Hier in Gorka sehe ich Ihre wiederaufgebaute Burg jeden Tag, sie ist so etwas wie ein Denkmal für Sie. Bei meinen Besuchen in Baranów sehe ich, was Sie dort und im Schloß erreicht haben. Nur wenige Männer haben Gelegenheit, ihre eigenen Denkmäler zu errichten. Sie bekamen diese Gelegenheit, und Sie haben sie ausgezeichnet genützt.

Aufgrund Ihrer Erlebnisse während des Krieges und der Besatzung wurden Sie Kommunist, und zwar ein sehr kluger, wie ich hörte. Ich nehme an, daß Sie die Theorie besser verstehen als ihre praktische Anwendung, denn weil Sie in Majdanek so grausam gequält wurden, üben Sie ihre Autorität sanft, ja sogar liebevoll aus. Polen kann dankbar dafür sein, daß so viele seiner kommunistischen Führer von Ihrem Schlag sind und nicht wie die Nazibeamten, die das Land seinerzeit terrorisiert haben.

Zwischen Ihnen und mir gibt es keinen Krieg, Herr Minister. Ich kenne Sie und schätze Sie, weil Sie ein tapferer Mann sind. Ihre innenpolitischen Entscheidungen? Die stehen auf einem anderen Blatt.

Und Sie, Bauer Buk. Sie sind ein hervorragender Sohn Polens. Wußten Sie, daß an dem schrecklichen Morgen, als die Nazis in unser Dorf einmarschierten und die Menschen, die hingerichtet werden

sollten, an die Mauer stellten, neben Ihrer Großtante Mirosława – die *pan* Bukowskis Mutter war – mein Onkel, Vater Barski von dieser Pfarre, stand? Ja, an diesem entsetzlichen Tag beschloß ich, Priester zu werden. ›Sie haben Onkel Paweł getötet‹, sagte ich zu meiner Mutter, ›und ich muß seinen Platz einnehmen.‹
Wir drei sind also auf eine Art miteinander verbunden, die wir vielleicht zunächst nicht erkannt haben. Wir sind drei bodenständige Männer, hervorgegangen aus der Fruchtbarkeit dieses glücklichen Landes. Wir haben drei sehr verschiedene Wege eingeschlagen, treffen jedoch alle im gleichen kritischen Augenblick in einem kleinen, kahlen Zimmer am Ufer der Weichsel zusammen: ein Mitglied der Regierung, ein Bischof, ein ortsansässiger Bauer, der in der Welt herumfährt, im Fernsehen auftritt, Präsidenten und Päpste kennenlernt. Sagen Sie mir, *pan* Buk, wie geht es dem Heiligen Vater?«
»Präsident Reagan hat sich von seinen Schußverletzungen erholt, Jan Paweł Drugi noch nicht. Er war mager, und ich glaube, er hatte Schmerzen.«
»Worüber haben Sie gesprochen?«
»Wir haben beinahe die ganze Zeit gelacht. Ich erzählte ihm Witze, er erzählte mir Witze, und wir sprachen über Sie.«
»Wirklich?« Der Bischof ergriff mit beiden Händen Buks Hand. »Und was wurde dabei gesagt?«
»Ich erzählte, daß wir hier der Meinung sind, Sie sollten Kardinal werden.«
»Mein Gott! Was hat der Heilige Vater dazu gesagt?«
»Er hat gelacht.«
»Das kann ich mir denken. Ich bin kaum zum Bischof geeignet, und Sie ernennen mich zum Kardinal.« Er lächelte. »Ich habe in einem Bericht aus Amerika davon gelesen. Vom Peter-Prinzip.«
»Der heilige Peter?« fragte Buk.
»Um Himmels willen, nein. Dieser Peter war ein Reklamefachmann, glaube ich. Er behauptete, daß Organisationen wie die Kirche oder *General Motors* einen Mann immer weiter befördern, bis er eine Stelle erreicht, die er offensichtlich nicht mehr ausfüllen kann, und dort lassen sie ihn dann. Deshalb werden große Organisationen immer von Männern wie mir geleitet, die eine Position erreicht haben, für die sie erwiesenermaßen ungeeignet sind.«

Er wurde sehr ernst. »Aber wir drei sind imstande, über die Zukunft des Volkes zu sprechen, das wir lieben. Deshalb sind wir ja heute abend zusammengekommen.«

»Die Grundlage«, wiederholte Bukowski entschieden, »ist, daß wir sozialistisch und mit der Sowjetunion verbündet bleiben müssen.«

»Aber nicht unter ihrer Oberhoheit«, widersprach Bischof Barski. »Wir haben diesen Kampf bereits in der Kirche ausgetragen und gesiegt.«

»Der russische Kommunismus nimmt die wirtschaftliche Produktion wesentlich ernster als die Religion.«

»Glauben Sie das ja nicht! Der Druck, den die Russen – und Ihre eigenen Leute, Bukowski – auf die Kirche ausgeübt haben, war ungeheuer. Der Kommunismus hat in der Kirche immer einen Konkurrenten im Kampf um die Seelen der Bauern gesehen.«

Bukowski vergaß seine Arroganz. »Glauben Sie, daß die beiden miteinander leben können?«

»Sie leben doch miteinander.«

»Glücklich?«

»Wie viele Eheleute sind vollkommen glücklich miteinander? Nicht allzu viele, wenn ich meinen Ohren trauen kann. Aber die Jahre vergehen, sie leben miteinander, entwickeln ein Gefühl für Anstand, brave Kinder kommen zur Welt und wachsen heran, und ich nehme an, das kann man Liebe nennen.« Er hielt inne und überlegte, wie man diese Feststellung auf Regierungen anwenden könnte. »Ich glaube, daß Wyszynski vor seinem Tod das gleiche gesagt hätte und daß Jan Paweł Drugi es jetzt sagen würde, daß wir die letzten dreißig Jahre vernünftige Beziehungen zu euch Kommunisten in Warschau und denen in Moskau unterhalten haben. Nicht glückliche, aber akzeptable Beziehungen. Unter den Umständen, auf die sich Jesus bezogen hat – gebet dem Kaiser, was des Kaisers ist –, ja, wir haben miteinander gelebt.«

»Genau das ist es, was wir jetzt auch tun wollen«, erklärte Buk. Bis dahin hatte er während des Schlagabtauschs zwischen Bukowski und dem Bischof hauptsächlich zugehört; aber er hatte die Zusammenkunft ja verlangt, um Rat zu bekommen. »Ist es möglich, eine Bauerngewerkschaft zu gründen, eine ›Land-Solidarität‹, die für uns das gleiche erreicht, was Lech Wałęsa für seine Fabrikarbeiter erreicht hat?«

Bukowski beeilte sich, diese Frage sofort zu klären: »Staaten erlauben den Bauern nun mal nicht, Gewerkschaften zu gründen. Kein Land der Welt läßt das zu.«

»Bis jetzt«, sagte der Bischof. »Sprechen Sie weiter, Buk.«

»Bis jetzt«, stellte Buk fest, »sind alle Fortschritte, die die ›Solidarität‹ für ihre Mitglieder in der Stadt erreicht hat, auf unsere Kosten gegangen.«

»Ist das eine Tatsache?«

»Wir haben jedenfalls diesen Eindruck.«

»Eindruck ist nicht dasselbe wie Tatsache.«

»Dann sprechen wir doch mal davon, was tatsächlich los ist. Wir Bauern werden entsetzlich schlecht behandelt, bezahlen für alles, was wir brauchen, immer mehr, und bekommen immer weniger für unsere Produkte, so daß wir eines Tages streiken werden. Eigentlich streiken wir ja jetzt schon, wir erzeugen weniger und sorgen dafür, daß nur ein Teil unserer Produktion in die offiziellen Verteilungskanäle gelangt. Wir streiken, und wenn wir so weitermachen, wird das polnische Volk verhungern.«

»Sind Sie darauf stolz?« fragte Bischof Barski.

»Ich schäme mich zu Tode.«

»Warum tun Sie es dann?«

»Weil es die einzige Möglichkeit ist, Menschen wie diesen da dazu zu bringen, daß sie sich unsere Beschwerden anhören.«

»Jetzt möchte ich mal folgendes wissen«, unterbrach Bukowski das Gespräch. »Kennen Sie ein einziges großes Land, das seinen Bauern erlaubt, sich in Gewerkschaften zusammenzuschließen? Rußland etwa?«

»Nein, Rußland erlaubt es nicht«, sagte Bischof Barski sehr ruhig, »und ich glaube, daß diese große Nation sich – trotz ihrer Macht und ihres fruchtbaren Bodens – genau aus diesem Grund nicht selbst ernähren kann. Seit zwei Jahrzehnten tun Rußlands Bauern genau das, was Buk jetzt von den polnischen Bauern erzählt: Sie streiken, und nicht einmal Maschinengewehre können sie daran hindern. Und wissen Sie auch, warum, Herr Minister? Weil ein Feld wie eine menschliche Seele ist. Es muß auf spezifische, sorgfältige Art ernährt werden. Es muß Liebe empfangen. Der Mann, der es bebaut, muß es achten und Wert darauf legen, daß jedes Samenkorn reift. Er muß das Bewußtsein haben, daß er sein Feld – sein kleines Feld, jedes ihm zugeteilte Stück Acker – gut behandeln muß, weil sonst die ganze übrige Welt Hungers sterben würde. Und diese Einstellung kann man niemandem vorschreiben, denn wenn Sie es versuchen, wird der Mann, der das Feld bestellt, erklären: ›Zum Teufel damit. Soll das Korn meinetwegen verfaulen.‹ Das ist nicht anständig, und mir bricht das Herz, wenn Janko Buk so etwas sagt, aber die Bauern stehen nun einmal auf diesem Standpunkt. Wenn ich Bauer wäre, würde ich es wahrscheinlich auch sagen. Ich würde für mein eigenes Essen sorgen und mir sagen: ›Zum Teufel mit euch großen Denkern in der Stadt.‹ «

Eine lange Stille folgte. Schließlich stand der Bischof auf, ging zur Tür und rief seinen Mitarbeiter, der eine Flasche Weinbrand und drei Gläser brachte. Die Männer schwiegen immer noch, während sie tranken, bis der Bischof plötzlich zu lachen begann. Er suchte in seinen Taschen nach einem Zettel und sagte: »Wir dürfen nicht vergessen, daß Polen ein einmaliges Land ist. Bei uns werden Ereignisse oft auf recht sonderbare Weise beurteilt.« Er sah auf den Zettel. »Ich habe mir ein paar köstliche Sachen notiert, über die ich kürzlich gestolpert bin: ›Bei der Schlacht von Liegnitz gegen die Tataren stellte Bolesław der Dumme 1240 seinen rechten Flügel unter den Oberbefehl seines Vetters Mieszko des Fetten, der auch nicht allzu schlau war und beim ersten tatarischen Pfeilhagel mit seinen gesamten Truppen die Flucht ergriff.‹ Beinahe alles in dieser Passage ist falsch. Es war nicht Bolesław, sondern Heinrich der Fromme. Es geschah nicht 1240, sondern 1241. Und Mieszko floh nicht wegen der Pfeile, sondern wegen des geheimnisvollen schwarzen Rauchs, der aus dem Kopf des Riesen kam. Und wie hört sich folgendes an? ›Als die Kosaken 1655 tief nach Polen eindrangen, verursachten sie keinen großen Schaden, denn sie töteten nur Magnaten, Juden und römisch-katholische Priester, insgesamt etwa neunundzwanzigtausend Menschen.‹ Aber für uns dürfte eine vor wenigen Tagen erschienene Nachricht besonders relevant sein. ›Die derzeitigen Unruhen werden nur beschränkte Auswirkungen haben; nur die Menschen in den Städten werden hungern, nicht jene, die in der Nähe von Dörfern wohnen, in denen man Nahrungsmittel bekommen kann.‹ «

Die beiden Besucher verstanden, was der kluge alte Mann sagen wollte, aber keiner war bereit, das Gehörte auf sich selbst anzuwenden. Schließlich wechselte Bukowski das Thema und kam auf einen außergewöhnlichen Punkt zu sprechen, auf den Bischof Barski nicht gefaßt war. »Sagen Sie mir, Herr Bischof, wie reagieren Sie, wenn Ihnen klar wird, daß Italien mit einer Bevölkerung von sechsundfünfzig Millionen, von denen mindestens die Hälfte nichtpraktizierende Katholiken sind, über etwa dreißig Kardinäle verfügt, die die Kirche leiten, während sich Polen – mit nahezu sechsunddreißig Millionen Einwohnern, von denen die meisten gläubige Katholiken sind – mit einem einzigen Kardinal begnügen muß?«

»Mit zweien, wenn Sie den mitrechnen, der in Rom statt in Polen sitzt.«

»Was sagen Sie zu diesem Mißverhältnis?«

»Es gefällt mir nicht. Aber vor kurzem habe ich Trost gefunden: Wir haben zwar nur zwei polnische Kardinäle, aber einen polnischen Papst.«

Die Männer lachten, und Bukowski erklärte, warum er darauf zu sprechen gekommen war: »Mir geht es in bezug auf das Verhältnis zwischen Polen und Rußland ebenso. Wir haben nur zwei kommunistische Kardinäle, aber sie regieren das Land.« Dann fragte er geradeheraus: »Wäre die Kirche bereit einzugreifen und die Gewerkschaften zu unterstützen? Arbeiter- oder Bauerngewerkschaften?«

Das war wohl die schwierigste Frage, die Bukowski dem Bischof stellen konnte, denn er forderte diesen damit auf, ein neues Regierungsmodell gutzuheißen, und Bischof Barski wußte, wie gefährlich eine solche Stellungnahme war. Er lehnte sich zurück, beugte sich wieder vor, schenkte sich nach und sagte sehr langsam: »Unsere Kirche hat in der modernen Welt überlebt, indem sie es ablehnte, sich mit irgendeiner Regierungsform zu identifizieren. In einem Land wie Italien kann man so einen Kurs nur schwer einhalten. Der Heilige Vater hat diese Regel durchbrochen und den Italienern geraten, gegen Scheidung und Abtreibung zu stimmen, und sie haben ihn überhaupt nicht beachtet. Er kommt besser an, wenn er über die allgemeinen Grundsätze einer guten Regierung und der Sozialpartnerschaft spricht. Dann hören sie ihm zu.

Meiner Meinung nach hat unsere Kirche jedesmal, wenn sie in irgendeiner Form Stellung zu der Art genommen hat, wie Polen regiert wird, schlecht abgeschnitten. Ich bezweifle, daß sie sich im gegenwärtigen Zeitpunkt einmischen wird. Euch Politikern obliegt es zu regieren, und ich würde meiner Kirche raten, sich nicht dafür benützen zu lassen, daß sie heute eure Stellung stärkt und morgen die eurer Gegner. Unsere Aufgabe besteht darin, dem gesamten Volk ständig Trost und geistige Leitung zu bieten, unabhängig davon, was für eine Regierungsform gerade an der Macht ist – solange sie sich in den Grenzen des moralischen Anstands bewegt.«

»Sind die Kommunisten innerhalb dieser Grenzen geblieben?« fragte Janko.

»Ihren eigenen Definitionen zufolge, ja.«

»Können Sie als katholischer Priester die Kommunisten lieben?« wollte Bukowski wissen.

»Natürlich. Ich liebe Sie, Szymon. Wenn ich einen Sohn hätte, würde ich mir wünschen, daß er ein Mann wie Sie wäre, der sich jeder Herausforderung stellt, ganz gleich, um welche neuen Problemkreise es sich handelt. Ich verneige mich vor Ihnen, Bukowski, weil ich weiß ... ich weiß ...« Wieder wurde auf seinem linken Arm die wirre Häufung bläulich-roter Ziffern sichtbar. So was Verrücktes! dachte Bukowski. Die Nazis waren doch so ordnungsliebende Leute, aber als sie ihren Gefangenen die Zahlen einritzten, haben sie richtig gehudelt. Daß sie sich ihrer Schlamperei nicht schämten – keine zwei Ziffern in einer Reihe! Und plötzlich tauchte in grellen Farben das kleine Mädchen aus Zamość vor ihm auf; in seinem schönen Mantel, den man ihm bald ausziehen würde, schritt es stolz durchs Zimmer, und als es durch die Wand verschwand, wußte er, daß er in dieser Nacht nichts mehr zu sagen hatte.

Bei der Zusammenkunft am nächsten Morgen hielt Bukowski eine Überraschung für die widerspenstigen Bauern bereit: Er hatte einen der kommunistischen Chefideologen aus Warschau mitgebracht, einen Mann von beachtlicher intellektueller und politischer Schlagkraft, der sich darauf freute, den Unruhestiftern den Kopf zurechtzusetzen.

Er war ein großgewachsener, hagerer Mann Mitte Sechzig, hatte tiefliegende Falkenaugen, ein faltiges Gesicht, ein kräftiges Kinn, das er beim Sprechen vorstreckte, und war durch und durch Kommunist. Er hieß Tytus Chalubinski, war früher Lehrer in Łódź gewesen, hatte

lange in Majdanek gesessen und, kurz bevor 1944 die russische Armee anrollte, als Partisan im Szczęker Wald gekämpft.
Er saß neben Minister Bukowski, so als wollte er dessen ins Wanken geratene Entschlußkraft stärken, und ergriff als erster das Wort: »Genossen! Wenn ihr mehr Dünger und bessere Preise für eure Produkte verlangt, ist das in Ordnung. Aber wenn ihr dem Staat mit einem Streik droht, der sich gegen seine Nahrungsmittelversorgung richtet, ist das keineswegs in Ordnung. In der kommunistischen Lehre ist kein Platz für eine Bauerngewerkschaft und kein Platz für einen Streik, der auf Kosten der Lebensmittelversorgung des Volkes geht!«
Janko Buk begriff, daß die polnische und russische Regierung versuchten, ihn in die Knie zu zwingen, und er wußte, daß er mit aller ihm zur Verfügung stehenden Energie zurückschlagen mußte. »Wenn Kommunismus für Sie bedeutet, daß die Menschen hungern müssen, *pan* Chalubinski, dann sollten Sie vielleicht Ihre Theoriekenntnisse überprüfen.«
Chalubinski bekam bei dieser Zurechtweisung durch einen Bauern einen roten Kopf und war im Begriff, scharf zu entgegnen, aber Bukowski legte ihm die Hand auf den Arm, um ihn zu besänftigen, und nach einer kurzen Pause zwang der Besucher aus Warschau ein eisiges Lächeln auf sein Gesicht. »*Pan* Buk, wir haben mit großem Interesse Ihre Reisen nach Japan und zu den Hula-Hula-Mädchen in Hawaii verfolgt.« Hier lachten alle, denn er hatte dabei Zeige- und Mittelfinger auf dem Tisch tanzen lassen. »Und wir wissen, daß Sie mit dem Kriegshetzer Reagan und mit unserem polnischen Landsmann im Vatikan gesprochen haben, und das muß alles sehr aufregend gewesen sein. Als Sie nach Hause kamen, hatten Sie wahrscheinlich das Gefühl, daß Sie dreihundert Millionen Freunde in der ganzen Welt haben. Aber jetzt ist die Mazurka vorbei, und wir kommen zur harten Realität, *pan* Buk. Polen besitzt einen einzigen wirklichen Freund auf der Welt. Japan wird nichts tun, um uns zu helfen, China noch weniger, glauben Sie mir. Amerika wird große Reden schwingen, wie seinerzeit, als es um Ungarn ging, aber es wird Ihnen kein einziges Gewehr schicken. Und obwohl der Papst ein ausgezeichneter Mann ist, wird er Ihnen ebensowenig beistehen. Und was unsere guten Nachbarn Tschechoslowakei und DDR betrifft ... dar-

über können wir nur lachen. Unser einziger Freund auf dieser Welt ist die Sowjetunion, und jeder Schritt, der uns den mit dieser Freundschaft verbundenen Schutz entziehen könnte, wäre Wahnsinn.«

Buk wartete, bis das Gemurmel verstummt war. »Die Freundschaft mit der Sowjetunion, die wir alle hochhalten«, entgegnete er, »bedeutet doch sicherlich nicht, *pan* Chalubinski, daß unsere Bauern die gleichen Fehler begehen müssen, die die sowjetischen Bauern seit fünfzig Jahren begehen, so daß die Polen genauso hungern müssen wir die Russen.«

Diesmal brauste Chalubinski auf, und sein Gesicht lief dunkelrot an. »Buk, ich bin nicht von Warschau hierhergekommen, um mich beleidigen zu lassen. In der großen Union der Sozialistischen Sowjetrepubliken hungert kein Mensch!«

»Im Augenblick vermeiden sie eine Hungersnot, indem sie sich große Mengen Getreide von Amerika kaufen.«

Chalubinski gewann seine Selbstbeherrschung wieder. Entwaffnend sanft antwortete er: »Rußland kann einmal eine schlechte Ernte haben, so wie wir in Polen vergangenes Jahr. Aber das System selbst wird durch ein schlechtes Jahr nie beeinträchtigt oder verändert.«

Den ganzen Vormittag über hämmerte Chalubinski auf Buk ein, wiederholte ständig, daß es in dem großen von Marx und Lenin entworfenen Plan keinen Platz für eine Bauerngewerkschaft gebe, und brachte schließlich ein wirkungsvolles Argument vor: »Alle Produktionsmittel, vor allem der Boden, gehören dem Volk, das seine Verwaltung klugerweise der kommunistischen Partei anvertraut hat. Das Land gehört nicht Ihnen, *pan* Buk, und Sie haben nicht das Recht, es zu mißbrauchen.«

Als Buk unbeeindruckt einwandte, daß die Regierung und nicht er Schindluder mit dem Land trieb, bemerkte Bukowski beunruhigt, daß Buk eine beinahe körperliche Abneigung gegen Chalubinski hegte und daß er mit Wonne auch dessen gute Argumente zerpflückte. Er fragte sich, wie es zu dieser automatischen Ablehnung gekommen sein mochte. Er konnte nicht wissen, daß Tytus Chalubinskis Name und seine Taten Janko Buk seit seiner Kindheit vertraut gewesen waren. Denn als Jankos Mutter Biruta nach der Befreiung Polens von den Deutschen mit jenen ehemaligen Mitgliedern des Storchkommandos gesprochen hatte, die nicht als Feinde des neuen Polen nach Sibirien verbannt worden waren, hatte sie deutlich erkannt, daß nur Chalubinski Jan Buk auf die Liste der zur Deportation Verurteilten gesetzt haben konnte. Niemand sonst kam dafür in Frage. Außer ihm hatte niemand von dem Londoner Orden gewußt. Und kein anderer hatte sich so hartnäckig Buks Führung widersetzt. Es war daher offenkundig, daß Chalubinski den heldenhaften Führer der Störche, Jankos Vater, sozusagen ermordet hatte. Und jetzt wollte Janko herausfinden, was es mit diesem seltsamen Mann tatsächlich auf sich hatte.

Je länger er Chalubinski reden hörte, desto deutlicher erkannte er den Charakter dieses Mannes, und desto überzeugter war er, daß Chalubinski genau dem Typ entsprach, der imstande war, einen Waffengefährten ins Exil und in den Tod zu schicken. Er beobachtete ihn noch schärfer und erkannte den Fanatiker in ihm, und während er Chalubinski zuhörte, konnte er sich gut vorstellen, wie dieser damals die Worte sprach, die Jan Buks Untergang besiegelten. Seine Erbitterung nahm zu.

Doch jetzt nahm das Gespräch eine drastische Wendung, die niemand erwartet hatte: Szymon Bukowski übernahm die Leitung der Diskussion und begann, eindringlich und sehr intelligent, eine Lösung für die Probleme der Bauern zu entwerfen. Er kümmerte sich nicht um Warschau und wies Chalubinski zurecht, wenn dieser zu doktrinär argumentierte. »Wir wollen eine polnische Lösung für diese Probleme finden.«

Er übernahm wieder den Vorsitz, der ihm von Rechts wegen zustand, und vertiefte sich in eine sachliche Analyse der Maßnahmen, die man jetzt ergreifen müsse, um die Lebensmittelversorgung des Landes zu garantieren. »Polen wird immer der enge Verbündete Rußlands bleiben – zu diesem Punkt bedarf es keiner weiteren Erklärungen. Wir werden unsere Lösungen immer innerhalb des Rahmens der kommunistischen Lehre finden, so daß wir auch diese Frage ad acta legen können. Einerseits dürfen wir nicht zulassen, daß unsere Fabrikarbeiter unsere Bauern übervorteilen, andererseits werden wir nicht zulassen, daß unsere Bauern das gesamte Volk als Geisel gebrauchen.«

»Schöne Worte«, rief Buk sarkastisch. »Sie haben Chalubinski glücklich gemacht, und Sie haben sich offensichtlich selbst glücklich gemacht, aber Sie haben mich nicht glücklich gemacht.«

»Schluß damit, *pan* Buk! Wir sind im Begriff aufzuzeigen, welche Vorgangsweise unsere Regierung den Bauern gegenüber einschlagen wird.«
»Ab wann?« fragte Buk beinahe anmaßend.
Bukowski überhörte ihn einfach. »Wir sind bereit, nach dem Mittagessen die Beschwerden einiger Frauen, eines Bauern, der sein Getreide nur an die Regierung verkauft, und eines Bauern, der sein Getreide in Krakau verkauft, anzuhören. Danach werden *pan* Chalubinski und ich unser Referat halten.«
Es war gut, daß Janko an diesem Tag zum Mittagessen nach Hause ging, denn seine Mutter war sehr beunruhigt. Sie hatte erfahren daß sich Tytus Chalubinski im Dorf befand, und sie zitterte bei dem Gedanken, daß sie binnen einer Stunde dem Menschen gegenüberstehen würde, der für das Verschwinden ihres Mannes verantwortlich war. »Wie ist er, Janko?«
»Groß, schlank und gemein. Vermutlich sehr intelligent. Ein kalter Theoretiker, der zweifellos Angst vor den Russen hat.« Dann fügte er hinzu: »Er ist ungefähr so alt, wie Vater jetzt wäre.« Janko hatte seinen Vater nie gesehen, da er nach der Deportation des Helden durch die Russen zur Welt gekommen war; aber wenn er mit seiner Mutter über ihn sprach, hatten sie immer angenommen, daß Jan, als berühmter Führer einer Partisanengruppe, von den Russen sehr bald liquidiert worden war, weil sie völlige Unterwerfung verlangten; die Vorstellung, daß er irgendwo eine Art Sklavendasein führte, verwarfen sie; er hatte nicht zu den Menschen gehört, die so etwas hätten ertragen können.
»Wenn ich heute nachmittag vor ihm stehe, werde ich ihm den Mord auf den Kopf zusagen«, erklärte Biruta. Ihr Sohn fuhr sie an: »Das ist doch Unsinn, und das weißt du auch!«
Beim Essen erzählte er seiner Frau und seiner Mutter, wie scharfsinnig Chalubinskis Fragen gewesen waren, worauf seine Mutter bemerkte: »Du scheinst stolz darauf zu sein, daß der Mörder schlau ist.« Janko antwortete: »Ich freue mich immer, wenn ein Landsmann eine gute Figur macht.«
Während Jankos Mutter sich kämmte, bevor sie zur Nachmittagssitzung ging, bei der sie über die Notlage der Bäuerinnen in dieser schwierigen Zeit sprechen sollte, warf er zufällig einen Blick auf die

kleine Truhe, in der er seine Kleidung aufbewahrte, und sah, daß ein Hemdärmel heraushing, was seine Frau nie zugelassen hätte. Als er zur Truhe ging, um Ordnung zu machen, wurde ihm klar, daß seine Mutter seine Privatsachen durchwühlt hatte, um einen gefährlichen Gegenstand zu suchen.

»Mutter!« rief er.

»Was ist los?« Ihr Ton verriet ihm, daß sie die Antwort kannte.

»O mein Gott! Gib ihn mir!«

»Was?« fragte sie und blickte weiterhin in den Spiegel, während ihr Sohn auf sie zustürzte, sie durchsuchte und in ihrer Rocktasche den Revolver fand, den er immer bei sich hatte, wenn er den Traktor bewachte.

»O mein Gott«, flüsterte Janko, fiel auf einen Stuhl und hielt die Waffe auf den Knien. So blieb er ein paar Minuten sitzen, während die beiden Frauen schwiegen. Schließlich fragte er seine Frau: »Hast du es gewußt?« Kazimiera nickte. »Wir wollten dieses Tier töten.«

Janko versuchte sich vorzustellen, was geschehen wäre, wenn seine Mutter ein hohes Parteimitglied erschossen hätte. Das ganze Gefüge hätte auseinanderbrechen können. Alles, was Szymon Bukowski während der letzten beiden Stunden der Vormittagssitzung formuliert hatte, wäre verloren gewesen, und Länder wie die DDR und die Tschechoslowakei wären aufgefordert worden, gemeinsam mit der Sowjetunion die polnische Revolte niederzuschlagen.

»O Gott! Du hättest uns alle vernichten können!« Er legte den Revolver sehr sorgfältig in das Versteck zurück, denn infolge der von der Regierung erlassenen Waffengesetze hatte er nicht das Recht, eine solche Waffe zu besitzen, und trat dann vor die beiden Frauen. »Du mußt es mit Worten tun, Mutter, den Dreckskerl mit Worten kreuzigen!«

In der Nachmittagssitzung, während der Janko Buk blaß und erschüttert am Tisch saß und Szymon Bukowski äußerst wirkungsvoll mit einer Kombination aus Überzeugungskraft und Redegewandtheit den Vorsitz führte, gab Biruta Buk ihre leidenschaftliche, beeindruckende Erklärung als arbeitende Hausfrau ab:

»Ich richte meine Worte vor allem an *pan* Chalubinski, den ich nie zuvor gesehen habe. Aber er kannte meinen Mann gut, Jan Buk vom Storchkommando, denn er war es, der die Behörden darüber informierte, daß mein Mann einen Orden von der polnischen Exilregierung in London erhalten hatte.

Das System, das *pan* Chalubinski den Bauern dieses Landes aufgezwungen hat, hat in jeder Beziehung versagt. Es hat zu keiner Erhöhung der Nahrungsmittelproduktion geführt. Es hat keine Gerechtigkeit geschaffen. Es hat uns weder Ermutigung noch Hoffnung gegeben, und es hat unsere Läden nicht mit Waren gefüllt, die wir brauchen und die wir kaufen könnten, wenn wir gerechte Preise für unsere Produkte bekämen und wenn unsere Zlotys überhaupt etwas wert wären.

Ich will Ihnen sagen, *pan* Chalubinski, worauf meine Familie dank Ihrer Planung verzichten muß: Wir haben keine Kleidung, keine Strümpfe, keine Kosmetika, keinen Wodka, keine Orangen, keine Fleischkonserven aus Neuseeland, keine Nähnadeln, kein Penicillin, nicht einmal einen gewöhnlichen Schreibblock für die Hausaufgaben unserer Kinder.«

Ein kräftiger russischer Kameramann mit rundem Gesicht, der scheinbar Mitglied des Fernsehteams, in Wirklichkeit jedoch ein hoher Beamter war, den der Kreml zu den polnischen Gesprächen entsandt hatte, musterte die neunundfünfzigjährige Hausfrau ungläubig: Wie konnte diese Bäuerin es wagen, einem Vertreter der Regierung entgegenzutreten und öffentlich solche Anschuldigungen zu erheben? Wenn sie sich so etwas in Moskau oder Kiew leistete ... Sie würde für immer verschwinden. In Bulgarien würde man sie erschießen. In Rumänien würde man sie auf ewig zum Schweigen bringen. Wir haben solchen Leuten in der Tschechoslowakei gezeigt, wer die Macht hat und was geschieht, wenn das Volk sie kritisiert. Was ist denn mit diesen Polen los?

In jungen Jahren hatte er sich aktiv an Aktionen mit dem Ziel beteiligt, siebenhunderttausend Litauer aus ihren Häusern zu reißen und sie über die ungeheure Weite der Ostgebiete der Sowjetunion zu zerstreuen. Indem sie dem litauischen Widerstand seine Führungsleute nahmen, brachen sie ihm das Rückgrat. Später hatte er in der Ukraine noch wichtigere Aufgaben erfüllt: Millionen wurden nach Sibirien und in andere fernöstliche Siedlungen deportiert, während weitere Millionen verhungerten. Er glaubte an rasche, harte Maßnahmen, und wenn er nach Moskau zurückkehrte, würde er seinen Vorgesetzten erklären, daß solche Maßnahmen jetzt in Polen dringend erforderlich waren.

Deshalb hörte er genau zu, als Biruta ihr eigenes Grab schaufelte. Er würde sich diese Frau merken, die Chalubinski und damit den Kreml beschimpft hatte. Er konnte sie sich gut merken; von ihrem linken Auge zog sich eine Narbe bis zum Kinn.

Tytus Chalubinski, der nicht ahnte, wie knapp er an diesem Tag dem Tod entgangen war, hörte Biruta besonders interessiert zu. Traf ihre Behauptung zu, daß sie die Witwe jenes Mannes war, mit dem er im Storchkommando gekämpft hatte, als es im Szczęker Wald operierte? Er würde versuchen, diese Behauptung zu überprüfen, denn wenn sie stimmte, konnte Biruta gefährlich werden; ihr Mann war jedenfalls ein Reaktionär gewesen, der keinerlei Vorstellung von einem neuen Polen hatte. Er, Chalubinski, hatte die Sowjets tatsächlich darauf aufmerksam gemacht, daß Jan Buk zu gefährlich war, als daß man ihn frei herumlaufen lassen konnte; und es war eine kluge Maßnahme gewesen, ihn aus dem Verkehr zu ziehen. Ich würde es morgen wieder genauso machen, dachte er. Und wenn sich die Lage verschlechtern sollte, werde ich mit seiner Witwe ebenso verfahren.

Doch während er Birutas geharnischten Vorwürfen lauschte, mußte er zugeben, daß die polnische Regierung nicht imstande gewesen war, Fabrikarbeiter und Bauern im Gleichgewicht zu halten, und daß die Bauern allen Grund zur Klage hatten. Interessant war jedoch, daß er für diese Ungleichheit nicht die träge Gesetzgebung verantwortlich machte, die den Bauern nicht half, das Versäumte nachzuholen, sondern Lech Wałęsa und seine Bande von Volksfeinden, die ihre Stellung dazu benützt hatten, um sich an die Spitze des Widerstands zu setzen. Tytus Chalubinski mochte es nicht, wenn sich jemand irgendwann, irgendwo, aus irgendwelchen Gründen an die Spitze setzte. Für ihn war die Gesellschaft eine organisierte Bewegung, bei der jene, die die großen revolutionären Kräfte der Geschichte begriffen, sorgfältig durchdachte Entscheidungen für das Wohlergehen aller übrigen trafen. Er konnte nicht akzeptieren, daß es die Fehlurteile der sozialistischen Technokraten waren, die Polen in die derzeitige Krise geführt hatten. Er machte die Überschwemmungen im vergangenen Jahr, die Geldgier der ausländischen Banken, die Einmischung von Männern wie Wałęsa in die Regierungsgeschäfte, und, um es einmal auszusprechen, die sentimentalen Ergüsse des verdammten polnischen Papstes dafür verantwortlich.

Biruta symbolisierte für ihn alles, was in Polen nicht stimmte, und da er der anderen Staatsfeinde nicht habhaft werden konnte, überlegte er, was er mit ihr anfangen sollte.

Nach den ersten Abschnitten von Birutas Tirade war Szymon Bukowski tief verärgert und fragte sich, wie ein Mann wie dieser Janko Buk es zulassen konnte, daß eine Frau in seinem Haushalt, auch wenn sie seine Mutter war, so offen Kritik übte. Doch während er sich ihre eindrucksvolle Aufzählung von bestürzenden Fakten anhörte, begann er zu erkennen, daß sie für alle Frauen Polens sprach, und wenn er die Augen schloß, so daß er nicht mehr ihr gespanntes, zorniges Gesicht erblickte, sah er im Geist seine Mutter Mirosława Bukowska vor sich, die auch aus diesem Dorf stammte und die gleichen Worte verwendete wie Biruta. Meine Mutter war eine Radikale, dachte er, eine echte Kommunistin der ersten Stunde, und sie hätte den Sieg des Kommunismus begrüßt. Aber sie war auch Realistin, und wenn ihre Männer hätten arbeiten müssen, ohne daß sie als Kompensation Gebrauchsgüter erhielten, wäre sie die erste gewesen, die sich beschwert hätte. Verdammt, diese Frau redet wirklich wie meine Mutter. Sogar wie meine Großmutter. Es sind immer Frauen wie sie, die an eine Wand gestellt oder von einem Baum gehängt werden.

Als er die Augen wieder öffnete, sah er eine ganz andere Biruta Buk, eine Art permanente Revolutionärin, deren Ideale über den Kommunismus oder den Syndikalismus oder den Anarchismus oder den Staatssozialismus hinausreichten. Sie war genau wie seine Großmutter und seine Mutter die kämpferische polnische Frau, die gegen entsetzliches Unrecht ins Feld zog, von dem sie dann am Ende immer überwältigt zu werden schien. Er musterte ihr Gesicht, sah wieder die Narbe und überlegte, welcher Heldentat sie dieses Ehrenzeichen wohl verdankte. Da sie mit unerbittlicher Kraft weitersprach, hörte er ihr genauer zu. Was sie sagte, gefiel ihm nicht, aber er hatte Respekt vor ihr, weil sie es auszusprechen wagte:

»Kürzlich war mein Sohn in Wien, keine sechshundert Kilometer von hier, und er sah Hunderte von Geschäften, die Tausende Waren enthielten, die sich jeder Ehemann oder Vater für seine Familie

wünscht. Warum, warum, *pan* Chalubinski, können die Österreicher in ihrem kleinen Land soviel zur Verfügung stellen, während wir Polen in unserem großen Land nur sowenig anzubieten haben?
Wie kann unsere Planung sich rechtfertigen, wenn sie das Volk immer ärmer macht?
Vergessen wir einmal die Bauern. Wenn Sie auf etwas stolz sind, dann darauf, daß Sie es verstehen, Fabriken zu leiten. Wir haben eine Menge Filme gesehen, in denen Sie uns beweisen, welche Erfolge Sie auf diesem Gebiet erzielten. Wie kommt es dann, daß keine Ihrer Fabriken mehr als vier Tage in der Woche in Betrieb ist? Wie kommt es, daß sie nur sowenig Güter produzieren, die wir dringend brauchen?
Sie haben ein Polen errichtet, dessen Stadtbevölkerung verhungert und dessen Bauern nichts finden, was sie kaufen können. Sind Sie stolz auf das System, das Sie uns da gegeben haben, *pan* Chalubinski?«
Sie setzte sich, und die kommunistischen Führer waren erleichtert, weil sie nicht mit einem Streik der Bauern gedroht hatte. Ihre Rede war scharf gewesen, hätte aber ärger ausfallen können. Chalubinski, der insgeheim zugab, daß einige ihrer Beschwerden gerechtfertigt waren, lehnte eine davon jedoch bedingungslos ab und griff zu einer in den fünfziger Jahren beliebten Argumentation, um sie zurückzuweisen:
»Es ist unzulässig, das korrupte, servile Österreich mit einer großen sozialistischen Republik wie Polen zu vergleichen. Die Geschäfte, die Ihr Sohn in Wien sah, die mit Luxusgütern vollgestopft sind, die niemand wirklich braucht, werden von den großen, korrupten Demokratien gestützt, die ihren Überschuß erzielen, indem sie ihre Arbeiter unterdrücken, so wie die Magnaten dieses Landes uns als Sklaven behandelten.
Achten Sie auf meine Worte, *pani* Buk. Amerika, Brasilien, Frankreich und Italien sind zum Untergang verurteilt, weil ihre Arbeitssklaven eines Tages die Zeichen der Zeit erkennen und die Ausbeutung beenden werden, die allein diese Nationen eine Zeitlang halbwegs lebensfähig erhält.«
Biruta begann: »Diese Länder –«, aber Chalubinski unterbrach sie. »Sie hatten Gelegenheit zu sprechen, jetzt wollen wir auch die ande-

ren Genossen hören.« Sie stand auf und antwortete: »Ich habe nicht einmal ein Zehntel von dem gesagt, was Sie zu hören bekommen sollten, Sie Verräter der polnischen Helden!« Damit nickte sie Bukowski ehrerbietig zu und stapfte hinaus. Die ist zum Untergang verurteilt, sagte sich der russische Kameramann.

Als der zweite Bauer seine Erklärung beendet hatte, überraschte der Vorsitzende Bukowski die Delegierten mit der Ankündigung einer kurzen Unterbrechung. In dieser Pause holten sich die kommunistischen Funktionäre Janko Buk in das Zimmer, in dem einst der Holbein gehangen hatte. Dort versammelten sie sich um einen Schreibtisch wie derjenige, den Konrad Krumpf benutzt hatte, als er seinen bescheidenen Beitrag zur Ausrottung des polnischen Volkes leistete, und machten Bauer Buk ihren Standpunkt klar. Es war dies eine jener Sitzungen, deren Teilnehmer sich einer rauhen Gangart bedienen, Sitzungen, wie sie hinter dem Eisernen Vorhang häufig angesetzt werden, wenn es gilt, Grundprinzipien neu zu formulieren, und schon nach wenigen Minuten empfand Janko ein Schwächegefühl.

Bukowski (der beweisen wollte, daß er eine solche Versammlung im Griff hatte): *Pan* Buk, die Spielchen sind vorbei. Wenn Sie nicht nachgeben, machen wir Sie fertig.

Chalubinski: Ihnen muß vollkommen klar sein, daß Warschau den Standpunkt von *pan* Bukowski unterstützt. Sie haben sich in große Gefahr gebracht, Buk.

Bukowski: Wir dulden keinen weiteren Unsinn. Es wird keine Bauerngewerkschaft geben.

Chalubinski: Man hätte nie zulassen dürfen, daß es überhaupt zu einer Diskussion über eine solche Frage kommt.

Bukowski: Die Führer unseres Volkes haben mit Agitatoren wie Ihnen bemerkenswert viel Geduld gezeigt. (Seine Stimme zitterte, und er mußte sich mit der Zunge über die trockenen Lippen fahren, denn er wußte, daß der nächste Schritt eine präzise Drohung war.) Unsere Geduld hat Grenzen.

Chalubinski: Ihr Bauern habt die internationale Gemeinschaft der kommunistischen Völker schwer belastet, und wenn ihr so weitermacht, werden sie sich sicherlich gegen eure Irrmeinung zusammenschließen. (Hier wurde zum erstenmal während dieser Gespräche die wirkliche Gefahr erwähnt.) Wenn Sie sich nicht zurückziehen, Buk –

Sie und auch Wałęsa ... Ich muß Sie nicht daran erinnern, daß Sie dann eines Tages Truppen auf den Straßen sehen werden.
Bukowski: Haben Sie sich wirklich davon blenden lassen, daß ein Filmschauspieler, der als der Präsident eines großen Landes auftritt, Sie zum Essen eingeladen hat? Glauben Sie nur einen Augenblick lang, daß Amerika auch nur den kleinen Finger rühren wird, um Ihnen bei einer Krise beizustehen?
Chalubinski: Sind Sie dumm genug, nicht zu begreifen, daß die Amerikaner Sie nur benützen, um uns Schwierigkeiten zu bereiten? Die scheren sich doch keinen Deut um Ihr Wohlergehen!
Bukowski: Sie müssen Ihre Agitation einstellen. Sie müssen auf Ihre wahren Freunde hören. Und Sie müssen gehorchen.
Chalubinski: Die Sowjetunion hat außerordentlich viel Geduld mit Ihren Aufwiegeleien gehabt. Die polnische Armee hat sich zurückgehalten. (Seine Stimme wurde deutlich schärfer.) Aber mit diesen Konzessionen ist bald Schluß. Sie treiben ein äußerst gefährliches Spiel, Buk, und ehe Sie sich versehen, kann die ganze Sache ins Auge gehen.
Janko Buk trat vom Schreibtisch zurück und sah seine Gegner an, ein bauernschlaues Lächeln auf den Lippen. Er erkannte die Zwänge, unter denen sie standen, beinahe besser als sie selbst. Die Sowjets hatten Angst, ihre im Wald bereitgestellten Panzer in Bewegung zu setzen, weil sie nicht wußten, wie China in Asien reagieren würde, wenn Rußland in Europa gebunden war. Chalubinski konnte keine der Maßnahmen ergreifen, nach denen er sich so verzweifelt sehnte, denn die Bürger Polens hatten sich gegen die herrschende Clique gewandt; und wenn ihm Rußlands Macht nicht den Rücken stärkte, verfügte er nur über wenige Parteigänger. Er und seine Leute hatten ihre Legitimierung verloren, und sogar Szymon Bukowski, ein echter Patriot, würde ungern das Militär einsetzen, um die Ordnung wiederherzustellen, weil er nicht wußte, mit welchen Weiterungen er rechnen mußte, und nicht abschätzen konnte, wie lange eine Militärdiktatur, die die Macht übernahm, diese dann behielt.
Buk erkannte die Grenzen, die seinen Gegnern gesetzt waren, aber er wußte noch nicht, was er wollte, und die Kommunisten deuteten sein Schweigen als Zustimmung. Dadurch ermutigt, hämmerten sie auf ihn ein.

Chalubinski: Vergessen Sie nicht, Buk, daß zwei Nationen betroffen sind. Die Sowjetunion muß außer unserem kleinen Polen auch das Schicksal vieler anderer Länder im Auge behalten. Bulgarien, die Deutsche Demokratische Republik und zwanzig weitere, die alle auf Moskaus Führung angewiesen sind. Sie können nicht zulassen, daß jemand vor ihrer Tür von der Parteilinie abweicht. Worin besteht also Polens Verpflichtung? Sie besteht darin, jede Entwicklung zu unterbinden, die nach einer Kapitulation vor dem Kapitalismus oder nach einer Annäherung an den Westen aussieht. Wir Polen müssen jetzt beweisen, daß es uns ernst ist mit der Bindung an die Sowjetunion. Und wir müssen alle ausrotten, die protestieren. Ich sagte ausrotten, Buk.
Bukowski: Das ist ein viel zu harter Ausdruck. Die polnische Regierung wird nicht zulassen, daß man sie durch Streiks und Unruhen in Schwierigkeiten bringt. Wenn jemand weiterhin protestiert, tut er es auf eigene Gefahr.
Chalubinski hatte das letzte Wort: »Muß ich Sie daran erinnern, Buk, daß eben jetzt russische Panzer in dem Wald dort drüben aufgefahren sind?« Janko erwiderte aus der langen Erfahrung von Bauern, die in der Nachbarschaft der Buchen leben: »Im Szczęker Wald verbirgt sich immer etwas.«
Den zwei Kommunisten gefiel diese respektlose Antwort natürlich nicht; sie wollten wissen, ob er begriffen hatte, wie schwerwiegend ihre Feststellungen gewesen waren, worauf er antwortete: »Ich begreife, daß Sie Angst haben. Die habe ich auch.«
Sie tobten nicht und leugneten auch nicht, daß sie Angst hatten, aber sie verlangten, daß er sich ihre Warnungen zu Herzen nahm und sich danach richtete. Als er sorgfältig vermied, irgendwelche Zusagen zu machen, entschloß sich Chalubinski zu einer versöhnlichen Geste: »Wir haben eine Überraschung für Sie, Buk, eine äußerst erfreuliche Überraschung.« Doch er wollte nicht verraten, worum es sich handelte. Statt dessen ergriff er Buks Arm und führte ihn in das Konferenzzimmer zurück, so daß die übrigen Teilnehmer den Eindruck bekamen, die drei hätten ein freundschaftliches Gespräch geführt.
Dann überraschte er die versammelten Delegierten mit einer Ankündigung: »In unserem demokratischen System, das die Freiheit für alle gewährleistet, ist es unmöglich, eine Gewerkschaft der Nahrungsmit-

telproduzenten zuzulassen. Das ist verboten, und der Führer der Bauern, Janko Buk, akzeptiert diese Entscheidung.«

Alle sahen Buk an, der auf den Tisch starrte.

»Unsere Regierung hat sich jedoch bereit erklärt, einen Bauernrat ins Leben zu rufen, der Empfehlungen zu Fragen der Landwirtschaftspolitik abgeben und eure Stimme in Warschau sein wird. Dieser Rat wird über unbeschränkte Vollmachten verfügen, und wir werden auf ihn hören. Der Vorsitzende dieses mächtigen Rates wird Jan Buk sein, der so großes Verständnis für landwirtschaftliche Fragen bewiesen hat.« Er lächelte seinem künftigen Partner Buk über den Tisch hinweg herzlich zu, und dieser war zu erstaunt, um das Lächeln zu erwidern. Doch als er sah, daß Bukowski zustimmend schmunzelte, wußte er, daß er handeln mußte.

In dem kurzen Augenblick, in dem Buk zögerte, hatte er Zeit, seine neue Stellung zynisch und richtig einzuschätzen: Sie tun es, um mich zum Schweigen zu bringen. Ich werde ein großes Büro und keinen Einfluß haben. Nichts wird sich ändern, und die Fabrikarbeiter mit Lech Wałęsa an der Spitze werden alle Privilegien bekommen, während die Bauern, die niemanden an der Spitze haben, weiterhin nichts bekommen werden. Sie haben uns Bauern wieder hereingelegt, und ich will mit einem solchen Betrug nichts zu tun haben.

Er lächelte noch, als er zu reden begann. »Meine Mutter, die hier so eindringliche Worte gesprochen hat, ist eine Heldin des polnischen Widerstands gegen den Naziterror. Heute nachmittag hat sie die Wahrheit über die schlechte Verwaltung unseres Landes gesagt, und solange die Schwächen, auf die sie hingewiesen hat, nicht ausgemerzt werden, kann ich meine Arbeit hier nicht im Stich lassen. Ich kann nicht nach Warschau gehen, um euch für eure Fehler Deckung zu geben; ich bin ein Bauer und werde auf meinem Hof bleiben.«

Die drei Sprecher, die geblieben waren, nachdem Biruta den Raum zornig verlassen hatte, jubelten Buk zu, und zwei der ziemlich eingeschüchterten Männer auf Buks Tischseite klatschten Beifall. Auf der gegenüberliegenden Seite wirkten die Gesichter der kommunistischen Führer wie versteinert; sie warteten, bis sich der Beifall gelegt hatte; dann ergriff Chalubinski das Wort. »Ein baldiger Friede in Polen ist der Wunsch aller Volksdemokratien, die allein den Frieden und die Freiheit in der Welt garantieren. Als friedliebende Nationen

können wir nicht zulassen, daß der hohe Lebensstandard, den wir für unser arbeitendes Volk erreicht haben, durch einen Bruderstreit gefährdet wird.
Pan Buk, es ist Ihre Pflicht, nach Warschau zu gehen, wie wir empfohlen haben. Dort können Sie allen friedensliebenden Völkern des Ostblocks einen großen Dienst erweisen. Ihr Platz ist in Warschau.«
Dann lehnte er sich mit dem kalten Lächeln zurück, das besagen sollte, daß das Thema damit beendet war.
Nachdem Bukowski die Sitzung geschlossen hatte, stand Chalubinski auf, ging zu Buk hinüber, ergriff ihn wieder am Arm und führte ihn hinaus ins Freie, wo die Fernsehteams warteten.
»Was ist nun aus der Bauerngewerkschaft geworden?« fragte ein deutscher Reporter auf polnisch.
Chalubinski lächelte. »Kein Land der Welt erlaubt seinen Bauern, sich zu organisieren, um so die Lebensmittelversorgung kontrollieren zu können. In den Volksdemokratien wäre eine solche Gewerkschaft besonders fehl am Platz. Das Volk würde sie nicht wollen, deshalb kann die Regierung sie auch nicht erlauben. Das Problem ist vom Tisch.«
Daraufhin flüsterte einer der französischen Reporter: »›Janko der Yanko‹ hat sich in ›Buk der Russe‹ verwandelt.« In solch düsterer Stimmung gingen an diesem Tag die Gespräche im Schloß Bukowski zu Ende.
Als Szymon Bukowski heimlich und allein spät nachts in den kahlen, kleinen Besprechungsraum schlüpfte, kam er ihm noch ärmlicher vor als bei seinem ersten Besuch. Doch das herzliche Lächeln von Bischof Barski, der ihn bereits erwartete, erwärmte den Raum. Szymon begann, noch bevor er Platz genommen hatte: »Ich bin nicht hier, um mir Ratschläge für unsere Gespräche zu holen. Chalubinski hat das gekonnt erledigt. Und ich bin nicht hier, um zu beichten, denn ich bin kein gläubiger Katholik mehr. Aber ich habe das Bedürfnis, Sie etwas zu fragen. Sie sehen aus, als wären Sie ein verständiger Mensch.«
»Ich versuche es zu sein. Aber ich verstehe mich selbst kaum, und darum kann ich Ihnen nicht Verständnis, sondern nur Mitgefühl entgegenbringen.« Der Bischof räusperte sich. »Ja, über Mitgefühl dürfte ich verfügen.«
»Vielleicht brauche ich gerade das.«

»Ich nehme an, daß es dabei nicht um die Regierungspolitik geht. Ich habe letztesmal versucht, deutlich zu machen, daß unsere Kirche sich bei einer Regierungskrise auf keine der beiden Seiten stellen wird.«
»Das verstehe ich. Kann ich auf Einzelheiten eingehen?«
»Wenn Sie die Einzelheiten auslassen, ist das Gespräch nicht sinnvoll.«
»Ich war bei den berüchtigten Prozessen in Lublin anwesend, nachdem Majdanek, Zamek Lublin und Unter der Uhr von den Russen befreit worden waren. Die Gefangenen in Feld vier wählten mich zu ihrem Sprecher, und ich vertrat sie. Diese Menschen waren entsetzlich behandelt worden und verlangten Gerechtigkeit. Ich war einer der Hauptzeugen.
Zu meinem Pech war der erste Angeklagte, gegen den verhandelt wurde, ein gewisser Willi Zimmel, ein einfältiger Bauernjunge mit offenem Gesicht, der in die SS gestolpert war, weil er sie für eine Art Pfadfinderverein hielt. Er hatte mir das Leben gerettet. Er versteckte mich, als ein Sadist namens Otto Grundtz mich am letzten Tag suchte, um mich zu erschießen.
Als Willi Zimmel also auf der Anklagebank saß und um sein Leben kämpfte, kamen ein paar Männer vom Feld vier zu mir und sagten: ›Wir müssen den Dreckskerl aufhängen‹, und ich nehme an, daß sie einen Grund dafür hatten. Doch ich hatte keinen, denn Willi hatte mir das Leben gerettet, und zwar zweimal, denn er rettete mich auch vor den Straßenwalzen, die mich innerhalb weniger Tage umgebracht hätten.
Ich weigerte mich, etwas Schlechtes über ihn auszusagen, aber ich sagte auch nicht viel Gutes, denn ich wollte, daß diese Prozesse zu Ergebnissen führten. Ich wollte, daß Männer wie Grundtz gehängt würden und daß Willi Zimmel am Leben blieb. Und dann fiel mir genau das Richtige ein. Ich erklärte den Richtern, daß die Nazibefehlshaber Willi nicht getraut hatten, weil er den ihm anvertrauten Gefangenen gegenüber zu nachsichtig gewesen war. Und ich erzählte, wie Otto Grundtz ihn eines Morgens vor uns allen ein Arschloch geschimpft hatte.
Die Richter lachten. Die übrigen Zuschauer lachten. Auf der Anklagebank lachte Willi Zimmel, ein großer, dummer Bauernjunge aus ei-

nem deutschen Dorf, und schließlich wurde er freigesprochen. Ich hatte ihm das Leben gerettet.
Doch die Männer von meinem Feld, die ihn an den Galgen hatten bringen wollen, kamen zu mir und schlugen Krach. ›Du Idiot‹, warfen sie mir vor, ›wegen dir ist er uns entwischt.‹ Und dann warnten sie mich: Wenn ich bei Otto Grundtz etwas Ähnliches versuchen sollte, so daß er entkam, würden sie mich an seiner Stelle aufhängen.
Die Warnung war unnötig. Kein Mensch in Feld vier war eifriger darauf aus, Otto Grundtz hängen zu sehen als ich. Ich hatte einen Freund, Professor Tomczyk aus Lublin. Grundtz zerbrach seine Brille absichtlich, so daß der alte Mann nie wieder lesen konnte. Und er schlich unsere Reihe entlang, starrte uns aus seinen dunklen Augen unter den dichten Brauen an und suchte jemanden, den er an seinem Privatgalgen aufknüpfen konnte. Ich hätte ihn am liebsten mit bloßen Händen erwürgt.
Als er wegen seiner zahlreichen Verbrechen vor Gericht stand und es klar war, daß ich als ehemaliger Häftling unter seinem Befehl der Hauptzeuge sein würde, begann ich zu schwitzen und zu zittern, weil ich befürchtete, daß er davonkommen würde. Der Verteidiger brachte vor, daß Grundtz nur Befehle befolgt habe, und da die Richter in Zimmels Fall bereits bewiesen hatten, daß sie unschuldige Nazis freisprachen, hatte ich das Gefühl, persönlich dafür verantwortlich zu sein, daß dieser Mann nicht entkam.
Ich berichtete alle Untaten, bei denen ich Grundtz beobachtet hatte, wie er Menschen ohne Grund hängen ließ, wie er kranke Häftlinge in Baracke neunzehn schleppte, wo sie verhungerten, alles. Und weil alle diese Morde so lange zurücklagen und so alltäglich wirkten, erfand ich dann drei wirklich entsetzliche Geschichten, und dem Richter schauderte. Aber vor allem . . .«
Hier unterbrach sich Bukowski. Er erinnerte den Bischof daran, daß er, Bukowski, zur Zeit der Lubliner Prozesse kaum fünfzig Kilo gewogen hatte und, wie er mit bitterem Lächeln feststellte, daß er nicht sehr gut in Form war. Er bat um einen Schluck Cognac. Bischof Barski verließ das Zimmer und kam mit einer Flasche zurück. Bukowski beruhigte sich wieder. »Die Richter sahen mich an, aber auch Otto Grundtz hatte den Blick auf mich gerichtet und lächelte. Je ärger meine Lügen wurden, desto breiter wurde sein Lächeln, als wollte er

sagen: ›Sieh mal an! Du bist ja genauso wie ich.‹ Er wußte, was ich tat und warum, er wußte aber auch, daß sich in der Zeit des Fanatismus der polnische Held nicht vom Nazi-Folterknecht unterschied.

Meine Anschuldigungen waren so entsetzlich, daß die Richter mich fragten, ob ich sie beschwören würde, und ich rief: ›Ich will auf die Bibel schwören‹, worauf der russische Richter abwehrte: ›Wir brauchen die Bibel nicht. Sagen Sie nur, daß all dies wirklich geschehen ist.‹ Mehrere Zuhörer riefen: ›Es ist geschehen! Er hat den Männern in unseren Baracken Schlimmeres angetan.‹ Und ich betete, daß sie die Wahrheit sagten, denn ich tat es nicht.

Otto Grundtz wurde also gehängt, an dem Galgen, an den er selbst so viele Häftlinge gebracht hatte. Ich wartete in der ersten Reihe, starrte ihn an, und als er mit dem Strick um den Hals auf dem weißen Schemel stand, lächelte er zu mir herunter; er beschuldigte mich immer noch, sein Bruder, sein polnisches Gegenstück zu sein.

Er lächelt mir nachts zu. Ich kann ihn nicht aus meinem Gewissen tilgen. Er hat versucht, mich zu ermorden, und ich habe ihn ermordet. Kann ich etwas tun, um diesen entsetzlichen Menschen aus meiner Seele zu verbannen?«

Bischof Barski trank einen Schluck Cognac, musterte das Glas und meinte zögernd: »Wenn ein Mensch sich anmaßt, eine Strafe zu verhängen, geht er ein großes Risiko ein. Denn Gott hat vielleicht ganz andere Pläne.«

Bukowski war empört. »Wollen Sie damit sagen, daß wir diese Ungeheuer hätten freisprechen sollen?«

»Nein, nein! Es war richtig, daß sie gehängt wurden, weil ihr schändliches Leben – nicht Sie oder ich – sie verurteilt hat.«

»Ich wäre immer noch bereit, sie zu verurteilen. Wegen der entsetzlichen Dinge, die sie getan haben.«

»Kommt es Ihnen nicht seltsam vor, Szymon, daß die großen Verbrecher in Ihrem Majdanek und meinem Auschwitz mit großem Aufwand gehängt wurden, während die kleinen Verbrecher, die unsere Dörfer an der Weichsel terrorisiert hatten ... alle entkamen?«

Bukowskis Knöchel wurden weiß. »Ich versuchte zwei Jahre lang, Hans Unger zu finden, den Mann, der meine Mutter erschossen hat – und Ihren Onkel. Er verschwand. Wir verfolgten seine Spur bis Kiew, wo er die Ermordung von achttausend Ukrainern überwacht hatte. Aber auch dort verschwand er.« Seine verkrampften Kinnmuskeln bewiesen, daß er die schmerzlichen Mißerfolge noch einmal erlebte.

»Mit den anderen war es das gleiche. Konrad Krumpf floh nach Paris, machte einige Kunstschätze zu Geld und erkaufte sich die Überfahrt nach Paraguay, wo er heute ein großes Gut leitet. Falk von Eschl, der Krumpfs Terror vom Schloß aus steuerte ... die Richter konnten nicht glauben, daß ein Mann, der so gut Englisch sprach, der viele ihrer Freunde in verschiedenen Regierungen kannte ... Er wurde freigesprochen und lebt jetzt in Estoril, wo ihn reiche amerikanische Touristen vergöttern.«

Die beiden Männer starrten schweigend in ihren Cognac, doch die Stille wurde auf merkwürdige Art unterbrochen: Bischof Barski klatschte in die Hände und brach in lautes Gelächter aus. Er stellte sein Glas weg, griff über den Tisch und schlug Szymon auf die Hand. »Es ist wirklich komisch, Bukowski, daß Sie sich wegen eines Naziungeheuers, das Sie nicht aus Ihrer Seele herausbekommen, an mich wenden, denn ich habe einen kleinen jüdischen Rabbi, den ich nicht aus der meinen loswerde.« Er lachte wieder und schenkte Bukowski nach.

»Sie wissen es vielleicht nicht, aber in Auschwitz – das ich lieber mit seinem Nazi-Namen bezeichne, denn es hatte ganz gewiß nichts mit dem polnischen Oświęcim zu tun, das eine friedliche Kleinstadt war, bevor sie kamen ... Wo war ich noch? Ja, in Auschwitz waren die Nazis Priestern und Rabbis gegenüber besonders brutal, weil sie das Bedürfnis hatten, alle Religionen außer ihrer eigenen lächerlich zu machen.

Priester und Rabbis wurden oft zusammengesteckt, und da gab es eine entsetzliche kleine Zelle mit einem einzigen kleinen Fenster hoch oben an der Wand, in die die Nazis am Abend sechzig Männer oder mehr stopften und hofften, daß ungefähr vierzig von ihnen am Morgen erstickt sein würden. Ich habe zweimal eine Nacht in dieser Zelle verbracht, und wenn Sie mir jetzt sagen würden, daß ich es noch einmal tun muß ... Sie können mir glauben, Bukowski, ich würde zu schreien beginnen und auf der Stelle verrückt werden. Ich glaube nicht, daß jemand diese entsetzliche Folter dreimal durchstehen kann. Ich könnte es jedenfalls nicht.

Ich überlebte beim erstenmal – als einer von neunzehn –, weil in dem Augenblick, als man mich hineindrängte, ein kleiner jüdischer Rabbi, dessen Namen ich nie erfuhr, vier Worte flüsterte: ›Steh gegenüber vom Fenster.‹ Das war alles. Als ich drinnen war, Teil der sich prügelnden Masse, begriff ich, was er meinte, denn die großen, kräftigen Kerle kämpften um einen Platz in der Nähe des Fensters, so daß ich relativ mühelos an die gegenüberliegende Wand gelangen konnte.
Da ich sicheren Stand hatte und die übrigen ein wenig überragte, erkannte ich zweierlei: Das bißchen Luft, das in den Raum drang, trieb zu mir, und jene, die am Fenster um jedes Atom Sauerstoff kämpften, brachten einander um. Sie schlugen und erwürgten einander, und ihre Körper wurden zertrampelt, wenn einer ohnmächtig wurde und zu Boden fiel. Dank dem kleinen Juden wurde ich nicht in den Tumult hineingezogen und durch die wenige Luft gerettet, die gelegentlich bis zu mir drang.
Gegen Morgen, als es so aussah, als würde ich zu den Überlebenden gehören, begann ich mich nach meinem Wohltäter umzusehen, aber er befand sich nicht in der Zelle. Das wußte ich mit Sicherheit, denn er gehörte bestimmt weder zu denen, die noch standen, noch zu den Leichen auf dem Boden. Als ich die Zelle verließ, stellte ich fest, daß er und noch einige sich am Ende der Reihe befunden hatten und nicht mehr hineingestoßen werden konnten. Sie wurden für die nächste Nacht aufgespart.
Ich sah den kleinen Juden am nächsten Tag beim Arbeitskommando; er trug große Steine; wir hatten nichts zu essen bekommen, nicht einmal die Frühstückssuppe, und ich hatte nicht geschlafen. Als er sah, daß ich überlebt hatte, leuchteten seine Augen auf, und er wollte zu mir kommen und mit mir sprechen, aber die Wächter bemerkten es und trampelten ihn zu Tode. Sie traten ihn vor meinen Augen tot.
Als er im Hof des Gefängnisses lag und zu mir aufblickte, sein Gesicht zerrissen und voller Blut, wollte ich mit jeder Faser meines Körpers zu ihm laufen, ihn trösten, in die Arme nehmen, denn er hatte mir das Leben gerettet und verdiente diesen Trost in den Augenblikken, in denen er das seine aushauchte. Aber ich konnte nicht. Ich hatte keine körperliche oder seelische Kraft mehr. Die Zelle war zu entsetzlich gewesen, und ich bewegte mich nicht, als sie meinen Retter zu Tode traten.

Was war seine letzte Handlung auf dieser Welt? Er lächelte mich an. Durch das Blut lächelte er mich an, als wollte er sagen: ›Fürchte dich nicht!‹ Ich hatte das Gefühl, daß dieser kleine jüdische Rabbi die Worte Jesu Christi verwendete.«
Bischof Barski beugte den Kopf zum Tisch hinunter, und Bukowski konnte nicht feststellen, ob er weinte oder betete, aber auf irgendeine Weise kommunizierte er bestimmt gerade mit dem Rabbi, der ihm das Leben gerettet hatte. Später, als er sich gefaßt hatte, schneuzte er sich und sagte: »Ich bin allwöchentlich drei oder vier Nächte mit diesem namenlosen kleinen Mann beisammen, wenn ich zu schlafen versuche. Und wenn ich wirklich Mitgefühl für die Heimsuchungen anderer habe, wie es heißt, dann infolge des Rates, den ich mir bei ihm hole. Er hat mir das Leben gerettet, und ich hatte nicht die Macht, das seine zu retten.« Er musterte einen Augenblick lang seine Hände, dann begann er wieder zu lachen. »Haben Sie bemerkt, daß ich ihn immer als den kleinen Juden bezeichne? Er war es. Er reichte mir nur etwa bis hierher. Aber in Gottes Augen war er so groß und ich so klein.«
Plötzlich griff er wieder nach Bukowskis Händen. »Die Geister, die in unserem Leben wirklich wichtig sind, können wir nicht vertreiben. Und vielleicht ist es gut so. Vielleicht ist Ihr Otto Grundtz der entscheidende Faktor in Ihrem Leben, so wie der jüdische Rabbi in dem meinen.«
»Aber die falsche Zeugenaussage, meine Lügen über einen ohnehin verlorenen Mann – das läßt mir keine Ruhe.«
»Lügen? Wer entgeht denn den Lügen, Szymon? Die Menschen kommen zu mir: ›Meine Mutter stirbt an Krebs. Können Sie sie trösten?‹ Ich betrete also das Sterbezimmer und sehe die müde, alte Frau, die ihr ganzes Leben lang für andere gearbeitet hat, ihre Zeit ist gekommen, und sie fragt mich: ›Wird Gott meinen Krebs heilen?‹ Und ich versichere ihr, daß Er es tun wird. Aber ich weiß, daß ich lüge.«
»Sie lügen, um damit ein Leben zu retten. Ich habe gelogen, um eines zu vernichten.«
»Männer wie Grundtz vernichten sich selbst. Sie haben nur zustimmend genickt. Lassen Sie nicht zu, daß er Sie verfolgt.«
»Ich werde es versuchen«, meinte Bukowski, »aber mich quält etwas

noch viel Schlimmeres, das einer ganz anderen Ursache entspringt.«

»Und zwar?«

»Ich bin Ihnen sehr ähnlich. Ich habe nie geheiratet.«

»Das habe ich nicht gewußt.«

»Sie haben mich überrascht angesehen, als unsere Zusammenkunft gestern abend zu Ende ging.«

»Ja. Es war klar, daß Sie während des Gesprächs in eine schwere Krise geraten waren. Sie haben erschüttert gewirkt.«

»Das stimmt. Immer wenn die Seele Polens, das heißt ihr Fortbestand, in der Diskussion erwähnt wird, betritt ein kleines Mädchen in einem Mantel den Raum, geht an mir vorbei, ohne mich anzusehen, und verschwindet durch die gegenüberliegende Wand.«

»Erzählen Sie mir von ihr.«

»Als ich nach Majdanek kam, wurde ich zu den Leichenwagen eingeteilt; ich holte die Leichen von Juden aus der Gaskammer und brachte sie ins Krematorium. Wenn ein Mann diese Arbeit lang genug gemacht hatte, brachten sie ihn um. Ich hatte Glück, ich schaffte es, in die Schuhmacherei zu kommen, und überlebte. Aber dann teilten sie mich zu den Straßenwalzen ein, und eines Morgens, als ich das Gefühl hatte, nicht mehr weiterzukönnen, sah ich, wie die Frauen und Kinder aus Zamość eingeliefert wurden.

In dieser Menge, es mögen zehntausend Menschen gewesen sein, sah ich das kleine Mädchen, das etwa neun oder zehn Jahre alt war, einen neuen Mantel und eine russische Mütze trug. Sie war sehr tapfer. (Einige Augenblicke konnte er nicht weitersprechen.)

Ich sah sie nie wieder. Das heißt, nicht wirklich. Aber ich dachte immerzu an sie, ich redete es mir ein, und sie trug immer diesen Mantel. Und dann stellte ich mir vor, daß sie erwachsen war und ich sie heiratete. In meinem Wahnsinn sah ich uns beide am Feuer in einer gewöhnlichen Hütte, ich war müde von der Feldarbeit, sie flickte ihren Mantel. Ich bin davon überzeugt, daß meine fixe Idee mich davor bewahrt hat zu sterben.

Ich setzte eines Tages mein Leben aufs Spiel, indem ich meine Arbeit stehenließ und dem Leichenwagen folgte, der sie zum Krematorium brachte, aber ob es wirklich sie war, kann ich nicht sagen, denn ich war dem Tode so nahe, daß sich meine Sinne verwirrten. Aber ich war davon überzeugt, daß ich sah, wie sie sie heraushoben, so wie ich die Körper von Kindern herausgehoben hatte, und ich wartete, bis sie sie in den Ofen warfen.... Ich habe nie geheiratet, wissen Sie.«

»Das habe ich nicht gewußt«, wiederholte der Bischof, und die beiden Männer schwiegen, Veteranen der schlimmsten Erlebnisse, die Frauen und Männer ihrer Generation mitgemacht hatten: Bischof Barski, ein Überlebender von Auschwitz, der glühenden Hölle raffinierter Foltern, dessen Feuer Jahr um Jahr heißer brannten; Szymon Bukowski, der die eiskalte Vernichtungsfabrik von Majdanek durchlebt hatte, dessen so systematisch eingesetzte Schrecken die Seele erfrieren ließen. Die beiden Männer hatten zwar über Feuer und Eis triumphiert, aber sie trugen äußere und innere Narben, die nie heilen würden, und beide wußten es, wenn sie einander und sich selbst betrachteten.

»Woher bekamen Sie den Mut, Auschwitz zu überleben?« fragte Szymon, und der Bischof begriff, daß der Jüngere eigentlich fragen wollte: »Woher bekamen *wir* den Mut?«

»Unser Charakter ist die Summe all dessen, was wir tun, bevor wir zwanzig sind. Sie haben in diesen formenden Jahren gewisse Handlungen gesetzt, durch die Sie tapfer und ausdauernd wurden. Was tat ich? Als ich in Krakau studierte, ging ich abends auf den herrlichen Platz und lauschte sechs Minuten vor der vollen Stunde dem Signal, das der Trompeter auf dem dunklen Turm blies, das Signal, das die Stadt vor den Tataren gerettet hatte.

Sechs Minuten lang stand ich still, stellte mir vor, daß ich der Trompeter war, der sein Leben opferte, um das seiner Mitbürger zu retten, und überlegte, wie ich mich an seiner Stelle verhalten hätte. Wie Sie wissen, bläst zu der vollen Stunde, durch all diese Jahrhunderte, ein lebender Trompeter wieder das verhängnisvolle Signal vom Turm. Die schönen Töne hallen durch die Stadt, und wenn sie am süßesten klingen, brechen sie ab. Der Pfeil hat getroffen. Der Trompeter ist tot. Aber unsere Stadt ist gerettet.

Damals gelobte ich mir, daß ich das Signal blasen würde, wenn ich je auf die Probe gestellt werden sollte. Wie hätte ich ohne diese Verpflichtung aus meiner Knabenzeit das Lager überleben können?

Und Polen gehorcht den gleichen Gesetzen. Die kühnen Taten, die es in seiner Jugend gesetzt hat, haben seine Handlungsweise bestimmt, sobald es erwachsen war. O ja, die Kritiker im Ausland lachen uns aus und behaupten, daß unser *liberum veto* grotesk war, weil es einem Mann ermöglichte, die Arbeit von neunzig zunichte zu machen, aber ich glaube, daß wir unser Land gerechter regiert haben als die Deutschen oder die Russen ihre Staaten, und wenn Sie sich ihren Nazismus und Kommunismus ansehen, haben wir uns bestimmt besser entwickelt.«

Die beiden Patrioten überdachten diese Wahrheit schweigend, dann räusperte sich der Bischof. »Gute, tapfere Männer haben unser Volk in der Vergangenheit gerettet. Was schlagen Sie und unser Freund Jan Buk vor, damit wir diesmal heil davonkommen?« Seine Stimme wurde leiser. »Wir befinden uns in schrecklicher Gefahr, Szymon. Das wissen Sie.«

»Chalubinski hat die schwerwiegende Entscheidung getroffen: keine Bauerngewerkschaft. Ich treffe eine beinahe genauso schwerwiegende Entscheidung: jedes mögliche Zugeständnis, um wenigstens eine Art Gleichgewicht wiederherzustellen. Buk hat sich bereit erklärt, die Agitation auf dem Land einzustellen und sich wieder mit der Lebensmittelproduktion zu befassen. Und von Ihnen, Herr Bischof, verlangen wir eines der größten Zugeständnisse: Wir möchten, daß Sie morgen auf den Stufen des Schlosses stehen, wenn wir das Übereinkommen bekanntgeben. Wir alle bitten Sie darum.«

»Auch Chalubinski?«

»Besonders Chalubinski. Er sagt, daß keine Regierung ohne den Begriff der Legitimität regieren kann. Und seiner Meinung nach wird die Legitimität in Polen von der katholischen Kirche und von Wladimir Iljitsch Lenin verliehen, obwohl er die Namen in etwas anderer Reihenfolge genannt hat.«

»In bezug auf die Legitimität hat er recht. Ihr sollte die erste Sorge jeder Regierung gelten, und wenn Chalubinski meine Unterstützung braucht, um dieses wacklige System am Leben zu erhalten, bleibt mir keine andere Wahl; ich muß ihm meine bescheidenen Kräfte zur Verfügung stellen.«

Er hob eine schäbige Stoffaktentasche vom Boden hoch, die er seit vielen Jahren verwendete, und während er sie ungeöffnet auf den Tisch stellte, sagte er mit gänzlich veränderter Stmme, als wäre er ein alter Professor, der seinem Lieblingsstudenten etwas erklären will:

»Ihnen ist sicherlich klar, Szymon, daß jede kühne Tat Ihrerseits unser Volk in große Gefahr bringen kann?«
»Deshalb bin ich hier.«
»Aber können Sie wirklich abschätzen, wie groß die Gefahr ist?« Bevor Bukowski erwidern konnte, daß er die Gefahr einer sowjetischen Intervention sehr wohl kannte, öffnete Barski die Tasche und entnahm ihr drei Bücher, von denen eines in London, eines in Stockholm und eines in New York erschienen war. Szymon konnte natürlich die Titel nicht lesen, entnahm aber den düsteren Umschlägen, daß sie sich mit den Nazi-Konzentrationslagern befaßten.
»Bemerkenswerte Bücher.« Barski berührte eines nach dem anderen. »Von fähigen Männern geschrieben. Sehen Sie sich die Zahlen an, die sie zusammengetragen haben.« Er nahm das Londoner Buch in die Hand, blätterte in ihm und zeigte Szymon überzeugend aussehende Tabellen.
»Worum geht es?«
»Sie beweisen, daß es Orte wie Auschwitz und Majdanek nie gegeben hat.«
»Was?«
»Sie beweisen allen, die es glauben wollen – und das sind Millionen –, daß es die Lager, in denen Sie und ich die Hölle erlebten, nie gegeben hat.«
Szymon starrte die Bücher an; er hatte Angst, sie anzurühren. »Was beweisen sie noch?«
»Daß Auschwitz ein von verlogenen Juden erfundenes Märchen ist. Daß Majdanek eine große Lüge war, die die Polen verbreitet haben, um Deutschland in Verruf zu bringen.«
»Es hat also Otto Grundtz nie gegeben?«
»Nein. Sie haben ihn erfunden.«
Bukowskis Gesicht wurde aschfahl. Der Bischof holte ein Blatt Papier hervor, auf dem die Schlüsse, zu denen das Londoner Buch gelangte, ins Polnische übersetzt waren, und reichte es Szymon.
1. Es hat nie Konzentrationslager gegeben. Sie sind von Polen und Juden erfundene Lügen.
2. Falls es Lager gegeben hat, waren sie Haftanstalten, wie sie in allen Ländern bestehen, um Kriminelle einzusperren, die bestimmte Verbrechen gegen die Gesellschaft im allgemeinen begangen haben.

3. Die Behauptung, daß in diesen angeblichen Lagern sechs Millionen Juden ums Leben gekommen sind, ist absurd, weil es in ganz Europa niemals so viele Juden gegeben hat.
4. Auch die Behauptung, daß zwei Millionen Polen umgekommen sind, ist lächerlich, weil die Deutschen nie etwas gegen die Polen hatten und sie immer gut behandelt haben.
5. Die Gesamtzahl der Verbrecher, die in den Haftanstalten starben – sei es durch gesetzliche Hinrichtungen wegen bestimmter Verbrechen oder infolge der Epidemien, die gelegentlich in den Lagern ausbrachen –, kann höchstens dreitausend betragen.
6. Falls es Konzentrationslager gegeben hat, hat Adolf Hitler nichts von ihnen gewußt.
7. Im Lauf der Geschichte wird Hitler als großzügiger, weiser, maßvoller und konstruktiver Führer anerkannt werden, der kühne Schritte unternahm, um Europa und die Welt zu retten.

Als Szymon den Text gelesen hatte, fiel ihm beim besten Willen nichts ein, was er dazu hätte sagen können. Er erinnerte sich an den Novembertag, an dem er an den Gräben gestanden hatte, als über achtzehntausend Juden hingeschlachtet wurden, und er sah sie vor sich, die Opfer und die Mörder. Doch dann glitt sein Blick zu Punkt 5 zurück, in dem eingeräumt wurde, daß vielleicht dreitausend »Verbrecher« gestorben waren; er starrte diese Zahl lange an und murmelte dann bitter: »Ich habe dreitausend Leichen *wöchentlich* befördert.«

Die Unverfrorenheit der drei Bücher brachte ihn in Wut; er schob sie weg und fragte scharf: »Wer hat diesen Mist verbrochen?« Worauf Bischof Barski antwortete: »Einige der wortgewandtesten Männer und Frauen unserer Zeit. Sie glauben, was sie behaupten. Und sie überzeugen andere durch ihre Bücher.«

Schweigend dachten die beiden Absolventen von Auschwitz und Majdanek über die unglaubliche Tatsache nach, daß es später einmal heißen könnte, es habe ihre Lager nie gegeben. Es hätte keinen elektrisch geladenen Stacheldraht, keinen kleinen Raum gegeben, in dem am Abend sechzig Mann zusammengepfercht wurden und aus dem am Morgen weniger als zwanzig herauskamen. Und nach einer Weile begannen diese Überlebenden zu lachen – ein häßliches, krampfhaftes Gelächter, das sich schließlich zu brüllendem Gewieher über die Dummheit der Welt steigerte, und als sie sich Luft gemacht hat-

ten, warf Bischof Barski die Bücher verächtlich zurück in seine Aktentasche.
Dann stand er auf und trat zur Karte Polens, dem einzigen Wandschmuck in diesem kahlen Raum. »Wir haben nicht nur die Aufgabe, die Integrität unserer Geschichtsschreibung zu bewahren, sondern auch die Integrität unseres Landes zu verteidigen.« Mit weitausholender Gebärde zeigte er auf die Ostgebiete, die einmal zu Polen gehört, aber 1945 von Rußland annektiert worden waren: Lemberg, Brest-Litowsk, Tarnopol. »Ein enormes Gebiet«, fuhr er fort. »Menschen polnischer Abstammung wurden einfach verjagt. Vertrieben. Hunderttausende – um das Land russifizieren zu können.« Das auf diese Weise abgetrennte Gebiet war riesig groß; es umfaßte nahezu die Hälfte des ehemaligen Polen.
»Und wohin sind die vertriebenen Polen gegangen?« fragte der Bischof. »Sie wissen es so gut wie ich.« Er zeigte auf ein großes Gebiet im Westen, das die Sowjetunion Polen als Ersatz für die verlorengegangenen Ostgebiete zugesprochen hatte: Szczecin, das bei den Deutschen Stettin geheißen hatte; Wrocław – Breslau; Opole, das frühere Oppeln.
»Glauben Sie wirklich, Szymon, daß diese Karte Polens endgültig ist? War unsere Karte jemals endgültig? Wenn es den beiden deutschen Staaten einmal gestattet werden sollte, sich zu vereinigen, ist Ihnen nicht klar, daß sie marschieren werden, um ihre verlorenen Gebiete wiederzugewinnen? Und wenn wir die Sowjetunion noch mehr erbosen, ist Ihnen nicht klar, daß sie ihre Panzer rollen lassen und uns noch mehr Land entreißen wird?« Die beiden Männer betrachteten die Karte, die so viele korrigierbare Fehler enthielt. Im Geiste sahen sie Armeen, die durch das Land zogen, und hörten den Marschtritt genagelter Stiefel. »Wir alle müssen unendlich vorsichtig sein ... wir dürfen die schlafenden Panzer nicht wecken.«
Er legte Bukowski den Arm um die Schultern und geleitete den kommunistischen Minister zur Tür. »Wenn Sie mich fragen, Szymon, befinden wir uns in der genau gleichen Lage wie 1791. Damals beschlossen einige patriotische Polen, daß die Nation eine liberale, freie Regierungsform bekommen müsse. Und sie entwarfen die beste Verfassung, die Europa je gesehen hatte. Und wissen Sie noch, was dann geschah?«

»Und ob. Meine Mutter brachte es mir gleichzeitig mit dem Alphabet bei. Preußen und Rußland waren von der Vorstellung eines freien, modernen Staates an ihren Grenzen so entsetzt, daß sie einmarschierten und uns vernichteten.«
»Sogar die Kinder wissen, daß der Szczęker Wald voller russischer Panzer steckt, die nur darauf warten, uns wieder niederzuwalzen.«
»Sie sind überall, sorgfältig getarnt. Überall in Polen, meine ich.«
»Sehen Sie nicht die Übereinstimmung, Szymon? Heute kämpfen die Patrioten Polens wie Janko Buk um eine bessere Gesellschaftsordnung, und wieder gibt es Staaten, die Polen fürchten und es auslöschen wollen. Ich sehe zu meinem Kummer, daß Sie der Verbündete der Panzer im Wald sind.«
Da der Bischof wußte, daß Szymon ein kluger Mann war, der sein Land liebte, wollte er das Gespräch nicht in diesem Ton ausklingen lassen; deshalb sagte er, während er mit Bukowski zur Tür ging: »Befreien Sie Ihren Geist von den Qualen, Szymon. Lassen Sie die Gespenster ruhen.«
»Das geht nicht so leicht.«
»Sehen Sie es so: Das kleine Mädchen aus Zamość ist gestorben, um Sie zu retten. Der kleine Jude aus der Synagoge ist gestorben, um mich zu retten. Aber Jesus Christus ist gestorben, um uns alle zu retten.«
Als Bukowski auf dem Rückweg in die Nähe des Dorfes kam, hielt er den Wagen an und betrachtete die Ruine der alten Burg. Er blieb über eine Stunde in der Dunkelheit sitzen, während in seinem Geist die Bilder einander jagten: Bischof Barski und der kleine Rabbi; das Mädchen im Mantel; der kreischende Otto Grundtz; die grinsenden Nazis »Unter der Uhr«; die Schüssel mit heißer, fetter Suppe bei *pani* Tomczyk; der große Kopf von König Jan Sobieski, den Nazikugeln zerfetzt hatten und der dann durch die geschickten Finger der Frauen und den Pinsel eines Malers wunderbarerweise wieder zum Leben erwacht war; die lange Reihe von edlen Männern in der dunklen Galerie, die er durch seine Geduld und seine Liebe für alles Polnische neu geschaffen hatte.
Er startete seinen Wagen und fuhr mit quietschenden Reifen zum Schloß hinauf, wo er an den Wachen vorbeistürmte und in die Galerie hinunterlief, um noch einmal die wiederhergestellten Gesichter

seiner Freunde zu sehen, vor allem der beiden, die so eifrig und so geschickt für das Wohl Polens gewirkt hatten: Czartoryski, der sich bemüht hatte, das Volk in die Neuzeit zu führen, und der alte Zamoyski, der so viele wunderbare Taten vollbracht hatte.

»Brüder!« rief er den prächtigen Gestalten zu. »Wir verdanken euch allen so viel!« Er wandte sich an den alten Mniszech mit dem großen Bart und dem noch größeren Bauch. »Du alter Gauner! Wir hätten zusammenarbeiten können.« Er stellte sich auf die Zehenspitzen, konnte seine Absicht jedoch nicht verwirklichen; darum sah er sich nach einer Kiste um, und als er einen wackligen Stuhl fand, stellte er ihn vor das Porträt, stieg auf den Sitz und küßte Mniszech auf die Stirn.

»Gebt mir euren Segen!« rief er ihnen zu. »Ich brauche heute nacht euren Segen!«

Dann lief er aus dem Schloß und über die schönen Wiesen ins Dorf hinunter, zur Hütte von Janko Buk, wo er leise ans Fenster klopfte. Einen Augenblick später hatte er jemanden drinnen geweckt, die Tür wurde vorsichtig geöffnet. Es war Jankos Frau Kazimiera, das Bauernmädchen. Sie sah ihn verblüfft an, denn es war zwei Stunden vor Sonnenaufgang.

»Was ist denn los?« flüsterte sie.

»Ich bin schon einmal so hierhergekommen«, antwortete er. »Laß mich rein.«

Er drängte sich an ihr vorbei ins Haus, wo er Janko und seine Mutter weckte. Als sie vor ihm standen, sagte er: »Vor Jahren bin ich zur gleichen Zeit in dieses Zimmer gekommen, Biruta, und habe dich mit Tränen in den Augen gebeten, mir Essen zu geben; meine Männer wären sonst verhungert.«

»Wir haben dir gegeben, was wir hatten.« Sie zog ihr Nachthemd enger um sich.

»Und ich bat deinen Mann, Jan, mir beim Kampf gegen die Nazis zu helfen.«

»Und er half dir. Wir halfen dir beide.«

»Heute nacht ...« Er zitterte heftig, und in dem trüben Licht erkannten sie die Schweißperlen auf seinem Gesicht. »Heute bin ich aus einem ganz anderen Grund gekommen. Ich bin allein gewesen ... Ich bin noch immer Häftling in Majdanek ... Ich kann nicht mehr gegen alle kämpfen.«

Sie standen in beinahe völliger Dunkelheit beisammen, genau wie in jener Nacht, als Biruta die Steine ihres Backofens erhitzt und für die Partisanen das verbotene Brot gebacken hatte, für das andere Frauen im Dorf ihr Leben gelassen hatten. Beide, Biruta und Szymon, hatten jetzt genau wie damals Angst vor den Gefahren, die ihr Land bedrohten, aber endlich fand er den Mut zu sagen: »Ich kann die Last dieser Tage nicht länger allein tragen. Willst du mich heiraten, Biruta?«
Am nächsten Tag, dem 5. Dezember 1981, stand Szymon Bukowski um ein Uhr mittags, als die Gespräche zu Ende waren, vor den Fernsehkameras und berichtete, was sie erreicht hatten. Er beendete seine knappen Mitteilungen, indem er »euren Nachbarn und guten Bauern Janko Buk« großzügig lobte.
Buk trat vor das Mikrofon und verbeugte sich vor Chalubinski. »Unser kleines Dorf fühlt sich durch diesen hervorragenden Besucher geehrt. Unsere Gespräche sind freundschaftlich verlaufen, was gut war, weil sie sich mit lebenswichtigen Themen befaßten. Ich freue mich über alles, was hier erreicht wurde. Es bringt unserem Volk viel Gutes.
Ich schließe mit zwei persönlichen Mitteilungen. Wie ihr gestern gehört habt, bin ich gebeten worden, euch zu verlassen und nach Warschau zu gehen, um dort in der Regierung mitzuarbeiten. Das werde ich nicht tun.« Er wandte sich Chalubinski zu, der ihn mit offenem Mund anstarrte. »Ich bin ein Bauer, der für die Rechte der Bauern kämpft, und das Schlachtfeld ist hier.
Meine zweite Mitteilung ist erfreulicher. Meine Mutter Biruta, die so viele Jahre gegen die Nazis gekämpft hat, hat sich bereit erklärt, Szymon Bukowski zu heiraten, der auf seine Art ebenfalls gegen die Nazis kämpfte. Bei unseren Gesprächen habe ich festgestellt, daß er ein entschlossener, ehrenhafter Mann ist, und ich bin stolz darauf, daß er ein Mitglied meiner Familie wird.«
Am Hochzeitstag sandte Jan Paweł Drugi ein Telegramm mit seinen Segenswünschen aus Rom. Tytus Chalubinski, der in seinem Warschauer Büro vor sich hingrübelte, tat nichts dergleichen. Er war empört, daß ein Regierungsmitglied diese Biruta Buk heiratete, die ihn bei den Gesprächen im Schloß so scharf angegriffen hatte, und nahm von seinem Schreibtisch den immer größer werdenden Stoß von goldgelben Karteikarten, auf denen er seit einiger Zeit die Namen je-

ner Polen festhielt, die verhaftet werden mußten, sobald die unausweichliche große Abrechnung kam. Die auf diesen Karten mit einem schwarzen Kreuz gekennzeichneten Personen würden in Lager geschickt werden, die man irgendwann brauchen würde – und zu dieser wachsenden Liste fügte er jetzt die Namen von Szymon Bukowski und dessen Frau Biruta hinzu.

Doch vorläufig blieben die russischen Panzer gut getarnt tief im Szczęker Wald liegen.

Danksagung

Im Jahre 1977 machte mir eine Fernsehgesellschaft den Vorschlag, in irgendein exotisches Land zu reisen, um dort einen Dokumentarfilm zu drehen, und die Herren staunten sehr, als ich mich, ohne zu zögern, für Polen entschied. Als man mich nach dem Grund fragte, antwortete ich: »Betrachten Sie die geographische und ideologische Lage dieses Landes, und Sie werden zu dem Schluß kommen, daß es innerhalb des nächsten Jahrzehnts zu einem Brennpunkt werden muß.«

In den folgenden Jahren besuchte ich Polen etwa achtmal, wobei ich so gut wie alle Teile des Landes bereiste. Von privater Seite wurde mir eine Woche lang ein Hubschrauber zur Verfügung gestellt, mit dem ich in sehr geringer Höhe in ganz Polen herumflog. Man lud mich ein, Schulen und Universitäten, Laboratorien, Kunstausstellungen und historische Stätten zu besuchen, aber eines Tages bekannte ich freimütig, daß mir vor allem daran lag, einige Zeit mit einem frommen, des Englischen mächtigen Kirchenmann zu verbringen. Ich hatte Glück, und man brachte mich zum Bischof von Krakau, Karol Wojtyła, mit dem ich eine Reihe produktiver Gespräche führte. Auch Kardinal Wyszynski und Primas Glemp gewährten mir längere Unterredungen, und ihnen habe ich dafür zu danken, daß ich das Funktionieren der Kirche in einem kommunistischen Land beobachten durfte.

Durch Zufall verbrachte ich einen herrlichen Urlaub als Gast im Palais Łańcut und unternahm anschließend eine Rundreise, die mich zu etwa einem Dutzend von Polens zauberhaften Schlössern führte. Nicht viel weniger Zeit verwandte ich auf die Schwerindustrie in Kattowitz und die Lenin-Werften in Danzig. Insgesamt legte ich viele hundert Kilometer zurück.

Bei dieser Arbeit wurde ich von Herrn Edward J. Piszek, einem Amerikaner polnischer Herkunft, unterstützt, der sich aufgrund seiner humanitären Interessen intensiv mit polnischen Angelegenheiten beschäftigt und mit nahezu allen Facetten polnischen Lebens vertraut ist. Der Fahrer des Wagens, mit dem ich reiste, war des öfteren Herr Stanley Moszuk, ein hochbegabter polnischer Bürger, der ein reiches Wissen um polnische Kunst und Geschichte besitzt.

Als ich dann im Jahre 1979 daran dachte, einen Roman über die kritische Entwicklung in Polen zu schreiben, war mir klar, daß ich, der ich Polnisch weder sprechen noch lesen konnte, einer Art bibliographischer Unterstützung bedurfte; Piszek und Moszuk schlugen vor, ein Dutzend der hervorragendsten Köpfe Polens zu beauftragen, Zusammenfassungen der letzten Ergebnisse geisteswissenschaftlicher Forschung auf fünfzehn verschiedenen Gebieten zu schreiben. Sie wählten die Autoren aus, ich die Themen, und es entstand ein äußerst interessanter Gedankenaustausch. Die Autoren wurden dafür bezahlt, daß sie Material aufbereiteten, das ihnen bereits vertraut war, und ich erhielt einen unvergleichlichen Überblick über polnische Geschichte, wie die örtliche Wissenschaft sie heute sieht.

Die Texte wurden auf polnisch verfaßt und dann von Experten übersetzt, die das betreffende Wissensgebiet manchmal genauso gut wie die Autoren kannten. Aus diesen und noch vielen anderen Quellen, einschließlich einiger ausgezeichneter Bücher polnischer Autoren, die auch in englischer Übersetzung vorlagen, erschloß sich mir eine beachtliche Menge wissenschaftlichen Materials.

Nachdem ich eine Unmenge von Stoff verdaut hatte und mich gerüstet glaubte, den Roman zu schreiben, der mir nun schon seit ein paar Jahren im Kopf herumging, kehrte ich im Sommer 1981 nach Polen zurück und besuchte noch einmal jeden einzelnen Ort, über den ich zu schreiben gedachte: Tannenberg, wo die große Schlacht geschlagen worden war; das Marienburg des Deutschen Ordens; Zamość, wohl eine der erinnerungsschwersten kleinen Städte Europas; Krzyztopor, eine Burg von unglaublichen Ausmaßen; das Dukla der charmanten Mniszechs; Krakau mit seinem Trompeter; und natürlich jenen Teil des Weichselufers, an dem meine Geschichte spielen würde. In diesem Roman erwähne ich keinen polnischen Ort, den ich nicht besucht habe, und das schließt auch das einst polnische Kiew ein.

Kilometer für Kilometer folgte ich den Spuren der militärischen Expedition Jan Sobieskis nach Wien und seiner brillanten Verteidigung dieser Stadt. Ich reiste an alle Grenzen, folgte den Kriegszügen meiner Figuren und wohnte noch einmal im Palais Łańcut; ich stellte mir vor, Gast der Fürstin Lubomirska zu sein, der Freundin Goethes, Benjamin Franklins und Thomas Jeffersons, die sie für eine der brillantesten Frauen Europas hielten. Einen meiner interessantesten Ausflüge unternahm ich mit zwei bemerkenswerten polnischen Gelehrten, die mich zwei Wochen lang begleiteten und mir halfen, abseits gelegene Orte aufzuspüren, über die ich schreiben wollte, zum Beispiel das hochaufragende Niedzica, das einst die ungarische Grenze schützte.

In der Tschechoslowakei machte ich die ungewöhnliche Erfahrung, innerhalb von neunzig Minuten zweimal wegen zu schnellen Fahrens angehalten zu werden – einmal weil ich mit fünfundsechzig, das zweitemal, weil ich mit fünfundsiebzig Kilometern pro Stunde unterwegs gewesen war. »Mit einem polnischen Kennzeichen werden Sie immer wieder zur Kasse gebeten werden«, versicherte mir mein Begleiter. Natürlich mußte die Strafe in tschechischer Währung entrichtet werden, aber die bekam man nur viele Kilometer vom Ort des Geschehens entfernt. Ich verließ die Tschechoslowakei unmittelbar vor der Polizei, die mich ein drittesmal schnappen wollte. Und Polen verließ ich eine Woche bevor das Kriegsrecht ausgerufen wurde.

Mit diesem Kommentar möchte ich darauf hinweisen, daß mich eine Gruppe prachtvoller Menschen, Polen und Polinnen, beriet und unterstützte und stundenlang mit mir zusammensaß, um über alle Aspekte der polnischen Geschichte zu sprechen, auf die einzugehen ich die Absicht hatte. Normalerweise würde ich hier, wie ich das in meinen anderen Romanen getan habe, ihre Namen auflisten, die von ihnen beherrschten Wissensgebiete, ihre Leistungen in der Forschung, aber ich bin mir nicht sicher, ob ihnen eine solche Publizität unter den gegebenen Umständen nützen oder schaden würde.

Eines weiß ich: Es waren gute Polen; sie liebten ihr Land; sie sprachen mit uneingeschränkter Zuneigung und ohne eine Spur von Unmut von ihrer Heimat. Sie waren Patrioten erster Güte; zwei von ihnen, die in Auschwitz und Majdanek gefangengehalten worden waren, trieben mir Tränen in die Augen, als wir noch einmal die brutalen, ungeheuerlichen Einzelheiten des Alltags in diesen Lagern durchlebten.

Dieses Buch ist ihnen gewidmet, und ich hoffe, es vermittelt etwas von der Leidenschaft, die sie zum Ausdruck brachten, als sie mir von ihrem Polen erzählten.

Das fertige Manuskript wurde von Professor Marian Turski in Rom und Frau Klara Glowczewska in New York gelesen; ihnen beiden schulde ich meinen wärmsten Dank.